KB115443

모험적 독일인 짐플리치시무스

Der abenteuerliche Simplicissimus Teutsch

Hans Jakob Christoffel von Grimmelshausen

대산세계문학총서 163

모험적 독일인 짐플리치시무스

Der abenteuerliche Simplicissimus Teutsch

그리멜스하우젠 지음 — 김홍진 옮김

문학과지성사

대산세계문학총서 163_소설

모험적 독일인 짐플리치시무스

지은이 그리멜스하우젠
옮긴이 김홍진
펴낸이 이광호
주간   이근혜
편집   박김문숙 김필균 김은주
펴낸곳 ㈜**문학과지성사**
등록번호 제1993-000098호
주소 04034 서울 마포구 잔다리로7길 18(서교동 377-20)
전화 02) 338-7224
팩스 02) 323-4180(편집) 02) 338-7221(영업)
전자우편 moonji@moonji.com
홈페이지 www.moonji.com

제1판 제1쇄 2020년 11월 16일

ISBN 978-89-320-3796-7 04850
ISBN 978-89-320-1246-9 (세트)

이 도서의 국립중앙도서관 출판예정도서목록(CIP)은 서지정보유통지원시스템 홈페이지(http://seoji.nl.go.kr)와
국가자료공동목록시스템(http://www.nl.go.kr/kolisnet)에서 이용하실 수 있습니다.
(CIP제어번호: CIP2020045301)

이 책은 대산문화재단의 외국문학 번역지원사업을 통해 발간되었습니다.
대산문화재단은 大山 愼鏞虎 선생의 뜻에 따라 교보생명의 출연으로 창립되어
우리 문학의 창달과 세계화를 위해 다양한 공익문화사업을 펼치고 있습니다.

제1권

제6권 속편

제 1 권

일러두기

1. 이 책은 Hans Jakob Christoffel von Grimmelshausen의 *Der abenteuerliche Simplicissimus Teutsch*(Deutscher Klassiker Verlag, 1989)를 우리말로 옮긴 것이다.
2. 본문의 주는 대부분 옮긴이의 것이나 원서의 주석을 참고한 내용도 포함했다.
3. 강조하기 위해 원서에서 이탤릭체로 표기한 것을 본문에서는 고딕체로 표기했다.

제1장

농촌 태생 짐플리치우스의 성장과 교육

우리가 살고 있는 (사람들이 말세라고 믿는) 이 시대에 신분이 낮은 사람들 사이에 유행하는 하나의 병이 있다. 이 병에 걸린 환자들은 악착같이 돈을 모아 지갑에 동전 몇 푼 가진 것 말고도, 새로 유행하는 각가지 비단 리본이 달린 이상한 옷을 할인 가격으로 사 입을 수 있거나 운 좋게 자수성가해서 유명해지면, 곧장 기사 나리나 명문 귀족의 후예임을 사칭하고 다닌다. 그러나 자세히 조사해보면, 그들의 직전 조상이 한낱 품팔이꾼, 마차꾼, 짐꾼에 불과하고, 사촌은 당나귀 몰이꾼, 형제들은 경찰 나부랭이이거나 그 앞잡이, 누이들은 창녀, 어미는 포주이거나 심지어 마녀였던 것이 들통 나는 경우가 비일비재하다. 요컨대 그들의 가문은 전부 프라하에서 제당업에 종사하던 도적단[1]과 마찬가지로 32대 조상 때부터 이미 온갖 오점으로 얼룩지고 더럽혀진 상태인 것이다. 그렇다, 이 신흥 귀족들도 마치 기니에서 태어나 성장한 것처럼 종종 겉으로는 흰 척하지만 속은 시커멀 때가 있다.

솔직히 말해 나 역시도 가끔 고관대작이나, 적어도 평범한 양반의 후예일 것이라고 자부했던 적이 없지 않다. 만일 내게도 그럴 만한 돈과 수단이 있었다면 천성적으로 젊은 귀족인 양 행세할 수 있는 성향이 다분했기 때문이다. 그러나 이제는 나 스스로 그처럼 이상한 사람들과 똑같은 취급을 당하고 싶지 않다. 이제 농담일랑 접어두고, 나의 태생과 성장 과정을 밝히자면 어느 제왕도 부럽지 않았다. 단지 커다란 차

---

[1] 니클라스 울렌하르트Niclas Uhlenhart의 『이삭 빈켈펠더와 욥스트 폰 데어 슈나이트Isaak Winckelfelder und Jobst von der Schneidt』에 나오는 한 제당업자가 이끌던 도적단.

이점만을 제외한다면 말이다. 그게 무슨 뜻이냐고? 나의 아바이(슈페사르트에서는 아버지를 그렇게 부른다)에게는 자기 소유의 궁전이 있었다. 그 궁전은 다른 궁전처럼 아름다웠다. 아니, 일찍이 어떤 임금이 손수지은 궁전보다도 더 아름답기까지 했다. 그 궁전은 황토 칠을 했고, 곡식을 재배할 수 없는 천연 슬레이트 대신에 차가운 납과 짚을 섞은 붉은 구리로 지붕을 덮어서 그 위로 값나가는 작물이 성장할 수 있었다. 나의 아바이는 자신의 귀족 혈통과 부유함을 자랑하기 위해 담을 쌓았는데 궁전 주변에 있는 길거리에서 구하거나 아무 불모지에서 캐어낸 돌은 사용하지 않았다. 그렇다고 다른 군주들처럼 짧은 시간에 구워 만들 수 있는 값싼 벽돌들을 사용한 것은 더더욱 아니고, 유용하고 고상한 나무인 참나무를 고집했다. 지붕 위에서는 구운 소시지와 기름진 햄이 자라는데,[2] 완전히 성장하려면 100년 이상은 걸릴 터였다. 그 같은 행동을 흉내 내는 군주가 어디 있겠는가? 방, 홀, 작은 방 들의 내부는 연기를 씌워 완전히 검게 만들었다. 그 이유는 검은색이야말로 세상에서 가장 오래 변치 않는 색깔이기 때문이었다. 그리고 그런 그림을 완성하려면 어떤 화가가 가장 탁월한 미술품을 완성하는 데 필요로 하는 것보다 더 많은 시간이 걸렸다. 바닥 전체는 가장 부드러운 천으로 도배를 했는데, 이렇게 도배하는 일은 우리로 하여금 마치 옛날 미네르바와 길쌈 내기나 하는 주제넘은 상상[3]을 하게 만들었다. 창문을 만드는 데 유리 대신 종이를 사용한 것은 오로지 대마나 아마 씨를 뿌려서 종이로 된 창문을 완성하기까지는, 가장 질이 좋고 가장 투명한 무라노산(産) 유

---

2) 동화 속에 나오는 게으름뱅이 천국에서 일어나는 일을 비유한 것이다.
3) 오비디우스의 『변신 이야기*Metamorphoses*』에 나오는 내용으로 미네르바–아테나에게 시합을 요구한 아라크네는 결국 미네르바에 의해 한 마리 거미로 변신했다.

리[4]를 제작하는 것보다 더 많은 시간이 소요된다는 것 말고는 다른 이유가 없었다. 그의 신분이 그로 하여금 많은 공을 들여 완성한 것은 역시 값지고 귀중한 것이고, 값진 것이라면 곧 귀족에게도 가장 잘 어울리는 것이라는 소신을 가지게끔 했기 때문이다. 그는 시동, 하인, 외양간지기를 거느리는 대신에 양, 염소, 돼지를 소유했는데, 짐승들은 제각기 자연스러운 하인 복장을 제대로 갖추어 입었고, 심지어 내가 집으로 몰고 갈 때까지 종종 풀밭에서 나의 시중을 들기도 했다. 무기와 갑옷을 보관하는 창고에는 쟁기, 곡괭이, 도끼, 망치, 삽, 쇠스랑 같은 연장들이 빼곡히 들었고, 아바이는 그것들을 이용해서 매일 연습을 했다. 그의 군사학 연습은 옛 로마 사람들이 평화 시에 하는 것처럼 장작을 패거나 벌목을 하는 것이었다. 황소를 마차에 맬 때에 그는 중대장으로 지휘권을 행사했고, 오물을 치우는 것은 그의 축성술 연습이었으며, 밭을 가는 것은 그의 야전 전투였고, 외양간을 치우는 것은 한동안 그의 귀족다운 심심풀이요 운동이었다. 이렇게 그는 할 수 있는 한 온 땅과 전쟁을 벌였고, 그렇게 함으로써 수확할 때마다 땅으로부터 풍성한 전리품을 얻어냈다. 나는 이 모든 것을 하찮게 여기지도 않지만, 그렇다고 자랑을 하지도 않았다. 그 이유는 누구에게든 나를 신흥 귀족들과 싸잡아 비웃을 수 있는 원인을 제공하지 않기 위함이다. 그리고 나는 아바이보다 내가 더 잘났다고 생각하지 않는다. 나의 아바이는 이 집을 슈페사르트라는 아주 살기 좋은 곳에 지었다(이곳에서는 늑대들이 서로 잘 자라는 인사를 한다). 그러나 내가 나의 아바이의 집안, 태생, 이름에 대해 상세히 밝히지 않는 것은 내가 번거로운 것을 싫어하고,

---

4) 베네치아 근처에 있는 무라노는 유리 제품으로 유명하다.

어디까지나 단순한 것을 좋아하기 때문에 그런 것이다. 맹세컨대 여기서는 귀족이라는 가문이 중요한 것이 아니고, 내가 슈페사르트에서 태어났다는 사실을 사람들이 아는 것이 중요하기 때문이다.

그러나 기왕 나의 아바이 집안이 지체 높은 귀족이었다는 것이 언급되었으니 생각 있는 사람이라면 나의 교육도 그와 맞먹거나 비슷했으리라고 쉽게 추측하고, 끝내 그렇게 믿게 될 터인데, 그것은 결코 착각이아니다. 나는 이미 열 살 때 방금 설명한 아바이의 귀족 훈련의 원리를 파악한 반면에, 공부에 있어서는 『수이다스Suidas』[5]에서 다섯이라는 수 이상은 헤아리지 못했다고 전해지는 유명한 암피스티디[6]와 겨루어도 전혀 손색이 없을 정도였다. 아바이는 아마도 그런 문제에는 아주 초연했던 것 같고, 그런 점에서 오늘날 많은 지체 높은 분들의 관행을 따랐던 것 같다. 그분들은 공부 또는 그들이 일컫는 소위 학교 놀음에 신경을 많이 쓰지 않았는데, 그들에게는 글 쓰는 수고를 덜어줄 사람들이 별도로 있었기 때문이다. 그 밖에 덧붙일 것이 있다면, 나는 백파이프를 훌륭하게 불 줄 아는 음악가였다는 점이다. 내게는 백파이프로 아름다운 비가(悲歌)를 연주할 수 있는 재주가 있었다. 그러나 신학에 관한 한, 나는 그 당시 모든 기독교 세계에서 내 나이 또래 아이들이 그랬던 것처럼 기독교인이었다고 말할 수는 없다. 나는 신이나 인간에 대해서 잘 알지 못했을 뿐만 아니라, 천국이나 지옥, 천사나 악마에 대해서도 잘 몰랐기 때문이다. 그리고 선과 악을 구별할 줄도 몰랐다. 그래서 우리들 태초의 조상님들이 순진한 나머지 질병, 죽음, 사망을 모르고, 부활에 관해서는 더더

---

5) 20세기까지 그리스의 철학자로 잘못 알려졌지만, 사실은 비잔티움의 백과사전 제목인 것이 밝혀졌다.
6) 그리스 희극에 나오는 대표적인 바보들 가운데 한 사람.

욱 아무것도 모르고 천국에서 살았던 것과 같이 내가 살아왔음을 누구나 쉽게 상상할 수 있을 것이다. 아, 이 행복한 생활! (사람들은 짐승 같은 생활이라고 말할 것이다.) 그런 삶을 사는 사람들은 의술에 대해서도 아무런 신경을 쓰지 않았다. 세상에 있는 법률학 공부와 다른 예술과 학문 분야에서 얻은 나의 경험도 이와 똑같으리라는 것을 누구나 상상할 수 있을 것이다. 그렇다. 나는 내가 아무것도 알지 못한다는 것을 아는 것도 불가능할 정도로 총체적으로 무식했다. 그러나 다시 한 번 말하지만, 그 당시 내가 영위했던 삶이야말로 행복한 삶이었다! 그런데도 아바이는 내가 그와 같은 행복한 삶을 누리는 것을 오랫동안 좌시하지 않고, 내가 귀족 출신답게 행동하고 생활하는 것이 적절하다고 여겨서 나에게 좀더 격이 높은 교육을 시키고, 좀더 어려운 과제들을 부과하기 시작했다.

제2장
짐플리치우스가 세상에서 처음으로 받은 지위는 목동이었다,
목동에 대한 찬양

나의 아바이는 자신의 농장에서뿐만 아니라, 온 세상에서 가장 영광스러운 지위, 곧 목동의 지위를 나에게 부여했다. 그는 첫째로 돼지, 둘째로는 염소, 마지막으로는 그의 전체 양 떼를 나에게 맡겨서, 나로 하여금 지키고, 풀을 뜯게 하며, 늑대의 공격으로부터 보호하도록 했다. 그것도 백파이프를 이용해서 말이다(스트라본[7]이 기록한 것을 보면, 아

---

7) Strabon(?B.C.64~?A.D.23): 고대 그리스의 지리학자.

라비아에서는 백파이프 소리가 어미 양과 새끼 양을 살찌게 한다고 한다).
그 당시 나는 다윗이나 다를 바가 없었다. 다른 점이 있다면 다만 다윗
은 백파이프 대신에 하프를 지녔었다는 것뿐이다. 나의 시작은 나쁜 편
이 아니었고, 앞으로 시간이 지나가고, 그럴 만한 행운이 따르기만 한다
면 세상에서 가장 유명한 사람이 될 수도 있는 그야말로 길조(吉兆)를 보
이고 있었다. 그리고 우리가 성경에서 아벨, 아브라함, 이삭, 야곱과 그
의 아들들 그리고 모세를 읽으면 알 수 있듯이, 태초의 세상에서 높은
사람들은 모두 예외 없이 목동들이었다. 모세도 이스라엘 60만 군의 군
사령관과 지도자가 되기 전에는 장인 밑에서 목동 노릇을 했다. 그렇
다, 그들은 거룩하고 믿음이 돈독한 사람들이었지, 하나님에 대해 아무
것도 모르는 슈페사르트의 일개 농부 자식이 아니었다고 누가 나에게
반론을 제기한다면, 나는 할 말이 없다. 고백하건대, 그 당시 나는 순
진하기 이를 데 없었기 때문에 어쩔 도리가 없지 않았겠는가? 옛날에
는 선택받은 하나님의 백성과 마찬가지로 이교도들 사이에서도 그 같
은 사람들을 발견할 수 있었다. 로마인들 가운데에도 상류층 가문들이
있었는데, 예컨대 부불쿠스,[8] 스타틸리우스,[9] 폼포니우스 비툴루스,[10]
안니우스와 카프루스[11] 등은 틀림없이 가축을 매매하고, 아마도 가축
을 키우기도 했기 때문에 그와 같은 이름을 지녔을 것이다. 실은 로물
루스와 레무스[12]도 목동이었다. 로마 정권을 송두리째 크게 놀라게 했

---

8) Bubulcus: 소몰이꾼.

9) Statilius: 이 로마의 가문은 황소(taurus)라는 별명을 가지고 있었다.

10) Vitulus: 송아지.

11) Annius와 Caprus: 로마의 목축업에 종사한 두 가문의 이름. anni는 해, capra는 암염
소를 뜻한다.

12) 로마의 전설적인 시조들.

던 스파르타쿠스도 목동이었다. 무엇이라고? 프리아모스 왕의 아들 파리스와 트로이 영웅 아이네이아스의 아버지 안키세스도 목동이었다고 (루키아노스가 자신의 『헬레나와의 대화*Dialogo Helenae*』에서 증언하고 있다고)? 순진하기만 했던 셀레네가 반하지 않을 수 없었던 미모의 엔디미온도 역시 목동이었다. 무시무시한 외눈박이 거인 폴리페무스도 마찬가지이다. 그렇다, (코르누투스[13])가 말하고 있는 것처럼) 심지어 신들까지도 이 직종에 종사하는 것을 창피하게 여기지 않았다. 아폴론은 테살리아 왕 아드메토스의 암소를 지켰다. 메르쿠리우스, 그의 아들 다프니스, 판, 프로테우스도 나무랄 데 없는 으뜸가는 목동들이었다. 그렇기 때문에 그들은 오늘날까지도 바보 같은 시인들에게 목동의 수호자로 통하는 것이다. 『구약성경』 「열왕기」 하권을 보면 모압 왕 메사가 목동이었던 것을 알 수 있다.[14] 막강한 페르시아 왕 키루스는 목동이었던 미트라다테스에게 교육을 받았을 뿐만 아니라, 자신도 목동 노릇을 했다. 리디아 왕 기게스도 목동이었고 후에 반지 덕분에 왕이 되었다. 페르시아 왕 이스마일 사파비[15])도 마찬가지로 젊어서 가축을 지켰다. 또한 유대인 철학자 필론은 자신이 집필한 모세의 생애에서 목동 직책은 통치를 위한 준비요 시작이라고 표현함으로써, 이 문제의 정곡을 찔렀다. 사냥에서 처음으로 전쟁 기술이 익혀지고 응용되는 것과 마찬가지로 통치술을 익혀야 하는 사람은 우선 가축에게 애정을 두고 친절하게 다루는 목동의 일을 해보아야 하는 것이다. 나의 아바이는 틀림없이 이 모든 점을 잘 이해했고, 이 시간까지도 이 사실이 나로 하여금 영광스

---

13) Cornutus: 스토아학파 철학자, 제신들의 품성을 소재로 한 작품의 저자.

14) 『구약성경』 「열왕기」 하권 3장 4절.

15) 황제 이스마일 1세(1487~1524).

러운 미래를 향한 적지 않은 희망을 품도록 하고 있다.

그러나 화제를 돌려 내가 보살펴야 했던 가축 떼에 관해 이야기하
자면, 나는 나 자신이 무식하다는 사실을 모르는 것과 똑같이 늑대에
대해 잘 모른다는 것을 알았다. 그렇기에 나의 아바이는 더더욱 열심히
나를 가르쳤다. 그는 말했다. "애야, 게으름 피우지 말고, 양들이 뿔뿔
이 흩어져 멀리 도망가는 것을 막아야 하느니라. 또 열심히 백파이프를
불어서 가축을 해하려는 늑대의 접근을 막아야 한다. 그놈은 네발 달
린 짐승이지만 사람과 가축을 마구 죽이는 망나니요 도둑이나 진배없
단 말이다. 행여나 네가 방심을 했다간, 내게 흠씬 두들겨 맞을 각오를
해야 할 것이다." 그러면 나는 아버지에게 애정 어린 어조로 대답했다.
"아버지, 늑대가 어떻게 생겼는지 말씀해주세요. 나는 늑대를 보지 못
했거든요."─그러면 그는 다시 이렇게 대답했다. "이 바보 같은 놈아,
너는 한평생을 두고 바보를 면치 못하는구나. 네가 장차 무엇이 되려는
지 나는 도무지 알 수가 없다. 귀신이 물어 갈 놈 같으니! 아직도 꾀 많
고 약삭빠른 늑대를 모르다니!" 그 밖에도 그는 내게 많은 지시를 내렸
고, 나중에는 못마땅해서 투덜거리며 자리를 떴다. 내가 이해력이 부족
해서 세세한 지시를 알아듣지 못했으리라고 믿었기 때문이다.

제3장
나와 고락을 함께 나누는 충직한 백파이프

그때 나는 백파이프를 불기 시작했다. 너무나 잘 불어서 채소밭에
있는 두꺼비조차 독이 올라 죽게 될 정도였다. 그리고 항상 뇌리에서

떠나지 않는 늑대로부터도 어느 정도 나는 안전하다고 느꼈다. 그리고 나는 우리 오마니(슈페사르트와 포겔스베르크에서는 어머니를 그렇게 불렀다)가 장차 암탉들도 나의 노랫소리를 들으면 죽고 못 살까 걱정이라며 나의 노래 솜씨를 종종 칭찬했던 생각이 났기 때문에, 늑대를 막을 수 있는 수단의 효과를 더욱 높이려고 노래도 부르기 시작했다. 특히 오마니로부터 직접 배운 노래를.

> 대단히 멸시받는 농민아, 너는
> 지상 최고의 신분임이 분명하다.
> 너를 올바로 인식하기만 한다면,
> 누구도 너에 대한 찬양을 아끼지 않으리!

> 아담이 들에서 농사를 짓지 않았다면,
> 지금 세상은 어떤 모습일까? 태초에
> 곡괭이질로 먹고살았던 그 사람
> 그로부터 제왕들이 유래한다네.

> 흙이 생산해낼 수 있는 것은 물론
> 거의 모두 네가 거느리고 있다.
> 온 나라를 먹여 살리는 것,
> 그것은 애당초 너의 손을 거친 것이라.

> 우리를 보호하도록 하나님이 보내신
> 황제는 분명 네 덕에 먹고살고,

군대가 먹고사는 것도 마찬가지인데
너에게 많은 피해를 입히는구나.

먹을 고기도 오로지 네가 생산하고,
포도도 역시 네가 재배한 것이니,
네가 밭을 가는 것도 우리에게
충분한 빵을 공급하기 위함이라.

네가 땅 위에서 살림을 꾸리지 않았다면,
땅은 온통 황폐해지고 말았을 것이고,
사람들이 농부를 찾지 못했다면
세상은 온통 슬픔에 차 있으리라!

네가 우리 모두를 먹여 살리기 때문에
너는 높이 존경받는 것이 마땅하다.
자연까지 너를 사랑하고, 하나님은
네가 가진 농부의 풍속을 축복하신다.

농부들이 통풍에 걸린다는 말
듣지 못했지만, 분명
귀족은 그 병으로 고생을 하며
부자는 심지어 죽기까지 한다네.

특별히 이 시대에 너는

교만에서 완전히 해방되었고,

하나님이 더 많은 시련을 베푸시는 것은

네가 교만에 빠지지 않게 하기 위함일세.

그렇지만 군인들의 나쁜 관습은 실은

네게는 좋은 양약의 역할을 한다네.

네가 교만한 마음을 먹지 않게 하기 위해서

하나님은 말한다네, 너의 소유와 재산은 내 것이라고.

나의 노래가 여기에 이르러 더 이상 이어지지 못하고 끊겼을 때,
나와 나의 양 떼들은 갑자기 일단의 기병들에게 둘러싸이고 말았다. 그
들은 광활한 숲속에서 길을 잃고 방황하다가 목동인 나의 노래와 외침
을 듣고 다시 제대로 길을 찾은 것이었다.

'아하, 정말 희한한 녀석들이네. 우리 아바이가 말한 네발 달린 악
한이자 도둑놈들이 틀림없다'고 나는 생각했다. 왜냐하면 나는 처음에
는 (예전에 아메리카인이 에스파냐의 기마병을 본 것처럼) 말과 사람을
유일한 피조물로 간주하며, 틀림없이 늑대들일 거라고 생각했기 때문
이다. 그렇기에 이 두려운 켄타우로스[16]들을 쫓아버리려고 했다. 내가
이런 목적으로 백파이프를 불자마자, 그들 중의 한 사람이 내 목덜미를
잡고 그들이 노획했던 농사짓는 말들 중 아무것도 싣지 않은 말 위로
거칠게 던졌지만 나는 다른 쪽에 있던 아끼는 백파이프 위로 떨어지고
말았다. 그러자 나의 백파이프는 마치 온 세상이 불쌍히 여겨주기를 바

---

16) 신화에 나오는 반인 반마의 괴물.

라는 듯, 구슬픈 소리를 지르기 시작했다. 그러나 아무런 소용이 없었다. 백파이프가 내가 당한 사고를 슬퍼해서 마지막 공기를 내뿜었음에도 불구하고, 백파이프가 무엇을 노래하고 말하든 상관하지 않고 나는 다시 한 번 말에게 다가가지 않을 수 없었다. 그런데 말을 탄 병사들은 내가 떨어지면서 백파이프를 고통스럽게 하여 백파이프가 그처럼 괴상한 소리를 질렀다고 우겼기 때문에 나는 몹시 불쾌했다.

그렇게 나의 말은 나를 태우고 마치 자신이 우주 안에서 일어나는 모든 움직임의 원인인 것처럼, 시종여일 한결같은 보조로 아바이의 농장으로 들어갔다. 그 당시 이상야릇한 생각이 머리에 떠올랐다. 나는 한 번도 그와 같은 짐승을 타본 적이 없기 때문에 나도 철인으로 변한 것이 아닌가 하는 상상을 했다. 그러나 그와 같은 변신은 일어나지 않았기에 다른 엉뚱한 생각이 떠올랐다. 즉 나는 생각하기를 이 낯선 존재들이 결국은 양 떼를 집으로 몰고 가는 것을 돕기 위해서 거기 있는 것이 아닐까? 특히 양들 중에 어느 것도 잡아먹히지 않고 모두가 곧장 아바이의 농장을 향해 달려가게 하기 위해서 말이다. 그래서 아바이와 오마니가 곧 우리를 마중 나와 반갑게 인사하지 않을까 싶어 열심히 아바이를 찾아 사방을 둘러보았지만 헛수고였다. 아바이와 오마니는 이 반갑지 않은 손님들이 도착하자 외동딸인 우르젤레와 함께 뒷문으로 도망치고 말았던 것이다.

제4장
집을 점령당해 모든 살림살이가 약탈되고 파괴되며,
병사들은 그 안에서 온갖 행패를 부리다

평화를 사랑하는 독자들을 이 기병들과 함께 나의 아바이 집과 마당으로 안내할 마음은 별로 없음에도 불구하고(상당히 나쁜 일이 벌어질 것이기 때문에), 나의 이야기의 진행 방향은 전쟁의 참화 속에서 때때로 어떤 잔혹한 행위가 우리 독일에서 저질러졌는지를 기록하여 나의 사랑하는 자손에게 남길 것을 사명으로 한다. 그리고 무엇보다도 나는 나 자신이 몸소 겪은 사례를 들어 이 모든 재난이 절대자의 선의에 의해 그리고 우리들의 유익을 위해 필연적으로 일어나야만 했다는 것을 증언하려고 한다. 친애하는 독자여! 만약 군인들이 나의 아바이의 집을 파괴하고 이처럼 나를 구금하고 강제하여 후에 나로 하여금 많은 것을 경험하게 한 사람들 속으로 들여보내지 않았다면, 하늘에는 한 분 하나님이 계시다는 것을 누가 나에게 일러주었겠는가? 그 전에 나는 아바이, 오마니, 나 그리고 그 밖에 집에서 일하는 사람들만 이 세상에 있다는 것 외에 아무것도 알거나 상상할 수가 없었다. 왜냐하면 내가 매일 드나들었던 집 말고는 어떠한 집도 알지 못했기 때문이다.

그러나 나는 그 후에 인간이 어떻게 이 세상에 오게 되고, 다시 떠나야 하는지를 곧 알게 되었다. 나는 단지 형상만 인간이고 이름만 기독교인일 뿐, 그 밖에는 한낱 짐승에 불과할 뿐이었다. 그러나 절대자는 나의 순진함을 자비롭게 여기셔서 나를 두 가지 존재, 즉 하나님을 아는 존재와 나 자신을 아는 존재로 만들려고 하셨다. 그분에게는 그럴 수 있는 수천 가지 방안이 있었지만, 실제로 이용하고자 하시는 방안은 오직 하나, 즉 나의 성장에 그토록 무관심했던 나의 아바이, 오마니 그리고 다른 사람들을 일벌백계로 벌하시는 길을 택한 것이 분명했다.

병사들이 첫번째로 한 일은 말을 마구간에 들이는 것이었다. 그런 다음 각자는 해야 할 특별한 작업에 착수했다. 그들의 손이 닿는 것은 모두 파괴와 손상을 면치 못했다. 그런 다음 즐겁게 식사를 하기 위해 몇몇 사람은 가축을 도살하고 끓이고 굽기 시작했는가 하면, 다른 병사들은 위아래로 몰려다니면서 집을 샅샅이 뒤졌다. 은밀한 작은 구석까지도 마치 콜키스의 금모피[17]가 숨겨져 있기나 한 듯, 수색에서 제외되지 않았다. 다른 이들은 마치 어디에다 헌 옷 시장을 벌이기라도 하려는 듯 옷감, 의류 및 온갖 가구를 챙겨서 커다란 보따리를 만들었다. 반면에 가지고 갈 생각이 없는 물건들은 박살이 났다. 몇몇 사람은 양과 돼지를 찔러대고도 성이 차지 않은 듯 칼로 건초와 짚더미를 마구 찔렀다. 어떤 병사들은 침대서 솜을 끄집어내고 베이컨이나 육포, 그 밖에 다른 물건들을 대신 채워 넣었다. 마치 그 위에서 자면 잠이 잘 오기나 하듯 말이다. 또 영원히 추위가 없는 여름만 계속될 것이라고 선포라도 하려는 듯 난로와 창문을 때려 부수는 병사들도 있었다. 그들은 구리와 주석으로 만든 식기들을 때려 부수었고, 휘어지거나 망가진 물건들을 함께 꾸렸다. 마당에 여러 평의 마른 나무가 쌓여 있는데도 불구하고 탁자, 의자, 걸상 들을 불에 태웠다. 그들은 구운 고기를 더 좋아했든지, 아니면 우리 집에서 단 한 번만 식사를 할 의향이었는지, 냄비들과 접시들을 모두 두 동강을 내고 말았다.

이런 사실을 보고하는 것은 창피한 일이지만, 우리 하녀는 마구간

---

17) 그리스 신화에 나오는 콜키스에 있는 황금 양털의 모피. 그 모피를 얻기 위해서 아르고 선(船)에 승선한 선원들은 긴 항해를 계획했다.

에서 폭행을 당해 나중에 더 이상 밖으로 걸어 나올 수가 없을 정도였다. 그들은 하인을 묶어서 땅에 눕혔고 입에는 재갈을 물리고, 그들이 스웨덴 음료라고 부르는 냄새나는 똥물을 우유통 하나 가득 담아 몸에 부었다. 그렇게 해서 강제로 그로 하여금 병사들 한 무리를 다른 곳으로 안내케 했고, 그 무리는 바로 그곳에서 사람과 가축을 붙잡아 우리 마당으로 끌고 왔다. 끌려온 사람들 중에는 아바이, 오마니 그리고 우르젤레도 끼어 있었다.

이제 그들은 우선 권총에서 점화장치를 제거한 다음 그 자리에 농부의 엄지손가락을 나사처럼 조여 넣어서 그 불쌍한 사내를 고문하기 시작했다. 또한 그들은 잡힌 농부들 중에서 한 사람을 아무런 자백도 하지 않았음에도 불구하고, 마치 마녀를 불에 태워 죽이려는 듯 빵 굽는 가마에 집어넣고, 곧장 불을 붙였다. 다른 한 명에게는 머리를 밧줄로 감아놓고 그 사이에 나무토막을 끼워서 비트는 바람에 입과 코, 귀에서 피가 솟구쳐 나왔다. 간단히 말하자면, 병사들은 각자가 나름대로 농부들을 고통스럽게 할 수 있는 비결을 알고 있었고, 농부들도 각자 특이한 방법으로 고문을 당했다.

당시에 내가 보기에는 우리 아바이만이 가장 행복한 것 같았다. 왜냐하면, 다른 사람들은 고통에 겨워 비참하게 신음하며 토해내야 했던 것을 그는 웃으면서 고백할 수 있었다. 그에게 그와 같은 영예가 부여된 것은 틀림없이 그가 가장이기 때문이었을 것이다. 그들은 그를 불가까이에 앉혀서 손은 물론 발도 움직일 수 없도록 묶어놓고 그의 발바닥에 소금물을 발랐다. 그리고 우리 집 늙은 염소로 하여금 그것을 핥도록 하니, 그는 간지러워서 웃다가 죽을 지경이었다. 그 웃음소리가 하도 즐겁게 들려서 나는 동무 삼아, 아니면 달리 할 수 있는 것도 없어서 큰 소리로 함께 웃어대지 않을 수 없었다. 그처럼 크게 웃는 가운데 그는 자신의 죄를 고백했고 숨겨두었던 보물을 꺼내놓았다. 보물은 금, 진주, 보석으로 한낱 농부에게서 빼앗으리라고 기대했던 그 이상으로 값진 것들이었다. 붙잡힌 아낙들, 처녀들, 따님들에 대해서 나는 특별히 할 말이 없다. 왜냐하면 병사들이 그들에게 무슨 짓을 하는지 나로 하여금 지켜볼 수 있게 하지 않았기 때문이다. 내가 아직도 알고 있는 것은 때때로 구석에서 비참하게 지르는 소리가 들렸다는 것뿐이다. 우리 오마니와 우르젤레도 다른 사람들과 똑같은 행포를 당했을 것이 뻔했다. 이와 같은 비참한 상황 속에서 나는 구워진 고기를 뒤집고 오후에는 말들에 물을 먹이는 것을 도왔다. 그 기회를 틈타서 나는 마구간에 있는 하녀를 만났다. 그녀는 머리가 엉망으로 흐트러진 모습을 하고 있어 나는 알아보지도 못했다. 그러나 그녀는 내게 허약한 목소리로 말했다. "애야, 도망쳐. 안 그러면 병사들이 너를 데리고 갈 거야! 어서 도망갈 길을 찾아. 보다시피 사정이 좋지 않아—!" 그 이상 그녀는 아무 말도 할 수가 없었다.

제5장
줄행랑을 치다가 고목을 보고 놀란 짐플리치우스

그때 나는 상황이 좋지 못한 것을 즉시 깨닫고, 어떻게 하면 되도록 빨리 그곳을 빠져나갈 수 있을까 생각하기 시작했다. 그러나 어디로 간단 말인가? 나에게는 판단력이 너무나 없어서 마땅한 묘안이 떠오르질 않았다. 그렇지만 저녁때쯤 수풀 너머로 탈출하는 것에는 성공할 수 있었다. 그러나 이제 더 어디로 간다? 나는 숲길을 잘 알지 못했다. 러시아의 노바야제믈랴섬 뒤의 꽁꽁 언 바다를 지나 어떻게 중국으로 들어가야 하는지를 내가 모르는 것이나 마찬가지였다. 칠흑 같은 어두운 밤이 신변의 안전을 보장해주었는데도 나의 무지몽매한 머리로 판단하기에는 밤은 내 모습을 들통 나게 하지 않을 만큼 충분히 어둡지 않아 보였다. 그렇기에 나는 빽빽하게 자란 관목 속으로 몸을 숨겼다. 그러자 농부들이 고통에 못 이겨 지르는 소리는 물론 소쩍새의 울음소리도 들을 수 있었다. 농부들은 때로는 새라고 불리기도 하건만, 그 작은 새들은 농부들에 대해서 아무것도 몰랐다. 새들은 농부들에게 아무런 동정심을 느끼지 않았고, 농부들이 겪는 불행 때문에 사랑스러운 노래를 멈출 생각도 하지 않았다. 그 바람에 나도 온갖 근심 걱정을 떨쳐버리고 모로 누워서 죽은 듯이 잠이 들었다. 새벽별이 동쪽에 떠올랐을 때 아바이 집이 완전히 불길에 휩싸인 것을 보았지만, 불을 끄려 드는 사람은 아무도 없었다. 그 대신 나는 아바이의 일꾼들 중에 누구든 만나리라는 희망을 품고 있었으나, 오히려 다섯 명의 기마병에게 즉시 발각되고 말았다. 나를 본 병사들은 소리를 질렀다. "꼬마야, 이리로 건너와! 그러지 않고, 지옥에라도 가고 싶다면, 총을 쏘아 죽여주마." 그렇지만 나는 꼼짝도 하지 않고 입만 떡 벌리고 있었다. 왜냐하면 그 병사가 하는 말이 무슨 뜻인지, 그가 무엇을 원하는지 알아듣지 못했기 때문이다. 그래서 나는 고양이 한 마리가 새로 난 헛간 문을 바라보듯 그들을 바라보았다. 그러나 그들은 소택지 탓에 내게로 올 수가 없었다. 그 사실이 그들을 무척 화나게 한 것이 분명해서 그들 중 한 사람이 나를 향해 카빈총을 발사했다. 갑자기 불꽃이 튀고 뜻밖에 폭음이 울렸다. 그 폭음은 메아리와 겹쳐 더욱 끔찍하게 들려서 나는 깜짝 놀라지

않을 수 없었다. 한 번도 그와 같은 것을 듣거나 본 적이 없었던 까닭
이다. 그 순간 나는 땅에 쓰러졌고, 공포에 질려 꼼짝할 수조차 없었다.
기마병들은 나를 내버려둔 채 가던 길을 계속 갔다. 틀림없이 내가 죽
은 줄로 여겼기 때문일 것이다. 나는 그날 온종일 몸을 일으켜 세울 마
음을 먹지 못했다. 그러나 다시 밤이 오자 나는 일어나서 오랫동안 숲
속을 배회한 끝에 멀리서 썩은 나무 하나가 번쩍이며 빛을 발하는 것을
보았다. 그 썩은 나무는 나에게 두려움을 안겨주었고, 그 때문에 나는
곧장 오던 방향으로 되돌아가다가 똑같은 나무 하나를 다시 목격하고
는 또다시 몸을 돌렸다. 그 같은 방법으로 썩은 나무들 사이를 오락가
락하면서 마지막에 낮이 찾아와 나를 반갑게 돕기까지 그 밤을 지새웠
다. 낮은 썩은 나무들에게 그들의 존재로 인해 내게 방해가 되지 않도
록 하라고 일렀던 것이다. 그러나 아직 그것으로 나의 고난이 끝난 것
은 아니었다. 나의 마음은 불안과 공포로 휩싸였고, 사지는 피로로 배
속은 허기로 입은 갈증으로 뇌리는 온갖 바보스러운 환상으로 눈은 잠
으로 가득 차 있었다. 그럼에도 불구하고 나는 발걸음을 계속 옮겼지
만, 가야 할 곳을 알지 못했다. 그러나 가면 갈수록 나는 사람들과 멀어
져 더욱 깊은 숲속으로 들어갔다. 그렇게 어려움을 겪으며 어렴풋이나
마 분별이 없고 무지한 결과가 어떻다는 것을 느낄 수 있었다. 외양간
에 있는 분별 못 하는 짐승일지라도 자신을 보호하기 위해서는 무슨 짓
을 해야 할지 나보다는 더 잘 알았을 터이다. 그렇지만 내게도 밤에는
하다못해 속이 빈 통나무 속으로 서둘러 기어 들어가서, 그 속에 잠자
리를 마련할 만한 꾀는 있었다.

제6장
짐플리치우스가 은자에게 압도당해 그만 정신을 잃다

편안히 누워서 막 잠을 자려고 할 때, 나는 "감사할 줄 모르는 우리 인간에게 큰신 사랑을 베푸시는 하나님! 아아, 나의 마음에 유일하게 위로를 주시는 분이시며, 나의 소망, 나의 전 재산이신 하나님" 하고 기도하는 소리를 들었다. 그 밖에도 소리가 더 들렸지만, 나는 모두 기억할 수도 없고 또한 그 말뜻을 이해할 수도 없었다.

그것은 그 당시 나와 같은 처지에 있는 기독교인에게는 당연히 용기를 북돋아주고 위로하고 기쁘게 해주어야 마땅한 말이었을 것이다. 아, 배우지 못하고 무지한 것이 죄였다! 그 말은 내가 도무지 알아들을 수 없는 보헤미아 사투리 같아서 나는 한 마디도 이해할 수가 없었다. 도통 이해할 수 없었을 뿐만 아니라, 그 특이함이 나를 놀라게 하기까지 했다. 그러나 배고픔과 목마름을 달래야겠다는 그의 말을 듣게 되자, 견딜 수 없는 허기가 나로 하여금 그에게 가서 식사를 함께하도록 권했다. 나는 다시금 통나무를 빠져나와 소리가 나는 곳으로 가까이 다가갈 마음을 먹었다. 그러자 긴 회색 머리카락이 온통 산발이 되어 어깨를 뒤덮은 키가 큰 남자가 눈에 띄었다. 그는 거의 스위스산(産) 치즈 모양을 한 수염이 다듬어지지 않은 채 덥수룩하게 자라나 있었다. 얼굴은 누런색에 창백하고 말랐지만, 인상은 상당히 좋은 편이었다. 그의 긴 저고리는 수백 개의 헝겊 조각을 덧대어 처덕처덕 기워놓은 것이었다. 마치 성(聖) 빌헬무스[18]처럼 목과 몸에는 쇠로 된 무거운 사슬을

---

18) 12세기에 몸에 쇠사슬을 감거나 철모를 쓰고 로마와 팔레스타인 등지로 순례를 다녔던 구글리엘모 디 말라발레Guglielmo di Malavalle 성자를 가리킨다.

둘렀고, 그 밖의 모습은 아주 혐오스럽고 두렵게 보여서 나는 물에 빠진 개처럼 떨기 시작했다. 그러나 더욱 나를 불안케 한 것은 그가 가슴에 달고 있는 길이 약 6피트의 십자가였다. 나는 그를 알지 못하기 때문에 이 늙은이가 틀림없이 전에 아바이가 간단히 이야기한 적이 있는 늑대가 분명하다는 생각 외에 다른 생각은 할 수가 없었다. 이와 같은 불안 속에서 나는 병사들로부터 건져서 유일한 보물처럼 아직도 지니고 있던 백파이프를 들고 몰래 빠져나갔다. 나는 악기를 불어 소리를 냈고, 이 끔찍한 늑대를 쫓아내기 위해 힘차게 불어댔다. 이 은자(隱者)는 황량한 곳에서 갑자기 이상한 음악 소리가 들리자 처음에는 위대한 성인 안토니우스[19]가 당한 것처럼 틀림없이 어떤 악귀가 자신을 괴롭히고 경건한 마음을 방해하기 위해서 찾아온 것으로 착각하면서 적지 아니 의아해했다. 그러나 다시 마음을 가라앉히자, 그는 다시 속이 빈 고목 속으로 되돌아와 앉아 있는 나를 악마라고 부르며 나를 놀렸다. 그렇다, 그는 나를 향해 인류의 적이라고 코웃음을 칠 만큼 담대했다. 그는 "하, 너는 하나님의 지시를 거역한 거짓 선지자의 명령을 따르는······" 등등의 말을 했다. 더 이상은 나도 이해하지 못했고, 그가 내게 가까이 왔을 때 나는 전율과 공포에 사로잡혀 그 자리에서 정신을 잃고 쓰러졌다.

---

19) 성 안토니우스는 이집트 황야에 있는 암굴 무덤에 은거하면서 그를 찾아온 많은 악령과 마귀와 함께 살았다.

제7장
짐플리치우스는 은자의 처소에서 친절한 대접을 받다

어떻게 내가 정신을 차리게 되었는지 나는 알지 못한다. 단지 알고 있는 것은 내가 정신을 차렸을 때 그 노인이 나의 머리를 품에 안고 나의 속옷을 풀어주었다는 것뿐이다. 나는 곁에 가까이 은자가 있는 것을 보고 내 몸에서 심장을 떼어내기라도 할까 봐서 사납게 소리를 지르기 시작했다. 그러나 그는 이렇게 말하였다. "내 아들아, 가만히 있어라. 나는 네게 아무 짓도 하지 않을 것이니, 마음 놓아라!" 그러나 그가 위로하고 어루만질수록 나는 더욱더 소리를 질렀다. "네가 나를 잡아먹으려는구나! 나를 잡아먹으려고 해! 너 늑대가 나를 잡아먹으려 해!"— "그렇지 않단다, 애야" 하고 그는 말했다. "걱정 말거라, 너를 잡아먹지 않을 터이니!" 이와 같은 승강이는 내가 끝내 그의 안내를 받아 그의 오두막으로 갈 때까지 한참 지속되었다. 오두막 안은 그야말로 가난 자체가 안주인이었고 허기가 요리사였으며 결핍이 주방장이었다. 거기서 나는 야채와 물 한 모금으로 배를 채우고 기운을 차렸다. 혼란에 빠져 있던 나의 마음은 노인의 친절한 보살핌 덕분에 정상을 되찾았다. 그러자 나는 달콤한 잠의 유혹을 받아 자연이 시키는 대로 나를 맡겼다. 나에게 필요한 것은 무엇보다도 잠이라는 것을 은자가 알아차렸다. 오두막 안에는 단 한 사람만 겨우 누울 수 있었기 때문에 그는 나를 홀로 남겨두고 밖으로 나갔다. 한밤중에 나는 잠에서 깨어 그가 노래를 부르는 것을 들었다. 그가 부른 노래를 나도 나중에 배워서 알게 되었다.

오거라 소쩍새야, 오 밤의 위로자여!

즐거운 소리를 내는 네 목소리를
가장 사랑스럽게 울리게 하라!
다른 작은 새들은 잠이 들어
더는 노래를 부르지 못할 것이니,
네가 와서 창조주를 찬양하여라!
네 작은 목소리를
크게 울리게 하라!
그러면 네가 만물 앞에서
저 하늘 높이 계신
하나님을 찬양할 수 있으리.

햇빛은 사라지고, 우리는
어둠 속에 있어야 하지만,
그래도 노래를 부를 수는 있으리!
하나님의 선하심과 전능하심에 대하여.
우리가 그를 찬양하는 것을
밤도 막을 수는 없으리니.
그렇기에 네 작은 목소리를
크게 울리게 하라!
그러면 너는 만물 앞에서
저 하늘 높이 계신
하나님을 찬양할 수 있으리.

자연의 되울림인 메아리는,

환호성으로 들려와서
우리가 언제나 시달리는
피곤을 온통 가시게 하고,
잠이 우리를 매혹시킨다고 가르친다.
그렇기에 네 작은 목소리를
크게 울리게 하라!
그러면 너는 만물 앞에서
저 하늘 높이 계신
하나님을 찬양할 수 있으리.

하늘에 떠 있는 별들이
하나님을 찬양하는 것을 볼 수 있고
그에게 영광을 돌리는 일을 한다.
노래를 부르지 못하는 부엉이도
분명 울음으로
하나님을 향한 찬양을 알린다.
그렇기에 네 작은 목소리를
크게 울리게 하라
그러면 너는 만물 앞에서
저 하늘 높이 계신
하나님을 찬양할 수 있으리.

나의 사랑스러운 새야 오려무나!
우리는 가장 게으른 사람이 되기를 원치 않고,

누워서 잠만 자기를 원치 않는다.
아침노을이 떠오를 때까지
이 황량한 수풀을 즐겁게 하며
하나님 찬양을 하며 보내고 싶다.
네 작은 목소리를
크게 울리게 하라.
그러면 너는 만물 앞에서
저 하늘 높이 계신
하나님을 찬양할 수 있으리.

이 노래를 듣는 동안에 정말로 내겐 소쩍새는 물론이고 부엉이와 메아리가 함께 화답하며 노래하는 것 같은 생각이 들었다. 그리고 내가 일찍이 새벽별이 노래하는 것을 들었거나 그 멜로디를 나의 백파이프로 연주할 수 있었다면, 나는 이 오두막에서 빠져나가 함께 어울렸을 것이다. 왜냐하면 이 화음이 내게는 대단히 정겹게 들렸기 때문이다. 그러나 나는 죽은 듯 잠이 들어서 대낮이 될 때까지 깨어나지 못했다. 그때에 은자는 내 앞에 서서 말하였다. "일어나라, 꼬마야, 먹을 것을 줄 것이니 먹고 나면 숲속을 빠져나가는 길을 네게 알려주마. 그러면 밤이 오기 전에 다시 사람들이 사는 가까운 마을에 갈 수 있을 게다!" 나는 물었다. "사람들과 마을이라니 그게 무엇 하는 것들인가요?" 그는 말했다. "그러면 너는 한 번도 마을에 살아본 적도 없고, 사람들이니 인간들이니 하는 것이 무엇인지도 모른단 말이냐?" 내가 말했다. "몰라요. 여기 말고는 가본 데가 없어요. 그러니 말씀해주세요. 사람들, 인간들, 마을이 다 무엇이에요?"—은자가 대답했다. "맙소사. 너는 바보냐 아니면 똑똑한 거냐?"—나는 말했다. "아니에요. 나는 오마니와 아바이의 아들이지 바보나 똑똑한 아이가 아니에요." 은자는 놀라서 한숨을 쉬고 성호를 긋고 나서 말했다. "좋다. 귀여운 아이야, 나는 하나님을 위해서 너를 잘 가르칠 의무가 있다." 그런 다음 우리는 대화를 나누었다. 그 내용이 다음 장에 실려 있다.

제8장
중요한 대화를 통해 밝혀진 짐플리치우스의 지적 수준

은자 이름이 무엇이냐?

짐플 아들.

은자 보다시피 네가 딸이 아니라는 것을 안다. 너의 아버지와 어머니가 너를 무엇이라고 불렀느냐?

짐플 아버지와 어머니가 내겐 없어요.

은자 그러면 네게 셔츠를 준 사람이 누구냐?

짐플 오마니.

은자 그러면 오마니는 너를 어떻게 불렀느냐?

짐플 아들요. 개구쟁이, 미련한 놈, 건달 녀석이라고 부르기도 하고요.

은자 그럼 오마니의 남편은 누구였느냐?

짐플 없어요.

은자 그럼 오마니는 밤에 누구와 같이 잤느냐?

짐플 아바이요.

은자 그럼 아바이는 너를 어떻게 불렀느냐?

짐플 아들요.

은자 그런데 아바이 이름은 무엇이냐?

짐플 아바이요.

은자 오마니는 그를 어떻게 불렀느냐?

짐플 아바이 또는 임자라고요.

은자 달리 부른 적은 없느냐?

짐플 있어요. 그러니까.

은자 그러니까 무엇이라고?

짐플 버르장머리 없는 놈, 철없는 애송이, 돼지 같은 놈 그리고 싸울 때는 달리 불러요.

은자 너는 부모나 너 자신의 이름도 모르는 멍청이로구나.

짐플 아이, 당신도 모르면서!

은자 너 기도는 할 줄 아느냐?

짐플 아니요. 침대는 항상 식모 안과 오마니가 꾸렸어요.[20]

은자 그것이 아니라, 네가 주기도문을 외울 줄 아느냐고 물었느니라.

짐플 그럼요.

은자 그럼 외워보거라!

짐플 하늘에 있는 우리 아버지, 이름이 거룩해지며, 나라가 다가오고, 뜻이 하늘에서나 땅에서 이루어지고, 우리가 죄지은 자를 용서하는 것처럼 우리 죄를 용서하세요. 그리고 우리가 악의 꾀에 넘어가지 않게 하시고, 오히려 악의 권세로부터 우리를 구해주세요. 당신의 권세와 영광은 영원합니다. 아멘.

---

20) 짐플리치우스가 '기도한다(beten)'는 말을 '침대(Betten)'로 잘못 이해하고 있다.

은자 교회에 가본 적이 있느냐?

짐플 네. 용감하게 기어 올라가서 앞치마 가득히 버찌를 땄어요.

은자 내 말은 버찌가 아니고, 교회란다.[21]

짐플 하하, 자두 말이군요! 그렇지요, 아주 작은 자두를 말씀하는 거지요? 맞지요?

은자 아 하나님! 우리 주님에 관해서는 아무것도 모르느냐?

짐플 알아요. 그는 우리 집 방문 곁에 서 있어요. 조그만 제단 위에요. 오마니가 교회 헌당식 때 가져와서 거기에 붙여놓으셨어요.

은자 아 하나님, 이제야 알겠습니다. 당신이 누구신지를 깨닫는 것이 얼마나 큰 은총이고 특혜인지. 그리고 그것을 깨닫지 못하는 인간은 하잘것없는 존재에 불과하다는 것을. 아 주님! 당신의 이름을 거룩히 여기게 하시고, 나로 하여금 이와 같은 것을 깨닫게 하신 당신의 크신 은총에 진심으로 감사하게 하여주시옵소서. 이 천둥벌거숭이야(달리 부를 이름이 없구나),[22] 잘 들어라. 네가 주기도문을 낭송할 때는 그러니까 이렇게 해야 하는 거란다. "하늘에 계신 우리 아버지! 당신의 이름이 거룩해지며, 당신의 나라가 우리에게 임하고, 당신의 뜻이 하늘에서와 같이 땅위에서 일어나게 하시며, 오늘 우리에게 일용할 양식을 주옵시며―"

짐플 게다가 치즈도 주어야 하지 않나요?

은자 에끼, 이놈아. 입 좀 다물고 배우기나 해라! 그러는 것이 네게는

---

21) 짐플리치우스가 '교회(Kirche)'와 '버찌(Kirsche)'를 혼동하고 있다.

22) 여기서 생긴 짐플리치우스Simplicius라는 이름은 '천둥벌거숭이'라는 뜻이나, 앞으로는 번역하지 않고 발음 그대로 표기하기로 한다.

치즈보다 훨씬 더 필요하다. 네 오마니 말마따나 너는 버릇없는 놈이구나. 너 같은 놈은 이 늙은이와 대화하기보다는 입을 다물고 잘 듣고 배우는 편이 훨씬 잘 어울린다. 너의 부모가 살고 있는 곳을 내가 알기만 한다면 너를 다시 데리고 가서 어떻게 아이들을 교육시켜야 하는지 일러주고 싶다만 그럴 수가 없으니 딱하기만 하구나.

짐플 나는 갈 곳을 몰라요. 우리 집은 불타버렸고, 오마니는 도망갔다가 우르젤레와 함께 돌아왔어요, 아바이도요. 그리고 우리 식모는 몸이 아파 외양간에 누워 있었어요.

은자 도대체 누가 너의 집에 불을 놓았느냐?

짐플 갑옷을 입은 사람들이 들이닥쳤는데, 황소처럼 크지만 뿔은 달리지 않은 짐승을 타고 있었어요. 그들이 양과 암소와 돼지를 찔렀어요. 그때 나는 도망쳤어요. 그러고 나서 집이 불타버렸어요.

은자 그럼 너의 아바이는 어디 계시냐?

짐플 갑옷 입은 사람들이 아바이를 묶었어요. 그때 우리 늙은 염소가 그의 발을 핥았고. 그래서 아바이는 웃지 않을 수 없었고, 그 갑옷 입은 사람들에게 크고 작은 은전을 많이 주었어요. 또한 예쁜 금전도 주었고요. 그 밖에 번쩍이는 값진 물건들과 하얀 구슬이 가득 달린 예쁜 줄도 주었어요.

은자 그런 일이 언제 있었느냐?

짐플 그것이 내가 양을 지켜야 했을 때였어요. 그 사람들은 나의 백파이프도 가져가려고 했어요.

은자 네가 양을 지켜야 했던 때가 언제였느냐?

짐플 아이, 내가 말했잖아요? 갑옷 입은 사람들이 왔을 때라고요. 그

러고 나서 우리 하녀인 안이 말했어요. 도망가야 한다고요. 그
러지 않으면 병사들이 나를 데리고 갈 거라고요! 그녀가 말하는
병사들이란 갑옷 입은 사람들을 뜻하는 것이었어요. 그래서 나
는 도망을 쳐서 이곳으로 왔어요.

은자 그럼 너는 이제 어디로 가려느냐?

짐플 정말 모르겠어요. 여기 당신 곁에 있고 싶어요.

은자 너를 여기 잡아두는 것은 나에게나 너에게나 다 같이 좋질 않구
나. 우선 먹기나 해라. 그런 다음 너를 다시 사람들이 있는 곳으
로 데려다주마.

짐플 아이, 그럼 그것도 말씀해주세요. 사람들이라니 무엇을 말하는
거예요?

은자 사람들이란 나와 너 같은 인간들이다. 너의 아바이, 오마니 그
리고 너희 집 식모인 안이 바로 인간들이다. 그리고 그들 여럿이
함께 있을 때 그들을 사람들이라고 부른단다.

짐플 아하!

은자 이제 가서 밥이나 먹어라!

이것이 우리가 나눈 대화였다. 대화하는 도중 은자는 가끔 한숨을
크게 쉬며 나를 쳐다보았다. 그런 것이 나의 순진함과 무지함을 몹시
동정했기 때문이었는지, 아니면 내가 몇 년이 지난 후에야 비로소 들어
서 알게 된 이유 때문이었는지 나는 알지 못한다.

제9장
짐플리치우스는 야생아에서 어엿한 기독교인으로 거듭나다

나는 수다 떨기를 멈추고 밥을 먹기 시작했다. 내가 허기를 대충 채우자, 노인은 길을 떠나자고 했다. 그때 나는 농부의 투박스러움이 여실히 드러나는 말투로 아첨을 했는데, 그 모두가 은자의 마음을 움직여 나를 그의 곁에 머물 수 있게 하자는 데 목적이 있었다. 나 같은 귀찮은 존재를 곁에 두기로 한다는 것이 막상 그에게 쉬운 일은 아니었을 터이지만, 여하튼 그는 나를 그의 곁에 머물게 하기로 결심했다. 어디까지나 나에게 기독교 수업을 하기 위함이었을 뿐 그 나이에 내 시중을 받기 위해서는 결코 아니었다. 그의 가장 큰 걱정은 내가 아직 어리고 연약해서 그토록 거친 삶을 오랫동안 버티어낼 수 있을까 하는 것이었다.

나의 수습 기간은 약 3주간이었다. 때마침 바로 성 게르트루트[23] 축제일이 끼어 있어서 나는 들판의 농사일도 거들 수 있었다. 이 일을 내가 성공적으로 해냈기 때문에 은자는 만족했다. 비단 내가 해낸 일 때문만이 아니고, 무엇보다도 그의 지시를 열심히 귀담아들었을 뿐만 아니라, 내가 줏대는 없지만 아직 아무것도 쓰여 있지 않은 백지장 같은 마음에 그의 지시 내용을 깊이 새겨 잘 이행할 수 있었기 때문이다. 그렇기에 그도 나에게 모든 좋은 일을 가르치는 데 더욱더 열심이었다. 그는 첫 수업을 루시퍼의 추락[24]을 주제로 시작했다. 그런 다음 천국을

---

23) 들이나 정원에 재배되는 곡식과 과실의 수호성인인 성 게르트루트 폰 니벨레스 Gertrud von Nivelles 축제일은 3월 17일인데, 이는 곧 농사일이 시작됨을 가리킨다.

24) 『구약성경』에 나오는, 천사장 루시퍼가 하나님의 뜻을 거역하고 교만한 죄로 천국으로부터 쫓겨나 지상으로 추락하는 에피소드를 가리킨다.

다루었다. 그리고 태초의 선조들이 천국에서 쫓겨난 것과 모세의 율법을 섭렵했다. (그는 10계명이야말로 하나님의 뜻을 깨닫고, 거룩한 하나님의 뜻에 합당한 삶을 영위할 수 있는 진정한 지침이라고 말했다.) 그는 하나님의 10계명을 통해서 미덕과 악덕을 구별하고 선행을 베풀고 악행을 멀리할 것도 가르쳤다. 마침내 그는 복음서에 이르러 그리스도의 탄생, 고난, 죽음 그리고 부활에 관해 언급했다. 마지막으로 최후의 심판의 날에 관해 말한 다음 천국과 지옥을 눈으로 보는 것처럼 생생하게 설명하면서 끝맺음을 했다. 이 모든 것을 확신하며 이야기하면서도 지나치게 광범위하게 다루지는 않고, 그가 상상하기에 내가 가장 잘 알아듣고 이해하리라고 생각되는 것만을 가르쳤다. 그는 한 가지 주제를 마치면 다른 주제로 넘어갔고, 때때로 나의 질문에 참을성 있고 성실하게 대답하고 나를 다룰 줄 알아서 그보다 나를 더 잘 가르칠 수 있는 사람은 이 세상에 없으리라는 생각이 들 정도였다. 나에겐 그가 하는 말과 삶의 모습이 영원한 설교였다. 그 설교는 분명 그다지 바보스럽거나 굳어 있지 않은 판단력을 지닌 나로 하여금 많은 것을 배울 수 있게 하는 성과를 올렸으니, 하나님의 은총 덕분이 아닐 수 없다. 계획했던 3주간에 예수 믿는 사람으로서 내가 알아야 할 모두를 터득했다. 그뿐만 아니라 온통 그의 수업을 듣고 싶은 열망으로 나는 밤에도 잠을 이룰 수 없었다.

　　여러 번 깊이 생각한 끝에 나는 그때부터 아리스토텔레스가 자신의 『영혼론*De anima*』 제3권 4장에서 인간의 영혼을, 아무것도 쓰여 있지 않고 깨끗해서 사람들이 그 위에 온갖 글을 써넣을 수 있는 말끔한 칠판에 비유한 것이 아주 적절했다는 생각을 하게 되었다. 지극히 높은 곳에 계신 창조주께서는 그와 같은 말끔한 칠판에 열심히 무늬를 그려 넣고 글 쓰는 연습을 하여 완전무결함에 이르도록 하기 위해서 그렇게 섭리하신 것이라는 생각이 들었다. 또 아리스토텔레스를 번역하고 해설한 아베로에스[25]도 『영혼론』 제2권(이 부분에서 철학자 아리스토텔레스는 지능은 일종의 힘이지만, 학문을 통해서 비로소 발동된다고 말한다. 다른 말로 표현하면, 인간의 오성은 물론 능력을 지니지만 부지런히 연마하지 않으면 아무것도 이룰 수 없다)에 대한 해설에서 이렇게 명백한 결론을 내리고 있다. 즉 영혼은 자체적으로는 품고 있는 것이 아무것도 없고 오히려 학문이나 연습을 통해서만 완전함에 이를 수 있다고 말이다. 로마의 웅변가 키케로도 『투스쿨룸에서의 논쟁Tusculanae disputationes』 제2권에서 같은 내용의 말을 하고 있다. 키케로는 교훈, 학문, 연습이 없는 인간의 영혼을 하나의 들판과 비교하는데, 그 들판은 원래 비옥하긴 하지만, 사람이 씨를 뿌리고 가꾸지 않으면 열매를 거두어들일 수 없다고 역설한다.

그와 같은 것을 나는 모두 나 자신을 실례로 들어 증명했다. 신앙심이 돈독한 은자가 나에게 설명한 것을 내가 그렇게 빨리 모두 이해한 것은 나의 영혼의 때 묻지 않은 칠판이 사전에 아무런 그림도 그려지지 않고 비어 있었기 때문이다. 만일 그 칠판 위에 이미 어떤 그림들이 그려져 있었다면 아마도 그 위에 다른 그림을 그려 넣는 것을 방해했을 것이다. 그럼에도 불구하고 다른 사람들과 비교하면, 아직도 나에게는 순진함이 남아 있었다. 그래서 은자는 (그는 물론 나도 나의 올바른 이름을 몰랐기 때문에) 나를 단지 천둥벌거숭이란 뜻에서 '짐플리치우스'라 불렀다.

---

25) Averroës(1126~1198): 아라비아 철학자로 아리스토텔레스의 대다수 작품에 대한 해설서를 썼다.

동시에 나는 기도하는 법도 배웠다. 그리고 그의 곁에 머물겠다는 나의 고집스러운 주장을 그가 받아들이기로 결심했을 때, 우리는 그의 숙소와 똑같은 나무와 나뭇가지, 흙으로 된 오두막을 지었다. 총을 찬 병사들이 들판에 친 천막 같은, 좀더 좋게 표현해서 농부들이 손바닥만 한 땅에 만들어놓은 무 구덩이 같은 모양이었다. 이 숙소는 높이가 워낙 낮아 그 안에서 나는 꼿꼿이 앉아 있을 수조차 없었다. 내 침대는 마른 잎과 풀로 되어 있었고, 크기가 오두막 자체와 똑같았다. 그래서 나는 이 숙소, 아니 이 토굴을 지붕 딸린 침소라 불러야 할지 아니면 오두막이라 불러야 할지 알지 못했다.

제10장
짐플리치우스가 인적이 없는 숲에서 읽고 쓰는 법을 배우다

은자가 성경 읽는 것을 처음으로 보았을 때, 그가 그처럼 은밀하고, 내 생각으로는 대단히 진지한 대화를 나누는 상대가 누구인지를 나는 알아낼 수가 없었다. 물론 그의 입술이 움직이는 것은 보았지만, 반대로 그와 이야기를 나누는 사람은 보지 못했다. 나는 읽고 쓰는 것을 아무것도 알지 못했지만, 그가 책 속에서 그 누구와 대화를 하고 있음을 그의 두 눈에서 알아차렸다. 나는 그 책을 눈여겨보았다. 그리고 그가 책을 옆으로 놓을라치면 나는 살그머니 다가가서 책을 집어 펼쳐보고 단숨에 「욥기」 제1장과 거기에 그려진 형상들을 눈으로 접했다. 그 형상들은 정교한 목판화로 아름답게 채색되어 있었다. 나는 그 안에 있는 형상들에게 희한한 질문을 했다. 그러나 아무런 대답도 듣지 못하자 마음이 급해져서 이렇게 말했다. "꼬마 악당들인 당신들은 도대체 주둥이가 없습니까? 당신들은 조금 전만 해도 나의 아버지(나는 은자를 그렇게 부를 수밖에 없었다)와 오랫동안 수다를 떨었는데도 아직 부족한 게 있습니까? 당신들이 나의 불쌍한 아바이의 양들을 몰아내고, 그 집에 불을 지른 것을 나는 알고 있습니다. 잠깐, 잠깐, 나는 이제라도 불을 끄렵니다." 이렇게 말하면서 물을 가져오려고 일어섰다. 왜냐하면 나는 위급한 상황이 닥쳤다고 생각했기 때문이다. 그때에 살며시 와서 내 뒤에 서 있던 은자가 말했다. "짐플리치우스야, 어디를 가느냐?" 나는 말했다. "아버지, 저기 병사들이 있어요. 그들이 양들을 몰아서 쫓아버리려고 해요. 그들은 그 양들을 아버지와 방금 이야기를 나눈 그 불쌍한 남자에게서 빼앗았어요. 그의 집도 이미 불길에 싸여 타고 있어요. 내가 바로 그 불을 끄지 않으면, 그 집은 완전히 타버릴 거예요." 이 말을 하면서 나는 내가 본 것을 손가락으로 가리켰다. "가만히 있거라." 은자가 말했다. "아직 위험하지는 않다." 나는 나름대로 예의 바르게 대답했다. "도대체 눈이 먼 장님이세요? 그들이 양들을 쫓아내지 못하도록 막으세요. 내가 물을 가져오겠어요."—"얘야!" 은자는 말했다. "그 그림들은 살아 있는 것이 아니다. 그 그림들은 아주 오래전에 일어난 일을 우리에게 보여주기 위해서 그려놓은 것뿐이란다." 나는 대답했다. "아버지는 조금 전에 그들과 이야기를 나누시지 않았어요? 그런데 왜 그들이 살아 있지 않다고 하시는 거지요?"

은자는 평소 그의 의지나 습관과는 달리 웃지 않을 수 없었다. 그리고 말했다. "얘야, 이 그림들은 말을 할 수가 없단다. 그러나 그들에게 무슨 일이 일어났는지는 이 검은 글줄을 통해서 알 수 있다. 그것을 일컬어 사람들은 읽는다고 한다. 내가 그와 같은 것을 소리 내어 읽는 것을 보고 그 그림들과 대화를 한다고 여기는 모양인데 실은 그렇지 않다."

내가 대답했다. "내가 아버지와 같이 되면 아버지처럼 그 검은 글 줄을 틀림없이 읽을 수 있을 텐데, 어떻게 하면 그럴 수 있습니까? 아 버지, 설명 좀 해주세요." 그에 대해서 그는 이렇게 말했다. "좋다. 내 아들아! 내가 가르쳐주마. 그러면 너도 나와 똑같이 이 그림들과 대화 를 할 수 있을 것이다. 다만 시간이 필요하다. 내게는 인내가 필요하고, 너는 노력을 해야 한다." 그런 다음 그는 인쇄된 글자와 똑같은 모양의 알파벳 글자를 자작나무 껍질 위에 썼다. 그리고 그 문자를 알았을 때, 나는 글자 쓰기를 배웠고 그다음에는 읽기를 배웠다. 그러자 마침내 나 는 은자가 할 수 있는 것보다 더 잘 쓸 수가 있게 되었다. 왜냐하면 내 가 모든 것을 인쇄된 활자를 본떠서 그렸던 까닭이다.

제11장
음식과 가구, 그 밖에 세상살이에 없어서는 안 될 물건들

나는 은자가 사망할 때까지 그리고 그 후 반년 넘게, 모두 합쳐서 약 2년 동안 이 숲속에 머물렀다. 그렇기 때문에 사소한 것이라도 알아 야 직성이 풀리는 호기심 많은 독자에게 우리의 행동, 생업, 변화 그리 고 삶을 어떻게 꾸려왔는지 들려주는 것이 좋으리라고 생각한다.

우리가 먹은 음식은 모두 텃밭에서 자라는 채소, 무, 약초, 콩, 완 두콩 같은 것이었다. 너도밤나무 열매, 야생 사과, 배, 버찌 등을 먹기 를 마다하지 않았고, 심지어 배가 고프면 도토리도 맛있을 때가 종종 있었다. 우리는 옥수숫가루를 뜨거운 잿불 속에 구워서 빵 또는 좋게 말해서 케이크를 만들었다. 겨울에는 덫과 올가미로 짐승을 잡았고, 봄과 여름에는 하나님께서 우리에게 산새들의 새끼를 선물로 주셨다. 달팽이와 개구리로 식사를 해결할 때도 있었다. 또한 작살과 낚시로 고기를 잡는 것도 나쁘지 않았다. 숙소 가까이에 물고기와 게가 많이 서식하는 개울이 있었기 때문이다. 이 모든 것은 우리가 맛없는 채소를 삼키는 데 도움을 주었다. 어느 때는 어린 멧돼지를 사로잡아서 우리에 가두고 도토리와 너도밤나무 열매를 먹여 키우고 살찌게 한 다음 잡아먹었다. 우리 은자는 하나님께서 인간에게 취식하라고 창조해놓으신 것을 먹는 것은 죄가 될 수 없다는 생각을 하고 있었다. 소금이 약간 필요했을 뿐 양념은 전혀 필요치 않았다. 갈증이 생겨서는 안 되었기 때문이다. 우리에겐 물을 저장할 수 있는 시설이 없었다. 필요한 양의 소금은 약 3마일 정도 떨어진 곳에 거주하던 목사님 한 분이 조달해주었다. 그분에 관해서는 해야 할 이야기가 아직 많이 있다.

살림 도구는 넉넉했다. 그런 도구 외에 삽, 곡괭이, 도끼, 손도끼 및 요리용 무쇠 단지도 있었다. 무쇠 단지는 우리 소유가 아니라 앞서 언급한 목사님에게서 빌린 것이었다. 우리에게는 제각기 닳고 닳아서 무디어진 칼도 있었다. 우리의 소유는 그것이 다일 뿐 그 밖에 가진 것이라고는 아무것도 없었다. 대접, 접시, 숟가락, 포크, 냄비, 프라이팬, 석쇠, 구이용 꼬챙이, 소금통 등은 필요치 않았다. 다른 식탁용 식기나 요리 기구도 마찬가지였다. 솥단지가 곧 우리의 대접이었고, 양손이 또한 포크요 숟가락이었기 때문이다. 물을 마시고 싶을 때는 샘에 연결된 파이프를 통해 해결했다. 아니면 기드온의 병사들[26]처럼 흐르는 물에

---

26) 『구약성경』「사사기」 7장 5~7절 참조.

입을 대고 핥아 마셨다. 또한 침대나 식탁을 덮거나, 벽을 도배할 모직물, 견직물, 면직물, 마직물 같은 천 따위는 아무것도 없었으며 우리 몸에 걸치고 있는 것이 전부였다. 비나 추위로부터 우리를 보호할 수 있는 것만 있으면 충분했기 때문이다. 그 밖에 우리 생활에서는 주일과 축제일을 지키는 것 말고는 확고한 규율과 규정이 없었다. 주일과 축제일이면 우리는 이미 자정에 길을 떠나서 사람들의 눈에 띄지 않을 만큼 일찍이, 마을에서 떨어져 있는 앞서 언급한 목사님의 교회에 도착해 예배가 시작되기를 기다렸다. 그 교회에서 우리는 부서진 풍금을 연주할 수 있었고, 제단은 물론 설교대도 볼 수 있었다. 처음으로 내가 목사님이 그 위로 올라가는 것을 보았을 때 나는 은자에게 목사님이 그같이 큰 목욕통에서 도대체 무엇을 하려는 것이냐고 물은 적이 있었다. 예배가 끝난 후에는 올 때와 마찬가지로 사람들 눈에 띄지 않게 집으로 돌아왔다. 우리는 피곤한 몸과 다리를 이끌고 숙소에 도착해서 튼튼한 이로 맛없는 음식을 먹었다. 그다음 은자는 나머지 시간을 기도로 보내기도 하고 나에게 경건한 신앙 교육을 시키기도 했다.

평일에는 각기 형편에 따라 계절이 요구하고 살림에 필요한 가장 긴요한 일들을 했다. 텃밭에서 일을 하기도 하고, 그늘진 곳이나 고목에서 비옥한 흙을 긁어모은 다음 가져와 그것으로 인분 대신에 우리 텃밭의 토질을 개량하기도 했다. 때로는 광주리나 통발을 엮거나 땔감을 거두어들이거나 아니면 고기를 잡거나 그 비슷한 일을 하면서 소일을 했다. 이와 같은 일을 하는 중에도 은자는 끊임없이 온갖 호의로써 정성스럽게 나를 가르치기를 멈추지 않았다. 그동안 나는 그와 같이 힘든 삶의 여건 속에서 허기, 갈증, 더위, 추위 그리고 힘든 작업을 감당하는 법을 배웠다. 그러나 무엇보다도 가장 중요한 것은 하나님을 알게 되었고 어떻게 하면 그분을 올바로 섬길지를 배운 것이었다. 나의 훌륭한 스승이신 은자는 나로 하여금 그 이상의 것은 알게 하려고 하지 않았다. 예수를 믿는 사람은 오직 열심히 기도하고 일하면, 목표에 도달하고 목적한 바를 이루기에 충분하다고 여겼기 때문이다. 나는 종교적인 문제에서 상당히 많은 정보를 얻었고 나의 기독교 신앙을 잘 이해했을 뿐만 아니라, 독일어도 훌륭하게 익혔다. 그 점은 정서법 자체가 말해주고 있다. 그럼에도 불구하고 나는 여전히 천진난만했고, 숲을 떠나자 아무 쓸모 없는 세상에서 가장 불쌍한 멍청이였다.

제12장
행복하게 죽고 적은 비용으로 장례를 치를 수 있는 방법을 깨닫다

내가 그렇게 약 2년을 보내면서 힘든 은둔 생활에 겨우 익숙해졌을 무렵, 내 절친한 친구는 내 손을 잡고 우리가 늘 기도하던 텃밭으로 나를 끌고 갔다. 평소 습관에 따라 자신은 손에 도끼를 들고 나에게는 삽을 들려서. 그리고 말했다. "사랑하는 짐플리치우스야! 이제 내가 드디어 이 세상과 하직할 때가 되었다. 자연에게 진 빚을 갚고 너를 이 세상에 남겨두고 떠나야 할 때가 온 것이다. 나는 앞으로 너의 삶이 어떻게 될 것인지를 뻔히 알고 있다. 그리고 네가 이 황량한 곳에서 더는 오래 버티지 못할 것을 알기 때문에 착한 삶의 길에 접어든 너에게 보탬이 될 만한 몇 가지 가르침을 주고 싶구나. 앞으로 그 가르침에 따라 너의 삶을 꾸려가야 한다. 마치 영원한 복락에 이르기 위해 없어서는 안될 지침을 따르듯 말이다. 그러면 너는 저세상에 가서라도 모든 선택받은 거룩한 성인들과 함께 영원히 하나님의 얼굴을 떳떳하게 바라볼 수 있을 것이니라."

이 말은 예전에 적군이 둑을 터뜨려 필링엔시를 물바다로 만든 것처럼 나의 눈에서 눈물이 쏟아지게 했다. 나는 참지 못하고 말했다. "사랑하는 아버지, 나를 이 황량한 숲속에 홀로 남겨두고 떠나시려는 것입니까? 그러면 나는……" 더 이상 말을 잇지 못하고 나는 죽은 듯이 그의 발 앞에 쓰러지고 말았다. 언제나 변함없이 나를 사랑하던 아버지를 향한 사랑 때문에. 그리고 그 사랑에서 오는 내 마음의 심한 고통 때문에. 그러나 그는 나를 다시 일으켜 세우고, 있는 힘을 다해 나를 위로했다. 그리고 절대자의 섭리에 거역할 작정이냐고 물으면서 나의 잘못된 반응을 질책했다. 그는 계속해서 말했다. "천국은 물론 지옥도 절대자의 뜻을 거역할 수 없다는 것을 너는 모르느냐? 아들아, 더더욱 너는 거역해서는 안 된다! (나름대로 휴식이 필요한) 나의 쇠약한 몸에 더 이상 무슨 짐을 지게 할 생각이냐? 행여나 나를 이 한 많은 세상 속에 더 오래 살도록 강요할 생각은 아니겠지? 안 된다, 아들아. 네가 울부짖는다고 해서, 더더욱 내 의지가 있다고 해서 무턱대고 이 고난 속에 더 오래 살기를 고집할 수는 없는 일이다. 그러니 나로 하여금 가게 내버려두어라. 나는 하나님의 분명한 뜻에 따라 그 길을 가지 않으면 안 되는 것이다. 쓸데없이 울부짖는 대신 나의 마지막 유언을 따르도록 해라. 네게 마지막으로 할 말은 곧 네가 더욱더 긴 시간을 두고, 자신을 깨닫는 훈련을 더욱 많이 해야 한다는 것이다. 그리고 네가 므두셀라[27] 처럼 나이를 먹게 되더라도, 그와 같은 훈련을 잊지 말거라. 왜냐하면

---

27) 『구약성경』 「창세기」 5장 21절 이하에 나오는 노아의 홍수 이전에 살았던 인류 최초의 조상 중 한 사람. 969세를 살아서 최장의 인간 수명을 누린 사람으로 통한다.

대부분의 사람들이 저주를 받는 원인은 그들 자신이 무엇이었고 무엇이 될 수 있으며 또 무엇이 되어야 하는지를 알지 못하는 데 있는 것이다.” 그 외에도 그는 나에게 몇 가지 진심 어린 충고를 해주었다. 나는 어느 때든지 사악한 사람들과는 상대를 하지 말아야 한다고 말이다. 거기서 생기는 해로움이 이루 말할 수 없이 크기 때문이란다. 그는 그 실례를 들어 이렇게 말했다. “네가 말바시아 포도주 한 방울을 식초가 가득 찬 그릇에 떨어뜨리면 그 포도주는 곧 식초가 된다. 그러나 네가 똑같은 양의 식초를 말바시아 포도주에 부으면 그 식초는 말바시아 포도주 밑에 가라앉고 만다. 사랑하는 아들아, 무엇보다도 항심(恒心)을 지니도록 해라. 왜냐하면 끝까지 버티는 자는 복을 받기 때문이다. 그러나 나의 소원과 달리 네가 인간의 약점 때문에 쓰러진다면 올바른 참회를 통해 재빨리 재기하도록 하여라!”

이처럼 세심하고 신심이 두터운 분께서는 말을 하면서도 오직 몇 가지에 대해서만은 말을 아꼈다. 그 이상은 몰라서가 아니라, 첫째로는 내가 아직 어리니 그 이상의 것을 충분히 이해하기가 불가능하다고 생각했기 때문이다. 그다음으로는 긴 잔소리보다는 간단명료한 말이 오히려 뇌리에 잘 기억되기 때문이다. 그리고 그 말에 내용과 역점이 있다면 뜸을 들여 듣는 이로 하여금 심사숙고할 수 있는 계기를 부여함으로써 이해의 효과를 높일 수 있는 까닭이다. 알아듣기는 쉽지만 곧 다시 잊어버리고 마는 긴 설교보다도 말이다.

이 경건한 노인이 이 세 가지, 즉 자기 자신을 인식하는 것, 악한 사람들과 어울리지 않는 것 그리고 항심을 지키는 것이 유익하고 필요하다고 여기게 된 까닭은 그 자신이 그것을 실천해서 좋은 결과를 경험했기 때문이다. 즉 그는 자신을 깨달은 후에 악한 사람과 어울리는 것을 피했을 뿐만 아니라 세상을 등지기까지 했다. 그리고 이와 같은 의지에 행복이 달려 있다고 확신하고 앞으로 이야기하게 될 그의 죽음까지도 의지를 굽히지 않았다.

그는 그런 점들을 나에게 간곡히 당부한 후에 곡괭이를 들고 자신의 무덤을 파기 시작했다. 나는 그가 시키는 대로 힘껏 그를 도왔다. 그러나 무슨 의도인지는 짐작하지 못했다. 그러고 나서 그는 이렇게 말했다. "나의 사랑하고, 오직 하나뿐인 아들아(나는 하나님의 영광을 위해서 너 말고는 다른 생명을 생산하지 않았느니라)! 내 영혼이 본향으로 가거든 내 육신에 마지막 예를 치른 다음 우리가 방금 파낸 흙으로 다시 덮어라." 그렇게 말한 다음 나를 그의 팔에 안고 입을 맞추면서 그 같은 노인에게 기대했던 것보다 더 힘차게 나를 그의 가슴에 끌어당겼다. 그리고 말했다. "사랑하는 아들아, 나는 네게 하나님의 가호가 있기를 빌고, 그분이 너에게 가호를 베푸실 것을 굳게 믿으며 더욱 기쁜 마음으로 죽는다."

반대로 나는 애통한 마음으로 통곡할 뿐이었다. 나는 그의 목에 걸려 있는 쇠사슬에 매달렸다. 이런 방법으로 그를 내 곁에 붙잡아둘 수 있다고 믿었던 것이다. 그러나 그가 말했다. "내 아들아, 나를 풀어다오. 무덤의 길이가 내가 누울 수 있을 만큼 넉넉한지 보자꾸나." 그는 쇠사슬을 저고리와 함께 벗고 잠자리에 누우려는 사람처럼 무덤으로 들어갔다. 그러고는 말했다. "아, 위대하신 하나님, 당신께서 주신 이 영혼을 다시 거두어가십시오. 주님, 나의 영혼을 당신의 손에 맡깁니다." 그다음엔 온유한 마음으로 입술을 다물고 눈을 감았다. 그러나 나는 바짝 마른 북어처럼 거기에 서서 그의 영혼이 진정 육체를 떠났다는 것을 믿지 않았다. 나는 이미 그가 비슷하게 광휘에 휩싸여 있는 것을 종종 보아왔기 때문이다.

　나는 그런 경우에 처해 나의 습관대로 오랜 시간 무덤 곁에 머물면서 기도를 했다. 그러나 내가 가장 사랑하는 은자가 더 이상 일어나려 하지 않자 무덤으로 들어가서 그를 흔들고 입 맞추고 애무하기 시작했다. 그러나 그의 몸엔 더 이상 생기가 없었다. 격렬하고 냉엄한 죽음이 불쌍한 짐플리치우스의 친절한 생의 동반자를 빼앗아간 것이었다. 나는 눈물을 쏟았다. 아니 나의 눈물로 돌아가신 분의 몸에 방부 처리를 했다는 표현이 더 적절할 것이다. 그리고 나는 애통한 소리를 지르며 이리저리 뛰어다니고 난 후, 흙보다 한숨을 더 많이 삽에 담아 그를 덮기 시작했다. 그의 얼굴을 흙으로 덮었다가 다시 몸을 굽혀 얼굴이 다시 드러나게 했다. 그의 얼굴을 다시 보고 입맞춤을 하고 싶어서였다. 그 짓을 하루 온종일 반복했다. 나는 지쳐서 이 같은 방법으로 염습, 장례식, 검투사 시합[28]을 혼자서 마쳤다. 왜냐하면 들것, 관, 뚜껑, 등불, 운구할 사람은 물론 만가(輓歌)를 불러줄 조문객이나 성직자가 없었던 까닭이다.

제13장
짐플리치우스는 연못 속의 갈대처럼 바람 부는 대로
물결치는 대로 정처 없이 떠돌다

　은자가 세상을 떠나고 며칠이 지난 후 나는 앞서 언급했던 목사님

---

28) 기원전 3세기에 장례식의 일환으로 검투사 시합이 반드시 시행된 데에서 유래하였다.

에게 가서 은자의 사망을 알리고 내가 이제 어떻게 살아가면 좋을지 조언을 구했다. 그는 내가 더 이상 숲속에 머무는 것에 무조건 반대했다. 그렇지만 나는 여름 내내 용감하게 아버지의 전철을 밟아 경건한 승려처럼 할 바를 다하며 살았다. 그러나 시간이 모든 것을 변화시키는 것처럼 차츰 은자의 죽음 때문에 느끼던 마음의 고통도 삭아져갔다. 그리고 혹독한 겨울 추위가 나의 내면의 확고한 결심을 흔들리게 했다. 마음이 흔들리기 시작하면서 나는 기도도 게을리하게 되었다. 하나님과 천국의 일을 바라보는 대신에 세상을 바라보고 싶은 욕망이 더 커졌다. 그리고 더 이상 숲속에서 버티고 살 필요가 없다는 생각이 들자 나는 다시 목사님을 찾아가 아직도 전처럼 내가 숲을 떠나기를 권하고 싶은지 의견을 듣고 싶었다. 생각 끝에 나는 마을로 향했다. 그러나 마을에 도착해서는 그 마을이 온통 불길에 휩싸인 것을 보았다. 일단의 병사들이 몇몇 농부를 쓰러뜨리고 많은 사람을 쫓아버리거나 체포하거나 약탈을 하고 불까지 질렀기 때문이다. 체포된 사람들 중에는 목사님 자신도 끼어 있었다. 아아, 하나님! 인간의 삶은 그토록 고난이 많고 불행으로 가득 차 있는 것인지! 하나의 불행이 끝이 나자 어느새 또 다른 불행 속에 빠지고 마는 존재가 우리들인 것이다. 이교도 철학자 티몬[29]이 아테네에 수많은 교수대를 설치해서 사람들이 손수 목을 매어 한순간의 고통 끝에 삶을 끝내도록 한 것이 내게는 결코 놀랍지가 않았다. 병사들은 막 떠날 준비를 했고 목사님을 밧줄로 묶어 끌고 갔다. 어중이떠중이들이 소리를 질렀다. "그 악당 놈을 쏘아 죽여라!" 또한 그에게서 돈을 받으려는 사람들도 있었다. 그는 양손을 들어 최후의 심판일을

---

29) Timon: 기원전 3세기경 아테네에 살았던 기인. 특히 그의 인간 혐오로 유명해졌다.

위하여 그리스도의 용서와 자비를 기원했지만 아무 소용이 없었다. 한 병사가 그를 제압해서 넘어뜨리는 동시에 머리에 일격을 가했기 때문이다. 그러자 그는 사지를 큰대자로 뻗고 그의 영혼을 하나님께 맡겼다. 그 밖에 잡힌 농부들의 사정도 나을 것이 없었다.

이 병사들이 폭군 같은 잔혹 행위를 저지르느라고 제정신이 아닌 것처럼 보였을 때 한 떼의 무장한 농부들이 마치 벌집을 건드리기나 한 듯 숲에서 쏟아져 나왔다. 그들은 소름이 끼치도록 소리를 질렀고 맹렬한 기세로 덤벼들며 사격을 시작했기에 나는 머리카락이 곤두섰다. 나는 아직 한 번도 그와 같은 난장판에 가본 적이 없던 터였다. 사실상 슈페사르트와 포겔스베르크의 농부들은 헤센, 자우어란트 그리고 슈바르츠발트 사람처럼 자신들의 두엄 더미 위에서 그처럼 허튼소리를 하는 일이 없었다. 그렇게 해서 병사들은 도망을 치고 약탈한 황소들을 되돌려주었을 뿐만 아니라 자루와 보따리를 뭉개버렸다. 그러므로 그들의 노획물은 아무런 쓸모가 없게 되었다. 농부들의 차지가 되지 않게 하려는 것이었다. 그러나 일부는 농부들 손안에 들어갔다.

이 촌극을 보고 나자 나는 세상에서 일어나는 일을 더 보고 싶다는 생각이 통째로 사라지다시피 했다. 세상 돌아가는 꼴이 이렇다면 황야에서 사는 것이 더 좋겠다고 나는 혼잣말로 중얼거렸다. 그러나 목사님은 이 문제에 대해 무엇이라고 말할지 나는 끝내 들어보고 싶었다. 그분은 상처를 입고 충격을 받아 완전히 탈진하여 기력을 잃고 허약한 상태였다. 그러나 그 자신은 나를 도와줄 수도 자문해줄 수도 없다고 말했다. 왜냐하면 자신도 예측건대 빵을 구걸해야 하는 형편에 처하리라는 것이었다. 그리고 내가 좀더 오래 숲속에 남아 있었더라도 나는 그로부터 아무런 도움이나 위로도 받지 못했을 것이다. 그의 교회와 목사관, 이 두 건물이 모두 불에 타는 것을 내가 직접 목격했기 때문이다. 이런 생각을 하면서 온통 슬픔에 젖어 숲속에 있는 숙소로 돌아왔다. 이번 나들이에서 나는 별로 위로는 받지 못했지만 반대로 생각이 훨씬 깊은 사람이 되었다. 이제 다시는 이 숲을 떠나지 않기로 결심했다. 이미 나는 (지금까지 목사님이 나에게 공급했던) 소금 없이 살아가는 것, 그러니까 사람들의 도움 없이 견디어내는 것이 정말로 불가능한지에 대해서도 곰곰 생각해보았다.

제14장
다섯 명의 농부들과 벌인 희한한 희극

나는 결심한 대로 진짜 숲속 은자가 되기 위해서 스승이 남긴 모직 셔츠를 입고 그 위에 사슬로 된 띠를 둘렀다. 나의 몸에 고통을 주고, 이를 견디어내는 이른바 고행을 하려 해서가 아니고, 사는 방식이나 의상에 있어서 나의 전임자가 하던 것을 따르기 위함이었고 또한 그와 같은 옷차림으로 혹독한 겨울 추위를 더 잘 견디어내고 싶어서였다.

앞에서 언급한 것처럼 마을이 약탈당하고 불타버린 지 열홀 후, 내가 마침 나의 오두막에 앉아 기도를 하면서 먹고 기운을 차리기 위해 노란 무를 불에 굽고 있을 때 40~50명의 총을 든 병사들이 나를 에워쌌다. 이들은 나의 희한한 차림새에 놀라워하면서 오두막을 샅샅이 뒤졌지만 아무것도 발견하지 못했다. 내가 가진 것이라고는 책밖에 없었기 때문이다. 그들에게 책은 아무 쓸모가 없었던 터라 내게 마구 내던졌다. 그들은 결국 좀더 자세히 나의 옷차림을 살펴본 후 하찮은 새 한 마리를 잡았다는 것을 깨달았다. 그리고 내게서는 빼앗아갈 만한 것이 별로 없다는 것을 쉽게 헤아릴 수 있었다. 이제 그들은 나의 어려운 살림을 놀라워했고 허약하고 어린 내 모습을 크게 동정했다. 그들을 지휘하는 장교가 특히 그랬다. 나를 정중히 대한 것은 물론이고 그와 그의 부하들이 이미 오랜 시간 방향을 잃고 헤맸던 이 숲에서 다시 빠져나가도록 길을 안내해달라고 부탁했다. 나는 전혀 싫어하는 기색 없이 앞서 목사님이 심하게 고문을 당했던 마을로 가는 지름길을 안내했다. 그 길밖에는 내가 아는 길이 따로 없었다. 그러나 우리가 숲을 완전히 빠져나오기도 전에 대략 10여 명의 농부들을 목격했다. 그들 중 일부는 총으로 무장하고 있었고 나머지 사람들은 부지런히 무엇인가를 파묻고 있었다. 화승총으로 무장한 병사들은 그들에게로 몰려가서 소리를 질렀다. "정지, 정지!" 그러나 농부들은 총을 쐈다. 하지만 병사들이 수적으로 우세하다는 것을 눈치채고 재빨리 도망쳤기 때문에 피곤에 지친 병사들은 단 한 명의 농부도 잡을 수가 없었다. 그 대신 병사들은 농부들이 파묻은 것을 다시 파내려고 했다. 농부들이 사용하던 곡괭이와 삽을 그냥 두고 달아난 바람에 그 일은 손쉽게 이루어졌다. 삽질을 불과 몇 번 하지도 않았는데 밑에서 비명 소리가 들려왔다. "이 몹쓸 악당 같은 놈들! 오, 천하에 못된 놈들, 하늘이 너희의 이교도적인 잔인함과 파렴치한 행위를 벌하지 않고 놔둘 줄 아느냐? 아니다. 세상에는 올곧은 친구들이 얼마든지 있다. 그들이 너희의 사람답지 않은 행동을 앙갚음해줄 것이고, 그러면 이웃 사람들 중에는 더 이상 너희 비위를 맞출 사람이 없을 것이다." 그러자 병사들은 어찌할 바를 모르고 서로의 얼굴만 쳐다보았다. 몇몇은 귀신의 소리를 들었다고 생각했다. 그러나 나는 꿈을 꾸고 있다고 생각했다. 그들을 지휘하는 장교는 용감하게 계속 파내라고 명령했다. 그들은 곧 통 하나와 마주쳐서 열고 보니 그 속에 사람 하나가 들어 있었다. 목숨은 아직 붙어 있었지만 코는 물론이고 귀도 달려 있지 않았다. 그 사람이 약간 기운을 차려 몰려 있는 병사들 중에서 몇몇 얼굴을 알아보고 사정을 이야기했다. 어제 그와 그의 부대원 몇 명이 노략질[30]을 하러 나갔을 때, 농부들이 그들 중의 여섯 명을 붙잡아 다섯 명을 제일 먼저 일렬종대로 세워놓고 총을 쏜 것이 불과 한 시간 전이었다는 것이다. 그런데 그는 여섯번째로 맨 뒤에 있었기 때문에 총알이 다섯 명의 몸을 뚫고 지나가다 그에게는 미치지 못하자 대신 그의 코와 귀를 잘랐다는 것이다. 그 전에는 그를 압박해서 그들 중 다섯 명의 (이런 표현을 쓰는 것을 용서하기 바란다) 엉덩이를 핥게 했다고도 했다. 비록 그의 목숨은 건드리지 않았지만 그가 막상 명예와 하나님을 잊은 악당들에게 몹시 굴욕을 당한 것을 알았을 때 그는 머리에 떠오르는 욕설이란 욕설은 솔직하게 다 퍼부었다고 했다. 행여나 한 사람이 인내심을 잃고 그에게 총 한 방이라도 쏘아서 죽여주길 바랐지만 헛수고였다. 오히려 그가 온갖 욕설을 다 퍼붓자 그들은 그 자리에 있던 술통 속에 그를 처넣었다. 그리고 그가 죽음을 그토록 열렬하게 바라니 그가 원하는 것을 들어주지 않는 것도 재미있겠다고 말하면서 생매장을 했다는 것이다.

　이 사람이 몸소 겪은 고통을 이렇게 고발하는 동안에 다른 일단의 병사들이 도보로 숲을 가로질러 올라왔다. 그들은 앞서 말한 농부들을 공격해서 그들 중 다섯 명을 생포하고, 나머지는 사살했다. 잡힌 사람들 중에는 조금 전에 그들에게 악행을 당한 병사가 그처럼 절치부심하

---

30) 노략질(Fouragieren)이란 단어는 원래 군마의 먹이를 강탈하는 행위를 뜻했으나, 후에 와서 방화, 강간, 살육을 포함한 일반 노략질을 의미하게 되었다.

던 네 명이 끼어 있었다. 두 무리가 군호를 서로 주고받아 같은 부대원임을 확인했을 때, 그들은 만나서 다시금 그 기병으로부터 직접 그와 전우들에게 무슨 일이 있었는지를 들었다. 그때 병사들은 그의 시퍼런 상처를 통해 그가 어떻게 농부들에게 괴롭힘을 당했는지 확연히 알 수 있었다. 몇 사람은 분노를 이기지 못하고 즉시 그들을 쏘아 죽이려 했지만 다른 사람들이 말했다. "아니야! 그 못된 놈들을 그 전에 제대로 괴롭히고, 이 기병에게 저지른 죄에 대해 마땅히 앙갚음을 당하도록 하는 것이 옳겠네." 그동안 농부들은 화승총으로 피를 토할 만큼 옆구리 찔림을 톡톡히 당했다. 마지막에는 한 병사가 앞으로 나와서 말했다. "여러분, (그 병사를 가리키면서) 이 친구를 다섯 명의 농부들이 그처럼 처참하게 괴롭힌 것은 전체 병사들에 대한 모욕이나 다름없습니다. 우리는 그 같은 불명예를 다시 씻기 위해서 악당들로 하여금 이 기병의 엉덩이를 수백 번 핥게 하자는 것을 제안하는 바이오." 다른 병사가 그에 반대하며 이렇게 말했다. "이 기병 친구는 그 같은 영예를 받을 만한 자격이 없소. 왜냐하면 이 친구가 비겁자가 아니었다면 모든 성실한 군인에게 웃음거리가 될 이와 같은 창피한 일을 당하느니 차라리 수천 번이고 죽어버리고 말았을 것이오." 마침내 엉덩이를 핥게 한 농부들 각자가 열 명의 병사들에게 다음과 같은 말을 하며 보상해야 한다는 것을 만장일치로 결정했다. "이로써 나는 한 비겁자가 우리들의 엉덩이를 핥음으로써 모든 병사의 명예를 실추시킨 그 치욕을 씻어서 깨끗이 지워버립니다." 농부들이 엉덩이를 핥는 청소 작업을 다 하고 나면 그때 가서 앞으로 그들을 어떻게 처리해야 할지를 결정하기로 했다.

그런 다음 그들은 곧 이 일에 착수했다. 그러나 농부들은 대단히 완강해서 목숨만은 살려준다는 약속은 물론이고 몇 가지 고문의 고통을 가해봐도 강제로 이 짓을 시킬 수가 없었다. 병사 한 명이 엉덩이를 핥게 하지 않은 다섯번째 농부를 옆으로 데리고 가서 "만약 네가 하나 님과 그의 모든 성자를 부정할 마음이 없다면, 내가 너를 가고 싶은 곳 으로 가도록 하겠다"고 말했다. 이에 대해 그 농부는 대답하기를 나는 평생 성자들을 높이 평가해본 적이 없고 또한 지금까지 하나님에 대해 서조차 들어본 적이 없다, 엄숙히 맹서하건대 나는 하나님을 알지 못하 고 하나님 나라에 한몫 끼기를 원하지도 않는다고 했다. 그러자 병사는 농부의 이마에 대고 총을 쏘았다. 그러나 강철로 된 산을 맞힌 듯 아무 런 효과가 없었다. 그러자 병사는 단도를 꺼내 들고 말했다. "어렵쇼, 네가 그런 놈이냐? 나는 너를 가고 싶은 곳으로 가게 하겠다고 약속했 었다. 보아라, 이제 나는 너를 지옥으로 보낼 것이다. 네가 천국을 원하 지 않기 때문이다." 그러고는 그의 머리를 이빨까지 빠개서 두 쪽을 내 어놓았다. 농부가 쓰러지자 병사는 말했다. "이놈은 이렇게 복수를 당 해야 싸다. 그리고 이 불한당 같은 놈은 이 세상에서나 저세상에서나 벌을 받아야 마땅하다."

그사이 다른 병사들은 엉덩이를 핥게 한 나머지 네 명의 농부들도 처리를 했다. 농부들은 (이런 표현을 용서하기 바란다) 엉덩이를 곧바로 위로 향하도록 하고 양손과 두 발은 쓰러진 나무에 묶이게 되었다. 그 리고 병사들은 농부들의 바지를 벗긴 다음, 길이가 몇 발 되는 화승총 심지에 매듭을 지어 그들의 엉덩이에 쑤셔 넣고 붉은 물이 나오도록 거 칠게 흔들어댔다. 그리고 그들은 말했다. "자 이제 관장(灌腸)이 끝난 너 희 악당들의 엉덩이를 깨끗이 말려야 한다." 농부들은 비통하게 소리를 질렀지만, 병사들에게는 그런 짓이 한낱 장난에 불과했다. 그들은 피부 와 살이 완전히 뼈에서 떨어져 나갈 때까지 톱질하듯 이리저리 흔들기를 멈추지 않았다. 그러나 나에게는 아무 짓도 하지 않았고 다시 숙소로 돌아가게 내버려두었다. 마지막으로 도착한 무리가 길을 잘 알고 있었기 때문이다. 그러므로 나는 병사들이 맨 나중에 농부들에게 또 어떤 짓을 해서 그 일을 끝냈는지를 알지 못한다.

제15장
가진 것을 모두 털린 짐플리치우스가 농부들과
전시의 일에 대하여 이상한 꿈을 꾸다

내가 다시 숙소로 돌아왔을 때, 나의 점화기와 저장해둔 보잘것없는 양식을 포함해 가재도구가 모두 없어진 것을 알아챘다. 그 양식은 내가 여름 내내 텃밭에서 키워 앞으로 닥칠 겨울을 대비해 아껴둔 것이었다. '이제 어디로 간다?' 나는 생각했다. 그 당시 나는 어려울 때면 우선 경건하게 기도부터 하는 습관이 있었다. 나는 보잘것없는 지혜를 총동원하여 내가 해야 할 것과 하지 말아야 할 것을 하나님과 상의했다. 그러나 경험이 부족한 탓에 올바른 결론이라고는 아무것도 얻을 수 없었다. 하나님의 명령을 따르고 오로지 그분만을 신뢰하는 것이 최선이었다. 그러지 않았다면 나는 틀림없이 자포자기하고 파멸당하고 말았을 것이다. 더구나 내가 그날 듣고 본 그 일이 끊임없이 뇌리에서 떠나질 않았다. 그래서 나는 양식과 나의 살길보다는 병사들과 농부들 사이에 만연한 적대감에 대해서 더 많은 생각을 했다. 그렇지만 내가 워낙 우둔해서 얻은 결론이라고는 세상에는 확실히 두 가지 부류의 인간이 있다는 것밖에 없었다. 이 두 부류는 아담의 후손이라고 볼 수도 없는 다른 분별없는 짐승처럼 거친 부류이거나 양처럼 순한 부류로 나뉘어 서로 잔혹하게 쫓고 쫓겼다.

그와 같은 생각을 하면서 불편한 마음을 안고 빈속에 추위를 느끼며 잠이 들었다. 그때에 마치 꿈에서처럼 이런 생각이 들었다. 나의 오두막 주변에 서 있는 나무들의 모습이 갑자기 바뀌어서 전혀 다른 모습을 하고 있는 것 같았다. 우듬지마다 귀족 한 명씩 앉아 있고 모든 가지는 잎사귀 대신 온갖 머슴들로 장식되었다. 그들 중 몇몇은 긴 창을 들었고, 다른 머슴들은 화승총, 짧은 총, 쌍갈고리 창, 작은 기(旗), 그 밖에 악기로서 소고와 호적도 들었다. 이런 광경을 바라보는 것은 즐거웠다. 모두가 아주 질서정연하게 열을 지어 있었기 때문이다. 그러나 뿌리는 수공업자들, 일용 노동자들, 대부분 농부나 그 비슷한 부류와 이름 없는 인민들 차지였다. 그럼에도 불구하고 인민들은 나무의 힘이 되기도 하고, 나무가 힘을 잃었을 때에는 힘을 다시 보충해주었다. 물론 그들은 떨어진 잎의 부족분을 채워주기도 했다. 그렇게 함으로써 그들 자신은 더욱 많은 손해를 입었다. 곁들여 그 인민들은 늘 나무 위에 앉아 있는 사람들에 대해 불평을 했다. 이는 결코 부당한 일이 아니다. 왜냐하면 나무 전체 중량이 그들 위에 놓여 있고, 그들을 압박해서 가진 모든 돈이 그들의 주머니, 심지어는 일곱 개의 자물쇠로 꽁꽁 채워둔 벽장에서 흘러나오도록 했기 때문이다. 만약 돈이 흘러나오지 않을 때는, 군경리관 채찍으로 인민들을 괴롭혀서 그들의 가슴에서는 한숨이, 눈에서는 눈물이, 손톱에서는 피가, 다리에서는 골수가 나올 정도였다(그것을 사람들은 군사작전이라 불렀다). 그럼에도 그들 가운데에는 익살꾼이라 불리는 사람들이 있었다. 그 익살꾼들은 이 모든 것에 개의치 않고 가볍게 생각했다. 그리고 그들은 다른 사람들을 위로하는 대신 조롱하기까지 했다.

제16장
오늘날 병사들이 해야 할 것과 하지 말아야 할 것
그리고 하급 병사가 진급하기 어려운 사정

그러므로 이 나무들의 뿌리는 수고와 탄식 속에서 모든 것을 참고 이겨내야 했다. 하지만 가장 낮은 가지에 있는 사람들이 더 많은 고난, 노고, 불편을 참으며 연명했다. 그래도 이들은 뿌리가 되는 사람들보다도 활기에 차 있었다. 그러나 또한 고집도 세고, 폭압적이며, 대부분 불경스러웠으며 뿌리에게는 언제나 무겁고 견디기 어려운 짐이었다. 그들에 대해서는 이런 시가 있다.

허기와 갈증, 더위와 추위,
노동과 가난을 가리지 않고
언제나 폭행과 부정을
저지르는 우리 보병.

이 시행들은 날조된 거짓말이 아니라 보병들의 행위 및 기질과 아주 일치했다. 먹고 마시는 것, 허기와 갈증의 고통, 음탕한 짓, 도박, 포식과 낭비, 살인과 복수, 살해와 피살, 괴롭히고 괴롭힘을 당하는 것, 쫓고 쫓기는 것, 협박하고 협박을 당하는 것, 강탈하는 것과 강탈당하는 것, 약탈하고 약탈당하는 것, 겁을 주고 겁을 먹는 것, 남을 참담하게 만들고 자신이 참담한 일을 당하는 것, 때리고 맞는 것, 요약해서 말하자면, 파멸시키고 위해를 가하는 것과 거꾸로 파멸을 당하고 해를 입는 것 모두가 그들이 하는 짓이다. 그 점에 있어서 그들은 겨울과 여름, 눈이나 얼음, 더위와 추위, 비나 바람, 산이나 계곡, 들판이나 진창, 도랑, 협로, 바다, 장벽, 물, 불이나 제방, 아버지나 어머니, 형제나 자매, 자신의 신체, 정신, 양심의 가책은 물론, 목숨을 잃는 것이나 천국을 잃는 것, 또는 이름이야 어떻든 그 밖의 것들이 전혀 장애가 되지 않았다. 그러므로 그들은 선행과 악행을 항상 번갈아 저지르면서 열심히 살았다. 끝내 전장에서 포위를 당하거나, 습격을 하거나, 출정해서 심지어는 숙영지에서(특히 풍족한 농부를 만날 때 숙영지는 병사들의 지상낙원이나 다름없었다) 서서히 목숨을 잃거나, 죽거나, 거꾸러지거나, 뒈질 때까지. 다만 젊어서 충분히 약탈하고 도적질하지 않아서 늙은 나이에 기껏 걸인과 부랑자 노릇을 하는 얼마 안 되는 사람들은 예외이다.

　이같이 비참한 사람들보다 한 단계 높은 곳에 앉아 있는 사람들은 닭이나 훔치는 늙은 사람들이었다. 그들은 몇 년간 가장 낮은 가지 위에서 최고의 위험을 무릅쓰며 돕고, 이를 악물고 버티었으며, 그때까지 죽음을 벗어날 수 있는 행운을 누린 사람들이었다. 이들은 진지한 얼굴을 하고, 가장 낮은 곳에 있는 병사들보다는 약간 평판이 좋은 것처럼 보였다. 왜냐하면 그들은 한 계급 승진했기 때문이다. 그러나 그들 위에는 좀더 높은 사람들로 하사관이 있는데, 이들이 가장 밑에 있는 병사들을 호령하기 때문에 지위도 좀더 높다고 여겼다. 사람들은 이 하사관들을 '구타쟁이'라고 불렀다. 이들은 가장 계급이 낮은 창병(槍兵)들을 막대기나 창으로 등은 물론 머리를 때리고, 화승총을 가진 병사들을 마구 구타했던 것이다.

이들 위로 뻗어 있는 나무줄기에는 구간을 표시하는 마디 부분이 있다. 그 구간에는 가지가 없고, 신기한 물질과 미운털이 박힌 희한한 비누를 발라놓아 반질반질했다. 그러므로 귀족 출신이 아니면 용기나 지혜는 물론 학식을 쌓아 아무리 애를 쓴들 올라갈 수 있는 사람이 없다. 칠을 해놓아서 대리석 주랑이나 강철로 만든 거울보다도 더 미끄럽기 때문이다.

그 구간 위쪽에는 사관후보생들이 앉아 있다. 그들 중 일부는 젊지만, 일부는 제법 나이가 든 사람들도 있다. 젊은이들은 그들의 사촌이 밀어 올려주었지만, 늙은이들 중 일부는 혼자 힘으로 올라온 이들이다. 이들은 뇌물이라 불리는 은사다리를 타거나, 다른 사람들에게는 없는 행운이 그들에게 놓아준 좁은 널다리를 타고 올라왔다. 위에 있는 더 좋은 자리에는 좀더 높은 사람들이 앉아 있는데, 그들에게는 근심, 걱정, 다툼이 있긴 하지만 기부금이라는 이름의 칼로 뿌리에서 잘라낸 기름 덩이를 자신의 주머니에 잔뜩 채울 수 있는 이점이 있다. 설혹 군 경리관이 나타나 나무에 생기를 불어넣기 위해 돈이 가득 찬 물통을 나무 위에 쏟아붓기라도 하면 그들은 특별히 민첩하게 행동해 위에서 즉시 가장 좋은 것을 가로채 맨 밑에 있는 사람은 아무것도 얻지 못하게 했다. 그렇기 때문에 맨 밑에 있는 사람들은 의례히 적에게 살해당하기보다 굶어 죽는 경우가 더 많았다. 계급이 높은 사람들에게서는 도통 생각할 수도 없는 위난이 아닐 수 없었다. 그렇기에 이 나무에서는 기어가기와 기어오르기가 그치질 않았다. 왜냐하면 누구나 맨 위에 있는 행복한 자리에 앉고 싶어 하기 때문이다. 그렇지만 군대 밥을 먹을 자격도 없는 몇몇 게으르고 저열한 악동도 있었다. 그들은 더 높은 자리로 올라가려고 별로 노력하지도 않았고 기껏 그들의 직책상 해야 할 일만 했다. 야심이 있는 가장 밑의 사람은 윗사람이 추락하기를 바랐다. 그 자리에 앉고 싶어서였다. 그리고 그가 거기에 이르는 만 명 중 한 사람에 해당되었을 때는 이미 매사 시큰둥한 나이에 접어들 때였다. 그때 그들은 전장에 나가 적과 대적하기보다는 난로 뒤에서 사과나 굽는 것이 더 어울렸다. 그리고 어떤 병사가 맡은 일을 잘 처리하는 일이 벌어지기라도 하면 그는 다른 병사들의 시기의 대상이 되거나 아니면 아무 잘못도 없이 불의의 화를 당해 직급과 목숨을 다 빼앗기고 말았다. 앞서 언급한 미끄러운 장소보다 더 힘든 곳은 어디에도 없었다. 훌륭한 하사나 중사를 휘하에 두고 있는 사람은 그를 잃는 것을 좋아하지 않지만 그가 사관후보생이 되면 그의 상관은 어쩔 수 없이 그를 잃을 수밖에 없었기 때문이다. 그렇기에 사람들은 나이 든 병사가 되기보다는 시시한 글쟁이, 시종, 나이 든 심부름꾼, 가난한 귀족이나 그 귀족의 사돈의 팔촌, 그 밖에 더 잘 살 자격이 있는 사람 입으로 들어갈 빵을 떼어내는 기식자와 극빈자 그리고 사관후보생이 되는 것을 선호했다.

제17장
전시에는 천민보다 귀족이 우대받지만,
미천한 신분에서 높은 영예에 이르는 사람도 분명 많다

상사 한 명이 이 모든 것을 지극히 못마땅하게 여긴 나머지 큰 소리로 투덜대기 시작했다. 그러나 아델홀트[31]는 말했다. "예전부터 어

31) 요한 미하엘 모셰로슈Johann Michael Moscherosch의 풍자소설집 『필란더 폰 지테발트의 이상하고 참다운 얼굴*Wunderliche und Wahrhaftige Gesichte Philanders von*

디에서나 전쟁 수행의 직무를 귀족에게 맡긴다는 것을 모르십니까? 그
들이 더 쓸모가 있기 때문입니다. 수염이 희끗한 사람은 적을 쳐부수지
못합니다. 그가 해낼 수 있는 일이라면 한낱 염소 떼라도 해낼 수 있는
일일 것입니다. 이런 말이 있습니다.

> 나이가 많은 황소가 있는데도
> 가축 떼를 잘 장악하는
> 나이 어린 황소가 가축 떼에게
> 경험이 있는 것으로 소개된다.
> 그의 젊음과 상관없이
> 목동도 그를 신뢰하고
> 예부터 전해오는 그릇된 관습에 따라
> 사람들은 그것을 미덕이라 여긴다.

자, 이 괴팍한 늙은이, 말 좀 해보시오. 병사들에게 더 존경을 받는
사람은 이전에 단순한 졸병이었던 사람들보다 귀족 가문에서 태어난
장교들이 아닌지? 진정한 존경이 없는 곳에서 무슨 전쟁의 규율이 지
켜질 수 있는지? 야전 사령관은 귀족을 더 신뢰하면 안 되는 것인지?
자기 아버지의 경작지에서 도망쳐 부모님을 돕지 않은 농부의 자식보
다 더 말입니다. 제대로 된 귀족이라면 배신, 탈영, 그 밖의 비슷한 짓
을 저질러 그의 가문에 치욕을 안겨주느니 차라리 영예롭게 죽는 쪽을
택할 것입니다. 거기에다 명예직에 대한 사례금 지급과 관련해 법전에

Sittewalt』 제2부 세번째 이야기 「여인 예찬(Weiber-Lobe)」에서 대화를 나누는 인물.

서 분명히 읽을 수 있는 것처럼 귀족은 어디서나 특권이 보장되어 있습니다. 요하네스 드 플라티아[32]는 직책을 맡기는 데 있어 귀족에게 우선권을 부여하고 천민보다 귀족을 선호하기를 드러내놓고 원합니다. 그것이 관행임이 모든 법률은 물론 성경에서도 확인되고 있습니다. 「전도서」 10장에는 '왕이 귀족인 나라는 복이 있도다'라고 적혀 있습니다. 이는 귀족에게 특권을 보장하는 확실한 증언이 아닐 수 없습니다. 그리고 당신들 중의 어떤 사람이 실전 경험이 있어 어떤 형편에서든지 유익한 자문을 해줄 수 있는 훌륭한 병사라고 해도 다른 사람들을 지휘할 만큼 유능한 것과는 또 다른 것입니다. 그와는 반대로 귀족은 이와 같은 능력을 타고났거나 어려서부터 익숙합니다. 세네카는 말하기를 '고상한 정신은 영예로운 일을 하도록 자극할 수 있는 성격을 지닌다'고 했습니다. 훌륭한 정신의 소유자는 저속하고 야비한 짓을 보고 기뻐하지 않습니다. 그 점은 시인 파우스토[33]도 다음과 같은 2행시로 표현한 바 있습니다.

> 시골의 단순함이 너를 실팍하게 낳아놓았더라도
> 너는 귀족의 정신은 지니질 못했느니라.

그뿐만 아니라 귀족은 농부보다 더 많은 수단을 지닙니다. 그는 수하에 있는 사람들을 돈을 들여 돕거나 병력이 약한 중대에게는 병력을 충원하여 도움을 줄 수 있습니다. 만일 사람들이 농부를 귀족보다 높은 자리에 앉히면 유명한 속담처럼 역시 좋지 않은 결과를 낳을 것입니다.

---

32) Johannes de Platea: 볼로냐의 법률학자.
33) Publio Fausto Andrelini(1462~1518): 이탈리아의 인문학자.

만약 농부들이 별다른 이유 없이 주인이 되면 그 농부들은 훨씬 자만해 질 것입니다. 이런 속담도 있지 않습니까?

농부가 주인이 되는 것보다
더 예리하게 잘 드는 칼은 없다.

예로부터 농부들이 칭송할 만한 오랜 관행을 통해 귀족처럼 전시 보급이나 그 밖의 직책을 맡게 되면 틀림없이 즉각 귀족들에게 접근을 허용하지 않을 것입니다. 그뿐만 아니라 만일 사람들이 당신들 같은 귀족 출신이 아닌, 이른바 행운의 병사들[34]을 종종 기꺼운 마음으로 좀더 높은 자리에 이르도록 도울 때가 되면 그리고 사람들이 당신들을 심사해서 더 나은 자리에 앉힐 만하다고 평가할 때가 되면 당신들은 대부분 노쇠해지고 맙니다. 그럼에도 불구하고 당신들을 진급시켜야 할지 골머리를 앓지 않을 수 없습니다. 당신들이 늙으면 젊음의 열기는 사그라지고 오로지 당신들의 몸만 생각하기 때문입니다. 그동안 많은 걸림돌을 극복하면서 탈진한 나머지 전쟁하는 데에는 아무 쓸모도 없게 된 병든 몸 말입니다. 그리고 당신들에게 전투와 명예는 시큰둥해지고 어떻게 하는 것이 몸에 이로운지만 궁리하게 됩니다. 나이 어린 개가 나이든 사자보다 더 대담하게 사냥에 나서는 법입니다."

그러자 상사는 대답했다. "자신의 임무를 성실하게 수행함으로써 진급이 되는 것, 그러니까 자신의 충실한 근무에 대해서 보상받는 것을 기대해서는 안 된다면 근무를 하려 들 바보가 세상천지에 어디 있겠

---

34) 종종 '행운의 기사'와 같은 뜻으로 사용되기도 하나 원래는 귀족 출신이 아닌 장교를 뜻한다.

습니까? 그따위 전쟁은 지옥에서나 일어나야 합니다! 오늘날에는 어떤 사람이 맡은 일을 잘하고 못하는 것은 중요하지 않습니다. 충실한 임무 수행을 통해 장군이 될 수 있다는 확신이 없는 병사를 자신의 부대에 거느리고 싶지는 않노라고 늙은 대령님이 종종 말하는 것을 나는 들었습니다. 누구도 쉽게 부정할 수 없는 단순한 사실은 유능한 병사들을 진급시키고 그들의 용감성을 존중하는 국가는 일반적으로 승승장구한다는 것입니다. 페르시아와 터키의 예에서 분명히 볼 수 있는 것처럼 말입니다. 이런 말이 있습니다.

> 등불을 밝히려면, 등에 올리브유를 부어야 하는 법,
> 그러지 않으면 불꽃은 곧 꺼지고 말 것이니라.
> 성실한 근무 자세는 보상을 통해 강화되고 쇄신되는 법,
> 병사들의 사기는 관리를 필요로 하느니라."

그러자 아델홀트가 대답하였다. "만약 사람들이 어떤 성실한 남자에게서 훌륭한 품성을 파악한다면, 그냥 지나치지는 않을 것입니다. 오늘날 농부가 쟁기를, 재단사가 바늘을, 제화공이 구두골을, 목동이 지팡이를 버린 후 검을 잡고 나서 잘 버티며 용맹함을 보여 급이 낮은 귀족을 거쳐 백작이나 남작의 신분으로 승격하는 경우는 허다합니다. 황제군의 장군 요한 폰 베르트[35]는 어디 출신입니까? 스웨덴의 스톨한드스케[36]는 누구입니까? 헤센인 작은 야코프[37]는 또 어떻습니까? 내가 이

---

35) Johann von Werth(1591~1652): 농부 출신의 황제군 기병 지휘관.
36) Torsten Stålhandske(1593~1644): 재단사 출신의 스웨덴 기병 지휘관.
37) Jacob Mercier(1588~1633): 제화공 출신의 스웨덴-헤센군 지휘관.

류을 다 댈 수는 없지만 그러한 사람들은 수없이 많습니다. 단순하지만 성실한 사람이 전쟁을 통해서 높은 영예를 차지한다는 것은 오늘날 새삼스러운 일이 아닐 것입니다. 그것은 옛날에도 마찬가지였습니다. 티무르[38]는 강력한 왕이었고 전 세계에서 두려움의 대상이었습니다. 그도 이전에는 한낱 돼지치기 하는 사람에 불과했는데도 말입니다. 시칠리아의 왕 아가토클레스는 독지기의 아들이었고, 한낱 수레 만드는 목수였던 텔레파스는 리디아의 왕이 되었으며 황제 발렌티아누스의 아버지는 로프 제조자였습니다. 그 밖에도 머슴이었던 마우리티우스 카파독스는 티베리우스의 후임으로 황제가 되었으며 요안니스 치미스키스[39]는 학교 선생 노릇을 하다가 황제가 되었습니다. 그와 비슷하게 황제 보노수스가 가난한 학교 교장의 아들이었다고 플라비우스 보비스쿠스[40]는 증언하고 있습니다. 케르미디스의 아들 히페르볼로스는 원래 등 만드는 사람이었다가 나중에 아테네의 군주가 되었습니다. 유스티니아누스 황제의 전임자 유스티누스는 황제가 되기 전에 돼지치기를 했고 백정의 아들 위그 카페는 후에 프랑스의 왕이 되었습니다. 피사로도 한낱 돼지치기 하는 사람에 불과했는데 나중에 황금을 수백 파운드나 소유한 서인도 제도의 총독이 되었습니다."

늙은 상사가 대답했다. "다 옳고 좋은 말씀입니다. 그럼에도 불구하고 귀족이 우리들에게 품위 있는 자리에 들어가는 등용문을 잠가놓고 있다는 것은 부정할 수 없습니다. 귀족은 태어나자마자 우리 같은

---

38) Timur(1336~1405): 중앙아시아의 통치자.
39) Johannes Tzimisces(Johannes I. Tzimiskes, 924~976): 969년부터 비잔틴제국의 황제였으며, 전임자가 살해되면서 권력을 잡았다.
40) Flavius Vopiscus: 3세기 말 로마의 역사가.

사람들이 살면서 생각조차 할 수 없는 자리에 앉습니다. 대령이 된 귀족보다 더 많은 업적을 이룬 것은 막상 우리들인데도 말입니다. 그리고 농부들 중에서도 고귀한 정신을 지닌 사람들이 많음에도 필요한 수단이 없어서 학업을 지속하지 못해 몰락하는 것처럼, 많은 용감한 병사가 화승총 밑에서 늙어가고 있습니다. 연대를 호령할 자격이 있고 야전 사령관에게 커다란 값진 업적을 안길 수 있었을 텐데도 말입니다."

제18장
짐플리치우스는 처음으로 세상에 뛰어들었으나 운이 나빴다

나는 늙은 바보가 하는 말에 더 이상 귀를 기울이고 싶지 않았다. 오히려 그의 불평을 듣고 쓴웃음을 금치 못했다. 왜냐하면 그 역시도 불쌍한 병사들을 자주 개 패듯 팼기 때문이다. 나는 다시 숲 전체에 빽빽이 들어선 나무들이 어떻게 움직이고 서로 부대끼는지를 보았다. 그때 그 녀석들이 무더기로 후드득 소리를 내며 밑으로 추락했다. 딱! 하는 소리와 추락이 동시에 이루어졌다. 방금 전까지만 해도 팔팔하던 놈들이 금방 죽었다. 다음 순간에 한 놈은 팔을 잃었고, 다른 놈은 다리를, 그 밖의 다른 놈은 머리를 잃기까지 하였다. 모든 나무가 단 한 나무일 뿐인데 내가 바라보는 동안 그 나무의 우듬지에는 전쟁 신 마르스가 앉아서 나뭇가지를 들어 전 유럽을 덮고 있다는 생각이 들었고, 이 나무는 전 세계에 어둠을 내릴 수도 있는 것처럼 보였다. 이 나무에는 분명 시기와 증오, 악의와 질투, 망상, 교만, 탐욕, 그 밖에 그 비슷한 다른 아름다운 미덕이 예리한 북풍처럼 불어닥쳤기 때문에 얇고 투명

하게 보였다. 그래서 어떤 사람이 다음과 같은 시구(詩句)를 나무줄기에 써놓았다.

바람에 흔들리고 상처투성이인 참나무야,
네 가지는 부러지고 썩게 되는데,
내전과 형제의 갈등으로 모든 것이 역전되어,
남는 것은 오로지 고통뿐이다.

이와 같이 잠을 설치게 하는 세찬 바람 소리와 나무가 꺾어지는 소리 때문에 잠에서 깨어나 보니 나는 오두막에 홀로 있었다. 그래서 나는 앞으로 무엇을 해야 할지를 다시 생각하기 시작했다. 내가 숲속에 그냥 머물러 있는 것은 불가능했다. 모든 것을 빼앗겨버린 터라 더 이상 이곳에 머물러 살 수는 없었다. 몇 권의 책 이외에 남은 것은 아무것도 없었다. 그 책들은 여기저기 흩어져 뒹굴고 있었다. 내가 울면서 그 책들을 다시 주워 모으며 속으로 하나님을 부를 때 하나님께서는 분명 내게 갈 곳을 인도하고 안내하실 뜻을 세우신 것 같았다. 왜냐하면 나는 돌연히 나의 은자가 살아 있을 때 썼던 작은 쪽지를 발견했기 때문이다. 그 쪽지 내용은 이러했다. "사랑하는 짐플리치우스야, 네가 이 편지를 발견하는 즉시 이 숲을 떠나 너와 목사님을 현재의 고난에서 구하거라. 그분은 나를 위해 좋은 일을 많이 하셨단다. 네가 항시 눈앞에 모시고 열심히 기도해야 할 하나님께서 가장 편안한 곳으로 너를 인도하실 것이다. 그러니 항시 그분을 유념하고 어느 때든지 그분을 섬기기를 게을리하지 말거라. 전에 나와 같이 숲속에 있을 때 내가 한 유언을 너는 끊임없이 생각하고 실천해라. 그러면 네가 하는 모든 일이 항시 형

통할 것이다. 잘 살아라!"

나는 이 작은 쪽지와 은자의 무덤에 수천 번 입을 맞추고 길을 떠나 누구든 사람을 만날 때까지 걸었다. 이틀 동안 줄곧 걸었다. 그리고 밤이 되자 몸을 의지할 수 있는 속이 빈 통나무를 찾았다. 나의 양식은 도중에 주워 모은 너도밤나무 열매 말고는 아무것도 없었다. 3일째 되던 날 나는 겔른하우젠에서 얼마 멀지 않은 상당히 평평한 들판에 도달했다. 그곳에서 나는 잔칫상을 맞은 것 같았다. 들판 어디에나 이삭이 가득했다. 운 좋게도 농부들이 그 유명한 뇌르틀링겐 전투 후에 추방되는 바람에 다 익은 이삭을 수확해 들일 수가 없었던 까닭이다. 날씨가 몹시 추운 탓에 나는 들판에 잠자리를 만들었다. 그러고는 밀 이삭을 비벼서 배를 채웠다. 그렇게 맛있는 것을 먹어보는 것도 오래간만이었다.

제19장
짐플리치우스가 하나우에 있을 때 남긴 인상과 받은 대접

날이 밝자 나는 다시 밀로 끼니를 때우고 나서 겔른하우젠으로 갔다. 그곳에 가서 보니 성문이 열려 있었다. 그 성문은 일부가 불에 탔고, 일부는 아직도 오물 더미로 차단되어 있었다. 나는 안으로 들어갔다. 그러나 살아 있는 사람은 단 한 명도 눈에 뜨이지 않았다. 그와는 반대로 골목에는 시체들이 여기저기 널려 있었다. 몇은 발가벗은 채였고 몇은 내복만 입었다. 이같이 비참한 광경은 누구에게나 그렇듯 내게도 끔찍스러운 구경거리였지만 나의 단순한 머리로는 어떠한 불행이

이곳을 이런 상태로 만들었는지 도저히 상상할 수가 없었다. 그러나 얼마 뒤에 나는 황제군이 이곳에서 바이마르 군대를 기습했다는 사실을 들어서 알게 되었다. 돌팔매질 두 번이면 도달할 거리를 채 못 가서 나는 시내로 들어왔다. 그다음엔 그 도시를 보는 것도 싫증이 나서 뒤돌아 풀밭을 지나 노면 상태가 좋은 시골길로 빠져 위풍당당한 모습을 자랑하는 하나우 요새 앞까지 나왔다. 나는 그 요새의 경비병을 처음 보았을 때 무조건 지나쳐 가려고 했다. 그러나 화승총을 든 두 명의 병사가 즉시 나를 거칠게 움켜잡고 초소로 끌고 갔다.

그 후로 내게 어떠한 일이 일어났는지 이야기하기 전에 독자에게 그 당시 나의 몰골을 설명해야겠다. 왜냐하면 나의 복장과 행동거지가 남이 보기에 하도 희한하고, 괴상하고, 역겹기까지 해서 요새 사령관도 나중에 나의 초상화를 그리게 할 정도였기 때문이다. 우선 나의 머리는 2년 반 전부터 그리스식이든 독일식이든 또는 프랑스식으로든 자르거나 빗질을 하는 것은 물론 지지거나 곱슬곱슬하게 말아본 적이 없다. 그래서 있는 대로 헝클어지고 (다른 바보 같은 연놈들이 머리카락 도둑이라고 부르는) 파우더나 가루약 대신에 몇 년 묵은 먼지만이 덕지덕지 끼어 있었다. 그 밑에 나의 창백한 얼굴이 먹이를 움켜쥐려고 하거나 쥐새끼를 노려보는 올빼미처럼 살짝 모습을 드러내 보였다. 그리고 나는 항시 모자를 쓰지 않고 다니는 버릇이 있고 나의 머리카락은 태생적으로 곱슬머리이기 때문에 마치 이슬람교도들처럼 머리에 터번을 쓴 형상이었다. 그 밖에 나의 복장은 이런 나의 몰골에 어울렸다. 그것을 저고리라고 할 수 있을지는 모르겠지만 나는 은자의 저고리를 입고 있었다. 그것을 만든 원단은 완전히 해어지고 형태만이 그대로 남아 있었다. 그 형태는 지금 수천 가지 다양한 색상의 천을 연결해서 짜깁기한 헝겊 조각의 모습을 하고 있었다. 이렇게 철저하게 해어지고 여러 번 수선한 저고리 위에 나는 털로 짠 셔츠를 어깨걸이로 두르고 있었다(왜냐하면 나는 저고리 소매를 양말로 사용하기 위해서 절단했기 때문이다). 그러나 나의 온몸은 마치 사람들이 성 빌헬무스의 모습을 그릴 때처럼 앞뒤로 쇠사슬을 십자형으로 조심스럽게 두른 터라 마치 터키군의 포로로 돌아다니면서 친구들을 위해 구걸하는 일개 거지처럼 보였다. 내 신발은 나무로 깎은 것이었고, 신발 끈은 보리수나무 껍질로 엮은 것이었다. 그러나 발 자체는 게딱지처럼 붉은색을 띠고 있어서 내가 마치 에스파냐 군대의 군복 색깔을 한 양말을 신거나 그 밖의 피부를 브라질 소방나무 색으로 칠한 것 같았다. 그 당시 나를 사기꾼, 호객꾼 또는 부랑자로 취급하고 나를 사모아 사람이나 그린란드 사람이라고 불렀다면 많은 멍청한 사람이 나를 구경하기 위해서 1크로이처[41]를 지불했으리라!

생각이 있는 사람이면 누구나 막상 나의 마르고 허기에 찌든 모습과 남루한 옷차림에서 내가 무료 급식소나 어떤 여인에게서 또는 규모가 큰 농장에서 도망쳐 나온 것은 아님을 판단하기가 그다지 어렵지 않았을 것이다. 그럼에도 불구하고 나는 위병 초소에서 혹독한 신문을 당했다. 그리고 병사들이 나를 빤히 바라본 것처럼 내 편에서도 마주 대하고 대답을 재촉하는 그들 장교의 요란한 복장에 놀라서 빤히 쳐다보지 않을 수 없었다. 나는 그가 남자인지 여자인지 분간할 수가 없었다. 왜냐하면 그는 프랑스식 머리와 수염을 하고 있었기 때문이다. 머리 양쪽으로 댕기 머리가 말 꼬랑지처럼 달리고 수염은 형편없이 손질된 채

---

41) 십자 문양이 새겨진 동전.

늘어져 있는 데다 입과 코 사이에는 겨우 몇 가닥의 털만 잘 보이지 않을 만큼 짧게 나 있었다. 그의 성별에 관한 몇 가지 의문은 그의 폭넓은 바지 때문에 생겼다. 그 바지는 남자용 바지라기보다는 여인용 치마라는 생각이 들었다. 나는 혼자 이 사람이 사내라면 마땅히 제대로 된 수염을 길렀어야 한다고 생각했다. 왜냐하면 이 기생오라비는 젊은이 행세를 했지만 실제로는 그렇게 젊지도 않았기 때문이다. 그러나 그가 계집이라면 이 늙은 쌍년의 주둥이 주변에 그처럼 많은 수염 자국이 남아 있는 것은 무슨 까닭일까? 이 사람은 틀림없이 계집이라고 나는 생각했다. 점잖은 남자라면 그의 수염을 그처럼 초라하게 내버려두지는 않았을 것이기 때문이다. 아무리 염소라 할지라도 수염을 짧게 자르면 수치스러워서 다른 무리에게 더 이상 발걸음을 하지 못하는 것처럼 말이다. 나는 확신이 서지 않고 또한 최신 유행을 알지 못했기에 그를 결국 남자인 동시에 여자로 여겼다.

내가 보기에 이 남자 같은 여자 또는 여자 같은 남자는 나의 몸을 샅샅이 뒤지도록 했으나 내게서 자작나무 껍질로 만든 조그만 책자 말고는 아무것도 찾아내지 못했다. 그 책자 속에는 내가 매일매일 하는 기도 내용이 적혀 있었고 앞 장에서 언급했듯 신앙심이 깊은 은자가 나에게 유품으로 남긴 작은 쪽지도 들어 있었다. 그러나 나는 그것을 잃고 싶지 않았기에 그 책자를 쥐고 그의 앞에 엎드려 양 무릎을 잡고 말했다. "아, 나의 친애하는 헤어 마프로디트,[42] 제발 나의 기도 수첩만은 손대지 말아주세요!" 그는 대답했다. "이 바보 같은 놈아, 누가 네게 내 이름이 헤르만이라고 일러주었느냐?" 그런 다음 두 병사에게 나를 사

---

42) '헤어 마프로디트Herr Maphrodit'는 짐플리치우스가 남자도 여자도 아닌 '자웅동체 님'이란 뜻으로 한 말이었으나 장교가 '헤르만'으로 잘못 알아들은 것이다.

령관에게 인도하도록 명령하고 예의 소책자도 함께 주었다. 왜냐하면 내가 곧 알아차리기로는 이 멍청한 장교 자신도 글을 읽지도 쓰지도 못하기 때문이었다.

이렇게 해서 나는 시내로 안내되었고 마치 바다 괴물이 볼거리로 등장하기나 한 것처럼 사람들이 몰려들었다. 그렇게 누구나 나를 보려고 했고 내가 누구이고 무엇 하는 사람인지 구구각각으로 상상을 했다. 첩자로 여기는 사람도 있었고 미친 사람으로 여기는 사람도 있었으며, 또한 야생인으로 여기는 사람도 있었다. 그 밖에 귀신, 기적 또는 어떤 의미 있는 전조로 여기는 사람 등 가지각색이었다. 몇몇 사람은 나를 어릿광대로 여겼는데 내가 사랑하는 하나님을 알지 못했다면 그것이 제일 맞는 정답이었을 것이다.

제20장
짐플리치우스는 어떻게 감옥행과 고문을 모면했는가?

사령관 앞에 인도되자 그는 내가 어디서 왔는지 물었다. 그러나 나는 모른다고 대답했다. 그는 계속해서 물었다. "그러면 가려고 하는 곳이 어디냐?" 나는 재차 대답했다. "모르겠어요!"―"그렇다면 도대체 네가 아는 것이 무엇이냐?" 그 밖에도 그는 이런 질문을 했다. "직업이 무엇이냐?" 나는 여전히 모른다고 대답했다. "그러면, 집은 어디냐?" 내가 다시금 모른다고 대답하자 그의 얼굴 표정이 변했다. 화가 나서 그랬는지 이상해서 그랬는지 나는 알 수가 없었다. 그러나 누구나 제일 먼저 나쁜 쪽으로 생각하기 마련이고 게다가 적군이 근처에 있었기에 그는 나를 배신자나 첩자로 여기는 눈치였다. 이미 말한 것처럼 적군은 그 전날 밤 겔른하우젠으로 진입해서 경기병 연대를 격파한 적이 있었기 때문이다. 사령관은 몸수색을 명령했다. 그러나 나를 그에게 데려온 위병들은 이미 몸수색을 했는데 조그만 책자 이외에는 아무것도 발견하지 못했다는 답을 들었다며 그 조그만 책자를 그에게 넘겨주었다. 그러자 그는 그 안에 적혀 있는 글을 몇 줄 읽고 그것을 누구한테 받았는지 물었다. 나는 누구에게서 받은 것이 아니고 어디까지나 내 것이라고 답했다. 왜냐하면 내가 손수 그 책자를 만들고 직접 그 안에 빼곡히 글을 써넣었기 때문이라고 했다. 그는 하필이면 자작나무 껍질 위에 쓴 이유가 무엇이냐고 물었다. 나는 다른 나무껍질에는 글을 쓸 수가 없기 때문이라고 대답했다. 그러자 그가 말했다. "이 촌놈아, 왜 종이 위에 쓰지 않았느냐고 내가 묻는 거야"—"아이! 숲속에는 종이가 없으니까요"라고 나는 대답했다. 사령관은 물었다. "어디, 어느 숲에?" 나는 다시금 모른다고 판에 박힌 대답을 했다.

그때에 사령관은 방금 대기하고 있던 몇몇 장교를 향해 말했다. "이 친구는 교활한 사기꾼이거나 한낱 멍청한 바보에 불과하거나 둘 중 하나임이 틀림없어. 그러나 글을 쓸 수 있는 것을 보면 바보는 아닐지 모르지." 그렇게 말하면서 나의 좋은 필체를 그들에게 보여주기 위해서 소책자의 책장을 세차게 넘기는 바람에 은자의 쪽지가 바닥에 떨어지지 않을 수 없었다. 그러자 그는 그 쪽지를 집어 들었다. 그러나 나는 그것을 보고 대경실색했다. 나는 그것을 내가 가진 가장 값진 보물이요 성스러운 물건으로 여겼기 때문이다. 사령관은 이 점을 놓치지 않고 주의 깊게 살폈던 것 같다. 그래서 그에게는 내가 첩자라는 혐의가 더욱 짙어졌다. 특히 그가 그 편지를 읽고 난 후에는 더욱 그랬다. 그는 말했다. "이는 내가 아는 필적이다. 내가 잘 아는 장교가 쓴 것이 틀림없다. 그러나 정확히 누구 필적인지가 기억이 나지 않는다." 마찬가지로 그 내용도 그에겐 희한하고 이해할 수 없는 것으로 생각되었다. 그래서 그는 "이는 틀림없이 약속한 사람만 이해할 수 있는 암호문"이라고 말했다. 그는 나의 이름을 물었고 내가 '짐플리치우스'라고 대답하자, 그는 말했다. "그래, 그렇군. 내가 보기에 너는 틀림없이 진짜 잡초 같은 놈이야![43] 데리고 나가서 즉시 손과 발에 수갑을 채워!" 이렇게 해서 앞서 말한 두 명의 위병들이 나를 데리고 새로 정해진 숙소, 그러니까 감옥으로 데려가며 나를 그곳 책임자에게 넘겼다. 그 책임자는 명령에 따라 양손과 양발에 더욱 단단한 수갑을 채우고 사슬로 묶었다. 내가 이미 몸에 감고 있던 쇠사슬 때문에 어려움이 많았지만 개의치 않는 눈치였다.

이와 같은 소동도 나를 맞는 환영 인사로서 아직은 그들의 성에 차지 않았다. 형리와 그의 조수는 끔찍한 고문 기구를 가져왔다. 나는 무죄를 확신했기 때문에 안심하고 있었음에도 불구하고 그 고문 기구는 나의 난처한 처지를 처음으로 정말 두려워하지 않을 수 없도록 만들었다. 그리하여 나 자신에게 말했다. "아 하나님 맙소사! 네게 이런 일이 일어나는 것은 너무나 당연해! 짐플리치우스야, 일개 기독교인이 이 같은 우스운 꼴을 당하는 것은 하나님 섬기는 일을 포기하고 달아난 결과야. 너의 경솔함에 대한 정당한 대가를 이제 네가 치르는 것이다. 아, 이 불행한 짐플리치우스야, 너의 배은망덕함이 너를 어디로 인도하게 될는지? 하나님께서는 이제 겨우 너를 알아보시고 받아들이셨는데, 너

---

43) 고대 의학에서는 씨앗, 뿌리, 약초 같은 합성되지 않은 단순한 약제를 '짐플리치아 Simplicia'라고 지칭했다.

는 반대로 도망을 쳐서 그분께 등을 돌리고 있구나! 너는 더 이상 전처럼 도토리나 콩을 먹으면서 너의 창조주를 섬길 수 없었단 말이냐? 너의 올곧은 스승이셨던 은자가 세상을 떠나 밀림을 선택한 이유를 알지 못했더냐? 아아, 이 눈멀고 멍청한 놈아! 너는 세상을 구경하고, 비열한 욕심을 채워보고 싶어서 숲을 떠난 것이야. 그러나 이제 보거라, 너의 눈을 즐겁게 할 수 있다고 믿는 동안에 너는 이 위험한 미궁에 빠져서 멸망하지 않을 수 없게 되었다. 이 어리석은 친구야, 만약 너의 돌아가신 스승이 세상에서 참다운 평화, 올바른 안정과 영원한 복락을 얻을 수 있다고 믿었다면 황야에서 이 고생스러운 삶을 살지는 않았을 것임을 너는 미처 생각지 못했단 말이냐? 불쌍한 짐플리치우스야, 이제 가서 네가 품었던 허황된 생각과 어리석은 자만심의 대가를 치르거라! 부당하다고 불평할 것도 없고 무죄라고 위로할 것도 없다. 네가 고문의 고통과 거기에 따르는 죽음을 자초했기 때문이니라!" 이렇게 나는 나 자신을 꾸짖으면서 하나님께 용서를 구하고 그분에게 나의 영혼을 부탁드렸다. 그사이 우리는 도둑놈을 가두어두는 감옥 가까이 왔다. 그러나 고통이 극심할 때 하나님의 도움도 가장 가까이 있는 법이다. 내가 형리들에게 둘러싸여 감옥으로 가서 문이 열리고 들어가기를 기다리며 일단의 군중과 함께 감옥 앞에 서 있을 때 얼마 전 약탈당하고 불타버린 마을의 목사님도 무슨 일이 일어났는지 궁금해서 밖을 내다보았다 (그분도 거기에 감금되어 있던 중이었다). 그가 창밖을 내다보고 내 모습이 눈에 띄었을 때 큰 소리로 외쳤다. "아, 너 짐플리치우스 아니냐?" 나는 그 소리를 듣고 그를 보자마자 부지불식간에 양손을 쳐들고 소리쳤다. "아 목사님! 아 목사님! 아 목사님!" 그는 내가 무슨 짓을 했는지 물었다. 나도 모르겠으나 아마도 내가 숲을 떠났기 때문에 사람들이 나를 이곳으로 데리고 온 것 같다고 대답했다. 그러나 사람들이 나를 첩자로 여기고 있다는 것을 들었을 때 그는 형리들에게 나에게 위해(危害)를 가하지 말고 자신이 사령관님에게 나의 정체를 밝힐 때까지 기다려 줄 것을 부탁했다. 그가 나의 정체를 밝히기만 하면 사령관님이 우리에게 부당한 짓을 하는 것을 막을 것이고 나의 석방은 물론 그의 석방에도 분명 도움이 될 것이라는 말이었다. 왜냐하면 목사인 그가 살아 있는 사람들 중에 누구보다도 나를 잘 알고 있기 때문이라는 것이었다.

제21장
짐플리치우스는 행복에 겨워 앞날을 밝게 전망하다

목사님에게 사령관 면회가 허락되었고 반 시간 뒤에는 사람들이 나까지도 데리고 나가서 하인들 방에 앉혔다. 그곳에는 이미 두 사람의 재단사, 구두를 든 제화공 한 명, 모자와 양말을 가져온 장사꾼 한 명, 그 밖에 각가지 옷감을 챙긴 다른 한 사람이 와 있었다. 나에게 가능하면 빨리 옷을 지어 입히기 위해서였다. 사람들은 쇠사슬과 털 달린 내복과 함께 나의 저고리를 벗기고 재단사가 내 몸의 치수를 쟀다. 그다음엔 이발병이 독한 알칼리 용액과 냄새가 좋은 비누를 들고 들어왔다. 그러나 그가 막 솜씨를 보이려고 했을 때 다른 전갈이 와서 나를 몹시 놀라게 했다. 나로 하여금 헌 옷을 다시 입게 하라는 것이었다. 그러나 그 전갈은 내가 걱정했던 것처럼 그렇게 나쁜 것은 아니었다. 뒤따라 화가 한 사람이 화구를 들고 나타났기 때문이다. 그가 가져온 화구를 열거하자면 나의 거친 두 눈썹을 그리기 위한 연단(鉛丹)과 진사(辰砂),

붉은 입술을 칠하기 위한 적갈색 래커, 인도 남색과 군청색 니스, 굶주림 때문에 희게 드러나 보이는 치아를 위한 황금색, 적황색과 납황색, 나의 갈색 머리를 그리기 위한 그을음, 숯 검댕과 엄버 갈색, 나의 거친 두 눈을 위한 연백(鉛白), 그 밖에 날씨 때문에 절고 빛바랜 내 저고리를 위한 다른 색상들이 있었다. 또한 그는 화필도 한 움큼 있었다. 그는 이제 나를 관찰하기 시작해서 스케치를 하고 제대로 된 얼굴 모습을 그리고 나서 고개를 갸웃거리며 그의 작품과 나의 모습을 거듭 조심스럽게 비교했다. 눈을 고치기도 하고 머리카락, 그다음엔 재빨리 콧구멍을 고치기도 했다. 간단히 말해 처음에는 성공하지 못한 모든 것을 수정해서 마침내 최종으로 원래 짐플리치우스 모습을 그대로 그린 초상화를 완성했다. 그런 다음에야 비로소 이발병도 나에게 손을 댈 수 있었다. 그는 나의 머리를 감기고 한 시간 반 동안 나의 머리를 매만지고 그 당시 유행하는 두발형으로 잘랐다. 나의 머리카락은 그 정도로 치렁치렁 넘치도록 풍성했다. 그런 후에 나를 목욕통에 앉히고 3~4년 이상 묵은 때가 잔뜩 끼어 있고 먹지 못해 앙상하게 마른 몸을 씻겼다.

그가 씻기기를 끝내자마자 사람들은 내게 흰 내복, 구두, 양말, 시접 또는 칼라를 모자 및 깃털 장식과 함께 가져왔다. 바지도 마름질이 예쁘게 되고 여기저기 금실과 은실이 달려 있었다. 다만 아직 짧은 저고리가 없었으나 그것도 재단사가 최대한 빨리 만들었다. 요리사는 걸쭉한 수프를, 하녀는 마실 것을 들고 나타났다. 그러자 짐플리치우스 도련님은 자리에 앉아서 젊은 백작처럼 극진한 대접을 받았다. 사람들이 나를 어찌할 속셈인지 나는 도무지 알지 못했지만 부지런히 먹었다. 형 집행 전에 사형수가 마지막으로 드는 식사에 관해서 나는 아직 아무것도 들은 적이 없었다. 그렇기 때문에 이 성찬은 이루 말할 수 없을 정도로 맛있었다. 그렇다. 내 생각에 평생을 두고 그때보다 더 호강해본 적이 없었던 것 같았다.

짧은 저고리가 완성되자 나는 그것을 입었으나 새 옷을 입은 나의 몸맵시는 별로 볼품이 없었다. 나의 모습은 마치 전승비에 약탈물을 걸쳐놓거나 말뚝을 치장해놓은 것 같았다. 왜냐하면 재단사가 나의 옷을 의도적으로 지나치게 크게 만들었기 때문이다. 얼마 안 있으면 내 몸이 불어날 것이라고 추측해서 한 일이지만 그처럼 좋은 음식을 먹고 나니 그 추측은 현실이 되었다. 그와 반대로 내가 숲에서 입었던 옷은 쇠사슬 및 다른 부속물과 함께 다른 진품과 고물이 있는 박물관으로 가져갔고 나의 전신상(全身像)이 그 옆에 서 있게 되었다.

짐플리치우스 도련님은 저녁 식사를 한 뒤 침대에 누웠다. 여태 한 번도 자본 적이 없는 편안한 침대였다. 은자와 함께일 때는 물론 아바이 집에서도 그런 침대에서는 자본 적이 없었다. 그러나 나의 배가 밤새도록 꾸르륵 소리를 내며 끓는 바람에 나는 잠을 잘 수가 없었다. 아마도 내 배는 단적으로 말해 아직 좋은 음식을 알지 못했거나, 아니면 제공된 맛있는 음식 때문에 놀란 것 같았다. 여하튼 나는 정다운 햇살이 다시 비칠 때까지 계속 누워 있었다(날씨가 추웠기 때문이다). 그리고 지난 며칠 동안 사랑하는 하나님께서 줄곧 성심껏 도우셨고 나를 그처럼 좋은 장소로 인도하셨던 희한한 사건들에 대해서 곰곰이 생각해보았다.

제22장
짐플리치우스에게 많은 은혜를 베푼 은자의 정체

그날 아침 사령관의 집사가 나에게 목사님에게 가서 목사님과 사령관이 나에 관해 어떤 대화를 나누었는지 들으라고 명령했다. 그는 나를 데려온 경호원 한 명을 내게 딸려 보냈다. 목사님은 나를 서재로 안내해서 자리에 앉히고 자신도 자리를 잡고 앉아 말했다. "사랑하는 짐플리치우스야, 네가 숲에서 함께 지냈던 은자는 이곳 사령관의 매형이셨다. 그뿐만 아니라 전쟁에서는 그의 후원자이자 가장 친한 친구이셨다. 사령관이 내게 들려준 바로는 은자는 젊어서부터 영웅다운 군인의 기상과 한 기독교 교단의 신부로서 하나님을 경외하는 돈독한 신앙심을 지니고 있었단다. 그러니까 함께 갖추기가 쉽지 않은 두 가지 미덕을 겸비한 셈이다. 그의 신앙심과 여러 가지 불행한 사건들이 결국 그가 이 세상의 행복을 누리는 것을 방해했고 그는 귀족 신분과 고향인 스코틀랜드에 있는 엄청난 재산을 포기해야 했다. 종교를 떠난 세속적 행동 일체가 혐오스럽고 공허하며 사악한 것으로 생각되었기 때문이다. 한마디로 말해서 그는 현세의 높은 지위를 내세의 더 훌륭한 영광과 바꾸기를 희망했던 것이다. 그의 고귀한 심성으로 볼 때 지상의 모든 사치는 오직 구토증만을 유발할 뿐이었다. 그러므로 그의 모든 행동과 노력은 네가 숲에서 그를 만나 죽을 때까지 함께한 바와 같이 오로지 무소유의 삶을 지향했다. 내가 보기에 그는 옛날 은자들의 삶에 대해서 교황들이 쓴 많은 책을 읽고 영향을 받고 그대로 살았던 것 같다.

또한 그가 어떻게 자신의 염원에 따라 이곳 슈페사르트로 와서 그처럼 궁색한 은자 생활을 하게 되었는지도 숨김없이 다 네게 들려주마.

나중에라도 네가 다른 사람들에게 이야기해줄 수 있도록 하기 위함이다. 피비린내 나는 획스트 전투[44]에서 패한 지 이틀 뒤에 혈혈단신인 그가 목사관으로 나를 찾아왔었다. 그때 나는 처자식들과 함께 아침 녘에야 잠이 들어 한창 잠을 자고 있는 중이었다. 전투가 벌어질 때면 의례히 도망하는 자와 추격하는 자들이 피우기 마련인 소동 때문에 우리는 그 전날 밤을 온통 그리고 전전날 밤엔 절반을 눈도 붙이지 못하고 보냈었다. 그는 처음에는 조심스럽게 그다음엔 세차게 노크를 해서 나와 잠에 취한 나의 가족들을 깨웠다. 내가 몇 마디 조심스럽게 대화를 나눈 뒤 그가 다급해하는 바람에 문을 열어주었을 때 기사 한 명이 생기 발랄한 말에서 내리는 것을 나는 볼 수 있었다. 그의 값진 옷은 금과 은으로 장식되었을 뿐만 아니라 그의 적들이 흘린 피가 묻었고 아직도 번쩍이는 칼을 손에 쥐고 있어 나는 놀라고 두려움에 사로잡히지 않을 수 없었다. 그가 칼을 칼집에 꽂고 예의 바르게 나를 대할 때 나는 이처럼 용감한 분이 한낱 보잘것없는 마을 목사에게 그처럼 공손하게 숙소를 제공해주기를 간청하는 것을 보고 이상하다고 생각했다. 그의 당당한 태도와 화려한 복장 때문에 나는 만스펠트 백작[45] 자신을 대하고 있는 것으로 여겼다. 그러나 그는 말하기를 그가 만스펠트와 비교될 만할 뿐만 아니라 심지어 그를 능가하기까지 하는 것은 이번 한 번뿐인데 물론 불행함에 있어서만 그렇다고 했다. 그는 만삭인 아내의 죽음, 전투에서의 패배 그리고 다른 신실한 병사들처럼 그 전투에서 복음을 위해 목

---

44) 마인 강가에 위치한 획스트에서 1622년 틸리가 지휘하는 가톨릭 연합군이 브라운슈바이크의 크리스티안 공작이 지휘하는 군대를 격파했다.

45) Ernst von Mansfeld(1580~1626): 프로테스탄트 연합군의 용병 사령관으로 획스트 전투에 참전했으나 패배했다.

숨을 잃지 않고 부지한 점, 이 세 가지를 슬퍼했다. 나는 그를 위로하려고 했으나 곧 그의 고귀한 품성은 위로를 필요로 하지 않는다는 것을 깨달았다. 그런 다음 나는 우리 집에서 제공할 수 있는 것을 그와 함께 나누었고 그를 위해 햇볏짚으로 간이침대를 만들도록 했다. 그는 절박하게 휴식이 필요한데도 다른 침대에는 누우려고 하지 않았기 때문이다.

그다음 날 아침에 그는 자신의 말을 나에게 첫 선물로 주었고, (그가 적지 않게 금으로 지니던) 돈을 몇 개의 값진 반지들과 함께 나의 아내, 아이들, 하인들에게 나누어주었다. 나는 그것을 어떻게 받아들여야 할지 알지 못했다. 왜냐하면 병사들이란 그야말로 주는 쪽보다는 받는 쪽이라는 것이 통념이었기 때문이다. 그렇기에 그처럼 큰 선물을 받는 것이 마음에 걸려서 거절을 했다. 나는 선물을 받을 만한 일을 한 적이 없을뿐더러 어떻게 하면 그 큰 선물을 받을 만한 일을 할 수 있는지 알지조차 못한다고 말하면서 거절했다. 그리고 덧붙여서 만일 사람들이 그와 같은 재물과 특히 존재를 숨길 수 없는 값진 말이 내 집에 있는 것을 보면 누구나 내가 그것을 약탈하거나 심지어 주인을 살해했으리라고 추측할 것이라고 했다. 그러나 그가 말하기를 그것 때문에 걱정할 필요가 없도록 그가 손수 확인해주는 문서를 써서 그와 같은 위험을 방지하겠다고 했다. 그는 목사관을 떠나면 내의나 의복도 더 이상 입지 않겠다고 했다. 그러고는 이제 은자가 되겠다는 뜻을 밝혔다. 나는 되도록 그를 말렸다. 왜냐하면 은자가 되겠다는 그의 의도는 다분히 가톨릭의 냄새가 났기 때문이다. 그래서 그에게 칼을 쥐고도 복음에 더 많은 공헌을 할 수 있음을 상기시켜주었다. 그러나 헛수고였다. 그가 하도 끈질기게 나를 조르는 바람에 나는 모든 것에 동의하고 그는 나에게 넘겨준 모든 재물의 대가로 전날 밤 볏짚 위에서 덮고 잤던 모포만을 가져가기를 원했지만 나는 네가 그에게서 발견했던 책과 그림, 집기 들을 마련해주었다. 그는 그 모포로 웃옷을 만들도록 했다. 그가 늘 지니던 사슬도 원래는 나의 것이었는데 나중에 그가 사랑하는 사람들의 초상화를 매단 금줄 하나와 교환해야 했다. 그 결과 그는 돈은 물론 돈이 될 만한 것은 아무것도 지니지를 않았다. 우리 하인이 숲에서 가장 쓸모없는 불모지로 그를 안내했고 그를 도와서 그가 살 오두막을 지었다. 그 후로 그가 거기에서 어떻게 살았고 내가 그동안 어떻게 그의 궁핍한 살림을 도왔는지는 네가 나나 마찬가지로 잘 알거나 부분적으로는 더 잘 알고 있을 것이다.

　　얼마 전 뇌르틀링겐 전투에서 패배하고 너도 알다시피 막상 모든 것을 빼앗기고 심한 고통을 겪은 후로 나는 이곳에 와서 신변의 안전을 찾았다. 그 전에 미리 가장 좋은 물건들을 이곳으로 옮겨놓았었다. 돈이 떨어지자 나는 현금으로 바꾸기 위해 세 개의 반지―그중에는 그의 인장 반지도 끼어 있다―와 내가 네게 이야기했던 초상화가 달린 금목걸이를 들고 어느 유대인에게로 갔다. 그러나 이 유대인은 그 물건들이 값이 나가고 세공도 잘되어 있다고 보고 요새 사령관에게 매입하도록 내놓았다. 그러자 사령관은 다시금 그 문장과 초상화를 알아보고 나를 오게끔 해서 내가 어떻게 이 귀중한 물건들을 손에 넣게 되었는지를 알려고 했다. 나는 그에게 사실을 이야기했고 그에게 은자의 필적이 든 양도증서를 보여주었다. 그리고 은자가 어떻게 숲에서 살았고 죽었는지 그에게 모두 들려주었다. 그러나 사령관은 나를 믿으려 하지 않았고 진실의 전모를 파악할 때까지 나를 구금하겠다고 선언했다. 그런데 그가 은자가 살던 오두막을 눈으로 확인하고 너를 데려오기 위해 일단의 병사들을 보내려고 하던 찰나에 사람들이 너를 감옥으로 데리고 가는 것을 내가 목격한 것이다. 그러자 이제 사령관에게는 더 이상 나를 의심할 이유가 없어졌다. 그리고 내가 그에게 은자가 거주하던 곳을 일러주고 너와 다른 살아 있는 증인들, 특히 예전에 너와 그를 종종 날이 밝기 전에 교회에 들여놓은 적이 있는 교회 사찰을 증인으로 불러 사실을 확인할 수 있었다. 너의 기도서에 들어 있던 쪽지도 물론 진실을 증언할 뿐만이 아니라 사망한 은자의 신앙심도 분명하게 증언하고 있기 때문에 그는 그의 사망한 매형을 추모하기 위해 너와 나에게 선행을 베풀려고 한다. 그러니 너는 원하는 것이 무엇인지를 결정해서 그에게 전하기만 하면 된다. 네가 공부를 원하면 그가 필요한 경비를 부담할 것이다. 네가 기술을 익히려 하면 그는 너에게 한 가지 기술을 익히게 할 것이다. 그러나 네가 그의 곁에 머물고 싶다면 틀림없이 너를 친자식처럼 여기며 데리고 있을 것이다. 세상 떠난 매형의 개 한 마리가 그에게 오더라도 받아들이겠다고 그가 말했기 때문이다."

나는 사령관님이 어떠한 처분을 내리든 달게 받겠다고 대답했다.

제23장
짐플리치우스는 시동이 되어
은자의 부인이 실종된 전말을 듣다

목사님은 아침 10시까지 나와 함께 자신의 숙소에 머물다가 나의 결심을 통보하기 위해 사령관에게로 갔다. 손님을 초대해서 식사하기를 좋아하는 사령관으로 하여금 점심 식사에 초대되기를 희망했기 때문이다. 그 당시 하나우는 봉쇄되어 외부와의 교역이 일절 끊긴 상태였다. 그리하여 형편이 어려운 사람들, 특히 요새 속으로 도망친 사람들에게는 식량 부족이 심각해져서 가진 것이 있는 사람들 사이에서도 부자들이 길거리에 버린 언 무 껍질을 줍는 것을 창피하게 여기지 않을 정도였다.

목사님의 계획은 성공해서 심지어 식탁의 상석인 사령관 곁에 자리를 잡았다. 그러나 나는 관리인의 지시에 따라 손에 접시 하나를 들고 시중을 들었다. 그때에 나는 장기 놀이판의 당나귀인 양 잽싸게 굴었다. 그러나 목사님은 나의 서투른 동작을 오로지 혀로만 보충해서 설명해주었다. 그는 내가 외떨어진 산속에서 성장하고 한 번도 사람들과 함께 살아본 적이 없어 어떻게 행동해야 할지를 아직 모른다는 점을 이해해야 한다고 말했다. 그렇지만 내가 얼마나 은자에게 신의를 지키고 그의 곁에서 어려운 삶을 견디어냈는지를 알게 되면 감탄하지 않을 수 없다고 했다. 바로 그렇기 때문에 나의 동작에 서툰 점이 있더라도 양해를 해야 할 뿐만 아니라 나를 가장 고귀한 귀족의 자제들보다도 더 사랑해야만 한다는 것이었다. 그런 다음 내가 은자의 사랑하는 아내를 꼭 빼닮은 까닭에 은자에게 기쁨의 전부였다는 사실을 입버릇처럼 이야기했다. 은자도 나의 참을성과 그의 곁에 머물겠다는 결심 그리고 내가 지닌 다른 많은 미덕을 높이 평가하고 자주 감탄했다는 것이다. 요컨대 은자가 세상을 뜨기 조금 전에 목사인 그에게 얼마나 진지하고 열띠게 나를 칭찬했고, 얼마나 나를 친자식인 것처럼 사랑한다고 고백했는지를 이루 말로 다 할 수 없다는 것이었다.

목사님의 이야기는 나의 귀를 간지럽게 해서 내가 일찍이 은자와 지내며 이겨내야만 했던 어려움들이 모두 기쁨으로 보상되는 느낌이 들었다. 사령관은 이즈음 자신이 하나우에서 사령관으로 부대를 지휘한다는 것을 그의 죽은 매형이 알고 있었는지 물었다. 목사님은 대답했다. "물론 그 사실을 내가 직접 그에게 말했습니다. 그러나 그는 기쁜 표정과 작은 미소를 띠기는 했지만 아무런 감정의 동요를 보이지 않은 채 담담하게 받아들였습니다. 마치 그가 램지[46]라는 사람을 안 적이 없는 것처럼 말입니다. 그래서 나는 곰곰 생각해보니 이분의 항심에 대하여 더욱더 감동하지 않을 수 없었습니다. 얼마나 결연하게 자신의 결심을 고수하고 세상을 포기할 뿐만 아니라 근처에 있는 자신의 가장 가까운 친구까지도 모른 척하려고 하는지 눈물겨웠습니다." 평소에 한낱 여인과 같은 연약한 마음을 보인 적 없는 용감하고 영웅다운 기백을 지닌 군인이었던 사령관의 눈에 눈물이 가득 괴었다. 그는 말했다. "그가 아직 살아서 어디에서든 만날 수 있다는 것을 알았다면, 나는 그를 설득해서 내게로 데려왔을 것입니다. 그리고 그가 나에게 베푼 모든 은혜에 보답했을 것입니다. 그는 내가 지금 누리는 행복을 누리지 못했기 때문에 나는 그 대신에 그의 짐플리치우스를 보살필 작정입니다." 그는 계속해서 말했다. "아아, 그 착한 분에게는 임신한 아내를 애통해할 만한 이유가 있었습니다. 추격당했을 때 그녀도 똑같이 슈페사르트에서 황제군 기병대에게 붙잡혔습니다. 나의 매형이 획스트 전투에서 전사했다는 것 이외에 아무것도 모르던 차에 내가 그 소식을 듣고 즉시 나팔수 한 명을 적진으로 보내서 누님의 소식을 알아보고 값을 주고 그녀를 사오려고 했지만 성공하지 못했습니다. 단지 그 기병대가 슈페사르트에서 몇몇 농부에 의해 괴멸되었을 때 나의 누님의 종적도 다시 묘연해졌다

---

46) James Ramsay(?1589~1638): 스코틀랜드 귀족 출신의 스웨덴군 사령관. 1634~38년까지 하나우 사령관으로 재직하면서 황제군이 이 도시를 점령하는 것을 막았다. 램지는 실존 인물이기는 하나 이 소설에서는 허구적 인물로 짐플리치우스의 외삼촌으로 설정되어 있다.

는 것만 들었을 뿐입니다. 그래서 나는 지금까지 누님이 어떻게 되었는지 알고 있지 못합니다." 그처럼 식탁에서 사령관과 목사님이 나눈 대화는 주로 은자와 그의 사랑하는 부인에 관한 것이었다. 그리고 이 부부는 겨우 1년을 함께 살았을 뿐이기 때문에 더욱더 동정을 받았다. 그러나 나는 사령관의 시동이 되었고 곧 사람들 특히 농부들이 나의 주인과 면회할 때 어느새 젊은 나리라고 불리는 처지가 되었다. 내 나이는 아직 어려서 나리가 되려면 한참 멀었는데도 말이다.

제24장
짐플리치우스는 세상에 있는 많은 우상을 못마땅하게 여기다

그 당시 내가 보여줄 수 있는 것은 오로지 깨끗한 양심과 순진무구하고 기품 있는 처신으로 일관하는 올바른 신앙심뿐이었다. 악덕이라고는 나는 단어만 알 뿐, 그것도 지금까지 대화나 독서를 통해서나 접할 수 있었을 뿐이다. 그러나 내가 어떤 사람이 죄를 범하는 것을 보았을 때 나는 놀라고 이상하게 생각했다. 나는 하나님이 계신다는 사실을 항상 유념하고 진지하게 하나님의 뜻에 따라 사는 것을 배웠고 거기에 익숙했기 때문이다. 그리고 나는 이와 같이 거룩한 하나님의 뜻을 알았기에 인간의 행실을 항상 하나님 뜻에 비추어 평가했다. 그때에 내가 본 것은 물론 오로지 혐오감을 불러일으키는 것뿐인 것 같았다. 참으로 그렇다! 내가 율법과 복음과 그리스도의 선의에 찬 훈계 말씀을 생각하고 그의 제자요 후계자라고 자처하는 사람들이 이루어놓은 업적을 살펴보고 처음에는 얼마나 놀랐던지! 나는 모든 세상 사람이 올바로 예수를 믿는 사람이면 가져야 할 정직한 품성 대신 허영에 찬 아부와 기타 어리석은 행동을 저지르는 것을 수없이 많이 보아왔다. 그 결과 나는 내 앞에 있는 사람들이 도대체 예수 믿는 사람들이기는 한지 의심하기 시작했다. 모든 사람이 진지한 하나님의 뜻이 무엇인지 알고는 있었지만 이 뜻을 실현하려는 진지한 노력은 보지 못하였기 때문이다.

그렇게 수천 가지 종잡을 수 없는 생각과 희한한 상상들이 나의 뇌리를 스쳐갔다. 그래서 나는 "심판하지 말라, 그러면 너희도 심판을 받지 않으리라"[47]는 그리스도의 명령 때문에 심한 갈등에 빠졌다. 나에게는 갈라디아인들에게 보내는 편지 5장에 나오는 바울의 어록들도 뇌리에 떠올랐다. 그는 이렇게 쓰고 있다. "육체의 일은 분명하니 곧 음행과 더러운 것과 호색과 우상숭배와 주술과 원수 맺는 것과 분쟁과 시기와 분 냄과 당 짓는 것과 분열함과 이단과 투기와 술 취함과 방탕함과 또 그와 같은 것들이라 전에 너희에게 경계한 것같이 경계하노니 이런 일을 하는 자들은 하나님의 나라를 유업으로 받지 못할 것이요"[48] 나는 거의 누구나 이런 행위를 그야말로 내놓고 저지른다고 생각했다. 그러니 바울 사도의 말씀의 결론은 누구나 구원을 받는 것은 아니라는 것이었다고 해도 틀린 것은 아니지 않겠는가?

잘사는 사람들은 자신보다 약한 사람들을 상대로 교만과 탐욕을 부리는 것 말고도 진탕 먹고 마시고, 계집질하고, 남색을 즐기는 것이 일상적 관행이었다. 그러나 내게 가장 나쁘게 생각된 것은 많은 사람 특히 악덕의 처벌을 대단히 진지하게 받아들이지 않는 병사들이 자신의 패덕한 행위를 마치 하나님의 거룩한 뜻인 양 둘러대는 그 역설적인 태

---

47) 『신약성경』 「누가복음」 6장 37절.
48) 『신약성경』 「갈라디아서」 5장 19~21절.

도였다. 언젠가 나는 한번 저지른 범행에 힘입어 더욱 유명해지기를 원하던 간통한 남자가 아주 불경스러운 말을 하는 것을 들은 적이 있다. 그는 이렇게 말했다. "자신 몰래 간통을 하는 아내를 너그럽게 대한 어떤 서방이 나 때문에 아내에게 배신을 당하는 것은 아주 당연한 일이다. 솔직히 말하면, 나는 사랑해서 그 여자와 관계를 맺었다기보다는 그 남편에게 고통을 주기 위해서 즉 복수를 하기 위해 그 짓을 했다."

이 이야기를 같이 듣고 있던 한 점잖은 사람이 "복수라니 무슨 비열한 복수인가? 그 같은 복수를 통해서 자신의 양심을 더럽히고 간부(姦夫)라는 수치스러운 꼬리표가 자신에게 붙는다면!" 하고 대답했다.

그러자 앞선 남자는 비웃는 웃음을 터뜨리며 이렇게 대꾸했다. "여기서 간부라니 무슨 말인가? 내가 이 부부 관계를 약간 상궤(常軌)에서 벗어나게 했다고 해서 내가 간부인 것은 결코 아니다. 간부들이란 바로 제6계명을 위반한 사람들이다. 제6계명에는 누구도 타인의 정원에 들어가서 주인이 따기 전에 버찌를 따서는 안 된다고 적혀 있다." 그렇게 이해되어야 한다며 그는 자신의 악마 교리서에 따라 "너는 도적질하지 말라"는 제7계명을 들어 뒷받침하면서 긴 사설을 늘어놓았다. 그동안 나는 한숨을 쉬며 혼자 생각했다. 아아, 하나님을 모독하는 죄인이여! 당신은 자신을 부부 관계에 변화를 주는 사람이라 부르고 하나님이 죽음을 통해서 남편과 아내를 갈라놓으니 간부나 다름없다고 주장하고 있군요.

나는 분노해서 그가 비록 장교였음에도 악의에 찬 말을 했다. "당신은 간통을 저지르는 행위보다도 이 불경스러운 말로 더 많은 죄를 짓고 있다고 생각지 않으십니까?"

그러나 그는 대답했다. "너 이 쥐새끼 같은 녀석아! 따귀 몇 대 맞을

래?" 만약 이 친구가 나의 주인인 사령관을 두려워하지 않았다면 나는 틀림없이 따귀를 맞았을 것이다. 그러나 나는 침묵했다. 그리고 시간이 지나면서 자주 미혼자는 기혼자가 어디 없나, 기혼자는 미혼자가 어디 없나 두리번거리며 찾는 게 사실이라는 것이 내게는 분명해졌다.

내가 전에 은자에게서 영생에 이르는 길을 공부했을 때 하나님께서 그의 백성에게 우상숭배를 엄격히 금지한 것에 관해 이상하게 생각한 적이 있다. 나는 진실하고 영원한 하나님을 한번 깨달은 사람은 영원히 다른 신을 존경하거나 경배할 수 없을 것이라고 스스로에게 말했기 때문에, 어리석게도 이 계명은 쓸모없고 불필요하다는 결론에 도달했다. 그러나 아아, 바보인 나는 그때 내가 무슨 생각을 했는지 모르고 있었다. 왜냐하면 이 계명이 있는데도 불구하고 거의 모든 세상 사람이 특별한 우상을 섬긴다는 것을 나는 이 세상에 태어나자마자 알아차렸기 때문이다. 심지어 옛날 이교도나 새로운 이교도보다도 더 많은 우상을 섬기는 사람도 있었다. 몇몇 사람은 그들의 우상을 보석 상자 속에 보관하면서 그 보석 상자를 전적으로 믿고 의지했다. 어떤 사람들은 전적으로 간신을 신뢰함으로써 그가 섬기는 우상을 궁정에 두기도 했다. 단지 총애하는 신하일 뿐이거나 종종 자신과 마찬가지로 한낱 게으름뱅이에 지나지 않는데도 우상으로 섬기고 있는 것이다. 이 터무니없는 신격화는 바로 4월의 날씨처럼 변덕스러운 왕자의 총애에 바탕을 두고 있다. 또 다른 사람들은 명성을 신처럼 떠받들어서 그들에게 명성이 주어지면 스스로 반은 신인 것처럼 허황한 생각을 했다. 그 밖에 어떤 사람들은 자신의 두뇌를 우상으로 숭배했다. 그들은 참신에게 총명한 두뇌를 부여받은 사람들이어서 여러 예술과 학문 분야에 조예가 깊었다. 이들은 재능을 제공한 절대자는 옆으로 밀쳐놓고 전적으로 자신의 재능만 믿었다. 재능이 그들의 행복에 필요한 모든 것을 마련해주리라는 희망에서 말이다. 또한 자신의 똥배를 신으로 섬기는 사람들도 많았다. 그들은 오래전에 이교도들이 바쿠스와 케레스에게 헌물을 바쳤던 것처럼,[49] 자신의 똥배에 매일같이 헌물을 바쳤다. 그런데 그 똥배가 노하거나 다른 인간적인 결함이 나타나면 이 가련한 인간은 의사를 신으로 만들고 그들의 음식을 약국에서 찾는데 물론 그 음식으로 인해 죽음을 재촉하는 경우가 종종 있다. 많은 바보는 음탕한 창녀들을 여신으로 삼아서 그들에게 다른 이름을 붙이고 온갖 한숨으로 안달하며 밤낮으로 경배했다. 또한 오로지 그 여신을 찬미하고 더불어 어리석은 숭배자의 어리석음을 동정해주고 그들 스스로도 바보가 되기를 겸손하게 간구하는 노래를 지었다. 다른 한편으로 자신의 미모를 신격화한 여성들도 있었다. 그들은 하늘에 계신 하나님이 무엇이라고 말씀하시든 이 미모가 자신에게 남편을 점지해줄 것이라 말했다. 이 우상은 다른 제물 대신에 매일같이 온갖 화장품, 향유, 향수, 분말, 그 밖의 크림으로 가꾸어지고 숭상되었다. 내가 본 사람들 중에는 신들을 위하여 좋은 집터에 집을 지은 사람들도 있었다. 그 속에 사는 동안 행복과 구원을 얻게 되고 창문을 통해 돈벼락이 떨어지리라고 믿었기 때문이다. 나는 이와 같은 바보짓을 대단히 신기하게 생각했다. 그렇게 해서 그 집에 사는 사람이 잘된 것을 보았던 것이다. 내가 아는 어떤 사람은 담배 장사를 하느라 1년 내내 제대로 잠을 잘 수가 없었다. 하나님께 바쳐야 할 자신의 마음과 감정과 상념이 온통 장사에만 매달려 있었기 때문이다. 그는 그 장사를 하며 번창했기에 일을 생각하며 밤낮으로 수천 번씩 한숨을 내쉬었다.

---

49) 여기서는 주신 바쿠스의 폭주와 농경 여신인 케레스의 폭식 습관을 지적하고 있다.

그런데 무슨 일이 일어났는가? 이 바보 멍청이가 죽어 담배 연기처럼 사라진 것이다. 그래서 나는 생각하기를, 아이고, 이 불쌍한 인간아! 네 영혼의 구원과 참다운 하나님에 대한 존경이, 네 점포에 브라질인의 형상으로 팔에는 여송연 한 통을 끼고 입에는 곰방대를 물고 서 있는 우상만큼이나 네게 중요했더라면, 내가 지금 너는 분명 저승에서 너를 장식해줄 찬란한 면류관을 받았으리라고 확신하며 살고 있을 텐데, 라고 탄식했다.

어떤 다른 젊은이 아니 차라리 멍청한 당나귀나 다름없는 젊은이는 좀더 꺼림칙한 신들을 섬기고 있었다. 여럿이 모인 자리에서 각자가 어떻게 끔찍하게 허기진 상황과 고물가 시대에 굶지 않고 먹고살며 버티어냈는지를 이야기할 때 이 친구는 달팽이와 개구리가 그의 하나님이었다고 분명한 어조로 말했기 때문이다. 그것들이 없었다면 그는 굶어 죽을 수밖에 없었으리라는 것이었다. 그와 같은 동물이나 어패류를 먹을 수 있도록 보내주신 하나님 자신은 그에게 무엇이냐고 나는 그에게 물었다. 그러나 이 바보는 그 물음에는 대답할 바를 알지 못했다. 그리고 나는 이 바보 멍청이가 한 것처럼, 일찍이 그와 같은 해충이나 어패류를 하나님이라고 외쳐대는 것을 아직 어디에서도 읽은 적이 없었기 때문에 더더욱 놀라지 않을 수 없었다. 고대 미신을 믿던 이집트 사람들이나 가장 최근의 아메리카인들과 관련해서도 읽어본 적이 없었던 것이다.

어떤 점잖은 분이 한때 아름다운 진품(珍品)을 볼 수 있는 자신의 미술품 전시실을 구경시켜주었다. 그림들 중에 「이 사람을 보라Ecce Homo」[50]가 보는 이의 동정심을 불러일으키는 감동적인 묘사가 돋보여

---

50) 『신약성경』「요한복음」19장 5절에 기록된 가시관을 쓰신 예수님의 모습을 본 로마 총독 빌라도의 입에서 나온 말인데, 여기서는 가시관을 쓰신 예수님의 모습을 그린 그림

가장 마음에 들었다. 그 옆에는 중국에서 온, 종이 위에 중국인의 우상들이 부분적으로는 마귀의 형상을 하고 위엄을 보이며 앉아 있는 모습을 그린 모형도가 걸려 있었다. 집주인은 나에게 그의 진열실에서 어느 작품이 가장 마음에 드느냐고 물었다. 나는 「이 사람을 보라」를 가리켰다. 그러나 그는 나보고 틀렸다고 했다. 중국에서 온 그림이 가장 희귀한 작품이어서 가장 값지다는 것이었다. 「이 사람을 보라」 열 개를 주어도 그는 이 작품과는 바꾸지 않으리라는 것이었다. 나는 대답했다. "어르신, 말씀하신 것처럼 진정 마음속으로도 그렇게 믿으십니까?" 그는 틀림없이 그렇다고 말했다. 그러자 나는 말했다. "그렇다면 당신의 마음속에 있는 하나님은 당신께서 당신 입으로 가장 값진 것이라고 선언하신 그 초상화로군요." 그는 말했다. "바보 같은 소리. 나는 그것의 희귀성을 높이 평가하는 것이오!" 그래서 내가 되물었다. "그러나 「이 사람을 보라」에서 우리가 눈으로 똑똑히 볼 수 있는 것처럼 하나님의 아들이 직접 우리를 위해 고통을 당한 것보다 더 희귀하고 놀랄 만한 것이 무엇입니까?"

제25장
짐플리치우스에게는 세상의 모든 것이 희한해 보이지만,
역(逆)도 마찬가지이다

    사람들은 막상 이 우상과 그 밖의 다른 우상들을 숭배할수록, 역으

을 지칭한다.

로 참된 하나님의 존엄은 멸시했다. 나는 하나님의 말씀과 계명을 명예롭게 지킬 마음의 준비가 되어 있는 사람을 보지 못했다. 그러나 모든 점에서 하나님을 거역하고 심지어 악행에 있어서 세리를 능가하는 사람은 많이 보았다(세리는 분명 그리스도가 지상에서 걸어 다니던 때만 해도 가장 큰 죄인으로 통했다). 그리스도께서 말씀하셨다. "너희 원수를 사랑하며, 너희를 박해하는 자를 위하여 기도하라. 이같이 한즉 하늘에 계신 너희 아버지의 아들이 되리니 이는 하나님이 그 해를 악인과 선인에게 비추시며 비를 의로운 자와 불의한 자에게 내려주심이라. 너희가 너희를 사랑하는 자를 사랑하면 무슨 상이 있으리요, 세리도 이같이 아니 하느냐."[51] 그러나 나는 그리스도의 이 명령을 준행하려고 노력하는 자를 한 번도 본 적이 없다. 오히려 그 반대로 행하는 자는 많이 보아 왔다. "친척이 많으면, 말썽도 많다"는 말이 있다. 형제나 자매, 그 밖의 많은 가까운 친척 사이보다 더 많은 시기, 미움, 불만, 반목, 다툼이 있는 곳은 없다. 특히 유산을 나누어야 할 때 그렇다. 그 밖에도 어디든 직공들은 서로 미워했다. 그리고 간과할 수 없는 것은 한때 가장 큰 죄를 지은 사람들, 그들의 악행과 불경 탓에 누구에게나 미움을 받던 세금 징수원과 세리들이 우리 예수 믿는 사람들보다 훨씬 더 형제를 사랑한다는 것이다. 그리스도 자신도 그들이 서로 사랑했던 것을 증언하고 계시지 않은가? 그러므로 나는 혼자 생각했다. 우리가 적을 사랑하지 않는다고 해서 아무런 벌도 받지 않는데, 친구를 미워한들 반드시 커다란 벌을 받을 각오를 해야만 할까? 최대의 사랑과 의리가 있어야 할 곳에서 나는 최고의 배신과 극단적인 미움을 보았다. 그러므로 많은 주인

---

51) 『신약성경』 「마태복음」 5장 44~46절.

이 그의 충직한 하인과 부하를 학대하고 역으로 어떤 부하들은 그들의 정직한 주인을 속이는 사기꾼이 되었다. 나는 많은 부부가 허구한 날 싸우는 것을 보았다. 많은 폭군은 그의 정숙한 아내를 개만도 못하게 취급하고 많은 방탕한 여자는 고지식한 남편을 바보나 멍청한 당나귀처럼 대한다. 주인과 스승 중에는 개만도 못해서 부지런한 심부름꾼에게 지불해야 할 임금을 사취하고 공급해야 할 음식과 음료를 줄이는 이가 많았다. 반면에 나는 충직하지 못한 머슴도 많이 보았다. 그 머슴은 고지식한 주인에게서 도적질을 하거나 근무를 소홀히 하여 해를 끼쳤다. 상인과 수공업자는 하나같이 경쟁하듯 이익을 남기고 농부에게 온갖 속임수와 잔재주를 부려 그가 애써 번 돈을 주머니에서 착취했다. 반대로 많은 농부는 하나님을 믿지 않음으로써 행동거지도 단순하여 타인들을 비방하고 심지어 전혀 악의가 없는 주인의 평판을 떨어뜨리기도 했다.

　한번은 한 병사가 다른 병사의 뺨따귀를 때리는 것을 내가 보고 (내가 아직 한 번도 구타 행위를 겪어보지 못했기 때문에) 이제 맞은 사람도 다른 사람의 뺨을 때리겠거니 생각했다. 그러나 잘못된 생각이었다. 왜냐하면 맞은 사람이 검을 빼서 공격자의 머리에 상처를 냈기 때문이다. 그래서 나는 소리를 쳤다. "아, 이 친구야, 무슨 짓이야?" 그러자 그가 이렇게 대답했다. "도대체 나보고 비겁자가 되란 말이냐? 그건 못 한다. 나는 대갚음을 하지 않고는 못 배긴다! 나를 심하게 괴롭힐 수 있는 놈이라면 필시 못된 놈일 것이다." 두 싸움꾼 사이에 벌어진 싸움은 그들의 동료와 구경꾼, 뒤에서 밀치는 사람들 사이에도 똑같이 다툼이 벌어지면서 점점 더 커졌다. 그때 나는 그들이 하도 경솔하게 하나님과 그들의 영혼을 두고 맹세하는 것을 듣고 그들이 영혼을 가장 소중한 보물로 여긴다는 것을 믿고 싶지 않았다. 그러나 이는 단지 어린애 장난에 불과했다. 그처럼 어린아이 같은 맹세는 오래가지 않고 곧 "벼락이나 천둥이 치든지 아니면 우박이라도 쏟아져서 나를 갈기갈기 찢어서 데려가거라. 그것도 한 번이 아니라, 수천 번 때려 나를 공중으로 흩날려라!"라는 말이 뒤따랐기 때문이다. 거룩한 성례는 단지 일곱 번뿐만 아니라,[52] 수십만 번씩 치러야 해서, 많은 물통도 부족해 갤리선이나 해자(垓字)를 가득 채울 만큼 많은 물을 가져와야 했기에 나의 머리카락은 거듭 곤두섰다. 나는 예수 그리스도의 계명을 생각했다. "나는 너희에게 이르노니 도무지 맹세하지 말지니 하늘로도 하지 말라 이는 하나님의 보좌임이요, 땅으로도 하지 말라 이는 하나님의 발등상임이요, 예루살렘으로도 하지 말라 이는 큰 임금의 성임이요, 네 머리로도 하지 말라 이는 네가 한 터럭도 희고 검게 할 수 없음이라. 오직 너희 말은 옳다 옳다, 아니라 아니라 하라. 이에서 지나는 것은 악으로부터 나느니라."[53] 내가 보고 들은 이 모든 것을 생각해보고 이 싸움꾼들은 예수 믿는 사람들이 아니라는 결론에 도달했다. 그래서 나는 다른 사람들과 어울릴 방법을 찾았다.

내게 가장 끔찍스럽게 생각되었던 것은 많은 허풍쟁이가 저지른 악행, 범죄, 치욕스러운 행동, 악덕을 칭송하는 것을 들을 때였다. 허구한 날 나는 아침부터 저녁까지 이런 말을 들었다. "빌어먹을, 어제 우리는 얼마나 퍼마신 거야! 나는 하루 동안 세 번이나 만취했고 세 번 다 토했어. 제기랄, 우리가 농부들, 건달들을 얼마나 괴롭혔지! 제기랄, 우리가 노략질한 것이 얼마지? 제기랄, 우리가 부녀자들과 처녀들과 재미

---

52) 교회에서 거행하는 성례 일곱 가지를 말하는데, 세례, 입교, 성찬, 참회, 환자도유, 서품, 결혼이 그것이다.

53) 『신약성경』 「마태복음」, 5장 34~37절.

본 것이 얼마지!" 아니면 "나는 그놈을 우박에 잔뜩 얻어맞아 죽은 것처럼 패 죽였어. 나는 그놈을 눈깔이 영원히 뒤집힐 정도로 쏴젖혔어. 나는 그놈을 농락하기를 마귀 뺨치게 했어. 나는 딴죽을 걸어서 그놈 목이 부러질 뻔했다니까." 그와 같거나 비슷한 비기독교적인 말투를 나는 허구한 날 귀가 닳도록 들었다. 그 외에 나는 하나님의 이름으로 자행된 범죄에 대해서도 듣고 보았다. 딱하기 짝이 없는 일이었는데 특히 병사들이 저지른 것이 그랬다. 병사들은 이렇게 말하는 것이었다. "우리가 약탈하고 노략질하고 도둑질하고 쏴 죽이고 닥치는 대로 죽이고 공격하고 사로잡고 방화하고……, 그 밖에 우리가 어떤 끔찍한 짓을 얼마나 저지르든 간에 모두가 하나님의 이름으로 자행되는 것이다." 고리대금업자가 사업을 펼쳐서 악마처럼 탐욕스럽게 돈을 벌어 쌓아놓는 것도 똑같이 하나님의 이름으로 하는 것이었다. 두 명의 악한이 교수형을 당하는 것을 본 적이 있다. 그들은 어느 날 밤 도둑질을 하려고 사다리를 걸쳐놓고 한 사람이 하나님의 이름으로 올라가려고 할 때 마침 깨어 있던 집주인이 악마의 이름으로 그를 다시 밑으로 밀어서 그 사람은 다리 하나가 부러지고 결국 잡혀 며칠 후에 그의 동료와 함께 교수형을 당하고 말았다.

이제 내가 무슨 이야기를 듣거나 보는 즉시 평소 나의 습관처럼 성경을 들추거나 그 밖의 진심 어린 경고를 하면 사람들은 나를 바보로 취급했다. 그렇다, 나의 올곧은 심성 때문에 자주 비웃음을 사서 나는 끝내 화가 났지만 기독교의 사랑으로 해낼 수 없는 것은 침묵하기로 마음을 먹었다. 나는 누구나 나의 은자에게서 교육을 받고 성장했으면 좋겠다는 생각을 했었다. 그러면 다른 사람들도 모두 세상에서 벌어지는 일을 짐플리치우스와 같은 눈으로 보리라고 믿었기 때문이다. 물론 나는 세상에 순전히 짐플리치우스들만 존재한다면 이 세상에서 볼 수 있는 그 많은 악덕도 존재하지 않으리라는 것을 이해하지 못했다. 그러나 다른 한편으로 분명한 사실은 모든 부도덕함과 바보짓에 익숙하며 자신도 그러한 잘못을 저지르는 세상 사람은 그의 동료들과 함께 크나큰 악의 길을 걷고 있음을 별로 깨닫지 못한다는 것이었다.

제26장
서로 행복을 염원하고 반갑게 인사하는 특별하고도 새로운 방법

나는 기독교인들 틈에 살고 있는지 아닌지를 더 이상 알지 못하는 지경에까지 이르렀다. 그렇기 때문에 나는 목사님에게 가서 내가 보고 들은 것 그리고 나의 머릿속에 스친 것, 즉 내가 기독교인이라고 여기는 이 사람들은 기독교인이 아니라 그리스도와 그의 말씀을 조롱하는 사람들이나 다름없다는 것을 이야기했다. 그리고 내가 혼란스러운 감정에서 벗어날 수 있도록 도와줄 것을 간청했다. 왜냐하면 나는 이웃 사람들을 어떻게 여겨야 좋을지를 알고 싶었다. 목사님은 대답했다. "물론 그들은 기독교인들이다. 그렇기에 그들을 어떻게 달리 부르라고 네게 권하고 싶지는 않구나."

나는 말했다. "아이고 하나님 맙소사! 어떻게 그럴 수가 있습니까? 그러자니 어떤 사람이 하나님의 뜻에 거슬리는 행동을 해서 내가 그를 비난하면 그는 오히려 나를 조롱하고 비웃을 것입니다."

그러자 목사님이 대답했다. "그렇다고 이상하게 생각지 말거라. 그리스도가 사시던 당시에 살았던 최초의 독실한 기독교 신자들과 사도

들도 오늘날 부활해서 이 세상에 온다면 너와 똑같은 질문을 하고 끝에 가서는 너처럼 온 세상으로부터 바보 취급을 당할 것이라고 믿었다. 네가 지금까지 보고 들은 것은 다른 때 은밀히 또는 공개적으로 폭력을 써서 하나님과 인간에게 대항하며 일어난 일이나 세상에서 저질러진 것과 비교하면 대수롭지 않고 지극히 사소한 것에 지나지 않는다. 그렇지만 그것에 대해서 나쁘게 생각지 말거라. 거룩한 어른이신 사무엘과 같은 기독교 신자는 그리 많지 않다는 것을 너는 알게 될 것이다."

우리가 그렇게 이야기를 나누는 동안 사람들은 적군 포로 몇 명을 광장으로 인솔해 왔다. 우리도 이 사람들을 구경하고 싶었기 때문에 우리의 대화는 중단되었다. 그때 나는 꿈에도 생각 못 할 그야말로 몰상식한 말을 들었다. 그렇지만 그것은 서로 인사하고 환영하는 새로 유행하는 방식이었다. 예전에 똑같이 황제에게 충성했던 우리 병영에 있는 병사 한 명이 포로 가운데 한 사람의 얼굴을 알아보았던 것이다. 그는 포로에게 다가가서 손을 내밀며 기쁘고 반가운 나머지 그의 손을 꼭 잡고 말했다. "이 친구, 우박에 맞아 죽지 않고 아직도 살아 있나? 제기랄! 우리가 여기서 다시 만나다니 무슨 귀신의 조화란 말인가! 이런 기막힌 일이 어떻게 있을 수 있지! 나는 자네가 이미 오래전에 교수형을 당한 줄 알고 있었네." 그러자 상대방이 말했다. "어럽쇼, 이 친구 보게! 자네가 아닌가? 내가 다시 자네를 만나게 되리라고는 내 평생 생각지 못했네. 이미 오래전에 귀신이 자네를 물어 간 줄로 생각했었어." 그러고 나서 그들이 다시 헤어질 때 한 사람은 다른 사람에게 "하나님의 가호가 있기를 비네!"라고 작별 인사를 하는 대신에 이렇게 말했다. "목이나 매달아 죽게! 목매달아 죽어! 행여나 우리가 내일 다시 만나게 되면 그때는 같이 근사하게 한잔하세."

"이것이야말로 아름답고 경건한 인사가 아니겠습니까?" 내가 목사님께 말했다. "감탄할 만한 기독교적 염원들이 아닙니까? 그 염원들은 내일을 위한 경건한 결단 하나를 내린 것이 아니겠습니까? 누가 그들이 기독교인임을 알아차릴 것이며 또한 그들의 말을 듣고 놀라지 않겠습니까? 그들이 그리스도의 사랑 가운데서도 그런 인사를 주고받는 판에 만일 서로 싸울 때는 어떻겠습니까? 목사님, 만일 그들이 그리스도의 어린 양이고 당신이 선택받은 그의 목자라면 당신께서는 그들을 좀 더 좋은 초장(草場)으로 안내를 하셔야 마땅합니다."

"그렇단다, 착한 친구야." 목사님은 대답했다. "신앙심이 없는 군인들에게는 그럴 수밖에 없단다. 하나님 불쌍히 여겨주시옵소서! 그들은 경건한 교리에 대해서는 두 귀가 멀어서 내가 얻을 것이라고는 이 불경스러운 젊은이들의 위험하기 짝이 없는 미움밖에는 없단다."

나는 깜짝 놀랐다. 그리고 한동안 목사님과 수다를 더 떨다가 사령관의 시중을 들기 위해 돌아왔다. 나는 정해진 시간을 지켜야 했기 때문이다. 그 시간에 나는 시내를 구경하고 목사님을 찾아뵙도록 허락을 받았다. 나의 주인인 사령관께서 내게 그렇게 허락한 것은 내가 세상 물정에 어두운 천둥벌거숭이인 것을 알아채고 다니면서 이것저것 보고 듣고 사람들에게 배우고 흔히 말하듯 갈고닦으면 영악해지리라 믿었기 때문이다.

제27장
사무실에서 부관에게 웬 지독한 냄새를 풍기다

나를 향한 사령관의 호감은 시간이 갈수록 더욱 커졌다. 내가 은자와 결혼했던 그의 누나뿐만 아니라 그 자신과도 점점 더 닮아 보였기 때문이다. 호의호식하며 놀고먹으니 나의 신수가 훤해진 덕분이었다. 다른 사람들도 호감을 보이는 경우가 많았다. 사령관에게 용무가 있는 사람들은 모두 똑같이 나에게도 호감을 보였다. 특히 사령관의 부관이 친절하게 대해주었다. 그는 나의 단순함과 무식함을 탓하지 않고 종종 내게 셈법을 가르쳐주었다. 그는 최근에 학업을 마쳐서 아직도 학생 티가 많이 남아 있었다. 그래서인지 머리가 이상하다는 인상을 받을 때가 있었다. 그는 가끔 검은 것을 희다고 하고 흰 것을 검다고 우겼다. 그래서 나는 처음에는 그를 전적으로 믿다가 나중에는 그를 믿지 않게 되었다.

한번은 내가 그의 잉크통이 지저분하다며 불평한 적이 있었다. 그러나 그는 그 잉크병이 사무실 전체에서 가장 좋은 잉크통이라고 대답했다. 그 이유가 원하는 것을 모두 그 잉크병에서 꺼내기 때문이라고 했다. 가장 아름다운 주화든 의복이든 무엇이든지 원하는 모든 것을 차츰차츰 거기에서 건져내기 때문이라는 것이다. 나는 그처럼 작고 보잘 것없는 물건에서 그처럼 훌륭한 것들을 얻을 수 있다는 것을 믿고 싶지 않았다. 그에 반해서 그는 **종이의 정령**Spiritus Papyri(그는 잉크를 그렇게 불렀다)이 작용한다고 말했다. 그리고 잉크병은 위대한 것을 담고 있기 때문에 통이라고 부른다는 것이었다. 나는 분명 그 안에 손가락 두 개도 들어가지 않을 텐데 도대체 어떻게 거기에서 모든 것을 꺼내느냐고 물었다. 그는 대답하기를 자신의 머릿속에는 팔 하나가 들어 있어서 그 팔이 이런 작업을 한다는 것이었다. 그뿐만 아니라 그는 곧 아름다운 처녀 한 명을 거기에서 꺼내기를 희망하고 있단다. 운이 좋으면 이전에도 자주 일어났던 것처럼 자신의 나라, 자신의 하인도 거기에서 꺼내오는 데 성공할 수 있단다. 나는 그와 같은 재주에 감탄하면서 그런 재주를 가진 사람들이 그 말고도 많으냐고 물었다.

"물론이지. 수상들, 박사들, 비서들, 총독들 또는 변호사들, 위원들, 공증인들, 상인들 그 밖에도 무수히 많은 사람이 있지. 그들은 낚시질을 부지런히 하기만 하면 그걸로 부자가 될 수도 있다"고 그는 대답을 했다.

내가 말했다. "그러니까 농부들과 그 밖에 다른 부지런한 사람들은 얼굴에 땀을 흘리면서 먹고살아야 하는데 이 기술을 배우지 못한다면 상당히 바보로군요."

그러자 그는 "많은 사람은 이 기술의 유익함을 알지 못하기 때문에 이 기술을 배우려고 하지도 않는다. 또 어떤 사람은 기술을 배우고 싶어도 그들 두뇌 속에 팔이 들어 있지 않거나 다른 연장이 없어서 배우지를 못한다. 또 다른 사람들은 이 기술을 배워 익힐 팔도 있지만 부자가 되려고 해도 이 기술이 필요로 하는 운지법을 알지 못한단다. 또 다른 사람은 이 기술에 속하는 모든 것을 지식으로 다 알고 실제로 발휘할 수 있는 능력도 있지만 잘못된 장소에 살고 있거나 그 기술을 나처럼 올바로 발휘할 수 있는 기회를 얻지 못하기도 한다"고 대답했다.

우리가 그렇게 잉크통에 대해 토론하는 동안에(잉크통은 내게 포르투나투스의 지갑[54]을 상기시켜주었다) 우연히 호칭 안내서가 내 손에 들어왔다. 내가 그 당시 사물에 대해 이해하던 바처럼 나는 그 속에서 지금까지 내가 보아온 것보다 더 많은 바보짓을 발견했다. 그래서 나는 부관에게 말했다. "이들은 모두 아담의 자손이 틀림없을 테니 모두가 특히 먼지나 재에서 태어난 똑같은 인종일 터인데 차이가 나는 것은 무슨 연유입니까? 더없이 신성한! 가장 이기기 어려운! 가장 고귀한! 이것들이

---

54) 1509년에 익명으로 발행된 민중본 『포르투나투스*Fortunatus*』에 등장하는 주인공의 비워지지 않는 돈지갑.

곧 하나님의 성품이 아닌가요? 여기에 있는 이 사람은 성격이 너그럽고 저기에 있는 저 사람은 성격이 엄격하다고 말할 수는 있습니다. 그런데 항상 '태어난'이라는 말이 무슨 소용이 있습니까? 우리는 누구도 하늘에서 떨어지거나 물에서 솟아 올라오거나 양배추처럼 땅에서 자라지 않는다는 것을 알고 있습니다. 높이 존경받는, 대단히 존경받는, 남달리 존경받는, 크게 존경받는 사람이라는 호칭은 사용되는데 무엇 때문에 아홉번째로 태어난 사람이라는 호칭은 사용되지 않는 것입니까? 그리고 다섯째, 여섯째, 일곱째는 어디에 있습니까? 그리고 여기 있는 **'신중히'**라는 말은 문자 그대로 **'앞을 보며(vorsichtig)'**라는 뜻인데 이 무슨 바보같은 소리입니까? 도대체 뒤통수에 눈이 달린 사람도 있습니까?"

부관은 웃지 않을 수 없었고 여러 호칭과 모든 단어를 내게 설명해 주려고 애를 썼다. 그러나 나는 존칭들을 표시하는 것은 옳지 않다고 고집했다. 어떤 사람에게 **'엄격하고 무서운'**이라는 칭호를 붙이는 것보다는 **'친절한'**이라고 부르는 것이 그 사람에게는 훨씬 영광스러울 것이다. 그리고 **'고귀한'**이라는 낱말도 그 자체로 보아 높이 평가할 만한 미덕이라는 뜻 외에 다른 뜻이 없다면 무엇 때문에 이 낱말을 (후작이나 백작을 지칭하기 위해서) **'지체 높이 태어난(hochgeboren)'**이라는 표현 속에 끼워 넣어서 군왕의 칭호의 의미를 축소시키는 것인가?[55] 특히 **'편안하게 태어난(wohlgeboren)'**이라는 낱말은 어떤 남작의 어머니에게 아들이 태어날 때 어떠했느냐 물으면 틀림없이 새빨간 거짓말이라고 할 것이다.

내가 막상 이 모든 것에 대해 비웃는 동안 실수로 내게서 아주 끔찍한 냄새가 새어 나와서 나와 부관 두 사람은 몹시 놀랐다. 누가 사전

---

55) 17세기 독일에서 'Hochgeboren(지체가 높이 태어난 분)'은 백작에 대한 칭호였고, 'Hochedelgeboren(지체가 높고 고귀하게 태어난 분)'은 고위 공무원에 대한 칭호였다.

에 노크하지도 않고 홀연히 나타난 것처럼 순간적으로 그 냄새는 우리의 코는 물론 온 사무실에 강력하게 퍼졌다. "돼지 같은 놈, 너같이 교양이라고는 없는 나무토막 같은 놈은 점잖은 사람들과 대화를 나누는 것보다는 돼지들이 우글거리는 돼지우리에나 가는 편이 더 좋겠다"고 부관은 나를 향해 말했다. 그는 나와 마찬가지로 그곳을 떠나 그 끔찍한 냄새에게 자리를 내주었다. 내가 사무실에서 누리던 좋은 평판은 이렇게 해서 흔히 말하듯, 단번에 땅에 떨어지고 말았다.

제28장
시기심에서 짐플리치우스에게 예언하는 법과
그 밖의 요술을 가르쳐준 사람

이러한 사고가 일어난 데에 내 잘못은 별로 없었다. 나의 쪼그라든 위장을 정상화하기 위해서 매일같이 내게 준 음식과 약이 배 속에 심한 악천후와 강한 태풍을 일으켰고, 그 태풍이 전력을 다해서 빠져나갈 경로를 뚫을 때에는 나도 어쩔 수가 없었기 때문이다. 나는 이 점에서 자연의 뜻을 따르는 것이 잘못일 수 있다고는 전혀 생각지 않았다. 특히 신체 내부에서 일어나는 그와 같은 생리작용을 지속적으로 못 하게 막는다는 것은 불가능했다. 그리고 (그와 같은 손님들이 우리 집에 오는 경우는 드물었던 까닭에) 나의 은자가 일찍이 그에 대해 어떻게 대처해야 하는지 가르쳐주지도 않았을 뿐만 아니라 나의 아바이도 방귀 뀌는 것을 못 하도록 금지하지 않았다. 나는 가스와 함께 빠져나가려고 하는 것을 모두 계속 빠져나가도록 내버려두었다. 그리하여 이미 이야기한 대로 나는 끝내 부관의 모든 신임을 잃고 말았다.

　그때에 내가 좀더 큰 어려움에 빠지지 않았다면 아마도 나는 그의 환심을 사는 일 따위는 포기할 수 있었을 것이다. 그러나 온갖 이간질이 지배하는 궁정에 멋모르고 발을 들여놓은 선량한 사람에게 생긴 것 같은 일이 나에게 일어났다. 궁정이란 곳이 옛날부터 뱀이 나시카에게,[56] 골리앗이 다윗에게, 미노타우로스가 테세우스에게, 메두사가 페르세우스에게, 키르케[57]가 오디세우스에게, 아이기스토스가 메넬라오스에게, 팔루데스가 코뢰부스에게, 메데이아가 펠리아스에게, 네소스가 헤라클레스에게, 그리고 그보다 더 고약하게 알타이아가 자신의 아들 멜레아그로스에게 하듯 음모를 꾸미는 곳이 아니었던가!

　나의 주인인 사령관에게는 나 말고 하인이 또 하나 있었다. 그는 세상이 다 아는 사기꾼으로 이미 몇 년 전부터 주인을 모시고 있었다. 그는 나와 같은 또래여서 나는 속마음을 그에게 털어놓았다. 내심 그는 요나단이고 나는 다윗이라고 생각했다. 그러나 그는 나의 주인이 내게 호감을 보일 뿐만 아니라 그 호감이 날로 커져가기 때문에 나를 시새웠다. 내가 그를 자리에서 밀어내지나 않을까 두려워했다. 그렇기에 내심 부러움과 불만이 섞인 마음으로 나를 관찰했고 내 앞에 걸림돌을 놓아 넘어뜨림으로써 자신이 설 자리를 잃는 것을 막아볼 수 있는 방안을 강구하고 있었다. 그러나 나는 눈먼 장님처럼 모든 것을 아무런 의심 없이 믿었다. 그렇다. 심지어 나는 그에게 온갖 비밀을 털어놓기까지 했

---

56) 고대 로마의 장군 스키피오(Publius Cornelius Scipio Africanus, ?B.C.235~B.C.183)가 카르타고를 정복한 후 적장 알루키우스 아내의 유혹을 물리친 사실을 뱀의 유혹에 비유하여 묘사한 것으로 보인다.

57) 호메로스의 『오디세이아』에서 주인공 오디세우스 일행을 돼지로 둔갑시킨 늙은 마녀.

다. 그러나 그 비밀은 어디까지나 어린아이같이 단순하고 경건한 성격의 것들이어서 그것을 악용하여 나를 해칠 수는 없었다.

언젠가 우리는 잠들기 전에 한참 동안 서로 수다를 떤 적이 있었다. 그리고 우리가 점치는 것을 화제로 삼았을 때 그는 공짜로 점치는 법을 가르쳐주겠다고 약속하며 나로 하여금 머리를 이불 속에 파묻게 했다. 그래야만 점치는 법을 가르쳐줄 수 있다고 다짐했기에 나는 그가 시키는 대로 하고 긴장해서 영매가 임하기를 기다렸다. 그런데 이게 웬 행운인가! 영매가 나타나서 당당히 나의 코로 진입하는 것이 아닌가! 결국 나는 이불 밑에서 다시 머리를 쳐들어야 했다.

"무슨 일이야?" 나의 스승이 물었다.

"내가 방귀를 뀌었어." 내가 대답했다.

"그렇다면 점을 친 것이니 이제 너는 그 방법을 체득했다." 그가 대답했다.

나는 그로 인해 마음이 상하지는 않았다. 그때는 아직 내가 남을 미워할 줄 몰랐기 때문이다. 다만 내가 알고 싶었던 것은 어떤 수를 쓰면 이와 같은 방귀를 소리 없이 뀔 수 있느냐였다.

"그렇게 하는 데는 큰 재간이 필요 없어!" 나의 동료는 대답했다.

"너는 구석에서 오줌을 누는 개처럼 왼쪽 발을 들기만 하고 혼자 프랑스어로 '내가 방귀를 뀐다(Je pete), 내가 방귀를 뀐다, 내가 방귀를 뀐다'고 말하는 거야. 그런 다음 있는 힘을 다해 압박을 가하면 그놈들은 마치 도둑놈처럼 소리 없이 빠져나온다고."

"그거 좋구나." 나는 말했다. "그리고 나중에 냄새가 나면 누구나 개 한 마리가 공기를 오염시켰다고 생각하겠지. 특히 내가 왼쪽 발을 제대로 높이 쳐들었을 때에는."

아, 나는 이 재간을 오늘 서재에서 분명히 터득했다고 혼자 그리 생각했다.

제29장
짐플리치우스가 송아지 머리에 달린 두 개의 눈깔을 먹어치우다

나의 주인은 다음 날 수하 장교들과 다른 친한 친구들을 위하여 푸짐한 잔치를 벌였다. 그의 부하들이 단 한 명의 인명 피해도 없이 브라운펠스 성(城)을 접수했다는 반가운 소식을 들었기 때문이다. 그 잔치에서 나는 다른 하인들을 도와 음식을 나르고 술을 따르고 손에 접시를 들고 시중을 들어야 했다. 잔치 첫날 사람들은 크고 기름진 송아지 머리(사람들은 말하기를 가난한 사람은 그것을 먹으면 안 된다고 했다)를 식탁에 올리도록 나에게 넘겨주었다. 송아지 머리는 상당히 흐물흐물하게 삶아져서 한쪽 눈깔이 거기에 달린 다른 것과 함께 밖으로 튀어나온 채 달려 있었다. 그 모습이 내겐 맛있어 보였고 구미를 자극했다. 그리고 비계 수프와 그 위에 뿌려놓은 생강의 신선한 냄새가 코를 자극했기 때문에 나는 식욕이 돌아 입안에 침이 가득 고일 정도였다. 간단히 말해서 이 송아지 눈깔은 나의 눈, 나의 코, 나의 입을 향해 미소를 던지면서, 배가 고픈 판에 그것을 먹어치우라고 강하게 유혹하는 것 같았다. 이 유혹을 이겨내지 못하고 나는 욕망에 굴복하고 말았다. 음식을 나르면서 나는 능숙한 솜씨를 발휘하여 눈깔을 그날 처음으로 지급받은 나의 순갈로 끄집어냈다. 그리고 지체하지 않고 그것을 재빨리 제자리에 가져다 놓았다. 그 덕에 음식이 가벼운 손상을 입은 채 식탁에 올려져 아무도 낌새를 알아차리지 못하다가 끝내 들통이 나고 말았다. 왜냐하면 고기 자르는 사람이 그 송아지 머리를 써는데 거기서 제일 좋은 부분이 없자 주춤하는 것을 우리 주인이 즉시 본 것이었다. 감히 외눈박이 송아지 머리를 그의 앞에 내어놓는 것을 그는 묵과하지 않았다. 요리사가 식탁으로 불려 와서 그 음식을 나른 사람들과 함께 심문을 당했다. 마지막에 가서 불쌍한 짐플리치우스에게 두 눈이 달린 머리를 나르도록 넘겨주었다는 결론이 나왔다. 그다음에 무슨 일이 일어났는지를 말할 수 있는 사람은 아무도 없었다. 우리 주인은 나에게 겁을 주는 표정으로 송아지 머리를 가지고 어떤 짓을 저질렀는지 물었다. 재빨리 나는 나의 주머니에서 숟갈을 꺼내 다시 한 번 송아지 머릿속에 처넣어 남은 눈깔마저 처음 것과 마찬가지로 재빨리 집어삼킴으로써 그가 내게서 알고 싶어 했던 것을 간단히 실연해주었다.

"과연, 이 장면의 맛이야말로 열 마리 송아지 맛보다 더 좋구나!" 나의 주인이 말했다.

그 자리에 있던 손님들은 이 말을 칭송했고 내가 단순해서 저지른 행동을 일컬어 기막히게 현명한 발상이고 장래에 용기와 대담한 결단을 약속하는 처신이라고 했다. 그렇게 해서 나는 내가 응당 벌을 받아야 할 행동을 반복함으로써 받아야 할 벌을 요행으로 면했을 뿐만 아니라 여러 익살꾼, 아첨꾼, 손님 들에게 칭찬까지 받게 되었다. 내가 송아지 두 눈깔로 하여금 이 세상에서뿐만 아니라 저세상에서도 서로 돕고 동무 노릇을 할 수 있도록 같은 장소에 갖다 놓은 것은 현명한 행동이라는 것이었다. 자연도 그 두 눈깔을 처음부터 그렇게 정해놓았다는 것이다. 그러나 우리 주인은 다시는 내가 그에게 그런 짓을 해서는 안 된다고 말했다.

제30장
술을 마시면 처음엔 취기를 느끼다가 나중에는
자신도 모르게 만취하고 만다

이 연회에서 (내가 보기에는 다른 연회도 마찬가지이다) 손님들은 아주 기독교 신자답게 식탁에 다가갔고 대화도 조용히 나누었으며 모든 정황으로 보아 식사 기도도 아주 경건하게 했다. 수프와 첫번째 요리를 드는 동안에는 마치 카프친 교단 소속 수도원에 앉아 있는 것처럼 조용하고 경건한 분위기가 이어졌다. 그러나 각자가 세 번 또는 네 번 "하나님, 잘 먹겠습니다!"라고 말을 하자마자 분명 언성부터가 훨씬 높아졌다. 각자의 목소리가 점점 더 길게 울릴수록 더욱더 높아지는 것을 말로 표현하기란 쉽지 않다. 손님 모두가 너 나 할 것 없이 처음에는 낮은 음성으로 시작했다가 어느 때 가서는 고함을 지르는 연설자에 비유될 수 있을 것이다. 양념을 곁들여 입맛이 더 나도록 술을 마시기 전에 먹어야 한다고 해서 사람들이 전채(前菜)라고 부르는 요리가 나왔다. 술맛을 나게 하는 데 나쁘지 않은 안주가 나왔고 프랑스식 수프와 에스파냐식 전골냄비가 나온 것은 물론이다. 그 요리는 수천 가지 기교를 부리고 수없이 많은 첨가물을 치고, 뿌리고, 감싸고, 섞어서 술자리를 위해 준비해놓았는데 첨가물과 양념 때문에 본래 자연의 맛과는 거리가 멀었다. 크노이우스 만리우스[58]가 몸소 아시아에서 최상의 요리사들을 거느리고 왔다 해도 그 요리가 어떤 요리인지는 알아보지 못했을 것이다.

나는 나 자신에게 물었다. "온갖 음식을 맛있게 들고 동시에 술을

---

[58] 기원전 189년부터 소아시아 사령관을 지낸 로마의 장군. 소아시아로부터 사치품을 들여와 로마의 도덕적 타락을 야기한 인물이며 미식가로 유명했다.

마실 수 있는 (물론 무엇보다도 그 사람을 위해서 이 모든 음식이 차려진) 사람에게서 감각을 빼앗고 변모시켜서 심지어 야수로 만들 수 있는 요소란 무엇일까? 아마도 이것이야말로 키르케가 오디세우스 일행을 돼지로 변신시킨 것과 같은 요술이 아닐까?" 그리고 나는 갑자기 손님들이 식탁에 올려놓은 음식을 돼지처럼 게걸스럽게 먹어치우고 그다음엔 암소처럼 마시고 당나귀처럼 행동을 하고 마지막에 가서는 무두장이 개처럼 토하는 것을 보았다. 그들은 양동이처럼 큰 잔으로 호흐하임산 고급 포도주, 바하라흐 포도주, 클링겐베르크 포도주를 배 속에 부었고 그 효과는 곧 머릿속에 나타났다. 나는 모든 것이 갑자기 변해서 방금 전까지 건강한 오관을 지녔던 멀쩡한 사람들이 갑자기 아무것도 가리지 못하는 바보처럼 행동하고 하찮기 그지없는 세상사에 관해서 떠드는 것을 보고 놀랐다. 그들이 저지른 가장 큰 바보짓 그리고 그들이 서로 축배 인사를 하며 들이마신 술의 분량은 시간이 지나면서 더욱 늘어났다. 마치 이 두 가지, 즉 바보짓과 술의 양 중에 어느 것이 더 센지 경쟁을 하는 것만 같았다. 그리고 마지막에 가서는 이 경쟁이 거친 언행으로 바뀌었다. 그래도 가장 다행인 것은 내가 이와 같이 술에 만취되는 것이 어디에 연유하는지를 몰랐다는 것이다. 왜냐하면 나는 술의 효력과 만취 자체를 아직 몰랐기 때문이다. 그런 사실이 나로 하여금 온갖 진기한 추측과 망상을 하게끔 했다. 나는 그들이 이상야릇한 얼굴 표정을 짓는 것을 보았지만 그와 같은 상태의 변화가 어디에서 비롯되었는지를 알지 못했다.

그때까지 각자는 자신의 접시를 맛있게 비웠다. 그러나 그들의 배 속이 채워졌을 때 일은 더욱더 힘들어졌다. 처음에는 충분히 휴식을 취한 말이나 소와 더불어 평지에서 잘 굴러가다가 산을 오를 때는 제대로 오르지 못하는 마부 같았다. 그리고 나중에 머리까지도 완전히 돌게 된 후에는 어떤 사람은 술과 함께 마신 용기가, 다른 사람은 한 친구를 위하여 건배하려고 했던 온정이, 제3자는 건배할 때마다 기사답게 응답하는 독일인의 성실성이 어려움을 극복하도록 도와주었다. 그러나 그 또한 지속적으로는 아무런 도움이 되지 못하게 된 이후에는 위대한 상관들이나 사랑하는 친구들의 안녕을 위하거나, 그들 애인의 건강을 위하여 술을 양껏 들이마시기로 서로 맹세를 했다. 그때에 눈이 뒤집히는 사람도 있고 진땀을 흘리는 사람도 있었지만 그래도 마시고 취해야만 하는 것이었다. 맨 나중에 그들은 북을 치거나 휘파람을 불거나 현악기를 연주하며 소란을 피웠고 심지어 아무런 겁도 없이 권총을 발사하기도 했다. 아직은 억지로라도 술을 배 속으로 들어가게 할 수 있었기 때문이다. 나는 그들이 그 모든 술을 어디로 쏟아붓는지 궁금했다. 왜냐하면 나는 그들이 술기운이 오르기 전에 고통을 참으면서 조금 전 최대의 위험 속에서 그들의 건강을 외치며 술을 쏟아 넣었던 예의 그 구멍을 통해 다시 밖으로 토해낸다는 것을 몰랐기 때문이다.

　우리 목사님도 이 연회에 참석했는데 그분도 다른 사람과 똑같은 인간인지라 다른 사람들과 마찬가지로 빗나간 행동을 해야 했다. 나는 그를 따라가서 말했다. "목사님, 왜 사람들은 그처럼 이상한 행동을 하는 것입니까? 그들이 그토록 비틀거리며 갈지자로 걷는 것은 무엇 때문입니까? 더 이상 제정신이 아닌 것 같습니다. 모두가 배부르도록 먹고 마셨고 죽으면 죽었지 더 이상 마시지 않겠다고 맹세까지 했습니다. 그런데도 불구하고 잔뜩 먹기를 멈추질 않습니다. 그들은 그 짓 말고는 할 짓이 없어서 그러는 것입니까? 아니면 하나님께 거역하기 위해서 일부러 그러는 것입니까? 그 짓은 아무런 의미 없는 낭비에 불과합니다."

"얘야." 목사님은 대답했다. "술은 들어가고 재담은 나오고! 그것은 앞으로 일어날 것과 비교하면 아무것도 아니다. 이 사람들은 날이 새기 전에는 헤어지지 않을 것이다. 술이 목에까지 차올라와도 그들이 만족하려면 아직 한참 멀었기 때문이지."

"그렇게 절제하지 못하고 계속 마셔대면 도대체 그들의 배는 터지지 않나요? 하나님의 형상을 지닌 그들의 영혼은 그런 돼지 같은 몸속에서 배겨낼 수 있겠습니까? 영혼이 그곳에 있으면 모든 경건함을 멀리하고 어둡고 온갖 해충이 득실대는 절도범이 갇힌 감옥에 있는 것이나 마찬가지일 터인데요. 어떻게 그들은 자신들의 고귀한 영혼을 그처럼 고문할 수 있습니까? 그들의 영혼이, 잘 다스려야 할 오관이 분별없는 동물의 내장처럼 매장되어 있는 것이 아닙니까?"

"입 다물어라." 목사님은 대답했다. "안 그러면 끔찍하게 매를 맞는 수가 있어! 지금은 설교하는 순간이 아니니라. 설령 설교하는 순간이라 해도 내가 너보다는 설교를 더 잘할 수 있을 게다."

나는 그 말을 듣고 그만 입을 다물었다. 그리고 사람들이 이곳에서 호기롭게 음식과 술을 진탕 먹고 마시는 것을 바라만 보았다. 하나우 인근에서 쫓겨난 피란민들이 그것을 먹는다면 기운을 차릴 수도 있었을 텐데 말이다. 피란민들은 곡간이 비어 있는 탓에 수천 마리나 되는 굶주린 들소의 형상을 하고 불쌍한 나사로처럼 밖에서 극심한 고통을 참으며 살아가고 있었다.

제31장
짐플리치우스는 재주를 발휘하는 데 실패한 후 수모를 당하다

　내가 손에 접시 하나를 들고 그렇게 식탁 옆에서 시중을 들며 온갖 괴로운 상상과 진기한 상념 때문에 머리가 지끈지끈 아파오는 동안 나의 배도 가만히 있질 않았다. 끊임없이 꼬르륵 소리를 냈고 그러면서 그 속에 신선한 공기를 쐬고 싶어 하는 놈들이 있다는 것을 알렸다. 나는 이 끔찍한 노폐물을 제거하기 위한 통로를 개통하는 데 전날 저녁에 나의 동료가 가르쳐준 기술을 이용하기로 결심했다. 왼쪽 다리와 허벅지를 힘껏 쳐들고 온 힘을 다해 압박을 가하면서 혼자만 몰래 "방귀요!"라고 주문을 세 번 외우려고 했다. 그러나 나의 궁둥이로 빠져나간 그 괴물 같은 친구가 기대와 달리 섬뜩할 만큼 큰 소리를 냈을 때 나는 놀라서 내가 무슨 짓을 했는지도 몰랐다. 나는 갑자기 마치 사다리에 오른 채 교수대 밑에 서 있고 형리가 방금 나의 목에 밧줄을 걸려고 하는 것처럼 불안해졌다. 그리고 당황한 나머지 나의 사지는 더 이상 내 것이 아니었고 나의 주둥이도 이 같은 갑작스러운 소음에 똑같이 부화뇌동해서 엉덩이에게 뒤지지 않으려고 할 말을 하고 말았다. 본래 말하고 소리 지르라고 있는 주둥이이지만 이 순간에는 하고 싶은 말을 남이 듣지 못하도록 몰래 중얼거렸어야 했는데 당황한 나머지 엉덩이에게 뒤질세라 마치 누가 나의 목을 따기나 하는 듯이 큰 소리로 말했다. 그리하여 항문으로 방귀가 끔찍한 소리를 내며 터질수록 입에서는 "방귀요!" 하는 소리가 전율할 정도로 더욱 크게 터져 나왔다. 마치 나의 위의 입구와 출구 중 어느 쪽이 가장 놀랄 만한 소리로 고함을 지를 수 있는지 경쟁이라도 하는 것 같았다. 그 짓으로 인해 나의 속은 편안해지긴 했으나 나의 주인인 사령관의 노여움을 사게 되었다. 예기치 못했던 폭음으로 거의 모든 손님에게서 술기운이 사라졌다. 그러나 나는 온갖 노력을 다해보아도 그 냄새를 제거할 수 없었다. 사람들은 나를 돼지 밥통에 넣어놓고 마구 때려서 오늘날까지도 나는 그때 일을 잊지 못한다. 그것은 내가 살아서 숨을 쉬기 시작한 이래 첫번째로 겪은 발바닥에 매를 맞는 형벌이었다. 우리가 다 같이 들이마시며 살아야 하는 공기를 내가 그토록 끔찍하게 오염시켰기 때문이다. 사람들이 향기 나는 요리와 향초를 가져왔고 손님들은 그들의 사향(麝香) 알과 향수통, 심지어 주머니를 뒤져서 코담배를 꺼냈지만 아무리 좋은 향기를 풍기더라도 소용이 없었다. 그렇게 해서 나는 이 세상의 어떤 유명한 희극 배우보다도 더 좋은 연기를 펼친 이 촌극으로 인해 배 속에 평화를 얻었으나 온몸은 흠씬 두들겨 맞았다. 반대로 손님들의 코는 악취로 가득했고 하인들은 다시금 홀의 공기를 정화시키기 위해 갖은 노력을 다해야 했다.

제32장
다시금 술판에 관한 이야기와 사이비 성직자가
술판에서 배척당하는 이유

이 일이 있고 나서도 나는 다시금 전처럼 시중을 들어야 했다. 우리 목사님은 아직도 자리에 앉아 있고 사람들이 다른 사람들처럼 계속해서 술을 마시도록 권했으나 응하지 않으며 짐승처럼 술을 퍼마시고 싶지 않다고 말했다. 그때에 한 용감한 술친구가 와서 그에게 확인해주었다. 목사님은 짐승처럼 술을 마시고 반대로 그 자리에 있는 다른 손님들과 자기 자신은 인간처럼 술을 마신다면서 "짐승은 무엇이 좋은지 모르고 술을 좋아하지 않기 때문에 맛나고 갈증이 가실 만큼만 마시지만 우리 인간은 조상들처럼 술을 즐기고 그 고귀한 포도즙을 한 방울씩 입에 떨어뜨리는 맛을 좋아하기 때문"이라고 그 까닭을 말했다.

목사님이 말했다. "맞는 말씀입니다. 그러나 나는 술을 마시면서도 절제를 해야 한단 말입니다."

다른 사람이 말했다. "그거 좋은 말씀이군요! 정직한 사람은 자신이 한 말을 책임지는 법이지요." 그러고는 큰 잔에 술을 따르게 한 다음 목사님의 망설이는 팔에 내밀었다. 목사는 그와 반대로 그 자리에서 빠져나가 그 술꾼으로 하여금 양동이와 함께 그냥 서 있게 했다.

목사님이 자리를 비킨 후에는 모든 것이 뒤죽박죽이었다. 막상 이 향연을 베푼 목적은 마치 술에 취해서 서로에게 복수를 하고 서로 헐뜯거나 그 밖의 장난질을 치기 위한 것 같았다. 왜냐하면 한 사람이 더 이상 앉거나 서거나 걸음을 옮길 수 없도록 만취가 되면 꼭 이런 말을 했다. "이제 우리는 피장파장이야! 최근에 자네가 내게 똑같이 굴었으니 이제 내가 자네에게 대갚음해준 것이지." 그러나 잘 버티고 끝까지 가장 잘 마실 수 있는 사람은 이를 뽐내면서 마치 최고의 대장부나 된 듯 행세를 했다. 마지막에는 모두가 뒤섞여 비틀대는 모습이 마치 사리풀[59] 씨앗을 먹은 것 같았다. 그처럼 그들은 모두 함께 기막힌 사육제극을 연출했다. 그러나 그 자리에서 그 광경을 보며 감탄하는 사람은 나밖에 없었다. 노래를 부르는 사람이 있는가 하면 우는 사람도 있었다. 웃는

---

59) 가짓과 식물로 약제나 흥분제로 사용된다.

사람이 있는가 하면 슬퍼하는 사람도 있었다. 저주를 하는 사람이 있는가 하면 기도하는 사람도 있었다. 한 사람이 있는 힘을 다해 "용기!"라고 외치니 다른 사람은 더 이상 할 말이 없었다. 한 곳에는 조용하고 평온한 사람이 있는가 하면 다른 곳에는 때리겠다고 위협하며 마귀를 쫓아내려고 하는 사람이 있었다. 잠을 자며 조용히 입 다문 사람이 있는가 하면 계속 잡담을 지껄여서 그 말고는 누구도 발언을 할 수가 없게 하는 사람이 있었다. 어떤 사람은 자신이 겪은 사랑의 모험을 이야기하는가 하면 끔찍한 전투 경험담을 이야기하는 사람도 있었다. 교회와 종교에 관해서 담화하는 사람이 있는가 하면 국익과 정치에 관해서 그리고 세계 무역과 국내 무역에 대해서 담론하는 사람들이 있었다. 쉬지 않고 이리저리 돌아다니며 가만히 앉아 있을 수 없는 사람이 있는가 하면 가만히 누워서 손가락 하나 꼼짝할 수 없고 보니 꼿꼿이 서거나 걸어갈 수 없는 사람도 있었다. 여드레 동안 먹지 않고 배고픔을 참은 사람처럼 많이 먹는 사람이 있는가 하면 온종일 삼킨 것을 다시 토해내는 사람도 있었다. 한마디로 말해서 모든 행동거지가 그토록 우습고 어리석고 진기한 데다 죄스럽고 불경스러워서, 끔찍한 매를 맞은 나에게서 나는 악취는 그에 비하면 새 발의 피에 지나지 않았다. 그렇게 되어 마지막에는 식탁의 말석에서 심각한 싸움이 벌어졌다. 그들은 서로 유리잔과 찻잔, 사발, 접시를 머리를 향해 던지고, 주먹뿐 아니라 의자와 의자 다리, 칼, 그 밖에 온갖 가능한 것을 들어 힘껏 던졌기 때문에 귀 위로 붉은 피가 흐르는 사람도 있었다. 그러나 우리 주인은 그 싸움을 곧 끝장냈다.

제33장

사령관이 먹고 마신 것을 토하다

평온을 다시 찾자 술고래들은 음악가들과 여인들과 함께 다른 건물로 갔다. 그 건물에 있는 홀은 또 다른 바보짓을 하도록 예정되어 있었고, 실제로 바보짓이 일어나기도 했다. 그러나 우리 주인은 자신의 소파에 앉아 있었다. 분노했거나 술을 많이 마셔서 몸 상태가 좋지 않았기 때문이다. 나는 그가 누워서 휴식을 취하고 잠을 잘 수 있도록 했다. 그러나 내가 막 방문을 나서려고 할 때 그는 나를 향해 휘파람을 불려고 했으나 뜻대로 되지 않은 모양이었다. 그 대신 나의 이름을 불렀으나 겨우 "짐플!"까지만 들렸다. 내가 다급히 그에게로 다가가 보니 그는 도살당하는 황소처럼 두 눈을 부릅떴다. 나는 어찌할 바를 몰라 장승처럼 서 있었다. 그는 음식 차려놓은 탁자를 가리키며 혀 꼬부라진 소리로 말했다. "이 나 나 나쁜 놈아, 저 저 저기 있는 세 세 세숫대야를 가 가져와. 토 토할 것 같다!" 나는 서둘러서 대야를 가져왔다. 그리고 다시 그의 곁에 갔을 때 그는 트럼펫 주자 같은 볼을 하고 있었다. 그가 세숫대야를 든 나의 팔을 잡아 자신의 앞으로 끌어당기는 바람에 나는 세숫대야를 바로 그의 입 앞에 대지 않으면 안 되었다. 그러자 그는 몸을 고통스럽게 꿈틀대며 갑자기 입을 벌리고 먹은 음식물을 토했다. 그 바람에 나는 역겨운 냄새 때문에 거의 정신을 잃을 뻔했다. 무엇보다도—실례지만—토한 음식물 몇 조각이 튀어서 얼굴에 묻었다. 그러자 나도 함께 토할 것 같았다. 그러나 그의 얼굴이 점점 더 창백해지는 것을 보고 나는 참았다. 식은땀이 그의 이마에 솟았기 때문에 그 오물이 그의 영혼을 통과하지 않을까 겁이 났다. 그의 모습은 죽어가는 사람 같았다. 그러나 그는 재빨리 정신을 차리고 나에게 깨끗한 물을 가져오도록 일렀다. 그는 깨끗한 물로 입안을 다시 헹구어냈다.

그런 다음 내게 토한 것을 치우도록 명령했다. 그때 세숫대야에 담겨 있는 토한 음식이 갑자기 더 이상 역겹게 보이지 않고 네 사람이 먹을 수 있는 전채가 담긴 접시처럼 보였고 그냥 버리기에는 아깝다는 생각이 들었다. 또한 나의 주인이 어떤 해로운 음식을 든 것이 아니라 오로지 훌륭하고 맛있는 파스타와 온갖 구운 요리, 조류, 들짐승과 집짐승 고기 등 오로지 잘 구별될 수 있고 식별할 수 있는 것들만 먹은 것을 알았다. 그래서 나는 토한 것을 바라보면서도 그것들을 어떻게 처리해야 할지 알지 못했다. 그렇다고 주인에게 물어볼 수도 없는 노릇이었다. 나는 집사에게 가서 그 토사물을 보이고 어떻게 처리해야 할지 물었다. 그는 대답했다. "이 바보야, 그것을 무두장이에게 가지고 가서 가죽이나 처리하게 해."

그래서 나는 어디로 가면 무두장이를 만날 수 있느냐고 물었다.

그는 내가 고지식한 사람임을 눈치채고 대답했다. "아니다. 의사에게 가지고 가서 우리 주인의 건강이 어떤가 알아보게 하는 것이 좋겠다."

만약 집사에게 새로운 생각이 떠오르지 않았다면 나는 하마터면 만우절 바보가 될 뻔했다. 결국 그는 나로 하여금 모든 것을 부엌으로 가져가게 했다. 일하는 여자들로 하여금 그것을 잘 보관하고 후춧가루를 잘 쳐두도록 이르라고 했다. 나는 아주 진지하게 시키는 대로 일렀기 때문에 칠칠치 못한 여자들은 나를 두고두고 놀려댔다.

제34장
짐플리치우스가 댄스 판을 엉망진창으로 만들다

내가 세숫대야를 처치했을 때 우리 주인은 밖으로 나가려고 했다. 나는 그를 따라서 커다란 집으로 갔다. 나는 그곳 홀에서 남자와 여자가 같이 있거나 단독으로 있는 사람들을 보았다. 그들은 대단히 빠른 속도로 뒤섞이고 선회를 하며 군집해서 한 덩어리가 되었다. 그들이 그같이 총총걸음을 하면서 소리를 지르는 바람에 나는 모두가 미친 줄 알았다. 그들이 무슨 목적으로 이처럼 성이 나서 미치광이 짓을 하는지 이해할 수 없었기 때문이다. 그렇다. 그들의 모습이 내게는 끔찍하고 무섭고 놀라워서 머리카락이 주뼛 섰다. 내가 보기에 그들은 모두 이성을 잃은 것이 틀림없었다. 그러나 가까이 가자 그들이 오전만 해도 아주 멀쩡했던 우리 손님들인 것을 알아차렸다. '맙소사!' 나는 생각했다. '이 불쌍한 사람들에게 무슨 일이 일어난 것일까? 갑자기 그들 머리가 돈 것이 틀림없어.' 그런 다음 지옥의 망령이 지금 사람으로 변신하여 그와 같은 경솔한 행동을 흉내 내면서 인간들을 모두 조롱하고 있다는 생각이 들었다. 그들이 인간의 영혼과 하나님의 형상을 지니고 있다면 그처럼 점잖지 못한 행동은 하지 않을 것이라고 나는 믿었기 때문이다.

우리 주인이 막 복도로 들어와서 홀에 발을 들여놓으려고 했을 때 발광은 멈추었다. 그들은 한 번 허리를 굽히고 머리를 끄덕인 후 두 발로 바닥을 한 번 긁으며 구두를 끄는 품이 마치 발광하는 동안 밟았던 발자국을 지우려는 것 같았다. 그들의 얼굴 위로 흐르던 땀에서 그리고 그들의 헐떡임에서 나는 그들이 힘들었음을 알아차릴 수 있었다. 그러나 그들의 즐거운 얼굴은 이 노동의 맛이 쓰지는 않다는 것도 나타내주었다.

이 바보짓이 노리는 것이 무엇인지를 나는 기어코 알고 싶었다. 그래서 요전에 점치는 법을 알려준 나의 형제나 다름없는 믿을 수 있는 동료에게 이 발광이 무엇을 의미하며 발광하는 듯한 총총걸음과 말발굽 소리를 내는 것은 무슨 목적인지 물었다. 그 친구는 주장하기를 참석자들은 힘을 합쳐서 홀의 바닥을 짓밟기로 사전에 약속한 것이 틀림없다고 했다.

그는 말했다. "자네 생각은 어떤가? 그렇지 않고는 그처럼 용감하게 소란을 피운 이유가 무엇이겠는가? 그들은 이미 장난으로 창문을 때려 부순 적이 있지 않은가? 이 바닥에도 똑같은 일이 일어날 것이네."

"아이고 하나님!" 나는 대답했다. "그렇게 되면 틀림없이 우리도 넘어지게 될 것이고 넘어질 때에는 그들처럼 치명상을 입게 될 터인데."

"그렇다네." 나의 동료가 대답했다. "그런 결과가 되겠지! 그런데 그것을 조금이라도 염려하는 사람은 아무도 없네. 자네도 보게 되겠지만 그들의 목숨이 몹시 위험하게 되면 각 사람은 예쁜 여자나 처녀를 덥석 붙잡는다네. 왜냐하면 그런 경우에 남녀가 얼싸안고 쌍을 이루면 쉽게 무슨 일이 일어나지 않는다는 속설이 있다네."

나는 그 말을 모두 곧이곧대로 믿었기 때문에 불안하고 죽지 않을까 겁이 나서 더 이상 어디로 가야 할지 몰랐다. 그리고 내가 지금까지 전혀 보지 못했던 악단의 음악 소리가 마치 북소리처럼 들리자 병사들이 무기를 잡고 그들의 위치로 달려가듯 젊은이들이 귀부인들에게 돌진했을 때 그리고 각자가 한 여인의 손을 잡았을 때 나는 바닥이 무너져서 나와 다른 많은 사람이 황급하게 추락하는 것을 보고 있는 것 같았다. 그들이 하나같이 껑충껑충 뛰기 시작했을 때 건물 전체가 흔들렸다. 방금 사람들이 즐거운 대중가요를 부르기 시작했기 때문이다. 그래서 '나는 이제 죽었구나!' 하고 생각했다. 내가 보기엔 집 전체가 다음 순간에는 붕괴되고 말 것 같았다. 그렇기에 나의 불안감이 극에 달했을 때 나는 한 마리 곰처럼 방금 우리 주인과 대화 중이던 지체와 덕망이 높은 귀부인의 팔에 쇠사슬처럼 매달렸다. 그녀가 나의 머릿속에 어떤 어리석은 생각이 떠올랐는지를 알지 못한 채 나에게서 벗어나려고 몸부림치자 마치 누가 나를 살해하기라도 하듯 나는 절망에 빠진 사람 행세를 하며 소리를 지르기 시작했다. 그런데 그것으로 끝이 아니었다. 아무런 악의도 없이 나의 바지 속에서 무엇인가가 새어 나와서 나의 코가 오랫동안 맡아본 적이 없는 엄청난 악취를 풍겼다. 악사들은 연주를 중단했고 춤을 추던 남녀들은 스텝을 멈추었다. 그리고 내가 아직도 팔을 껴안고 있던 귀부인은 모욕감을 느꼈다. 우리 주인이 그녀를 웃음거리로 만들려고 했다고 믿었기 때문이다. 그러나 우리 주인은 나에게 매를 때린 다음 어딘가에 감금하도록 명령했다. 내가 이날 그에게 벌써 여러 번 어리석은 짓을 저지른 탓이었다. 벌을 집행할 보병 병사들은 나를 동정했다. 그뿐이 아니었다. 그들도 역시 냄새 때문에 나와 가까이 있는 것을 견디지 못했다. 그래서 매를 때리는 것은 면제하고 계단 밑에 있는 거위 우리에 나를 가두었다. 그런 후로 나는 이 사건에 대하여 종종 되생각해보고 어떤 사람에게는 그 같은 불안과 공포 때문에 나오는 배설물이 강력한 소화제를 복용했을 때보다도 훨씬 더 고약한 악취를 풍긴다는 것을 깨닫게 되었다.

제 2 권

제1장
거위 한 쌍이 짝짓기를 하다

나의 책『흑과 백*Schwarz und Weiß*』의 제1부에서 나는 춤판과 음주에 대하여 썼는데 그 글을 구상한 것은 거위 우리에서였다. 그렇기 때문에 여기서는 반복할 필요가 없겠다. 단지 말하고 싶은 바는 이 순간에도 내게는 춤객들이 정말로 화가 나서 바닥을 탕탕 굴렀는지 아니면 사람들이 거짓말로 나를 속인 것인지가 여전히 분명치 않다는 것이다. 그러나 나는 이제 이야기를 계속해서 내가 어떻게 거위 우리를 벗어났는지를 보고하련다.

총 세 시간 동안, 그러니까 사랑을 위한 전주곡 아니면 소위 명예로운 춤이 끝날 때까지 나는 지저분한 몰골을 한 채 거위 우리에 앉아 있어야 했다. 마침내 그 속으로 기어들어 와서 덜거덕거리며 빗장을 움직이는 사람이 있었다. 나는 암퇘지가 물속으로 오줌을 쌀 때 하듯 유심히 귀를 기울여 엿들었다. 문 앞에 있는 놈은 문을 열었을 뿐만 아니라 재빨리 안으로 들어왔다. 내가 밖으로 나가고 싶어 하는 만큼이나 말이다. 게다가 그는 춤꾼들이 춤을 출 때처럼 뒤로 한 여인의 손을 잡아끌고 들어왔다. 나는 이제 다시 무슨 일이 일어날지 아무것도 예측할 수가 없었다. 그러나 나의 멍청한 센스로도 그 이상의 진기한 정사(情事)가 벌어질 것이 감지되었다. 나는 어떠한 재앙이 터지더라도 인내와 침묵으로 이겨낼 각오가 되어 있었기 때문에 두려움에 떨며 문으로 살며시 다가가 최악의 경우에 대비했다.

곧 두 사람은 속삭이기 시작했다. 그러나 그 속삭임에서 나는 한 사람이 이곳에서 나는 악취에 대하여 불평하는 것 말고는 아무것도 알아듣지 못했다. 반면 다른 사람은 그녀를 위로했다.

"분명 그렇습니다, 부인." 그가 말했다. "행복에게는 질투하는 버릇이 있지요. 그렇기 때문에 행복은 우리에게 사랑의 결실을 거둘 수 있는 명예로운 장소를 제공하지 않는군요. 그리하여 저의 마음이 심히 언짢습니다. 그러나 제가 당신에게 확약하는데 당신만 계시면 이 끔찍스러운 구석이 나에게는 가장 사랑스러운 궁전보다도 더 좋습니다."

이어서 입 맞추는 소리를 들었고 이상한 자세를 취하는 것을 엿보았지만 나는 그것이 무엇이고 무슨 의미가 있다는 것인지 알지 못하고 계속 쥐 죽은 듯이 있었다. 그러나 계속 이상야릇한 소리가 더욱 커지고 계단 밑은 널빤지로만 조립되어 있던 터라 거위 우리는 전체가 삐거덕거리기 시작했다. 게다가 여자는 그 짓을 하면서 아프다는 시늉을 했다. 나는 분노해서 바닥 밟기를 함께했던 이 두 사람이 이제 여기서도 소란을 피우면서 나를 죽이려는 것이 아닌가 생각했다. 이런 생각이 들자 다음 순간 나는 죽음을 벗어나기 위해 문으로 달려가서 큰 소리로 "사람 살려!" 하고 외쳤다. 그 외침은 나를 이 장소로 오게끔 했던 "방귀요!"라는 외침과 똑같이 크게 울렸다. 그리고 나는 문밖으로 뛰쳐나온 후에 적어도 열린 문을 다시 잠가놓을 만큼의 꾀는 있었다.

막상 이것은 초대받지는 않았지만, 내가 생애에서 최초로 참석한 결혼식이었다. 나는 결혼 선물을 준비하지 못했기 때문에 나중에 신랑이 내게 제시하고 내가 성실하게 갚아야 했던 계산은 더욱 비싸기만 했다.

친애하는 독자 여러분, 내가 이 이야기를 하는 것은 여러분들을 웃기기 위한 것이 아니고, 내가 모든 것을 빠뜨리지 않고 완벽하게 이야기하고 춤을 출 때는 어떠한 명예로운 결실을 계산해야 하는지 여러분들로 하여금 이해하게끔 하기 위함이다. 그리고 나도 어떻든 춤을 출

때는 나중에 온 집안이 부끄러워해야 할 많은 거래가 이루어진다는 점
정도는 알고 있다.

제2장
목욕하기 가장 좋은 때는 언제인가

나는 그렇게 거위 우리에서 빠져나와 다행이었지만, 나의 불행은
이제부터 시작되리라는 사실이 분명해졌다. 나는 겁이 바짝 났고 앞으
로 어떻게 해야 할지를 알지 못했다. 주인집은 온 집 안이 조용하고 모
두 잠이 들었기 때문에 나는 집 앞에 서 있는 보초에게 물어볼 수도 없
었다. 내게서는 고약한 냄새가 났으므로 정문에서는 나를 들여보내려
고 하지 않았다. 그렇다고 날씨가 추워서 길거리에 머물러 있을 수도
없었다. 요컨대 나는 진퇴양난에 빠져 있었다. 목사님에게 가서 묵어야
되겠다는 생각이 떠오른 것은 자정이 훨씬 넘어서였다. 그의 문을 한
참 두들긴 끝에야 결국 하녀가 투덜대며 나를 집 안으로 들였다. 그러
나 (그녀의 예민한 코가 나의 비밀을 즉시 알아챘기 때문에) 그녀는 내게
서 나는 고약한 냄새를 맡고 더욱더 성이 나서 욕설을 퍼붓기 시작했
다. 그동안 잠을 다 잔 그녀의 주인도 곧 그 소리를 들었다. 그는 우리
를 그의 침대 곁으로 불렀다. 그러나 그도 곧 무엇이 문제인지를 알아
차렸다. 그는 코를 약간 찡그리며 말했다. 달력에 목욕하는 날이 언제
라고 기입되었는지는 상관 없다. 내가 바로 그럴 만한 상황에 있을 때
보다 목욕하기 더 좋은 때는 없는 법이다. 또한 하녀에게 명령해서 날
이 완전히 새기까지 나의 바지를 빨아서 방 안에 있는 난로에 걸도록

했다. 그리고 나의 몸이 추위로 꽁꽁 얼어 있는 것을 보았기 때문에 나를 침대에 눕도록 했다.

나의 언 몸이 녹자 날이 밝기 시작했고, 내게 무슨 일이 있었는지를 듣기 위해 목사님이 어느새 나의 침대 앞으로 왔다. 나의 내복과 바지가 아직 마르지 않았기에 나는 일어나서 그에게 갈 수가 없었다. 나는 나의 동료가 가르쳐준 기술을 처음으로 발휘해보았더니 이런 나쁜 결과를 가져왔다는 것을 그에게 모두 이야기했다. 그다음엔 목사님이 자리를 떠난 후에 손님들이 미친 짓을 하고 (나의 동료가 내게 설명한 대로) 그 집의 바닥을 밟아 닳아빠지게 하려고 했다는 것도 보고했다. 또한 그 짓이 나를 끔찍한 불안에 휩싸이게 했고 어떻게 해서든 그 짓을 막아보려고 하다가 거위 우리에 갇히게 된 정황을 보고했다. 그러고 난 다음 나를 그곳에서 구해준 두 사람이 무슨 말을 했고, 무슨 짓을 했는지 그리고 내가 그들을 거기에 갇히게 한 것 등을 모두 이야기했다.

"짐플리치우스야." 목사님은 말했다. "네 사정이 참으로 딱하게 되었구나. 시작은 모두 좋았으나, 모든 것을 네가 망쳐놓았으니 걱정이다. 그러니 이제 빨리 일어나서 이 집에서 나가거라. 네가 내 집에 있는 것이 발각되면 내가 너와 함께 너의 주인의 노여움을 사게 될까 염려되어 그런다." 그렇게 해서 나는 젖은 옷을 입고 물러 나와야 했다. 그렇게 나는 우리 주인인 사령관의 마음에 들면 다른 사람들에게 얼마나 좋은 대접을 받을 수 있고, 마음에 들지 않으면 얼마나 업신여김을 당하는지를 처음으로 경험했다.

나는 사령관의 숙소로 갔다. 그곳에서는 주방장과 몇몇 하녀를 빼고는 모두가 여전히 깊은 잠에 빠져 있었다. 하녀들은 사람들이 어제 술을 마셨던 홀을 청소했고 주방장은 먹다 남은 것을 가지고 아침 식사랄 것까지는 없고, 간식이라 할 만한 음식을 장만했다. 우선 나는 하녀들이 있는 곳으로 갔다. 그곳은 깨어진 컵과 창문의 파편 조각으로 가득했다. 바닥 어떤 곳에는 사람들이 위아래로 쏟아놓은 배설물로 덮여 있고 다른 곳은 포도주와 맥주가 고인 커다란 웅덩이가 형성되어서 마치 바다, 섬 그리고 발을 들여놓을 수 있는 마른 육지를 그려 넣은 하나의 지도같이 보였다. 이 홀에서는 거위 우리보다 더 고약한 냄새가 났다. 그렇기 때문에 나는 그곳에 오래 머물러 있지 않았다. 그 대신 부엌으로 가서 그곳에 있는 불길에 나의 몸과 옷을 완전히 말리면서 우리 주인이 잠을 다 자고 난 후에 나에게 주어질 운명을 두려워하며 떨면서 기다렸다. 그러면서 세상의 바보짓과 몰지각함에 대하여 곰곰 생각해보고 내가 어제 그리고 지난밤에 겪고, 그 밖에 보고 들은 것, 경험한 것을 다시 한 번 머릿속에 떠올려보았다. 그와 같은 상념 속에 은자의 단순하고 궁색한 삶이 행복하게만 보여서 내가 그와 함께 다시 그곳으로 돌아갈 수만 있으면 얼마나 좋을까 생각하기도 했다.

제3장
다른 하인은 수업료를 받고
짐플리치우스는 어릿광대로 선정되다

나의 주인은 잠자리에서 일어나자 경비병을 보내 나를 거위 우리에서 데려오게 하였다. 경비병은 돌아와서 보고하기를 문을 열어보니 빗장 뒤에서 칼로 뚫은 구멍 하나를 발견했다고 했다. 이와 같은 방법으로 감금되었던 자가 스스로 풀려났다는 것이다. 그러나 이와 같은 소식이 전해지기 전에 나의 주인은 다른 사람으로부터 내가 이미 부엌에 있었다는 것을 들어 알았다. 그러는 사이에 어제의 손님들에게 아침 식사를 들러 오라고 전갈하기 위해 하인들을 보냈다. 목사님에게도 사람을 보내서 반드시 다른 사람들보다 먼저 도착하도록 했다. 왜냐하면 사령관은 사람들이 식탁에 앉기 전에 그와 함께 나에 대해서 이야기를 나누고자 했기 때문이다.

제일 먼저 우리 주인은 목사님에게 나를 특별히 영리하다고 여기는지 아니면 정신이 돌았다고 보는지 물었다. 그러고는 나를 단순하다고 보는지 아니면 음흉하다고 보는지도 물었다. 그런 다음 내가 전날 무례하게 행동하여 몇몇 손님이 이를 대단히 불쾌하게 받아들였고 분노하기까지 했다는 것을 들려주었다. 왜냐하면 그들은 이 모든 일이 몰상식했을 뿐 아니라 내가 고의적으로 대담하게 벌였다고 믿었기 때문이다. 그래서 그는 내가 더 이상 우스꽝스러운 짓을 저지르지 않도록 거위 우리에 가두어두도록 했는데 부수고 나와서 이제는 주인에게 더 이상 시중들 필요가 없는 기사처럼 부엌에서 거만을 떨고 다닌다는 것이었다. 그는 생전에 나처럼 자신에게 그같이 못되게 구는 사람을 겪어본 적이 없다고 했다. 그것도 점잖은 사람들이 많이 있는 자리에서. 내가 해고당할 만큼 바보스러운 짓을 저질렀기 때문에 그는 나를 흠씬 두들겨 패주도록 하는 것밖에는 달리 어찌해야 할지를 모르겠다는 것이었다.

나의 주인이 그렇게 나에 대한 불평을 늘어놓고 있을 때에 다른 손님들도 하나둘 모여들었다. 그러나 그가 할 말을 다 하자 목사님이 대답하기를 만약 사령관님이 잠시만 참고 자신의 이야기를 경청할 용의가 있으면, 짐플리치우스에 대해서 몇 가지 이야기를 들려주고 싶다고 했다. 그러면 내가 아무런 잘못이 없을 뿐만 아니라, 나의 행동을 혐오스럽게 생각했던 사람들도 자신들의 잘못된 상상에서 깨어날 수 있으리라는 것이었다.

사람들이 위에 있는 홀에서 나에 대해 논의를 할 때, 여자 파트너와 함께 나 대신 거위 우리에 감금되었던 그 멋지게 생긴 사관후보생은 밑에서 나와 흥정을 벌였다. 그는 위협을 하며 나에게 동전 한 닢을 찔러준 후 자신이 한 짓에 대해서 누구에게도 발설하지 않겠다는 약속을 받아냈다.

밥상이 차려졌고 전날과 똑같은 음식과 사람들이 식탁을 차지했다. 술꾼들은 히포크라스라는 이름으로 불리는 향료를 친 포도주와 더불어 베르무트주(酒), 샐비어주, 알란트주, 모과주, 레몬주 등을 마시고 머리와 위장을 다스려야 했다. 왜냐하면 그들 거의 모두가 악마의 순교자들이었기 때문이다. 처음에 그들은 어제 얼마나 용감하게 취하도록 마셔댔는지 자신들에 관해서만 이야기를 했다. 그러나 그들 중 몇몇은 엊저녁에 "여기 술 가져와!" 하고 소리치거나, 아직도 무언가를 삼키는 놈은 "악마가 물어갈 놈!"이라고 악담을 퍼부었음에도 불구하고, 몸을 가누지 못할 정도로 마셨다는 것을 시인하는 사람은 한 사람도 없었다. 거나하게 취했었다고 말하는 사람이 있었지만 취기가 오른 후에는 더이상 정신을 잃을 정도로 술을 마시지는 않았다고 억지를 부리는 사람도 있었다. 그들이 결국 자신들이 저지른 바보짓을 이야기하고 남의 이야기를 충분히 들었을 때 불쌍한 짐플리치우스가 불려 왔다. 사령관은 목사님을 재촉해서 해야 할 흥미로운 이야기를 꺼내놓게 했다.

목사님은 자신이 성직자에게는 어울리지 않는 어휘를 사용하더라도 언짢게 생각지 말 것을 부탁한 후 이야기를 시작했다. 내가 어떠한 생리적인 원인으로 인한 방귀 냄새 때문에 끊임없이 괴로워했는지, 내가 그 냄새로 이미 사령관의 부관에게 사무실에서 어떠한 폐를 끼쳤는지를 이야기했다. 내가 점치는 것 말고도 냄새를 막기 위해 어떤 요술을 체득했는지 그리고 그 요술은 시험에서 얼마나 나쁜 결과를 얻었는지 그리고 내가 사람들이 춤추는 것을 아직 본 적이 없기 때문에 춤추는 것을 보고 얼마나 신기하게 느꼈는지 이야기했다. 그리고 나의 동료가 그에 대해서 나에게 어떠한 설명을 해주었는지, 그다음에 내가 무엇 때문에 귀부인을 붙잡았고, 거위 우리에 가야만 했는지도 이야기했다. 그는 그 모든 것을 아주 적절한 말을 써가면서 최선을 다해 설명했기에 듣는 이들은 우스워서 포복절도를 했다. 동시에 그들은 나의 단순함과 무지를 아주 조심스럽게 용서했으므로 나는 우리 주인에게 관대한 처분을 받고 다시금 식탁 시중을 들 수 있었다.

거위 우리에서 일어난 일과 내가 어떻게 거기에서 벗어났는가에 대해서 목사님은 물론 언급하고 싶어 하지 않았다. 언급을 하면 성직자는 항시 근엄한 표정을 지어야만 한다고 생각하는 몇몇 우울한 고집쟁이의 노여움을 사지 않을까 두려웠기 때문이다. 그 대신 나의 주인은 나의 동료가 이처럼 깨끗한 요술을 알려준 대가로 내가 무엇을 지불했는지 물었다. 어디까지나 자신의 손님들을 즐겁게 하려는 목적에서였다. 내가 "아무것도 주지 않았어요"라고 대답하자 "그러면 너 대신 내가 그에게 수업료를 지불하겠다"며 전날 내가 나의 요술을 시험해보고 쓸모가 없다는 것을 깨달았을 때 내가 당했던 것처럼 그로 하여금 돼지 여물통 속으로 들어가게 하고 제대로 채찍질을 당하도록 했다.

사령관은 이제 나의 단순함에 대하여 알 만큼 알았고 나를 이용해서 그와 그의 손님들에게 그 이상의 즐거움을 베풀려고 했다. 심지어 그는 내가 사람들을 즐겁게 하는 한, 음악가들은 관객에게 인기가 없다는 것을 알아차렸다. 왜냐하면 모두들 나 혼자서도 바보스러운 발상으로 전체 악단보다 더 많은 즐거움을 줄 수 있다고 여기는 기색이 역력했기 때문이다. 그래서 그는 내게 왜 거위 우리의 문을 절단했는지를 물었다. "그것도 어떤 다른 사람이 한 짓일 것입니다"라고 나는 대답했다.

"도대체 누가?" 그가 물었다.

"내게 왔던 그 사람일 것입니다. 아마."

"네게 누가 왔단 말이냐?"

"말할 수 없습니다." 나는 대답했다. 그러나 나의 주인은 머리 회전이 빠른 사람이었다. 그는 어떠한 속임수를 쓰면 내가 넘어갈지를 알아서 에둘러 도대체 내게 입을 다물도록 시킨 사람이 누군지를 물었다.

"잘생긴 사관후보생요." 나는 즉각 대답을 했다. 그러나 모두가 웃고 내가 근본적으로 오류를 범했음이 틀림 없다는 것과 식탁에 함께 앉아 있던 멋진 사관후보생의 얼굴이 이글거리는 숯불처럼 뻘게진 것을 알아차렸을 때, 사관후보생이 허락하지 않는다면 나는 더 이상 아무 말도 하지 않으려고 했다. 그러나 나의 주인이 잘생긴 사관후보생에게 명령 대신 건넨 언질 한 번으로 충분했다. 그런 다음에 나는 알고 있는 것을 말해도 되었다.

이제 우리 주인은 도대체 잘생긴 사관후보생이 나와 거위 우리에서 무슨 일이 있었는지 물었다.

"그는 아가씨 한 분을 데리고 왔어요."

"그러고 나서는?"

"그는 우리에서 소변을 보려는 것처럼 보였어요."

"그렇다면 그 아가씨는? 그녀는 거기서 무엇을 했지? 부끄러워하지 않던가?" 사령관이 물었다.

"전연 그렇지 않았습니다요, 사령관님!" 나는 말했다. "그녀는 치마를 올리고는"─교양과 명예와 덕행을 사랑하는 나의 존경하는 독자들이여, 나의 무례한 펜이 이 모든 것을 그 당시 내가 이야기했던 그대로 점잖지 못하게 적는 것을 용서하십시오─"거기에 똥을 싸려고 했습니다요."

이에 대해서 그 자리에 있던 사람들이 모두 웃음을 터뜨리고 말았다. 그 바람에 우리 주인은 더 이상 아무것도 듣지 못했으니 하물며 무슨 질문을 더 할 수 있었겠는가? 하지만 그러는 편이 더 좋았다. 그러지 않았다면, 내가 그렇게 불러도 된다면, 그 명예롭고 경건한 아가씨에게 사람들이 욕설을 퍼부었을 가능성이 농후했기 때문이다.

그러자 식탁에 앉아 있던 집사가 최근에 내가 성채(城砦)에서 집으로 돌아와 이제 천둥과 번개가 어디에서 오는지를 알고 있다고 말했던 것을 이야기했다. 내가 마차의 반에 이르도록 속이 텅 빈 굵은 통나무가 가득히 실려 있는 것을 보았는데 그 속에 양파 씨앗과 꼬랑지를 잘라낸 언 무가 가득 들어 있었고 나중에는 그 통나무를 뒤에서 아연 꼬챙이로 간질였더니 뜨거운 증기와 천둥소리 그리고 무서운 불길이 앞쪽 밖으로 터져 나왔다고 했다는 것이다. 그들은 더욱더 그와 같은 사설들을 많이 늘어놓았다. 그렇게 해서 식사를 하는 동안 줄곧 사람들은 나에 대해서 수다를 떨고 웃어댔다. 그 결과 좌중은 모두 기발한 아이디어를 하나 생각해냈는데 바로 그 아이디어가 나의 파멸의 원인이 되고 말았다. 사람들은 사실이 아닌 엉터리 같은 이야기를 내게 들려주어서 나로 하여금 곧이곧대로 믿게 해야 한다고 했다. 그러면 나는 시간이 지나 식탁에서 그 엉터리 이야기를 진실처럼 믿고 이야기하는 익살꾼 노릇을 하게 될 것이고 내가 떠는 익살로 사람들은 세상의 가장 위대한 통치자라도 즐겁게 할 수 있으며 심지어 죽어가는 사람까지도 웃게 만들 수 있으리라는 것이었다.

제4장
돈을 주는 사람과 짐플리치우스가
스웨덴 왕실을 위해 세운 전공에 관해서, 그리고 그 과정에서
어떻게 '짐플리치시무스'라는 성(姓)을 얻게 되었는지에 관해서

사람들이 막상 그토록 배불리 먹고 전날처럼 즐거운 시간을 보내려고 했을 때, 경비병이 사령관에게 쪽지를 가져와 정문 앞에 검열관이 와 있다고 알렸다. 그 검열관은 스웨덴 전쟁 위원회의 위임을 받아 병영을 점검하고 요새를 시찰해야 할 임무를 띠고 왔다. 이 일은 그 자리에 있던 모든 사람의 흥을 깨놓았고, 백파이프의 뾰족한 모서리에서 공기가 빠져나갔을 때처럼 갑자기 웃음소리가 사라졌다. 음악가들과 손님들이 냄새만 남기고 사라진 담배 연기처럼 산산이 흩어졌다. 우리 주인인 사령관은 열쇠를 지닌 부관을 대동해서 파견된 정문 보초와 바람막이 역할을 할 많은 사람과 함께 정문으로 갔다. 그가 말하는 글쟁이들을 손수 영접하기 위함이었다. 악마가 요새에 들어오기 전에 목이 부러져 박살이 났으면! 그는 바랐다. 그러나 그가 검열관을 들여놓고 안쪽에 있는 개폐가 가능한 다리 위에서 환영한다는 인사를 했을 때, 미비한 점은 별로 없거나 전혀 없었다. 그리고 자신의 복종심을 증명해 보이기 위해서라면, 그는 손수 말의 등자(鐙子)를 잡아주는 것도 마다하지 않았을 것이다. 두 사람 사이에 오가는 존경의 표시는 시간이 지날

수록 더욱 커져서 검열관이 말에서 내려 사령관과 함께 본부를 향해 걸음을 옮겼는데, 막상 두 사람은 서로 상대방을 존중해서 왼편에 서서 가려고 할 정도였다. 그때 나는 인간을 다스리고 누구든 다른 사람을 바보로 만드는 사람은 얼마나 기발한 정신을 지닌 존재일까 생각했다.

그렇게 우리는 정문 초소로 접근했고, 보초는 사령관 일행인 것을 알았음에도 불구하고 그들을 향해 "누구야?" 하고 외쳤다. 그러나 사령관은 대답을 하지 않고, 다른 사람에게 대답할 영예를 주려고 했다. 그 바람에 보초는 더욱 큰 소리로 반복해서 외쳐댔다. "누구야?"라는 마지막 외침에 결국 검열관이 대답했다. "돈 주는 사람이오!"

그런 다음 우리는 초소를 지나갔다. 내가 약간 다른 사람들 뒤에 물러서 있을 때, 이전에 포겔스베르크에서 잘살던 젊은 농부였다가 새로 입대한 보초가 혼자서 중얼거리는 소리를 들었다. "저런 거짓말쟁이 손님 같으니! 돈을 주는 사람이라니! 돈을 뜯어가는 개 같은 놈이 바로 너야! 너는 나를 속이고 그 많은 돈을 빼앗아갔으니 시내를 빠져나가기 전에 벼락이나 맞아 죽었으면 좋겠다!"

그때에 내게는 비단으로 만든 외투를 입고 온 손님은 틀림없이 성자일 것이라는 생각이 들었다. 모든 저주가 그에게는 먹혀들지 않았을 뿐만 아니라, 그를 미워하는 사람들이 오로지 영예와 친절과 선심만을 그에게 베풀었기 때문이기도 했다. 그날 저녁에도 그는 제왕처럼 접대를 받고 몸을 가눌 수 없을 정도로 취해서 결국 호화로운 침대에 눕혀졌다.

그다음 날 검열은 아무런 탈 없이 진행되었다. 나 같은 바보까지도 영리한 검열관(정말로 어린아이들에게 맡겨서는 안 될 직책이다)이 속아넘어갈 수 있을 만큼 충분히 훈련을 받았다. 그리고 나는 그것을 익히는 데 1초도 안 걸렸다. 나는 아직 보병 행세를 하기에는 너무 어렸기 때문에 다섯 박자와 아홉 박자로 북을 치는 기술만 있으면 만사가 해결되었다. 나 자신도 틀림없이 임시로 변통된 존재에 지나지 않았으므로 사람들은 빌린 유니폼과 똑같이 빌린 북으로 나를 분장했다(그 이유는 내가 하인복으로 입고 있는 걷어 올린 바지는 여기서 아무 쓸모가 없었기 때문이다). 그렇게 해서 나는 운 좋게 검열을 통과했다. 그러나 사람들은 내가 단순하기 때문에 다른 이름으로 불리면 대답하고 앞으로 나설수 있으리라고 믿지 않았다. 그렇기에 나는 어디까지나 짐플리치우스로 남아 있어야 했다. 사령관 자신이 나의 이름인 짐플리치우스에다 짐플리치시무스라는 성을 덧붙여서 나로 하여금 짐플리치우스 짐플리치시무스라는 풀 네임으로 행세를 하도록 했다. 그러니까 그는 자신이 알아본 바로는 내가 자신의 누나와 닮은 것이 분명함에도 불구하고 나를 사생아처럼 짐플리치시무스라는 성씨의 시조(始祖)로 만든 것이었다. 나는 나중에도 이 이름과 성을 그대로 지니고 살았다. 나의 본래의 이름을 알게 될 때까지. 그리고 그 이름으로 내 역할을 제법 잘해내서 사령관을 이롭게 하고 스웨덴의 왕가에 별로 해를 끼치는 일은 하지 않았다. 이로써 내가 생애에 스웨덴을 위해서 수행한 나의 군 복무를 모두 언급했다. 그렇기 때문에 스웨덴의 적들은 증오심을 보이며 나를 추궁할 이유가 하나도 없는 것이다.

제5장
짐플리치우스는 네 명의 악마에게 지옥으로 인도되어
에스파냐산 포도주로 괴롭힘을 당하다

검열관이 떠난 후에는 이미 여러 번 언급했던 목사님이 나를 은밀히 자신의 집으로 오게 했다. 그리고 말했다. "짐플리치우스야! 아직 나이도 어린 네가 걱정이다. 네가 당할 불행을 생각하면 연민의 정이 생기지 않을 수 없다. 잘 들어라, 애야. 네 주인이 네게서 판단력을 박탈해서 너를 바보로 만들려고 하고 있다. 이 목적을 위해 이미 그는 네가 입을 옷 한 벌까지 장만케 해놓았단다. 그리고 너는 내일 너의 이성을 잃게 만들 학교에 가야 한단다. 거길 가면 틀림없이 사람들이 너에게 엄청난 고통을 줄 것이고 하나님과 자연의 섭리가 이를 막지 않으면 너는 한낱 어릿광대가 되고 말 것이다. 그것은 비참하고 위험이 따르는 생업이 아닐 수 없다. 그래서 나는 은자의 신앙과 너 자신의 순진무구함을 생각해서 너에게 의리를 지키고, 그리스도의 사랑을 베풀어 어떻게 하면 이를 막을 수 있는지 좋은 방법을 가르쳐주고 싶다. 그러니 내가 하는 말을 따르고, 이 가루약을 복용하여라. 그 가루약은 너의 두뇌와 기억력을 강화해주어서 너의 이성은 아무런 손상을 입지 않고 모든 일을 쉽게 이겨내게 될 것이다. 그리고 또 네가 해야 할 것은 여기 튜브에 든 약을 관자놀이, 가마, 목덜미, 콧구멍에 바르는 것이다. 저녁에 잠자리에 누우면 이 두 가지를 지녀라. 사람들이 잠자고 있는 너를 침대에서 데려가지 않는다고 아무도 장담할 수 없기 때문이다. 그러니 나의 경고와 이 치료약에 대해서 어느 누구도 알아서는 안 된다. 알게 될 경우 너는 물론 나에게까지도 해가 미칠 것이다. 그리고 만일 사람들이 네게 그와 같은 불쾌한 요법을 받도록 하거든 모든 것을 진지하게 생각지 말거라. 사람들이 네게 하는 말을 믿는 척만 하고 말을 많이 하지 말거라. 그렇다고 그들이 하는 말을 곧이곧대로 모두 믿어서는 안 된다. 너를 보살펴야 할 사람들이 내뱉는 허튼소리가 네게 아무런 소용이 없다는 것을 그들이 알아채지 못하도록 하기 위함이니라. 그러지 않으면 그들은 좀더 견디기 어려운 다른 고통을 생각해낼 것인데 그것이 무엇일지는 나도 모른다. 그러나 네가 깃털로 만든 모자를 쓰고 어릿광대 복장을 하게 되면 다시 내게로 오너라. 더 많은 충고로 너를 도와주겠다. 그때까지 너의 정신과 육체의 건강을 지켜달라고 하나님께 기도하마." 이 말을 하면서 그는 나에게 가루약과 튜브에 든 약을 넘겨주었고 나는 집으로 돌아왔다.

목사님이 내게 귀띔해준 일이 일어났다. 내가 잠이 든 지 얼마 안 되어서 장정 네 명이 끔찍한 악마의 탈을 쓰고 내 방으로 들어와 나의 침대 앞에서 사기꾼과 사육제에 등장하는 어릿광대처럼 날뛰었다. 한 놈은 달아오른 갈고리를, 다른 놈은 횃불을 손에 들고 있었다. 나머지 두 놈은 나에게 덤벼들어 나를 침대에서 끌어냈고 한동안 나와 승강이를 벌이며 나에게 억지로 옷을 입혔다. 그러나 나는 그들을 진짜 악마로 여기는 것처럼 행동했고 애처로운 비명을 지르며 끔찍이 두려워하는 제스처를 취했다. 그러는 사이 내가 그들과 함께 가야 한다면서 손수건으로 나의 머리를 동여매는 바람에 나는 듣도 보도 못하게 되었을 뿐만 아니라 소리를 지를 수도 없었다. 그들은 많은 계단을 오르내리고 길을 돌아 불이 타고 있는 어느 지하실로 나를 데리고 갔다. 그러고는 나에게 에스파냐산 포도주와 그리스산 말바시아 포도주를 들이마시게 했다. 이제 내가 죽어서 지옥의 구렁텅이에 와 있다는 것을 확신하고 있는 것이 틀림없다고 그들은 믿게 되었다. 내가 그들이 저지른 엉뚱한 행동을 모두 곧이곧대로 믿는 것처럼 행동했기 때문이다.

"부지런히 마셔라!" 그들은 말했다. "너는 영원히 우리 손에 잡혀 있어야 하느니라. 만일 네가 우리와 한패가 되어 우리가 하는 일을 함께하지 않으려 한다면, 너는 이 불 속으로 들어가야만 한다."

그 가련한 악마들은 정체가 탄로 나지 않도록 목소리를 변조했다. 그러나 나는 즉시 그들이 나의 주인인 사령관을 경호하는 하사관들임을 알아차렸지만 짐짓 모르는 척했고, 그들이 속고 있는 것이 고소해서 혼자 웃었다. 나를 바보로 만들려는 그들이 도리어 바보들인 것이 틀림없었기 때문이다.

나는 내 몫의 에스파냐산 포도주를 마셨지만 그 젊은이들도 살면서 그처럼 기막히게 좋은 술을 만나기가 흔한 일이 아니었던 터라 나보다 더 많이 마셨다. 틀림없이 그들은 나보다 먼저 취했으리라고 나는 믿는다. 그렇지만 때가 온 것처럼 보였을 때, 나는 최근에 사령관의 손님들이 하던 대로 몸을 가누지 못하는 것처럼 행동했고 마지막에는 더 이상 마시지 않고 잠만 자려고 했다. 그러나 그들은 여전히 불 속에 달구어놓은 갈고리를 들고 나를 쫓아 지하실의 이 구석 저 구석으로 휘젓고 다녀서 마치 그들 자신도 어릿광대처럼 보였다. 나는 술을 더 마셔야 하고 잠을 자는 것만은 안 된다는 것이었다. 게다가 내가 사냥에서 여우처럼 몰이를 당하다가 자주 의도적으로 넘어지면, 그들은 나를 다시 두 발로 서게 해서 불 속으로 나를 던지겠다는 시늉을 했다. 그때에 매[鷹]를 훈련시키면서 잠을 재우지 않을 때 생기는 것과 같은 일이 내게 일어났는데, 그 일로 나는 낭패를 당하고 말았다. 마실 때나 잠잘 때 나는 끝내 그들을 해치울 수도 있었으나 그들은 항시 전원이 함께 나를 상대하는 것이 아니라 교대를 했다. 그렇기 때문에 결국엔 내가 불리하지 않을 수 없었다. 사흘 낮과 이틀 밤을 연기가 자욱한 지하실에서 보냈다. 그 지하실에는 타는 불꽃이 유일한 불빛이었다. 그로 인해 나의 머리는 띵하다 못해 아프기 시작했다. 머리가 터질 것만 같아 나는 마침내 고통을 끝내고 내게 고통을 주는 놈들에게서 벗어나기 위하여 한 가지 꾀를 내지 않을 수 없었다. 개들에게서 더 이상 빠져나갈 수가 없다고 믿을 때 개들의 얼굴에 오줌을 누는 여우같이 행동했다. 나는—이런 말을 용서하기 바란다—생리적으로 급한 용무를 해결할 필요가 있었을 때 동시에 손가락을 목구멍에 넣어 토함으로써 이중으로 고약한 냄새를 피워 그들에게 복수를 했다. 그 결과 악마들도 더 이상 내 곁에서 견디어낼 수가 없게 되었다. 그들은 나를 커다란 천으로 둘둘 말아서 무자비하게 마구 때렸다. 그래서 나는 모든 내장과 영혼이 매를 맞아 몸 밖으로 빠져나가는 줄 알았다. 나는 감각을 잃었고 정신을 잃은 채 죽은 것처럼 늘어져 있었다. 그 결과 그들이 더 이상 무슨 짓을 했는지 나는 알지 못했다.

제6장
짐플리치우스는 천국으로 가서 송아지로 변신하다

다시 정신이 들었을 때 나는 더 이상 그 악마들과 함께 우중충한 지하실에 있지 않았고 어떤 아름다운 홀에서 세 노파의 도움을 받고 있었다. 그들은 지상에서 떠돌아다니던 여인들 중에서도 가장 무례하기 짝이 없는 여인들이었다. 내가 눈을 살짝 떴을 때 나는 처음에는 그들을 진짜 지옥에서 온 망령으로 여겼다. 그러나 내가 그 당시 이미 옛 이교도 시인들을 읽었더라면 그녀들을 그리스 신화에 나오는 에리니에스[1]로 여겼을 것이었다. 특히 그들 중의 한 사람은 옛날 아타마스[2]를 미치게 했던 것처럼 나의 정신을 빼앗기 위해 지옥에서 온, 티시포네[3]가 아닐까 생각했다. 그렇게 생각한 까닭은 사람들이 나를 어릿광대로 만들려고 하는 것을 내가 잘 알고 있었기 때문이다.

이 여인은 두 개의 도깨비불 같은 눈과 그 사이에 그 끝이 그야말로 그녀의 아랫입술에까지 이르는 긴 매부리코를 지니고 있었다. 그녀의 입속에는 단 두 개의 이빨만 있는 것을 나는 보았다. 그러나 그 이빨이 무척 길고 둥글고 두툼해서 각 이빨은 모양으로 치면 무명지, 색깔로 치면 그 손가락에 끼워진 금반지와 비교할 수 있었다. 입 전체에는 이빨이 가득 들어설 수 있는 뼈가 충분했으나 단지 배열이 잘못되어 있었다. 그녀의 얼굴은 에스파냐산 가죽처럼 주름지고 하얀 머리카락은 머리 주변에 이상하게 엉켜서 늘어져 있었다. 방금 침대에서 일어나 온 모양이었다. 나는 그녀의 긴 가슴을 3분의 2쯤 바람이 빠져 축 늘어진 암소의 두 젖통에나 비교할 수 있었다. 각 젖통에는 밑으로 흑갈색의 젖꼭지가 손가락 반쯤 되는 길이로 매달려 있어 그 모습이 그야말로 끔찍스러웠다. 그 광경은 고작 발정 난 숫염소의 욕정을 다스리는 약으로나 쓸모 있을 것이었다. 두 명의 다른 노파들도 더 곱지는 않았지만 단지 코가 원숭이같이 주먹코였고 약간 제대로 된 옷차림만 하고 있을 뿐

---

1) 복수의 여신들.
2) 아타마스는 첫 부인의 소생들을 살해하려고 했기 때문에 헤라에게 벌을 받아 미치광이가 되었다.
3) 복수의 여신들 중에 티시포네는 살인 행위를 복수하는 여신.

이었다.

　내가 약간 정신을 차리고 보니, 한 여인은 설거지를 담당하는 여인이었고 다른 두 여인은 경호 담당 하사관의 부인들이었다. 나는 몸을 움직일 수 없는 척하였다. 이 늙고 점잖은 엄마들이 나를 발가벗겨 놓고 어린아이처럼 온갖 오물을 씻어낼 때는 정말로 누가 춤을 추자고 권하더라도 꼼짝할 수가 없었다. 그렇지만 그것은 내게 대단히 도움이 되었다. 그녀들은 하고 있는 일에 온갖 인내와 친절한 온정을 베풀어서 나는 하마터면 내가 아직도 건강하다는 기색을 나타낼 뻔했다. 그러나 나는 혼잣속으로 말했다. "짐플리치우스야, 안 돼! 어느 노파도 믿어서는 안 돼. 오히려 네가 젊은 나이에 마음대로 해치울 수도 있었을 이 세 명의 교활한 노파를 속일 수 있다면 그것을 곧 승리로 받아들여야 한다. 이 모험에서 네가 좀더 나이가 들면 더 많은 것을 성취하리라는 희망으로 만족하여라."

　그들은 씻기는 일이 끝나자 나를 편안한 침대에 눕혔다. 그 침대에서 나는 누가 흔들며 자장가를 불러줄 필요도 없이 잠이 들었다. 그녀들은 양동이와 나를 씻기는 데 사용했던 물건들과 나의 옷가지와 오물들을 모두 챙겨가지고 나갔다. 막상 나는 24시간 이상은 잔 것 같았다. 잠에서 다시 깨었을 때 날개가 달린 아름다운 소년 두 명이 나의 침대 곁에 서 있었다. 그들은 흰색 셔츠를 입고 있었으며, 호박이 달린 리본, 진주, 보석, 금줄, 그 밖에 다른 귀중품으로 화려한 치장을 하고 있었다. 한 소년은 와플, 단 빵, 아몬드 과자, 그 밖에 다른 과자들이 가득 담긴 금 접시를 양손에 들고 있었고, 다른 소년은 금잔을 들고 있었다. 자신들을 천사들이라고 소개했고 내가 지금 천국에 있다는 것을 설득시키려고 했다. 내가 천국으로 오기 전에는 연옥 불을 성공적으로 버텨냈고 악마와 그의 어머니로부터도 모두 벗어났다고 했다. 나는 마음 속으로 원하는 것이 무엇인지 말만 하면 된다는 것이었다. 내가 원하는 것은 무엇이든 다 있지만, 설혹 없는 것이 있다 해도 그들이 아주 쉽게 조달해줄 수 있다고 했다. 나는 목이 말라 고통스러웠다. 앞에 잔이 있는 것을 보았기 때문에 마실 것만을 요구했는데, 내게 필요 이상으로 순순히 조달되었다. 잔 속에는 포도주가 아니라 달콤한 잠을 청하는 술이 들어 있었다. 나는 그것을 한 모금에 다 마셨고, 몸이 덥혀지자 즉각 다시 잠이 들었다.

다음 날 나는 다시 잠에서 깨었다(그러지 않았다면 물론 아직도 잠을 자고 있을 것이다). 그러나 나는 전처럼 홀 안의 침대에 있는 것이 아니라 옛날 나의 거위 우리 속에 있었다. 그곳은 다시금 앞서 지하실처럼 잿빛 어둠이 덮여 있었다. 그뿐만 아니라 나는 털 달린 면이 밖으로 나와 있는 송아지 가죽옷을 입은 채였다. 바지는 폴란드식 또는 슈바벤식으로 꼭 끼게 재단이 되어 있었지만, 조끼는 더욱 바보 같은 모양새였다. 목 위로는 성직자가 쓰는 두건 같은 모자가 달려 있었다. 사람들은 나의 머리 위에 모자를 씌워놓고 크고 멋진 당나귀의 두 귀를 장식해놓았다. 이와 같은 나의 불행에 대하여 나 자신도 쓴웃음을 금할 수가 없었다. 보금자리와 깃털을 보니 막상 내가 어떤 종류의 새가 되어야 하는지를 알았기 때문이다. 그 당시 나는 속으로 어떻게 하면 이 모든 것을 나를 위한 최선의 것으로 만들 수 있을까 곰곰이 생각하기 시작했다. 가능하면 어릿광대처럼 행동해야겠다고 생각했다. 그리고 그 밖의 모든 것은 참을성 있게 나의 운명에 맡기고 기다리기로 했다.

제7장
짐플리치우스는 짐승 같은 삶에 적응하다

　멋쟁이 사관후보생이 문에 뚫어놓은 구멍 덕택에 나는 물론 혼자서 빠져나올 수도 있었다. 그러나 나는 바보여야 하기 때문에 그만두고 스스로 해결책을 찾을 만한 꾀도 없는 천치처럼 행동했을 뿐만 아니라, 엄마 소를 그리워하는 허기진 송아지 행세를 했다. 곧 나를 돌보아야 할 사람들이 나의 울부짖음을 알아차렸다. 두 명의 병사가 거위 우리로 와서 무슨 일이냐고 물었다. "바보 같은 놈들아! 듣고도 여기 송아지 한 마리가 있는 것을 모르겠느냐?"라고 나는 말했다. 그들은 문을 열어 나를 꺼내놓고는 송아지가 말을 할 수 있는 것을 보고 짐짓 놀라는 척했다. 그러나 그들의 연기는 역을 제대로 소화하지 못하는 신인 배우처럼 부자연스러웠다. 그래서 나는 줄곧 그들을 직접 도와주어야 할 것 같은 느낌이 들었다. 그들은 나를 어떻게 처리해야 할지 의논했다. 내가 말을 할 수 있기 때문에 사령관에게 넘기면, 틀림없이 푸줏간 주인이 주겠다는 값보다 더 많이 받으리라는 데 의견이 일치했다.

　그들은 내 상태가 어떤지 물었다.

　"상당히 좋지 않다!"

　"무엇 때문이냐?"

　나는 말했다. "보다시피 여기서는 점잖은 송아지들을 거위 우리에 가두어두는 것이 마치 관행인 것 같구나. 그러나 너희들도 알아두어라. 내가 제대로 황소가 되어야 한다면 마땅히 의젓한 황소를 대하듯 나를 대접해야 한다는 것을!"

　이와 같은 짤막한 대화가 끝난 후에 그들은 나를 길을 건너 사령관의 사무실로 인도했다. 우리 뒤에는 한 떼의 아이들이 모두 나처럼 송아지 우는 소리를 내며 따라왔다. 장님이라면 그 소리를 듣고서 한 떼의 송아지들이 거리를 지나가고 있다고 추리했을 것이나, 눈 달린 사람이 볼 때 그것은 젊은이와 늙은이를 구별할 수 없는 한 떼의 어릿광대들이었다.

두 병사는 나를 마치 그들이 노획한 습득물처럼 사령관에게 인계했다. 그러자 사령관은 두 병사에게 웃돈을 주었다. 그러나 나에게는 아무 일도 없을 것이라고 약속했다. 그래서 나는 속으로는 '나를 속일 수는 (없을걸)' 하고 생각했지만, 큰 소리로 말했다. "좋습니다, 사령관님. 그렇지만 나를 거위 우리에 가두어서는 안 되는 것입니다. 그렇게 하면 우리는 송아지가 될 수 없습니다. 하물며 제대로 황소가 될 수는 더욱 없고요." 그 점은 이제 좋아질 것이라며 그는 나를 안심시켰고, 나를 내로라하는 어릿광대로 만들었기 때문에 자신을 남들은 모르는 꾀가 많은 사람으로 여기는 것이 분명했다. 그와 반대로 나는 생각했다. '사령관님, 두고 봅시다. 나는 가혹한 시험을 이겨내면서 정금같이 단련된 몸입니다. 여기서 누가 누구를 우롱하는지 어디 한번 봅시다.'

이 순간에 이 도시로 도망 온 농부 한 사람이 가축에게 물을 먹이려고 물통으로 몰았다. 나는 그것을 보자마자 사령관을 떠나서 송아지 소리를 내며 암소들에게로 달려갔다. 마치 내가 그들 곁에서 물을 마시려고 하는 것처럼. 암소들은 내가 오는 것을 보자 내가 분명 그들의 가죽을 뒤집어쓰고 있는데도 불구하고 늑대를 본 것보다 더 놀라는 모습이었다. 암소들은 마치 8월에 벌 떼가 그들을 덮친 것처럼 흥분해서 갑자기 뿔뿔이 흩어졌다. 그 결과 암소 주인은 흩어진 암소들을 한자리에 다시 모을 수가 없었다. 그것은 한 편의 재미있는 연극이나 다름없었다. 그러자 갑자기 사람들이 떼로 몰려와서 그 바보 같은 소동을 구경했다. 나의 주인은 웃음을 터뜨리며 마침내 이렇게 말했다. "바보 한 사람이 100명을 바보로 만드는구나." 그렇지만 나는 혼잣속으로 '사돈 남 말하고 있네!'라고 생각하였다.

사람들이 나를 '송아지'라고 부르는 것처럼 이제부터 나도 각 사람에게 특별한 별명을 붙였다. 이 별명은 특히 나의 주인의 의견에 따르면, 사람들에게 대부분 잘 어울렸다. 그 이유는 내가 각자의 특성에 따라 별명을 지었기 때문이다. 간단히 말해서 모두가 나를 무지한 바보로 취급했지만, 반대로 나는 모든 사람을 똑똑한 바보로 여겼다. 확신컨대 세상 어디에서나 사정은 마찬가지일 것이다. 누구나 자신의 판단력에 항시 만족하고, 자신이 모든 사람 중에서 가장 똑똑한 사람이라고 망상을 하기 때문이다.

내가 농부의 소들과 펼친 촌극은 그렇지 않아도 짧은 오전을 더욱 짧게 했다. 그 당시는 동지 때여서 낮이 짧았다. 점심때 나는 전처럼 다시 시중을 들었다. 그 밖에 다른 몇 가지 이야기를 사람들에게 들려주기도 했다. 그리고 마지막으로 나 자신이 먹어야 할 때 나는 사람을 위한 음식과 음료를 일절 거부했다. 나는 풀을 고집했지만 이 철에는 구할 수가 없었다. 나의 주인은 정육점에서 두 개의 송아지 가죽을 새로 가져오게 해서 두 어린아이의 머리 위에 씌웠다. 그는 이제 그들을 나의 식탁에 앉히고, 우리에게 첫 코스로 겨울 야채를 주면서 양껏 먹어야 된다고 말했다. 또한 그는 살아 있는 송아지 한 마리를 끌고 오게까지 했다. 그 송아지에게 사람들은 샐러드에 소금을 쳐서 맛있게 만들어주었다. 나는 놀라서 굳은 표정을 지었지만, 구경꾼들은 함께 들라고 나를 재촉했다. 그들이 나의 표정이 굳어 있는 것을 보고 말했다. "그런 표정 하지 말게! 송아지들이 고기, 생선, 치즈, 버터 그리고 다른 것을 먹는 것은 새삼스러운 일이 아닌데, 무슨 문제가 있나? 심지어 술을 마시기까지 하는데! 그사이 동물들은 무엇이 좋은지 정확히 알고 있다네. 오늘날에는 짐승과 사람 간에 차이가 별로 없어. 설마 자네 혼자만 유일하게 남이 하는 대로 하지 않으려 하는 것은 아니겠지?"

　이 말이 내게 솔깃하게 들렸던 것은 배고픔 때문이었다. 그러나 내가 직접 본 바로는 많은 사람이 심지어 돼지보다 더 더럽고 사자보다 더 사납고 숫염소보다 더 색을 밝히고 개보다 더 시기심이 많고 말보다 더 버릇이 없고 당나귀보다 더 뻔뻔스럽고 황소보다 더 술고래이고 여우보다 더 교활하고 늑대보다 더 식탐이 많고 원숭이보다 더 바보 같고 뱀과 두꺼비보다 더 독이 있는데도 인간에게 이로운 음식이라고 해서 그 음식을 먹는 정황은 나로서도 납득하기가 어려웠다. 인간들은 단지 외모에 있어서만 동물들과 차이가 났다. 그러나 인간들은 송아지의 순진무구함과는 아주 거리가 멀었다. 나는 먹고 싶은 대로 동료 송아지들과 함께 먹이를 먹었다. 어떤 낯선 사람이 우리가 그처럼 식탁에 함께 앉아 있는 것을 보았다면, 틀림없이 늙은 여자 마술사 키르케가 부활해서 인간을 짐승으로 둔갑시켰다고 믿었을 것이다. 그러나 그 당시 이 요술을 익혀서 실행한 사람은 분명 나의 주인인 사령관이었다. 그러고 나서 나는 저녁 식사도 역시 점심처럼 먹었다. 그뿐만 아니라 나의 식객, 또는 기식자들이 내가 식사를 하게 하려고 함께 식사를 했던 것처럼 잠자리에도 함께 들었다. 그러지 않고 내가 밤새 외양간에서 잠을 자려 든다면 우리 주인이 허락하지 않았을 것이기 때문이다. 이 모든 것은 나를 바보로 만들었다고 믿는 사람들을 내가 바보로 만들기 위해 한 짓이었다. 그리고 이 일을 겪으며 나는 근본적으로 선한 하나님은

154

인간에게 소명한 상태에서 자신을 유지하는 데 필요한 만큼의 분별력을 주었다는 사실을 확고하게 알게 되었다. 그렇기에 많은 사람이 혹 박사 학위를 소지했든 아니든, 자신만이 모든 일에 현명하고 능숙하다고 믿는 것은 부당하기 짝이 없는 일이다. 산 너머에도 사람들이 살고 있기 때문이다.

제8장
놀랄 만한 기억력을 지닌 사람과
망각하기를 잘하는 사람에 관한 담화

아침에 내가 잠에서 깨었을 때, 송아지로 변신해서 나와 함께 잔 두 친구는 이미 일어나 나가고 없었다. 그때 나도 일어났고 부관이 성문을 열기 위해 열쇠를 가지러 왔을 때, 나는 집을 빠져나와 목사님에게로 갔다. 천국과 지옥에서 내게 무슨 일이 있었는지를 그에게 들려주기 위해서였다. 내가 그토록 많은 사람 특히 우리 주인을 속였기에 양심의 가책을 느낀다는 것을 그가 알고 말했다. "그 때문에 걱정하지 말거라. 이 바보 같은 세상은 속임을 당하기를 원한단다. 그리고 네게 분별력이 생겼다면 그것을 네 이익을 위해서 사용하거라. 네가 불사조처럼 불을 지나갔고 무분별한 상태에서 분별 있는 사람이 되어 새로운 인생을 살도록 거듭났다고 생각하거라. 그러나 너는 아직 도랑을 뛰어넘지 못했다는 것을 기억하거라. 그리고 분별력에 커다란 위기를 맞닥뜨려 이 바보 가면을 뒤집어썼을 뿐이라고 생각하거라. 오늘 이 시대는 변덕스럽기 짝이 없어서 네가 목숨을 잃지 않고 그 가면을 다시 벗어버릴 수 있을지는 아무도 모른다. 지옥에 떨어졌을 때 빨리 다시 헤어나려고 해도 숨을 거칠게 쉬며 뼈 빠지게 노력하지 않으면 벗어나지 못하는 법이다. 너는 성인이 되려면 아직도 멀었으니 행여나 너를 위협하는 위험을 극복할 수 있다고 착각할지 모른다. 그렇기 때문에 분별과 무분별이 도대체 무엇인지 네가 아직 모르던 때보다 더 신중하고 분별력 있는 처신이 필요한 것이다. 그러니 근신하면서 사태가 어떻게 발전하는지 잘 지켜보거라."

그는 의도적으로 애매한 말을 했다. 나의 이마 위에 내가 자기를 이루 말할 수 없이 훌륭하게 여긴다는 사실이 쓰여 있는 것을 그가 읽었으리라고 나는 믿고 있다. 왜냐하면 나는 나의 변장과 그가 부린 요술 덕택에 그 정도에 이르게 되었기 때문이다. 나는 나름대로 그가 기분이 언짢고 나에 대해서 불만스러워한다고 생각했다. 그는 마치 자신이 도대체 무엇 때문에 나의 문제에 관여했는지를 스스로에게 묻는 것만 같았다. 그러므로 나도 막상 어조를 달리해서 나의 분별력을 유지하기 위해 그가 일러준 놀라운 방법에 대하여 지나치리만큼 감사했다. 심지어 나는 그에게 빚진 것을 모두 고마운 마음으로 갚겠다고 불가능한 약속까지 하고 말았다. 그 말이 그를 기쁘게 했고 그의 기분을 호전시켜서, 이제 그가 다시 자신의 약 처방을 칭송하고, 시모니데스 멜리쿠스[4]가 어떻게 요술을 발명했는지, 그런 다음 어떻게 정치가 메트로도루스 스켑티우스[5]가 애를 써서 이 요술을 완성시켰는지를 들려주었다. 그 기술이 있으면 사람들은 한번 듣고 읽은 것을 모두 한 마디도 빼놓지 않고 다시 외워서 줄줄 읊어낼 수 있다는 것이다. 그가 내게 주었던

---

4) Simonides Melicus(?B.C.556~?B.C.468): 그리스의 서정시인으로 기억술의 발명자.
5) Metrodorus Sceptius(?B.C.145~?B.C.70): 그리스의 정치가.

것처럼 기억력을 강화해주는 약 처방 없이는 이런 일은 불가능했을 것이라는 말도 덧붙였다.

나는 '그렇습니다. 사랑하는 목사님. 그러나 내가 은자로 살던 때에 나는 당신의 책에서 스켑티우스의 기억술을 아주 다르게 읽었습니다' 하고 혼잣속으로 말했다. 이를 큰 소리로 말하지 않을 만큼의 꾀는 나도 있었다. 정직히 그 이유를 말하자면 내가 바보가 되어야 할 때 처음으로 현명해져서 언동에 좀더 조심하게 되었던 것이다.

목사님은 말을 계속하면서 키루스[6]는 3만 명의 병사들 이름을 모두 기억해서 각 병사들의 이름을 불렀고, 루키우스 스키피오[7]는 로마의 성 이름을 모두 외웠으며, 피로스[8]의 사신이었던 키네아스는 로마에 도착한 다음 날에 모든 원로원 위원과 그 도시의 귀족들 이름을 순서대로 호명할 수 있었다는 이야기를 들려주었다. 그리고 이렇게 말했다. "폰투스와 비티니아의 왕 미트리다테스는 22종의 언어를 사용하는 백성들을 통치했는데, 모든 백성에게 그들이 사용하는 언어로 판결을 내렸고, 사벨리쿠스가 10권 9장[9]에 기록하고 있는 것처럼 각 백성들과 담화를 할 수 있었다. 그리스의 학자 카르미데스[10]는 어느 누가 그에게 도서관에 소장된 서적들 중 하나의 책에 대하여 질문을 하면, 그가 단한 번만이라도 통독을 했을 경우 모든 질문에 외워서 답을 했다. 루키

---

6) Cyrus II(?B.C.585~?B.C.529): 페르시아 왕국의 시조.

7) Lucius Scipio Asiaticus(?B.C.228~?B.C.183): 로마의 군사령관으로 기원전 190년에 셀레우코스의 안티오코스 3세와의 전쟁에서 승리를 거두었다.

8) Pyrros(B.C.319~B.C.272): 에페이로스의 왕.

9) 이탈리아의 인문주의자 사벨리쿠스(Marcus Antonius Coccius Sabellicus, 1436~1506)가 쓴 『예제 책*Exemplorum libri decem*』의 10권 9장을 가리킨다.

10) Charmides(?B.C. 5세기~B.C.403): 그리스의 철학자 겸 웅변가.

우스 세네카[11]는 2천 개의 이름을 전에 그가 들은 대로 반복할 수 있었다. 그리고 라비시우스[12]의 보고에 따르면, 제자들이 세네카에게 암송한 200수의 시를 나중에 마지막부터 처음까지 다시 암송할 수 있었다. 에우세비오스[13]가 그의 연대기 1권 18장에 기록하고 있는 것처럼 에스드라스[14]는 모세 5경을 외울 수 있고 그것을 서기에게 한 마디 한 마디 빠짐없이 받아쓰게 할 수 있었다. 테미스토클레스[15]는 페르시아어를 1년 안에 모두 배워 익혔다. 크라수스[16]는 아시아에서 다섯 가지 그리스어 방언을 구사할 수 있었고 그의 부하들에게 해당되는 방언으로 판결을 내릴 수 있었다. 율리우스 카이사르[17]는 독서, 받아쓰기, 알현 이 세 가지 행위를 동시에 할 수 있었다. 아일리우스 하드리아누스,[18] 포르키우스 라트로,[19] 그 밖에 다른 로마 사람들은 언급하지 않기로 하고, 성 히에로니무스에 관해서만 언급하겠다. 그는 히브리어, 갈대아어, 그리스어, 페르시아어, 메디아어,[20] 아랍어 그리고 라틴어를 할 수 있었다. 은자 안토니우스는 성경 읽는 것을 듣기만 하고서도 성경 전체를 외울 수 있었다. 콜러루스[21]도 자신이 쓴 책 18권 21장에서 마르쿠스 안토니우

---

11) Lucius Annaeus Seneca(?B.C.4~A.D.65): 로마의 철학자 겸 정치가.

12) Ravisius(?1480~1524): 프랑스의 철학자.

13) Eusebios(?263~339): 대주교 겸 최초의 교회사 기술자.

14) Esdras(?B.C.480~?B.C.440): 유대인 설교사.

15) Themistocles(?B.C.525~?B.C.460): 아테네의 장군, 정치가.

16) Publius Licinius Crassus(?B.C.86~B.C.53): 로마의 장군이자 정치가.

17) Julius Caesar(B.C.100~B.C.44): 로마의 정치가이자 작가.

18) Aelius Hadrianus(76~138): 로마 황제.

19) Porcius Latro(1세기): 로마의 웅변가, 세네카와 동시대 사람이자 친구.

20) 서부 이란 사람들이 쓰던 언어로 후에 이란어가 되었다.

21) Johannes Colerus(1639년에 사망): 수많은 농업에 관한 서적을 저술했다.

스 무레투스에 이어 어떤 코르시카 사람에 관해 보고를 했는데, 이 사람은 6천 명의 이름을 듣고 나서 되풀이하여 그 이름을 순서에 따라 빠르게 댈 수 있었다고 한다."

그는 계속해서 말했다. "내가 이 모든 것을 이야기하는 것은 네가 약을 복용해서 기억력을 북돋아주고 유지하는 것이 불가능하다고 믿지 않도록 하기 위해서이다. 반대로 기억력은 약해질 수도 있고 끝내 상실될 수도 있다. 플리니우스[22]는 자신이 쓴 책 7권, 24장에서 인간에게 막상 기억력보다 약한 것은 없다고 했고 질병, 놀람, 두려움, 근심, 격정을 통해서 기억이 완전히 사라지거나 기억력의 대부분을 상실할 수 있다고 했다. 우리가 아테네의 한 학자에 관해서 읽은 바로는 그가 머리에 돌을 맞고 나서 일찍이 배운 것, 심지어 ABC까지 모두 잊어버렸다는 것이었다. 또 어떤 다른 사람은 병 때문에 하인의 이름을 잊었고, 메살라 코르비누스[23]는 예전에 좋은 기억력을 자랑했는데 종국에는 자기 자신의 이름도 더 이상 기억하지 못했다. 슈람한스는 그의 『역사 묶음Fasciculus Historiarum』[24](이는 물론 플리니우스 자신이 쓰거나 한 것처럼 과장된 감이 없지 않다) 60쪽에 쓰기를 어떤 성직자는 자신의 동맥에서 피를 마시고 글 쓰는 법과 읽는 법을 망각했지만, 그 밖의 기억력은 그대로 유지했다고 전한다. 그리고 난 다음 1년 후에 같은 장소 같은 시각에 똑같은 피를 다시 마셨는데 다시 전처럼 글을 쓰고, 읽을 수가 있었다. 그보다 더 신빙성이 있는 것은 벨기에 학자 요하네스 비루스[25]가

---

22) Gaius Plinius Secundus(23~79): 로마의 장교이자 자연 연구가.

23) Messalla Corvinus(B.C.64~A.D.8): 로마의 역사 기술자, 웅변가.

24) 슈람한스(Schramhans)는 지금까지 동명 소극의 주인공으로만 알려져 있는데, 여기서 책을 쓴 저자로 등장하는 것은 사실이 아니라 허구일 가능성이 있다.

25) 요하네스 비루스(Johannes Wierus)는 요하네스 바이어(Johannes Weyer, 1515~1588)

『악마의 속임수에 관해서*de praestigiis daemonum*』 3권 18장에 쓴 것이다. 사람들은 곰의 뇌수를 먹으면 곰이 된 것처럼 상상하고 헛소리를 하기 시작한다는 것이다. 이 사실은 어느 에스파냐 양반이 겪은 실례가 증명하고 있다. 그 양반은 그와 같은 것을 먹고 난 후에 들판에서 돌아다녔고, 자신이 곰이라는 망상에 젖어 있었다는 것이다. 사랑하는 짐 플리치우스야, 만약 너의 주인이 이 기술을 알고 있다면 너는 칼리스토처럼 한 마리의 곰이 되기 전에 제우스처럼 한 마리의 황소로 변신했을 것이다."

목사님은 내게 이와 같은 일에 대한 다른 이야기도 많이 들려주었고, 다시금 약간의 약품을 주고 내가 앞으로 어떻게 처신해야 할지를 말해주었다. 그 후 나는 숙소로 돌아왔고, 나를 따라오면서 다시 송아지 울음소리를 내는 100명이 넘는 아이들을 집으로 데려왔다. 그렇기에 방금 잠자리에서 일어난 나의 주인은 창가로 가서 박장대소를 했다. 한꺼번에 그처럼 많은 수의 바보들을 보았기 때문이다.

제9장

어느 아름다운 귀부인의 비아냥거림

나는 집 안에 들어서자마자 응접실로 갔다. 나의 주인에게는 몇몇 귀부인이 와 있었는데 그들은 그의 새로운 어릿광대를 보기도 하고 듣고도 싶어 했다. 나는 그들 앞에 나타나 벙어리처럼 서 있었다. 그러자

의 라틴어 이름이다. 요하네스 바이어는 벨기에 출신 의사로 당시에 횡행하던 마녀 신앙을 타파하는 데 심혈을 기울였다.

춤출 때 내가 매달렸던 그 부인이 말하기를 듣기로는 송아지는 말을 할 줄 안다는데 이제 보니 사실이 아니라고 했다. 그에 대해서 나도 대꾸하기를 원숭이는 말을 할 줄 모르는 줄 알았는데 이제 들어보니 그것도 사실이 아니라고 했다.

"무엇이라고?" 나의 주인은 큰 소리로 말했다. "행여나 이 부인들이 원숭이라고 주장하고 싶은 것이냐?"

나는 대답했다. "그들이 원숭이가 아니면, 곧 그렇게 될 것입니다. 종종 뜻밖의 일들이 일어나는 법이지요. 나는 한 번도 내가 송아지가 되리라고 생각해본 적이 없거든요. 그런데 지금 송아지가 되었습니다."

나의 주인은 도대체 어디를 보아서 그 부인들이 원숭이가 될 것 같으냐고 물었다.

나는 대답했다. "우리 원숭이는 엉덩이에 아무것도 걸치지 않고 돌아다닙니다. 이 부인들이 가슴을 드러내놓고 다니는 것처럼 말입니다. 다른 처녀들은 가슴을 가리고 다니는 것이 관례이거든요."

"너, 이 나쁜 놈 같으니!" 나의 주인이 말했다. "너는 한낱 바보 같은 송아지일 뿐이다. 그리고 네가 말하는 것도 네가 송아지인 것을 말해주고 있다. 이 부인들은 단지 구경거리를 보고 있을 뿐이야. 원숭이가 벌거벗고 돌아다니는 것은 어디까지나 가진 것이 없기 때문이야. 그러니 이제 속히 네가 지은 잘못을 사과하여라. 그러지 않으면 매를 실컷 맞고 개들과 함께 거위 우리로 쫓겨가게 될 것이다. 말을 듣지 않는 송아지들이 당한 것처럼. 응당 남들이 하는 대로 너도 덕담을 할 줄 아는지 어디 한번 들어보자!"

나는 그 부인을 발끝에서 머리끝까지 그다음엔 머리끝에서 발끝까지 살펴보았다. 마치 그녀와 결혼을 하려고 선이라도 보듯 가까이서 찬

찬히 뜯어보았다. 이윽고 나는 말했다. "주인님, 잘못이 어디에 있는지 이제 알겠습니다. 모든 잘못은 재단사에게 있습니다. 그가 목과 가슴을 가려야 할 옷감을 밑에 있는 치마에 갖다 댔군요. 그렇기 때문에 역시 치마가 그처럼 뒤로 끌리는 것이로군요. 그 몹쓸 놈이 재단을 좀더 잘할 수 없다면 양손을 잘라버려야 마땅합니다." 그러고는 직접 여인들을 향해 말했다. "아가씨들! 그 재단사가 당신들에게 더 이상 창피스러운 짓을 하지 못하도록 쫓아버리세요, 그리고 우리 아버지에게 재단사를 구하도록 맡겨보세요. 그 재단사는 명인인데 이름은 파울헨이에요. 내 오마니, 하녀 안, 여동생 우르젤레에게 뒷단이 일직선으로 되어 있는 대단히 예쁜 주름치마를 만들어주었어요. 그 치마는 당신들 것처럼 끌려서 더럽혀지지도 않아요. 더더욱 그 재단사가 창녀들에게 얼마나 예쁜 옷을 만들어주었는지 당신들은 모르실 거예요."

나의 주인인 사령관은 하녀 안과 내 동생 우르젤레가 이 아가씨들보다 더 예쁘냐고 물었다.

"분명 그런 것은 아닙니다. 사령관님!" 나는 말했다. "이 아가씨 머리카락은 어린아이 응가 같은 노란색이고 정수리는 희고 곧아서 마치 돼지 털을 피부까지 바짝 깎아놓은 것 같습니다. 그녀의 머리카락은 예쁘게 묶어 말아서 속이 빈 파이프처럼 보이거나 사방으로 한 파운드나 되는 양초나 수많은 구운 소시지가 매달려 있는 것 같습니다. 아, 이마는 얼마나 아름답고 매끈한지 보십시오! 그리고 그 이마는 살찐 엉덩이보다도 더 보기 좋게 휘어진 활모양을 하고 있고 여러 해 동안 비바람을 맞으며 걸려 있던 해골보다 더 희지 않습니까! 그녀의 부드러운 피부가 머리 분(紛) 때문에 얼룩져 있어서 유감스럽군요. 아무것도 모르는 사람이 그것을 보면 이 아가씨 머리에 부스럼이 생겨 비듬이 떨어진 줄 알겠습니다. 우리 집 하녀인 안이 방을 덥히기 위해서 한 줌의 짚단을 들고 나의 아바이의 화덕 앞에 서 있을 때 그녀의 두 눈은 화덕 구멍에 낀 검댕보다 더 검은빛을 내며 반짝입니다. 그녀의 반짝이는 두 눈으로 본다면 피해는 더욱더 컸을 것입니다. 그때에 그 눈은 온 천지를 태울 만큼 충분한 불을 담고 있는 것처럼 끔찍스럽게 작열했습니다. 그녀의 뺨은 곱게 장밋빛을 띠고 있지만, 최근에 울름 출신의 슈바벤 사람인 마차꾼이 저고리를 장식했던 붉은 리본처럼 그렇게 붉지는 않습니다. 그러나 저 아가씨가 입술에 바르고 있는 새빨간 색은 이 리본의 붉은색보다 더 붉습니다. 그리고 저 아가씨가 웃거나 말을 할 때 (사령관님 죄송합니다만, 한번 그 점에 주의를 해보시기 바랍니다) 입속에 두 줄로 이빨이 나 있는 것이 보이는데 고르게 나서 예쁘고 귀엽기까지 합니다. 마치 하얀 무를 한입 깨물었을 때처럼 말입니다. 아, 기막힌 그대의 모습! 그 이빨로 사람을 물면 내가 보기엔 아프지도 않을 것 같습니다. 그녀의 목은 김빠지고 신맛 나는 우유처럼 거의 그렇게 희고 그 밑에 있는 작은 젖가슴도 같은 색이군요. 젖이 불은 염소 젖통처럼 거의 그렇게 단단하게 느껴지고 최근에 내가 천국에 갔을 때 내 엉덩이를 닦아준 늙은 여인의 젖통처럼 그렇게 늘어져 있지도 않습니다. 아, 나리, 그녀의 손과 손가락 좀 보십시오. 길이가 길고 잘생겼습니다. 마디의 굴절이 유연하고 매끄러우며 놀림이 능숙하기가 최근에 소매치기를 하려고 한 남자의 바지 주머니에 들어가는 집시 여인들의 손과 같습니다. 그리고 그녀의 전체 몸맵시는 어떤가요. 나는 그녀의 알몸을 볼 수는 없지만 그 몸은 그렇게 부드럽고 날씬하고 우아하지 않습니까? 마치 그녀가 8주 동안 계속해서 급성 설사를 하거나 한 것처럼 말입니다."

이에 대해 박장대소가 터져서 사람들은 더 이상 내가 하는 말을 들을 수가 없었고 나는 더 이상 말을 할 수 없었다. 그러므로 나는 몰래 도망쳐서 다른 사람들로 하여금 나를 놀리게끔 하였다. 오로지 내 마음에도 들 만큼만 오랫동안.

제10장
진정한 영웅과 저명한 예술가에 대하여

이어서 점심 식사 시간이 되었다. 여기에 나는 다시 노골적으로 개입했다. 내가 온갖 바보짓을 설명하고 온갖 허영심을 공개적으로 매도할 생각이었기 때문이다. 당시 나의 처지가 그러기에 아주 적절했다. 내가 보기에 식객 중에는 자신의 부도덕을 자책할 만큼 지나치게 고상한 사람은 하나도 없었다. 그리고 자신의 부도덕을 못마땅하게 여기려는 사람이 있으면 다른 사람은 그를 놀려대기까지 하거나, 우리 주인이 현자는 바보를 노하게 하지 않는 법이라는 것을 상기시켰다. 나는 원수처럼 가장 싫어하던 잘생긴 사관후보생을 제일 먼저 격분시켰다. 그러나 나의 주인의 눈짓에 따라 나에게 제일 먼저 이성적으로 대한 사람은 부관이었다. 나는 그를 칭호 제조기라고 불렀고 그 많은 허영에 찬 칭호를 비웃으며 인류 최초의 조상에게는 도대체 무슨 칭호를 붙였을까 물었을 때 그는 이렇게 대답했다.

"말하는 품으로 보아 너는 이성이 없는 송아지가 틀림없구나. 우리 원조들 말고 그 후에도 많은 사람이 살았던 것을 네가 모르고 있으니 말이다. 그 사람들은 보기 드물게 성격상의 장점과 지혜, 남자다운 영웅적 행위와 유익한 기술을 발명해서 자신과 가문의 명예를 대단히 높였다. 그리하여 다른 사람들로부터도 모든 지상적인 것을 초월해서 별 위에 있는 신들로 떠받들어졌다. 네가 인간이거나 적어도 인간처럼 역사책을 읽었다면 사람들도 천차만별이라는 것쯤은 이해했을 것이고 각자가 자신의 명예로운 칭호를 달고 다니는 것을 기꺼이 용납했을 것이다. 그러나 너는 한 마리 송아지에 지나지 않고 인간적으로 명예로운 대접을 받을 만한 자격과 능력이 없기 때문에 이 일에 대하여 송아지처럼 지껄여대며 고상한 사람들에게 기쁨을 안겨줄 칭호를 붙이는 것을 못마땅히 여기고 있는 것이다."

나는 대답했다. "나도 바로 그대와 똑같은 사람이었고 또한 읽기도 많이 했기 때문에 그대가 이 일을 올바로 이해하지 못했거나 이해관계로 인해 그것을 더 잘 알면서도 다른 말을 못 하리라는 것쯤은 잘 헤아리고 있습니다. 말해보십시오. 어떤 훌륭한 행동과 찬양받을 만한 기술이 그 영웅과 예술가 자신이 죽은 지 오래되었는데도 수 세기 동안 가문 전체에 귀족 신분을 부여하는 것을 정당화할 수 있는지를? 두 가지, 즉 영웅의 장점과 예술가의 지혜와 이해력은 그들의 죽음과 함께 죽은 것이 아닌가요? 만약 그대가 그것을 이해하지 못하고 부모의 자질이 실제로 자식들에게 계승된다고 믿는다면 그대의 아버지는 대구포였고 그대의 어머니는 한 마리의 넙치였다는 것을 나는 인정하지 않을 수 없습니다."

그러자 부관이 이렇게 대답했다. "하! 우리가 서로 헐뜯기로 한다면 나도 너에게 비난할 말이 있다. 너의 아바이는 한낱 무식한 슈페사르트 농부에 지나지 않았고 네 고향과 가정에서는 그야말로 최대의 바보들만 배출했을 뿐인데 그것도 부족해서 너는 한 마리 송아지가 되었으니 그들보다도 더 깊이 너는 나락으로 떨어지고 만 신세가 된 것이다."

나는 대답했다. "아주 옳은 지적이십니다. 나도 바로 부모의 자질이 항상 자식에게 계승되는 것은 아니고 그렇기 때문에 자식들이 항상 부모들이 덕을 끼쳐 얻은 칭호를 지닐 자격은 없다는 것을 말하고 싶었습니다. 그 밖에도 나는 한 마리의 송아지가 된 것을 수치로 여기지 않습니다. 내가 가장 권력이 막강했던 느부갓네살 왕의 자취를 따를 수 있는 영광[26]을 지니고 있기 때문입니다. 그리고 나도 다시 느부갓네살 왕처럼 사람이 되어서 심지어 나의 아바이보다 더 위대한 사람이 된다면 하나님께서 못마땅해하실 거라고 누가 장담하겠습니까? 내가 찬양하고 싶은 사람은 그야말로 조상의 덕이 아니라, 바로 자기 자신의 덕행에 따라 귀족으로 신분 상승된 사람입니다."

　부관은 말했다. "그렇다고 치세. 그러나 자식들이 부모의 명예로운 칭호를 결코 물려받아서는 안 된다는 주장은 수긍할 수 없네. 자네가 자신의 공로로 귀족이 되는 사람은 모두 칭송을 받아도 된다고 인정하는 것이 사실이라면, '그 아버지에 그 아들'이라는 속담도 있듯이 자식도 부모 때문에 존경을 받는 것이 옳다는 결론이 나오네. 알렉산드로스 대왕의 후손 중에서 아직 살아 있는 사람이 있다면, 누가 그들의 조상이 전쟁에서 보여준 대단한 용맹을 칭송하지 않겠는가? 그는 아직 무기를 들 수 없던 어린 소년 시절에 이미 그의 아버지가 그에 앞서 모든 것을 정복하고 그에게는 정복할 수 있는 것을 아무것도 남겨주지 않을까 두려워한 나머지 눈물을 흘리며 지냄으로써 그의 투지를 증명해 보였네. 그러고 난 다음 그는 30세가 되기도 전에 이미 전 세계를 정복하

---

26) 『구약성경』「다니엘서」 4장 25절부터 30절까지 기록된 것처럼, 느부갓네살 왕이 교만한 나머지 인간 공동체에서 쫓겨나 7년간 들에 가서 들짐승들 틈에 끼어 풀을 뜯어 먹고 살리라는 왕의 꿈을 해석하는 부분을 염두에 두고 하는 말이다.

고 똑같이 정복할 수 있는 제2의 세계가 있으면 좋겠다고 하지 않았던가? 그는 인도 사람들과 벌인 전쟁에서 그의 부하들이 자신을 지원해 주지 않아 분노한 나머지 치를 떨지 않았던가? 그가 온통 화염에 둘러싸인 것같이 보였을 때 이교도들은 그를 두려워한 나머지 전장에서 도망치지 않았던가? 퀸투스 쿠르티우스[27]가 알렉산드로스 대왕의 숨에서는 확실히 향수 냄새가 나고 땀에서는 사향내가 나고 시체에서는 값진 약초와 향료 냄새가 난다고 증언하는 마당에 그를 다른 사람들보다 좀더 높게 평가하고 그리고 좀더 고귀하게 여기지 않을 사람이 어디 있겠는가? 나는 여기서 율리우스 카이사르와 폼페이우스도 인용할 수 있네. 그 둘 중에 전자는 시민전쟁에서 이룩한 승리 말고도 50회씩이나 야전에서 싸웠고 그 전투에서 전사한 아군과 살해당한 적군이 1,152,000명이 된다네. 반면에 후자는 해적들에게서 940척의 배를 나포했을 뿐만 아니라 알프스산맥과 먼 에스파냐 지역 사이에 있는 876개 도시와 고장을 정벌하고 승리를 거두었네. 마르쿠스 세르기우스[28]의 명성에 대해서는 언급하지 않고 집정관 스푸리우스 투르페유스와 아울루스 에테르니우스 밑에서 로마의 호민관을 지낸 루키우스 시키누스 덴타투스[29]만 잠시 언급하겠네. 그는 110번이나 야전에 출정했는데 여덟 번의 양자 대결에서 도전자를 이기고 그의 몸에는 마흔다섯 군데에 상처를 입었음에도 모두가 앞몸에 받은 것이고 뒷몸에 받은 것은 하나도 없었네. 그리고 승리를 거두고 (그들은 무엇보다도 자신들의 용맹무쌍함 때문에

---

27) Quintus Curtius(B.C. 1세기경): 로마 클라우디우스 황제 시절의 역사 기술가.

28) Marcus Sergius(B.C. 3세기경): 로마의 군대 지휘관. 전투에서 오른팔을 잃고도 여러 번 전쟁에 나가 왼팔로 계속 싸운 것으로 유명하다.

29) Lucius Sicinus Dentatus(B.C. 5세기경): 로마의 공화주의자로 호민관을 지냈다.

승리를 얻었네) 아홉 명의 최고 사령관들과 함께 로마로 개선했네. 만리우스 카피톨리누스[30]의 무공도 만일 그가 자신의 생애 마지막에 스스로 폄하하지 않았다면 그만 못지않았을 것이네. 그 이유는 그도 역시 서른세 군데의 상처를 증명할 수 있고 거기에 더해서 한때 갈리아 사람들로부터 카피톨 성(城)을 온갖 보물과 함께 혼자서 지켰기 때문일세. 힘이 센 헤라클레스, 테세우스, 그 밖의 사람들 가운데 보고나 불멸의 칭찬을 적은 기록이 전해지지 않는 사람들은 어떤가? 설혹 그들이 후손들에게 존경받는다고 해서 안 될 것은 없지 않은가?

그렇지만 나는 전쟁과 무기를 떠나서 예술 쪽으로 시선을 돌려보겠네. 예술은 전자들에게 미치지는 못하는 것 같지만 그럼에도 불구하고 그것을 통해 두각을 나타내는 사람에게 커다란 명성을 가져다주는 데 도움을 주네. 제욱시스[31]는 탁월한 예술 이해와 능숙한 솜씨로 그림을 그려 심지어 공중에 나는 새들까지도 속였네. 그와 마찬가지로 아펠레스[32]는 베누스를 지극히 아름답고 매력적이고 전체 모습을 자연적인 모습 그대로 섬세하고 부드럽게 그려서 젊은 사람들이 그녀에게 반할 정도였네. 플루타르코스는 아르키메데스가 커다란 배에 가득 실은 상품을 오로지 한 손으로 단 한 가닥의 밧줄을 잡고 마치 짐 실은 말을 고삐를 잡고 끌고 가듯 시라쿠스 시장을 횡단하여 끌고 갔다고 쓰고 있네. 그 일은 황소 스무 마리가 감당하기도 어려웠을 터이니 하물며 자

---

30) Manlius Capitolinus(B.C. 4세기경): 로마의 집정관으로 기원전 390년에 옛 로마의 성 가운데 하나인 카피톨을 갈리아인들의 공격으로부터 수호했다.

31) Zeuxis(?B.C.464~?B.C.390): 그리스의 화가로서 포도송이를 자연의 모습 그대로 그려 새들을 유혹했다고 한다.

32) Apelles(B.C. 4세기경): 알렉산드로스 대왕 시대의 화가로 물에서 올라오는 비너스상이 그의 대표 작품에 속한다.

네 같은 송아지는 200마리로도 어림없었을 것이네. 이와 같은 유능한 명장(明匠)에게 재능에 따라 특별히 명예로운 칭호를 부여하면 안 된단 말인가? 페르시아의 왕 샤푸르에게 유리로 된 기계장치를 제작해서 바친 사람을 다른 사람들보다 더 높이 찬양하지 않을 사람이 어디 있겠는가? 그 기계장치는 크고 공간이 넓어서 왕이 그 한가운데에 앉아서 발밑에 별들이 뜨고 지는 것을 볼 수 있었으니 말일세. 아르키메데스는 거울을 하나 발명해서 그것으로 바다 위에 있는 적함에 불을 질렀네. 그리고 프톨레마이오스는 하루를 이루는 시간 수만큼 많은 얼굴을 보여줄 수 있는 특별한 종류의 거울을 생각했다네. 그리고 문자를 발명한 사람을 찬양하지 않을 사람이 어디 있겠는가? 누군들 고귀하고 온 세상에 최고로 유익한 인쇄술을 발명한 예술가들을 찬양하지 않겠는가? 만일 케레스가 밭농사와 방아를 발명했다고 해서 여신 취급을 받는다면, 다른 사람들에게도 그들의 장점에 상응하게 명예로운 칭호를 수여해서 찬양하고 그 공적을 기리는 것이 무엇 때문에 잘못이라는 것인가? 모든 일이 자네같이 배우지 못한 송아지가 분별없는 황소 머리를 가지고 이해하느냐 못 하느냐에 달려 있는 것이 아닐세. 자네의 심사는 건초 더미에 누워서 자신이 못 먹으니까 황소에게도 건초를 못 먹게 하려는 개나 똑같을세. 자네에게는 명예가 아무 소용이 없네. 그렇기 때문에 자네는 명예를 소중히 여기는 사람도 좋게 생각질 않는 것일세."

이처럼 궁지에 몰린 나는 대답했다. "만일 이 모든 영웅적 행위가 다른 사람들을 사망과 멸망으로 이끌지 않았다면 틀림없이 높이 찬양할 만합니다. 그러나 찬양이라니, 그토록 죄 없는 많은 사람의 피로 더럽혀진 행위를 찬양하는 것이라면 그 무슨 의미가 있습니까? 그리고 수천 명이나 되는 다른 사람의 고통을 대가로 얻은 귀족 칭호라면 무슨 의미가 있습니까? 그리고 예술도 허망하기 짝이 없는 순전한 바보짓이 아닙니까? 그렇다마다요. 예술도 그것을 통해 얻을 수 있는 칭호 자체와 마찬가지로 헛되고 허영에 찬 것이며 아무 쓸모라고는 없는 것입니다. 그 이유는 내가 최근에 작은 마차 위에 누워서 본 끔찍한 시골뜨기들처럼 예술이 물욕, 환락, 사치를 일삼는 데 이바지하거나 다른 사람들을 멸망케 하기 때문입니다. 그리고 사람들에겐 인쇄소와 책들이 없어도 됩니다. 예전에는 넓은 세상 전체가 그들에게는 모두 책이어서 그것을 읽고 창조주의 기적을 음미하고 하나님의 전능하심을 깨달을 수 있었다고 선언한 바로 그 성자[33]의 말과 견해를 생각해보십시오."

제11장
힘들고 위험한 통치 행위

나의 주인도 나와 대화를 나누고 싶어 했다. "네가 명예를 얻거나 귀족이 될 수 없을 것 같으니까 명예로운 칭호를 멸시한다는 것을 나는 안다."

나는 대답했다. "사령관님, 내가 이 순간에 당신의 명예로운 자리에 들어서야 한다고 해도 나는 그 자리를 맡지 않을 겁니다!"

나의 주인은 웃으면서 말했다. "나도 그렇게 믿고 싶다. 황소는 귀리 짚 말고는 아무것도 먹으려 하지 않는 법이란다. 그러나 네가 높은 뜻과 고귀한 마음을 지녔다면, 마땅히 너는 높은 명예와 품위를 갖추려

---

33) 글을 읽지 못했던 은자 안토니우스를 지칭한다. 이 책 제6권 「속편」 제23장 참조.

고 열심히 노력할 것이다. 여하튼 나는 다른 사람들보다 더 행복하다는 것이 결코 대수롭지 않은 일이라 생각지는 않는다."

나는 한숨을 쉬고, 말했다. "아, 행복치고는 얼마나 고통스러운 행복인가요! 사령관님, 제가 말하지만 당신은 하나우 전 지역에서 가장 불행한 분이십니다!"

나의 주인은 소리쳤다. "무엇이 어째? 이 송아지 새끼야? 왜 그런지 말해보아라. 네가 하는 말이 무슨 뜻인지 나는 이해를 못 하겠다."

내가 대답했다. "당신이 하나우의 사령관으로서 얼마나 많은 걱정과 불안을 안고 있는지 알거나 느끼지도 못하신다면 필시 당신이 지나치게 큰 명예욕에 눈이 멀었거나 쇠처럼 무신경한 사람이어서 그런 것입니다. 당신은 명령을 할 수 있고, 당신의 두 눈앞에 나타나는 사람은 당신에게 복종하지 않으면 안 됩니다. 하지만 그 사람들은 공연히 복종을 합니까? 당신은 그들 모두의 머슴이 아닙니까? 당신이 그들 각 개인을 위해서 염려해야 하지 않습니까? 사방이 적으로 둘러싸인 이 요새를 지키는 일이 오로지 당신 어깨에 달려 있다는 것을 생각 좀 해보십시오. 당신은 적에게 피해를 입히려고 시도해야 하고 동시에 당신의 계획이 탄로 나지 않게 주의해야 합니다. 하급 병사처럼 당신이 직접 경비를 서야 하는 일이 아주 자주 일어나지 않던가요? 그뿐만 아니라 당신은 돈, 탄약, 보급품, 병력에 부족 현상이 나타나지 않도록 신경을 써야 합니다. 그렇기 때문에 나라 전체에 압박과 고통을 가해서 항시 군세(軍稅)를 뜯어내야 합니다. 이와 같은 목적을 위해 당신 사람들을 파견하면, 그들은 강도짓, 노략질, 도둑질, 방화, 살인 같은 범죄만 저지를 뿐입니다. 바로 얼마 전에 그들은 오르프를 약탈하고 브라운펠스를 점령했으며, 슈타덴을 잿더미로 만들었습니다. 그렇게 그들은 약탈물을 확보했으나, 당신은 하나님 앞에 무거운 책임을 짊어졌습니다. 당신은 그 일로 명예 말고도 행복을 체험했을지도 모릅니다. 그러나 마지막에 진정으로 당신이 모아놓은 보물들을 소유하게 될 사람이 누구인지 알기나 하십니까? 이 재물 중에서 얼마만큼은 당신 수중에 남는다고 칩시다(그것도 100퍼센트 확실한 것은 아니지만). 그렇지만 마지막에 당신은 그 재물을 세상에 남겨두어야 하고 그것을 얻기 위해서 지은 죄만 당신 몫으로 남습니다. 그러나 만일 당신이 한때나마 행복을 누리고 당신의 노획물을 당신에게 이롭게 사용할 수 있다손 치더라도 막상 당신은 비참한 환경 속에서 궁핍한 생활을 견디거나 심지어 몰락하여 굶어 죽고 있는 가난한 사람들의 피와 땀을 탕진하는 것이나 다를 바 없습니다.

아, 나와 다른 송아지들이 걱정 없이 편안하게 잠을 자는 동안에 당신은 직무 때문에 고심하는 모습을 내가 얼마나 자주 보고 있는데 그러십니까? 그러나 이 모든 고심을 하지 않는다면, 당신은 목이 잘릴 수도 있습니다. 왜냐하면 당신은 당신에게 속한 군대와 요새의 살림을 위해 해야 하는 모든 직무를 유기하는 것이기 때문입니다. 보시다시피 내겐 그런 걱정이 없습니다! 나는 한 번 죽는다는 것이 자연의 이치라는 것을 알고 있기에, 어느 누가 나의 외양간을 습격하지 않을까, 힘겹게 싸우지 않으면 내 목숨을 잃지 않을까 걱정을 하지 않아도 됩니다. 내가 젊어서 죽으면 황소가 되어 마차를 끄는 고통은 면할 것입니다. 그러나 사람들이 수천 가지 방법으로 당신을 압박할 것은 의심할 나위가 없습니다. 그렇기에 당신은 전 생애를 두고 걱정과 근심을 모면하고 편안하게 잠을 잘 수 있는 날이 없습니다. 당신이 친구와 적을 두려워해야 하기 때문이지요. 당신이 다른 사람들에게 계획하고 있는 것처럼 역으로 그들은 틀림없이 당신의 생명이나 돈 또는 명성이나 당신의 명령권 아니면 그 밖의 것을 빼앗으려고 벼르고 있습니다. 적은 당신을 공개적으로 괴롭히지만 거짓 친구들은 남몰래 당신의 행복을 시새웁니다. 심지어 당신은 부하들로부터도 안전하지 않습니다. 당신이 어떻게 하면 좀더 위대한 명성을 얻고 좀더 많은 찬사를 들을 수 있을까, 어떻게 하면 좀더 높은 지위로 진급하고 좀더 많은 재물을 얻고, 적을 함정으로 유인해서 이리저리 기습할 수 있을까 궁리할 때, 허구한 날 얼마나 불타는 욕망 때문에 괴로워하며 좌충우돌하는지는 여기서 말하지 않겠습니다. 그러니까 순전히 다른 사람을 해치는 일만 하고 덩달아 당신의 영혼도 해치며 하나님의 뜻을 거스르는 짓만 골라서 하는 것에 대해서는 입을 다물겠다는 말입니다! 그리고 가장 나쁜 것은 당신은 총애하는 사람들의 아부하는 소리만 들어와서 더 이상 당신 자신의 실체를 알지 못한다는 것입니다. 당신은 그들의 손아귀에 들어가 올바른 판단력을 잃는 바람에 당신이 가고 있는 길이 얼마나 위험한지를 전연 깨닫지 못하고 있습니다. 그들은 당신이 하는 일이 좋고 옳다고만 하고 당신의 모든 악덕을 순수한 미덕으로 여기고 그 자체를 칭찬하기 때문입니다. 당신의 분노가 그들에게는 정의이고 설사 당신이 국가와 백성을 멸망으로 몰고 가더라도 그들은 당신을 용감한 군인이라고 치켜세워서 당신으로 하여금 다른 사람들을 해치도록 부추깁니다. 그들은 당신의 총애를 받으면서 자신들의 주머니를 채우는 것이 목적이기 때문입니다.”

나의 주인은 말했다. “너, 이 교활하기 짝이 없는 놈 같으니! 그같이 설교하는 것을 누구한테 배웠느냐?”

나는 되물었다. “사령관님, 정보원들과 측근들이 사탕발림하는 말로 당신을 더 이상 구제할 수 없을 정도로 망쳐놓았다는 내 말이 틀렸습니까? 그에 반해서 다른 사람들은 당신의 악습을 즉시 발견하고 당신을 고귀하고 중요한 사안에 따라 평가할 뿐만 아니라 사소한 것까지도 찾아내서 비난합니다. 과거의 위대한 사람들에게는 그와 같은 예들이 얼마든지 있지 않았습니까? 아테네 사람들은 시모니데스가 너무 큰 소리로 연설을 했기 때문에 그에게 반발했습니다. 테베 사람들은 파니쿨루스[34]가 침을 뱉는다고 불평했습니다. 스파르타 사람들은 리쿠르고스[35]가 항상 머리를 숙인 채 돌아다닌다고 나무랐습니다. 로마 사람들은 스키피오가 잠을 잘 때 시끄럽게 코를 곤다고 불만스럽게 여겼습니다. 그들은 폼페이우스가 오직 한 손가락으로 몸을 긁는 것을 혐오스럽게 생각했습니다. 그들은 율리우스 카이사르가 혁대를 제대로 맵시 있게 매지 않았기 때문에 놀려댔습니다. 우티카의 주민들은 용감한 카토[36]에 대해서 험담을 했습니다. 그가 식사할 때 너무나 게걸스럽게 씹는다고 생각했기 때문입니다. 그리고 카르타고 사람들은 한니발에 대해서 못마땅하게 생각했는데 그가 항시 가슴을 드러내놓고 돌아다닌다는 이유 때문이었습니다.

사령관님, 그런데도 당신은 여전히 내가 열세 명의 동숙인들, 아첨꾼들, 기식자들 외에 수백 명, 심지어 추측건대 수만 명의 정체가 드러나기도 하고 드러나지 않기도 하는 적들, 비방자들, 못마땅하게 시기하는 사람들과 함께인 어떤 사람과 나의 처지를 바꾸어야 한다고 생각하십니까? 그뿐 아니라 그처럼 많은 사람을 보살피고 지원하고 보호해야 할 통치자는 도대체 얼마나 많은 행복과 쾌락, 즐거움을 누릴 수 있습

---

34) Panniculus: 로마의 시인 마르티알리스의 글에 등장하는 인물.
35) Lycourgos(대략 B.C.820): 스파르타의 전설적인 입법자.
36) Marcus Porcius Cato(B.C.95~B.C.46): 우티카시(市) 사령관.

니까? 당신은 당신에게 복종하는 모든 사람을 감시하고 보살피고 그들의 불평과 고충을 귀담아들어야 하지 않습니까? 당신은 적과 질투하는 사람만 없으면 그것만으로도 견디기가 훨씬 수월하지 않겠습니까? 그 모든 것이 당신을 얼마나 괴롭히고 당신에게 어떠한 부담을 주는지 나는 분명히 알고 있습니다. 사령관님, 그러나 끝에 가서 당신이 받으실 대가는 무엇일까요? 내게 말씀해보십시오! 거기서 얻으시는 것이 무엇입니까? 그것을 모르신다면 그리스 사람인 데모스테네스에게 물어보십시오. 그는 아테네 사람들의 공공복리와 권리를 용감하고 충직하게 증진시키고 보호한 후에 부당하게 저열한 범행자처럼 배척당하고 불행에 빠졌습니다. 소크라테스가 활약한 대가는 독배를 마시는 것이었습니다. 한니발의 행위도 부하들에게 부당한 보상을 받아서 그는 추방당한 자의 신세가 되어 비참하게 세상을 방황해야 했습니다. 카밀루스[37]의 운명도 마찬가지였습니다. 그리고 그리스 사람들도 리쿠르고스와 솔론에게 비슷한 대접을 했습니다. 한 사람에게는 돌을 던졌고 다른 한 사람에게는 살인자에게 하듯 한쪽 눈을 빼어버린 후에 국외로 추방했습니다. 그렇기 때문에 당신도 지휘권을 행사할 때 모름지기 받을 대가를 고려하고 행사하십시오. 그 대가를 가지고 나와 나누실 것은 아무것도 없습니다. 그 이유는 최상의 경우라도 남는 것은 양심의 가책밖에는 아무것도 없을 것이기 때문입니다. 행여나 당신이 양심을 따르려고 하면 사람들은 때를 맞춰 당신을 무능하다며 파면시킬 것입니다. 그때에는 당신 같은 사람도 나처럼 한 마리의 바보 같은 송아지나 다름없는 신세가 되고 말 것입니다."

---

37) Marcus Furius Camillus(?B.C.446~B.C.365): 로마의 호민관과 야전 사령관을 지낸 군인 겸 정치가.

제12장
지각없는 짐승들의 판단력과 앎에 대하여

이와 같이 토론이 진행되는 동안 모두가 나를 바라보며 머리가 뛰어난 사람이라 해도 준비 없이는 하기 힘든 연설을 하는 모습에 다들 놀라워했다. 그러나 나는 연설의 막바지에 이르러 이렇게 선포했다. "사령관님, 그러므로 나는 당신과 처지를 바꾸지 않을 것입니다. 나는 그럴 필요성을 조금만치도 느끼지 않습니다. 그 이유는 당신의 값진 포도주 대신에 나에게는 샘물이 건강한 음료를 제공하기 때문입니다. 그리고 나를 송아지로 만들고 싶어 했던 사람은 옛날 신바빌로니아의 느부갓네살 왕처럼 땅에서 재배된 식물도 나에게 먹고 사는 데 큰 지장이 없도록 한다는 것을 깨닫고 감사한 마음에 성호를 긋는 것을 알게 될 것입니다. 당신은 최상의 물건이라도 싫증을 내고 포도주는 당신의 머리를 뻐개지게 해서 곧 이런저런 병을 앓게 하지만 자연은 나에게 그야말로 좋은 피부를 선물로 주었습니다."

나의 주인은 대답했다. "너는 도대체 어떻게 된 노릇이냐? 내가 보기에 너는 송아지치고는 너무나 사리가 밝구나. 송아지 가죽 밑에 너는 악동의 가죽도 쓰고 다니는 것처럼 보이는구나."

나는 분노한 체하면서 대꾸했다. "그렇군요. 당신들 인간들은 우리 짐승을 바보로만 알고 계시는군요? 그런 망상은 하지 마십시오! 내 추측으로는 나보다 나이 든 짐승들이 나처럼 말을 할 수 있으면 당신들과 전혀 다르게 이야기할 것입니다! 만약 당신들이 우리를 바보라고 생각한다면 제발 누가 야생 비둘기, 지빠귀, 어치, 자고에게 월계수 잎으로 내장을 정화하도록 가르쳤는지 나에게 한번 말씀해보십시오. 그리고 누가 비둘기, 앵무 비둘기, 암탉에게 민들레로 무엇을 할 수 있는지를 가르쳤는지도. 개와 고양이에게 그들의 터질 듯이 부른 배를 꺼지게 하려면 이슬 맞은 풀을 먹어야 한다는 것을 누가 가르쳤습니까? 거북에게 돌미나리 한 입으로 병을 고칠 수 있다고 가르치고, 사슴에게 총을 맞으면 지혈제인 백선이나 박하로 목숨을 구할 수 있다고 누가 가르쳤습니까? 그리고 족제비에게 박쥐나 뱀과 싸우려면 포도 잎으로 무장하라고 가르친 것은 누구입니까? 산돼지에게 담쟁이를, 곰에게 만드라고라를 보여주고 그것이 그들에게는 좋은 약이라고 누가 말했답니까? 독수리에게 알을 낳기가 어려우면 정동석(晶洞石)을 구해서 사용하라고 누가 일러주었습니까? 그리고 제비에게 새끼들의 시력이 약하면 애기똥풀로 고쳐야 한다고 누가 알려주었습니까? 뱀에게 허물을 벗고 시력을 강화하려면 회향을 먹으라고 누가 지시했습니까? 황새에게 관장(灌腸)을 하게끔 한 것은 누구입니까? 펠리컨에게 스스로 채혈을 하도록 한 것은 누구이고요? 곰에게 벌들에 쏘여 자신의 피를 뽑도록 가르친 것은 누구입니까?

실은 당신들 인간은 원래 예술과 학문을 짐승인 우리에게서 배웠다고 할 수 있습니다! 물론 당신들 인간은 탈이 나서 죽을 정도로 먹고 마시지만 우리 짐승은 그 짓은 안 합니다. 만일 사자나 늑대가 지나치게 비대해지면, 다시 살이 빠지고 생기발랄해지고 건강하게 될 때까지 금식을 합니다. 그러니 더 현명하게 처신하는 쪽이 어디입니까? 당신들인가요, 아니면 우리 짐승들인가요?

이 모든 것을 하늘 아래 새들에게서 살펴보십시오! 그들이 예쁜 둥지를 각각 다른 방법으로 짓는 것을 관찰해보십시오. 그리고 이와 같은 작업을 누구도 흉내 낼 수 없기 때문에 그들이 당신들 인간보다 더 영리할 뿐만 아니라, 더 능수능란하다는 것을 인정해야 합니다. 여름 철 새들에게 새끼를 낳기 위해 봄이 되면 우리에게로 와야 하고, 가을이 되면 다시 길을 떠나서 따뜻한 나라로 가야 한다고 누가 일러줍니까? 그들이 이렇게 하려면 집합 장소를 정하지 않으면 안 된다는 것을 누가 가르쳐줍니까? 그들에게 길을 인도하고 지시하는 것은 누구입니까? 아 니면 그들이 중도에 길을 잃고 헤매지 않도록 당신들 인간이 예컨대 항 해 나침반을 빌려주기라도 합니까? 아닙니다. 여러분! 그들은 당신들 없이도 그 길을 알고 얼마나 오랫동안 날아가야 할지를 알고 있습니다. 그리고 그들이 언제 어디서 출발해야 할지를 알기 때문에 당신들의 나 침반이나 달력은 필요치가 않습니다.

아니면 부지런한 거미를 살펴보십시오. 그들의 거미줄은 신비의 작 품에 가깝습니다! 당신들이 거미의 작업 어디에서 하나의 매듭을 발견 할 수 있는지 보십시오! 어떤 사냥꾼이나 낚시꾼이 거미들에게 어떻게 그물을 치고, 그 그물을 어떻게 사용하고, 어떻게 숨어서 먹이를 노리 느냐에 따라 거미줄의 가장 뒤쪽에 있는 구석에 좌정해야 하는지 또는 거미줄의 한가운데에 좌정해야 하는지를 가르쳐줍니까?

당신들 인간은 까마귀를 보며 놀라고 있습니다. 플루타르코스는 까 마귀에 관해 증언하기를 까마귀는 편안하게 물을 마시기 위해서 물이 반쯤 찬 항아리에 수면이 올라올 때까지 많은 돌을 던져 넣는다고 합니 다. 만일 당신들이 짐승들 틈에 살면서 그들이 하는 행동과 하지 않는 행동을 관찰할 수 있다면 당신들이 제일 먼저 하게 될 것은 무엇일까 요? 당신들은 각 짐승마다 고유하게 타고난 힘과 능력이 있고 본능과 성향에서도 신중함, 강함, 부드러움, 두려움, 모방, 학습을 타고난 양 보인다는 것을 인정하지 않으면 안 될 것입니다. 그들은 서로를 알고 서로를 구별합니다. 그들은 유익한 목적을 추구하고 해가 되는 것은 피하고 위험도 피하며, 그들의 양식으로 필요한 것을 수집합니다. 그리고 때로는 당신들 인간도 기만합니다. 그렇기 때문에 많은 옛날 철학자들은 사리를 분별할 줄 모르는 짐승들도 판단력을 지니고 있는 것은 아닌지 진지하게 생각하고 묻고 토론하기를 마다하지 않았습니다. 그러나 이 정도면 충분합니다. 꿀벌에게 가서 그들이 젤리와 꿀을 어떻게 만드는가 보십시오. 그리고 당신들의 생각을 내게 말씀하십시오."

제13장
이 장에는 온갖 것이 다 들어 있다. 무엇이 있는지 알고 싶은
사람은 직접 읽거나 남을 시켜 낭독게 해야 한다

이 일이 있은 후에 손님들은 나에 관해서 여러 가지 평가를 늘어놓았다. 부관은 말하기를 내가 바보인 것이 틀림없다고 했다. 왜냐하면 내가 스스로를 지각이 있는 짐승으로 여기고 또 그렇게 행세하고 있기 때문이라는 것이었다. 머리가 좀 이상한데도 자신을 특별히 똑똑하다고 여기는 것이야말로 가장 크고 괴팍스러운 바보짓이라는 것이었다. 다른 손님들은 만약 나에게 한 마리의 송아지라는 상상에서 벗어나 다시금 인간이 되었다는 것을 확신시킨다면 내가 100퍼센트 지각 있고 똑똑한 사람이 될 수 있다고 했다. 나의 주인은 말했다. "나는 그가 바보라고 생각합니다. 그 근거는 그가 아무에게나 주저하지 않고 진실을 말하기 때문입니다. 그러나 말하는 품새를 보면 그는 전혀 바보 같지 않습니다." 그들은 이 모든 것을 라틴어로 이야기했다. 내가 알아듣지 못하게 하기 위함이었다. 나의 사령관은 내가 전에 인간이었을 때 대학에 다녔는지 물었다.

나는 대학에 다닌다는 것이 무엇인지 알지 못한다고 대답하고 계속 말을 이었다. "그러나 사령관님, 사람들이 대학 공부를 한다고 할 때 쓰는 이 '스투덴(Studen)'[38]이라는 것이 무슨 물건인지 말씀 좀 해주세요. 사람들이 볼링 경기를 할 때 쓰는 핀과 비슷한 것입니까?"

그때에 잘생긴 사관후보생이 큰 소리로 말했다. "이놈은 도대체 어떻게 된 놈입니까? 이놈의 몸속에는 마귀가 들어 있습니다. 정상이 아니라 미친 것입니다. 이놈이 하는 말은 마귀가 하는 말입니다."

이 말에 자극을 받아 나의 주인은 내가 송아지가 되고 난 후에도 전처럼 또 다른 사람처럼 기도를 하고 있는지 그리고 내가 천국에 간다는 것을 믿고 있는지 물었다.

나는 대답했다. "물론이지요. 나는 틀림없이 아직도 불멸의 영혼을 지니고 있습니다. 당신이 생각할 수 있는 것처럼 내 불멸의 영혼이야말로 지옥으로 가려고 하지 않을 것입니다. 게다가 나는 이미 지옥에서 나쁜 경험을 한 적이 있습니다. 단지 내 형상이 바뀌었을 뿐입니다. 옛날 느부갓네살처럼 말입니다. 그렇지만 장차 내가 다시 사람이 될 날이 반드시 올 것입니다."

"나는 네가 그렇게 되기를 바란다." 나의 주인은 깊이 한숨을 쉬며 말했다. 그 말에서 나는 그가 그동안 나를 애써 바보로 만들었던 것을 대단히 후회한다는 것을 쉽게 알아차릴 수 있었다. 그는 말을 계속했다. "그렇다면 네가 어떻게 기도하는지 들려다오!"

---

38) 짐플리치우스가 'studieren(대학 공부를 한다)'이라는 단어를 'Studen'으로 잘못 알아들은 것이나, 독일어에는 이런 어휘가 없다.

그런 다음 그는 무릎을 꿇고 눈과 양손을 은자처럼 하늘을 향해 높이 쳐들었다. 그런데 나의 주인이 후회하는 기색을 보인 것이 나의 마음을 위로해주었기 때문에 나도 눈물이 나는 것을 참을 수가 없었다. 나는 먼저 주기도문을 암송한 후에 외형상으로는 가장 경건하게 전 기독교인들을 위하여 그리고 나의 친구들과 적들을 위하여 기도했다. 그리고 이 낮은 곳에 있는 나에게 영원한 복락 속에 있는 그를 찬양하기에 합당한 삶을 허락해달라고 기도했다. 그와 같이 나에게 경건하고 적절한 말로 기도하는 법을 가르쳐준 이는 바로 나의 은자였다. 그 기도 소리를 듣고 막상 마음이 약한 구경꾼들은 똑같이 울기 시작했다. 나에게 커다란 동정심을 느끼고 있었기 때문이다. 그렇다. 심지어 나의 주인도 눈에 눈물이 가득했다.

식사 후에 그는 목사님을 오게 해서 내가 강의한 내용을 이야기하면서 내게 잘못된 일이 일어나고 있어 걱정이라는 말을 덧붙였다. 아마도 악마가 은밀히 이 일에 관여하고 있는 것 같다는 것이었다. 그 이유는 내가 전에는 늘 단순하게 잘 모르는 모습을 보였는데 이제는 너스레를 떨어서 사람들을 어리둥절케 하기 때문이라는 것이었다.

나의 형편이 어떤지 가장 잘 알고 있는 목사님은 나를 바보로 만들기 전에 충분히 숙고를 했어야 했다고 대답했다. 인간은 하나님의 형상을 지니고 있는데 그 형상으로 특히 그토록 민감한 나이에 들짐승을 데리고 놀듯 장난을 쳐서는 안 된다는 것이었다. 그렇지만 내가 그야말로 정열적인 기도를 통해 항상 반복해서 하나님에게 자신을 맡기었기 때문에 여기에 악마가 개입할 여지가 있다고는 믿지 않는다고 했다. 또 만약 사람들이 그가 희망하지 않는 것을 악으로 하여금 가능하게 하고 또 그렇게 하도록 허락해야 했다면 하나님을 상대로 무거운 책임을 짐어진 것이라고 했다. 그 이유는 한 인간이 다른 인간에게서 지각을 빼앗아 본래 하나님이 그를 창조하신 목적인 하나님께 영광을 돌리고 경배하는 것을 못 하게 한다면 이보다 더 큰 죄가 없기 때문이라는 것이었다.

"나는 이미 예전에 당신들에게 이 젊은이는 충분히 지각을 지니고 있다고 선언했습니다. 만약 그가 세상에 적응을 못 한다면, 그 원인은 그가 무식한 농부인 그의 아바이로부터 그리고 황야에 살고 있던 당신의 매형에게서 지극히 단순한 교육을 받으며 살았기 때문입니다. 만일 우리가 처음부터 인내심을 약간만 더 보이며 그를 대했더라면 그의 행동거지는 시간이 가면서 더욱 나아졌을 것입니다. 그는 아직 사악한 세상을 알지 못하는 신앙심 깊고 단순한 아이였습니다. 그렇지만 나는 만일 우리가 그를 자신이 송아지가 되었다는 망상에서 해방만 시켜주고 그것을 더 이상 믿지 않게 해주면 그가 다시 옛 상태를 회복할 수 있으리라는 것을 조금도 의심치 않습니다.

어떤 사람이 자신이 흙으로 된 항아리가 되었다고 믿고 가족들에게 자신을 선반 위에 올려놓으라고 부탁을 했습니다. 깨어지지 않으려고 말입니다. 또 다른 한 사람은 자기가 수탉이라고 착각하고 병이 들어서 밤낮으로 닭 우는 소리를 냈습니다. 세번째 사람은 자기가 이미 죽어서 오직 유령으로 이리저리 헤매며 다닌다고 생각하고 더 이상 약은 물론 밥이나 물도 들지 않으려고 했습니다. 마침내 한 현명한 의사가 두 명의 젊은이를 채용해서 그들로 하여금 똑같이 유령임을 자처하면서 술을 몹시 많이 마시도록 했고 함께 어울려서 오늘날엔 유령도 의례히 먹고 마신다는 것을 믿도록 설득했습니다. 그 후로 그 사람은 다시 건강해졌습니다.

내 교구에도 병이 든 농부 한 명이 있었습니다. 내가 그를 방문했을 때 그는 자신의 몸 안에 약 450리터 내지 600리터의 물이 들어 있다고 불평했습니다. 만약 그의 몸에서 물을 모두 빼버리면 다시 건강해지리라는 것이었습니다. 마지막에는 나에게 부탁하기를 그 물이 빠져나갈 수 있도록 해부를 하게 하든지, 그 물이 말라버리게 자신을 훈제실(燻製室)에 매달아놓든지 해달라고 했습니다. 나는 그를 잘 설득하면서 그의 몸에서 물을 뺄 다른 방법을 알고 있다고 선언했습니다. 나는 사람들이 포도주통이나 맥주통에 사용하는 수도꼭지를 인공 창자에 고정시키고 그 창자의 다른 한 끝을 물을 가득 채운 커다란 목욕통의 배수구에 올려놓도록 했습니다. 그런 다음 나는 터지지 않도록 헌 옷으로 두껍고 단단하게 칭칭 감아둔 그의 배 속에 그 수도꼭지를 꽂는 체했습니다. 그런 다음 수도꼭지를 통해 물을 흐르게 했는데 그것을 보고 그 단순한 사람은 몹시 기뻐했습니다. 이와 같은 과정이 끝난 뒤 그는 감았던 헌 옷을 풀고 며칠 안 가서 다시 건강해졌습니다.

비슷한 방법으로 도움을 받은 사람이 또 한 명 있습니다. 그는 몸속에 말의 굴레와 그 비슷한 것이 들어 있다며 괴로워했습니다. 의사가 그에게 하제(下劑)를 주었고 환자용 변기 안에 이와 같은 종류의 물체를 두어 개 놓았더니 그 남자는 이 모든 것이 대변으로 나왔다고 단단히 믿었습니다.

사람들은 어떤 공상가의 이야기도 합니다. 그는 자신의 코가 땅에 닿을 정도로 길다고 믿는 망상이 있었습니다. 그래서 사람들이 소시지 한 개를 그의 코에 걸어놓고 그것을 점차적으로 코에 닿을 때까지 잘라버렸습니다. 결국 칼이 코에 닿는 것을 느꼈을 때, 그는 큰 소리로 '이제 됐어. 내 코는 이제 다시 제 모습을 찾았어!' 하고 외치더랍니다. 이와 같은 사람들처럼 고지식한 짐플리치우스에게도 도움을 줄 수 있습니다."

나의 주인인 사령관은 이렇게 대답했다. "나라면 그 모든 것을 기꺼이 믿고 싶습니다. 단지 나의 마음에 걸리는 것은 그가 예전에는 그토록 아무것도 몰랐는데, 이제는 사물에 대하여 말을 할 줄 알고 그뿐만 아니라 표현까지도 완벽해서 그보다도 나이가 더 들어 경험이 있고 책을 많이 읽은 사람들에게서조차도 같은 예를 쉽게 발견할 수 없을 정도나 된다는 사실입니다. 그는 내게 짐승들이 보이는 몇 가지 성정에 관하여 보고를 했고, 마치 그가 전부터 항시 그 세계에 살았던 것처럼 나 자신의 인물에 대하여 정곡을 찔러 설명했습니다. 그래서 나는 경악하고 있을 따름입니다. 그리고 그의 연설을 마치 신탁(神託)이나 하나님의 경고로 여기고 있습니다."

"사령관님." 목사님이 말을 이었다. "이 모든 것은 당연한 결과라고도 볼 수 있습니다. 그가 책을 많이 읽은 것을 나는 알고 있습니다. 그와 그의 은자는 결국에는 내가 소유하던 적지 않은 책들을 모두 독파했으니까요. 그리고 그 소년은 막상 좋은 기억력을 지녔는데도, 자신의 정신을 발휘하지 않은 채 내버려두고 심지어 자기 자신까지도 잊고 있으니 예전에 한번 기억에 새겨놓은 것을 더더욱 쉽게 끌어올 수 있는 게지요. 그러나 이것조차도 시간이 지나면 다시 정상화되리라고 나는 확신합니다."

목사님은 사령관이 그렇게 두려움과 희망 사이에서 결정을 못 하고 우왕좌왕하게 만들었다. 그렇게 함으로써 그는 나와 나의 일에 도움을 주었고, 나로 하여금 얼마간 기분 좋은 나날들을 보낼 수 있게 했다. 그리고 자기 자신도 나의 주인인 사령관에게 쉽게 드나들 수 있는 권리를 확보했다. 결국에 그들은 한동안 기다리면서 내가 무엇이 되는지 지켜보자는 데 의견을 같이했다. 이 점에 있어서 목사님은 나의 이익보다도 자신의 이익을 더 많이 생각했던 것이 틀림없다. 그 이유는 그가 이제 자주 우리에게 와서 무엇보다도 나를 위해 애쓰고 염려하는 것처럼 행동함으로써 사령관의 총애를 얻을 수 있었기 때문이다. 그래서 사령관은 그를 고용해 병영의 전속 목사로 삼았다. 이 어려운 시기에 그것은 결코 사소한 일이 아니었고, 그가 그리된 것이 나로서는 진심으로 기뻤다.

제14장
행복하게 살던 짐플리치우스는 불행하게도
크로아티아 사람들에게 납치당하다

그 후로 나는 사령관의 자비, 총애 및 사랑을 전폭적으로 누렸다고 할 수 있다. 내가 행복하기에 부족할 것이 없었다. 이 행복은 송아지 옷을 입고 있는 나에게는 너무 과분했다. 다만 햇수로 보아서 너무나 짧았다는 점이 아쉬웠다. 그렇지만 그 사실을 나는 당시에는 깨닫지 못했다. 목사님도 내가 지각이 드는 것을 아직은 바라지 않았다. 그는 그럴 때가 아직 오지 않은 것으로 보았고 모든 것이 있는 그대로 머물러 있는 것이 그 자신을 위해서도 유익한 것으로 여겼다.

내가 음악을 좋아한다는 것을 알았을 때, 사령관은 음악 레슨을 받을 수 있도록 나를 어떤 훌륭한 류트 연주자에게 보냈다. 얼마 안 가서 나는 그의 연주 솜씨를 모두 터득했을 뿐만 아니라, 심지어 그를 능가하기까지 했다. 나의 노래 솜씨는 그보다도 더 훌륭했다. 그렇게 나는 사령관에게 기쁨과 즐거움 그리고 감탄할 기회만 제공했다.

장교들 모두 나에게 호감을 보였고, 가장 부유한 시민들도 나에게 선물을 주었다. 그리고 하인들과 병사들도 좋은 감정을 비치며 잘 대해주었다. 사령관이 나에게 얼마나 호의적인지를 보았기 때문이다. 여기저기서 사람들이 이것저것을 슬며시 찔러주었다. 사령관에게는 어릿광대짓이 정상적인 행동보다 종종 더 많은 효과를 낸다는 것을 그들은 알았다. 선물을 하며 바로 그것을 노리는 것이었다. 어떤 사람들은 내가 그들의 나쁜 소문을 내지 않도록 무엇을 주었고, 어떤 사람들은 내가 그들의 마음에 들게 다른 사람을 비방하도록 무엇을 주기도 했다. 여하튼 나는 이와 같은 방법으로 온갖 돈을 모아서 거의 다 목사님에게 주었다. 아직 나는 돈이 어디에 유용한지 알지 못했다. 그리고 아무도 나를 망치려 들지 않았기 때문에 나에게는 적개심, 염려, 걱정 따위가 없었다. 나는 오로지 음악만 생각했고, 이 사람 저 사람에게 어떻게 버릇없는 행동을 제대로 나무랄 수 있을까만을 생각했다. 그렇게 나는 게으름뱅이 천국에 사는 바보처럼 걱정 없이 성장했다. 그리고 나의 체형과 체력도 눈에 띄게 달라졌다. 얼마 안 가서 사람들은 내가 더 이상 숲속에서 물, 도토리, 너도밤나무 열매, 뿌리, 약초를 들면서 고행하는 것이 아니라, 라인 포도주와 더불어 하나우에서 나는 독한 맥주에 좋은 안주를 곁들여 즐기는 모습을 구경하게 되었다. 이 난국에 그것은 하나님이 베풀어주신 커다란 복락으로 꼽지 않을 수 없었다. 그 당시 온 독일이 전쟁의 포화 속에서 기아와 흑사병 때문에 고통을 당했고, 하나우 도시 자체도 적에게 포위당해 있었기 때문이다. 그러나 그 모든 것은 나를 조금도 방해하지 않았다.

포위가 해제된 뒤 나의 주인은 나를 리슐리외 추기경[39]이나 바이마

<hr />

39) Armand Jean du Plessis, Duc de Richelieu(1585~1642): 프랑스 왕 루이 13세의 조언자.

르의 베른하르트 공작[40]에게 넘기려고 했다. 그가 나에게 설명하기로는 큰 감사를 바라서가 아니라, 내가 매일매일 나의 어릿광대 옷을 입고 날이 갈수록 그의 실종된 누님을 점점 닮아가는 모습을 보고 있자니 더 이상 견딜 수가 없기 때문이라는 것이었다. 목사님은 이의를 제기했다. 그는 기적을 행할 때라고 생각했다. 그는 나를 이제 다시금 이성 있는 사람으로 변신시키려고 했던 것이다. 그는 사령관에게 조언하기를, 두 벌의 송아지 가죽을 더 만들어서 소년 두 명에게 입히고 세번째 소년에게는 의사, 예언자 또는 사기꾼의 역할을 하도록 해서 온갖 이상한 의식을 치러 나와 다른 두 소년의 옷을 벗기면서 동물을 인간으로, 인간을 동물로 변신시킬 수 있다고 허풍을 떨도록 시키라고 했다. 이와 같은 방법으로 나를 쉽게 고칠 수 있고, 힘들이지 않고 내가 다시 한 인간이 되었다는 것을 확신시킬 수 있다는 것이었다. 사령관이 이 제안을 받아들이겠다고 선언한 뒤에 비로소 목사님은 나의 주인과 한 약속을 내게 알려주었고 나도 기꺼이 동의했다.

그러나 운명은 질투심이 많아서 나로 하여금 그처럼 쉽게 나의 어릿광대 복장을 벗지 않게 했고, 행복한 삶을 더 오랫동안 누리도록 내버려두지도 않았다. 왜냐하면 무두장이들과 재단사들이 이 희극에 필요한 옷을 짓는 동안에 나는 다른 소년들과 함께 요새 앞에 있는 얼음판을 이리저리 산책했는데, 그때 갑자기 누군지도 모르는 사람이 한 떼의 크로아티아 병사들을 데리고 왔기 때문이다. 그들은 우리를 모두 잡아서 훔친 몇 마리 농마(農馬)에 태워 유괴했다. 처음에는 나를 함께 데리고 가야 할지 그들은 결정을 내리지 못했다. 그러나 그들 중 한 사람

---

40) 바이마르의 베른하르트(Bernhard von Weimar, 1604~1639): 30년 전쟁 당시 프로테스탄트 군사령관.

이 보헤미아어로 말했다. "그 바보를 데리고 가서 대령에게 바치세." 그러자 다른 병사가 대답했다. "반드시 그렇게 하세. 그를 말에 태우세. 대령은 독일어를 아니까 그와 어울리면 좋아할 걸세." 그러므로 나는 말 위에 올라타야 했다. 그리고 단 한 순간의 불행이 한 인간에게서 모든 행복을 빼앗고, 모든 행복과 구원을 아주 멀리 사라지게 할 수 있다는 것과 이와 같은 충격에 대한 기억은 그 인간의 일생 동안 떠나가지 않는다는 것을 경험해야 했다.

제15장
짐플리치우스가 크로아티아 기병들 틈에 끼어서
보고 들은 이야기

하나우 사람들은 경보를 울려서 말에 올라타고 크로아티아 병사들을 뒤쫓았다. 소규모 전투를 벌여 약간 저지하고 귀찮게는 했지만 그들에게서 노획물을 다시 빼앗아 올 수는 없었다. 이 크로아티아 경기병대는 기동력이 뛰어난 부대로 신속히 뷔딩겐을 향해 달려갔다. 그곳에서 그들은 식사를 하고 붙잡힌 부유한 하나우 사람들의 어린 자식들을 몸값을 받고 시민들에게 넘겨주었으며 훔친 말들과 다른 물건들도 팔아넘겼다. 그들은 날이 저물기는 했지만 제대로 밤이 오기 전에 다시 그곳을 출발해서 빠른 속도로 뷔딩겐 숲을 지나 풀다 방향으로 진격하면서 도중에 가져갈 수 있는 것은 모두 챙겼다. 빠른 속도로 전진하면서도 조금도 서슴지 않고 절도와 약탈을 자행했다. 그들은—실례되는 표현이지만—흔히 말하듯 길을 갈 때 용변을 보느라고 지체하는 법이 없다는 귀신처럼 그 짓을 해냈기 때문에 우리는 당장 그날 저녁 많은 노획물과 함께 본부가 있는 헤르스펠트 수도원에 도착했다. 그곳에서 노획물을 분배했고 나는 코르페스 대령의 몫이 되었다.

코르페스 대령은 모든 점에서 내게 거부감을 불러일으켰고 낯설기까지 했다. 하나우의 맛있는 음식들은 커다란 흑빵과 육포 또는 기껏해야 한 조각의 훔친 베이컨으로 둔갑했다. 나는 포도주와 맥주 대신에 물을 마셨고 침대 대신에 마구간의 건초로 만족해야 했다. 나 외에도 누구나 즐거워했던 류트 연주 대신에 나는 다른 애들처럼 식탁 밑으로 기어 들어가 한 마리의 개처럼 울부짖고 박차에 걸어차이기 일쑤여서 그 점이 특별히 나를 불쾌하게 했다. 하나우에서 하던 대로 산책을 하는 대신에 이제 나는 징발되는 군량과 말먹이 위에 실려 가며 말들을 솔질하고 마구간을 청소해야 했다. 그러나 군량과 말먹이를 징발하는 행위는 마을로 떼를 지어 몰려가서 타작을 하고 방아를 찧고 빵을 굽고, 도적질을 하며, 발견한 것을 챙겨 오는 일이었다. 이 일에는 많은 수고와 힘이 들 뿐만 아니라 종종 몸을 다치거나 생명에 위험이 따랐다. 그뿐만 아니라 농부들을 괴롭히고 죽이고, 심지어 그들의 하녀들, 부인들, 딸들을 욕보이기까지 했다. 그런데 만일 불쌍한 농부들이 그 짓이 마음에 걸려 군량을 징발하는 병사에게 감히 엄히 타이르면(당시 헤센에서는 그런 사람이 다수 있었다), 그 농부들을 잡아서 죽이거나 하다못해 그들의 집을 연기에 실어 하늘로 보냈다.

나의 주인인 크로아티아 군사령관에게는 부인이 없었다. (이와 같은 유의 모든 군인에게는 그것이 관례였다.) 전령, 당번, 요리사는 없었으나 다수의 마부와 마구간지기를 두고 그들로 하여금 군사령관과 그의 말의 시중을 들게 했다. 그러나 말에 안장을 얹거나 먹이를 앞에 쏟아주는 일은 그가 손수 하기를 마다하지 않았다. 그는 항시 건초 위나 맨바닥에서 가죽 외투를 덮고 잠을 잤다. 그래서 그의 옷에는 자주 이(蝨)가 이리저리 기어 다니는 것을 볼 수 있었는데 그것에 대해서 그는 조금도 부끄러워하지 않았다. 심지어 누가 그의 저고리에서 이 한 마리를 집으면 웃기까지 했다. 그의 머리카락은 짧았고 수염은 스위스식으로 옆으로 퍼뜨렸는데 그런 차림이 종종 그가 농부로 변장을 해서 그 지역을 정찰하는 데 도움이 되었다. 이미 말한 것과 같이 그는 고급 음식을 들지 않았음에도 불구하고 그의 인품은 부하들과 지인들에게 존경과 사랑과 두려운 마음을 일깨웠다.

우리는 쉴 틈이 없이 항상 길을 떠났다. 어떤 때는 우리가 습격을 했고 어떤 때는 습격을 당했다. 우리는 쉬지 않고 헤센군의 전투력을 약화시켰다. 그러나 헤센의 멜란더 장군은 쉬지 않고 우리 크로아티아 기병들을 카셀 지역으로 쫓아 보냈다.

이런 불안정한 삶이 내 입맛에는 전혀 맞지 않았다. 그래서 종종 나는 하나우로 돌아가기를 염원했지만 허사였다. 가장 나쁜 것은 내가 그놈들과 올바로 의사소통을 할 수 없던 점이 아니라, 내가 누구에게나 이리저리 내몰리고 들볶이고 구타당하고 내쫓겨야 한다는 것이었다. 우리 대령이 나와 함께 누린 최대의 즐거움은 그가 나에게 독일어로 노래를 부르게 하고 다른 마구간지기들에게는 각적(角笛)을 불게 하는 것이었다. 그럴 만한 기회가 드물기는 했지만 그럴 때마다 나는 매번 따귀를 맞아서 나중에는 피가 났고 오랫동안 그 일이라면 넌더리가 났다. 특히 나는 노략질에는 여전히 쓸모가 별로 없었다. 결국 나는 요리하는 일을 보살피면서 나의 주인이 아끼는 값비싼 무기를 깨끗하게 유지하는 일을 시작했다. 그 일을 나는 막상 힘 안 들이고 쉽게 할 수 있어서 마침내 주인의 마음에 들게 되었다. 그는 나에게 새로운 어릿광대 옷을 만들게 했다. 다시 송아지 가죽으로 만들게 했지만 전보다 훨씬 큰 당나귀 귀를 달게 했다. 그리고 나의 주인은 식성이 까다롭지 않아서 나는 요리하는 데 많은 솜씨를 발휘할 필요가 없었다. 그러나 소금, 비계, 양념이 없는 경우가 종종 있어서 요리하는 일도 곧 싫증이 났다. 나는 밤낮으로 어떻게 하면 가장 교묘하게 도망칠 수 있을까 하고 궁리했다. 그동안 다시 봄이 되었기 때문이다. 내가 계획을 실행에 옮기려던 날 나는 자청해서 우리 숙영지 안에 널려 있는 양과 송아지 도축을 하며 나온 내장과 오물을 치워 냄새를 제거하는 일을 떠맡겠다고 나섰다. 이 제의는 나의 주인의 마음에 들었고 나는 작업에 착수했다. 날이 어두워지자 나는 무작정 그곳을 떠나 인근 숲속으로 뺑소니를 쳤다.

제16장
짐플리치우스는 뜻밖에 횡재를 하고 산도적이 되다

모든 정황으로 보아 시간이 가면서 나의 형편이 더 악화되는 것은 당연했다. 나는 오로지 불행하기 위하여 태어난 것처럼 착각할 정도로 형편이 나빴다. 크로아티아인들에게서 도망친 지 몇 시간 안 되어 나는 몇몇 노상강도의 수중에 들어가고 말았다. 그들은 나를 잡아 횡재를 했다고 믿었다. 밤이 깊어 나의 어릿광대 복장을 보지 못하였기 때문이다. 그들 중의 두 명은 칠흑같이 캄캄한 숲속에 있는 한 장소로 나를 인도했다. 한 명은 즉시 내가 가진 돈을 원했다. 그는 장갑을 벗고 나의 몸을 뒤지려 그의 화기를 내려놓고 나서 물었다. "너는 누구냐? 가진 돈이 있느냐?" 그러나 그는 나의 털투성이 복장과 모자에 달린 긴 당나귀 귀를 건드리고—그는 그 귀를 뿔이라고 생각했다—동시에 사람들이 어둠 속에서 동물의 털을 쓰다듬을 때 종종 일어나는 번쩍이는 불꽃을 보자 놀라서 움찔했다. 그가 정신을 차리기 전에 내가 두 손으로 나의 복장을 쓰다듬기 시작하니 옷 속에 마치 인광(燐光)이 가득 들어 있는 것처럼 빛이 발했다. 그래서 나는 그에게 겁을 주는 목소리로 대답했다. "나는 귀신이다. 너와 네 친구의 목을 비틀어버릴 테다!" 그러자 이 두 녀석은 깜짝 놀라 마치 뒤에서 지옥 불이 쫓아오기나 하듯 혼비백산하여 달아났다. 어둠도 그들을 멈추게 하지는 못했다. 그들은 달리는 중에 자주 그루터기나 돌에 걸리거나 나무나 줄기에 부딪히기도 하고 연달아 땅에 넘어지기도 했지만, 매번 다시 기운을 차려 계속 달아났기 때문에 나는 그들 중 어느 누구의 기척도 들을 수가 없었다. 그때 나는 전율할 정도로 큰 웃음을 터뜨렸는데, 웃음소리의 메아리가 그토록 캄캄한 황야에서 아주 섬뜩한 느낌을 불러일으키며 숲 전체에 울려 퍼졌다.

내가 막상 발걸음을 계속 옮기려고 할 때 발에 걸려 하마터면 나를 넘어질 뻔하게 한 물체가 있었다. 자세히 살펴보니 병기여서 그것을 집어 들었다. 나는 총 다루는 법을 크로아티아인들에게서 배워 알고 있었다. 다음 순간에도 또 발에 부딪히는 물체가 있어 살펴보니 배낭이었다. 나의 복장과 같이 송아지 가죽으로 만든 것이었다. 그것을 집어 들어 확인해보니 밑에는 화약과 납, 온갖 부품이 가득 차 있는 탄약 주머니 하나가 달려 있었다. 나는 그 모든 것을 몸에 걸치고 총기를 병사처럼 어깨에 멘 다음 멀리 떨어지지 않은 곳에 있는 빽빽한 덤불 속으로 숨어들어 깊은 잠을 잤다. 하지만 날이 새기가 바쁘게 전 부대가 다시 숲에 나타나서 사라진 총포와 배낭을 찾았다. 나는 한 마리 여우처럼 귀를 쫑긋 세우고 쥐 죽은 듯 꼼짝도 하지 않았다. 그러나 아무것도 발견하지 못하자 그들은 나를 두고 도망친 두 병사를 비웃었다.

"흠, 겁쟁이들 같으니!" 그들은 말했다. "창피한 줄 알아! 단 한 놈 때문에 놀라서 줄행랑을 치고 무기까지 빼앗기다니!"

그러나 두 놈 중의 한 놈이 귀신이 틀림없었다고 장담을 했다. 뿔과 꺼칠한 피부를 손수 만졌다는 것이다. 그러나 다른 놈은 몹시 성을 내면서 말했다. "내 배낭만 다시 찾을 수 있다면, 그것이 귀신이든 귀신의 어미든 무슨 상관이 있겠나!"

떼거리 중에서 내가 보기에 인솔자인 듯싶은 한 놈이 그에게 대답했다. "설마 자네는 귀신에게 배낭과 총포가 쓸모 있으리라고 믿는 것은 아니겠지? 내 목을 걸고 내기하건대 두 가지를 다 가지고 간 것은 귀신이 아니라, 자네들이 그토록 창피하게 놓쳐버린 그놈이 틀림없어."

그의 의견에 다른 놈이 반대를 했다. 그동안 몇몇 농부가 지나가다가 그 물건들을 발견하고 가지고 갔을 수도 있다는 것이었다. 결국 그 의견에 모두가 동의했다. 그래서 전 대원들은 다시금 자신들이 귀신을 상대로 작전을 펼치고 있다고 확신했다. 그렇게 확신하게 된 이유는 무엇보다도 어둠 속에서 내 몸을 뒤지려 했던 놈이 그 점을 굳게 맹세하며 강조했을 뿐만 아니라, 그 거칠고 빛을 발하는 가죽과 두 뿔은 귀신이라는 존재의 확실한 표지라고 설명하고 강조할 수 있었던 것이 효과를 발휘했기 때문이다. 내가 믿기로는 이 순간에 내가 다시 한 번 나타났다면, 전 대원이 귀신인 줄 알고 다시 줄행랑을 쳤을 것이다.

그들은 오랫동안 찾을 대로 찾아보았지만 아무것도 발견하지 못하고 결국 멀리 사라졌다. 그때에 나는 아침을 들려고 배낭을 열어 제일 먼저 지갑을 끄집어내어 보니 그 속에는 금화 360두카텐이 들어 있었다. 내가 기뻐한 것은 물론이었다. 그러나 내가 독자들에게 확실히 말할 수 있는 것은 이 상당한 액수의 돈보다 나를 더 기쁘게 한 것은 그 배낭에 먹을 것이 가득 들어 있었기 때문이다.

약탈 행위에서 보잘것없는 병사들이 그와 같은 돈을 주머니에 넣고 이리저리 끌고 다니는 것은 드문 일이었기에, 한 놈이 바로 이번 행각에서 이 돈을 발견하고 우선 몰래 지갑에 넣어 재빨리 자신의 배낭에 넣고 나중에 다른 놈들과 분배할 작정이었던 것이 틀림없다고 나는 생각했다.

나는 즐겁게 아침 식사를 했고, 곧 힘차게 솟구치는 샘물도 발견해 물을 마시고 큰 액수의 두카텐을 헤아려보았다. 그러나 나의 목숨이 달아나는 한이 있더라도 그 당시 내가 어떤 영방이나 지역에 있었는지는 밝힐 수가 없다.

내가 아껴서 먹던 식량이 남아 있는 한 나는 숲속에 머물렀다. 그러나 배낭이 비었을 때, 나는 배가 고파서 농가들을 찾아갔다. 거기에서 나는 밤이 오면, 지하실과 부엌으로 기어 들어가서 먹고 가져갈 만한 것을 챙겨 숲으로 가지고 왔다. 그곳에서는 배고픔이 가장 견디기 어려웠다. 그래서 나는 이제 다시 전처럼 은자의 삶을 살았다. 그렇게 살면서 나는 결코 도둑질을 많이 하지 않았고, 기도는 더더욱 하지 않았다. 그렇게 확고한 거처가 없이 나는 이곳저곳으로 떠돌며 살았다. 바로 여름이 시작된 것은 좋은 일이었다. 그러나 나는 내가 원하는 때에는 언제든 나의 총을 발사할 수도 있었다.

제17장
짐플리치우스가 춤추는 마녀들에게 가다

그처럼 내가 숲속을 전전하는 사이 농부들을 만날 때도 있었다. 그러나 그들은 나를 보면 언제나 즉각 도망을 쳤다. 왜 그랬는지는 나도 모른다. 아마도 전쟁이 그들로 하여금 사람을 꺼리게 하고 피란민으로 만든 것 같다. 그들 자신에게도 더 이상 고정된 거처가 없었다. 아니면 노상강도들이 나 때문에 겪은 모험을 이야기하고 다녀서 사람들이 나를 보면 똑같이 그들이 사는 지역에 귀신이 출몰하는 것으로 믿었던 것인지도 모르겠다. 그런 까닭에 나는 양식이 떨어지면 양식을 구하는 데 최대의 어려움을 겪게 되지 않을까 걱정이었다. 그렇게 되면 나는 결국 그동안 먹지 않았던 뿌리와 약초를 다시 먹어야 하는 신세가 될 것이 뻔했다.

머릿속에서 그런 생각을 하던 어느 날 나는 멀리서 두 명의 벌목꾼이 작업하는 소리를 들었다. 나는 대단히 기쁜 마음에 소리가 나는 곳으로 갔다. 두 사람을 보았을 때 나는 주머니에서 한 줌의 금화를 쥐고 다가가 번쩍이는 금을 들어 보이며 말했다. "어르신들, 나를 도와줄 의사가 있으시다면 이 한 줌의 금을 드리겠습니다." 그러나 그들은 나와 금을 보자 역시 망치와 쐐기를 치즈와 빵이 든 주머니와 함께 그대로 놓아둔 채 도망을 쳤다. 그래서 나는 나의 배낭을 채울 수 있었고, 그러고 난 뒤 생전에 다시 사람들 틈에 낄 수 있으리라는 희망을 크게 품지 않은 채 덤불로 돌아왔다.

나는 오랫동안 이리저리 생각해본 후에 나 자신에게 말했다. 네 운명이 앞으로 어떻게 될 것인지 누가 알겠는가. 그렇지만 적어도 네겐 돈이 있으니 그것을 정직한 사람들에게 가지고 가서 안전하게 맡기면,

너는 그 돈으로 상당 기간 살 수 있을 것이다. 그렇게 해서 우선 그 돈이 든 자루를 꿰맸다. 사람들을 그처럼 놀라게 했던 나의 당나귀 귀를 가지고 팔찌 두 개를 만들어, 내가 하나우에서 챙겼던 금전을 노상강도의 금전과 합쳐서 모두 팔찌 속에 쑤셔 넣고, 그 팔찌를 팔의 상박에 찼다. 재산을 이 같은 방법으로 안전하게 보관한 후 나는 다시 농가에 잠입하여 그들이 저장해둔 물건 중에서 내게 필요하고 챙길 수 있는 것들을 가져왔다. 나는 분별없이 단순하기는 했지만 같은 장소를 두 번 가지는 않을 만큼의 꾀는 있었다. 그렇기 때문에 나는 훔치다가 발각되어 잡히는 불행은 겪지 않았다.

5월 말 어느 날 저녁에 그러면 안 되지만 내가 다시 한 번 늘 하던 대로 먹을 것을 구하기 위해서 농가에 잠입해 부엌으로 갔을 때, 사람들이 아직 잠을 자지 않고 깨어 있는 것을 눈치챘다(곁들여 개가 있는 곳을 알아차리고 나는 그 근처에는 얼씬도 하지 않았다!). 위험해질 경우 즉시 도망칠 수 있도록 마당으로 나 있는 문을 활짝 열어놓고 쥐 죽은 듯이 꼼짝 않고 앉아서 사람들이 잠자리에 들기만을 기다렸다. 얼마 후에는 방과 연결된 주방 창구를 발견했다. 나는 그쪽으로 기어가서 사람들이 빨리 잠자리에 들기를 기대하며 살펴보았다. 그러나 나의 희망은 헛된 것임을 알았다. 그들이 막상 새로 옷을 입었기 때문이다.

걸상 위에는 등불 대신에 푸른색 나는 유황불이 타고 있었고, 그 불빛에 그들은 지팡이, 비, 두엄 쇠스랑, 의자와 걸상 들에 기름칠을 한 후 그것을 타고 하나하나 창문을 통해 밖으로 날아갔다. 나는 무척 당황했고 두려움이 덮쳐왔다. 그러나 나는 이미 그보다 더 큰 놀라운 일을 겪었을 뿐만 아니라, 내 생전에 아직 한 번도 마녀와 마술사에 대해 읽거나 들어본 적이 없었기 때문에 그 광경에 특별히 마음이 쓰이지 않았다. 게다가 모든 일이 아주 조용하게 진행되어서 더욱더 그랬다. 모두가 그곳을 떠나간 후에 나는 방 안으로 들어가서 내가 무엇을 들고 갈 수 있는지 그리고 어디에서 그것을 찾아야 할지 곰곰 생각했다. 그런 생각을 하면서 나는 걸상에 걸터앉았다. 그러나 내가 앉자마자 나도 걸상과 함께 창밖으로 날아갔고, 그 바람에 내 곁에 놓아두었던 나의 배낭과 총포를 기름칠과 마술 연고에 대한 대가로 방에 남겨두었다. 걸상에 앉고, 그곳을 떠나고, 내리는 동작들이 모두 내가 보기에는 순간적으로 일어났고, 어느새 나는 대규모 군중 틈에 끼어 있었다. 그러나 역시 충격 때문에 나는 이 긴 여행이 정말 얼마나 걸렸는지 주의하지 않은 것 같았다.

사람들은 내가 아직 본 적도 없는 이상한 춤을 추었다. 서로 손을 잡고 몇 겹으로 겹쳐진 여러 개의 원을 형성했다. 그러면서 그들은 등을 안쪽으로 향하고, 얼굴은 밖으로 향하며, 우아함을 상징하는 세 여신을 그린 그림에서 볼 수 있는 것처럼 춤을 추었다. 안쪽에 있는 원은 일곱 또는 여덟 명으로 구성되어 있었고, 그다음 원은 대략 그 두 배의 인원으로 구성되었으며, 세번째 원은 이 두 원을 합친 것보다 더 많은 인원으로 연결되어 있는 등, 이런 식으로 인원이 늘어나서 가장 바깥쪽에 있는 원에는 무려 200명 이상이 손을 맞잡고 빙빙 돌았다. 그리고 한 원이 왼쪽으로 돌면, 그다음 원은 오른쪽으로 도는 등 계속 교대를 하면서 돌아서 나는 원이 몇 겹인지, 그들이 축을 삼아 돌며 춤을 추는 중심에 무엇이 서 있는지 알아차릴 수가 없었다. 모든 것이 특이하고 불가사의하게 보였다. 왜냐하면 춤추는 사람들의 머리가 아주 기이하게 엉켜 돌아가고 있었기 때문이다. 그리고 춤과 같이 음악도 기이하기만 했다. 함께 부르는 사람들 모두 각각 자기의 노래를 부르는 것 같앉는데, 기가 막힌 화음이 이루어졌다.

나를 태우고 간 걸상은 원 밖에 악사들이 서 있는 곳에 내려앉았다. 그들 중 많은 사람은 플루트, 소형 플루트, 오보에 대신에 뱀, 살모사, 도마뱀 같은 것을 가지고 악기 삼아 즐겁게 노래를 불어댔다. 다른 사람들은 고양이를 잡아 똥구멍을 불었고 게다가 꼬리 위를 이리저리 흔들어 탄주를 하니 백파이프 소리가 났다. 또 다른 사람은 최상의 고음 바이올린을 켜듯 말 머리를 켰다. 그리고 또 다른 사람은 하프를 켜듯 암소 갈비 위에 하프를 놓고 두들겼다. 그 모습은 하프가 박피장(剝皮場) 위에 놓여 있는 듯 보였다. 한 사람은 암캐를 팔에 안고 꼬리를 이리저리 흔들며 연주했고 손가락으로 젖꼭지를 두들겼다. 그러는 중에 귀신들은 그들의 코로 트럼펫을 불어서 그 소리에 온 숲이 떠나갈 듯 큰 소리가 울렸다. 이 춤이 끝나자마자 지옥의 일당들은 마치 모두가 미치고 바보가 되기나 한 듯, 뛰고 흔들며, 온갖 괴성을 지르고, 흐느끼고, 분노하고, 광란했다. 그와 같은 광경에 내가 얼마나 놀라고 겁을 먹었을지는 누구나 쉽게 상상할 수 있을 것이다.

이와 같은 소란 속에서 한 녀석이 팔 밑에 꼭 팀파니만 한 커다란 두꺼비 한 마리를 끼고 내게로 왔다. 그 두꺼비의 창자는 엉덩이에서 빠져나와 다시 앞쪽에 있는 주둥이를 틀어막고 있어서 나는 구역질이 나서 거의 토할 정도였다. 그 녀석은 말했다. "여보게, 짐플리치우스! 내가 알기로 자네는 훌륭한 류트 연주자일세. 어디 한 곡조 들려주게!" 그 녀석이 나의 이름을 불렀기 때문에 나는 놀라서 그만 쓰러질 뻔했다. 그러고는 한 마디도 하지 않았다. 무서운 꿈을 꾸는 것 같았고, 제발 그 꿈에서 깨어나기만을 바랐다. 그러나 내가 꼼짝하지 않고 여전히 두꺼비를 안은 녀석을 바라만 보고 있는데, 그 녀석이 칠면조처럼 코로 가쁜 소리를 내며, 결국 나의 가슴을 압박하는 바람에 나는 거의 숨이 막힐 것 같아 할 수 없이 목청껏 하나님을 부르기 시작했다. 그때에 전체 떼거리들은 사라졌다. 갑자기 칠흑처럼 어두워졌고, 무서운 생각이 들어서 나는 땅에 엎드려 수백 번이고 성호를 그었다.

제18장
짐플리치우스를 허풍선이 취급을 해서는 안 되는 이유

마녀와 악령이 실제로 존재한다는 것, 더더군다나 그들이 공중으로 날아다닌다는 것을 믿지 않는 사람들이 많다. 그런 사람들 중에는 고등교육을 받은 사람들도 있다. 그렇기 때문에 짐플리치우스가 여기서 허풍을 떨었다고 말하는 사람도 있을 것이다. 나는 여기서 그런 사람들과 다투고 싶은 생각은 없다. 그 이유는 허풍을 떠는 것은 오늘날 예술이 아니라 일종의 평범한 재주에 지나지 않기 때문이다. 분명 그렇기에 나도 흔히 하듯 허풍을 떨지 않는다고 주장하고 싶지는 않다. 그렇게 주장한다면 나는 그야말로 무능한 멍청이일 것이다. 그러나 마녀의 퇴출에 이론을 제기하는 사람은 마술사 시몬[41]을 생각하기 바란다. 그는 악령에 의해 높이 들려졌다가 베드로의 기도로 다시 땅에 떨어졌다. 로트링겐 공국에서 대여섯 명이 넘는 마녀들을 불에 태워 죽인 용기 있고 배움도 많으며 지각이 뛰어난 남자인 니콜라우스 레미기우스[42]는 요한

---

41) 마술사 시몬은 『신약성경』 「사도행전」 8장에 등장하는 인물이며 사도들에게서 성령을 돈을 주고 사려다가 실패한 사람으로, 전형적인 마술사로 통한다.

42) Nikolaus Remigius(?1525~1612): 남녀 마술사에 관한 설명서인 『악마 숭배

폰 호이바흐에 관해서 이런 이야기를 하고 있다. 호이바흐의 어머니는 마녀였는데 열여섯 살 때 그를 자신의 집회에 데리고 간 적이 있었다. 그는 피리 부는 것을 배웠기 때문에 집회에서 춤에 맞추어 피리를 불어야 했다. 그는 나무 위로 올라가서 피리를 불면서 춤추는 것을 주의 깊게 바라보았다. (그렇게 한 이유는 모든 것이 그에게 신기해 보였기 때문이었을 것이다.) 마지막으로 그는 이렇게 말했다. "아, 하나님 도대체 이 온통 바보스럽고 정신 나간 족속은 어디서 온 것입니까?" 그러나 그는 이 말을 하자마자 나무에서 떨어지며 어깨를 다쳐 도와달라고 외쳤다. 그러나 거기에 그 말고는 아무도 없었다. 그가 나중에 이 이야기를 하고 돌아다니자, 대부분의 사람들은 얼마 지나지 않아 춤추는 현장에 있었던 민첩한 카타리나가 마술 때문에 붙잡혀 와서 모든 것을 고백하고 요한 폰 호이바흐가 무슨 소문을 퍼뜨렸는지 알지도 못하면서 사실이라고 확인해주었을 때까지 이것을 꾸며낸 이야기로 여겼다. 그렇지만 호이바흐로 하여금 정신을 잃게 한 것이 무엇이었는지는 알지 못했다.

마욜루스[43]는 두 가지 예를 들고 있다. 아내를 흉내 내는 한 머슴에 관한 것과 간통녀의 상자 속에 든 연고를 자신의 몸에 바른 한 간부에 관한 것이었다. 이 두 사람도 역시 마녀의 집회에 참석했다. 그뿐만 아니라 어느 날 아침 일찍이 잠자리에서 일어나 마차에 기름칠을 한 마부에 관한 일화도 있었다. 그는 그만 어둠 속에서 잘못된 상자를 잡는 바람에 마차가 공중으로 치솟았다가 나중에 어렵사리 밑으로 다시 내려앉고 말았다.

Daemonolatriae Libri Ⅲ』(1595)의 저자.

43) Simon Majolus(1520~1597): 이탈리아인 주교로 『한여름 날*Dierum Canicularum*』 (1600)의 저자.

올라우스 마그누스[44]는 그의 『북방 민족의 역사*Historia de Gentibus Septentrionalibus*』 제3권 19장에서 덴마크의 왕 하딩구스가 반도(叛徒)들에게 추방당한 후에 한 마리의 말로 변신한 최고의 신 오딘의 혼백이 되어 공중을 날아 먼 바다로 귀환했다는 이야기를 하고 있다. 보헤미아에서는 결혼한 여자는 물론 결혼하지 않은 여자들이 밤에 잠자리를 같이할 남자들로 하여금 숫염소를 타고 멀리서 오게 했다는 것도 익히 알려진 사실이다. 토르케마다[45]가 그의 『6일 이야기*Hexamerone*』에서 어떤 동급생에 관해 그처럼 이야기한 것을 읽을 수 있다. 그릴란두스[46]도 부인이 연고를 바른 후에 집에서 나간 것을 목격한 한 지체 높은 남자에 관해 쓰고 있다. 어느 날 그는 부인에게 마술사 모임에 자신을 데리고 가달라고 졸라서 모임에 참석했다. 그런 다음 그들이 모임에서 무엇을 먹는데 소금이 없자 그는 소금을 달라고 청했다.[47] 오랜 실랑이 끝에 그는 소금을 얻고 말했다. "하나님, 고맙습니다. 이제 소금이 옵니다!" 그러자 불들이 꺼지고 모든 것이 사라졌다. 날이 다시 밝아졌을 때 그는 목동들로부터 자신의 고향에서 100마일이나 떨어진 나폴리 왕국 베네벤트라는 도시 근처에 와 있다는 것을 들어 알게 되었다. 그래서 그는 부자였지만 구걸을 하면서 집으로 돌아왔고 집에 도착하자마자 당국에 부인을 마녀로 고발해서 화형을 당하게 했다. 파우스트 박사

---

44) Olaus Magnus(1490~1557): 스웨덴 웁살라의 마지막 천주교 대주교.

45) 토르케마다(Antonio de Torquemada, 1507~1569)가 발행한 노벨레 모음집 『6일의 이야기』는 1652년 독일어로 번역되어 카셀에서 발행되었다.

46) Paulus Grillandus: 16세기 이탈리아 나폴리의 법률가 겸 신학자. 『예언자와 이단자, 그리고 그들이 받은 벌*De sortilgiis et baereticis eorumque poenis*』(1592)을 썼다.

47) 마녀와 요술사가 먹는 음식은 무염이어야 한다. 그렇지 않으면 제물에 대한 성경의 규정을 충족시키기 때문이다.(「레위기」 2장 13절 및 「마가복음」 9장 49절 참조)

가 결코 마술사가 아닌 다른 사람들과 함께 공중을 날아서 이곳저곳으로 다녔다는 것은 그가 쓴 『요한 파우스트 박사 이야기』를 통해서 많이 알려진 사실이다.

내가 알고 지내던 한 부인과 하녀에게도 그 비슷한 일이 있었다. 그 두 여자는 내가 이 글을 쓰고 있는 지금은 세상을 떠났지만, 그 하녀의 아버지는 아직 살아 있다. 한번은 이 하녀가 난롯불 곁에서 주인 여자의 구두를 닦고 있었다. 구두 한 짝을 다 닦아 옆에 놓고 다른 짝을 닦으려 했을 때, 닦아놓은 구두 한 짝이 갑자기 연통을 통해 날아가버렸다. 물론 당시에는 그 사실을 숨겼다. 내가 이 모든 것을 보고하는 것은 오로지 마녀들과 마술사들이 때때로 회합을 갖는다는 것이 사실임을 분명히 밝히기 위함일 뿐, 나 자신이 실제로 그곳에 갔었다는 사실을 밝혀서 사람들로 하여금 내가 보고하는 바를 믿도록 하기 위한 것은 아니다. 사람들이 내 말을 믿든 말든 나는 상관이 없다. 믿고 싶지 않은 사람은 내가 무슨 수단으로 히르슈펠트 주교구(主教區)나 풀다 주교구에서 (나 자신도 어떤 수풀 속을 헤매고 다녔는지를 모르기 때문에) 마그데부르크 대주교구까지 그처럼 짧은 시간에 주파할 수 있었는지 상상해보기 바란다.

제19장
짐플리치우스는 다시 전과 같이 어릿광대가 되다

이야기를 계속하자면, 내가 독자들에게 확실히 말할 수 있는 것은 나는 일어설 수 있는 용기가 없었기 때문에 밝은 낮이 될 때까지 긴 시간 내내 엎드려 있었다는 것이다. 그 밖에도 내가 방금 이야기한 것이 꿈을 꾼 것인지 아닌지 내게는 여전히 불분명했다. 불안함에도 불구하고, 내가 약간 잠을 잘 만큼 대담했던 것은 물론이다. 그 이유는 내가 지금 있는 곳이 나의 아바이와 헤어져 대부분의 시간을 보내며 어느 정도 익숙해진 그 황량한 숲보다 더 나쁜 곳일 수야 없다고 생각해서였다. 오전 9시경에 노략질을 나온 다수의 병사들이 와서 나를 깨웠을 때, 비로소 나는 허허벌판 한가운데에 누워 있는 것을 알았다. 그들은 나를 데리고 곡식을 찧게 한 풍력 방앗간을 몇 군데 들렀다가 다시 마그데부르크 교외에 위치한 그들의 주둔지로 왔다. 그곳에서 그들은 나를 보병 대령에게 넘겨주었다. 대령은 내가 어디서 왔으며 나의 상사가 누구인지를 물었다. 나는 자세히 답변을 했고 나를 끌고 갔던 병사들이 크로아티아인들인 것을 내가 몰랐던 터라 그들의 군복을 설명하고 시험 삼아 그들의 언어를 몇 마디 했다. 나는 그들에게서 도망쳤다는 것도 말했지만 금화에 대해서는 말하지 않았다. 그들은 내가 들려준 공중 비상과 마녀 춤 이야기를 망상이요 터무니없는 농담으로 여겼다. 내가 보고하면서 그 밖에도 터무니없는 이야기를 늘어놓기까지 했으니 당연한 반응이었다.

그사이 점점 많은 사람이 내 주위에 몰려들었다(바보 한 사람이 수천 명의 바보를 만드는 법이다). 그들 중에는 그 전해에 하나우에 포로로 잡혀서 노역을 하다가 다시 황제군으로 돌아온 사람도 끼어 있었다. 그는 나를 알아보고, 즉시 말했다. "아하, 이 친구는 하나우 사령관의 송아지가 아닌가!" 대령은 그를 통해 나에 대해서 좀더 많은 것을 알고 싶어 했다. 그러나 그 친구가 알고 있는 것은 내가 류트 연주를 잘하고 코르페스 대령이 지휘하는 연대 소속의 크로아티아인들이 나를 하나우 요새 앞에서 유괴했다는 것 그리고 내가 그토록 사람을 잘 웃기는 어릿광대였으므로 유괴 사실이 사령관을 대단히 상심하게 만들었다는 것뿐이었다.

그 후에는 대령 부인이 류트 연주를 즐겨 항시 악기를 지니고 다니는 다른 대령 부인에게 하인을 보내 악기를 빌려달라는 부탁을 하게끔 했다. 류트가 도착하자 나에게 건네주며 무엇이든 들려달라고 명령했다. 그러나 나는 우선 먹을 것부터 달라고 이의를 제기했다. 나의 고픈 배와 류트의 부른 배는 친해질 수가 없었기 때문이다. 그렇게 배불리 먹고 곁들여 체어브스트 맥주 한 모금을 흠뻑 들이마신 후에 나는 류트에 맞춰 노래를 불렀다. 중간중간에 이것저것이 생각나서 그것을 들려주었다. 그래서 나는 차림새가 가리키는 대로 어릿광대임을 사람들에게 믿게끔 하는 것이 어렵지 않았다. 대령은 내가 여기를 떠나면 어디로 갈 것인지 물었다. 어디로 가든 내겐 상관없다고 대답하자 마땅히 그의 곁에 남아 그의 시동이 되는 것이 어떻겠느냐고 해서 그러기로 합의가 되었다. 그는 나의 당나귀 귀가 어떻게 되었는지도 알고 싶어 했다. 그리하여 나는 말했다. "그렇습니다. 만일 당신이 그 당나귀 귀가 어디에 있는지를 아시게 되면 당신에게도 그다지 해롭지는 않을 것입니다." 그러나 나는 그것을 분명 혼자만 알고 간직해야 했다. 그 당나귀 귓속에 내 전 재산이 들어 있기 때문이었다.

얼마 안 가서 나는 작센 선제후 진영과 황제군 진영의 고급 장교들 대부분에게 유명해졌다. 특히 부인들에게 유명해져서 그들은 나의 모자와 소매, 잘린 귀에 천연색 리본으로 겹겹이 장식을 해주었다. 그 결과 오늘날의 기생오라비들이 최신으로 유행하는 모델을 내게서 보고 배운 것이 아닐까 싶을 정도였다. 그러나 장교들이 나에게 찔러준 돈을 나는 마지막 한 푼까지 쏟아부어 내 구미에 기막히게 잘 맞는 함부르크

맥주와 체어브스트 맥주를 충실한 친구들과 마셔 없앰으로써 사람들에게 자선을 베풀었다. 그리고 그 돈은 내가 어디를 가든 역시 충분하게 기식하며 살 수 있는 기반을 제공했다.

대령이 내 개인 소유의 류트를 장만해주었을 때—그는 내가 영구히 그의 곁에 머무르리라고 믿는 것이 역력했다—나는 더 이상 마음 내키는 대로 양 진영에서 빈둥거리며 지낼 수 없었다. 그가 나를 감시하고 반대로 내가 무조건 복종해야 할 독선생, 아니 가정교사까지 채용했기 때문이다. 그 사람은 내 마음에 드는 남자였다. 조용하고 이해심이 깊으며 교양 있고 편안하게 대화를 나눌 수 있지만 결코 수다스럽지는 않은 상대였다. 그리고 무엇보다도 지극히 신앙심이 깊고 읽은 것이 대단히 많고 여러 학문과 예술에 조예가 깊었다. 밤이면 나는 그의 천막에서 잠을 자야 했고 낮에도 그는 나에게서 눈을 떼지 않았다. 그의 전력은 어느 위대한 영주의 조언자이자 관리였고 대단히 부자이기까지 했었다. 그러나 스웨덴 사람들 때문에 망했다. 그리고 그의 부인이 죽고 단 하나뿐인 아들은 돈이 없어 더 이상 학업을 계속할 수 없었기에 이제는 작센 선제후 군대에서 중대 서기병으로 근무했다. 그런 이유로 그 자신도 대령에게 와서 마구간 감독으로 봉사했다. 여기서 그는 엘베 강변의 전황이 호전되어 마침내 과거에 누렸던 행운의 태양이 그에게 다시 비치기를 기다리는 중이었다.

제20장
이 장은 상당히 긴 편이고 내용은 주사위 노름과
그 결과에 관한 것이다

나의 가정교사는 이제 나이가 들어 밤에는 잠을 내처 자지 못하고 자주 깨었다. 그렇기 때문에 그는 이미 첫 주부터 나의 계략을 알아차렸고 내가 시늉을 하고 있는 것처럼 그렇게 바보가 아니라는 것을 내 입으로 직접 들어 알고 있었다. 그 이전에 내 관상을 보았을 때 그는 이미 그런 회의를 품었다. 그는 관상학에도 조예가 깊었던 것이다.

한번은 내가 밤중에 잠에서 깨어 나의 파란만장한 삶에 대하여 생각해보았다. 그러다가 끝내 일어나서 감사 기도를 드렸다. 그 기도에서 나는 사랑하는 하나님께서 내게 베풀어주신 모든 후의와 온갖 위험에서 나를 구제해주신 사례를 낱낱이 꼽았다. 그런 다음 나는 깊은 한숨을 쉬면서 다시 자리에 누워 계속 잠을 잤다.

나의 가정교사는 그 모든 것을 들었지만 깊이 잠든 척했다. 그렇게 여러 날 밤이 지나갔다. 마침내 그는 무슨 기적 같은 것이 일어나리라 망상하고 있는 나이 든 많은 사람보다 내가 더 많은 분별력을 지니고 있다는 것을 어느 정도 확신하게 되었다. 하지만 그는 천막 안에서는 그것에 관해서 일절 언급하려고 하지 않았다. 그가 보기에 벽이 너무 얇은 데다 그가 나의 순진무구함에 대하여 완전히 확신하고 있지 않은 판에 어떤 다른 사람이 이 비밀을 알게 되는 것을 원치 않았기 때문이다.

어느 날 나는 병영 뒤에서 산보를 했다. 그것을 그는 기꺼이 허락했다. 그러면 나의 행방을 찾는다는 구실하에 나와 단둘이서 대화할 수 있는 기회를 얻을 수 있기 때문이었다. 그는 바라던 대로 한 고즈넉한 장소에서 생각에 골몰한 나를 발견하고 이렇게 말했다. "여보게 친구! 나는 자네가 잘되기만을 바란다네. 그렇기 때문에 여기서 우리가 단둘이서만 이야기를 나눌 수 있어 기쁘네. 나는 자네가 항상 바보 시늉을 하고 있지만 실제로는 바보가 아니라는 것을 알고 있네. 그리고 나는 자네가 이처럼 비참하고 비루한 상태로 무한정 살아가는 것을 원치 않네. 만약 자네가 이 상태를 개선하기를 원하고 나를 신임한다면, 나에게만은 자네의 정체를 밝히고 자네의 생애에 어떠한 일이 있었는지 이야기해도 되네. 그러면 나는 자네를 충고와 행동으로 돕고 가능하다면 이 어릿광대 복장을 벗어버리는 것을 돕고 싶네."

나는 기쁜 나머지 그의 목을 껴안았다. 마치 그가 나를 어릿광대 모자로부터 구원해줄 수 있는 마술사이기나 한 것처럼. 우리는 땅에 주저앉았고 나는 내가 살아온 과거를 모두 그에게 들려주었다. 그럴 때에 그는 나의 양손의 손금을 살피고 나서 나에게 이미 일어났고 앞으로 일어날 진귀한 사건들에 대하여 놀라움을 표시했다. 그러나 그는 나에게 앞으로는 어릿광대 옷을 입으면 안 된다고 단호하게 충고했다. 나의 손금을 보니 한번 감금을 당해 몸과 생명이 크게 위태로워질 가능성이 있다고 파악했기 때문이다. 나는 그에게 친절과 유익한 충고에 감사하며 하나님께서 그의 신실한 마음을 보상해주시길 빌었다. 그리고 내가 온 세상에 의지할 사람이 없으니 어디까지나 그가 나의 친구 겸 아버지가 되어달라고 간곡히 부탁했다.

드디어 우리는 자리에서 일어나 경기장까지 왔다. 그곳에서는 내기로 주사위 노름이 벌어졌고 온갖 욕설이 수십만 번씩 수천 척의 갤리선과 빠른 범선에 실려 와서, 몇 톤씩 해자 가득히 시끄럽게 퍼부어졌다. 그 장소의 크기는 대략 쾰른의 구시장만 했다. 곳곳에 외피가 펼쳐지고 테이블이 놓여 있었으며, 모든 테이블 주변에는 노름꾼들이 에워싸고 있었다. 사람들이 그들의 모든 행운을 믿고 맡기는 모가 난 주사위를 각 그룹마다 세 개씩 가지고 있었다. 그 주사위들이 그들에게 돈을 분배하는 역할을 해야 했다. 돈을 따는 사람이 있는가 하면 돈을 잃는 사람도 있었다. 그뿐만 아니라 각 외피나 테이블에 한 명의 심판관, 아니 차라리 노름 접주(接主)라고 할 사람이 끼어 있어서 심판관 노릇을 하고 누구에게도 부당한 일이 일어나지 않도록 신경을 써야 했다. 이들 접주는 외피, 테이블, 주사위를 빌려주고 딴 돈에서 자신들의 몫을 교묘하게 챙겨 그들이 그 노름판에서 가장 많은 돈을 챙기는 것이 보통이었다. 그러나 그들은 많은 돈을 차지하지 못하고 대부분 그 돈을 다시 잃었다. 그들이 한번 투자를 잘해서 땄더라도 그 돈은 영내 매점 주인이나 외과 군의관의 차지가 되고 마는 것이었다. 항상 그들이 얻어맞기를 잘해서 머리에 치료를 받아야 했기 때문이다.

이 바보 같은 사람들에게서 우리는 깜짝 놀랄 만한 기적을 경험할 수 있었다. 그들은 누구나 자신이 이길 것이라고 믿었지만 그것은 그들의 판돈을 다른 사람의 주머니에서 나온 돈으로 지불하지 않고서는 불가능한 일이었다. 모두가 똑같은 것을 희망했음에도 불구하고 결과는 그렇고 그랬다. 한 사람이 맞으면 다른 사람은 맞지 않았다. 따는 사람이 있는가 하면 잃는 사람도 있었다. 그렇기 때문에 한편에서는 욕을 하는 사람이 있는가 하면 다른 편에서는 환호성을 지르는 사람이 있었다. 속이는 사람이 있는가 하면 속임을 당하는 사람이 있었다. 돈을 딴 사람은 웃었고 잃은 사람은 이를 갈았다. 의복과 그 밖에 지니던 값지고 아끼는 것을 저당 잡힌 사람이 있는가 하면 그렇게 마련된 돈까지

따내는 사람도 있었다. 한쪽에서는 신사적으로 주사위를 던질 것을 요구하는 사람이 있는가 하면 다른 쪽에서는 속임수를 쓰기로 작정하고 발각되지 않게 수를 쓰는 사람이 있었다. 반면에 어떤 다른 사람은 주사위를 내던지거나 박살을 내거나 이로 깨물기도 했고, 깔판으로 이용했던 노름 접주의 외피를 갈기갈기 찢어버리기도 했다.

속임수를 써서 주사위를 던지는 기술에는 주사위를 옆으로부터 평평하게 구르게 해야 하는 이른바 '네덜란드식'이라는 것이 있었다. 숫자 다섯과 여섯이 있는 면들은 병사들을 벌주기 위해 앉히는 마른 나무로 만든 당나귀처럼 그렇게 뾰족하다고는 할 수 없지만 배가 불룩하게 궁형을 이루고 있었다. 그러나 '바이에른식'은 달랐다. 주사위를 공중으로 높이 던져야 했다. 많은 주사위는 사슴뿔로 만들어서 위는 가볍고 밑은 무거웠다. 다른 기술은 수은이나 납을 채우거나 또 다른 방법으로 짧게 동강 난 머리카락이나, 해면, 왕겨 또는 석탄을 채워 넣기도 했다. 모서리가 뾰족한 주사위가 있는가 하면 모서리가 닳고 닳은 주사위도 있었다. 길쭉하게 방망이처럼 생긴 것이 있는가 하면 널찍한 거북이처럼 보이는 것도 있었다. 그런데 이 모든 유형이 오로지 속이기 위하여 만들어진 것이니 놀랍지 않을 수 없었다. 그 유형들은 오로지 만들어진 목적만을 위해 제 역할을 수행했다. 사람들이 주사위들을 손에 쥐고 흔들다가 떨어지게 하든 조심스럽게 옆으로부터 스쳐 지나가게 하든 꼼수는 도움이 되지 않았다. 더더군다나 숫자 다섯이나 숫자 여섯이 두 개이거나, 또는 반대로 숫자 하나 숫자 둘이 두 개인 사람에게는 물론 도움이 되지 않았다. 이 귀신같은 주사위를 가지고 그들은 괴롭히는 날카로운 눈을 하면서 감시하고 또 훔쳤을 가능성이 있거나 적어도 몸과 생명의 위험을 무릅쓰거나 다른 방법으로 힘겹게 마련한 돈을 서로 훔쳐내려고 했다.

　내가 거기 서서 어리석은 노름꾼들과 함께 온갖 생각을 다 하면서 노름판을 바라보는 동안 내 가정교사가 내게 이 광경이 마음에 드는지 물어와서 나는 대답했다. "사람들이 여기서 그처럼 끔찍하게 하나님을 비방하는 것이 마음에 들지 않아요. 그러나 다른 한편으로 나는 아무것도 알지도 이해하지도 못하기 때문에 평가를 내릴 수가 없네요."

　그러자 가정교사는 말했다. "그렇다면 이곳이 병영 전체에서 가장 나쁘고 혐오스러운 장소라는 것만 말해주겠네. 여기서는 사람들이 다른 사람의 돈을 탐내는 가운데 자신의 돈을 잃고 있네. 노름을 하려고 이곳을 들어서는 사람은 '너는 너의 이웃의 재물을 탐하지 말라'는 열 번째 계명을 위반한 것일세. 자네가 노름을 해서 돈을 딴다면, 게다가 기만과 가짜 주사위를 통해서 돈을 딴다면, 자네는 일곱번째와 여덟번째 계명을 어기는 것이네. 심지어 자네에게 돈을 잃은 사람이 예컨대 막대한 돈을 잃고 그 때문에 가난과 극도의 고난과 절망 또는 어떤 끔찍한 재앙을 만난다면, 자네가 그 사람을 죽인 살인자가 되는 일이 벌어질 수도 있네. 자네가 나중에 '나야말로 내 돈을 노름에 들여서 정직하게 돈을 땄다'는 변명 뒤에 숨어도 아무 소용이 없네. 무뢰한에 지나지 않는 자네가 노름판에 가서 다른 사람에게 손해를 끼치며 부자가 된 것이기 때문일세. 그리고 자네가 잃을 경우 그 손실을 충분히 보상받기가 쉽지 않을 것일세. 왜냐하면 부자를 짓누르는 것처럼 자네에게도 하나님께서 자네와 자네 가족에게 생계를 위해 빌려주신 것을 자네가 아무 의미 없이 낭비한 책임감이 자네의 양심을 짓누를 것이기 때문일세. 노름판에 가서 노름을 하는 사람은 자신의 돈을 위험하게 하는 것뿐만 아니라 가장 끔찍스럽게도 몸과 목숨, 심지어 영혼의 구원까지도 위험하게 하는 것일세. 사랑하는 짐플리치우스! 내가 이 모든 것을 자네에게 설명해주는 것은 오로지 자네가 도박이 무엇인지를 모른다고 말하기 때문이고, 또한 자네로 하여금 일생 동안 노름을 하지 않게 하기 위함일세."

나는 대답했다. "그렇지만 선생님! 노름이 그처럼 무섭고 위험한 것이라면, 상관들이 그것을 왜 허락합니까?"

나의 가정교사는 대답했다. "장교들 자신도 같이 노름을 하기 때문에 그런다고는 말하지 않겠네. 그 원인은 무엇보다도 병사들이 더 이상 그것을 그만두려고 하지 않고, 심지어는 그만둘 수도 없다는 데 있다네. 그 까닭은 한번 노름에 빠지거나 한번 그 습관이나 노름 귀신에게 사로잡힌 사람은 시간이 가면서 따건 잃건 상관없이 중독이 되어서 자연적으로 오는 잠은 포기할 수 있을지언정 노름을 그만둘 수가 없게 된다네. 그래서 사람들은 가장 좋은 먹고 마실 것이라도 그대로 놓아둔 채 자신의 마지막 내복을 노름으로 잃으면서 밤새도록 주사위를 굴린다네.

벌써 여러 번 도박이 태형이나 사형으로 금지되고, 사령관의 명령으로 헌병 대장, 법무관, 형리, 형리 보조원들을 통해 공개적으로나 무력으로 통제되기도 했네. 그러나 그 모든 조치가 아무런 도움이 되지 않았어. 그 이유는 노름꾼들이 다른 곳에 있는 은신처나 울타리 뒤에서 만나 돈을 따고, 싸움을 벌이고 서로 머리를 받아서 죽이거나 때려죽이는 사례가 일어났기 때문일세. 그리고 무엇보다도 많은 사람이 자신의 무기와 군마, 심지어 군용 흑빵까지 노름으로 잃었기 때문에 노름이 결국 다시 합법적으로 허락되었을 뿐만 아니라, 심지어 노름을 위한 특별한 장소까지 설치하지 않으면 안 되었네. 이는 무슨 일이 일어나면 경비가 재빨리 현장에 출두할 수 있기 위함이었지만, 그렇더라도 많은 사람이 죽는 것을 항상 예방할 수는 없었네. 그리고 노름은 귀신이 고안해낸 것이고 그에게 적지 않은 수익을 가져오기 때문에 귀신은 특별한 노름 귀신들을 파견한다네. 그 특별한 노름 귀신들은 세상을 몰려다니면서 사람들로 하여금 노름을 하도록 부추기는 일 말고는 하는 일이 없다네. 귀신이 이기게 하기 위해 많은 경솔한 젊은이가 그 귀신들과 결탁하거나 동맹을 맺고 있지. 그렇긴 하지만 만 명의 노름꾼 가운데 단 한 명의 부자도 찾을 수가 없다네. 반대로 노름으로 인해 노름꾼들은 가난하고 비참하게 되네. 그들이 쉽게 따면 딴 것을 즉시 다시 잃거나, 그 밖에 다른 경솔한 짓을 하는 데 낭비하기 때문일세. 그래서 '귀신은 노름꾼을 떠나지도 않거니와, 그를 찢어지게 가난하게 만든다'는 안타까운 속담이 생겼지만, 이 속담은 진실을 말하고 있네. 귀신은 노름꾼에게서 구체적으로 선한 마음, 용기, 명예심을 빼앗고 하나님께서 선수를 쳐서 한없는 긍휼을 베풀지 않으시면 끝내 그의 영혼의 구원이 사라질 때까지 머문다네. 그러나 노름꾼이 천성적으로 활달하고 낙천적이어서 어떠한 불행이나 손실도 그를 우울증, 의기소침 또는 거기서 자라나는 다른 악습에 빠지게 할 수 없다면, 악마는 술책을 부려 그로 하여금 더욱더 많이 딸 수 있게 한다네. 노름꾼이 끝에 가서는 악마가 쳐놓은 낭비, 교만, 탐식, 폭주, 매음, 남색 등의 그물에 걸리게 하기 위해서이지."

나는 사람들이 기독교적인 군대에서조차 악마가 고안해내고 그로부터 명실공히 지상에서는 물론 저승에서까지도 그처럼 많은 치욕과 불이익이 생기게 하는 일들을 허용했다는 생각에 아연실색하여 성호를 그었다. 그러나 나의 가정교사는 자신이 들려준 이야기는 아직 아무것도 아니라고 말했다. 노름에서 발생하는 모든 재앙을 설명하려는 사람은 어떤 불가능한 일을 해결하려는 사람이나 마찬가지라는 것이다. 주사위가 노름꾼의 손을 떠나면 그 주사위는 곧 악마의 것이라고들 말하지만, 모름지기 주사위가 노름꾼의 손을 떠나 외피나 테이블 위를 굴러갈 때엔 한 작은 악마가 각 주사위 옆에 함께 구르면서 그 주사위를 조종하고 자신의 주인에게 이익이 되게끔 눈의 숫자를 결정한다고 상상해야 한다는 것이었다. 또한 분명히 알아야 할 것은 그 악마가 아무 대가 없이 그렇게 열심히 노름에 종사하는 것이 아니고 그가 거기에서 어떻게 이득을 볼 것인지를 대단히 정확하게 알고 있다는 것이었다.

"그리고 자네는 이것을 명심해야 하네. 노름 장소 옆에 대부분 반지나 옷가지 또는 보석 등 노름꾼으로부터 딴 것을 값싸게 사거나 매각하려는 몇몇 고리대금업자와 유대인이 서 있는 것과 마찬가지로 노름판에는 땄든 잃었든 상관없이 노름을 그만두려는 노름꾼에게 달리 멸망으로 이르게 할 생각을 품게 하기 위해서 도처에 악마가 호시탐탐 노리고 있다는 것을 말일세. 악마들은 돈을 딴 사람 앞에는 위험한 공중누각을 지어놓고, 돈을 잃어서 정신이 혼란스러운 사람에게는 충동질을 하거나 간계를 부려서 해를 끼치고 결국에는 딴 사람이나 잃은 사람 모두 쉽게 멸망하게 한다네.

짐플리치우스! 자네에게 말하지만, 나는 나의 가족과 다시 평안한 삶을 누리게 되면 이를 주제로 책 한 권을 쓸 작정일세. 그 책 속에 사람들이 노름에서 아무런 이익도 없이 잃게 될 소중한 시간과 하나님을 모독하는 끔찍한 저주들을 기록하게 될 것이네. 나는 사람들이 머리를 맞대고 퍼붓는 욕설들을 하나하나 열거할 것이고 노름판에서 일어나는 많은 놀라운 일화와 이야기를 서술할 것이네. 그러면서 노름 때문에 벌어진 결투와 살인 사건까지 잊지 않고 기록할 것이네. 인색, 분노, 시기, 탐욕, 거짓, 사기, 속임, 절도 등 한마디로 말해서 주사위 노름과 카드 노름의 허황된 바보짓도 물론 생생하게 묘사해서 사람들 눈에 보여줌으로써, 단 한 번만이라도 이 책을 읽는 사람이라면 노름에 혐오감이 들게 할 것이네. 마치 사람들이 그야말로 노름에 중독된 사람들에게 그 고질병을 고치기 위해 눈치채지 못하고 마시게 하는 돼지 젖[48]을 그들 스스로 마시고 취하게 하듯 말일세. 그렇게 해서 나는 단 하나의 노름 패거리가 그 밖의 전 군대보다 하나님을 더 모독한다는 것을 전 기독교계에 밝히려고 하네."

나는 그의 계획을 높이 샀고 그가 장차 어느 날에는 그 계획을 실행할 기회를 찾기를 염원했다.

제21장
이 장은 앞의 장보다는 약간 짧아서
읽는 데 시간이 덜 걸릴 것이다

시간이 갈수록 가정교사는 나에게 점점 더 많은 호감을 보였고, 나도 마찬가지였다. 그러나 우리의 친밀한 교제는 우리 둘만 알고 누구에게도 발설하지 않았다. 나는 어릿광대 노릇을 계속했다. 그러나 더 이상 음담패설이나 심한 농담은 하지 않아서 나의 말참견과 익살의 내용은 여전히 단순했지만 바보스럽다기보다는 오히려 의미심장한 편이었다.

---

48) 돼지 젖은 민간요법으로 알코올중독, 광란, 우울증에 효험이 있다고 알려져 있다.

부대장 대령은 사냥에 열광하는 사람이었다. 한번은 나를 데리고 사냥을 나가서 특수한 그물을 가지고 멧닭을 잡은 적이 있는데 그 발상이 마음에 들었다. 그러나 포인터 개가 성급하게 굴어 우리가 손으로 그물을 잡기도 전에 새를 향해 달려나가는 일이 거듭 반복되는 바람에 우리는 거의 아무것도 잡지 못했다. 그래서 나는 대령에게 노새를 가지려고 말과 당나귀를 접붙이는 것처럼 암캐를 매나 독수리와 교접시키는 것이 좋겠다고 권고했다. 그러면 어린 개들은 날개를 달게 될 것이고 사람들은 그 개들을 이용해서 멧닭을 공중에서 잡을 수 있을 테니 말이다.

우리가 포위한 마그데부르크를 점령하는 과정이 지리멸렬했기 때문에 나는 작은 통만큼 굵은 긴 밧줄을 엮어서 하나의 배수관처럼 도시 주위에 놓고, 양쪽 진영의 모든 사람과 가축으로 하여금 그 밧줄을 어깨에 메게 해서 그 도시를 단 하루 만에 밭을 갈듯 갈아치울 것을 제안했다.

그와 같이 바보스러운 아이디어가 나에게는 매일같이 솟아 넘쳤다. 그것이 나의 직업이었기 때문이다. 나의 작업장은 비어 있을 때가 한번도 없었다. 불량배에다 교활한 사기꾼인 서기병도 나의 역할에 필요한 소재를 충분히 제공했다. 이 조롱에 능한 친구가 꾸며서 이야기하는 것을 나는 모두 곧이곧대로 믿었을 뿐만 아니라, 적절하다고 생각되는 대목은 이야기할 때 써먹기까지 했다.

한번은 내가 그에게 도대체 우리 연대 부목사의 복장이 다른 사람들의 복장과 다른 것은 무슨 까닭인지 물었더니 그의 대답은 이랬다. "그분은 이를테면 다언무행(多言無行) 하는 분이라네. 바꾸어 말하면 다른 사람에게 여자를 소개해줄지언정 자신은 여자를 취하는 법이 없지. 그분은 도둑놈들이라면 질색하시거든. 도둑놈들은 자신들이 한 짓에 대해서는 지껄이지 않고 하지 않은 짓에 대해서는 지껄이기를 잘한다고 말이야. 도둑놈들 쪽에서도 그분을 좋아하지는 않지. 도둑놈들은 대부분 교수형을 당할 때에만 그분에게 볼일이 있으니까 말이네." 나는 나중에 그 선량하고 정직한 목사를 부를 때 다언무행 하는 어른이라고 했다가 비웃음을 샀다. 사람들은 나를 고약하기 짝이 없는 바보라고 했고 나는 그 때문에 매를 잔뜩 얻어맞았다.

그뿐만 아니라 서기병은 내게 프라하에서는 사람들이 성문 뒤에 있는 공공건물들을 헐고 불을 질렀다는데 그때에 불꽃과 먼지가 흩어져서 마치 잡초 씨앗처럼 전 세계에 퍼졌다는 이야기를 했다. 또한 병사들 중에서 용맹스러운 영웅과 진짜 사나이는 천국에 가지 못하지만 오로지 봉급에 대한 생각만 머릿속에 차 있는 안방샌님과 게으름뱅이는 천국엘 간다는 이야기도 했다. 또한 고상한 신사와 우아한 숙녀는 천국에 못 가지만 고지식한 남자, 공처가, 따분한 승려, 우울한 성직자, 잠자리를 같이하는 수녀와 구걸하는 창녀, 세상에 별 볼 일 없는 온갖 백수건달, 걸상에 똥칠이나 잔뜩 하는 어린아이들은 천당에 간다는 것이었다. 그는 또한 내게 거짓으로 꾸며서 이야기하기를 음식점 주인을 '비르트(Wirt)'라고 부르는 까닭은 그가 누구보다도 기를 쓰고 하나님이나 마귀의 노획물이 '되려고(wird)'[49] 하기 때문이라고도 했다. 그리고 우리가 전쟁을 화제로 대화할 때 그는 주장하기를 때때로 금으로 만든 탄환을 쏠 때도 있는데 탄환이 비싸면 비쌀수록 더 많은 피해를 입힌다는 것이었다. 그는 말했다. "그렇다네. 이따금 전 군대가 포병대, 병참부대, 수송대 할 것 없이 금으로 된 사슬에 묶여 감옥으로 인도되

---

49) 독일어로 음식점 주인을 뜻하는 '비르트(Wirt)'가 '~이 된다'는 뜻의 '비르트(wird)'와 발음이 같은 것을 들어 희화한 것이다.

기도 한다네." 그리고 여인들 중에서는 반수 이상이 보이지는 않지만 바지를 입고 있다고 그는 주장했다.[50] 그리고 그들은 요술을 부릴 수 있거나 디아나처럼 여신이 아님에도 불구하고, 대다수는 악타이온[51]이 달고 다니던 뿔보다도 더 큰 뿔을 남편들의 머리에 얹어놓을지도 모른다고 했다.[52] 그런데도 나는 어리석은 바보여서 그가 이야기하는 것을 모두 곧이곧대로 믿었다.

그와 반대로 내 가정교사는 우리끼리만 있을 때는 전혀 다른 방식으로 나와 대화를 나누었다. 그는 나를 그의 아들에게도 소개해주었다. 그의 아들은, 이미 말했던 것같이 작센 선제후 군대의 중대 서기병인데 우리 대령의 서기병과는 전혀 다른 유형의 인물이었다. 그렇기에 우리 대령은 그의 능력을 높이 평가하여 그를 중대장인 대위에게서 차출해 자신의 연대 부관으로 삼으려고까지 했다. 그러나 그 자리는 지금 자신이 데리고 있는 서기병도 노리는 자리였다.

이 중대 서기병의 이름은 아버지 이름과 똑같이 울리히 헤르츠브루더였다. 나는 그와 친해져서 우리는 영원한 형제애를 굳게 맹세했고 행복할 때나 불행할 때나 사랑할 때나 괴로울 때 서로 모른 척하지 않기로 했다. 그리고 이 일은 그의 아버지도 알고 있어서 우리는 이 결합을 한층 더 진지하게 받아들였다. 그 밖에 우리가 아무런 강요도 받지 않고 대등한 자격으로 사귈 수 있기 위해서는 내가 나의 어릿광대 복장을 어떻게 하면 명예롭게 벗을 수 있을까 하는 문제가 가장 시급한 과제였

---

50) 여자가 바지를 입고 있다는 것은 집안에서 실권을 쥐고 있음을 뜻한다.
51) 그리스 신화에 나오는 소년으로 사냥 중에 요정들과 목욕을 하고 있는 여신 아르테미스(디아나)를 엿보다 들켜 아르테미스 신이 그를 한 마리 사슴으로 변신시켰다고 한다.
52) 남편의 머리에 뿔을 얹는다는 것은 남편 몰래 간음을 한다는 것을 뜻한다.

다. 하지만 내가 아버지처럼 존경하는 늙은 헤르츠브루더는 그 일을 전혀 중요하게 여기지 않았다. 그가 말하기를 만일 가까운 장래에 나의 신분이 바뀌면 나는 감옥에 가게 되고 신체와 생명이 커다란 위험에 처하게 되리라는 것이었다. 그리고 그 자신과 아들에게 크게 수치스러운 일이 일어날 것이 예견되기 때문에 특별히 조심하고 주의하기를 원했다. 그래서 그는 나름대로 커다란 곤경에 빠질 위험이 있는 사건에 휘말리는 것을 더욱 탐탁해하지 않았다. 구체적으로는 만일 내가 정체를 밝히면 장차 내가 당하게 될 불행이 그에게도 닥칠까 두려워했던 것이다. 왜냐하면 그는 그야말로 오래전부터 나의 비밀을 속속들이 알고 있으면서도 단 한 번도 대령에게 그 사실을 말하지 않았기 때문이다.

얼마 있지 않아 나는 우리 대령의 서기병이 얼마나 나의 새로운 친구를 부러워하는지 더욱 분명히 알게 되었다. 그는 나의 친구가 연대 부관 자리를 차지하는 데 자신보다 유리한 입장인 것을 두려워했다. 나는 그가 헤르츠브루더 부자 중 어느 한 사람을 보면 자주 성을 내고 시기심에 불타고 음울한 생각에 잠겨서 항상 한숨을 쉬는 것을 보았다. 그것으로 미루어볼 때 그가 어떻게 하면 내 친구에게 딴죽을 걸어 넘어지게 할 수 있을까 은밀한 계획을 세우고 있다는 것이 내게는 확실해졌다. 신실한 애정에서 그리고 그래야 할 의무가 내게 있기 때문에 나는 친구에게 내가 추측하는 것을 전달하며 이 유다의 형제를 조심할 것을 권고했다. 그러나 그는 이를 대수롭지 않게 여겼다. 왜냐하면 그는 이 서기병보다 펜으로나 칼로나 우세할 만큼 유능했고 게다가 대령의 총애와 은혜를 입고 있기 때문이었다.

제22장
어떤 사람의 지위를 인정하지 않는 음험한 꼼수

전쟁 중에는 산전수전 다 겪은 노병을 연대의 법무관으로 임명하는 경우가 종종 있다. 그런데 우리 연대에도 그와 같은 부류의 노병이 한 명 있었다. 그는 교활한 무뢰한에다 악질이고 필요 이상으로 너무 많은 경험을 했다는 말을 들었다. 그는 제대로 된 마술사, 점쟁이, 퇴마사인데다가 전 기병 소대원을 모두 불사신으로 만들어 전장에 투입할 수 있었을 뿐 아니라 자신도 강철처럼 끄떡없는 불사신이었다. 그의 모습은 화가와 시인이 그린 유피테르의 아버지인 사투르누스와 같았다. 단지 목발과 낫만 지니지 않았을 뿐이다. 무자비한 그의 수중에 떨어져 어쩔 수 없이 복무하는 병사들이 그의 방식과 무소불위 때문에 어려운 고통을 당하고 있는 반면에 이 악질과 함께 어울리는 것을 높이 평가하는 사람도 있다는 것이 유감스러울 뿐이었다. 특히 우리의 서기병인 올리비어가 그랬다. 그리고 항상 좋은 일을 하는 내 친구 젊은 헤르츠브루더에 대한 시기심이 커질수록 그와 법무관과의 사이는 친밀해졌다. 그래서 나는 사투르누스나 다름없는 법무관과 음흉한 메르쿠리우스나 다름없는 올리비어의 결탁이 순진한 헤르츠브루더에게는 좋지 않은 조짐이라는 것을 쉽게 예상할 수 있었다.

그 당시 나의 대령의 부인은 아들을 출산했다. 아이의 세례식 잔치가 성대하게 열렸다. 젊은 헤르츠브루더도 부탁을 받고 시중을 들었다. 그는 성품이 고매해서 기꺼운 마음으로 시중을 들 준비가 되어 있었기 때문에 올리비어는 이 기회를 이용해서 오래전부터 계획했던 음모를 실행에 옮겼다.

잔치가 끝난 다음에 우리 대령이 아끼는 금으로 된 술잔이 갑자기 없어졌다. 대령은 그 금잔이 분실되었다고 믿지는 않았을 것이다. 손님들이 가고 아무도 없었을 때도 그 술잔은 식탁 위에 있었기 때문이다. 하인은 그 술잔을 올리비어가 마지막에 가지고 있는 것을 보았다고 말했으나 그 말을 다짐하려고 하지는 않았다. 그리하여 법무관을 불러 이 일을 어떻게 생각하느냐고 물었다. 그리고 그가 마술을 통해서 이 절도 사건을 해결할 수 있으면 해결해보라고 명령을 내렸다. 다만 누가 범인인지는 대령 이외에 어느 누구도 알아서는 안 되었다. 그 이유는 그 자리에 자신이 지휘하는 몇몇 장교가 있었고 만일 그들 중의 한 사람이 범행을 저질렀다면 그 범인이 모든 다른 사람들 앞에서 정체가 탄로되는 것을 원치 않기 때문이었다.

우리는 물론 우리가 무죄라는 것을 알았다. 그래서 가벼운 마음으로 마술사가 마술을 부리는 대령의 큰 막사로 갔다. 우리는 긴장하며 서로 쳐다보았고 이 일의 결과가 어떻게 될지 그리고 어떻게 사라진 술잔이 다시 모습을 드러내게 될지 궁금해했다. 법무관이 온갖 주문을 중얼거린 후에 갑자기 여기저기서 하나, 둘, 셋 또는 더 많은 어린 개가 바지 주머니, 소매, 양말, 바지 솔기, 그 밖의 옷 틈에서 튀어나왔다. 그 작은 개들은 막사 내의 이곳저곳을 민첩하게 돌아다녔다. 개들의 외양은 잘생겼고 털도 여러 가지로 특색 있는 색을 띠어 보는 이로 하여금 즐겁게 했다. 그러나 그 많은 작은 개들이 나의 바짝 끼는 크로아티아의 송아지 바지 속에서 요술을 부렸기 때문에 나는 바지를 벗고 알몸으로 서 있어야 했다. 내 속옷은 이미 오래전에 숲에서 땀에 절어 부패하여 입을 수가 없었기 때문이다. 마지막으로 또 한 마리 작은 개가 젊은 헤르츠브루더의 바지 솔기로부터 튀어나왔다. 그놈은 모든 개 중에서 가장 민첩했고 목에는 금목걸이를 하고 있었다. 그 개는 막사 안에 밟지 않고는 발을 들여놓을 수 없을 만큼 개들이 우글거리는데도 불구하고 다른 개들을 모두 게걸스럽게 먹어치웠다. 금목걸이를 한 개가 결국 다른 개들을 잡아먹고 그 자신은 점점 작아지는 대신 목걸이는 점점 더 커져서 마침내 대령의 술잔으로 변모했다.

그때 대령과 그 자리에 있던 다른 사람들은 바로 젊은 헤르츠브루더가 술잔을 훔친 범인이라는 것을 인정하지 않을 수 없었다. 그렇기 때문에 대령은 그에게 말했다. "너 배은망덕한 놈! 네가 그런 도둑질을 했으리라고 나는 단 한 순간도 믿은 적이 없다. 이것이 내가 네게 베푼 은공에 대한 보답이냐? 나는 내일 너를 내 부관으로 임명할 작정이었다. 그런데 막상 나로 하여금 너를 교수형에 처하도록 만들다니! 너의 정직한 늙은 아버지가 아니었다면 너의 교수형은 강행되었을 것이다. 그러나 그분이 그런 일을 당하시게 하고 싶지는 않다. 당장 짐을 싸가지고 나의 진영에서 사라져 다시는 내 눈에 띄지 말거라!"

젊은 헤르츠브루더는 변호를 하려고 했지만 먹혀들지 않았다. 그의 죄가 백일하에 드러났기 때문이다. 그가 떠나자 고지식하기만 한 아버지 헤르츠브루더는 정신을 잃다시피 했다. 사람들은 그를 돕지 않으면 안 되었다. 그리고 대령 자신도 신앙심이 깊은 아비가 행실이 나쁜 자식을 위해서 할 수 있는 일은 아무것도 없다는 말로 그를 위로했다. 그렇게 해서 올리비어는 악마의 도움으로 그토록 오랫동안 얻으려고 애써왔고 정직한 방법으로는 얻을 수 없었던 연대 부관 자리를 끝내 차지하고 말았다.

제23장
울리히 헤르츠브루더가 100두카텐에 자신을 팔다

아들 헤르츠브루더가 모시던 대위가 이 이야기를 들었을 때 그 또한 중대 서기병 직을 박탈하고 창병(槍兵)으로 전출시켰다. 자신의 명망이 온 세상에 이처럼 계속해서 떨어져 개들까지도 그에게 오줌을 누기에 이르자 헤르츠브루더는 죽고 싶을 때가 종종 있었다. 그의 아버지도 그 걱정 때문에 중병이 들어 죽을 마음까지 먹었다.

이 일이 일어나기 전에 이미 그는 7월 26일에 자신의 신상과 생명에 큰 위험이 닥칠 것이라는 예언을 한 적이 있었다. 이제 이날이 사실상 얼마 남지 않았기 때문에 그는 대령에게 이야기해서 아들이 그 전에 자신에게 올 수 있도록 허가를 얻었다. 아들과 함께 상속 문제를 의논하고 마지막으로 자신의 뜻을 전달하기 위해서였다.

이 자리에 나도 참석해서 제3자로서 그들의 고난에 함께했다. 그때 나는 아들이 아버지 앞에서 조금도 자신을 변호하거나 정당화할 필요가 없는 것을 알았다. 그 정도로 아버지가 아들의 무죄를 확신했다. 그의 사람됨을 잘 알고 있었고 그가 자라면서 어떻게 교육을 받았는지도 잘 알고 있었기 때문이다. 그는 현명하고 분별력이 있고 신중한 남자로서 모든 정황으로 미루어볼 때 법무관의 도움을 받아 자신의 아들에게 그토록 악의적인 장난을 친 사람은 다른 사람도 아닌 올리비어임을 쉽게 간파할 수 있었다. 그렇지만 그가 마술에 대항해서 할 수 있는 일이 무엇이겠는가? 그가 감히 복수를 하려고 하면 오히려 더 나쁜 것을 각오해야만 하지 않겠는가? 그뿐만 아니라 그는 죽음을 목전에 두고 아들을 그와 같은 치욕 속에 남겨둔 채 편안히 죽지 못하리라는 것도 알

앉다. 다른 한편으로 아들 헤르츠브루더도 이와 같은 정황을 견딜 수 없게 되어서 소원이 있다면 아버지보다 앞서 죽고 싶다는 오직 한 가지 바람뿐이었다.

이 두 사람의 고뇌가 하도 비참해서 나도 내심 울지 않을 수 없었다. 마지막으로 이 두 사람은 인내하면서 다 같이 하나님께 의지하기로 결심을 했다. 아들은 그동안 근무하던 중대를 벗어나 어디 다른 곳에서 자신의 행운을 시험할 수 있는 수단과 방법을 찾아야 했다. 그러나 좀 더 구체적으로 생각해보니 대위에게 자신의 몸값을 갚을 만한 돈이 없다는 것을 확인했다. 그들이 이리저리 곰곰 생각해보고 가난이 그들을 붙잡고 그들의 모든 희망을 빼앗는 이 비참한 상황을 한탄하는 순간에 처음으로 당나귀 귓속에 꿰매놓은 금화 생각이 내게 떠올랐다. 나는 그들에게 필요한 돈이 얼마냐고 물었다. 아들 헤르츠브루더가 "내가 보기에 만일 어떤 사람이 우리에게 은화 100탈러만 준다면 내가 이 모든 고난에서 벗어나는 데 도움이 될 것 같네"라고 대답했다. 그리하여 나는 "형제여, 그렇다면 용기를 내게! 내가 금화로 100두카텐을 자네에게 주겠네"라고 말했다.

그가 대답했다. "아, 형제여, 그게 무슨 말인가? 자네는 정말 바보 아닌가? 아니면 지극히 깊은 시름 속에 잠겨 있는 우리와 농담이나 할 만큼 분별이 없는 사람인가?"

"아닐세, 아니야. 내가 자네에게 그 돈을 주겠네." 나는 조끼를 벗고 팔에서 한쪽 당나귀 귀를 떼어서 그것을 열고 그가 직접 금화 100두카텐을 세어서 가져가게 했다. 나머지 금액은 내가 챙기면서 말했다. "이 돈으로는 자네의 병든 아버님에게 필요한 것이 있으면 도와드리고 싶네."

그때에 그들 부자는 나의 목을 껴안고 기뻐서 어쩔 줄 몰라 했다.

그들은 각서 한 장을 쓰려고 했다. 그 각서에서 아버지 헤르츠브루더는 나를 자신의 아들과 함께 공동 상속자로 정하거나, 하나님께서 다시 그들 소유를 되찾도록 도와주신다면 그들 두 사람은 나에게 이 금액을 이자를 쳐서 감사한 마음으로 대갚음할 것을 다짐했다. 그렇지만 나는 이모든 것을 모른 체하며, 오직 나에 대한 그들의 우정만을 지켜달라고 간청했다. 아들 헤르츠브루더는 이제 목숨을 잃는 한이 있더라도 올리비어에게 복수를 하겠다고 서약했다. 그러나 그의 아버지가 그에게 서약하는 것을 금하고 올리비어를 때려죽이는 사람은 나중에 짐플리치우스인 나에게 보복을 당할 것이라고 그에게 확실히 말했다. 그리고 이렇게 덧붙였다. "다른 한편으로 너희 중에 누구도 무기로 인해 죽지는 않을 것이기 때문에 너희 두 사람은 서로 죽이지는 못할 것을 나는 확신하고 있다." 그러고 난 후에 그는 우리가 죽을 때까지 서로 사랑하고 온갖 고난에 처할 때 서로 도울 것을 다짐하게 했다.

그 후에 젊은 헤르츠브루더는 제국은화 30탈러의 몸값을 지불하고 자유의 몸이 되었다. 그 돈을 주고 대위와는 명예로운 작별을 한 후 약간의 행운과 남은 돈을 가지고 함부르크로 갔다. 그곳에서 그는 두 마리의 말을 사 의용군으로 스웨덴 군대의 기병대에 합류했다. 반면에 그의 아버지는 남아서 나의 보살핌을 받았다.

제24장
두 가지 예언이 한꺼번에 실현되다

와병 중인 늙은 헤르츠브루더를 간호할 수 있는 사람은 우리 대령의 휘하에서 나밖에 더 적당한 사람이 없었다. 그리고 병자와 나는 더할 수 없이 만족하는 사이였기에 그를 간호하는 업무는 그동안 그에게 좋은 일을 많이 한 대령 부인으로부터 내게로 인계되었다. 간호를 잘 받고 이제 아들의 운명에 대해서도 안심할 수 있었기 때문에 그의 건강은 나날이 좋아져서 7월 26일 전에 이미 완쾌되었다. 하지만 그는 이 사실을 아직은 혼자만 알고 있으면서 분명 두려웠던 그날이 지나갈 때까지 아픈 척했다.

그렇지만 막상 양군 진영의 장교들이 끊임없이 찾아와 자신의 장래 행복과 불행에 대하여 무슨 소리든 듣고 싶어 했다. 그는 훌륭한 수학자 겸 점성술사일 뿐만 아니라, 관상술과 수상술(手相術)에도 정통했기 때문에 그의 예언이 빗나가는 일은 드물다는 소문이 나 있었는데, 그것은 사실이었다. 그는 나중에 비트슈토크 전투가 벌어진 날짜[53]를 예언하기까지 했다. 그 날짜를 예언하게 된 동기는 많은 사람이 그를 찾아왔었는데, 그들에게 바로 이 시기에 폭력에 의한 죽음을 맞게 될 것을 예언했었기 때문이다. 그는 대령 부인에게 마그데부르크는 여섯 주일이 지나가기 전에는 우리에게 넘어오지 않을 것이므로, 그녀의 아이를 병영에서 분만하게 되리라는 것을 예언한 적이 있었다. 똑같이 그에게 접근했던 음흉한 올리비어에게는 어느 날 폭력에 의한 죽임을 당할 것이며, 나 짐플리치우스가 복수를 하여 그를 죽인 살인자를 살해할 것이라고 분명히 말했다. 그 이후로는 올리비어가 나를 대하며 어느 정도 존경심을 보였다. 늙은 헤르츠브루더는 내가 죽기까지 전 기간을 쭉 지켜보기라도 한 듯 앞으로 펼쳐질 내 생애를 아주 자세하게 들려주었다.

---

53) 1636년 10월 4일.

물론 나는 그것을 그다지 진지하게 생각하지 않았다. 나중에 그의 예언이 실현되거나 진실이었음이 밝혀진 후에 비로소 나는 그가 들려준 많은 예언을 기억했다. 무엇보다도 그는 나에게 물을 조심하라고 경고했다. 내가 물로 인해 목숨을 잃을까 걱정이 되었기 때문이다.

막상 7월 26일이 되자 그는 나와 보급병에게 어느 누구도 자신의 막사 안으로 들여보내서는 안 된다고 엄중히 지시했다. 보급병은 그가 내령에게 부탁해서 나를 도와주려고 와 있던 병사였다. 그는 혼자 막사 안에 누워서 끊임없이 기도를 했다. 그러나 오후가 되자 기병 진영에서 중위 한 명이 말을 타고 와 대령의 마구간 감독에 대하여 물었다. 늙은 헤르츠브루더를 찾는 것이었다. 사람들은 중위를 우리에게 보냈으나 우리는 그를 거절했다. 하지만 중위는 쉽게 물러서려고 하지 않고 보급병에게 온갖 감언이설로 마구간 감독과 만나게 해달라고 졸랐다. 이 저녁이 지나기 전에 무조건 그와 만나 이야기를 해야 한다는 것이었다. 그래도 아무런 도움이 되지 않자 욕설을 하기 시작해서 온갖 저주를 퍼부었다. 그는 마구간 감독과 말을 나누고 싶어 이미 여러 번 찾아왔지만 그가 자리에 없어서 한 번도 만나지를 못했다는 것이다. 그런데 그가 지금은 자리에 있는데도, 적어도 그와 한두 마디 나눌 수 있는 영광도 바라지 말라니 어디 그럴 수가 있느냐고 했다. 그는 말에서 내려 서슴지 않고 직접 막사의 단추를 열었다. 그때에 나는 그의 손을 물었고 그 대가로 그로부터 세차게 따귀를 한 대 맞았다.

그가 늙은 헤르츠브루더를 보자 말했다. "어르신, 제가 어르신과 말씀을 나누기 위하여 막무가내로 쳐들어온 무례를 용서하여주십시오!"

마구간 감독은 말했다. "자 이제 되었소. 댁이 원하는 것이 대체 무엇이오?"

중위가 말했다. "어려우시겠지만, 제 운명을 점쳐주십사 어르신께 부탁드립니다."

마구간 감독이 대답했다. "내가 몸이 아파서 지금은 댁의 부탁을 들어줄 수 없음을 용서해주시기 바랍니다. 별점을 치자면 계산할 것이 많은데, 지금 나의 둔탁한 머리로는 그것이 불가능합니다. 죄송하지만 내일까지 참아주십시오. 내일 내가 댁의 소원을 들어드릴 수 있으면 좋겠습니다."

"정 그러시다면 어르신, 오늘은 제 손금이라도 좀 보아주십시오." 중위는 대답했다.

그러자 늙은 헤르츠브루더는 대답했다. "이거 보십시오. 손금을 보는 것은 대단히 불확실한 기술이어서 틀리기 십상입니다. 그렇기 때문에 내일까지 기다려주시면 댁의 소원대로 제가 모든 것을 해드리겠습니다."

그러나 중위는 물러설 생각이 없었다. 그는 늙은 헤르츠브루더의 침대로 다가가서 손을 잡고 말했다. "어르신, 부탁드립니다. 저의 최후에 대해서 한 말씀만 해주십시오. 제가 어르신께 확약하건대, 만일 댁에서 말씀하시는 것이 나쁜 것일 경우에는 하나님의 경고로 받아들이고 더욱더 조심을 할 것입니다. 그러니 제 부탁은 제발 진실을 제게 숨기지 말아주십사 하는 것입니다!"

정직한 노인은 짧고 간단하게 대답했다. "그렇다면 지금 당장 조심하십시오. 그러지 않았다간 이 시간에도 교수형을 당할지 모릅니다."

그러자 사나운 개로 변신한 중위가 큰 소리로 외쳤다. "그게 무슨 뜻이냐, 이 얼간이 같은 늙은이야. 당신이 감히 기병 장교에게 그런 말을 해?" 그러면서 칼을 빼어서 침대에 누워 있는 늙은 헤르츠브루더를 찔렀다.

　나와 보급병이 큰 소리로 도와달라고 외쳤더니 모두가 무기를 잡으러 달려갔다. 그러나 중위는 방에서 나가려고 했다. 이 순간에 몸소 많은 말을 이끌고 지나가던 작센의 선제후가 그를 추격하게 하지 않았다면 그는 말을 타고 아무런 의심도 받지 않고 빠져나갔을 것이다. 무슨 일이 일어났는지에 대해 들었을 때 선제후가 우리의 폰 하츠펠트 장군[54]에게 한 말은 오로지 이 말뿐이었다. "침대에 누워 있는 병자까지도 살인자로부터 안전하지 않다면, 황제군 진영의 군기가 형편없이 나쁜 것이오!" 이와 같은 비판은 담당 중위가 목숨을 잃을 만큼 엄중한 것이었다. 얼마 후에 우리 장군이 그의 소중한 목을 매어 교수형에 처하도록 했기 때문이다.

제25장
짐플리치우스가 여자로 변장해서 복잡한 치정 관계에 휘말리다

　실화인 이 이야기는 아무것도 믿지 못하는 많은 바보 꼴통들처럼 예언을 무조건 배척하기만 해서는 안 된다는 것을 사람들에게 보여주고 있다. 또 이 일화는 인간이 살면서 자신에게 예정된 운명 같은 것에서 벗어나기가 어렵다는 점도 보여준다. 인간의 불행이 오래전에 예언되었든 아니면 얼마 전에 예언되었든 예언의 시기는 상관이 없다. 또 자신의 운명을 예언하게 하고 점성술을 믿는 것이 사람에게 필요하고

---

54) 마그데부르크를 포위하고 있던 황제군 사령관.

유익하고 좋은지 질문하는 사람도 있을 것이다. 늙은 헤르츠브루더는 내가 이미 자주 원했고 아직도 원하고 있는 정도로만 예언을 하고 입을 다물었다는 것 외에는 그 점에 대해서 나는 달리 할 말이 없다. 그가 내게 알려준 불행한 사건을 나는 모면해본 적이 없고 앞으로 닥쳐올 불행한 사건들은 아직 걱정할 필요가 없었다. 그 이유는 내가 조심을 하든 안 하든, 그 불행한 사건들은 예전에 겪어낸 불행한 사건들과 똑같이 나에게 닥칠 것이 빤하기 때문이었다. 그러나 어떤 사람에게 예언된 행복한 사건들은 내가 보기에 속임수에 지나지 않는 경우가 종종 있었다. 여하튼 예언된 불행한 사건이 나쁜 일로 발전하는 것과 달리 행복한 사건들이 좋은 일로 발전하는 것은 아닌 것 같다. 그러나 내가 지체 높은 가정에서 태어났고 귀족인 부모에게 교육을 받았다는 것을 늙은 헤르츠브루더가 높은 곳에 계신 거룩한 하나님을 두고 맹세하면서 일러준 것은 나에게 도움이 되었다. 나는 단지 나의 아바이와 오마니가 슈페사르트에서 그저 농부였다는 점만을 알고 있었기 때문이다. 그러나 프리틀란트의 공작인 발렌슈타인이 바이올린 소리를 들으며 왕으로 등극하리라는 예언은 무슨 도움이 되었는가? 사람들은 보헤미아 지방의 에거에서 그에게 무슨 일이 일어났는지를 알고 있다.[55] 다른 사람들이 이 문제로 골치를 앓든 말든 나는 나의 이야기나 계속해야겠다.

보고한 것처럼 헤르츠브루더 부자(父子)를 잃고 난 뒤에 나는 흙으로 된 성벽에 둘러싸여 천막과 초가집 외에 아무것도 없는 것처럼 보이는 마그데부르크라는 이 도시 앞에 주둔한 나의 진영이 아주 싫어졌다. 나는 어릿광대 노릇도 순전히 쇠로 만든 주걱으로 음식을 잔뜩 퍼먹고

---

55) 점성술을 믿던 발렌슈타인 장군은 1634년 2월 25일 보헤미아 지방에 있는 에거에서 살해당했다.

난 것처럼 진력이 났다. 온 세상으로 하여금 나를 바보로 취급하게 한 것이 괴로웠다. 그래서 어떤 일이 있든지 나의 어릿광대 복장을 벗어 던지고 싶었는데 비록 방법이 서투르다는 생각은 들었지만 일단 그 일은 성공했다.

늙은 헤르츠브루더가 세상을 뜬 후 나의 가정교사가 된 서기병 올리비어는 나에게 졸병들과 함께 말을 타고 노략질을 나가는 것을 허락했다. 우리가 한번은 기병들을 위해 가져갈 것이 많이 있는 커다란 마을에 와서 필요한 것을 수색하려고 집집마다 뒤졌을 때, 나는 혼자 빠져나와서 나의 어릿광대 복장과 바꿀 수 있는 농부의 낡은 작업복을 찾으려고 작정했다. 그러나 찾는 것은 발견하지 못하고 여자 옷 하나로 만족해야 했다. 나는 혼자였으므로 즉시 그 옷으로 바꿔 입고 나의 송아지 가죽을 화장실에 던져버리고 난 후 이제 내가 온갖 곤경에서 벗어났다는 망상에 젖어 있었다.

내가 여자 복장을 하고 한길에 나갔더니, 그 길 끝에 몇몇 장교 부인이 서 있었다. 그들에게 가까이 다가가서 한때 아킬레스를 전쟁터에 나가지 않게 하려 그의 어머니가 여자 옷을 입혀서 리코메데스 왕에게 보냈던 것처럼 아양을 떨며 종종걸음을 했다. 그러나 내가 집을 나서자마자, 몇몇 보급병이 나를 알아보았고 나에게 빨리 걷는 법을 다시 가르쳐주었다. 그러고 나서 그들이 "멈춰! 멈춰!" 하고 외쳤지만, 나는 할 수 있는 한 빨리 뛰어갔다. 그래서 그들이 나를 따라잡기 전에 장교 부인들이 있는 곳에 다다랐다. 무릎을 굽히고 온갖 여인들의 명예와 미덕에 호소해서 이 음탕한 장정들로부터 나의 처녀성을 지켜줄 것을 그들에게 간청했다. 나의 간청은 기대 이상으로 받아들여졌다. 왜냐하면 기병 대위의 부인 한 분이 나를 하녀로까지 받아들이려고 했기 때문이다. 나는 마그데부르크와 그다음엔 베르벤에 있는 성채, 하벨베르크 그리고 페를레베르크가 황제군에게 점령당할 때까지 그녀 집에 머물렀다.

이 기병 대위의 부인은 아직 젊기는 하였지만 분명 어린애는 아니었다. 그녀는 나의 고운 얼굴과 날씬한 몸매에 반해서 오랜 망설임과 많은 헛된 암시 끝에 독일어로 분명하게 그녀의 가장 큰 고충이 무엇인지 털어놓았다. 그러나 나는 그와 같은 무리한 요구에 대해서는 아직 너무나 순진해서 이해를 못 하는 척했고, 내가 미덕을 지닌 처녀와는 약간 다르다는 결론을 얻을 만한 것은 하나도 눈치채지 못하게 했다.

곧 기병 대위와 그의 하인이 똑같은 열정에 사로잡혔다. 그렇기에 기병 대위는 부인에게 내가 입은 꼴사나운 농촌 아낙네의 겉옷 때문에 수치감을 느끼지 않도록 나에게 좀더 좋은 옷을 입히라고 명령했다. 그녀는 하지 않아도 될 것까지 해서 나를 프랑스 인형처럼 요란하게 치장시켰다. 그 때문에 세 사람 모두에게 애정의 불길이 더욱 뜨겁게 타오르게 되었다. 주인과 하인이 흥분해서 나를 갈망했지만 나는 그들이 원하는 것을 제공할 수가 없었던 반면에, 부인에게는 원하는 것을 제공할 수는 있었지만 정중히 거절했다. 기병 대위는 다음 기회에 내게서 가질 수 없는 것을 최후에는 폭력을 써서 취하기로 결심했다. 그러나 그의 부인은 여전히 나를 설득시키기를 희망해서 남편이 하려는 짓을 가로막았고, 사전에 그의 책략을 간파했기 때문에, 남편은 분노해서 거의 이성을 잃을 정도였다.

어느 날 밤 주인 내외가 잠이 들었을 때 하인이 내가 늘 잠자리로 이용하는 수레로 와서 뜨거운 눈물을 흘리며 사랑을 고백하고 자비와 긍휼을 베풀어주기를 간청했다. 그러나 나는 돌처럼 완강한 태도를 보이면서 결혼할 때까지 순결을 지키겠다고 선언했다. 그다음 그는 나에게 수천 번 청혼했지만 매번 나로부터 그와 결혼하는 것은 불가능하다는 소리를 듣자 깊은 절망에 빠지거나 적어도 그런 모습을 보이면서 칼을 뽑아 그 끝을 가슴에 겨누고 칼자루를 뺨을 향하게 해서 자결하려는 시늉을 했다. 그리하여 나는 그가 마지막에는 실제로 그 짓을 저지르고 말 것이라 생각해서 그에게 좋은 말로 다음 날 아침에 보자고 달랬다. 그때에 가서 내 결심을 그에게 전달하겠다고 선언했다. 그러자 그는 만족해서 침소로 돌아갔다.

그러나 나는 그럴수록 더욱 잠을 이루지 못하고 나의 기구한 운명에 대하여 곰곰이 생각했다. 이대로 계속 갈 수는 없다는 것을 나는 잘 알았다. 기병 대위 부인의 유혹이 점점 더 절박해지고 기병 대위는 더욱더 저돌적으로 무리한 요구를 해대고, 하인 놈은 더욱더 절망적으로 자신의 사랑을 다짐했기 때문이다. 하지만 나는 이와 같은 미로에서 빠져나갈 구멍을 찾지 못했다.

나는 대낮에 자주 나의 주인 여자에게서 벼룩을 잡아야 했다. 오로지 내가 그녀의 눈처럼 하얀 젖가슴을 보고 그녀의 부드러운 몸을 실컷 만지도록 하기 위함이었다. 그러나 그 짓은 나도 살과 피를 가졌기 때문에 계속해서 견디기가 힘이 들었다. 부인이 나를 포기하면 즉시 기병 대위가 내 뒤를 쫓았고, 내가 이 두 사람에게서 벗어나 안정을 찾게 되면 하인 놈이 나를 괴롭혔다. 그리하여 여자 복장을 하고 나서 나의 형편은 어릿광대 탈을 썼을 때보다 훨씬 더 혼란스러웠다. 그 당시 나는 만시지탄은 있지만, 사망한 늙은 헤르츠브루더가 한 예언과 경고를 생각하고 내가 분명 그가 말했던 감옥과 생명의 위험 속에 있는 것이라는 망상에 잠겼다. 여인 복장은 내가 그것을 입고 도망을 칠 수 없으니 나의 감옥이나 마찬가지요, 기병 대위는 내 속을 뚫어보고 그의 아름다운 부인과 함께 벼룩을 잡는 현장을 목격했다면 화가 머리끝까지 나서 나에 대한 태도가 돌변할 터였다. 그러니 어찌하면 좋을까? 그날 밤 나는 다음 날 아침 하인 놈에게 나의 정체를 밝힐 결심을 했다. 그렇게 되면 그의 애정도 식을 것이라 생각했기 때문이다. 그리고 내가 그에게 금화 몇 개를 쥐여주면 그는 다시 내게 남자 옷을 구하는 데 도움을 주고 그렇게 되면 나는 모든 곤경에서 벗어나게 되리라고 혼자 생각했다. 그 아이디어 자체는 좋았다. 단지 행운이 그것을 원했다면 말이다. 그러나 행운은 그것을 원치 않았다.

내가 막 깊은 잠에 빠졌을 때, 하인 한스는 자정이 지나기 무섭게 일과를 시작해서 나의 수레를 흔들었다. 마침내 나의 허락을 받기 위해서였다. 그는 약간 큰 소리로 "자비나! 자비나! 아, 내 사랑, 일어나서 약속을 지켜!"라고 외쳤다. 그 결과 나보다도 나의 수레 곁에 있는 막사에서 잠을 자던 기병 대위를 먼저 잠에서 깨우고 말았다. 기병 대위의 눈이 붉으락푸르락해졌다. 오래전부터 질투심에 젖어 있었기 때문이다. 그러나 그는 밖으로 나와서 우리를 갈라놓지 않은 채 사태가 어떻게 발전하는지 볼 생각으로 그냥 서 있기만 했다.

결국 하인 놈은 나를 다급하게 깨워서 무조건 내가 그에게로 나가든지, 아니면 그가 내게로 들어오든지 하려고 했다. 그러나 나는 그를 책망했다. 도대체 나를 창녀 취급을 하는 것이냐? 어제 내가 허락한 것은 결혼과 관련된 것이었다. 결혼을 하지 않고는 나를 가질 수 없다. 이렇게 단호히 말했다. 그는 대답하기를 그럼에도 불구하고 내가 기상을 해야 하고, 날이 새기 시작하니 제때에 하인들이 먹을 아침 식사를 준비해야 하지 않겠느냐는 것이었다. 자신이 나무와 물을 길어 오고 나를 위해 불을 지피겠노라는 것이었다. 그리하여 나는 약간만 좀더 자게 내버려두는 것이 나를 도와주는 것이니 그가 먼저 가면 나도 곧 갈 것이라고 대답했다. 그러나 그 바보 같은 놈은 나를 쉬도록 내버려두지 않았으므로 나는 일어났다. 그놈 때문이 아니라 나의 일을 하기 위해서였는데, 내가 보기에 어제 그가 보이던 절망에 가까운 정신적 혼란은 사라진 것 같았다.

나는 크로아티아 사람들에게서 요리하는 법, 빵 굽는 법, 빨래하는 법 등을 배운 터라 야영지에서 하녀가 해야 할 일을 아주 잘 해냈다. 길쌈은 할 줄 몰랐지만 어차피 전선에서 병사들의 부인들은 길쌈을 하겠다고 나설 수 없었다. 그리고 다른 여자들이 하는 일, 예컨대 머리를 빗는다든가, 쪽을 찐다든가 하는 일도 나는 전혀 할 줄을 몰랐으나 기병대위의 부인은 전혀 개의치 않았다. 내가 그것을 배우지 않았다는 것을 알았기 때문이다.

내가 소매를 걷어 올리고 수레에서 내렸을 때 나의 하얀 팔이 하인 한스를 대단히 황홀하게 해서 그는 더 이상 참지 못하고 나에게 키스를 했다. 그러나 내가 너무나 거세게 반항을 하자 이를 본 기병 대위도 더이상 자기 자리에서 지켜만 볼 수 없었다. 번쩍번쩍하는 군도를 가지고 막사에서 뛰어나와 나의 가련한 애인을 찌르려고 했다. 그러나 그 친구는 도망쳐서 다시는 나타나지 않았다. 그러나 기병 대위는 내게 말했다. "이 못된 창녀 같으니! 내가 똑똑히 가르쳐주마……" 그는 분노 때문에 더 이상 말을 못 하고 정신 나간 사람처럼 나를 두들겨 팼다. 나는 소리를 지르기 시작했고, 그는 그로 인해 경보가 울리지 않을까 겁이 나서 멈추지 않을 수 없었다. 왜냐하면 그 당시 요한 바네르[56]가 지휘

---

56) Johann Banér(1596~1641): 스웨덴군의 최고사령관으로 나중에 비트슈토크 전투의 승리자가 되었다.

하는 스웨덴 군대가 접근하고 있어서 이에 대적하기 위해 작센군과 황제군이 함께 진을 치고 있었기 때문이다.

제26장
짐플리치우스는 배신자, 마술사라는 누명을 쓰고 수감되다

낮이 되고 양군이 출동 준비를 했을 때, 나의 주인은 나를 마구간 하인들에게 맡겼다. 그들은 한 떼거리의 불량배들이었다. 그리고 이놈들이 내 몸에 접근하자, 결과는 지금까지보다 훨씬 나빠졌다. 그들은 나를 숲으로 끌고 갔다. 여자가 수중에 들어왔을 때, 이 악당들이 의례히 치르는 관행처럼 그곳에서 자기들의 짐승 같은 욕망을 충족시키려는 심사였다. 끔찍한 장난을 구경하고 싶어 하던 많은 사람도 그들 뒤를 따랐는데, 그중에는 하인 한스란 놈도 끼어 있었다. 그는 나에게서 눈을 떼지 않았고 내가 당하는 것을 보았을 때, 비록 목숨을 잃는 한이 있어도 폭력을 써서 나를 구제하려고 했다. 내가 자신의 신부가 될 것을 약속했다고 그가 말했을 때 다른 사람들도 그의 편을 들었다. 그들은 나를 동정했고, 나를 도우려고 했다. 그러나 나에 대해서 누구보다 많은 권한이 있다고 생각하고 그처럼 좋은 노획물을 다시 내주고 싶지 않은 마구간 하인들에게는 그것이 마음에 들 리가 없었다. 그들이 저항을 하자, 끝내 몸싸움이 벌어지고 말았다. 처음으로 구타 행위가 벌어졌고 소란이 커지고 점점 더 많은 사람이 와서 합류하는 바람에 마치 각자가 한 아름다운 귀부인의 명예를 위하여 최선을 다하는 운동경기 대회 같았다.

소동이 일자 헌병 대장이 불려 왔다. 그는 내 옷이 강제로 벗겨져서 내가 여자가 아닌 것이 확인되는 바로 그 순간에 나타났다. 갑자기 모두가 조용해졌다. 사람들은 남자인 나를 심지어 악마보다 더 무서워했다. 아직까지 엉켜서 치고받던 사람들도 떨어졌다. 헌병 대장은 사건에 대하여 짧은 보고를 받았고 나는 나름대로 내심 그가 나를 구해주기를 바랐다. 그러나 그는 나를 구속(拘束)했다. 한 남자가 군대에서 여인 복장을 하고 돌아다니는 것이 기이하고 수상하기까지 하다고 생각되었기 때문이다. 그렇게 해서 그와 그의 대원들은 나를 데리고 막 출동 준비를 하고 있는 연대를 지나갔다. 나를 군사재판장 또는 군법무감에게 인계하기 위해서였다. 우리가 내 주인이었던 대령이 지휘하는 연대를 지나갈 때, 대령은 나를 알아보고 말을 걸었다. 그리고 나에게 헌 옷가지를 구해주며 입게 했다. 나중에 헌병 대장은 나를 나이 든 우리의 교도관에게 인계했고 후자는 나의 팔과 다리에 수갑과 족쇄를 채웠다.

그처럼 사슬에 묶여서 행진하자니 엄청난 고역이 아닐 수 없었다. 게다가 서기병인 올리비어가 먹을 것을 챙겨주지 않았더라면 나는 배고픔에 엄청 시달렸을 것이다. 지금까지 내가 어디를 가든 지니고 다녔던 나의 금화를 보여줄 수도 없었다. 그랬더라면 나는 그 금화를 죄다 날려버렸을 뿐 아니라 수상한 사람으로까지 취급받았을 것이다. 그날 밤에 올리비어는 내가 왜 그처럼 엄중하게 감시를 당하는지도 설명해 주었다. 우리 연대 법무관은 나를 지체 없이 신문해서 나의 진술을 되도록 빨리 군사재판장에게 전달될 수 있도록 하라는 명령을 받았다. 나를 첩자나 스파이뿐만 아니라 마녀로도 여겼기 때문이다. 내가 대령을 떠난 후에 얼마 안 있다가 몇몇 마녀가 화형을 당했는데 그들은 죽기 전에 고백하기를 마그데부르크를 좀더 빨리 접수하려고 엘베강을 마르게 하기 위해 모인 자신들의 대집회 때에 나를 보았노라고 했다. 나는 막상 다음과 같은 질문에 답을 해야 했다.

첫째, 나는 대학 공부를 했거나 적어도 쓰거나 읽을 줄 아는지?

둘째, 내가 정신이 멀쩡할 만큼 멀쩡하고, 이미 기병 대장에게 고용되어 있었음에도 불구하고 무엇 때문에 내가 마그데부르크 야영지에 어릿광대 차림으로 접근했는지?

셋째, 내가 여인으로 변장한 이유가 무엇인지?

넷째, 내가 마녀들이 춤을 추며 소동을 피울 때 다른 괴물들과도 함께 있지 않았는지?

다섯째, 나의 고향은 어디이고, 나의 부모님은 누구인지?

여섯째, 내가 마그데부르크 야영지로 오기 전에 어디에 있었는지?

일곱째, 무슨 목적으로 내가 세탁일, 빵 굽는 일, 요리하는 일 같은 여자들이나 하는 일을 배웠는지? 그리고 류트 연주를 배운 목적은?

이 일로 나는 그동안 내가 겪은 진기한 사건들의 전모를 상세하게 설명하고, 진실성 있게 대답하기 위해 나의 전 생애를 이야기하려고 했다. 그러나 연대 법무관은 그다지 호기심이 많지 않았고, 행군으로 인해 피곤하고 기분이 좋지 않았다. 그는 나에게 제시된 질문에 짧고 간단한 대답을 요구하였다. 그렇기 때문에 나는 별 내용도 없이 피상적으로 대답했다. 예를 들면 이런 식이었다.

첫번째 질문에 대해서는 내가 대학 공부는 하지 않았지만, 독일어를 읽고 쓸 수는 있다고 대답했다.

두번째 질문에 대해서는 내게는 다른 옷이 없었기 때문에 어릿광대 복장을 해야 했다고 대답했다.

세번째 질문에 대해서는 어릿광대 복장이 내게는 달갑지 않았고,

그렇다고 남자 복장을 장만할 수는 없었기 때문이라고 대답했다.

네번째 질문에 대해서는 그렇다고 시인하고, 내 뜻과는 무관하게 그곳에 간 것은 사실이었으나 마술을 부릴 줄은 모른다고 대답했다.

다섯번째 질문에 대해서는 나의 고향은 슈페사르트이고, 나의 부모님은 농부라고 대답했다.

여섯번째 질문에 대해서는 하나우에 위치한 사령부와 코르페스라는 이름을 가진 어떤 크로아티아 대령의 숙소에 있었다고 대답했다.

일곱번째 질문에 대해서는 크로아티아 사람들과 있을 때, 나는 나의 의지와는 상관없이 빨래, 제빵, 요리를 하는 법을 배워야 했다고 답했다. 그러나 류트 연주는 내가 원해서 하나우에서 배웠다고 대답했다.

나의 진술이 조서로 꾸며진 뒤에 연대 법무관은 말했다. "자네는 어떻게 대학 공부를 하지 않았다고 주장할 수 있는가! 사람들이 자네를 바보 취급했을 때 미사 중 신부님이 '오 주님, 당신이 저의 지붕 밑에 들어오실 만큼 저는 고귀한 사람이 아니지만……'이라고 라틴어로 말했을 때 자네도 똑같이 라틴어로 대답하기를 '더 이상 말할 필요가 없습니다. 그다음 구절을 분명히 알고 있으니까요'라고 하지 않았는가?"

나는 대답했다. "법무관님! 그것은 그 당시 사람들이 제게 가르쳐주었고 부목사가 예배를 볼 때, 예배에서 외워야 하는 일종의 기도문이라고 속여서 일러준 것입니다."

연대 법무관은 말했다. "그래, 그렇고말고. 내가 보기에 자네는 고문을 해야 입을 열 그런 종류의 인간이야."

나는 혼잣속으로 생각했다. '그것이 당신의 바보 같은 의지라면 그렇게 하시오. 하지만 하나님이 나를 도우실 것이오.'

다음 날 아침에 나를 잘 감시하라는 법무관의 명령이 우리 교도관에게 전달되었다. 군대가 다시 한곳에 주둔을 하게 되면 그가 직접 신문을 할 요량이었던 것이다. 그럴 경우 나는 틀림없이 고문을 당하게 될지도 몰랐다. 그러나 하나님의 섭리는 달랐다. 나는 이렇게 갇혀 있는 동안 줄곧 하나우에 있는 우리 목사님과 세상을 뜬 늙은 헤르츠브루더를 생각했다. 그 두 분은 내가 어릿광대 옷을 벗게 되면 내게 어떤 일이 일어나리라는 것을 예언해주었던 것이다.

제27장
비트슈토크 전투에서 교도관에게 일어난 일

같은 날 저녁 숙영지가 설치되자마자 나는 군사재판장에게 인도되었다. 재판장은 나의 진술서와 필기구를 준비해놓고 나를 좀더 철저하게 신문하기 시작했다. 나는 일어난 일을 사실대로 이야기했지만 재판장은 믿지 않았다. 내가 그의 질문에 그토록 즉각 대답했지만, 이야기 자체가 대단히 황당무계했기 때문에 재판장은 바보를 상대하고 있는 것인지, 아니면 아주 교활한 악동을 상대하고 있는지 분간할 수가 없었던 것이다. 그는 나에게 펜을 잡고 무엇인가를 쓰도록 명령했다. 그는 내가 무엇을 할 수 있는지 또는 나의 필적이 그에게 낯이 익은지 아니면 그 필적에서 어떤 단서라도 발견할 수 있는지 보고 싶다는 것이었다. 나는 일상적인 일과인 듯 아주 능숙한 솜씨로 펜과 종이를 잡고, 도대체 무엇을 써야 할지 그에게 물었다. 신문이 그처럼 깊은 밤중까지 지속된 터라 아마도 군사재판장은 기분이 상한 듯이 대답했다. "무엇을 써도 상관없다. 자, 그러면, '나의 어머니는 창녀입니다!'라고 써라."

나는 그대로 종이 위에 적었다. 그리고 그가 그 문구를 읽었을 때 사태는 더욱 악화되었다. 이유는 재판장이 내가 가증스러운 놈이라는 것을 이제 비로소 제대로 믿게 되었다고 말했기 때문이다.

그는 교도관에게 나를 수색할 때 혹시 문서 조각 같은 것을 발견했는지 물었다. 교도관은 대답했다. "아닙니다. 도대체 무엇을 수색해낼 수 있었겠습니까? 헌병 대장이 그를 거의 맨몸이나 다름없이 데려왔는데요."

그러나 아, 그 대답도 도움이 되지 않았다. 교도관은 모든 사람이 있는 데서 내 몸을 샅샅이 뒤지지 않으면 안 되었다. 그런데 이번에는 특별히 철저하게 뒤져서 불행하게도 내가 팔 밑에 묶어놓았던 금화가 들어 있는 두 개의 당나귀 귀가 발각되고 말았다.

막상 그가 한 말은 이랬다. "이제 우리에게 더 이상의 무슨 증거가 필요하겠습니까? 이 배신자는 비밀리에 무슨 일이든 꾸몄던 게 틀림없습니다. 그렇지 않고서야 멀쩡한 사람이 무엇 때문에 어릿광대 옷을 입었으며, 사내놈이 여장을 한단 말입니까? 불순한 행위를 저지르기 위한 것이 아니라면 무엇 때문에 그처럼 많은 돈을 지니고 있어야 한단 말입니까? 그는 이 세상에서 가장 노회한 군인인 하나우의 사령관에게서 류트 연주하는 법을 배웠다고 스스로 시인하지 않았습니까? 그가 개신교 궤변가들에게서 그 밖에 어떤 술책을 배웠을지 누가 압니까? 우리가 다음으로 해야 할 일은 당장 내일 그를 형틀에 묶어서 화형에 처하는 것입니다. 더욱이 마술사들과 함께 지내기까지 했으니, 그 벌을 받는 것이 가장 합당합니다."

이때에 내 마음이 어떠했으리라는 것은 쉽게 상상할 수 있을 것이다. 나는 죄가 없다는 것을 알고, 하나님에 대한 믿음이 컸지만 지극히 위급한 상황에 놓였다는 것을 잘 알고 있었다. 그리고 군사재판장이 착복한 바람에 나의 귀중한 금화를 잃은 것이 유감스러웠다.

그러나 나에 대한 엄중한 심판이 시작되기 전에 바네르 부대는 우리 부대와 교전을 벌였다. 양군은 처음에는 유리한 지형을 차지하려고 전투를 벌였지만, 곧 심각한 포격전이 이어져서 우리 부대는 곧바로 포대를 잃고 말았다. 군사재판장은 부하들, 수감자들과 함께 전투 현장에서 상당히 멀리 떨어져 있었지만, 우리 여단과는 대단히 가까운 거리에 있어서 옷차림을 보면 뒤에서도 누구인지를 식별할 수 있었다. 스웨덴군의 기병소대가 우리 여단을 공격하자 전투원들과 마찬가지로 우리 또한 생명의 위협을 느꼈다. 갑자기 머리 위로 총알이 뿅뿅 소리를 내며 공중으로 날아다녀서 일제사격이 우리를 목표로 하고 있는 것을 알수 있었기 때문이다. 겁쟁이들은 자신의 몸속으로 기어들어 가려는 듯몸을 움츠렸고, 반면에 용기가 있고 비슷한 장난을 이미 겪어본 다른사람들은 얼굴색 하나 변하지 않고 총알이 자신들 위로 비켜 날아가게두었다.

그러나 전투 현장에서 각자는 적병을 거꾸러뜨림으로써 죽음을 모면하려고 했다. 끔찍스러운 사격, 갑옷이 덜그럭거리는 소리, 창들이 맞부딪치며 내는 시끄러운 소리, 부상자들과 돌격하는 병사들의 고함소리, 게다가 트럼펫 부는 소리, 북소리, 이 모든 것이 하나의 끔찍한음악을 빚어냈다. 보이는 것은 오로지 부상자와 전사자의 끔찍한 모습을 가릴 것 같은 포연과 먼지뿐이었다. 그 속에서 죽어가는 사람의 애처로운 비명과 아직도 용기에 불타오르는 사람들의 힘찬 고함 소리가들렸다. 전투가 길어질수록 말들은 기수를 방어하는 데 더욱더 새 힘을내어 전심전력하는 모습을 보였다. 아무런 잘못이 없이 헌신적인 봉사의 대가로 상처를 입고 주인 밑에 쓰러져 죽은 말들도 많았다. 다른 말들은 다른 이유에서 그들의 기수 위로 쓰러지는 바람에 살았을 때 얻지 못했던 명예를 죽어서 얻기도 했다. 또 다른 말들은 이전에 자신들을 부리던 용감한 짐을 벗어버린 후 분노와 발광 속에 인간을 남겨두고 도망쳐 허허벌판에서 최초의 자유를 찾기도 했다.

다른 때 같으면 죽은 사람들을 덮었을 흙이 이 순간에는 아주 다양하게 상처를 입고 죽은 사람으로 뒤덮여 있었다. 거기에는 본래 주인을 잃은 머리들이 뒹굴었고, 머리가 없는 몸통들이 즐비했다. 반대로 끔찍하고 불쌍하게도 내장이 몸 밖으로 튀어나와 매달려 있기도 했고 머리가 박살이 나서 뇌수가 터져 나와 있기도 했다. 피를 다 흘리고 죽은 시체가 누워 있기도 했고, 반대로 살아 있는 사람이 다른 사람의 피로 흠뻑 젖어 있기도 했다. 또 총상당한 팔들이 널려 있었는데, 팔에 달린 손가락이 아직 움직이고 있어서 마치 그 팔이 다시 싸움터로 나가려는 것 같았다. 반면에 다른 곳에서는 아직 단 한 방울의 피도 흘리지 않은 병사가 먼 곳을 찾아 도망치기도 했다. 잘려나간 다리들이 몸의 하중을 덜었는데도 전보다 훨씬 무거운 모습으로 놓여 있었다. 몸이 절단된 병사들이 사망 증명서를 달라고 애원하는 모습도 보였고, 다른 사람에게 자비를 베풀어 생명을 구해달라고 간청하는 모습도 보였다. 결론적으로 말해서 그곳의 광경은 처참하고 애처로워서 차마 눈 뜨고 볼 수가 없었다! 승승장구하는 스웨덴군은 불행하게 참패한 우리 군대를 그곳에서 몰아내어 부대들을 갈라놓은 다음 재빨리 추격하여 완전히 괴멸해버렸다. 이 순간에 우리 교도관은 수감자들과 함께 도망쳤다. 우리 수감자들은 전투 불참자로서 승자들을 크게 두려워할 필요가 없었음에도 불구하고 교도관이 우리를 죽이겠다고 위협하며 함께 도망칠 것을 강요했을 때, 마침 젊은 헤르츠브루더가 말 다섯 필을 끌고 들이닥쳐서 권총으로 그를 위협했다.

그는 큰 소리로 외쳤다. "이 늙은 개야, 이제 젊은 강아지에게도 때가 온 것을 알겠느냐? 이제 네가 한 짓에 대한 대가를 치르게 될 것이다." 그러나 그가 쏜 총탄은 마치 강철로 된 방패를 쏜 듯 교도관에게 별로 상처를 입히지 않았다.

헤르츠브루더는 말했다. "아, 네가 그런 놈이냐? 우리 잘 만났다. 비록 네 정신이 몸속에 굳게 박혀 있더라도 너는 죽어야 마땅하다."

그런 다음 교도관을 수행하던 경비병 중의 한 보병에게 목숨을 부지하고 싶다면, 교도관을 도끼로 쳐 죽이라고 명령을 내렸다. 그렇게 교도관은 목숨을 잃었고 나의 존재가 헤르츠브루더에게 탄로되었다. 그는 나의 사슬과 수갑을 풀어주고 말에 태워 그의 부하로 하여금 안전한 곳으로 안내하게 하였다.

제28장
승리를 거둔 개선장군이 사로잡힌 대전투에 관한 이야기

나의 생명의 은인인 헤르츠브루더의 부하가 나를 안전한 곳으로 피신시키는 동안 헤르츠브루더는 명예욕과 노획물에 대한 욕심에 사로잡혀 제법 적진 깊숙이 돌진해 들어가다 결국 포로로 잡히고 말았다. 그리하여 승리자들이 노획물을 분배하고 죽은 자들을 파묻을 때 헤르츠브루더는 그 자리에 없었기 때문에 기병 대위가 그의 부하들과 말 그리고 나까지 물려받았다. 나는 마구간 사동으로 일해야 했다. 대위는 내가 부지런히 일하고 좀더 나이를 먹게 되면, 나를 "높은 자리에 앉히겠다"는, 달리 말하면 기병으로 만들겠다는 약속만을 했을 뿐이었다. 나는 우선 그 약속으로 만족해야 했다.

이런 일이 있고 나서 얼마 후에 내가 모시던 기병 대위가 중령으로 진급되었고 나는 그의 곁에서 옛날 사울 왕에게 하프를 연주하던 다윗과 같은 직책을 맡았다. 숙소에서는 그에게 류트를 연주했고, 행진 중에는 그의 흉갑(胸甲)을 내 몸에 입고 다녔는데, 그것도 알고 보니 견디기 어려운 중노동이었다. 본래 그와 같은 갑옷을 고안해낸 것은 그것을 입으면 적의 공격으로부터 안전하기 위해서였다. 그러나 내 경우에는 그 반대였다. 내 몸에 있는 이(蝨)들이 흉갑의 보호를 받아 더욱 방해받지 않고 나를 괴롭힐 수 있었기 때문이다. 그것을 입고 있으면 이들은 다니는 길이 막히지 않고 놀이터와 집합 장소를 확보하는 셈이 되어 흉갑은 나를 보호하기보다는 오히려 이를 보호했다. 나는 이를 잡으려고 해도 양팔과 양손이 미치지를 못했다. 끊임없이 뒤끓는 이를 없애기 위해 나는 군사전략을 생각해냈다. 빵 굽는 화덕에서 불이 그러듯, 아니면 물이나 독약(수은이 어떤 효험이 있는지를 나는 알고 있었다)으로 이들을 섬멸할 수 있었으나 그럴 만한 시간과 기회가 내게는 없었다. 그리고 무엇보다도 나에게는 다른 옷이나 흰 내복으로 갈아입어서 그들을 모면할 수 있는 올바른 방법이 없어 이를 나의 몸에 담아 이리저리 끌고 다니며 살갗과 피를 맡겨야만 했다. 이들이 갑옷 밑에서 나를 괴롭히고 물어뜯으면, 나는 사격전을 시작하기나 하려는 듯 권총을 뽑아 들었다. 하지만 나는 단지 밀대만을 잡고 이들을 방목장에서 긁어냈다. 마지막에는 내게 한 조각의 가죽으로 그 밀대를 싸맬 생각이 떠올랐다. 나는 심지어 약간의 끈끈이를 가지고 이를 낚는 제대로 된 낚싯대를 만들기까지 했다. 나는 그것을 갑옷 밑으로 넣어서 이들을 몇십 마리씩 매복 장소에서 낚아 올려 그들의 기세를 꺾어놓았지만, 막상 그것도 별 도움이 되지 않았다.

한번은 내가 모시는 중령이 비교적 대병력을 이끌고 베스트팔렌 지역으로 전진하라는 명령을 받은 적이 있었다. 그때 그가 내 몸에 뒤끓는 이들만큼이나 많은 기병을 거느리고 있었다면 그는 전 세계를 깜짝 놀라게 했을 것이다. 그러나 실상은 그렇질 않았다. 그렇기에 그는 신중을 기해서 군청 소재지인 함과 조스트 사이에 위치한 숲, 귀너 마르크에 잠복해 있었다. 그때 나의 몸에 있는 이들이 행패를 부렸다. 그들은 물고 뜯으며 나를 하도 괴롭히는 통에 나는 그들이 나의 살과 살갗 사이에 둥지를 틀고 들어앉지 않을까 겁이 날 정도였다. 브라질 사람들이 분노와 복수심에서 이를 잡아먹는다는 것이 결코 놀라기만 할 일은 아니었다. 그토록 이는 사람들을 괴롭히는 존재이다! 한번은 내가 이 고통을 더 이상 참다 못해 자리를 떠나 한 그루 나무 밑으로 갔다. 나의 적들과 전투를 벌일 작정이었다. 그때 다른 병사들은 말들을 돌보거나, 잠을 자거나, 보초를 서거나 했다. 여느 때 같으면 싸움을 앞두고 흉갑을 입겠지만, 이때 나는 흉갑을 벗고 막상 이를 잡아 죽이는 전투를 시작하여 나의 두 엄지손가락 손톱이 곧 피로 물들고 죽은 이들이 잔뜩 매달려 있었다. 내가 죽일 수 없는 이들은 추방해서 나무 밑에서 산보를 하며 돌아다니게 했다. 이와 같은 이들과의 싸움을 생각할 때마다 나는 아직도 전투 중에 있는 것처럼 온몸이 다시 간지러웠다. 나는 실로 자신의 피에 대고 성을 내는 것은 잘못이라고 생각했다. 그처럼 충실한 하인을 상대로 성을 내는 것은 특히 더 그랬다. 그 하인들은 어떤 사람이 교수형을 당하든가 환형(轘刑)을 당할 때라도 그저 모르는 체하지 않고, 엄청난 떼거리로 몰려와 나에게도 허허벌판 딱딱한 땅 위에 종종 부드러운 안식의 자리를 마련해주었었다. 그러나 나는 분노 속에서 무자비하게 그 작업을 계속했기 때문에 황제군이 우리 중령을 공격한 것을 알아차리지 못했다. 급기야 황제군의 병사들은 내가 있는 곳까지 와서 나를 포로로 잡음으로써 나로 하여금 이 잡는 수고의 짐을 덜어주었다. 내가 수천 마리의 이를 죽이고, (한 칼에 일곱 명의 목을 베는) 망나니의 타이틀을 무색하게 할 정도로 용맹스럽다는 사실이 그들을 조금도 감동시키지 못했기 때문이다. 나는 어느 용기병(龍騎兵)의 차지가 되었다. 그가 내게서 얻은 가장 값진 물건은 내가 모시던 중령의 흉갑이었다. 그는 그것을 조스트에서 숙영하고 있는 사령관에게 상당히 비싼 값에 팔았다. 그렇게 해서 그는 전쟁 중에 내가 모셔야 할 여섯 번째 상관이 되었고 나는 그의 부하가 되었다.

제29장
신앙심이 깊은 병사는 천국에서 잘 지내고,
그가 죽으면 사냥꾼이 그의 자리를 차지한다

우리 주인집 여자는 자신은 물론 자기 집 전체가 나의 군대인 이(虱)들에게 점령당하는 것을 원치 않았기 때문에 나를 그 군대로부터 해방시켜주지 않으면 안 되었다. 그녀는 이들을 간단히 해치우고 나의 누더기 옷을 빵 굽는 화덕에 처넣고 낡은 담뱃대처럼 말끔히 태워버려서 나는 나중에도 그 덕분에 다시 장미 정원에 사는 것처럼 살았다. 내가 몇 달 동안 개미 떼 속에 주저앉아 있던 끝에 이 고통에서 벗어났으니 나는 누구도 상상하지 못할 정도로 기뻤다. 그러나 나는 곧 다른 고통에 시달리게 되었다.

나의 주인은 천국에 갈 수 있다고 믿는 그런 부류의 군인이었다. 그렇기에 그는 자신의 급료에 만족해할 뿐 그 밖에 아무에게도 해코지를 하지 않았다. 그의 재산은 그가 보초 근무를 해서 벌어들이는 것과 주급에서 절약한 것이 전부였다. 재산이 적을망정 그는 그것을 다른 사람이 동양의 진주를 귀히 여기는 것보다 더 귀히 여겼다. 그는 블로모이저[57] 동전을 있는 대로 모두 그의 옷 속에 꿰매 넣었기 때문에 추가분은 나와 그의 불쌍한 말이 절약해서 도와주어야 했다. 그렇게 해서 나는 말라빠진 흑빵을 온 힘을 다해 씹어 먹어야 했고, 물로 입가심을 하든지, 잘 넘어가지 않을 때에는 맛이라고는 전혀 없는 순한 맥주로 달래야 했다. 나의 목구멍은 메마른 흑빵으로 아주 거칠어졌고 나의 온몸은 여위어갔다. 나의 상관은 내가 좀더 잘 먹고 싶으면 훔쳐 먹어도 되지만, 어디까지나 자신의 귀에 들려오지 않게 해야 한다는 투로 말을 했다.

나의 상관 때문에 형틀이나 나귀가 필요할 일은 없었다. 또한 형리, 망나니, 외과 군의관, 종군 상인, 귀영 신호를 부는 나팔수도 필요 없었을 것이다. 폭식, 폭음, 노름, 결투 같은 것은 염두에도 두지 않았기 때문이다. 그러나 그는 호송을 하거나 말먹이 사냥이나 노략질 또는 그 밖에 다른 작전을 지휘할 때는 지팡이에 몸을 의지하는 늙은 노파처럼 살금살금 걸어갔다. 확신컨대 영웅적인 군인의 미덕이 없었다면 이 충직한 용기병은 내가 모시던 중령을 추격하는 데에도 참가하지 않았을 것이고, 나를 포로로 잡지도 못했을 것이다.

---

57) Blomeuser: 니더라인의 작은 동전. 8분의 1탈러의 가치가 있다.

나는 그에게서 새로운 옷을 공급받기를 바랄 수가 없었다. 그 자신도 나의 은자처럼 거의 넝마에 가까운 옷을 걸치고 돌아다녔다. 그의 안장과 마구는 3바첸[58]의 값어치도 안 되었고, 그의 말은 먹지를 못해서 스웨덴 사람은 물론 헤센 사람들도 지속적으로 추격당할까 겁먹을 필요가 없을 정도였다.

그의 상관인 대위가 그로 하여금 '천국'이라는 이름의 수녀원에 돈을 받고 보초를 서는 보초병으로 주둔케 한 것은 이 모든 정황 덕분일 뿐, 그가 특별히 자격이 있어서는 아니었다. 그가 배불리 먹고 체중을 늘려 새 옷을 입어야 했기 때문이기도 했고, 무엇보다도 수녀들이 신앙심이 깊고 양심적이고 예의 바른 남자를 원했다. 그러므로 그는 말을 몰고 갔고, 나는 말이 없었으므로 걸어서 그를 따라갔다.

"땡잡았다. 짐브레히트야!" 그는 도중에 말했다. 그는 나의 이름인 짐플리치우스를 제대로 기억하지 못해서 짐브레히트라고 불렀다. "이렇게 우리는 이제 천국으로 가는 것이다. 거기 가면 우리는 실컷 먹게 될 걸세!"

나는 대답했다. "이름이 천국이라고 하니 좋은 징조(Omen)로군요. 이름값을 하면 좋을 텐데."

그는 말했다. "당연하지. 매일같이 최상의 맥주를 2오멘(Ohmen)은 받게 될 걸세!"[59] 그는 내 말을 올바로 이해하지 못했기 때문에 이렇게 덧붙였다. "항상 든든하지! 나는 곧 제대로 된 새 외투를 만들도록 할 걸세. 그렇게 되면 아직 입을 만한 내 옛 외투는 자네 차지가 될 것일세."

---

58) Batzen: 옛 독일 은화의 이름. 1바첸은 4크로처의 가치와 맞먹는다.
59) 'Omen(징조)'이라는 말을 'Ohmen(150리터의 물량 단위)'으로 잘못 알아들은 것이다.

'옛 외투'란 말은 올바른 표현이었다. 내가 믿기로 이 외투는 파비아 전투[60]를 생각나게 할 정도였다. 그럴 만큼 색이 바랬고 낡아서 나는 별로 기쁠 것도 없었다.

그 천국은 우리가 염원하던 것처럼 아니 그 이상으로 훌륭했다. 그곳에는 천사 대신에 아름다운 여인들이 살면서 우리에게 좋은 먹을 것과 마실 것을 대접하여 나는 얼마 있지 않아 살이 찌고 건강해 보이게 되었다. 걸쭉한 맥주와 최상의 베스트팔렌 햄, 그 밖에 깨물면 딱 소리가 나는 소시지와 소금물에 요리를 해서 차게 먹는 맛나고 부드러운 쇠고기가 식탁에 올랐다. 거기서 나는 흑빵이 잘 넘어가도록 흑빵 위에 소금기 있는 버터를 손가락 두께로 바르고, 그 위에 치즈를 얹는 것을 배웠다. 그리고 내가 마늘을 뗀 양의 허벅지를 맛있게 먹고, 곁들여 주전자에 가득 찬 맥주를 마시면 몸과 정신에 생기가 솟고, 내가 겪은 모든 고난이 단번에 잊혔다. 간단히 말해서 이 천국 수도원은 마치 진짜 천국인 것처럼 내 마음에 들었다. 단지 문제는 그 상태가 영원히 지속되지 않고, 내가 여전히 너덜너덜한 옷을 입은 채 돌아다녀야 한다는 것이었다.

그러나 이제 나를 짙은 안갯속으로 몰아넣은 불행이 물러가고 행복이 이 모든 것을 상쇄하려는 것 같았다. 상관이 나를 조스트로 보내서 그의 남은 짐을 가져오게 했을 때 내가 도중에 발견한 보따리 속에 외투를 지을 수 있는 여러 자 길이의 진홍색 옷감과 안감용으로 붉은 비단이 들어 있었기 때문이다. 나는 그것을 조스트로 가져가 어떤 포목 상인에게서 옷 한 벌을 지을 수 있는 단순한 녹색 모직물과 그 옷의 부속물 일체로 교환했다. 거기에다 상인이 이 옷을 제작하고 모자 하나도

---

60) 이 소설의 배경보다 약 100년 전인 1525년 2월 24일에 이탈리아 파비아에서 황제 카를 5세가 프랑스 왕 프랑수아 1세를 무찌른 전투.

주기로 서로 합의까지 마쳤다. 이제 구두 한 켤레와 내복 이외에는 없는 것이 없게 되자 나는 그 상인에게 역시 보따리에 있던 은 단추와 외투에 다는 줄 장식을 주었고, 그는 내가 새롭게 단장하는 데 필요한 것을 대신 장만해주었다. 나는 그야말로 거래를 잘했다고 느꼈고 천국에 있는 나의 주인에게로 돌아왔다. 하지만 그는 내가 습득물을 가져오지 않았다면서 심하게 욕을 하고 구타까지 하려 들었고, 나로 하여금 그 옷을 거의 벗게 해서 직접 입어보려고까지 했다. 그러나 결국엔 그런 행동이 그에게는 너무나 양심의 가책을 느끼게 했을 뿐만 아니라, 옷이 그에게 맞지도 않아 그만두었다.

대신에 그 구두쇠는 부하보다 초라한 옷차림을 부끄럽게 생각했기 때문에 조스트로 말을 타고 가서 상관인 대위에게 돈을 빌려 새 옷을 장만했다. 그는 보초 근무에 대한 대가로 받는 주급에서 빌린 돈을 차차 갚겠다고 대위에게 약속을 했고, 또한 그렇게 실천했다. 실은 그도 구매한 물건 대금을 지불할 수 있을 만한 돈이 넉넉히 있었지만, 너무나 약아서 저축한 돈은 건드릴 생각을 하지 않았다. 만일 그가 그렇게 했다면 겨울 내내 천국에 있는 그 편안한 자리를 내어놓아야 했을 것이고 다른 형편이 궁색한 남자가 그 자리를 차지했을 것이다. 대위 역시 그를 그대로 근무하게 두지 않을 수 없었다. 자신의 돈을 되돌려 받아야 했기 때문이다.

이때부터 우리는 이 세상에서 가장 게으른 생활을 했고, 그 생활에서 가장 힘든 일은 볼링을 하는 것이었다. 나는 용기병의 말라빠진 말에게 빗질을 해주고 먹이와 물을 주고 나면 젊은 귀족처럼 산보를 했다. 이 수녀원은 리프슈타트에 주둔하고 있던 우리의 적인 헤센군으로부터도 보초병으로 보병 한 사람을 파견하게 했다. 그는 직업이 모피 가공

기술자였고 순수한 직장가인(職匠歌人)[61]이었을 뿐만 아니라 탁월한 검투사였다. 그는 몸의 컨디션을 유지하기 위해 매일같이 나와 함께 몇 시간씩 무기를 바꾸어가며 무술 연습을 했다. 얼마 되지 않아 나는 능숙해져 그가 나에게 도전을 해오면 서슴지 않고 대결할 정도였다. 나의 주인인 용기병은 그와 같은 격검을 하는 대신에 볼링 시합을 했다. 시합은 단순히 누가 식사 때 가장 많이 맥주를 마셔야 하느냐를 걸고 하는 것이어서 두 사람이 입힌 손해를 지불해야 하는 것은 항시 수녀원의 몫이었다.

이 교단은 사냥 구역을 하나 소유하고 소속 사냥꾼도 있었다. 나도 녹색 옷을 입고 있어서 그와 친해졌고 가을과 겨울에 걸쳐 그로부터 온갖 사냥 기술을 배웠는데, 특히 작은 사냥감을 사냥하는 기술을 익혔다. 이와 같은 이유에서 그리고 짐플리치우스라는 이름이 범상치가 않고, 단순한 사람들이 기억하거나 발음하기가 어려웠는지 모두가 나를 '꼬마 사냥꾼'이라고 불렀다. 그럼에도 불구하고 나는 그 지역 전체의 지형을 익혔고 그 점은 후에 나에게 대단히 유용하게 작용했다. 날씨가 나빠 내가 숲이나 들을 쏘다닐 수 없을 때, 수도원 관리자가 빌려줄 수 있는 온갖 책들을 읽었다. 귀족 출신의 수녀원 여자들이 내가 그저 음성이 훌륭할 뿐만 아니라 류트와 피아노도 약간 연주할 줄 안다는 것을 눈치챘을 때, 그들은 나에게 더욱더 많은 관심을 보였다. 게다가 몸매도 잘빠지고 용모가 준수하기까지 했기 때문에 그들에게는 나의 태도, 성품, 행동거지가 귀족처럼 보였다. 그래서 나는 갑자기 다시 모든 사람에게 사랑을 받는 기사 역할을 하게 되었다. 그러면서 사람들이 이상하게 생각한 점은 오직 내가 어떻게 그처럼 가련한 용기병과 깊이 사

---

61) 15~16세기경 독일에서 수공업자 조합을 중심으로 발전한 가요 예술인 장인가(Meister-sang)를 부르는 가수.

귀게 되었는가 하는 것뿐이었다.

내가 그 겨울을 이와 같이 최대로 편안하게 보낸 후에 나의 상관은 근무처를 바꾸었는데 그렇게 편안하게 생활하던 근무처를 바꾸게 되자 대단히 상심을 한 나머지 병이 들었다. 심하게 열이 나는 데다 그가 평생토록 전쟁 속에서 얻은 옛날 질환까지 겹쳐서 그의 생명을 단축시켰다. 그래서 3주가 지난 후에 나는 그를 매장해야만 했다. 그의 비문을 나는 이렇게 작성했다.

　　한평생 피를 흘리지 않은 용감한 병사
　　구두쇠가 여기에 누워 있다.

법과 관습에 따르면 그의 말과 무기는 대위가, 그 밖의 유품은 상사가 차지하거나 상속받게 되어 있었다. 그러나 그동안 나는 활기 있고 민첩한 젊은이가 되었고 시간이 가면서 용감한 전사가 될 것을 보증했기 때문에, 사람들은 만일 내가 세상 뜬 내 상관을 대신해서 지원한다면 모든 것을 내가 가질 수 있다고 제안했다. 내 상관이 살아 있는 동안에 긁어모은 얼마간의 금화를 그의 헌 바지에 꿰매 넣은 것을 내가 알았을 때 나는 더욱더 신이 나서 동의를 했다.

그런 다음 징병 심사에서 이름이 시리아쿠스인 중대 서기병이 부대원 명부에 나의 성명(姓名) '짐플리치우스 짐플리치시무스'를 기입하는데 맞춤법을 몰라 투덜댔다. "지옥에도 그런 이름을 지닌 귀신은 존재하지 않네." 내가 그러면 거기에 시리아쿠스라는 이름을 가진 귀신은 있느냐고 되받아쳤다. 자만심이 강한 교활한 서기병이 그에 대해서 대답할 말을 모르자, 내가 모시는 대위는 대단히 흡족해하며 즉시 나에게 좋은 감정을 지니게 되었다.

제30장
사냥꾼이 병사가 되어 젊은 병사들을 가르치려 들다

조스트의 사령관은 마구간지기가 필요했고 내가 그 자리에 적임자라고 믿었으므로 내가 병사가 된 것이 마음에 들지 않았다. 굳이 나를 데리고 있기 위해서 그는 내 주인에게 내가 너무 어리고 아직 성인이 되지 않았다며 질책했다. 그는 또한 나를 불러서 말했다. "꼬마 사냥꾼, 내 말 들어보게. 자네는 나의 하인이 되는 게 마땅하네."

나는 그에게 내가 할 일이 대체 무엇인지 물었다.

"자네는 내 말들을 보살펴야 해."

"사령관님! 그것은 어울리지 않습니다. 내가 말들을 기다리는 것이 아니라, 말들이 나를 기다리게 하는 그런 상관을 모시고 싶습니다.[62] 그런 상관을 발견할 수가 없으니 그대로 병사로 머물러 있으렵니다."

그는 되받아쳤다. "그러기에는 자네의 수염이 아직은 너무 짧아."

"아, 아닙니다. 나는 결코 수염이 긴 80세 된 노인만 못하지는 않을 것입니다. 전투에서 수염이 결정적 역할을 한다면, 염소를 구해서 전사로 쓰는 것이 옳을 것입니다."

그에 대하여 그는 이렇게 말했다. "만일 자네의 입심처럼 자네가 대단한 용기를 가졌다면, 나는 자네 뜻대로 놓아두겠네."

---

62) 원래 'warten'이란 단어는 '보살피다'라는 뜻과 '기다리다'라는 뜻이 있는데, 두 대화 상대 사이에 오해가 생긴 것이다.

"그거야 우리가 다음 기회에 시험해볼 수 있지요." 그로써 나는 마구간지기가 되고 싶지 않다는 뜻을 그에게 분명히 밝혔다. 나를 과거대로 그냥 두었다가 내가 만든 결과물을 보고 나면, 틀림없이 과연 내가 장인(匠人)임을 알아보고 칭송하게 될 것이라고 말했다.

나중에 나는 나의 상관이었던 용기병의 헌 바지를 철저히 뒤져본 다음, 그 속에 숨겨져 있던 금화로 좋은 군마와 내가 구할 수 있는 최상의 무기를 장만했다. 이 모든 무기를 닦아서 거울처럼 번쩍이게 했고, 옷도 새것으로 입었다. 사냥꾼이라는 이름이 마음에 들었기 때문에 옷 색깔도 다시금 녹색을 택했다. 내게 너무 작아서 못 입게 된 헌 옷은 나의 부하에게 주었고, 이제는 그의 호위를 받으며 젊은 귀족처럼 말을 타고 돌아다니다 보니, 내 신세가 더 이상 개 같은 신세는 아니라는 것이 실감 났다. 내가 대담하게 나의 모자를 장교처럼 근사한 깃털로 장식했더니, 곧 나를 대하며 부러움과 불만을 나타내는 사람들이 몇몇 생겼다. 그들과 나 사이에는 온갖 심한 말들이 오갔고 결국 따귀를 치고 받기까지 했다. 그러나 그런 사람 두세 명에게 내가 천국 수도원에 있을 때 모피 가공 기사에게 배운 것을 보여주자, 다른 사람들도 나를 가만히 놓아두었을 뿐만 아니라 심지어 나와 친구가 되려고까지 했다.

그뿐만이 아니었다. 나는 말을 타거나 도보로 나가는 노략질에도 기꺼이 참여했다. 나는 좋은 말을 소유했고, 대부분의 사람들보다 빨리 걸었다. 그리고 우리가 적과 마주쳤을 때 나는 항상 앞장서거나 맥주의 거품처럼 맨 꼭대기에 있었다. 그 바람에 나는 삽시간에 아군과 적군에게 알려졌다. 양쪽 다 내가 어떤 기적 같은 일을 해낼 것으로 믿었다. 그래서 가장 위험한 작전을 도맡았고, 이 목적을 달성하기 위하여 전 부대의 지휘권을 맡기도 했다. 그러자 나는 보헤미아 사람처럼 활동에 적극성을 보이기 시작했고, 내가 이렇다 할 만한 물건을 획득할 때면 장교들에게 큰 몫을 차지하게 했다. 그 결과 나는 이 분야에서 원래 금지되어 있는 곳에서도 활동할 수 있게 되었다. 도처에 나를 돕는 사람들이 있었기 때문이다.

사령관 폰 괴츠 백작은 베스트팔렌에 있는 세 개 지역, 도르스텐, 리프슈타트, 쾨스펠트에 있는 적의 주둔군을 그대로 놓아두었다. 이 주둔군들을 나는 맹렬히 공격하였다. 나의 소규모 부대를 인솔해서 거의 매일같이 여기저기에서 그들의 성문 앞을 포위하고 여러 가지 유용한 물건을 약탈했다. 그리고 어디에서나 운 좋게 빠져나왔기 때문에 사람들은 나를 위장술에 능하고 위해를 당하지 않는 강철 같은 사람으로 믿었다. 그리하여 사람들은 나를 흑사병처럼 두려워하기 시작했고, 곧 내가 불과 15명의 병사를 데리고 근처에 있는 것을 알게 된 적병 30명이 줄행랑을 치더라도 더 이상 부끄럽게 여기지 않게 되었다.

그러자 결국 언제 어디서든 군세를 징수해야 할 일이 생기면, 그 업무를 도맡게 되었다. 그로 인해 내 돈지갑은 내 이름만큼이나 불어났다. 장교들과 전우들은 사냥꾼인 나를 사랑했다. 가장 싸움을 잘한다는 적의 용사들도 나 때문에 불안과 공포에 떨게 되었다. 그리고 나는 당근과 채찍으로 농부들을 나의 편에 붙잡아두었다. 나를 반대하는 사람은 벌을 주고 나에게 조금만이라도 충성한 사람들에게는 충분한 보상을 내려서 나의 약탈물 중 거의 절반은 다시 돌려주거나 정보를 제공한 첩자들에게 돌아갔다. 그렇게 해서 적의 주둔지로부터 정찰, 호송 선단, 무리 이동이 감지되면, 내가 모르는 것이 없었다. 그다음에 나는 그들의 의도를 파악해서 계획을 수립했다. 그 계획들은 어느 정도의 요행 덕에 대부분 성공적으로 실현되었기 때문에 온 세상이 나의 젊음을 경탄했다. 심지어 적진에 있는 장교들과 용감한 병사들까지도 내가 누구인지를 알려고 했다. 그 밖에 나는 포로들을 대단히 관대하게 취급해서 나가는 돈이 그들을 포로로 잡을 때 노획한 물건 값보다 더 많았다. 그리고 내가 적측의 누군가에게 특히 장교들에게 친절을 베풀 수 있을 때면, 비록 그들을 전혀 알지 못하더라도 최선을 다해 선행을 베풀었다. 그렇다고 병사로서 그리고 나의 상관에 대한 의무를 소홀히 하지 않은 것은 물론이었다.

그처럼 작전에 많이 투입되다 보니 나는 곧 장교가 될 수도 있을 터였다. 나이가 어리지만 않았다면 말이다. 그리고 누구든 내 나이에 일개 기병 중대를 지휘하려면 지체 높은 귀족 출신이어야 했다. 내가 모시는 대위는 자신의 중대에 자리가 나지 않아 나를 진급시킬 수도 없었다. 그렇다고 나를 다른 사람에게 넘기려고도 하지 않았다. 그렇게 되면 그는 좋은 젖소 한 마리를 잃는 것보다 더 많은 것을 잃게 되기 때문이었다. 드디어 나는 병장이 되었다. 내가 나보다 나이 많은 병사들을 제치고 발탁되었다는 영예 자체는 대단한 일이 아니었음에도 불구하고, 매일같이 내게 쏟아지는 찬사는 나를 좀더 높은 곳으로 올리는 데 박차를 가했다. 나는 밤낮으로 어떻게 하면 더 많은 공을 세울까 깊이 생각했다. 이런 바보 같은 생각을 하느라 종종 잠을 이룰 수가 없었다. 그러나 나의 용기를 행동으로 증명할 수 있는 기회는 오지 않았다. 매일 적들과 교전할 수 있는 기회가 생기지 않는 것을 나는 가슴 아프게 생각하기까지 했다. 바보인 나는 트로이 전쟁이나 오스트엔데 포위전[63]에라도 참가할 수 있다면 아주 기꺼운 마음이었겠지만, 물 긷는 항

---

63) 북해 연안에 있는 도시 오스트엔데가 1601년부터 1604년까지 3년간 에스파냐 군대의 포위를 버텨냈던 사실을 지칭한다.

아리는 우물에 다니다가 결국 깨어지고 만다는 것을 생각지 못했다. 그러나 세상만사는 막상 그렇기 마련이다. 젊고 생각이 깊지 못한 병사가 돈, 행복, 용기를 지니고 있다면, 만용과 교만도 멀리 있지 않은 법이다. 바로 그런 교만에서 나는 한 명의 부하 대신 두 명의 하인을 두고, 그들을 화려하게 차려입힐 뿐 아니라 심지어 말까지 주었다. 그로 인해 모든 장교의 시기심을 자초하고 말았다.

제31장
귀신이 성직자 집에서 베이컨을 훔치고
사냥꾼이 사냥을 당하다

여기서 내가 용기병 부대를 다시 떠나기 전에 겪은 일을 이야기하려고 한다. 들어서 유익할 것은 없지만 재미있기는 할 것이다. 그 당시 나는 큰일을 한번 해보려고 별렀을 뿐만 아니라, 나의 명성을 쌓을 수 있는 일이라면 사소한 일까지도 마다하지 않고 덤벼들어 해치웠다.

내가 모시던 대위는 레클링하우젠 지역에서 약 50명 정도의 보병들을 지휘해 그곳에 있는 매복 장소에서 하나의 작전 계획을 실행하려고 했다. 우리는 때를 기다리며 며칠간 덤불 속에 숨어 있어야만 된다고 생각했기 때문에 각자 8일간의 양식을 지참했다. 그러나 우리가 노리던 부자 상인이 기대보다 오랫동안 모습을 나타내지 않아서 양식이 달랑달랑했다. 새 쌀을 훔쳐 올 수는 없었다. 그랬다가는 정체가 발각되고 계획은 수포로 돌아갈 것이기 때문이었다. 그 결과 배고픔에 시달리게 되었다. 여기는 다른 곳처럼 나와 나의 부하들에게 은밀히 먹을 것을 제공할 지인도 없었다. 그러므로 우리는 목적을 달성하지 못하고 그냥 돌아가지 않으려면 달리 양식을 구하는 방법을 생각해내야 했다.

나의 동료 중에는 얼마 전에 대학에서 도망쳐 병사가 된 대학생 한 명이 있었는데, 그 또한 보리죽이 오기를 목이 빠지도록 기다렸지만 헛수고였다. 보리죽은 한때 그의 부모님이 그에게 먹으라고 내놓았지만 내키지 않아 손도 대지 않던 음식이었다. 그가 예전에는 항시 좋은 먹거리가 있었던 것을 돌이켜 생각하는 동안 그에게 대학에서 배운 것이 떠올랐다.

그는 내게 말했다. "아, 전우여! 내가 공부를 그처럼 많이 했는데도 그것으로 지금 먹고살 수가 없다니 창피한 일이 아닌가? 내가 저 위에 있는 마을의 목사에게 가기만 하면, 확신컨대 그가 맛있는 식사를 대접할 걸세."

나는 이 말을 뇌리에 담고 우리의 처지를 곰곰이 생각해보았다. 우리 중에 이 지역 사정에 밝은 사람은 정체가 탄로 날 것이 분명하니 가담해서는 안 되었다. 그리고 이곳 사정에 어두운 사람은 무엇을 훔치거나 사려면 어디로 가야 할지 알지를 못했다. 그렇기에 나는 나의 계획을 수행하는 일에 그 대학생에게 희망을 걸었고 내가 하고자 하는 것을 대위에게 설명했다. 그 일에 위험이 따르지 않는 것은 아니었다. 그러나 내가 모시는 대위는 나를 신임했을 뿐만 아니라, 우리가 빠져 있는 곤경이 하도 심각했기 때문에 그는 나의 계획을 실행하는 데 동의했다.

나는 다른 사람의 옷을 입고 대학생 전우와 함께 원래는 반 시간 거리밖에 안 되는 길을 멀리 우회해서 그 마을로 갔다. 그곳에서 우리는 교회 옆에 있는 집이 목사의 사택이라는 것을 금방 알아차렸다. 그 집은 도회지풍으로 지어졌고, 그림이 그려져 있었으며 전체 목사관을 에워싼 담에 접해 있었다. 나는 전우에게 무슨 말을 해야 할지 명심하게 했다. 그는 아직도 다 해진 학생복을 입고 있어서 방랑하는 학생 행세를 해야 했다. 나 자신은 화공(畵工) 행세를 했다. 마을에서는 농부의 집들에 그림이 그려져 있는 경우가 드문 터라 내가 그림 그리는 기술을 발휘해야 할 필요는 없으리라 생각했기 때문이다.

그 성직자는 우리에게 정중하게 인사를 했다. 나의 조수가 허리를 굽혀 라틴어로 그에게 안부를 묻고, 어떻게 여행 중에 병사들에게 약탈을 당하고 여비를 빼앗겼는지 온갖 거짓말을 늘어놓고는 목사에게 약간의 버터와 빵과 맥주를 청했다. 그러나 나까지는 그럴 필요가 없는 것처럼 행세를 했고 음식점에 들러 식사를 하고 와서 그를 데리고 얼마간 남은 길을 계속 가겠다고 말했다. 그렇게 나는 음식점으로 갔다. 허기를 채우기 위해서라기보다는 내가 그다음 날 밤에 거기서 가져갈 것이 무엇인지 염탐하기 위해서였다. 그러나 그리로 가는 길에 나는 운 좋게 한 농부와 만났다. 그는 막 커다란 흑빵을 24시간 동안 완전히 구울 수 있게 빵 굽는 화덕에 채워 넣는 중이었다. 나는 이미 어디서 빵을 구할 수 있는지 알았기 때문에 음식점에는 잠깐 들러 내가 모시는 대위에게 가져갈 길쭉한 흰 빵 몇 개를 샀다.

내가 전우를 데리러 목사관에 다시 왔을 때, 그는 배불리 먹었다며 이제 가야 한다고 재촉했다. 목사에게 내가 화가인데 네덜란드로 가서 나의 기량을 완성하고 싶어 한다고 말했다는 것이다. 목사는 나를 아주 반기면서 함께 교회로 가자고 제안했다. 나에게 수리해야 할 여러 곳을 보여주고 싶다고 했다. 나로서는 기꺼운 표정을 지으며 함께 갈 도리밖에 없었다. 그는 우리를 부엌으로 안내했다. 그리고 교회 마당으로 나 있는 참나무 문에 달린 자물쇠를 열었을 때,──아 이 무슨 기적인가!—나는 새카만 하늘이 온통 류트, 피리, 바이올린으로 가득 차서 더욱 새카매진 것을 보았다. 달리 말하자면 굴뚝에 햄, 소시지 그리고 넓적한 베이컨이 가득 차 있는 것을 보았다는 뜻이다! 나는 탐나는 마음으로 그것들을 올려다보았다. 저것들이 나를 향해 미소를 짓는 것처럼 보였다. 숲속에 있는 전우들에게 가져다주고 싶은 생각이 굴뚝같았지만 어디까지나 생각일 뿐, 그것들은 끄떡도 하지 않고 계속 걸려 있기만 했다. 나는 그것을 빵 굽는 화덕에 있는 빵을 처리하려고 했던 것과 똑같은 방법으로 처리할 수 없을까 곰곰이 생각해보았다. 그러나 나에게는 신통한 아이디어가 떠오르질 않았다. 이미 말했던 것처럼 목사관 전체가 담으로 둘러싸였고 창문이란 창문은 모두 쇠창살로 안전장치가 설치된 상태였다. 그뿐만 아니라 커다란 개 두 마리가 마당에 드러누워 있었다. 내가 걱정하는 것은 그 개들이 밤에 하필 자신들이 경계 근무를 한 대가로 차지하게 될 몫을 누가 훔쳐가려고 하면 틀림없이 잠을 떨쳐내리라는 것이었다.

우리가 막상 교회 안에 들어오자 목사는 그곳에 있는 그림들을 이야기하며 나에게 여러 곳을 복원해줄 것을 부탁하려고 했다. 반면에 나는 온갖 핑계와 여행을 구실 삼아 빠져나갈 구멍을 찾고 있을 때, 교회 집사인지 종지기인지 하는 사람이 말했다. "이 친구, 내가 보기에는 화공이라기보다 도망친 졸병 나부랭이 같은데!"

그러자 누구도 나와 더 이상 이야기를 나누지 않았고, 나는 그 말을 받아 가볍게 머리를 저으며 말했다. "아 여보게, 빨리 붓과 물감이나 주게, 그러면 어디 한번 나도 자네처럼 바보가 되어보지."

목사는 그 모든 것을 농담으로 받아들여서 이처럼 거룩한 장소에서 서로 조롱하는 것은 바람직하지 않다고 말했다. 이로써 그가 나와 나의 전우를 믿는다는 뜻도 함께 전달한 것이었다. 그는 우리가 마실 것을 가져오게 했고, 우리는 할 일을 계속했다. 그러나 나의 마음은 기다란 소시지에 가 있었다.

밤이 되기 전에 우리는 대원들에게 돌아왔다. 나는 내 원래의 복장을 다시 입고 무기를 들었다. 그리고 대위에게 보고를 하고 빵을 운반하는 일을 도울 수 있는 여섯 명의 유능한 병사들을 물색했다. 자정께 우리는 그 마을에 다시 가서 감쪽같이 화덕에서 빵을 끄집어냈다. 우리 중에는 요술을 부려 개들을 짖지 못하게 할 수 있는 병사도 있었던 것이다. 우리가 목사 사택을 지나올 때 나는 베이컨을 놔두고 가는 것이 마음에 걸렸다. 멈추어 서서 어떻게 부엌에 들어갈 수 있을까 곰곰이 생각했다. 그러나 굴뚝 이외에는 출입구가 없어서 이번에는 굴뚝이 나의 출입문 구실을 해야 했다.

우리는 빵과 무기를 교회 뒤에 있는 묘지의 납골당에 감추어놓고 헛간에서 사다리와 밧줄을 꺼내 왔다. 나는 굴뚝 청소부처럼 굴뚝을 잘 오르내릴 수 있었기 때문에(소년 시절에 나는 이미 속이 빈 나무속을 오르내리는 것을 배웠다), 다른 전우 한 명과 함께 직접 지붕으로 올라갔다. 지붕은 암키와를 두 켜로 덮어놓아서 나의 계획을 실현하는 데에는 대단히 유용했다.

나는 머리 위로 긴 머리카락을 한데 묶어 다발을 만들고, 밧줄을 타고 내가 좋아하는 베이컨이 있는 데로 내려가 햄과 넓적한 베이컨을 하나하나 밧줄에 묶었다. 지붕 위에 있는 사람이 그것을 말끔히 굴뚝에서 낚아 올려 다른 편에 있는 대원들에게 내려주면 모든 것이 납골당으로 운반되었다. 그러나 제기랄! 이 무슨 불행한 사고일까! 내가 막 모든 작업을 끝내고 다시 위로 올라가려고 했을 때, 내가 딛고 있던 받

침대가 부러져서 불쌍한 짐플리치우스는 밑으로 떨어져 쥐덫 속에 갇힌 꼴이 되고 말았다. 지붕 위에 있는 대원들이 내가 타고 올라올 수 있도록 밧줄을 내려보냈지만 그것도 내가 미처 바닥에서 발을 떼지도 못했을 때 끊어져버렸다. 그래서 나는 '사냥꾼아, 네가 이제 사냥감이 되어, 옛날 악타이온 신세가 되고 말았구나' 하고 생각했다. 나의 추락 탓에 목사가 잠에서 깨어나 식모에게 즉시 불을 밝히라고 명령했기 때문이다.

그녀는 내복 바람으로 내가 있는 부엌으로 왔다. 그녀는 옷을 단지 어깨에만 걸치고 내게 바짝 다가왔기 때문에 그녀의 옷이 나를 스쳤다. 그녀는 희미하게 타는 나뭇조각을 집어 올려 거기에 초를 받쳐 들고 입바람을 불기 시작했다. 그러나 나는 그녀보다 더 세차게 입바람을 불어서 그 가련한 여인을 깜짝 놀라게 했다. 그녀는 초를 땅에 떨어뜨리고 주인이 있는 곳으로 물러났다. 그래서 나는 잠시 생각할 틈을 얻고 어떻게 해야 할지를 곰곰 생각했다. 하지만 아무 생각도 떠오르질 않았다. 나의 동료들은 집으로 쳐들어와서 폭력을 써서라도 나를 구출해내겠다는 신호를 굴뚝을 통해 나직이 보냈다. 그러나 나는 허락지 않고, 오히려 그들에게 조용히 처신하되 슈프링인스펠트만 위에 있는 굴뚝에 남고, 다른 대원들은 내가 큰 소음이나 소동 없이 빠져나오기만을 기다리라고 명령했다. 우리의 계획이 완전히 실패로 끝나지 않게 하기 위함이었다. 그러나 내가 탈출에 성공하지 못하면 그들이 있는 힘을 다해서 나를 도와야 한다고 했다.

그러는 동안에 목사 자신도 불을 밝혔다. 반면에 식모는 그에게 부엌에 머리가 둘 달린(아마도 그녀는 나의 머리 다발을 보고 그것을 제2의 머리로 여겼던 것 같다) 무서운 귀신이 있다고 선언했다. 나는 그 모든 소리를 귀담아듣고, 재와 검댕 및 석탄을 양손에 바르고 실제로 혐오스러운 행동을 취했다. 그래서 나는 더 이상 예전에 천국 수도원에서 수녀들이 말했던 것처럼 천사에 비교될 수가 없었다. 반면에 교회 집사가 그것을 보았다면, 아마도 나를 날렵한 화가로 나무랄 데가 없다고 여겼을 것이다. 나는 부엌을 돌아다니면서 소동을 피우고 그릇들을 마구 던졌다. 갑자기 큰 냄비의 손잡이를 잡아 그것을 목에 걸었다. 나는 부지깽이도 손에 쥐고 위급하면 그것으로 나를 방어할 작정이었다.

신앙심이 깊은 목사는 이 모든 소란에 꿈쩍도 하지 않았다. 축제 행진 때처럼 그는 식모와 함께 당당히 들어왔다. 앞서 오는 그녀는 양손에 밀랍 초를 들고 성수가 담긴 주전자를 팔에 걸고 있었다. 뒤따라오는 목사는 성직자가 입는 짧은 백의와 영대 차림을 하고 한 손에는 성수채를, 다른 손에는 책 한 권을 들고 있었다. 그는 내가 누구이고 그의 집에서 무슨 짓을 하려는지 묻고 주문을 외워 나를 물리치기 시작했다. 그는 나를 악마로 여기는 것이 분명했기 때문에 나는 악마 행세를 하고 그에게 무엇인가 거짓을 이야기하는 것이 적절하다고 여겼다. 그래서 나는 대답했다. "나는 악마로서 너와 네 식모의 목을 비틀고 싶다!"

그는 퇴마 행위를 계속했다. 자신과 식모는 나와 볼일이 없다며 꾸짖고 가장 힘차게 주문을 외워 나에게 왔던 곳으로 되돌아가라고 명령했다. 그러나 나는 그에게 소름 끼치는 목소리로 나도 그러고 싶지만 그것은 불가능하다고 대답했다. 그러는 동안에 닳고 닳은 장난꾸러기이자 라틴어를 모르는 슈프링인스펠트가 지붕 위에서 최선을 다해 가장 이상한 요술을 부렸다. 그는 부엌에서 내가 악마임을 자처하고 목사가 나를 악마로 여기고 있는 것을 듣고, 부엉이 울음소리, 개 짖는 소리, 말 울음소리, 염소 울음소리, 당나귀 울음소리, 2월에 교미를 하는 고양이 울음소리, 알을 낳으려는 암탉 울음소리 등 온갖 울음소리를 흉내 냈다. 이 젊은이는 모든 동물의 울음소리를 흉내 낼 수 있고, 그가 원하기만 하면 마치 한 무리의 늑대가 함께 우는 소리도 낼 수 있었다. 그 소리는 목사와 식모를 극도의 두려움에 휩싸이게 했다. 그러나 나는 그로 하여금 나를 악마로 여기고 마법으로 내쫓게 한 것에 대해 양심의 가책을 느꼈다. 아마도 그가 나를 악마라고 믿은 것은 악마가 녹색 옷을 입고 나타난다는 것을 그가 읽고 들었기 때문인 것 같았다.

우리 세 사람 모두가 그와 같은 두려움에 사로잡힌 동안에 나는 교회 마당으로 가는 문의 자물쇠가 잠겨 있지 않고 빗장만 밀어둔 것을 알아차렸다. 나는 빗장을 재빨리 밀어젖히고 교회 마당으로 빠져나왔다. 거기에서 장전한 화승총을 든 나의 대원들을 발견했고 목사로 하여금 그가 하고 싶은 만큼 오래도록 귀신을 내쫓게 놓아두었다. 그런 다음 슈프링인스펠트가 나의 모자를 가지고 내려와서 우리는 먹을 양식을 짊어지고 진영으로 돌아왔다. 마을에서는 빌려 온 사다리와 밧줄을 돌려주는 것 말고는 달리 해야 할 일이 더 이상 없었다.

모든 대원은 우리가 훔쳐 온 것을 맛있게 먹었다. 그럼에도 불구하고 단 한 사람도 딸꾹질을 한 사람이 없었으니 어찌 복 받은 것이 아닌가! 또한 모두가 나의 모험담을 듣고 웃지 않을 수 없었다. 오직 대학생만 자신에게 그처럼 관대했던 목사 집을 도둑질한 것이 마음에 걸렸다. 그는 몇 번이고 다짐하기를 가능만 하다면 목사에게 베이컨 값을 지불하고 싶다고 했지만, 그럼에도 불구하고 그가 모든 것을 합법적으로 사들이기나 한 것처럼 함께 게걸스럽게 먹었다.

그런 후에 우리는 이틀 더 그곳에서 진을 치고 있으면서 이미 오래전부터 노리고 있던 것이 도착하기를 기다렸다. 공격에서 우리는 단 한 사람의 인명 손상도 없었는데, 30명의 포로와 내가 전에는 미처 분배해보지 못했던 값진 노획물을 얻었다. 내가 이 작전에서 주도자 역할을 했기 때문에 나는 두 몫을 받았다. 즉 쉬지 않고 끌고 가야 할 만큼의 상품을 실은 훌륭한 프리슬란트 암말 세 필을 얻었다. 그리고 그 노획물을 철저히 수색하여 안전한 곳에 옮겨놓을 시간만 있었다면 우리는 상당한 부자가 되었을 것이다. 그러나 우리는 가져간 것보다 남겨놓은 것이 더 많았다. 우리가 운반할 수 있을 만큼만 챙겨서 서둘러 가야 했기 때문이다. 우리는 안전을 고려해 우리 군의 주력부대가 주둔하고 있던 엠스 강가에 위치한 라이네로 철수했다. 그곳에서 우리는 말들에게 먹이를 주고 노획물을 분배했다.

그때에 베이컨을 뺏긴 목사가 다시 머리에 떠올랐다. 내가 얼마나 대담하고 공명심에 불탔는지는 내가 신앙심이 깊은 목사에게서 도둑질을 하고 무섭게 겁을 주는 것으로 만족하지 않았다는 사실을 통해 알 수 있을 것이다. 나는 그 사안을 명예롭게 마무리 짓고 싶었다. 그래서 이번 원정에서 얻은 사파이어가 박힌 금반지를 믿을 만한 심부름꾼을 통해 목사에게 보냈다. 목사를 수취인으로 한 다음과 같은 짧은 편지와 함께.

목사님! 최근에 숲속에서 제게 먹고살 만한 양식이 넉넉히 있었다면, 목사님의 베이컨을 훔쳐 올 필요가 없었을 것입니다. 추측건대, 그 일로 목사님은 대단히 놀라셨을 것입니다. 제가 지극히 높은 곳에 계신 하나님의 이름으로 확언하건대, 목사님을 그와 같은 불안감에 사로잡히게 한 것은 제 의도가 아니었습니다. 그렇기 때문에 더욱더 용서를 빕니다. 그래서 돈 대신에 동봉한 반지를 보냅니다. 그 반지는 당신의 식육 제품을 훔칠 수밖에 없었던 계기를 마련해준 사람들에게서 유래한 것입니다. 그리고 목사님께서는 그것으로 만족하시라는 부탁을 덧붙입니다. 그뿐만 아니라, 목사님께서는 어떠한 경우에라도 당신의 집사가 화가로 여기지 않고 달리 부른 사람을 부지런하고 충직한 종으로 여기시리라는 것을 저는 확신합니다. 사냥꾼

그러나 대원들은 빵 굽는 화덕을 모두 털린 농부에게는 공동 노획물에서 16제국탈러를 보냈다. 내가 농부들을 잘 다루는 것이 현명한 행동이라고 그들에게 분명히 말했기 때문이다. 농부들은 종종 군부대를 온갖 궁지에서 도와주기도 하지만 부대를 배신해 적을 돕거나 팔아먹고 멸망하게 할 수도 있는 까닭이다. 우리는 라이네에서 뮌스터로 갔고, 그곳에서 군청 소재지 함을 거쳐 우리의 숙영지가 있는 조스트로 돌아왔다. 며칠 뒤에 나는 다음과 같은 목사의 답장을 받았다.

마음씨가 고결한 사냥꾼에게! 귀하에게 베이컨을 도둑맞은 사람이 귀하께서 악마의 형상을 하고 나타나리라는 것을 알았다면, 그렇게 널리 알려진 사냥꾼을 한번 보기를 그처럼 자주 염원하지는 않았을 것입니다. 그러나 그렇게 꾸어간 고기와 빵에 그처럼 비싼 값을 지불하신 것처럼, 겪었던 놀라움도 그와 같은 유명한 인사에 의해 그리고 의도와는 달리 초래된 것인 만큼, 더욱더 가볍게 이겨낼 수 있습니다. 그러므로 이로써 귀하께서는 용서를 받으셨고, 동시에 기회 있으실 때 아무런 거리낌 없이 악마를 주문으로 내쫓으려 드는 사람을 찾아주시라는 부탁을 전합니다. 안녕히 계십시오.

그러한 짓을 나는 곳곳에서 저질렀고, 이로써 커다란 명망을 얻었다. 내가 이처럼 많은 것을 내어주고 희사할수록 더 많은 노획물이 내게 흘러들어 왔고, 나로서는 그 반지가 100제국탈러의 값에 달했음에도 불구하고 투자를 잘한 것처럼 보였다. 이것으로써 제2권은 끝이 났다.

제3권

제1장
사냥꾼이 길을 잃다

내게 호감이 있는 독자들은 전권(前卷)에서 내가 조스트에서 얼마나 공명심에 불타 있었고, 실제로도 영예와 명성 그리고 상관의 총애를 추구하느라 벌을 받을 만한 일을 많이 저질렀음을 파악했을 것이다. 이제 나는 어리석음 탓에 계속해서 오류를 범하고, 그로 인해 몸과 생명을 얼마나 거듭 위험 속에 빠뜨렸는지를 이야기하려 한다. 이미 말한 것처럼 나는 영예와 명성의 욕심에 사로잡혀서 잠을 이루지 못할 때가 아주 빈번했다. 그리고 잠들지 못하고 깨어 있으면서 새로운 함정과 계책을 골똘히 생각하노라면, 신기하게도 발상들이 떠올랐다.

예를 들어 나는 신발을 거꾸로 신어서 뒤꿈치 부분이 엄지발가락 아래에 오는 종류의 구두를 고안해냈다. 나는 자비를 들여 그런 구두를 30켤레를 만들게 했다. 이 구두를 대원들에게 나누어 신기고 그들과 함께 노략질을 하러 나가면, 사람들이 우리를 찾아내기란 불가능했다. 우리가 어느 때는 거꾸로 된 구두를 신고 어느 때는 바로 된 신을 신으면서 다른 구두는 배낭에 넣고 다녔기 때문이다. 내가 구두를 바꾸어 신으라는 명령을 내렸던 장소를 어느 누가 와서 보면 두 부대가 만났다가 나중에는 공중으로 사라진 듯한 흔적을 볼 수 있었다. 그리고 내가 거꾸로 된 구두를 신으면 왔던 곳으로 막 되돌아가는 중에 있거나, 아니면 내가 이제 가려던 그곳에 온 것같이 보였다. 내가 걸어가면서 남긴 자취들은 미로의 정원보다도 혼란스러워서 나의 자취를 따라나서거나 나를 뒤쫓아와 잡으려 해도 잡지 못했다. 나는 먼 곳에서 나를 찾으려는 적들과 아주 가까이 마주칠 때가 종종 있었다. 그리고 더욱 빈번하게는 그들이 막 포위해서 나를 잡기 위해 샅샅이 뒤진 수풀에서 몇십 리 떨어진 곳에 가 있었다.

　말을 타고 나갈 때면 우리는 걸어서 노략질을 하러 갈 때와 똑같이 행동했다. 나는 갈림길이나 교차로가 보이면 대원들을 잠시 동안 말에서 내리게 하여 편자를 거꾸로 돌려 박게 했다. 약한 무리이지만 강한 것처럼 흔적을 남기기 위해, 아니면 반대로 강한 무리이지만 약하게 보이려고 간단한 책략을 사용하는 것은 나에게는 너무 당연한 것이어서 여기서는 자세히 설명하고 싶지 않다.

　그 밖에도 나는 기구 하나를 발명해냈다. 그 기구가 있으면 세 시간 거리 떨어진 곳에서 부는 트럼펫 소리는 물론 두 시간 거리 떨어진 곳에서 말 우는 소리나 개 짖는 소리 또는 한 시간 거리 떨어진 곳에서 사람들이 대화하는 소리를 들을 수 있었다. 나는 이 발명을 극비에 부쳤으나, 이 기구가 나의 명성을 높이는 데 많은 기여를 했다. 왜냐하면 누구도 그와 같은 것이 가능하다고 여기지 않았기 때문이다. 내가 망원경과 함께 주로 바지 주머니에 넣고 다녔던 이 기구는 낮에는 물론이고 대단히 외지고 조용한 지역 밖에서는 별로 도움이 되지 못했다. 그때는 사람들이 말과 소는 물론 공중에 있는 지극히 작은 새와 물속에 있는 개구리에 이르기까지 주변에서 움직이며 내는 소리를 모두 들어야만 했기 때문이다. 그래서 마치 시장에서 많은 사람들과 짐승들 사이에 있으면서 사람들 말소리가 모두 들리는데도 소음 때문에 그 말을 이해할 수 없는 것과 같았다.

　아직도 내가 하는 말을 믿으려 하지 않는 사람들이 여전히 있다는 것을 나는 알고 있다. 그러나 그들이 믿든 안 믿든, 어디까지나 그것은 진실이다. 밤이면 나는 이 기구에 귀를 대고 보통 크기로 말하는 사람을 목소리를 듣고 식별할 수 있었다. 낮에 좋은 망원경을 들여다보면서 옷을 보고 사람을 식별할 수 있는 것과 질적으로나 양적으로 똑같다고 할 수 있다. 그러나 여기에 기록하는 것을 누가 믿지 않는다고 해도 나로서는 언짢게 생각할 수 없다. 예컨대 나는 이 기구로 들은 것을 이렇게 전했다. 말들이 오는 소리가 들린다. 새 편자를 단 것으로 보아 기병들이 타고 오는 것이 틀림없다. 말들이 오는 소리가 들리는데 편자가 없는 것으로 보아 농부들이다. 말 탄 사람들이 오고 있는데 하는 말투로 보아 농부일 뿐이다. 보병들이 오고 있는데 어깨에 멘 탄띠가 덜거덕거리는 소리로 짐작건대 대략 몇 명인 것 같다. 닭 우는 소리가 들리고, 개 짖는 소리, 그 밖에 다른 소리가 들리는 것으로 미루어 이 방향 또는 저 방향에 마을이 하나 있다. 저곳에는 양들이 울고, 암소가 음매 소리를 내며, 돼지들이 꿀꿀거리고, 그 밖의 소리가 들리니 분명 가축이 떼를 지어 가는 것이다, 등등. 그러나 내가 이처럼 듣고 말하는 것을 직접 자신의 눈으로 확인한 사람들 또한 어느 누구도 믿으려 하지 않았다. 처음에는 전우들도 나를 허풍쟁이로 취급했다. 그리고 나의 예언이 매번 적중한 것을 확인하자 모든 것이 요술이고 내 예언이 악마와 악마의 어미에 의해 계시된 것이라고 몰아갔다. 나의 사랑하는 독자들도 똑같은 생각을 할 것이다. 그렇다고 해서 적이 내가 있는 곳을 알고 잡으려 접근했음에도 종종 내가 기적적으로 벗어났던 사실이 거짓이 될 수는 없는 노릇이다. 나의 새로운 발명을 다른 사람에게 알렸다면 그 소문은 금방 널리 퍼졌을 것이다. 전쟁 중에 새로운 발명은 유익성이 즉시 증명되기 때문이다. 특히 포위 공격을 할 때 그렇다. 그렇지만 그 이야길랑 그만두고 나의 이야기로 돌아가자.

노략질할 것이 아무것도 없을 때에도 나는 도둑질을 하러 갔다. 그때에는 주변 수십 리 안에 아무것도, 우리에 들어 있는 말, 암소, 돼지, 양 할 것 없이 안전하지 못했다. 황소들과 말들에게는 내가 단단한 도로 위로 몰고 올 때까지 장화나 구두를 신겼다. 사람들이 발자국을 추적할 수 없도록 하기 위해서였다. 그런 다음 나는 말에게는 편자를 거꾸로 붙이고 암소나 황소에게는 내가 손수 제작한 구두를 신겼다. 이와 같은 방법으로 짐승들을 안전한 곳으로 끌고 왔다. 꿀꿀대기는 하지만 밤이면 게으르기만 하여 한자리에서 꼼짝도 하지 않는 살찐 어미 돼지를 위해 나는 특별한 것을 고안해냈다. 밀가루와 물을 가지고 제대로 간이 밴 죽을 쑤어서 거기에 스펀지를 넣어 적셨다. 그리고 그 스펀지를 튼튼한 끈에 매단 후에 미리 보아둔 돼지들로 하여금 스펀지를 편안한 마음으로 먹게 했다. 그러나 끈은 내 손안에 있어서 돼지들은 많은 저항도 못 하고 순순히 따라와서 나에게 햄과 소시지를 제공했다. 그와 같은 포획물을 가지고 귀대하면 나는 빠짐없이 장교들과 전우들에게 공평하게 분배를 했다. 그렇기 때문에 내가 몇 번이고 반복해서 도둑질을 하러 가더라도 이의를 제기하는 사람이 없었고, 만약 나의 절도 행위가 밀고당하거나 들통이 나더라도 다른 사람들이 내가 궁지에서 빠져나오도록 도움을 주었다. 그러나 가난한 사람에게서 훔치거나 암탉을 잡거나 어떤 잡동사니를 훔친다거나 하는 짓은 나의 마음을 대단히 상하게 했다.

이렇게 원하는 것을 모두 먹고 마시면서 나는 진정한 향락주의자처럼 살기 시작했다. 나의 은자의 가르침을 망각한 데다가 나의 젊음을 다스려주거나 의지할 만한 사람이 없었던 탓이다. 장교들도 내게 신세를 질 때면, 자청해서 함께 어울렸음은 물론이다. 그리고 나에게 벌을 주거나 충고를 해야 마땅할 사람이 오히려 온갖 악덕을 부추겼다.

이와 같은 방법으로 나는 시간이 갈수록 불경스럽고 방탕해져서 어떠한 악한 행동을 저질러도 나에게는 좀처럼 극악무도해 보이질 않았다. 많은 사람이 은밀히 나를 부러워하였다. 전우들은 내가 도둑질을 하는 데 있어서 다른 많은 전우들보다 더 많은 성과를 올렸기 때문에 부러워했고, 장교들은 내가 그토록 요란한 차림을 했을 뿐 아니라, 노략질을 나가면 그토록 많은 성공을 해서 더욱더 유명해진 나머지 그들보다 더 많은 명성을 얻었기 때문에 부러워했다. 내가 선심을 쓰지 않았다면 틀림없이 어느 땐가는 그들 중의 누군가가 나를 세상에서 없애버릴지도 몰랐다.

제2장
베를레 사냥꾼의 밥줄을 끊어놓은 조스트 사냥꾼

내가 여전히 비행을 저지르고, 악마의 마스크와 거기에 어울리는 말 다리와 황소 다리로 장식된 복장을 만들어 입고 내 적들을 놀라게 할 뿐만 아니라, 은연중에 나의 친구들에게서도 가진 것을 빼앗는 동안(그렇게 만든 것은 특히 베이컨 도둑질 때문이었다), 베를레라는 곳에 사는 한 유능한 사냥꾼에 관한 소식을 듣게 되었다. 나와 똑같이 녹색 복장을 하고 전 지역에서 특히 우리에게 군세를 납부해야 할 의무가 있는 고장에서 나의 행세를 하며 여인들을 욕보이고 노략질을 하는 등 온갖 못된 짓은 다 하고 다닌다는 것이었다. 그 사실은 나를 상당한 원망의 대상으로 만들었다. 만약 이 젊은이가 만행을 저지른 시기에 내가 전혀 다른 장소에 있었다는 알리바이를 제공하지 못했다면 나의 처지는 어렵게 되었을 것이다. 나는 더 이상 그가 하는 짓을 묵인하고만 있을 수가 없었다. 그가 나와 같은 복장을 하고 내 이름으로 노략질을 계속함으로써 나에게 오명을 씌우는 것을 그대로 참고만 있을 수는 없었다. 그렇기에 나는 조스트 사령관의 묵인하에 내 도플갱어에게 벌판에 나가 결투를 하자고 제안했다. 그러나 그가 과감하게 나오지를 않자 내가 그를 만나면 어디에서든 복수를 할 것이라는 소문을 퍼뜨렸다. 그곳이 그가 벌을 받지 않는 그곳 사령관의 주둔지인 베를레일지라도 상관없다고 했다. 나는 공개적으로 만일 내가 그를 노략질 현장에서 만난다면 적으로 취급할 것이라고 선언했다.

그렇게 해서 나는 많은 일을 도모하면서 썼던 마스크만 벗은 것이 아니라 깃털과 장식 없이도 금화 100두카텐 이상의 값어치가 있었을 녹색 복장을 갈기갈기 찢어서 조스트에 있는 내 숙영지 앞에서 공개적으로 불태워버렸다. 나는 분노한 나머지 제정신이 아니었다. 그래서 아무리 가까운 사람이라도 다시 나를 사냥꾼이라고 부르는 사람은 나를 죽여야지 그러지 않으면 내가 목이 달아나는 한이 있어도 그를 죽여버릴 것이라고 위협했다. 나는 베를레에 있는 내 도플갱어를 향한 복수를 끝내지 않는 한 노략질도 더 이상 하려 들지 않았다(내가 아직 장교가 아니었기 때문에 노략질은 나의 의무가 아니었다). 그렇게 나는 근신하면서 보초를 서거나 그 밖에 명령을 받은 일 이외에는 아무 일도 하지 않았다. 그 일도 무수히 많은 게으름뱅이처럼 최대한 느릿느릿 했다. 이와 같은 술수도 온 지역에 알려져서 적들이 안심하고 더욱더 과감해져 거의 매일 우리 통제 초소 앞에 나타날 정도였다. 나는 그것을 지속적으로 참고 보고만 있을 수가 없었다. 게다가 베를레의 사냥꾼이 계속해서 나의 이름으로 출현하여 많은 소득을 올리고 있다는 사실이 나의 심기를 아주 불편하게 했다.

그러나 여전히 내가 묵묵부답으로 일만 하고 있고, 그 일도 곧 그만둘 것 같지 않다고 모든 사람이 믿는 동안에 나는 이미 베를레에 있는 적의 일거수일투족을 탐색해서 나의 이름과 복장을 원숭이처럼 흉내 내고 있을 뿐만 아니라, 무엇인가 얻을 수만 있으면 밤에도 몰래 도둑질을 나간다는 사실을 파악하게 되었다. 그 사실은 나에게 하나의 아이디어를 제공했다.

나는 그사이 데리고 있던 두 명의 병사를 사냥개처럼 철저히 훈련시켰다. 그들은 위급할 때 나를 위해 불 속에라도 뛰어들 충성스러운 병사들이었다. 나와 함께 지내면서 좋은 먹을 것과 마실 것을 얻었으며 노획물도 충분히 챙겼기 때문이다. 나는 그들 중의 한 명을 베를레에 있는 적수에게 보내 이렇게 선언하도록 했다. 옛날 상관인 내가 다른 겁쟁이들처럼 살기 시작했고, 다시는 노략질을 하러 가지 않겠다고 맹세를 했기에 더 이상 나와 같이 머물러 있고 싶지 않아 그에게 왔노라. 전에 섬겼던 상관인 나로부터 사냥복까지 넘겨받고, 이제는 군인다운 군인으로 올바르게 처신하고 있는 그를 새로운 상관으로 섬기고 싶노라. 자신은 이 나라의 모든 길과 골목을 알고 있어서 어디에서 좋은 노획물을 사냥할 수 있는지 조언까지도 할 수 있노라고.

순진한 바보나 다름없는 내 도플갱어는 나의 병사가 하는 말을 믿고 그를 선선히 수하로 받아들였다. 어느 날 밤 그는 내가 보낸 병사를 포함해서 다른 전우들과 함께 목동이 살고 있는 오두막집에서 숫양 몇 마리를 훔치려고 했다. 그러나 그 오두막집에서는 내가 이미 슈프링인스펠트와 나의 다른 병사와 함께 그를 기다리고 있었다. 우리는 목동에게 돈을 주어서 개를 매어놓고 밤손님들이 거침없이 헛간으로 들이닥치게 했다. 그렇게 해서 나는 그들을 준엄하게 꾸짖을 작정이었다. 그들이 막상 벽에 구멍 하나를 뚫자 베를레의 사냥꾼은 나의 부하였던 병사를 제일 먼저 들여보내려고 했다. 그러나 병사는 말했다. "아닙니다. 그 안에는 틀림없이 지키고 있는 사람이 있어 나의 머리를 한 대 칠 수도 있습니다. 보아하니 당신들은 도둑질을 할 줄 모르는군요. 우선 탐색을 해야 합니다!" 그다음엔 칼을 빼어 그 끝에 모자를 매어 달고 구멍을 통해 헛간 안으로 들이밀고 말했다. "이렇게 주인이 집에 있는지 없는지를 살펴야 합니다!" 그다음엔 베를레의 사냥꾼이 제일 먼저 헛간으로 기어들어 왔다. 그러자 슈프링인스펠트가 군도를 들고 있는 그의 팔을 잡고 항복할 의사가 있는지 물었다. 그의 전우가 그 소리를 듣고 도망치려고 했다. 그러나 나는 두 사람 중에 누가 사냥꾼인지 아직은 알지 못했다. 나는 다른 사람보다 걸음이 빨랐기 때문에 도망가는 병사를 뒤쫓다가 몇 걸음 안 가서 잡았다.

나는 물었다. "어느 편 군대에서 왔느냐?"

그는 대답했다. "황제군이오."

내가 물었다. "어느 연대냐? 나도 역시 황제군이다. 자신의 주인을 부인하는 자는 비열한 놈이다!"

다른 병사가 대답했다. "우리는 조스트에 있는 용기병 부대에서 여기에 있는 숫양 몇 마리를 가지러 왔소. 형제여, 당신들도 황제군에 속한다면 우리를 그냥 보내주었으면 좋겠소."

"너희들이 조스트에서 왔다면, 대체 너희들은 누구냐?" 내가 다시 물었다.

"저기 양 우리에 있는 나의 전우는 사냥꾼이오."

"배신자들이구나!" 내가 말했다. "무엇 때문에 너희들은 너희들 자신의 관할 구역에서 노략질을 하는가? 조스트의 사냥꾼은 양 우리 같은 데에서 잡힐 만큼 바보가 아니야."

"아니, 베를레에서 온 사냥꾼이란 말이오, 내 말은!" 그가 대답했다.

이런 대화를 하고 있는 동안에 나의 병사와 슈프링인스펠트가 내 적수를 데리고 왔다.

"이런 일이 있다니, 이 못된 놈 같으니! 우리가 다시 이렇게 만날 일이 있겠나? 만일 내가 적과 싸우기 위해 네가 잡은 황제군의 무기를 존중하지 않았다면, 나는 즉석에서 너의 머리에 총탄을 날렸을 것이다! 지금까지 나는 조스트의 사냥꾼이었다. 네가 여기 있는 두 칼 중에 하나를 잡아서 군인답게 나와 대결을 하지 않는다면 나는 너를 배신자로 여길 것이다!"

그때에 슈프링인스펠트처럼 커다란 염소 뿔이 달린 흉측한 악마의 복장을 하고 있던 내 병사가 조스트에서 가지고 온 두 자루의 똑같은 군도를 발 앞에 놓고 베를레의 사냥꾼에게 하나를 선택하게 했다. 그러나 그 가련한 사냥꾼은 내가 하나우에서 춤판을 깽판 놓았을 때 놀란 것처럼 똑같이 놀랐다. 그는 바지 가득 오줌을 싸서 그의 곁에 있자니 냄새가 나서 참을 수가 없었다. 그와 그의 전우는 물에 빠졌던 개처럼 떨면서 무릎을 꿇고 용서를 빌었다. 그러나 마치 텅 빈 항아리 속에 앉아 지르는 듯 슈프링인스펠트의 불호령이 진동했다. "너는 이제 결투를 해야 한다. 그러지 않으면 내가 네 목을 부러뜨려놓고 말 테다!"

"아, 존경하는 마귀 나리! 나는 결투를 하려고 이곳에 온 것이 아닙니다. 마귀 나리께서 제게 자비를 베풀기만 하시면, 원하시는 대로 제가 모두 하겠습니다."

이렇게 말을 너듬거릴 때 나의 병사가 그의 손에 칼을 쥐여주었고 다른 칼을 나에게 주었다. 그러나 베를레의 사냥꾼은 떨기만 하고 그 칼을 잡을 수가 없었다.

달빛이 대단히 밝았다. 그래서 양 치는 목장 주인과 그의 머슴은 그들의 오두막에서 모든 것을 함께 보고 들을 수 있었다. 나는 큰 소리로 그를 불렀다. 증인이 필요해서였다. 그는 와서 마치 악마의 복장을 한 나의 동행자 두 명을 보지 못한 척하면서 나에게 묻기를 자신의 양 우리에서 어쩌다가 다른 두 사람과 이렇게 몹시 다투게 되었느냐고 말했다. 만일 그들과 해결해야 할 일이 있다면 다른 곳에 가서 해결하는 것이 마땅하다고 했다. 우리의 거래는 자신과는 아무런 상관이 없고, 자신은 매월 군세를 납부하니 바라건대 그 일이 아니라면 자신을 양 치는 농장에 가만히 내버려두면 좋겠다고 했다. 그러면서 다른 두 사람에게는 왜 그들이 내 앞에서 그처럼 몹시 쩔쩔매고, 힘을 합쳐서 나를 두들겨 패주지 못하느냐고 물었다.

그러자 나는 외쳤다. "너 이 촌놈아. 이 두 사람이 너의 양들을 훔치려고 했어!"

그에 대해서 농부는 "그렇다면 그들은 마땅히 나와 나의 양들의 궁둥이를 핥아야지요"라고 대답하고는 가버렸다.

나는 다시 결투를 시작하자고 몰아세웠다. 그러나 그 가련한 사냥꾼은 겁에 질려 두 발로 제대로 설 수조차 없었다. 나는 그에게 동정심이 생겼다. 그와 그의 전우가 아주 간절한 어조로 용서를 빌었기 때문에 나는 결국 모든 것을 용서했다. 그러나 슈프링인스펠트는 그것으로 만족하지 않았다. 그는 사냥꾼으로 하여금 강제로 양 세 마리—그들이 양 세 마리를 훔치려고 했기 때문에—의 궁둥이에 입을 맞추게 했고, 그의 얼굴을 고양이가 한 것처럼 끔찍하게 할퀴어놓았다. 나는 이와 같이 간단한 복수로 만족했다. 그러나 그 사냥꾼은 자신을 몹시 수치스럽게 여겨서 즉시 베를레에서 자취를 감추었다. 반면에 그의 전우는 내가 진짜로 악마 두 명을 고용하고 있는 것이 사실이라고 온 동네방네 떠들고 다녀서 사람들은 나중에 나를 더욱더 두려워하게 되었고, 더욱 미워하게 되었다.

제3장
포로가 된 유피테르가 밝힌 제신들의 뜻

사람들에게 사랑받기보다는 오히려 두려운 존재로 통한다는 사실을 나는 곧 알아차리게 되었다. 그렇기 때문에 나는 무도(無道)하기 짝이 없는 생활을 포기하고 미덕과 경건에 대해 깊이 생각하게 되었다. 전처럼 노략질을 나가긴 했지만 막상 친구들과 적들을 친절하고 사려 깊게 대해서 나를 상대하는 모든 사람이 듣던 바와는 전혀 다른 사람이라는 인상을 받았다. 그뿐만 아니라, 나는 별 의미 없이 재산을 낭비하기를 멈추고 대신 아름다운 금화와 장식품을 수집하기 시작했다. 나는 그것들을 기름진 조스트 평야 곳곳에 있는 속 빈 고목들 속에 감추어두었다. 조스트의 유명한 점쟁이 여인의 충고를 따른 것이었다. 또한 그녀는 나를 노리고 나의 돈을 탐내는 적들이 도시 밖에 있는 적군의 주둔지보다 이 도시에, 나의 부대 내에 더 많이 있다고 주장하기도 했다. 나는 막상 사냥꾼이 달아났다는 소식이 퍼지자 잘됐다고 생각하는 사람들을 일부러 찾아가 행패를 부렸고, 어떤 지역에서 행패를 부렸다는 소식이 다른 지역에 전해지기 전에 이미 그 지역으로 하여금 나에게 갚아야 할 빚이 여전히 남아 있다는 것을 눈치채게 했다. 나는 회오리바람처럼 그 지역을 맴돌면서 한번은 이곳에 한번은 저곳에 나타나는 바람에 전에 다른 사람이 내 행세를 하고 돌아다니던 때보다도 소문이 더 많이 돌았다.

한번은 내가 도르스텐에서 멀지 않은 은신처에 숨어서, 25문(門)의 총포를 도르스텐으로 옮기기로 되어 있는 여러 명의 마부로 구성된 호송단이 오는지 망을 보고 있었다. 우리는 적과 가까이 있었기 때문에 습관대로 내가 직접 보초를 섰다. 그때에 한 사람이 혼자서 길을 걸어왔다. 옷차림이 단정했고 혼잣말을 하면서 손에 들고 있는 대나무 지팡이를 허공으로 마구 휘둘러댔다. 그가 하는 말에서 내가 이해한 대목은 오직 이것뿐이었다. "이 세상이 보다 높은 나의 섭리를 깨닫지 못하는 한 내가 이 세상에 벌을 내릴 것이다." 그 남자는 익명으로 자기 신하들의 생활과 풍습을 탐색하기 위해 암행하는 군주일 가능성이 있고, 아마도 방금 그가 본 것에 대하여 불만스러웠기 때문에 그들에게 벌을 내리기로 결심했을 것이라는 생각이 내게 떠올랐다. 그래서 만일 이 남자가 적이라면 몸값을 많이 받을 수 있을 것이고, 아니라 해도 정중히 대접해서 호감을 얻는다면 평생 그의 총애를 받으며 살 수 있을 것이라고 나는 생각했다. 그러므로 나는 앞으로 튀어나가서 발사 준비가 된 총을 겨누며 말했다. "귀하께서는 순순히 내가 있는 이곳 풀숲으로 오시는 게 좋겠소. 그러지 않는다면 나는 당신을 적으로 취급해서 가만두지 않을 것이오."

그에 대해서 그는 아주 진지하게 대답했다. "나 같은 사람에게는 그와 같은 대접이 익숙지가 않소."

나는 그를 정중히 내 앞으로 끌며 말했다. "그럼에도 불구하고 이번에는 시키는 대로 하게 될 것이오."

나는 그를 덤불 속에 숨어 있는 나의 대원들에게 데려온 다음, 다른 병사로 하여금 도로 옆에 보초를 서게 한 후에 그에게 누구냐고 물었다. 그러자 그는 사뭇 교만하게 대답하기를 자신이 위대한 신인 것을 알면서 그런 질문을 또 하는 이유가 무엇이냐고 했다. 나는 그가 나를 행여나 조스트 출신 귀족으로 알고, 나를 우롱할 작정인 게로구나 생각했다. 사람들은 조스트 사람들을 위대한 신과 그가 허리에 두르고 있는 금으로 된 천을 두고 곧잘 놀려댔기 때문이다.[1] 그렇지만 얼마 안 가서 나에게 잡힌 사람이 군주가 아니라, 공부를 너무 많이 하고 시문학에 심취한 공상가라는 것을 알게 되었다. 왜냐하면 감정이 약간 누그러지자 그 스스로 유피테르라고 자신의 정체를 밝혔기 때문이다.

포획물에 대해 동정심이 일었지만 일단 바보를 붙잡았으니 좋든 나쁘든 우리가 다시 움직일 때까지 내 곁에 잡아둘 수밖에 없었고, 시간이 상당히 넉넉했으므로 그와 농담을 하면서 그의 재능에서 유익한 것을 얻을 수도 있으리라는 생각이 떠올랐다. 그래서 내가 말했다. "그렇다면, 친애하는 유피테르여! 신께서 천국의 보좌를 떠나 우리가 사는 이 지상으로 내려온 것은 어인 까닭입니까? 오, 유피테르! 용서하시오. 질문이 당신에게는 주제넘게 들릴지 모르지만 여기 있는 우리도 하늘에 있는 제신들과는 어느 정도 관계가 있기 때문이라오. 우리는 단지 목양신과 요정에게서 태어난 단순한 숲의 신에 불과하지만 이와 같은 비밀을 밝힐 권리는 있소."

그러자 유피테르는 대답했다. "내가 명부의 강을 두고 당신에게 맹

---

1) 조스트에는 금으로 된 천을 허리에 두른 그리스도의 은십자가상이 있는데 젊은 처녀들이 그 앞에서 기도를 하면 남편감을 점지해준다는 소문이 있다.

세하지만, 당신이 목양신의 친아들이라고 해도 나는 당신에게 아무 말도 하지 않을 것이오. 그러나 당신의 모습이 나의 음료 담당관인 가니메데스와 닮았기 때문에 내가 그를 생각해서 말을 하겠소. 세상에 가득 찬 죄악에 대한 악평의 소리가 구름을 통해서 내게 들려오고, 그 때문에 제신들 회의에서 지구를 리카온[2]의 시대처럼 물에 잠기게 하는 것을 내 판단에 맡겼다오. 그러나 나는 막상 인류에게 대단히 호의적이고, 대체로 엄격함보다는 온유함으로 다스리기를 좋아하는 편이라오. 그래서 나는 이곳을 돌아다니면서 내 눈으로 직접 인간의 행동거지를 살피고 있는 중이오. 그리고 내가 보기에 모든 것이 추측했던 것보다 더 나쁜데도 불구하고, 나는 모든 인간을 가리지 않고 한 방에 멸망시키는 대신 벌을 받아야 마땅한 사람들만 처벌하려고 하오. 그리고 난다음에 나머지 사람들은 내 뜻대로 다시 교육을 시킬 것이오."

나는 가능한 한 쓴웃음을 참고 말했다. "오오, 유피테르여! 만일 당신이 이미 한번 그랬던 것처럼 세상을 물로나 심지어 불로 벌하지 못한다면, 당신의 수고가 허사가 될까 염려되는구려. 왜냐하면 당신의 섭리로 단순히 전쟁이 일어난다면 모든 악한 모험자들이 즉시 함께 전쟁에 가담할 것이오. 그렇게 되면 평화를 사랑하는 정직한 사람들이 고통을 당할 것이 빤하오. 만일 당신의 섭리로 물가가 오른다면, 곡물 값이 오르니 고리대금업자들만 더욱 만족할 것이오. 그러나 당신이 역병처럼 무서운 전염병을 퍼뜨리면 나중에 욕심꾸러기들과 살아남은 사람들은 모두 잘살게 될 것이오. 유산을 많이 물려받은 덕이오. 그러므로 그때에 가서 당신이 세상을 정말로 벌하시려고 하면, 틀림없이 세상을 뿌리

2) 아르카디아의 왕 리카온은 인육을 제물로 제우스에게 제사를 지내 지상에 홍수를 내리게 했다.

째 뽑아버려야 할 것이오."

제4장
세계를 정복하고 모든 민족 간에 평화를 정착시킬
독일의 영웅에 관하여

유피테르는 대답했다. "자네는 이 일에 관해 아주 단순한 사람처럼 말하는군. 마치 우리 신들이 오직 악한 사람들만 벌을 받게 하고, 착한 사람들은 살아남도록 조치할 수 있다는 것을 알지 못하는 것처럼 말일세. 나는 한 독일 영웅을 소생시킬 작정일세. 그는 칼날 같은 엄정함으로 모든 일을 이루어낼 것일세. 타락한 인간들을 모두 살해할 것이고, 신앙심이 깊은 사람들은 목숨을 부지케 하여 그 수를 늘릴 것일세."

내가 말했다. "그러나 그 같은 영웅에게도 병사들이 있어야 하는데 병사들이 필요한 곳에는 전쟁이 있고, 전쟁이 있는 곳에서는 죄 없는 사람이나 죄 있는 사람이나 똑같이 타격을 받습니다."

유피테르가 대답했다. "그대들 지상의 신들은 지상의 인간들과 마찬가지로 아무것도 이해하지 못할 정도로 그렇게 답답한가? 내가 보내려는 영웅은 병사들도 필요 없네. 그렇지만 전 세계를 개혁할 것일세. 그가 탄생하는 순간에 그는 잘 짜인 몸을 타고날 것일세. 헤르쿨레스의 몸보다도 더 강하게 말일세. 그리고 통찰력, 지혜, 판단력도 풍부하게 갖추게 할 것일세. 게다가 베누스가 그에게 아름다운 용모를 선사해서 그 아름다움이 나르시스, 아도니스, 심지어 나의 가니메데스보다도 뛰어날 것일세. 또한 베누스는 그가 지닌 온갖 미덕에다 특별히 교양과 고결함, 우아함까지 선사해서 온 세상의 사랑을 독차지하게 만들 것일세. 그리고 이를 위해서 그의 출생의 시간에 나와 베누스의 별자리는 특별히 우호적일 것일세. 메르쿠리우스는 그로 하여금 비교도 안 될 만큼 심오한 이성을 갖추도록 할 것일세. 그리고 변화무쌍한 달이 그를 해치지 않고 그에게 믿기지 않을 만한 기민함을 심어주어서 이롭게 할 것일세. 지혜의 여신 팔라스는 그를 시문학의 본산인 파르나스산(山)에서 교육시킬 것이고, 불의 신인 불카누스는 전쟁의 시간에 그에게 무기를, 특히 명검을 단조(鍛造)해줄 것일세. 그 명검을 가지고 그는 온 세상을 굴복시키고 모든 불경한 사람을 없애버릴 것일세. 예컨대 단 한 명의 병사의 도움을 받지 않고서도 말일세. 그런 도움을 그는 필요로 하지 않네. 그가 나타나면 모든 도시마다 두려워 떨게 될 것이고, 다른 때 같으면 접수할 수 없는 요새들도 15분 내에 모두 복종하게 만들 것일세. 마지막에는 그가 세계에서 가장 위대한 실력자들에게도 명령을 내리게 될 것이고 바다와 육지를 칭송받을 만큼 다스려서 제신들과 인간들이 모두 마음에 흡족해할 것일세."

나는 말했다. "도대체 무슨 수로 모든 불경한 사람을 피를 흘리지 않고 죽여버릴 수 있으며, 엄청난 권력과 강력한 팔이 없으면 무슨 수로 온 세상에 명령을 내릴 수 있는 권능을 얻고 행사할 수 있단 말입니까? 아 유피테르! 다른 죽을 운명에 있는 사람들이 다 이해하더라도, 나는 도무지 이해할 수 없다는 것을 당신에게 고백하지 않을 수 없습니다."

유피테르가 대답했다. "놀라운 일이 아닐세. 왜냐하면 자네는 나의 영웅이 지니는 명검에 어떤 특별한 힘이 있는지 모르고 있기 때문일세. 불의 신 불카누스가 나의 번개 화살과 같은 재료로 그 명검을 제조할 것이고, 나의 영웅이 그 칼을 빼어 들고 허공에 한번 휘두르면 비록 산 뒤에 스위스 마일[3]로 1마일이나 떨어진 함대에 탑승하고 있을지라도 전원의 머리를 한 번에 베어서 그들이 무슨 일이 일어났는지 알기도 전에 가련한 악마들은 머리가 없이 땅에 뒹굴게 될 것일세! 그런 다음 그가 움직이기 시작해서 도시나 요새 앞에 나타나면 옛날 중앙아시아를 통치하던 티무르가 썼던 수법으로 공격할 것이네. 그는 평화적인 의도로 모든 사람의 복지를 증진하러 왔다는 것을 알리기 위해서 흰색 깃발을 게양할 것이네. 막상 사람들이 나와서 그에게 굴복을 하면 좋고, 그러지 않으면 가죽 칼집에서 칼을 빼어 그 도시에 머물고 있는 마술사들은 남녀를 불문하고 모두 쳐서 머리를 땅에 떨어뜨리고 빨간색 깃발을 꽂을 것이네. 그래도 여전히 모든 사람이 나오지 않으면 그는 모든 살인자, 고리대금업자, 절도범, 악당, 강간범, 창녀, 동성연애자 등을 같은 방법으로 죽이고 검은색의 깃발을 꽂을 것이네. 그런데도 아직 그 도시에 머무르는 사람들이 즉시 그에게 와서 고분고분하게 굴지 않으면 그는 전 도시 주민들을 교만하고 불순종하는 백성으로 여겨 싹 쓸어 죽여버리고 싶겠지만, 오로지 다른 사람이 굴복하려는 것을 방해한 사람들만 교수형에 처할 것이네.

그렇게 그는 이 도시 저 도시를 돌아다니며 그 주변 지역을 각 도시에 넘겨주어서 평화롭게 다스리게 할 것이네. 그리고 그는 독일에 있는 모든 도시에서 가장 현명하고 박학한 사람 두 명을 골라 그들로 하여금 의회를 구성하도록 하고, 그런 식으로 그 도시들은 영원히 서로 통합될 것이네. 그는 전 독일에 노예제도, 관세, 세금, 이자, 소작과 공출을 폐지하고 사역, 경비, 군세, 분담금, 전쟁, 그 밖에 백성들의 부담

---

3) 독일 마일로 1마일은 4,000보 거리인 데 반해서 스위스 마일로 1마일은 5,000보 거리로 단위의 크기가 다르다.

을 곧 잊도록 해서 인간들로 하여금 낙원에서 사는 것보다 더 행복하게 살도록 배려할 것이네.

그때에 가면 나는 종종 모든 신과 함께 독일인들에게 내려와서 그들의 포도나무와 무화과나무 사이에서 이만하면 충분하다고 할 것이네. 나는 헬리콘산(山)⁴⁾을 독일인들이 사는 지역 한가운데에 옮겨놓고, 그 위에 새로운 무사의 신들이 살게 할 것이네. 나는 독일을 없는 것 없이 넘치게 해서 아라비아, 메소포타미아, 다마스쿠스 주변 지역보다도 더 풍요롭게 축복할 것이네. 맹세코 나는 그리스어를 부정할 것이고, 독일어로만 담화할 것이네. 간단히 말해서 나는 결국 옛날 로마 사람들처럼 독일인들로 하여금 전 세계를 지배하도록 용인하리라는 것을 훌륭한 독일어로 표현해 보일 것이네."

나는 말했다. "그러나, 고귀하신 유피테르! 만일 미래의 영웅이 당신의 것을 그처럼 불법으로 빼앗아 그 도시들의 군주와 귀족에게 넘겨주는 것을 허락한다면 그들은 무어라고 하겠습니까? 무력으로 저항하거나 적어도 제신들이나 인간들 앞에서 그에게 항의하지 않겠습니까?"

유피테르는 대답했다. "그 점에 대해서 그 영웅은 별로 걱정하지 않을 것이네. 그는 명사들과 실력자들을 세 그룹으로 나눌 것이네. 방탕한 생활을 하고 나쁜 예를 보여주는 사람들은 평범한 사람들처럼 벌을 줄 것인데, 그 까닭은 지상의 어떤 권력도 그의 무력에는 맞설 수 없기 때문이네. 나머지 사람들에게는 그 나라에 남든지 말든지 선택을 하도록 할 것이네. 남아서 조국을 사랑하는 사람은 다른 평범한 사람들처럼 살지 않으면 안 될 것이네. 물론 그렇게 되면 독일 사람들의 삶은 지

---

4) 그리스 신화에서 아폴론과 무사의 신들이 살던 곳.

금 어떤 왕의 삶과 신분보다도 훨씬 만족스럽고 행복하게 될 것이네. 또 그렇게 되면 독일인들은 모두가 피로스 왕과 나라를 나누려고 하지 않던 파브리키우스[5]나 다름없을 것이네. 왜냐하면 그 영웅은 자신의 명예나 미덕과 마찬가지로 자신의 조국을 대단히 사랑했기 때문일세. 두번째 그룹에 대해서는 그 정도로 해두세. 그러나 항시 지배하는 것이 몸에 밴 영주들이 속하는 제3의 그룹을 그는 헝가리와 이탈리아를 통과해서 몰도바와 왈라키아로 안내할 것이고, 마케도니아, 트라키아, 그리스, 심지어 헬레스폰트 해협을 거쳐 아시아로 인도할 것이네. 그 영웅은 제3의 그룹을 위해서 이 나라들을 획득할 것이고 그들에게 전 독일에서 전쟁을 열망하는 백성을 전원 딸려 보내 그곳에서 왕들이 되게 할 것이네. 그다음에 그는 콘스탄티노플을 하루에 정복해서 참회하지 않거나 복종하려고 하지 않는 터키인들 모두를 거꾸러뜨리고 다시 로마의 황제 제도를 실현할 것이네. 그런 다음 그는 다시 독일로 돌아와서 독일 한가운데에 하나의 도시를 건설할 것이고, 말한 바와 같이 모든 독일의 도시에서 의회 의원들을 쌍쌍이 모아서 그의 조국 독일의 장관들과 원로들로 임명하게 될 것이네. 그 새로운 도시는 아메리카의 금광 도시 마노아보다 더 클 것이고 솔로몬 왕 당시의 예루살렘보다도 금이 많을 것이네. 도시를 둘러싼 성벽은 티롤 지방에 있는 알프스에 비할 만하고, 해자는 에스파냐와 아프리카 사이에 있는 바다처럼 넓을 것이네. 그는 그 해자 안에 순 다이아몬드, 루비, 에메랄드, 사파이어로 된 사원을 세울 것이고, 그가 설치할 진열실에는 전 세계에서 온 온갖

---

5) 로마의 전설에 의하면 파브리키우스는 엄격한 도덕주의와 청렴결백의 귀감이 되는 인물로, 특히 기원전 279년에 벌어진 아스쿨룸 전투 후에 피로스 왕과의 협상에서 자신의 통치권을 포기한 것으로 유명하다.

귀중품을 전시할 것이네. 중국과 페르시아의 왕들, 동인도의 무굴 대제, 타타르족의 대한(大汗), 아프리카의 요하네스 목사,[6] 모스크바의 차르 등이 그에게 보내준 값진 선물 덕분에 말일세. 터키의 황제도 좀더 열성적으로 참여할지도 모르겠네. 만약 우리의 영웅이 그의 황제 자리를 빼앗아서 로마의 황제에게 빌려주지 않았다면 말일세."

나는 유피테르에게 이 모든 일에 있어서 기독교의 왕들이 해야 할 일은 무엇이냐고 물었다. 이에 대한 그의 대답은 이랬다. "독일의 혈통을 이어받은 영국, 스웨덴, 덴마크의 왕들은 자신들의 왕관과 왕국을 합병된 영토와 합쳐 독일국으로부터 봉토로 선물 받게 될 것이고, 에스파냐 왕, 프랑스 왕, 포르투갈 왕도 그들의 봉토를 똑같이 받게 될 것이네. 옛 독일인들이 이 나라들을 예전에 이미 점령해서 다스렸던 적이 있기 때문일세. 그리고 그때부터 아우구스투스 황제 때와 마찬가지로 전 세계의 모든 민족 간에 영원히 변치 않는 평화가 있게 될 것이네."

제5장
영웅이 종교들을 화해시키고 단일화할 것이니라

하마터면 우리가 하는 이야기를 듣고 있던 슈프링인스펠트가 유피테르의 기분을 상하게 하고 우리의 대화를 방해할 뻔했다. 그가 이렇게 말했기 때문이다. "그러면 그때에 가서는 게으름뱅이 천국이나 마찬가지로 독일에서 머스캣 포도주가 비처럼 내리고, 밤이면 고기만두가 꿰

---

6) 중세 전설에 따르면 12세기에 에티오피아 출신의 요하네스 목사(Priester Johannes)가 아시아와 아프리카에 기독교 제국을 건설했다고 한다.

꼬리버섯처럼 땅에서 자라나겠네요. 나는 타작하는 사람처럼 배불리 먹고 말바시아 포도주를 퍼마셔서 틀림없이 눈에 보이는 것이 없겠네요."

유피테르가 그에게 대답했다. "물론이지! 특히 내 보기에 자네가 나의 권위를 조롱하는 까닭에 내가 자네에게 에리시크톤[7]이 겪은 것처럼, 먹고 먹어도 허기가 지는 벌을 내리게 되면 말일세." 그러나 나에게는 이렇게 말했다. "나는 여기에서 순전히 수풀의 신들 가운데에 있는 줄 알았네. 그런데 막상 보니 내가 시기심이 있는 조롱의 신 모모스 아니면 불평분자 조일루스를 만나고 있네그려. 그런 배신자들에게 하늘의 뜻을 일러주어야겠나? 그것을 두고 돼지에게 진주를 주거나, 개 꼬리 3년 묻어두어도 황모는 되지 않는다고 하는 것이네."

나는 혼자 생각했다. 그가 그처럼 고상한 일을 다루는 것 말고도 그처럼 민감한 소재를 다루다니 얼마나 상스러운 우상인가! 그러나 내가 보기에 사람들이 웃는 것이 그는 마음에 들지 않는 것 같으니 할 수 있는 한 참아야겠다고 생각했다.

그리고 나는 그에게 말했다. "마음씨 착하신 유피테르여! 한낱 버릇없는 수풀 신의 반항 때문에 당신의 제2의 가니메데스에게 독일이 계속 가야 할 길에 대하여 침묵하시지는 않겠지요?"

그가 대답했다. "물론 아니네. 그러나 이 테온[8]으로 하여금 남의 잘못을 꼬집거나 하는 그의 혀를 지금부터는 놀리지 않게 하게. 그러지 않으면 내가 그를 메르쿠리우스가 바투스에게 한 것처럼 돌로 변하게 할 것이네. 그러나 자네는 이제 부디 나의 가니메데스라는 것을 시인하

---

7) 에리시크톤은 데메테르(케레스) 여신의 성스러운 숲에서 나무들을 베었기 때문에 데메테르로부터 먹고 먹어도 허기가 가시지 않는 벌을 받았다.

8) Aelius Theon: 궤변을 일삼은 소피스트들 중의 한 사람.

게! 나의 질투심 많은 아내 유노가 내가 없는 틈을 타서 자네를 천국에서 내쫓지 않았는가?"

나는 그에게서 듣고 싶은 것을 듣자마자 모든 것을 이야기하겠다고 약속했다. 그러자 그는 말했다. "친애하는 가니메데스! 부정하지 말게, 나는 자네가 가니메데스인 것을 알고 있으니까! 그렇게 되면 독일에서는 연금술이 신뢰할 만해서 도기 제조업처럼 보편화될 것이고, 곧 마부들마다 이 현자의 돌을 지니게 될 것이네!"

나는 질문했다. "그러나 종교가 그처럼 많은 상황에서 독일이 어떻게 지속적으로 평화를 유지할 수 있을까요? 여러 종교의 성직자들이 신도들을 부추기거나 그들의 신앙을 위해서 새로운 전쟁을 획책하지 않겠습니까?"

"아, 아닐세." 유피테르는 말했다. "나의 영웅은 지혜로운 사람이므로 전쟁을 예방할 것이고 전 세계에 있는 기독교 종파들이 서로 화해하게 할 것이네."

나는 말했다. "아, 그것은 기적이나 다름없습니다. 기막힌 업적이지요! 그러나 어떻게 그런 일이 일어난단 말입니까?"

유피테르는 대답했다. "나는 그것을 진정 자네에게 기꺼이 밝히고 싶네. 나의 영웅은 세계 평화를 달성한 후에는 종교 지도자와 세속적인 지도자, 기독교를 믿는 민족들과 여러 교회의 수장들을 향해 마음에 대단히 감동을 주는 연설을 할 것이고, 그들에게 신앙 문제에 있어 기존의 백해무익하기만 한 종교의 분열상을 명명백백하게 눈앞에 제시할 것이네. 그는 전적으로 올바른 이유와 반박할 수 없는 논거를 들어서 그들 스스로가 보편적인 통일을 염원하고, 온갖 지혜를 동원하여 단일화를 실현하는 과제를 그에게 믿고 맡기게 만들 것이네. 그렇게 되면,

그는 온 세상에서 그리고 모든 종교에서 가장 현명하고 학식이 있고 신앙심이 돈독한 신학자들을 불러 모을 것이고, 예전에 프톨레마이오스 필라델포스가 72명의 번역가를 위해 했던 것처럼,[9] 조용하고 아담한 장소를 설치해서 그들에게 음식과 음료, 그 밖에 필요한 것을 장만해놓고, 되도록 빨리 그 과제를 맡길 것이네. 그 과제는 틀림없이 모든 것을 근본적으로 숙고해서 그들의 상이한 종교의 쟁점을 제일 먼저 해결하고, 그다음에는 한마음으로 성경과 전통과 인정받은 교부들의 의견이 일치된 가운데 진정 거룩하고 기독교적인 종교를 문서화하는 것일세.

그러는 동안에 명부의 왕 플루톤은 무척 난처해할 것이 분명하네. 그의 나라가 좁아들지도 모른다는 걱정 때문에 말일세. 그는 온갖 함정과 간계를 생각해내고 이의를 제기할 것일세. 그리고 이 전체 사안에 훼방을 놓으려 들지 않더라도 이 사안을 오래 끌거나 애매하게 놓아두려고 노력할 것이 틀림없네. 그는 자신의 뜻을 굽히지 않기 위해 각 신학자에게 이해, 지위, 명망, 처자식들과의 편안한 삶 등 가능한 모든 수단을 눈앞에 제시할 것이네. 그렇지만 나의 용기 있는 영웅도 수수방관만 하고 있지는 않을 것일세. 이 공회가 진행되는 동안 전 기독교계로 하여금 종이란 종은 다 울리게 할 것이고, 기독교를 믿는 백성들에게 지고하신 하나님께 진리의 성령을 보내주시기를 기도하도록 끊임없이 촉구할 것일세. 그러나 어떤 사람이 플루톤에게 설득당하는 것을 그가 눈치챌 경우 그는 교황 선출을 위한 추기경 회의처럼 모임에 참석한 전 위원들을 굶겨서 고통스럽게 할 것일세. 그리고 그들이 아직도 이 위대한

---

9) 전설에 따르면 이집트 왕 프톨레마이오스 2세 필라델포스(B.C.309~B.C.246)는 72인의 유대인 서기관들로 하여금 히브리말로 된 성경을 그리스어로 번역하게 해서 구약의 권위 있는 버전을 탄생시켰다고 한다.

사업을 진전시킬 용의를 보이지 않는다면 그들에게 교수형에 관해 설교를 하거나 기적의 검에 대해 주의를 환기시킬 것일세. 그러므로 제일 처음에는 선의로, 그러나 마지막에는 준엄한 태도를 보이고 엄포까지 놓아서 그들로 하여금 본업으로 돌아오게 하고 지금까지처럼 더 오래 그들의 고집스럽고 잘못된 의견을 가지고 세상을 바보 취급하지 않도록 만들 것일세. 그렇게 의견의 일치를 보게 한 다음 대대적인 환영 행사를 거행하고 이 정화된 종교를 전 세계에 공포할 것이네. 그러나 이와 같은 신앙을 거부하는 자는 유황과 역청으로 순교하게 하거나 아니면 그와 같은 배교자를 회양목에 꽂아서[10] 새해에 플루톤에게 선사할 것이네.

친애하는 가니메데스! 이제 자네는 알고 싶은 것을 모두 알게 되었네. 그러니 이제 자네가 왜 천국 수도원을 떠났는지를 말해보게. 거기에서 자네는 나에게 그처럼 많은 잔의 감로주(甘露酒)를 따라주지 않았던가!"

제6장
벼룩 사절들이 유피테르에게 저지른 짓

나는 생각했다. 이 유피테르는 아마도 행동하는 것처럼 바보가 아니라 하나우에 있을 때 내가 그랬던 것처럼 위험한 상황을 모면하기 위해 일부러 그런 척하는 것은 아닐까? 나는 시험 삼아 그가 분노를 폭발하게끔 유도해보기로 했다. 그러면 바보인지 아닌지를 가장 잘 판단

---

10) 회양목은 마귀와 다른 악의 세력을 쫓는 효험이 있으므로 어떤 사람을 회양목에 꿰어 대목장이 설 때 마귀에게 선사한다는 속담이 있다.

할 수 있기 때문이다. 그래서 나는 그에게 대답했다. "내가 천국을 떠난 것은 당신이 그곳에 없었기 때문입니다. 그렇기에 나는 다이달로스의 날개를 달고 당신을 찾기 위해서 지상으로 날아왔습니다. 그러나 내가 곳곳을 찾아다니며 당신의 소식을 물었지만, 어디에서나 나쁜 소문만 들렸습니다. 왜냐하면 조롱의 신들인 조일루스와 모스쿠스가 당신과 다른 신들에 대해 정말로 타락하고 저열한 데다 악취가 난다고 비방한 탓에 당신들은 사람들에게 완전히 신용을 잃었기 때문입니다. 그들이 말하기를 당신에게는 이(蝨)가 들끓고, 행동거지는 유부녀를 겁탈하는 오입쟁이라고 하던데 도대체 어디에서 그와 같은 악덕을 이유로 세상을 벌할 수 있는 권능을 얻은 것입니까? 불카누스는 소심한 간부인데다 전쟁의 신 마르스의 간통을 보고도 이렇다 할 복수를 하지 못한 겁쟁이에 불과한데 그가 빚은 무기가 무슨 도움이 될 수 있겠습니까? 베누스로 말하면 그녀 자신이 단정치 못한 행동 때문에 세상에서 가장 미움받는 계집이라고 하던데 어떻게 다른 사람들에게 기품과 매력을 발휘할 수 있겠습니까? 마르스는 살인자에다 강도이고, 아폴로는 부끄러움을 모르는 오입쟁이, 메르쿠리우스는 쓸모없는 수다쟁이인 데다 도둑이자 뚜쟁이, 들판 신 프리아푸스는 역겨운 존재, 헤르쿨레스는 정신 나간 폭군이라더군요. 이렇게 제신의 무리가 모두 타락했으니 그들이 지낼 곳은 오로지 온 세상을 악취로 오염시키고 있는 아우기아스의 외양간[11]뿐입니다."

유피테르가 말했다. "아. 내가 자비심을 잃고 명예훼손을 하는 이 저주받을 자들과 하나님을 모독하는 비방자들을 천둥과 번개로 추적했

---

11) 아우기아스의 외양간에는 3,000마리 황소의 분뇨가 쌓여 있는데 헤르쿨레스의 과제 중의 하나가 단 하루 동안에 이 외양간을 치우는 것이었다.

다면 그것이야말로 기적이 아니겠는가? 내 소중하고, 가장 사랑하는 친구 가니메데스! 자네는 어떻게 생각하는가? 이 수다쟁이들을 탄탈로스처럼 영원한 갈증으로 죽게 하는 것이 좋겠는가? 아니면 그들을 토락스산 위에서 그리스의 문법학자이자 독설가인 다피타스 곁에 십자가로 매달든가, 아니면 궤변가 아낙사고라스와 함께 절구에 넣어서 빻는 것이 좋겠는가? 아니면 이들을 아그리젠토로 데려가 폭군 팔라리스의 뜨겁게 달군 쇠로 만든 황소 속에 넣고 구워버리는 것이 옳겠는가? 아닐세, 가니메데스, 아니야! 이와 같은 처벌은 모두 너무 가벼워. 판도라의 상자를 새로운 것으로 채우고 이 악동들의 대갈통을 다 비워버리겠네. 복수의 신인 네메시스가 광포한 여신들인 알렉토, 메가이라, 티시포네를 깨워서 그들에게 보내든지, 아니면 헤르쿨레스가 플루톤에게서 지옥의 개 케르베로스를 대가를 지불하고 빌려서 이 악한들을 늑대처럼 쫓도록 하는 것이 좋겠네. 그리고 내가 그들을 충분히 쫓고 고통을 준 다음 그들을 지옥의 집에서 헤시오도스와 호메로스 곁의 기둥에 묶어놓고 복수의 여신 에우메니데스로 하여금 영원히 무자비한 벌을 주도록 하겠네."

유피테르는 여전히 그와 같은 협박을 늘어놓으면서 나와 전 대원의 목전에서 아무런 부끄러움도 없이 바지를 내리고 그 속에서 벼룩을 찾았다. 그의 반점이 있는 피부에서 분명히 볼 수 있는 것처럼 벼룩들은 그를 엄청 괴롭혔던 것이다. 나는 그것을 어떻게 생각해야 좋을지 알지 못했다. 그러자 그가 말했다. "이 작고 귀찮은 존재들아! 급히 사라져라. 전율의 폭포인 스틱스를 두고 맹세하노니 너희들의 청원이 받아들여지는 경우는 영원히 없을 것이다."

나는 그가 한 말이 무슨 뜻이냐고 물었다. 그랬더니 그는 벼룩이라는 족속들이 그가 지상에 내려왔다는 소식을 듣고 그에게 경의를 표할 사절을 대표로 보냈다는 것이었다. 그러나 나중에 벼룩들은 그에게 불평하기를 그가 자신들에게 개가죽 속에 살 곳을 지정해주었으나 그들 중에 상당수는 여인들이 지니는 모종의 특성 때문에 여자들의 모피에 빠져버렸다는 것이다. 이들은 길을 잃었고 이 불쌍한 친구들은 막상 여인들에게 엄청 괴롭힘을 당하고 잡혀 죽임을 당했을 뿐만 아니라, 그전에 손가락 사이에서 심한 고문을 당하고 끝내 비벼져 죽임을 당해서 비록 돌이라도 이를 불쌍히 여기고 싶을 정도였다는 것이다.

유피테르는 말을 계속 이었다. "그렇다네. 그들은 나에게 그 사실을 감동적이고도 연민의 정이 생기도록 설명을 하는 바람에 나는 동정심이 생겨 그들에게 도움을 약속했다네. 그러나 물론 우선 여인들의 말을 들어보겠다는 조건하에서였네. 그랬더니 그들은 이의를 제기했네. 만일 여인들에게 반론을 제기하도록 허락하게 되면 그들이 확신하기로는 여자들은 개의 혓바닥으로 독설을 퍼부어 나의 정의감과 선심을 잠재워서 벼룩들의 소리는 들리지 않거나, 그들의 달콤한 말과 그들의 아름다움을 이용해서 나의 판단력을 마비시켜 잘못된 판단을 하도록 오도하리라는 것이었네. 벼룩들은 나름대로 나에게 충성을 보였고 앞으로도 계속해서 변치 않는 충성심을 바칠 계획이니 자신들에게 계속 호의를 보여달라고 부탁을 했네. 결국 그들은 항시 내 곁에 있으면서도 나와 내 세 명의 애인인 이오, 칼리스토, 에우로페와 그 밖의 다른 여인들과 사이에 일어났던 일을 가장 잘 알고 있었지만, 한 번도 입을 놀려 발설하지 않았다는 것이었네. 심지어 그들이 자주 머물렀던 내 아내인 유노에게까지 그에 대해서는 한 마디도 하지 않고 오히려 침묵할 것을 의무화했다네. 그래서 지금까지(그들이 거의 모든 연애 사건에 함께 참여했음에도 불구하고), 어떤 인간도—그 당시 아폴로가 하인인 까마귀에게 들었던 것처럼—그들에 관해서 아무것도 듣지 못했다는 것이었네. 그러나 내가 그 여인들에게 벼룩들을 그들 구역에서 내쫓거나 잡고 방목권에 따라 학살하는 것을 허락할 경우 벼룩들은 나에게 적어도 장차 영웅적인 죽음을 맞을 수 있도록 배려해달라고 청원을 했다네. 예를 들어 황소에게 하듯 도끼로 한 방 먹이든가 아니면 사냥에서 들짐승을 쓰러뜨릴 때처럼 하든가 해야지 손가락 사이에 끼어서 가련하게 으깨어지든가 비벼져 죽임을 당하는 것은 끝장이 나야 한다는 것이었네. 특히 여자들이 이런 짓을 통해서 그야말로 자주 다른 물건을 만졌던 자기 양손을 사형수의 도구로 만들었는데 이는 점잖은 남자에게는 수치스러운 일이 아닐 수 없다는 것이었네.

그래서 나는 벼룩들에게 말했네. '여인들이 당신들을 그토록 끔찍하게 폭력으로 다스리면 당신들은 엄청 괴로움을 당할 수밖에 없군요.' 그러자 벼룩들은 대답했네. '그렇습니다. 어차피 여인들은 우리를 탐탁하게 여길 수가 없습니다. 아마도 우리가 너무나 많은 것을 보고 듣고 느낄 수 있다는 것을 두려워할 뿐 우리의 입이 무거운 것은 믿지 않기 때문일 것입니다. 그러니 우리가 해야 할 일이 무엇이겠습니까? 우리 자신의 영토에서도 여인들은 우리를 그대로 둘 수가 없습니다. 왜냐하면 그들은 애완견을 솔이나 빗, 비누나 잿물, 그 밖에 다른 것을 사용해서 털을 관리하기 때문에 우리는 어쩔 수 없이 우리의 조국을 떠나 다른 거처를 물색해야 합니다. 그럴 경우 그들의 자식들에게 이가 끼지 않도록 시간을 들여 청결을 유지하라고 충고를 하면 좋은 충고가 될 것입니다.'

결국 나는 이들로 하여금 내게 입주하여 나의 인간의 몸에서 그들의 존재와 활동을 느끼게 하는 것을 허락했네. 나 자신이 그것에 대하여 판단을 내릴 수 있도록 하기 위해서였지. 그러자 자네들이 보는 것처럼 이 불량배들이 나를 그토록 괴롭혀서 나는 벼룩들을 다시 없애버리지 않으면 안 되게 되었네. 그래서 나는 이제 여자들에게 특권을 부여하려고 하네. 그러면 여자들은 그들을 마음대로 비벼 죽이고 쫓아낼 수 있을 것일세. 그리고 나도 그 불량배 중의 한 놈을 잡으면 똑같이 그렇게 비벼 죽이거나 쫓아낼 것이네."

제7장
사냥꾼은 다시 한 번 사냥에 나가서
명예와 노획물을 획득하다

우리는 마음 놓고 제대로 웃을 수도 없었다. 매복 장소에서 숨죽이고 있지 않으면 안 되었을 뿐만 아니라 우리의 공상가인 유피테르가 그것을 탐탁하게 생각지 않았기 때문이다. 그러나 슈프링인스펠트는 그 자리에서 거의 웃음을 터트릴 뻔했다. 이 순간, 나무 위에 올라가 망을 보게 했던 대원이 먼 곳에서 무엇이 오고 있는 것이 보인다고 보고했다. 나는 그가 있는 곳으로 올라가 망원경으로 보고는 우리들이 노리고 있던 마차꾼들이 틀림없다는 것을 확인했다. 그러나 그들의 호위병은 기대와는 달리 보병이 아니었고 약 30명으로 구성된 기병들이었다. 그때 나는 그들이 우리가 숨어 있는 언덕진 수풀을 지나가지 않고, 우리가 그들에게 아무런 피해도 끼칠 수 없는 넓은 벌판 위를 통과하리라는 것을 쉽게 예상할 수 있었다. 거기는 우리가 머물고 있는 곳으로부터 밑으로 약 600보 떨어져 있고 산기슭과 숲가로부터는 약 300보 떨어진 통행이 불편한 길이었다. 나는 쓸데없이 오랫동안 매복하면서 단지 어릿광대 한 명을 노획한 것에 만족하고 싶지 않아 재빨리 새로운 계획을 세웠고 또한 성공을 거뒀다.

우리가 매복한 장소에는 작은 개울이 흘러 골짜기를 통과해 아래 있는 들판에까지 이르렀다. 그 골짜기에서는 사람들이 말을 타고 전진하는 데 어려움이 없었다. 이 골짜기의 끝자락에 나는 20명의 대원을 포진시켰고 나 자신도 그들과 함께 있었다. 반면에 슈프링인스펠트에게는 우리가 좀 전에 있던 곳에 매복하라는 지시를 내렸다. 나는 대원들에게 엄명을 내려 각 대원은 호위대가 도착하거든 각자 처치할 병사를 공격하라고 일렀다. 또한 각 대원에게 곧바로 발사할 것인지, 아니면 사격을 대기할 것인지도 일러두었다. 그때에 몇몇 나이 든 친구들이 도대체 어떻게 되는 판인지 물었다. 예컨대 기병들이 해야 할 일이 아무것도 없는지, 또는 아마도 100년 전부터 어떤 농부도 더 이상 발걸음을 하지 않았을 이곳으로 오리라고 내가 믿고 있는지도 물었다. 그러나 다른 병사들은 내가 요술을 부릴 수 있다고 믿었고(그 일로 나는 그 당시 대단히 유명했다), 내가 마술로 적을 제압해서 무릎을 꿇리려 한다고 생각했다.

그러나 내게 필요한 것은 마술이 아니라 나의 슈프링인스펠트뿐이었다. 어느 정도 밀집해서 말을 타고 가던 호위대가 우리가 있는 곳을 지나가려 할 때 슈프링인스펠트는 나의 명령에 따라 황소의 울음소리를 내고, 말처럼 히힝 소리를 내기 시작했다. 그랬더니 수풀 전체에 메아리가 울려서 누구나 그 속에 말들과 황소들이 있는 것이 틀림없다고 믿지 않을 수 없었다. 기병들은 그 소리를 듣자마자 노략질을 떠올렸고, 나라 전체가 남은 것 없이 약탈을 당했기 때문에 그 주변 어디에서도 챙길 것이 없던 판에 여기에서 무엇인가 챙길 수 있다고 믿었다. 그들은 대오를 이탈하여 제일 먼저 도착하려고 재빨리 우리 매복처를 향해 돌진했다. 마치 목숨이라도 달린 것처럼. 그 정도가 심해서 우리가 곧 그들을 맞이했을 때에는 열세 명이나 되는 기병이 안장에서 떨어졌고, 나머지 다른 기병들도 가까스로 안장에 몸을 부지할 정도였다. 이때에 슈프링인스펠트가 골짜기를 지나 그들에게 달려가면서 "사냥꾼, 이리로!" 하고 소리를 질렀다. 그 소리에 기병들은 더욱더 놀랐다. 그들은 혼란에 빠진 나머지 말 머리를 어디로 돌려야 할지를 알지 못해, 말에서 내려 걸어서 도망치려고 했다. 그러나 나는 중위를 포함해서 열일곱 명 전원을 생포했고, 그다음에는 마차들을 공격했다. 나는 말 스물네 필을 마차에서 풀었으나, 다만 비단 몇 두루마리와 네덜란드산 옷감만 챙길 수밖에 없었다. 죽은 사람의 몸을 수색하거나 심지어 마차를 샅샅이 뒤질 시간이 없었다. 왜냐하면 싸움이 시작되자 마부들은 이미 슬쩍 말을 타고 자취를 감췄는데 그들이 도르스텐에 가서 경보를 울려 추적자들이 내 목을 치려고 뒤쫓아 올지도 몰랐기 때문이다.

우리가 가져갈 것을 챙겼을 때 유피테르도 숲에서 뛰어나와 우리를 향해 가니메데스가 자기를 두고 떠날 것이냐고 소리를 쳤다. 만일 그가 벼룩들이 원하는 특권을 부여하지 않는다면, 그러겠다고 나는 대답했다.

"차라리 벼룩들이 모두 죽어서 명계의 강인 코키토스에 누워 있었으면 좋겠네"라고 그는 대답했다.

나는 웃지 않을 수 없었다. 그리고 내게 아직 사람을 태우지 않은 말이 있었기에 그를 말에 태웠다. 그렇지만 그는 말 타는 법을 몰라서 말 위에 앉혀 꼭꼭 묶어놓지 않으면 안 되었다. 그러자 그는 우리의 소규모 충돌이 옛날 제우스의 아들 페이리토스의 결혼식에서 라피타이족과 켄타우로스족 사이에 벌어졌다는 전투를 생각나게 한다고 말했다.

이 모든 일이 끝나고, 우리가 추격이나 당하듯 포로들과 함께 그곳을 서둘러 떠났을 때 포로로 잡힌 중위로서는 자신이 부주의해서 이처럼 당당한 기병대를 적의 손에 넘겨주고 열세 명의 용감한 병사들을 고기 판매대에 공급함으로써 얼마나 어이없는 실수를 저질렀는지가 비로소 분명해졌다. 그는 절망한 나머지 내가 그에게 베풀기로 한 관용을 받아들이기를 끝내 거부함으로써, 나로 하여금 그를 즉시 총살하게 하려고 했다. 그에게는 자신의 실수가 무책임하고 커다란 수치로 받아들여졌을 뿐만 아니라, 앞으로 승진에도 걸림돌이 되고 심지어 목숨까지도 잃을지 모른다는 생각이 들기 시작했던 것이다. 그러나 나는 그를 설득하면서 변화무쌍한 행운이 올바른 군인에게 심술을 부린 것이 분명하지만, 나는 아직까지 그렇다고 해서 낙담하고 심지어 절망까지 한 사람을 보지 못했으니 잘 생각해보라고 일렀다. 그의 태도는 그가 소심하다는 증거라고도 했다. 좀더 용감한 군인이라면 그 대신 어떻게 하면 자신이 입은 피해를 다른 기회에 다시 보상할 수 있을까 머리를 싸매고 생각할 것이라고도 말했다. 여하튼 그가 나로 하여금 그토록 수치스러운 방법으로 명예에 관한 통념과 포로 취급에 관한 모든 합의와 규정을 위반하게 하지는 못할 것이라고 확인해주었다.

자신의 부당한 요구를 들어주지 않으리라는 것을 간파한 그는 나를 모욕하기 시작했다. 그는 나를 격분시켰고, 주장하기를 내가 그와 정직하고 성실하게 싸우지 않고 불한당과 자객처럼 행동했으며 그와 함께했던 병사들의 목숨을 도둑처럼 훔쳤다는 것이었다. 우리가 사로잡은 그의 병사들까지도 이와 같은 말에 경악했고, 나의 대원들은 격앙해서 내가 허락하기만 했다면 그를 벌집처럼 만들고 말았을 것이다. 그러나 나는 그야말로 애를 써서 그 짓을 막았다. 여하튼 나 자신은 더 이상 그가 한 말에 흥분하지 않고 우군과 적군을 공히 이 사건의 증인으로 삼고, 중위를 결박해서 제정신이 아닌 사람처럼 감시하게 했다. 그뿐만 아니라 나는 주둔지에 도착하는 즉시 상관들이 허락하면, 그를 자신의 선택에 따라 나 자신의 말들과 무기를 갖추게 하고 권총과 군도로 무장시켜 나와 결투를 함으로써 전쟁에서 적을 기만하는 것이 허락되고 정당하다는 것을 공개적으로 밝히겠다고 약속했다. 무엇 때문에 그가 자신을 믿고 의지하는 마차들 곁에 머무르지 않았는지? 그리고 숲속에 무엇이 숨겨져 있는지 분명히 확인하려고 했다면, 무엇 때문에 먼저 그 지역을 정찰하게 하지 않았는지? 그렇게 하는 것이 지금 여기서 누구도 진지하게 생각지 않는 바보 행세를 하는 것보다 더 점잖은 짓이었을 것이라고 말했다. 이 점에서는 우군과 적군 모두 나에게 찬동했다. 그리고 그들은 수백 번 노략질을 나갔어도 그와 같은 모욕을 당한 후에 그 중위를 즉결처분을 하지 않고 모든 포로와 똑같이 뒤따라오게 한 사람은 아직 한 번도 만나지 못했다고 말했다.

그처럼 나는 다음 날 아침 노획물과 포로들을 조스트로 이동시키는 데 성공했고, 이 출전은 나에게 그 어느 때보다도 더 큰 영예와 명성을 가져다주었다. 모두들 내가 언젠가는 바이에른 출신의 황제군 기병사령관을 지낸 요한 폰 베르트의 젊은 시절처럼 될 것이라고 했는데, 그 말은 내 기분을 과히 상하게 하지 않았다. 그러나 중위와 총탄을 주고받거나 싸우는 일은 사령관이 허락하려고 하지 않았다. 나는 이미 두 번씩이나 그를 상대로 승리를 거둔 것이라고 사령관은 선언했다. 그러나 내가 더 많은 명성을 얻으면 얻을수록 나의 행운을 시샘하는 사람들의 질시는 더욱 커져만 갔다.

제8장
짐플리치우스는 점령지에서 악마를 만났지만,
슈프링인스펠트는 훌륭한 말들을 챙겼다

나는 유피테르에게서 더 이상 벗어날 수가 없었다. 사령관은 그에게 얻을 것이 아무것도 없기 때문에 그를 원하지 않았고, 나보고 그를 데리고 있어도 좋다고 말했던 것이다. 이렇게 해서 나에게는 돈을 주고 살 필요조차 없이 내 소유의 어릿광대가 생긴 셈이었다. 불과 1년 전만 하더라도 나 스스로 그와 같은 어릿광대 역할을 하지 않으면 안 되었는데 말이다. 행운이란 그처럼 기이하고 시간은 그처럼 변화를 가져온다! 여전히 이(虱)들이 나를 괴롭히는 판에 이제 나는 벼룩의 신까지 휘하에 데리고 있게 되었다. 반년 전만 하더라도 나는 말을 돌보는 하인 노릇을 하며 어떤 고지식한 용기병을 섬겼었는데, 이제 나에게 나리라고 부르는 두 하인을 거느리게 된 것이다. 나를 창녀로 만들려는 방탕아들이 내 뒤를 쫓아왔던 것이 불과 1년도 안 된 일인데, 이제 아가씨들이 먼저 내게 반해 사랑을 고백하게 되었다. 그렇게 적절한 때에 나는 무상하게 변화한다는 진리보다 더 불변하는 진리는 이 세상에 없다는 것을 깨닫게 되었다. 그렇기 때문에 만일 행운이 다시 변덕을 부리게 되면, 나는 언젠가는 현재에 누리는 행운 때문에 곤욕을 치러야 할 날이 오지 않을까 두려워하기 시작했다.

그 당시 바이에른의 그라프 폰 데어 발 장군은 베스트팔렌 지역의 총사령관으로 모든 주둔지로부터 군대를 집결시켰다. 뮌스터 사교구(司敎區)를 지나 베흐트강 방향으로 메펜, 링겐, 그 밖에 이 지역의 다른 도시들에 기병 공격을 감행하기 위해서였다. 무엇보다도 파더보른 사교구로부터 2개 중대의 헤센 기병들을 쫓아낼 생각이었다. 이 기병 부대는 파더보른으로부터 2마일 떨어진 곳에 진을 치고 있으면서, 그곳에 있는 우리 군을 많이 괴롭혔다. 나는 용기병 부대에 배속되었다. 함에 비교적 큰 병력이 집결하자 우리는 빨리 이동해서 아군이 뒤따라오기 전에 헤센 기병들이 주둔하는 방어 시설이 허술한 도시를 공격했다. 헤센 기병들은 도망치려고 했지만, 우리는 그들 소굴까지 뒤쫓아서 말과 무기는 버리고 몸만 퇴각할 것을 제안했다. 그들은 그 제안을 받아들이지 않고 보병들처럼 카빈총으로 방어를 하려고 했다.

그렇게 되어 나는 같은 날 저녁 공격 작전에도 내게 행운이 따르는지를 시험할 수밖에 없었다. 우리 용기병들이 그 작전에서 가장 선두를 차지했기 때문이다. 나는 슈프링인스펠트와 함께 하나도 다치지 않고 그 조그만 도시에 진입하는 최초 대원 중의 하나가 되는 데 성공했다. 우리는 짧은 시간 내에 골목길을 텅텅 비웠다. 무장하고 다가오는 것은 모두 싹 쓸어버렸기 때문이다. 여하튼 그곳 주민들도 똑같이 무기를 잡고 저항하지 않았으므로 우리는 곧 가옥들에 진입할 수 있었다.

슈프링인스펠트는 집 앞에 커다란 두엄 더미가 있는 집을 찾아내야 한다고 말했다. 가장 부유한 사람들이 대개 그런 집에 살고, 또 그런 집에는 보통 장교들이 숙영하고 있기 때문이었다. 우리는 그와 같은 집을 하나 찾아서 슈프링인스펠트는 외양간을, 나는 그 집을 수색할 참이었고, 우리가 발견해낸 것은 모두 함께 나누기로 합의를 하였다. 그렇게 해서 우리 각자는 횃불을 붙여서 출발했다. 나는 주인을 불렀으나 모두 숨어 있었기 때문에 아무런 대답이 없었다. 그래서 나는 바로 방 하나에 들이닥쳤는데, 그 속에는 텅 빈 침대와 굳게 닫힌 반죽통 하나 외에는 아무것도 없었다. 그 속에서 무엇이든 값진 것을 발견하리라는 희망으로 나는 그 반죽통을 비틀어 열었다. 그러나 내가 뚜껑을 열자 시커먼 물체가 내 앞에 우뚝 일어섰는데, 내가 보기에는 바로 악마 그 자체였다.

맹세컨대 나는 생전에 이 순간처럼 놀란 적이 없었다. 갑자기 시커먼 악마가 내 앞에 서 있는 것을 보았으니 말이다. 그러나 놀란 가운데에서도 나는 외쳤다. "누구에게든 맞아 죽을 놈 같으니!" 그리고 내가 통을 열 때 사용했던 작은 도끼를 쳐들었으나 그의 머리 위로 내려칠 용기는 없었다. 그러나 그는 무릎을 꿇고 나를 향해 양손을 쳐들고 말했다. "나리, 하나님께 비노니, 제발 내 목숨만 살려주십쇼!" 그때 나는 그것이 악마가 아니라 사람이라는 것을 알았다. 그가 하나님을 들먹이면서 목숨을 살려달라고 간청했기 때문이다. 나는 그에게 통에서 나오라고 명령했다. 그는 시키는 대로 했고, 하나님이 창조하신 모습 그대로 발가벗은 채 나를 따랐다.

나는 횃불의 일부를 나누어서 그에게 주고 길을 비추게 했다. 그는 순순히 나를 어떤 방으로 안내하였는데, 그곳에 있던 그 집의 주인이 머슴들과 함께 우리의 행색을 보고 놀라 떨면서 자비를 간청했다. 우리는 그 도시의 시민들에게 어떠한 해도 끼쳐서는 안 되었음은 물론이고, 그가 그 집에 머물렀던 기병 대위의 짐을 즉시 나에게 넘겨주었기 때문에 그는 쉽게 자비를 얻었다. 그중에는 물건이 가득 담긴 채 잠겨 있는 배낭이 있었다. 그 밖에 집주인은 기병 대위와 그의 부대원들은 마부 한 명과 내가 잡은 무어인을 빼고는 전원 그곳을 방어하기 위해 진지에 투입되었다고 보고하였다.

그사이 슈프링인스펠트도 역시 마구간에서 여섯 필의 안장을 얹은 훌륭한 말들과 함께 앞서 말한 그 마부를 붙잡았다. 우리는 그들을 집으로 들여보내고, 대문을 잠갔다. 그리고 무어인에게 옷을 입히고 집주인에게는 기병 대위를 위해서 마련했던 음식을 만들도록 주문했다. 그러나 성문이 열리고 초소가 점령되면서 우리의 총사령관인 그라프 폰데어 발 장군이 입성하자, 그분은 바로 우리가 있는 그 집에 숙소를 정했다. 그렇기 때문에 우리는 어두운 밤에 다른 숙영지를 물색해야만 했다. 우리는 도시 공략에 동참했던 전우들에게서 숙소를 발견했고, 거기에서 편안하게 먹고 마시면서 남은 밤을 보냈다.

나와 슈프링인스펠트가 우리 노획물을 분배한 후 이제 남은 것은 무어인과 최상의 말 두 필이었다. 그중의 한 필은 에스파냐산으로 위에 병사 한 명을 태워서 마음껏 위용을 뽐낼 수 있었다. 그러나 배낭에서 내가 가진 것은 여러 가지 귀중한 반지들과 루비가 박힌 황금색 보석함에 들어 있는 오라녀 왕자[12]의 초상화 한 장뿐이었고, 다른 물건은 모두 슈프링인스펠트에게 주었다. 그렇게 해서 모든 것을 다 주고도 남은 말들과 다른 것을 모두 합쳐서 금화 200두카텐이 넘는 돈을 모았다. 그러나 내가 제압하느라고 많은 애를 썼던 무어인을 총사령관에게 선보였더니 그의 몸값으로 내가 받은 것은 불과 은화 24탈러였다.

그러고 나서 우리는 엠스 강가로 신속히 이동했으나 별로 달성한 것은 없었다. 그 후 우리가 레클링엔하우젠 근처에 왔을 때 나는 슈프링인스펠트와 함께 전에 베이컨을 훔쳤던 목사를 방문할 수 있도록 허락을 받았다. 그것은 즐거운 만남이었다. 나는 얼마 전에 내가 그와 그의 식모에게 불어넣었던 경악스러운 감정을 그 무어인을 통해 톡톡히 앙갚음당했다는 것을 그에게 이야기하고, 작별 선물로 아름답고 똑딱

---

12) 네덜란드 총독을 지낸 오라녀 왕자(Frederik Hendrik van Oranje, 1584~1647)는 저명한 군 지휘관으로서 네덜란드 독립을 위해 에스파냐에 대항해서 싸웠고, 30년 전쟁 당시에는 스웨덴 왕 구스타프 아돌프를 재정적으로 지원하기도 하였다.

소리가 나는 시계 하나를 주었다. 그 시계도 마찬가지로 기병 대위의 배낭에서 나온 것이었다. 그렇게 나는 곳곳에서 나를 미워할 이유가 있는 사람들을 친구로 만들었다.

제9장
약자가 승리하고, 승자가 감옥에 가는 불평등한 전투

행운이 쌓여가자 나의 교만심도 점점 커져서, 결국 나는 필연적으로 추락하고 말 신세가 되었다. 우리들이 엠스 강가에 위치한 라이네에서 약 반 시간 떨어진 곳에 주둔하고 있던 어느 날 나는 최정예 대원들을 데리고 시내로 외출하고 싶어서 허가를 신청했다. 명분은 무기를 수리한다는 것이었지만, 실은 우리끼리 한번 제대로 한잔하고 싶어서였다. 그래서 그 도시에서 제일 좋은 술집에 들어가, 포도주와 맥주를 흥겹게 마시도록 바이올린을 켜줄 악단까지 주문했다. 그때 우리는 흥겨운 분위기 속에서 돈을 주고 살 수 있는 것은 모두 주문했다. 심지어 다른 부대 병사들의 술값도 대신 지불했고, 나는 영토와 백성들을 자신의 소유라 부르며 해마다 막대한 돈을 탕진하는 젊은 영주처럼 행세했다. 그렇기 때문에 우리처럼 요란하게 잔치를 벌이지 않던 한 그룹의 기병들보다 더 융숭한 대접을 받았다. 그에 대해서 기병들은 분노했고 우리와 다툼이 시작되었다.

"이 보병 새끼들이 돈을 물 쓰듯 하다니 어떻게 된 것이지?" 하고 저희끼리 수군댔다(그들은 우리를 보병으로 여겼다. 온 세상에서 용기병과 닮아 보이는 동물은 보병밖에 없었기 때문이다. 그래서 용기병 한 명이 말에서 떨어지면, 보병 한 명이 다시 일어선다는 말이 있을 정도였다[13]).

다른 친구가 대답했다. "저기 저 젖먹이는 촌뜨기 귀족인데 제 어미가 우윳값을 보내준 것이 틀림없군. 그리고 그것을 전우들에게 쏘는 것이지. 그들보고 다음에 어디서든 곤경에서 구해주고 위기를 넘기게 도와달라는 뜻에서 말이야."

그 말은 나를 두고 하는 말이었다. 그들이 나를 젊은 촌뜨기 귀족으로 취급하고 있다는 것을 접대부 아가씨가 내게 은밀히 일러주었다. 그러나 나는 그 말을 직접 듣지 못했기 때문에 커다란 맥주잔에 포도주를 채워 용감한 보병들의 건강을 위해 돌리면서 매번 축배를 외칠 때마다 아무도 이해할 수 없게끔 소음을 내게 하는 도리밖에 없었다.

그것이 기병들의 분을 더욱 돋우었다. 그래서 그들은 누구나 들을 수 있게 말했다. "빌어먹을, 보병 새끼들이 무슨 미친 짓을 하고 있는 거지?"

이에 대해서 슈프링인스펠트가 대꾸했다. "그게 기병 새끼들과 무슨 상관이야?"

그들은 그 말에는 그냥 넘어갔다. 그의 모습이 하도 흉측하고 성이 나서 위협하듯 쳐다보았던 터라 누구도 그를 탓하려고 하지 않았기 때문이다. 그러나 그다음 그들 중에 힘깨나 있어 보이는 젊은이가 다시 시작했다.

"만약 안방샌님들이 자신들이 눈 똥 위에서 뽐낼 수 없다면, 어디에서 뽐내는 것을 볼 수 있겠나? 정정당당히 겨루는 야전에서야 그들은 모두 비둘기가 새매에게 당하듯, 우리의 밥이 된다는 것은 누구나 알고 있는 사실이 아닌가!"(그는 우리의 복장이 밤낮으로 밖에 누워 있

---

13) 용기병들은 말을 타고 이동하지만, 전투 시에는 말에서 내려 걸으면서 화승총을 쏘아야 하기 때문에 기병과 보병의 혼혈종이라는 것을 비꼬는 것이다.

어야 하는 보병의 복장처럼 색이 바래 있지 않았기 때문에 우리가 주둔지에 꼼짝 않고 누워 있는 것으로 믿고 있었던 것이다.)

내가 대꾸했다. "도시와 요새를 점령해야만 하는 것은 우리일세. 또한 도시와 요새는 우리에게 지켜달라고 자신들을 맡기기까지 하지. 그러나 너희 기병들은 지극히 보잘것없는 쥐 굴 앞에서도 난로 뒤에 있는 개 한 마리조차 끌어내지 못하지. 그러니 우리가 무엇 때문에 자네들 것이 아닌 우리들 것을 가지고 잘 지내지 말란 법이 있겠는가?"

그러자 그 기병이 대답했다. "야전에서 이기는 자에게 요새도 떨어지는 법. 그리고 우리가 야전에서 틀림없이 이긴다는 것은 내가 화승총을 지닌 세 명의 애송이들을, 너도 그중의 하나이지만, 두려워하지 않고, 그들 중 두 명을 나의 모자 속에 처박아놓고 나서 남은 놈에게 너 같은 놈들 또 어디 더 없느냐고 묻게 되면, 그것으로 충분히 밝혀질 수 있을 것일세." 그러고는 조롱조로 덧붙여 말했다. "그리고 네가 내 옆에 앉아 있다면, 이를 확인하는 의미에서 귀공자이긴 하지만 네게 귀싸대기를 한두 대 갈기는 건데!"

내가 대꾸를 했다. "나는 기마병이 아니고 기마병과 보병의 혼혈종인 용기병[14]에 불과하지만, 네가 가진 것과 똑같은 좋은 권총을 가지고 있다고 믿는다. 그렇지만 귀공자는 감히 혼자서도 화승총을 가지고 허허벌판 위를 걸어가 너 같은 말을 탄 떠버리를 상대로 나설 수 있다. 비록 네가 완전무장을 하고 나타나더라도."

그 친구가 소리쳤다. "아 그래, 이 애송이 놈아, 네가 점잖은 귀족답

---

14) 괴츠가 지휘하는 연대의 용기병 중 말을 탈 수 있는 병사의 수는 전 대원의 3분의 1밖에 되지 않기 때문에 모든 병사는 기병 근무와 보병 근무를 교대할 수밖에 없었다. 특히 전투 시에는 모든 병사가 보병으로 싸웠고, 통상 행진할 때만 말을 이용하였다.

게 한 말을 행동에 옮기지 않는다면, 나는 너를 깡패 새끼로 여길 테다."

그러자 나는 그에게 장갑 한 짝을 던지며 말했다. "좋다. 만일 내가 들판에서 화승총만으로 네게서 그 장갑을 다시 빼앗아 오지 못한다면, 너는 방금 내게 오만불손하게 지껄였던 대로 나를 깡패 새끼로 취급해서 온 동네방네 떠들고 돌아다녀도 좋다."

우리들은 술값을 치렀다. 그러고 나서 내가 화승총을 손질하는 동안에 기병은 자신의 카빈총과 권총을 챙겼다. 그는 동료들과 함께 말을 타고 합의된 장소로 가면서 슈프링인스펠트에게 이르기를 나를 위해 무덤을 준비해야 할 것이라고 했다. 그러나 슈프링인스펠트는 오히려 그에게 미리 동료들에게 알아서 무덤을 준비하도록 이르는 게 좋을 것이라고 대꾸했다. 그러나 슈프링인스펠트는 나의 만용을 꾸짖고 내가 이 일로 목숨을 부지하지 못할까 걱정이라고 솔직히 말했다. 반대로 나는 웃었다. 내가 화승총으로 무장을 하고 들판을 걸어가는 순간에 완전무장을 한 기병으로부터 공격을 당했을 때 어떻게 해야 하는지를 이미 오래전에 생각해두었기 때문이다. 우리가 결투를 벌이기로 한 장소에 왔을 때 나는 화승총에 두 발의 탄환을 장전해서 도화약을 새것으로 얹어놓고 점화관의 뚜껑에 타르를 발라놓았다. 조심성이 많은 보병들이 화공(火孔)과 점화관 위에 있는 화약이 비에 젖는 것을 막기 위해서 취하는 조치였다.

시작하기 전에 나의 전우들과 그의 전우들이 합의하기를 우리 두 사람은 허허벌판에서 출발하여 한 사람은 동쪽으로부터, 한 사람은 서쪽으로부터 울타리를 친 밭으로 들어가 갑자기 적병과 마주친 병사처럼 각자가 최선을 다하기로 했다. 양편에서는 결투 전이나 결투 중 그리고 결투 후 어느 누구도 결투자의 죽음이나 부상을 복수해서는 안 되었다. 양측 전우들이 이 약속을 하고 손바닥을 마주 부딪쳐서 확인한 후에 나와 나의 적수도 똑같이 손을 내밀었다. 그리고 각자는 자신을 죽일 상대방을 용서했다. 그러면서 우리는 분별이 있는 사람이 할 수 있는 바보짓 중에서도 가장 정신 나간 짓을 함으로써 자기 무기의 성능이 뛰어남을 확인하려고 했다. 마치 그 무기들의 명예와 명망이 사실상 우리의 악마와 같은 행위의 결과에 달리기나 한 것처럼 말이다.

내가 두 개의 불이 붙은 심지를 가지고 지정된 쪽에 있는 앞서 언급한 밭에 들어서서 나의 적수를 알아보았을 때, 나는 걸어가면서 낡은 도화약을 털어버리는 시늉을 했다. 그러나 사실은 단지 약간의 화약을 점화관 뚜껑 위에 놓고 심지를 불어댔고 정해진 대로 두 손가락을 도화관에 댔다. 그리고 똑같이 내게서 눈을 떼지 않고 있는 적수 눈의 흰자위를 미처 보기도 전에 나는 그를 겨누어서 나의 도화관 위에 있는 가짜 도화약을 다 태웠으나 효과가 없었다. 나의 적수는 내 화승총이 기능을 발휘하지 못하고 도화관이 막힌 것으로 믿고, 손에 권총을 들고 직접 나를 향해 말을 타고 달려와서 당장 죽이려 했다. 그러나 그가 그 짓을 하기 전에 나는 점화관을 열고 다시 그를 겨냥해서 환영의 인사를 보냈다. 그러자 탕 소리와 동시에 그는 고꾸라졌다.

나는 전우들에게 돌아왔고, 전우들의 포옹을 받았다. 그의 전우들은 그를 등자에서 풀고 그와 우리를 상대로 충직한 하인들처럼 처신했다. 그들은 크게 칭송하면서 나의 장갑도 내게 되돌려 보냈다. 그러나 내가 내 명예를 최대한 착각하고 있었을 때 라이네로부터 보병 25명이 달려와 나와 나의 전우들을 체포했다. 얼마 후에 나는 사슬로 묶여 참모부로 이송되었다. 결투 행위는 일절 사형으로 금하고 있었기 때문이다.

제10장
사령관이 사냥꾼의 목숨을 구해주고
희망까지 불어넣다

우리 사령관은 군율을 엄격히 지키는 지휘관이었으므로 나는 목숨을 잃지 않을까 겁이 났다. 그러나 내겐 약간의 희망이 남아 있었다. 내가 이미 젊은 혈기로 거듭 적을 무찌르는 능력을 보여주었고, 용맹으로 커다란 명성을 얻었기 때문이다. 그렇지만 이와 같은 희망은 막연한 것이었다. 군인들 사이에 싸움질이 매일같이 다반사로 일어나서 일벌백계가 불가피했다.

그 당시 우리 부대는 난공불락의 쥐의 소굴을 포위하고 항복을 요구했지만, 돌아온 답은 거절이었다. 적들도 우리가 어려운 공격전을 감행하지 못한다는 것을 알고 있었던 탓이다. 그렇기에 우리 사령관인 폰 데어 발 백작은 전 병력을 그 앞에 집결해놓고 트럼펫 주자 한 사람을 보내 다시 한 번 항복을 요구했고 그 도시를 공격하겠다고 위협했다. 그러나 그에 대한 답은 다음과 같은 글이 전부였다.

고귀하신 백작님! 나는 전달하신 내용을 통해 백작님께서 신성로마제국 황제의 명의로 우리에게 요구하고 계신 것이 무엇인지를 알았습니다. 그러나 귀하께서도 막상 커다란 분별력을 가지고 계시니 한 사람의 군인이 한 장소를 적에게 아무런 고통도 없이 넘겨주는 것이 얼마나 부도덕하고 그야말로 무책임한 행동인지를 잘 아실 것입니다. 그렇기 때문에 귀하의 문장(紋章)이 이 자리에서 눈에 뜨일 때까지 내가 계속 버티는 길을 택하기로 한 것을 나쁘게 생각지 말아주시기를 바랍니다. 그러나 나는 비록 하찮은 존재이지만, 해야 할 의무를 고려하는 가운데 어떻게든 귀하에게 도움이 될 수 있다면, 최선을 다할 것입니다. 충실한 하인 누구누구

우리 진영에서는 이곳에 대해 그리고 이곳을 어떻게 처리해야 할지에 대해 의견이 분분했다. 그냥 내버려두는 것은 바람직하지 않았다. 성벽에 어떤 돌파구도 없이 무작정 돌격하면 피를 많이 흘려야 할 것이고, 그 공격이 성공할 것인지도 불확실했다. 그러나 지금 뮌스터나 함에서 중화기를 끌어오려면 많은 수고와 시간과 비용이 소요될 것이다. 계급의 고하를 막론하고 사람들이 이 문제에 대해 상의를 하는 동안에 내게 이 기회를 이용해서 구금에서 벗어날 아이디어가 떠올랐다.

우리에겐 다만 중화기가 없으므로 나는 온정신을 집중하여 어떻게 하면 적을 기만할 수 있을까 곰곰이 생각했다. 그리고 곧 모종의 생각이 떠올랐다. 나는 중령에게 우리가 이 장소를 힘이나 비용을 들이지 않고 접수할 수 있는 아이디어를 제공할 터이니, 그 대신 나를 사면하고 석방해야 한다고 통보했다.

경험이 많은 몇몇 고참병은 그 이야길 듣고 비웃으며 말했다. "물에 빠지면, 지푸라기라도 잡으려 든다더니, 그 친구 단순히 풀려날 구실만 찾고 있군!" 그러나 중령을 비롯해 나를 잘 알고 있는 다른 사람들은 내 말을 믿었다. 백작도 이미 사냥꾼에 대해서 들은 바가 있었기 때문에 당분간 구금을 해제하고 나를 데려오게 했다. 그에게 갔을 때는 식사 중이었다. 나의 상관인 중령이 지난해 내가 처음으로 조스트에 있는 성 야곱 성문의 보초를 섰던 이야기를 했다. 그때에 갑자기 천둥과 돌풍을 동반한 소나기가 쏟아졌는데 밭과 정원에 있던 사람들이 모

두 시내로 들어와 목숨을 구한 적이 있다는 것이었다. 그 바람에 뛰는 사람과 말 탄 사람들이 뒤범벅이 되어 엄청난 혼란이 빚어졌는데, 내가 이미 그때 순간적으로 경비를 강화해야 한다는 판단을 했다는 것이다. 왜냐하면 그와 같은 혼란을 틈타서 적이 그 도시를 점령하는 것은 식은 죽 먹기나 다름없기 때문이라는 것이었다.

중령은 계속해서 말했다. "맨 나중에는 흠뻑 젖은 늙은 부인 한 사람이 왔는데, 사냥꾼 곁을 지나가면서 '이런 날씨가 오리라는 것을 나는 벌써 2주일 전부터 내 잔등에 신호가 와서 알고 있었지!'라고 말하더랍니다. 방금 막대기 하나를 손에 들고 있던 사냥꾼이 그 소리를 듣자, 그녀의 곱사등을 내려치면서 말했습니다. '이 늙은 마녀야, 그 사실을 좀더 일찍 밝혔어야지, 무엇 때문에 내가 여기서 보초를 설 때까지 기다렸단 말이냐?' 장교가 끼어들어 그를 진정시키려고 하자, 그가 설명했습니다. '그 여자는 그래도 쌉니다. 그 늙은 마귀할멈은 이미 4주일 전에 모든 사람이 소나기라도 한번 내려줄 것을 기원하는 소리를 들었습니다. 무엇 때문에 그녀는 좀더 일찍 소나기가 정직한 사람들에게 내리기를 빌지 않았습니까? 그랬다면 지금 보리와 홉[15]은 좀더 잘 자랐을 것입니다!'"

평소에 근엄했던 사령관은 그 소리를 듣고 폭소를 했다. 그러나 나는 만일 중령이 백작에게 그런 바보 같은 이야기를 했다면, 틀림없이 그 밖에 내가 한 짓에 대해서도 침묵하지 않았을 것이라고 생각했다.

그럼에도 불구하고 면담이 허락되었다.

사령관은 나의 소원을 물었다. 그래서 나는 대답했다. "사령관님.

---

15) 맥주 양조에 필요한 쓴맛을 내는 재료.

저는 죄를 지었을 뿐만 아니라, 사령관님이 내리신 정당한 계율과 금지된 사항을 위반하여 죽을죄를 지었습니다. 그러나 저에게는 자비하신 신성로마제국의 황제 폐하께 목숨을 걸고 지켜야 할 신하로서의 충성심이 있습니다. 바로 그 충성심이 저로 하여금 보잘것없는 능력이지만 적에게 해를 입히고, 고귀하신 황제 폐하의 평안과 전투력에 도움이 되는 일은 무엇이든지 전심전력을 다할 것을 명령하고 있습니다."

백작은 내 말을 중단시키고 물었다. "자네가 최근에 그 무어인을 나에게 데려오지 않았던가?"

"네, 사령관님." 내가 대답했다.

"그래 좋다. 자네의 열성과 충성심 때문에 내가 자네의 목숨은 살려두어야 할 것 같네. 그렇다면, 시간과 사람을 잃지 않고 이곳에서 적들을 쫓아내려는 자네의 계획은 무엇인가?"

나는 대답했다. "이곳은 중화기를 사용하면 버티지 못하는 곳입니다. 그렇기에 저의 좁은 소견으로는 적들이 그와 같은 중화기를 우리가 보유하고 있다고 믿을 때에는 별수 없이 항복하고 말 것입니다."

"그 같은 이야기라면 다른 바보들도 누구든 할 수 있다. 문제는 다만 누가 그들로 하여금 그것을 믿게 할 것이냐는 것이다."

"그들 자신의 눈입니다. 저는 그들의 망루를 망원경으로 보았습니다. 이 사람들을 속일 수 있습니다. 우물의 취수관처럼 굵은 나무토막을 마차에 싣고, 여러 필의 말을 그 마차에 매어서 들판으로 끌고 가면, 그들은 그것이 중화기인 줄로 믿을 것입니다. 특히 백작님께서 들판 어디에 보루를 구축하셔서 그곳에 중화기들을 배치하실 것처럼 하시는 겁니다."

"이 젊은 친구야, 저 성안에 있는 사람들은 어린애가 아니란 말일세. 그들은 그것이 꼼수인 것을 알아차릴 것이야. 그들은 그와 같은 중화기의 발사 소리를 들으려고 할 것일세. 그리고 그 속임수가 빗나가면 우리는 온 세상의 웃음거리가 되고 말 것이야." 백작은 주위에 서 있는 장교들을 향해 말했다.

"사령관님, 제가 그들의 귀에 중화기 발사 소리를 들리게 할 수 있습니다. 그러려면 화승총 총열 몇 개와 커다란 통 하나가 필요합니다. 물론 꽝 소리는 단순히 효과음에 지나지 않을 것입니다. 만일 그것으로 기대와는 달리 사람들의 비웃음을 사게 되면 저는 이 방안을 낸 자로서 그 비웃음을 저의 생명과 맞바꾸어 무덤으로 가지고 갈 것입니다. 저는 이래저래 죽을 몸이니까요."

백작은 여전히 이 제안에 응하려 하지 않았지만, 중령이 그를 설득했다. 중령이 말하기를 나로 말할 것 같으면 그런 일에 특별한 재주가 있어서 자신은 이 계략의 성공을 조금도 의심하지 않는다고 했다. 결국 백작은 중령에게 명령해서 그가 이 일을 옳다고 여기는 쪽으로 착수하도록 하라고 했고, 농담으로 그가 이 일로 얻게 되는 영예는 전적으로 그만의 것이어야 한다고 덧붙였다.

그러므로 우리는 통나무 세 토막을 마름질해 준비했고, 각 토막을 실은 마차에는 두 마리면 족할 것을 스물네 마리의 말들을 매어서 저녁에 적들이 볼 수 있도록 도시 앞으로 가져왔다. 그사이에 나도 세 개의 중화기 총신과 큰 통을 어떤 성에서 구했다. 모든 것은 나의 지시에 따라 준비되었고, 어둠을 틈타서 우리의 가공할 포대에 인계되었다. 나는 총신을 두 배의 탄약으로 채워 바닥을 제거한 통을 통과해서 세 발의 신호탄이 날아가는 것처럼 발사했다. 그 소리는 하도 요란해서 1~2.5킬로그램 무게의 철갑탄이나 7~17킬로그램 무게의 대포알을 발사했다고 누구나 믿을 수밖에 없었다. 우리 사령관은 이와 같은 장난에 웃지 않을 수 없었다. 그는 다시 한 번 적에게 항복할 것을 요구했다. 만일 그들이 이날 저녁까지 항복에 동의하지 않을 경우, 다음 날에는 그들에게 나쁜 결과가 나타나리라고 덧붙였다. 시간이 얼마 지나지 않아 이미 인질 교환이 이루어졌고 항복 조약이 맺어졌으며, 그날 밤 안으로 성문이 우리에게 개방되었다. 이 모든 것이 내겐 도움이 되어서 백작은 잃은 것이나 다름없는 나의 생명을 구해주었을 뿐만 아니라, 그날 저녁에 나를 풀어주고 내가 있는 자리에서 중령에게 장교 자리가 나면 제일 먼저 나에게 주라고 명령했다. 그러나 중령에게는 그렇게 하는 것이 영 마땅치가 않았다. 그에게는 자리를 노리는 사촌들이나 처남들이 많이 있어서 나에게 우선권을 줄 수가 없었기 때문이다.

제11장
온갖 하찮은 것과 커다란 망상에 대해서

이번 출정에서 내가 기억할 만한 그 밖의 일은 일어나지 않았다. 그러나 내가 조스트로 돌아왔을 때 리프슈타트 출신의 헤센 사람들이 병영에서 나의 짐 곁에 머물러 있어야 하는 하인과 풀밭에서 풀을 뜯던 말까지 잡아갔다. 적들은 나의 하인으로부터 나의 일거수일투족을 더 많이 알게 되었고, 나는 이를 통해 더욱더 존경의 대상이 되었다. 그때까지 그들은 내가 요술을 부릴 줄 안다는 소문을 믿었기 때문이다. 그는 그들에게 자신도 양 치는 농장에서 베를레 사냥꾼을 놀라게 한 마귀들 중의 하나였다는 이야기도 들려주었다. 이 사실이 그 사냥꾼 귀에 들어가자, 그는 대단히 수치스럽게 생각한 나머지 또다시 리프슈타트를 떠나 네덜란드로 도망치고 말았다. 그러나 나의 하인이 잡혀간 것은 내 이야기를 더 들으면 알겠지만, 내게는 커다란 행운인 것으로 밝혀졌다.

나는 지금까지보다 더 점잖게 처신하기 시작했다. 곧 장교가 될 희망이 있었기 때문이다. 그래서 더욱더 장교들과 젊은 귀족들에게 조언을 청했다. 그들도 내가 얻으려는 지위를 똑같이 노렸기에 나의 가장 비열한 적이나 다름없었다. 그러나 그들은 마치 나의 가장 친한 친구인 것처럼 행동했다. 중령은 나를 그의 친척들보다 먼저 진급시키라는 사령관의 명령 때문에 나에게 화가 나 있었다. 늙은 구두쇠 상관은 나를 꺼렸다. 내가 가진 말과 제복, 무기 들이 그의 것보다 좋았고, 술을 마실 때 더 이상 내가 전처럼 자주 술값을 대납해주지 않아서였다. 내게 사관후보생 지위를 약속하는 대신 내 목을 쳤더라면 그의 마음에 더 들었을 것이다. 그는 나의 가장 훌륭한 말들을 차지하고 싶었던 것이 분명했기 때문이다.

게다가 중위는 내가 얼마 전에 내뱉은 몰지각한 말 한마디 때문에 나를 미워했다. 그 내막은 이렇다. 지난번 출정에서 우리 두 사람은 특별히 위험한 장소에서 망을 보라는 명령을 받았다. 망을 보는 일은 밤이 칠흑같이 어두웠는데도 엎드린 자세로 해야 했다. 내가 망을 볼 차례가 되었는데, 중위가 어느새 뱀이 기어 오듯 기어 와서 물었다. "보초! 무엇이 보이느냐?"

"네, 중위님." 내가 대답했다.

"도대체 무엇이 보여? 무엇이?" 그가 물었다.

"중위님이 두려워하시는 모습요."

그때부터 나는 그의 눈 밖에 났다. 위험이 가장 큰 곳이면 내가 제일 먼저 가라는 명령을 받았다. 내가 아직 장교가 아니어서 그에게 대항할 수가 없던 기간에는 그는 가는 곳마다 나에게 한 방 먹일 기회를 찾았다.

그에 못지않게 내게 적의를 보이는 사람들은 상사들이었다. 그들보다 내가 우대를 받았기 때문이다. 그리고 하급 병사들의 전우애까지도 흔들리기 시작했다. 이미 말한 것처럼 나는 높은 사람들보다 그들에게 조언을 청하는 경우가 적었으므로 마치 내가 그들을 멸시하는 것처럼 보인 탓이었다. 그렇다고 높은 분들이 나를 전보다 조금만치라도 더 좋게 생각하는 것도 아니었다.

그러는 중에도 가장 견디기 어려웠던 것은 사람들이 나를 어떻게 생각하는지 말해주는 사람이 아무도 없었다는 것이다. 그렇다고 나 자신이 그것을 알아차릴 수도 없었다. 많은 사람이 나와 가장 친절한 말로 대화를 했지만, 사실 그 사람들이 더 내가 죽기를 바랐다. 나는 장님처럼 위장된 평안 속에 살면서 시간이 갈수록 더욱 오만해졌다. 내가 귀족들이나 고급장교들을 능가해서 호사를 누릴 때 많은 사람이 못마땅해하는 것을 알았음에도 불구하고, 나는 그 짓을 멈추지 않았다. 그리고 병장이 된 후에도 가격이 60제국탈러나 하는 군인 재킷과 진홍색의 명주 바지, 공단으로 흰 소매가 달린 옷을 입고 다니기를 서슴지 않았다. 모두 금과 은으로 단을 장식한 것이었는데, 당시에는 최고급 장교의 복장이었고, 그렇기 때문에 모두에게서 따가운 눈총을 받아야 했다. 그러나 내가 그렇게 과시하는 것은 순전히 바보짓이었다. 그처럼 쓸데없이 몸에 걸치는 옷에 들인 돈으로 올바른 사람에게 뇌물을 썼더라면, 나는 곧 장교가 되었을 뿐만 아니라 나를 적대시하는 사람들도 적었을 것이기 때문이다.

그러나 나는 그것으로도 부족해서 슈프링인스펠트가 헤센군 기병 대위에게서 넘겨받은 최상급의 훌륭한 말에 안장과 굴레, 무기로 요란하게 치장해서 타고 나갔으니, 사람들이 나를 제2의 성 게오르기우스[16]로 여길 정도였다. 내가 귀족이 아니라는 것을 깨달을 때처럼 화가 나는 일은 없었다. 귀족이었다면 나는 하인과 말을 돌보는 머슴아이에게도 하인의 제복을 입힐 수 있을 터였다. 나는 혼잣말을 했다. "네가 귀족의 문장만 지닌다면 삶은 한층 더 잘 돌아갈 텐데. 그렇다면 적어도 고유한 제복을 가지게 될 것이고, 네가 장교가 되면, 젊은 귀족은 아니지만 틀림없이 봉인(封印)도 하나 있어야 할 텐데!" 그와 같은 생각이 떠오르자 나는 귀족 칭호와 문장을 수여하는 어느 궁중 백작에게 문장 하나를 발급하도록 했다. 그 문장은 하얀 바탕에 세 개의 붉은 마스크를 새기고, 위쪽 장식으로는 어릿광대가 방울 달린 모자를 쓰고 두 개의 토끼 귀가 달린 송아지 옷을 입고 있는 모습을 하고 있었다. 그런 모양의 문장이 '짐플리치우스'라는 나의 이름에 가장 잘 어울린다고 생각했다. 내가 나중에 고귀한 신분이 되었을 때에도 이 어릿광대가 하나우에서 어떤 젊은이였는가를 되새겨줄 터이니 나로 하여금 너무나 교만해지지 않도록 할 것이다. 지금도 이미 나는 나 자신을 더 이상 최하급 인간들 중에서도 최하급으로 여기지 않고 있었다. 그 후로 나는 내 이름과 가계(家系)와 문장의 원조(元祖)가 되었다. 어떤 사람이 그 때문에 나를 조롱했다면, 나는 군말 않고 그에게 군도와 권총 중에 어느 하나를 선택하게 해서 결투를 했을 것이다.

---

16) 종종 찬란한 갑옷을 입고, 백마를 탄 카파도키아의 왕자로 행세하던 성 게오르기우스는 전설에 따르면 3세기 중반에 살았으며, 잔인하기로 유명한 로마의 황제 디오클레티아누스 시절에 순교를 당했다고 한다.

그 당시 나는 아직 여자들에 대해서는 관심이 없었음에도 불구하고, 귀족들과 동행해서 시내에 많이 있는 젊은 귀부인들을 방문했다. 나의 아름다운 두발과 옷과 깃털 달린 모자를 그들에게 보여주어 나를 과시하고 싶었기 때문이다. 감히 말하건대, 나는 외모에 있어서만큼은 다른 모든 사람보다 빠지지 않았다. 다른 한편으로 나는 버릇없는 여자들이 나를 아름답긴 하지만 힘과 혈기가 없는 어여쁜 마네킹에 비교하는 소리를 들어야 했다. 그들의 마음에 들고, 그들을 즐겁게 할 수 있는 것이라고는 류트 연주 말고는 내게 아무것도 없었다. 나는 아직 사랑이 무엇인지 몰랐다. 그러나 여자들을 다룰 줄 아는 다른 사람들이 여자들에게 더욱 아첨하고 자신의 세련됨을 드러내기 위해 나의 뻣뻣하고 어색한 행동거지를 웃음거리로 만들라치면, 나는 모두에게 번쩍번쩍하는 군도와 성능 좋은 화승총만 있으면 족하다고 말했다. 그 말을 여자들은 마음에 들어 했다. 그 점이 다시금 다른 사람들에게 나를 죽여버리고 싶도록 짜증을 돋우었다. 그러나 내게 도전을 하거나 나로 하여금 그들 중 어느 한 사람에게 도전할 빌미를 줄 만한 용기를 지닌 사람은 아무도 없었다. 따귀 한 대나 몇 마디 비꼬는 말이면 충분했는데도 말이다. 게다가 나는 그들을 상대로 제법 우쭐대기까지 했다. 또다시 그 점에서 여자들은 이제 내가 대담무쌍한 젊은이가 틀림없다는 결론을 얻고, 내 외모와 고귀한 성품만으로도 일찍이 사랑의 여신이 생각해낸 모든 칭찬보다도 더 많은 성과를 젊은 여자들에게서 얻을 수 있을 것이라고 소리 높여 말했다. 그 말이 그 자리에 있던 다른 사람들을 더더욱 비참하게 만들었다.

제12장
뜻밖의 행운이 사냥꾼에게 안겨준 제왕의 선물

　나에게는 훌륭한 말 두 필이 있었다. 그때는 그것이 이 세상에서 기쁨의 전부였다. 할 일이 없을 때면 매일 그 말들을 타고 마술 연습장이나 그 근방을 돌아다녔다. 무엇을 더 배워야 했기 때문이 아니고, 내가 얼마나 좋은 말을 소유하고 있는지를 사람들에게 과시하기 위해서였다. 내가 그렇게 말을 타고 거리를 행진하거나 말이 나와 함께 춤을 추듯 걸어갈 때면, 평범한 사람들은 놀라며 서로 말했다. "저기 좀 보게. 사냥꾼이야! 아아, 말이 얼마나 아름다운가! 아아, 깃털 달린 모자는 얼마나 멋있고!" 또는 "하나님! 저 얼마나 기특한 녀석입니까!" 그러면 나는 귀가 몹시 솔깃해져서 시바의 여왕이 최고의 권위를 누리던 지혜로운 솔로몬 왕과 나를 비교하는 것 같아 기분이 좋았다. 그러면서 바보인 나는 그 당시 지각 있는 사람들이 나를 어떻게 생각하고, 나를 부러워하는 사람들이 나에 관해서 무슨 말을 하는지 전혀 개의치 않았다. 후자들 즉 나를 부러워하는 사람들은 내가 쫄딱 망하기를 바랐을 것이 틀림없다. 그들은 나를 감당할 수가 없었다. 그러나 다른 사람들 즉 지각이 있는 사람들은 만약 누구나 한때 자신에게 속했던 것을 아직도 빼앗기지 않고 그대로 간직하고 있다면, 내가 이렇게 훌륭한 차림으로 뽐내며 돌아다닐 수는 없을 것이라고 생각했을 것이다. 간단히 말해서, 아무리 현명한 사람들이라 할지라도 나를 젊은 멋쟁이라고 생각한 것은 틀림없겠지만, 딛고 서 있는 기반이 약하고, 오로지 출처가 수상한 노획물만 먹고 살기 때문에 그 교만한 마음을 오래 지탱하지 못할 것으로 여겼을 것이다. 그런데 나 자신이 진실을 고백하자면, 후자 쪽이 옳았다. 그 당시에는 그것을 미처 깨닫지 못했다. 원래 나는 나와 겨루려고 하는 남자나 적 말고는 제대로 혼내줄 수 있는 것이 아무것도 없었기 때문이다. 그 결과 비록 아직도 거의 애송이나 다름없지만, 적어도 유능하고 평범한 병사로 간주될 수 있었다. 화약이 발명되어 가장 졸자인 마동(馬童)이라도 세상에서 가장 용맹스러운 영웅을 쏘아 죽일 수 있는 오늘날의 정황이 나를 그처럼 위대하게 만든 것이었다. 그러나 화약이 미처 발명되지 않았다면, 나도 아마 속수무책이었을 것이다.

말을 타고 나갈 때면, 나는 주변에 있는 큰길, 오솔길, 웅덩이, 늪지, 덤불, 언덕, 개울 등을 모두 정찰해서 어느 때든 적과 작은 충돌이 일어날 경우에 어떻게 그와 같은 지형지물을 공격이나 방어에 이용할 수 있을까 마음속에 새겨두는 습관이 있었다. 어느 날 도시에서 멀지 않은 곳에 있는 옛 폐허를 지나가면서도 그 버릇이 발동했다. 이전에 그곳엔 견고한 집 한 채가 있었고, 척 보자마자 기병들에게 습격을 당하거나 추격을 당할 경우 특히 우리 같은 용기병에게는 이 폐허가 매복소나 퇴로로 적절할 것이라는 생각이 떠올랐다. 나는 벽이 허물어진 마당으로 들어가서, 위급할 때는 그곳으로 말을 타고 후퇴할 수 있거나 여기서 보병으로 방어를 할 수 있을지를 살펴보았다. 내가 모든 것을 샅샅이 살펴보면서 반쯤 모습이 남아 있는 지하실을 지나갈 때, 나의 말이 멈추어 서서 더 이상 미동도 하지 않았다. 전에는 두려워하는 것을 본 적이 없었는데, 이번에는 내가 별짓을 다 해보아도 더 이상 단 한 걸음도 움직이게 할 수가 없었다. 나는 마음이 아플 정도로 박차를 가했지만, 아무 소용이 없었다. 나는 내려서 좀더 정확히 살펴보았다. 그리고 고삐를 손에 쥐고 말이 그 앞에서 무서워하던 망가진 지하실 계단을 내려가도록 이끌었다. 말은 뻗대면서 뒤로 물러나려고 했다. 그러나 나는 말을 때리고 달래서 밑으로 데리고 내려갔다. 말을 애무하고 쓰다듬던 나는 말이 두려움에 차서 땀을 흘리고 계속해서 지하실의 한구석을 노려보는 것을 알아차렸다. 그러나 나는 그곳에서 아무리 겁이 많은 말이라도 눈곱만치라도 놀랄 만한 것을 하나도 발견할 수가 없었다.

내가 이상하게 생각하면서 망연자실하게 그냥 서 있고 나의 말이 겁에 질려 떨고 있는 사이, 누가 내 머리카락을 잡고 위로 끌어당기며 내 머리 위에 찬물 한 대야를 붓는 것처럼 전율이 엄습했다. 그러나 나는 아무것도 볼 수 없었다. 그러나 나의 말이 보이는 행동이 점점 더 기이했기 때문에 갑자기 내가 말과 함께 마술에 걸려 이 지하실에서 삶을 끝내야 하는 것이 아닌가 하는 생각이 떠올랐다. 그리하여 나는 돌아서려고 했다. 그러나 막상 말이 나를 따르기를 거부했다. 그 점이 나를 더욱더 불안하고 혼란스럽게 해서 더 이상 어찌할 바를 알지 못했다. 마지막으로 나는 권총을 꺼내 들고, 말은 그 밑에서 자라고 있는 튼실한 딱총나무에 매어놓았다. 나는 지하실을 빠져나와 근처에서 말을 다시 꺼내 오는 데 도와줄 사람을 찾으려고 했다. 그러나 내가 아직 생각을 가다듬는 사이 혹시 이 폐허 안에 보물이 감추어져 있어서 그처럼 음산할지도 모른다는 생각이 퍼뜩 들었다. 나는 그처럼 믿고 주변을 좀 더 샅샅이 살폈다. 그때 말이 절대로 들어가려고 하지 않던 구석에 대략 보통 창문만 한 크기의 조그만 낡은 벽이 모습을 드러냈다. 그 담벼락은 색깔과 쌓은 방식이 다른 벽과는 차이가 났다. 그러나 내가 접근하려 했을 때, 조금 전과 같은 현상이 다시 일어났다. 마치 나의 머리카락이 곤두서는 듯했다. 그러자 보물이 감추어져 있다는 믿음이 더욱 굳어졌다.

이와 같은 두려움에 사로잡히느니 차라리 적과 사격전을 벌이는 것이 열 번, 아니 백번 더 나았을 것이다. 무엇인지는 모르지만 분명 나를 괴롭히는 것이 있었다. 그것이 무엇인지를 몰랐다. 보고 들은 것이 아무것도 없었기 때문이다. 나는 두번째 권총을 안장에서 꺼내 말은 그대로 매어둔 채 도망가려고 했다. 그러나 막상 더는 계단을 오를 수가 없었다. 한바탕 강풍이 불어와 나를 방해하는 것 같았다. 두려운 생각에 등골이 그야말로 오싹해진 것은 살다가 그때 처음 해본 경험이었다. 마지막에는 권총을 쏴서 주변 밭에서 일하고 있는 농부들에게 도움을 청해야겠다는 생각이 떠올랐다. 그다음 순간에 나는 실제로 그렇게 했다. 이 섬뜩한 느낌을 풍기는 신비의 방에서 달리 어떻게 다시 빠져나와야 할지 몰랐기 때문이다. 속에서는 분노가 치밀었다. 아니 절망감에 사로잡혔다고 할까. 엄밀히 말하자면 나 자신도 내 심경이 어땠는지 알지 못했다. 그래서 나는 온갖 기괴한 현상들의 원인이 도사리고 있는 곳으로 추측되는 그 장소를 정확히 겨누어 권총의 방아쇠를 당겼다. 전력을 다해서 앞서 언급한 담벼락을 향해 두 발을 쏘았다. 그랬더니 두 주먹이 들어갈 만한 구멍 하나가 생겨났다. 권총을 쏘자마자 나의 말은 울음소리를 내며 귀를 쫑긋 세웠다. 그것이 나의 마음을 대단히 가볍게 했다. 괴물이나 망령이 이 순간에 사라졌는지 또는 나의 불쌍한 말이 내가 권총을 쏜 것에 대해 기뻐했는지 나는 모르겠다. 아무튼 나는 새삼 용기를 내서 아무런 방해를 받거나 겁을 내지 않고 권총을 쏘아 뚫어놓은 구멍으로 다가가 그 담벼락을 완전히 허물기 시작했다. 그 결과 내가 발견한 것은 금, 은, 보석 등 풍부한 보물이었는데 만일 내가 그것을 올바로 보관하고 투자할 줄 알았다면 오늘날까지도 잘 먹고살 수 있었을 것이다.

거기에는 은으로 만든 태고의 술잔 여섯 다스, 금으로 만든 커다란 트로피, 신랑 신부가 함께 마실 수 있도록 쌍으로 된 술잔 몇 개, 은으로 된 소금통 네 개와 금으로 된 소금통 한 개, 고대의 금목걸이, 다수의 반지와 장식품에 박힌 다이아몬드, 루비, 사파이어, 에메랄드가 있었다. 그 밖에 한 상자 가득한 커다란 진주, 모두가 썩고 빛바랜 가죽 자루, 곰팡이가 슨 가죽 자루 하나에 든 요아힘 계곡에서 주조한 가장 오래된 은화[17] 80개와 프랑스의 문장과 한 마리의 독수리가 새겨진 893금화[18]들도 있었다. 모두 주화였는데 나중에 이를 본 사람들은 글자를 해독할 수 없었기 때문에 누구도 받으려고 하지 않았다.

나는 주화, 반지, 보석 들을 나의 주머니, 장화, 바지, 권총집에 숨겼다. 그리고 내가 단순히 말을 타고 산책만 할 작정이었던 터라 자루를 가져오지 않아서 나머지 은식기들은 안장의 덮개를 잘라내어 거기에 담았다(잘라낸 덮개는 안감을 대어놓아서 자루로 사용할 수 있었다). 그리고 나는 금목걸이를 목에 걸고, 말을 타고 희희낙락하며 숙소로 돌아왔다.

농장을 떠날 때 농부 두 사람을 목격했는데 그들은 나를 보자 도망치려고 했다. 나는 물론 다리가 여섯이나 되고, 땅이 평지였으므로 쉽게 그들을 따라잡아, 그들이 왜 내 앞에서 도망치려 했고 그토록 두려워했는지 물었다. 그들은 말하기를 나를 사람이 살지 않는 귀족의 저택에 살면서 접근하는 사람들을 무섭게 쫓아내는 망령으로 여겼다는 것이었다. 내가 더 알고 싶어 하자, 그들은 그 괴물이 두려워서 몇 년이 지나가도 이 장소에는 사람 그림자는 얼씬하지도 않았고, 기껏해야 길

---

17) 독일 은화의 원형으로 1519년 보헤미아의 요아힘 계곡에서 생산되는 은으로 주조되었다.
18) 문자 해독술을 통해 이 숫자 '893'에서 그리멜스하우젠 이름의 첫 글자 8 = H(ans), 9 = I(Jakob), 3 = C(histoffel)를 유추할 수 있다고 한다. 문자의 위치를 바꿈에 따라 삼위일체의 기호인 ICH가 될 수도 있고 예수의 기호인 IHC를 의미할 수도 있다.

을 잃은 외지 사람이나 가끔 왔다고 대답했다. 인근에서는 이 집 안에 돈이 가득 든 금고가 있는데, 검은색 개 한 마리와 마술에 걸린 처녀 한 사람이 그 금고를 지킨다는 이야기가 있다고 했다. 그들 자신도 조부모 생전에 그분들로부터 옛 전설을 들었는데, 그 전설에 따르면 언젠가는 부모가 누군지 모르는 한 낯선 귀족이 이 땅에 와서 처녀를 구해주고, 불꽃이 이는 열쇠로 철제 금고를 열고 그 속에 든 돈을 모두 가져가리 라는 것이었다.

그들은 그 밖에 몇 가지 황당한 이야기를 더 들려주었는데, 여기서 는 생략하도록 하겠다. 나중에 나는 그들이 그 허물어진 벽 안으로 감 히 들어갈 생각도 하지 못했으면서 여기서 무엇을 하려고 했는지 물었 다. 그들은 대답하기를 총소리를 들었고, 그다음에 크게 절규하는 소리 를 들어서, 무슨 일이 일어났는지 보려고 달려왔다는 것이었다. 나는 그들에게 말하기를 총을 쏜 것은 나였고, 나도 두려움을 이겨야 했기 때문에 사람들이 내가 있는 허물어진 벽 쪽으로 오기를 바랐지만, 절규 하는 소리는 듣지 못했다고 했다. 그들의 대답은 이랬다. "이 성에서는 누구든 이웃에 있는 한 사람이 들을 수 있을 때까지 총을 쏘아도 됩니 다. 왜냐하면 여기서는 기상천외한 일이 벌어지기 때문입니다. 그래서 우리가 두 눈으로 당신이 말을 타고 나가는 것을 보지 못했다면 귀공자 께서 그 안에 계셨다는 것을 믿지 않았을 것입니다."

이제는 그들이 내게 그 안은 어땠는지, 검은 개를 가진 처녀가 금 고 위에 있는 것을 보지 못했는지, 꼬치꼬치 묻기 시작했다. 나는 크게 과장을 해서 이 곰같이 이상한 두 사람에게 모든 것을 다 털어놓을 수 도 있었지만, 아무 말도 하지 않았다. 심지어 내가 값비싼 보물을 챙긴 것까지도 말하지 않았다. 말을 타고 숙소로 돌아와서 참으로 기쁜 마음으로 습득물을 면밀히 살펴보았다.

제13장
짐플리치우스의 기발한 발상과 공중누각
그리고 보물을 보관하는 방식

돈의 가치를 알고 돈을 우상시하는 사람들에게는 그럴 만한 이유가 있다. 그런데 세상에서 돈의 위력과 돈이 발하는 신성에 가까운 미덕을 경험한 사람이 있다면, 바로 나일 것이다. 돈을 제대로 비축하고 있는 사람의 심정이 어떤지는 내가 잘 안다. 또한 단돈 한 푼도 가지지 못한 사람의 심정이 어떠한지도 나는 한 번 이상 경험했다. 보석 자체보다도 돈이 보석의 위력과 효과를 훨씬 더 많이 낸다는 것을 나는 반드시 증명해 보일 것이다. 그 이유는 돈이 다이아몬드처럼 우울증을 쫓아내기 때문이다. 돈은 에메랄드처럼 공부에 대한 의욕과 기쁨을 북돋아주는 까닭에 역시 가난한 사람들의 자손보다 부유한 사람들의 자손 중에서 더 많은 대학생이 나오는 것이다. 돈은 루비처럼 두려움을 쫓아내고 사람을 즐겁고 행복하게 만든다. 돈은 가끔 석류처럼 잠을 쫓아버리지만 히아신스처럼 안정과 수면을 북돋아주는 큰 힘을 발휘한다. 돈은 심장을 강화해주고 사파이어와 자수정처럼 사람을 즐겁고 사교적이고 신선하고 선량하게 만든다. 돈은 악몽을 쫓아내고 활기를 부여하며 판단력을 예리하게 하고 홍옥(紅玉)[19]처럼 어떤 사람과 반목하는 사람으로

---

19) 홍옥은 예로부터 지니는 사람에게 인내력, 용기, 실천력을 불어넣고, 어려운 문제에 봉착했을 때 해결 능력을 부여한다고 알려져 있다. 특히 남자들이 이 보석을 지니고 있으

하여금 반목을 극복할 수 있게 해준다. 특히 돈을 내밀어 감히 판사를 매수할 때 그렇다. 돈은 색을 밝히며 불결한 욕정도 해소해준다. 돈으로 아름다운 여인을 살 수 있기 때문이다. 내가 이미 내 책『흑과 백』에서 언급했던 것처럼 소중한 돈으로 할 수 있는 일을 예로 들자면 끝이 없다. 단지 그 돈을 올바로 사용하고 투자할 줄만 안다면 말이다.

내가 이 같은 보물을 빼앗고 발견해서 모은 재산은 나에게 신기한 효력을 발휘했다. 우선 하나는 지금까지의 나보다 더욱 나를 교만하게 만들었고, 그것도 정도가 심해서 '짐플리치우스'라는 나의 이름이 진심으로 못마땅할 정도였다. 또 돈은 자수정처럼 나의 잠을 앗아갔다. 그 이유는 내가 뜬눈으로 밤을 지새우면서 그 돈을 어떻게 투자해서 불릴 수 있는가를 곰곰 생각해야 했기 때문이다. 돈은 나를 완전한 계산의 달인으로 만들었다. 주조되지 않은 금과 은의 가치를 어림잡아 계산하고, 여기저기 감추어두었거나 아직도 지니고 있는 금과 은을 합산해보니 보석을 빼고도 엄청난 액수에 이르는 것을 확인했기 때문이다. "사람은 가질수록 더 많이 가지려고 한다"는 속담이 맞는다는 것을 분명히 밝히려는 듯, 돈은 나를 그토록 욕심 사납게 만들어서 곧 온 세상이 나를 적대시했고, 나로 하여금 그 돈에 따라다니는 교활함과 악의를 경험하게까지 했다. 돈은 바보스러운 계획들과 기발한 발상들을 내 뇌리에 심어놓았다. 그렇지만 그와 같은 계획이나 발상 중에서 실천으로 이행된 것은 단 하나도 없었다. 언젠가 한번은 어딘가에 정착해서 전쟁에 사용하는 무기를 벽에 걸어놓고, 그때부터 포만한 배와 불결한 주둥이를 가지고 창밖을 멍하니 바라보는 상상을 떠올린 적이 있었다. 그러

면 여자들에게 매력을 높일 수 있다고 한다.

나 내가 자유로운 삶을 살기는 하지만, 한 마리의 커다란 짐승이 될 것으로 전망되자 나는 즉시 그 생각을 버렸다. 그때 나는 나 자신에게 말했다. "헤이 짐플리치우스야, 귀족이 되어서 네 돈을 들여 황제에게 충성할 수 있는 너 자신의 용기병 중대원을 모집해라. 그러면 너는 성공한 사람으로서 시간이 가면 더욱 높이 오를 수 있는 젊은 나리가 되는 것이다." 그러나 불행한 결과를 초래하는 단 한 번의 결투 때문에 그토록 높은 자리에서 추락할 수 있고, 출세의 가도는 모든 전쟁이 그렇듯 한 번의 평화 협정을 통해서 끝이 날 수 있다는 데에 생각이 미치자, 이 계획도 나의 마음에 들지 않았다. 이제 나는 나이가 차서 성년이 되기를 염원했다. 그래서 나 자신에게 말했다. "네가 성년이 되면, 아름답고 젊고 부유한 아내를 얻고 상당한 토지를 매입해서 조용한 삶을 살게 될 것이다." 나는 축산업에 전념해서 정직한 방법으로 넉넉한 살림을 꾸려가고 싶었다. 그러나 나는 그렇게 하기에는 아직 너무 어리다는 것을 알기 때문에 이 계획도 접지 않으면 안 되었다. 그 같은 발상들이 나에게는 더 많이 있었지만, 마지막에는 내가 가진 최상의 물건을 어떤 안전한 도시에 살고 있는 재산가에게 맡기고, 내 행운의 여신이 앞으로 어떤 계획을 세우고 있는지를 기다리기로 결정했다.

그 당시 나는 유피테르를 아직도 데리고 있었다. 그냥 그와 헤어질 수가 없어서였다. 그는 이따금 대단히 지각 있는 말을 할 때가 있었고, 현명한 두뇌를 지녔음을 보여줄 때가 있었다. 또한 내가 그에게 좋은 일을 많이 했기 때문에 그는 나를 지나치다 싶게 좋아했다. 그는 내가 생각에 잠겨서 이리저리 돌아다니는 것을 보고 말했다. "사랑하는 아들이여! 최상의 방책은 지니고 있는 부정한 돈과 금과 은을 남에게 선물로 주는 것일세!"

"친애하는 유피테르! 왜 그렇습니까?" 내가 물었다.

"친구도 얻을 겸 백해무익한 걱정에서 벗어나기 위해서지."

차라리 나는 더 많은 돈을 가졌으면 좋겠다고 했더니, 그는 이렇게 답변했다. "그렇다면 그 돈이 어디서 나는지를 생각해보게. 그러나 그런 방법으로는 자네 생전에 평안과 친구를 찾지 못할 것일세. 물욕은 늙은 노상강도들에게나 넘겨주고, 젊고 성실한 남자다운 남자에게 어울리는 처신을 하도록 하게. 자네가 우선적으로 없어서 아쉬운 것은 돈이 아니라 좋은 친구들일세."

나는 그 말을 곰곰이 생각해보고 유피테르가 옳다는 것을 깨달았다. 그러나 나는 이미 대단한 물욕에 사로잡혀 있어서 무엇을 버릴 생각을 더 이상 하지 못했다. 그러나 마지막에 나는 사령관에게 쌍으로 된 도금한 은잔 두 개를, 대위에게는 은으로 된 소금통 두 개를 선사했다. 그 결과 오히려 그들이 나머지 물건에 대해 침을 흘리도록 만들었다. 그 물건들은 값진 골동품이었기 때문이다.

가장 충실한 전우인 슈프링인스펠트에게는 제국은화 12탈러를 주었다. 그 대신 그는 가지고 있는 재산을 모두 없애버릴 것을 내게 충고했다. 그러지 않으면 그 재산이 나를 불행에 빠뜨릴 수도 있음을 고려해야 한다는 것이었다. 장교들은 일반 병사가 자신들보다 돈을 더 많이 가지고 있는 꼴을 못 본다고 했다. 그는 분명 어떤 전우가 돈 때문에 다른 전우를 몰래 살해하는 것을 보았다고 했다. 지금까지 내가 얼마나 많이 챙겼는지 밝혀지지 않았던 것은 누구든 내가 의복과 말 그리고 문장을 구매하는 데 전액을 다 썼다고 믿었기 때문이라고 했다. 그러나 이제 나는 더 이상 아무것도 숨길 수 없고, 누구에게도 내가 더는 많은 돈을 가지고 있지 않다는 것을 속여서 믿게 할 수가 없다는 것이었다.

그사이 누구나 말하기를 내가 발견한 보물이 겉으로 보기보다 더 많은데, 인심을 쓰는 데는 전보다 인색하다고 평가하게 되었다는 얘기였다. 다른 젊은이들이 나에 관해서 말하는 것을 그는 자주 듣고 있는데, 그가 나라면 전쟁은 모른 척 내버려두고 어디 안전한 장소를 물색해서 사랑하는 하나님이나 믿으며 살아가리라는 것이었다.

"친구여, 내 말 좀 들어보게!" 나는 대답했다. "도대체 나보고 곧 장교가 되는 희망까지도 바람에 날려버리라는 것인가?"

슈프링인스펠트는 말했다. "그렇다네. 자네가 장교가 된다면, 내 손에 장을 지지겠네! 장교 자리가 나서 자네가 그 지위를 얻는 것을 보기 전에 역시 장교가 되고 싶은 다른 사람들이 자네의 목을 수천 번 비틀고 말 것일세. 내게 잉어에 대해서 설명하려고 하지 말게나. 내 아버지가 어부였으니 내가 오죽이나 잘 알겠는가! 아우야, 언짢게 생각지 말게! 전시에 어떤 일이 일어나는지 자네보다 내가 더 오래 보아왔다고. 상사들 중에는 자기 총의 길이가 짧다며 절망하는 사람들이 있다는 것을 자네는 보지도 못했는가? 그 사람은 다른 사람들보다도 중대 하나쯤 호령할 수 있는 자격을 더 갖춘 사람이야. 이 친구들이 그런 희망을 품지 않으리라고 자네가 믿고 있는 것은 아니겠지? 그리고 그들이 진급할 자격이 자네보다 더 많다는 것을 자네도 알고 있지 않은가!"

이 말에 대해 나는 반론을 제기할 수가 없었다. 슈프링인스펠트는 독일인다운 정직성으로 나에게 진실을 이야기할 뿐 아첨하지 않는다는 것을 알기 때문이었다. 그럼에도 불구하고 나는 어떤 기적 같은 일이 일어나리라는 망상이 있었기에 남몰래 이를 악물었다. 그러나 그런 다음에 슈프링인스펠트와 유피테르가 내게 한 말을 생각하니 위급할 때 나를 도와주고, 내가 은밀하게든 공개적으로든 죽임을 당했을 때 복수를 해줄 친척이 단 한 명도 없다는 것을 깨닫지 않을 수 없었다. 그것 말고도 내가 처해 있는 형편이 어떤 것인지는 명백했다. 명예욕과 금전 욕과 바로 위대한 사람이 되고 싶다는 염원이 나로 하여금 전쟁에 등을 돌리고 제대하는 것을 허락지 않았다. 그 대신 나는 첫번째 계획에 매달렸다. 그때에 내게 쾰른으로 갈 수 있는 기회가 생겼다. 몇몇 상인과 그들의 상품을 실은 마차를 뮌스터로부터 그곳까지 수백 명의 다른 용기병들을 거느리고 호위를 해야 했던 것이다. 그래서 나는 나의 보물을 챙겨서 그 도시에서 가장 명망이 있는 상인에게 증서를 받고 넘겨주었다. 그 증서에는 물품의 목록으로 470마르크 가치가 있는 주조하지 않은 은괴, 15마르크에 상응하는 금괴, 은화 80탈러, 봉인된 상자 속에 든 다수의 반지와 보석이 정확하게 적혀 있었다. 금과 보석 모두 합치면 무게가 8.5파운드나 나갔다. 그 밖에도 고대의 893금화들이 있었는데 그 금화 한 개의 무게는 현재 통용되는 금화의 1.5배나 되었다.

나는 유피테르도 함께 데리고 갔다. 쾰른에 명망 있는 친척들이 몇몇 있다며 그가 함께 가기를 자청했기 때문이다. 그는 친척들에게 내가 베푼 자선 활동을 자랑했고, 그들이 나를 정중하게 영접하도록 애를 썼다. 그럼에도 불구하고 그는 나에게 돈을 잘 투자하고, 그 돈으로 친구들을 만들라고 거듭 촉구했다. 상자에 든 금덩이보다 친구들이 내게는 더 유용하리라는 것이었다.

제14장
적에게 잡힌 사냥꾼

돌아오는 길에 나는 다시 사람들의 환심을 사기 위해서 어떻게 처신해야 할지 이리저리 궁리했다. 슈프링인스펠트가 내게 온 세상이 나를 부러워한다고 한 말은 맞는 말이었으나 나를 대단히 불안하게도 만들었다. 예전에 조스트의 유명한 점쟁이 여인이 한 예언이 다시 떠올라서 나는 걱정이 더욱 커져갔다. 그러나 그와 같은 생각이 나의 판단력을 더욱 예리하게 했다. 적어도 걱정 없이 그날그날 살아가는 사람은 들짐승이나 다름없다는 것을 전보다 더 분명하게 깨닫게 되었다.

그러므로 나는 이 사람 저 사람이 어떤 이유로 나를 미워했고 어떻게 하면 각 사람을 개별적으로 만나서 다시 환심을 얻을 수 있는가를 곰곰 생각해보았다. 그러나 이 친구들이 도통 나를 못마땅해하면서도 나와 이야기를 할 때는 친절하게 군 것이 얼마나 거짓이었나를 생각하면 나는 몹시 놀라지 않을 수 없었다. 그렇게 해서 나도 그들과 똑같이 누구에게나 입에 발린 소리를 하고 비록 나의 진정은 아니더라도 공손하게 대해야겠다는 생각이 들었다. 나의 적은 대부분 나의 교만 때문에 생긴 것임을 깨달았다. 나는 실제는 그렇지 않지만 사람들 앞에서는 반대로 좀더 겸손하게 처신하는 것이 영리하다고 여기게 되었다. 즉 하급 병사들과도 그런대로 교유를 하지만 계급이 좀더 높은 병사들 앞에서라면 나의 위치가 바뀔 때까지는 모자를 벗어 들고 공손하게 굴어야 하는 것이었다.

나는 쾰른의 상인으로부터 은화 100탈러를 빌렸다. 빌린 돈은 상인이 나에게 내 보물을 되돌려줄 때 이자와 함께 갚기로 했다. 나는 돌아오는 길에 이 돈을 전우들을 위해 쓸 작정이었다. 인색하게 굴면 친구를 얻을 수 없다는 것을 깨달았기에 나는 변하기로 결심했다. 그리고 바로 이번 행군에서 나의 변한 모습을 보여줄 작정이었다.

그러나 나의 계획은 빗나가고 말았다. 우리가 벨기에 땅에 도착했을 때 80명의 보병들과 50명의 기병들이 아주 적절한 장소에 숨어서 우리를 노리고 있었던 것이다. 그때 나는 세 명의 다른 병사들과 한 명의 하사와 함께 길을 정찰하는 임무를 수행하던 중이었다. 우리가 그들의 함정에 빠졌을 때 적들은 꼼짝하지 않고 우리를 통과시켰다. 만약 그들이 그 순간에 우리를 공격했다면 우리의 본대가 경고를 받았을 것이다. 그들은 호송단이 모두 협곡에 도착할 때까지 기다렸다. 그리고 여덟 명의 기병을 대동한 소위 한 명으로 하여금 우리 뒤를 쫓으며 관찰하게 했다. 나머지 병력이 우리 호송단을 공격하는 통에 우리가 방향을 돌려 마차가 있는 곳으로 되돌아가려고 하는 찰나에 그들은 우리에게로 달려와서 항복할 것인지 물었다. 나 자신은 말을 잘 탔다. 나는 최상의 말을 타고 있었지만, 도망칠 생각은 하지 않고 주변을 돌다가 작은 언덕으로 돌진해갔다. 이곳에서 아직도 명예를 회복할 수 있나 가늠해보기 위해서였다. 그때 나는 아군을 향해 발사된 일제사격 소리를 들었다. 그것은 사태가 얼마나 심각한지 알려주는 것이어서 나는 도망치려고 했다. 소위는 그 낌새를 미리 알아차리고 길을 차단했다. 나는 돌파를 시도했으나 실패하자 소위는 내가 장교인 줄 알고 내게 다시 항복하겠느냐고 물었다. 나는 목숨을 우연에 맡기는 것보다는 보전하는 편이 더 낫다고 생각했다. 그래서 그의 말을 믿을 수 있는지 그리고 그가 정직한 군인인지 물었다. 그는 "틀림없이 그렇다!"라고 외쳤다. 다음 순간 나는 그에게 군도를 넘기고 체포당하고 말았다. 그는 즉시 내가 누구인지 알려고 했다. 그는 나를 귀족으로 여겼고, 그렇기 때문에 역시 장교로 여겼다. 사람들은 나를 조스트의 사냥꾼이라고 부른다고 내가 대답하자 그가 말했다. "당신이 4주일 전에 우리 손에 잡히지 않은 것이 천행이오. 그 당시라면 나는 당신을 용서하겠다고 약속하지 못했을 뿐만 아니라 그 약속을 지킬 수도 없었을 것이오. 왜냐하면 그 당시 우리는 당신을 영락없는 마술사로 여겼으니까요."

소위는 젊고 용기 있는 경기병이었고 나이는 나보다 더 먹어보아야 두 살 미만이었다. 그는 그 유명한 사냥꾼을 잡는 영예를 안게 된 것을 대단히 기뻐했다. 그렇기 때문에 약속한 관용도 네덜란드인의 관례에 따라 대단히 정직하게 베풀었다. 네덜란드인은 에스파냐의 적을 생포하면, 벨트를 두르고 있는 것에서는 아무것도 취하지 않는 것이 관례였다. 그렇다. 그는 나의 몸을 수색하는 일도 하지 않았다. 그러나 나는 자발적으로 주머니에서 돈을 꺼내 노획물을 분배하듯 그들에게 주었다. 소위에게는 슬그머니 좀 있으면 나의 말을 안장과 굴레와 함께 통째로 얻게 될 테니 구경하고 있으라고 말했다. 안장에는 금화 30두카텐이 들어 있고, 그처럼 좋은 말을 그가 다시 만나기는 당분간 쉽지 않을 것이라는 말도 했다. 그랬더니 소위는 마치 동생이라도 만난 듯 나를 포옹하더니 곧 나의 말 위에 오르고, 나로 하여금 그의 말을 타도록 했다. 한편으로 우리 호송대원 중에서 죽은 병사들은 여섯 명밖에 되지 않았다. 열세 명이 잡혔고, 그들 중 아홉 명은 부상을 입었다. 나머지 대원들은 멀리 도망치고 말았다. 모두가 말을 타고 있었기 때문에 충분히 빈 벌판에서 적을 쫓아가 노획물을 다시 빼앗을 수 있었지만 그럴 용기가 없었던 것이다.

노획물과 포로들을 분배하고 난 후 스웨덴 군인들과 헤센 군인들은 그날 밤에 다시 헤어졌다. 그들은 숙영지가 달랐다. 소위는 그 자신이 체포했기 때문에 나와 하사, 그 밖에 세 명의 용기병을 차지했다. 그는 우리를 우리 숙영지로부터 2마일도 떨어져 있지 않은 한 요새로 데려왔다. 그런데 내가 이 장소를 심히 괴롭힌 것이 그리 오래전 일이 아니고 나의 이름이 알려져 있던 터라 이곳을 좋아하지는 않고 오히려 두려워했다. 우리 앞에 이 도시가 보이자 기병 소위는 기병 한 명을 먼저 보내서 사령관에게 그의 도착과 그동안 무슨 일이 일어났고 포로들이 누구인지를 보고토록 했다. 그때 그 도시에서는 누구나 사냥꾼을 보려고 했기 때문에 이루 말할 수 없는 소동이 일어났다. 모두가 나에 대해 떠들어서 마치 위대한 통치자가 입성하기라도 한 것 같았다.

포로들은 즉시 사령관에게 인도되었다. 사령관은 내가 아직 애송이인 데에 놀랐다. 그는 내게 스웨덴 군대에서 근무한 적이 없는지 나의 국적이 무엇인지 물었다. 내가 사실대로 대답하자 그는 나에게 그들 편에 머무를 생각이 있는지를 알고 싶어 했다. 나는 대답하기를 원칙적으로 반대는 하지 않지만, 나는 막상 신성로마제국 황제에게 서약을 했기 때문에 이 서약을 지키는 것이 옳다고 생각한다고 했다. 그러자 사령관은 우리를 법무관에게 넘길 것을 명령했다. 그러나 기병 소위가 이의를 제기하자 전에 내가 나의 포로들(그들 중에는 그 사령관의 동생도 있던 적이 한 번 있었다)을 대접했던 것처럼 우리를 대접할 것을 허락했다. 저녁에는 승진의 행운을 잡은 장교와 그 밖에 귀족 출신의 기병들이기도 한 장교들 다수가 기병 소위에게 왔고 그는 나와 하사를 데려오게 했다. 나는 그들이 나를 대단히 정중하게 대했다고 말하지 않을 수 없다. 나는 마치 아무것도 잃은 것이 없는 것처럼 기뻐했고, 마치 내가 적의 포로가 된 것이 아니고 절친한 친구들에게 와 있는 것처럼 붙임성 있고 솔직하게 행동했다. 그리고 온 힘을 다해서 겸손해지려고 애썼다. 나의 행동이 사령관에게 보고되리라는 것을 내가 생각할 수 있었기 때문이었는데, 나중에 듣기로는 실제로 그런 일이 있었다고 한다.

다음 날 우리 포로들은 차례로 연대 심문관 앞으로 인도되었다. 하사가 먼저이고 내가 두번째였다. 내가 홀에 들어서자 연대 심문관도 나의 어린 나이에 점차 놀라워했고, 그 점을 내가 눈치채게 했다. 그는 "귀여운 애야, 네가 전쟁에 나가서 적으로 상대해 싸우지 않으면 안 되도록 스웨덴 사람이 저지른 짓이 무엇이란 말이냐?"라고 물었던 것이다. 이 질문은 나를 대단히 화나게 했다. 게다가 나는 그들에게도 나처럼 어린 병사들이 있는 것을 보았기 때문에 이렇게 대답했다. "스웨덴 전사들이 내게서 구슬이나 딱지를 빼앗아갔습니다. 그것들을 다시 찾고 싶습니다."

나의 기지 넘치는 대답이 배석한 장교들을 몹시 당황하게 해서 그들 중 한 사람이 재판관에게 나와 진지한 자세로 대화를 하는 것이 좋겠다고 라틴어로 일렀다. 그가 듣기에 상대가 어린애가 아니라는 것이었다. 그들이 하는 대화에서 나는 판사 이름이 유세비우스인 것을 알아냈다. 이제 그는 나의 이름이 무엇인지 물었고 내가 이름을 대자 그는 이렇게 말했다. "지옥에 있는 악마들 중에도 짐플리치시무스라는 이름은 없다." 이에 대해 나는 대답했다. "그러나 그곳에는 유세비우스라는 이름도 없을 것입니다, 아마!" 나는 과거에 우리 중대 서기병 시리아쿠스에게 한 것과 같은 방법으로 보복을 한 것이었다. 그러나 그 대답이 장교들에게 상당히 기분 나쁘게 들린 것은 물론이었다. 왜냐하면 그들은 나보고 그들의 포로로 데려온 것이지 농담을 하려고 데려온 것이 아님을 똑똑히 알아야 한다고 말했기 때문이다.

나는 이로 인해 얼굴을 붉히지 않았다. 또한 용서를 구하지도 않고 오로지 그들이 나를 어디까지나 병사로 붙잡은 것이고, 어린아이라면 다시 풀어주었을 테지만 그렇게 하지 않았으니 나도 어린애처럼 그들 팔에 안기고 싶지는 않아서 질문 받은 것과 똑같은 어조로 대답했을 뿐이라고 말했다. 그러므로 나는 그렇게 한 것이 잘못된 행동이 아니었기를 간곡히 희망한다고 했다. 이제 그들은 나의 고향과 내력과 출생에 대해 질문을 했고, 내가 이미 스웨덴의 편에서 복무한 적이 없는지도 물었다. 그런 다음에는 조스트의 형편은 어떠한지, 그곳 병영은 얼마나 튼튼한지 등을 더 물었다. 나는 이 모든 질문에 짧고 분명하게 대답했다. 조스트와 그곳 병영에 대해서는 나의 복무규정이 허락하는 만큼만 말했다. 그러나 내가 어릿광대짓을 한 것에 대해서는 단 한 마디도 하지 않았다. 그 말을 하기가 나는 고통스러웠다.

제15장
사냥꾼의 석방 조건

그동안 호송대에게 일어난 일, 내가 하사와 다른 대원 몇 명과 함께 포로로 잡혀서 어디로 이송되었다는 사실이 조스트에 알려졌다. 그래서 이미 그다음 날 교섭을 담당한 고수(鼓手) 한 사람이 우리를 데리러 왔다. 사령관은 하사와 그 밖의 다른 대원 세 명을 다음과 같은 내용의 서신과 함께 고수에게 인계하였다. 그 서신은 내게도 전달되어 나도 그 내용을 알게 되었다.

사령관 귀하. 교섭 대표가 귀하의 서신을 본인에게 가져왔기에 본인은 보석금을 받고 지금 하사와 다른 세 명의 포로들을 귀하께 돌려보냅니다. 그러나 사냥꾼인 짐플리치우스는 이전에 이미 우리 편에서 복무한 적이 있기 때문에 다시 돌려보낼 수가 없습니다. 상관들에게 지켜야 할 의무를 떠나서 주님을 위해 할 수 있는 일이 있다면, 본인은 종의 역할을 기꺼이 수행할 것입니다.

주님의 종, 니콜라스 드 생 안드레 드림

이 편지 내용은 나의 마음에 전혀 들지 않았지만 내게도 통보된 것을 고맙게 생각하지 않을 수 없었다. 나는 사령관과 면담을 요청했으나 다음 날 아침 일찍 있을 교섭 대표와의 작별 후에 부르겠노라는 답이 왔다. 그때까지 기다리라는 것이었다.

그러므로 나는 기다렸다. 그리고 그다음 날 바로 점심때에 사령관은 나를 불렀다. 그때에 처음으로 그의 식탁에 앉는 영광이 나에게 주어졌다. 식사를 하는 동안 그는 몇 번이고 반복해서 건배의 뜻으로 나와 잔을 부딪쳤으나 나를 어떻게 할 작정인지에 대해서는 한 마디 말도 하지 않았다. 그렇다고 그 문제를 나 자신이 꺼내는 것은 적절치 않다고 생각했다. 식사 후에 내가 얼큰하게 취해서 그 자리에 앉아 있을 때 그는 말을 꺼냈다. "친애하는 사냥꾼! 무슨 핑계로 내가 자네를 여기에 잡아두고 있는지 나의 편지를 읽어서 알고 있을 걸세. 거기에는 부당한 점이 하나도 없고, 인간의 도리나 전쟁 관행에 어긋나는 것이 하나도 없네. 자네 자신이 나와 연대 심문관에게 이미 자네가 우리 편 본진에서 근무한 적이 있다고 고백했기 때문일세. 그렇기에 자네는 나의 명령에 복종할 결심을 해야 할 것일세. 그리고 자네가 나의 명령을 잘 수행하면, 황제군에서는 전혀 기대할 수 없을 정도로 내가 자네의 진급을 도울 것일세. 다른 한편으로 전에 자네가 모신 적이 있고, 용기병들에게 자네를 빼앗겼던 그 중령을 다시 상관으로 모시도록 내가 조치를 취할 것이니 언짢게 생각지 말게."

"존경하는 대령님!" 나는 대답했다. 사령관 각하라고 부르지 않은 이유는 그 당시 귀족이기에 장교가 된 것이 아니라, 행운을 만나 장교가 된 군인은 비록 대령이라 할지라도 '각하'란 칭호를 쓰는 것이 아직 관행이 아니기 때문이었다. "나는 한낱 말을 돌보는 마동에 불과합니다. 그러므로 스웨덴의 왕관은 물론, 그의 연합군에게 그리고 일찍이 중령에게도 이행해야 할 의무를 맹세한 적이 없습니다. 이제 새삼스럽게 스웨덴 군대에 복무할 것을 수락함으로써 신성로마제국 황제에게 한 서약을 강제로 깨고 싶지 않습니다. 그래서 존경하는 대령님께 정중하게 부탁드리는 것이니 내게 내리신 무리한 요구를 거두어주십시오!"

"무어라고?" 대령은 소리쳤다. "자네는 스웨덴 군대에 복무하는 것이 그토록 싫단 말인가? 자네는 나의 포로라는 것을 잊지 말게. 나는 자네를 조스트로 보내서 다시 적을 위해 봉사하게 하기 전에 자네가 전혀 다른 재판을 받도록 조치를 하거나 자네를 감옥에서 썩게 할 수도 있네. 그 점을 명심하게!"

나는 이 말을 듣고 놀랐으나, 아직은 기죽지 않고, 그와 같이 모멸스러운 대접은 물론 나의 서약을 깨는 일도 일어나지 않도록 하나님께서 도와주시길 원하고, 그 밖에도 내가 머리를 조아려 바라는 것은 대령님께서 나를 대하면서 보편적으로 알려진 참다운 군인 정신을 지켜달라는 것이라고 대답했다.

"엄격한 재판을 하게 되면, 자네를 어떻게 다루어야 할지는 내가 잘 알고 있네." 그가 말했다. "자네는 이 일을 다시 한 번 잘 생각해보는 것이 좋을 걸세. 그러지 않으면, 나는 어쩔 수 없이 엄중한 조치를 취할 수밖에 없네." 그런 다음 나는 다시 감옥으로 인도되었다.

내가 이날 밤 잠을 못 이루며 많은 생각을 했으리라는 것은 쉽게 상상할 수 있을 것이다. 다음 날 아침에 몇 명의 장교와 나를 포로로 잡은 기병 소위가 왔다. 명분은 나와 함께 시간을 보내기 위해서라지만 실은 내가 시키는 대로 하지 않을 경우 대령이 내게 마술을 부린 죄를 물어 재판에 회부하려고 한다는 것이 진심임을 믿게 하려는 것이었다. 이런 방법으로 그들은 나에게 겁을 주고, 나의 속내를 떠보려는 것이었다. 그러나 나는 양심상 아무 거리낌 없이 모든 이야기를 대단히 감동하면서 경청했지만, 많은 말을 하지는 않았다. 근본적으로는 대령이 더 이상 내가 조스트에 있는 꼴을 보고 싶어 하지 않는다는 것이 문제의 핵심임을 곧 깨달았다. 그는 나를 석방해주어도 내가 잘 생각해보고 그곳을 떠나지 않을 것으로 믿었을 가능성이 있었다. 그곳에 있으면 승진을 기대할 수 있는 데다 두 마리의 말과 온갖 다른 값진 물건들도 그대로 있었기 때문이다.

이튿날 그는 다시 나를 불러서 내가 어떻게 결정했는지를 물었다. 그리하여 나는 대답했다. "대령님, 나의 결심은 거짓 맹세를 하느니 차라리 죽어버리겠다는 것입니다. 그러나 존경하는 대령님께서 나를 석방하신 후, 다시 나에게 군 복무를 시키실 의도만 없으시다면, 나는 6개월간 스웨덴군이나 헤센군을 상대로 무기를 들거나 사용하는 일은 없을 것이라고 마음으로는 물론 손을 들고 입으로 서약하겠습니다."

대령은 즉시 이에 찬성하고 나에게 손을 내밀었다. 그리고 내 몸값을 면제해주었고, 자신의 부관에게 명령을 내려 증서 두 통을 작성케 하여 우리 두 사람이 서명을 했다. 그가 잘 알고 있는 성채에 내가 연금되는 동안 그가 나에게 신변의 안전과 보호 및 온갖 자유를 보장한다는 내용이었다. 내 쪽에서는 위에서 언급한 두 가지 점을 떠나 이 요새에 체류하는 동안 이 병영과 사령관을 상대로 부정적인 일을 꾸미거나, 불이익이나 손해가 날 만한 일이 계획되면 아무것도 숨기지 말고 그들의 이익 증진에 도움을 주고 모든 손해를 가능한 한 예방할 의무가 있었다. 그리고 요새가 적의 공격을 받았을 때 나는 방어를 도울 생각을 하고 실제로 도와야 했다.

그런 다음 그는 나를 다시 점심 식사에 초대하여 내 생애에 황제군 측으로부터 기대할 수 있는 것보다 더 많은 호강을 누릴 수 있게 했다. 그렇게 그는 서서히 나를 석방하고 나와의 약속을 지킬 필요가 없게 되더라도 내가 조스트로 되돌아가는 일은 없게끔 만들었다.

제16장
다시 자유의 몸이 된 짐플리치우스

무엇이든 꼭 그렇게 되어야 할 것은 반드시 그렇게 되고 마는 법이다. 마치 행운의 여신이 나와 혼인을 했거나 적어도 밀접한 관계를 맺고 있어서 최악의 사건도 최상의 결과로 끝이 난다는 생각이 들었다. 왜냐하면 내가 아직 대령의 식탁에 앉아 있을 때 조스트로부터 나의 하인이 나의 좋은 말 두 필을 데리고 왔다는 소식이 전해졌기 때문이다. 그러나 나는 심술궂은 행운의 여신이 장난치는 방식을 알지 못했다가 훨씬 뒤에야 깨달았다. 행운의 여신은 물의 요정인 세이렌들로 하여금 특별히 마음에 드는 사람을 높이 추켜올리게 했다가 나중에 가장 악랄한 장난을 쳐서 결국 더욱더 깊이 추락시키는 방식으로 자신의 목적을 달성한다는 것을 말이다.

　나의 하인은 내가 스웨덴군을 상대로 한 전투에서 잡은 포로였는데, 평소에 잘 대해주었기 때문에 지나칠 정도로 내게 충직했다. 그렇기에 그는 매일같이 나의 말에 안장을 얹어가지고, 정해진 날에 나를 데리러 올 석방 교섭자인 고수에게 갔었다. 조스트로부터는 한참 걸리는 거리였다. 내가 멀리 걷게 하지 않도록 하기 위해서였고 혹시나 벌거벗거나 누더기를 걸친 채 조스트로 입성하지 않게 하기 위해서였다. 내가 옷을 강탈당한 줄로 믿고 있었기 때문이다. 그래서 제일 좋은 옷도 짐에 꾸려 넣어서 석방된 포로들과 함께 있는 고수를 만났다. 그러나 나를 만나지 못하고 적들이 나를 보내주지 않고 부려먹으려 한다는 것을 들었을 때, 그는 말에게 박차를 가하고 말했다. "안녕히 계십시오, 고수님. 그리고 하사님도 매한가지입니다. 나의 주인이 있는 곳에 나도 있으렵니다." 그렇게 그는 그곳을 떠나서 사령관이 나를 석방하고 커다란 영광을 베풀었던 순간에 도착한 것이었다. 사령관은 내 입맛에 맞는 숙소를 찾을 때까지 신경 써서 나의 말들도 보살펴주었고 충성스러운 하인을 둔 것을 축하한다는 인사도 했다. 그러나 내가 한낱 보잘것없는 용기병으로 젊은 나이에 그토록 좋은 말들을 소유하고, 전반적으로 좋은 장비를 갖춘 것에 놀라움을 금치 못했다. 내가 작별 인사를 하고 앞서 말한 여관으로 가려 할 때 그가 두 마리 말들 중 한 마리에 대해 입에 침이 마르도록 칭찬을 하기에 나는 그가 그 말을 사고 싶어 한다는 것을 눈치챘다. 그러나 그가 주춤거리고 값을 제안하지 않아 만일 그가 그 말을 받아주는 영광을 나에게 베풀어준다면, 그 말을 사용하도록 넘겨주겠노라고 말했다. 그러나 그는 딱 잘라 거절했다. 무엇보다도 내가 상당히 취해 있었기에 술 취한 사람을 상대로 수다를 떨어서 말 한 필을 우려냈다는 뒷말을 남기기보다는 차라리 그 명마를 포기하는 쪽이 낫다고 생각한 터였다. 술 취한 사람이 다시 술에서 깨고 나면 자신의 손실에 대해 크게 후회할 것이 뻔하다는 것이다.

그다음 날 밤에 나는 앞으로의 삶을 어떻게 꾸려가야 할지 곰곰 생각해보았다. 그리고 앞으로 6개월간은 지금 있는 곳에 머물며, 눈앞에 다가온 겨울을 조용히 보내기로 결정했다. 돈이라면 넉넉히 있었다. 그래서 쾰른에 있는 나의 보물은 건드릴 필요가 없었다. 나는 혼잣속으로 '최근 너는 완전히 성숙해서 힘이 강해질 대로 강해졌으니, 새봄이 오면 황제군과 함께 더욱더 용감하게 전선에 다시 출정할 수 있을 것이다'라고 생각했다.

다음 날 아침에 나는 나의 말안장을 분해했다. 그 안장은 내가 기병 소위에게 준 것보다 기름칠이 더 잘된 것이었다. 나중에 나는 내가 가진 최상의 말을 대령의 숙소로 끌고 오게 했다. 나는 6개월간을 군인으로 활동해서는 안 되고, 그 기간을 이곳에서 그의 보호 아래 보내기로 결심했으니 말들이 아무 쓸모가 없게 되었다고 대령에게 말했다. 또한 그 명마들을 부려먹지 못하면 유감스럽기 짝이 없는 일이니 내게 베풀어준 자비에 대한 고마움의 표시로 이 군마(軍馬)에게 그의 말들 사이의 한 자리를 내어주기를 간청한다고 했다. 대령은 고마운 뜻을 표하면서 정중하고 친절하게 그러마고 약속했고, 그날 오후 중으로 자신의 집사로 하여금 기운이 넘치는 육우(肉牛) 한 마리, 살진 돼지 두 마리, 포도주 한 통, 맥주 네 통, 땔감 네 차분을 가지고 나를 찾게 했다. 집사는 그 모든 것을 내가 방금 반년 동안 살려고 세를 얻은 숙소로 가져와서 대령의 말을 전달했다. '당신이 나의 보호를 받으며 살려는 것을 내가 알고 있는 만큼 처음 살림을 시작하려면 생활용품이 필요하다는 것을 상상하기가 어렵지 않다. 그래서 끼니를 장만하는 것을 돕기 위해 차제에 음료와 육류와 땔감을 보낸다. 앞으로 만약 나의 도움이 필요하면 언제든지 기꺼이 도와줄 용의가 있다'는 것이 전달된 말의 요지였다. 나는 정중하게 고마움을 표시하면서 그 집사에게 금화 2두카텐을 선물로 주었다. 그러고는 그의 주인에게 고맙다는 인사를 전하라는 부탁도 했다.

대령이 후한 인심을 쓴 것을 보고 나에 대한 환심이 더욱 커진 것을 알았기 때문에 나는 하급 인사들에게도 불쌍한 무뢰한으로 여겨지지 않기 위해서 무엇인가를 하려고 했다. 그러므로 나는 나의 집주인이 동석한 자리에 나의 하인을 불러서 말했다. "친애하는 니클라스! 자네는 보통 주인이 하인에게 요구해도 되는 것 이상으로 나에게 충성심을 보여주었네. 그러나 나는 막상 자네에게 어떻게 보답을 해야 할지 모르겠네. 앞으로 내게는 상사도 없고 또한 무엇을 정복할 수 있는 전쟁도 없게 될 것이니 자네에게 응당 지불해야 할 대가를 지불할 수가 없기 때문일세. 그뿐만 아니라 나는 이제부터 조용한 삶을 살 계획이니 하인도 더 이상 둘 수가 없네. 그래서 그동안 수고한 대가로 나는 자네에게 지금 말 두 필과 안장, 굴레 일체와 권총을 주겠네. 그러니 이것을 흔쾌히 받고, 우선 다른 주인을 물색하라고 부탁하겠네. 그러나 장차 내가 자네를 도울 일이 있으면 어느 때든지 내게 알려주게!"

그러자 그는 내 양손에 입을 맞추고, 울음이 북받쳐 말을 하지 못했다. 그는 말을 자신이 가져가기보다는 매각해서 그 대금의 일부를 나와 나누는 것이 좋겠다고 말했다. 결국 내가 사람이 필요해지면 그를 다시 채용하겠다고 약속한 후에야 그로 하여금 말을 데려가도록 설득할 수 있었다. 나의 집주인도 이 작별을 보면서 감격의 눈물을 흘렸다. 그리고 나의 하인이 병사들에게 나를 칭송하는 노래를 부르는 동안, 나의 집주인이 나서서 시민들에게 나를 극구 칭찬하며 다녔다. 또한 사령관은 나를 아주 믿을 만한 사내로 여겨서, 내가 명예를 걸고 한 말을 굳게 믿었다. 나는 황제에게 서약한 나의 맹서를 지켰을 뿐만 아니라, 사령관에게 해야 할 의무도 충실히 이행하기 위해서 나의 훌륭한 말들과 무기들은 물론 하인까지 처분한 것이었다.

제17장
6개월 동안 사냥꾼이 하고자 한 일과 점쟁이 여인

나는 세상에 바보의 속성을 지니고 있지 않은 사람은 없다고 믿는다. 우리는 모두가 그야말로 같은 뿌리에서 나왔지만, 내 것의 배를 보면 다른 배들이 언제 익는지 분명히 알 수 있다. 여기서 다른 사람은 이렇게 대답할 수도 있을 것이다. "예끼, 얼간이 같은 사람! 설마 자네가 바보이기 때문에 다른 사람들도 모두 바보여야 한다고 믿는 건 아닌가?"—아니다. 내 말은 그런 것이 아니다. 그렇다면 말이 지나친 것이다. 그러나 나는 자신의 바보 근성을 다른 사람들보다 더 잘 숨기는 사람이 있다는 것을 믿고 있다. 단순히 어떤 사람이 바보 같은 발상을 한다고 해서 그가 바보인 것은 아직 아니다. 왜냐하면 젊은 시절에는 우리 중 누구나 그와 같은 발상을 할 수 있기 때문이다. 그러나 그 발상을 밖으로 내놓는 사람은 바보 취급을 받는다. 그런 발상을 밖으로 전혀 보이지 않는 사람이 있는가 하면, 어떤 사람은 그 발상을 반쯤만 보이게 한다. 자신의 바보 근성을 완전히 억제하는 사람은 진짜 유머 감각이 없는 사람이다. 그러나 나는 자신의 바보 근성을 기회 있을 때 약간 드러내 보이고, 숨 막혀 죽지 않도록 공기를 발산하는 사람들이야말로 제일 똑똑한 사람들이라고 생각한다.

갑자기 자유를 만끽하면서 쓸 수 있는 돈도 두둑이 있는 판에 한 소년을 채용해서 귀족의 시동처럼 옷을 입힐 뿐 아니라 가장 바보스러운 색깔로 된 옷을 입힌 것은 물론 내가 바보 근성을 너무 많이 내보인 것이었다. 나의 시동이 입은 제복의 색깔은 마땅히 보랏빛 갈색에다 노란색이어야 했다. 나는 그 색이 대단히 마음에 들었기 때문이다. 내가 얼마 전에 용기병이었거나 반년 전만 해도 가련한 마동이었던 적이 없이 마치 한 사람의 남작인 것처럼 이 소년은 나의 시중을 들어야 했다.

이것이 이 도시에서 내가 저지른 첫번째 바보짓이었다. 그러나 상당히 커다란 바보짓이었음에도 불구하고 비난을 받거나 심지어 남의 눈에 띄지조차 않았다. 막상 세상은 온갖 바보짓으로 가득 차 있어서 더 이상 관심을 두고 비웃거나 감탄하는 사람이 없었다. 누구나 그토록 익숙해져 있는 것이다. 그렇기 때문에 나도 현명하고 좋은 병사로 통할 뿐 아직도 어린아이 구두를 신고 이리저리 돌아다니거나 하는 바보 취급은 받지 않았다.

나와 시동의 식사는 집주인이 정기적으로 제공하기로 합의가 되었다. 식대는 사령관이 말을 선물로 받은 대가로 내게 선물한 고기와 땔감으로 지불했다. 물론 음료 창고 열쇠는 나의 시동이 지니고 있어야 했다. 내가 찾아오는 사람들에게 무엇이든 대접하기를 좋아했기 때문이다. 이제 나는 시민도 아니고 군인도 아니어서 어울릴 수 있는 모임도 없었기에 양측과 다 왕래를 했고, 그래서 매일 나의 집에는 동료들의 방문이 끊일 날이 없었는데, 그들을 맨입으로 앉아 있게 할 수는 없던 것이다.

시민들 중에 나와 가장 친한 사람은 오르간 연주자였다. 나는 음악을 사랑했고 자랑은 아니지만, 그냥 녹슬게 내버려두고 싶지 않은 청아한 목청을 뽐냈다. 오르간 연주자는 내게 작곡하는 법을 가르쳐주었고, 어떻게 클라비코드[20]와 하프에 맞추어 나의 연주력을 향상시킬 수 있는지를 보여주었다. 류트 연주에 있어서는 어느새 대가나 다름없었기 때문에 내 소유의 류트를 장만해서 거의 매일같이 연주를 즐겼다. 연주를 많이 해서 싫증이 나면, 이전에 천국 수도원에 있을 때 온갖 무기를 다루는 법을 가르쳐주었던 모피공을 오게 해서 연습을 하며 나의 기량을 완벽하게 갈고닦았다. 그뿐만 아니라 나는 사령관에게 허락을 얻어 그의 포수(砲手) 중 한 사람에게 돈을 주고 대포와 화약을 다루는 솜씨를 익힐 수 있었다. 그 밖에는 칩거해서 조용히 살았기에 사람들은 내가 이전에 주로 강도질과 피 흘리는 일에 종사했던 것과 달리 항상 대학생처럼 책을 읽고 앉아 있는 모습을 보고 놀랐다.

나의 집주인은 사령관의 스파이여서 나를 감시하는 역할을 했다. 그가 사령관에게 내가 한 짓을 모두 보고하는 것을 즉시 눈치챘지만 모르는 척했다. 내가 실제로 전쟁에서 작전 짜듯 하는 행동 방식을 머릿속에서 떨쳐냈기 때문이다. 간혹 이야기가 거기에 이르면, 나는 군인이었던 적이 한 번도 없고 여기서 연습하는 것은 이미 언급한 대로 매일 규칙적으로 수행하는 일과인 것처럼 보이게 했다. 나는 내심 6개월이

---

20) 피아노의 전신.

빨리 끝나기를 바랐지만, 그다음에 내가 어느 편에서 근무를 할 것인지는 아무도 눈치채지 못하도록 했다. 내가 대령을 찾아갈 때마다 그는 나를 식사에 초대했고 때때로 대화를 나누기도 했다. 그럴 때면 대령은 나의 앞으로의 계획이 무엇인지 알아내려고 애를 썼다. 그러나 나는 매번 신중하게 굴어서 진실로 내가 무엇을 계획하고 있는지 아무도 알아낼 수 없도록 처신했다.

언젠가는 그가 이렇게 말한 적이 있다. "사냥꾼, 어떤가? 아직도 스웨덴군이 될 생각이 없는가? 어제 사관후보생 한 명이 죽었다네!"

나는 대답했다. "존경하는 대령님! 남편이 죽은 후에 즉시 재혼을 하지 않는 것이 한 여인의 올바른 처신입니다. 하물며 나에게도 6개월을 참지 못할 이유가 무엇이 있겠습니까?"

나는 그렇게 거듭 핵심을 피해왔다. 그럼에도 불구하고 시간이 가면서 대령의 환심은 더욱 커져 나로 하여금 요새의 안팎으로 산보하는 것을 허락했다. 끝에 가서는 토끼, 멧닭, 조류를 사냥하는 것도 허락되었지만, 그 같은 일은 그의 병사들도 감히 생각할 수 없는 것이었다. 나는 리페강에서 낚시질도 했는데, 운 좋게 고기를 많이 낚아서 마치 내가 마술을 부려 물고기들과 게들을 물 밖으로 건져내는 듯한 인상을 주었다. 그때 나는 간편한 사냥복을 지어 입고, 길이란 길은 샅샅이 알고 있었기 때문에 밤마다 조스트 평원을 쏘다니며 여러 곳에 숨겨두었던 보물을 챙겨 요새로 끌고 왔다. 요새 안에서는 내가 마치 스웨덴 군인들과 영원히 함께 있을 것처럼 행동했다.

이와 같이 돌아다니던 중에 한번은 우연히 조스트의 점치는 여자도 만났다. 그녀는 말했다. "내 아들아, 이제 와서 보면, 네 돈을 조스트 밖에 감추어두라고 한 내 충고가 옳지 않았더냐? 내가 말하지만, 네가 포로가 된 것은 최대의 행운이었어. 만일 네가 조스트로 돌아왔다면, 네게 죽음을 서약한 몇몇 놈이 너를 사냥터에서 목 졸라 죽였을 것이야. 그들보다 네가 여자들에게 인기가 많았기 때문이지."

나는 대답했다. "그렇지만 나의 머릿속에는 도통 여자들에 대한 생각 따위는 든 것이 없는데 누가 나를 시기할 수 있단 말입니까?"

"네가 명심해야 할 것은 이 점에 대한 네 의견이 바뀌는 즉시 여자들이 조롱하는 마음과 수치심을 품고 너를 나라 밖으로 쫓아내리라는 것이다. 지금까지 너는 내가 무슨 예언을 할라치면 항상 나를 비웃어왔다. 내가 너에게 많은 것을 폭로하면, 이번에도 전처럼 나를 믿지 않을 터이냐? 너는 조스트에서보다 지금 있는 곳에서 더 친절한 사람들을 만나고 있지 않느냐? 내가 너에게 맹세하지만, 이 사람들은 너를 대단히 좋아하기까지 하고 있고, 네가 그들이 너에 대해 품고 있는 사랑의 감정을 품지 않는다면 그들은 너에게 해를 끼칠 것이다."

나는 대답하기를 만일 그녀가 주장하는 것처럼 그렇게 많이 알고 있다면, 나의 부모님이 어떻게 되셨는지, 내가 생전에 그분들을 다시볼 수 있는지 어디 한번 말해보라고 했다. 그러나 그 말을 할 때는 모호하게 하지 말고, 훌륭한 독일어로 꺼리는 것 없이 말해보라고 했다. 그녀는 대답하기를 내가 어쩌다 우연히 나의 양아버지를 길에서 만나고 나의 유모의 딸을 끈에 매어 끌고 올 때, 부모님에 대하여 묻는 것이 좋겠다고 했다. 그러면서 큰 소리로 웃었고, 자신은 심지어 다른 사람들이 애걸복걸 부탁해서 끌어낼 수 있는 것보다 더 많은 말을 자발적으로 내뱉었노라고 덧붙였다. 그러나 내가 다시 그녀를 웃음거리로 만들기 시작하자 그녀는 자리를 떴다. 그렇지만 그 전에 나는 은화 몇 개를 그녀에게 주었다. 은화를 지니고 다니기가 내게는 너무 무거웠던 것이다.

그 당시 나는 상당한 액수의 돈과 값진 반지와 보석을 많이 소유하고 있었다. 내가 병사들이 보석을 가지고 있다는 소리를 들었을 때나 또는 약탈을 할 때나 그 밖에 다른 장소에서 직접 보석을 발견했을 때, 원래 가격의 반값보다도 더 싸게 주고 챙긴 적이 있기 때문이었다. 이 보석들은 남들이 구경할 수 있도록 사람들이 있는 곳에 가겠다고 소리치는 것만 같았다. 나는 기꺼이 그 소리에 귀를 기울일 수밖에 없었다. 나는 허영심과 자부심에 차서 나의 소유물을 전시하고 모든 사람에게 구경시켰다. 집주인에게도 서슴지 않고 구경을 시켰는데, 그는 실제보다도 더 크게 과장해서 사람들에게 떠벌렸다. 그들은 그 모든 것이 어디에서 났을까 궁금해했다. 일반적으로 내가 발견했던 보물은 쾰른에 있다고 알고 있었기 때문이다. 내가 포로로 잡힐 당시 기병 소위가 쾰른에 사는 상인이 작성한 목록을 읽었던 것이다.

제18장
여인들의 우상이 된 사냥꾼

나는 이 6개월 동안에 포격술과 검술을 완벽하게 익힌다는 멋진 계획을 세우고 있었고 이 계획 또한 실현되었다. 그러나 그것만으로는 내가 한가한 시간에 많은 죄악을 저지르기 시작한 것을 막아주지 못했다. 무엇보다도 내가 할 짓과 하지 말아야 할 짓을 일러주는 사람이 아무도 없었기 때문에 더욱 그랬다. 나는 읽을 수 있는 책들은 모두 열심히 읽었고, 그러면서 좋은 것을 많이 배웠다. 그러나 개의 몸에 풀이 맞지 않는 것처럼 내 몸에 맞지 않는 것들도 흡수되었다. 내가 화술을 배우려고 읽었던, 비할 수 없이 탁월한 장편소설 『아르카디아Arcadia』[21]는 순수한 역사서로부터 애정 소설로, 그리고 사실을 담고 있는 역사책으로부터 영웅 문학 쪽으로 나의 관심을 끌어올린 최초의 책이었다. 나는 그와 같은 책을 있는 대로 구하려고 했고, 그런 책을 구해서 읽을 때는 며칠 밤낮이 지나더라도 다 읽을 때까지 읽기를 멈추지 않았다.

　나는 그와 같은 책에서 화술을 배우는 대신 아름다운 아가씨들을 꾀는 법을 배웠다. 그렇지만 나는 그 당시 사람들이 그것을 세네카처럼 '신의 발광'이라고 부를 수 있거나 토마소 토마이[22]가 자신의 책 『세상 정원Idea del giardino del mondo』에서 말한 것처럼 '중병'이라고 부를 정도로 극악하게 이와 같은 악행을 일삼지는 않았다. 그 이유는 사랑의 감정이 생기는 곳에서는 내가 원하는 것을 힘들이지 않고 쉽게 얻을 수 있어서 불평할 이유가 없었기 때문이다. 그런 점에서 나는 환상, 수고, 욕심, 고심, 분노, 시기, 복수심, 발광, 울음, 과시, 협박, 그 밖에 수천 가지 바보짓에 탐닉하고 흥분한 나머지 죽음을 염원하는 다른 애인들이나 여자들의 친구들과는 달랐다. 나는 돈이 있어서 이런 점을 걱정할 필요가 없었다. 그 밖에도 청아한 음성을 지녔고, 여러 가지 악기를 다루는 법을 꾸준히 연습했다. 내게 별로 소질이 없는 춤 대신에 나는 모피 재봉사와 함께 검술을 익히면서 몸매를 아름답게 가꾸었다. 게다가 얼굴이 잘생기고 반반했고, 매너가 점잖아서 힘써 노력하지 않아도 내가 원하는 것보다 더 많은 여자가 자발적으로 나를 쫓아다녔다. 아우로라가 클리토, 케팔로스, 티토노스를, 베누스가 안키세스, 아티스, 아

---

21) 필립 시드니(Philip Sidney, 1554~1586)가 쓴 목가적 애정 소설.
22) Tomaso Tomai: 16세기 이탈리아 라벤나 출신의 의사 겸 작가.

도니스를, 키르케가 글라우코스, 오디세우스, 이아손을, 심지어 순결한 디아나가 그녀의 엔디미온을 쫓아다녔던 것처럼.

이때에 마침 성 마르티노 날[23]도 끼어 있었다. 이때에 우리 독일인들은 먹고 마시기 시작하는데 곳에 따라서는 사육제 때까지 지속되는 경우가 허다했다. 나는 수많은 장교와 시민으로부터 마르티노 날에 먹는 거위 요리를 먹으러 오라는 초청을 받았다. 그런 기회가 있을 때면 나는 여자들을 사귀게 되었다. 내가 류트를 연주하고 노래를 부르면 어쩔 수 없이 누구나 나를 바라보게 되고, 그들이 나를 눈여겨볼 때면 나는 직접 작곡한 새로운 사랑의 노래를 그토록 그윽한 시선과 몸짓으로 반주할 줄 알아서 많은 처녀가 내게 미친 듯이 반하고 나를 좋아했다.

아무도 나를 돈 한 푼 없는 빈털터리로 취급하지 않도록 나는 또한 두 번에 걸쳐 잔치를 벌이기도 했다. 한 번은 장교들을 위해서였고, 다른 한 번은 상류 계층의 시민들을 위해서였다. 이를 통해 나는 양측의 환심을 얻고 그들에게 접근할 수 있는 길을 텄다. 내가 이 일에 돈을 약간 쓴 덕분이다. 원래 나는 젊은 귀부인들에게 관심이 있었다. 그리고 내가 이런저런 여자들에게서 원하던 여자를 발견하지 못할 때라도 아직은 소극적으로 만날 수 있는 몇몇 여자가 있었기에 나는 기회 있을 때 이 소극적인 여자들도 방문했다. 다른 여자들이 정숙한 젊은 귀부인답지 않게 내게 지나치게 호감을 보인 것에 대하여 악의적인 의심을 받지 않게 하기 위함이었다. 소극적인 여자들은 내가 젊은 귀부인들을 찾아가는 이유가 단지 대화를 하기 위함이라는 것을 믿어야 했다. 반대로 나는 젊은 귀부인들에게도 내가 다른 여자들, 즉 소극적인 여자들에게

---

23) 매년 11월 11일은 성인 마르티노를 기리는 날이기도 하고 사육제가 시작되는 날이기도 하다.

가는 것은 단지 대화를 나누기 위해서라는 것을 믿게 만들었다. 누구나 자신이 나의 사랑을 기뻐할 수 있는 유일한 사람이라고 생각하게 하기 위해서였다.

　나를 사랑했던 여자는 모두 여섯 명이었다. 나도 그들을 사랑했다. 그러나 나나 나의 마음은 그들 중 누구에게도 완전히 속하지 않았다. 한 여자는 검은 두 눈만 마음에 들었고, 다른 여자는 황금빛 머리카락이, 제3의 여자는 사랑하는 마음을 일깨우는 우아함이, 그 밖의 여자들은 다른 여자가 가지고 있지 않은 무엇이 나의 마음을 끌었다. 그러나 내가 이들 이외에 다른 여자들을 방문했다면 앞에서 이야기한 이유 때문이거나 어떤 새롭고 이색적인 것이 있었기 때문이다. 그리고 나는 물론 어떤 기회도 놓치거나 무시하지 않았다. 나는 주로 변화를 높이 평가했다. 내 하인은 생각이 깊은 젊은이였는데, 약속을 잡고 사랑의 편지를 이리저리 나르느라 할 일이 많았다. 그러나 그는 입이 무거운지라 모든 여인을 상대로 벌인 나의 방탕한 행동을 비밀로 해서 하나도 들통이 나지 않았다. 그 대신 그는 여인들에게 환심을 얻었고 많은 선물을 받았다. 그에 대한 대가는 물론 내가 톡톡히 치러야 했다. 나는 모든 일에 상당한 액수의 돈을 낭비해서 사람들로부터 북을 쳐서 번 돈을 피리를 불어서 날려버린다는 말을 들을 정도였다. 그러면서 나는 나의 연애 행각을 비밀에 부쳐 내가 전처럼 경건한 책들을 더 이상 많이 빌려서 읽지 않는 것을 알고 있는 목사님을 빼고는, 100명 중 한 사람도 나를 여자들의 아이돌이라고 생각할 수가 없었다.

제19장
사냥꾼이 친구를 사귀는 수법과
원로 목사의 설교를 듣고 떠오른 생각

행운의 여신은 넘어뜨리고자 하는 자를 먼저 높이 들어 올린다. 그리고 온유하신 하나님께서는 누구에게나 추락하기 전에 반드시 경고를 하신다. 나에게도 그랬지만 나는 그것을 주의하지 않았다. 나는 당시 나의 위치가 튼튼한 기반 위에 있어서 어떤 불행도 어쩌지 못할 것이라고 확신을 했다. 모두가 나에게 호의적이었지만, 특히 사령관이 더욱 그랬기 때문이다. 나는 사령관이 특별히 높이 평가하는 사람들에게 공손하게 대함으로서 그들의 마음을 사로잡았다. 그의 충실한 하인들에게는 선물을 주어 나의 편으로 만들었다. 그리고 나보다 높은 사람들과는 형제애를 약속하는 잔을 들며 그들에게 변함없는 의리와 우정을 서약했다. 일반 시민들 및 병사들과도 예외 없이 친절한 대화를 나누었기 때문에 좋은 관계를 유지하고 있는 편이었다. 그들은 종종 이렇게 말했다. "아, 그 사냥꾼이란 사람 참 좋은 사람이야. 길거리에서 아이들에게도 말을 건네고, 누구와도 다투는 법이 없어!" 산토끼나 멧닭 몇 마리를 잡았을 때는 내가 친해지고 싶은 사람들의 부엌으로 보내서 나를 식사에 초대하게 했고, 식사 때에는 그 지역에서 값비싼 포도주도 한 통 배달시켰다. 그렇다. 나는 종종 모든 비용을 들여 음식을 차리게도 했다. 그와 같은 술자리에서 대화를 나누게 되면, 누구에게나 칭찬을 아끼지 않았지만 나 자신을 자랑하는 일은 없었다. 모든 자랑이 나에게는 낯선 듯 겸손하게 처신했다. 이와 같은 방법으로 누구에게나 환심을 샀고, 모든 사람이 나의 능력을 높이 평가했다. 더군다나 나의 주머니가 아직도 두둑한 마당에 내게 불행이라는 것이 닥쳐오리라고는 전혀 생각지 못했다.

나는 종종 그 도시의 원로 목사님을 방문했다. 그는 나에게 자신의 서재에서 많은 책을 빌려주었고, 내가 빌린 책을 반납할 때면 온갖 것을 화제로 나와 대화를 나누었다. 그렇게 우리는 서로 사이좋게 지냈다. 마지막으로 성 마르티노 축제에서 먹는 거위와 소시지 수프를 다 먹어치웠을 뿐만 아니라, 성탄절이 다 지나고 신년이 되었을 때 나는 그가 베스트팔렌의 관습에 따라 사탕 한 알에 곁들여 즐겨 마시는 스트라스부르산 소주 한 병을 그에게 선사하려고 했다. 그런데 우연히 내가 쓴 요제프 소설[24]을 그가 읽는 것을 보게 되었다. 나의 집주인이 나도 모르게 이 책을 그에게 빌려준 것이었다. 내가 쓴 책이 그처럼 학식이 있는 사람의 손에 들어갔다는 생각에 나는 얼굴이 하얗게 되었다. 사람 됨됨이는 무엇보다도 그 사람이 쓴 글을 통해 가장 잘 알아볼 수 있다고 하지 않던가!

그러나 그는 나에게 자리를 권하고 막상 나의 독창력을 칭찬하기는 했으나 내가 보디발의 부인 젤리카가 요셉을 유혹한 사건을 너무 장황하게 다루었다고 나무랐다. "가슴에 넘치면 입으로 넘어오기 마련일세." 그는 계속해서 말했다. "자네가 사랑에 눈이 먼 여인의 마음이 어떤지를 직접 경험하지 못했다면, 이 여인의 열정을 그처럼 눈으로 보듯 생생하게 묘사하지는 못했을 것이네."

그래서 나는 거기에 쓴 것은 나 자신의 발상이 아니라, 습작을 위해서 다른 사람의 책을 인용한 것이라고 대답했다.

---

24) 그리멜스하우젠의 첫 소설 『순결한 요제프 이야기』(1666)를 가리킨다.

"그럼, 그럴 테지." 그가 말했다. "나도 그렇게 믿고 싶네. 그러나, 실례지만, 이제 자네가 상상하는 것보다 내가 자네를 더 많이 알고 있다는 것을 자네가 확인해준 것이나 다름없네."

나는 깜짝 놀라서 혼자 생각했다. '그것이 나 자신의 열정을 무의식적으로 발설한 것이란 말인가?' 내 얼굴이 창백해지는 것을 보고 그는 말을 계속했다. "자네는 젊고 활기에 차 있네. 시간도 있고 먹고사는 데도 걱정이 없어 보이네. 아니, 넘치도록 풍족하게 살고 있는 것으로 듣고 있네. 그렇기 때문에 내가 하나님의 이름으로 부탁하고 권면하는 것은 지금 자네가 얼마나 위험한 처지에 놓여 있는지를 생각해보라는 것이네. 행복과 구원을 조금이라도 중요하게 생각한다면 쪽을 찐 짐승을 조심해야 하네. 아마도 자네는 '내가 무엇을 하고 무엇을 하지 않든 성직자 나부랭이가 무슨 상관이며, 무슨 명령이야' 하고 생각하겠지." 그때 나는 심중을 들켰다고 생각했다. "맞는 말일세. 나는 목회자일세! 그러나 나는 자선가인 자네에게 확언하건대, 지상에서의 자네의 안녕이 내 자식보다 나에게는 더 중요하다네. 이는 기독교의 이웃 사랑에서 우러난 것일세. 만일 자네가 하늘에 계신 아버지께서 자네에게 주신 재능을 썩히고, 이 책을 통해서도 깨달을 수 있는 자네의 고귀한 정신을 떠나가게 만든다면, 이는 대단히 유감스러운 일일 뿐만 아니라 하늘에 계신 자네의 아버지 앞에서도 영원히 책임을 면하지 못할 것일세. 그러니 아버지와 같은 마음에서 우러난 나의 솔직한 충고는 자네의 젊음과 여기서 무익하게 낭비하고 있는 금전을 학문을 닦는 데 이용하라는 것이네. 그래서 시간이 지나면, 하나님께는 물론 사람들과 자네 자신에게도 유익한 사람이 되도록 말일세. 그리고 자네에게 불행이 닥치고 '젊은 병사, 늙은 거지'라는 속담이 사실이 되기 전에 자네가 그처럼 하고 싶어 한다는 군 복무를 단념하게!"

나는 이런 설교를 듣는 것에 익숙하지 않았기 때문에 마음이 조급해졌다. 그러나 내가 사교성이 있는 사람이라는 평판을 저버리지 않기 위해서 조금도 내색하지 않았다. 오히려 그가 나에게 보여준 신임에 대하여 감사했고, 그의 충고를 깊이 생각해보겠다고 약속했다. 그러나 속으로는 '제발 나를 조용히 내버려두시오. 내가 어떻게 살든 한낱 성직자 나부랭이가 무슨 상관이오?'라고 생각했다. 그동안 내가 맛본 사랑의 즐거움을 더 이상 잃고 싶지 않았기 때문이다. 이렇게 해서 고삐 풀린 젊음이 전속력으로 멸망을 향해 달려갈 때처럼 원로 목사님의 경고도 나의 애정 행각에 제동을 걸지는 못했다.

제20장
짐플리치우스가 자신의 방탕한 생활을
더 이상 꾸짖지 못하게 성실한 목사에게 한 말

내가 그처럼 바보짓을 하거나 방탕한 생활을 하긴 했지만, 이 요새에 머물기로 생각한 동안에는 그러니까 겨울이 지나갈 때까지는 모든 사람과 사이좋게 지내는 것을 소홀히 하거나 잊을 정도는 아니었다. 나는 또한 신봉하는 종교와는 상관없이 모든 백성에게 인망이 높은 성직자에게 잘못 보이면 얼마나 손해인지도 알고 있었다. 그러므로 나는 깊이 생각한 끝에 바로 그 이튿날 다시 한 번 목사님을 찾아가서 그의 충고를 받아들이기로 결심했다는 것을 유식한 말로 장황하게 꾸며댔다. 그러자 그는 진심으로 기뻐하는 빛이 확연했다.

나는 말했다. "그렇습니다. 조스트에 있을 때부터 내게 없기에 아쉽게 생각했던 것은 단 한 가지, 수호신과 충고자가 없다는 것이었는데 이제 막상 존경하는 목사님을 만남으로써 그와 같은 존재를 만나게 되었습니다." 그런 다음 겨울이 지나고 날씨가 풀려서 여행을 떠날 수 있게 되면 내가 어느 대학으로 가야 할지 추천해줄 것을 그에게 부탁했다. 그는 네덜란드의 레이던에서 대학 공부를 했다고 답했다. 그러나 내게는 제네바로 갈 것을 권했다. 왜냐하면 내가 발음상으로 표준 독일어를 쓰는 사람이기 때문이라는 것이었다.

나는 놀란 나머지 큰 소리로 말했다. "오호, 예수님, 마리아님 맙소사! 제네바는 레이던보다 우리 고향에서 훨씬 먼 곳인데요!"

목사는 당황해서 답했다. "가만 있자! 자네는 가톨릭 신자이지! 오 하나님, 내가 어떻게 그 점을 착각했지!"

내가 말했다. "목사님, 무슨 뜻이지요? 내가 제네바로 가지 않으려는 것과 내가 가톨릭 신자인 것이 무슨 상관이 있습니까?"

그는 말했다. "아닐세. 아무 상관도 없네. 자네가 마리아의 이름을 불렀기 때문이야!"

"구세주의 모친이신 마리아의 이름을 부르는 것이 기독교인에게는 허락되지 않는다는 말씀인가요?"

"아닐세. 전혀 그렇지 않네." 그는 대답했다. "그럼에도 불구하고 내가 자네에게 줄곧 권면하고 부탁하는 것은 하나님께 영광을 돌리는 일을 하고 자네가 믿고 있는 종교가 무엇인지 내게 설명해보라는 것이네. 왜냐하면 내가 매 주일 자네를 교회에서 보았지만 자네가 복음을 믿는지는 대단히 의심이 가기 때문일세. 또한 지난번 성탄절에도 자네는 우리 교회는 고사하고 루터파 교회에서도 주님의 성찬에 참석하지 않았더군!"

"내가 기독교인이라는 것을 목사님은 분명히 들어 알고 계십니다." 나는 대답했다. "만일 내가 기독교인이 아니었다면, 그렇게 자주 설교하는 자리에 나타나지 않았을 것입니다. 물론 나는 가톨릭 신자도 아닐 뿐더러 개신교 신자도 아니라는 것을 시인합니다. 나는 오로지 공통적인 기독교 신앙고백의 12개조를 그야말로 그냥 믿을 뿐입니다. 그리고 이 종파나 또는 다른 종파가 진실하고 구원을 약속하는 유일한 종교라는 것을 근거 있게 증명해서 내가 믿도록 설득하기 전에는 나는 이편이든 저편이든 전혀 편을 들지 않을 것입니다."

"이제야 비로소 자네가 만용을 부리는 군인의 마음으로 그처럼 저돌적으로 구는 이유를 내가 제대로 알 것 같네. 자네가 종교와 예배를 모르고 그날그날 살아가고, 뻔뻔스러운 짓을 감행해서 자신의 구원 문제를 두고 불경스럽게 장난을 치기 때문이야. 맙소사, 어떻게 저주에 빠지든가 아니면 구원을 받아야 할 죽을 수밖에 없는 인간이 그처럼 대담할 수가 있는가? 도대체 하나우에서는 사람들이 기독교에 대해서 다른 것은 아무것도 자네에게 가르쳐주지 않았단 말인가? 무엇 때문에 자네는 부모님의 본을 받아 참다운 기독교를 신봉하지 않았는지 내게 말 좀 해보게. 그리고 무엇 때문에 자네는 자연과 성경에 바탕을 두고 있는 종교를 믿는다는 신앙고백을 하지 않는가? 그 바탕은 가톨릭 교인은 물론 루터파 교인들도 다시는 뒤엎을 수 없을 만큼 명명백백한데도 말일세."

나는 대답했다. "목사님! 다른 사람들도 자신들의 종교에 대해서 같은 소리를 합니다. 그러니 나는 누구를 믿어야 합니까? 만일 내가 나의 영혼의 구원을 다른 편에서 욕을 하고 사교로 이단시하는 어느 한편에 믿고 맡긴다면, 그것을 대수롭지 않은 일로 목사님은 여기시겠습니까? 나와 같은 불편부당한 시선으로 콘라트 페터와 요하네스 나스[25]는 루터에 대항해서, 루터와 그의 추종자들은 교황에 반대해서, 무엇보다도 슈팡겐베르크[26]가 수백 년 동안 거룩하고 경건한 사람으로 여겼던 성 프란체스코를 공개적으로 어떠한 곤경에 빠지게 했는지를 어디 한번 잘 살펴보십시오! 만일 모두가 서로 대항해서 비방하고 혹평한다면 나는 어느 편에 서야 합니까? 목사님께서는 내가 여기서 무엇이 검고, 무엇이 흰지를 이해할 때까지 판단하기를 보류한다면 부당하다고 생각하는 것입니까? 불나방이 불 속으로 뛰어들듯 무턱대고 불 속으로 뛰어들라고 충고하시려는 것입니까? 아, 아닙니다. 양심이 있으시다면 목사님은 그런 충고를 나에게 하실 수 없을 것입니다. 그것은 이 종교들 중에 하나가 옳고 다른 두 종교는 옳지 않다는 것과 다를 바가 없습니다. 만일 내가 충분히 숙고하지 않고 이들 중 한 종교를 믿는다면, 옳은 종교와 옳지 않은 종교를 똑같이 만날 가능성이 있고, 그렇게 되면 나중에는 영원히 후회하게 될 것입니다. 길에 나가 방황하느니 차라리 길에 나서지 않으렵니다. 그뿐만 아니라 유럽 밖에도 더 많은 종교들이 있습니다. 예컨대 아르메니아인, 에티오피아인, 그리스인, 그루지야인 등의 종교들이 그렇습니다. 그리고 이 모든 종교 중에 내가 어떤 종교를 신봉하든, 나중에 나는 신앙의 동료들과 함께 다른 모든 종교의 신자들과 갈등을 빚을 수밖에 없습니다. 그러나 만일 목사님이 나의 아나니아[27]가 되고자 하신다면, 나는 고마운 마음으로 따를 것이고 목사님

---

25) 두 사람 모두 반동 종교개혁의 작가들로서 콘라트 페터는 예수회 출신이었고, 요하네스 나스는 프란체스코 교단 출신이었다.

26) Cyriacus Spangenberg(1528~1604): 루터파 교회의 설교사이자 역사가.

27) 『신약성경』「사도행전」9장 10절에 등장하는 바울을 개종시킨 사람들 중 한 사람.

이 신봉하는 종교를 받아들이겠습니다."

이에 대해 그는 이렇게 대답했다. "자네는 커다란 오류를 범하고 있네. 그러나 하나님께서 자네를 깨우쳐주셔서 늪에서 벗어나는 것을 도와주시기를 나는 희망하고 있네. 그렇기 때문에 나는 곧 성경을 바탕으로 자네에게 우리의 종파를 설득력 있게 증명해서 지옥의 문이 열릴 때에도 여전히 그 종파가 존속할 수 있게 하려네."

나는 그것이 내가 가장 바라는 것이라고 대답했지만, 내심으로는 이렇게 생각했다. '당신이 나의 연인에 관해서 더 이상 못마땅하게 생각하지 않는다면, 나는 당신의 신앙을 받아들이련다.' 이런 일화를 통해서 독자들은 그 당시 내가 얼마나 불경스러운 악한이었나를 알 수 있을 것이다. 나는 고지식한 목사에게 쓸데없는 심려를 끼쳤다. 단지 그가 나의 극악무도한 생활을 방해하지 않기를 바랐다. 그리고 당신이 하고자 하는 증명을 마칠 때쯤이면, 나는 벌써 멀리 달아나 있을 것이라고 생각했다.

제21장
실수로 결혼해서 남편이 된 사냥꾼

나의 숙소 맞은편에는 예비역 중령 한 분이 딸과 함께 살고 있었다. 딸은 미모가 뛰어날 뿐만 아니라 행동거지도 대단히 정숙했다. 처음부터 오로지 그녀만을 사랑하고 영원히 함께이고 싶다고 믿을 정도로 내 마음에 든 것은 아니었지만, 내가 그녀를 사귀고 싶어 한 지는 이미 오래되었다. 나는 그녀를 쫓아다녔고 사랑스러운 눈길을 여러 번 던졌다. 그러나 그녀는 엄격하게 감시를 당해서 내가 원하는 대로 말을 나눌 수 있는 기회가 단 한 번도 없었다. 그렇다고 무턱대고 다가갈 수는 없었다. 나는 그녀 부모와 아는 사이가 아니었고, 미천한 출신이라는 자격지심에 그녀의 집안이 너무나 지체 높아 보였기 때문이다. 그래도 내가 그녀에게 가장 가까이 접근한 것은 교회에 가거나 예배 후에 교회를 떠날 때였다. 나는 항시 그럴 만한 순간을 정확히 엿보고 접근을 시도했다. 그럴 때면 실제로 마음에서 우러나오지는 않았지만, 나는 자주 몇 마디 탄식을 내뱉곤 했다. 그런 면에서 나는 선수나 다름없었다. 물론 그녀도 이 탄식을 냉담하게 받아들였다. 그렇기 때문에 그녀는 일반 서민의 딸처럼 쉽게 유혹당하지 않으리라고 나는 혼잣말하지 않을 수 없었다. 그러나 그녀가 감히 도달할 수 없는 존재로 보이면 보일수록 나는 더욱 격렬하게 그녀를 탐하게 되었다.

나와 그녀를 처음으로 이어준 것은 이 계절에 동방박사 세 사람에게 베들레헴으로 가는 길을 가리켜준 사실을 기억하기 위하여 학생들이 들고 다니는 행운의 별이었다. 처음에 나는 그것을 좋은 징조로 여겼다. 왜냐하면 그녀의 아버지가 나를 집으로 불렀을 때 그 별이 내게 그녀의 집으로 가는 길을 가리켜주었기 때문이다.

그가 말했다. "귀하가 시민과 군인의 중간 신분이기에 내가 귀하를 모시게 되었소. 내게 이 두 가지 신분을 조정해야 할 사안이 있는데 이 일을 위해서 나는 불편부당한 증인이 필요하기 때문이오."

나는 그가 필기도구와 종이를 탁자 위에 놓기에 무슨 대단한 일을 계획하고 있는 줄 알았다. 그래서 어휘를 잘 골라서 치하를 하고, 어떤 일이든 그에게 도움이 될 수 있는 행운이 나에게 주어진다면 커다란 영광이라고 선언함으로써, 정당한 일이면 무슨 일이든지 선선히 도와줄 용의가 있다는 의사표시를 했다. 그러나 그 일은 많은 고장에서 관례화된 것처럼 삼왕 내조일인 1월 6일에 볶은 콩을 나누어줄 왕과 대소신료를 선발하는 사소한 일일 뿐이었다. 그날은 마침 삼왕 내조일 전날 저녁이었고, 내가 해야 할 일은 모든 일이 잘 이루어지고 있는지, 직분들은 인물의 명망과는 상관없이 추첨으로 정해지고 있는지를 감시하는 것이었다. 예비역 중령은 자신의 비서도 참여하는 이 일을 위해 포도주와 과자를 내놓게 했다. 그는 대단한 술꾼인 데다, 저녁 식사를 마친 지도 이미 한참 지났기 때문이다.

젊은 아가씨는 비서가 명단을 기입해둔 쪽지를 뽑았고, 나는 그 쪽지를 낭독했으며, 부모는 그 과정을 구경했다. 그것 말고는 내가 이 사람들과 인사를 나눈 이날 저녁에 대해서 할 이야기가 별로 없다. 부모는 기나긴 겨울밤을 불평함으로써 그 긴 밤을 단축해줄 의사가 있으면 내가 자신들을 다시 방문해도 좋다는 뜻을 에둘러 표현했다. 그들은 외출하는 경우가 드물기 때문이라고 했다. 그것은 바로 내가 오래전부터 바라던 것이었다.

이날 저녁에 나는 그 댁 따님과는 물론 약간 시시덕거렸을 뿐이었다. 그러나 이때부터 나는 다시 정부와 어릿광대 노릇을 하기 시작했다. 그랬더니 부모와 딸은 내가 자신들이 던진 미끼를 통째로 삼킨 것으로 믿었다. 나의 진심은 그 절반에도 미치지 못했는데도 말이다. 나는 저녁에 그녀에게 갈 때면 처음에는 마녀 복장을 했고 낮에는 사랑에 관한 책을 읽으면서 나오는 구절을 짜 맞추어 나의 애인에게 보내는 편지를 작성했다. 그 편지는 내가 마치 그녀로부터 수백 리 떨어져서, 몇 년씩이나 그녀에게 갈 수 없는 듯한 애절한 느낌을 일깨워주었다. 곧 나는 그녀의 집을 자주 방문하는 손님이 되었다. 그녀의 부모도 내가 딸과 만나 시시덕거리는 것에 별로 거부감을 표시하지 않았다. 오히려 그 반대였다. 그들은 내가 딸에게 류트 연주하는 법을 가르쳐주기를 원했다. 이제부터는 지금처럼 저녁만이 아니라 낮에도 아무 때나 자유롭게 출입할 수 있게 되었다. 그래서 나는 "나와 박쥐는 오로지 밤에만 외출한다"는 모토를 바꾸어 그처럼 많은 저녁을 보낸 후에 이제는 애인의 모습을 바라보면서 기쁨이 넘치고 마음에 생기를 북돋아주는 낮들이 내게 선사한 행복을 노래하는 새로운 노래를 지었다. 같은 노래에서 나는 물론 나의 불행에 대해서도 탄식했고, 그 불행이 얼마나 나의 밤들을 비참하게 만들고 낮에는 사랑하는 사람과 함께 정답게 보내는 것을 허락지 않았는지를 신랄하게 불평했다. 그러나 나는 단호히 거절하는 대답을 들었을 뿐이다. 그녀는 대단히 현명하고, 내가 가끔 교묘하게 엮어 그녀에게 들려준 어느 정도 재치 있는 암시들을 제대로 이해하여 나에게 적절한 대답을 제공할 줄 알았기 때문이다.

나는 대화를 하면서 결혼 문제가 거론되지 않도록 각별히 신경을 썼다. 그래서 대화 도중에 어쩌다 화제가 그 문제에 이르면 나는 재치 있게 있는 말 없는 말을 다 하며 곤경에서 벗어났는데, 아가씨의 결혼한 언니가 그것을 즉시 눈치챘다. 그래서 그녀는 나와 사랑하는 동생 사이에 끼어들어 우리가 더 이상 단둘이만 있는 일이 많지 않도록 간섭을 했다. 그녀는 자기 동생이 나를 진심으로 사랑하지만, 이 관계가 오래가지 못할 것을 정확히 알았다.

내가 바보같이 시시덕거린 것을 여기서 일일이 이야기할 필요는 없겠다. 연애소설을 읽다 보면 그와 같은 재담들을 많이 만나게 된다. 결국 내가 사랑하는 아가씨에게 처음으로 대담하게 입을 맞추고, 마침내 그녀와 다른 우스꽝스러운 장난을 칠 수 있는 지경에 이르렀다는 것을 친애하는 독자가 알기만 하면 그것으로 족하다. 나는 그녀를 계속 교묘하게 설득하고, 정신을 홀려서 마침내 어느 날 밤 나의 애인이 나를 받아들여 마치 우리가 한 몸인 것처럼 그녀의 침대에 들게 됨으로써 내가 그토록 염원했던 진전이 이루어졌다. 통상 그와 같은 쾌락 행위에서 어떠한 일이 일어나는지는 누구나 아는 사실인 만큼 독자들도 내가 적절치 못한 짓을 했으리라고 상상할 것이다. 그러나 사실은 그렇지가 않다! 나의 온갖 노력도 허사였다. 나는 여태껏 어떠한 여자에게서도 당해보지 않은 저항에 부닥친 것이었다. 그녀의 온갖 생각과 관심은 오로지 명예와 결혼에만 쏠려 있었다. 그리고 내가 그녀에게 온갖 험한 욕설을 다 퍼부으면서 약속했음에도 불구하고, 그녀는 결혼식을 올리기 전까지는 아무 일도 없기를 원했다. 그녀는 물론 내가 침대에서 곁에 누워 있는 것은 허락했다. 침대에 누워서 나는 자신에게 짜증을 내다가 제풀에 지쳐 잠이 들고 말았다.

다음 날 아침 4시에 누가 나를 거칠게 깨웠다. 침대 앞에 한 손에는 횃불을 들고, 다른 손에는 권총을 든 중령이 서 있었다.

"크라바트!" 그는 번쩍번쩍하는 군도를 들고 옆에 서 있는 하인에게 소리쳤다. "빨리 가서 목사님을 모셔 오너라!"

그 소리에 나는 깨어나서 내가 어떠한 위험에 놓였는지를 깨달았다. 순간 나는 '아! 야단났구나, 그가 너를 죽이기 전에 고백하는 것이 마땅하다'고 생각했다. 눈앞이 캄캄했다. 그리고 내가 눈을 떠야 좋을지 감은 채 있어야 좋을지 알지 못했다.

"네 이놈, 아무 쓸데도 없는 놈." 그는 나에게 말했다. "내가 네놈이 내 집을 욕보이는 현장을 발견하다니! 너와 창녀나 다름없는 이 잡년의 목을 비튼다고 설마 누가 부당하다고 하겠느냐? 너 이 더러운 놈,

네 몸에서 심장을 도려내 잘디잘게 썰어서 개에게 던져주어도 시원치 않을 놈!"그러고는 이를 갈면서 한 마리 미친 짐승처럼 눈을 부라렸다.

나는 어찌할 바를 몰랐고, 나와 동침한 아가씨는 울기만 했다. 어느 정도 정신을 가다듬었을 때 나는 우리에게 죄가 없다는 것을 설명하려고 했다. 그러나 그는 내게 입을 다물 것을 명령했고, 다시 미친 듯 날뛰기 시작했다. 그는 전적으로 나를 신뢰했건만, 나는 세상에서 가장 큰 부정을 저질러 그를 속였다는 것이었다. 결국 그의 부인도 나타나서 새로운 설교를 시작했다. 나는 이 침대 위에 누워 있으니 차라리 어떤 가시덤불 위에 누워 있는 것이 더 나을 뻔했다. 만일 하인 크라바트가 목사와 함께 오지 않았다면, 그녀는 족히 두 시간을 더 큰 소리로 고함을 쳤을 것이다.

목사가 오기 전에 나는 여러 번 일어나려고 시도를 했다. 그러나 중령이 협박하는 얼굴로 나를 그대로 누워 있게 강요했다. 그렇게 범행 현장에서 잡힌 범인처럼 모든 용기가 사라졌고, 물선을 훔치러 침입했다가 미처 아무것도 훔치지 못하고 들킨 도둑 같다는 생각이 들었다. 나는 더 좋았던 시절을 생각했다. 만일 중령이 두 명의 크로아티아 사람들과 함께 나와 마주쳤다면, 나는 그 세 사람에게 겁을 주어 도망가게 했을 것이다. 그와는 달리 나는 지금 여기에 어떤 비겁자처럼 누워 있으면서 입을 열 용기도 없었으니, 하물며 주먹이 말을 하도록 하는 것은 꿈도 못 꿀 일이었다.

"목사님!"중령이 말했다. "이제 직접 이 광경을 보십시오. 내가 당한 치욕의 증인으로 이 꼴을 직접 보시라고 목사님을 부르지 않으면 안 되었습니다!"겨우 이 말을 제대로 마치자마자, 그는 다시 분노하기 시작했고 집기를 있는 대로 마구 내던져서, 나는 오직 "목이 부러지고",

"양손을 피로 씻었다"는 말만 이해할 수 있었다. 그는 멧돼지처럼 입에 거품을 물고 정신 나간 사람 같은 행동을 연출했다. 그래서 나의 머릿속에 떠오른 것은 오직 '이제 그는 너의 머리에 총알을 박겠구나!' 하는 한 가지 생각뿐이었다.

목사님은 중령이 나중에라도 후회할 짓을 할까 봐 최선을 다해 말렸다. 그는 큰 소리로 말했다. "중령님, 이성을 찾으시고, '기왕 일어난 일에 대해서는 그것이 최선이었다고 말을 해야 한다'는 속담을 생각해 보십시오. 사랑의 억제할 수 없는 위력을 이겨내지 못한 것은, 나라 전체를 뒤져보아도 이만한 예를 찾아볼 수 없는 이 아름다운 한 쌍이 최초도 아니고, 그렇다고 최후도 아닐 것입니다. 이것을 잘못이라고 불러야 할지는 모르겠지만, 설혹 그렇다 해도 이것은 쉽게 바로잡을 수 있는 잘못입니다. 사람들이 이와 같은 방법으로 부부의 연을 맺는 것을 나는 칭찬하지는 않습니다만, 그렇다고 교수형이나 환형을 받을 죄를 이 젊은 쌍이 지은 것은 아니고 보면, 중령님도 아직 아무도 모르는 이 잘못을 비밀에 부치고 용서해서 이 두 사람의 결합을 찬성하고 교회에서 관례에 따르는 예식을 통해 결혼을 시킨다면 치욕스럽게 여기실 필요가 하나도 없으십니다."

"무엇이라고요?" 중령은 소리를 질렀다. "저들에게 정당한 벌을 주는 대신에 나보고 저들의 비위를 맞추어 결혼을 시키라고요? 날이 밝으면 차라리 저들을 한데 묶어서 리페강에 던져 죽게 하는 것이 낫겠네요! 이제 당장 저들의 결혼식을 주재해주십시오. 그 때문에 목사님을 오시라고 한 것입니다. 안 그러면 나는 두 사람 모두 닭의 목을 비틀듯 목을 비틀어 죽이고 말겠습니다."

그러니 어쩔 수 없다고 나는 생각했다. '이 못된 놈아, 처먹든지 죽든지 양자택일을 해. 그뿐만 아니라 너는 따지고 보면 이 젊은 아가씨를 창피하게 여길 필요가 전혀 없어. 그리고 너의 내력을 따져보면, 너는 그녀가 구두를 놓은 자리에 앉을 자격도 없는 사람이야.' 그럼에도 나는 우리가 서로 부적절한 짓은 하나도 하지 않았다는 것을 엄숙하고 성스럽게 다짐하고 맹세했다. 그러나 대답은 이랬다. 그렇다면 사람들이 나쁜 의심을 하지 않도록 처신했어야 했다는 것이다. 우리가 그와 같은 다짐을 한다고 해서 아무에게도 한번 든 의심을 불식하지는 못한다는 것이었다.

이제 우리는 침대 위에 앉은 채, 목사님에 의해 부부의 연을 맺었고, 바로 일어나서 함께 그 집을 떠나지 않을 수 없었다. 문에서 중령은 나와 자신의 딸에게 다시는 영영 그의 눈에 띄지 말라고 말했다. 그러나 나는 그사이 어느 정도 마음을 가라앉혔고, 다시 군검이 곁에 있는 것을 알아차리고, 그에게 반은 농담 반은 진담으로 대답했다. "장인어른! 무엇 때문에 모든 일을 그처럼 곡해하고 거꾸로 처리하시는지 나는 모르겠습니다. 다른 때 같으면 젊은 부부가 결혼을 하면, 가장 가까운 친척들이 신랑 신부를 잠자리로 인도합니다. 그러나 장인께서는 결혼식 후 우리를 침대에서뿐만 아니라, 집에서까지 내쫓으십니다. 결혼 생활을 위해 나에게 행복을 기원하는 대신에, 장인어른을 보는 것은 물론 처가에 봉사하는 행운까지도 바라지를 않으시는군요. 모든 사람이 다 그렇게 한다면, 결혼은 정말로 세상에서 친구를 별로 찾지 못할 것입니다."

제22장
결혼식 후 짐플리치우스의 계획

　　내가 거주했던 집에서는 젊은 귀부인과 함께 돌아온 나를 보고 모두가 깜짝 놀랐다. 그리고 이 젊은 부인이 나와 함께 전혀 아무렇지도 않게 잠자리에 드는 것을 보고 더욱 놀랐다. 사실 그동안 겪은 일 때문에 온갖 불쾌한 생각이 들었지만, 나는 신부를 박대할 만큼 못된 놈은 아니었다. 그러므로 나는 사랑하는 아내를 품에 안으면서 동시에 내게 일어난 일들을 어떻게 받아들여야 할지 수천 가지 상념이 머리를 스쳐갔다. 이것은 어디까지나 자업자득이라고 나 스스로 말한 적도 있었다. 그다음엔 다시 내가 당한 이 엄청난 수모의 고통은 복수를 하지 않고는 명예롭게 이겨낼 도리가 없다고 생각했다. 그러나 이 복수가 나의 장인을 상대로 한 것이고, 또한 아무 잘못도 없이 충실한 나의 사랑하는 아내를 겨냥하는 점이라는 것이 내게 분명해졌을 때 이와 같은 생각들은 모두 실현성이 없는 것으로 드러났다. 그리하여 나는 더 이상 아무 데서도 사람들의 눈에 뜨이고 싶지 않을 만큼 나 자신이 창피스럽게 여겨졌다. 그러고는 그렇게 처신하는 것은 틀림없이 최상의 바보짓을 저지르는 것임을 나는 곧 깨닫지 않을 수 없었다. 결국 나는 처음으로 장인과의 우정을 다시 회복할 뿐만 아니라 나쁜 일이 일어난 적이 없고, 나의 결혼식도 별문제 없이 최상으로 진행되고 있는 것처럼 행동하기로 결심했다. 나는 혼자서 말하기를 "모든 것이 원인으로나 결과적으로 그처럼 기이하게 일어났기 때문에 너도 역시 그 일을 그렇게 끝맺음해야 한다"고 다짐했다. 또 '만일 네 결혼이 너를 화나게 하고, 불쌍한 처녀가 부자이지만 늙은 졸장부와 결혼한 것처럼 네가 자신의 뜻과 달리 억

지로 결혼한 것임을 사람들이 알게 되면, 너는 더욱더 놀림감이 될 것'
이라고 생각했다.

　나는 좀더 자고 싶었지만 그와 같은 생각에 일찍 일어났다. 첫번째
로 나는 아내의 언니와 결혼한 나의 동서에게 부탁해서 내게 좀 들르라
고 했다. 나는 우리가 얼마나 가까운 친척인가를 상기시키고, 그의 아
내도 함께 와서 결혼식 피로연을 준비하는 데 도와달라고 부탁했다. 만
약 그가 우리 공동의 장인에게 나를 좋게 말해주면, 그사이에 나는 손
님들을 초대해서 그들과 나의 화해를 마무리 지을 수 있으리라고 말했
다. 그는 기꺼이 그럴 용의가 있었고, 나는 사령관에게로 발걸음을 옮
겼다. 나는 사령관에게 재미있는 말로 꾸며서 나와 나의 장인이 고안해
낸 새로 유행하는 혼인 방식을 이야기했다. 이 혼인 방식에 따라 모든
것이 벼락치기로 진행되어서 약혼, 교회 예배, 결혼 등 이 모든 행사가
한 시간 안에 이루어졌고, 장인이 절약하려고 아침 수프를 대접하는 것
을 생략했기 때문에 내가 그 대신 고귀한 분들에게 잘 차린 저녁 만찬
을 대접하려고 하니, 사령관님께서 반드시 참석하셔야 한다고 했다. 사
령관은 나의 익살스러운 강연을 듣자 배꼽이 빠지도록 웃었다. 그리고
나는 그가 내 이야기를 들어줄 기분인 것을 알았기에 더욱 스스럼이 없
어져서 이제 더욱 진지하지 못한 농담을 지껄이기까지 했다. 다른 남편
들 같으면 결혼식 전후로 4주일간은 제정신이 아니기 때문에 남 모르
게 점차로 그들의 바보짓을 밀쳐내는 데 4주일의 시간이 있어 자신들
의 일시적인 판단력 부족을 어느 정도 숨길 수가 있다지만, 내게는 그
와 달리 결혼 행사가 번개처럼 습격해왔기 때문에 나중에 결혼 생활을
하는 데 더욱더 분별력 있게 적응하려면 나도 바보짓을 단번에 수류탄
처럼 날려 보내지 않으면 안 될 것이라고 했다.

사령관은 도대체 결혼 계약이 어떤지, 나의 장인은 보유한 많은 금화 중에서 결혼 지참금으로 얼마를 줄 것인지를 물었다. 우리의 결혼 계약은 단지 한 가지 점에 집중되어 있다고 나는 대답했다. 즉 나와 그의 딸더러 더 이상 그의 눈에 띄지 말라고 했다는 것. 그러나 공증인은 물론 증인도 배석하지 않았기 때문에 그 일은 없던 것으로 할 수 있기를 기대한다고도 했다. 무엇보다도 결혼은 모두 좋은 우정을 넓히고 다지는 것을 목표로 하기 때문이라고도 덧붙였다. 내가 알기로 분명 내가 그를 모욕한 적이 없기에 상상할 수도 없는 일이지만, 혹시 나의 장인이 피타고라스를 본받아[28] 딸을 나와 결혼시킨 것이 아니라면 나를 그렇게 대접할 수는 없는 노릇이라고 했다.

나는 이처럼 이 도시 사람들이 평소에 내게서 좀처럼 볼 수 없었던 익살극을 벌여서 마침내 사령관으로부터 나의 피로연에 참석할 뿐 아니라 나의 장인도 함께 참석하도록 움직여보겠다는 약속을 얻어냈다. 게다가 그는 즉시 포도주 한 통과 사슴 한 마리를 내 부엌으로 보냈다. 나는 제왕들을 대접하기라도 하는 듯 모든 것을 준비시켰고, 적지 않은 수의 점잖은 손님들도 동원했다. 그들은 서로 흥겹게 어울렸을 뿐만 아니라, 나의 장인과 장모를 우리 부부와 근본적으로 화해시켜서 결국 그분들은 전날에 퍼부었던 저주보다 더 많은 축하 인사를 퍼부었다.

그러나 어떤 악의적인 사람들이 우리에게 나쁜 장난을 치지 않게 하려고 우리가 그처럼 벼락같이 혼인을 치렀다는 소문이 온 시내에 파다하게 퍼졌다. 그리고 어떤 점에 있어서는 사실 이 벼락같은 결혼이 나에게는 잘 어울리는 결혼이었다. 왜냐하면 내가 통상적인 결혼을 하고, 목

---

28) 피타고라스는 자신을 모욕한 사위에게 불리한 유언장을 작성했다고 한다.

사가 강단 위에서 모든 것을 선포했다면, 추측건대 몇몇 여인이 잘되었다 싶어 나에게 온갖 방해 공작을 펼쳤을 것이었기 때문이다. 서민의 딸들 중에는 나를 그야말로 잘 아는 여자들이 대여섯 명이나 있었다.

다음 날 나의 장인은 결혼식 하객들을 대접했으나 구두쇠인지라 내가 대접한 피로연에는 한참 못 미쳤다. 이제 그는 내가 장차 어떤 직업에 종사할 것인지, 살림은 어떻게 꾸려갈 것인지 하는 문제도 언급하기에 이르렀다. 내가 소중한 자유를 잃었고, 이제부터는 새로운 지배를 받고 살아야 한다는 것이 분명해진 첫 순간이었다. 나는 공손하게 굴며 말했다. 우선 나는 나의 사랑하는 장인이 많은 경험에 비춰 나에게 무엇을 권하는지를 듣고, 나도 그 뜻을 따르겠다고 했다. 사령관이 나의 답변을 칭찬하며 말했다. "아직 어린 풋내기 병사가 이 같은 전시에 군인 신분을 다른 직업으로 바꾸려고 하는 것은 엄청난 바보짓입니다. 자신의 말을 다른 사람의 마구간에 세워두는 것이 다른 사람의 말을 자신의 마구간에서 키우는 것보다 훨씬 더 좋기 때문입니다. 나는 그가 원하면 언제든지 그에게 사관후보생의 자격을 부여할 용의가 있습니다."

나의 장인과 나는 사령관이 이 같은 제안을 해준 것에 감사했다. 나는 이 제안을 더 이상 전처럼 거절하지 않았다. 그리고 쾰른에서 나의 보물을 보관하고 있는 상인이 작성한 목록을 사령관에게 보여주었다.

나는 말했다. "스웨덴 군대에 복무를 시작하기 전에 나는 여기 적혀 있는 것을 가져와야 합니다. 내가 적군을 위해 일한다는 것이 쾰른에 알려지면, 사람들은 나를 야유할 것이고, 내 재산을 몰수할 것입니다. 그와 같은 재산을 길거리에서 그렇게 쉽게 발견할 수는 없을 테니까요."

두 사람은 내가 옳다는 것을 인정했다. 그래서 우리 세 사람 사이에는 합의가 이루어져 내가 며칠 후에 쾰른으로 가서 거기 있는 내 재산을 챙겨가지고 다시 요새로 돌아오고, 그런 후에 사관후보생의 지위를 받아들이기로 결정이 되었다. 동시에 나의 장인은 사령관이 지휘하는 연대의 한 중대를 맡고, 중령의 지위를 넘겨받게 될 날짜도 정해졌다. 괴츠 백작이 수많은 황제군 병력을 데리고 베스트팔렌에 주둔 중이고 그의 본부가 도르트문트에 있어 사령관은 다가오는 봄에 포위 작전이 펼쳐질 것을 예상하고 유능한 병사들을 확보하려고 애쓰고 있었기 때문이다. 그러나 나중에 그의 염려는 터무니없는 것으로 판명되었다. 요한 폰 베르트가 브라이스가우에서 패배했던 터라, 괴츠 백작은 그 봄에 베스트팔렌을 비우고 라인강 상류에 위치한 브라이자흐를 위해 바이마르의 제후들을 상대로 작전을 펼쳐야 했다.[29]

제23장
보물을 찾으러 쾰른으로 간 짐플리치우스

매사는 경우에 따라 이랬다저랬다 하는 법이다. 어떤 사람의 불행은 나뉘어서 오는가 하면, 어떤 사람에게는 불행이 단번에 벼락같이 온다. 그러나 나의 불행은 그 시작이 그토록 달콤하고 편안해서 나는 그것을 결코 불행이 아니라 최고의 행복으로 여겼다. 나는 사랑하는 아내와 부부 생활을 한 지 불과 여드레도 안 되어서 사냥꾼 복장을 하고 어

---

29) 브라이스가우 전투는 독일 슈바르츠발트 남쪽에 위치한 브라이스가우에서 1683년 3월 3일에 벌어진 전투로, 이 전투에서 요한 폰 베르트는 패했으나 괴츠 백작이 지원에 나서 바이마르의 베른하르트로 하여금 브라이자흐를 포기하지 않을 수 없도록 하였다.

깨에는 총 한 자루를 메고 아내와 친척들과 작별을 했다. 모든 길을 알고 있었기 때문에 나는 먼 길을 무사히 돌파했고, 도중에 아무런 위험과도 마주치지 않았다. 내가 라인강의 이편에서 쾰른의 맞은편에 있는 도이츠 지역을 향하는 차단기에 다다를 때까지 우리를 본 사람은 아무도 없다시피 했지만, 반대로 나는 많은 사람을 보았다. 예를 들면 베르기셰스 란트에서 한 농부를 보았는데, 그는 슈페사르트의 아바이를 생각나게 했고, 그의 아들은 짐플리치우스를 가장 많이 닮아 보였다.

이 농가 소년은 돼지를 지켰다. 내가 그의 곁을 지날 때 돼지들이 냄새로 나를 알아보고 꿀꿀거리기 시작했다. 그러나 그 소년은 돼지들을 향해 벼락과 우박을 맞아 거꾸러지고 "악마나 물어가라"고 욕하기 시작했다. 그 소리를 농가의 하녀가 듣고 소년을 향해 돼지들을 욕하는 것을 멈추어야지, 안 그러면 아버지에게 이르겠다고 소리를 질렀다. 소년은 "똥구멍이나 핥고, 네 어미하고나 붙어먹어라"라고 대꾸했다. 농부도 아들이 하는 말을 듣고 막대기를 손에 들고 집에서 나와 소리쳤다. "이 후레자식아, 그 입 닥치지 못해. 내가 맹세하는 것을 네게 가르쳐주마. 우박에나 맞아서 귀신이 잡아갈 놈." 그러면서 그의 멱살을 잡고 춤추는 곰을 패듯 팼다. 그리고 팰 때마다 외쳐댔다. "이 못된 놈아, 귀신이 잡아갈 놈은 바로 너야. 내가 너의 엉덩이를 핥아주마. 그리고 네 어미와 붙어 자는 것을 네게 가르쳐주마." 등등. 그와 같은 교육 방법은 물론 나의 아바이와 나를 생각나게 했지만, 아바이가 나를 그와 같이 무지몽매함에서 구원해주고 더 많은 지식과 이해력을 심어주었던 것에 대해 하나님께 감사할 만큼 나는 정직하거나 신심이 깊지는 못했다. 그러니 어떻게 하나님께서 나에게 선물로 주신 행복이 오래 지속될 수 있었겠는가?

퀼른에 도착해서 나는 처음에는 유피테르의 집에 묵었다. 그 당시 유피테르는 완전히 제정신으로 돌아와 있었다. 내가 그를 신뢰하고 내가 온 이유를 말했을 때, 그렇다면 내가 헛걸음을 한 것 같다고 그는 바로 대답했다. 그 이유는 내가 물건을 보관하도록 맡겼던 그 상인이 쫄딱 망해서 모습을 감추었기 때문이라는 것이었다. 나의 물건들은 당국에 의해 봉인되었고 사람들은 그 상인에게 당국에 출두하기를 요구했지만, 가지고 갈 수 있는 것 중에 가장 값진 물건들을 가져갔기 때문에 그가 돌아올지 대단히 의심스럽다는 것이었다. 사건 전체가 밝혀지기까지는 라인강 물이 아직도 한참 흘러 내려가야 한다는 것이었다.

이 소식을 듣고 나의 마음이 어떠했을지 상상하기란 어렵지 않을 것이다. 나는 욕 잘하는 마부보다도 더 지독한 욕을 했다. 그러나 무슨 소용이 있었겠는가? 그렇게 나의 물건도 되찾지 못했을 뿐만 아니라, 그것들을 어디 가서 다시 볼 수 있을지조차 막연했다. 게다가 나는 여비로 은화 10탈러밖에 가지고 오지 못해 필요한 만큼 오래 머무를 수도 없었다. 그뿐만 아니라 오랜 체류는 위험하기까지 했다. 왜냐하면 나는 적측의 점령군과 접촉을 하고 있었으므로 밀고당하면 전 소유물을 잃을 뿐 아니라, 그보다도 더 나쁜 곤경에 빠질 수 있었기 때문이다. 이렇게 나는 눈을 빤히 뜨고도 소유물을 보지 못한 채 포기하고 빈손으로 귀향해서, 여행이 온통 헛걸음이 되게 해야 한단 말인가? 그것 또한 내게는 바람직하지 못해 보였다. 결국 나는 그 일이 해결될 때까지 퀼른에 머무르기로 결심하고, 아내에게는 내가 장기간 집을 떠나 있어야 할 이유를 전달하기로 했다.

나는 재산 관리 업무를 대행하는 공증인 한 사람을 찾아가서 사례금을 줄 터이니 조언과 실행으로 도와줄 것을 부탁했다. 만일 그가 이 사건을 서둘러 처리해준다면, 나는 그에게 보수 말고도 상당한 선물을 주겠다고 약속했다. 그는 나를 통해 많은 돈을 벌게 되기를 희망했기 때문에 나의 사건을 흔쾌히 수임했고, 나의 식비와 숙박비까지 부담했다. 이튿날 그는 나와 함께 파산 사건을 처리하는 담당관들에게 가서 상인이 작성한 공증된 명세서 사본을 넘겨주고, 원본도 제시했다. 그랬더니 이 사건이 완전히 해결될 때까지 기다려야 한다는 답변이 돌아왔다. 왜냐하면 목록에 적혀 있는 물품이 모두 현존하지 않기 때문이라는 것이었다.

그렇게 해서 나는 다시 한동안 하는 일 없이 따분한 시간을 보낼 것을 각오해야 했다. 그 시간에 나는 대도시 풍경을 구경하려고 마음먹었다. 나의 집주인은 이미 밝힌 것처럼 공증인이자 재산 관리인이었다. 그 밖에 그는 대여섯 명의 손님에게 숙식을 제공했고 마구간에는 여행자에게 빌려줄 여덟 필의 말을 항상 보유하고 있었다. 그리고 독일인 하인과 프랑스인 하인을 한 사람씩 두었는데, 그들은 말을 타고 마차를 몰 줄 알았고 말들을 건사했다. 이 남자는 자신의 세 가지 아니 세 가지 반의 직업을 가지고 생활비를 벌어들였을 뿐만 아니라 쓰고도 남을 수익을 올렸고, 그 도시에는 어떤 유대인도 발을 붙일 수 없던 터라 더욱 더 사업이 번창할 수 있었다.

나는 그의 집에 머물면서 많은 것을 배웠다. 무엇보다도 질병을 진단하는 것을 배웠는데, 의학박사의 최고 기술도 별반 다를 것이 없을 정도였다. 그 말은 환자가 앓고 있는 질병을 올바로 진단하면 환자는 이미 절반은 병을 고친 것이나 마찬가지라는 뜻이다. 내가 이런 학문을 접할 수 있었던 것은 집주인 덕분이었다. 내가 그의 사람됨을 좀더 면밀히 관찰하면서 다른 사람들과 그들의 마음 상태도 연구하기 시작했기 때문이다. 그때 나는 자신의 병에 관해서 아무것도 모르고 다른 사람들 심지어 의사들까지도 건강한 사람이라고 여겼지만, 이미 죽을병에 걸린 사람들이 있는 것을 발견했다.

나는 화병이 난 사람들을 보았다. 그 병에 걸린 사람들은 악마처럼 얼굴을 찡그리고 사자처럼 소리를 지르며 고양이처럼 할퀴고 곰처럼 때려 부수며 개처럼 무는 버릇이 있었다. 그리고 그런 사람들은 발광하는 짐승 모두 저리 가라 할 정도로 바보처럼 주위에서 손에 잡히는 것을 모두 던져버리기도 했다. 이 병은 담즙에서 온다는 말이 있다. 그러나 내가 보기에 이 병은 바보가 교만해질 때 생긴다. 그러므로 어떤 성난 사람이 특히 사소한 일로 발광하는 것을 들으면 안심하고 그 사람에게는 자긍심이 이성보다 강하다고 보면 된다. 이 병은 자라서 환자 자신은 물론 다른 사람에게까지 많은 불행을 가져다준다. 환자에게는 무엇보다도 마비, 통풍 그리고 영원한 죽음은 아니더라도 조기 사망을 가져온다. 그러나 이 환자에게 중병이 들었더라도 환자라고 부르는 것은 좋지 않다. 그 이유는 그들에게 가장 부족한 것은 다름 아닌 인내심이기 때문이다.

나는 많은 사람이 시기심 탓에 몸져누워 있는 것도 보았다. 그들은 항상 혈색이 창백하고 슬픔에 젖은 채 이리저리 돌아다니기 때문에 사람들은 그들에게 제 자신의 심장을 갉아 먹었다는 말을 한다. 나는 이 병을 가장 위험한 병이라고 생각한다. 이 병의 원인은 비록 병자의 사촌이 땅을 샀기 때문이라고 하더라도 악마에게서 오기 때문이다. 이런 병을 발본색원한 사람은 타락한 영혼을 기독교로 개종시켰다고 자랑해도 될 것이다. 왜냐하면 의로운 기독교인들은 악덕과 죄를 싫어하는 까닭에 이 병에 걸리지 않기 때문이다.

나는 노름 벽(癖)도 하나의 병이라고 생각한다. 벽이라는 명칭이 이를 시사하기 때문만이 아니고 무엇보다도 이 병에 걸린 사람은 마치 중독된 것처럼 노름에 집착하기 때문이다. 노름 벽은 많은 사람이 생각하는 것처럼 탐욕에서 비롯되는 것이 아니고 한가함에서 비롯된다. 그러므로 탐닉하는 버릇을 버리고 무위도식하기를 중지하면, 노름 벽은 저절로 없어진다.

　내가 확인한 바로는 식탐과 주벽도 하나의 병이다. 그 병은 과잉에서 오는 것이 아니고 습관 때문에 생기는 것이다. 그 병에 걸리지 않으려면 가난해져야 좋지만, 가난은 근본적인 구제책은 아니다. 나는 걸인이 대식을 하고 부유한 시골뜨기가 허기로 괴로워하는 것을 보았기 때문이다. 이 질병에는 필연적으로 그 질병에서 벗어나는 것을 돕는 약제도 존재한다. 이는 곧 결핍이다. 돈의 결핍이 아니고, 일반적인 평안함의 결핍이다. 그래서 이 환자들은 마지막에 가서 가난해지거나 다른 병이 나서 식욕이 감퇴되면, 저절로 건강해진다.

　나는 오만을 무지에 근원을 둔 망상의 일종으로 여겨왔다. 왜냐하면 자기 자신을 아는 사람은 자신이 어디에서 와서 결국 어디로 가는지를 알고, 나중에는 전처럼 그토록 오만한 바보가 되는 것이 불가능하기 때문이다. 공작새나 칠면조가 마음껏 거드름을 피우다가 끄르륵 소리를 내며 다가오는 것을 보고 있노라면, 내게는 언제나 재미있다는 생각이 든다. 이와 같이 지능이 없는 짐승들도 오만이라는 큰 병에 걸려 동정이 가는 사람을 얼마든지 훌륭하게 비웃을 수 있다는 생각이 떠오른 까닭이다. 나는 오만을 고칠 수 있는 특효약을 찾지 못했다. 그 병에 걸린 사람은 다른 바보와 마찬가지로 겸손한 마음이 없이는 고칠 수 없기 때문이다.

웃음도 일종의 병이라는 것을 나는 확인했다. 이미 필레몬[30]이 이 병으로 죽었고, 데모크리토스[31]도 생전에 이 병에 걸린 적이 있다. 오늘날 우리의 여인들도 포복절도하고 싶다는 말을 한다! 그 말은 곧 웃음의 근원은 간(肝)에 있다는 뜻이지만, 나는 오히려 웃음은 일반적인 바보짓에 연유한다고 믿는다. 많은 웃음은 이성이 있다는 표지가 아니기 때문이다. 그 병을 낫게 할 수 있는 약을 처방하는 것은 필요치 않다. 첫째 이유로 웃음은 즐거운 병이기 때문이고, 둘째 이유로 웃음은 원래 많은 사람에게서 생각보다 빨리 지나가기 때문이다.

나는 호기심도 일종의 병이고, 특히 여성은 거의 타고난다는 것을 깨달았다. 호기심은 언뜻 보기에는 무해무득한 것처럼 보이지만, 사실은 대단히 위험하다. 결론적으로 우리는 우리 최초의 어머니의 호기심 때문에 극심한 고통을 오늘날에도 당해야만 한다. 여기서 게으름, 복수욕, 질투심, 방자함, 사랑의 고민, 그 밖에 유사한 질병들과 악덕들에 관해서는 이야기하지 않겠다. 그 대신에 나의 집주인 이야기로 다시 돌아가련다. 그가 나로 하여금 그런 질병에 대해서 생각해볼 계기를 마련해주었기 때문이다. 그는 머리끝까지 탐욕에 빠져서 헤어 나오지를 못하고 있었다.

---

30) Philemon(?B.C.360~?B.C.265): 시라쿠스 태생의 희극작가로 자신이 한 농담 때문에 웃다가 죽었다고 한다.
31) Democritos(?B.C.460~?B.C.370): 아브데라 출신의 그리스 철학자로서 세상의 어리석음에 대하여 웃었기 때문에 '웃는 철인(Gelasinos)'으로도 불렸다고 한다.

제24장
도시 한복판에서 토끼 한 마리를 잡은 사냥꾼

이미 말한 것처럼, 나의 집주인은 돈을 벌 수 있는 일이면 무슨 일이든지 가리지 않고 다 했다. 먹고사는 문제는 손님들이 내는 숙박비로 해결했다. 그러나 숙박인들에게 제공하는 식사는 시원치 않았다. 이 구두쇠가 자신이나 손님들이 먹을 음식값에만 숙박비를 사용했다면 그와 모든 손님이 좋은 음식을 배불리 먹을 수 있었을 것이다. 그렇게 하는 대신 그는 우리에게 슈바벤식으로 살찌는 음식을 제공했고[32] 대단히 인색하게 굴었다. 나는 돈이 많이 없었기 때문에 처음에는 다른 숙박 손님들과 함께 식사를 하지 않고 그의 자식들 및 머슴과 같이 식사를 했다. 그러니 양이 특별히 적었고 그동안 베스트팔렌식 연회(宴會)에 길들여진 내 위장에는 이해할 수 없는 기이한 일들이 상당히 많이 발생했다. 우리 밥상에는 좋은 고깃덩이가 올라오는 일이 한 번도 없었고, 일주일 전에 학생들의 식탁에서 먹다 남은 것으로 그동안 므두셀라처럼 바짝 마르고 변색한 것이 항상 올라왔다. 식모가 없어서 부엌일을 직접 챙겨야 했던 주인 여자는 모든 음식에 시큼한 검은색 국물을 붓고 양념으로 후추를 뿌렸다. 이제 뼈는 고기 한 점 붙어 있지 않게 말끔히 핥아 먹어서 그것을 다듬어 체스 말을 만들 수 있을 정도였다. 그럼에도 불구하고 그 뼈들은 아직도 쓸모가 있어서 버리지 않고 보관함에 보관되었다. 그러고 난 다음 일정한 양이 모이면 우리의 구두쇠 영감이 망치로 잘게 부수어서 남은 기름을 마지막 한 방울까지 짜냈다. 그렇게 짜

---

32) 슈바벤 지방 사람들의 근검절약 정신을 비꼬는 말로 지적하고 있다.

낸 기름이 다시 국에 들어갔는지 아니면 구두약으로 사용되었는지 나로서는 알 길이 없었다.

자주 닥치고 모두가 엄격히 지켜야 하는 금식일이 되면 우리 집주인이 이 점에서는 대단히 고지식해서, 우리는 냄새나는 훈제 청어, 절인 연어, 상한 생선 토막이나 다른 묵은 생선의 뼈를 이리저리 발라 먹어야 했다. 이런 생선도 집주인은 값이 싼 것을 사들였고, 심지어 손수 어시장에 가서 어부들이 때마침 버리려는 것을 골라 사 오려고 애를 썼다.

빵은 대부분 흑빵으로 구운 지 오래된 것이었고, 마실 것은 순하고 시큼한 맥주뿐이었다. 이 맥주는 나의 위를 상하게 했다. 그럼에도 불구하고 그 맥주는 발효가 잘되고 숙성된 흑맥주가 틀림없다는 것이었다. 독일인 하인이 내게 이야기한 바로는 여름에는 사정이 더 나쁘다고 했다. 그때면 빵은 곰팡이가 슬고 고기에는 구더기가 득실거리며, 제일 성한 것이라고는 달랑무 몇 개와 한 줌 샐러드뿐이라는 것이었다. 내가 대체 이 같은 구두쇠 집에서 일하는 연유가 무엇이냐고 물었더니, 그는 대답하기를 대부분의 시간에는 여행을 하는데 여행객들이 주는 팁이 이 구두쇠에게서 버는 돈보다 더 짭짤하다는 것이었다. 또 이 구두쇠는 아내와 아이들에게 지하실 출입을 금지하고 있는데, 그 이유는 그들이 술통의 꼭지 밑에 놓은 대접에 남은 한 방울의 포도주도 마시는 것을 달가워하지 않기 때문이라는 것이었다. 한마디로 말해서 그는 좀처럼 찾아보기 어려운 욕심꾸러기라는 것이었다. 지금까지 내가 본 것은 아무것도 아니라며, 얼마 더 있으면 은전 두 닢 때문에 당나귀를 반쯤 죽도록 패는 그야말로 후안무치한 짓을 내가 경험하게 되리라는 것이었다.

어느 날 그는 6파운드의 암소 내장인지 황소 내장인지를 집으로 가져와서 창고 안에 넣고 문을 잠갔다. 그러나 그의 자식들에게는 운이 좋게도 지하실 창문이 열려 있었다. 그들은 포크를 막대기에 연결해서 내장을 모두 낚시질하듯 낚아냈다. 그들은 있는 대로 반쯤 구워서 먹고 나서 고양이들이 다 먹어버렸다고 우겼다. 그러나 이 좀팽이는 그 말을 믿으려 하지 않았다. 그는 고양이를 붙잡아 몸무게를 달아보고, 가죽과 털을 합쳐도 고양이의 몸무게는 내장보다 무겁지 않은 것을 확인했다. 그의 행실에 식상한 나머지 나는 더 이상 그의 식구들과 함께 식사를 하지 않고 돈이 얼마 들든 상관하지 않고 학생들의 식탁에서 식사를 하려고 했다.

그곳의 음식은 먹기가 약간은 나은 편이었지만 나에게는 별로 도움이 되지 않았다. 제공되는 음식이 설익었기 때문이다. 그렇게 하는 것은 두 가지 점에서 우리 집주인의 이해관계와 맞아떨어졌다. 첫째로 그는 이와 같은 방법으로 화덕에 쓰는 땔감을 아낄 수 있고, 둘째로는 그 음식이 쉽게 소화되지 않았기 때문이다. 그렇지 않아도 우리가 음식을 목으로 넘길 때마다 그가 그 횟수를 헤아리고 있다는 느낌을 받았다. 그리고 우리가 음식을 꼬박꼬박 잘 먹으면 그는 당황해서 뒤통수를 긁적였다. 그가 내놓는 포도주는 물을 많이 탄 것이어서 별로 소화를 촉진해주지 못했다. 식사 후에 매번 제공되는 치즈는 대부분 돌처럼 딱딱했고, 네덜란드산 버터는 간이 너무 짜서 한 번 식사할 때 한두 그램 이상 바를 수 있는 사람이 아무도 없었다. 과일은 덜 익은 것이어서 먹을 수 있으려면 며칠간 익도록 놓아두어야 했다. 설혹 어느 누가 민감한 소견을 발설하면, 그는 우리가 있는 데서 아내와 대판 싸움을 시작했지만 나중에는 남몰래 앞으로도 지금처럼 계속하라고 일렀다.

언젠가는 의뢰인들 중 한 사람이 그에게 산토끼 한 마리를 선물로 가져온 적이 있었다. 나는 그것이 식당에 걸려 있는 것을 보고, 이제 예외적으로 들짐승 고기가 식탁에 오르려니 생각했다. 그러나 독일인 하인은 우리는 토끼 고기를 맛도 보지 못할 것이라고 말했다. 그의 집주인이 숙박 손님들과 그 같은 별식은 내놓지 않기로 합의를 보았다는 것이다. 그러니 오후에 구시장에 가서 그 산토끼를 팔려고 내놓았는지를 나보고 살펴보라고 했다.

그때 나는 산토끼의 한쪽 귀에서 작은 조각을 잘라냈다. 그리고 점심때 집주인이 없는 틈을 타서 다른 손님들에게 이야기하기를 구두쇠에게 시장에 내다 팔 산토끼 한 마리가 있다고 했다. 그들 중에 누가 도와주면 내가 속임수를 써서 그 산토끼를 빼앗아 오겠다고 했다. 그렇게 되면 결국 우리만 재미를 볼 뿐만이 아니라 산토끼 자신도 재미를 볼 것이라고 했다. 모두가 그 일에 가담할 뜻이 있다며 이미 오래전부터 집주인에게 아무 불평을 못 하고 당한 만큼 한번 단단히 골려주려고 벼르고 있었다고 했다.

그래서 우리는 오후에 하인이 일러준 장소로 갔다. 그곳에서 우리 집주인은 팔 물건이 있을 때면 그의 판매원이 얼마를 받는지 항시 살폈다. 오로지 속임을 당하지 않기 위해서였다. 우리는 그가 몇몇 점잖은 사람들과 어울려 담소를 나누는 것을 보았다. 내가 만나기로 한 청년이 산토끼를 팔아야 할 소매상인에게로 가서 말했다. "여보시오 당신, 저기 저 산토끼는 내 것이오. 그것은 도적질한 장물이니 주인인 내가 다시 가져가는 것이 옳겠소. 그것은 어젯밤 나의 창문에서 도난당한 것이오. 그런 만큼 당신이 내게 선선히 돌려주지 않으면, 당신이 어디로 가서 하소연하려고 하든 같이 갈 용의가 내게 있소. 그때에 생기는 위험과 비용은 당신 몫이오."

판매원은 어떻게 해야 할지 알아보겠노라고 답했다. 저기 점잖은 어른이 한 분 서 있는데, 산토끼는 확실히 그분이 팔라고 넘겨준 것이지 자신이 훔친 것이 아니라고 했다. 두 사람이 서로 티격태격 다투는 사이 삽시간에 사람들이 주변을 에워쌌고, 그것을 우리의 구두쇠도 놓치지 않았다. 그는 무슨 일이 일어났는지를 알아채고, 판매원에게 눈짓으로 자신의 뜻을 전달했다. 많은 숙박 손님 때문에 말썽을 일으키고 싶지 않으니 그 산토끼를 돌려달라는 것이었다. 그러나 나와 미리 약속이 되어 있는 젊은이가 구경꾼들에게 아주 당당하게 잘라낸 귀 토막을 보여주며 잘라낸 부분에 맞추니, 누구나 그가 올바른 산토끼의 주인이라는 것을 인정했다.

이 순간에 우연을 가장해서 나도 친구들과 함께 산토끼를 되찾은 그 젊은이에게 나타나 산토끼를 사겠다고 흥정을 했다. 흥정이 끝나자, 나는 산토끼를 집주인에게 넘겨주면서, 집으로 가져가 우리가 먹을 수 있도록 요리를 해달라고 부탁했다. 이와 같은 연극을 같이하기로 약속한 젊은이에게 나는 산토끼 값을 지불하지 않고, 맥주 두 주전자 값을 팁으로 주었다. 그렇게 우리의 인색한 집주인은 본의 아니게 산토끼 요리를 우리 식탁에 올려야 했고, 아무런 불평조차 할 수가 없었다. 그때에 우리는 배꼽이 빠지도록 웃었다. 만약 내가 그의 집에 좀더 오래 유숙했다면 그런 장난을 더 많이 쳤을 것이다.

제 4 권

제1장
사냥꾼이 프랑스로 이끌려가게 된 정황

모난 돌이 정에 맞는 법이고, 활도 너무 휘면 언젠가는 부러지는 법이다. 나는 산토끼를 가지고 여관 주인에게 장난을 친 것만으로 만족하지 않았다. 그칠 줄 모르는 그의 탐욕의 대가를 좀더 혹독하게 치르게 하고 싶어서, 나는 간이 들어 있는 버터에 물을 타서 불필요한 염분을 제거하거나 딱딱한 치즈를 깎아내어 파르마산(産) 치즈처럼 포도주로 적셔놓음으로써, 숙박하는 손님들에게 어떻게 구두쇠의 마음에 심한 상처를 줄 수 있는지를 번번이 보여주었다. 심지어 속임수를 써서 식사 때 포도주에서 물을 빼내고, 그 구두쇠를 암퇘지에 비유한 노래를 짓기도 했다. 백정이 잡아서 도살장 작업대에 올려놓지 않는 한 아무 쓸모가 없는 암퇘지 말이다. 그러나 그가 나를 자기 집으로 데려온 것은 그와 같은 장난이나 치게 하기 위한 것이 아니었다. 그는 꾀를 써서 그 장난에 대한 보복을 했는데, 이제부터 그 이야기를 해야겠다.

그의 집에서 숙박하는 손님 중에는 젊은 귀족 두 명이 있었다. 그들은 어느 날 부모로부터 프랑스로 가서 프랑스어를 습득하라는 당부와 함께 어음을 받았다. 그러나 막상 여관 주인이 부리는 하인들 중에 독일인 하인은 다른 곳에 볼일이 있어 부재중이었고, 프랑스인 하인의 사람됨은 자신이 아직 잘 모르니 프랑스 여행을 하도록 말들을 빌려주고 싶지 않다는 것이 여관 주인의 변이었다. 혹시 그 젊은이가 다시 돌아올 생각을 하지 않고 말들을 죽여버리지나 않을까 겁이 난다는 것이었다. 그렇기 때문에 그는 나에게 묻기를 두 명의 귀족을 자신의 말에 태워서 프랑스까지 동행해줄 수 없겠느냐고 하였다. 나의 재산을 찾는

건 아무래도 앞으로 4주일 내에는 처리되지 않을 가능성이 크니, 만일 내가 그에게 전권을 위임하면 그는 나름대로 이 기간에 내가 현장에 있는 것 못지않게 이 일을 양심적으로 처리하겠노라고 했다. 그 귀족들도 나에게 졸라댔고, 나 자신의 호기심도 똑같이 동의하도록 부추겼다. 내가 4주일간이나 쾰른에서 게으름만 피우고 돈만 소비해야 하는 시간 동안에 돈 한 푼도 들이지 않고 프랑스를 구경할 수 있는 기회가 생긴 것이기 때문이다. 그리하여 나는 마부의 자격으로 귀족 두 명과 함께 프랑스로 여행을 떠났다. 여행길 중에는 내게 별 특별한 일은 일어나지 않았다.

여하튼 우리는 파리에 도착해서 처음에는 우리 여관 주인의 사업 파트너 집에 유숙했는데 집주인은 두 귀족 청년의 어음도 교환해주었다. 그러나 나는 바로 도착 다음 날 말들과 함께 체포되고 말았다. 그뿐만이 아니었다. 쾰른에 있는 나의 여관 주인이 자신에게 일정 금액의 돈을 빚졌다고 주장하는 한 인간이 우리가 머물고 있는 구역을 담당하는 경찰서의 승인을 얻어 말들을 압류하고, 나의 항의에도 개의치 않고 그 말들을 매각했다. 그러자 나는 무엇을 해야 할지, 그 멀고 당시에는 대단히 불안전한 길을 어떻게 되돌아갈지를 알지 못해 그야말로 속수무책으로 그냥 앉아만 있었다. 그 귀족들은 나를 대단히 동정해서 팁을 후하게 주고 내가 다시 좋은 분을 만나거나 다시 독일로 돌아갈 수 있는 가능성을 발견하기 전에는 내가 그곳을 떠나지도 못하게 했다. 나는 그들이 빌린 집에서 함께 며칠을 보내면서 그들 중 장거리 여행에 익숙지 않아 약간 몸이 불편한 귀족 한 명의 시중을 들었다. 그리고 그가 새로운 유행에 맞추어 새 옷을 지어 입자, 그는 자신이 벗어놓은 헌 옷을 나에게 선물로 주었다. 내가 해야 할 일을 잘 처리했기 때문이다. 그 두 사람은 쾰른에 있는 내 재산이 어디로 도망가지는 않을 것이니, 내게 한두 해 파리에 머물면서 프랑스어를 배울 것을 권했다.

　내가 아직도 이리저리 궁리하며 아무런 결정도 못 하는 동안에 매일같이 우리에게 와서 몸이 불편한 젊은 귀족을 돌보던 의사가 한번은 내가 류트를 연주하며 독일 노래를 부르는 것을 들었다. 그는 나의 노래를 마음에 들어 하며 나에게 자신의 두 아들을 가르치는 숙식이 보장된 일자리를 제안했다. 그는 내 형편을 잘 알고 있어 내가 좋은 주인을 만나면 거절하지 않으리라는 것까지도 꿰뚫어보고 있었다. 그래서 우리는 곧 계약을 맺었고, 이 계획은 두 귀족 청년의 마음에도 들어서 진심으로 권장했다. 그러나 내가 그처럼 고용살이를 한 것은 그다음 3개월간에 불과했다.

　이 의사는 나와 마찬가지로 독일어를 잘했고, 이탈리아어도 모국어처럼 잘했다. 그리하여 나는 그와 대화하기가 더더욱 좋았다. 내가 젊은 귀족들과 삭별하는 식사 자리에 그도 참석을 했는데, 그 자리에서 불길한 생각이 머리를 스쳤다. 나는 방금 결혼한 아내, 약속된 사관후보생 자리가 생각났고, 쾰른에 있는 나의 보물을 포기하도록 설득당한 것이 얼마나 경솔했는지도 생각이 났다. 그리고 우리가 이전 여관집 주인의 탐욕에 대한 이야기를 하게 되자 나에게는 한 가지 생각이 떠올라서 이런 말을 하기도 했다. "우리 여관 주인이 쾰른에 있는 내 재산을 가로채기 위해 의도적으로 나를 이곳으로 유인했는지 누가 알겠습니까?"

　의사는 무엇보다도 그 여관 주인이 나를 미천한 태생이라고 여겼을 때는 그럴 수도 있겠다고 말했다.

　젊은 귀족들 중의 한 사람이 대꾸했다. "아닐세. 자네를 여기에 머물도록 보낸 것은 자네가 그 탐욕 많은 여관 주인에게 골탕을 먹였기 때문이야."

그러자 몸이 불편한 다른 한 명도 대화에 끼어들었다. "내가 믿기로는 또 다른 이유가 있네. 최근에 내가 방에 있을 때 여관 주인이 프랑스인 하인과 큰 소리로 이야기하는 것을 들었네. 무슨 이야기를 하는지 귀를 기울여 들어보니 결국에 그 프랑스인이 더듬거리며 불평하는 것을 알아들을 수 있었네. 그는 불평하기를 사냥꾼이 여관 주인 여자에게 자기가 말을 제대로 보살피지 않는다고 주장했는데, 이는 어디까지나 중상모략이라고 했네. 그러나 그 프랑스인이 하는 말은 불분명했기 때문에 우리의 질투심 많은 여관 주인은 오해하여 그의 하인이 어떤 주제넘은 것을 암시했다고 믿었던 것이네. 그래서 주인은 그를 구슬려서 사냥꾼이 곧 사라질 것이니 그는 그냥 머물러 있으라고 했네. 그때부터 그 바보 같은 주인은 자신의 아내도 의심스러운 눈초리로 추적했고, 전보다 더 심하게 그녀를 욕했네. 나는 그것을 분명히 알아챌 수 있었네."

그러자 의사가 말했다. "이유야 어떻든 내가 보기에 이 일은 당신이 여기에 머물지 않으면 안 되도록 꾸며진 것입니다. 그러니 걱정하지 마십시오. 내가 어떻게든 당신이 다시 독일 땅을 밟을 수 있는 기회를 찾아볼 것입니다. 제일 먼저 당신의 여관집 주인에게 편지를 써서 보물을 잘 보관만 하라고 하십시오. 그러지 않으면, 단단히 대가를 치러야 할 것이라고요. 그 사안 전체가 담합된 것이라는 의혹이 생기는 까닭은 여기에 채권자로 나타난 그 남자가 쾰른에 있는 당신의 여관 주인과는 물론 이곳에 있는 그의 사업 파트너와도 친구 간이기 때문입니다. 내가 믿기로 그 채무 증서 때문에 당신이 가지고 온 말들이 차압당하고 판매된 것입니다."

제2장
짐플리치우스는 이전보다 더 좋은 하숙집 주인을 만나다

나의 새 하숙집 주인의 호칭은 카나르 예하(猊下)였는데, 그는 조언과 실행으로써 쾰른에 있는 내 재산을 잃지 않게 도와주겠다고 자청했다. 내가 그 문제로 고심하고 있는 것을 보았기 때문이다. 우리가 그의 집에 가 있을 때 그는 모든 사연을 다시 한 번 상세하게 듣고 싶어 했다. 그는 이 사건의 전말을 좀더 잘 파악해서 더 좋은 조언으로 나를 도와줄 수 있기를 바랐다. 나는 본래의 나의 태생을 밝히는 것은 도움이 되지 않는다고 여기고, 그 대신 부모도 없이 오로지 스웨덴군 병영이 자리 잡고 있는 어떤 요새에 몇 사람의 친척만 있는 가난한 독일 귀족으로 소개했다. 쾰른에 있는 나의 여관집 주인과 두 귀족에게도 나는 이 사실을 숨겨야 했는데 그들은 황제군을 지지하는 쪽이었던 만큼 이 사실을 알면 가능한 대로 내 재산을 적의 재산으로 몰아 가로챌 수도 있기 때문이라고 했다. 나의 소견으로는 내가 사관후보생으로 소속되어 있는 연대의 사령관에게 편지를 써서 내가 어떻게 이곳으로 이끌려 왔는지를 보고하고, 대신 나의 재산을 찾아서 내가 연대로 돌아갈 기회가 생길 때까지 친척에게 넘겨주는 것이 최상의 방법이라고 했다.

카나르는 내 계획이 사리에 맞는다고 여기고, 나의 편지가 멕시코든 중국이든 지정된 장소에 도달하도록 하겠다고 약속했다. 그래서 나는 나의 아내, 장인, 리프슈타트의 사령관인 드 생 안드레 대령 앞으로 편지를 썼다. 이 주소를 쓴 봉투에 다른 편지 두 통도 동봉했다. 이 편지에 나는 그처럼 먼 여행에 필요한 여비가 마련되는 대로 빨리 돌아가겠다고 쓰고, 나의 장인과 대령에게는 너무 늦기 전에 군의 행정기관을 통해서 나의 재산을 찾도록 노력해달라고 부탁했다. 그 밖에 내가 찾을 재산에는 많은 금, 은, 패물 등이 포함되어 있다는 것을 그들에게 알렸다. 나는 편지들을 모두 두 통씩 작성해서 한 통은 카나르 예하에게 발송하도록 넘겨주고, 다른 한 통은 우체국을 통해 송부했다. 적어도 두 통 중 한 통은 반드시 도착할 수 있게 하기 위함이었다.

그러고 나니 나는 다시 기분이 좋아져서 주인집 두 아들에게 훨씬 수월하게 수업을 할 수 있었다. 그들은 젊은 왕자처럼 교육을 받았다. 카나르 예하는 대단히 부유하고 허영심이 없지 않아 사람들에게 깊은 인상을 남기려는 기벽이 있었다. 이 기벽을 그는 높은 분들과 교제하면서 얻었다. 하고많은 날을 제후들과 교제하면서 모든 면에서 그들을 흉내 냈던 것이다. 그의 집에 가 있으면 어느 백작의 성에 가 있는 것 같았다. 사람들이 '나리'라고 부르는 호칭 빼고는 없는 것이 없었다. 그리하여 설혹 어떤 후작이 그의 집에 오더라도 특별히 고위층을 대하는 것 같지 않게 평범하게 대할 만큼 그는 자만심에 차 있었다. 그는 서민들에게도 자신의 의약품을 주면서 돈을 받지 않고 약값을 면제해주었는데, 이런 방법으로 더욱 훌륭한 사람이라는 인상을 남기려는 것이었다.

나는 호기심이 대단히 많았다. 회진이 있어 다른 하인들과 나란히 그의 뒤를 따를 때면 어디에서든지 그가 나를 자랑하는 것을 알게 되었다. 그 결과 나는 실험실에서 약을 짓는 일을 할 때도 그를 돕게 되었다. 이런 시간을 보내며 그리고 그가 원래 독일어를 잘했던 까닭에 우리 관계는 갈수록 더욱 돈독하게 되었다. 그래서 나는 어느 날 그에게 얼마 전 파리 근교에 있는 귀족의 관향(貫鄕)을 2만 크로넨 주고 매입한 것이 분명한데, 왜 자신의 이름에 귀족의 표시인 'von'을 덧붙이지 않

느냐고 물었다.[1] 그 밖에도 왜 그는 아들들을 무조건 의사로 만들려고
하고, 그처럼 엄격하게 공부를 시키려 하는지, 그가 이미 귀족이 되었
으니 다른 신사들처럼 그들에게 직위를 사주어서 제대로 귀족 행세를
하게끔 하는 것이 옳지 않은지 물었다.

그는 대답했다. "아닐세. 내가 영주에게 가면, '의사님, 거기 앉으
시오!'라고 하지만, 귀족은 반대로 서 있어야 하는데, 그것은 '기다리시
오!'라는 뜻이라네."

나는 말했다. "그러나 박사님은 의사가 세 가지 얼굴을 가진다는
것을 도통 모르십니까? 환자가 자신을 찾아오는 의사를 볼 때는 천사
의 얼굴이고, 의사가 환자를 도와줄 때는 하나님의 얼굴, 그 환자가 병
이 나아서 의사를 떠날 때에는 악마의 얼굴이랍니다. 그러므로 환자의
몸속에 가스가 요동을 칠 동안만 명예도 유지되는 것이지요. 가스가 밖
으로 빠져서 속이 부글부글 끓기를 멈추면 영예도 끝장납니다. 그럴 때
는 '박사님, 저기에 문이 있으니 그리로 나가시지요!'라는 식이지요. 그
러므로 귀족은 서 있더라도 앉아 있는 의사보다 더 많은 영예를 누립니
다. 의사는 늘 왕자의 시중을 들고, 그의 곁을 한 번도 비켜나지 못하기
때문입니다. 최근에 박사님은 어떤 영주로부터 먹을 것을 받으시고, 그
맛을 시험해보셔야 했던 적이 있습니다. 나라면 차라리 10년 동안 서서
기다릴지언정, 어떤 사람의 대변 맛을 보지는 않겠습니다. 설혹 그 대
가로 나를 황금 방석 위에 앉힌다 할지라도 말입니다."

그러자 그는 대답했다. "나는 그 짓을 해야만 해서 한 것이 아니고,
만일 영주가 자신의 용태를 알아내기 위해서는 내가 무슨 짓이든 다 한

---

1) 독일 귀족들은 그들의 성(姓)에 귀족이 되기 위해 구입한 그들의 근거지를 표시하는
   'von'을 덧붙인다.

다는 것을 알면, 거기에 걸맞게 사례금이 오를 것 같아서 기꺼이 한 것일세. 그리고 나에게 몇백 피스톨[2]을 대가로 지불하는 사람의 대변을 내가 시험 삼아 맛보지 못할 이유가 무엇이겠는가? 그 사람은 나로부터 전혀 다른 물질을 받아 삼켜야 하지만, 나는 그 사람에게 아무런 돈도 지불하지 않지 않는가? 자네가 이와 같은 이야기를 하는 품이 꼭 독일 사람답군. 만약 자네가 독일 사람이 아니었다면 나는 자네가 하는 말이 바보 같다고 했을 걸세."

나는 그가 차츰 성을 내고 있는 것을 눈치챘기 때문에 감히 대답을 못 하고 말았다. 그의 마음을 돌리기 위해서 나는 단순함을 용서해주길 부탁하고, 화제를 좀더 입맛 돋우는 쪽으로 돌렸다.

제3장
짐플리치우스는 배우가 되어 명성을 날리다

카나르 예하는 자신과 가족이 다 먹고도 남을 만큼 연한 고기와 조류를 선물로 많이 받았기 때문에 특히 뻣뻣한 야생 고기는 먹지 않고 버리게 했다. 그 양이 자체의 사냥터를 소유한 사람이 가지고 있는 것보다 더 많았다. 그런 터라 매일같이 많은 식객이 몰려들어 그는 손님을 접대하는 인심이 후하다는 평판이 자자했다.

어느 날 왕의 의전장과 다른 신분 높은 궁정 인사들이 그를 방문했다. 그는 그들에게 제왕 못지않은 성찬을 준비하여 대접했다. 다른 사

---

2) 옛 에스파냐 금화 단위.

람도 아닌 왕과 가까이 지내고 왕의 총애를 받는 사람들에게 무엇보다도 잘 보여야 한다는 것을 그는 잘 알고 있었다. 그들에게 자신의 충성심을 증명해 보이고 기쁨을 주기 위해서 그는 류트에 맞추어 독일의 노래를 들려달라고 나에게 부탁을 했다. 자신의 명예를 높이고 신분 높은 손님들을 즐겁게 하기 위해서였다. 나는 기꺼이 그의 부탁을 들어주었다. 게다가 기분파인 음악가들에게서 종종 볼 수 있는 것처럼 제대로 흥까지 났기 때문에 나는 최선을 다해서 참석자들을 만족시켰다. 그랬더니 의전장이 말하기를 내가 프랑스어를 못 하는 것이 유감이라고 했다. 그랬다면 그가 나를 흔쾌히 왕과 왕비에게 소개하고도 남았을 것이라 했다. 그러나 나의 주인은 사람들이 나를 꾀어내서 더 이상 자신 밑에서 일을 하지 못하도록 하지 않을까 걱정이 태산 같았다. 하는 수 없이 나는 귀족 출신이고 프랑스에 오래 머무를 생각이 없으므로, 음악가로서 밥벌이를 하는 일은 없을 것이라고 털어놓지 않을 수 없었다.

그러자 의전상이 대꾸하기를 자기 생전에 이처럼 순수한 용모, 맑은 목소리, 능숙한 류트 연주 솜씨가 한 몸에 어울려 있는 것을 보지 못했노라고 했다. 곧 루브르궁에서는 왕이 임석한 가운데 연극 한 편이 공연될 예정인데, 이때에 나를 출연시킬 수 있다면, 자신들에게는 크나큰 영광이 될 것이라고 했다. 카나르 예하가 그 말을 내게 통역해주자, 나는 어떤 역할을 맡고 나의 류트에 맞추어 무슨 노래들을 불러야 할지 설명해주면, 노래 가사가 프랑스어로 되어 있더라도 멜로디와 가사를 암기해서 류트에 맞추어 부를 수 있을 것이라고 대답했다. 또 그 역할을 맡을지라도 대부분 대사와 몸동작을 처음으로 배우고 익히지 않으면 안 될 학생들에 못지않은 이해력을 지닌다고도 했다.

어떻게든 하고 싶어 하는 열의가 내게 있다는 것을 파악한 의전장에게 나는 이튿날 연습을 위해 반드시 루브르궁으로 가겠다는 약속을 했고, 또한 약속한 시각에 현장에 나타났다. 나는 악보를 보고 불러야 할 노래의 멜로디를 즉시 완벽하게 연주했다. 운지법이 적힌 악보가 앞에 있었기 때문이다. 그다음에는 내가 외워야 하고 발음을 연습할 프랑스어 노래의 가사를 받았다. 그 가사는 독일어로도 번역되어 있었다. 나의 제스처를 맞출 수 있게 하기 위해서였다. 그 모든 것이 내게는 어렵지 않았고, 카나르 예하가 칭찬하며 언급한 것처럼 내가 실수를 하기 전까지는 내 노래를 들은 사람은 누구나 나를 진짜 프랑스인으로 여길 정도였다. 그리고 우리가 이 희극을 연습하기 위해서 처음 만났을 때, 나는 노래와 멜로디, 제스처에 비장미(悲壯美)를 부여하는 데 성공해서 모든 사람이 내가 틀림없이 에우리디케의 일을 걱정하는 오르페우스 역을 이미 여러 번 맡았던 것으로 여겼을 정도였다.

이 작품이 공연되던 날은 내 생애의 최고의 날이었다. 카나르 예하는 나의 음성을 더욱 청아하게 만드는 약을 주었다. 그러나 그가 나의 아름다운 외모에 활석유(滑石油)를 바르고, 나의 검은색으로 번쩍이는 반곱슬머리 모발에 분을 뿌리려고 했을 때, 그렇게 하면 오히려 나의 아름다움을 훼손할 뿐이라는 것을 그 자신도 알아차렸다. 나의 머리 위에는 월계관이 씌워졌고 몸에는 고전미를 풍기는 바다색 나는 녹색 의상이 걸쳐졌다. 그 의상은 목 전체, 가슴 윗부분, 팔꿈치, 다리의 허벅지에서부터 장딴지 중간까지 아무것도 가리지 않아 맨살을 보이게 했다. 그 위에 호박단 살색 외투를 입었는데, 그것은 외투라기보다는 조그만 기폭(旗幅)과 같았다. 이와 같은 차림새로 나는 막상 에우리디케의 사랑을 차지하려고 애썼고, 아름다운 노래로 베누스의 도움을 청해서 나의 사랑하는 여인을 마침내 얻었다. 전체 동작이 흠잡을 데 없이 훌룽했지만, 특히 한숨을 쉬며 나의 애인을 바라보는, 그야말로 많은 말을 담고 있는 시선이 훌륭했다.

그리고 내가 에우리디케를 잃은 다음에는 비슷하게 재단한 온통 검은색의 의상을 입으니, 나의 흰 피부가 마치 눈처럼 하얗게 빛났다. 그런 차림으로 나는 아내를 잃은 것을 비통해하면서 절망에 빠져 부르는 슬픈 노랫가락 때문에 눈에 눈물이 나고 울음이 나오는 바람에 거의 노래를 더 이상 부르지 못할 지경이었다. 그러나 나는 우아하게 그 어려운 상황을 넘기고 결국엔 지옥으로 가서 염라대왕 부부인 플루톤과 프로세르피나 앞에 서게 되었다. 나는 감동적인 노래 속에 그들이 서로에게 느꼈던 사랑을 상상해보고, 거기에 비추어 나와 에우리디케에게 작별이 얼마나 고통스러웠는지를 가늠해보라고 간곡히 부탁했다. 충심어린 몸짓과 나의 하프에 맞추어 노래를 부르며 결국 애인을 되돌려달라고 애원했고, 그들의 응답을 받았을 때 나는 기쁨의 노래로 그들에게 감사했다. 그 노래를 부르면서 나의 표성 연기, 동작, 목소리는 온통 기쁨으로 변하였기 때문에 모든 관객이 깜짝 놀랄 정도였다.

그러나 내가 실수로 에우리디케를 다시 잃었을 때, 나는 한 인간이 당할 수 있는 최대의 재난을 상상한 끝에 얼굴이 창백해져서 거의 실신할 지경이었다. 이 순간에 나는 완전히 홀로 무대 위에 있고, 모든 관객이 나를 쳐다보고 있었기 때문에 특별히 힘이 들었다. 그러나 모든 사람에게서 연기를 가장 잘했다고 칭찬을 받는 영광이 쏟아졌다.

다음 장면에서 나는 바위 위에 앉아 슬픈 멜로디에 감동적인 가사로 애인의 상실을 비탄해하고, 모든 피조물로 하여금 그녀에게 동정심을 느끼도록 간청하기 시작했다. 그랬더니 온갖 순한 짐승, 사나운 짐승들, 산과 나무들 그리고 그 밖의 것들이 나의 주위에 모여들어 여기에서 요술이 한판 벌어지는 것처럼 보였다. 그러나 끝에 가서 실수를 저질렀다. 그동안 나는 여인들을 멀리해서 주신(酒神) 디오니소스와 한 패인 바쿠스 여인들에게 목이 졸려 죽임을 당해 물에 던져졌고, 용에게 통째로 삼킴을 당해야 했다. (그때에 사람들은 오직 나의 머리만 보았고, 그 밖에 나의 몸은 무대 밑에 안전한 바닥 위에 그대로 서 있었다.) 그러나 용의 몸속에 숨어서 용을 조종해야 할 친구가 나의 머리를 보지 못해 나의 머리를 삼키지 않고, 용의 머리로 하여금 나의 머리 옆에서 풀만 을 뜯게 하는 실수를 저질렀다. 나는 웃음이 나오는 것을 참을 수가 없 었다. 나를 주의 깊게 관찰하던 귀부인들도 나름대로 그 점을 눈치채고 말았다.

이 작품 때문에 나는 많은 사람에게 칭송과 선물을 상당히 많이 받 았을 뿐 아니라, 새로운 이름까지 얻게 되었다. 이제부터 프랑스 사람 들은 나를 '독일 미남'이라고 부르기 시작했다. 때마침 사육제 기간이 었기에 연극과 발레 공연이 다른 때보다 더욱 자주 있었고, 이런 행사에 나도 똑같이 출연했다. 그러나 마지막에 관객들의 시선, 무엇보다도 여 자 관객들의 시선이 나에게만 쏠리자 다른 사람들이 시기한다는 사실을 내가 알아차렸다. 특히 내가 헤르쿨레스 역을 맡아 맨몸이나 다름없이 사자 가죽을 걸치고 미모의 데이아네이라를 사이에 두고 하신(河神) 아켈 로오스와 싸울 때 심하게 구타를 당한 일이 한 번 있고 나서는 나는 이 일을 그만두었다. 그때 나의 동료 배우는 무대에서 흔히 있을 수 있는 것보다 훨씬 심하게 나에게 위해를 가했기 때문이다.

제4장
타의로 베누스 동산에 빠져든 '독일 미남'

　이 공연을 통해서 나는 프랑스 최고 상류사회에 알려졌고, 다시금 행운의 여신이 나에게 미소를 짓는 것처럼 보였다. 심지어 왕을 위해 일하지 않겠느냐는 제안까지 받았는데 그것은 많은 훌륭한 사람들에게조차 좀처럼 있을 수 없는 일이었다. 어느 날 하인 한 명이 와서 카나르 예하에게 작은 편지 한 통을 전해주었다. 그 내용은 나와 관련이 있는 것이었다. 나는 마침 그와 함께 실험실에 앉아서 방사(放射) 작업을 하던 중이었다. 그는 결정(結晶), 분해(分解), 승홍(昇汞), 응고(凝固), 침지(浸漬), 하소(煆燒), 여과(濾過), 그 밖에 다른 연금술 작업을 통해 의약품을 생산하곤 했는데, 나도 깊은 관심을 두고 그 작업을 배우던 참이었다. 그때 그는 나에게 말했다. "독일 미남 나리! 이 편지는 당신에 관한 것입니다. 어떤 지체 높은 분이 당신을 만나기를 간절히 원하니, 즉시 오셨으면 좋겠다는 청입니다. 그분은 당신과 이야기를 나누고, 그분의 아드님에게 류트 연주하는 법을 가르쳐줄 수 있는지 알고 싶어 합니다. 나보고 당신이 이번 방문을 거절하지 않도록 말씀 좀 잘 드려달라고 하는군요. 그리고 당신의 수고에 대해서는 고마운 마음으로 보답도 하겠다는 것을 대단히 정중하게 약속하고 있습니다."

　만일 내가 어떤 분에게 도움이 될 수 있다면, 카나르 예하를 위해서라도 기꺼운 마음으로 전력을 다하겠다고 나는 대답했다. 이어서 옷만 갈아입고 하인을 따라가겠노라고 말했다. 그는 내가 준비를 마칠 때까지 사람을 시켜 먹을 것을 좀 마련케 하겠다고 했다. 왜냐하면 갈 길이 상당히 멀어서 저녁 전에는 목적지에 도달하지 못할 것이기 때문이라는 것이었다.

나는 치장을 마치고, 급히 음식을 좀 들었다. 주로 작고 맛좋은 소시지 몇 개를 먹었는데, 약 냄새가 상당히 짙게 났다. 그런 다음 나는 하인을 따라 이상하게 구불구불한 길을 약 한 시간 동안 가서 저녁때가 다 되어 어느 정원 문에 다다랐다. 하인은 반쯤 열려 있는 문을 활짝 열었고, 그를 따라 들어서자 다시 문을 닫고 나를 정원 한구석에 있는 정자 안으로 안내했다. 우리가 한참 걷고 나서 문을 노크하니 즉시 어떤 고귀한 노부인이 문을 열어주었다. 노부인은 대단히 공손하게 독일어로 인사를 한 후 나에게 들기를 청했다. 그사이 독일어를 이해하지 못하는 하인은 허리를 굽혀 작별 인사를 하고 그곳을 떠났다.

노부인은 나의 손을 잡고 잘 꾸며놓은 방으로 안내했다. 그 방의 벽에는 사방으로 가장 값진 벽걸이 카펫이 걸려 있었다. 노부인은 내가 일단 숨을 돌릴 수 있도록 자리에 앉으라고 권했고, 그사이에 왜 나를 이곳에 데려왔는지를 설명하겠다고 했다. 나는 날씨가 상당히 추웠기 때문에 그녀가 난로 곁으로 당겨놓은 안락의자에 앉았다. 그녀도 내 곁에 앉아서 말했다. "신사 양반, 그대가 사랑에 관해서 이해하신다면, 예를 들어 가장 용감하고 강하고 현명한 남자들이라 할지라도 어느 때고 사랑이 힘을 발휘하면 그 힘을 당할 수도 거역할 수도 없다는 것을 이해하신다면, 한 나약한 여인이 그 힘을 물리치지 못하는 것을 이상하게 여기지 않으시리라 믿습니다. 그대와 카나르 예하에게 말한 것과는 달리 그대는 어떤 남자분이 류트 때문에 이곳으로 모신 것이 아니고, 그대의 뛰어난 용모를 뵙고자 파리를 통틀어 가장 훌륭한 귀부인께서 그대를 모신 것입니다. 그 귀부인은 곧 천상에서나 볼 수 있는 그대의 자태를 바라보고, 거기서 활기를 찾을 수 있는 행운이 주어지지 않는다면 죽을 것처럼 생각하고 믿고 계십니다. 그렇기 때문에 그 귀부인은 그대가 오늘 저녁 베누스 앞에 아도니스처럼 자신에게 모습을 드러내 아름다운 모습을 마음껏 바라볼 수 있게 해주기를 바란다는 것을 같은 동포인 나로 하여금 그대에게 전갈하고, 간청하도록 명령했습니다. 원컨대지체 높은 나의 주인의 청을 거절하지 말아주시기를 바랍니다."

나는 대답했다. "부인, 나는 도무지 어리둥절해서, 무슨 말씀을 드려야 할지 모르겠습니다. 그같이 신분이 높으신 부인이 욕심낼 만큼 내가 무엇이 그렇게 잘났는지 모르겠습니다. 그뿐만 아니라 나를 그처럼 간절하게 보고 싶어 하는 귀부인이 내가 높이 존경하는 같은 고향 부인께서 설명하듯 그처럼 뛰어나고 고상하시다면, 이처럼 늦은 저녁에 이외진 장소로 부를 것이 아니라, 좀더 이른 대낮에 자신에게 오도록 당부할 수도 있었을 텐데, 왜 그렇게 하지 않으셨습니까? 이 정원에서 내가 해야 할 일이 무엇입니까? 한 남자분이 기다린다는 다짐이 거짓으로 판명된 마당에, 의지할 데 없는 나그네인 내가 행여나 이번에도 또 속임을 당하지 않을까 걱정을 하는 것을 같은 고향 분이신 부인께서 용서해주시기 바랍니다. 여기서 누가 잔꾀와 악의적인 술책으로 내 목숨을 노린다면, 나는 죽음 앞에서 더욱 용감하게 칼 맛을 그에게 보여줄 것입니다!"

"가만, 가만히, 존귀하신 고향 어른! 안심하셔요. 그같이 불길한 생각은 하실 필요가 없습니다." 그녀는 내게 대답했다. "그 귀부인들도 그런 계획을 모처럼 아주 신중하게 세웠기 때문에, 그대도 그들이 누구인지 즉각 알아차릴 수가 없습니다. 만일 그대를 누구보다도 사랑하는 분이 자신의 정체를 밝히려고 했다면, 분명 그대를 이곳으로 오게 하지 않고, 바로 자신에게로 오게 했을 것입니다." 그러면서 그녀는 탁자 위를 가리켰다. "저기 마스크가 있습니다. 그녀에게로 안내를 받으시려면, 여기서 그 마스크를 써야 합니다. 그 이유는 그대가 만나는 장소와 대상을 알게 되는 것도 그 귀부인께서는 원치 않기 때문입니다. 그러므로 내가 그대에게 간절히 부탁드리는 것은 이 귀부인에게 그녀의 신분과 그대를 향해 품고 있는 이루 말할 수 없는 사랑에 걸맞게 호의를 베풀어주십사 하는 것입니다. 그러지 않는다면 그녀가 그대의 오만과 멸시를 당장에 벌할 수 있을 만큼 권세가 당당한 분이라는 것을 곧아시게 될 것입니다. 그러나 그대가 순순히 응하고, 적절하게 그녀를만나주신다면, 그녀를 위해서 한 행동은 하다못해 미미한 것일지라도모두 보상받으리라고 확신하셔도 좋습니다."

나는 차츰 정신이 혼미해졌다. 온갖 걱정과 두려운 생각이 뇌리를스쳐갔고, 나는 조각상처럼 앉아 있었다. 만일 사람들이 원하는 것에내가 모두 동의를 하지 않을 경우 쉽게 이곳을 빠져나갈 수 없으리라는것을 나는 분명히 깨달았다. 그렇기 때문에 노부인에게 말했다. "존경하는 고향 마나님, 말씀하신 내용이 사실이라면 나는 댁이 독일인으로서 성실성을 지니고 있다고 믿고 말씀드립니다. 제발 아무런 잘못도 없는 한 독일인을 함정으로 유혹하는 것을 허락하거나, 한 걸음 더 나아가 범행을 같이 저지르는 공범자가 되지 않기를 바랍니다. 그러니 당신이 내게 이런 짓을 하는 것은 어디까지나 명령에 따른 것이라고 말씀해주십시오. 바라기는 당신이 말하는 귀부인이 사람을 죽이는 바실리스크[3]의 눈길을 가지지 않았으면 좋겠습니다."

"그건 절대 안 됩니다!" 그녀가 말했다. "우리 민족 전체의 자랑거

---

3) 독사의 형상을 지니고, 사람을 노려봄으로써 죽게 한다는 상상의 동물.

리인 이와 같은 외모를 지닌 분이 그처럼 일찍 죽는다면, 유감이 아닐 수 없지요. 아닙니다. 나리께서는 생전에 꿈도 꾸지 못한 즐거움을 맛보게 되실 것입니다."

내가 가겠다고 동의하자 그녀는 소리쳐 잔과 피에르를 불렀다. 말소리가 떨어지기 무섭게 벽걸이 뒤에서 두 사람이 튀어나왔다. 각자는 번쩍번쩍하는 갑옷 차림이었고 머리끝에서부터 발끝까지 무장을 하고 있었다. 한 손에는 도끼 칼을, 다른 손에는 권총을 들고 있었다. 이 모습을 보자 나는 놀라서 얼굴이 완전히 창백해지고 말았다. 노부인은 그 모습을 보고 웃으면서 말했다. "여자들에게 가는 것인데 두려워할 필요가 없으십니다." 그다음 그녀는 두 사람에게 갑옷은 벗어놓고, 등불과 권총만 들고 가라고 명령했다. 그녀는 검은색 우단으로 만든 가면을 나의 머리 위에 씌웠고 나의 손을 잡아 이끌며 이상한 길을 따라갔다. 내가 느끼기로 문 여러 개를 지나서 포장이 된 길 위를 걸어갔다. 결국 7~8분 정도 걷고 난 후에 돌로 된 짧은 계단을 올라갔더니 작은 문이 열리고, 그 문을 뒤로하고 좁은 복도를 지나서 회전 계단을 올라갔다. 나중에는 다시 한두 계단 밑으로 내려가서 여섯 걸음을 가니 결국 또 하나의 문이 열렸다. 그리고 내가 그 문을 통과하자 노부인은 나의 가면을 벗겼다.

내가 있는 곳은 우아하게 꾸며놓은 홀이었다. 벽에는 아름다운 그림들이 걸리고, 음식을 내놓은 탁자 위에는 은으로 된 집기들이 놓여 있었다. 그 안에 있는 침대는 금실을 섞어 짠 커튼으로 가려져 있었다. 방 한가운데에는 훌륭한 음식들이 차려진 식탁이 있었고, 벽난로 가까이에는 욕조가 있었다. 욕조 그 자체는 아름다웠으나 내 느낌으로는 홀 전체를 망쳐놓았다. 노부인은 내게 말했다. "오신 것을 환영합니다. 고향 어른! 아직도 그대를 함정으로 유인하려 한다고 주장하실 수 있습니까? 어두운 상념들은 머리에서 떨쳐버리시고 최근 무대에서 저승의 신인 플루톤이 그대의 에우리디케를 되돌려주었을 때처럼 행동하십시오. 내가 확언하건대, 그대는 저승에서 잃은 여인보다 더 아름다운 여인을 이곳에서 만나실 것입니다."

제5장
그 안에서 일어난 일과 그곳을 떠나온 이야기

그 말을 듣고 나는 이곳에서 나를 보여주기만 하는 것이 아니라, 무엇인가 전혀 다른 행동을 해야 한다는 것을 분명하게 깨달았다. 그렇기 때문에 목마른 자가 마셔서는 안 되는 물이 흐르는 우물가에 앉아 있는 것은 아무런 도움이 되지 않는 법이라고 나의 동족인 여인에게 말했다. 그 말에 그녀는 프랑스에서는 누구에게든 물을 마시는 것을 금지할 만큼 질투를 하지는 않는다고 대꾸했다. 물이 넘치도록 많은 곳에서는 더욱 그렇다는 것이었다.

"부인, 그렇군요." 나는 소리쳤다. "모두가 훌륭하고 착하군요─그런데 나는 결혼한 몸입니다!"

"실없는 소리!" 신앙이 없는 노파가 대답했다. "오늘 저녁 여기서는 누구도 그대를 믿지 않을 것입니다. 그 이유는 프랑스에서는 결혼한 사람이 기사 여행[4]을 하는 것을 보는 경우가 드물기 때문입니다. 그리

---

4) 독일 귀족의 자제들이 교양을 쌓기 위하여 이탈리아, 프랑스, 영국 등지로 하는 여행.

고 비록 그렇더라도 나는 그대가 타인의 우물을 마시느니 차라리 목말라 죽을 만큼 어리석다고는 생각하지 않습니다. 특히 그 우물이 그대 자신의 우물보다 더 맛이 상쾌하고, 더 좋은 물일 수도 있다면 말입니다."

그렇게 우리가 이야기를 주고받는 동안에 다른 때에는 불을 보살피던 귀티가 나는 한 아가씨가 파리는 온통 지저분한 도시라고 말하면서 어두움 속에서 더러워진 나의 구두와 양말을 벗겼다. 곧이어서 식사를 하기 전에 나에게 목욕부터 시켜야 한다는 명령이 떨어졌고, 그 아가씨는 벌써 이리저리 뛰어다니면서 목욕 용품을 가져왔다. 그 용품들은 모두 사향과 향수 비누 냄새가 났다. 목욕 타월은 곱게 짠 아마포로 값진 네덜란드산 레이스가 달려 있었다. 나는 부끄러움을 타서 노부인 앞에서 발가벗은 모습을 보이고 싶지 않았으나 어쩔 수 없었다. 나는 그녀에게 몸을 문질러 때를 벗기게 할 수밖에 없었고, 아가씨는 물론 잠시 자리를 비워야만 했다.

목욕 후에 나에게 산뜻한 셔츠가 제공되었고, 오랑캐꽃 색깔의 호박직(琥珀織)으로 만든 값진 잠옷을 입혔다. 거기에다 같은 색깔의 비단 양말을 신겼다. 두건과 슬리퍼는 금과 진주로 수를 놓은 것이어서 내가 마치 카드놀이에 나오는 하트의 킹이나 된 기분이 들었다.

노부인이 나를 제왕과 어린아이처럼 보살펴 모발을 말리고 빗겨주는 동안, 아가씨는 음식을 식탁에 올려놓았고, 음식 차림이 끝나자, 체구가 당당한 젊은 귀부인 세 명이 홀 안으로 들어왔다. 그들은 눈처럼 흰 젖가슴을 상당히 많이 노출했지만, 대신 얼굴만은 마스크 뒤에 완전히 감추고 있었다. 세 명 모두 나에게는 대단히 예뻐 보였다. 그렇지만 그중의 한 여인이 다른 여인들보다 출중하게 아름다웠다.

나는 말없이 허리를 굽혀 그들에게 인사를 했고, 그들도 똑같이 예의를 갖추어 감사의 뜻을 표했다. 그 광경은 마치 벙어리 한 쌍이 나란히 서서 대화하는 시늉을 하는 것만 같았다. 세 여자는 모두 동시에 자리에 앉아서 나는 그들 중 누가 가장 지체가 높은지, 그들 중의 누구에게 봉사를 해야 할지 처음에는 제대로 알아맞힐 수가 없었다.

첫번째 여자가 내게 프랑스 말을 못 하느냐고 물었다. 나의 동향 여자분이 "못 합니다"라고 대답했다. 두번째 여자가 내게 자리에 앉으라고 말해달라며 그녀에게 부탁했다. 이런 일이 있고 난 후에 세번째 여자가 나의 통역원에게도 자리에 앉으라고 명령했다. 그 결과 나는 다시금 그들 중 누가 가장 지체가 높은지를 가늠할 수가 없었다.

나는 세 여인을 마주 보고 노부인의 곁에 앉았다. 그래서 나의 외모는 해골 같은 노부인 곁이라 더욱 돋보였다. 세 여인은 모두 그윽하게 나를 바라보았고, 내가 맹세코 말할 수 있는 것은 그들에게서 모르는 사이에 수백 번의 한숨이 새어 나왔다는 것이다. 그러나 그들은 마스크를 쓰고 있었기에 그들의 눈이 번쩍하고 빛나는 것을 목격하지는 못했다.

그녀 말고는 나와 담화할 수 있는 사람이 없었기 때문에 나의 동향 부인은 세 여자 중에 누구를 가장 아름답다고 생각하느냐고 내게 물었다. 나는 아무것도 가릴 수가 없다고 대답했다. 이에 대해 그녀가 크게 웃는 바람에 입속에 있는 이빨 네 개가 다 보였다. 그리고 그녀가 "왜 그런가?"라고 물었다. 나는 왜냐하면 그들을 제대로 볼 수 없기 때문이라고 대답했다. 그러나 내가 볼 수 있는 한 세 여자 모두 밉지는 않다고 했다.

이제 그 귀부인들은 노부인이 내게 무엇을 물었고, 내가 무슨 대답을 했는지 알고 싶어 했다. 그녀는 통역을 했고, 거짓말까지 보태어 내

410

가 각자의 입이 수십만 번 입맞춤을 할 가치가 있다고 말했다고 전했다. 그 이유는 내가 마스크 밑으로 그녀들의 입을 볼 수 있기 때문인데, 특히 나와 정면으로 마주 앉은 여자의 입이 그렇다고 했다. 이와 같은 아첨을 통해 노부인은 나로 하여금 나의 맞은편에 앉은 여자가 역시 지체가 가장 높다는 것을 눈치채도록 했다. 그렇기에 나는 그녀를 더욱더 주의 깊게 바라보았다.

식사를 하면서 나눈 대화는 그것이 전부였다. 그리고 나는 계속 프랑스어를 이해하지 못하는 것처럼 행동했다. 그다음에도 줄곧 침묵이 흐른 터라 우리는 더욱더 빨리 식사를 끝마쳤다. 그 여자들은 내게 잘 자라는 인사를 하고 갈 길을 갔고, 나는 그들을 문까지만 배웅할 수 있었다. 그들이 문을 나서자 노부인은 즉시 문을 잠갔다. 그것을 보고 내가 잘 곳은 도대체 어디냐고 물었다. 나는 이 방의 침대에서 그녀만으로 만족해야 한다고 그녀는 대답했다. 나는 침대야말로 기막히게 좋습니다, 저들 세 여자 중의 한 여자만이라도 이 침대에 누워 있다면 말입니다, 하고 대답했다.

"정말 그렇습니다." 노부인은 말했다. "그러나 오늘 밤은 그 여자들 중의 누구도 그대에게 배당되지 않을 것입니다."

우리가 그렇게 잡담을 하는 동안에 침대에 누워 있던 한 아름다운 귀부인이 커튼을 약간 옆으로 밀치고, 노부인에게 수다 그만 떨고 가서 자라고 말했다. 나는 침대에 누워 있는 여자가 누구인지 보려고, 노파가 손에 쥐고 있는 불을 잡으려고 했으나 노파가 입바람으로 불을 끄고서 말했다. "나리, 목숨이 아까우시면 가만히 계셔요! 그녀 곁에 누우시기만 하면 됩니다. 그러나 그대가 진정으로 이 부인의 모습을 본인의 뜻을 거슬러서 보려고 했다간 살아서는 이 집을 나가지 못할 것입니다!" 그 말을 하면서 그녀는 나갔고, 문이 잠겼다. 불을 보살피던 아가씨도 불을 완전히 끄고, 벽걸이 뒤에 숨겨진 문을 통해 자취를 감추었다.

그때 침대에 누워 있던 부인이 말했다. "독일 미남님! 모두들 자러 갔어요. 내 사랑, 이리 다가와요!" 그 정도의 독일어는 노파가 그녀에게 가르쳐둔 터였다. 나는 이제 어떤 일이 더 일어날지 보려고 침대로 접근했다. 내가 침대에 이르자마자 그녀는 나의 목을 껴안고 키스를 퍼붓는 바람에 나는 욕망으로 뜨거워져서 하마터면 아랫입술을 깨물 뻔했다. 심지어 그녀는 나의 잠옷 단추를 풀고, 나의 셔츠를 거의 찢다시피 했다. 그리고 나를 끌어안고, 미친 듯 애무를 했건만 일일이 다 묘사할 수가 없다. "나의 사랑, 내 곁으로 다가와요!"가 그녀가 할 수 있는 유일한 독일어였다. 다른 것은 몸짓을 통해 나를 이해시켰다. 나는 집에 두고 온 사랑하는 아내를 생각했다. 그러나 그것이 무슨 도움이 되었겠는가? 유감스럽게도 나는 한 인간이었고, 여기서 그처럼 몸매가 잘 빠진 데다 마음씨까지 고운 여인을 만났으니! 내가 여기서 순결을 지키려면, 반드시 나무토막이어야 했을 것이다.

여드레 낮과 밤을 나는 이 집에서 보냈고, 다른 세 여자도 이 기간에 나와 잠자리를 같이했으리라 믿고 있다. 그 이유는 모두가 첫번째 여자의 말투는 아니었고, 그들은 또한 첫번째 여자처럼 나에게 홀딱 반한 것처럼 굴지는 않았기 때문이다. 그러나 나는 여드레 동안 온통 이네 여자들과 함께 있었지만, 단 한 사람도 민낯을 대하지 못하고 마스크에 가려 있거나 어둠 속에서만 보았다. 여드레가 지난 후에 나는 그 집 마당에서 눈을 가린 채 마차에 탔는데, 그 마차의 창문 가리개도 닫혀 있었다. 내가 알던 노부인이 나와 동행했고, 중도에 눈에서 수건을 벗겼다. 마차는 나의 주인집 마당에 나를 데려다 놓고 지체 없이 다시 떠나갔다. 내가 받은 선물은 금화 200피스톨이었다. 내가 그중에서 팁을 나누어주어야 할지 여부를 노부인에게 물었더니 그녀는 대답했다. "전혀 그러실 필요가 없습니다. 그랬다간 그 귀부인들이 대단히 못마땅해할 것입니다. 그분들은 그대가 마치 누구에게나 사례를 해야 하는 유곽에나 다녀온 것으로 착각하는 줄로 생각할 것이기 때문입니다."

나중에 나는 이와 같은 부류의 여자 손님들을 더 많이 받았다. 그들은 나를 게걸스럽게 탐해서, 결국 내가 힘이 다 빠져 그와 같은 재미가 시큰둥해질 정도였다.

제6장
짐플리치우스는 어떻게 도망쳐서 '나폴리병'[5]으로
잘못 안 병을 고치게 되는가

이와 같은 거래로 나는 돈과 다른 물건 형태인 화대(花代)를 많이 모아서 나 자신도 놀랐고, 여자들이 유곽에 가서 이와 같이 짐승처럼 불결한 짓을 해서 먹고살 수 있다는 것을 더 이상 이상하게 생각지 않았다. 왜냐하면 수입이 짭짤했기 때문이다. 그러나 나는 나 자신의 행동에 관해 생각하기 시작했다. 믿음이나 양심의 가책 때문이 아니라, 이와 같은 방탕한 생활에서 나쁜 일이 일어날 수도 있고 그 대가를 톡톡히 치르게 되지 않을까 걱정이 되었다. 그렇기에 나는 다시 독일로 돌아가려고 했다. 게다가 리프슈타트의 사령관도 편지를 써서 자신이 몇

---

5) '나폴리병'은 매독을 의미한다.

몇 쾰른 상인들의 덜미를 잡았는데, 나의 물건을 내놓기 전에는 풀어주지 않겠다는 소식을 전해왔다. 그뿐만 아니라 나에게 약속한 사관후보생 자리가 아직도 공석으로 있으니 봄이 되기 전에 내가 돌아올 것을 기대한다고 했다. 그러나 내가 제때에 돌아오지 않으면, 이 자리를 다른 사람으로 채울 수밖에 없다는 것이었다. 나의 아내도 나를 향한 커다란 그리움과 애정을 듬뿍 담은 조그만 편지를 보내왔다. 내가 얼마나 명예롭게 살았는지 그녀가 알았더라면, 그녀의 인사는 달랐으리라.

나는 카나르 예하가 나의 계획에 찬성하지 않으리라는 것을 알았다. 그렇기에 기회가 주어지면 몰래 떠나려고 했다. 그런지 얼마 안 되어 나에게도 불행한 일이 일어났다. 어느 날 나는 바이마르군의 장교 몇 사람을 만나서 나의 정체를 밝혔다. 나는 드 생 안드레 대령이 지휘하는 연대의 사관후보생으로 개인적인 용무 때문에 한동안 파리에 머물렀고, 이제 다시 나의 소속 연대로 돌아가려고 하는데, 그들과 합류할 수 없겠는지 물었다. 그들은 찬성했고 내게 출발 날짜를 일러주었다. 나는 말 한 필을 샀고 가능하면 눈에 뜨이지 않게 준비 작업을 착착 하면서 나의 돈도 함께 챙겼다(내가 부정한 여인들과 상대해서 벌어들인 돈은 500도블론[6]에 달했다). 나는 카나르 예하의 허락 없이 그들과 함께 떠났다. 물론 나는 중간에 편지를 썼는데, 그로 하여금 내가 쾰른으로 가려고 한다는 것을 믿게 하기 위해서 발신지는 마스트리흐트로 했다. 나는 그 편지에 작별 인사를 썼고, 부연해서 그의 향내 나는 소시지를 더 이상 소화할 수 없어서 더 오래 머물기가 어려웠다고 떠나야 하는 이유를 밝혔다.

---

6) 옛 에스파냐의 금화로 1도블론은 2피스톨로 통용된다.

파리를 출발한 지 이틀 되는 날 밤에 나의 온몸에 붉은색 발진이 생긴 데다 끔찍한 두통이 와서 몸을 일으키지도 못할 정도였다. 우리가 머무르던 마을에는 의사가 없었다. 그러나 무엇보다도 상황이 나빴던 것은 곧 나를 보살펴줄 수 있는 사람이 아무도 없었다는 것이었다. 왜냐하면 바이마르군 장교들은 나를 자신들과는 아무 상관이 없는 사람처럼 죽게 내버려두고, 아침 일찍 알자스를 향해 떠났기 때문이다. 그들은 작별을 하면서 그래도 여관 주인에게 나와 말을 돌보아줄 것을 부탁하기는 했고, 마을 이장에게 나를 왕에게 봉사하는 장교로 취급하도록 조치를 취해놓기는 했다.

그래서 나는 막상 며칠을 꼼짝 못 하고 누워서 나 자신을 잊고, 정신 나간 사람처럼 혼수상태에 빠져 헛소리를 했다. 사람들이 목사를 데려왔으나 내게서 사리에 맞는 말을 듣지는 못했다. 그가 나의 영혼을 고칠 수 없다는 것을 알고, 나의 몸을 어떻게 도울 수 있을까 곰곰 생각한 나머지 동맥을 따고 디운물을 주어서 나로 하여금 땀을 흘리며 따뜻한 침대에 누워 있도록 조치를 취했다. 이와 같은 처치의 도움으로 나는 그날 밤에 다시 정신이 들어 내가 어디에 와 있고, 어떻게 이곳에 오게 되었으며, 병이 들게 되었는지 생각이 났다.

다음 날 아침 목사가 다시 왔다. 그는 내가 지니고 있던 돈을 모두 도둑맞았기 때문만이 아니라, 무엇보다도—실례지만—그놈의 프랑스병[7]에 걸렸다고 믿었기 때문에 내가 깊은 절망에 빠져 있는 것을 발견하게 되었다. 나는 틀림없이 돈보다도 성병을 더 많이 벌었던 것이다. 이제 나의 온몸은 한 마리 호랑이처럼 반점으로 뒤덮였다. 걸을 수도

7) 프랑스병도 매독을 뜻한다.

설 수도 없었으며, 앉아 있을 수도 누워 있을 수도 없었다. 그리고 일체의 인내심도 없었다. 왜냐하면 내가 잃은 돈이 하나님이 주신 선물이라고 생각한 것은 아니었음에도 불구하고, 나는 제정신이 아니어서 그 돈을 악마가 내게서 다시 훔쳐갔다고 선언할 정도였다. 나는 분노하고 절망해서 마음씨 착한 목사님도 위로할 길이 없었다. 나의 아픈 곳은 한꺼번에 두 곳씩이나 되었고, 더욱이 정도가 심했다.

목사님은 내게 말했다. "사랑하는 친구여! 만일 그대가 신앙심이 깊은 기독교인처럼 그대의 십자가를 지고 가지 않으려 한다면, 적어도 이성이 있는 사람처럼은 행동해야 할 것 아니오? 이게 뭡니까? 그대는 돈과 함께 목숨과 심지어 구원조차도 잃고 싶으신 것입니까?"

나는 대답했다. "오로지 이 혐오스럽고 더러운 질병에 시달림을 받지 않고, 누가 내 병을 고쳐줄 수 있는 장소에 가기만 한다면, 돈은 아무래도 상관이 없습니다."

"인내심을 가져야 합니다." 목사님이 말했다. "똑같은 병으로 고생하는 불쌍한 어린아이들을 생각해보시오. 여기 이 마을에만도 그 병에 걸린 사람이 50명이 넘습니다!"

어린아이들도 이 병을 앓고 있다는 소리를 들었을 때, 나는 즉시 기운이 났다. 왜냐하면 어린아이들은 어른들과는 달리 그와 같은 혐오스러운 성병에 걸리지는 않는다고 생각했기 때문이다. 나는 여행 가방을 열고 거기에 아직 무엇이 남아 있는지 살폈다. 그러나 거기에는 오직 나의 흰 빨랫감이 들어 있었고, 파리에서 내가 사모하던 귀부인의 사진이 든 케이스 말고는 그 밖에 아무것도 없었다. 케이스에는 루비가 박혀 있었다. 나는 그 초상화를 꺼내고, 케이스를 이웃 도시에 가서 팔아줄 것을 목사님에게 부탁했다. 내가 먹고살 비용을 마련하기 위해서였다. 그렇게 해서 그 케이스도 사라지게 되었는데, 나는 케이스를 팔면서 제값의 3분의 1도 되지 않는 돈을 받았다. 그러나 그 돈으로도 오래 버틸 수가 없어서 결국 나의 말도 팔지 않을 수가 없었다. 이제 나는 겨우 가진 돈으로 농진(膿疹)이 마르기 시작하여 다시 병세가 호전될 때까지 근근이 견딜 수가 있었다.

제7장
짐플리치우스는 곰곰이 생각하던 끝에 입맛이 돌자
수영을 배우기 시작하다

사람이 죄를 지으면, 그로 인해 벌도 받는 법이다. 부스럼으로 나의 몰골이 흉하게 되자 이제부터 나는 여자들 앞에서도 마음이 동하지 않게 되었다. 얼굴에 흠집이 나서 완두콩을 턴 타작마당처럼 보였다. 그처럼 많은 여자의 마음을 사로잡았던 나의 아름다운 고수머리도 나를 창피하게 여겨 고향을 떠났고 그 자리에는 돼지 털 같은 머리카락이 자라서 가발을 쓰지 않을 수 없게 되고 말았다. 외모가 볼품이 없어진 것처럼 듣기 좋던 목소리 또한 목에 부스럼이 잔뜩 나는 바람에 변해버렸다. 예전에 사랑의 불길이 꺼져본 적이 없고, 보는 여자마다 연정을 불타오르게 했던 두 눈도 이제 붉게 되고, 팔십 먹은 노파의 흐릿한 눈처럼 눈물이 항상 고여 있었다. 게다가 낯선 외국에 와 있는 처지이고 보니 믿고 의지할 수 있는 사람은커녕 개 한 마리조차 없었다. 언어도 통하지 않고, 돈 한 푼 가진 것 없는 빈털터리가 되고 만 것이었다.

나는 행복해질 수 있는 기막힌 기회를 경솔하게 놓친 것을 이제 처음으로 후회하기 시작했다. 과거를 돌이켜보면서 전쟁 중에 만난 나의 엄청난 행운과 내가 발견한 보물이 나의 불행의 원인이자 준비 단계였던 것을 처음으로 깨달았다. 만일 내가 이전에 나를 잘못된 시선으로 바라보지 않고 그토록 높이 추켜올리지 않았다면, 결단코 불행은 나를 그처럼 비참하게 추락시키지는 않았을 것이다. 그렇다. 내가 입었던 모든 은혜와 좋다고 여겼던 모든 것이 실제로는 악한 것이었고, 나를 가장 깊은 고난 속으로 빠지게 했을 뿐임을 확인했다. 나에게 좋은 뜻으로 말을 해주던 은자도, 내가 어려움에 처했을 때 나를 받아준 램지 대령도, 나에게 유익한 충고를 해주던 목사님도 곁에 없고 보니, 이제는 이 세상에서 나에게 좋은 일을 해줄 만한 사람이 단 한 사람도 없었다. 돈이 떨어지자, 이곳에서 사라져 『신약성경』에 나오는 탕자처럼 돼지우리든 어디든 있을 곳을 찾아보아야 했다.

그때야 비로소 목사님이 들려준 좋은 충고가 다시 머리에 떠올랐다. 그분 말씀은 나의 재능과 젊음을 공부하는 데 이용하라는 것이었다. 그러나 이미 새는 날아가버린 지 오래된 터라 새의 날개를 짧게 자르기에는 너무 늦고 말았다. 아, 모든 것이 얼마나 빠르고 덧없이 변하는지! 4주일 전만 해도 나는 영주들을 놀라게 하고, 여인들을 감탄시키고, 백성들에게는 신의 걸작, 그야말로 천사처럼 보이는 사나이였다. 그러나 이제 나는 개들이 나를 향해 오줌을 쌀 정도로 깊이 추락해버렸다. 어떻게 해야 할지 나는 곰곰 생각해보았다. 여관비를 지불할 돈이 떨어지자, 여관 주인에게 문밖으로 내쫓기고 말았다. 졸병으로라도 지원하고 싶었으나 나를 받아줄 징집자가 없었다. 나의 몰골이 부스럼 딱지가 붙은 뻐꾹새 같았던 탓이다. 그렇다고 나는 아직 막일을 할 수조차 없었다. 기력이 없었을 뿐만 아니라, 막일에는 익숙지 않았기 때문이다. 그래도 나에게 가장 큰 위로가 된 것은 이제 여름이 가까워지니, 나를 받아줄 집이 없어 난처할 때 하다못해 울타리 뒤에라도 누울 수 있다는 점이었다.

　나에게는 여행을 위해 마련한 좋은 의복과 배낭 가득 값비싼 아마포 내복이 있었지만 아무도 그것들을 사려고 하지 않았다. 행여나 그들에게 병이 옮지 않을까 겁을 냈기 때문이다. 결국 나는 등에 배낭을 짊어지고, 손에는 군도를 들고 도보로 길을 떠나 어느 작은 도시로 갔다. 그곳에는 그나마 약국이 한 군데 있었다. 그곳에서 얼굴에 나 있는 마맛자국에 고약을 바르게 했다. 그리고 돈은 가진 것이 없었기에 약국 종업원에게 아름다운 고급 셔츠를 약값으로 지불했다. 그는 옷가지를 받지 않으려던 다른 바보들과 달리 그것에 거부감을 표시하지는 않았다. 나는 만일 흉측한 반점들만 없어지면, 다시 이 고난에서 벗어나게 되리라고 나 자신에게 말했다. 그리고 약사가 피부를 좀먹고 있는 깊은 상처 자국을 제외하고는 8일만 지나면 아무 사국도 보이지 않을 것이라고 위로하자 어느새 자신감이 좀더 생겼다.

　때마침 그 도시에는 장이 섰다. 거기에서 돌팔이 의사 한 명이 사람들에게 아무 쓸모 없는 물건을 비싸게 팔아서 막대한 돈을 벌고 있었다. 나는 혼자 말하기를 '바보 같은 놈아, 왜 너는 저런 가두 판매라도 하지 못한단 말이냐? 네가 카나르 예하한테서 오랫동안 배운 것을 이용하여 순박한 농부들을 속이고, 돈을 벌어서 너의 입에 풀칠이라도 하지 않는다면 너는 그야말로 진짜 바보'라고 되뇌었다.

제8장
떠돌이, 장돌뱅이 그리고 사기꾼이 된 짐플리치우스

그 당시 나는 식욕이 왕성했다. 마치 타작하는 일꾼처럼 먹고 또 먹어도 배가 부르지 않았다. 그런데 내게 남은 것이라고는 대략 20크로넨 가치가 있는 다이아가 박힌 금반지 하나뿐이었다. 나는 그 반지를 12크로넨을 받고 팔았다. 내가 한 푼이라도 벌어들이지 않으면 이 돈도 곧 바닥이 나고 말리라는 것을 쉽게 예상할 수 있었다. 그래서 나는 돌팔이 의사가 되기로 결심했다. 온갖 필요한 재료들을 구입해서 테리아카[8]를 제조했다. 그리고 채소, 구근, 버터, 그 밖에 여러 가지 기름을 섞어 푸른색 연고를 만들었다. 나는 이 연고만 있으면 찰과상을 입은 말이라도 상처를 고칠 수 있으리라 장담하면서 아연광, 자갈, 게눈, 잡초, 활석을 섞어 치아를 닦는 치분을 만들고, 양잿물, 구리, 염화암모늄, 장뇌를 섞어서 괴혈병, 구강염, 치통, 눈병을 고치는 데 효험이 있는 푸른색 물약을 만들었다. 그 밖에도 상품을 포장하기 위해 많은 양의 깡통, 나무상자, 유리, 종이 등을 구입했다. 그리고 모양을 갖추기 위해 프랑스어로 설명서를 작성해서 인쇄토록 했다. 그 설명서만 읽으면 어떤 약이 어디에 좋고, 어떤 병을 고치는 데 효험이 있는지 잘 알 수 있을 터였다. 나는 이 작업을 3일 만에 끝마치고, 약장사에게 그리고 통 값으로 3크로넨을 지불하고 나서 바로 이 작은 도시를 떠났다. 모든 것을 챙겨서 등에 짊어지고, 알자스까지 마을들을 돌며 상품을 판매할 계획이었다. 그런 다음엔 중립지대인 스트라스부르에서 상인들과 함께

---

8) 70가지 원료를 배합해서 만든 고대로부터 잘 알려진 만병통치의 영약(靈藥).

라인강을 따라 쾰른까지 가서, 거기서 나의 아내에게 갈 수 있는 기회를 엿보려고 했다. 계획은 좋았으나 실행은 철저하게 실패하고 말았다.

내가 처음으로 교회 앞에 서서 돌팔이 의료 행위를 펼쳤을 때 매상고는 보잘것없었다. 내가 너무나 수줍어해서 프랑스 사람들에게 떠버리 판매를 잘 해내지 못했기 때문이다. 그리고 곧이어 내가 돈을 벌려면 다른 시도를 해야 한다는 것을 깨달았다. 나는 물건을 챙겨 여관으로 돌아가 식사를 하면서 주인으로부터 오후에 한 떼의 사람들이 여관 앞에 있는 보리수 밑에 모인다는 사실을 들어 알게 되었다. 만일 내게 좋은 상품이 있다면, 그때에 얼마 정도 팔 수 있으리라는 것이었다. 그러나 나라 안에 사기꾼들이 많이 설쳐서 테리아카가 훌륭하다는 것을 직접 눈으로 보지 않고는 사람들이 돈을 내놓지 않을 것이라고 조언했다. 그때 내게 부족한 것이 무엇인지를 깨닫고, 질 좋은 스트라스부르산 브랜디 반 잔을 청한 다음, 사람들이 '뢸링' 또는 '뫼라인'이라고 부르는 봄과 여름에 물웅덩이 속에서 우는 맹꽁이 한 마리를 잡았다. 그 맹꽁이는 황금색, 아니 거의 황적색이고 배에는 검은색 반점이 있으며, 보기에 흉측한 모습을 하고 있었다. 그런 맹꽁이 한 마리를 물을 채운 포도주 잔에 넣어 보리수 밑 탁자 위에 있는 나의 상품 옆에 놓았다.

이제 사람들이 하나둘 와서 주위에 모여들었을 때 몇 사람은 내가 여관집 여주인의 부엌에서 빌린 집게로 치아를 뽑으려는 줄로 생각했다. 그러나 나는 이렇게 말하기 시작했다. "여러분, 좋은 친구들"——왜냐하면 나는 아직 프랑스어가 서툴렀기 때문이다——"내가 하고자 하는 것은 이를 뽑는 것이 아닙니다. 눈에 좋은 물약을 가지고 나왔을 뿐입니다. 이 약은 붉어진 눈에서 눈물을 모두 제거해줍니다."

무리 중의 어떤 사람이 외쳤다. "그렇군요. 당신 눈을 보니 그렇습니다. 그 눈은 보기에 두 개의 도깨비불 같습니다그려!"

"옳은 말씀입니다." 내가 말했다. "그러나 내게 이 물이 없었다면, 나는 장님이 되었을 것입니다. 나는 이 물을 팔고자 함이 아니고, 테리아카와 이빨을 희게 하는 치약 그리고 효험이 있는 연고를 팔려고 합니다. 이 물은 거기에 덤으로 얹는 사은품입니다. 나는 약장수도 아니고 사람들을 속이지도 않습니다. 나는 테리아카를 시험해드리고 나서 판매하니, 시험해보시고 마음에 들지 않으면 사지 않으셔도 됩니다."

나는 둘러서 있는 사람들 중의 한 사람에게 나의 테리아카 곽 하나를 고르게 했다. 거기에서 완두콩 크기의 알약 하나를 꺼내 사람들이 물이라고 여기는 브랜디 속에 넣고 부스러뜨렸다. 그러고는 집게를 가지고 물 잔에서 맹꽁이를 꺼내 들고 말했다. "친구들! 여길 보십시오. 만약 이 독이 있는 맹꽁이가 나의 테리아카를 마시고 죽지 않는다면, 이 약은 효험이 없는 것이니 여러분들은 사실 필요가 없습니다."

이 말을 하면서 나는 그 불쌍한 맹꽁이를 브랜디 속에 집어넣고, 튀어나오지 않도록 종이로 덮었다. 맹꽁이는 물속에서 나고 자라서 다른 원소나 용액에는 견디지 못한다. 그래서 맹꽁이는 성이 나기 시작해서 이글거리는 석탄불에 내던져졌을 때보다 더욱더 세차게 발버둥을 쳤다. 맹꽁이에게는 브랜디가 너무나 독했기 때문이다. 한동안 그렇게 버둥대다가 맹꽁이는 사지를 뻗고 죽고 말았다.

농부들은 이 믿을 만한 실험을 직접 눈으로 보자 입과 주머니를 열었다. 그리고 단번에 이 세상에 나의 테리아카보다 더 좋은 약은 없다는 것을 확신했고, 그 결과 나는 아무 효험도 없는 약을 쪽지에 싸고 약값을 받느라 분주했다. 어떤 사람들은 응급 시에 대비해 이 값진 해독제를 집에 충분히 보유해두려고 세 개, 네 개, 다섯 개, 여섯 개를 구입하기도 했고, 심지어 다른 고장에 살고 있는 친구들이나 친척들을 위해서도 장만하기까지 했다. 그렇게 해서 장날도 아닌데 나는 이 가짜 약을 팔아 저녁때까지 10크로넨을 벌었지만, 아직 절반 이상이나 남아 있었다.

　같은 날 밤 나는 다른 도시로 길을 떠났다. 한 농부가 호기심에서 손수 맹꽁이 한 마리를 물속에 넣고 나의 테리아카를 시험해본 후 실패할 경우 나를 호되게 두들겨 팰까 겁이 났기 때문이다. 그러나 나는 해독제의 탁월성을 다른 방법으로도 과시할 수 있도록 밀가루, 사프란, 몰식자산(沒食子酸)으로 된 황색의 비소(砒素)를 만들고, 밀가루와 황산염을 가지고 승홍수를 제조하는 등 두 가지 독극물을 만들었다. 막상 실험을 하려고 했을 때 내 앞에는 탁자 위에 생수가 든 동일한 두 개의 컵이 있었다. 그중 한 컵은 물에 왕수나 황산정수를 크게 한 방울 떨어뜨려서 혼합한 것이었다. 거기에다 나는 나의 테리아카를 약간 풀어 넣고, 내기 가지고 있던 두 가지 독극물 중에서 충분한 양을 긁어 넣었다. 테리아카나 왕수가 들어 있지 않은 물은 잉크처럼 검은색으로 변했다. 그러나 다른 컵은 왕수 때문에 변색하지 않고 그대로 있었다. 그러자 사람들이 함성을 질렀다. "아하, 얼마나 훌륭한 테리아카인지 보시오. 값도 싸고!" 그런 다음 내가 두 컵을 한데 부었을 때 모든 것이 다시 맑아졌다. 고지식한 농부들은 지갑을 꺼내서 나의 테리아카를 사들이기 시작했다. 그 결과 때마침 나의 배고픔만 해결된 것이 아니라, 말도 한 필 다시 살 수 있게 되었고, 내가 독일 국경에 도달할 때까지 여행하면서 돈벌이를 잘할 수 있게 되었다. 그러니 친애하는 농부들이여! 낯선 약장수가 하는 말을 모두 믿지 마시오. 곧이곧대로 믿으면 당신들은 사기를 당하고 맙니다. 그들의 관심사는 당신들의 건강이 아니라, 오로지 당신들의 돈이기 때문입니다.

제9장
돌팔이 의사가 홍거 대위의 명령으로 보병이 되다

나의 상품은 로트링겐을 지나는 길에 다 팔렸다. 병영에서 멀리 떨어져 있는 터라 새로운 상품을 생산할 기회도 없었으므로 다시 테리아카를 만들 때까지 나는 다른 발상을 떠올리지 않으면 안 되었다. 브랜디 두 말을 사서 사프란으로 물을 들이고 그것을 8그램들이 작은 유리잔에 채웠다. 이 브랜디를 사람들에게 열을 내리는 데 효험이 있는 값진 금이 들어 있는 브랜디로 팔고, 그 값으로 금화 30굴덴을 벌었다. 이 유리잔들도 동이 나고, 플레켄슈타인 남작의 영지에 유리 제조 공장이 하나 있다는 소리를 들었을 때, 그곳으로 가서 새로이 유리잔을 비축하기로 마음을 먹었다. 그러나 예상 밖으로 도중에 바겔른부르크 성에 위치한 필립스부르크에서 온 한 패거리에게 잡혀서 그동안 여행하며 사람들에게 사기를 쳐서 짜낸 전 재산을 털리고 말았다. 그리고 같이 가면서 내게 길을 알려준 농부가 그 친구들에게 내가 의사라고 했기 때문에 그들은 내 뜻과는 상관없이 나를 의사로 알고 필립스부르크로 데리고 왔다.

그곳에서 나는 신문을 당했고, 나는 거리낌 없이 나의 정체를 밝혔다. 그러나 사람들은 내 말을 믿지 않고, 사실 이상으로 내게서 무엇을 캐내려고 했다. 막상 나는 의사 행세도 해야 했다. 나는 조스트에 있는 황제군 용기병 부대에 소속되어 있었다는 것이 사실임을 서약하지 않을 수 없었고, 선서 후 그들에게 지금까지 내게 있었던 일과 앞으로의 계획을 보고했다. 그러자 중론이 황제께서는 조스트에서만 병사가 필요한 것이 아니고 필립스부르크에서도 필요할 터이므로 내가 소속 부대로 귀환할 기회를 얻기까지 그들이 나를 데리고 있겠다는 것이었다. 그리고 이와 같은 제안이 내 마음에 들지 않으면 감옥에 앉아 석방될 때까지 의사처럼 환자들을 돌보게 할 수 있다는 것이었다. 그들이 나를 체포한 까닭은 역시 내가 의사이기 때문이라는 주장이었다.

그렇게 해서 나는 말을 타다가 당나귀를 타게 되었고, 나의 뜻과는 상관없이 보병이 되었다. 그것이 나에게는 대단히 못마땅했다. 여기서 주는 군용 흑빵의 크기는 대단히 작았기 때문에 배가 고팠다. 내가 "대단히 작다"고 하는 것은 공연히 하는 말이 아니고, 깊이 생각하고 하는 말이다. 나는 실제로 매일 아침 그 빵을 받을 때 힘 안 들이고 한입에 삼킬 수 있었다. 나는 그 빵으로 하루 종일 견뎌야 한다는 것을 알고 깜짝 놀라고 말았다. 숙영지에 있는 용기병이 먹는 양의 절반도 안 되는 적은 양의 마른 빵으로 만족해야 하는 생활은 참으로 비참했다. 그 생활은 빵과 물만 먹고 우울한 날들을 보내야 하는 죄수의 삶과 하나도 차이가 없었다. 차라리 죄수의 형편이 더 나은 편이었다. 죄수는 보초를 서거나 순찰을 할 필요가 없었을뿐더러 위병근무를 할 필요는 더더욱 없을 터였다. 그들은 편안하게 지내면서도 가련한 숙영지 병사들과 마찬가지로 어느 날엔가는 감옥을 다시 떠날 수 있으리라는 희망을 품을 수도 있었다.

그러나 스스로 생활 형편을 약간 개선하던 병사들도 몇 명 있었다. 물론 나에게는 단 하나도 구미에 맞거나 명예롭고 점잖게 보이지 않는 방법들을 통해서였다. 많은 병사는 비참한 삶 속에서도 여자들(과거에 창녀도 있었음)을 취했는데, 오로지 그들이 바느질, 빨래, 뜨개질, 장사, 사채놀이, 도둑질 같은 짓까지 해서 자신들을 부양하도록 하기 위해서였다. 여인들 중에는 심지어 여자 사관후보생으로서 병장과 같은 봉급을 받는 사람도 있었다. 다른 여인은 산파 노릇을 해서 자신은 물론 남편이 먹을 여러 가지 좋은 고기반찬을 식탁에 올리기도 했다. 풀을 먹이거나 빨래를 할 수 있는 여인들도 있었다. 그들은 독신인 장교들과 병사들의 셔츠, 양말, 잠옷, 그 밖에 일일이 열거할 수 없는 여러 옷가지를 빨았고, 각자는 이로 인해 특별한 별명을 얻었다. 어느 여인들은 남자들에게 여송연이나 파이프 담배를 팔았다. 또 다른 여자들은 브랜디 장사를 했는데, 집에서 손수 제조한 브랜디를 섞어서 양을 불렸음에도 매번 심사에 합격했다. 또한 재봉사 노릇을 하는 여인도 있었는데, 그녀는 여러 가지 자수와 문양을 만들 줄 알아서 그 일로 돈을 벌었다. 다른 여자 한 사람은 홀로 들판에서 먹고살 수 있었는데, 겨울에는 땅을 파서 달팽이를 수집하고, 봄에는 나물을 뜯고, 여름에는 새 둥지를 털고, 가을에도 수천 가지 다른 먹거리를 조달할 줄 알았다. 당나귀처럼 땔감을 끌고 팔러 돌아다니는 여자들이 있는가 하면, 그 밖에 다른 물품들을 가지고 장사를 하는 여자들도 있었다.

이와 같은 방법으로 생활을 꾸려가는 것은 전혀 나의 방식이 아니었다. 그래서 나에게는 여자가 없었다. 어떤 남자들은 노름을 해서 먹고사는 사람도 있었다. 그들은 사기 도박꾼보다 노름을 더 잘할 수 있었고 잘못된 주사위와 카드를 가지고 순진한 전우들에게서 돈을 갈취할 줄 알았다. 그러나 나에게는 이와 같은 노름이 역겨웠다. 다른 사람들은 짐승처럼 성채나 다른 곳에서 일을 했지만, 그러자니 나는 너무 게을렀다. 한 가지 기술을 배워 그것을 써먹는 사람들도 있었건만, 나

같은 멍청이에겐 배운 기술조차 없었다. 그렇다. 음악가를 필요로 하는 사람이 있었다면, 내가 능력을 한번 잘 발휘해볼 수도 있었겠지만, 이 굶주리는 고장에서는 류트 연주는 필요 없고, 북과 피리만 있으면 되었다. 개중에는 다른 사람 대신 위병근무를 해주며 밤낮으로 초소에서 떠나지 않는 병사도 있었다. 그러나 나는 굶으면 굶었지, 그 같은 짓은 하지 않았다. 어떤 병사들은 노략질로 연명했지만, 그들은 내가 문 앞에 나서는 것조차 용납하지 못할 만큼 나를 신뢰하지 않았다. 어떤 병사들은 고양이보다도 쥐를 잘 잡았지만, 나는 이 짓을 페스트보다도 더 미워했다. 간단히 말해서 나는 배고픔을 면하기 위해 아무리 애써보아도 할 수 있는 일이 없었다. 그리고 나를 가장 화나게 한 것은 어느 놈들이 "너는 의사가 되려 한다면서 배고픔을 그냥 견디는 것 말고는 할 수 있는 일이 없느냐?"고 조롱을 해도, 그냥 듣고 있을 수밖에 다른 도리가 없었다는 점이다. 결국 고통을 참다못해 나는 잉어 몇 마리를 웅덩이에서 살그머니 낚아 올리는 수밖에 없었다. 그러나 대령이 그 사실을 알았을 때 나는 보병들처럼 목마를 타고 몇 시간, 심하면 몇 날을 앉아 있어야 하는 벌을 받아야 했고, 낚시질은 내게 영원히 금지되어 위반하면 사형을 당해야만 했다.

마지막에 가서는 타인의 불행이 나의 행운이 되었다. 특별히 나를 신뢰해야 했던 몇몇 황달 환자와 한두 명의 열병 환자가 실제로 나의 치료를 받고 완치되자, 나는 약재로 쓸 뿌리와 약초를 수집한다는 핑계로 요새 앞으로 나갈 수 있는 허락을 얻었다. 그러나 나는 약초를 수집하는 대신에 산토끼를 잡을 올무를 놓아서, 곧바로 첫째 날 밤에 운 좋게 두 마리를 잡았다. 잡은 토끼를 대령에게 가져갔더니 그는 그 값으로 은화 1탈러를 내게 주었을 뿐만 아니라, 보초 근무가 없을 때에는 산토끼를 사냥하러 나가는 것도 허락했다. 그 고장에는 인적이 드물고, 이 짐승을 잡는 사람도 없었기 때문에 산토끼들이 크게 번식했다. 그래서 나의 입장이 다시 유리해졌다. 마치 산토끼들이 하늘에서 눈이 내리듯 모습을 드러냈고, 나는 요술을 부리듯 토끼들을 나의 함정으로 유인하기만 하면 되는 정황이 곧 펼쳐졌다. 결국 장교들은 내가 신임할 수 있는 인물임을 깨달았고, 나로 하여금 다른 병사들과 함께 노략질을 나가게 했다. 그때 나는 조스트에서 하던 생활을 다시 시작했다. 그러나 예전에 베스트팔렌 지역에서처럼 노략질에 책임을 지고 주관할 수는 없었다. 그러려면 이 지역의 모든 길과 골목은 물론 라인강의 물길도 샅샅이 알아야 했기 때문이다.

제10장
라인강 물에 빠져 가까스로 목숨을 건진 짐플리치우스

내가 다시 보병 신세를 모면한 것을 보고하기 전에 두 가지 이야기를 해야겠다. 하나는 하나님의 은총으로 일단 벗어나긴 했지만, 하마터면 목숨을 잃을 뻔한 커다란 위험에 관한 것이고, 다른 하나는 내가 고집스럽게 고수했던 정신적 위험에 관한 것이다. 그 이야기를 하는 이유는 내가 성공한 일만 들추어내는 데 그치지 않고, 실수한 일도 모두 털어놓고 싶어서이다. 이 이야기는 어디에 치우치지 않고 진솔한 이야기를 들려주어 경험이 적은 독자로 하여금 세상에는 별별 희한한 녀석들이 다 있다는 점을 알게 하는 데 목적이 있다.

전장(前章) 말미에 언급한 것처럼 나는 다른 병사들과 함께 노략질을 하러 나갈 수 있었다. 그것은 병영으로 흘러들어 온 놈들 누구에게나 허락되는 것이 아니라, 오로지 믿을 수 있는 병사들에게만 허락되었다. 그렇게 해서 한번은 우리가 열아홉 명이 한 조가 되어 라인강을 거슬러 바덴 변방백의 영지로 행진한 적이 있다. 스트라스부르 위쪽에 가서 바젤에서 오는 배 한 척을 기다리기 위해서였다. 그 배에 몇몇 바이마르군 장교들이 은밀하게 여러 가지 값진 물건과 함께 타고 온다는 정보가 있었다. 오텐하임 위쪽에서 우리는 어선 한 척을 타고 지나가는 배를 육지로 나포하기에 유리한 섬으로 건너가려 했고, 어부는 곧 우리 중의 선발대 열 명을 무사히 도하시켜주었다. 그러나 우리 대원들 중 보트에 대하여 잘 알고 있었던 한 명이 나를 포함해 아홉 명의 대원을 싣고 가려고 했을 때, 갑자기 그 거룻배가 실수로 전복되는 바람에 우리는 갑자기 전원 라인강 물에 빠지고 말았다. 나는 다른 대원들에 대해서는 별로 신경을 쓰지 않고 나 자신의 목숨만 구하려고 애썼다.

내가 최대한 몸을 펴고 수영 선수가 부릴 수 있는 온갖 기술을 다 사용했음에도 불구하고, 물살이 나를 공처럼 가지고 놀아서 한순간 위로 밀어 올렸다가 다음 순간에는 바닥으로 가라앉혔다. 나는 용감하게 버티어서 가끔 표면으로 떠올라 숨을 쉴 수 있었다. 그러나 강물이 약간만 더 차가웠어도 오래 버티지 못하고 목숨을 잃고 말았을 것이다. 나는 강변에 도달하려고 거듭 시도했으나, 내 몸을 이리저리 던지는 소용돌이가 이를 용납지 않았고, 내가 곧 골트소이어 마을과 동일한 위도에 다다랐는데도 내가 보기에는 시간이 많이 걸려서 살아날 가망이 거의 없었다. 그러나 내가 골트소이어 마을을 지나쳐 떠내려가면서, 생사를 불문하고 스트라스부르의 라인교 밑을 통과하리라는 각오를 했을 때 멀지 않은 곳에 가지가 물 밖으로 솟아 있는 커다란 나무 한 그루가 눈에 띄었다. 물살이 대단히 거셌기 때문에 나는 곧바로 나무 있는 곳으로 밀려갔다. 있는 힘을 다해서 나무를 잡으려고 애쓴 나머지 결국 물살의 도움과 나 자신의 힘으로 가장 큰 가지 위에 올라탈 수 있었다. 처음에 나는 가지를 나무 전체로 알았다. 물살과 파도가 고약하게 장난을 쳐서 나는 계속해서 떴다 가라앉았다를 반복했다. 그 짓이 나의 위장을 엄청 공격해서 나는 몸속에 든 것을 토해내고 싶을 정도였다. 나는 더 이상 버틸 수가 없었고, 모든 것이 눈앞에서 빙빙 돌았다. 기어이 다시 물속으로 미끄러져 들어갔으나, 이미 기울였던 노력의 100분의 1이라도 또 한 번 써볼 수 있는 힘이 내겐 남아 있지 않다는 것을 알았다. 그러므로 나는 그대로 있으면서 하나님이 뜻밖의 구조를 내게 보내주시기를 소망하지 않을 수 없었다.

그 과정에서 나의 양심은 내게 별로 위안을 주지 못하고, 도리어 내가 이미 수년 전부터 경솔하게 그와 같은 자비로우신 도움을 저버리고 말았으므로 나 자신을 질책했다. 그럼에도 불구하고 나는 소망을 품고 마치 어떤 수도원 학교에서 교육받은 것처럼 경건하게 기도하기 시작했다. 앞으로는 좀더 참된 신앙생활을 하기로 마음먹고 여러 가지를 맹세했다. 군인 생활을 단념하고 다시 노략질을 하지 않기로 맹세했으며, 나의 탄약 주머니와 배낭도 강물에 던졌다. 그러고는 다시금 은자가 되어서 속죄를 하고, 내 소원대로 구조를 해주신 하나님의 긍휼하심에 대하여 죽을 때까지 감사할 것처럼 행동했다.

불안과 희망이 교차하는 가운데 나뭇가지 위에서 두세 시간 보내고 나니 마침 내가 전우들과 숨어서 기다리던 배가 라인강을 따라 내려왔다. 나는 온 힘을 다해서 큰 소리로 하나님과 최후의 심판의 이름으로 도와달라고 소리쳤고, 배를 타고 오는 사람들은 나와 가까운 거리를 두고 지나가며 내가 당하고 있는 비참한 처지와 위험을 똑똑히 볼 수 있었다. 사람들이 모두 불쌍히 여기는 마음이 생겨 어떻게 하면 내가 목숨을 구할 수 있을지를 일러주려고 배를 강가로 몰았다.

　나무뿌리와 가지들로 인해 내 주위에 생긴 소용돌이 때문에 위험해지자 사람들이 수영을 하거나 크고 작은 보트를 타고 나에게 접근할 수가 없었다. 그들에게 달리 묘한 수가 떠오르기까지는 오랜 시간이 걸렸다. 이때에 나의 기분이 어떠했을지는 쉽게 상상할 수 있을 것이다. 결국 그들은 두 남자를 카누에 태워서 내가 있는 강 위쪽으로 보내 나에게 밧줄 하나를 띄내려 보냈고, 한끝은 자신들이 잡고 있었다. 나는 힘겹게 밧줄의 다른 끝을 잡아서 나의 몸을 되도록 단단히 묶었다. 사람들은 나를 낚시에 걸린 물고기처럼 보트로 당겼고, 그런 다음 내가 배위로 올라갔다.

　그처럼 죽을 고비를 넘긴 후에 나는 강변에서 무릎을 꿇고 목숨을 구해주신 하나님의 자비에 감사를 했다. 그러나 그에 그치지 않고 내가 극도로 곤궁에 처했을 때 칭송하고 약속했던 것처럼 나의 삶을 바꾸고 개선하는 기미를 보였어야 했는데, 그러질 못했다. 사람들이 내가 누구이고 어떻게 해서 이와 같은 위험에 빠지게 되었는지 물었을 때, 하늘도 무섭지 않은 듯 나는 새빨간 거짓말을 늘어놓고 만 것이다. 만일 내가 그들을 약탈하려 했었다고 말하면 그들은 즉시 나를 라인강으로 던져버릴 것으로 나는 생각했었다. 그러므로 나를 해고당한 풍금 연주자로 둘러대고, 라인강을 건너 스트라스부르로 가서 학교에서든 다른 곳에서든 일자리를 구하려던 중이었다고 말했다. 그러나 도중에 노략질하는 일당에게 잡혀서 옷이 벗겨진 채 라인강으로 던져졌고, 강물에 밀려 그 나무에 걸리게 되었노라고 했다. 내가 거짓말을 온갖 세부적인 부분까지 각색했을 뿐만 아니라 진실임을 다짐했기 때문에 그들은 내 말을 곧이곧대로 믿었고, 나로 하여금 급하게 필요한 대로 음식과 음료를 먹고 마셔서 기운을 차리도록 온갖 노력을 다했다.

스트라스부르 세관에서 사람들은 대부분 육지로 올라갔고 나도 그들과 함께 갔다. 내가 다시 한 번 그들에게 진심으로 고마움을 표시하는 동안 그들 중에 얼굴이나 걸음걸이 그리고 자세로 보아 내가 알 만한 젊은 상인이 끼어 있는 것을 보았다. 그러나 어디에서 알게 되었는지 기억이 나지 않았다. 말투로 보아 예전에 나를 포로로 잡았던 장교임이 틀림없다는 확신이 들었다. 물론 그처럼 패기만만했던 군인이 어떻게 장사꾼이 될 수 있었는지 나는 이해할 수가 없었다. 그가 분명 귀족 출신이었다는 이유만으로도 이 사실은 납득이 될 수가 없었기 때문에 나의 눈과 귀가 나를 속인 것이 아닌지를 알기 위해 그에게로 다가가서 물었다. "쉰슈타인 씨, 당신이 맞습니까? 아닙니까?"

그러나 그는 대답했다. "나는 쉰슈타인이 아니고, 일개 장사꾼이오." 그러자 내가 말했다. "그렇다면 나도 조스트의 사냥꾼이 아니고, 일개 풍금 연주자이든지, 더 나아가서 일개 부랑자 아니면 걸인일 것입니다."

"아 형제여! 도대체 여기서 무얼 하는 건가? 어디를 그렇게 떠돌아다니는 중인가?"

나는 말했다. "아, 형제여! 하늘이 두 번씩이나 나의 생명을 구하는 데 도우라고 자네를 선택했다면, 분명 내가 자네 곁에 있어야 하는 것이 바로 나의 운명인 걸세."

이 말을 끝내자 우리는 죽을 때까지 서로 사랑하기로 약속한 좋은 친구처럼 껴안았다. 나는 그의 숙소로 가서, 내가 쾰른에 가서 나의 보물을 가져오기 위해 리프슈타트를 떠난 이래 어떤 일이 있었는지를 그에게 이야기했다. 그리고 또한 내가 일당과 함께 숨어서 그들의 배를 기다릴 작정이었는데, 어떤 일이 일어났는지도 숨기지 않고 말했다. 그러나 파리에서 있었던 일은 한 마디도 언급하지 않았다. 그가 리프슈타트에 가서 그 이야기를 떠들고 다니면 나의 아내와 언짢은 일이 생길까 두려웠기 때문이다. 그도 나름대로 침묵하겠다는 나의 약속을 받고, 자신은 헤센군 사령부의 명을 받아 바이마르의 베른하르트 공작에게 전쟁에서 몇 가지 중요한 사항을 전달하고, 그와 함께 앞으로의 계획과 작전에 대하여 의논을 하기 위해 파견되었다는 것을 사실대로 말했다. 그가 이 임무를 완수하고, 보다시피 이제 장사꾼으로 변장을 해서 돌아가는 길이었다는 것이다.

그 밖에 나의 아내는 그가 떠날 때 임신 중이었고, 건강하다며 그녀의 부모와 친척들과 함께 기뻐했음을 이야기했다. 또한 대령은 사관 후보생 자리를 아직도 비워놓고 있다고 했다. 쉰슈타인 소위는 나의 마맛자국에 대해서도 농담을 했다. 마맛자국이 나의 모습을 변하게 해서 나의 아내는 물론 다른 리프슈타트의 여자들이 나를 다시 사냥꾼으로 알아보지 못하리라는 것이었다. 마지막으로 나는 그와 합류해서 리프슈타트로 되돌아가기로 합의를 보았다. 내가 바로 그것을 원했기 때문이다. 그리고 나는 가진 것이라고는 몸뚱이밖에 없는지라 그가 내게 돈을 약간 꾸어주어서 그 돈으로 나는 장사꾼 조수로 변장을 했다.

흔히 사람들은 일어나서는 안 되는 일은 일어나지 않는다고 말한다. 그 말을 나도 곧 경험하지 않을 수 없었다. 왜냐하면 우리가 배를 타고 라인강을 내려가던 중 배가 라인하우젠에서 검문을 당했을 때 필립스부르크 병사들이 나를 알아보고 체포해서 필립스부르크로 데려왔고, 그곳에서 나는 다시 보병 행세를 하지 않으면 안 되었다. 우리가 다시 헤어져야 한다는 것이 나는 물론 기병 소위를 화나게 했으나 어쩔 도리가 없었다. 그가 나를 위해 할 수 있는 일이 별로 없었고, 오히려 자신이 통과할 방책부터 강구해보아야 할 판이었기 때문이다.

제11장
올무로 잡은 산토끼 고기를 성직자들이 먹지 않는 이유

　내가 생명을 위협받는 상황에 빠졌을 때 막상 어떤 일이 벌어졌는지를 나의 친절한 독자는 들어 알고 있겠지만, 나의 정신적 위기에 관해서 알려면, 내가 보병으로서 하나님과 그의 말씀에 조금도 개의치 않는 그야말로 야생인처럼 살았다는 사실을 알아야 할 것이다. 어떠한 극악무도한 악행도 나에게는 그다지 악하게 보이지 않았고, 일찍이 하나님께 입은 자비와 은혜는 몽땅 새까맣게 잊혔다. 나는 이 세상에서나 저세상에서 어떤 응보를 받을 것인지 묻지 않았고, 그날그날 짐승처럼 살았다. 내가 신앙심이 돈독한 은자에게 양육되었다는 것이 사실이라고는 누구도 믿지 않았다. 나는 교회에 가는 일이 드물었고, 속죄를 하러 가는 경우는 더더욱 한 번도 없었다. 그리고 나의 영혼의 구원에 아무런 관심이 없었을 때 나는 이웃 사람들에게 더욱더 사람답지 못한 짓을 했다. 남을 속일 수 있을 때 속였고, 더욱이 그것을 자랑하기까지 해서 마음에 상처를 입지 않은 사람이 거의 없었다. 그 때문에 나는 매를 맞는 일이 비일비재했고, 그보다 더 자주 목마를 타는 벌을 받아야 했다. 사람들은 나를 심지어 목을 매어 죽이거나 물에 빠뜨려 죽이겠다고 위협하기까지 했으나 아무런 도움이 되지 못했다. 나는 나의 극악무도한 행동을 멈추지 않았다. 마치 내가 이 짓을 함으로써만 목적지인 지옥으로 가는 길을 가장 빨리 달릴 수 있기나 한 것처럼 말이다. 그리고 내가 저지른 짓이 목숨을 잃을 만한 잘못은 아니었지만, 악하기 짝이 없어서 마술사와 남색자를 제외하고는 더 난폭한 탕아를 찾으려야 찾을 수 없을 정도였다.

이 점을 우리 연대 부목사도 알아차렸다. 그는 신앙심이 깊은 목회자였기에 부활절이 지난 후에 나를 불러서 무엇 때문에 내가 최근 고해성사를 하지 않고 견신례에 참여하지 않는지 알고 싶어 했다. 그러나 내가 그의 호의적인 훈계를 들은 후, 예전에 리프슈타트의 목사님에게 했던 것처럼 그를 완패시켜서, 그 신실한 사람의 훈계는 나에게서 아무런 효과도 보지 못했다. 그가 보기에는 그리스도와 영세가 나에게 아무런 도움이 되지 않았기에 그는 마지막으로 이렇게 말했다. "아, 이 불쌍한 친구아! 나는 자네가 몰라서 방황하고 있는 줄 알았는데, 이제 보니 자네가 악의를 가지고 의도적으로 죄짓기를 고집하고 있군. 자네는 어느 날 저주받은 자네의 영혼을 동정할 수 있는 사람이 누구라고 생각하나? 여하튼 하나님과 온 세상 앞에 선언하건대, 나는 자네의 저주에 책임이 없네. 나는 내가 할 바를 했고, 앞으로도 계속해서 자네의 영혼 구제를 돕는 데 필요한 일이라면 최선을 다할 것이네. 그러나 언젠가는 자네의 불쌍한 영혼이 그와 같이 저주받은 상태에서 육신을 떠나면, 남아 있는 것은 오로지 자네의 육신뿐일 걸세. 이 육신이 봉납될 때 다른 기독교 신자들 곁에 묻히는 대신에 죽은 짐승의 사체들이 있는 박피장 또는 다른 믿지 않는 사람들이나 절망하는 사람들을 가져가는 장소에 내던져질까 두렵네!"

이와 같은 협박도 그전의 훈계와 마찬가지로 아무런 효과를 거두지 못했다. 특히 나에게는 고해성사가 고통스러웠다. 그러니 내가 얼마나 어리석기 짝이 없는 사람이었는가! 나는 종종 집합한 대원들 앞에서 내가 저지른 수치스러운 행동을 이야기했고, 거기에 거짓말을 보태기도 했다. 그러나 이제 자아 성찰을 하고 유일하게 하나님을 대신한 분에게 나의 죄를 겸손하게 자복하고 용서를 빌어야 할 판에 입을 다물고 고집불통이 되다니! '고집불통이 된다'는 말은 맞는 말이다. 나는 어디까지나 고집불통이었다. 내가 이러한 대답을 했으니 말이다. "나는 군인으로서 황제에게 충성합니다. 그리고 내가 군인으로 죽게 될 때 다른 병사들처럼 반드시 봉헌된 장소에 묻히지 못하고 들에 있는 구덩이든, 늑대나 까마귀의 배 속이든 어디든 만족해야 하는 것이 전혀 이상한 일이 아닙니다. 교회 묘지가 아닌 어떤 다른 장소에 묻히는 것도 마찬가지입니다."

이 말을 하면서 나는 성직자를 떠났다. 경건한 영혼에 대한 열망이 그에게 가져다준 것이라고는 산토끼를 달라는 간곡한 부탁을 거절당한 것 말고는 아무것도 없었다. 그때 나는 '산토끼는 올무에 걸려서 목숨을 잃었기 때문에, 절망한 자로서 지상의 봉헌된 왕국에 묻히느냐는 그다지 중요하지 않다'는 말로 거절하는 이유를 설명했다.

제12장
뜻밖에 짐플리치우스는 보병 신세를 모면하다

그렇게 나는 개심을 하기는커녕 시간이 가면서 더욱 사악해졌다.

한번은 대령이 나의 불량한 품행 탓에 "창피를 톡톡히 주어서 내쫓아버리겠다"고 말한 적이 있다. 그때 나는 "진정으로 가라고 하시면, 갈 수밖에 없지요"라고 답변을 했다. 물론 그가 진정으로 한 말이 아님을 나는 알았다. 왜냐하면 나에게 떠나는 것은 벌이 아니라, 자선이라는 것을 그가 알았기 때문이다. 그러므로 나는 나의 뜻과는 상관없이 어쩔 수 없이 보병으로 머물러 있어야 했고 여름이 되기까지 배고픔에 시달려야 했다.

그러나 괴츠 백작이 대군을 거느리고 접근해올수록 나의 구원도 가까이 다가왔다. 장군은 브루흐잘에 본부를 설치할 때 자신의 부관에게 여러 가지 임무를 주어 우리 요새로 파견했다. 그 파견된 장교가 바로 전에 마그데부르크 앞에 있는 숙영지에서 내가 돈을 주어 도와주었던 헤르츠브루더였다. 우리 요새에서는 그를 대단히 명예롭게 영접했다. 그가 도착했을 때 나는 마침 사령부 앞에서 보초를 서고 있었다. 그는 검은색의 비로드 군복을 입고 있었지만, 나는 그를 첫눈에 알아보았다. 그러나 바로 말을 건넬 용기가 내게는 없었다. 세상 물정을 잘 알기에 행여나 그가 나를 창피스럽게 생각한 끝에 모르는 체하지 않을까 두려웠기 때문이다. 차림새로 보아 그는 대단히 높은 직책을 맡고 있는 듯 싶었고, 반면에 나는 한낱 하찮은 보병에 지나지 않았으니 말이다. 그러나 보초 근무 교대를 한 후 나는 그의 부하들에게 그의 신분과 이름을 알아보았다. 혹시 내가 다른 사람을 잘못 본 것이 아닐까 확인하기 위해서였다. 그러나 나중에도 여전히 그에게 직접 말을 걸 용기는 나지 않았기 때문에, 다음과 같은 간단한 편지를 써서 그의 당번병으로 하여금 그다음 날 아침에 그에게 전해주도록 했다.

XXX 님 귀하. 대단히 존경하는 그대가 비트슈토크 전투에서 용감하게 이 몸을 질곡(桎梏)에서 벗어나게 해주신 적이 있습니다. 그러나 이 몸은 어쩌다가 변덕스러운 운명의 노리개가 되어 이제는 세상에서 가장 비참한 처지에 놓인 몸이 되고 말았습니다. 그대는 인망이 높으시니 마음만 있으시다면, 이 몸을 이 어려운 처지에서 구해주시는 것이 어렵지 않으실 것입니다. 그렇지 않아도 그대와는 의리로 묶여 있으니, 지금 고통과 외로움 속에서 전전긍긍하는 이 한 몸을 구해주시면, 그대는 영원한 종을 고용하게 되시는 것입니다.

짐. 짐플리치시무스

그가 이 편지를 읽자마자 나를 불러서 말했다. "같은 고향 친구여! 그대에게 이 편지를 준 사람이 어디에 있는가?"

나는 대답했다. "나리! 그는 이 요새에 잡혀 있습니다."

"그렇다면 그 사람에게 가서 내가 그를 석방하는 데 도움을 주겠다고 말하시오— 그런데 이미 교수형을 당했으면 어쩌지!"그가 안타까워하며 말했다.

"그건 걱정하실 필요가 없습니다. 그 불쌍한 짐플리치우스는 바로 나입니다. 그대가 비트슈토크에서 구해주신 것을 감사하고, 내 뜻과는 상관없이 여기서 억지로 수행하고 있는 보병 근무로부터 나를 풀려나게 해주실 것을 간청하기 위해서 직접 왔습니다."그는 나의 이 말이 끝나기도 전에 나를 얼싸안아서 기꺼이 나를 도와주겠다는 의지를 보여주었다. 단적으로 그는 의리 있는 친구로 행동했고, 내가 어떻게 이 요새에 와서 이와 같은 근무를 하게 되었는지를 묻기도 전에 하인을 유대인에게 보내서 말 한 필과 내가 입을 옷들을 사 오도록 했다. 그사이 나는 그의 부친이 마그데부르크 전방에서 세상을 뜬 후에 내게 어떠한 일이 있었는지를 이야기했다. 그리고 내가 바로 소문을 통해 듣기만 했던 조스트의 사냥꾼이었다는 것을 들어 알게 되자, 그는 이를 좀더 일찍 알지 못했던 것을 유감스러워했다. 그랬다면 그가 나를 이미 오래전에 그의 중대로 오도록 도와줄 수 있었기 때문이라는 것이었다.

유대인이 여러 가지 군복을 싼 커다란 보따리를 가지고 왔을 때, 헤르츠브루더는 품질이 제일 좋은 것을 골라서 내게 입힌 후 나와 함께 대령에게로 갔다. 그리고 말했다. "대령님, 나는 당신의 병영에서 이 사람을 만났는데, 비록 그가 더 좋은 대접을 받을 만한 일을 하지 않았다 하더라도 내게는 그를 이처럼 낮은 지위에 그냥 놓아두어서는 안 될 책임이 있습니다. 그렇기 때문에 대령님께 부탁드리는데, 제 체면을 보아서 이 사람을 좀더 잘 취급해주시든가, 내가 이 사람을 데리고 가도록 허락해주십시오. 그렇게 해주신다면 여기서는 대령님께서 그를 도와주실 수가 없으시겠지만, 대군에서라면 그가 더 잘되는 것을 내가 도울 수도 있습니다."

대령은 모처럼 나를 칭찬하는 소리를 듣고 완전히 놀라서 성호를 긋고 말했다. "존경하는 손님, 용서하십시오. 귀하께서는 내가 귀하를 도와서 무슨 일이든지 하리라는 것을 확신하고 계시면서도 짐짓 나의 의중을 시험해보고 싶으신 모양이군요. 사정이 그렇다면, 귀하께서는 내가 할 수 있는 일 중에 어떤 다른 것을 더 요구하셔도 됩니다. 그리고 귀하께서는 곧 내가 귀하의 뜻을 어떻게 이루어드리는지를 경험하시게 될 것입니다. 그러나 이 친구에 관해서 말씀드리자면, 원래 나의 부하가 아니고, 어떤 용기병 연대 소속입니다. 여하튼 그가 그렇다고 주장하고 있으니까요. 그뿐만 아니라, 이 친구는 아무 쓸모도 없고, 이곳에 온 이래 전 부대원들보다도 더 나의 법무장교로 하여금 골치를 썩이게 하는 말썽 많은 놈입니다." 그는 웃으면서 말을 마치고, 나의 전도에 행운이 있기를 빌었다.

젊은 헤르츠브루더는 그것으로 만족하지 않았다. 그는 나를 그의 식탁에 앉히고 싶다고 대령에게 부탁을 했고, 대령도 그렇게 할 용의가 있다고 했다. 나의 친구는 내가 있는 자리에서 그가 베스트팔렌에서 대화 중에 폰 데어 발 백작과 조스트의 사령관이 들려준 나에 관한 일화를 그에게 밝히려 했고, 막상 듣는 이들이 나를 유능한 병사로 여기지 않으면 안 될 정도로 모든 것을 생생하게 묘사해서 이야기했다. 그러는 동안 나는 겸손하게 굴어 대령과 이곳에서 나를 알고 있는 모든 사람은 내가 옷을 바꾸어 입고 나서 사람이 바뀐 게 틀림없다고 믿지 않을 수가 없었다. 대령이 어떻게 나의 이름에 '의사'라는 타이틀이 붙게 되었는지 알기를 원하기에, 나는 파리에서부터 필립스부르크까지 줄곧 여행을 하면서 입에 풀칠을 하기 위해 농부들에게 사기를 친 것을 다 이야기했더니 모두가 박장대소를 했다. 마지막으로 대령은 내가 하도 그를 괴롭혀 지칠 지경이었고, 또한 나의 악행 때문에 많은 사람이 불평을 해대는 바람에 자신의 평안을 위해 나를 병영에서 내쫓으려고 했다는 것도 숨김없이 시인했다.

이제 대령은 내가 그동안 병영에서 아이디어를 내어 저지른 온갖 짓궂은 장난을 이야기했다. 내가 완두콩을 삶는 데 식용유를 부어서 그릇 전체를 순전한 식용유로 만들어 팔았다든가, 밑에는 모래를 채우고 위에는 소금을 채워서 모래주머니 전체를 소금으로 판 이야기, 여기저기에 곰 한 마리를 풀어놓은 것, 비방하는 쪽지로 사람들을 화나게 한 이야기 등을 털어놓아서 식사 시간이 온통 나에 관한 이야기로 꽃을 피윘다. 그러나 내가 그처럼 명망 있는 친구를 두지 않았다면, 이 모든 행동은 벌을 받아야 마땅한 것들이었다. 나는 이것을 간신(奸臣) 한 명이 군주의 총애를 차지할 때 궁정에서 무슨 일이 일어나는지를 보여주는 하나의 실례로 받아들였다.

식사가 끝난 후에 유대인이 내 친구의 마음에 들 만한 말을 가지고 있지 않다는 것이 확인되었다. 그러나 내 친구의 명망이 워낙 높았기에 그의 환심을 포기하기가 어려웠던지 대령은 자신의 마구간에 있는 말 한 필을 안장 및 굴레와 함께 그에게 선사했다. 그리하여 짐플리치우스 씨는 그 말을 타고 절친한 친구와 함께 기쁜 마음으로 요새를 떠났다. 그때에 그의 전우들 중에는 "행복하시오!"라고 외치는 전우도 있었지만, 다른 쪽에는 시기심에 차서 "악한 사람은 악할수록 그만큼 행운도 크다니까!" 하고 수군대기도 했다.

제13장
메로데-형제 교단에 관해서

친구와 나는 도중에 나의 위신을 좀더 살리기 위해 이제부터 사촌 지간으로 밝히기로 합의를 했다. 그뿐만 아니라 그는 나에게 제2의 말과 하인을 마련해주고, 그의 도움으로 육군에서 얻을 수 있는 장교 자리가 날 때까지 신분이 자유로운 기사로서 폰 노이네크 대령이 지휘하는 연대에 배속시키려 했다.

그렇게 나는 손바닥 뒤집듯 다시 정규 군인처럼 보이는 사나이가 되었다. 그러나 그 여름에 나는 별로 성과를 올리지 못했다. 슈바르츠발트 여기저기에서 암소 한두 마리를 훔치는 것을 도왔고, 브라이스가 우와 알자스 지역을 알게 되었다. 그것 말고는 전처럼 행운이 별로 따르질 않았다. 켄징엔에서 바이마르군이 나의 하인과 말 한 필을 한꺼번에 빼앗아간 뒤로 남은 말을 더욱더 혹사하다가 결국 못쓰게 되고 보니, 나는 메로데-형제 교단에 합류할 수밖에 없게 되었다. 헤르츠브루더가 다시 나를 새롭게 무장시키기란 쉬운 일이었다. 그러나 내가 처음에 탔던 두 마리 말을 그처럼 빨리 폐기 처분했기 때문에 새롭게 무장시키기를 자제하고, 의도적으로 나를 불안하게 만들어 나로 하여금 좀 더 신중히 처신하는 법을 배우도록 했다. 그런 조치가 내게는 전적으로 적절했다. 내가 메로데-형제 교단에서 편안하게 어울릴 수 있는 형제들을 만나서 동계 숙영까지는 그 이상 좋은 일이 일어나기를 바랄 나위가 없었기 때문이다.

이제 나는 메로데-형제들이 어떤 사람들인가를 간단히 보고하려고 한다. 그들에 관해서 한 번도 들어본 적이 없는 독자들이 틀림없이 많을 것이기 때문이다. 특히 전쟁을 함께 겪지 않은 독자들이 그럴 것이다. 나는 지금까지 그들의 관습, 그들의 권리와 의무에 관해서 쓴 단 한 명의 저자도 발견하지 못했다. 그런데도 사람들이 이 조직이 무슨 의미를 떨치는지 알았다면, 특히 그 당시의 야전 사령관들뿐만 아니라, 농부들에게도 유익했을 것이다.

메로데-형제들이란 명칭에 대해서 말하자면, 나는 사람들이 그들 단체의 이름을 스웨덴의 용감한 장군이었던 메로데[9]의 이름을 따서 정한 것을 불명예로 여기지 않기를 바랄 뿐이다. 왜냐하면 불명예로 여긴

---

9) 스웨덴의 대령인 베르너 폰 메로데Werner von Merode가 지휘하던 연대는 1635년 지휘관을 잃고 오합지졸이 되어 약탈을 하면서 독일을 누비고 다녔다.

다면 나는 이 이야기를 누구에게나 공개적으로 들려줄 필요가 없기 때문이다. 나는 한번 특별한 종류의 구두를 본 적이 있다. 이 구두는 구멍 대신에 서투르게 꿰맨 자리가 있었는데, 이는 사람들이 신고 진창을 더 잘 질척거리며 지나갈 수 있게 하기 위함이었다. 이 구두의 이름은 만스펠트 구두였다. 왜냐하면 만스펠트 장군이 거느리는 병사들이 그 구두를 발명했기 때문이다. 그렇다고 어떤 사람이 만스펠트 장군 자신이 그 구두를 꿰맨 것으로 여긴다면 나는 그를 멍청이라고 부를 것이다. 메로데-형제들이란 명칭도 사정은 똑같다. 이 명칭은 독일 사람들이 전쟁을 치르는 동안 계속 존속할 것이다.

　　그들의 사정은 다음과 같았다. 메로데 장군이 옛날에 대군을 편성하기 위하여 새로운 연대를 모집했을 때 브르타뉴 주민들처럼, 남자들이 약골이어서 병사가 야전에서 감당해야 할 행군과 그 밖의 고난을 견디어낼 수가 없을 정도였다. 시간이 지나면서 부대에 엄청난 수의 낙오병이 발생하여 필요한 정원만큼의 사관후보생을 양성할 수가 없었다. 그리하여 시장이건 집이건, 덤불이건 울타리 뒤건 어디서나 한 사람 또는 여러 명의 환자나 지체 장애인을 만나면, "어느 연대 출신이냐?"라고 물었다. 그때에 나온 대답이 "메로데 연대 출신입니다!"였다. 그렇게 해서 결국은 환자든 건강한 사람이든, 부상자든 아니든 모두가 행군의 질서를 지키지 않고 어슬렁어슬렁 걸어와서 야영을 하는 그들의 연대에서 숙박을 하지 않는 사람들을 모두 '메로데-형제들'이라고 불렀다. 이전에 약탈자와 꿀 도둑이라고 불렸던 바로 그 사람들이었다. 그들은 벌침을 잃으면 더 이상 일을 해서 꿀을 만들지 않고, 먹기만 할 수 있는 꿀통의 수벌과 같았기 때문이다.

　　기병이 말을 잃거나 보병 한 명이 건강을 잃거나 그의 아내와 아이가 아프게 되어 뒤처지면, 우선적으로 집시들에 비교될 수 있는 패거리나 마찬가지인 이미 1.5쌍의 메로데-형제가 생기는 것이다. 왜냐하면 그 패거리는 자기들 편할 대로 대부대에 앞서든, 뒤따르든 또는 곁에서든, 뒤섞여서든 유랑을 하기 때문이다. 그리고 이 패거리들은 관습이나 풍속에 있어서도 군대와 유사하다. 한쪽에서는 그들이 멧닭처럼 무리를 지어 겨울에 여송연을 물고 게으름을 피우면서 덤불의 그늘이나 햇볕에 누워 있거나 불 주변에 모여 있는 것을 볼 수 있는가 하면, 다른 곳에서는 자세가 곧은 병사가 사관후보생 곁에서 더위, 갈증, 허기, 추위와 그 밖의 온갖 고통을 참고 있는 것을 볼 수 있다. 그런 다음 다시 그들 중 한 떼는 행진하는 군대와 나란히 도둑질 행차에 나서는 반면에 다른 떼는 불쌍하게 무기를 들고 탈진한 나머지 거의 쓰러지기까지 한다. 그들은 군대의 앞에서, 곁에서 그리고 뒤에서 군대에게 제공되는 모든 것을 약탈한다. 그리고 그들이 사용할 수 없는 것은 망가뜨리고 없애서 부대원들이 숙소나 부대에 와도 물 한 모금조차 얻어 마시지 못한다. 사람들이 그들에게 행렬에서 이탈하지 말라고 지시하면, 그 행렬 규모가 군대 행렬보다도 더 클 때가 종종 있다.

그들이 그룹을 지어 행진하거나 구걸을 하거나 야영을 하거나 숙소를 찾을 때면 그들을 지휘할 상사나 책임을 떠맡길 중사나 하사, 보초 근무를 하도록 가르칠 하사관, 귀영 신호와 순찰 근무를 알려줄 고수도 없었다. 단적으로 말해서 그들에게 부관을 대신해 전투태세를 준비시키거나 참모부 보급 장교처럼 숙박을 마련해줄 사람도 아무도 없이 그들은 자유인처럼 살았다. 그러나 병사들에게 휴대식량이 분배되면, 자격도 없는 그들이 자신들의 몫을 제일 먼저 받아간다. 그들을 가장 많이 괴롭히는 사람들은 헌병과 법무관이다. 왜냐하면 그들이 하는 짓이 너무 방자하면, 때때로 양 손과 발에 쇠로 된 장신구를 채우거나 심지어 아마로 만든 옷깃으로 장식해서 그들의 가장 아름다운 목을 매달아 죽이기 때문이다.

그들은 보초도 서지 않고 참호 구축도 하지 않으며 공격도 하지 않고, 전투태세에 돌입하지도 않지만, 먹을 것은 다 먹는 그야말로 무위도식하는 사람들이다. 그러나 총사령관, 농부 그리고 이 불량배들이 관계하는 군대 자체가 얼마나 큰 피해를 입고 있는지는 이루 말할 수조차 없다. 한 사람의 야전 사령관에게는 아무런 근심 걱정 없이 게으름을 피우고 누워 지내는 것으로 생업을 삼고 있는 천 명의 메로데-형제들보다 계속 노략질하는 것 말고는 하는 일이 아무것도 없는 가련하기 짝이 없는 젊은 기병이 더 유용한 존재인 것이다. 적은 그들을 잡고, 때로는 농부들도 그들에게 호된 벌을 준다. 그렇게 함으로써 그 군대의 전투력은 약화되고 적은 강해진다. 그리고 그처럼 저열한 젊은 놈, 즉 불쌍한 환자들이 아니고, 방심해서 자신들의 말을 폐기처분하고 봄을 아끼기 위해서 메로데-형제들과 합류하는, 이른바 탈 말이 없는 기병들은 무사히 건강하게 여름을 나면 겨울에 새롭게 무장될 수밖에 없지만, 다음 해 작전에서 결국 무엇인가를 다시 분실하고 만다. 그런 놈들은 사냥개처럼 세 사람을 한 조로 묶어놓고 병영 내에서 싸움하는 것을 가르치거나, 만일 그들이 야전에서 도보로 임무를 수행하려 들지 않으면, 말을 다시 얻을 때까지 노예선 위에 쇠사슬로 묶어놓는 것이 마땅했다. 나는 여기서 그들이 방심하거나 의도적으로 그 많은 촌락을 불태우고, 그들 자신이 속한 군대의 많은 사람에게서 말을 빼앗고, 물건을 갈취하거나 심지어 살해까지 했는지는 말하지 않겠다. 그리고 가령 첩자라 하더라도 그가 속한 연대나 중대 이름만 대면 얼마나 쉽게 그들과 섞여 어울릴 수 있었는지도 이야기하지 않겠다.

그 당시 나도 어엿한 메로데-형제였고, 비텐바이어 전투 전날 우리 본부가 슈테른에 주둔할 때까지 그렇게 지내다가 나의 전우들과 게롤츠에크 지역으로 가서 늘 하던 대로 암소와 황소를 훔치다가 바이마르군에게 잡히고 말았던 것이다. 바이마르군은 우리를 어떻게 처리해야 할지 잘 알았다. 그들은 우리에게 화승총을 메게 해서 연대에 보충시켰는데, 나는 폰 하텐슈타인 대령이 지휘하는 연대에 배속되었다.

제14장
목숨을 건 위험한 결투

그 당시 나는 나 자신이 불운아라는 것을 분명히 깨달았다. 언급한 전투가 있기 약 4주일 전에 괴츠 장군 휘하에 있는 몇몇 장교가 전쟁에 대하여 이야기를 하는 가운데 그중 한 명이 이렇게 말하는 것을 들었다. "이 여름은 전투 없이 지나가지 않을 겁니다. 우리가 적을 무찌르면 다음 겨울에는 프라이부르크와 오스트리아의 산간에 있는 도시들에 주둔하게 될 것이고, 패하더라도 동계 주둔 병영으로 가게 될 것입니다." 이와 같은 예언을 듣고 나도 결론을 내리며 혼자 말했다. '짐플리치우스야, 기뻐해라. 오는 봄에는 보덴 호수와 네카강에서 품질 좋은 포도주를 마시고, 바이마르군이 쟁취한 것의 덕을 보겠구나.' 그러나 그것은 나의 커다란 착각이었다! 왜냐하면 내가 소속되어 있던 바이마르군은 비텐바이어 전투가 끝난 후에 곧 바로 온 병력을 다 투입해서 개시된 브라이자흐 포위 작전에도 함께 참여할 예정이었기 때문이다.

다른 보병들처럼 나도 밤낮을 가리지 않고 깨어서 참호를 구축했다. 그 작업을 하면서 내가 배운 것이라고는 마그데부르크에서는 별로 생각지도 못했던 교통호를 통해 요새를 위협할 수 있다는 것 말고는 아무것도 없었다. 그런 데다 나의 형편은 곤고하기 짝이 없었다. 우리는 천막에서 두세 사람씩 층층이 앉아 있어야 했고, 나의 노획물은 바닥이 나 있었다. 포도주나 맥주, 고기는 먹어보기가 하늘의 별 따기나 마찬가지였다. 고작 사과와 빵 반쪽이 내게는 최대의 요깃거리였다.

이 모든 사실이 나의 마음을 언짢게 했다. 게다가 이스라엘 백성이 이집트에서 먹던 고기 냄비를 그리워하듯, 리프슈타트에서 먹던 베스트팔렌 햄과 소시지가 그리워지기까지 했다. 그런데 나는 추위로 몸이 반쯤 언 동태가 되어 천막에 누워 있을 때도 아내 생각은 조금도 나지 않았다. 그래서 나는 가끔 혼잣말을 했다. '자, 짐플리치우스야, 네가 파리에서 했던 것과 똑같은 짓으로 누가 앙갚음을 한다면 너는 부당하다 할 것이냐?' 나는 아내의 명예와 품행을 의심할 근거가 하나도 없었음에도 불구하고, 그 같은 생각에 마치 바람난 아내를 잔뜩 질투하는 남편처럼 괴로워했다. 그러나 나는 결국 더 이상 참지 못하고 나의 상관인 대위에게 내가 누구이고 어디로 가려고 하는지를 밝혔다. 그뿐만 아니라 나는 리프슈타트로 편지를 보내서 드 생 안드레 대령과 나의 장인으로 하여금 바이마르 공작에게 편지 한 통을 쓰도록 하는 데 성공했다. 그 결과 나의 대위는 나에게 통행증을 가지고 떠나도록 하지 않을 수 없었다.

크리스마스 전에 나는 단단히 무장을 하고 숙영지를 떠나서 브라이스가우로 내려갔다. 그리고 크리스마스에는 스트라스부르에서 나의 장인이 내게 보낸 20탈러를 받은 다음 장사꾼들 틈에 끼어서 라인강을 따라 내려가려고 했다. 왜냐하면 도중에는 황제군에 속한 병영들이 많이 있었기 때문이다. 그러나 내가 엔딩엔에서 어떤 외딴집을 지나치려 할 때, 갑자기 내게 총알이 날아오는 바람에 나의 모자 차양이 찢어졌다. 다음 순간 사납게 생긴 한 녀석이 나에게 달려들면서 무기를 내려놓으라고 외쳤다. 그리하여 나는 대답했다. "고향 친구! 나는 결단코 그렇게는 못 한다!" 그러면서 나의 총을 장전했다.

그러나 그는 군도라기보다는 사형집행인의 칼 같은 것을 뽑아가지고 나에게 달려들었다. 그것이 그의 진심임을 알았을 때 나는 총을 겨냥해서 그의 이마를 명중시켰다. 그는 비틀거리다가 결국 땅에 쓰러지고 말았다. 그 틈을 이용해서 나는 그의 칼을 빼앗아 그의 몸을 찌르려고 하였으나 목적을 달성하지는 못했다. 그가 다시 벌떡 일어나 나의 머리카락을 잡았기 때문이다. 나는 칼을 옆으로 던지고 똑같이 그를 잡았다. 이제 거칠게 드잡이가 시작되었다. 그 싸움에서 분노가 사람을 강하게 만든다는 사실이 여실히 증명되었다. 그러나 누구도 상대방을 제압할 수는 없었다. 번갈아 엎치락뒤치락하다가 돌연히 다시 양발로 설 수 있었으나 오래가지 않았다. 각자가 상대방을 죽이려고 했기 때문이다. 그는 나를 죽이기를 그토록 강력하게 원했기에 나는 입과 코에서 흐르는 피를 상대방의 얼굴에 뱉었다. 그것이 그의 눈을 볼 수 없게 만들어서 나에게 도움이 되었다. 한 시간 반 동안이나 우리는 눈 속에서 엎치락뒤치락하다가 지칠 대로 지쳐서 맨주먹으로는 기진맥진한 사람이 피곤해진 상대방을 제압할 수도 없고, 어느 누구도 혼자 힘으로 무기도 없이 다른 사람을 죽일 수는 없게 되었다.

리프슈타트에서 가끔 씨름을 연습했던 것이 막상 내게 도움이 되었다. 그러지 않았으면 나는 지고 말았을 것이다. 왜냐하면 나의 적수가 나보다 훨씬 힘이 센 데다 불사신이었기 때문이다. 우리 둘이 다 기진맥진해서 거의 의식을 잃었을 때, 마침내 그가 말했다. "형제여, 이제 그만하세! 내가 졌네."

내가 말했다. "자네는 내가 조용히 이곳을 지나가도록 내버려두었어야 했네."

그가 말했다. "내가 금방 죽으면 자네가 얻는 것이 무엇인가?"

내가 대답했다. "그렇다면 나를 쏘아 쓰러뜨렸다면 자네는 얻는 것이 무엇인가? 나는 가진 돈이 한 푼도 없는데!"

그러자 그는 용서를 구했다. 나도 누그러졌고 그가 나와 사이좋게 지낼 뿐만 아니라, 나의 충실한 친구요 하인이 되겠다고 엄숙하게 약속했으므로 나는 그를 일으켜 세웠다. 어떤 참혹한 범행을 그가 저질렀는지를 알았다면 나는 그의 말을 믿거나 그를 신임하지 않았을 것이다.

우리가 마주 서서 있었던 일을 모두 잊기로 약속했을 때, 각자는 제대로 된 고수(高手)를 만난 것에 놀랐다. 그가 말하기를 그 역시 불사신인지라 다칠 수가 없다고 했기 때문이다. 나는 그가 자신의 무기를 다시 손에 잡았을 때 다시 한 번 나에게 덤비지는 않으리라 믿고 그를 용인했다. 내가 쏜 총 탓에 그의 이마에는 커다란 혹이 생겼고 나 또한 피를 많이 흘렸다. 그렇지만 무엇보다도 서로 목을 몹시 졸랐기 때문에 목이 아파서 머리를 쳐들 수가 없었다.

저녁때가 되었고, 나의 상대가 킨치히 계곡까지 가는 동안에는 개나 고양이는 물론 어떤 사람과도 만나지 않을 것이고, 반대로 도로에서 멀지 않은 곳에 있는 외딴 오두막집에서 푸짐한 고깃덩이에다 제대로 마실 것도 그가 제공할 수 있다고 선언했기에 나는 그 말을 곧이곧대로 믿고 그와 함께 갔다. 가는 도중에 그는 한숨을 많이 쉬면서 다짐하기

를 자신이 나를 모욕한 것이 얼마나 마음을 아프게 하는지 모르겠다고
했다.

제15장
자신의 강도짓을 정당시하는 올리비어

자신의 목숨을 가벼이 여긴 나머지 곧잘 목숨을 걸고 무슨 일을 하
는 병사는 대담하긴 하지만, 따지고 보면 분명 어리석기 짝이 없는 사
람이다. 그러나 수천 명의 그런 위인들 가운데에서 방금 전까지 자신을
죽이려 했던 사람에게 알지도 못하는 곳으로 식사 초대를 받고, 순순히
따라가는 녀석은 세상에 없을 것이다.

나는 도중에 어느 군대 소속이냐고 그에게 물었다. 그는 현재 상관
도 없이 혼자 힘으로 전쟁을 치르고 있다고 대답하면서 내가 도대체 어
느 군에 속하는지를 알고 싶어 했다. 나는 바이마르 군대에 속했으나
이제는 작별을 하고 집으로 가려고 한다고 말했다. 그는 나의 이름이
무엇인지 알고 싶어 해서 내가 '짐플리치우스'라고 일러주자, 혹시 섣
부른 짓이라도 할지 몰라서 앞세웠던 그가 돌아서서 나를 빤히 쳐다보
았다.

"자네의 성 또한 '짐플리치시무스'가 아닌가?"

"그렇다." 나는 대답했다. "자신의 이름을 속이는 자는 사기꾼이나
다름없다. 그런데 자네의 이름은 무엇이지?"

"이 친구야. 나는 마그데부르크에 있을 때 자네와 알고 지냈던 올
리비어일세." 그러고 나서 그는 무기를 옆으로 버리고 무릎을 꿇고 나

를 악의적으로 속였던 것에 용서를 구했다. 그는 이 세상에서 나보다 더 좋은 친구를 가질 수 있다고는 도무지 상상할 수 없다고 했다. 늙은 헤르츠브루더가 예언했던 대로 자신의 죽음을 그처럼 용감하게 복수할 수 있는 사람은 바로 나밖에는 없기 때문이란다.

우리의 기이한 만남에 대하여 나의 놀라움은 더할 수 없이 컸다. 그러나 그는 그것이 조금도 특별할 것이 없다고 했다. "산과 계곡은 만나지 않지만, 인간은 그렇지 않다네. 내가 놀랍게 생각하는 것은 무엇보다도 우리 둘이 그처럼 변했다는 것일세. 나는 군대 서기병에서 노상 강도가 되었고, 자네는 어릿광대에서 용맹한 병사가 되었으니 말일세! 내가 자네에게 말하지만, 친구여, 우리 같은 사람 만 명만 있으면 내일이라도 포위된 브라이자흐를 해방시키고, 언젠가는 온 세상이 우리 차지가 될 걸세."

우리가 이런 대화를 나누면서 외떨어진 노동자 숙소에 도착했을 때는 밤이었다. 그런 호언장담이 내게는 마음에 들지 않았지만 그의 거짓말을 이미 알고 있었기 때문에 그를 거들었다. 그리고 그를 조금도 신임하지 않았음에도 불구하고, 나는 그를 따라 집 안으로 들어갔다. 거기에서는 농부 한 명이 방을 덥히고 있었다. 그는 농부에게 물었다. "밥해놓은 것 있나?"

농부가 말했다. "밥은 없네만, 내가 오늘 발트키르히에서 가져온 송아지 넓적다리 구운 것이 있네."

"그럼 되었네." 올리비어가 대답했다. "가서 그것을 가져오고, 포도주도 한 통 가져오게!"

농부가 가고 없을 때 나는 올리비어에게 말했다. "형제여!" 나는 어디까지나 그가 나에게 호의를 베풀도록 하기 위해 그렇게 불렀다.

"자네는 친절한 가정부를 두었군!"

"제기랄 나보고 그에게 감사라도 하란 말인가!" 그는 말했다. "결국 내가 그 녀석의 마누라와 아이까지 먹여 살리는 신세가 되고 말았네. 그것 말고도 그는 얻는 게 많다네. 내가 약탈해 온 옷가지를 모두 그에게 넘겨주거든. 그것을 가지고 그는 하고 싶은 것을 할 수 있지."

그 농부의 아내와 아이가 어디에 있는지 나는 알고 싶었다.

그러자 올리비어는 그들은 안전을 고려해서 프라이부르크로 보냈다고 대답했다. 농부는 일주일에 두 번 가족을 방문하여 그곳에서 식료품은 물론 화약과 납을 가져온다는 것이었다. 그다음 그는 이런 약탈 행위를 한 지가 이미 오래되었다는 이야기도 했다. 그 짓이 어떤 주인을 섬기는 것보다 생기는 것이 많아서 그는 자신의 주머니를 두둑이 채우기 전에는 이 짓을 그만둘 생각이 없다고 했다.

그래서 내가 말했다. "친구여, 자네는 위험한 삶을 살고 있네. 만일 자네가 이 같은 도둑질을 하다가 잡히면 자네 신세가 어떻게 될 것 같은가?"

"하!" 그는 소리쳤다. "듣고 보니 짐플리치우스는 아직도 옛날 그대로군! 볼링을 하려면 핀을 일으켜 세워야 한다는 것도 모르는가? 나는 잘 아는데. 그러나 당국도 잡힌 사람이 없는데 목을 매달 수는 없는 노릇이 아닌가!"

나는 대답했다. "친구여, 자네가 당장은 붙잡히지 않는다 치세. 그렇지만 항아리도 우물엘 자주 가다 보면 결국 깨지기 마련이야. 그것도 물론 의심스럽긴 하지만 말일세. 그럼에도 불구하고 자네가 살아가는 방법은 세상에서 가장 수치스러운 것일세. 그리고 나는 자네가 이런 신분으로 죽고 싶으리라는 것을 믿을 수가 없네."

"무엇이라고?" 그가 말했다. "그것이 가장 수치스럽다고? 용감한 짐플리치우스! 내가 말하지만 강도짓이 오늘날 이 세상에서 할 수 있는 짓거리 중에서 제일 점잖은 짓일세! 어디 말 좀 해보게! 왕국이나 제후국이 다 같이 강도질하고 폭력을 사용하여 세워지지 않는 것이 얼마나 되는지? 그리고 임금이나 제후들이 자신의 나라에서 대부분 조상들이 폭력을 쓰거나 악행을 저질러서 얻은 소득을 즐긴다고 해서 그들을 나쁘게 생각할 세상이 어디에 있는가? 내가 지금 종사하고 있는 직종보다 더 고상한 생업이 도대체 무엇이란 말인가? 분명 많은 사람이 살인, 강도, 절도 때문에 환형을 당하고 교수형을 당하고 목이 잘렸다고 자네는 반론을 제기하고 싶은 것을 나도 잘 알고 있네. 법이 그렇게 규정하고 있기 때문이지. 그러나 항상 가난하고 단순한 사람들만 도둑으로 몰아 교수형에 처해지는 것을 자네도 알 것이네. 그렇게 하는 것 또한 백번 옳은 일일세. 좀더 용맹한 사람들과 고상한 생각을 지니는 사람들에겐 허락되고 예정되어 있을지언정, 도둑들이 고상한 생업에 종사하는 것이야말로 주제넘은 짓이 분명하기 때문이지. 그리고 자네는 어떤 신분이 고상한 사람이 살고 있는 나라에 큰 부담을 주었기 때문에 처벌되었다는 사실을 일찍이 들어본 적이 있나? 그보다 더한 것은 기독교적 사랑의 탈을 쓰고 자신의 화려한 수완을 몰래 발휘하는 어떠한 고리대금업자도 벌을 받지 않는다는 것일세. 그런 마당에 내가 왜 처벌을 받아야 한단 말인가? 나는 옛 독일인의 방식으로 숨기거나 위선을 떠는 일이 없이 나의 수완을 떳떳하게 발휘하고 있네. 친애하는 짐플리치우스! 자네는 아직 마키아벨리를 읽어본 적이 없지? 나는 솔직한 마음으로, 이 삶을 자유롭고 열린 마음으로 거리낌이 일절 없이 살고 있네. 나는 싸울 때면 옛날 영웅들처럼 목숨 걸고 행동하는 자는 위험한 상황을 감수해야 한다는 것도 알고 있네. 나 또한 목숨 걸고 위험한 일을 하고 있으니 불가피하게 얻게 되는 결론은 내가 이와 같은 수완을 발휘할 자격이 있고 내게는 허락된 일이라는 것일세."

이에 대한 나의 답변은 이랬다. "자네에게 강도짓과 도둑질이 허락되는지 아닌지는 말하고 싶지 않네. 그러나 그것은 분명 자연의 법칙에 어긋나는 것일세. 자연의 법칙을 말하자면, 자신이 원치 않는 일은 남에게도 저지르지 말라는 것일세. 그리고 그것은 세상의 법률에도 저촉되는 것이야. 도둑은 교수형에 처하고 강도는 목을 자르고 살인자는 환형에 처할 것을 법률은 규정하고 있네. 그리고 마지막으로 무엇보다 중요한 것은 죄를 벌하지 않는 것은 하나님의 뜻에도 어긋난다는 사실일세."

올리비어는 대답했다. "내가 말하지만, 자네는 아직도 마키아벨리를 연구해보지 않은 옛날 짐플리치우스 그대로야. 그러나 나와 같은 방식으로 하나의 왕조를 세울 수 있다면 그 점에 이의를 제기할 사람이 누구인지 어디 한번 보고 싶네!"

우리는 아마도 좀더 오래 토론을 했을 것이다. 그러나 농부가 먹을 것과 마실 것을 가지고 왔기 때문에 우리는 식탁에 앉아서 허기를 달랬다. 나의 위장을 위해서는 반드시 필요한 시간이었다.

제16장
늙은 헤르츠브루더의 예언을 마음에 새겨
원수를 사랑하게 된 올리비어

우리의 식사는 흰 빵과 구워서 식힌 송아지 고기, 넉넉잡아 한 모금은 됨직한 포도주가 전부였고 따뜻한 방이 있었다.

"짐플리치우스! 어떤가?" 올리비어가 말했다. "여기가 브라이자흐 전방에 있는 교통호보다는 좋지 않은가?"

내가 말했다. "그야 물론이지. 이런 생활을 안전하고 명예롭게 즐길 수 있다면 말일세."

그 말에 그는 지나치게 크게 웃으며 말했다. "도대체 교통호 속에 있는 그 불쌍한 귀신들이 우리들보다 안전하다는 말인가? 어느 때든지 포위된 자들이 포위망을 돌파할 것을 계산해야 하는 곳이 말일세. 사랑하는 짐플리치우스! 내가 보기에 자네는 어릿광대의 탈을 벗기는 했지만, 무엇이 좋고 무엇이 나쁜지를 분간하지 못하는 바보 같은 머리를 달고 있네. 자네가 늙은 헤르츠브루더의 예언대로 나의 죽음을 복수할 짐플리치우스가 아니었다면, 내가 여기서 어떤 남작보다도 더 잘 살고 있다는 것을 분명히 설명했을 터인데."

나는 그것이 도대체 무엇을 의미하는 것인지 생각해보았다. '너는 지금까지와는 달리 말투를 바꾸어야 한다. 안 그러면 사람 같지 않은 이놈이 분명 너를 죽일 수도 있을 것이다. 더군다나 그에게는 지금 도움을 줄 수 있는 농부가 있지 않은가?' 그러므로 나는 말했다. "도대체 자네는 제자가 스승보다 생업에 대해서 더 많이 안다는 소리를 들어보았나? 친구여, 자네가 주장하는 바와 같이 자네가 행복한 삶을 누리고 있다면, 나도 동참하게 해주게. 나도 약간의 행복이 필요하다네."

그러자 올리비어가 대답했다. "이 친구야, 자네에게 말하지만 나는 자네를 나 자신처럼 사랑하네. 그리고 내가 오늘 자네에게 준 고통은 자네가 나의 이마를 맞힌 총알보다도 더 나를 아프게 하고 있네. 그 총알로 자네는 용감하고, 정직한 남자처럼 자신을 방어했었지. 그러니 내가 어떻게 거절할 수가 있겠는가? 자네가 원한다면 내 집에 머물도록 하게. 나는 자네를 나 자신처럼 돌보겠네. 그러나 나와 함께 살고 싶은 생각이 없다면, 나는 자네에게 큰돈을 주어서 자네가 원하는 곳으로 함께 가겠네. 그리고 내가 하는 말이 진정이라는 것을 보여주기 위해서, 내가 자네의 능력을 높이 평가하는 까닭도 말하겠네.

늙은 헤르츠브루더가 했던 예언이 항상 적중했다는 것은 자네도 기억하고 있을 것일세. 마그데부르크 전방에서 그는 나에게도 예언을 했었는데, 그 후로 나는 잊고 있었네. 그는 이렇게 예언했네. '올리비어야, 네가 우리 어릿광대에 대해서 어떤 생각을 하든 상관없다. 하지만 그의 용감무쌍함 때문에 네가 놀라는 일이 있을 것이다. 너희들이 서로 예기치 못한 기회에 네가 부지중에 그를 도발해서 너의 생전에 최대의 난투극이 벌어질 것이다. 그때에 그는 자신의 손안에 든 너의 목숨을 살려줄 뿐만 아니라, 얼마 후에 네가 매를 맞아 죽게 될 때에 운 좋게 너의 죽음을 복수하게 될 것이다.' 나의 가장 사랑하는 짐플리치우스, 이 예언 때문에 나는 몸속에서 박동하는 심장을 자네와 나눌 용의가 있네. 그 예언은 이미 자네가 내 머리에 총 한 방을 쏘고, 아직 누구도 성공한 적이 없던 일인데, 자네가 나의 칼을 빼앗았을 때 부분적으로는 실현되었네. 그리고 내가 자네에게 깔려서 잔인하게 고통을 당해야 할 순간에 나의 목숨을 살려주었을 때도 마찬가지일세. 그렇기 때문에 나의 죽음에 관한 나머지 예언이 빗나갈지도 모른다는 의심 같은 것을 나는 하고 있지 않네. 사랑하는 친구여! 그러나 나는 이와 같은 복수를 통해서 자네가 진정 나의 친구라는 결론을 내리지 않을 수 없네. 만약 자네가 나의 친구가 아니라면, 복수도 떠맡지 않을 것이기 때문일세. 그래서 막상 나는 자네에게 마음을 활짝 열었으니 자네가 앞으로 무엇을 할 계획인지도 내게 말해보게!"

나는 생각했다. '악마는 너를 믿더라도, 나는 너를 믿지 않는다! 내가 너의 돈을 받고 함께 여행을 하면 너는 아마 나를 죽일 것이다. 그러나 내가 너의 집에 머물면, 너와 함께 사지가 찢길 것을 두려워해야 할 것이다.' 그러므로 나는 달아날 기회가 나타날 때까지 그의 코를 꿰어서 끌고 돌아다니기로 결정을 하고, 그만 괜찮다면 대략 일주일간 머물면서 그의 생활 습관에 익숙해질 수 있는지 겪어보겠다고 대답했다. 그의 삶이 내 마음에 들면, 그는 나에게서 좋은 친구와 병사를 발견할 것이고, 그렇지 않다면, 우리는 어느 때든지 좋은 마음으로 갈라설 수 있으리라는 것이었다. 그런 후로 그는 계속 거듭해서 나에게 술을 권하려고 했다. 그러나 나는 그를 믿지 않았고, 내가 더 이상 방어할 수 없을 때 그가 나에게 덤벼들지도 모른다고 생각했기 때문에 취하기도 전에 나는 잔뜩 취한 척했다.

그러나 내가 브라이자흐에서 대량으로 묻혀가지고 온 벼룩이 이제 나를 몹시 괴롭히기 시작했다. 벼룩들은 따뜻해지면 더 이상 나의 몸속에 박혀 있으려 하지 않았고, 산보하러 밖으로 나와서 재미도 보려고 했다. 올리비어는 그것을 알아차리고 내게 이가 있느냐고 묻기에 나는 대답했다. "물론 있다마다. 이 생활에서 언젠가 내가 가지게 될 금화보다도 더 많이 있네."

"그런 말 하지 말게. 자네가 내 곁에 있으면, 지금 자네가 가지고 있는 이보다 더 많은 금화를 가질 수 있을 것일세."

나는 대답했다. "그것은 내가 지금 이를 털어버릴 수 없는 것과 마찬가지로 불가능한 일일세."

"아 아닐세. 두 가지가 다 가능해." 그는 농부에게 명해서 집 근처에 있는 속이 빈 나무에 들어 있던 옷을 한 벌 가져오게 했다. 거기에는 회색 모자와 사슴 가죽으로 된 조끼, 붉은색 바지와 회색 저고리까지 곁들여 있었다. 양말과 구두는 다음 날 주겠다고 했다. 이와 같이 고마운 일이 있은 후 나는 분명 전보다 그를 좀더 신뢰하게 되었고 즐거운 마음으로 잠자리에 누웠다.

제17장
강도질을 하면서도 상념만은 경건했던 짐플리치우스

아침에 올리비어가 말했다. "짐플리치우스, 일어나게! 하나님의 이름으로 나가서 가져올 것이 있나 보세." 나는 '아아, 하나님 맙소사. 이제 거룩하신 하나님의 높으신 이름을 걸고 강도질을 하란 말인가?' 하고 생각했다. 은자의 생활을 한 이후로 나는 어떤 사람이 다른 사람을 보고 "아 친구여, 하나님의 이름으로 함께 술 한잔하세!"라고 하는 말조차도 들으면 의아한 생각이 들었다. 왜냐하면 나는 술 취하는 것과 그것도 하나님의 이름으로 취하는 것을 이중의 죄로 여겼기 때문이다. '아, 하늘에 계신 아버지! 내가 얼마나 변했는지요! 아, 신실하신 하나님, 내가 회개하지 않으면 나는 무엇이 되고 말는지요! 내가 참회를 하지 않았다고 곧장 지옥으로 가게 하지는 말아주십시오!'

그와 같은 생각을 하면서 나는 올리비어를 따라 어떤 마을로 갔다. 그러나 그 마을에는 살아 있는 것이라고는 아무것도 없었다. 우리는 사방을 둘러보기 위해서 교회 탑으로 올라갔다. 올리비어는 전날 밤 나에게 약속했던 양말과 구두를 그 위에 숨겨놓았다. 그 밖에 빵 두 개,

몇 조각의 육포와 반 통의 포도주도 숨겨놓았는데, 그 혼자라면 8일간은 족히 버틸 수 있는 양식이었다. 내가 그가 준 양말과 구두를 신는 동안 그는 노획물을 많이 얻으려고 할 때면 이곳에 매복한다고 설명했다. 그렇기 때문에 이곳에 양식을 비축해놓았지만, 만약의 경우를 생각해서 한 두어 군데 다른 곳에도 양식을 대비해두고 있다고 했다. 나는 그의 용의주도함을 칭찬했지만 하나님께 봉헌한 거룩한 장소를 이와 같이 더럽히는 것이 내 마음에는 몹시 걸린다는 것도 알아듣게 이야기했다.

　"여기서 더럽힌다는 말이 무슨 뜻인가?!" 그가 소리쳤다. "교회가 말을 할 수 있다면, 내가 이 안에서 하는 짓은 다른 사람들이 이미 저지른 짓과 비교하면 이야깃거리도 되지 않는다는 것을 인정할 것일세. 자네도 아마 얼마나 많은 남녀가 이 교회가 세워진 후에 하나님께 봉사한다는 핑계로 들어와서, 실제로는 오로지 자신들의 새로운 옷과 아름다운 몸매, 자신들의 훌륭함, 그 밖의 것들을 과시하려고 했는지를 알고 있겠지? 공작새처럼 교회에 와서 제단 앞에서 성자들의 발을 씻으려는 듯한 자세로 기도를 하는가 하면, 어떤 사람은 구석에 서서 사원에 있는 세리처럼 한숨을 쉬지만, 이 한숨은 오로지 자신의 애인에게만 해당될 뿐 하나님과는 아무 상관이 없는 것일세. 그의 눈은 애인의 모습을 보고는 좋아하는데 그가 이곳에 나타난 이유는 오로지 그 때문일세. 다른 사람은 종이 한 뭉치를 가지고 나타나거나, 할 수만 있으면 심지어는 화재 보험료를 거두는 사람처럼 교회 안으로 들어와서 기도는 하려고 하지 않고 보험료를 미납한 사람에게 보험료를 독촉하려고 한다네. 채무자가 교회에 온다는 것을 몰랐다면, 그는 아마도 얌전히 집에서 그의 계산서를 끼고 앉아 있었을 것이야. 마을 공동체의 공권력이 무엇인가 통보할 것이 있으면, 심부름꾼이 가끔 일요일에 교회에 와서 해결하기 때문에 그동안 많은 농부는 불쌍한 죄인이 법원을 무서워하는 것보다도 더 교회를 무서워한다네. 자네는 오히려 참수형, 교수형, 화형, 환형을 당해야 마땅한 사람들이 많이 교회에 묻혀 있다고 믿지 않나? 만약 교회가 유리한 기회를 제공해주지 않았다면, 많은 젊은이는 그들의 청춘사업에 그다지 특별한 진전을 보지 못했을 것이네. 무엇을 팔거나 빌릴 것이 있으면, 많은 곳에서 교회의 문이 게시판으로 이용되기도 하지. 주중에 자신의 음모를 깊이 생각해볼 겨를이 없던 사채업자들은 예배를 보는 동안 교회에 앉아서 어떻게 사람들에게 돈을 뜯어낼지 새로운 올무를 궁리하기도 한다네. 또 다른 사람들은 미사나 설교를 하는 동안 둘러앉아서 교회가 존재하는 목적이 그 밖에 다른 것은 없다는 듯 잡담이나 하고 있네. 그리고 그 잡담에서는 가정에서라면 감히 말을 꺼낼 수조차 없는 일들을 화제로 삼는 경우가 종종 있네. 또한 자리를 세내기라도 한 것처럼 앉아서 잠을 자는 사람도 있네. 남 이야기나 하고 수다를 떨며, 아! 목사님이 설교에서 이것저것을 아주 훌륭하게 맞혔다고 말하는 것 외에 아무 말도 하지 않는 사람도 간혹 있네. 다른 사람들은 목사가 말하는 것을 정확히 경청하기는 하나, 그것을 통해서 자신을 교화시키거나 개선하기 위해서가 아니라, 만약 목사가 그들이 보기에 지극히 사소한 잘못이라도 저지를라치면 그를 질책하고 험담하기 위해서인 것일세.

나는 남녀 간의 연애가 교회에서 시작되었을 뿐만 아니라, 그 사랑이 결실을 맺어 결혼으로 성사되었다는 이야기들은 읽은 적이 있으나 그것에 관해서는 언급하고 싶지 않네. 그 밖에도 내가 이 주제와 관련해서 할 수 있는 말은 많지만 당장 생각이 나질 않는군. 그러나 더 첨언하고 싶은 것은 인간들이 살아서는 교회를 악덕으로 더럽힐 뿐만 아니라, 죽은 후에도 허영과 어리석은 짓으로 채운다는 것일세. 자네가 교회에 들어서면 비석이나 기념 편액이 오래전부터 벌레 먹은 채로 아직도 위풍을 자랑하고 있음을 볼 것일세. 그리고 위쪽을 쳐다보면, 방패, 투구, 무기, 군도, 깃발, 장화, 박차와 그 비슷한 것들이 어떤 무기고보다도 더 많이 있는 것이 눈에 뜨이지. 그렇기 때문에 이번 전쟁에서 농부들이 많은 곳이면 요새처럼 교회에 진을 쳤던 것도 결코 이상한 일이 아닐세. 그런 마당에 군인인 내가 나의 생업을 교회에서 꾸려서는 안 된다는 법이 어디에 있겠나? 어떤 교회에서는 한때 심지어 두 분의 성직자가 좌석 배치에 의견이 맞지 않는다는 이유로 교회를 성스러운 곳이라기보다는 도살장에 비견될 만한 피바다를 만들어놓은 적도 있었네. 나는 그야말로 속인(俗人)의 신분일 뿐이 아닌가! 그러나 만약 사람들이 예배를 드리기 위해서 모여든다면 나는 이런 축성된 장소에 얼씬도 하지 않을 걸세. 그러나 그 두 사람은 성직자로서 심지어 신성로마제국의 황제 폐하 앞에서까지 불경스러운 짓을 저지른 것일세.[10]

그러므로 평소에는 그처럼 많은 사람이 교회 안에서 먹고살 뿐 아니라, 또한 교회 때문에 먹고사는 것이 분명한 판에 내가 생계를 교회에서 해결하면 안 되는 이유가 무엇이란 말인가? 예컨대 많은 부자가 자신의 자존심과 가정의 자존심을 과시하기 위하여 그 많은 돈을 들여 교회에 매장되는 것은 옳은 일인가? 아무것도 줄 것이 없는 가난한 사람은—분명 다른 사람과 마찬가지로 기독교 신자이고 게다가 그 부자

---

10) 1063년 고슬라에 있는 대성당에서 드린 성신강림절 예배에 황제 하인리히 4세가 임석한 자리에서 좌석 배치 문제로 풀다의 수도원장 비더라트와 힐데스하임의 주교인 베첼을 수행한 무장 병력 사이에 피비린내 나는 싸움이 벌어졌고, 황제는 자신에 대한 불경스러운 태도에 분개하여 교회를 떠난 역사적 사실이 있다.

보다 더 신앙심이 깊은데도—교회 밖의 어느 구석에 아무렇게나 매장되는 판인데 말일세. 모든 것은 오로지 생각하기 나름일세. 자네가 교회를 망루로 사용하는 데 이의가 있었다는 것을 내가 알았다면, 나는 자네를 위해 다른 답변을 준비했을 것이네. 그러나 지금은 내가 말한 것으로 만족하게나. 내가 자네와 다시 다른 것을 화제로 이야기를 나누게 될 때까지.”

나는 교회의 명예를 지키지 않는 이 모든 사람은 그와 마찬가지로 저주를 받고, 어느 날에는 그에 대한 정당한 대가를 치를 것이라고 올리비어에게 대답하고 싶었다. 그러나 나는 애당초부터 그를 신뢰하지 않았고, 또다시 그와 다투고 싶지 않았기 때문에 그가 옳다고 생각하도록 내버려두었다. 이제 그는 나에게 우리가 비트슈토크에서 헤어지고 난 후 어떻게 지냈는지, 내가 마그데부르크 전방에 있는 진지로 왔을 때 왜 어릿광대 차림을 하고 있었는지 이야기해주길 청했다. 그러나 나는 여전히 목이 아프다며 그에게 양해를 구하고, 먼저 그 자신이 살아온 인생 역정을 들려달라고 청했다. 분명 여러 가지 흥미로운 에피소드들이 있을 터였다. 그는 그러기로 하고 자신의 평탄치 않았던 인생담을 이야기하기 시작했다.

제18장
올리비어의 어린 시절과 학창 시절

“나의 아버지는 아헨 근처에 있는 평범한 가정에서 태어나 어떤 상인을 위해 일을 했네. 그 상인은 구리 판매로 돈을 벌어서 부자가 된 사람이었네. 내 아버지는 자신의 소임을 잘 처리해서 주인은 아버지로 하여금 글쓰기, 읽기, 계산하는 법을 배우게 했고, 시간이 가면서 옛날 보디바르가 요셉에게 한 것처럼 자신의 사업 운영을 모두 맡기었네. 그렇게 함으로써 두 사람 다 이득이 있었는데, 그 상인은 우리 아버지의 근면과 현명한 상황 판단에 힘입어 점점 부자가 되었고, 우리 아버지는 장사가 잘되면서 자부심을 가지게 되었지. 그러자 아버지는 급기야 자신의 부모님을 창피하게 여기고 멸시하기 시작했네. 그 점에 대하여 부모님은 종종 불만을 표시했지만 소용이 없었지.

상점 주인이 늙은 아내와 단 하나뿐인 딸을 남겨두고 세상을 떠났을 때 우리 아버지의 나이는 스물다섯 살이었네. 상점 주인이 사망하기 직전에 딸이 실수로 점원의 아이를 낳았는데, 그 아이도 곧 할아버지를 따라 무덤으로 가고 말았네. 우리 아버지는 막상 이 상인의 딸이 아버지와 아이를 잃었지만 돈이 있는 것을 알았고, 그녀의 재산을 생각할 때 처녀가 아니라는 것이 가까이하는 데 아무런 걸림돌이 되지 않았네. 그들의 관계를 그녀의 어머니도 허락했는데, 이는 비단 딸의 명예를 회복시켜주기 위함일 뿐만 아니라, 나의 아버지가 상점의 형편을 가장 잘 알고 있었고 돈을 다룰 줄 알았기 때문이었네. 이 혼인을 통해서 우리 아버지는 단번에 부유한 상인이 되었고, 나는 그의 첫번째 상속자로서 재산 덕분에 순탄하게 성장할 수 있었네. 나의 옷차림은 귀족의 자제들과 다름이 없었고, 먹고 마시는 것도 남작 부럽지 않았으며, 시중도 백작처럼 극진하게 받았네. 이 모든 것이 은이나 금이 아니라 구리와 아연광 덕분이었다네.

내 나이 만 일곱 살이 되기도 전에 이미 내가 장차 무엇이 될지 가늠할 수 있는 조짐이 나타났네. 쐐기풀은 때가 되면 쏘는 법이거든. 어떠한 악행도 나는 서슴지 않았고, 누구에게나 가리지 않고 가능할 때마다 못된 짓을 저질렀는데, 그 때문에 아버지는 물론 어머니도 나에게 벌을 주지는 않았어. 나는 다른 못된 아이들과 어울려 길거리를 쏘다녔고, 이미 나보다 힘이 센 아이들과 힘을 겨루었네. 그래서 내가 얻어맞으면, 나의 부모님은 '그처럼 큰 녀석들이 어린아이와 무슨 싸움질이냐'고 말씀하는 것이었네. 그러나 내가 할퀴고, 물고, 돌을 던져서 우위를 차지할라치면, '아, 우리 올리비어는 아직 어리고 귀엽지만, 장차 용감무쌍한 사람이 될 거야!'라고 말씀하셨네. 그래서 나는 용기가 생겼네. 기도를 하기에 나는 아직 너무 어렸으나 내가 마부처럼 지독한 욕설을 할라치면, 사람들은 내가 뜻도 모르고 하는 말이라고 하면서 대수롭지 않게 여겼네.

그렇게 나는 점점 더 못된 짓만 하다가 결국 학교에 가게 되었네. 학교에서 다른 못된 아이들이 나쁜 행동을 계획만 하고 감히 실행에 옮기지 못할 때 나는 그것을 실현시켰네. 그리고 내가 책에 낙서를 하거나 찢을 때면 나의 어머니는 새것을 사주셨네. 인색한 아버지가 역정을 내지 않게끔 하기 위함이었지. 나는 선생님에게도 짓궂은 장난을 쳤는데, 그러더라도 그가 나를 지나치게 엄격히 다루지는 못할 것을 내가 알고 있었기 때문이네. 그는 나의 부모님으로부터 선물을 많이 받았고 부모님이 나에게 맹목적인 사랑을 품고 있는 것을 익히 알았던 것일세. 나는 여름이면 귀뚜라미를 잡아서 몰래 학교에 풀어놓았네. 그러면 귀뚜라미들은 학교에서 우리에게 사랑스러운 노래를 들려주었네. 겨울이면 나는 독성이 있는 미나리아재비 가루를 훔쳐서 남자아이들이 벌을 받는 구석에 뿌렸네. 고집이 센 친구가 저항을 하면, 내가 뿌린 가루가 날려서 모든 학우가 재채기를 했기 때문에 나는 그것을 재미있어했네.

그러나 시간이 가면서 그와 같은 단순한 장난은 성에 차지 않게 되고, 좀더 흉측한 장난을 저지르게 되었네. 이제 나는 어떤 학우에게서 물건을 훔쳐 내가 골탕을 먹이고 싶은 다른 학우의 주머니에 슬쩍 집어넣었네. 그런 짓을 나는 아주 능숙하게 해서 들키는 일이 거의 없었지. 우리끼리 하는 전쟁놀음에서 나는 대부분 대장 노릇을 했으며, 그러다가 얻어맞은 것에 대해서는 말하지 않겠네. 나의 얼굴은 항상 상처투성이였고 머리에는 온통 혹이 나 있었다는 것만 알아두게. 사내아이들이란 무슨 짓을 할지 모른다는 것은 누구나 아는 사실일세. 그러나 내 이야기를 다 들었으니 어려서부터 내게 무슨 일이 있었는지를 이제 자네는 알게 되었네."

제19장
올리비어가 학창 시절 리에주에서 저지른 행동

"우리 아버지의 재산이 나날이 불어나자 그에게는 더 많은 식객과 아첨꾼이 나타나서 나의 영특함을 칭찬하며, 내가 무조건 대학에 가서 공부를 해야 한다고 주장했네. 반면에 그들은 나의 품행이 나쁜 것에 대해서는 한 마디도 하지 않거나 나의 잘못을 최소한 용인할 줄 알았네. 그러지 않고는 나의 어머니는 물론 나의 아버지에게 더 이상 환심을 살 수 없다는 것을 알았기 때문이지. 그렇게 해서 나의 부모님은 때까치가 자신이 키우는 뻐꾸기에 대해 느끼는 기쁨보다 더한 기쁨을 아들을 보며 느끼고 있었다네. 그들은 가정 교수를 고용해서 나와 함께 리에주로 가게 했네. 대학 공부를 위해서라기보다 프랑스 말을 배우게 하기 위해서였지. 물론 나를 신학자로 만들고 싶은 것은 아니었고, 장사꾼으로 키우고 싶어 했네. 그들은 가정 교수에게 나를 지나치게 엄격히 다루지 말 것을 지시했는데, 행여나 성격이 겁이 많고 비굴하게 되지 않을까 염려가 되어서였네. 그는 또한 나를 마음 놓고 사람들과 어울리도록 해야 했네. 내게 사람 기피증이 생기지 않게 하기 위함이었지. 그리고 부모님은 나를 세상 물정에 어두운 성직자가 아니라, 무엇이 희고 무엇이 검은지를 알아야 하는 세속적인 사람으로 만들기를 원한다는 것을 유념해야만 했다네.

그러나 나의 선생에게는 그런 지시가 아무 소용이 없었네. 그 자신이 온갖 악행을 저지르고도 남을 사람이었거든. 그 자신이 훨씬 무거운 잘못을 저지르는 판에 어떻게 나에게 그런 짓을 하지 말라고 금지시키거나 내가 보잘것없는 잘못을 저질렀을 때 나를 엄중히 꾸짖을 수 있었겠는가? 그가 특별히 밝힌 것은 여자와 술이었으나 나의 관심은 천성적으로 치고받는 싸움질이어서 나는 곧 그와 그의 동료들과 함께 밤이면 거리를 배회하면서 짧은 시간에 그에게 라틴어보다는 못된 짓을 더 많이 배웠네. 나는 뛰어난 기억력과 예리한 판단력을 믿고 대학 공부에는 특별히 신경을 쓰지 않았고, 그 대신 악하고 엉뚱한 짓, 모험 등에 빠졌지. 나의 양심은 폭이 넓어져서 건초 실은 커다란 마차가 통과하더라도 아무런 문제가 없을 정도였네. 나는 교회에서도 사려 깊지 못하게 처신했네. 심지어 설교 중에도 외설물 작가인 베르니, 부르키엘로, 아레티노[11]의 책들을 읽었고, 예배 시간 내내 듣는 것이라고는 '이

---

11) 프란체스코 베르니(Francesco Berni, ?1497~1535), 도메니코 부르키엘로(Domenico Burchiello, 1404~1449), 피에트로 아레티노(Pietro Aretino, 1492~1556), 세 사람 모두 이탈리아 출신이며 외설 작가로 통한다.

제 예배가 끝났습니다'라는 말밖에는 없었지. 그 밖에 나는 최신 유행에 따른 옷차림을 하고, 매일같이 잔치를 벌였네. 이처럼 나는 유복한 사람 행세를 했고, 우리 아버지가 생활비로 넉넉히 보내준 돈뿐만 아니라, 똑같이 우리 어머니가 보내준 넉넉한 우윳값까지 아낌없이 기부했기 때문에 여자들도 우리를, 특히 나의 가정 교수를 유혹했네. 이처럼 품행이 단정하지 못한 여자들에게서 아양 떠는 법, 애무하는 법, 희롱하는 법을 나도 배웠다네. 이미 다투고, 치고받고 싸움질하는 것에 나는 이골이 나 있었고, 나의 선생은 내가 폭식과 폭음하는 것도 말리지 않았어. 그 자신도 같이하는 판이었으니까.

이와 같이 호화로운 생활을 누린 지 1년 반이 지나자 우리 아버지는 리에주에 있는 경리 직원을 통해 이 사실을 알게 되었네. 그 직원은 처음에 우리가 그 집에서 식사도 했던 사람이었네. 우리를 눈여겨보고, 나의 가정 교수를 해고하라는 명령이 그에게 떨어졌네. 그뿐만 아니라 나에게도 너 이상 고삐를 늦추지 말고, 내가 돈을 어떻게 쓰는지 정확히 감시하라는 지시도 내렸네. 그 일로 나와 나의 선생은 대단히 화가 났으나 그의 해고에도 불구하고 우리는 계속해서 밤낮으로 함께 붙어 다녔지. 그러나 우리에겐 지금까지처럼 주변에 뿌릴 돈이 더 이상 없었기 때문에 어떤 패거리에 합류해서 밤이면 길거리에서 사람들의 외투를 훔치거나 심지어 사람들을 마스강에 빠뜨려 죽게 했다네. 이런 방법으로 지극히 위험한 상황 속에서 끌어모은 돈을 우리는 창녀들과 어울려 흥청망청 써댔고, 학업에는 더 이상 전혀 신경을 쓰지 못했네.

하지만 어느 날 밤 습관대로 대학생들의 외투를 훔치려고 싸돌아다니다가 수적으로 열세였던 우리는 제압당하고 말았네. 나의 선생은 칼에 찔려 죽고, 나는 진짜 도둑이었던 상대편 다섯 명에게 잡혀 갇히고 말았지. 다음 날 심문에서 나는 우리 아버지의 경리 직원 이름을 댔어. 그는 그 도시에서 명망이 있는 사람이었기 때문이지. 사람들이 그를 오게 해서 나에 대해 묻자, 그가 나를 위해 보증을 섰고 나는 풀려는 났으나, 당분간 그의 집에 연금되어야 했네. 그사이 나의 선생의 장례가 치러지고, 그 다섯 명은 도둑, 강도, 살인자로 처벌되었네. 우리 아버지도 나의 형편을 전해 듣고 몸소 급히 리에주로 와서 돈으로 나의 문제를 해결하고, 나에게 엄격한 훈계를 했네. 내가 그에게 끼친 심려와 불행 그리고 내가 저지른 창피한 짓으로 인해 우리 어머니가 절망에 빠졌기 때문에 내가 개전의 정을 보이지 않으면, 나의 상속권을 빼앗고 내쫓아 버리겠다고 위협했어. 나는 개심하기로 약속하고, 그와 함께 집으로 돌아왔다네. 그렇게 되어 나의 학업도 끝이 나고 말았다네."

제20장
올리비어의 귀향과 또 하나의 이별

"우리 아버지가 나를 집으로 데려왔을 때, 그는 내가 철저하게 망가져 있는 것을 확인했네. 나는 그가 희망했던 대로 훌륭한 신사가 된 것이 아니라, 싸움이나 일삼는 난폭한 인간이자 대단한 식견을 가지고 있다고 착각하는 독선적인 인간이 되었다네. 내가 얼마간 몸을 추스르자 아버지는 말했네. '올리비어야, 잘 들어라! 내가 보기에 너의 못된 짓은 시간이 갈수록 더욱 악화되고 있다. 너는 이제 세상에 백해무익하고 짐이나 되는 존재요, 아무 쓸모 없는 악한에 불과해. 직업을 배우기에는 나이가 너무 많고, 주인을 섬기기에는 태도가 너무나 불손해. 그

렁다고 장사를 할 수 있는 것도 아니고. 내가 너를 위해 그 많은 돈을 써가며 도대체 무슨 짓을 한 것인지 모르겠구나! 나는 네가 훌륭한 사람이 되어 너로 인해 기쁨을 얻게 되기를 바랐었다. 그 대신 돈을 주고 너를 형리의 손에서 구해야 했으니, 이 무슨 수치란 말이냐! 이제 네게 남은 것은 아연광 분쇄 공장에 처박혀 악행을 속죄하고, 신고(辛苦)를 이겨내는 길밖에 없다. 보다 행복한 날이 올 때까지.'

나는 매일 그와 같은 훈계를 듣다 보니 급기야 인내심을 잃고 모든 책임이 나에게만 있는 것이 아니고, 아버지 자신과 나를 유혹한 가정 교수에게도 있다고 아버지에게 대들었네. 나로 인하여 낙이 없는 것은 그 자신도 부모님을 기쁘게 해드리지 못하고 걸인처럼 굶어 죽게 했으니 너무나 당연하고, 그래도 싸다고 말했네. 그는 내가 진실을 말한 것에 대한 대가를 치르게 하려고 몽둥이를 집어 들고, 나를 암스테르담에 있는 교도소로 보내고 말겠다고 하늘에 두고 엄숙하게 맹서했네. 그러므로 나는 도망을 쳐서 당일 밤에 *그*가 최근 매입해둔 농장으로 피신을 했고, 그곳에서 상황이 유리해질 순간을 기다렸다가 얼마 후에 우리 소작인이 마구간에 매어두었던 최상의 암말을 타고 쾰른시를 향해 떠났네.

나는 말을 팔고 다시금 한때 내가 리에주에서 어울렸던 노름꾼과 도둑들 패에 합류했네. 그들은 내가 카드놀이를 하는 수법을 보고 나를 금방 알아보았고, 거꾸로 나도 그들을 알아보았네. 왜냐하면 우리는 똑같은 트릭을 썼기 때문일세. 나는 그 동업자들에 합류해서 내가 할 수 있는 곳에서 야간 습격이 있을 때 그들을 도왔네. 그러나 얼마 후에 우리 중 한 사람이 구시장에서 어떤 지체 높은 귀부인의 무거운 지갑을 낚아채려다가 잡힌 후에 반나절 동안 목에 칼을 쓰고 공개 석상에서 치욕을 당하다가 끝내 한쪽 귀가 잘리고, 채찍으로 매를 맞는 것을 다 같이 보아야 했네. 그때 나에게는 이와 같은 강도질에 대한 온갖 정이 다 떨어져버리고 말았네.

　나는 군대에 지원할 수가 있었네. 때마침 우리가 다 같이 마그데부르크 전방에서 모셨던 대령이 자신의 연대 병력을 늘리기 위해 사람들을 찾고 있던 중이었네. 그러는 동안 우리 아버지도 내가 어디로 갔는지 알게 되었고, 쾰른에 있는 자신의 경리 직원에게 편지를 써서 나를 수소문하도록 지시했네. 이때가 바로 내가 입대 장려금을 받았을 때였네. 경리 직원은 이 사실을 아버지에게 보고했고, 아버지는 얼마가 들든지 돈을 지불하고 나를 군대에서 빼내 오도록 그에게 지시했네. 이 소리를 들었을 때 나는 다시금 교도소에 대한 두려움에 사로잡혔고, 한 번 예외적으로 군대를 떠나고 싶지가 않았네. 이렇게 옥신각신하는 사이에 대령은 나름대로 내가 부유한 상인의 아들이라는 사실을 들어 알게 되었고, 요구액을 높이 올리는 바람에 아버지도 차라리 나를 있는 곳에 그대로 내버려두는 것이 좋겠다고 판단하게 되었으며, 스스로 말하기를 내가 한동안 전쟁의 와중에서 고생을 하도록 내버려두는 것도 나쁘지는 않을 것이라고 했네.

　그 후로 얼마 가지 않아서 나의 대령의 서기병이 죽고, 자네도 알다시피 내가 그 후임자가 되었네. 그 당시 커다란 계획을 세우고 내가 한 단계 한 단계 승진을 해서 마지막에는 장군까지 될 수 있다는 희망을 품기 시작했네. 우리 연대 부관이 내게 그렇게 하려면 어떻게 하는 것이 가장 좋을지 충고를 해주었네. 그래서 나는 그때부터 훌륭한 사람이 되기 위해 옳고 존경받는 처신을 하면서 더 이상 비열한 짓은 하지 않게 되었네. 그럼에도 불구하고 우리 부관이 죽는 순간까지는 아무런 진전이 없었지. 그래서 나는 그의 자리를 얻도록 마음을 써야 한다고 스스로에게 다짐했네. 나는 할 수 있는 한 남을 위하여 돈을 쓰는 모습을 보였네. 내가 올바르게 살아가고 있다는 소식을 들어 알았을 때 우리 어머니가 내게 다시 돈을 보냈기 때문이었네.

그러나 젊은 헤르츠브루더가 우리 대령과 사이가 좋았고, 대령은 나보다도 항상 그를 편애했네. 그렇기에 나는 특히 대령이 그에게 부관 자리를 주려고 확고하게 결심했다는 것을 들었을 때, 그를 제거하려고 했네. 내가 열심히 바라던 진급이 아직 아무런 진전도 없는 것을 알게 되자 나는 초조해져서 우리 법무관에게 강철처럼 강한 불사신인 양 단련을 받고 헤르츠브루더에게 결투를 신청해서 칼끝으로 찔러 죽이려고 작정했네. 하지만 나는 그에게 접근하는 데 성공하지 못했고, 법무관도 나로 하여금 계획을 접도록 말렸네. '만약 자네가 그를 제거하면, 득보다는 실이 더 많을 걸세. 자네는 단지 대령이 가장 사랑하는 부하를 살해한 것에 불과할 테니까.' 그 대신 그는 나에게 헤르츠브루더가 있는 데에서 무엇을 훔쳐 법무관인 그에게 가져오라고 충고했네. 그러면 그가 나중에 헤르츠브루더에 대한 대령의 환심이 사라지도록 조치를 취하리라는 것이었네. 나는 그의 충고를 따라 대령의 세례식에서 그의 금잔을 훔쳐 법무관에게 가져다주었고, 법무관은 그것을 가지고 실제로 헤르츠브루더를 제거했네. 자네도 물론 그가 어떻게 대령의 커다란 막사에서 요술을 부려 옷 밑에서 말짱 어린 개들을 쏟아냈는지 잊지 않았을 것이네."

제21장
늙은 헤르츠브루더의 예언을 실현한 짐플리치우스

나는 올리비어가 나의 가장 사랑하는 친구에게 한 짓을 직접 들었으면서도 아무런 복수를 할 수 없으니 아주 비참한 느낌이 들었다. 그보다 더 힘들었던 점은 내 감정을 조금이라도 내색하면 안 되는 것이었다. 그렇기 때문에 이제 비트슈토크 전투 이후에 그의 행적이 어떠했는지를 좀더 이야기해달라고 부탁했다.

"이 전투에 나는 잉크병에 매달린 서기병이 아니라, 정규 전투 요원으로 참가했네. 내게는 훌륭한 말이 있었고, 내 몸은 강철처럼 단련되어 있는 데다 기병 소대에 소속되지 않아서 용맹심을 발휘할 수 있었네. 그때 나는 군도를 가지고 출세하거나 죽을 각오가 되어 있는, 그야말로 일개의 영웅적인 전사의 모습을 보여주었네. 회오리바람처럼 우리 여단 주변을 맴돌면서 할 수 있는 대로 나는 전투에 가담했네. 우리 부대원들은 내가 펜을 들 때보다 무기를 잡을 때 더 쓸모가 있다는 것을 알아야만 했거든. 그러나 그것도 도움이 되지 못했네. 행운은 스웨덴 군대 몫이었고, 우리 군의 불운은 나에게도 영향을 미쳤네. 전에는 누구도 용서하려고 해본 적이 없었던 판에 이제 나는 심지어 남에게 관용을 베풀어주기를 간청하지 않으면 안 되는 신세가 되었네.

그리하여 나는 다른 포로들처럼 보병 연대로 오게 되었고, 그 연대는 휴식을 취하며 전열을 정비하기 위해서 포메른으로 이동을 했네. 부대원 중에는 신병들이 많았고, 나는 있는 힘을 다하는 모습을 보여주었기에 곧 하사관이 되었네. 그러나 나는 그곳에 오래 머무르고 싶지 않았고, 가능하면 곧 예전에 내가 소속감을 느꼈던 황제군으로 다시 돌아오고 싶었네. 내가 스웨덴 군대에 있으면 좀더 빨리 승진이 될 것이 뻔했음에도 불구하고 말일세.

그래서 나는 그다음에 도망을 쳤지. 일곱 명의 보병 병사들과 함께 나는 납부해야 할 군세를 독촉할 임무를 띠고 우리 구역의 외진 곳으로 파견되었네. 내가 금화 800굴덴이 넘는 돈을 거두었을 때 그 돈을 대원들에게 보여주며 그들의 탐욕을 자극했네. 우리는 그 돈을 분배해 그곳에서 사라지기로 합의를 했네. 나중에 나는 우리 대원 세 명을 설득하여 나를 도와 나머지 네 명을 사살케 했고, 그 일을 마친 뒤에 우리는 다시 돈을 나누어 가졌기 때문에 이제 각자의 몫은 200굴덴으로 불어나게 되었네. 이 돈을 가지고 우리는 베스트팔렌 쪽으로 진출했네. 도중에 나는 대원 세 명 중 한 명을 설득해서 나를 도와 나머지 두 명을 똑같이 죽이게 했고, 그다음 다시 한 번 돈을 분배할 때, 나는 이 마지막 대원도 목을 졸라 죽이고 무사히 베를레로 왔네. 그곳에서 나는 군에 지원해 많은 돈으로 편안한 생활을 했네.

나는 계속 잔치를 벌이고 싶었지만, 형편은 기울어져 갔네. 그 당시 나는 조스트의 젊은 병사에 관해서 사람들이 많은 이야기를 하는 것을 들었네. 그는 노략질에 뛰어난 솜씨를 발휘해서 유명해졌지. 그것이 나로 하여금 그를 흉내 내도록 자극했네. 사람들은 녹색 복장 때문에 그를 사냥꾼이라고 불렀네. 그러므로 나도 그와 같은 복장을 만들게 했고, 그의 이름을 써가며 그가 있는 지역과 우리 지역에서 도둑질을 했네. 그 과정에 나는 수많은 악행을 저질러 우리 두 사람 모두에게 노획질 하는 것이 금지되어야 했네. 그러자 조스트의 사냥꾼은 실제로 집에 칩거하고 있었지만, 나는 그의 이름을 도용해가면서 할 수 있는 대로 계속 도둑질을 해서 마침내 그는 나에게 결투를 신청하기에 이르렀네.

그러나 나는 '결투를 할 테면, 악마하고나 하라지!' 하고 혼잣말을 했네. 그가 악마와 사이좋게 지낸다는 것을 내가 들었기 때문이었지. 그런 이유로 불사신의 싸움 기술을 가지고도 나는 그를 어쩌지 못했던 것이네.

그럼에도 불구하고 나는 그의 술수를 알아차리지 못했네. 그는 한 머슴의 도움으로 나와 내 동료들을 양치기 농가로 유인해서 달빛이 비치고, 그가 입회인으로 데리고 온 두 명의 인간의 자태를 갖춘 악마가 있는 자리에서 그와 결투를 하지 않으면 안 되게 했네. 내가 거절하자, 그들은 나에게 세상에서 가장 굴욕스러운 짓을 하도록 강요했네. 나의 동료들은 아직까지도 그 이야기를 하고 있다네. 나는 수치스러워서 더 이상 그곳에 머물고 싶지 않아 리프슈타트로 건너가 헤센 군대에서 복무를 했네. 그러나 거기서도 사람들이 나를 신용하지 않아 오래 머물지 못하고, 길을 떠나 네덜란드 군대에서 근무를 했네. 그곳에서 돈을 더 많이 받기는 했지만 내게는 너무나 지루한 전쟁일 뿐이었네. 왜냐하면 우리는 수도승 취급을 당했고 수녀처럼 생활해야 했기 때문일세.

나는 이제 황제 군대에서는 물론 스웨덴 군대나 헤센 군대에서 탈영을 했으니 짐짓 위험을 무릅쓰지 않고는 더 이상 모습을 드러낼 수 없었고, 네덜란드 군대에서도 오랫동안 머무를 수가 없게 되었네. 내가 폭력으로 한 아가씨를 능욕한 적이 있는데, 모든 정황으로 보아 그 결과가 곧 밝혀질 것이어서 나는 에스파냐 통치하에 있는 벨기에로 잠입하려고 했네. 그곳에서라면 나는 집으로 돌아갈 수가 있고 우리 부모님이 어떻게 지내고 계신지 볼 수 있을 것으로 기대했기 때문일세. 그러나 이 계획은 근본적으로 빗나가고 말았네. 나는 본의 아니게 바이에른 군대에 끼게 되었고, 그들과 함께 메로데-형제들의 대열에 휩쓸려 베스트팔렌에서부터 브라이스까지 행진을 했기 때문일세. 가는 도중에는 노름과 도둑질을 해서 먹고살았네. 가진 것이 있을 때면 낮에는 노름판에 들러붙었고 밤이 되면 종군 상인들에게 가 있었네. 그리고 가진 것이 없을 때면, 도둑질로 얻을 수 있는 것을 훔쳤네. 종종 하루에 말 두세 필을 풀밭이나 숙영지에서 훔쳤지만 곧 말들을 판 돈은 노름으로 다시 잃고 말았네. 그러면 밤에 막사에 머무는 사람들에게 잠입해서 그들의 베개 밑에 있는 가장 값진 물건을 훔쳐냈네. 그러는 도중에는 후미진 장소에서 여자들이 메고 오는 배낭을 노렸다가 등에서 끊어내어 탈취했지. 그렇게 나는 비텐바이어 전장까지 근근이 버티며 살아왔네. 거기서 나는 다시금 포로 신세가 되어 다시금 보병 연대에 배치되었고, 이제는 바이마르 군대의 일원이 되고 말았네. 그러나 브라이자흐 전방 주둔지에서 군대 생활이 마음에 들지 않아 나는 적당한 때에 제대를 하고, 그때부터는 나 자신만의 전쟁을 수행하게 되었네. 그리고 아직도 자네가 보는 바와 같은 짓을 하고 있네. 형제여! 그 후로 나는 콧대 높은 녀석들을 많이 죽였고, 그렇게 해서 상당한 액수의 돈을 모았다고 자부할 수 있네. 그리고 더 이상 내가 훔칠 것이 없다는 것을 알면, 그때에 가서는 이 짓을 그만둘 작정이네. 이제는 자네가 과거를 이야기할 차례일세."

제22장
개나 고양이에게도 역겨운 존재가 된 올리비어

올리비어가 이야기를 끝마쳤을 때 나는 하나님의 섭리에 대한 놀라운 마음을 더 이상 떨쳐버릴 수가 없었다. 사랑하는 하나님께서 아버지처럼 베스트팔렌에서 이 잔악한 인간으로부터 나를 보호해주셨을 뿐만 아니라, 그로 하여금 내 앞에서 공포감을 느끼도록 섭리하신 것을 이제 알 수 있었다. 이제 비로소 늙은 헤르츠브루더의 예언이 있은 후에 우리가 서로 상대의 정체를 알지 못한 채 내가 올리비어에게 어떤 짓을 했는지 이해했다. 또한 올리비어 자신도 우리가 이미 앞서 제16장에서 읽은 것처럼 이 예언을 전혀 다르게 해석했던 것을 이해하자 다행스럽게 여겼다. 왜냐하면 이 잔악한 인간이 내가 조스트의 사냥꾼이라는 것을 알았다면, 그는 틀림없이 내가 그에게 양치기 농장에서 한 짓에 대해 복수를 했을 것이기 때문이다. 늙은 헤르츠브루더가 그의 예언을 애매모호하게 표현한 것이 얼마나 현명한 짓이었는지를 나는 깨달았다. 그렇지만 또한 그의 예언이 지금까지 항상 정확히 맞았음에도 불구하고, 내가 교수형이나 환형을 당해야 마땅한 사람을 위해서 복수를 해야 한다는 것은 대단히 희한한 일이거니와 거의 가능치도 못한 일이라고 되뇌었다. 좌우지간에 내가 먼저 그에게 나의 이력을 이야기하지 않은 것은 분명 참으로 잘한 일이라는 것이 증명되었다. 그랬다면 나의 정체를 폭로했을 것임은 물론이고, 과거에 내가 그의 마음에 깊은 상처를 입혔다는 것도 말했을 터였다.

그와 같은 상념들이 나의 머릿속에서 맴도는 동안 올리비어의 얼굴에 마그데부르크에서는 보지 못했던 몇 개의 흉터가 있는 것이 눈에 뜨였다. 나는 슈프링인스펠트가 악마의 형상을 하고 그의 얼굴을 할퀴어서 남긴 자국으로 믿었지만 짐짓 그 흉터가 어떻게 해서 생겼는지를 올리비어에게 물었다. 그러면서 덧붙여 그가 내게 자신의 전 생애를 이야기했지만, 그중에서도 가장 중요한 것으로 보이는 부분을 감추느라고 아직 그를 그렇게 만든 사람이 누구인지는 밝히지 않았다고 말했다.

그는 대답했다. "아, 형제여! 만약 내가 잘한 짓과 잘못한 짓을 모두 이야기했다면 시간이 오래 걸려 우리 둘 모두에게 지루했을 것이네. 그렇지만 내가 자네에게 아무것도 숨기지 않을 작정이라는 것을 보여주기 위해서 그에 대한 진실도 밝히겠네. 그 일로 내 체면이 많이 깎이긴 하겠지만 말일세.

살아오면서 얼굴에 흉터가 있는 것은 나의 팔자소관인 것으로 믿고 있네. 왜냐하면 내가 아직 어렸을 때 이미 동급생들과 치고받고 싸울 때면 그들이 나의 얼굴을 할퀴었기 때문일세. 그리고 조스트의 사냥꾼 수하에 있던 한 악마도 심하게 할퀴어서 그의 손톱자국이 6주 동안이나 나의 얼굴에 눈에 뜨이게 남아 있었네. 그러나 그 뒤로 모든 것이 깨끗하게 아물었네. 자네가 지금 보고 있는 피멍 자국은 다른 연유에서 생긴 것일세. 그 연유를 이야기하자면, 내가 스웨덴 군대 소속으로 포메른에 주둔할 때 어여쁜 정부가 있었는데, 내가 기숙하던 하숙집 수인이 나에게 잠자리로 자신의 침대를 내준 적이 있었네. 그러나 지금까지 그 침대 위에서 잠을 자오던 그의 고양이가 매일같이 와서 우리를 몹시 방해했네. 그 고양이의 주인 부부처럼 그 짐승도 자신의 편안한 잠자리를 그렇게 간단하게 포기하고 싶지 않았던 게지. 고양이를 싫어하던 나의 정부가 몹시 화가 나서 고양이를 쫓아버리지 않는 한 더 이상 나와 잠자리를 함께하지 않겠노라고 선언했네. 나는 그녀에게 환심을 얻기 위해서 그녀의 요구를 들어줄 작정이었네. 거기에 더해 고양이에게 복수를 하고 싶은 충동도 작용했네. 그러므로 나는 고양이를 자루에 넣어서 그러지 않아도 적대감을 내보이던 하숙집 주인의 힘센 개 두 마리와 함께 잘 가꾸어진 넓은 풀밭으로 갔네. 재미있는 구경거리를 연출하기 위해서였지.

근처에는 고양이가 도망쳐 올라갈 나무가 없었기 때문에 나는 두 마리의 개가 고양이를 땅 위에서 쫓아다니면서 토끼몰이를 하는 광경을 보는 즐거움을 맛보게 되기를 기대했다네. 그러나 이 무슨 불행한 일인가! 나는 흔히 말하듯 개망신만 당한 것이 아니라, 고양이 망신까지 당하고 말았네(망신치고는 좀처럼 쉽게 볼 수 없는 망신이 틀림없네. 그랬다면 고양이 망신이라는 속담이 오래전에 생겼을 테지!). 내가 고양이를 자루에서 풀어놓자 앞에는 오로지 넓은 벌판과 두 마리의 강한 적들만 있고 자신이 피할 수 있는 높은 것은 아무것도 보이질 않았겠지. 그렇다고 단순히 낮은 곳에 꼼짝도 않고 앉아 털을 뜯기만 하는 것이 아니라, 나 자신의 머리로 기어 올라오고 말았네. 달리 높은 장소를 발견하지 못했기 때문이지. 내가 고양이를 쫓아버리려고 하자 모자만 땅에 떨어졌고, 고양이를 떨쳐버리려고 힘을 쓸수록 그놈은 버티려고 더욱더 세차게 내 머리통에 발톱을 박았네.

이렇게 둘이 다투는 것을 개 두 마리는 오랫동안 두고 보고만 있을 수 없었던 듯싶네. 개 두 마리가 개입해서 입을 벌리고 나의 앞뒤로 그리고 양옆으로 고양이를 향해 뛰어올랐지만, 그 때문에 고양이는 나의 머리 위에서 떨어지지 않으려고 할 수 있는 한 강한 발톱으로 나의 얼굴과 머리를 더욱 굳게 움켜잡았네. 고양이가 막상 발톱이 달린 앞발로 개의 입을 걷어찼지만 빗나갔고, 도리어 나의 얼굴을 정확하게 가격했네. 그러나 이따금 고양이가 개들의 코에 한 방을 먹이기도 했기 때문에 개들은 더욱더 기승을 부려 발톱을 가지고 고양이를 위에서부터 밑으로 끌어 내리려고 했고, 그 과정에서 나의 얼굴도 화를 많이 당했네. 그러나 내가 양손으로 고양이를 잡고 끌어 내리려고 하면 고양이는 있는 힘을 다해 나를 물고, 할퀴었네. 이렇게 해서 나는 개들과 고양이에게 동시에 공격을 받고 할큄을 당하며 망신을 당하는 바람에 얼굴이 거의 사람 얼굴이 아닌 것처럼 보였네. 그런데 최악의 상황은 개들이 그처럼 고양이를 물려고 했을 때 나도 위험에 빠져 개 두 마리 중 이놈 저놈이 나의 코나 귀를 건드렸고 번갈아 나를 물었던 것이네. 나의 옷깃이며 조끼는 마치 사람들이 성 스테파노 날에 편자를 만드는 대장간의 버팀목에 말을 매어놓고 피를 뽑을 때처럼 피투성이가 되었네. 나는 어떻게 이 두려움에서 벗어나야 할지 알지를 못했네. 결국 나는 땅바닥에 엎드릴 수밖에 없었네. 내 머리가 더 이상 짐승들의 전쟁터가 되는 것을 원치 않았고, 개들로 하여금 고양이를 잡을 수 있도록 하기 위해서였지. 두 놈이 고양이 목을 졸라 죽였지만, 나는 기대와는 달리 즐거움을 느끼기는커녕 조롱만 당했고, 얼굴은 자네가 지금도 보는 것같이 되어버렸네. 그러니 나중에 나는 분노에 사로잡혀 개 두 마리를 쏘아 죽였고, 나로 하여금 이와 같은 바보짓을 하도록 한 나의 정부를 두들겨 팼네. 그랬더니 그녀는 도망치고 말았네. 그처럼 혐오스러운 낯짝을 그냥 사랑할 수는 없었기 때문이겠지."

제23장
이 분야에서는 올리비어가 스승이고,
짐플리치우스는 한낱 제자에 불과했다

나는 올리비어의 이야기를 듣고 웃고 싶었지만, 오히려 그를 동정하는 듯한 태도를 보였다. 그리고 내가 그동안 어떻게 지냈는지를 이야기하려던 찰나에 멀리서 두 명의 기사와 함께 마차가 오고 있는 것이 보였다. 우리는 교회 탑에서 내려와 도로 옆에 있는 집에 숨었다. 그곳에서부터 우리는 여행객들을 쉽게 공격할 수 있을 터였다. 나는 총을 장전해서 온갖 경우에 대비를 해야 했다. 그러나 올리비어는 그들이 알아차리기도 전에 즉시 총을 쏘아 기수 한 사람과 그의 말을 쓰러뜨리는 바람에 나머지 기사들이 그 자리에서 도망을 쳤다. 내가 총의 공이치기를 세운 채 마부를 정지시키고 마차에서 내리게 했을 때 올리비어는 그에게 덤벼들어 널찍한 칼로 내리쳐서 머리에서 입까지 뻐개놓고, 그 밖에 이미 목숨이 붙어 있는 사람이라기보다는 죽은 시체나 다름없이 마차에 앉아 있는 부인들과 아이들도 학살하려고 했다. 그러나 내가 그것을 허락지 않고 사이에 끼어들어 그 전에 나를 먼저 죽여야 할 것이라고 말했다.

"짐플리치우스, 이 바보 같은 친구야!" 그가 말했다. "자네가 그처럼 무모하게 굴리라고 미처 생각지 못했네."

"죄 없는 아이들에게 무슨 원한이 있는가? 자신을 방어할 수 있는 어른이라면 몰라도!"

"아니, 무엇이 어째!" 그는 소리를 쳤다. "달걀을 프라이팬에 깨어 넣으면, 거기서 병아리는 나오지 않아. 나는 이 작은 거머리들을 잘 알아. 그들 아비인 소령은 진짜 악질이어서 온 세상에서 가장 고약하게 부하를 괴롭히는 놈이란 말일세."

그러면서 그는 계속 죽이려 들었지만, 내가 말렸기 때문에 생각을 돌렸다.

마차 안에는 소령의 부인이 하녀와 세 명의 귀여운 아이들과 함께 앉아 있었는데 나는 그들이 불쌍했다. 그들이 우리를 즉각 배신하지 않고, 누구에게든 발각되어 목숨을 구할 수 있도록 우리는 그들을 과일과 흰 무밖에는 아무것도 먹을 것이 없는 지하실에 감금해놓았다. 그런 다음 우리는 마차를 훔치고 일곱 마리의 훌륭한 말을 타고 나무가 가장 빽빽하게 들어차 있는 숲속으로 들어갔다.

말을 매어놓고 내가 주변을 둘러보니 멀지 않은 곳에 한 남자가 한 그루 나무에 조용히 비스듬히 기대어 있는 것이 눈에 뜨였다. 나는 올리비어에게 그의 존재를 알렸다. 그를 조심하지 않으면 안 되겠다고 믿었기 때문이다.

"이 바보야!" 그는 대답했다. "그는 내가 거기에 결박해놓은 유대인일세. 그렇지만 그 사기꾼은 조금 전에 얼어서 거꾸러졌어." 이 말을 하면서 그는 유대인에게로 가서 손으로 턱을 쓰다듬고 말했다. "이 개 같은 놈, 너는 값진 금화를 내게 많이 가져다주었어!" 그러자 그 불쌍한 녀석의 입에서 에스파냐 금화 도블론 몇 개가 튀어나왔다. 그것은 그가 죽을 때까지 입속에 물고 있었던 것이었다. 올리비어는 그의 입을 잡고 그 속에서 결국 금화 12도블론과 값진 루비를 끄집어냈다.

"이 노획물을 얻게 된 것은 자네 덕일세, 짐플리치우스!" 그렇게 말하면서 내게 루비를 선물로 주었고 돈은 그가 챙겼다. 이제 그는 농부를 데리러 가면서 나더러 말을 지키고 있으라고 명령하고 그 죽은 유대인에게 물리지 않도록 각별히 조심하라고 일렀다. 이로써 그는 내가 자신처럼 용기가 많지 않다는 것을 단단히 비난하려는 것이었다.

그가 사라진 뒤에 나는 내가 처한 위험한 상황에 대하여 곰곰 생각해보기 시작했다. 순간 말 한 필을 타고 그곳을 떠나기로 결심했다. 그러나 그다음에는 올리비어가 도망치는 나를 발견하고 즉시 총을 쏘아 쓰러뜨릴 수도 있다는 생각이 떠올랐다. 단지 나를 시험할 작정으로 근처에 숨어서 나를 관찰하지 않을까 의심이 들었다. 그렇다면 걸어서 도망칠까 생각도 했다. 그러나 내가 올리비어를 벗어나더라도 슈바르츠발트의 농부들은 벗어날 수 없을 것임을 두려워하지 않을 수 없었다. 들리는 바로는 그 당시 그들의 손에 잡히면 어떤 병사도 목이 날아가지 않고는 배기지 못한다고 했다. 그래서 올리비어가 추격하지 못하도록 내가 모든 말을 몰고 도망친다면 어떨까 하고 생각했다. 그러나 나중에 바이마르 군대에게 잡힌다면 그들은 나를 틀림없이 유죄가 확인된 살인자로 환형에 처할 것이다. 아무리 생각해도 내가 어떻게 도망쳐야 할지를 알 수가 없었다. 게다가 내가 몸담고 있는 이 황량한 숲속에서 큰길이든 오솔길이든 내가 아는 길이라고는 하나도 없었다.

그 밖에 나의 양심도 도망을 허락지 않았다. 내가 마차를 정지시키고 마부가 그처럼 비참하게 죽고, 두 여인이 아무 죄도 없는 어린아이들과 함께 지하실에 갇혀서 지금쯤엔 아마도 유대인처럼 쓰러져 죽게 될지도 모른다는 생각이 나를 고통스럽게 했다. 그러나 내가 이 사건에 말려든 것은 내 의지와는 상관없으니 내겐 아무런 죄가 없다고 자신을 설득했지만, 다른 범행 때문에라도 이미 오래전에 법의 손에 넘겨져서 정당한 벌을 받았어야 마땅하다고 나의 양심이 질책했다. 내가 드디어 정당한 벌을 받도록 공의로운 하나님께서 이 모든 것을 섭리하셨을지도 모른다는 생각이 들었다. 나는 최후로 다시 한 번 약간의 희망을 품고 자비로우신 하나님께 이 곤경에서 나를 구해주십사 하고 기도를 했다. 그리고 마침내 경건한 기분이 들자 혼자 말했다. '이 바보야! 너는 분명 누구를 감금하거나 포박하지 않았어. 네게는 온 세상이 막힘없이 열려 있단 말이다. 도망칠 수 있는 말들이 충분히 있지 않느냐? 그리고 네가 말을 탈 생각이 없다면, 네겐 빠른 두 다리가 있으니 충분히 도망

482

칠 수 있단 말이다.'

내가 그와 같은 상념에 빠져 있는 동안 올리비어가 농부들을 데리고 돌아왔다. 그는 우리를 말들과 함께 어느 농장으로 인도해서 그곳에서 말들에게 먹이를 주고, 각자는 교대해가면서 한두 시간씩 잠을 잘 수 있었다. 자정이 지난 후에 우리는 계속 길을 떠나서 정오쯤에 스위스 국경에 도착했다. 그곳을 잘 알고 있는 올리비어는 우리에게 푸짐한 식사를 대접하게 했다. 즐거운 마음으로 마음껏 식사를 하는 동안 주인은 사람을 시켜 유대인 두 명을 데려오게 해서 그들이 우리의 말을 반값에 모두 사들였다. 이 거래는 정상적으로 공정하게 이루어졌고, 많은 말이 필요 없었다. 유대인들은 무엇보다도 이 말들이 황제군에 속했었는지, 아니면 스웨덴군에 속했었는지를 알고 싶어 했다. 그 말들이 바이마르 군대에서 왔다는 대답을 듣자 그들은 말했다. "그렇다면, 말들을 바젤로 끌고 가면 안 되고 슈바벤으로 가서 바이에른군에게 가져가야 되겠군요." 나는 그들이 정확한 정보를 알고 있는 것에 놀랐다.

우리는 제왕처럼 배불리 먹었다. 내게는 무엇보다도 물 좋은 민물송어와 값진 가재가 맛있었다. 저녁이 되자 우리는 농부들에게 당나귀처럼 고깃덩어리와 다른 식료품을 지워서 다시 길을 떠났다. 그렇게 해서 이튿날 어느 외딴 농가에 도착했다. 그곳에서 우리는 반갑게 영접을 받았을 뿐만 아니라 융숭한 대접을 받으며 마침 날씨가 나빠 며칠간 머물렀다. 그 후에 우리는 깊은 숲속의 뒤얽힌 길을 따라 오두막으로 돌아왔다. 그 오두막은 우리가 만난 후에 곧장 올리비어가 처음으로 나를 데리고 왔던 그 오두막이었다.

제24장
올리비어가 다른 여섯 명과 함께 죽다

우리가 그곳에 앉아서 휴식을 취하는 동안에 올리비어는 농부로 하여금 생활용품은 물론 화약과 납을 사 오도록 보냈다. 농부가 가자, 올리비어는 웃옷을 벗고 말했다. "형제여! 나는 이 부정한 돈을 더 이상 나 혼자서만 가지고 이리저리 끌고 다니고 싶지 않네." 그러면서 그가 맨몸에 두르고 다니던 두 개의 자루 또는 전대를 풀어서 탁자 위에 던졌다. "이제부터 여기 이것은 어느 날 내가 이 짓을 그만두더라도 우리 둘이 가진 것이 충분할 때까지 자네 혼자서 건사해야 하네. 이 저주받은 돈 때문에 나에게 이미 혹이 생겼어!"

나는 대답했다. "만약 자네에게 나처럼 돈이 조금밖에 없었다면, 자네는 괴롭지 않을 걸세."

"무슨 말인가?" 그는 나의 말에 끼어들었다. "내 것이 곧 자네 것일세. 그리고 우리가 지금부터 함께 약탈해서 모으는 것은 모두 반반씩 나누세."

두 개의 자루를 들어보니 나는 그것들이 얼마나 무거운지를 알아차렸다. 순전히 금화가 담겨 있었기 때문이다. 나는 그 돈을 아무렇게나 포장하여 지니고 다니기가 대단히 불편할 것이니, 그만 괜찮다면 그것을 꿰매서 지녀 힘이 절반도 들지 않게 하겠노라고 했다. 그는 찬성하고 나와 함께 가위와 바늘, 실이 보관되어 있는 속이 빈 참나무가 있는 데로 갔다. 거기서 나는 우리 각자를 위해서 일종의 스카풀라리오[12] 같

---

12) 수도사의 어깨에 앞뒤로 드리우는 겉옷.

은 어깨에 걸치는 자루를 만들고, 그 속에 붉은색이 나는 거액의 금화를 넣어 꿰맸다. 그리고 각자가 자기 것을 어깨에 메고 그 위에 셔츠를 입었더니 우리는 앞뒤로 순금으로 무장한 것만 같았다. 그때 처음으로 이상한 생각이 들어서 올리비어에게 도대체 은전은 지니지 않는 이유가 무엇이냐고 물었다. 그는 은전은 천 탈러 이상을 어떤 나무에 보관해두었다고 말했다. 그 은화는 파리똥만큼도 가치가 없기 때문에 농부로 하여금 그 돈을 관리하게 하고 아무런 결산도 하지 않은 채 내버려두고 있다고 했다.

우리는 돈을 다시 잘 포장한 다음 오두막집으로 돌아와서 먹을 것을 요리하고, 밤에는 난로에 몸을 녹였다. 그러나 날이 새고 한 시간 후에 우리가 예상했던 대로 여섯 명의 보병 병사들과 하사 한 명이 장전된 총과 불이 붙은 화승총을 가지고 집으로 쳐들어와서 방문을 열고 우리에게 항복하라고 소리를 질렀다. 그러나 이 순간 나처럼 어느 때나 장전된 회승총과 예리한 갈을 곁에 두고 탁자에 앉아 있던 올리비어가 몇 방의 탄환으로 대응하자 그들 중 두 명이 바닥에 쓰러졌다. 반면에 문 뒤 난로 곁에 서 있던 나는 세번째 병사를 죽였으며, 같은 탄환으로 네번째 병사까지 부상을 입혔다. 이제 올리비어는 머리카락도 쪼갤 수 있는, 그야말로 영국 아서 왕의 마법의 칼과도 능히 비교할 수 있는 역전의 칼을 쑥 뽑아서 다섯번째 병사를 어깨에서부터 배까지 베어내려서, 그의 내장이 튀어나왔고, 끝내 그도 동료들이 누워 있는 바닥에 쓰러졌다. 그러는 사이 나는 무기를 휘둘러 여섯번째 병사의 머리를 한 대 갈겨서 사지를 큰대자로 뻗게 만들었다. 반대로 올리비어는 일곱번째 병사에게 비슷한 공격을 받는 바람에 그의 뇌수가 밖으로 튀어나왔다. 내가 올리비어를 공격한 그 병사에게 세차게 일격을 가해서 그도 동료들과 어울려 죽음의 춤을 추지 않으면 안 되었다. 처음에 내가 맞닥뜨린 부상자가 여기서 벌어진 일과 내가 무기의 방향을 바꾸어 자신을 해치려는 것을 보자 무기를 버리고 마귀가 쫓아오기나 하듯 줄행랑을 쳤다. 이 모든 격투가 벌어진 시간은 주기도문을 한 번 암송할 동안보다 짧았지만, 이 짧은 시간에 일곱 명의 용감한 병사들이 죽임을 당한 것은 분명했다.

이제 나는 살아남은 단 한 사람의 승자로서 그 자리에 있었기 때문에 올리비어의 숨결이 아직 살아 있는지 자세히 살폈다. 그러나 그가 완전히 절명한 것을 확인했다. 한 사람의 시체에 더 이상 필요가 없는 그 많은 금을 남겨두는 것은 아무런 의미가 없는 것으로 보였다. 그렇기 때문에 나는 불과 하루 전에 내가 꿰매주었던 금양피를 그에게서 벗겨내 내 몫의 다른 금양피와 함께 목에 걸었다. 그리고 나의 무기는 파손되었던 터라 올리비어의 화승총과 만약의 경우를 생각해서 그의 칼을 집어 들고 슬그머니 자취를 감추었다. 나는 틀림없이 농부가 돌아올 길로 접어들어서 한참을 가다가 길가에 앉아 그를 기다리면서 앞으로 어떻게 해야 할지를 곰곰 생각했다.

제25장
부자가 되어 돌아온 짐플리치우스와는 달리
헤르츠브루더는 빈털터리가 되어 나타나다

내가 그곳에 앉아서 온갖 궁리를 한 지 반 시간도 못 되어서 농부가 돌아왔다. 그는 한 마리 곰처럼 씩씩거리며 빨리 달려왔기 때문에 내가 그의 길을 막아서자 비로소 나를 알아보았다.

"무엇 때문에 그토록 서두르는 것인가?" 내가 물었다. "무슨 일이 있어?"

"도망가기나 해요!" 그는 대답했다. "하사 한 명이 여섯 명의 보병을 데리고 접근 중입니다요. 그들은 당신과 올리비어를 체포해서 죽이든 살리든 리히텐에크로 보내야 하는 임무를 띠고 있습니다요. 나도 잡혀서 당신들이 있는 곳으로 그들을 안내해야 했지만, 요행히 도망칠 수 있었습니다요. 당신들에게 경고하기 위해서 말입니다."

나는 '이 사기꾼아, 네가 우리를 배신하고 이제 올리비어의 돈을 나무에서 챙기려는 것이로구나!' 하고 생각했다. 그러나 나는 아직 길 안내자로서 그가 필요했기 때문에 아무런 내색도 하지 않고, 단지 올리비어와 그를 잡으려 했던 다른 사람들은 죽었다고만 말했다. 그 말을 믿으려 하지 않기에 나는 그와 함께 오두막집으로 갔다. 사건 현장과 일곱 명의 시체를 제 눈으로 직접 보게 하기 위해서였다.

나는 말했다. "우리를 잡으러 왔던 놈들 중에 일곱번째 놈은 내가 도망가게 놓아주었네. 정말이지 내가 여기 이놈들을 다시 살릴 수만 있다면, 나는 즉각 그렇게 하겠는데!"

농부는 놀랐다.

"이제 어떻게 하면 좋죠?"

"이미 정해진 것이나 다름없네." 내가 대답했다. "자네는 세 가지 중 하나를 선택하면 되네. 즉시 이 숲에서 빠져나가는 길을 안내해서 나로 하여금 안전하게 필링엔으로 갈 수 있게 하든지, 올리비어의 돈이 숨겨져 있는 나무를 내게 보여주든지, 여기서 죽은 자들과 같은 신세가 되든지, 세 가지 중 하나를 선택하게. 나를 안전하게 필링엔으로 안내하면 자네는 올리비어의 돈을 챙길 수 있네. 만일 자네가 돈이 있는 나무를 보여주면, 나는 그 돈을 자네와 나눌 것이네. 그러나 자네가 그도저도 원하지 않는다면, 내가 자네를 쏘아 죽이고 말 것이야. 그렇다 해도 나는 갈 길은 찾게 될 것일세."

농부는 도망치고 싶었을 것이다. 그러나 화승총이 두려웠기 때문에 내 앞에 무릎을 꿇고 내가 숲을 빠져나가도록 안내하겠다고 선언했다. 우리는 즉시 출발해서 온종일 그리고 다행히도 상당히 밝았던 그다음 밤 동안 내내 아무것도 먹거나 마시거나 쉬지도 못하고 달렸다. 마침내 날이 밝을 무렵 필링엔 시가지가 눈앞에 나타나서 나는 농부를 놓아주었다. 우리가 길을 재촉한 까닭은 농부로서는 다름 아닌 죽음에 대한 공포 때문이었을 테지만, 나로서는 내 돈과 나 자신의 안전을 도모하기 위한 욕심 때문이었다. 그리고 황금에는 마치 인간에게 힘을 부여하는 능력이 있다는 생각이 들었다. 그것을 운반하기가 힘이 들었지만, 나는 별반 피곤한 줄을 몰랐기 때문이다.

내가 필링엔에 도착했을 때 사람들이 성문을 열어주어서 나는 그것을 행운의 징조로 여겼다. 경비장교가 나를 신문했다. 나는 자유로운 기사요, 헤르츠브루더가 나를 필립스부르크에서 보병의 옷을 벗겨준 후에 배속시켜준 연대의 일원이라고 신분을 밝혔다. 방금 나는 비텐바이어에서 포로로 잡힌 후 브라이자흐 전방에 주둔하고 있는 바이마르 군의 숙영지에 머물다가 돌아오는 길이고, 다시 나의 바이에른 연대로 가려고 한다고 했다. 장교는 내 말을 듣고 보병 한 명으로 하여금 사령관에게 나를 안내하도록 했다. 사령관은 물론 밤늦도록 업무를 챙긴 후에 아직도 자고 있었다. 그래서 나는 한 시간 반 동안 그의 숙소 앞에서 기다려야 했다. 사람들이 막 새벽 미사에서 돌아왔기 때문에 나는 즉시 수많은 시민과 병사에게 에워싸였다. 그들 모두가 브라이자흐 전방의 사정은 어떤지 알고 싶어 했다. 결국 시끄러움 탓에 사령관도 잠에서 깨어 나를 맞아들였다.

그는 나를 신문하기 시작했다. 그리고 나는 정문 보초에게 한 것과 같은 말을 또 했다. 그런 다음 그는 포위와 관련된 세세한 상황을 물어보며 내가 어떻게 여기로 돌파해 왔는지를 알려고 했다. 그래서 나는 그에게 내가 약 14일간 나와 똑같이 부대에서 이탈한 한 친구에게 몸을 의탁했다는 것과 그와 함께 마차를 습격하고 약탈한 사실 그리고 이 같은 방법으로 바이마르 군대에 연행되고 싶었다는 것 등을 모두 고백했다. 이렇게 한 것은 우리가 다시 말을 장만하여 각자가 제대로 무장을 갖추고 자신의 연대로 돌아갈 수 있기 위해서였으나, 어저께 우리를 체포할 임무를 띤 한 명의 하사와 여섯 명의 다른 병사들에게 습격을 당해서, 나의 동료와 상대편의 여섯 병사는 죽은 반면에 상대편의 일곱번째 병사와 나는 살아남아 각기 자기 진영으로 갔다는 것을 설명했다.

나는 리프슈타트에 있는 나의 아내에게 갈 작정이었으며 금화가 가득 든 전대를 지니고 있다는 말은 한 마디도 하지 않았지만, 아무런 양심의 가책도 느끼지 않았다. 그것이 이 사령관과 무슨 상관이 있단 말인가? 그도 그 점에 관해서는 전혀 아무것도 묻지 않았고, 단지 나와 올리비어가 여섯 명의 병사들을 죽이고, 일곱번째 병사를 쫓아 보낸 것과 그 과정에서 나의 동료인 올리비어가 똑같이 목숨을 잃고 만 것에 놀라면서 사실임을 믿으려 하지 않았다. 그래서 나는 내가 가져온 올리비어의 명검에 대해서도 언급하게 되었다. 사령관은 그 칼을 대단히 마음에 들어 했다. 또한 나는 그의 통행증을 원했고, 그가 나에게 단검을 준 것에 보답을 해야 했기 때문에 예의상 그 칼을 그에게 넘겨주는 수

밖에 없었다. 이 칼은 실제로 대단히 아름답고 훌륭하게 제조된 것이었다. 그 칼에는 만세력(萬歲曆)이 새겨져 있었다. 남이 무엇이라고 하든 그 칼은 불의 신인 불카누스가 전쟁 때 손수 불린 전설의 칼이나 다름없었다. 다른 모든 칼날은 이 칼에 부딪치면 동강이 나고, 가장 용맹스러운 적들과 강한 담력을 지닌 사람일지라도 그 칼 앞에서는 두려움에 휩싸여 토끼처럼 도망치리라고 영웅 서사시집에 기록된 바로 그 칼 말이다.

사령관이 나를 방면하고 나에게 통행증을 발급하라는 지시를 내린 후 나는 가장 빠른 길로 여관으로 갔지만, 잠자는 것과 밥을 먹는 것 중 무엇부터 해야 할지를 몰랐다. 이 두 가지가 내게는 절실히 필요했기 때문이다. 나는 우선 허기부터 해결하기로 결심하고 먹을 것과 마실 것을 가져오게 했고, 내가 어떻게 내 돈을 가지고 안전하게 리프슈타트에 있는 아내에게 갈 수 있을지를 곰곰 생각했다. 나의 소속 연대로 돌아가는 것은 죽는 것만큼이나 싫었다.

내가 그처럼 생각에 잠겨 있는 동안 손에 막대기를 든 사나이가 절뚝이며 객실로 들어왔다. 그는 머리에 붕대를 감고 팔은 멜빵으로 고정시켜놓고 있었다. 복장은 땡전 한 푼 값도 나가지 않을 만큼 낡아 있었다. 여관 심부름꾼은 그를 보자마자 쫓아내려고 했다. 그의 몸에서는 고약한 냄새가 났고, 이가 득실거려서 슈바벤 황무지 전체를 가득 채우고도 남을 만했다. 그는 몸을 약간이라도 덥힐 수 있도록 들여보내주기를 간절히 원했지만, 아무 소용이 없었다. 내가 몸을 녹이고, 그를 들여놓기를 청했을 때 머슴은 마지못해 그를 난롯가로 가게 했다. 내가 보기에 그는 엄청난 허기를 느끼며, 주의 깊게 나를 쳐다보았다. 그리고 내가 음식을 열심히 드는 것을 보고 여러 번 한숨도 내쉬었다. 머슴이 내게 구운 고기 한 토막을 가져다주려고 밖으로 나갔을 때 그는 내 식탁으로 다가와서 나에게 작고 값싼 질그릇을 내밀었다. 나는 그가 원하는 것이 무엇인지를 눈치채고 부탁도 하기 전에 주전자를 집어 그의 잔을 가득 채워주었다. 그러자 그는 "아 친구여, 헤르츠브루더를 위해 나에게 먹을 것을 좀 주게!"라고 말을 했다. 그 말을 들었을 때 나는 가슴이 뜨끔했다. 그리고 그 자신이 바로 헤르츠브루더인 것을 알아보았다. 그의 비참한 모습을 보자 나는 거의 정신을 잃을 뻔했다. 대신 나는 정신을 차려 그의 목을 껴안고, 나의 식탁에 앉기를 청했다. 그런 다음 우리 두 사람의 눈에서는 눈물이 흘렀다. 나는 동정심에서, 그는 기쁨에 겨워.

제26장
달리 할 이야기가 없으므로
이것이 제4권의 마지막 장이 될 것이다

뜻밖에 다시 만난 우리는 아무것도 먹거나 마실 수가 없었다. 그 대신 서로가 헤어진 후에 어떤 일이 있었는지를 물었다. 여관 주인과 종업원이 계속해서 드나들었기 때문에 은밀한 이야기는 나눌 수가 없었다. 주인은 내가 그처럼 이가 득실거리는 젊은이와 상종하는 것을 이상하게 여겼다. 그러나 전쟁 중에 전우였던 용감한 군인들 사이에서는 그와 같은 일이 흔히 있는 일이라고 내가 말했다. 그리고 헤르츠브루더가 조금 전까지도 병원에 누워 있었고 구걸해서 먹고살았으며 그의 상처들을 제대로 치료받지 못했다는 것을 듣자, 나는 그 여관에 별도로 작은 방을 빌려서 그를 침대에 눕히고, 구할 수 있는 대로 최고로 용하다는 외과 의사를 불렀다. 그리고 재단사와 재봉질 하는 여인도 불러서 그에게 새로운 옷을 지어 입혀 이들의 괴롭힘에서 벗어나게 했다. 마침 나는 올리비어가 죽은 유대인의 입에서 꺼낸 금화들을 지니고 있었다. 그 돈을 이제 식탁 위에 풀어놓고 여관 주인도 들을 수 있게 헤르츠브루더에게 큰 소리로 말했다. "여보게, 여기 내 돈 좀 보게. 이 돈을 나는 자네를 위해서 모두 다 쓸 작정이네."

그때부터 우리는 친절한 접대를 받았다.

이발사를 겸하는 의사에게 나는 루비를 보여주었다. 그 루비도 똑같이 유대인의 것이었으며 대략 값으로 따지면 은화 20탈러의 가치가 있었다. 그러고는 의사에게 말하기를 내가 지닌 얼마 안 되는 돈은 우리 생활비와 나의 동료에게 새 옷을 사주는 데 쓸 것이고, 그 대신 그가 나의 전우를 빨리 완벽하게 치료해주면 이 반지를 주겠노라고 했다. 그는 동의하고 부지런히 치료에 착수했다.

그렇게 나는 헤르츠브루더를 나의 분신처럼 돌보아주었고, 회색 옷감으로 만든 간단한 옷 한 벌을 짓게 했다. 그러나 그러기 전에 나는 나의 통행증 때문에 사령관에게 가서 그사이 내가 중상을 당한 전우를 만났는데, 나의 연대에 대한 의리를 생각하면 그를 모른 척하고 내버려둘 수가 없으니 그가 완전히 나을 때까지 기다릴 작정이라고 내 뜻을 전달했다. 사령관은 나의 의도를 칭찬하고 내가 원하는 만큼 오래 머물기를 허락했다. 그리고 나의 전우가 나를 따라갈 수 있게 되면 즉시 우리 두 사람에게 필요한 통행증을 발급하겠다고 약속했다.

나중에 내가 다시 헤르츠브루더에게 와서 그의 침대 곁에 앉았을 때, 그에게 어떻게 해서 이렇게 딱한 형편에 이르게 되었는지를 거리낌 없이 이야기하라고 부탁했다. 그가 어떤 중요한 이유에서나 근무상의 과오 때문에 높은 지위를 잃고 이처럼 비참한 신세가 되었을 가능성이 있다고 생각했기 때문이다. 그러나 그의 말은 이랬다.

"친구여, 자네도 알다시피 나는 괴츠 백작의 부관이었고, 그와는 가장 가까운 친구이자 허물없는 사이였네. 그러나 지난번 그가 장군으로 있으면서 지휘했던 전투가 패배로 끝난 것도 자네는 알고 있을 걸세. 우리는 비텐바이어 전투에서 패배한 데다 포위된 브라이자흐를 탈환할 능력도 없었네. 막상 이 일에 대하여 구구한 소문이 나돌았기 때문에 백작은 해명하기 위하여 빈으로 소환되었고, 나는 자발적으로 이대로 죽거나 적어도 백작의 무죄가 증명될 때까지 이렇게 숨어 지내기로 작정하고 이와 같이 곤궁한 생활을 하고 있네. 왜냐하면 백작은 항상 황제에게 충성을 다 바쳤고, 지난여름의 패배는 백작의 실수 때문이 아니고, 어디까지나 승리를 안겨주고 싶은 사람에게 안겨주는 하나님의 섭리 때문이라고 나는 생각했기 때문일세.

우리가 브라이자흐를 탈환하려고 시도하면서 우리 측이 주저하고 망설이는 것을 보았을 때 나 자신은 무기를 잡고 부교(浮橋) 공격에 참여를 했네. 그것은 나의 과업이나 의무가 아니었음에도 불구하고, 마치 나 혼자 싸워서 이 일을 해결하려는 것처럼 말일세. 내가 그렇게 한 것은 다른 사람들에게 본을 보이려는 것이었고, 우리가 여름 내내 아무런 성과도 거두지 못했기 때문이었네. 나의 행운, 아니 나의 불행은 내가 적과 직접 대치했던 첫번째 사람들 중에서도 가장 선두에서 공격한 사람들과 함께 행동하려 들었고, 즉각 그렇게 행동했던 탓이네. 그리고 공격에서 선두에 섰던 것처럼, 진격하는 프랑스군의 압박에 저항할 수 없을 때에도 최후까지 버틴 사람이 바로 나였네. 그리하여 제일 먼저 그들의 수중에 들어가고 말았지. 오른팔에 총탄을 맞았고, 같은 순간에 허벅지에 두번째 총탄을 맞아서 나는 도망을 치지도 못하고 칼을 사용할 수도 없었네. 좁은 다리 위의 혼잡한 와중에 그리고 전쟁의 광분 속에서 관용을 구하고 관용을 베푸는 협상조차 할 수 없었으므로 나는 머리에 타박상을 입고 바닥에 쓰러졌네. 사람들은 내가 죽은 줄로 여겼고, 나의 복장이 범상치 않았기에 나의 몸에 있는 물건을 거두고 나를 라인강에 던져버렸네.

곤경에 빠지자 나는 하나님을 향해 외치면서 그의 거룩한 뜻에 나를 맡기고, 여러 가지 맹세를 했으며 또한 그의 도움도 느꼈네. 라인강의 물결이 나를 육지로 밀쳐냈고, 거기서 나는 이끼를 뜯어 상처에서 흐르는 피를 멈추게 했네. 거의 얼어서 죽게 되었는데도 불구하고, 나는 내 몸을 계속 끌고 갈 수 있을 때까지 걸어 중상을 입은 몸이긴 했지만 하나님께서 도와주셔서 몇몇 메로데-형제들과 군인 부인들이 있는 곳에 다다랐네. 그들은 나를 알지 못했는데도 온갖 동정을 다 베풀어주었네. 이 사람들은 더 이상 요새의 탈환은 성공하지 못하리라는 것을 확신하고 있었는데, 그 점이 상처보다 나의 가슴을 더욱 아프게 했다네. 그들은 불 곁에서 나에게 먹을 것을 주었고, 옷가지들도 주었네. 그러나 내 상처를 붕대로 감아주기도 전에 우리 군대가 작전에 실패한 것으로 간주하고 수치스러운 후퇴를 준비하는 것을 보고 나는 마음이 엄청 아팠네. 그때 나는 누구에게도 나의 신분을 밝히지 않기로 결심을 했네. 조롱하는 말을 듣지 않기 위해서였지. 나는 우리 군대의 부상병 그룹에 합류했는데, 거기에는 외과 군의관 한 명이 배치되어 있었네. 나는 그 군의관에게 목에 걸고 있던 금으로 된 작은 십자가를 주었고, 그 대가로 그는 지금까지 나의 상처에 붕대를 감아주었네.

사랑하는 짐플리치우스! 나는 이렇게 이 비참한 상황을 지금까지 견디어왔다네. 그리고 괴츠 백작의 일이 어떻게 결말이 날 것인지 알지 못하는 한 계속해서 나의 신분을 누구에게도 밝히지 않으려네. 자네의 선심과 의리는 내게 크나큰 위안이 아닐 수 없네. 왜냐하면 자네의 선심은 사랑하는 하나님께서 나를 떠나지 않았다는 것을 내게 보여주었기 때문이지. 오늘 아침 내가 새벽 미사에서 돌아와 자네가 사령관의 막사 앞에 서 있는 것을 보았을 때, 나는 하나님께서 천사 대신에 자네를 곤궁한 형편에 처해 있는 나를 도와주도록 보내신 것으로 믿었네."

나는 할 수 있는 한 헤르츠브루더를 위로해주었고, 그가 보았던 에스파냐 금화 말고도 더 많은 돈을 가지고 있다는 것과 그 모두를 그가 마음대로 쓸 수 있다고 말했다. 마지막으로 나는 그에게 올리비어의 최후에 관해서 그리고 내가 어떻게 그의 죽음을 복수해야 했었는지를 보고했다. 그와 같은 나의 보고가 헤르츠브루더의 기분을 아주 즐겁게 해주었고, 그의 몸에도 좋은 영향을 미쳐서 상처는 빨리 아물었고, 그의 건강 상태는 하루가 다르게 좋아졌다.

제 5 권

제1장
헤르츠브루더와 함께 짐플리치우스는
순례를 떠나다

　헤르츠브루더는 상처가 아물고 건강이 회복된 후에 자신이 가장 고통스러웠던 순간에 스위스에 있는 아인지델른[1]으로 순례를 떠나기로 서원했다고 털어놓았다. 방금 스위스 근처에 와 있기 때문에 비록 그가 구걸로 힘겹게 생계를 유지해야 하지만, 이제 그 약속을 실천에 옮기고 싶다고 했다. 그의 생각은 내 마음에 들었다. 그렇기에 나는 내가 돈을 대고 동행할 것을 그에게 제안했고, 또한 여행을 위해 말 두 필을 즉시 사려고 했다. 나를 그렇게 부추긴 것은 물론 신앙심보다는 아직도 평화가 지배하고 있는 유일한 나라인 스위스 연방을 구경하고 싶은 욕심이었다. 그것 말고도 이 여행이 나로 하여금 헤르츠브루더를 도울 수 있는 기회를 제공하리라는 것이 기뻤다. 나는 그를 나 자신보다도 더 사랑했기 때문이다. 그러나 그는 자신이 순례를 걸어서 갈 것이고, 완두콩에만 의지해서 수행해야 한다는 핑계로 나의 두 가지 제안, 즉 금전적인 도움과 나의 동행을 모두 거절했다. 내가 함께 가면 그의 신심을 방해할 뿐만 아니라, 그의 걷는 속도가 느리고 힘겹기 때문에 나 자신에게도 커다란 불편이 따르리라는 것이었다.

　그러나 그가 나의 동참을 원하지 않는 진짜 이유는 살인과 강도짓을 해서 모은 돈을 그와 같은 경건한 여행에 사용한다는 생각이 그를

---

1) 스위스의 슈비츠주에 위치한 순례지로 그곳의 베네딕트회 수도원은 948년부터 가톨릭이 지배하는 스위스의 정신적 중심지 역할을 했고, 검은색 마돈나상이 있는 예배당은 대개 순례행의 목적지였다.

부담스럽게 했기 때문이었다. 그뿐만 아니라 그는 나에게 막대한 경비를 지급하게 하고 싶지가 않고, 그러지 않아도 기왕에 내가 그를 위해서 한 일이 자신이 나에게 베푼 것보다 더 많아서 그가 평생을 두고 갚아도 못 갚을 정도라고 말했다. 그 점을 두고 우리는 우정 어린 다툼을 벌였다. 지금까지 나는 사람들이 선의를 가지고 서로 다투는 것을 한 번도 본 적이 없었다. 한 사람은 자신이 상대방에게 입은 은혜를 모두 갚으려면 한참 멀었다고 주장했고, 반대로 다른 사람은 자신이 입은 은혜가 베푼 은혜보다 훨씬 많아서 이를 다 갚을 길이 월등히 요원하다고 주장하며 다투는 것이었다. 그런데도 나는 그로 하여금 나를 여행 동반자로 받아들이게 할 수가 없었다. 나중에서야 나는 그 이유를 간파하게 되었다. 실은 올리비어의 돈과 나의 불경스러운 생활에 대한 그의 혐오감이 그가 나의 동행을 거절한 진짜 이유였던 것이다.

어쩔 수 없이 거짓말을 꾸며대서, 아인지델른으로 가려는 것은 무엇보다도 내가 개전의 정을 보이려는 의도 때문이라고 주장했다. 만약 그가 나의 선의에서 비롯된 순례행을 가로막아서 내가 참회를 못 하고 그대로 죽게 되면 중대한 과오를 저지르게 될 것이라고 했다. 그렇게 그를 설득해서 나는 함께 성지를 방문하게 되었고, 그 과정에서 나는 모든 것을 속였음에도 불구하고 나의 비난받을 생활을 깊이 후회하는 것처럼 행동했다. 심지어 나는 그와 똑같이 완두콩을 발밑에 넣고 가는 고행을 감수할 것이라고 흰소리를 치기까지 했다.

겨우 말다툼을 끝내자마자, 우리는 다시 그다음 다툼에 휘말렸다. 헤르츠브루더가 너무나 고지식했기 때문이다. 그는 사령관으로 하여금 나에게 통행증을 발급하게 하는 것을 허락하려고 하지 않았다. 그 통행증은 내가 나의 연대로 귀환하는 중이라는 것을 확인하는 증서였다. 그는 "그것이 무슨 뜻인가?"라고 물었다. "우리는 회개하기 위해서 아인 지델른으로 가려는 것이 아닌가? 그런데 자네는 또다시 속임수를 써서 사람들을 속이려 들다니! 그리스도께서는 '사람 앞에서 나를 부인하는 자는 하나님의 사자들 앞에서 부인을 당하리라'라고 말씀하셨네. 우리 는 얼마나 비겁한 수다쟁이란 말인가! 만일 모든 순교자들과 그리스도 의 신봉자들이 그와 똑같이 굴었다면 천국에는 성자들이 많지 않을 것 이네. 하나님의 이름으로 그리고 그분의 도움을 받아 우리의 경건한 염 원과 결단이 우리를 가도록 지시하는 곳으로 가세나. 그리고 그 밖의 것은 그분의 뜻에 맡기면, 그분이 분명 우리의 영혼이 안식을 찾을 수 있는 곳으로 인도하실 것일세."

　나는 우선 하나님을 시험하지 말고, 시간의 흐름에 맡기면서 이곳 을 빠져나갈 수단을 강구해야 한다고 이의를 제기했다. 그런 수단 없 이, 특히 병사들 틈에 끼어 순례를 한다는 것은 흔히 있는 일이 아니어 서 우리의 계획이 들통 날 경우 우리는 순례자이기 전에 탈영병으로 취 급당해서 어떤 언짢은 일이나 위험을 당할지 알 수 없다고 했다. 우리 와는 조금도 비교할 수 없는 바울 사도도 결국 감탄할 정도로 시간의 흐름과 이 세상의 풍속을 좇았다는 말도 했다. 내가 그에게 이와 같이 훈계를 하자 그는 나의 연대로 귀환하기 위한 통행증을 구하는 데 동의 했다. 우리는 성문이 닫혔을 때, 이 통행증과 신뢰할 만한 안내자 한 사 람과 함께 그 도시를 떠나서 로트바일 방향으로 접어들었으나 곧 우회 로를 택하여 그 밤 안으로 스위스 국경을 넘었고, 아침에는 어느 한 마 을에 도착해 검은색 상의와 지팡이, 묵주를 사고 나서 안내자는 후하게 품삯을 주어 돌려보냈다.

　이 나라는 독일의 영방들과는 다르고 어쩐지 낯설게 느껴져서 나는 마치 브라질이나 중국에 와 있는 것 같았다. 여기서 나는 사람들이 평화롭게 내왕하며 장사하는 것을 보았다. 마구간에는 가축들이 가득했고, 농장은 암탉과 거위와 오리 들로 들끓었다. 거리에는 여행객들이 안전하게 제 갈 길을 갔다. 음식점에는 손님들이 꼬여서 영업이 잘되었다. 적에 대한 공포나 약탈당할 걱정, 자신의 소유나 토지나 생명을 잃을까 겁을 내는 기색은 어느 곳에도 없었다. 개개인은 자신의 포도나무와 무화과나무 밑에서 편안한 생활을 했다. 실로 독일의 영방들과는 비교가 안 될 정도로 풍요로움과 즐거움 속에 살고 있어서 비록 자연적인 조건은 황량하기 짝이 없어 보였지만, 나는 이 나라를 지상의 낙원으로 여길 정도였다. 그래서 나는 길을 가면서 항상 주위를 살폈고, 놀라움에서 벗어날 수가 없게 되었다. 반면에 헤르츠브루더는 자신의 묵주를 들어 기도를 드리면서 나에게 많은 지시를 내렸다. 자기처럼 나도 쉬지 않고 기도를 하기를 원했기 때문이다. 그러나 나는 그렇게 하는 데에 익숙해질 수가 없었다.

그러자 그는 취리히에서 나의 책략을 알아차리고 분명하게 자신의 의견을 말했다. 그 전에 우리는 샤프하우젠에서 밤을 보냈다. 완두콩으로 인해 나의 양발이 지독히 아팠다. 다음 날도 구두 속에 완두콩을 넣고 계속 가야 한다는 것이 겁나서 나는 꾀를 내어 삶은 완두콩을 구두 속에 넣었다. 그랬더니 편안하게 취리히를 향해 걸을 수 있었던 반면에 나의 동행자는 혹독한 고통을 느끼며 나에게 말했다. "친구여! 하나님은 자네에게는 대단히 자비로우시군. 구두 속에 완두콩을 넣고도 자네는 그처럼 잘 걸어가니."

"그렇네." 내가 말했다. "친애하는 헤르츠브루더! 나는 그것을 삶았다네. 그러지 않고 그냥 발밑에 깔고 걸었다면 나는 더 이상 걷지를 못했을 것이네."

"아, 하나님 맙소사!" 그는 소리쳤다. "자네 무슨 짓을 한 것인가?! 그런 장난을 치다니, 차라리 완두콩을 구두 속에 넣지 말았으면 좋았을 것을. 그로 인해 하나님께서 우리를 둘 다 벌하실까 걱정이네. 친구여, 내 마음이 어떤지 알아듣기 쉬운 독일어로 그리고 동기간의 사랑으로 말하는 것이니 고깝게 듣지 말게나. 자네가 하나님의 뜻을 더 이상 따르지 않는다면, 자네의 영혼이 구원받기가 극도로 어려워지지 않을까 걱정이네. 내 말 믿게. 자네 말고는 더 사랑하는 사람이 내게는 없네. 그러나 터놓고 말하지만, 자네가 개심을 하지 않는다면, 나는 양심상 자네를 더 이상 사랑할 수가 없네."

놀라서 나는 말문이 막혔다. 그래서 잠시 뜸을 들였다가 내가 완두콩을 발밑에 깔았던 것은 신앙심에서 그런 것이 아니고, 그로 하여금 나를 여행에 대동하게 하기 위함이었다고 정직하게 고백했다.

"아, 친구여." 그가 대답했다. "완두콩은 아무래도 좋은데, 자네는 구원의 길로부터 멀리 벗어났네. 하나님께서 자네에게 개심할 수 있는 힘을 주셨으면 좋겠네. 자네에게 회개하는 마음이 없으면 우리의 우정은 지속될 수가 없네."

그때부터 나는 사형장에 끌려가는 사람처럼 슬픈 마음으로 그의 뒤를 터덜거리며 걸어갔다. 나는 양심의 가책을 느끼기 시작했다. 깊이 생각하는 동안 살아오면서 저질렀던 온갖 비행이 눈앞에 떠올랐다. 나는 순진한 마음을 상실한 것을 비통하게 여겼다. 숲에서 나올 때만 해도 그 마음을 지녔었지만, 세상에 나와 여러 가지로 못된 짓을 하면서 그만 잃고 만 것이다. 게다가 헤르츠브루더는 내가 저주받았다는 것을 알고 있기나 한 듯, 더 이상 나와 말을 못 하고, 한숨만 쉬고 나를 바라보았기 때문에 나의 마음은 비통하기 그지없었다.

제2장
마귀에게 놀라 회개한 짐플리치우스

그렇게 우리가 아인지델른에 도착하여 교회에 발을 들여놓는 순간, 때마침 그곳에서는 목사님이 정신 나간 사람에게서 마귀를 내쫓고 있었다. 나는 마귀를 퇴치하는 것을 아직 본 적이 없었다. 그렇기 때문에 헤르츠브루더가 무릎을 꿇고 하고 싶은 만큼 기도를 하게 두고, 호기심에서 퇴마 장면을 구경하러 갔다. 그러나 내가 좀더 가까이 다가서자 그 불쌍한 사람에게 있는 악령도 소리를 질렀다. "오, 이 사기꾼아, 너는 화를 모면하려고 심지어 여기까지 왔느냐? 나는 귀향할 때 너를 올리비어와 함께 우리의 지옥에 있는 집에서 만나게 되리라고 생각했다. 그런데 너 같은 간통과 살인을 저지르는 오입쟁이를 내가 여기서 보다니! 행여나 네가 우리 손에서 빠져나갈 수 있다고 망상하고 있느냐? 오 그대들 수도승들이여! 그를 멀리하시라! 그놈은 아첨꾼이요 나보다도 더 나쁜 거짓말쟁이요. 그는 가식하고 있을 뿐 하나님과 종교를 우습게 여기고 있는 놈이란 말이오!"

퇴마사는 귀신에게 조용히 하라고 명령했다. 그처럼 거짓말이 몸에 밴 사람을 믿을 사람은 아무도 없다는 것이었다.

"네, 네." 악령은 대꾸했다. "하지만 이 도망친 승려의 동행자들에게 물어보슈! 이 무신론자가 완두콩을 삶은 것을 부끄러워하지 않는다는 것을 그대에게 이야기해줄 것이오. 그는 완두콩을 밟으며 이곳으로 오기로 약속을 했었소.ㅡ"

그 소리를 듣자 그리고 사람들이 나를 빤히 쳐다보자 나는 몸 둘 바를 몰랐다. 그러나 신부님은 악령을 다그쳐서 입을 다물게 했다. 그러나 이날 악령을 내쫓는 데에는 성공하지 못했다. 내가 공포에 질려 살아 있다기보다는 죽은 듯이 있는 동안 그리고 희망과 불안 사이에서 어떻게 해야 할지 알지 못하고 있는 동안 헤르츠브루더가 나타나서 되도록 나를 잘 위로해주었다. 그는 주위에 서 있는 사람들과 무엇보다도 신부님들에게 내가 한 번도 승려가 되어본 적은 없지만 병사로 살아오면서 선행보다는 악행을 더 많이 저질렀을지도 모른다고 확언했다. 동시에 그 악마를 가리켜 완두콩에 관련된 일을 사실보다 훨씬 나쁘게 묘사한 거짓말쟁이라고 꾸짖었다. 그러나 나는 대단히 혼란스러워서 이미 지옥의 고통을 견디고 있다는 생각이 들었는데, 성직자들은 온갖 노력을 다한 끝에 결국 나를 간신히 안심시켰다. 그들은 내게 고해성사와 성찬식에 참석하기를 촉구했다. 그러나 그때에 다시 한 번 정신이 이상한 사람에게 들어 있는 악령이 소리를 질렀다. "그렇고말고. 그것은 훌륭한 고해가 될 거야. 이 녀석은 고해가 무엇인지 전혀 모른다고! 그대들은 이 녀석과 도대체 무슨 수작을 하고 있는 거지? 그 녀석은 우리 악마에게 속하는 이단자야. 그의 부모는 칼뱅교도가 아니라, 재세례파[2] 신자였어.ㅡ"

_____

2) 성경의 말씀과 정신에 따라 교회의 내적 개혁을 추구한 운동. 이 운동의 신봉자들은 세상은 완전히 기독교화 되지 않았고 또한 무력으로 기독교화 될 수도 없다는 이유로 콘스탄틴 대제가 주장하는 국가와 교회의 통일을 배척했다. 또 이 운동의 신봉자들은 교회는 오로지 의식적으로 자유의지를 지닌 사람들로 구성되어야 한다는 이유로 유아세례를 거부하고 자유롭게 의사 결정을 할 수 있는 어른들의 세례를 주장했다. 이 운동은 1520년 대에 주로 독일, 스위스, 오스트리아, 모라비아, 헝가리 등지에 전파되어 있었다.

퇴마사는 다시 한 번 악령에게 잠자코 있으라고 다그치며 덧붙여 말했다. "그러니 만일 길을 잃은 이 불쌍한 어린 양이 다시 자네의 입을 빠져나와서 그리스도의 양 떼와 어울린다면, 자네는 더욱더 짜증이 날 것일세."

이제 악령은 끔찍하게 들리는 무서운 비명을 질렀다. 그러나 나는 바로 그에게서 최대의 위로를 얻었다. 그리고 나 자신에게 말했다. '만일 네가 하나님 앞에서 더 이상 자비를 얻을 수 없는 것이 사실이라면, 마귀도 그토록 흥분하지는 않을 것이다.'

그 당시 나는 고해성사를 할 준비가 되어 있지 않았다. 나는 전 생애를 통하여 고백은 생각조차 해보지 못했기 때문에, 당황한 나머지 항상 마귀가 십자가를 두려워하듯 고해성사에 대한 두려움이 있었다. 그렇지만 나는 이 순간 나의 죄를 뉘우치는 마음이 생기고, 고해성사를 하고 보다 나은 삶을 시작하고픈 열망을 느껴서 즉석에서 고해신부를 불러줄 것을 요구했다. 헤르츠브루더는 갑작스러운 나의 전향과 개심에 대단히 기뻐했다. 그는 지금까지 나름대로 내가 어떤 종교에도 속하지 않는다는 견해를 가지고 있었던 것이다. 그런 터에 이제 내가 공개적으로 가톨릭교회를 신봉하여 고해성사를 하러 갔고, 면죄를 받은 후에는 성찬식에 참석한 참이었다. 그런 후에 나는 이루 말할 수 없이 마음이 가벼워졌다. 그러나 가장 신기한 것은 정신 이상자 안에 있던 악령이 이제부터 나를 마음 편하게 그냥 놓아둔 것이었다. 고해성사와 면죄를 받기 전에는 그 악령이 마치 오로지 나의 죄목을 낱낱이 밝히는 단 하나의 목적만을 위해 여기에 나타난 것처럼 내가 저지른 온갖 비행을 그토록 강도 높게 비난했던 것과는 완전히 딴판이었다. 그러나 듣는 사람들은 그의 말을 하나도 믿지 않았다. 그들은 악령을 거짓말쟁이로

여겼고, 또한 점잖은 순례자 복장을 보아서도 내가 전혀 그럴 사람으로
여겨지지 않을 터였다.

우리는 꼭 14일간을 이 은혜가 충만한 곳에 머물렀다. 이곳에서 나
는 나의 개종에 감사한 마음을 지녔고, 여기서 일어난 기적에 관하여
깊이 생각했다. 이 모든 것이 나에게 깊고 경건한 마음과 돈독한 신앙
심을 일깨워주었다. 그러나 이와 같은 효과는 오랫동안 지속되지 못했
다. 왜냐하면 나의 참회는 하나님을 향한 사랑에서 비롯된 것이 아니
고, 저주에 대한 두려움이 발단이 되었기 때문에 나는 점점 다시 미온
적이고 게으르게 되었다. 또한 악마가 나에게 야기한 두려움에 대한 기
억도 점차로 흐려졌다. 그리고 우리는 성물과 교회 보물, 그 밖에 이 교
회의 다른 구경거리를 오랫동안 충분히 감상하고 난 뒤에 겨울을 나기
위해 바덴으로 갔다.

제3장
두 친구가 겨울을 난 이야기

그곳에서 우리는 특히 부유한 스위스 휴양객들이 여름철에 대부분
불편한 몸을 치료하기 위해서라기보다는 주로 즐기고 뽐내기 위해 즐
겨 이용하는 침실이 딸린 좋은 객실을 하나 빌렸다. 그와 함께 나는 식
사도 주문했다. 그러나 나의 씀씀이를 본 헤르츠브루더가 절약할 것을
촉구했고 앞으로 닥칠 길고 견디기 어려운 겨울을 상기시켰다. 그는 나
의 돈으로 그다지 오래 견딜 수 없으리라고 믿고 있었다. 우리가 봄에
다시 길을 떠나려면 여전히 돈이 필요할 것이라고 그는 말했다. 쓰기만

하고 벌어들이질 못하면 많던 돈도 빨리 바닥이 나고, 돈이란 연기처럼 사라지면 다시 돌아오지 않는 법이라고 했다.

　그처럼 좋은 뜻으로 훈계하는 것을 들은 후 나는 헤르츠브루더에게 더 이상 나의 돈주머니가 얼마나 두둑한지를 숨길 수가 없었다. 나는 이 돈을 우리 두 사람의 편안한 삶을 위해서 쓸 것이지만, 그의 출신을 생각해서 그 돈으로 농장은 기필코 사지 않으리라는 것을 털어놓았다. 그렇게 하면 축복이 따르지 않기 때문이었다. 그러나 어디에 투자하지 않을 바에야 그 돈으로 이 세상에서 가장 사랑하는 친구를 지원하고, 다름 아닌 올리비어의 돈이 헤르츠브루더에게 도움이 되게 하는 것은 어디까지나 정당한 행위라고 말했다. 올리비어가 마그데부르크에서 그에게 가한 굴욕을 상쇄하는 것이기 때문이라고 했다. 나는 우리가 있던 곳이 안전하다고 생각했기에 어깨에서 두 개의 전대를 풀어놓고, 유럽의 금화 두카텐과 에스파냐 금화 피스톨을 꺼내서 분리한 다음 헤르츠브루더에게 말했다. 그가 그 돈을 투자를 하든지 분배를 하든지, 우리 두 사람에게 가장 유익한 쪽으로 사용한다면, 이 돈을 마음대로 처리해도 좋다고 말이다.

　내가 그를 얼마나 신임하고, 그가 아니었다면 내가 이 많은 돈을 가지고 신사의 명망을 얻을 수도 있었다는 것을 깨닫자, 헤르츠브루더는 이렇게 말했다. "친구여! 내가 자네를 알게 된 이래 자네는 항상 내게 의리만을 새롭게 증명해 보여주고 있네. 그러나 내가 무엇으로 자네에게 보답할 수 있겠나? 나는 때가 되면 갚을 수도 있을 돈만을 생각하는 것이 아니라, 자네가 나에게 보여주는 사랑과 의리 그리고 측량할 수 없는 신임을 생각하고 있네. 친구여, 한마디로 말해서 자네의 고귀한 마음이 나를 자네의 노예로 만들고 있네. 그리고 자네가 나에게 자선을 베푸는 것을 보고 나는 감탄만 할 수 있을 뿐, 그 은혜를 갚을 길이 없네. 오, 충직하기 그지없는 짐플리치우스여! 세상에 의리라고 없는 이 허망한 시대에 많은 돈으로 가난에 시달리고 있는 헤르츠브루더를 그 역경에서 구해주고 자신은 가장 깊은 궁지에 빠지다니! 친구여, 내가 말하지만 자네는 내게 이렇게 진정한 우정을 증명함으로써 우리 둘 사이에 끊으려 해도 끊을 수 없는 끈을 매어놓는 것일세. 어느 부자 양반이 선물한 수천 개의 끈보다도 더 튼튼한 끈을 말일세. 친구여! 그럼에도 불구하고 이 돈의 주인은 자네이니 자네가 보관하고 분배하라고 부탁하네. 자네가 나의 친구라는 것만으로도 나는 만족한다네."

"존경하는 헤르츠브루더! 무슨 이상한 말을 하고 있는 것인가?" 내가 대답했다. "내가 우리 돈을 자네와 나에게 해가 되는 일에 무익하게 낭비하고 있는 것을 수수방관한다면, 어떻게 자네가 나와 대단히 밀접하게 연결되어 있다고 다짐할 수 있겠는가!"

우리는 그와 같이 바보 같은 대화에 깊이 빠져 있었다. 각자는 상대방에 대한 순수한 우정에 겨워 제정신이 아니었다. 그렇게 해서 헤르츠브루더는 즉시 나의 개인교수 겸 재무 담당관, 하인 겸 주인이 되었다. 그리고 우리에게는 충분한 시간이 있었기 때문에 그는 최근에 자신에게 일어난 일, 괴츠 백작이 자신에게 관심을 보이며 승진시켜준 일들을 이야기했다. 그런 후에 나도 그의 부친이 사망한 후에 일어난 일을 그에게 들려주었다. 지금까지는 우리에게 그럴 수 있는 시간이 없었다. 그가 리프슈타트에 나의 아내가 있다는 것을 들었을 때 그는 나를 나무랐다. 그와 함께 스위스를 여행하는 대신에 일단 내가 그녀를 찾아 집으로 가는 것을 우선시했어야 옳았다는 것이다. 그러나 내가 곤경에 처한 가장 사랑하는 친구를 차마 모른 체할 수가 없었다고 선언했을 때,

그는 나의 아내에게 적어도 내가 있는 곳을 알리고, 그녀에게 즉시 귀가하겠다고 약속하라고 다그쳤다. 그래서 나는 그의 말대로 아내에게 편지를 써서 오랫동안 집을 떠나와 있어서 미안하다는 뜻을 전했다. 여러 가지 불행한 사정 때문에 그토록 가고 싶었지만 좀더 일찍 그녀에게 갈 수가 없었다고도 덧붙였다.

헤르츠브루더는 신문에서 괴츠 백작의 사건이 전화위복이 되어 백작이 황제 폐하에게 명예회복을 얻어낼 작정이고, 곧 자유의 몸이 되어 군대의 지휘권을 다시 확보할지 모른다는 것을 읽어 알게 되었다. 그러고는 그 나름대로 빈에 있는 백작에게 자기 자신의 처지를 보고했다. 또한 그곳에 두고 온 자신의 짐 때문에 바이에른 선제후 군대에도 편지를 썼다. 그는 그렇게 자신의 행운이 다시 살아나리라는 희망을 품게 되었다. 그러므로 우리는 돌아오는 봄에 헤어지기로 결정했다. 그는 자신이 모시던 백작에게, 나는 리프슈타트에 있는 나의 아내에게로 갈 작정이었다.

그러나 겨울을 그냥 한가하게만 보내지 않기 위해서 우리는 어느 기술자에게 요새 건축술을 가르쳐달라고 부탁하여 에스파냐와 프랑스의 왕들이 이전에 함께 축성할 수 있었던 것보다 더 많은 보루를 종이 위에 그렸다. 그 밖에도 나는 연금술사 몇 사람과 사귀었다. 그들은 내게 돈 냄새를 맡았기 때문에 내가 필요한 자본을 출연한다면 연금술을 가르쳐주겠다는 뜻을 밝혔다. 헤르츠브루더가 그들의 계획을 방해하지 않았다면, 나는 그들에게 설득당했을 것이다. 헤르츠브루더는 이렇게 말했다. "진정으로 이와 같은 기술을 아는 사람은 걸인처럼 돈 때문에 다른 사람에게 접근할 필요가 없을 것일세."

헤르츠브루더가 빈에 있는 존경하는 백작으로부터 친절하고 고무

적인 회답을 받는 동안, 나는 우편 마차가 오는 날이면 여러 번 편지를
각각 두 부씩 써서 보냈건만 리프슈타트로부터 단 한 자의 회답도 받지
못했다. 그 일로 해서 나는 대단히 화가 나 봄에 베스트팔렌으로 떠나
지 않고, 헤르츠브루더에게 나를 빈으로 데리고 가서 그가 바라던 행복
한 복귀에 참여할 수 있도록 해달라고 부탁했다. 그러므로 우리는 나의
돈으로 의복이며 말 그리고 하인과 무기 등을 구입해서 여러 면에서 지
체 높은 두 명의 기사 차림을 하고 콘스탄츠를 거쳐 울름으로 갔다. 그
곳에서 배를 타고 도나우강을 따라 8일 만에 무사히 빈에 도착했다. 도
중에 우리가 본 것이라고는 강가에 살고 있는 부인들 말고는 많지 않았
다. 그들은 소리쳐 인사하는 선객들에게 말보다는 증거물 자체를 보여
주며 응답하는 바람에 남자라면 흥분할 수밖에 없는 여러 가지 좋은 볼
거리가 제공되었다.

제4장
또다시 전쟁에 휘말렸다가 벗어난
헤르츠브루더와 짐플리치우스

이 변화무쌍한 세상에서 일어나는 일은 참으로 기이하기 짝이 없
다! 모든 것을 아는 사람은 부자가 된다고 사람들은 말하지만, 나는 자
신의 때를 알고 처신할 줄 아는 사람은 곧 위대하게 되고 권력을 누리
게 된다고 말하고 싶다. 좋게 말해서 사람들이 수전노라고 부르는 야바
위꾼과 사기꾼 중에는 곧 부자가 되는 사람이 많다. 이런저런 잔재주를
익혀서 거리낌 없이 이를 활용하기 때문이다. 그러나 그렇게 해서 그가

신사는 되지 못하고, 아직 가난했을 때보다 못한 명망을 누리는 경우가 종종 있다. 그러나 스스로 위대해지고 강력해질 줄 아는 사람은 머지않아 부자도 된다. 내가 약 8일 동안 빈에 있었을 때 권력과 부를 점지해주는 행운의 여신이 나에게도 거침없이 지위와 명성의 계단을 오를 수 있는 대단히 우호적인 전망과 기회를 선사했지만, 나는 그것을 이용하지 않았다. 왜? 추측건대 나의 운명이 의도한 것은 약간 다른 것, 즉 내가 나의 바보짓이 이끄는 곳으로 가기를 예정한 것 같았기 때문이다.

헤르츠브루더와 함께 빈에 도착했을 때, 베스트팔렌에서 내가 그의 휘하에서 이름을 날렸던 폰 데어 발 백작이 막 그곳에 체류하고 있었다. 괴츠 백작과 황제의 군사위원들 다수가 다른 사람들과 함께 참석한 연회 자리에서 손님들이 희한한 인물들과 기억할 만한 병사들 그리고 유명한 약탈꾼들을 화제로 이야기를 나누고 있을 때, 백작은 조스트의 사냥꾼이 머리에 떠올라서 그 젊은 친구에 관한 몇 가지 에피소드를 칭찬 섞어 이야기를 했다. 그랬더니 적지 않은 사람들이 깜짝 놀랐고, 헤센군의 생 안드레 대령이 간교를 부려 그에게 여인의 형상을 하게 하고 족쇄를 채워서 검을 내려놓게 한 일이나, 스웨덴 군대를 위해 복무하게 한 것을 유감스러워했다. 폰 데어 발 백작은 리프슈타트에서 대령이 나에게 저지른 장난을 정확히 전해 들어 알고 있었다. 곁에 서서 무엇인가 나를 위해 말을 하려고 하던 헤르츠브루더는 발언을 청해서 자신이 조스트의 사냥꾼을 이 세상의 어떤 누구보다도 잘 안다면서 말하기를 이 사냥꾼은 단지 포연(砲煙)만 사랑하는 병사가 아니라 탁월한 기사요 완벽한 투사, 유능한 포수이자 소방관이고, 어떠한 요새 축성의 명인과도 겨룰 수 있는 사람이라고 했다. 내가 다시 황제군에서 복무할 목적으로 억울한 누명을 쓰고 마지못해 결혼한 아내와 전 재산을 리프슈타트에 남겨두고 떠나와 괴츠 백작 휘하에서 지난번 전투에 참가하여 바이마르군의 포로가 되었다가 다시 탈출했다고도 했다. 또한 내가 전우 한 명과 함께 자신을 잡을 목적으로 추적해 온 한 명의 하사와 여섯 명의 보병을 해치우기도 했으며 그러는 과정에서 상당한 재물을 습득해서 이제 그와 함께 빈으로 와서 다시금 신성로마제국의 황제 폐하의 적을 상대로 싸우는 데 쓰임 받고 싶어 한다고도 덧붙였다. 물론 적당한 조건이 충족되어야만 하는데, 단순한 졸병 행세는 더 이상 하고 싶어 하지 않는다고 말했다.

이 고관들 모임은 이 순간에 술로 인해 이미 흥이 올라 있었기에, 사냥꾼에 대한 호기심을 즉각 만족시키고 싶어서 헤르츠브루더로 하여금 마차에 타고 있는 나를 데려오게 했다. 도중에 그는 내가 이 지체 높은 사람들 앞에서 취해야 할 행동을 설명했다. 나의 미래의 행복이 거기에 달려 있기 때문이었다. 그렇기에 나는 모든 질문에 짧고 요령 있게 대답했더니 사람들은 나에 대해서 삼짝 놀라기 시작했다. 나는 요점을 이야기할 수 있을 때만 입을 열었기 때문에 전체적으로 좋은 인상을 남겼다. 특히 폰 데어 발 백작이 나를 칭찬했고 유능한 병사라고 불렀다. 그러나 시간이 가면서 나도 취기가 돌았고, 언제인지는 몰라도 내가 아첨을 하는 데에는 능숙하지 못하다는 것을 알아차리게 했던 것이 틀림없다. 그 결과 보병 대령 한 분이 나에게 자신의 연대에 속한 중대를 지휘해줄 것을 제안했고, 나는 즉시 수락했다. 대위가 되는 것은 정말로 사소한 일이 아니라고 생각했기 때문이다. 그러나 그다음 날 헤르츠브루더는 내가 좀더 오래 기다렸다면 틀림없이 좀더 높은 지위를 얻었을 것이라며 나의 성급함을 나무랐다.

그렇게 나는 일개 중대를 지휘하는 대위가 되었다. 그 중대는 나를 맞아 다시금 지휘 체계를 완전히 갖추기는 했으나 밑으로는 단지 일곱 명의 단순한 경비병으로 구성되어 있었다. 그 밖에 하사관들도 대부분 아무 쓸모 없는 늙은이들이어서 우리가 처음으로 적과 격돌할 기회를 맞았을 때 괴멸되고 말았다. 다른 한편으로 우리의 사령관 괴츠 백작은 목숨을 잃었고, 나의 친구 헤르츠브루더도 총탄을 맞아 고환을 잃고 말았다. 나도 허벅지에 총알을 맞았으나, 단지 미미한 경상일 뿐이었다. 그 후에 우리는 재산이 보관되어 있는 빈으로 돌아와서 치료를 받았다. 헤르츠브루더의 상처는 곧 나았으나, 다른 원인으로 생명이 위독한 상태에 빠졌는데, 의사도 그 원인을 즉시 알아내지 못했다. 평소에 그는 전혀 이와 같은 기질을 보이거나 성을 내지 않았는데도 화기(禍氣)가 엄습해서 기력이 약해지는 다혈질의 사람처럼 그의 사지가 모두 마비되었다. 그래서 사람들은 그에게 탄산천(炭酸泉)이 있는 곳에서 요양할 것을 권했고, 슈바르츠발트에 위치한 그리스바흐를 천거했다.

그렇게 우리의 행복은 의외로 새로운 전환을 맞았다. 원래 헤르츠브루더는 한 지체 높은 아가씨와 결혼하고, 이를 위해서 자신은 남작이 되고, 나는 귀족이 되게 하려는 계획을 세우고 있었다. 그러나 그는 이제 이 모든 것을 다시 생각하지 않으면 안 되었다. 막상 후세를 생산할 수 있는 생식력을 잃었기 때문에 그리고 그의 마비가 지병으로 발전할 위험이 있고 그렇게 되면 좋은 친구들에게 의지해야만 했기 때문에 그는 유서를 쓰고 나를 유산의 유일한 상속자로 지명했다. 무엇보다도 내가 자기로 인해 행복을 바람에 날리고, 나의 중대의 지위도 포기하고, 그를 탄산천으로 데리고 가서 그를 간호하지 않으면 안 되게끔 상황이 바뀐 것을 알아챘기 때문이었다.

제5장
유피테르를 만나 전쟁과 평화의 관련성을 알게 된
짐플리치우스

헤르츠브루더가 다시 말을 탈 수 있게 되었을 때 우리는 현금을 어음으로 바꾸어 바젤로 송금을 했다. 아직도 우리는 공동소유의 지갑을 가지고 있었다. 그리고 말과 하인을 대동해서 도나우강을 따라 울름까지 배를 타고 갔고, 거기서 도보로 앞서 말한 탄산천으로 행군을 했다. 그곳에서 우리는 숙소 하나를 세를 냈다. 때는 5월이어서 여행하기가 쾌적했다. 그러나 나는 계속해서 스트라스부르로 갔다. 우리가 바젤에서 이곳으로 보냈던 돈의 일부를 수령하고, 헤르츠브루더가 복용할 약을 처방받고 그의 치료 계획을 세울 수 있는 경험 있는 의사를 물색하기 위해서였다. 내가 데려온 의사들은 헤르츠브루더가 독에 중독되었다는 것을 확인했다. 그러나 그 독은 그의 목숨을 빼앗을 만큼 강하지는 않지만, 그의 사지에 스며들어서 이제 여러 약재와 해독제 그리고 땀을 흘리는 목욕을 통해서 그 독을 몸에서 빼내어야 하는데, 약 8주의 시간이 걸리는 치료라는 것이었다. 헤르츠브루더는 즉시 자신이 언제 누구를 통해서 독에 중독되었는지를 파악했다. 군에서 그의 지위를 탐내는 사람들이 저지른 짓이었다. 그런 다음 탄산천에서의 광천요법이 그의 병 치료에 전혀 필요치 않다는 것을 그가 들어 알았을 때, 그의 라이벌들이 그를 먼 고장으로 보내기 위해 야전병원에서 그를 치료했던 의사까지도 매수했다는 확신이 들었다. 그럼에도 불구하고 그는 광천요법을 계속하기로 결심했다. 첫째는 건강한 공기를 들이마시기 위해서였고, 그다음은 다른 요양객들과 즐겁게 어울리기 위해서였다.

나는 시간을 허비하고 싶지 않았고, 아내를 다시 보고 싶었다. 헤르츠브루더는 나의 도움을 전혀 필요로 하지 않았기 때문에 그에게 나의 계획을 이야기했다. 그는 나의 계획을 칭찬했고, 내가 좀더 일찍 아내를 방문할 수 있는 길을 자신이 막았던 것에 대해 용서를 비는 뜻에서 자신의 이름으로 아내에게 주라고 몇 가지 보석을 주기까지 했다. 그러므로 나는 말을 타고 스트라스부르로 가서 현금을 마련하고, 내가 어떻게 하면 가장 안전하게 여행을 할 수 있는지에 대해서도 알아보았다. 혼자서 말을 타고 가기는 불가능하다는 것이 확인되었다. 전쟁 중인 두 진영의 수많은 병영 사이를 돌아다니는 유격대들이 그 지역의 분위기를 너무나 불안하게 했기 때문이다. 그 대신 나는 스트라스부르의 전령들에게 발행되는 통행증을 받고, 내가 리프슈타트로 그 편지들을 가져가는 전령을 한 사람 보내기나 하려는 것처럼 나의 아내와 처형 그리고 장인 장모에게 보내는 여러 통의 편지를 작성했다. 그러나 나는 결국 생각을 바꾸어 그 전령에게서 통행증을 되돌려 받고 말과 전령을 되돌려 보냈다. 그러고는 스트라스부르의 전령들이 입는 붉고 흰색 나는 하인복을 내가 입고, 직접 배 한 척을 저어서 전쟁에서 중립을 지킨 쾰른까지 갔다.

그곳에서 나는 제일 먼저 나를 자신의 가니메데스로 삼았던 유피테르를 찾아갔다. 내가 쾰른에 남겼던 물건들이 어떻게 되었는지 알아보기 위해서였다. 그러나 유피테르는 다시 정신착란이 도져서 심한 대인기피증에 빠져 있었다. 나를 보자 그가 물었다. "오 메르쿠리우스, 뮌스터에서 무슨 새로운 소식을 가져왔는가? 사람들이 나의 동의 없이도 평화조약을 맺을 수 있다고 믿기라도 한단 말인가? 안 되지, 안 되고말고! 그들은 평화를 누렸었는데, 어째서 그것을 유지하지 못했지? 내가 전쟁을 보냈을 때 그들에게는 온갖 악덕이 번창하지 않았던가? 그런 이후로 내가 그들에게 평화를 줄 만큼 그들이 한 짓이 무엇인가? 그들은 회개를 하기나 한 것인가? 상태는 훨씬 더 나빠지기까지 했고, 직접 대목장에나 가듯 전쟁에 뛰어든 것이 아닌가? 내가 그들에게 대공황을 보내어 수천 명의 영혼을 굶어 죽게 했을 때 회개를 하기나 했는가? 페스트가 수백만 명의 목숨을 급히 앗아간 그 끔찍한 죽음이 그들을 깜짝 놀라게 했을 터인데, 그들이 회개를 하기나 한 것인가? 아닐세, 메르쿠리우스, 다시 한 번 말하지만, 아닐세. 살아남아서 모든 참상을 직접 목격한 사람들은 회개를 하지 않았을 뿐만 아니라, 전보다도 훨씬 더 악해지고 말았어! 그러나 그들이 그 많은 고통을 겪으면서도 반성을 하지 못하고 온갖 고난과 비탄 속에서도 그들의 불경스러운 삶을 포기하지 않은 상태에서 내가 그들에게 온갖 편안함을 누리는 황금 같은 평화를 되돌려준다면, 그들은 제일 먼저 무슨 짓을 하겠는가? 나는 그들이 옛날 거인들처럼 감히 나의 하늘을 징복하려고 하지 않을까 누렵네. 그러나 나는 이 무모한 행동을 제때에 저지할 것이고, 그들을 장시간 이 전쟁 속에서 꼼짝 못 하고 웅크리고 앉아 있게 할 것일세."

　나는 어떻게 하면 이 주신(主神)에게 자비로운 마음을 일깨울 수 있을지를 알았기 때문에 말했다. "아이고 주신이시여! 모든 세상이 평화를 원하며 한숨을 쉬고 근본적인 개심을 찬양하고 있는 판에 어떻게 주신께서는 평화를 더 이상 거부하실 수가 있습니까?"

　"그렇군." 유피테르가 대답했다. "그들이 한숨을 쉰다! 그러나 나 때문이 아니고 그들 자신을 위해서 그러는 것일세. 각 사람은 자신의 포도나무와 무화과나무 밑에서 신을 찬양하기는커녕 손끝 하나 꼼짝 않고 그 나무의 고귀한 열매를 즐겁게 먹으려고만 하기 때문일세. 최근에 나는 어느 딱한 재단사에게 내가 평화를 가져와야 하느냐고 물었더니 가져오든 말든 마찬가지라는 것이 그의 대답이었네. 그는 전시든 평시든 늘 바늘을 가지고 싸워야 하기 때문일세. 같은 대답을 나는 어느 제철공에게도 들었네. 그는 평시처럼 종을 제작할 일은 없어도, 전시에는 대포와 박격포를 제작할 수 있다는 것이었네. 어느 대장장이도 똑같은 대답을 했네. '나는 전시에는 쟁기의 보습이나 농부의 마차 바퀴를 갈 수는 없지만, 그래도 많은 기병대의 말들의 편자를 박고, 군대의 마차가 바퀴를 갈려고 내게 오기 때문에 평화를 기꺼이 포기할 수 있다'는 것이었네. 친애하는 메르쿠리우스! 그러니 이제 알겠나? 내가 그들에게 평화를 유지시켜주어야 할 이유가 도대체 무엇이겠는가? 평화가 도래하기를 바라는 사람은 많다네. 그러나 말한 것처럼 자신의 배와 욕심을 채우기 위해서 그런 것일세. 다른 한편으로는 전쟁이 계속되기를 바라는 사람도 없지는 않네. 그것은 내가 그러길 바라서가 아니고, 그들이 전쟁에서 얻는 것이 있기 때문일세. 잿더미로 변한 집들을 재건하는 일로 돈을 벌 수 있기 때문에 미장이와 목수가 평화를 기다리는 것과 마찬가지로 평화 시에는 손을 놀리며 일을 해서 먹고살 수 있다고 믿지 않는 사람들은 더욱더 거리낌 없이 도둑질을 하기 위해서 전쟁이 계속되기를 바라는 것일세."

나의 친구 유피테르는 이와 같은 생각에 사로잡혔기 때문에 나의 보물에 대해서는 별로 할 말이 없으리라고 나는 예상할 수 있었다. 그러므로 나는 아무런 내색도 하지 않고 목을 움츠린 채 내가 아직도 잘 알고 있는 샛길을 따라 리프슈타트로 갔다. 그곳에서 나는 외지에서 온 전령 행세를 하며 나의 장인의 안부를 물었더니, 장인과 장모는 반년 전에 세상을 떠났고, 나의 아내도 아들 하나를 낳은 후 얼마 안 되어 세상을 하직했다는 것을 알았다. 나의 아들은 지금 나의 처형 집에 살고 있다는 것이었다. 그러므로 나는 내가 장인과 아내와 그에게 썼던 편지들을 나의 동서에게 넘겨주었다. 그는 전령 행세를 하는 나에게서 짐플리치우스가 어떻게 지내는지, 무슨 짓을 하고 있는지 들어보려고 나를 무조건 자기 집에 묵게 했다. 나와 나의 처형은 오랫동안 짐플리치우스에 관해서 이야기를 나누었는데, 나는 알고 있는 칭찬할 만한 이야기를 모두 그녀에게 들려주었다. 얼굴에 나 있는 곰보 자국들이 나를 흉하게 변모시켜서 아무도 나를 알아보지 못했다. 예외로 폰 쇤슈타인 씨는 나를 알아보았지만, 나의 의리 있는 친구로서 입을 다물었다.

    내가 짐플리치우스가 훌륭한 말을 소유하고, 많은 하인을 거느리며, 항상 금으로 장식된 검은 비단 저고리를 입고 다닌다고 자세히 보고한 것을 듣고 난 후에 처형은 말했다. "그래요, 나는 그가 주장했던 것처럼 그렇게 보잘것없는 집 자손은 아닐 거라고 항상 생각해왔어요. 이곳 사령관님도 우리 부모님에게 신앙심이 깊은 처녀였던 나의 숙은 동생을 꾀를 써서라도 그에게 맡기라고 설득하면서 큰 희망을 갖게 했어요. 나도 끝이 좋지 않을까 봐 늘 걱정을 하지 않은 것은 아니에요. 그렇지만 그는 항시 점잖게 행동을 했고, 이곳 병영에서 스웨덴, 아니 헤센군에 복무할 결심을 했고, 그 전에는 쾰른에 있는 재산을 이리로 가져오려고 했어요. 그러나 그 일이 지체되자 결국 사람들은 속임수를 써서 그를 프랑스로 유인했어요. 그렇게 해서 그는 내 동생과 결혼을 했어도 함께 지낸 것은 불과 4주뿐이에요. 추측건대 그는 내 동생 말고도 다른 여염집 딸 대여섯 명들을 임신시킨 채 방치해서 그들이 모두 아들을 차례로 낳았는데, 나의 동생이 마지막이었어요. 나의 아버지와 어머니는 이제 돌아가셨고 나와 남편은 아이를 낳기를 기대할 수 없기 때문에 우리가 동생 아이를 우리 전체 유산의 상속자로 지정했어요. 그리고 사령관의 도움을 받아 금화로 약 3천 굴덴 나가는 쾰른에 있는 아이 아버지의 소유물도 되돌려달라고 청구했어요. 아이가 나중에 가난한 사람이 되지 않게 하기 위해서이지요. 나와 남편은 그 아이를 대단히 귀여워해서 친아버지가 와서 데려간다고 해도 그를 놓아주지 않을 거예요. 그밖에도 그는 그의 배다른 형제들 중에서도 가장 출중하게 잘나서 그의 아버지의 얼굴을 빼닮았어요. 나의 동생의 남편이 여기에 얼마나 훌륭한 아들을 두고 있는지 알게 된다면, 다른 창녀들이 낳은 아이들은 꺼릴지 몰라도, 이곳에 와서 이 귀염둥이를 보는 것을 저지할 수 있는 사람은 아무도 없다고 나는 확신해요."

그 밖에 나의 처형이 하는 말에서 나는 그녀가 내 아이를 대단히 사랑하는 것을 느꼈다. 막 바지를 입고 뛰어다니는 그 아이의 모습은 처음으로 나를 마냥 기쁘게 했다. 그렇기 때문에 나는 헤르츠브루더가 나의 아내를 위한 선물로 주었던 보석들을 꺼내서 짐플리치우스 씨의 인사로 그의 아내에게 넘겨주었어야 했을 보석이라고 말했다. 그녀가 막상 사망했기 때문에 그 보석들을 아이에게 남겨주는 것이 옳다고 나는 생각했다. 나의 동서와 처형은 이 보석들을 기쁜 마음으로 받고, 그 점으로 미루어 짐플리치우스 씨가 상당한 재산을 보유하고 있고, 그들이 이전에 믿고 있었던 것과는 전혀 다른 사람임이 틀림없다는 결론을 내렸다. 이제 나는 작별을 서둘러야 했다. 그리고 작별을 해도 되었을 때, 나는 짐플리치우스를 대신해서 어린 짐플리치우스에게 키스를 하려고 했다. 그의 아버지에게 보고할 수 있기 위해서였다. 나의 처형의 허락을 얻어 내가 키스를 했을 때 나의 코와 그의 코에서 피가 나기 시작했다. 그로 인해 나의 마음이 거의 찢어질 법했지만, 나는 격정을 자제하고 행여나 누가 그와 같은 교감의 원인을 밝히려고 머리를 쥐어짜기 전에 길을 떠났다. 힘겹고 위험한 14일이 지난 후에 나는 거지꼴을 하고 우리의 탄산천으로 돌아왔다. 도중에 나는 강도를 만나 내복만 제외하고 몽땅 털리고 말았다.

제6장
탄산천에서 짐플리치우스가 벌인 바보짓

돌아온 후에 나는 헤르츠브루더의 건강 상태가 호전되기보다는 악화된 것을 알아차렸다. 그 과정에서 그는 의사들과 약사들에게 살찐 거위보다도 더 심하게 돈을 뜯겼다. 그는 다분히 어린애 같은 인상을 주었고, 이제 제대로 걷지조차 못했다. 나는 할 수 있는 한 그가 기운을 차리게 하려고 여러 시도를 했지만, 사정이 여의치 않았다. 기력이 없어지니 더 이상 오래 살지 못하리라는 것을 그 자신도 느끼는 것 같았다. 그의 최대의 위안이라면 영원히 눈을 감게 될 때 내가 그의 곁에 있으리라는 것이었다.

그럼에도 불구하고 나는 힘을 내서, 할 수 있는 한 즐겁게 지내려고 했다. 그러면서 항상 신경을 쓴 것은 물론 나의 친구 헤르츠브루더를 간호하는 데 소홀함이 없도록 하는 것이었다. 홀아비가 되었다는 것을 알고 난 후 비로소 편안한 나날과 젊음이 나에게 다시 사랑의 감정을 일깨워주어서, 나는 마음껏 그 감정에 몰두했다. 아인지델른에서 나를 사로잡았던 공포감은 이미 오래전에 사라지고 없었다.

이 탄산천에는 위풍이 당당한 떠돌이 여인 한 사람도 체류하고 있었다. 그녀는 자신이 귀족이라고 사칭했지만, 내 생각으로는 **귀한** 족속이라기보다는 **활기가 넘치는** 족속이었다. 그녀의 미모에 반해서 나는 이 꽃뱀에게 구애를 했다. 그랬더니 그녀는 즉시 허락했을 뿐만 아니라, 내가 기대할 수 있는 온갖 즐거움도 베풀어주었다. 그녀의 헤픈 행동이 처음부터 나의 마음에 거슬렸기 때문에 나는 곧 그녀와 점잖게 헤어질 방도를 궁리했다. 내가 보기에 그녀는 나와 결혼할 생각보다는 나에게서 돈을 뜯어내는 데 목적이 있었다. 그래서 그녀는 가는 곳마다 뜨거운 애모의 감정이 담긴 매혹적이고 불꽃 튀는 시선을 보내고, 열렬한 애정의 다른 증거들을 보이며 나를 압박해서, 그로 인해 그녀나 나에게 다 같이 난처했던 순간이 종종 있었다.

온천장에는 지체 높고, 부유한 스위스인 한 사람이 체류하고 있었다. 그런데 그는 돈뿐만이 아니라, 금이나 은, 진주나 보석으로 만든 그의 부인의 장신구까지도 도둑을 맞았다. 그와 같은 물건은 어렵게 사들인 만큼 또한 쉽게 잃고 싶지 않은 것이어서 이 스위스인은 자신의 물건을 다시 찾을 수 있는 수단과 방법을 강구했다. 그는 결국 가이스하우트 강가에 있는 어느 집에서 유명한 퇴마사를 오게 했고 이 퇴마사는 마력을 써서 도둑을 몹시 시달리게 했다. 그 결과 도둑은 훔친 물건을 직접 주인에게 되돌려주지 않을 수 없었다. 그 대가로 마법사는 10탈러를 받았다.

나는 이 마법사와 사귀고 그와 대화를 하고 싶었다. 그러나 연유는 알 수 없지만 나는 그 당시 지체가 높은 사람으로 통했던 터라 그렇게 하는 것은 나의 체면을 깎이게 하지 않고는 불가능한 것으로 보였기 때문에, 나는 하인에게 그날 저녁 중으로 마법사를 불러 함께 술을 들라고 일렀다. 그가 대단한 애주가라는 소리를 들었기에 나는 이 같은 방법으로 그와 사귈 수 있는지 가늠해볼 작정이었다. 사람들이 그에 대해서 본인에게 직접 듣지 않고는 믿고 싶지 않은 많은 진기한 사연들을 이야기하고 다녔기 때문이다.

나는 향유를 파는 상인으로 변장해서 두 사람이 앉아 있는 식탁에 자리를 잡고 앉았다. 내가 실제로 누구인지를 그가 밝혀내거나 악마가 그에게 계시하는지를 보기 위해서였다. 그러나 나는 그에게서 아무 말도 듣지 못했다. 그는 홀로 열심히 술만 마셨고, 차림새를 보고 나를 상인 취급을 했다. 그래서 나를 위해 한 두어 번 건배는 했지만 나의 하인에게 더 관심을 보이고 신뢰하는 가운데 이야기하기를 만약 그 스위스 사람에게서 도둑질한 녀석이 훔친 물건 가운데 약간만 흐르는 물속에 던지고, 나머지를 악마에게 넘겨주었다면, 그를 도둑으로 모는 것은 불가능하고, 또한 없어진 물건을 다시 찾아내는 것도 불가능했을 것이라고 했다.

나는 이와 같이 이상한 이야기를 같이 듣고, 수천 가지 계교를 지닌 음흉한 악마가 불쌍한 사람을 그와 같은 술책으로 낚으려는 것을 보고 놀랐다. 나는 그가 한 이야기에서 이와 같은 유보 조항은 퇴마사 자신이 마귀와 맺은 계약에 속한다는 결론을 얻었다. 그리고 만약 그의 절도 행위를 밝혀내기 위해서 이와 같은 유보 조건이 없는 계약을 맺은 다른 퇴마사가 불려 온다면, 흐르는 물속에 있는 악마의 지분을 가지고 부리는 속임수는 도둑에게 조금도 도움을 주지 못하리라는 결론을 얻었다.

이제 나는 훔치는 데에는 어떤 집시보다도 더 능숙한 나의 하인에게 명령을 내려 그 퇴마사로 하여금 술이 취하게 하고 그런 다음 그에게서 10탈러를 훔쳐서 그중의 몇 바첸을 즉시 렌히강[3]에 던지라고 했

---

3) 라인강의 상류.

다. 이 모든 것을 나의 하인은 고지식하게 처리했다. 퇴마사가 그다음 날 아침에 돈이 없어진 것을 알아차렸을 때, 그는 렌히강의 급류를 거슬러 어떤 잡목이 우거진 숲으로 갔다. 그곳에서 그가 섬기는 마귀와 의논하기 위해서인 것이 틀림없었다. 그러나 혼쭐만 나고, 온통 시퍼런 상처투성이 얼굴을 하고 돌아왔다. 그때 그 가련한 녀석이 나의 마음을 아프게 해서 그의 돈을 다시 돌려주고 이제 그 악마가 어떤 사기꾼이고 악한인지를 알았으니, 악마와 어울리며 섬기는 짓은 그만두고 다시 하나님께로 돌아가라고 전하라고 했다. 그러나 이와 같은 훈계는 마치 개에게 풀이 잘 맞지 않는 것처럼 나에게 잘 맞지 않았다. 왜냐하면 그때부터 나에게 더욱 불행한 일이 많이 일어났고, 하는 일마다 틀어졌기 때문이다. 그로부터 얼마 안 되어 나의 애마들이 마술에 걸려 죽고 말았다. 그러나 무엇이 그 말들의 목숨을 지켜줄 수 있었겠는가? 나는 쾌락주의자처럼 방탕하게 살았고, 나에 딸린 것들을 위하려고 하나님의 가호를 빌어주지도 못했는데, 무슨 수로 마법사의 복수를 막을 수 있었겠는가?

제7장
헤르츠브루더는 죽고,
짐플리치우스는 다시 여자들을 따라다니기 시작하다

시간이 가면서 탄산천에서 지내는 것이 점점 더 즐거워졌다. 요양객들의 수는 매일같이 늘었다. 이 고장이 내게는 편하게 느껴졌고, 이곳에서의 생활 또한 편했다. 나는 가장 혈기왕성한 방문객들과 사귀었고, 고상하게 대화하고 찬사를 늘어놓는 것을 배웠다. 지금까지 내가 그다지 중요하게 생각하지 않았던 사항들이다. 사람들은 나를 귀족으로 여겼는데 나의 수하의 사람들이 나를 '대위님'이라고 반드시 '님' 자를 써서 호칭했기 때문이다. 귀족이 아니고서는 내 나이에 그와 같은 지위를 얻기가 힘들었으리라는 추측도 한몫을 했다. 그러므로 부유한 멋쟁이들은 나와 친분만 맺은 것이 아니라, 의형제까지 맺었다. 그리고 노름하는 것, 먹고 마시는 것 등 온갖 종류의 도락이 나에게는 가장 힘든 중노동이었고 주된 걱정이었다. 물론 그 짓을 통해 값진 금화가 많이 낭비되었다. 그러나 나는 그것을 알아차리지도 못했고, 그다지 유념하지도 않았다. 왜냐하면 올리비어의 유산이 들어 있는 나의 돈주머니는 아직도 두둑했기 때문이다.

헤르츠브루더의 건강은 그사이 더욱 나빠졌다. 의사들이 우선 그의 체중을 잔뜩 불려놓고 뺑소니치는 바람에 그는 결국 그 대가를 치러야 했다. 그의 아버지가 남긴 유산의 상속자로 나를 지정하겠다는 그의 약속과 유지(遺志)에는 변함이 없었다. 내 편에서는 예의를 갖추어 장례를 치르고, 그의 하인들에게는 상복과 함께 적절한 보상을 주어 각각 제 살길을 찾아가게 했다.

그의 죽음으로 인해 나의 마음은 대단히 아팠다. 무엇보다도 그가 독살당한 것이나 마찬가지였기 때문이다. 나에게는 이 모든 것을 달리 어쩔 수 있는 힘이 없었지만, 이 모든 것이 나를 변하게 만들었다. 이때부터 나는 사람들과 어울리는 것을 피하고 슬픈 상념에 젖어 고독을 찾았다. 이런 목적으로 나는 숲속에 있는 덤불에 처박혀서 내가 얼마나 소중한 친구를 잃었고, 그와 같은 친구는 나의 생전에 다시 만나지 못하리라는 것을 눈앞에 그려보았다. 그러는 중에 장차 내가 삶을 어떻게 꾸려야 할지 온갖 상념이 떠올랐지만 나는 아무것도 결심할 수가 없었다. 내가 다시 전쟁에 출정할 것을 결심하자 떠오른 생각은 이 지역에서 가장 가난한 농부라도 군에 복무하는 대령보다 행복하리란 것이었다. 전쟁 당사자들은 어느 쪽도 이 산중으로 오지는 않을 것이기 때문이었다. 그리고 군대가 이 나라에 들어와서 무슨 일을 할 수 있었을지, 또는 그 군대가 무엇 때문에 이 나라를 망쳐놓으려고 했을는지 상상할 수가 없었다. 이곳의 모든 농장은 평시나 마찬가지로 잘 보호 및 관리되고 있었고 모든 마구간에는 가축이 가득 들었지만, 전쟁이 한창인 라인 평야에 있는 마을에서는 개나 고양이도 만날 수가 없었다.

내가 그처럼 지극히 아름다운 새소리를 흥겹게 들으며, 사랑스러운 소쩍새는 다른 새들로 하여금 부끄러워서인지 아니면 그 청아한 노래에서 무엇을 가로채기 위해서인지 알 수는 없지만, 마치 마술을 부린 듯 침묵하고 경청하게 만든다고 생각하던 참이었다. 그때에 냇물의 저쪽 편에 한 아리따운 아가씨가 물가로 접근해 왔다. 그녀는 단순한 농사꾼 여인의 복장을 하고 있었지만 어떤 지체 높은 집의 규수보다 더 나의 마음을 사로잡았다. 그녀는 머리에서 바구니를 내려놓았다. 그 속에는 그녀가 탄산천에서 팔려는 싱싱한 버터 한 덩이가 들어 있었다. 무더운 날씨에 버터가 녹지 않도록 물속에 담가서 식히려는 것이었다. 그사이 그녀는 풀 위에 앉아서 너울과 모자를 벗고 얼굴에 난 땀을 씻었다. 그래서 나는 그녀의 모습을 실컷 바라볼 수 있었고, 나의 호기심 어린 눈은 그 때문에 호강을 했다. 그때에 나에게는 생전에 그보다 더 아름다운 여인은 본 적이 없는 것 같은 생각이 들었다. 그녀의 몸매는 완벽하게 균형이 잡혀 있어 나무랄 데라곤 없었다. 팔과 손은 눈처럼 희었고, 얼굴은 생기가 넘치고 귀여웠으며, 검은 눈은 빛나고 매력적인 빛을 띠었다. 그녀가 버터를 다시 챙겨서 바구니에 넣었을 때 내가 그녀를 향해 큰 소리로 말했다. "아가씨! 버터는 그대의 아름다운 손으로 물속에 넣어 차가워졌지만, 나의 마음은 그대의 빛나는 눈 때문에 뜨거워지고 말았으니 어쩌지요!" 그녀는 나를 쳐다보고 내 말을 듣자마자 단 한 마디 대답도 없이 도망쳤다. 그러고는 나를 사랑에 빠진 공상가처럼 어리석은 짓이란 어리석은 짓은 모두 저지르는 바보로 만들고 말았다.

나는 좀더 강력한 햇볕을 쬐고 싶은 욕심에 외로움을 떨쳐버리고 그 자리를 떴는데 갑자기 소쩍새의 울음소리가 단지 늑대의 울음소리처럼 들렸다. 그 장소로 되돌아와서 나의 하인을 먼저 보내 버터를 파는 아가씨를 붙잡고, 내가 도착할 때까지 흥정을 하라고 일렀다. 하인은 나름대로 자신이 할 수 있는 일은 다 했고 나도 도착해서 똑같이 내가 할 수 있는 일을 다 했으나, 그와 같은 농촌 아가씨에게 기대해보지 못한 돌같이 굳은 마음과 차가운 반응만 접했을 뿐이었다. 그러나 그녀의 이런 반응이 나를 더욱 몸 달게 만들었다. 그러면서 나는 지금까지 내가 이 분야에서 쌓은 경험에 비추어서 그녀는 그렇게 간단하게 현혹당하지 않으리라는 것을 쉽게 가늠할 수 있었다.

그 당시에 나쁜 적이든 좋은 친구든 내게 한 명이라도 있었으면 좋았을 것이다. 나의 관심을 끌어 나로 하여금 바보 같은 사랑으로부터 마음을 돌리게 하거나 좋은 충고로 나의 바보스러운 계획을 포기하게 만들 만한 친구 말이다. 그러나 내가 가진 것이라고는 마음 놓고 풀어놓아서 나의 눈을 멀게 만든 돈, 나를 유혹한 맹목적인 욕심, 나를 불행으로 몰고 가서 파멸시킨 경솔한 마음밖에 없었다. 나는 우리 두 사람의 복장이 드러내고 있는 흉조(凶兆)를 생각해서라도 그녀를 향한 나의 사랑을 접었어야 마땅했다. 왜냐하면 나는 친구 헤르츠브루더가 죽었고, 그 아가씨는 부모님이 세상을 떠난 직후라서 처음 만났을 때 우리 둘은 상복을 입고 있었기 때문이다. 그런 마당에 우리가 기쁜 마음으로 사랑을 할 수 있었겠는가? 요컨대 나는 이미 나의 우스꽝스러운 장난에 말려들어서 아주 눈이 멀었고 큐피드 소년처럼 분별력이 없었다. 그리고 나는 동물적 욕망을 달리 어떻게 충족시켜야 할지 알지 못했기에 그녀와 결혼을 하기로 결심을 하고 말았다. 나는 스스로에게 말했다. '너는 원래부터도 한낱 농부의 자식에 지나지 않아서 생전에 성 같은 것은 차지하지 못할 것이다. 여기 이 고장은 살기가 좋고, 아주 잔혹한 이 전쟁을 치르고 나면 한창 번영하게 될 것이다. 그것 말고도 너에게는 아직도 여기서 제일 좋은 농장을 살 만한 돈이 넉넉히 있다. 너는 이 정숙한 농촌 아가씨와 결혼할 것이고, 모든 농부 틈에서 너의 평화로운 농장을 꾸릴 것이다. 그리고 이곳 탄산천 말고 어디에 가서 네가 더 훌륭한 피난처를 발견할 수 있겠느냐? 여기서 너는 6주일마다 들고 나는 요양객 때문에 새로운 세상을 보고 지구가 계절에 따라 변하는 것을 관찰할 수 있지 않느냐?' 그와 같은 수천 가지 상념을 뇌리에 굴린 끝에 나는 마침내 그녀에게 청혼을 했고, 어려움이 없지 않았지만 그녀의 응낙을 받아냈다.

제8장
짐플리치우스는 재혼하고,
아바이를 만나 친부모가 누구인지를 알게 되다

나는 기쁨에 들떠서 결혼식을 성대하게 준비토록 했다. 나의 신부가 태어난 농장을 매입했을 뿐만 아니라, 거기서 단순히 살림만 차리지 않고 궁궐 같은 건물을 신축하기 시작했다. 그리고 결혼식을 올리기 전에 나는 이미 황소를 30마리 이상 들여놓았다. 그해가 지나면 농장에서 그 정도는 키울 수 있었기 때문이다. 간단히 말해서 나는 내키는 대로 없는 것이 없도록 했고, 값진 가구도 들여놓았다. 그러나 나의 음경은 곧 망신을 당하고 말았다. 왜냐하면 내가 막상 산들바람에 배를 타고 영국으로 가는 줄 믿었으나 기대와는 달리 네덜란드로 빠졌기 때문이었다.[4] 이제야 비로소 나의 신부가 나를 받아들이기를 그처럼 꺼렸던 까닭이 이해되었지만, 때는 이미 늦어버렸다.

나를 가장 고통스럽게 한 것은 누구에게도 나의 고민을 털어놓을 수가 없다는 사실이었다. 웃음거리가 될 것이 뻔했기 때문이다. 나는 그 점에 대해서 앙갚음을 해야 한다는 것을 의식하고 있었다. 그러나 이와 같은 의식 탓에 나는 너그럽지 못하고 보다 점잖지 못한 인간이 되고 말았다. 나는 사기를 당했기 때문에, 나에게 사기를 친 여인에게 복수를 하려고 어디든 나를 받아주는 곳이 없나 찾아 헤매기 시작했다. 그리하여 나는 얼마 안 되어 집에 있기보다 탄산천에 있는 사교장에 앉아 있기를 더 좋아하는 신세가 되었다. 나의 아내도 똑같이 칠칠치 못했다. 그녀는 내가 집에서 도살하게 한 황소를 소금을 쳐서 진공의 통에 넣는 것이 아니라, 광주리에 담아놓기도 했고, 언젠가는 그녀가 아저(兒猪) 요리를 하면서 조류의 깃털을 뽑듯 털을 뽑기도 했다. 한편 그녀는 가재를 석쇠에 얹어 굽는가 하면, 송어를 꼬치에 끼워 굽기도 했

---

4) 여기서 저자는 발음이 비슷하거나 같은 영국(England), 네덜란드(Holland)를 연상케 하는 '좁은 나라(Engeland)', '텅 빈 나라(Hohlland)'를 씀으로써, 신부가 처녀성을 잃은 것을 빗대어 표현하고 있다.

다. 이와 같은 몇 가지 예만 보아도 내가 얼마나 애물단지를 얻었는가를 분명히 알 수 있었다. 그녀도 포도주 한잔을 마시는 것은 싫어하지 않았고, 점잖게 구는 다른 사람들에게도 인심 쓰듯 척척 나누어주기도 함으로써, 장차 나의 살림이 거덜 나게 되리라는 것은 이미 약속된 바나 다름없었다.

한번은 내가 몇몇 멋쟁이들과 어느 모임에 참석하기 위해 계곡 아래에 위치한 온천에 간 적이 있었다. 그곳에서 우리는 염소 한 마리를 끌고 와서 팔려던 한 늙은 농부를 만났다. 나는 이 사람을 언젠가 본 적이 있다는 느낌이 들었다. 그리하여 어디에서 염소를 가지고 왔는지 물었다. 그는 모자를 벗고 말했다. "나리, 그건 정말 말씀드릴 수 없습니다요."

그래서 나는 대답했다. "설마 그 염소를 훔쳐 온 것은 아닐 테지요?"

"아닙니다요." 농부는 대답했다. "저 밑에 계곡에 있는 마을에서 가져왔습니다만, 염소가 듣고 있는 데에서는 그곳 이름을 나리께 말씀드릴 수가 없습니다요."[5]

나의 일행은 웃기 시작했다. 그러나 나의 얼굴이 하얗게 되자, 그들은 그 농부가 재미 삼아 농담을 했기 때문에 내가 불쾌했거나 당황한 줄로 믿었다. 그러나 나의 머릿속에 스친 생각은 다른 것이었다. 농부의 이마 한가운데에 일각수의 뿔처럼 나 있는 커다란 무사마귀 때문에 갑자기 내게는 슈페사르트에 살던 나의 아바이를 눈앞에 대면하고 있다는 확신이 생겼다. 그러나 그가 나의 정체를 알아맞히고, 그 당시 나의 차림새로 보아 아들의 의젓해진 모습을 확인하고 기뻐하기 전에 나

---

5) 염소(Geiß)와 그 고장 이름인 가이스바흐Gaisbach가 발음상 같다는 사실에 바탕을 둔 농담.

는 우선 독심술사 노릇을 한번 해볼 작정이었다. 그래서 나는 말했다. "아버님, 댁이 슈페사르트가 아닙니까?"

"그렇습니다요, 나리." 농부가 말했다.

"18년 전에 기병들이 들이닥쳐 집과 농장을 털고 불을 지르지 않았습니까?"

"네, 정말로 그렇습니다." 농부가 대답했다. "그러나 그렇게 오래되지는 않았습니다요."

나는 계속해서 물었다. "그 당시 아이들이 두 명 있지 않았습니까? 장성한 딸과 양 떼를 지켰던 조그만 사내아이 말입니다."

"나리." 아바이는 대답했다. "딸은 나의 친딸이었으나, 사내아이는 아니었습니다. 그 아이는 내가 어릴 적부터 양자로 키웠습니다요."

그렇게 해서 나는 이 투박하고 볼품없는 아바이의 친아들이 아니었다는 것을 알게 되었다. 그것은 나의 마음을 한편으로는 기쁘게 했고, 다른 한편으로는 어둡게 했다. 그렇다면 나는 귀족의 사생아이거나 업둥이일 가능성이 있다는 생각이 떠올랐기 때문이다. 그래서 나는 아바이에게 도대체 어디서 그 사내아이를 데려왔는지, 왜 그를 양자로 키웠는지를 물었다.

"아." 그는 말했다. "그 아이와의 인연은 기구하기 짝이 없습니다요. 전쟁이 그 아이를 내게 주었고, 다시 내게서 데려간 것도 전쟁이었으니까요."

나는 그의 이야기에서 나의 태생에 대하여 상서롭지 못한 내용이 튕겨져 나올까 겁이 나서 화제를 다시 염소로 되돌려 그가 염소를 여관집 주인 여자의 부엌에 넘겨주려고 했느냐고 물었다. 늙은 염소 고기는 탄산천의 요양객들이 평소에는 좀처럼 먹기 어려운 것이기 때문에 놀라워서 하는 말이라고 했다.

"아, 아닙니다요, 나리!" 농부가 대답했다. "여관집 주인 여자에게도 염소 고기는 있을 만큼 있습니다요. 그래서 여기서 그 여자에게 줄 것은 아무것도 없습니다요. 나는 이 염소를 광천에서 요양 중인 백작부인에게 주려고 가져온 것입니다요. 돌팔이 의사가 그녀에게 여러 가지 약을 처방했는데, 제일 먼저 먹어야 할 약이 염소랍니다요. 그다음에 의사가 염소에서 짜낸 젖에다가 다른 약을 넣어서 백작 부인에게 주면, 백작 부인은 그것을 마시고 다시 건강해집니다요. 사람들이 보기에 백작 부인에게는 장에 문제가 있는데, 만일 염소가 도움이 된다면, 그 염소는 의사와 박피업자가 합작해서 이룬 것보다 더 많은 일을 한 셈이지요."

그가 이 모든 이야기를 보고하는 동안에 나는 어떻게 하면 이 농부와 좀더 길게 이야기를 나눌 수 있을까 곰곰 생각했다. 마지막으로 나는 염소 값으로 의사나 백작 부인이 주겠다는 금액보다 1탈러를 더 주겠다고 제안했다. 그는 즉시 그 값에 합의했다. 사람들은 조금만 이익이 더 남아도 즉시 마음을 달리 먹게 되기 마련이기 때문이다. 그러나 내가 1탈러를 더 주겠다고 제안한 것에 그가 동의를 하기는 했지만, 물론 먼저 백작 부인에게 의사를 타진해본다는 것을 전제로 했다. 만약 그 여자가 같은 금액을 줄 생각이 있다면 우선권이 그 여자에게 있을 것이고, 그렇지 않으면 내게 염소를 넘겨주겠노라는 것이었다. 여하튼 백작 부인과 홍정이 어떻게 이루어졌는지 저녁에는 내게 통보를 하겠다는 것이었다.

그렇게 나의 아바이는 자신의 길을 갔고, 우리는 우리의 길을 갔다. 그러나 나는 오랫동안 우리 일행과 함께 있지 않고, 곧 돌아서서 그를 따라갔다. 내가 다시 그를 찾았을 때 그는 여전히 염소를 데리고 있었다. 다른 사람들이 나처럼 그렇게 많은 돈을 주고 염소를 사려고 하지 않았던 탓이다. 그처럼 부유한 사람들이 그토록 인색한 점이 놀라웠지만, 그렇다고 나를 더 인색하게 만들지는 않았다. 나는 그를 새로 산 농장으로 안내해서 염소 값을 지불했다. 그리고 그에게 술을 조금씩 따라주어 반쯤 취하도록 한 뒤에 다시 한 번 그가 어떻게 해서 오늘 우리가 이야기했던 사내아이를 키우게 되었는지 물었다.

"아, 나리." 그는 말했다. "만스펠트 백작의 출정이 그를 내게 선사했습니다요. 그리고 뇌르틀링겐 전투가 그를 내게서 다시 **빼앗아갔습**죠."

나는 틀림없이 흥미로운 사연이 있을 것이라고 말하고, 그에게 부탁하기를 달리 할 말도 없으니 심심치 않게 그 이야기나 들려달라고 했다.

"만스펠트 백작이 획스트 전투에서 참패했을 때 그의 패잔병들은 전 지역으로 뿔뿔이 흩어졌습니다요. 많은 사람이 어디 가서 목숨을 부지해야 할지 몰랐기 때문이지요. 몇몇 사람들은 숲속에 숨기 위해서 내가 살던 슈페사르트로 왔습니다. 그러나 그들은 평지에서는 죽음을 모면할 수 있었지만, 우리가 사는 산에서는 죽임을 당하고 말았습니다. 전쟁 당사자들인 양측이 이제 우리의 땅에서 서로 물건을 훔치고 사람을 학살하는 것을 옳다고 여겼기에 우리 농부들도 개입했고, 그러면서 무엇인가 우리에게도 생기는 것이 있다는 것을 알게 되었습니다. 집에 있으면서 나무나 패고 쟁기질을 하는 것이 우리에게 너무 위험할 때가 종종 있었습니다. 그래서 농부들이 무기도 없이 수풀로 가는 경우는 드물었지요. 이와 같은 상황에 어느 날 근처에서 몇 방의 총소리가 들렸고, 그 후에 나의 농장에서 멀지 않은 험한 숲에서 훌륭한 말을 탄 한 아름답고 젊은 귀부인이 내 앞에 나타났습니다. 처음에 나는 그녀가 남자인 줄 믿었습니다. 말 타는 솜씨가 남자 같았기 때문이지요. 그러나 그녀가 양손과 눈을 하늘을 향해 쳐들고 비통한 목소리로 하나님께 간구하는 것을 보았을 때, 그녀를 향해 쏘려던 화승총을 내리고 공이치기를 다시 풀었습니다. 그녀의 외침과 동작이 내게 궁지에 빠진 여인이라는 확신을 주었기 때문입니다. 그래서 우리는 서로 접근해갔고, 그녀는 나를 보자 이렇게 말했습니다. '아, 그대가 신실한 기독교인이시라면, 하나님과 그분의 자비 때문에 그리고 그 앞에서 우리가 한 행동이든 하지 않은 행동이든 모두 해명해야 할 최후의 심판 때문에 부탁합니다. 하나님의 도움을 받아 나의 배 속에 있는 태아를 분만하는 것을 제대로 도와줄 수 있는 여인들에게 나를 데려다주십시오!' 내게 그처럼 위대한 일들을 되새기는 그 말의 내용은 물론 또한 말을 하는 사랑스러운 태도와 곤궁한 처지에 있으면서도 빼어나게 아름답고 우아한 부인의 자태가 나의 마음속에 동정심을 일깨워주었습니다. 나는 그녀의 말고삐를 잡고, 덤불과 관목을 헤쳐가며 나 자신이 아내와 아이, 머슴과 가축을 데리고 피신해 있던 나무가 가장 촘촘히 들어서 있는 숲으로 그녀를 안내했습니다. 그녀는 그곳에서 반 시간도 채 안 되어 조그만 사내아이를 출산했는데, 그 아이가 오늘 우리가 이야기했던 바로 그 아이였습니다."

여기서 아바이는 이야기를 끝내고 다시 포도주 잔을 들었다. 내가 그의 포도주 잔을 채워놓았기 때문이다. 그가 잔을 비웠을 때 나는 물었다. "그럼 그 부인은 그다음에 어떻게 되었습니까?"

그는 대답했다. "그녀는 아이를 출산한 후에 내게 아이의 대부가 되어서 가급적 빨리 세례를 받게 해달라고 부탁을 했고, 자신과 남편의 이름을 내게 말해주었습니다. 세례 증서에 기입하기 위해서였지요. 그러고는 온갖 값진 물건이 들어 있는 여행 가방을 열고, 나와 나의 아내, 아이, 하녀 그리고 우리에게 와 있던 또 다른 여인에게 많은 선물을 주어서 우리는 대단히 흡족할 수 있었습니다. 그러나 그녀가 그처럼 우리에게 선심을 쓰면서 자신의 남편에 대하여 이야기하는 동안 그녀는 아이를 다시 한 번 잘 돌보아달라고 부탁한 후에 우리 목전에서 세상을 떴습니다.

누구도 집에 머무를 생각을 하지 못할 만큼 나라가 불안했기 때문에 우리는 매장하는 자리에 임석하고 아이에게 세례를 받게 해줄 신부를 찾느라고 애를 먹었습니다. 그러나 두 가지 일을 치르고 난 후에 우리 마을 이장님과 목사님이 나보고 아이를 성인이 될 때까지 키워야 한다고 말씀했습니다. 그리고 수고의 대가로 그 부인의 유물을 가지되 몇 가지 묵주와 보석, 장식품은 아이 몫으로 보관해두어야 한다고 했습니다. 그런 후로 내 아내가 아이에게 염소젖을 먹여 키웠습니다. 우리는 그 아이를 기꺼운 마음으로 데리고 살았고, 그가 장성하면 그에게 우리 딸을 아내로 줄 수도 있다고 생각했습니다. 그러나 뇌르틀링겐 전투 후에 나는 여자아이와 사내아이 둘 다 잃고 만 데다, 우리의 전 재산까지 잃고 말았습니다요."

나는 아바이에게 말했다. "방금 그대는 내게 희한한 이야기를 들려주셨는데 가장 귀중한 대목을 잊으셨습니다. 그 부인과 그녀의 남편, 그리고 그 아이의 이름이 무엇인지는 말씀하시지 않으셨습니다."

"나리." 그는 대답했다. "나는 그것까지 알고 싶으신 줄은 미처 몰랐습니다. 그 귀부인의 이름은 수잔나 램지였고, 남편 이름은 슈테른펠스 폰 푹스하임 대령이었습니다. 그리고 나의 이름은 멜히오이기 때문에 나는 아이를 멜히오 슈테른펠스 폰 푹스하임이라는 이름으로 세례를 받게 했고, 세례 명부에도 그렇게 기입했습니다."

이렇게 해서 나는 내가 모셨던 은자와 램지 사령관의 누님 사이에서 태어난 아이였다는 것을 들어서 알게 되었으나, 너무 늦게 알게 되어 유감스러웠다. 왜냐하면 나의 부모님은 두 분 다 돌아가셨고, 나의 램지 외삼촌에 대해서 들은 소식은 고작 하나우 사람들이 그를 스웨덴 병영과 함께 모두 쫓아냈기 때문에 분노한 나머지 곧 미쳐버렸다는 것 정도였기 때문이다.

이제 나는 나의 대부인 늙은 농부에게 포도주를 모두 따라주고, 다음 날 그의 부인도 데려오게 했다. 내가 그분들에게 나의 정체를 밝히자 믿으려고 하지 않다가 가슴에 있는 털이 난 검은 반점을 보여주었을 때에야 비로소 그분들은 내 말을 믿게 되었다.

제9장
아이를 낳는 데 엄청난 아픔을 겪고 다시 홀아비가 된 사연

얼마 후에 나는 나의 대부와 함께 말을 타고 슈페사르트로 내려갔다. 그곳에서 나의 출신과 출생에 대한 공증된 문서를 입수하기 위해서였다. 나의 대부의 교회 인명부와 증언 덕분에 그 일은 어렵지 않게 성공했다. 나는 하나우에서 나를 돌보아주었던 목사님도 방문했다. 그는 내게 증명서도 주었는데, 그 증명서에는 나의 아버지가 사망했고, 나는 그때까지 아버지와 살았으며, 그 후에는 짐플리치우스라는 이름으로 한동안 하나우의 사령관이었던 램지 씨와 같이 살았던 사실이 기록되어 있었다. 그 밖에 나는 나의 모든 내력을 사람들의 증언을 바탕으로 증명하는 서류를 작성해서 공증인의 공증을 받았다. 내게 언젠가 한번 이것이 필요할지 누가 알겠는가? 이 여행의 비용은 400탈러 이상이 소요되었다. 돌아오는 길에 우리는 한 떼거리에게 잡혀 말을 빼앗기고 가진 것을 모두 털려서, 나와 아바이 겸 대부는 겨우 목숨을 부지했으나 알거지 신세가 되고 말았다.

집안 형편도 나쁘게 돌아갔다. 나의 아내는 남편이 젊은 기사라는 소리를 들은 후에 귀부인 행세를 했을 뿐만 아니라, 살림을 지금까지보다 더 거덜을 냈다. 그것을 나는 아무 말 없이 받아들였다. 그녀가 임신 중이었기 때문이다. 거기에다가 나의 마구간에도 불행이 닥쳐 가장 좋은 가축을 대부분 도둑맞고 말았다.

이 모든 재난은 그런대로 견디어낼 만했다. 그러나 이런 재난으로도 부족해서 또 다른 불행이 겹치다니 이 무슨 조화인가! 나의 아내가 아이를 분만한 시각에 우리 집 하녀도 똑같이 아이를 출산했는데, 하녀의 아이는 나를 몹시 닮은 반면에 아내가 낳은 아이는 나의 하인을 쏙 빼닮았던 것이다. 그것 말고도 앞에서 잠시 언급했던 떠돌이 여인이 같은 날 밤에 똑같이 아이 한 명을 놓고 갔는데, 곁들여 남겨놓고 간 편지에 내가 애아버지라고 적혀 있었다. 그리하여 나는 단번에 세 아이의 아버지가 되고 말았다! 다음 순간 어느 구석에서 또 아이 하나가 기어나올지 모른다는 생각에 나의 머리카락은 바짝 세어버렸다. 나처럼 하늘 무서운지 모르고 극악무도한 삶을 살면서 항시 짐승 같은 욕망을 추구하는 사람은 분명 그렇게 되는 법인 것이다.

그러니 어쩌겠는가? 나는 영세를 주고 관청 당국으로부터 응당한 벌도 받았다. 관청은 스웨덴 치하에 있었고, 나는 황제에게 봉사를 했기 때문에 특별히 비용이 많이 들었다. 이것은 두번째로 나에게 닥친 완전한 파산의 전주곡이었다. 이처럼 대부분 우연으로 인해 생긴 불행 탓에 나의 마음이 심히 상해 있는 동안에 나의 아내는 자신이 저지른 잘못은 가벼이 여기고, 오히려 문 앞에서 발견한 업둥이와 엄청난 벌금을 들먹이며 밤낮을 가리지 않고 나에게 빈정댔다. 만에 하나 그녀가 나와 하녀의 관계가 어땠는지를 알았다면, 그녀는 더욱더 나를 괴롭혔을 것이다. 그러나 그 착한 하녀는 내게 호감이 있어서 내가 까닥 잘못했으면 그녀 때문에 벌금으로 물었어야 했을 돈을 가지고 설득한 나머지 그녀가 낳은 아이의 아버지를 가끔 나를 방문한 적이 있는 멋쟁이라고 둘러댔다. 그 멋쟁이는 전에 나의 결혼식에 참석을 했던 적은 있었지만, 그 밖에는 내가 잘 알지 못하던 사람이었다. 그럼에도 불구하고 하녀는 집에서 나가야 했다. 그 이유는 내가 아내와 하인 사이를 추측했던 바와 똑같이 아내가 우리 사이를 의심했기 때문이다. 그러나 그녀는 나를 비난할 수는 없었다. 그랬다면 나는 아내와는 물론 하녀와도 같은 시간에 잠자리를 같이했어야 했는데 그것은 불가능하다는 것을 내가 그녀에게 반박했을 것이기 때문이다. 그렇지만 나는 하인의 아이를 키워야 하는 반면에, 나 자신의 아이들은 나의 상속자가 될 수 없다는 것과 나는 이 모든 것에 대하여 침묵을 지켜야 하고, 어떤 다른 사람이 이 사실에 대하여 아무것도 모른다는 것을 다행으로 여겨야만 한다는 정황이 나를 괴롭혔다.

그와 같은 상념으로 나는 매일 괴롭게 지냈다. 반면에 나의 아내는 매시간마다 술을 마셨다. 그녀는 우리의 결혼식이 있은 후에 술 마시는 버릇이 생겨서 다시는 끊을 수가 없었고, 밤에는 취하지 않고서는 잠을 잘 수가 없었다. 이와 같은 방법으로 그녀는 곧 자기 아이의 생명까지 다 마셔버렸고, 자신의 내장도 염증을 일으켜서 얼마 안 가 그녀의 생명도 끝장났다. 그렇게 나는 다시 홀아비가 되고 말았다. 그 사실이 나의 폐부를 찔러서 나는 거의 웃다가 병이 날 뻔했다.

제10장
신기한 도깨비 호수에 관한 농부들의 이야기

이렇게 해서 내가 애초에 누리던 자유를 되찾고 난 후에 나의 돈주머니는 상당히 비었고, 반면에 가축과 일꾼을 거느린 큰살림은 당연히 내게 큰 부담이 되었다. 나는 나의 대부 멜히오를 나의 아버지로, 그의 부인이자 나의 대모를 어머니로, 대문 앞에서 발견된 업둥이 짐플리치우스를 나의 상속자로 삼고, 두 노인에게 집과 농장 그리고 내가 비상시를 위해 챙겨두었던 몇 가지 금붙이와 보석에 이르기까지 나의 전 재산을 넘겨주었다. 나는 여인들과 사귀거나 함께 사는 것에 혐오감을 느꼈고, 그들과의 좋지 않은 경험 때문에 다시는 결혼 같은 것은 하지 않을 작정이었다.

농사일에 있어서는 누구도 따라오지 못할 늙은 두 내외분은 곧 나의 살림을 새로 일으켜놓았다. 그분들은 아무 쓸모 없는 머슴과 가축을 처리했고, 수익성이 있는 다른 것으로 대체했다. 나의 아바이와 오마니는 모든 일이 잘되리라는 희망을 보여주었고 내가 그분들에게 살림만 하게 한다면, 그들은 언제든지 말 한 필을 대령하고, 어느 때든 내가 어떤 예의 바른 남자와 술 한잔을 나누는 데 부족함이 없도록 하겠다고 약속을 했다.

나는 곧 나의 농장에서 주인 행세를 해야 할 사람이 누구인지 감지

했다. 나의 대부는 머슴과 함께 들판을 일구고, 목재와 수지 매매를 위한 흥정에서 유대인보다도 더 끈질겼다. 나의 대모는 가축 사육을 돌보았고, 우유를 판 잔돈푼을 한데 모으는 데 있어 내가 데리고 살았던 유형의 여자들 열 명보다도 더 유능했다.

저축이 늘고, 크고 작은 가축의 수가 엄청 많아서 사람들이 그 지역에서 가장 큰 농장으로 여길 만큼 나의 농장은 아주 번창했다. 그러나 나는 이리저리 산보를 하면서 여러 가지 상념에 매달렸다. 나의 대모가 혼자 꿀벌을 쳐서 밀랍과 꿀을 통해 벌어들이는 수입이 나의 아내가 예전에 황소, 돼지 그리고 다른 가축을 키워서 벌어들인 것보다 더 많은 것을 보고, 그 밖의 것도 그녀가 할 일 없이 낮잠이나 자면서 잃는 일은 없으리라는 것이 분명해졌기 때문이다.

나는 한번 광천으로 산보를 간 적이 있었다. 그곳에서 신선한 물을 마시기 위함이었을 뿐, 예전의 나의 습관처럼 유행에 미친 건달들과 사귀기 위해서는 아니었다. 나는 우리 집 노인들의 절약하는 습관을 본받기 시작했다. 두 분은 자신의 돈과 부모의 돈을 물 쓰듯 낭비하는 사람들과는 어울리지 말 것을 나에게 당부했던 것이다. 그럼에도 불구하고 나는 한 패와 어울렸다. 그 패는 비교적 신중한 사람들로 구성되었는데 어떤 진기한 것을 화제로 담소를 하고 있었다. 그들의 화제는 도깨비 호수[6]였다. 이 호수는 근처에서 높이가 가장 높은 산중에 위치했는데 깊이를 알 수 없다고 알려져 있었다. 사람들은 몇몇 나이 든 농부들까지도 초대해서 그들이 이 신기한 호수에 대하여 들은 것을 이야기하도록 했다. 그들의 보고가 플리니우스의 소담(笑談)[7]처럼 순전히 거짓을

---

6) 오버키르히 북동쪽에 위치한 호르니스그린데 고원에 있는 17미터 깊이의 호수.

7) 고대 로마의 군인 겸 작가였던 가이우스 플리니우스 세쿤두스의 『자연의 역사*Historia*

꾸며서 이야기하는 동화로 여겨졌음에도 불구하고, 나는 긴장해서 그들의 보고를 귀담아들었다.

한 농부가 말했다. 만일 사람들이 완두콩이나 조약돌 또는 그 밖의 물건들을 짝수로 손수건에 싸서 호수에 던지면 그 수가 홀수로 변한다는 것이다. 그리고 그것들을 홀수로 호수에 집어넣었다가 꺼내면 짝수가 된다는 것이었다. 또 다른 사람은 만약 사람들이 한 개 또는 여러 개의 돌들을 던져 넣으면 그 전에 날씨가 얼마나 쾌청했는지 상관없이 즉시 비, 우박, 돌풍을 동반한 엄청 나쁜 날씨로 변한다고 주장했고, 많은 사람이 이 주장이 진실임을 예를 들어서 뒷받침했다. 이런 이야기를 하는 가운데 그들은 호수에서 일어난 온갖 진기한 이야기를 끄집어내게 되었다. 그것은 그곳에 나타나서 사람들과 이야기를 나누었다는 땅속 정령과 물의 요정들에 관한 이야기였다.

어떤 이는 몇몇 목동이 한번은 근처에서 가축들을 지키고 있었는데, 호수에서 길색의 황소가 올라와서 다른 소들과 어울렸다고 이야기했다. 거기에 이어서 한 난쟁이가 나타나 그 황소를 다시 물속으로 몰고 가려고 했는데, 황소가 말을 들으려 하지 않다가 난쟁이가 돌아가지 않으면 인간에게 찾아든 온갖 고난이 그에게도 덮칠 것이라고 위협하자 황소와 난쟁이가 다시 물속으로 들어갔다는 것이었다.

또 다른 사람은 이야기하기를 언젠가 그 호수가 얼었을 때 한 농부가 대청마루를 놓을 큰 나무토막을 황소에 끌려 아무 탈 없이 호수를 건넜는데, 개가 쫓아오자 얼음이 깨어지는 바람에 불쌍하게도 홀로 빠져서 다시는 모습을 보이지 않았다는 것이었다.

---

naturalis』를 가리킨다.

세번째 사람은 다짐하기를 한번은 밀렵꾼이 호숫가에 있는 사냥감을 몰래 쫓아가다가 물의 요정이 가지고 놀던 금전을 잔뜩 품에 지니고 앉아 있는 것을 보고, 그를 향해 총을 쏘려고 하자 요정은 물속으로 잠수하고, 목소리만 들렸다고 한다. "네가 내게 가난을 벗어나도록 도와달라고 부탁을 했다면, 나는 너와 너의 가족을 부자로 만들었을 것이다."

이 이야기와 다른 이야기들은 내가 보기에 어린아이들에게나 들려줄 동화 같아서 나는 듣고 웃었다. 그리고 그 높은 산 위에 그처럼 깊이를 알 수 없는 호수가 있을 수 있다는 것조차 믿지를 않았다. 그러나 다른 농부들, 특히 늙고 믿기를 잘하는 남자들이 어울려서 그런 이야기를 나누었다. 그리고 그들과 그들의 아버지들은 옛날에 여러 영주들이 그 호수를 방문했고 뷔르템베르크를 통치하는 공작이 뗏목을 만들어 물에 띄워서 그 깊이를 재려고 했다는 것을 아직도 기억하고 있었다. 그러나 측량사들이 노끈 끝에 납덩이를 달아—슈바르츠발트에 사는 농부의 아낙들이 흔히 사용하는 길이의 단위인—노끈 아홉 꾸리를 밑으로 내렸는데도 바닥에 닿지 않고, 뗏목은 목재의 물성에 어울리지 않게 갑자기 가라앉기 시작해서 그 위에 타고 있던 사람들은 계획을 중단하고 육지로 나와 목숨을 건지지 않으면 안 되었다고 한다. 그리고 오늘날까지도 사람들은 호숫가에서 그 뗏목의 잔해와 그 옆에 있는 뷔르템베르크 문장과 각명(刻銘)이 있는 돌 하나를 볼 수 있다고 했다.

어떤 사람들은 많은 증거를 바탕으로 오스트리아의 어느 공작이 그 호수를 메우려고 했다는 이야기를 했다. 그러나 다른 사람들이 말렸고, 주위의 사람들도 그 계획을 포기하라고 그에게 청원을 했다는 것이다. 그들은 땅 전체가 가라앉아 물에 빠져 죽지 않을까 겁을 냈다. 또한 그들의 영주들도 여러 통의 송어를 호수에 방류했으나 그들의 눈앞에서 삽시간에 모두 죽어서 호수 물에 쓸려 떠내려갔다고도 했다. 호수 밑에 **도깨비 계곡**이라 불리는 강이 하나 있는데, 호수가 흘러 내려가서 이 강으로 흘러 들어감에도 불구하고, 그 강은 자연적으로 그와 같이 물고기들을 죽게 만든다는 것이었다.

제11장
어느 환자의 감사 표시가 짐플리치우스로 하여금
경건한 생각을 하게 하다

이와 같은 마지막 보고 덕택에 나는 처음에 들었던 이야기들도 거의 믿게 되었고, 호기심에 이 신기한 호수를 한번 구경하기로 결심했다. 같이 들었던 다른 사람들은 전혀 다르고 서로 모순되는 의견들을 내놓았다. 나는 **도깨비 호수**라는 독일 이름이 위장과 은폐가 여기에 관여하고, 그 호수의 성격과 깊이를 당장 규명할 수 없으며, 그토록 지체 높은 사람들이 시도를 했다 하더라도 사실상 아직은 규명에 성공하지 못했으리라는 점을 암시한다고 말했다. 나중에 나는 세상을 뜬 아내를 1년 전에 처음 보고 사랑의 달콤한 독을 삼켰던 장소로 돌아왔다.

그곳에서 나는 푸른 풀밭의 그늘에 몸을 눕혔으나, 이번에는 소쩍새 울음소리가 들리는 것에 개의치 않았다. 그때 이후로 내게 어떤 변화들이 찾아왔는지 곰곰 생각해보았다. 나는 여기서 자유인에서 사랑의 노예로 변신하기 시작했던 순간을 눈앞에 그려보았다. 그리고 그 이래로 나는 한 장교에서 농부로, 부유한 농부에서 가난한 귀족으로, 짐플리치우스에서 멜히오로, 홀아비에서 남편으로, 남편에서 간부로, 간부에서 다시 홀아비로 변신한 것과 내가 농부의 아들에서 충직한 군인의 아들로, 그런 다음에는 다시 나의 아바이의 아들로 변신한 것을 눈앞에 그려보았다. 그 후로 나의 운명이 나에게서 헤르츠브루더를 빼앗아가고, 그 대신 두 분의 나이 든 양부모를 만나게 해준 것도 생각했다. 신의 뜻을 따르는 나의 아버지의 삶과 죽음, 나의 어머니의 비참한 죽음, 그리고 나의 삶에 찾아온 온갖 변화를 생각해보자니, 마지막으로 눈물이 나는 것을 더 이상 주체할 수가 없었다.

내가 슬픔에 젖어 나의 생애에 얼마나 많은 금전을 소유했고 낭비했는가를 생각하는 동안 두 사람의 술꾼 또는 포도주 감식가가 그리로 왔다. 그들은 관절의 종기가 골수까지 퍼져 반신불수가 되었고, 광천에서의 요양이 절박하게 필요했다. 그곳은 쉬어가기에 아주 좋은 장소였기 때문에 아주 가까이 자리를 잡고 앉아서 주변에 인적이 아무도 없는 줄로 믿고 서로 자신의 고통을 불평하기 시작했다.

한 사람이 이렇게 말했다. "주치의가 나를 이곳으로 보낸 것은 자신도 나를 어떻게 도와야 할지 더 이상 알지 못했기 때문이거나, 최근에 여관 주인이 자신에게 조그만 통의 버터를 보내준 것에 대해서 고맙게 여기고 그를 대신해서 나와 다른 요양객들에게 복수를 하기 위함일걸세. 나는 생전에 그와 만나지 말았거나, 그가 처음부터 광천으로 갈 것을 권했더라면 좋았을 것이야. 그랬다면 나는 지금쯤 더 많은 돈을 가지고 있거나 좀더 건강했을 것이네. 이 광천은 내 몸에 기막히게 효험이 있거든."

다른 사람이 대답했다. "말을 말게나. 나는 하나님께서 내가 가지고 있는 돈보다 더 많은 돈을 내게 주시지 않은 것을 감사하고 있네. 왜냐하면 내가 더 많은 돈을 가지고 있고, 나를 치료하던 의사가 그것을 알았다면, 그는 내게 광천행을 권하지 않았을 것이네. 그랬다면 나는 그 돈을 한참 동안 그와 약사들과 나누어야 했을 테지. 약사들은 그에게 해마다 뇌물을 바치거든. 그리고 나는 죽었거나 망했을 테지! 이 도둑놈들은 환자를 어떻게 하면 오래 잡아두고 갈취할 수 있을지 더 이상 알지 못할 때 비로소 요양지에 갈 것을 권하는 실정이니 말일세. 그들과 관련이 있고 돈이 있다고 추측되는 환자는 따지고 보면 오로지 그들이 할 수 있는 한 병이 낫지 않도록 하는 것에 대한 대가를 지불하고 있는 셈일세."

이 두 사람은 아직 한참 동안 자신들의 주치의에 대해 비방을 늘어놓았다. 그러나 나는 여기서 들은 것을 다 털어놓고 싶은 생각은 없다. 그랬다면 의사 나리들은 나를 향한 적대감이 더욱 커져서 나의 영혼을 데려가는 약을 주었을 것이다. 내가 이 모든 것을 보고하는 이유는 오로지 두번째 환자가 하나님께서 자신에게 더 많은 돈을 주시지 않은 것에 대해 오히려 감사하는 말이 나의 마음에 위로가 되었고, 나로 하여금 돈 때문에 머릿속에 가득 차 있던 모든 근심과 무거운 생각을 씻어내게 했기 때문이다. 그리하여 나는 앞으로는 명예나 돈은 물론 그 밖의 세상이 사랑하는 어떠한 것도 얻으려고 애쓰지 않기로 결심했다. 나는 철학을 공부하고, 하나님을 경외하는 삶을 살 계획이었다. 특히 나의 강퍅함을 뉘우치고, 나의 작고하신 아버지처럼 미덕의 최고의 단계로 올라볼 계획이었다.

제12장
짐플리치우스는 공기의 요정과 함께 지구의 중심으로 가다

도깨비 호수를 보겠다는 나의 욕구는 나의 대부가 직접 가본 적이 있어서 길을 알고 있다는 말을 했을 때 더욱 커졌다. 그러나 내가 어떤 일이 있어도 가보고 싶다고 했을 때 그가 말했다. "자네가 거기는 가서 무엇을 하려고? 깊은 숲 한가운데에 흔히 있는 작은 연못밖에는 볼 것이 없는데. 그리고 지금은 의욕에 넘치지만 고생 고생해서 그곳에 도착하고 나면 남는 것은 후회와 피곤한 다리뿐일세. 말을 타고 그곳으로 가기는 어려워서 반드시 걸어서 가야 하니 쓸데없는 헛고생을 할 것이 빤하네. 다니엘 박사가 그의 군대를 이끌고 그곳을 지나 필립스부르크로 진격했을 때, 내가 도망을 가야 하지 않았다면, 그곳에 갈 일은 전혀 없었을 것이야." 그가 말하는 다니엘 박사란 앙갱 공작[8]을 지칭하려는 것이었다.

그의 반대에도 불구하고 나는 호기심을 억제할 길이 없어 나를 그곳으로 인도할 만한 사람을 물색했다. 나의 대부는 내 진심을 간파하고, 귀리 파종도 끝나고 농장에는 더 할 일이나 추수할 것이 없으니 자신이 직접 길을 안내하겠다고 나섰다. 그는 나를 사랑했기 때문에 나를 눈에서 놓치지 않으려 했고, 이 고장 사람들은 나를 그의 친아들로 여겼기에 그도 나와 함께 가고 싶어 했다. 그러면서 아들은 제힘으로 신사가 되었지만, 자신은 아버지로서 아무런 보탬이나 도움이 되지 못한 가난하고 보잘것없는 사람임을 자처했다.

---

8) 앙갱 공작(Duc d'Enghien, 1621~1686): 30년 전쟁 당시 프랑스군 사령관.

그렇게 해서 우리는 산과 계곡을 지나 도깨비 호수에 도착했는데 여섯 시간이 채 걸리지 않았다. 나의 대부가 아직 기력이 넘치고, 젊은 이처럼 잘 걸었기 때문이다. 그곳에서 우리는 가져온 음식을 먹고 마셨다. 먼 길과 호수가 위치한 높은 산이 우리를 허기지고 탈진하게 했다. 요기를 하고 기운을 차린 후에 나는 호수를 바라보았고, 곧 나와 아바이는 뷔르템베르크의 뗏목 잔해인 것처럼 보이는 거칠게 다듬어진 목재 몇 개가 그 안에 있는 것을 발견했다. 나는 기하학의 도움으로 호수의 길이와 너비를 측량했다. 호수 주위를 돌면서 보측(步測)하기가 어려웠기 때문이다. 나는 또한 호수의 모양을 축소하여 노트에 그렸다. 내가 그 작업을 끝내고 보니 하늘은 맑고 공기가 온화한 데다 바람도 잔잔했다. 나는 동화에 나오는 궂은 날씨에 관한 이야기를 염두에 두고 호수에 돌을 던지면 무슨 일이 일어나는지 보려고 했다. 그 호수에 송어가 살 수 없다는 소문은 이미 물에서 미네랄 맛이 나는 것을 보고 확인했디.

　　실험을 개시하기 위해 나는 호수의 좌안을 따라서 다른 곳에는 물이 맑아 보이는데, 그곳에는 물이 깊기 때문에 석탄처럼 시커멓게 보이는 곳까지 나아갔다. 그랬더니 이미 스산한 모습이 보는 이로 하여금 전율을 느끼지 않을 수 없게 했다. 나는 운반할 수 있는 큰 돌들을 날라와서 호수에 던져 넣기 시작했다. 나의 대부는 나를 도와주기는커녕 나에게 경고를 하면서 그 짓을 그만두기를 끊임없이 간청했다. 그러나 나는 그 짓을 열심히 계속했고, 너무 크고 무거워서 내가 나를 수 없는 돌들은 굴려서 결국 30개가 넘는 돌이 호수 속으로 들어갔다. 그때에 시커먼 구름이 하늘을 덮었고, 그 구름에서 무서운 뇌성이 터져 나오는 바람에 호수의 다른 쪽 물이 빠지는 근처에 서 있던 나의 대부는 나를 나무라기 시작했다. 그리고 우리가 비를 맞고 악천후를 만나거나 또는 좀더 큰 불행에 빠지지 않기 위해서는 안전한 곳으로 피해야 된다고 소리를 질렀다. 그러나 나는 그에게 대답했다. "아버지, 나는 한번 그대로 있어보겠어요. 창검이 우박처럼 떨어질 때 어떤 일이 벌어지는지!"

"마음대로 하게나!" 나의 대부는 대답했다. "자네가 하는 짓은 천하의 만용을 부리는 사람들과 다를 게 없네. 그들은 세상이 망한다 해도 끄떡도 하지 않을 사람들이거든."

나는 그의 꾸짖음에 귀를 기울이면서도 호수에서 눈을 떼지 않았다. 평소에 사람들이 고여 있는 물이나 흐르는 물에 돌을 던졌을 때처럼 바닥에서부터 물방울이 올라오기를 기대하면서. 그러나 그 같은 일은 일어나지 않았다. 그 대신 나는 밑바닥 절벽으로 향하는 곳에서 개구리의 형체를 한 생명체가 물속에서 원을 그리며 배회하고 있는 것을 보았다. 그 모습은 흡사 열광자들이 공중 높이 쏘아 올려 퍼지게 하는 폭죽과 같았다. 그러나 그 생명체들이 나에게 가까이 올수록, 더 커지는 동시에 사람의 형체와 유사하게 보여서 처음에 나는 심히 놀랐고, 마지막엔 아주 가까이서 보았을 때 두렵고 경악스러운 감정에 사로잡혔다. 나는 놀라움에 내몰려 혼잣말을 했다. "아, 창조주께서는 심지어 땅속과 깊은 물속에까지 이처럼 신비로운 작품을 만들어놓으셨구나!" 그 소리가 하도 커서 호수의 다른 편에 서 있던 나의 대부도 끔찍한 천둥에도 불구하고 들을 수 있었다.

내가 그 말을 하기가 무섭게 물의 요정인지, 또는 공기의 정령인지가 솟아 올라와서 내게 대답했다. "설마 네가 보기도 전에 이렇게 인정하고 감탄할 줄이야! 그러니 지구의 핵심에 가서 호기심 때문에 네가 돌을 던져 교란을 일으킨 우리의 거주지를 볼 수 있다면 무엇이라 하겠는가?"

그러는 사이에 여기저기서 좀더 많은 물의 요정들이 잠수하는 오리처럼 표면 위로 떠올랐다. 놀랍게도 그들은 내가 물속에 던졌던 돌들을 들고 있었다. 그들 중에 우두머리요 지체가 가장 높은 요정은 금과 은처럼 번쩍번쩍하는 복장을 하고 있었는데, 나에게 반짝거리는 돌을 던졌다. 그 돌은 크기가 비둘기 알만 했고, 녹색 에메랄드처럼 투명했다. 요정은 말했다. "이 보석을 가져라! 네가 우리들과 이 호수에 관해서 사람들에게 이야기할 수 있도록 하기 위해서 주는 것이다."

그러나 내가 그 보석을 받아서 몸에 간직하자 공기가 나를 질식시키거나 내가 공기 속에서 익사할 것 같았다. 나는 몸을 더는 지탱할 수가 없었고, 하나의 작은 실꾸리처럼 뒤뚱뒤뚱 이리저리 헤매다가 마지막에는 호수에 빠지고 말았다. 그러나 내 몸이 물속에 있게 되자, 정신이 되돌아왔고 내가 지니고 있던 보석의 도움으로 공기 대신 물로 호흡을 했다. 그러자 나도 즉시 물의 요정처럼 어렵지 않게 호수 속에서 이리저리 돌아다닐 수 있었고, 요정과 함께 가장 밑바닥으로 미끄러져 내려갔다. 그때 나에게는 새 떼들 한가운데에서 펄럭이며 지상의 공중에서 맴돌며 내려앉는 것 같은 느낌이 들었다.

나의 아바이는 수면 위에서 이 기적과 내가 현기증을 일으킨 것을 단지 부분적으로 보았기 때문에 혼비백산해서 호수를 떠나 집으로 달려갔다. 그리고 일어난 일을 이야기했다. 특히 물의 요정들이 천둥소리가 크게 나는 동안에 내가 물속으로 던졌던 돌들을 다시 가지고 올라와서 있던 자리에 놓고, 마지막에는 나를 데리고 물 밑으로 갔다는 목격담을 전했다. 그 이야기를 믿는 사람도 있기는 했으나 대부분의 사람들은 거짓으로 여겼다. 다른 사람들은 나 자신이 물에 빠져 죽고 나서 세상에 이름을 길이 남길 욕심에 그 이야기를 퍼뜨리도록 나의 아버지에게 일렀으리라고 상상했다. 마치 에트나 화산에 뛰어들어 자기 모습이 발견되지 않으면 온 세상 사람들로 하여금 그 자신이 천국으로 승천한 것으로 믿도록 한 제2의 아그리젠토의 엠페도클레스[9]처럼 말이다. 이미 얼마 전부터 사람들은 울적해하는 모습에서 내가 상당히 절망에 빠져 있는 것을 보았다고 주장했다. 또 다른 한편으로는 나의 양아버지가 욕심 많은 늙은이여서 혼자서 농장의 주인이 되려고 나를 살해했다고 믿고 싶어 하는 사람도 있었다. 그러나 그 사람은 내가 강하고 힘이 센 사람이라고 반박당했다. 아무튼 그 당시 적어도 탄산천과 근방 온 지역에서 도깨비 호수, 나 그리고 나의 실종과 나의 대부를 화제로 삼아 이야기하거나 추측하는 일 말고는 달리 이야깃거리가 없었던 것만은 사실이었다.

제13장
도깨비 호수의 제후가 들려준 공기 요정의 존재와 내력

플리니우스는 그의 책 제2권 끝에 기하학자 디오니시오도로스[10]에 대해서 쓰고 있다. 친구들이 그의 무덤에서 발견한 편지에 디오니시오도로스는 자신이 무덤에서 어떻게 지구의 가장 내면에 있는 핵심에 도달했는지 보고하면서, 그곳까지는 42,000단계가 있다는 것을 확인해주

---

9) 전설에 따르면 그리스인 의사 겸 자연과학자인 아그리젠토의 엠페도클레스(Empedocles, ?B.C.490~?B.C.430)는 에트나 화산에 뛰어들어 죽었다고 한다.

10) 그리스의 수학자로서 『토루스Torus』라는 저서가 전해지고 있다.

고 있다. 그러나 나와 동행했고, 방금 묘사한 것처럼, 나를 지상에서 데려갔던 도깨비 호수의 제후는 나에게 확언하기를 자신들은 지구의 중심에서부터 공중까지 지구의 반 바퀴를 통과해서, 독일 쪽으로든 그 반대쪽으로든 정확히 독일 도량형으로 900마일[11]을 가야 한다고 했다. 자신들은 그와 같은 여행을 항시 이 호수들을 지나서 가게 되고 그 호수의 수는 세상에서 1년이 가진 날수처럼 많으며, 그 호수들의 끝 또는 바닥은 모두 호수의 왕의 주거지에서 만나게 된다는 것이었다.

이 먼 거리를 우리는 막상 한 시간도 못 되어서 돌파했다. 그러므로 달의 운행보다 약간 뒤처지거나 전혀 뒤처지지 않았지만, 모든 것을 힘들이지 않고 해냈다. 나는 조금도 피곤을 느끼지 않았고, 내가 부드럽게 미끄러져 내려가는 동안 도깨비 호수의 제후와 온갖 화제로 대화를 나누기까지 했다. 그가 친절하다는 것을 알아차렸을 때, 나는 멀고 위험하고 그리고 인간들에게는 대단히 낯선 이 길을 나와 함께 가는 이유가 무엇이냐고 물었다. 그는 겸손하게 대답하기를 한 시간 내에 돌파할 수 있는 길이라면 그리 먼 것도 아니며 위험하지도 않다고 했다. 또 내가 그와 그의 부하들과 함께 있고, 그들이 내게 준 돌들도 함께 있기 때문이라고 했다. 그리고 이 길이 내게 낯설게 느껴지는 것은 결코 이상한 일도 아니라는 것이었다. 또한 그가 나를 데리고 가는 것은 그가 섬기는 왕이 나와 대화를 하고 싶어서, 그러라고 명령을 내렸기 때문이라고 했다. 그것 말고 또 다른 이유는 내가 이미 땅 위에서 실체가 아닌 한낱 그림자에 불과한 것을 보고도 깜짝하고 놀라움을 표시하는 것을 보고, 나로 하여금 막상 지하와 수중의 자연의 기적을 구경할 수 있도

---

11) 독일 도량형으로 1마일은 7.5킬로미터에 해당한다.

록 하기 위해서라고 했다.

　나는 관대하신 창조주께서 내가 보기에 분명 인간에게는 아무에게도 쓸모가 없고 오히려 해로울 수도 있는 진귀한 호수들을 그처럼 많이 창조하신 목적이 무엇인지 설명 좀 해달라고 그에게 청했다. 그의 대답은 이랬다. "자네가 알지 못하거나 이해하지 못할 때 질문을 하는 것은 아주 당연한 일일세. 이 호수들이 창조된 목적은 세 가지일세. 첫째로 호수들을 통해서 이름이야 어떻든 모든 바다 특히 큰 대양들이 못에 박힌 것처럼 땅에 고정되어 있네. 둘째로 우리는—그것이 우리에게는 가장 중요한 과제인데—이 호수들을 통해서 자네들의 우물과 관개 시설의 파이프, 호스, 도관이 하는 역할과 흡사하게 물을 대양의 바닥에서 육지 위의 모든 샘에 퍼 올려주고 있네. 그러면 그것을 통해 전 세계의 우물에 물이 고이고 크고 작은 개울들이 생기고 땅을 적시고 작물에 생기를 주고, 인간은 물론 가축까지도 물을 마시게 되는 것일세. 그리고 셋째로 호수는 바로 하나님의 피조물인 동시에 이성을 지닌 우리에게 그야말로 살 수 있는 공간을 제공할 뿐만 아니라 과제를 수행하고 걸작을 창조하신 하나님을 찬양할 수 있는 공간을 제공하고 있네. 이 모든 것을 위해서 우리와 이 호수들이 창조되었는데, 최후의 심판의 날까지 존속될 것일세. 그러나 마지막 때가 가까워오는데 우리가 하나님과 자연이 창조하고 정해준 과제들을 어떠한 이유에서 더 이상 수행할 수 없다면, 이 세상은 어쩔 수 없이 불의 심판을 받고 멸망하지 않으면 안 될 걸세. 그러나 그대들이 새벽별이나 저녁별로서 금성 또는 화성을 잃기 전에는 (또한 '달이 더 이상 존재하지 않을 때까지'—시편 72편 7절) 이와 같은 일은 일어나지 않을 것으로 추측되네. 왜냐하면 지구가 태양의 열기에 점화되어 모두 타고 난 다음에 다시 새로워질 수 있기 전에 우선 식물과 생명체의 모든 세대가 죽고 모든 물이 사라져야 하기 때문일세. 그러나 그 점에 대해서 우리가 아무리 이러쿵저러쿵 추측하고 그대들의 화학자들이 과학을 가지고 헛소리를 늘어놓을지라도, 그와 같은 지식은 우리에게는 전수되지 않고, 오로지 하나님의 전유물로 남아 있네."

그가 그렇게 말하면서 성경을 인용하는 것을 들었을 때, 나는 도대체 그들도 죽어서 이승의 삶을 마친 후에 미래의 삶도 소망할 수 있는 피조물인지 아니면 그들은 이 세상이 존속하는 한 그들에게 주어진 과제만을 수행하는 정령들인지 물었다. 그에 대해 그는 이렇게 대답했다.

"우리는 정령이 아니고, 이성적인 영혼을 지닌 죽을 수밖에 없는 난쟁이들일세. 그러나 이 영혼은 우리의 육체와 함께 죽어 없어진다네. 하나님의 역사는 그처럼 오묘해서 그의 피조물 중의 누구도 하나님의 역사를 완전히 파악할 수가 없네. 그러나 나는 겸손한 마음으로 우리 종족이 해야 할 과제가 무엇인지 자네에게 말하겠네. 하나님의 다른 피조물들과 우리의 차이점이 어디에 있는지 자네가 이해하도록 하기 위해서일세.

거룩한 천사들은 하나님의 형상을 빼닮은 정령들이고, 그 자체가 정의롭고 영리하고 자유롭고 순결하고 밝고 아름답고 맑고 빠르고 죽지를 않네. 그들은 영원한 기쁨 속에서 하나님을 칭찬하고 자랑하고 존경하고 찬양하고 또한 여기 지상의 유한한 시간 속에서 하나님의 교회를 보살피고 가장 거룩한 하나님의 명령을 실행하기 위해서 창조되었네. 그렇기 때문에 천사들은 가끔 하나님의 사자로 불리기도 하는 것일세. 그들의 수효는 지혜로우신 하나님의 뜻에 따라 10만 명의 10억 배는 될 만큼 많다네. 그러나 그 많은 수 가운데 자신들의 높은 지위 때문에 교만해진 천사들 또한 말할 수 없이 많은 것이 사실일세. 그 천사들이 교만함 때문에 추락한 뒤에 하나님께서는 자네들의 조상들을 자신의 형상을 닮은 이성적이면서 불멸의 영혼과 육체를 지닌 존재로 창조하셨네. 그들의 수효가 타락한 천사의 수효에 이를 때까지 스스로 번창하게 하기 위함이었지. 이와 같은 목적을 위해서 온갖 다른 피조물들과 함께 이 세상이 창조되었네. 인간이 수적으로 타락한 천사들의 수효에 이를 만큼 증가할 때까지 세상에 살면서 하나님을 찬양하고 전 지구 위에 있는 온갖 다른 피조물들을 이용할 수 있게 하기 위해서 말일세. 하나님께서는 인간을 하나님의 영광을 위해서 그리고 영양 섭취가 필요한 그의 육체를 위해서 자신의 피조물들의 주인으로 앉히신 것일세.

그 당시 인간과 성스러운 천사들과의 차이는 인간은 이승에서 자신의 육체의 짐을 지고 다녀야 하고, 무엇이 선이고 무엇이 악인지 모르기 때문에 천사처럼 그렇게 강하고 빠를 수가 없다는 것이었네. 그러나 인간은 지능이 없는 동물과도 공통점을 지니고 있지 않았네. 그렇지만 낙원에서 죄를 지음으로써 자신의 육체를 죽음에 종속시킨 후에는 우리는 인간을 성스러운 천사와 지능이 없는 동물의 중간 존재로 보고 있네. 왜냐하면 비록 지상에 살면서 내세를 생각하는 인간의 거룩한 영혼은 육체를 떠났으나 거룩한 천사의 모든 선한 속성을 소유하기 때문이고, 지상에 살고 있는 인간의 영혼 없는 육체는 부패되기에 지능이 없는 동물의 썩은 시체나 다를 바가 없기 때문일세.

우리 난쟁이들은 다시금 그대들 인간과 이 세상에 있는 하나님의 다른 피조물 사이의 중간 존재라고 할 수 있네. 우리는 그대들처럼 분별이 있는 영혼을 지니지만 이 영혼은 우리의 육체와 함께 사멸하고 만다네. 마치 분별이 없는 동물들의 생령들도 죽음과 함께 사라지는 것처럼 말일세. 우리는 그대들이 우리의 창조자이기도 한 하나님의 영원하신 아들을 통하여 신분이 최고도로 격상된 것을 알고 있네. 그 자신이 인간이 되어 하나님의 공의를 실천하고, 하나님의 진노를 가라앉게 하고 그대들에게 영원한 복락을 다시 얻게 해주심으로써 말일세. 그 모든 것이 그대들 인간이 우리 종족보다도 훨씬 많은 특권을 누리고 있다는 것을 말해주는 것일세. 그러나 내가 여기서 영원에 관해서 말하고는 있지만 그에 대하여 아는 것은 아무것도 없네. 우리는 그것을 누릴 수 있는 능력이 없기 때문일세. 내가 알고 있는 것은 단지 시간성에 관한 것뿐일세. 그 시간성 속에서 지고지선 하신 창조주께서 우리에게 좋은 판단력과 하나님의 가장 거룩한 뜻에 대한 많은 통찰력을 주셨기 때문에 우리는 행복하다네. 거기에다 고귀한 자유 속에서 오래 살 수 있는 건강한 육체와 충분한 지혜와 능력, 모든 자연에서 일어나는 일들에 대한 지식까지 주셨네. 그리고 마지막으로 이 점이 가장 중요한데, 우리는 어떤 죄나 그로 인한 하나님의 징벌이나 진노 그리고 심지어 가장 보잘것없는 질병 때문에 괴롭힘을 당하지 않는다네. 내가 거룩한 천사와 지상의 인간 그리고 분별이 없는 동물까지 연관시켜가면서 자네에게 이 모든 것을 상세하게 이야기하는 까닭은 자네가 나를 좀더 잘 이해해주길 원해서일세."

그럼에도 불구하고 나는 아직 이해하지 못한 점이 있다고 대답했다. 만약 그들이 악행을 저지르지 않고 그렇기 때문에 아무런 징벌도 받지 않는다면, 그들은 무엇 때문에 왕이 필요한가? 그 밖에 그들이 한 왕에게 예속되어 있다면 어떻게 그들이 자유를 구가할 수 있단 말인가? 그리고 마지막으로 그들이 고통이나 질병에 시달리는 일이 없다면, 도대체 그들은 어떻게 태어나고 또 죽는단 말인가?

이 질문들에 대한 난쟁이 제후의 대답은 이랬다. 그들에게 왕이 있는 까닭은 왕이 재판을 하거나 섬김을 받기 위해서가 아니라, 꿀벌통의 여왕벌이나 장수벌처럼 그들의 사업을 조종하기 위해서인 것이다. 여인들과의 관계도 마찬가지여서 그들은 성교를 할 때 쾌감을 느끼지 못하고 또한 출산 때에 고통을 느끼지도 않는다는 것이다. 그 점에 있어서 내가 생각해봐야 할 것은 고양이의 예라고 했다. 고양이는 수태를 할 때는 고통이 있지만, 출산을 할 때는 쾌감이 있다는 것이다. 물의 요정인 그들은 고통이나 노쇠, 그 밖에 어떤 질병으로 인하여 죽는 것이 아니고, 정해진 시간을 타고 나면 꺼지는 촛불처럼 소진된다고도 했다. 그들의 육체도 촛불처럼 그들의 영혼과 함께 사라진다는 것이다. 그가 구가하는 자유와 비교하면 지상에 사는 우리 인간세계에 있어서 가장 위대한 왕조의 자유조차 아무것도 아니며 그림자보다도 못한 것이라고 했다. 왜냐하면 우리나 그 밖에 다른 피조물들은 물의 요정들을 죽일 수도 없고, 그들의 의향에 반해서 무엇을 하도록 강요할 수가 없기 때문이라는 것이다. 그리고 우리는 그들을 감옥에 처넣을 수조차 없는데, 그들은 힘들이거나 피곤에 빠지지 않고도 불, 물, 공기 그리고 땅에 침투할 수 있기 때문이라고 했다. 그들은 피곤이라는 것이 무엇인지 전혀 모른다는 것이었다.

이런 주장에 대하여 나는 대답했다. "사정이 그렇다면, 우리의 창조주는 그대의 종족을 우리보다 훨씬 높은 위치에 놓고 더욱 행복하게 만드신 것입니다."

그러자 그 요정의 제후는 대답했다. "아, 아닐세. 그렇게 믿으면 그대는 죄를 짓는 것일세. 그리고 공정하신 하나님께 근거 없는 비방을 하는 것일세. 그대들이 우리보다 훨씬 복을 많이 받았네. 그대들은 영생을 누릴 수 있도록 창조된 데다 끊임없이 하나님의 모습을 바라볼 수 있도록 창조되었네. 이와 같은 복락 속에서 구원을 받은 그대들 각 개인은 단 한 순간에 우리 전 종족이 창조에서부터 최후의 심판 날까지 누릴 수 있는 것보다 더 많은 기쁨과 희열을 누릴 수 있네."

"그렇다면 저주를 받은 사람은 무엇입니까?" 내가 물었다.

그러자 그는 나에게 역으로 질문을 했다. "만약 그대들 중 한 사람이 자신의 본분을 잊고 이 세상의 피조물들과 치욕스러운 환락에 몰두한다면, 그가 자신의 동물적인 욕망을 억제하지 않고, 분별없는 동물과 같은 단계에 서 있고 하나님께 불복종함으로써 구원받은 영혼들보다는 오히려 지옥에 있는 영혼들과 같은 행동을 한다면, 관대하신 하나님인들 어떻게 하시겠는가? 그와 같이 저주받은 자들 스스로 잘못해서 당하는 영원한 고난은 그들 가문의 지위와 품격에는 아무런 해도 입히지 않네. 왜냐하면 다른 사람들과 마찬가지로 저주받은 자들도 영생으로 가는 미치를 다고 가려고 작정만 했다면, 그들의 시간적으로 유한한 삶 속에서 영생을 얻을 수 있었을 것이기 때문일세."

제14장
제후와의 대화 속에서 짐플리치우스가 알게 된
진귀하고 모험적인 일들

그러지 않아도 나는 지상에서 그런 신학적인 문제는 하도 많이 들어서 신물이 날 지경이니, 차라리 사람들이 호수에 돌을 던지자마자 왜 그와 같은 험악한 악천후가 발생하는지 설명해주면 좋겠다고 난쟁이 제후에게 말했다. 내가 스위스에 있는 필라투스 호수에 관해서 같은 이야기를 들었고, 시칠리아섬에 있는 카마리나 호수에 관해서도 똑같은 이야기를 읽은 기억이 떠올랐기 때문이다. "카마리나 호수가 움직인다"[12]는 표현도 거기에서 유래했다.

그는 대답했다. "중력을 가진 물체는 모두 물에 던지면 그 물체가 머무를 수 있는 바닥과 마주치지 않는 한 지구의 중심을 향해 낙하하기를 멈추지 않기 때문일세. 그리고 바로 이 호수들은 지구의 중심까지 바닥이 없이 뚫려 있기 때문에 던진 돌은 자연적으로 우리의 거처에 떨어질 수밖에 없고, 우리가 다시 그 돌들을 본래 있던 곳으로 가져다 놓지 않으면 그곳에 그대로 놓여 있을 수밖에 없기 때문에 우리는 돌을 던진 사람에게 겁을 주고 그들의 장난을 막기 위해서 그와 같은 큰 소동을 피우는 것일세. 그것 말고도 이는 우리가 해결해야 할 중요한 과제들 중 하나일세. 사람들이 호수에 돌을 던지는 것을 허락하고, 우리가 악천후를 야기치 않고 그 돌을 다시 꺼내다 놓으면, 우리는 곧 매일같이 세상 어디에서나 우리에게 돌을 던지는 것을 재미로 삼는 악의적인 사람들만을 상대로 해야 할 것일세. 우리가 여기에 신경을 쓰는 것을 보면 분명 자네는 우리가 얼마나 필요한 존재인지를 알아차릴 수 있을 걸세. 만약 전 세계에 이런 성격을 지니는 많은 호수를 통해서 그 많은 돌이 우리가 살고 있는 지구 중심으로 떨어지고 우리가 그 돌들을 제거하지 않는다면, 바다와 육지를 연결하는 끈은 끊기고 말 것이네. 그뿐만 아니라 바다 깊은 곳에서 지상에 있는 샘물들에 물을 대주는 물

---

12) 시칠리아섬 카마리나에 있는 늪지는 신탁에 따르면 변화하지 않는다. 즉 마르지 않는다는 뜻이다. 그러나 그곳 주민들이 그 신탁을 믿지 않음으로써, 늪지가 마르는 바람에 후에 포위전에서 그들의 적에게 도시로 들어가는 길을 열어주었다고 전한다.

길들은 막히고 말 것이고, 그렇게 되면 곳곳에 백해무익한 혼란이 야기되고 결국엔 전 세계의 멸망을 초래할 수도 있을 걸세."

나는 가르침에 감사하면서 말했다. "이제 당신들 종족이 이 호수들을 통해서 전 세계에 있는 샘물과 강에 물을 공급하고 있는 것을 이해하겠습니다. 그러니 내가 알기로는 모든 물이 깊은 대양으로 흘러 들어가서 매번 그곳으로부터 조달되는데도 불구하고 물맛과 냄새뿐만 아니라 힘과 효력에 있어서까지 왜 그렇게 큰 차이를 보이는지 설명 좀 해 주십시오. 효험이 뛰어난 탄산천으로 건강을 돕는 샘물이 있는가 하면, 신선한 맛이 나기는 하지만 생기를 북돋아주지 않고 몸에 해로운 샘물이 있고, 심지어는 알렉산드로스 대왕이 음료 담당관 이오라오스에게 독살당했다는 아르카디아에 있는 우물처럼 독이 들어 사람 목숨을 빼앗는 물도 있습니다. 어떤 우물은 뜨뜻미지근하지만, 어떤 우물은 끓듯 뜨겁고, 또 어떤 물은 얼음처럼 차갑습니다. 예를 들어 헝가리의 칩스 백작령에 있는 샘물 같은 물은 왕수처럼 쇠를 녹입니다. 또 어떤 물은 테살리아에 있는 샘물처럼 모든 상처를 아물게 합니다. 돌이 되는 물, 소금이 되는 물이 있는가 하면 녹반이 되는 물도 있습니다. 케른텐의 치르크니츠 호수는 겨울에만 물이 차 있고 여름에는 완전히 물이 말라 있습니다. 엥스틀렌의 우물은 여름에만 물이 나오는데, 그것도 가축들에게 물을 먹이는 일정한 시간에만 나옵니다. 알자스의 오버넨하임에 있는 셴틀레 냇물은 나라에 불행이 닥쳐올 기미가 있을 때에만 흐릅니다. 시리아에 있는 사바트강은 7일마다 물을 흘려보내기를 중단합니다. 이 사실은 내가 그에 대해서 깊이 생각해보지만 그 원인을 찾지 못해서 매번 나를 새삼 감탄하게 만듭니다."

이에 대해 난쟁이 제후는 이 모든 사실은 자연적인 원인 때문인데,

그 원인은 대부분 우리 인류의 자연과학자들에 의해 물의 여러 가지 냄새, 맛, 효험과 효과가 파악되어 지구상에 잘 알려져 있다고 대답했다. 만일 물의 요정들의 거주지로부터 우리 인간들이 물을 긷는 우물까지 오로지 암석만을 통과한다면, 그 물은 아주 차고 물맛이 달다. 그러나 만일 물이 광물질을 스치거나 사이를 통과할 경우 물은 광물질의 맛, 냄새, 성질, 효험 그리고 효과를 그대로 내어서 사람에게 유익하게, 아니면 유해하게 된다는 것이다. 그러니까 금, 은, 구리, 아연, 납, 철, 수은 등이나 그 비슷한 것과 접촉하거나 유황이나 온갖 종류의 소금, 즉 자연염, 수정염, 요염(尿鹽), 지반염(地盤鹽), 질산염, 염화암모늄, 암염과 같은 반유기물을 통과할 경우가 그렇고, 흰색, 붉은색, 노란색, 초록색을 통과하거나 녹반, 창연(蒼鉛), 금빛, 은빛, 납빛, 군청색 나는 철광석, 명반(明礬), 비석(砒石), 안티몬광, 황색 비석, 호박, 공작석, 승홍 등을 통과할 경우 그렇다. 이와 같은 이유로 우리가 가진 소금에도 그처럼 많은 종류가 있는데, 그중에는 좋은 것도 있고 나쁜 것도 있다는 것이다. 세르비아와 고마치오에서 나는 소금은 진한 흑색이고, 멤피스에서 나는 소금은 붉은색, 시칠리아산 소금은 눈처럼 흰색이 나며 에트나 화산 옆에 있는 켄토리파에서 나는 소금은 자주색이고 카파도키아산 소금은 노란색이 난다는 것이다.

그는 온천수에 대해서도 말했다. "온천수는 지구의 내면에서 타고 있는 불로 데워지는데, 그 불은 시칠리아섬의 그 유명한 에트나 화산, 아이슬란드의 헤클라 화산, 말루쿠 지역의 반다섬에 있는 구눙아피 화산 그리고 그 밖의 화산에서 알아볼 수 있듯이 여기저기 기공과 굴뚝을 가지고 있네. 우리의 호수들도 유사하지. 치르크니츠 호수의 물은 여름에는 케른텐 지역의 정반대 쪽에서 볼 수 있고, 엥스틀렌 우물의 물도 하루 중 어떤 때나 특정 계절에는 지구의 다른 장소에서 솟아나고 스위스의 탄산천과 동일한 효과를 내고 있네. 오버넨하임에 있는 센틀레 냇물의 경우도 상황은 똑같다네. 이 모든 샘물은 하나님의 뜻과 질서에 따라 우리 종족에 의해 관리 운영되어 그대들 인간에게 하나님의 칭찬을 더해주고 있네. 그러나 시리아에 있는 사바트강의 사정은 이렇다네. 우리가 만일 그 주일의 일곱번째 날을 지키면 우리는 그 강의 근원지에 있는 주거지와 수로의 출발점에 포진해서 휴식을 취하는 습관이 있네. 왜냐하면 그곳이 우리들 세계에서는 가장 아름다운 장소이기 때문일세. 그리고 우리가 창조주에게 영광을 돌리기 위해서 그곳에서 참고 견디며 잔치를 벌이는 동안에는 이 강은 흐를 수가 없다네."

이 대화가 끝나자 나는 요정의 제후에게 나를 도깨비 호수 말고 다른 호수를 통해서 지구상으로 데려갈 수 있는지 여부를 물었다. "물론일세." 그는 대답했다. "왜 안 되겠는가? 하나님께서 원하시기만 한다면 말일세. 이와 같은 방법으로 오래전에 우리 조상들은 여호수아의 칼[13]을 벗어나서 절망한 나머지 호수에 빠졌던 가나안 사람들을 아메리카로 안내했네. 그들의 후손들은 오늘날에도 예전에 그들의 조상들이 떠올라 왔던 그 호수를 보여줄 수 있네."

내가 감탄하는 것을 보고 그가 자신의 이야기는 전혀 감탄할 만한 사실이 아니라는 듯 놀라는 것을 보았을 때, 나는 우리 인간들에게서 어떤 진기한 것과 이상한 것을 발견했을 때 그들도 가끔 감탄할 때가 있지 않으냐고 그에게 물었다. 그에 대해서 그는 이렇게 대답했다. "우리에게 가장 놀라운 것은 영원한 구원과 끝없는 천국의 기쁨을 누리도

---

13) 가나안 땅은 모세의 하급 지휘관 여호수아에게 점령당해서 이스라엘 지파들에게 분배되었다(「여호수아서」 11장 16절 이하 비교).

록 창조된 그대들 인간이 그토록 쾌락에 탐닉해서 천국에 대한 권리를 박탈당할 뿐만 아니라, 하나님의 지극히 거룩한 얼굴을 기쁘게 바라볼 수 있는 기회를 빼앗기고, 타락한 천사들처럼 영원한 저주에 빠지는 것일세. 그 쾌락도 한시적이고 덧없으며, 가시 없는 장미를 갖기가 힘든 것처럼, 혐오와 고통이 없이는 누리기 힘든 것인데 말일세. 아, 우리가 그대들의 입장이 된다면! 우리들 각자는 그대들보다 더 좋은 성적으로 시험에 합격하려고 얼마나 노력하겠는가! 그대들의 일시적이고 덧없는 현세의 짧은 순간에 부과된 그 시험 말일세. 그대들이 이 지상의 현세 속에서 영위하는 삶은 전혀 그대들의 삶이 아니고, 그대들의 참다운 삶이나 죽음은 그대들이 현세를 떠났을 때 비로소 그대들에게 선사될 것일세. 그대들이 삶이라고 부르는 것은 단지 그대들이 하나님이 계신 것을 깨닫고, 그분에게 접근할 수 있고, 그분이 그대들을 받아들이게 하기 위해서 주어진 찰나에 불과하다네. 그렇기 때문에 우리는 이 세상을 하나님의 시금석으로 여기고 있네. 전능하신 분께서는 그 시금석을 가지고 부자가 금과 은을 시험하듯 인간을 시험하신다네. 그리고 어떤 가치와 내용이 눈금에 매겨져 있는지를 확인함에 따라 그리고 그것들을 불을 통해서 좀더 순도 높게 만들 수 있는지 없는지에 따라, 훌륭하고 정교한 금과 은의 품종을 자신이 지닌 천상의 보석에 보태신다네. 그러나 질이 나쁜 가짜 보석은 영원한 불 속에 던져버리신다네. 그 사실은 그대들의 구세주와 창조주께서도 알곡과 가라지의 비유[14]를 들어 이미 분명하게 말씀하셨네."

---

14) 『신약성경』「마태복음」 13장 24절 이하.

제15장
물의 요정의 왕이 짐플리치우스와 대화를 나누다

우리는 왕의 궁정에 가까이 왔기 때문에 대화는 그렇게 끝이 났다. 아무런 의전 절차도 없이 나는 즉시 궁정으로 안내되었고, 제왕의 위용에 놀라지 않을 수 없었다. 사치스러운 궁정의 모습이나 어떤 커다란 장관이 전개되기는커녕, 수상이나 추밀고문관 그리고 통역관, 그 밖에 수행원과 경호원, 궁정의 어릿광대 같은 일체의 신료들이 보이지 않았기 때문이다. 요리사, 창고지기, 심부름꾼은 물론 총신이나 아첨꾼도 눈에 띄지 않았다. 그를 둘러싸고 있는 것은 오히려 세상에 널려 있는 여러 호수의 제후들이었다. 제후들은 각각 자신이 지배하는, 이른바 지구의 중심으로부터 뻗어 있는 각 호수가 속한 나라의 고유 의상을 착용하고 있었다. 그래서 나는 여기서 수많은 물의 요정들이 집합해 있는 것을 보았다. 그들은 중국인, 아프리카 사람들, 동굴 인간과 노바야제믈랴 주민들, 타타르인과 멕시코인, 사모아 사람과 말루쿠 군도 사람, 심지어 북극과 남극에 살고 있는 사람들 모습을 하고 있어서 참으로 진기한 풍경이 아닐 수 없었다. 야생 호수와 검은 호수를 감시하는 두 감시자는 나를 이곳으로 안내했던 제후와 똑같은 복장을 하고 있었다. 그들의 호수가 도깨비 호수 근처에 자리하고 있었기 때문이다. 필라투스 호수를 감시하는 제후는 가로로 퍼진 풍성한 수염을 달고 점잖은 스위스 사람처럼 헐렁한 바지를 입고 있었고, 앞서 언급했던 카마리나 호수를 감시하는 제후는 복장과 태도가 시칠리아 사람과 대단히 흡사해서 생전에 시칠리아섬을 벗어나본 적이 없고 독일 말은 한 마디도 못 한다고 보아도 무방했다. 페르시아인, 일본인, 러시아인, 핀란드인, 라플란드 사람 그리고 전 세계의 모든 다른 민족의 모습도 의상 서적에서 보는 것처럼 눈앞에 있었다.

나는 인사를 할 필요가 없었다. 왕이 솔선해서 나와 이야기하기 시작했고, 즉시 능숙한 독일어로 물었기 때문이다. "순전히 악의적으로 우리에게 그처럼 많은 돌을 보내다니 어떻게 된 일인가?"

나의 대답은 간단했다. "우리가 사는 곳에서는 문이 닫혔을 때 노크를 하는 것이 예의이기 때문입니다."

"그러나 막상 그대가 주제넘게도 우리를 귀찮게 하는 것에 대한 대가를 받는다면?" 그는 물었다.

나는 대답했다. "기껏해야 죽기밖에 더하겠습니까! 그동안 나는 많은 신기한 것을 보고 다행히 수백만 사람들 가운데에는 똑같은 사람이 없다는 것을 알게 되었기에 죽는 것이 대수롭지 않고, 전혀 벌로 생각하지 않습니다."

"아, 이런 맹신자 같으니!" 왕은 이렇게 대꾸하며 어이가 없어서 하늘을 쳐다보는 사람처럼 공중으로 눈을 향했다. "그대들 인간은 한 번 죽지 두 번 죽을 수는 없지. 그리고 그대들 기독교인들은 신앙과 하나님에 대한 사랑을 두고 의심 없는 소망을 가져도 되고, 죽어가는 육체가 눈을 감자마자 그대들의 영혼이 지고하신 분의 얼굴을 실질적으로 대면할 수 있다는 확신이 들지 않는 한, 죽음을 찾지 않을 만큼 현명하다지. 그러나 이번에 나는 그대와 전혀 다른 것을 논의해야만 되겠네."

그런 다음 그는 말을 계속했다. "내가 보고 받기로 세상에 있는 인간들, 특히 기독교인들은 최후의 심판의 날이 머지않았기를 기대한다지. 모든 예언과 이름을 대자면 고대의 예언하는 여자들이 남긴 예언들이 이루어졌을 뿐만 아니라 지구 위에 살고 있는 모든 것이 아주 놀랄 만큼 죄악을 저질러서 전능하신 하나님께서 세상 끝내기를 더 이상 지체하지 않으실 것이기 때문이라는군. 우리 종족도 물의 요정임에도 불구하고 이제 몰락하고 불 속에서 목숨을 잃어야 하기 때문에, 그런 두려운 순간이 다가오니 큰 불안에 빠져 있는 것이 사실일세. 그렇기에 우리가 무엇을 걱정하고 무엇을 소망해야 하는지 자네에게 들어볼 작정으로 자네를 데려왔네. 지금까지 우리는 별에서는 아무것도 읽을 수가 없었네. 그리고 우리가 보기에 지구도 임박한 변화에 대해서는 아무런 조짐도 보여주고 있지 않네. 그렇기 때문에 우리는 구세주가 직접 본인의 재림에 대해 각종 예언을 남긴 사람들에게 알아보지 않을 수 없네. 그러므로 가령 앞으로 심판관이 온다면 그때에 찾아보기가 매우 어려울 것이라는, 이른바 그 믿음이 아직도 세상에 퍼져 있는지 우리에게 알려주기를 자네에게 내가 간곡히 부탁하는 바일세."

나는 요정 왕에게 너무나 고답적인 질문을 했노라면서 미래에 어떤 일이 일어날지, 우리 주님이 언제 세상에 다시 오실지 아는 분은 오직 하나님뿐이라고 대답했다.

"그렇다면 됐네." 왕은 대답했다. "그렇다면 세상에 있는 수많은 여러 신분에 속한 사람들은 자신들에게 부여된 임무에 대해 어떤 자세로 임하는지 말해주게! 내가 여기서 세상과 나의 족속의 멸망이 임박한 것인지, 아니면 내가 나의 종족들과 함께 아직도 긴 여생과 행복한 통치의 세월을 누릴 수 있는지 추론할 수 있게 말일세. 그대가 나에게 진실을 말해주면, 나중에 내가 지금까지 어느 누구도 볼 수 없었던 물건들을 그대에게 보여주겠네. 그뿐만 아니라 평생토록 그대를 기쁘게 할 물건도 선물로 주겠네."

나는 말을 못 하고 깊이 생각해보려고 했다. 그러나 요정의 왕은 대답을 독촉했다. "자, 자, 가장 높은 신분부터 시작해서 가장 낮은 신분에서 멈추게. 그러지 않으면 자네는 지상으로 돌아가지 못하네."

나는 대답했다. "제일 높은 신분부터 시작해야 한다면, 나는 물론 성직자들부터 시작해야 할 것입니다. 그들이 어떤 종교에 속하든지 그들은 항상 카이사레아의 에우세비오스가 기록했던 그대로입니다. 모든 성직자는 마땅히 게으름을 멸시하고, 온갖 즐거움을 피하며, 직무를 수행할 때에는 근면하고, 멸시를 당하면 참을성이 있지만 명예가 쌓이면 참지를 못하고, 돈과 재물은 없지만 양심만은 넉넉히 있고, 자신의 업적에 대해서는 겸손하지만 모든 악덕에 대해서는 고자세를 취합니다. 그리고 성직자들이 오로지 하나님만 섬기고, 그들이 하는 말보다 그들이 보여주는 모범적인 행위를 통해서 다른 사람을 하나님의 나라로 인도하려고 생각하는 것과 마찬가지로, 세속의 지도자들과 책임자들도 모두 올바른 정의를 지향하며 노력하고 행동하고 있습니다. 그런 다음 그들은 가난하든 부유하든 사람을 따지지 않고 각 사람에게 우회하지 않고 직선적으로 그 정의를 만나게 하고 구현되게 합니다. 오늘날 신학자들은 성실한 히에로니무스[15]나 베다[16]와 마찬가지이고, 추기경들은 보로메오,[17] 주교들은 아우구스티누스,[18] 수도원장들은 힐라리온과 파코미우스[19]와 같은 사람들밖엔 없습니다. 그리고 그 밖의 성직자들은 모두 그리고 특별히 테베의 광야에서 지내는 경건한 은둔자들의 공동

---

15) Eusebius Hieronymus(?347~?419): 로마의 교부이자 성경 번역가.

16) Beda Venerabilis(673~735): 영국의 신학자이자 역사가.

17) Carlo Borromeo(1538~1584): 밀라노의 대주교.

18) Aurelius Augustinus(354~430): 가장 유명한 라틴어 사용권의 교부.

19) Hilarion(?291~371)과 Pachomius(?290~346): 승려 제도와 수도원의 창설자들.

체와 다를 바가 없습니다.

상인들은 탐욕이나 이익만을 추구해서 장사를 하는 것이 아니고, 거래하기 위해 먼 나라에서 들여온 상품들을 가지고 그의 이웃 사람들을 먹여 살립니다. 음식점 주인들은 부자가 되기 위해 음식점을 차리는 것이 아니라, 배고픈 사람들, 목마른 사람들, 여행하는 사람들이 와서 먹고 기운을 차리게 하기 위해 일하고, 자신들은 피곤하더라도 기운을 잃은 사람들에게 선행을 베풀기 위해 일합니다. 의사들도 자신의 이익을 추구하지 않고 환자의 건강을 생각하고, 약사들도 마찬가지입니다. 수공업자들도 속이거나 거짓말을 하거나 사기를 치는 법이 없고 오로지 한 가지만을 생각하는데, 즉 손님에게 견고하고 좋은 제품을 제공할 궁리만 합니다. 재단사는 손님의 옷감을 잘못 재단하는 법이 없고, 직조공도 고지식하기 짝이 없어서 전 같으면 그들이 던져주는 실뭉치를 먹고 살았던 쥐들이 이제는 먹고 살 것이 없을 정도로 가난하기만 합니다.

고리대금업사는 존재조차 알려져 있지 않고, 그 대신 잘사는 사람들이 기독교의 사랑으로 도움을 청하기도 전에 솔선해서 가난한 사람들을 도와줍니다. 그리고 가난한 사람들이 빚을 갚고 나면 파산을 하거나 굶주림으로 고생하게 되었을 때는 부자들이 자청해서 그 빚을 탕감해줍니다. 교만한 구석이라고는 찾아볼 수 없는데, 각자가 자신이 죽을 존재라는 것을 알고 깊이 생각하기 때문입니다. 질투라는 것도 알지를 못하는데, 누구나 타인에게서 창조주의 사랑을 받는 하나님의 형상을 보고 깨닫기 때문입니다. 누구도 타인에게 성을 내는 법이 없는데, 그리스도께서 우리 모두를 위해 고난을 당하시고 돌아가셨다는 것을 알기 때문입니다. 온갖 육체관계는 오로지 자손을 얻고 싶은 마음에서 비롯된 것이기 때문에 순결을 잃었다든가 불결한 육체의 쾌락에 관해서는 들은 바가 없습니다. 어디에서도 술고래와 패거리 술꾼들을 볼 수 없는데, 한 사람이 다른 사람과 축배를 들 때는 두 사람 모두 기독교인답게 한잔 술에 만족하기 때문입니다. 예배에 참석하기를 게을리하는 것을 볼 수 없는데, 누구나 그 일에 부지런하고 열심이어서 항시 깊이 생각하여 자신이 다른 사람보다도 하나님을 잘 섬길 수 있기를 원하기 때문입니다. 바로 그렇기에 이제는 지구상에서 한쪽 편이 다른 편에서 하나님을 올바로 섬기지 않는다고 생각함으로써 발생하는 대단히 참혹한 전쟁도 존재하지 않습니다.

이제는 더 이상 욕심꾸러기도 존재하지 않고 오로지 절약하는 사람만 있고, 낭비자도 없고 오직 남에게 베푸는 사람만 있고, 타인의 것을 빼앗고, 사람들을 몰락시키는 전쟁 상인도 없고, 조국을 지키는 병사들만 있고, 이기적이고 게으른 걸인도 이제는 없고, 부유함을 경멸하고 가난을 사랑하는 가난의 친구들만 있고, 곡물과 주류 투기꾼도 없고 오로지 신중한 사람들만 있어서, 그들은 현재 남아도는 것을 미래에 곤궁해질 때 사람들의 복리를 대비하기 위해 창고에 저장해둡니다."

제16장
깊이를 알 수 없는 바다 '마레 델 추어' 또는
태평양이라는 곳에서 온 새로운 소식

나는 말을 멈추고 무슨 이야기를 더 할까 곰곰이 생각했다. 그러나 요정의 왕은 들을 이야기는 충분히 들었다고 선언했다. 내가 원한다면, 자신의 부하들이 나를 데려왔던 곳으로 즉시 데려다줄 수 있다는 것이었다. 그러나 자신이 보기에 내가 대단히 호기심이 많은 것 같아서 그의 나라를 약간 둘러보고 싶은 마음이라면 그가 통치하는 나라 어디로든지 나를 안전하게 안내할 것이라고 말했다. 물론 나 같은 사람으로서는 아주 드물게 얻을 수 있는 기회를 주겠다는 것이었다. 그런 다음 작별할 때 선물을 줄 것인데 내가 틀림없이 만족할 것이라고 했다. 그러나 내가 결단을 내리지 못해 아무런 대답도 못 하자, 그는 방금 마치 정원이나 사냥터에서 그러듯 식량을 가져오기 위해 남태평양의 밑바닥으로 출발하려던 몇몇 요정의 제후들을 향해 말했다. "이 사람을 데리고 갔다가 오늘 중으로 다시 땅을 밟을 수 있도록 데려오게!" 한편 나에게는 그동안 가지고 싶은 것이 무엇인지 생각해보라고 말했다. 그가 나에게 사례로 줄 수 있는 것 중에서 내가 다시 지상으로 돌아갔을 때 기념으로 영원히 간직할 수 있는 것을 고르라는 것이었다.

그렇게 해서 나는 요정의 제후들과 함께 그곳에 나 있는 통로 하나를 통해서 미끄러져 내려갔다. 그 통로는 길이가 수백 마일이나 되었고, 끝은 앞서 언급했던 태평양의 바닥으로 이어졌다. 그곳에는 크기가 참나무만 한 산호초가 서 있었다. 요정들은 그 산호초에서 아직은 딱딱하지도 않고 색깔도 없는 것을 채취했다. 우리가 녹용을 먹듯 그들은 그것을 먹었다. 밑바닥에는 굳건한 보루처럼 높고, 곡간 문처럼 넓은 달팽이 껍데기와 그들이 달걀 대신 먹는 주먹만 한 진주도 보였다. 그밖에 훨씬 더 진귀한 바다의 경이로운 모습들도 보였는데, 여기서는 그 모든 것을 낱낱이 열거할 수가 없다.

바닥에는 에메랄드, 터키옥, 루비, 금강석, 사파이어와 다른 보석들이 깔려 있었다. 크기가 대부분 흐르는 개울가에서 흔히 볼 수 있는 자갈만 했다. 곳곳에 높이가 몇 마일씩 되는 암벽이 솟아 있었는데, 그것들은 물 위로 솟아 있어 보기 좋은 섬들을 등에 업고 있었다. 그 암벽들의 주위는 아름답고 진귀한 바다 식물로 장식되었고, 마치 육지에 사람들과 짐승들이 살고 있는 것처럼 여러 가지가 기어 다니거나 서 있거나 걸어 다니는 진기한 생명체들이 서식하고 있었다. 물속에서 떼를 지어 우리 위로 부유하는 수없이 많은 크고 작은 물고기들은 봄가을에 공중에서 우리를 즐겁게 해주는 수많은 종류의 새들을 생각나게 했다. 그리고 태양은 우리의 반구 위에 떠 있었다. 그렇기 때문에 유럽인에게는 낮이고, 그 반대편, 즉 내가 있는 곳은 밤이었다. 때마침 보름달이 밝게 비치던 때여서 나는 놀랍게도 물을 통해서 달과 별이 떠 있는 남극의 하늘을 올려다볼 수 있었다. 나와 동행했던 요정의 제후는 물론 우리가 이 광경을 밤이 아니고, 낮에도 볼 수 있다면 내가 더욱 놀랐을 것이라고 말했다. 그랬다면 주변과 먼 곳에까지 육지처럼 산들과 계곡들이 바다 밑바닥에 있고 그 산들과 계곡들은 지상에서 가장 아름다운 경치보다도 훨씬 더 아름다운 경관을 보였을 것이기 때문이라고 했다.

그와 다른 사람들이 모두 페루인, 브라질인, 멕시코인 그리고 에스파냐어로 도둑 섬이라는 뜻의 남태평양에 위치한 라드론의 주민들 복장을 했지만 독일어를 썩 잘하는 것을 보고 내가 놀라자, 그는 그들 모두는 오직 한 가지 언어만 말할 수 있다고 설명했다. 그러나 그 언어는 전 지구 위에 사는 민족들이 이해할 수 있고, 역으로 그들은 모든 민족이 사용하는 언어들을 이해할 수 있는데, 그 연유는 그들 종족은 바벨탑을 지을 때 저질렀던 바보짓에 함께 참여하지 않기 때문이라는 것이었다.

나의 일행이 충분히 요기를 한 후에 우리는 다른 통로를 거쳐 지구의 핵심으로 돌아왔다. 도중에 그들 중 몇몇에게 나는 지구는 중심이 텅 비어 있고 이 빈 공간에서 난쟁이족들이 디딜방아를 끊임없이 밟아서 지구가 줄곧 자전하도록 한다는 이야기를 믿었었다고 말했다. 아리스타르코스[20]와 코페르니쿠스[21]의 주장처럼 움직이지 않고 하늘의 한가운데에 서 있는 태양이 지구의 모든 면을 골고루 비칠 수 있도록 말이다. 그들은 나의 단순함으로 인해 나를 엄청 놀려대면서 그 두 학자의 견해와 나 자신의 망상을 마음 놓고 머리에서 떨쳐버리고, 차라리 내가 빈손으로 육지로 되돌아가지 않기 위해 그들의 왕에게 무엇을 원할 것인지를 생각하라고 말했다. 나는 내가 여기서 만난 경이로움이 나를 압도했기 때문에 아무런 생각도 떠오르지 않는다면서 내가 그들의 왕에게 무엇을 염원해야 하는지 조언을 해달라고 부탁했다. 왕은 모든 샘물의 주인이므로 그에게 나의 농장에 요양 온천을 달라고 할까 생각도 했었다. 비록 단순한 담수만 나올 뿐이긴 하지만 최근에 독일에서 저절로 솟아 나왔던 샘물과 유사하게 말이다. 요정의 제후 또는 태평양과 그곳의 동굴들을 다스리는 통치자는 그와 같은 것은 왕의 권한에 속해 있지 않다고 대답했다. 설혹 그가 나의 염원을 성취시켜줄 수 있다손 치더라도 형편상 온천은 장시간 유지될 수 없을 것이라고 했다.

나는 그에게 그 까닭이 무엇인지 설명해달라고 청했다. 그러자 그는 대답했다. "지구에는 여기저기 공동(空洞)들이 있는데, 이 공간들은 차츰 축축하고 끈적끈적하며 걸쭉한 증기에서 발산되는 금속들로 채워지네. 그 과정에서 이따금 모든 샘물이 공급되는 지구 중심에서 나온 금색이나 은색을 띤 창연(蒼鉛)의 틈으로 물이 스며드는데, 이 물은 수백 년 동안 금속 사이에 머물면서 금속의 귀금속성 성격과 그 금속의 치유

---

20) Aristarchos(B.C.310~B.C.230): 그리스의 천문학자.
21) Nicolaus Copernicus(1473~1543): 지동설의 대표자 중 한 사람.

력을 받아들인다네. 그런 다음 시간이 지나면서 더 많은 물이 지구 중심에서 밀어닥치면 압력이 더욱더 강해지기 때문에 지표면에서 분출할 길을 모색하게 되지. 그리하여 마침내 그 길을 발견하면 제일 먼저 수백 년 동안 금속들 사이에 갇혀 있고 그러는 과정에서 그 금속들의 힘을 받았던 물이 쏟아져 나와 우리가 그와 같은 새로운 광천에서 볼 수 있는 것 같은 신통한 효과를 인간의 육체에 발휘한다네. 그러나 오랫동안 광물들 사이에 갇혀 있던 이 물이 다 흐르고 나면, 그다음에는 그냥 보통 물이 나오게 되네. 이 물은 같은 통로로 흘러나오지만 흐르는 속도 때문에 광물의 이점이나 효과를 얻지 못하고, 그로 인해 이전 물처럼 치료 효과도 있을 수가 없다네." 그는 계속해서 말했다. 만일 나의 건강에 문제가 있다면, 그의 왕에게 부탁해서 그와 자주 서신 교환을 하는 샐러맨더[22] 왕의 치료를 받도록 하라는 것이었다. 샐러맨더 왕은 인간의 육체를 치료하는 데 보석들을 작용케 하여 그 육체가 어떠한 불에도 타지 않도록 할 수 있다는 것이었다. 마치 우리가 지상에 가지고 있다가 더러워지면 불로 정화시키곤 하는 그 주목할 만한 물질[23]처럼 말일세. 그렇게 온몸이 장갑(裝甲) 된 사람을 진이 끼고, 냄새가 나는 오래된 담뱃대처럼 불 속에 넣을 수 있다는 것이었다. 그러면 그 불은 온갖 나쁜 액체와 해로운 습기를 빨아들여서, 환자는 결국 쌩쌩하고 건강한 새사람이 되어 불에서 나온다고 했다. 마치 그가 테오프라스투스의 정수[24]를 든 것처럼.

---

22) 불의 요정.

23) 석면을 지칭하고 있는 듯하다.

24) 의사이자 자연과학자인 테오프라스투스 파라셀수스(Theophrastus Paracelsus, 1493~1541)가 조제했던 알약 아편을 말하는 듯하다.

나는 이 친구가 나를 바보로 취급하는 것인지, 아니면 그의 말이 진정인지를 분간하지 못했다. 여하튼 나는 그가 정보를 준 것에 대해 감사했고, 이 치료법은 다혈질인 나에게는 너무 뜨겁지 않을까 두렵다고 말했다. 그리고 내가 가장 하고 싶은 것은 온천에 나의 이웃 사람들을 함께 데리고 가는 것이며 이 온천은 지상에 있으면서 이웃들에게 이롭고, 요정의 왕에게 영광을 돌리고, 나에게는 불멸의 이름을 떨치게 하고 영원한 기념이 되도록 도움이 되어야 한다고 했다. 물론 신통한 효험이 있어야 한다고 덧붙였다. 그는 만일 내가 그와 같은 온천을 찾으면, 나를 위해 왕에게 말을 잘해주겠다고 했다. 비록 왕은 지상에서 사람들이 그에 대하여 좋게 생각하는지, 나쁘게 생각하는지 관심은 없어 한다면서 말이다.

그러는 사이 우리는 다시 지구의 중심에 있는 왕 앞에 왔다. 왕은 방금 제후들과 식사를 하려던 참이었다. 식사는 그리스의 향연식 간식이었다. 그것을 사람들은 '네팔리아'라 부르는데, 그것을 먹을 때에는 포도주나 도수 높은 알코올은 마시지 않았다. 그 대신 그들은 아직 딱딱하게 굳지 않은 진주를 마셨다. 마치 그것은 생달걀이거나 반숙을 한 달걀 같았다. 그 달걀들은 농부들의 말처럼 훌륭한 '끼니'가 되었고, 그들에게 원기를 크게 북돋아주었다.

그러는 동안에 나는 태양이 이 호수 저 호수를 연달아 비춰주고, 물을 통해서 이 엄청 깊은 곳까지 햇살을 던져서 요정의 제후들에게는 햇빛이 결코 부족하지 않은 것을 관찰했다. 이 심연을 태양이 아주 밝게 비추고, 심지어 지상에서처럼 그늘도 던지기 때문에 사실상 호수들이 요정의 제후들에게는 빛과 온기가 들어오게 하는 구멍들이거나 창문들이었다. 그리고 많은 호수는 굽고 비스듬히 심연으로 뻗어 있기 때문에 상황이 그렇지 못한 곳에는 반사빛이 도와주었다. 자연은 이곳저곳의 구석에 밝은 빛을 밑으로 멀리 운반하는 수정, 금강석과 루비의 광석을 놓아두고 있었다.

제17장
지구의 중심에서 귀환, 진기한 망상, 공중누각,
예언 그리고 혼자만의 생각

그사이 내가 귀환해야 할 시간이 다가왔다. 그래서 요정 나라의 왕은 무엇으로 나를 기쁘게 할 수 있는지 듣고 싶어 했다. 나의 농장에 의학적으로 효험이 있는 진짜 온천을 솟게 해준다면, 그보다 더 큰 은혜는 없을 것이라고 나는 말했다. "그것이 전부인가?" 왕은 물었다. "자네가 아메리카 바다에서 한두 개의 커다란 에메랄드를 가지고 갈 것으로 나는 생각했었네. 그리고 막상 그것을 지상으로 운반해줄 것을 우리에게 부탁할 줄 알았네. 그러나 이제 보니 자네들 기독교인들은 참으로 소유욕이 없는 사람들이구먼." 그런 다음 나에게 진기한 빛이 도는 돌 하나를 주면서 말했다. "이것을 지니게나! 이 돌을 지상으로 가져가서 어느 곳에 놓든 이 돌은 즉시 지구의 중심으로 되돌아오려고 시도할 것일세. 그러면 그 돌이 우리에게 올 때까지 가장 잘 통과할 수 있는 광물질들이 스며들고, 반대 방향으로 자네에게는 신통한 광천수를 보내게 될 것일세. 그 광천수는 마시면 시원하고 건강에도 유익할 것일세. 자네가 진실을 전달해줌으로써 우리에게 유익한 일을 한 것처럼 말일세." 잠시 뒤 도깨비 호수의 제후가 나를 다시 그의 일행에 포함시켰다. 그리하여 우리는 그의 호수를 통과해서 왔던 경로와 동일한 경로로 되돌아왔다.

돌아오는 길은 마치 독일식 도량형으로 쳐서 단순히 900마일이 아니고, 2,500마일을 돌파한 것처럼 내게는 갈 때보다 훨씬 멀어 보였다. 그렇게 보인 까닭은 아마도 내가 동행자들과 거의 대화를 나누지 않았기에 시간이 그처럼 길게 느껴졌기 때문이었던 것 같다. 그들은 내게 병들지 않고 300, 400, 500년까지 살았다는 것만을 이야기했을 뿐이다. 게다가 나는 광천수에만 정신이 팔려서 다른 것은 아무것도 생각지 않고 약수터를 어디로 잡아야 할지, 어떻게 그것을 내게 유용하게 활용할 것인지만을 골똘히 생각했다.

그때 나는 요양객들을 제대로 수용하고, 그들에게 적절한 숙박료를 우려낼 수 있기 위해서 나의 집 근처에 웅장한 건물을 지을 계획을 세웠다. 어떻게 하면 돈을 들여서라도 의사들에게 새로 생긴 나의 신통한 광천을 어떤 다른 광천보다 더 선호하게 해서 부유한 요양객들을 다수 끌어들일까 곰곰이 생각했다. 심지어 슈발바흐 광천[25]보다도 더 선호하도록 말이다. 나는 공상에 잠겨 이미 왕래하는 여행객들이 힘든 길을 불평할 필요가 없게끔 몇 개의 산들을 깎아내렸다. 약삭빠른 하인들, 알뜰한 요리사, 조심성 있는 객실 청소부, 주의 깊은 마구간지기, 깔끔한 온천 지배인을 채용했다. 그리고 나의 농장에 있는 험한 산 가운데 한 곳에 아름답고 평평한 공원을 꾸며서 그 안에 온갖 진귀한 식물들을 심었다. 그곳에서 신사 요양객들과 그들의 부인들이 즐겁게 산책을 하고, 아픈 사람들은 원기를 회복하고, 건강한 사람들은 여러 가지 오락

---

25) 독일 비스바덴 북서쪽에 위치한 온천장.

을 즐기며 기분을 전환할 수 있도록 말이다. 그렇게 되면 의사들은 물론 사례금을 받고 나의 온천의 장점에 대하여 저명한 논문을 작성해야 할 것이고, 나는 그 논문의 개요와 요점을 나의 농장의 동판화와 함께 인쇄해서, 안내서를 손에 쥔 환자들은 누구나 읽고 이미 절반은 건강해져서 다시 희망을 품을 수 있도록 할 작정이었다. 나는 리프슈타트에 있는 나의 아이들도 모두 오게 해서 새로 생긴 온천장을 도우며 할 수 있는 일거리를 배우도록 배려할 것이다. 다만 한 사람도 이발사나 치료사가 되어서는 안 되었다. 왜냐하면 나는 요양객들에게서 돈을 빼앗아 낼 것이지만, 그들의 등골을 뽑는 일은 하지 않을 것이기 때문이다.

제후가 심지어 마른 옷과 함께 나를 도깨비 호수에서 육지로 데려다 놓았을 때, 나는 이런 공상과 희망에 부푼 채 다시 바람을 쏘일 수 있었다. 나는 출발하기 전에 받았던 보석을 다시 돌려주지 않을 수 없었다. 그러지 않으면, 공중에서 질식하거나 숨을 쉬기 위해서 머리를 다시 물속으로 박아야 했기 때문이다. 그런 다음 우리는 다시는 영원히 보지 못할 사람들처럼 서로에게 복을 빌었다. 그는 물속으로 잠수해서 바닷속에 있는 동족에게로 갔다. 그러나 나는 요정의 왕이 준 보석을 가지고 마치 콜키스섬에서 금양피를 얻은 듯 즐겁고 행복한 마음에 들떠 갈 길을 갔다.

그러나 아! 더 이상 무너지지 않는 기반을 바탕으로 삼고 있는 것처럼 보였던 나의 기쁨도 오래가지 않았다. 그 기적의 호수를 뒤로하자 나는 음습한 숲속에서 길을 잃고 방황하기 시작했다. 나의 아바이가 어느 쪽에서 나를 이 호수로 안내했는지를 기억하고 있지 못했기 때문이다. 그러나 내게 생각이 다시 떠올랐을 때는 이미 한참을 가고 난 후였다. 여전히 나는 어떻게 하면 농장에 훌륭한 온천장을 개장하여 나의 농장을 편안한 명소로 만들 수 있을까 하는 생각에 골몰해 있었다. 그 바람에 나는 가야 할 목적지로부터 더욱더 멀어져갔다. 그리고 가장 난처했던 것은 해가 서서히 지고 더 이상 어찌할 바를 모르게 되었을 때 비로소 그 사실을 깨달은 것이었다. 이제 나는 닥쳐올 밤에 반드시 필요한 양식이나 무기도 없이 속수무책으로 밀림 속에 서 있게 되었다. 그러나 나는 지구의 가장 깊은 내면에서 가지고 온 돌로 나를 위로했다.

'참고 견디자! 참고 견뎌!' 나는 자신에게 말했다. '여기 이것이 네가 겪었던 모든 고난을 보상해줄 것이다. 좋은 일에는 시간이 필요한 법이다. 그리고 노력과 수고 없이는 값진 것을 얻을 수 없다. 그것이 사실이 아니라면 하다못해 바보까지도 헐떡이며 뼈 빠지게 일을 하지 않고도 네 것처럼 훌륭한 온천장을 가질 수 있을 것이다.'

이런 말로 자신을 고무시킨 후 이미 밤이 덮쳤지만, 나는 새로운 결단을 하고 새 힘을 내어 전보다 더 힘차게 길을 걸었다. 보름달이 밝았으나, 키가 큰 전나무들에 가려 낮에 바닷속에서 비쳤던 빛만도 못한 빛이 나를 내리비쳤다. 그럼에도 불구하고 나는 계속 전진을 한 끝에 자정 즈음에는 멀리 불빛이 보였다. 내가 곧장 그곳으로 향하자 멀리서 몇몇 농부들이 산속에서 송진을 채취하는 것이 보였다. 그와 같은 젊은 이들은 항상 신뢰할 수 있는 사람들은 아니지만, 나의 형편이 워낙 어려운지라 용기를 내어 말을 걸었다. "안녕들 하시오? 좋은 밤인지, 낮인지, 아침인지 또는 저녁인지 때에 맞는 인사를 할 수 있게 시간 좀 알려주시오!" 여섯 명의 장정들은 깜짝 놀란 나머지 내게 무슨 대답을 해야 할지 모르고 떨면서 앉아 있거나 서 있었다. 왜냐하면 나는 키가 큰 편에 속했고, 아내의 죽음으로 아직도 검은 상복을 입고 있는 데다, 부랑배처럼 몸집이 단단해서 그들이 겁을 먹었기 때문이다.

"아니, 아무도 내게 대답을 않을 작정이오?" 내가 말했다. 그러자 그중 한 사람이 한참 생각하다가 대꾸했다. "댁은 도대체 뉘시오?"

그 말투에서 나는 그가 슈바벤 사람인 것을 알아차렸다. 흔히 슈바벤 사람은 순박한 것으로 여기지만 그것은 잘못된 고정관념이다. 나는 유랑하는 학생인데 방금 베누스베르크에서 여러 가지 신기한 기술을 배우고 돌아오는 중이라고 설명했다.

"아 그렇군요!" 그들 중 가장 연장자가 말했다. "다행입니다요. 이제 나는 평화로운 시절을 경험하게 되리라는 것을 정말로 믿겠소. 학생들이 다시 유랑하기를 시작했다면 말이오!"

제18장
장소를 잘못 잡아 온천장 설치에 실패한 짐플리치우스

그렇게 우리는 서로 대화를 나누게 되었고, 그들은 나를 불 곁으로 오라고 권하고, 저지방 치즈가 든 흑빵을 한 조각 들라고 내놓을 만큼 예의 바르게 굴었다. 그래서 나는 그들의 호의를 받아들였다. 끝에 가서 그들은 내가 유랑하는 학생으로서 그들에게 예언도 할 수 있다고 믿을 만큼 내게 신뢰감을 보였다. 나는 관상학과 수상술에 약간 조예가 있었던 터라 각자가 듣고 싶을 만한 예언을 약간씩 들려주었다. 나는 이 숲의 사람들과 함께 있는 것이 그다지 마음 편한 일은 아니었으나 그들에게 어떤 불신감을 일깨우고 싶지 않았다. 그들은 나에게서 온갖 잡기와 속임수를 배우기를 원했지만, 나는 다음 날 하기로 미루고 잠깐 동안 눈을 붙이게 해달라고 청했다. 이렇게 집시 행세까지 하고 난 후에 약간 떨어진 곳에 자리를 잡고 나는 몸을 눕혔다. 물론 잠이 오지 않는 것은 아니었지만, 잠을 자기 위해서라기보다는 그들이 나에 대해서 어떻게 생각하는지 엿듣기 위해서였다. 내가 코를 더 골수록 그들은 더욱 정신을 차리고 서로 머리를 맞대고 내가 누구일지 알아맞히기 내기를 했다. 그들은 내가 검은 옷을 입고 있었기 때문에 군인은 아닐 거라고 했다. 그렇다고 내가 이렇게 늦은 시간에 외진 숲속에 나타난 것을 보니 민간인도 아닐 거라고 했다. 끝으로 그들은 내가 길을 잃은 직업 수련생이 분명하다는 데 의견이 일치했다. 그러니까 라틴어 학교를 다녔거나, 그처럼 예언을 잘하는 것으로 보아 나 자신이 주장했던 것처럼 유랑하는 학생이리라는 것이었다.

"맞아." 곧 다시 한 명이 말을 꺼냈다. "그러나 그가 한 예언이 백발백중 맞는 것은 아니었어. 아마도 그는 한낱 도망병으로 우리의 가축과 숲속에 있는 비밀 통로를 염탐하려고 변장을 했을지도 모르지. 이제 우리가 알았으니 깨우지 말고 그대로 누워 자게 내버려두도록 하세!" 그러자 다른 친구가 말문을 열어서 그의 의견에 반대하고 나를 어떤 다른 존재로 취급했다. 그러는 사이에 나는 누워서 그들이 하는 말을 귀담아들으며 만약 이 건달들이 나를 기습하기라도 한다면, 나를 잡기 전에 내가 먼저 한두 놈을 죽여야 한다고 생각했다.

그들이 의논을 하고 내가 겁을 먹고 있는 동안, 어느 놈이 내 옆에 누워서 마치 잠자리에 오줌을 싸는 것만 같이 삽시간에 내 주위가 온통 젖어 있었다. 나는 영문을 알 수가 없었다. '아, 이 무슨 기적이란 말인가!' 그때에 내가 그동안 쌓은 공중누각은 무너지고, 멋진 계획들이 모두 수포로 돌아가고 말았다. 왜냐하면 냄새가 퍼지며 이곳이 바로 나의 온천장이 되어버렸다는 것을 내가 깨달았기 때문이다. 나는 분노가 치밀어서 혼자서 이 여섯 농부들에게 덤벼들어 싸우지 않고는 그냥 있을 수 없는 기분이었다.

나는 몽둥이를 손에 쥐고 벌떡 일어나서 외쳤다. "너희 이 못된 놈들, 내가 누워 있던 곳에서 솟아오르는 온천수를 보고도 내가 누구인지 모른단 말이냐? 내가 너희들의 못된 생각 때문에 모두 벌을 주어서 귀신에게 보내도 너희들은 할 말이 없을 것이다!"

그러면서 나는 험상궂은 표정을 지었기 때문에 그들은 나를 무서워했다. 그러나 다음 순간 내가 깊이 생각을 해보니, 내가 얼마나 바보 같은 짓을 하려고 했는지 깨달을 수 있었다. 나는 이러면 안 된다고 생각했다. 목숨을 잃느니 온천을 잃는 것이 더 낫다. 만약 내가 이놈들과 다투다가는 목숨을 잃기 십상이라는 생각이 들었다. 그러므로 그들이 깊이 생각하기 전에 다시 좀더 친절한 어조로 말했다. "일어들 나서 이 기가 막힌 온천수 맛 좀 보시오. 이제부터 당신들과 모든 송진 채취자들, 나무꾼들이 내 덕에 이 밀림에서 즐기게 될 이 온천수를 말이오."

그때에 그들은 어안이 벙벙해서 내가 모자에 물을 떠서 한 모금 마시는 것을 볼 때까지 살아 있는 북어처럼 아무 말 않고 서로 얼굴만 쳐다보았을 뿐이었다. 마침내 그들은 앉아 있던 불가에서 일어나 물을 쳐다보고 물맛을 보았다. 그러나 나에게 고마워하는 대신 욕을 하기 시작했다. 그들은 내가 온천수를 어디 다른 곳에 가서 솟게 했더라면 더 좋았을 것이라고 말했다. 만약 그들의 주인이 이 소식을 들으면, 도른슈테텐 전 지역이 부역으로 여기에 길을 낼 것이고, 그렇게 되면 그들에게는 많은 고역과 어려움이 발생하리라는 것이었다.

"그러나 당신들도 모두 거기서 생기는 것이 있을 텐데!" 내가 말했다. "그렇게 되면 당신들도 닭, 달걀, 버터, 가축 그 밖에 다른 것들을 거래해서 돈을 더 많이 벌 수 있을 것 아니오?"

"아니, 아니, 전혀 그렇지 않소!" 그들은 말했다. "주인님은 관리인을 한 사람 고용할 것이오. 그 한 사람은 부자가 되겠지만서도 우리는 바보처럼 그를 위해 크고 작은 길을 모두 잘 닦아놓아야 할 뿐, 도통 얻는 것은 아무것도 없을 것이 분명하오."

결국 그들 사이엔 다툼이 벌어지고 말았다. 그들 중 두 사람은 온천을 보존하려고 했고, 네 명은 내가 그 온천을 다시 메울 것을 요구했다. 하지만 그렇게 할 수 있는 권한이 내게 있었다면 나도 역시 그들이 합의를 했건 못 했건 상관없이 혼자 힘으로 그렇게 했을 것이다.

그러는 동안에 낮이 되었고, 나는 더 이상 그들에게 볼일이 없었을 뿐만 아니라 심지어 우리가 끝에 가서 서로 드잡이를 하게 될까 봐 두려웠다. 그렇기 때문에 온천수가 솟아서 바이에르스브론 전 계곡에 있는 암소들이 모두 붉은 우유를 생산하는 것을 그들이 원치 않는다면, 당장 나에게 제바흐로 가는 길을 알려달라고 말했다. 그들은 그 말에 동의하고 이 목적을 위해 그들 중 두 사람을 내게 딸려 보내기로 했다. 감히 혼자서는 이 일을 감당할 수 없는 모양이었다.

그렇게 나는 다시 길을 떠났다. 그리고 그 지역은 전체가 원래 불모지였고 전나무 열매 외에는 산물이 아무것도 없었기에 나는 이 지역이 더욱더 곤궁에 빠지도록 저주를 퍼붓고 싶은 심정이었다. 내가 이곳에서 나의 희망을 모두 잃었기 때문이다. 그러나 나는 아무 말 없이 그 산의 정상에 도착할 때까지 나의 길 안내인들과 함께 걸어갔다. 그곳에서부터는 혼자서도 길을 찾을 수 있었다. 나는 그들에게 말했다. "자네들이 정부에 그 온천을 신고한다면 자네들은 새로운 온천에서 큰 이익을 볼 수 있네. 영주가 그 온천을 영방의 이익을 위해서 그리고 자랑거리로 개발하고 수입 증대를 도처에 알리게 되면, 틀림없이 자네들에게도 상당한 보상이 돌아올 것일세."

그들은 말했다. "우리는 찜질을 당할 몽둥이를 스스로 깎을 만큼 바보는 아니란 말이오. 차라리 마귀가 그 온천과 함께 당신을 잡아갔으면 좋겠소. 당신도 왜 우리가 온천을 원치 않는지 들어 알고 있을 텐데 그러는구려."

"자네들은 멍청이들이로군!" 내가 말했다. "아니면 음흉한 악당이라고 불러야 할까? 자네들의 조상들이 걸어간 올바른 삶의 길에서 그처럼 멀리 벗어나 있으니 말일세. 자네들의 조상들은 영주에게 충성을 다해서 그는 자신의 머리를 어느 신하의 품속에든 넣고 편안히 잠잘 수 있다고 자랑까지 할 정도였네. 그러나 형편없는 자네들은 그와는 반대로 간단한 일을 하기가 싫어서 이 효험이 있는 온천을 널리 알릴 만큼의 충성심도 없단 말인가? 영주의 이익을 위해서 그리고 많은 비참한 환자들의 건강을 위해서, 심지어 시간이 지나면 자네들이 그 보답을 받고 후손들이 덕을 볼 수 있는 높이 찬양받을 일인데도 말일세. 각자가 그 작업을 위해서 하루 이틀 부역을 한들 무슨 큰일이 있겠나?"

"무엇이 어째?" 그들이 말했다. "그 전에 누구도 온천에 관해서 알지 못하도록, 우리가 힘을 합쳐서 자네를 때려죽이겠네."

"그러려면 너희 같은 두 놈들보다 수가 더 많아야 될 텐데!" 나는 소리를 치며 몽둥이를 꺼내 들고 그들을 쫓아버렸다. 그런 다음 나는 서남쪽 방향으로 산을 내려와서 온갖 고생 끝에 저녁때 나의 농장에 도착했다. 결국 나는 이번 순례 여행에서 쓸데없는 다리품만 팔고 아무런 소득도 얻지 못하리라는 나의 아바이의 예언이 적중했음을 확인했다.

제19장

헝가리 재세례파와 그들의 생활 방식에 관하여

귀가 후에 나는 집에 틀어박혀 주로 책들을 읽으면서 지냈다. 나는 온갖 다양한 주제를 다룬 책들을 대량으로 구입했는데, 주로 깊이 생각할 소재를 제공하는 것들이었다. 나는 문법 학자와 학교 선생이 마땅히 읽어야 할 책 종류는 갑자기 싫어졌다. 그리고 얼마 후에는 산수도 싫증이 났다. 음악 이론도 곧 흑사병처럼 싫어져서 나는 류트를 산산조각 내버렸다. 수학과 기하학은 마음에 들었으나 천문학을 알게 된 후에는 이 두 과목을 끝내고 한동안 천문학과 점성술에 매달려 큰 만족감을 얻었다. 그러나 언젠가 이 학문들도 거짓이고 불확실하리라는 생각이 들어서 나는 더 이상 이들 학문에 천착하고 싶지가 않았다. 그 대신 라이문두스 룰루스[26]의 『위대하고도 최고의 예술Ars magna et ultima』을 읽기 시작했으나 잡담만 너무 많고 내용은 별것이 아닌 것을 발견하고 또한 이 작품에는 오로지 총론, 즉 문제점을 찾아내기 위한 서론만 들어 있는 것을 알아차리고 읽기를 그만두었다. 그리고 유대인의 카발라와 이집트인의 상형문을 공략했으나 결국 모든 예술과 학문 중에서 신학보다 더 좋은 학문은 없다는 것을 확인했다. 만약 그 학문을 통해서 하나님을 사랑하고 섬기기에 이른다면 더할 나위가 없다는 것을 깨달은 것이었다.

나는 이제 신학의 척도에 따라 인간이 취할 수 있는 하나의 생활 방식을 생각해냈다. 아니 인간에게보다는 천사에게 더 잘 어울릴지도

---

26) Raimundus Lullus(?1232~1316) : 에스파냐의 철학자 겸 논리학자이자 신학자.

몰랐다. 즉 결혼한 남녀나 결혼하지 않은 남녀가 함께 어울려야 하는 사회, 재세례파의 방식대로 한 사람의 분별이 있는 수장의 지휘하에 사람들이 수공업을 통해서 생활비를 벌고 나머지 시간은 하나님을 찬양하고 섬기는 일을 통해서 자신들의 영혼 구원에 힘쓰는 사회가 곧 그것이었다. 나는 헝가리에서 재세례파 교인들이 그들의 농장에서 그러한 삶을 영위하는 것을 보고 대단한 감동을 받았기 때문에, 만일 이 신실한 사람들이 일반적인 기독교 교회에 의해 비난받는, 이른바 거짓되고 이단적인 견해에 휘말려 그릇된 길로 빠지지 않았다면, 자발적으로 그들에게 합류했거나 그들의 생활 방식을 적어도 지구상에서 가장 복 받은 삶으로 여겼을 것이다.

생활 태도와 행동거지에 있어서 그들은 내게 플라비우스 요세푸스[27]와 다른 사람들이 설명한 유대인의 에세네파(派)[28] 신도들을 연상시켰다. 그들에겐 비축해둔 양식이 넘쳐났는데도 결코 낭비하는 법이 없었다. 저주나 불평 또는 조급함이 없었으니, 물론 쓸데없는 말을 들을 필요도 없었다. 나는 직공들이 작업장에서 마치 돈을 받고 일을 하는 것처럼 끊임없이 부지런히 일하는 것을 보았다. 선생은 청소년들을 모두 자신의 친자식처럼 가르쳤다. 어디에서도 남녀를 차별하는 것을 보지 못했고, 각자는 맡겨진 작업을 하기로 지정된 장소로 흩어졌다. 방에는 오로지 산모들만 머물고, 그들은 남편들의 도움없이 갓난아이와 함께 자신들을 돌보는 간호사에게 모든 필요한 간호를 충분히 받고 있는 것을 보았다. 다른 별도의 방에는 오로지 신생아들의 요람만 있었다. 원래 이 일에 배정된 여인들은 신생아들을 아이 엄마가 만족할 만큼 기

---

27) Flavius Josephus(?37~?100): 유대인 역사학자.
28) 1~3세기 팔레스타인에 있던 유대인의 금욕적 비밀 교단.

저귀를 채우고 보살폈으며, 하루에 세 번 지정된 시간에 풍부하게 젖을 먹였다. 산모와 아이들을 시중드는 과제는 오로지 혼자된 여자들에게만 맡겨졌다. 다른 장소에서는 여성들이 옷감만을 짜기 때문에, 한 공간에서 수백 개가 넘는 실을 감은 크고 작은 막대와 마주칠 수 있었다. 한 여성은 세탁하는 일, 다른 여성은 침대를 정돈하는 일, 세번째 여인은 가축 돌보는 일, 네번째는 식기 닦는 일, 다섯번째는 밥상 차리는 일, 여섯번째는 흰 빨래를 관리하는 일, 그렇게 각자는 저마다 해야 할 일을 알고 있었다. 그렇게 여인들끼리 각기 다른 과제가 배당되어 있는 것과 마찬가지로 모든 남성과 아이들도 자신의 할 일을 알고 있었다.

누가 병이 나면 남자든 여자든 자신의 간병인 또는 간호사가 배당되었다. 그 밖에 담당 의사와 약사가 있었다. 건강한 음식 섭취와 생활 방식 덕에 병이 나는 경우는 드물었고, 그들 중에서 연령이 높지만 기력이 정정한 남자들을 많이 볼 수 있었다. 그들은 다른 곳에서는 보기 드물게 건강하고 평온한 노년을 즐겼다.

모든 사람이 정해진 시간에 식사를 했고 취침을 했다. 단 1분도 놀이를 하거나 산보를 하지 않았다. 식사 후에 건강을 위해 그들의 교육 담당자와 함께 산보를 나서는 청소년들은 예외였다. 그들은 산보를 하면서 기도도 하고 성가도 불러야 했다. 그들 사이에는 분노나 시기심이 없었다. 복수욕, 시기심, 적의, 이 세상의 재물에 대한 걱정, 불손함, 양심의 가책 등도 일절 없었다. 요컨대 어디에나 정답고 화목한 분위기가 지배하고 있었다. 화목한 분위기는 오로지 예의를 지키는 가운데 종족을 번식시키고 하나님의 나라를 확장하는 데에만 목적이 있는 것 같았다. 어느 남편도 정해진 시간에 함께 침실에 있을 때 외에는 아내를 보지 못했다. 침실에는 편안한 침대를 제외하고는 한 항아리의 물과 흰 손수건과 나란히 요강 하나가 놓인 것 외에는 아무것도 없었다. 그 결과 남편은 저녁에는 양손을 씻고 침대에 들고 아침이면 다시 일터로 갈 수 있었다. 그 밖에 그들 모두는 서로 오누이라고 불렀지만, 이와 같은 점잖고 친밀한 교제는 부정을 초래하지는 않았다.

나는 이단으로 몰린 재세례파 교인들이 키웠던 그처럼 복 받은 생활 공동체를 창설하고 싶었다. 그 공동체는 내가 보기에 수도원 공동체를 능가하기까지 했다. 내가 정부의 보호하에 그와 같은 반듯한 기독교 공동체를 세울 수 있다면, 나는 제2의 도미니쿠스나 프란체스코가 될 것이라고 생각했다. 나는 종종 나 자신에게 이렇게도 말했다. '아, 만일 네가 재세례파 교인들의 생활 방식을 우리의 기독교 신앙 동지들에게 익숙하게 만들 수 있다면 얼마나 행복할까! 만약 네가 기독교 교우들의 마음을 움직여서 이 재세례파 신자들처럼 어느 면으로 보나 전적으로 기독교적이고 정직한 삶을 영위할 수 있게 한다면 얼마나 많은 것을 달성한 것일까!' 그러나 나는 이런 말도 했다. '이 바보야, 다른 사람들이 네게 무슨 상관이냐? 카프친 교단의 수도사나 되어라! 이래저래 여자들이라면 너는 넌덜머리가 나지 않느냐?' 그런 다음 나는 다시 생각했다. '네게 내일은 오늘 같지 않을 것이다. 네가 기독교인의 길을 가기 위해서 어떤 수단이 필요한지 누가 알겠는가? 오늘은 순결을 지키고 싶을지 모르지만 내일이면 아마 다시 욕망에 사로잡힐 것이다.'

오랫동안 나는 그와 같은 생각을 품고 나의 농장과 전 재산을 그와 같은 기독교 생활공동체에 기부하고, 나 자신도 그 공동체의 일원이 되고 싶었다. 그러나 나의 아바이는 즉시 나에게 그와 같은 사람들을 결코 모을 수 없을 것이라고 예언하듯 말했다.

제20장
이 장은 슈바르츠발트에서부터
러시아의 모스크바까지 잠깐 동안의 여행담을 담고 있다

이해 가을에 프랑스군, 스웨덴군, 헤센군이 휴식을 취하려고 우리 고장으로 와서 근처에 있는 자유시를 봉쇄했다. 전설에 따르면 그 자유시는 옛날 영국 왕 오포가 건설해서 이름을 오펜부르크라고 했다고 한다. 그 바람에 사람들은 가축과 값진 물건들을 챙겨가지고 산으로 도망을 쳤다. 나도 이웃들처럼 어느 정도 집을 비우고 떠났는데, 이 집에 개신교도인 스웨덴군 대령이 입주해서 숙소로 사용했다. 그는 나의 서재에서 내가 급하게 서두른 나머지 가져가지 못했던 몇 권의 책들을 발견했다. 수학과 기하학 교재들과 또한 주로 건축 기사를 위한 요새 건축에 대한 책도 한 권 있었다. 그 사실로 미루어 그는 자신의 숙소가 단순한 농부가 살던 집은 아니라고 판단했다. 그는 나에 대해 조사를 해서 나를 찾아내려 했고, 정중한 초대와 은근한 위협을 반씩 섞어서 결국 나로 하여금 농장에 있는 그를 방문케 했다. 그곳에서 그는 나를 친절히 맞았고, 나의 물건을 의미 없이 파괴하거나 훼손하지 말라는 지시를 부하들에게 내렸다. 그의 친절한 태도가 나의 마음을 움직여서 나와 특히 나의 가문에 관해 그에게 이야기하게 되었다. 그때 그는 내가 한창 전쟁 중인데 농부들 틈에 살고 있고, 군인으로서 해야 할 일을 다른 사람들이 하게 하는 것을 보고 이상하게 생각했다. 다른 사람에게 미루지 말고 내가 직접 군인으로 활동했더라면 더욱더 명예를 얻을 수 있을 터인데 그렇게 하질 않았으니 당연했다. 그는 하나님께서 주신 재능을 난로와 쟁기 뒤에서 썩게 하지 말고 다시 칼을 둘러메라고 나에게 충고했다. 내가 스웨덴군에 복무를 하게 되면 나의 재능과 전쟁 경험 덕분에 틀림없이 곧 출세하리라는 것이었다.

나는 이끌어줄 친구가 없으면 진급할 전망은 오히려 밝지 못하다고 그에게 냉정하게 대답했다. 그에 대해서 그는 나만 한 지식이 있으면 틀림없이 곧 친구들을 만나 진급하게 될 것이라고 했다. 그 밖에도 스웨덴의 본대에서라면 의심할 나위 없이 영향력이 있는 나의 친척을 발견할 수 있으리라는 것이었다. 거기에는 지체 높은 스코틀랜드의 귀족들이 많이 속해 있다는 것이 그 이유였다. 토르스텐손[29]이 자신에게 일개 연대를 지휘하도록 맡기겠다는 약속을 했고 자신은 이 약속이 꼭 지켜지리라고 믿는데, 그렇게 되면 그는 나를 즉시 자신의 휘하에 중령으로 임명하겠다는 말까지 했다.

스웨덴군 대령의 말에 나는 구미가 당겼다. 그리고 평화에 대한 전망은 아직 밝지 않았고, 오히려 군의 장기간 주둔과 이로 인한 파산의 가능성이 나를 위협했기 때문에 나는 다시 전쟁에 동참하기로 결심했다. 그리하여 대령이 약속을 지켜 장차 그의 연대에 중령 자리를 준다면 그와 동행하겠다고 약속했다.

이 일은 합의가 이루어졌다. 그래서 나는 가축을 데리고 아직 바이에르스브론에 체류 중인 나의 아바이 겸 대부를 오게 해서 내외분에게 나의 농장을 양도했다. 물론 그가 죽은 후에는 적출의 상속자가 없었으므로 업둥이로 들어온 나의 혼외 자식 짐플리치우스에게 농장과 거기에 속한 모든 것을 물려준다는 것을 조건으로 걸었다. 신변을 정리하고 내가 낳은 아들의 장래 교육에 필요한 조치를 취한 후에 나는 말과 함

---

29) Lennart Torstensson(1603~1651): 스웨덴군의 야전 사령관.

께 아직 소유하고 있던 돈과 보물을 가져왔다. 앞에서 언급했던 봉쇄 조치가 갑자기 해제되어 나는 기대했던 것보다 일찍이 출발해서 주력 부대에 합류해야 했던 것이다. 나는 대령의 관리인 역할을 맡아, 그의 하인들과 함께 말을 타고 나가서 도둑질과 강도짓 아니면 군사 용어로 말하자면 노략질을 함으로써 그와 그의 살림을 보살폈다.

토르스텐손이 했다는 약속들은 대령이 주장한 것처럼 그렇게 진척되지 않았다. 내가 보기에 반대로 대령은 부대 내에서 상당히 무시당하는 편이었다. 그 점에 대해서 그는 나에게 이렇게 말했다. "아, 어떤 못된 개가 사령부에서 나를 중상 모략한 게 틀림없네. 그래서 나는 더 이상 오래 머무를 수가 없을 것이네." 그리고 그는 나의 인내에도 한계가 있다는 것을 두려워했기에 한 통의 편지를 날조했다. 그 편지에 따르면 그는 집이 있는 리프란트에서 연대를 신설하여 병력을 모집해야 한다는 것이었다. 그래서 그는 비스마르에서 배를 타고 리프란트로 함께 가자고 나를 설득했다. 그러나 그는 그곳에서도 실패를 했다. 연대 병력을 모집하지 못했을 뿐만 아니라, 거지처럼 가난한 일개의 귀족에 지나지 않음이 밝혀졌다. 왜냐하면 그가 가지고 있는 모든 것이 그의 부인 소유였기 때문이다.

이미 나는 두 번씩이나 그에게 속아 그처럼 먼 곳까지 끌려왔음에도 불구하고, 세번째에도 그런 불상사가 일어났다. 그는 모스크바에서 온 편지를 받았는데, 그에게 군대의 고위직을 제안한다는 내용이라면서 그 편지를 나에게 보여주었다. 여하튼 그는 이 편지를 그렇게 독일어로 번역해서 들려주며 그에게 제안된 높은 급료를 언급하면서 야단법석을 떨었다. 그리고 그는 부인과 아이들을 데리고 갈 작정이었기에, 나는 그가 아무것도 아닌 일로 그 먼 곳까지 가지는 않으리라고 철석

같이 믿고 희망에 들떠서 그의 여행길을 동행했다. 게다가 이 순간에는 독일로 돌아갈 경비도 기회도 없는 형편이었다.

그러나 우리가 러시아 국경에 도달하여 방금 군대에서 제대한 수많은 독일 병사들, 대부분 장교들을 만나자마자, 상황이 수상하게 돌아간다는 생각이 들었다. 나는 대령에게 말했다. "제기랄, 우리가 여기서 무슨 짓을 하고 있는 거요? 우리는 전쟁이 있는 곳을 떠나와서, 군인이 더 이상 필요 없어 퇴역시키는 곳으로 가고 있으니!" 그러나 그는 자신만 믿으라며 나를 달랬다. 무엇을 해야 할지 자신이 건달들보다도 더 잘 알고 있다는 것이었다.

우리가 무사히 모스크바에 도착한 후에 모든 일이 잘못된 방향으로 진행되고 있음이 분명해졌다. 대령은 매일같이 중요한 인사들, 제후들보다는 그리스 정교의 대주교들과 더 많이 논의를 했는데, 그 일이 나에게 무조건 수상하게 보이지는 않았지만 지나치게 종교적인 냄새가 풍기었다. 이상하다는 생각과 추측이 나의 머리에 떠올랐으나, 그가 무엇을 계획하고 있는지는 상상조차 못 했다. 결국 그는 여기는 더 이상 전쟁과는 아무런 상관이 없고, 양심이 자신으로 하여금 그리스 정교를 종교로 받아들이도록 부추기고 있다고 선언했다. 더 이상 약속한 대로 도와줄 수가 없기 때문에 그와 똑같이 개종하기를 나에게 권하고 싶다는 것이었다. 차르 폐하께서 나와 나의 재능을 전해 들으셨으니, 내가 복종하면, 황송하게도 폐하께서 나에게 귀족으로서 많은 권속이 딸린 볼만한 장원을 하사하시리라는 것이었다. 사람들은 누구에게나 자비심이 없는 제후를 섬기느니 차라리 훌륭한 제왕을 섬기라고 권하는 판이고 보니, 이는 내가 가급적이면 거절하지 말아야 할 지극히 자비로운 제안이 아닐 수 없다는 것이었다.

나는 깜짝 놀라서 무엇이라고 말을 해야 할지 몰랐다. 다른 곳이었다면 대령에게 나의 대답을 말로 들려주느니 몸으로 느끼게 해주었을 것이다. 그러나 어떻든 한 사람의 포로나 마찬가지인 이곳에서 나는 어조를 바꾸지 않을 수 없었고, 우선 입을 다물고 있다가 한참 후에야 대답하기로 결심하고 입을 열어 말했다. "대령님께서 손수 나를 격려하셨던 대로 나는 병사로서 차르 폐하에게 충성할 의도로 이곳에 왔습니다. 그러나 막상 차르 폐하께서 나의 군 복무를 필요로 하지 않으신다면 나도 어쩔 수 없고, 내가 이 먼 여행을 계획한 것이 헛된 짓이었다고 그를 비난할 수는 없습니다. 결국 황제 자신이 나를 이곳으로 부르신 것도 아니니까요. 그분이 막상 그처럼 대단한 자비를 베푸실 의향이 있으시다는 것은 내게는 크나큰 영광이 아닐 수 없습니다. 그러나 나는 그 영광을 받아들일 수 없고, 그럴 만한 자격도 없습니다. 나는 지금 종교를 다른 종교로 바꿀 결심을 할 수 없을 뿐만 아니라, 누구에게 신세를 지거나 폐를 끼치고 싶지도 않고, 간절한 염원이 있다면 오로지 슈바르츠발트에 있는 나의 농장으로 돌아가고 싶다는 바람뿐입니다."

이에 대해서 그는 이렇게 대답했다. "귀하께서 옳다고 생각하시는 대로 하십시오. 물론 내가 보기에 여기에서 일어나고 있는 것과 같이 하나님과 행운의 여신이 그대에게 그처럼 미소를 짓는다면, 그대는 마땅히 그 두 분께 진심으로 감사하는 마음을 품어야 합니다. 만일 그대가 도움을 받고 싶지 않고, 한 사람의 제후처럼 살고 싶지 않더라도, 그대를 위해서 나는 있는 힘을 다했다는 것을 그대가 인정해주시기를 바랍니다." 그렇게 말을 하고 그는 허리를 굽힌 후에 물러갔다. 문 앞까지 동행하는 것조차 그는 나에게 바라지 않았다.

아직 당황한 채로 그대로 앉아서 내 처지를 깊이 생각하는 동안,

나는 우리 집 앞에 두 대의 러시아 마차 소리가 울리는 것을 듣고, 창문을 통해 대령이 아들들과 함께 한 마차에, 부인이 딸들과 함께 다른 마차에 오르는 것을 보았다. 하인들은 차르의 제복을 입고 있었다. 그 밖에 몇몇 승려도 같이 있었는데, 그들은 두 부부를 성심성의껏 받들고 있었다.

제21장
그 밖에 모스크바에서 짐플리치우스에게 일어난 일들

이때부터 차르의 경호원들 몇 명이 나를 감시했다. 감시는 은밀하게 이루어져서 나는 아무것도 알아차리지 못했다. 대령과 그의 가족들의 모습은 더 이상 볼 수가 없었고 아무런 소식도 듣지 못했다. 그 당시 나의 머릿속은 독자가 상상할 수 있는 것처럼 불가해한 생각에 차 있었고, 나의 흰 머리카락의 수는 눈에 띄게 늘었다. 나는 상인이거나 직공으로서 적법하게 모스크바에 체류하고 있는 독일인들과 교제를 하면서 그들에게 나의 어려운 형편과 사기를 당한 것을 불평했다. 그들은 나를 위로했고, 독일로 돌아갈 수 있는 최선의 방책에 대한 충고를 아끼지 않았다. 그러나 그들은 곧 차르가 온갖 수단을 다 동원하여 나를 국내에 붙잡아두려고 한다는 것을 알고 입을 다물었으며 심지어 나를 멀리하기까지 했다. 돌연히 나는 혼자 지낼 곳을 찾기조차 어려워졌다. 말과 안장, 굴레를 모두 팔아버린 지 오래였고, 옷 속에 꿰매두었던 금화도 오래전부터 하루에 한 푼씩 나의 옷깃에서 솔솔 빠져나갔다. 끝내 반지와 보석류도 돈을 받고 팔기 시작했다. 거기서 얻은 수익을 가지고 독일로 돌아갈 수 있는 기회가 올 때까지 버티며 살 작정이었다. 그러는 사이 3개월의 세월이 지나갔다. 그 기간에 대령은 그의 전 식솔과 함께 그리스 정교로 개종했고, 차르로부터 장원과 많은 농노를 하사받았다.

이때에 새로운 법령이 공포되었는데, 그 내용은 앞으로는 내국인이나 외국인 중에서 부지런한 사람들의 빵을 빼앗아 먹는 무위도식하는 자는 더 이상 용납하지 않고 중벌을 내린다는 것이었다. 노동을 하지 않으려는 외국인은 1개월 내에 이 나라를 떠나야 하지만, 모스크바시를 떠나는 것은 24시간 내에 단행해야만 했다. 그 때문에 우리 중에서 50명이 결집해서 나름대로 함께 폴란드를 경유해 독일로 가기로 했다. 그러나 우리가 도시를 떠난 지 두 시간도 못 되어서 러시아 기병들이 우리를 추격해 와서는 선언했다. 차르 폐하께서 우리가 감히 그렇게 많은 수로 무리 지어 통행증도 없이 자신의 나라 안에서 자유자재로 돌아다니는 것을 못마땅해한다는 것이었다. 그들은 이런 불복종을 문제 삼아 차르 폐하께서 우리를 시베리아로 보낼 수 있다는 말을 덧붙였다.

모스크바로 되돌아오는 길에 기병대 지휘관의 말을 듣고, 지금 나의 처지가 어떤지를 분명히 알았다. 그는 말하기를, 차르 폐하는 내가 자신의 나라를 떠나는 것을 원치 않으니 폐하의 뜻을 따라 러시아의 종교를 받아들이고, 대령처럼 방대한 장원을 하사받는 것을 하찮게 여기지 말라고 충고했다. 왜냐하면 만일 내가 그것을 마다하고 자신들과 함께 주인으로 살기를 원치 않는다면, 나의 의지와는 반대로 여기서 하인으로 봉사해야 하기 때문이라는 것이었다. 대령이 설명한 것처럼 그들이 경험 있고 능력 있는 남자를 더 이상 이 나라에서 떠나지 않게 하려는 것은 곧 차르 폐하의 뜻이니 곡해하지 말기를 바란다는 것이었다.

나는 그의 말을 막고, 실제로 나는 기술과 재능, 지식을 별로 소유하고 있지 못한데 마치 많이 가진 것처럼 대령이 과장한 것이라고 말했다. 나는 정녕 피를 흘리더라도 차르와 고귀한 러시아 국민을 적으로부터 방어하려고 이 나라에 왔지만, 아직 나의 종교를 바꿀 결심을 할 수는 없다고 했다. 그러나 내가 양심의 가책을 받지 않고 차르에게 이런저런 방법으로 충성을 할 수 있다면, 온몸을 바치기를 마다하지 않을 것이라고 했다.

나는 다른 사람들과 격리되어 어느 상인의 집에 투숙하게 되었다. 그곳에서 나는 이제 눈에 띄게 감시를 당하는 가운데 매일 궁정으로부터 훌륭한 음식과 값비싼 음료를 공급받았다. 그 밖에도 매일 사람들이 찾아와 나를 자신의 집으로 초대하기도 했다. 이들 중의 한 사람은 대단히 교활한 치였는데 특별히 나를 보살펴야 할 임무를 띠고 있는 것이 분명했다. 그는 매일같이 와서 나와 친밀하게 대화를 나누었다. 그동안 나도 러시아어를 아주 잘할 수 있게 되었기에 가능했다. 우리는 주로 기술적인 문제들, 전쟁 무기와 그 밖에 다른 기계, 축성술, 대포 등등에 대하여 대화를 했다. 그는 여러 번 교묘한 질문을 통해서 내가 차르의 의도를 따를 것인지 여부를 알아내려고 했다. 그러나 결국 내가 생각을 바꾸지 않으리라는 것을 확인하고 자신의 희망을 포기해야 했다. 그러나 마지막으로 그는 내가 기어코 러시아인이 되지 않더라도 위대한 차르의 명예를 위해서 그의 백성들에게 나의 지식의 일부나마 전달해줄 것을 요구했다. 그렇게 할 용의가 있다면 차르께서는 내게 황제로서의 은총을 베풀어 고마움을 표시하리라는 것이었다. 이에 대하여 나는 폐하께 그와 같은 방법으로 충성을 다하고 싶은 마음엔 변함이 없다고 대답했다. 그렇기 때문에 물론 이 나라에 왔고, 비록 포로처럼 취급을 당했지만 아직도 여전히 그렇게 할 준비가 되어 있다고 덧붙였다.

"그렇지 않습니다. 귀하신 어른!" 그는 대답했다. "당신은 포로가 아닙니다. 오히려 차르 폐하께서는 당신을 대단히 사랑하셔서 당신이 안 계시면 어떻게 해야 할지를 모르실 정도입니다."

"그렇다면 왜 내가 감시를 당하는 것입니까?" 내가 물었다.

"왜냐하면 폐하께서는 행여나 당신이 어떤 피해를 당하시지 않을까 걱정이 되셨기 때문입니다." 그는 대답했다.

내가 부역할 용의가 있음을 밝히자, 그는 차르 폐하께서는 자신의 나라에서 아세트산염(HNO3)을 얻어 폭약을 제조하게 할 계획을 세우고 있다고 설명했다. 그러나 할 수 있는 사람이 없기 때문에 내가 이 계획을 실현하겠다고 수락하면, 차르 폐하께 큰 도움이 될 것이니 그분도 환영할 것이라고 했다. 또한 그 작업을 위하여 내게 충분한 인원과 물자가 조달될 것이라면서, 무리인 줄은 알지만 이 요구를 거절하지 말기를 간곡히 부탁한다고 했다. 그렇게 부탁하는 것은 내가 이 일에 대해서 잘 알고 있는 것을 그들이 그동안 파악했기 때문이라는 것이었다. 그리하여 나는 대답했다. "이거 보십시오. 다시 한 번 말씀드리지만, 내가 차르 폐하께 도움을 드릴 수 있는 것이 있다면, 나는 게으름을 피우지 않을 것입니다. 황송하지만 나의 종교를 빼앗지 않는다는 것을 전제로 드리는 말씀입니다." 지체가 높은 제후들 중의 한 사람이었던 이 러시아인은 내 말을 듣자 대단히 기뻐하며 반복해서 어떤 독일인보다도 나와 건배를 들려는 의지를 강하게 나타내 보였다.

다음 날 아침에 차르는 제후 두 명과 통역관 한 사람을 보냈다. 그들은 나와 계약을 맺었고, 차르의 이름으로 나에게 값진 러시아 복장을 하사해서 존경하는 뜻을 표했다. 하루 뒤에 나는 아세트산염이 섞여 있는 흙을 찾기 시작했고, 내가 부릴 수 있는 러시아인들에게 어떻게 아세트산염을 흙과 분리해서 정화시키는지를 가르쳐주기 시작했다. 동시에 나는 화약 공장을 지을 계획을 세우고 다른 사람들에게 숯을 만드는 법을 가르쳐서 짧은 시간 내에 엽총은 물론 대포까지 쏠 수 있는 상당한 양의 화약을 제조했다. 나에게는 충분한 인원이 있었고, 게다가 개인적으로 시중을 드는 하인들, 더 정확히 말하자면 나를 감시하는 하인들까지 있었기 때문에 가능했다.

모든 일이 그처럼 순조롭게 시작된 후에 곧 대령도 러시아 복장을 하고 많은 수행원을 대동하고 나를 방문했다. 그는 이렇게 허세를 부려 나로 하여금 똑같이 개종을 하도록 할 작정인 것이 틀림없었다. 그러나 나는 그 복장이 차르의 옷장에서 나온 것으로 차르의 궁정의 관례대로 나를 유혹하기 위해서 대령에게 빌려준 것임을 알았다.

이것이 무엇을 뜻하는지 독자가 이해할 수 있도록, 내가 직접 겪은 경험담을 하나 이야기하겠다. 어느 날 나는 모스크바 교외에 있는 강가에 설치된 화약 공장에서 나의 휘하에 있는 사람들과 오늘 할 작업과 내일 할 작업을 분류하고 있는 중이었는데 갑자기 경보가 울렸다. 수십만 명의 타타르인이 말을 타고 약탈을 하면서 이미 4마일까지 접근해서 계속 전진해오고 있었던 것이다. 그때 나는 황급히 부하들과 함께 궁정으로 가지 않으면 안 되었다. 그곳에서 우리는 차르의 무기고와 마구간에서 무장을 했다. 나는 흉갑 대신에 비단으로 된 갑옷을 받았는데 화살은 모두 막을 수 있었지만 총탄은 막을 수 없는 누비옷이었다. 그 밖에 장화, 박차, 왜가리 깃털 묶음이 달린 호화로운 모자, 순금과 보석 장식이 달린 날카로운 군도, 거기에 더해 차르가 소유하고 있던 말까지 한 필 받았다. 그 말은 내가 평생에 본 적도 없는데 하물며 타보았을 리

는 더더욱 없는 준마였다. 순금과 은, 보석과 진주 때문에 굴레는 빛이
났고 더불어 나도 빛이 났다. 나는 거울처럼 반들반들한 강철로 된 철
퇴로 무장했다. 그 철퇴는 아주 잘 가공되고 길이 잘 들어 있어서 한 대
맞으면 누구든 즉사하고 말았을 것이다. 간단히 말해서, 설혹 차르라
해도 그보다 더 잘 무장할 수는 없었을 것이었다.

　내 뒤에는 검은색 쌍두 독수리가 그려진 흰색 기가 따랐다. 그 군
기 밑에 점점 더 많은 사람이 도처에서 몰려와 두 시간이 못 되었는데
도 4만 명이 모여들었고, 네 시간이 지나자 말 6만 필의 군세를 이루어
우리는 타타르인들을 대적해서 전진했다. 나는 15분마다 차르로부터
새로운 구두 명령을 받았다. 명령의 내용은 줄곧 단 한 가지였다. 내가
군인이 되었으니, 황제 폐하께서도 내가 군인이라는 것을 확신하실 수
있도록 오늘 전투 지휘 능력을 보여주어야 한다는 것이었다. 매 순간
개인 자격으로든 떼를 지어서든 합류하는 사람이 많아서 우리의 병력
은 증가했다. 그러나 나는 화급하고 혼잡한 상황 속에서 이 군대를 지
휘하여 전투 기강을 확립할 수 있는 사람을 찾아볼 수가 없었다.

　나는 여기서 세세한 것까지 모두 이야기하지는 않겠다. 이 회전(會戰)
은 나의 이야기에서 중요하지 않기 때문이다. 우리가 피곤한 말 위에
무거운 노획물을 싣고 행군 중인 타타르인들을 어느 계곡에서든 분지
에서든 그들이 가장 예상치 못했을 때 깜짝 놀라게 했고, 사방에서 노
도처럼 돌진해서 그들의 부대를 초전 박살했다는 정도만 이야기하겠
다. 첫 공격에서 나는 따르는 병사들에게 러시아어로 이렇게 말했다.
"자 어서 나를 따르라!" 그 외침은 재빨리 전파되었다. 그동안에 나는
이미 말고삐를 느슨히 풀고 적병을 향해 돌진한 나머지 처음으로 어떤
제후의 아들을 만나 직통으로 머리를 쳐서 뇌수가 나의 강철로 된 철퇴

에 매달렸다. 러시아인들은 나의 영웅적인 선례를 따랐고, 타타르인들은 이 공격을 버텨내지 못하고 도망을 쳤다.

나는 미친 사람이거나 절망해서 죽고 싶은데 죽지 못한 사람처럼 날뛰었다. 나는 타타르인이건 러시아인이건 닥치는 대로 모두 쓰러뜨렸다. 반면에 차르가 나를 감시하기 위해 배치했던 사람들은 나를 열심히 따랐기 때문에 내 뒤는 항상 안전했다. 공중에서는 화살이 비 오듯했다. 그런데 마지막에는 화살 하나가 나의 팔에 맞았다. 나는 군도와 철퇴를 내려쳐서 사람을 죽이는 데 장애가 되지 않도록 소매를 걷어붙인 참이었다. 나는 화살에 맞기 전까지만 해도 피 흘리는 광경을 내심 크게 기뻐했다. 하지만 나 자신의 피가 흐르는 것을 보자 기쁨은 곧 눈이 뒤집힐 정도의 분노로 변하고 말았다.

그러나 막상 격노한 적들이 방향을 돌려 도망치자 몇몇 제후는 차르의 이름으로 타타르인들에 대한 우리의 승리 소식을 황제에게 전하도록 내게 명령했다. 그렇게 나는 약 100필의 말을 보유한 수하들과 함께 돌아왔다. 말을 타고 도시를 지나서 차르의 궁성으로 가는 길에 나는 사람들로부터 환호와 축하의 영접을 받았다. 그러나 황제는 이미 사태가 어떻게 진행되었는지 알고 있었다. 나는 조우전에 대한 보고를 끝내자마자 즉석에서 제후 복장을 벗어놓아야 했다. 그 복장은 황제의 옷장으로 반납되었다. 그때 그 복장들은 굴레와 마찬가지로 온통 핏자국으로 얼룩져 있었고 거의 못쓰게 되었다. 그래서 적어도 그 물건들을 말과 함께 그처럼 기사답게 전투를 치른 대가로 내게 넘겨줄 것으로 나는 믿었다. 그 경험으로 미루어 대령이 나에게 깊은 인상을 주기 위해서 러시아의 화려한 복장을 착용했던 것 모두가 빌린 것임을 나는 알았다. 러시아에서는 다른 물건과 마찬가지로 모든 복장이 오로지 차르의 소유였기 때문이다.

제22장
짐플리치우스는 빠르고 편안한 길로 아바이에게 돌아오다

상처가 아물 때까지 나는 제후다운 처우를 받았다. 생명의 위험이 있을 정도로 상처가 심한 것은 아니었음에도 불구하고, 나는 항상 검은 단비의 모피가 달린 금란으로 된 실내용 가운을 입고 다녔다. 평생에 그때보다 더 좋은 음식을 먹어본 적이 없다. 그러나 내가 한 수고에 대해서는 물론 차르가 나에게 한 칭찬과 몇몇 제후의 시기심이 다시 내 마음을 괴롭힌 것을 제외하고는 받은 것이 아무것도 없었다.

내가 완전히 건강을 되찾았을 때, 사람들은 나를 배에 태워 볼가강 하류에 있는 아스트라한으로 보냈다. 모스크바에서와 마찬가지로 그곳에 화약 공장을 세워야 했던 것이다. 차르는 국경에 위치한 이 요새가 모스크바로부터 멀고, 뱃길이 위험해서 새로 제조한 양질의 화약을 이곳에 공급할 수가 없었다. 나는 이런 사명을 기꺼이 받아들였다. 내가 이 과업을 완수하면 차르가 나를 네덜란드로 출국하게 하고, 그의 품위와 나의 업적에 상응하는 거액의 돈을 주겠다고 약속했기 때문이다. 그러나 아아──우리의 희망과 계획이 가장 안전하고 확실하다고 믿던 순간에──예기치 못하게 강풍이 불어서 우리가 그토록 오랫동안 건축했던 건물을 모두 허물어뜨리다니!

아스트라한의 주지사는 마치 내가 그의 차르이기나 한 것처럼 나를 영접했고, 나는 곧 작업에 착수할 수 있었다. 그의 탄약은 너무나 오랫동안 방치해두었기 때문에 완전히 부패하였고 곰팡이가 슬어 더 이상 쓸모가 없었다. 함석공이 오래된 주석 숟갈로 새 숟갈을 만들듯 이제 나는 그 탄약들을 말하자면 다시 제조하지 않으면 안 되었다. 러시아인들은 이런 것을 아직 한 번도 본 적이 없었고, 그들 중의 어떤 사람은 그것뿐만 아니고 내가 지닌 그 밖의 지식 때문에 나를 요술쟁이로 여겼다. 다른 사람들도 나를 성인 또는 선지자로 여겼으며, 그 밖에 나를 제2의 엠페도클레스 또는 레온티노이의 고르기아스[30]로 여기는 사람들도 있었다.

그러나 작업이 빨리 순조롭게 진척되면서 한번은 내가 밤새도록 요새 밖에 있는 화약 공장에 머물렀는데, 일단의 타타르인들의 습격을 받고 말았다. 그들은 나와 몇몇 다른 사람들을 납치해서 그들의 나라 깊숙한 곳으로 데리고 갔다. 그곳에서 나는 신비한 식물인 호박이 자라는 것을 보았을 뿐만 아니라, 먹어보기까지 했다. 그 열매는 양피 같았다. 그곳에서 타타르인들은 여러 가지 중국제 상품과 거래를 해서 나를 여진족에게 넘겨주었고, 여진족들은 방금 조선과 휴전 협정을 맺은 후여서 특별 선물로 나를 조선 왕에게 바쳤다.

조선에서는 사람들이 지극히 존경하는 마음을 드러냈다. 나는 검투시합에서 모든 사람을 제압했고, 그 밖에도 왕에게 과녁에 등을 돌린 채 화승총을 어깨에 메고 뒤를 향해 쏘아서 과녁을 명중시키는 법을 가르쳐주었기 때문이다. 왕은 그 대가로 나의 충정 어린 주청을 가납해서 나에게 자유를 부여했고 일본을 거쳐 포르투갈 사람들이 살고 있는 마카오로 가게 해주었다. 그러나 포르투갈 사람들은 나에게 별로 관심이

---

30) Gorgias(B.C.483~B.C.376): 그리스의 철학자 겸 웅변가.

없었다. 나는 무리를 잃고 방황하는 한 마리 양처럼 그들 가운데를 떠돌다가 불가사의한 상황에서 터키인 또는 이슬람교인 해적들에게 잡히고 말았다. 그들은 나를 1년 동안 바다와 동인도제도의 특이한 종족들에게 이리저리 끌고 다니다가 이집트에서 알렉산드리아 출신의 상인들에게 팔아넘겼다. 이 상인들은 나를 그들의 상품과 함께 콘스탄티노플로 데리고 갔다. 터키 황제는 바로 그 당시 베네치아 사람들과 대적할 상당수의 갤리선을 무장시키는 데 필요한 노군(櫓軍)이 상당히 부족했으므로 많은 터키 상인들은 물론 돈을 받고 기독교인 노예를 조달하지 않으면 안 되었다. 나도 젊고 힘이 있는 놈이었기 때문에 그 같은 일을 당했다. 그래서 나는 이제 노 젓는 법을 배워야 했다. 그러나 이 힘든 근무가 두 달 가까이 지속되다가 우리의 갤리선이 레반트[31]에서 베네치아 사람들에게 나포되었다. 그때 나와 모든 동료가 터키인들의 통제를 벗어났다.

이 갤리선이 많은 노획물과 몇몇 터키 귀족들을 포로로 싣고 베네치아로 온 후에 나는 자유로운 몸이 되었다. 나는 로마와 로레토[32]로 순례를 가서 구경하고, 하나님께도 나의 해방을 감사할 작정이었다. 이 여행을 위한 통행증을 손에 쥐는 데에는 아무런 어려움이 없었고, 그 밖에 정직한 사람들, 특히 몇몇 독일 사람들로부터 적지 않은 도움을 받아 나는 긴 순례 복장을 장만하고 순례 여행을 떠날 수 있었다.

이제 나는 가장 빠른 길로 로마에 가서 그곳에서 잘 적응을 했다. 그곳에서 나는 지체가 높고 낮은 사람들을 불문하고 많은 사람에게서 동냥을 넉넉히 받았다. 약 6주 후에 나는 다른 순례객들과 함께 로레토

---

31) 지중해 동부의 해안 지방.
32) 이탈리아 안코나 남동쪽에 있는 유명한 순례지.

로 갔다. 그들 중에는 독일인들과 무엇보다도 스위스 사람들이 몇 끼어 있었는데, 한결같이 집으로 가려는 사람들이었다. 로레토에서부터 나는 고트하르트를 넘고 스위스를 통과해서 슈바르츠발트에 있는 나의 농장을 지키고 있던 아바이에게 돌아왔다. 그때 내가 가지고 온 것이라고는 외지에서 자란 수염 외에는 아무것도 없었다.

나는 3년 1개월 동안 밖에 나가 있었던 셈인데, 이 기간 동안 여러 바다를 항해했고 여러 나라 국민들을 보고 그들에게서 많은 것을 체험했다. 물론 좋은 것보다는 나쁜 것이 더 많았다. 그 체험을 일일이 다 기록하면, 적지 아니 두꺼운 책이 되지 않을 수 없었을 것이다. 그사이 독일인들은 평화협정[33]을 맺었고, 나는 편안하게 나의 아바이 집에 살 수 있었다. 계속해서 집과 농장을 돌보는 일은 그의 몫이었고, 나는 다시 책상에 앉아서 책을 읽었다. 그것이 나에게는 일인 동시에 취미 활동이었다.

제23장
이 장은 대단히 짧고
오로지 짐플리치우스 개인에 관련된 것이다

로마의 몇몇 사신들이 델피의 신탁에게 신민들을 평화롭게 통치하려면 어떻게 해야 하는지 물었더니, 그들에게 "너 자신을 알라(Nosce te ipsum)"라고 대답했다는 내용의 글을 나는 언젠가 읽은 적이 있다.

---

33) 1648년 뮌스터와 오스나브뤼크에서 체결된 베스트팔렌 조약.

그때 나에게는 시간 여유가 충분했기 때문에 곰곰이 생각하면서 그동안 내가 살아왔던 삶을 돌이켜보고, 혼잣말을 했다. "너의 삶은 삶이 아니라 죽음이었다. 네가 산 날들은 캄캄한 그늘이었고, 네가 산 몇 년은 힘든 꿈이었다. 너의 기쁨은 무거운 죄, 너의 젊은 시절은 하나의 환영, 너의 행복은 알아차리기 전에 굴뚝으로 빠져 증발해버리는 연금술사의 보물 같은 것에 지나지 않는다. 많은 위험을 무릅쓰고 너는 전쟁에 나갔고, 그러면서 많은 행복과 불행을 겪으면서 정상에 오르기도 하고, 맨 밑바닥으로 추락하기도 했다. 큰 사람이 되기도 했고 아주 보잘것없이 작은 사람이 되기도 했다. 부자가 되기도 했고, 가난해지기도 했으며, 기쁘던 때도 있었고, 슬펐던 때도 있었다. 사랑도 받았고 미움도 받았다. 존경을 받았던 때도 있었고, 멸시를 당했던 때도 있었다. 그러나 너 불쌍한 영혼이여! 이 기나긴 여행에서 과연 네가 얻은 것이 무엇이더냐? 너는 오로지 가진 것 없이 가난하고, 마음은 걱정으로 무겁고, 온갖 선한 일을 하기에는 너무나 게으르고 굼뜨며 타락한 인간이 되었을 뿐이다. 그리고 가장 고약한 것은 양심은 불안에 무겁게 짓눌려 있고, 반면에 영혼은 스스로 죄를 잔뜩 지어 엄청나게 더럽혀진 것이다. 몸은 피곤하고, 판단력은 흐리고, 순결은 사라지고, 청춘의 가장 좋은 시절을 헛되게 보냈고, 값진 시간을 낭비했다. 너를 기쁘게 하는 것은 아무것도 없는 데다가 너 자신에게도 적이나 다름없다. 아버지가 돌아가신 후 네가 이 세상에 태어났을 때, 너는 단순하고 순진했다. 솔직하고 성실했으며 정직하고 겸손하고 내성적이었고, 어디에도 치우치지 않고 중용을 지켰으며, 순결하고 수줍어했고, 신앙심이 깊고 경건했다. 그러나 곧 악의가 있고, 거짓되고 불성실했으며, 교만하고 반항적이고 모든 점에서 불경스러웠다. 그리고 너는 스승이 없이도 이 모든 악습을 습득했다. 너에게 명예는 그 자체로 중요한 것이 아니라, 너를 치켜세우기 위해서 중요했다. 시간은 영혼 구원을 위하여 소중한 것이 아니라, 네 몸의 편안함을 위하여 소중했다. 너는 종종 목숨을 위태롭게 했으며, 개전의 정을 보여 평화롭고 복되게 죽기 위해 노력한 적도 없었다. 너는 오로지 현재와 일시적 이익만을 보았고, 한 번도 미래를 생각해본 적이 없으며, 어느 때에는 하나님의 면전에서 자신을 설명해야 한다는 것을 제대로 생각해보지도 않았다."

그와 같은 상념으로 나는 매일 괴로워했는데, 바로 이 순간에 안토니오 데 게바라[34]가 쓴 글들을 접하게 되었다. 그 글에서 나는 여기에 몇 대목을 인용하고 싶다. 왜냐하면 그 글들은 나로 하여금 완전히 마음을 세상으로부터 다른 곳으로 돌릴 수 있게 하는 힘을 발휘하기 때문이다.

제24장
이 장은 마지막 장으로 짐플리치우스가 어떻게 그리고 왜
이 세상을 다시 떠났는지를 알려준다

잘 있거라, 세상이여! 내가 너를 떠나는 것은 너는 믿을 게 못 되고 네게서는 바랄 것이 아무것도 없기 때문이니라. 너의 집에서 과거는 이미 사라졌고, 현재는 손 밑에서 사라지고 있고, 미래는 시작해본 적도 없다. 가장 튼튼하다는 것도 붕괴되고, 가장 강하다는 것도 부러지고,

---

34) Antonio de Guevara(?1480~1545): 카를 5세의 궁정 설교사.

끝이 없이 영원하다는 것도 끝이 난다. 그렇게 너는 죽은 자들 틈에 끼여 죽고, 우리는 백 살을 살고 나면 한 시간도 더 살지 못한다.

잘 있어라, 세상이여! 내가 너를 떠나는 것은 너는 우리를 포로로 잡으면, 다시 놓아주지를 않기 때문이니라. 우리를 포박하면 다시 풀어주지를 않는다. 우리를 슬프게 하고도 위로를 하지 않는다. 빼앗고도 되돌려주지를 않는다. 너는 아무 이유 없이 우리를 고발한다. 어느 편에도 귀를 기울이지 않고 우리에게 유죄 판결을 내린다. 우리를 판결 없이 죽이기도 하고, 산 채로 매장도 한다! 너에게는 걱정 없는 기쁨이 없고, 의견일치에서 오는 평화가 없고, 악의가 없는 사랑이 없고, 두려움 없는 평안이 없다. 부족함이 없는 충만이 없고, 흠이 없는 명예가 없다. 양심의 가책을 느끼지 않는 소유와 재물이 없고, 불만 없는 계급이 없고, 거짓 없는 우정이 없다.

잘 있어라, 세상이여! 내가 너와 하직하는 이유는 너의 궁성에서는 주지도 않으면서 약속만 하기 때문이니라. 업적을 이루어도 보상은 끝내 없다. 사람들은 죽이기 위해서 애무를 한다. 추락시키기 위해 진급시키고, 망하게 하기 위해 돕는다. 치욕을 안기려고 존경한다. 무엇을 빌리면 돌려주지는 않고, 용서는 하지 않고 벌만 준다.

세상이여, 너에게 하나님의 가호가 있기를 비노라! 내가 너를 떠나는 것은 너의 집에는 위대한 어른과 그들이 아끼는 사람들은 타도되고, 저질의 인간이 잘되며, 배신자가 너그러운 대접을 받고, 충신이 귀양을 가기 때문이니라. 악인은 벌을 받지 않고, 의인이 벌을 받는다. 현명하고 자격이 있는 사람은 보내버리고 무능한 사람이 보수를 챙기는 판이다. 교활한 사람을 신임하고 정직한 사람, 성실한 사람은 신임을 받지 못한다. 누구나 자신이 하고 싶은 일만 할 뿐, 마땅히 해야 할 일은 하지 않는다.

잘 있어라, 세상이여! 내가 너와 헤어지는 것은 너에게는 진실대로 말하는 사람이 없기 때문이니라. 교만한 사람을 용감하다고 하고, 주저하는 사람을 신중하다고 한다. 열띤 사람을 부지런하다고 하고, 소홀히 하는 사람을 평화롭다고 한다. 낭비하는 사람을 멋있는 사람이라고 하고, 인색한 사람을 검소한 사람이라고 한다. 교활한 수다쟁이와 미사여구나 늘어놓는 사람을 달변가라 하고 침묵하는 사람을 바보 또는 망상가라고 한다. 간통을 하거나 처녀를 능욕한 사람을 여성의 영웅이라고 한다. 쌍놈을 양반이라 하고, 복수욕에 불타는 사람을 열광자라 하고, 착한 사람을 바보라고 한다. 그리고 너는 우리에게 진짜를 가짜로 팔고, 가짜를 진짜라고 판다.

잘 있어라, 세상이여! 내가 너를 떠나는 것은 너는 누구나 잘못된 길로 유혹하기 때문이니라. 너는 명예욕이 강한 사람에게 명예를 약속하고, 안정을 모르는 사람에게 변화를, 교만한 사람들에게 제후의 자비를 약속한다. 게으른 사람에게 직책을, 구두쇠에게 큰 재물을 약속한다. 대식가와 방탕한 사람에게 기쁨과 환락을, 적개심이 있는 사람에게 복수를 약속한다. 도둑에게 비밀 엄수를 약속한다. 젊은이에게 장수를, 아첨꾼에게 주인의 끊임없는 총애를 약속한다.

잘 있어라, 세상이여! 내가 너와 헤어지는 것은 너의 궁전에는 진실과 충성심이 발붙일 곳이 없기 때문이니라! 너와 이야기하는 사람은 부끄러워해야 하고, 너를 믿으면, 속임을 당한다. 너를 따르면 잘못된 길로 가고, 너를 두려워하는 사람은 다른 모든 사람보다도 죄다 잘못된다. 너를 사랑하면, 나쁜 대가를 받는다. 그리고 너만 대폭적으로 신뢰했다가는 그 때문에 엄청난 손해를 본다. 너에게는 사람들이 네게 주는 선물도 도움이 되지 않고, 너에게 지키는 의리, 너에게 증명하는 우정도 도움이 되지 않는다. 그 대신 너는 누구나 속이고 넘어뜨리고 창피를 주고 더럽히고 위협하고 기진맥진하게 하고 망각하게 한다. 그렇기 때문에 울고 한숨짓고 징징대고 불평하지 않는 사람이 없다. 누구나 망하고 최후를 맞는다. 너에게서 사람들이 보고 배우는 것이란 숨 막힐 때까지 서로 미워하고, 말을 하다가는 끝내 거짓을 말하고, 사랑하다가도 절망하고, 장사를 하다가는 도둑질을 하고 죄를 짓고 사망하는 것밖에 없다.

세상이여, 하나님의 가호가 있기를 비노라! 내가 너를 떠나는 것은 사람들은 너를 따르는 동안 아무 생각 없이 세월을 허송하기 때문이니라. 젊은이는 담이나 관목, 큰길 작은 길, 산이나 계곡, 숲이나 광야, 호수나 바다, 비나 눈, 춥든 덥든, 바람이 불든 안 불든 가리지 않고, 달리고 걷고 뛰어넘으면서 세월을 보낸다. 그러나 나이 든 사람은 철광을 깨서 녹이고, 돌을 쪼아서 자르고, 나무를 베어서 다듬고, 곡식을 심어 가꾸고, 계획을 세우고 품은 의향을 논의해서 결정을 하고, 염려 또는 불평을 하고, 사고팔고, 욕하고 다투고, 얻고, 거짓말로 속이면서 시간을 보낸다. 그렇게 늙은이는 고통과 절망 속에서 세월을 보낸다. 정신은 쇠약해지고, 숨 쉴 때는 냄새가 나고, 얼굴은 주름투성이이고, 등은 굽고, 눈은 흐려지고, 사지는 떨리고, 코에서는 콧물이 떨어지고, 머리는 벗겨져 대머리가 되고, 청각은 쇠퇴하고, 후각도 사라지고, 입맛도 없어진다. 한숨을 짓고 신음 소리를 낸다. 게으르고 허약하며, 죽을 때까지 가진 것이라고는 사실상 고난과 일밖에는 없다.

잘 있어라, 세상이여! 나는 너를 떠나련다. 너에게 있으면 아무도 착한 사람이 되려고 하지 않기 때문이니라. 매일같이 살인자의 재판이 벌어지고, 배신자는 능지처참 되고, 도적, 노상강도, 해적 들은 교수형을 당하고, 살해자는 목이 잘리고, 마술사는 화형을 당하고, 위증하는 사람은 처벌을 받고 선동자는 국외로 추방을 당한다.

세상이여, 하나님의 가호가 있기를 비노라! 너를 섬기는 사람은 게으름만 피우고, 서로 탓하거나 조롱하며, 처녀들 뒤꽁무니나 따라다니고, 예쁜 여인들과 아양이나 떨고 시시덕거리며, 노름을 하거나, 뚜쟁이와 흥정을 하고, 이웃과 다투고, 새로운 소식이 있으면 돌아다니며 나발을 불고, 새로운 술수와 술책이나 생각해내고, 돈놀이를 하며, 새로운 유행, 간계, 악덕을 전파하기 때문에 나는 너를 떠나련다.

잘 있어라, 세상이여! 내가 너를 떠나는 것은 누구도 너만으로 그치고, 너로 만족하지 않기 때문이니라. 가난한 자는 가지기를 원한다. 부자인 사람은 영향력이 크기를 원한다. 무시를 당하는 사람은 높이 오르기를 원한다. 모욕을 당한 사람은 복수를 원한다. 은혜를 입은 사람이 명령도 하려 든다. 악덕에 물든 사람은 기분이 좋은 것 이외에 아무것도 원하지 않는다.

잘 있어라, 세상이여! 나는 너를 떠나련다. 너에게서는 변함없는 것이 아무것도 없기 때문이니라. 높은 탑은 벼락으로 무너지고, 물방앗간은 홍수로 떠내려간다. 목재는 벌레가 먹고, 곡식은 생쥐가 먹고, 과일은 애벌레가, 옷가지는 좀이 먹는다. 가축은 늙어서 죽고, 불쌍한 인간은 병으로 죽는다. 어떤 사람은 부스럼, 또 어떤 사람은 암, 세번째 사람은 엉덩이에 난 욕창, 네번째 사람은 매독, 다섯번째 사람은 통풍, 여섯번째 사람은 관절염, 일곱번째는 수종, 여덟번째는 담석, 아홉번째는 방광 결석, 열번째는 어지럼증, 열한번째는 열병, 열두번째는 문둥병, 열세번째는 간질병, 열네번째는 치매를 앓는다. 아 세상이여! 네게서는 사람마다 하는 짓도 각각 다르다. 어떤 사람이 울면 다른 사람은 웃고, 한숨을 짓는 사람이 있는가 하면 기뻐하는 사람도 있다. 금식을 하는 사람이 있는가 하면 술을 진탕 마시는 사람이 있다. 어떤 사람은 배가 터질 것 같은데, 배고픔에 시달리는 사람도 있다. 어느 사람은 말을 타고 가는데 어떤 사람은 걸어서 간다. 어떤 사람은 수다를 떠는데 어떤 사람은 침묵을 지킨다. 어떤 사람은 일을 하는데 어떤 사람은 놀기만 한다. 그리고 새로 태어나는 사람이 있는가 하면 죽는 사람도 있다. 이처럼 사람이 사는 방법도 각각 다르다. 다스리는 사람이 있는가 하면 섬기는 사람이 있다. 어떤 이는 사람을 즐겁게 하는데 어떤 사람은 돼지나 돌본다. 어떤 사람은 허영을 추구하는데 어떤 사람은 제 분수를 지키려 한다. 어떤 사람은 해상 여행을 하는데 어떤 사람은 육로로 칠일장이나 연말 대목장을 찾아다닌다. 어떤 사람은 불 속에서 일을 하는데 어떤 사람은 땅에서 일을 한다. 어떤 사람은 물고기를 잡는데 어떤 사람은 공중에 나는 새를 잡는다. 어떤 사람은 중노동을 하는데 어떤 사람은 도둑질이나 하고 나라를 빼앗는다.

아 세상이여! 하나님의 가호가 네게 있기를 비노라. 내가 너를 떠나려는 것은 너의 집에서 사람들은 경건한 생활을 하지도 않고, 죽는 것도 모두가 똑같지 않기 때문이니라. 이미 요람에서 죽는 사람이 있는가 하면, 젊어서 침대에서 죽는 사람이 있고, 목을 매어 죽는 사람이 있는가 하면 칼에 찔려 죽기도 하고 환형을 당해 죽기도 한다. 장작더미 위에서 죽기도 하고, 포도주를 마시다 죽은 사람이 있는가 하면 강에 빠져 죽는 이도 있다. 고기 냄비 속에 질식해서 죽는가 하면, 독을 먹고 죽는 사람도 있다. 열한번째 사람은 맞아 죽고, 열두번째 사람은 전쟁터에서 죽는다. 열세번째 사람은 마술로 죽고, 열네번째 사람은 자신의 가련한 영혼을 잉크병 속에 빠뜨려 죽게 하기도 한다.

　잘 있어라, 세상이여! 내가 너와 헤어지려는 것은 나에겐 너와의 교제가 모두 귀찮기 때문이니라. 네가 우리에게 부여한 삶은 고생스러운 순례 같다. 그 삶은 변화무쌍하고 불확실하며 고통스럽고 난폭하고 덧없고 불결하고 고난과 오류투성이이다. 그 삶은 삶이라기보다는 오히려 죽음이라 일컬어야 할 것이다. 그 삶 속에서 우리는 매 순간 변화무쌍한 위험을 통해 각가지 형태의 죽음에 이른다! 그러나 너를 감싸는, 흠뻑 배어 있는 죽음의 쓴맛으로 너는 만족하지 않는다. 또한 너는 아직도 대부분의 사람들을 아첨, 유혹, 헛된 약속을 통해 속이기도 한다. 그들에게 네 손에 든 금잔에서 고통과 거짓을 마시게 하고 그들의 눈과 귀를 멀게 하고, 미치게 하고, 폭음 폭식을 해서 정신을 잃게 만든다. 너와 어울리기를 거부하는 사람은 복이 있는 사람이니라. 그들은 너의 짧고도 갑자기 도망치듯 지나가는 기쁨을 멸시하고, 너를 피하고, 그토록 간사하고 비난받은 일개 사기꾼 여자와 함께 몰락하고 싶어 하지 않는다. 왜냐하면 너는 우리를 일종의 어두운 심연, 보잘것없는 흙덩이, 분노의 노예, 썩어 냄새나는 고기, 분뇨 구덩이에 있는 더러운 요강, 부패하여 혐오감과 악취가 잔뜩 나는 음식물이 되도록 하고 있기 때문이다. 우리를 오랫동안 아첨, 애무, 위협, 구타, 노고, 고문, 고통으로 감싸서 한껏 괴롭히고 나면, 너는 쇠약해진 그 육체는 무덤에 넘겨주고 그 영혼은 불확실함 속에 방치해버린다. 비록 죽음이 무엇보다도 확실한 것은 사실이지만, 인간은 언제, 어디서, 어떻게 죽게 될지 그리고 가장 고약한 것은 그의 영혼이 어디로 가는지, 그곳에 가서는 어떻게 되는지를 모르는 것이다. 그렇게 되면, 아아 세상인 너에게 봉사하고 복종하고, 너의 환락과 공허한 사치를 따랐던 불쌍한 영혼에게는 얼마나 비통한 일이겠는가! 그처럼 죄를 짓고, 참회도 못 한 불쌍한 영혼은 성급한 공포 속에서 돌연히 초라한 육체와 헤어지고 난 다음에는 살아 있는 육신처럼 하인, 친구, 친척에 더 이상 둘러싸여 있지 않고, 가장 무서운 원수들에게 끌려 그리스도의 심판대로 인도될 것이다. 그렇기 때문에 아아 세상이여 잘 있어라! 어느 날 나의 영혼이 엄중한 재판관 앞에 나타날 때뿐만 아니라, "너희 저주받은 자들이여, 나를 떠나 영원한 불 속으로 가라"[35] 등등의 가장 두려운 판결이 내릴 때에도 너는 나를 버리고 떠나리라는 것을 나는 알고 있다.

아 세상이여! 비열하고, 고약한 세상이여! 냄새나고, 고통스러운 육신이여! 잘 있어라! 불경스럽고, 참회를 하지 않은 사람은 너 때문에, 너를 따르고 섬기고 복종했기 때문에 영원히 저주를 받은 곳으로 가라는 판결을 받게 될 것이다. 그곳에서 두고두고 그를 기다리고 있는 것은 오로지 기쁨 대신에 위로 없는 고통, 술을 마시는 대신에 마실 것 없는 갈증, 먹을 것 대신에 채워지지 않는 허기, 영광 대신에 빛 없는 깜깜한 암흑, 환락 대신에 가셔지지 않는 고통, 지배와 승리 대신에 끊임없는 통곡과 울음과 애곡, 식혀지지 않는 더위, 꺼지지 않는 불, 한없는 추위와 끝없는 고난인 것이다.

아 세상이여, 안녕! 내가 너와 헤어지는 것은 네가 약속한 기쁨과 관능적 쾌락을 대가로 참회도 못 하고 저주받은 영혼을 악령들이 붙잡아 한순간에 지옥 같은 심연으로 끌어넣을 것이기 때문이니라. 그곳에서 그 영혼은 악마와 저주받은 자들의 끔찍스러운 형상과 암흑과 수증기, 광채가 없는 불 이외에는 아무것도 보지 못할 것이고, 절규, 울부

---

35) 『신약성경』「마태복음」 25장 41절.

짖음, 이를 마주치는 소리와 신성을 모독하는 소리 외에는 아무것도 듣지 못할 것이다. 그때에 가서는 은총과 사면에 대한 소망은 사라진다. 세상의 명망과 지위는 아무런 가치도 없다. 높이 올라가면 올라갈수록, 죄가 무거우면 무거울수록 그는 더 깊은 나락으로 추락할 것이고, 더 심한 고통을 감당하여야만 한다. 많이 받은 사람에게는 더 많이 요구할 것이고, 나쁘고 가치 없는 세상인 네게서 더욱 호사를 누린 사람에게는 막상 더욱더 많은 고통과 고민이 주어질 것이다. 하나님의 공의가 그것을 요구하기 때문이다.

아, 세상이여 하나님의 가호가 있기를 비노라! 내가 너를 떠나는 것은 육신은 한동안 너의 땅속에 누워서 썩더라도 최후 심판의 날에는 다시 부활하여 마지막 심판 후에 영혼과 함께 지옥 속에서 영원히 불에 탈 것이기 때문이니라. 그때에 불쌍한 영혼은 말할 것이다. "이 저주스러운 세상이여! 너의 꾐에 빠져서 나는 하나님과 나 자신을 망각하고, 세상의 허황된 호사, 악의, 죄악, 치욕 속에서 너를 일생 동안 따랐다. 하나님께서 나를 창조하신 시간이 저주스럽기만 하다. 오, 못되고 악한 세상이여! 내가 너에게서 태어난 날이 저주스럽다. 아 너희들, 산들과 언덕 그리고 바위들이여! 너희들이 내 위에 떨어져 어린 양의 격렬한 분노 앞에서, 보좌에 앉으신 분의 면전에서 나를 가리는구나! 아 슬프도다, 그리고 또다시 슬프도다 영원히!"

아 세상이여! 너 불결한 세상이여! 그러므로 나는 네게 맹서하고 간청하고 요구하고 경고하고, 네게 목청을 높여 말하노니 더 이상 내 일에 참견하지 말거라. 역으로 나도 더 이상 너에게 기대를 하거나 희망을 품지 않을 것이다. 너는 내가 걱정을 끝내기로 작정한 것을 알고 있기 때문이다. 소망과 행복이여 안녕!

이 모든 어록을 열심히 그리고 끊임없이 숙고하면서 음미한 끝에 크게 감동을 받은 나머지 나는 세상을 등지고 다시 은자가 되었다. 나는 무켄로흐에 있는 나의 온천장에 정착을 하고 싶었고, 그곳은 내게 살기 좋은 황야가 되었을 것임에도 불구하고 주위에 있는 농부들이 그것을 허락하려 들지 않았다. 농부들은 내가 관청에 그 온천의 존재를 밝히고 평화로운 시절이 도래한 후에 농부들로 하여금 그곳으로 가는 크고 작은 길을 닦도록 할까 겁을 냈다. 그렇기 때문에 나는 다른 황야로 가서 나의 슈페사르트 생활을 다시 시작하기로 하였다. 그러나 내가 돌아가신 아버지처럼 나의 마지막 날까지 그곳에 머물러 있을지는 미정이다. 하나님께서 우리 모두에게 은총을 베풀어주셔서 우리가 그분에게 얻고 싶어 하고 우리에게 가장 중요한, 굳이 말하자면 복 받은 최후를 맞이하게 하여주시길 비노라! 끝.

제6권 속편

오 경이로운 행동이여! 오 불안정한 정지여!
정지했다고 스스로 망상하는 자는 계속 가야 한다.
오 지극히 미끄러운 정지여! 안정이라고 잘못 알고 있지만
죽음 자체가 그렇듯 빠르고도
단숨에 다가오는 것은 추락이다.
그와 같이 무상한 존재가 내게 저지른 짓을
여기에서 읽게 되리라 그리고 보게 되리라
지속적인 것은 오로지 불안정뿐이라는 것을
항상 기쁨과 고통 속에서.

제1장

이 장에는 간단한 머리말과 새로운 은자가 새 신분을 얻게 된
짧은 이야기가 실려 있다

내가 살아온 인생담을 이야기하는 목적이 단지 다른 사람으로 하여금 지루함을 잊게 하기 위함이거나, 어릿광대와 익살꾼이 하는 것처럼 사람들을 웃기기 위한 것이라고 믿는 사람은 대단히 잘못 생각하는 것이다. 왜냐하면 많이 웃는 것은 나에게도 거부감이 들 뿐만 아니라 되돌릴 수 없는 값진 시간을 무익하게 흘러가게 하는 자는 하나님께서 주신 시간을 아무 의미 없이 낭비하는 것이기 때문이다. 하나님께서는 우리에게 시간을, 그 속에서 그리고 그것과 함께 살면서 영혼의 구원을 얻으라고 선물로 주신 것이다. 무엇 때문에 내가 그토록 무익한 바보짓에 몰두해서 아무 의미와 이유 없이 다른 사람들 오락의 꼭두각시 노릇을 해야 한단 말인가? 내가 그 짓을 하면 다른 사람이 저지른 죄의 공범자가 된다는 것을 모르는 것처럼 말이다. 친애하는 독자여! 나는 분명 그와 같은 잡기에는 별로 신경을 쓰지 않는 편이다. 돈을 주고 어릿광대를 사는 사람은 곧 돈 안 들이고 추가로 자기 자신을 제2의 어릿광대로 만드는 것이나 다름없다. 내가 때때로 농담을 하면서 다가가는 것은 치유력이 있는 당의정(糖衣錠)을 보며 설탕을 많이 넣고 고급화했다고 하면 무조건 삼키기 좋아하는 졸장부들 때문인 것이다. 오로지 진지한 책만 상대하는 지극히 존경할 만한 사람들도 여기저기에서 작은 미소를 자아내는 책이 있으면, 오히려 그와 같은 진지한 내용의 책은 옆으로 밀쳐두는 법이다.

사람들은 내가 지나치게 풍자적으로 이야기를 하고 있다고 비난할지도 모른다. 그러나 나를 나쁘게 생각할 필요는 없다. 누구든 자신의 나쁜 버릇을 고칠 것을 친절하게 지적받을 때보다는 모든 사람이 공유하는 악습을 혹평하고 지탄할 때 더 참을성 있게 경청하는 것이 일반적인 경향이기 때문이다. 예컨대 신학적 문체로 이야기를 할라치면 막상 평범한 독자들에게 그다지 환영을 받지 못한다. 그렇기에 유감스럽지만 나는 기꺼이 풍자 수법을 사용하는 것이다. 그와 같은 현상은 분명 시장의 호객꾼과 약장수라 불리는 사람들에게서 목격할 수 있다. 그 사람들은 자신을 신분이 높은 의사, 안과 의사, 탈장 외과의, 담석 외과의라 부르고, 증서와 인장으로 좋은 양피지 위에 신분을 문서화해 보일 수 있는 사람들이지만 짐짓 장돌뱅이 노릇을 하는 것이다. 그들은 어릿광대와 함께 시장에 와서 처음으로 소리를 지르고 어릿광대가 첫 도약을 하자마자, 가장 열심히 설교하는 목회자보다 많은 군중과 청중을 불러모은다. 그러나 목회자는 자신을 신뢰하고 모든 것을 고백하는 어린 양들에게 건전하고 복을 가져다주는 설교를 할 요량으로 자기 교회의 종을 울리게 해도 몰려드는 군중과 청중의 수는 약장수의 난장에 한참 못 미친다.

그러나 어찌 되었든 나는 이로써 흔히 사람들이 유익한 것을 가르치려고 할 때 유행처럼 사용하는 수법에 따라 '짐플리치시무스'를 분장시킨 것을 혹시 못마땅해하는 사람이 있더라도 내게는 죄가 없음을 만천하에 밝혀두고자 한다. 또한 어떤 사람이 그 속에 감추어진 핵심에 주의하지 않고 겉껍질에 만족할 경우, 모든 재미있는 이야기가 그렇듯 그 사람은 끝에 가서는 만족할는지 모르지만, 본래 내가 그에게 전달하고자 하는 메시지를 파악하지 못하고 놓쳐버릴 수 있다. 그래서 나는 이제 제5권이 끝난 대목에서 다시 시작하려고 한다.

친애하는 독자는 전권(前卷)에서 내가 다시 은자가 된 사실뿐만 아니라 그 이유까지도 들었다. 그렇기 때문에 내게 과연 어떤 일이 있었는지 이제 이야기를 해야만 될 것 같다. 처음에 품었던 열정이 지속되었던 처음 몇 달 동안은 그래도 일이 잘 풀렸다. 육체적 쾌락에 대한 욕구, 달리 말해서 내가 이전에 그처럼 탐닉했던 육신의 욕망을 나는 처음에는 그다지 어렵지 않게 억제했다. 왜냐하면 나는 주신(酒神) 바쿠스와 곡물의 여신인 케레스를 더 이상 섬기지 않았기에 사랑의 여신 베누스도 다시는 받아들이고 싶지 않았기 때문이다. 그러나 나는 아직 완전해지려면 멀었기에 오히려 때를 가리지 않고 수천 가지 유혹에 빠졌다. 예컨대 내가 후회하는 마음을 일깨우기 위해 예전에 저지른 어리석은 짓과 악한 짓을 돌아볼 때면, 내가 그러면서 즐겼던 쾌감도 즉시 떠올랐다. 그것은 항상 즐거운 것만은 아니었고 종교적 수련에도 보탬이 되지 않았다. 그동안 나는 이에 대해 깊이 생각해보았고, 게으름이 나의 최대의 적이고, 그 게으름 속에서 나를 보살펴주었던 성직자에게 순종하지 않고 살아온 자유가 바로 내 새로운 생활을 그다지 오래 지탱하지 못하게 한 원인이었다는 것을 알게 되었다.

나는 슈바르츠발트에 있는 모스코프라는 곳에서, 주위에 컴컴한 전나무 숲이 무성한 산 위에서 살았다. 산 정상에서 아름다운 전망을 즐기면서. 동쪽으로는 오페나우 계곡과 그 옆 계곡들, 남쪽으로는 킨치히 계곡과 게롤츠에크 백작령을 내다볼 수 있었는데, 그곳에서는 이웃한 산들 사이에 서 있는 높은 성의 모습이 마치 볼링경기에 세워놓은 왕처럼 보였다. 서쪽으로는 상부 알자스와 하부 알자스를 조망할 수 있었고, 북쪽으로는 라인강까지 바덴-두를라흐 백작령이 보였다. 그곳에는 높은 사원 탑을 뽐내는 스트라스부르시가 사람 몸의 심장처럼 눈에 확들어왔다. 이와 같은 전망과 그처럼 아름다운 풍경을 바라보는 것은 열심히 기도하는 것보다 더 많은 즐거움을 주었다. 내가 아직 버리지 않고 두었던 나의 망원경도 나로 하여금 그렇게 하기를 부추겼다. 밤이 되어 망원경을 이용할 수 없을 때면, 나는 청력을 강화하기 위해 고안해낸 기구를 가지고 도보로 한 시간 거리 떨어진 곳에서 농가의 개 짖는 소리나 근처에서 움직이는 들짐승 소리를 들었다.

나는 이런 어리석은 짓에 몰두했고, 시간이 가면서 한때 이집트의 은자들이 몸과 마음을 다 바쳐 지켰던 계율, 즉 일하고 기도하는 계율도 지키지 못했다. 내가 그 지역에서는 아직 새내기에 지나지 않았던 초기에는 주변 계곡에서 집집마다 구걸을 해서 생계를 꾸렸다. 그때 나는 정말로 필요한 것 이외에는 아무것도 받지 않았고 돈은 도통 받지를 않았다. 그것이 나의 이웃 사람들에게는 기적으로 보였고, 다름 아닌 사도다운 존엄의 표지로 나타났다. 그러나 내가 살고 있는 곳이 알려지자 나의 이웃 사람들 중에는 먹을 것을 가져오지 않는 사람이 한 사람도 없었다. 그들은 나의 경건함과 은자 생활을 다른 곳에 가서도 칭송했기 때문에 즉시 사람들이 호기심에서든, 신앙심에서든 나를 방문하려고 먼 곳에서 선물을 들고 어려운 걸음을 했다. 그런 터라 내게는 빵, 버터, 소금, 치즈, 햄, 달걀 등 부족한 것이 없이 오히려 넘쳐났다. 그러나 이를 통해 나는 더욱 하나님을 경외하게 된 것이 아니라, 오히려 신앙심이 식었고, 시간이 가면서 더욱 게을러지고 나빠져서 위선자나 사이비 성인이라는 소리를 들을 뻔했다. 여하튼 나는 미덕과 악덕에 대하여 그리고 내가 천국으로 가려면 해야 할 일에 대하여 성찰하기를 그만두었다. 그러나 이 모든 것은 아무런 계획 없이 일어났다. 좋은 충고도 없고, 나의 처지를 개선하는 데 필요한 진지한 마음을 키우려는 확고한 의지도 없이 말이다.

제2장
독일에 평화가 왔다는 소식을 듣고 루시퍼가 벌인 연극

예전에 하나님께 헌신하고 신앙심이 돈독한 기독교 신자들은 금욕과 육신의 고통을 기도와 단식 그리고 잠을 자지 않는 것으로 극복했다는 것을 우리는 읽었다. 그러나 내가 처음 두 가지 필수 행동에 정열을 적게 쏟은 것처럼, 어느 때든지 본능이 우리로 하여금 모든 동물과 공통으로 지고 있는 의무를 다하도록 요구하면, 나는 쉽게 달콤한 잠에 빠지지 않고는 배기질 못했다.

한번은 내가 전나무 그늘에서 게으름을 피우며 쓸모없는 상념에 매달린 적이 있다. 구체적으로 탐욕과 낭비가 가장 크고 나쁜 악덕인지 아닌지에 관한 상념이었다. 내가 아무 쓸모 없는 상념이라고 말했는데, 이를 다시 한 번 강조해둔다. 친애하는 독자여! 도대체 내가 낭비해야 할 것이 아무것도 없는 판에, 낭비 때문에 걱정할 필요가 무엇이겠는가? 그리고 나 자신이 자유의지를 가지고 선택했던 신분이 가난과 무욕을 요구하는 판에 탐욕이 나와 무슨 상관이 있었겠는가? 그러나 바보같이 이 문제만은 대단히 완강해서 나를 붙잡고 더 이상 놓아주질 않았고, 나는 그 일로 시름시름 앓다가 죽어갈 판이었다. 깨어 있는 상태에서 마음에 품은 것이 종종 꿈속에서도 나타나 그 사람을 괴롭히는 법인데, 그 당시 내 경우가 그랬다. 왜냐하면 눈을 감자마자 꿈같은 환상 속에서 나는 깊고 혐오스러운 협곡에 염라대왕인 루시퍼가 보좌에 앉아 있는 것을 보았다. 물론 사슬에 묶여 있기 때문에 그는 세상에서 마음껏 분노로 날뛸 수는 없었다. 그러나 그의 주변에 있는 많은 지옥의 악령들이 열심히 그를 섬겨서 그는 만족스럽게 지옥의 권세를 누리고 있었다.

내가 이 지옥의 머슴들이 하는 짓을 바라보는 동안 갑자기 급사(急使)가 공중으로 날아와서 루시퍼 앞에 무릎을 꿇고 말했다. "오 위대하신 대왕님! 독일 평화협정이 거의 전 유럽을 안정시켰습니다. 곧 도처에서 **'높은 곳에 계신 하나님께 영광이 있을지어다'**와 **'하나님, 우리는 당신을 찬미합니다'**라는 노랫소리가 하늘에 사무치고, 누구나 다시 포도나무와 무화과나무 밑에서 하나님께 헌신하려고 노력할 것입니다."

루시퍼가 이 소식을 듣고 우선 심히 놀라며, 마찬가지로 인간의 행복을 못마땅히 여겼다. 그러나 약간 마음을 가라앉히고, 지옥의 나라가 지금까지 거두어왔던 수확에 어떤 손실을 감수해야 할지 어림이 잡히자마자 분노감에 사로잡혀 무섭게 치를 떨었다. 그는 끔찍하게 이를 갈았기 때문에 그 소리가 먼 곳에도 들렸고, 그의 눈은 노여움과 불쾌감으로 섬뜩하게 이글거려서 마치 유황 불꽃이 번개처럼 튀어 집 전체를 가득 채우는 것만 같았다. 그리하여 가난하고 저주받은 사람들과 저속한 지옥의 악령들뿐만 아니라, 가장 고귀한 제후들과 추밀원 고문관들도 그 앞에서 질겁할 정도로 깜짝 놀랐다. 끝에 가서 그는 뿔 달린 머리를 바위로 돌진해서 부딪치는 바람에 전 지옥이 그 앞에서 벌벌 떨었다. 그 정도로 분노해서 날뛰었으므로 그를 수행하는 사람들은 그가 죽을 날이 가까웠고, 미치거나 바보가 될 것으로 믿었다. 한동안 누구도 그에게 접근하거나 말을 걸 수가 없었다.

마침내 벨리알[1]이 마음을 가다듬고 말했다. "대왕 전하, 이런 발광이 어찌 전하의 절대적인 위엄에 어울리겠습니까? 대왕께서는 자신이 누구인지 모두 잊으셨단 말씀입니까? 도대체 전하의 위용에 도움이 되

---

1) 『신약성경』 「고린도후서」 6장 15절에 등장하는 악마.

지도 않을뿐더러 명예도 높이지 않는 이와 같은 발작이 무슨 의미가 있습니까?"

"아!" 루시퍼는 대답했다. "우리가 그처럼 애를 써서 온 세상에 퍼뜨렸고, 그처럼 열심히 양육했으며, 정기적으로 그 열매를 다량으로 수확해 들였던 우리의 가장 사랑하는 덩굴 식물이요 죄악의 식물인 '**악의 꽃**'이 이제 독일 땅에서 뿌리가 뽑히고 말았다. 우리가 잠이나 자면서 게으름을 피웠기 때문에 이 지경이 된 것이다. 그리고 만약 우리가 아무런 조치도 취하지 않으면, 이 악의 꽃은 곧 전 유럽에서 축출될 것이다. 그러나 너희들 악령 중에는 아무도 그것을 눈치채지 못했느니라. 세상에 아직도 남아 있는 짧고 며칠 안 되는 날들을 그처럼 무익하게 흘러가게 내버려두는 것은 우리 모두에게 수치가 아니겠는가? 너희들 잠꾸러기 같은 멍청이들은 우리가 이 마지막 때에 가장 풍성한 수확을 거두어들여야 한다는 것을 모르고 있단 말이더냐? 만일 우리가 말세가 되기 직진에 마치 늙은 개처럼 사냥할 수 있는 기력과 의욕을 모두 잃는다면, 말세에는 세상의 세력이 지옥의 세력인 나에 견주어 우세할 것은 자명하지 않겠는가? 전쟁이 시작되어 계속 진행되면 우리가 풍성한 수확을 얻게 되니 전적으로 우리의 기대에 부합하겠지만, 만일 군신(軍神)이 폴란드를 제외하고는 유럽을 떠나고 악의 꽃이 늘 하던 대로 걸어서 군신을 따라간다면 막상 우리가 기대할 수 있는 것은 무엇이겠는가?"

그는 이 같은 견해를 그냥 밝혔다기보다는 순전히 불쾌감과 분노감에서 오히려 심하게 호통을 친 편인데, 그러고 난 후에 다시금 이전의 분노감에 휩싸일 위험이 있었다. 그러나 벨리알이 이런 말로써 그것을 막았다. "그러나 우리는 그렇다고 용기를 잃지 말고, 그 대신 역경을 인내로써 이겨내는 나약한 인간처럼 행동해야 합니다. 대왕 전하, 인간은 칼보다는 포도주 때문에 쓰러지는 경우가 더 많다는 것을 아시지 않습니까? 쾌락을 등에 업고 이 나라에 들어오는 평화가 인간과 특히 기독교인들에게는 군신과 전쟁보다도 더 해로운 법이 아닙니까? 그리스도의 신부인 교회의 미덕은 가장 깊은 슬픔 속에서 더 없이 가장 빛난다고 알려져 있지 않습니까?"

루시퍼가 대답을 했다. "그러나 내가 바라고 원하는 것은 인간들이 사망 후에 영원한 고통 속에 사는 것과 똑같이 덧없는 현세에서도 마땅히 불행 속에서 전전긍긍하는 것이니라. 그런데도 우리는 순전히 게으름 때문에 막상 그들에게 무상한 현세 속에서도 잘되는 것을 좌시하고 있을 뿐만 아니라, 끝에 가서 그들이 영원할지도 모르는 영혼 구원에 이르도록 허락하고 있는 것이다."

"아하!" 벨리알이 대꾸했다. "그렇지만 나의 사명이 무엇인지 우리 둘만은 알고 있지 않습니까? 그 사명이 나로 하여금 온 힘을 다해서 악의 꽃이 앞으로도 줄곧 유럽에서 버티고 있어야 한다는 대왕님의 뜻과 염원을 실현시키지 않고는 못 배기게 할 것입니다. 만일 그렇게 되지 않으면 나는 이 숙녀에게 다른 악의 꽃을 머리카락 속에 집어넣을 것입니다. 그러나 만일 지고자의 섭리가 어떤 다른 것을 베푼다면 나로서도 속수무책이라는 것을 전하께서도 고려하시기를 바랍니다."

제3장
지옥의 대소신료와 비슷한 무리의 이상야릇한 행색

이 지옥의 두 악령은 자신들의 우정 어린 대화를 아주 큰 소리로

626

나누었기에 지옥 전체가 떠들썩했고, 지옥의 군대들은 무슨 일을 해야 할지 듣기 위해서 빠른 속도로 몰려왔다. 그때에 루시퍼의 맏자식인 교만이 딸들과 함께 나타났다. 탐욕도 자식들과 함께 나타났고 분노가 시기심, 증오심, 복수욕, 질투심, 비방 그리고 다른 친척들과 함께 들어왔다. 그다음에는 쾌락이 지지자들인 호색, 폭식, 무위(無爲) 그리고 그 비슷한 것들과 함께 등장했고, 마찬가지로 게으름, 불충, 만용, 허언 그리고 아가씨들을 아름답게 꾸미는 호기심이 등장했다. 그리고 허위가 부채 대신에 감초를 쥔 귀여운 딸 아첨과 함께 진기한 행렬을 이루어 나타났다. 모두가 진기해 보인 이유는 각자가 나름대로 특색 있는 복장을 하고 나타났기 때문이다. 일부는 가장 화려한 치장을 하고, 일부는 거지처럼 가난한 옷차림으로, 또 부끄러움을 모르는 다른 무리들은 거의 발가벗은 채 걸어왔다. 바쿠스처럼 살이 쪄서 뚱뚱한 이도 있었고, 늙고 쇠약해진 농마(農馬)처럼 얼굴이 누렇게 뜬 무리도 있었다. 베누스처럼 친절하고 아름다운 무리가 있는가 하면, 우울증의 신인 사투르누스처럼 무뚝뚝한 무리도 있었다. 전쟁의 신 마르스처럼 잔인한 무리들이 있는가 하면, 사기꾼의 신인 메르쿠리우스처럼 음흉하고 위선적인 무리들도 있었다. 어떤 이는 헤르쿨레스처럼 강하거나 히포메네스[2]처럼 날씬하고 빠르거나, 또 다른 이는 불카누스처럼 몸이 마비되고 다리를 절었다. 이처럼 다양한 형상들과 의상들을 접하고 보니 옛사람들이 우리에게 이야기했던 유령의 군대[3]가 바로 그들이 아닐까 싶을 정도였

---

2) 그리스·로마 신화에서 아탈란타는 구혼자들에게 경주를 하자고 도전하여 이긴 후에는 창으로 그들을 죽였다. 그러나 히포메네스는 그녀와의 경주에서 아프로디테가 준 세 개의 금사과를 따로따로 떨어뜨림으로써 승리를 거두고 살아남을 수 있었다.
3) 게르만의 신화에 나오는 보탄이 지휘하는 유령 군대. 이 군대는 공중으로 날아다녀서 모습은 보이지 않고, 종종 소리만 들을 수 있었다.

다. 내가 언급한 무리들 외에도 많은 무리가 나타났으나 나는 알아보지 못했거나 그들의 이름을 몰랐고, 특히 몇몇은 복면을 했거나 가면을 쓰고 나타났다.

이와 같이 거대한 무리들 앞에서 루시퍼는 불을 뿜는 듯한 연설을 했다. 그는 그 연설에서 모든 무리를 싸잡아서 꾸짖거나 각각 개별 악령에게 태만을 꾸짖었고, 태만 때문에 악의 꽃이 이제 유럽에서 퇴각하게 되었다고 불평했다. 특히 그는 태만이라는 악령을 엄격히 정죄해서 태만을 충성심을 망치는 무능하고 칠칠치 못한 여자라고 부르며, 영원히 지옥의 나라에 발을 들여놓는 것을 금하고, 지상 어디에 은신처를 찾아보라고 명령했다.

그런 후에 그는 나머지 무리에게 진지한 말로 지금보다 더 노력을 기울여서 인간들의 환심을 사는 데 이제껏보다 더 신경을 쓸 것을 요구했다. 그리고 만일 어떤 악령이 그가 만족해할 만큼 직책을 열심히 수행하지 않는 낌새를 조금만치라도 보일 경우에는 가차 없이 무거운 벌을 내리겠다고 협박했다. 그 밖에 그는 모든 무리에게 새로운 지시와 자료를 내주었고, 용감하게 헌신하는 무리에게는 커다란 약속도 푸짐하게 했다.

제국 의회가 끝나가고 지옥의 여러 계층의 악령들은 그들의 근무지로 돌아가는 것처럼 보였다. 그때에 한 누더기를 걸치고, 얼굴이 창백한 탐욕이란 악령이 늙고 천박한 늑대를 타고 들어왔다. 말과 기수 모두 이미 오랫동안 어떤 무덤이나 박피장에 누워 있었던 것처럼 굶주려서 바싹 여위고 지치고 쓰러질 것처럼 보였다. 이 젊은이는 당당한 모습의 한 숙녀에 대하여 불평을 했는데, 그 숙녀는 바로 100피스톨이나 나가는 나폴리산 말을 타고 그보다 앞서 총총히 들어온 낭비라는 악령이었다. 그녀와 말이 두른 것은 모두 진주와 보석으로 번쩍였다. 등자, 안장, 채찍, 좀쇠, 재갈과 거기에 딸린 쇠사슬이 모두 순금으로 되어 있었다. 말발굽의 철제(鐵蹄)는 철제라는 말이 어울리지 않게 쇠는 보이질 않고 순전히 은으로 되어 있었다. 귀부인 자신이 풍기는 인상은 감탄을 자아내고 화사하고 대담했으며 얼굴에는 붉은색이 감돌았다. 마치 격자 울타리에 핀 한 송이 장미처럼 평소에는 신선하고 활기 있는 몸짓을 보였음에도 불구하고 약간 도취된 것 같았다. 그녀의 몸 주위에서는 머리분, 향수, 사향(麝香), 용연향(龍涎香) 그리고 그 밖의 냄새들이 짙게 풍겨서 어머니라면 누구나 그와 같은 딸을 두고 노발대발했을 것이다. 요컨대 그녀가 걸친 물건이 모두 대단히 값진 것이어서 머리에 관만 썼다면 그녀는 여왕 대접을 받았을 것이다. 그러지 않아도 사람들은 그녀가 돈을 다스리고, 돈이 그녀를 다스리지 않는다고 말을 하는 판이고 보니, 그녀가 분명 여왕인 것은 틀림이 없어 보였다. 그렇기 때문에 나는 처음에는 늑대를 탄 송장 같은 탐욕이 감히 그녀에 반항하여 상처를 주는 것을 보고 놀랐다. 그러나 내가 기대했던 것보다 그는 더 대담했다.

제4장
낭비와 탐욕의 경쟁—이 장은 전 장보다 약간 더 길다

내가 그를 대담하다고 한 까닭은 그가 감히 루시퍼 앞에 나아가서 발언을 했기 때문이다. "대왕 전하! 전 지구상에서 이 젊은 암캐보다도 더 거역스러운 존재는 없습니다. 이 암캐는 인간에게 선심이라는 이름을 내세워 교만, 쾌락, 대식 등과 같은 악령들의 도움을 받아 나를 비방하고 억압하고 있습니다. 이 암캐는 사료통에 들어 있는 겨처럼 아무 데서나 튀어나와 나의 작업과 사업을 방해하고 내가 전하 나라의 번영과 유익을 위해 힘겹게 제거해놓은 것을 다시 뿌리내리게 하는 그런 존재입니다! 인간의 자손들까지도 나를 더 이상 모든 악의 근원이라고 부르지 않는다는 사실을 지옥의 나라에서는 도무지 모르고 계신 것입니까? 만일 이 젊은 딸기코가 나보다 더 인기 있는 존재가 되고 싶어 한다면 모든 악의 근원이라고 하는 이 훌륭한 칭호가 어떻게 나의 기쁨과 영광이 될 수 있겠습니까? 이 늙은 나이에—감히 말하지만, 당신의 나라에서 가장 업적이 많은 위원들 중의 한 사람이요, 가장 지체 높은 신하들 중의 하나이며, 전하께서 지배하는 지옥 나라의 수익이 가장 큰 후원자들 중의 하나인—내가 이 젊고 비열한 존재에게 허리를 굽히고 먼저 가도록 길을 비켜주어야 하는 일을 겪어야 한단 말입니까? 이 비열한 존재는 쾌락과 교만이 나에게 부담을 주기 위해서 생산했을 뿐입니다. 대왕 전하! 그것은 전하의 위엄에 절대 어울리지 않습니다. 그리고 만일 전하께서 이 유행에 미친 여자가 나를 대하는 태도를 보시고 '옳다'고 인정하신다면, 그것은 여기 지하에서나 지상에서 인간에게 고통을 주려는 전하의 의도와도 어긋날 것입니다. 그러나 내가 '옳다'고 말한 것은 분명 잘못 말한 것입니다. 왜냐하면 나에게 옳고 그름은 차이가 없이 똑같기 때문입니다. 내가 말하고자 하는 것은 단지 내가 태고부터 지금까지 지칠 줄 모르고 보여준 근면이 멸시당하고, 인간들에게 나의 명망과 가치가 그로 인해 훼손되고 나 자신이 인간들의 마음에서 지워지고 추방당한다면, 전하의 나라에도 해가 된다는 것입니다. 그렇기 때문에 이 젊고 바보 같은 부랑녀(浮浪女)에게 명령을 내리셔서 이 년이 나이를 더 먹은 나에게 자리를 비켜주어 전하의 나라에서 수행하고 있는 나의 작업에 더 이상 방해가 되지 말라고 하십시오! 예전에 온 세상 사람들이 그녀에 대해서 아직 아무것도 모를 때처럼 말입니다."

탐욕이 그 밖에도 많은 근거를 제시하면서 자신의 의견을 진술하고 나자, 공격을 당한 낭비라는 악령이 대답했다. 그녀는 할아버지가 감히 제2의 헤로데스[4]처럼 아무 생각 없이 자신의 가족을 심하게 공격하는 것이 무엇보다도 놀랍다고 했다. "그가 나를 암캐라고 부르는데, 내가 그의 손녀인 이상 그 말은 맞습니다. 그러나 이 타이틀은 나 자신의 장점에는 조금도 합당하지 않습니다. 그는 내가 때때로 선심을 쓰는 존재로 등장해서 가면을 쓰고 내 사업에만 전념한다고 비난을 합니다. 늙은 멍청이의 순박한 수다에 지나지 않을 뿐입니다. 이 멍청이는 내가 나의 행위 때문에 벌을 받는 것 이상으로 남의 조롱거리밖에 되지 않습니다. 도대체 이 늙은 바보는 모든 지옥의 악령 중에서 이따금 형편에 따라 그리고 상황이 요구하는 데에 따라 광명의 천사로 가장하지 않는 정령이 아무도 없다는 것을 모른단 말입니까? 나의 존경하는 할아버지는 남을 비판하기에 앞서 자신의 앞가림부터 잘하는 것이 마땅합니다. 그가 인간들에게 찾아가 문을 두드리고 일자리를 얻으려고 할 때, 자신을 절약이라고 소개하지 않습니까? 그렇다고 내가 그를 비난하거나 심지어 고발까지 해서야 되겠습니까? 아닙니다. 그건 절대 아닙니다! 나는 그를 나쁘게 생각지 않습니다. 결국엔 우리 모두가 그런 간계와 속임수를 쓸 수밖에 없습니다. 인간세계에 발을 들여놓는 것을 허락받거나 몰래 끼어들기 위해서이지요. 그리고 어차피 불경한 사람들은 우리들 편이니, 정의롭고 경건한 인간들을 우리 편으로 삼을 필요가 있는데 만

---

4) 유대의 왕인 헤로데스(헤롯)가 자신의 가장 가까운 친척을 죽이게 한 것에 비유한 것이다.

약 우리들 중의 누가 그들에게 가서 다음과 같이 말을 하면 그 사람들이 무엇이라 할는지 나는 듣고 싶습니다. 예컨대 '나는 탐욕이다. 나는 너를 지옥으로 보내려고 한다! 나는 낭비다. 나는 너를 넘어뜨려 멸망시키겠다! 나는 시기심이다. 나와 같이 가면 네가 영원히 저주받을 것이 틀림없다! 나는 교만이다. 나를 들여보내다오. 그러면 나는 너를 하나님 곁에서 추방당한 악마와 동일하게 만들어주겠다! 나는 이러이러한 악령이다. 만일 네가 나와 같이하면 너는 나중에 후회를 많이 하게 될 것이다. 왜냐하면 너는 그때에 가서는 영원한 고통에서 더 이상 빠져나올 수가 없을 것이기 때문이다'라고 말입니다. 그러면, 대왕 전하! 그런 인간들은 이렇게 말하리라고 생각지 않으십니까? '수십만 모두의 이름으로 너를 이곳으로 보낸 지옥의 밑바닥에 있는 너의 할아버지에게나 가보아라. 그리고 나를 평안하게 내버려두어라!'라고 말입니다."

그러고는 낭비는 모두를 향해서 말했다. "만일 당신들 중에 누가 감히 어디에서나 미움을 받는 진실과 함께 모습을 나타내려고 할 때, 입장을 거부당하지 않을 자가 있습니까? 나만 홀로 바보가 되어야 합니까? 진실을 이리저리 끌고 다니며, 우리 모두의 할아버지를 흉내 내서 거짓을 말하면 안 되는 바보 말입니다. 우리 할아버지의 가장 중요한 무기는 거짓입니다.

이 늙은 탐욕이 교만과 쾌락이 나의 후원자라고 주장하며 나를 깎아내리려고 하는 것도 궁색하기는 마찬가지입니다. 만일 교만과 쾌락이 나의 후원자들이라면, 그들은 오로지 해야 할 일을 할 뿐이며, 지옥을 강화하는 데 기여할 뿐입니다. 그가 자신에게 반드시 필요한 것은 결단코 내게 주려고 하지 않는 것을 보노라면 대단히 놀랍습니다. 지옥의 회의록을 보면 이 두 악령은 그처럼 많은 가엾은 녀석의 마음속에 들어와서, 탐욕에게 먼저 그를 공략할 길을 준비해준 것이 명명백백하게 드러나 있지 않습니까? 자신들도 생각만 하고 감히 공격을 시도하기 전에 말입니다. 회의록을 읽어보시기 바랍니다. 그러면 교만이 사전에 탐욕에게 유혹당하는 자들을 만나서 잘 보이기 위해서는 모습을 드러내기 전에 무엇인가 가진 재산이 있어야 한다고 설득을 했거나 또는 분명 쾌락의 욕정이 그들에게 기쁨과 쾌감 속에 살 수 있으려면 사전에 어느 정도 부정 축재를 해야 한다고 충고한 사실을 확인할 수 있습니다. 이제 나의 할아버지인 탐욕이 자신에게 그처럼 좋은 일을 많이 해준 이 두 악령이 역시 나를 돕는 것을 원치 않는 것은 무엇 때문일까요? 그러나 탐식과 대식에 관해서라면 탐욕이 자기의 부하들을 그토록 엄격하게 다스려서 나의 부하들처럼 그렇게 평안한 삶을 누리지 못한다 해도 나로서는 어쩔 수가 없습니다. 확실히 내가 그들을 이렇게 하도록 독려하는 이유는 내가 소명을 받았고, 탐욕이라 해도 자신의 부하들이 자기 돈주머니만 축내지 않는 한, 궁핍하게 살게 내버려두지는 않을 것이기 때문입니다. 그럼에도 불구하고 나는 그가 어떤 조리에 맞지 않는 일은 하지 말아야 한다고 말하지는 않겠습니다. 왜냐하면 여기 우리의 지옥 나라에는 예부터 우리가 공동으로 연대감을 두르며 살기 위해서 구성원이면 누구나 다른 사람에게 도움의 손을 내미는 것이 관례이기 때문입니다.

　나의 조상님의 칭호에 관해서도 언급하고 싶습니다. 사람들이 그 어른을 예로부터 지금까지 모든 악의 근원이라고 불렀고, 내가 나의 성공을 통해서 그분에게 손실을 끼쳤거나 심지어 그를 첫번째 자리에서 밀어내지 않을까 걱정을 하고 있다는데, 나도 실은 그가 일찍부터 누리고 있고 인간의 자식들까지도 그에게 표명하고 있는 경의를 못마땅해하지도 않을뿐더러, 그것을 빼앗고 싶은 생각도 없습니다. 그러나 다른 한편으로는 내가 지닌 장점 때문에 나의 할아버지를 능가하거나 적어도 사람들의 평가에 있어 그와 동등하게 되려고 노력한다고 해서 지옥의 악령들 중의 누구도 나쁘게 생각지는 않을 것입니다. 그렇게 하는 것은 분명 그에게 수치를 안겨주기보다는 더 많은 영예를 안겨줄 것입니다. 왜냐하면 이미 인정한 바와 같이 나는 그야말로 그의 자손이니까요. 나의 출신에 대해서 그는 물론 잘못된 소문을 퍼뜨렸습니다. 그가 나를 창피하게 여겼기 때문이지요. 왜냐하면 나는 그가 주장하는 것처럼 환락(歡樂)의 딸이 아니고 그의 아들 과잉(過剩)이 낳은 딸입니다. 과잉은 가장 위대한 지옥의 왕의 맏딸이자 콧대가 높은 교만(驕慢)과 합환하여 나를 낳았습니다. 덧붙여 말하면 그가 우행(愚行)과 함께 환락을 낳은 것과 같은 시각이었습니다. 그러므로 나는 그런 조상을 두고 있고, 그런 출신 덕분에 신분이 높기로 말하면 재물(財物), 즉 탐욕 못지않습니다. 그리고 나의 성격은—비록 전적으로 현명하지는 않아 보이긴 하지만—이 욕심 많은 늙은이가 믿는 것보다 더는 아니더라도, 똑같이 유익한 존재이긴 합니다. 그렇기 때문에 나는 그의 앞에서 물러서고 싶지 않고 오히려 우선권을 요구하고 싶은 것이 사실입니다. 그러므로 제가 희망하는 것은 대왕 전하와 지옥의 전 병력이 합심해서 나를 지원해주십사 하는 것입니다. 그리고 그가 나를 향해 쏟아놓은 험담을 철회하고 이제부터 내 행동을 더 이상 방해하지 말고, 나를 위상이 높은 지옥의 구성원으로 받아들이도록 영향력을 발휘해주시기를 희망합니다."

그러자 늑대를 타고 있는 탐욕이 대답했다. "자신이 어떤 후레자식들을 낳았는지 알고, 그 자식들이 얼마나 자신을 닮지 않았는지를 안다면, 가슴 아파하지 않을 사람이 누가 있겠습니까? 게다가 이 계집이 계속해서 내 길을 막을 뿐만 아니라, 더 고약한 것은 그년이 반항적인 태도를 보이며 영광스러운 나의 노령을 허무하게 만들고, 나를 능가하려고 하면서 나보고 몸을 사리고 입을 다물라니 기가 막히지 않을 수 없습니다."

"아이고, 할아버님!" 낭비가 대답했다. "자손들에게 추월당한 것은 할아버님이 처음이 아니십니다!"

그러자 재물이 대답했다. "그러니 부모들은 자신의 후레자식들에 대해 더욱 자주 불평을 하지 않을 수 없었던 것이 아니겠느냐!"

그때에 루시퍼가 말했다. "이 무슨 싸움질이란 말인가? 각자는 어떤 점에서 남들보다 이 나라에 더 많은 유익을 가져오는지 설명하기 바란다. 그에 따라서 너희들 중의 누구에게 우선권을 부여할지 판결을 내리겠다. 왜냐하면 그것이 제일 중요하기 때문이다. 이 판결에서 우리는 연령의 고하는 고려하지 않을 뿐 아니라, 출신이나 그 밖에 어떤 것도 고려하지 않을 것이다. 왜냐하면, 하나님의 섭리에 가장 강력하게 거역하고 인간에게 가장 많은 해를 끼치는 것으로 판명되는 그 사람이 예로부터 내려오는 관습대로 우리에게서 가장 좋은 자리도 차지해야 할 것이기 때문이니라."

"마왕님." 재물이 대답했다. "여기서 내가 무슨 재주를 지니고 있는지 얼마나 다양한 방법으로 이 지옥 나라에 이바지하는지 설명하는 것을 허락하시니 드리는 말씀입니다. 만일 내가 모든 것을 이해할 수 있게 상세히 설명을 하면, 틀림없이 지옥 나라 전체가 낭비보다 재물인 나에게 우선권이 있다는 것을 인정하리라는 것을 의심하지 않고 있습니다. 그뿐만 아니라 나의 공적에 맞게 내가 한때 여기서 의장 노릇을 하고 최상의 존경을 누렸던 옛 플루톤의 영광의 자리도 다시 내게 내어주리라는 것도 의심하지 않습니다. 막상 인간들 자신이 나를 가리켜 모든 악의 근원, 인간의 영육에 다 같이 해롭지만 반대로 우리의 지옥 나라에는 모든 이로운 것의 근원이요 발생지라고 부른다는 것을 되풀이해서 내가 말하고 싶지는 않습니다. 이 모든 것은 그동안 널리 알려져서 삼척동자들까지도 확실하게 알고 있는 것이 사실이기 때문입니다. 그렇기 때문에 또한 나는 하나님의 섭리를 믿는 사람들이 나를 인간에게 비방함으로써 오히려 나를 매일 칭송하고 신맛 나는 맥주처럼 찬양한다는 것, 그 사람들이 나를 비방하는 것이 오히려 나를 영예스럽게 한다는 것도 더 이상 길게 이야기하지 않겠습니다. 하나님의 제자들이 가하는 온갖 박해에도 불구하고 나는 인간에게 접근해서 확고한 자리를 마련할 수 있고, 또한 강력한 적대감에 맞서 이 자리를 확고하게 지켜낼 수 있다는 것이 백일하에 드러나고 있지 않습니까? 설혹 그 사람들의 비방이 내게 만족할 만한 영광은 아니라 하더라도, 하나님과 재물을 겸하여 섬길 수 없다[5]고 하나님으로부터 경고 받은 사람들을 지배하고 있는 것이 바로 나라는 점과 그의 말씀은 가시밭에 떨어진 좋은 씨앗처럼 내 밑에서 질식되고 말 것이라는 점을 지적할 수도 있습니다. 그러나 나는 이 모든 것에 대해서는 입을 다물겠습니다. 왜냐하면 말씀드린 것처럼 그것은 오래전에 이미 알려진 옛이야기들이기 때문입니다. 다만 한 가지, 지옥의 모든 악령과 식구 중에서 어느 누구도 우리 마왕 전하의 뜻을 나보다도 더 잘 행동에 옮길 수 있는 악령은 없다는 점만은 명예를 걸고 말씀드리겠습니다. 대왕 전하가 원하고 바라는 것은 오로지 인간들이 변화무쌍함 속에서 편안하고 즐겁고 평화롭게 살

---

5) 『신약성경』 「마태복음」 6장 24절, "한 사람이 두 주인을 섬기지 못할 것이니" 참조.

지 못하고 또한 영원 속에서 구원받은 삶을 영위하거나 즐길 수 없어야 한다는 것밖에 아무것도 없습니다.

내가 바로 한 발을 문안에 들여놓았을 때 얼마나 그들이 괴로워하기 시작하는지 그리고 나에게 마음을 열기 시작한 사람들이 얼마나 걱정하기 시작하는지 보시면 놀라실 것입니다. 또한 내가 전적으로 나의 편으로 만들어놓은 사람들을 한번 보시고 전 지구상에서 그보다 더 비참한 존재가 있는지, 일찍이 어느 지옥의 악령이 그토록 위대하거나 굳건한 믿음이 있는 순교자를 마음대로 괴롭힌 적이 있는지 말씀해보십시오! 내가 지옥 나라에 끌고 들어온 순교자처럼 말입니다. 나는 계속해서 그 순교자에게 본능적으로 반드시 필요한 잠을 빼앗고, 그의 본능이 의무를 다하라고 그에게 강요할 때 나는 반대로 그를 온갖 걱정으로 가득 차게 하고, 악몽을 꾸게 하여 괴롭히고 불안하게 합니다. 그러면 그는 더 이상 안정을 찾지 못할 뿐 아니라, 잠 속에서도 다른 많은 사람이 깨어 있을 때 짓는 죄보다도 더 많은 죄를 지을 정도입니다.

먹을 것과 마실 것, 그 밖에 육신의 욕구를 채우기 위하여 필요한 것으로 나는 가진 것이 많은 사람들을 궁핍하게 만드는데, 궁핍에 익숙해져 있는 가난한 사람들보다 더 궁핍하게 만듭니다. 그리고 내가 때때로 허영(虛榮)을 상대로 관대한 태도를 보이지 않는다면, 그들은 가장 가난한 걸인보다도 더 나쁜 옷을 입었을 것입니다. 나는 그들이 기쁨, 안정, 평화, 쾌락을 누리는 것을 참지 못합니다. 간단히 말해서 그들이 좋다고 하는 것, 그들의 몸이나 영혼에 유익한 것, 특히 다른 현세주의자들이 그토록 추구하는 쾌락은 허락하지 않습니다. 그들이 그것 때문에 우리의 품속에 뛰어들더라도 말입니다. 지상에서 살아서 움직이는 모든 것이 본능적으로 추구하는 육체의 쾌락까지도 나는 재를 뿌려 낭패스럽게 합니다. 한창 피어나는 젊은이를 생산도 못 하고 늙어 죽어가는 역겹고 요물 같은 노파와 짝지어주거나, 아름다운 처녀를 백발의 질투심이 많은 간부(姦夫)와 짝지어주어 불행하게 만들어서 말입니다. 그들이 누릴 수 있는 최대의 즐거움이란 고작 근심과 걱정 속에서 괴로워하는 것뿐입니다. 그들이 느낄 수 있는 최대의 만족은 고작 피나는 노력과 힘든 일을 하면서 그들의 생을 마감하고, 죽어서 가져갈 수도 없는 약간의 붉은 흙을 얻으려고 지옥의 혈로를 뚫는 것입니다.

나는 그들이 신실하게 기도하거나 심지어 좋은 의도로 적선을 하는 것도 허락지 않습니다. 그리고 그들이 종종 금식을 하거나, 더 좋게 말해서 배고픔을 참아도 이것은 신앙심에서 우러나와 하는 것이 아니고, 탐욕인 나를 위해서 무엇을 절약하기 위함입니다. 나는 그들을 몸과 생명의 위험 속으로 몰아넣습니다. 배 위에서 바닷속으로 몰아넣을 뿐만 아니라, 수면 밑으로 가장 깊은 바닥으로까지 가라앉힙니다. 그들은 나를 위해서 지구의 가장 내면에 있는 내장을 뒤져야 하고, 공중에서도 건질 것이 있으면, 그곳에서도 나를 위해 낚시질을 배워야 합니다. 내가 부추겨서 일어나는 전쟁, 거기에서 발생하는 재해에 관해서는 말씀드리지 않겠습니다. 그것은 보편적으로 알려져 있는 사실이기 때문입니다. 얼마나 많은 고리대금업자, 소매치기, 도둑, 강도, 살인자 들을 내가 만드는지도 일일이 열거하지 않겠습니다. 나는 그야말로 나의 편인 사람은 누구나 극심한 근심, 불안, 고통, 수고와 작업의 부담을 지우는 것으로 유명합니다. 그리고 내가 그들에게 육체적으로 끔찍한 고통을 주어서 사형집행인이 따로 필요치 않을 정도입니다. 마찬가지로 나는 그들의 마음에도 고통을 주어서 지옥의 악령이 그들에게 지옥의 맛을 미리 보여주거나 그들을 우리의 추종자로 붙잡을 필요가 없을 정도입니다. 나는 부자들을 불안하게 만듭니다. 나는 가난한 자들을 억압합니다. 나는 정의로 하여금 눈이 멀게 합니다. 나는 없으면 아무도 구원을 받을 수 없는 기독교적 사랑을 쫓아버립니다. 그리고 내게는 긍휼함도 없습니다!"

제5장
은자가 밀림을 떠나서 영국과 프랑스 사이의
바다 위에 떠 있는 배로 자리를 옮기다

탐욕이 아직 자화자찬과 낭비에 대한 험담을 있는 대로 늘어놓는 동안 한 늙고 쇠약한 곱사등이 악령이 나풀거리며 다가왔다. 그는 마치 토끼와 경주를 하고 난 곰처럼 씩씩거렸다. 그 자리에 있던 모든 지옥의 악령들이 그가 무슨 새로운 소식이나 어떤 사냥감을 가져왔는지 귀를 기울이며 들으려 했다. 그는 다른 모든 악령보다 이런 면에서 더 수완이 좋은 것으로 알려졌기 때문이다. 그러나 자세히 들어보니 "거의 그럴 뻔했다는" 것 이외에 실속 있는 내용은 아무것도 없었다. 그가 영국에서 프랑스로 여행 중인 줄루스라는 영국의 귀족과 그의 하인 아바루스에게 접근해서 그 두 사람 또는 그들 중 한 사람을 유혹하려고 했으나 헛수고였다는 것이었다. 한 사람은 고상한 처신과 바른 교육을 받은 품행 때문에, 다른 사람은 순진함과 신앙심 때문에 그가 어찌할 수 없었으므로 이제 루시퍼에게 더욱 많은 구원병을 달라고 요청했다.

마침 재물이라는 악령이 연설을 끝내고 낭비라는 악령이 연설을 시작하려는 찰나였다. 그러나 루시퍼는 말했다. "이야기는 들을 만큼 들었으니, 이제 행동을 보여다오. 지금 다투고 있는 당사자들은 각기 이 두 영국인 중의 한 사람을 불러서 야단을 치기도 하고 열심히 권유도 하고 달래도 보고 압박도 하는 등 있는 재주와 수완을 다 동원하여 그들 중 한 사람 내지 두 사람을 책임지고 괴롭혀서 끝내 우리 지옥 나라에 성공적으로 동화시켜야 한다. 그들을 가장 단단한 끈으로 묶어서 수완 있게 이곳으로 데려오거나 집으로 데리고 가는 자가 상을 차지하고, 다른 악령들보다 우위를 차지할 것이다."

이에 모두가 동의하고, 두 진영은 교만의 제안이 있은 후에 재물은 아바루스를, 반대로 낭비는 줄루스를 공략하기로 합의하였다. 자신의 상대를 추적함에 있어서 지옥 나라의 이익을 위해서 무조건 필요할 때를 제외하고는 어느 쪽도 상대 쪽을 방해하거나 자신의 방식을 강요해서는 안 된다는 것을 엄격한 조건으로 삼았다. 이제 다른 악령들이 이 두 악령에게 열렬히 행운을 기원하고 동행과 지원 등 자신들의 도움을 제안하는 것을 보는 것은 참으로 놀랄 만한 경험이었다. 얼마 후에 지옥의 제국 의회가 끝이 나자, 세찬 바람이 일어났다. 그 바람은 낭비와 탐욕 그리고 그들의 수행원들과 지원자들과 함께 나를 실어 단번에 영국과 프랑스 사이에 있는 바다로 운반해서 두 영국인이 타고 있는 배위에 내려놓았다. 그때 그 두 영국인은 곧 배에서 떠나려는 참이었다.

교만이 곧장 줄루스에게 다가가서 말했다. "신사 나리, 나의 이름은 명성(名聲)이라고 합니다. 귀하께서 방금 낯선 땅에 오셨으니 나를 관리인으로 채용하는 것이 좋을 듯합니다. 나리께서는 남달리 세련된 거동으로 주민들에게 단순한 귀족이 아니라, 역사가 오랜 왕가 출신이라는 것을 보여줄 수 있으실 것입니다. 그렇지 않더라도 그대 나라의 보다 높은 영예를 위해서 영국 사람들이 얼마나 훌륭한 사람들인지를 프랑스 사람들에게 보여주는 것도 해롭지 않을 것입니다."

그러자 줄루스는 하인 아바루스를 시켜 선장에게 도항해준 대가로 크고 두껍지만 예쁜 모양을 한 순금으로 된 금화를 지불케 했고, 선장은 줄루스에게 공손하게 허리를 굽혀 감사하며 여러 번 '나리'라는 호칭을 썼다. 교만은 그 점을 이용하여 아바루스에게 말했다. "보게나, 이렇게 많은 돈을 가지고 있는 자가 얼마나 존경을 받는지!" 그러나 탐욕은 아바루스에게 말했다. "너의 주인이 여기서 쓰는 돈만큼 네가 많은 돈을 가졌다면, 마땅히 너는 그것을 다른 데 쓰겠지. 남아서 저축할 수 있는 돈은 이자를 놓는 것이 더 좋은 법일세. 그러면 본래 수고와 걱정과 위험만이 도사리고 있는 여행으로 그 돈을 아무 이익도 없이 탕진하는 대신에 나중에 무슨 소득이든 소득을 올릴 수 있기 때문일세."

이 두 젊은이가 대륙 땅에 발을 들여놓자마자 교만이 낭비에게 속삭였다. 자신은 첫번째 시도에서 이미 줄루스의 마음에 단순히 접근하기만 한 것이 아니라 아마도 그 안에 확고한 자리를 차지했을 것이라며, 낭비도 다른 보조원의 지원을 받으면 자신의 계획을 더욱더 확고하게 실천에 옮길 수 있을 것이라고 덧붙여 말했다. 자신은 낭비를 모른 체하지는 않겠지만, 그녀의 적수인 탐욕에게도 막상 똑같이 도움을 주지 않을 수 없다고 했다.

친애하고, 존경하는 독자여! 내가 여기서 기어코 이야기를 해야 한다면, 가급적 요약을 해서 그다지 장황하게 하지는 않을 것이다. 고백하지만, 내가 주제넘게도 서술자에게 요구하는 것은 이야기할 때 아무에게도 불필요하게 저지당하지 말라는 것이다. 그러나 내가 여기서 묘사하고 있는 것은 실제의 이야기가 아니라, 하나의 환상이거나 꿈이므로 아주 다른 것이다. 그렇기 때문에 내가 성급하게 굴어서는 안 되고 어느 정도 상세한 내용과 특별한 정황을 언급하여 이 자리에서 사람들에게 전달하고 싶은 것을 분명하게 전달하지 않을 수 없다. 그러므로 사람들이 불조심을 하지 않으면 한낱 작은 불씨가 어떻게 점점 큰 화재로 번지는지 예를 들어서 보여주고자 한다. 이 세상에서 어떤 사람이 단번에 최고로 거룩한 사람인 성인의 단계에 도달하는 경우가 드문 것과 마찬가지로 어떤 신앙심이 깊은 사람이 전격적으로 한순간에 악한 이 되는 것도 드문 일이다. 그 모든 것은 서서히 점차적이고도 단계적으로 일어나는 법이다. 그러므로 나의 환상적인 이야기 속에서도 이 멸망의 단계를 무시해서는 안 될 것이다. 누구든 멸망의 길을 가는 것을 제대로 막기 위해서 나는 그 단계들을 자세히 설명할 것이다. 이 두 젊은이에게도 사냥꾼에게 잡힌 짐승과 똑같은 일이 일어났기 때문이다. 이 짐승은 사냥꾼을 보자 처음에는 도망가야 할지, 서 있어야 할지, 보호자를 만나기도 전에 죽임을 당하게 될지 전혀 알지 못했다.

두 젊은이는 생각보다 더 빠르게 덫에 걸려들었지만, 그렇게 된 이유는 그들에게는 뇌관이 이미 열려 있어, 이런저런 악덕의 불꽃이 붙기만 하면 쉽게 폭발할 준비가 되어 있었기 때문이다. 그들은 어린 가축이 겨울을 나고 봄에 싫증 나는 우리에서 즐거운 풀밭으로 풀려난 것처럼 위험한 협곡과 뾰족한 말뚝 울타리를 생각지 않고 이리 뛰고 저리 뛰기 시작했다. 젊은이들이란 규율이 엄격한 아버지의 감시하에 있지 않고 부모의 시야를 벗어나서 오랫동안 그리던 자유를 얻을 때, 경험과 조심성의 부족으로 아무런 지각도 없는 철부지가 되고 마는 법이다.

위에서 설명한 것처럼 교만이 낭비에게 전달했던 것은 단순히 말로만 그친 것이 아니었다. 그는 즉시 아바루스에게 가서 그곳에서 탐욕이 자신의 길잡이로 보냈던 시기심과 질투심을 만났다. 이 점을 고려해서 교만은 이렇게 말했다. "여보게, 아바루스, 자네나 자네 주인이나 똑같은 사람이 아닌가? 자네는 줄루스와 똑같이 영국인이 아닌가? 그런데 사람들이 그를 주인 나라라고 부르고, 자네를 하인이라고 부르니 어찌된 일인가? 영국이 자네들 두 사람을 낳아서 똑같이 세상에 내보내지 않았는가? 그나 자네나 다 같이 재산을 가지고 있지 않은 이곳에서 사람들이 어떻게 자네를 노복으로 대접할 수가 있나? 그리고 다 같이 바다를 건너오지 않았는가? 만일 자네들의 배가 여행 중에 침몰했다면, 그나 자네나 똑같이, 인간으로서 다 같이 배 안에서 익사하고 말지 않았겠는가? 그가 귀족 출신이라고 해서 돌고래처럼 파도를 헤치고 안전한 항구로 빠져나올 수라도 있단 말인가? 아니면 그가 독수리처럼 자네들의 난파의 발단과 끔찍한 원인을 담고 있는 구름 위로 튀어 올라서 침몰을 모면할 수라도 있겠는가? 아닐세, 아바루스. 줄루스는 자네와 똑같은 사람일세. 그리고 자네도 그와 똑같은 사람일세. 그런데 어째서 그가 자네보다 훨씬 우대를 받는 것인가?"

여기서 재물이 교만의 말에 끼어들었다. "날 수 있을 만큼 깃털이 자라기 전에 새를 보고 날라고 부추기는 것이 무엇에 좋겠는가? 마치 줄루스가 저렇게 된 것은 돈 때문이라는 것을 모르는 것처럼 말일세. 그는 돈일 뿐, 그 밖에 아무것도 아닐세! 그는 돈으로 그렇게 된 것일세. 친구여! 내게 시간을 약간만 주게나. 그러면 고지식한 아바루스에게 줄루스가 지금 낭비하는 만큼의 돈을 벌게 할 수는 없지만, 근면하고 복종하는 자세를 통해서 그를 지금 줄루스와 똑같은 멋쟁이로 만들 수 있는 것을 보게 될 것일세."

그렇게 해서 이미 첫 공략에서 아바루스는 그들의 꼬임에 귀를 기울였을 뿐만 아니라, 그들에게 항복할 결심까지 하기에 이르렀다. 그리고 줄루스도 똑같이 있는 힘을 다해서 교만의 속삭임을 귀담아듣고 그대로 살기를 게을리하지 않았다.

제6장
줄루스와 아바루스는 파리로 가서 즐거운 시간을 보내다

'지체 높은 나리'인 줄루스는 우리가 도착한 그 장소에서 밤을 보냈다. 그리고 다음 날 밤낮을 그곳에서 휴식을 취하고 자신의 변화를 받아들이고, 에스파냐 지배하에 있는 벨기에를 지나 네덜란드 여행을 준비했다. 그는 네덜란드의 통일된 고을을 보고 싶었는데, 그의 부친이 그렇게 하도록 그에게 명시적으로 명령을 내린 것이었다. 이 여행을 위해서 여행용 차를 빌렸다. 원래는 자신과 하인 아바루스만을 위한 것이었으나 교만, 낭비, 탐욕, 온갖 꿈에 부푼 그들의 수행원들이 남아 있길 원하지 않았고, 각자가 마차의 한 자리씩 차지했다. 교만은 지붕 위에, 낭비는 줄루스 곁에, 탐욕은 아바루스의 마음속에 그리고 나는 마차의 뒤쪽에 있는 화물함 '바보상자' 위에 쪼그리고 앉았다. 평소에 이 자리를 차지했던 겸손이 동행하지 않았기 때문이다.

그렇게 해서 나는 운 좋게 자면서 아름다운 도시들을 많이 구경할 수 있었다. 일생 동안 깨어서도 좀처럼 구경할 수 없는 도시들이었다. 우리의 여행은 아무 탈 없이 무난하게 진행되었다. 일행이 위협적인 장애를 만나게 되면 줄루스의 두둑한 돈 지갑이 문제를 해결했다. 우리는 적진을 여러 군데 지나가야 했기 때문에 도처에서 필요한 통행증과 신분증을 발급받아야 했다. 그때마다 그는 돈이 넉넉히 들어 있는 지갑을 풀었던 것이다.

나는 물론 이 지역의 볼거리에는 별로 주의를 기울이지 않았고, 오히려 주로 이미 언급했던 악령들이 시간이 가면서 어떻게 두 젊은이를 더욱 사로잡아서 그들에게 새로운 악덕들이 추가로 어울리게 되었는지를 관찰했다. 곧 줄루스가 호기심에 사로잡혀, 그 때문에 교만이 벌을 받을 것이라는 죄, 이른바 부정(不貞)에게 시달리고 매혹당하는 것을 나는 보았다. 그렇기 때문에 우리는 창녀들이 있는 곳에서는 좀더 오래 머물면서 필요 이상으로 많은 돈을 탕진했다. 다른 한편으로 아바루스는 온갖 수고를 다해서 많은 돈을 모았다. 그는 자신의 주인뿐만 아니라, 우리가 묵고 있는 여관집 주인과 우리에게 식사를 대접하는 사람들까지 속였다. 그 밖에 항상 가능성이 있는 곳에서 그는 곧 유능한 뚜쟁이로 변신했고, 때때로 우리에게 숙소를 제공하는 사람들에게서 하다못해 은수저까지도 훔치기를 서슴지 않았다.

그렇게 우리는 플랑드르, 브라반트, 헤네가우를 지나고, 홀란트, 제일란트, 쥐트펀, 겔데른, 메헬런을 지나서 프랑스 국경을 넘어 결국 파리로 갔다. 그곳에서 줄루스는 구할 수 있는 집 중에서 제일 아름답고 편안한 집을 얻었다. 그는 하인 아바루스에게 귀족의 복장을 입혀 귀공자라고 불렀다. 사람들로 하여금 자신을 더욱더 지체가 높은 사람으로 여기도록 하기 위해서였다. 만일 그의 하인이 귀족이고, 그 귀족이 그를 '나리'라고 부르면, 그 자신은 한낱 평범한 사람일 리는 없고 결국 사람들에게 백작이 틀림없다고 인정받을 수 있었기 때문이다. 그는 또한 즉시 류트 연주자, 검투사, 댄스 교사, 승마 선생, 테니스 코치를 물색해 들였는데, 그들의 기예를 배우기 위해서라기보다 자신의 명망을 높이려는 목적이 더 많이 작용했다. 그러나 그들은 막상 방금 날기 시

작한 젊은이의 주머니에서 순전히 돈을 끄집어내는 데는 이골이 난 사
람들이었다. 그들은 곧 그를 여자들에게 소개했고, 그러면 그는 돈을
쓰지 않고는 그들에게서 빠져나올 수 없었다. 또한 그들은 그를 다른
패에게 안내했는데, 그곳에서는 사람들에게서 돈을 뜯어내는 버릇이 있
어 그는 돈지갑만 열어야 했다. 낭비가 공동으로 줄루스를 공략하고 파
산시키기 위해서 쾌락과 그녀의 딸들을 모두 초대했기 때문이다.

처음에는 그가 공놀이, 말을 타고 창으로 기둥 같은 데에 걸린 화
환 벗겨내기, 희극, 발레, 그 비슷한 점잖은 오락에 도취해서, 관람을
하거나 간혹 직접 경기에 동참하기도 했다. 그러나 점점 익숙해지고 각
각 경기하는 법을 더 잘 알게 되자, 돈을 걸고 주사위와 카드놀이를 하
는 곳에도 갔고, 급기야 가장 흥청대는 유곽을 배회하기까지 했다. 그
의 숙소는 마치 아서왕의 궁정처럼 되어갔다. 그는 매일 수많은 기식자
에게 단순히 채소와 무가 아니라, 값비싼 프랑스식 수프와 맛있는 에스
파냐식 냄비 요리를 대접해서 단 한 번의 식사대가 25피스톨이 넘게 나
오는 때가 종종 있었다. 특히 그가 대부분 불러온 음악가들에게 지불하
는 사례금을 같이 계산할 때 그랬다.

연이어서 빠른 속도로 반짝했다가 곧 다시 수그러드는 새로운 유행
의 옷들도 많은 돈을 삼켰다. 그와 같은 바보짓은 그가 사람들에게 감
탄을 자아낼 수 있는 특권이었다. 그는 외국 귀족으로서 어떠한 복장을
해도 상관이 없었기 때문이다. 그때에 모든 것은 금으로 장식하고 단을
대야 했다. 그는 새 옷을 입지 않고 지나가는 달이 없었고, 그의 가발
에 여러 번 분을 뿌리지 않는 날이 하루도 없었다. 그는 태어날 때부터
아름다운 모발을 지녔었기에 허영에 찬 교만이 그를 설득해서 머리카
락을 잘라내고, 일반적인 관습에 따라 타인의 머리카락으로 장식을 하

게 했다. 교만은 자연적인 머리카락으로 꾸려나가는 별종들은 설혹 그것이 아름답다 하더라도, 자신들은 가난한 녀석들이어서 100두카텐이라는 얼마 안 되는 돈을 주고 한두 개의 아름다운 가발을 사서 쓸 수도 없는 형편임을 광고하고 다니는 것이나 다름없다고 말했다. 간단히 말해서 교만이 생각해내고 낭비가 그에게 주입시킬 수 있는 아이디어는 모두가 그토록 값지고 돈이 드는 것이어야 했다.

이미 아바루스를 완전히 자기편으로 만든 탐욕에게는 이런 생활 방식이 전적으로 마음에 들지 않았지만, 하는 수 없이 이 생활 방법이 전폭적으로 아바루스의 마음에 들도록 신경을 쓸 수밖에 없었다. 이 생활 방식은 그가 활용하기가 쉬운 유일한 방법이었기 때문이다. 그사이 재물이 아바루스를 움직여서 배신에게 복종케 하고, 부를 쌓게 했다. 그러므로 아바루스는 그러지 않아도 가진 돈을 쓸데없이 내던지는 주인에게서 돈을 뜯어낼 수 있는 기회를 될 수 있는 한 놓치지 않았다. 그는 재봉사나 세탁부에게는 예외 없이 그들의 통상적인 임금에서 약간을 공제해서 남몰래 자신의 주머니에 쑤셔 넣었다. 그는 대수롭지 않은 의복 수선비나 구두 닦는 비용을 주인을 상대로 높게 불러, 늘어난 액수를 자신이 챙기기까지 했다. 그리고 큰 액수를 지출할 때는 정당하게든 부당하게든, 자신이 챙길 수 있는 것을 먼저 안전하게 호주머니에 넣었다. 그의 주인이 많은 돈을 처들이는 가마꾼들이 받는 돈에서 자신의 몫을 주지 않을 때는 즉시 갈아치웠다. 파스타 요리사, 간이음식점 주인, 포도주점 주인, 목재상, 생선 장수, 빵집 주인, 그 밖에 다른 생필품 제공자들은 줄루스를 좋은 단골손님으로 확보하려고 할 때는 소득을 거의 아바루스와 나누어야 했다. 그가 금전과 재물의 소유에 있어서 주인과 동등하게 되려는 상념에 사로잡혔기 때문이다. 예전에 마왕 루시퍼가 하나님의 선물로 부자가 되기로 예정되어 있었는데도, 자신의 의자를 감히 지고하신 하나님의 보좌 옆으로 옮겨놓을 생각을 했던 것과 같았다.

그렇게 이 두 젊은이는 자신들이 어떻게 살고 있었는지를 깨닫기 전까지는 아무런 걱정도 생각도 없이 살았다. 줄루스는 세속적인 소유에 있어서는 부자였고 아바루스는 가난했다. 그렇기 때문에 누구나 생각하기를 각자 자신의 신분에 맞추어 살거나, 신분과 형편이 요구하는 대로 살았다고 생각했다. 한 사람은 자신의 부와 우위를 과시하는 멋에 살았고, 다른 한 사람은 가난에서 벗어나 부유한 삶에 도달하려고 노력했고 낭비벽이 있는 주인이 자신에게 제공하는 기회는 빼놓지 않고 모두 이용했다. 그럼에도 불구하고 내면의 감시자요 이성의 빛이요 침묵하지 않는 증인인, 이른바 양심이 발동해서 그 두 사람의 실수를 질책하고 제때에 그들에게 개전을 촉구하기를 소홀히 하지 않았다.

"조심해! 조심해!" 한 목소리가 줄루스에게 말했다. "너의 조상이 모은 재산을 더 이상 그렇게 헛되이 낭비하지 마라. 너의 조상은 너를 위해 그 재산을 모으고, 성실하게 절약하느라고 엄청난 수고와 작업을 해야 했을 것이고 심지어 그로 인해 영혼의 구원을 잃었을지도 모른다. 차라리 그 돈을 유용하게 써라. 그러면 너는 이제부터 하나님, 정직한 사람 그리고 너의 후손들 앞에서 책임을 지고, 이로써 자부심을 느낄 수 있으리라!"

그러나 줄루스의 마음을 움직여 절제하도록 하는 이런저런 유익한 경고와 생각해볼 가치가 있는 충고에 대한 대답은 이랬다. "무어라고? 나는 건달이나 좀팽이가 아니라 귀족이야. 내가 귀족으로 행세하는 데 있어서 거지나 촌뜨기처럼 굴어야 한단 말인가? 아니야, 그건 안 되고 평소에도 그런 적이 없었어. 나는 굶주리고 목마르기 위하여 이곳에 온 것이 아니라고. 그리고 정말 늙은 구두쇠 영감처럼 부정 축재를 하기 위해서 온 것이 아니고, 나의 연금으로 품위를 갖춘 녀석으로 살기 위해서 온 것이라고!"

그러나 그와 같은 충고를 무릅쓰고 그 후에도 그가 단지 "감상적인 생각"이라고 부르는 칭송할 만한 생각들이 떠올라서 그를 가만두지 않고 계속해서 경고를 할 때, 그는 "노세, 노세, 젊어서 노세! 늙어지면 못 노나니!"라는 노래를 부르고, 여자들에게 가거나 다른 즐거운 모임을 찾았다. 그곳에서 그는 마약을 흡입했기 때문에 그의 상태는 점점 더 나빠졌고 결국에 그는 향락주의자가 되고 말았다.

아바루스에게도 내면의 소리가 부와 소유를 추구하는 지금 이 길이 이 세상에서 가장 큰 배신이라고 훈계를 했다. 그리고 그의 임무는 주인을 섬기는 것만이 아니라, 그가 해를 당하는 것을 막아주고 그의 이익을 증진시켜주며, 그로 하여금 정직하고 품행이 바르게 살도록 촉구하고, 수치스러운 악행을 저지르는 것을 경고하고, 무엇보다도 이 세상에 있는 그의 재산을 유지하고 보존하는 데 힘껏 도와주는 것이라고 덧붙였다. 그러기는커녕 그는 이 재산을 갈취하고, 게다가 줄루스로 하여금 더욱 깊이 악덕 속으로 빠져드는 것을 방조하고 있다는 것이다. 도대체 그가 이 사실을 어떻게 해명할 수 있을 것인가? 마지막 날에 모든 것을 고백해야 하는 하나님 앞에서, 외아들을 보호하도록 믿고 맡긴 신앙심이 깊은 줄루스의 부모님 앞에서 그리고 마지막으로 줄루스가 나이를 더 먹고, 어느 날 아바루스의 부주의, 배신 때문에 재산을 잃고 부를 무익하게 탕진했다는 것을 깨달을 때 그 앞에서 어떻게 책임질 수 있을 것인가?

"그러나 아바루스, 아직은 그것이 다가 아닐세! 네가 줄루스의 돈 때문에 그리고 그 자신 때문에 죄책감을 느낌으로써 너는 자신을 절도의 수치스러운 악행으로 더럽히고, 태형과 참수형을 당해야 마땅한 사람으로 만들고 있다. 너는 네 지각이 있는 그야말로 너의 천국 같은 영혼을 배신과 불법으로 쌓으려고 하는 지상의 재물의 진창 속에 처박고 있다. 옛날 이교도인 테베의 크라테스[6]는 정당한 방법으로 벌어들인 재물들을 자신이 부패하지 않기 위해서 바닷속에 던졌다. 그 점에 비춰 보면, 만일 네가 막상 재산을 너의 배신의 큰 바다에서 끌어 올리려고 한다면 그 재산이 너의 몰락이 될 것임을 뻔히 알 수 있다. 그 재산이 너에게 도움이 될 것이라는 것을 어떻게 믿을 수가 있나?"

그와 그 비슷한 건전한 이성과 양심의 훈계가 내면에서 아바루스에게 들려왔다. 그러나 그에게는 자신의 악행을 미화하고 정당화할 수 있는 핑계가 없지 않았다. 그는 줄루스에 대하여 솔로몬의 「잠언」 26장과 관련해서 이렇게 말했다. "무엇이라고? 이 바보에게 명예, 돈 그리고 훌륭한 삶이 무슨 이익을 주겠나? 그는 이와 관련해서 아는 것이 아무것도 없는데 말이야. 그것 말고도 그는 가질 만큼 가지고 있어. 그의 부모가 그 돈을 어떻게 벌었는지 누가 알겠나? 그가 어떻게든 낭비하고 말 것을 남의 손에 넘어가지 않게 내가 가지는 것이 더 좋지 않겠는가?"

이렇게 해서 이 두 젊은이는 눈먼 욕망을 추구했고, 곧 쾌락의 심연에 빠져버렸다. 그 끝에 줄루스는 결국 성병이라는 반가운 손님을 맞아 약 4주간을 땀을 흘리고, 몸과 돈지갑을 정화시키지 않을 수 없었다. 그러나 그것도 그를 더 좋게 만들지 못했고, 경고 구실도 하지 못

---

6) Krates ho Thebai ca(?B.C. 365~?B.C. 285): 견유학파 출신의 그리스 철학자.

했다. 오히려 그 유명한 격언이 그에게는 진실이 되고 말았다. "병자가 쾌유된 것이 오히려 더 큰 화였다."

제7장
아바루스는 손가락 하나 까닥하지 않았지만,
줄루스는 빚을 지고 부친이 세상을 뜨다

아바루스는 많은 돈을 훔쳐서 긁어모은 터라 두렵고 겁이 났다. 그 돈을 어떻게 해야 할지 그리고 어떻게 줄루스에 대한 배신을 숨겨야 할지 몰랐기 때문이다. 그는 줄루스의 눈을 속이려고 하나의 꾀를 생각해 냈다. 돈의 일부를 커다란 독일 은화로 바꾸어 주머니에 넣고 깊은 밤에 주인의 침대로 가서 방금 무엇을 발견했는지 거짓말을 잘 꾸며서 보고를 했다.

"주인어른." 그는 말했다. "조금 전에 나리의 애인 집 앞에서 몇몇 녀석들에게 쫓겼는데, 그때 이 습득물에 걸려 넘어졌습니다. 만일 이 주화가 소리를 지르지 않았다면, 나는 시체를 밟았다고 맹세할 뻔했습니다."

이런 소리를 하면서 돈을 쏟아놓고 말을 계속했다. "이 돈이 다시 돈 주인에게 가게 하려면 어떻게 하는 것이 좋을까요? 그러면 돈 주인이 사례금을 톡톡히 주리라고 기대합니다만."

"이 바보야." 줄루스가 대답했다. "네가 가진 것은 네가 보관해. 그 아가씨에게서 무슨 소식을 가져왔느냐? 어떻게 결심을 했다더냐?"

"오늘 저녁에는 그녀와 이야길 나눌 수 없었습니다." 아바루스가 대답했다. "말씀드렸던 것처럼, 나는 그놈들의 공격을 피해야 했고, 그런 다음에 갑자기 여기 이 돈에 걸려 넘어졌기 때문입니다." 이렇게 아바루스는 거짓말로 둘러댔다. 모든 풋내기 도둑이 실은 물건을 훔쳤으면서도 길에서 주웠다고 주장할 때 하는 것처럼.

이때 줄루스는 부친으로부터 편지 한 통을 받았다. 내용은 그의 생활의 변화를 못마땅히 여겨 화를 내면서, 그처럼 엄청나게 많은 돈을 낭비하는 것에 대한 준엄한 꾸중이었다. 부친은 서신 왕래를 하면서 줄루스에게 어음을 현금으로 교환해준 상인들로부터 줄루스와 아바루스가 저지르는 행동에 대해 모두 들어 알고 있었다. 다만 아바루스가 주인에게서 몰래 도둑질한 것만은 알지 못했다. 그리고 순전히 아들에 대한 걱정으로 그는 중병이 들었다. 상인들에게 편지를 써서, 앞으로는 무조건 파리에서 하찮은 귀족이 생활하는 데 필요로 하는 만큼만 아들에게 주라고 했다. 필요 이상의 돈을 준다면 그 경비는 지출하지 않겠다고 덧붙였다. 그러나 줄루스에게는 만일 행실을 고치고 그의 생활을 바꾸지 않으면, 상속권을 빼앗고 더 이상 자신의 아들로 생각지 않겠다고 엄포를 놓았다.

편지를 읽고 줄루스는 대단히 놀랐지만, 좀더 절약해서 살 각오는 하지 않았다. 설혹 부친의 마음을 진정시키기 위해서 자신의 지출을 줄일 각오를 했더라도 이미 그가 빚더미에 올라앉았기 때문에 더 이상 현실적으로 가능하지가 않았다. 그는 빚쟁이들은 물론 다른 모든 사람에게서 신용을 잃을 위험을 감수해야 했는데, 그의 자존심이 이를 허락지 않았다. 그랬다면 그가 아끼지 않고 기부를 해서 얻은 그의 명성이 땅에 떨어질 것이었다.

그렇기 때문에 그는 자신의 동향인들에게 말했다. "여러 어른들이 아시다시피 나의 부친은 동인도와 서인도로 가는 많은 선박에 관여하고 있을 뿐만 아니라, 우리 고향에 있는 목장에도 해마다 털을 깎을 수 있는 면양을 4천~5천 마리나 소유하고 있어, 누구도 그를 따를 수 없고 정당한 방법으로 그를 능가할 수 있는 사람은 아무도 없습니다. 거기에다 그는 현금과 부동산도 소유하고 있습니다. 그리고 여러분도 아시다시피 내가 장차 부친의 전 재산을 단독으로 상속할 것이고, 우리 부친은 오래 살지 못하십니다. 그러니 누가 내게 여기서 가난뱅이로 살라고 무리한 요구를 할 것입니까? 그것은 우리 국민 모두를 수치스럽게 하는 것이 아니겠습니까? 여러 어른들, 제가 간청하오니, 나에게 이런 수모를 피하게 해주시고 지금까지와 같이 돈을 좀 빌려주십시오. 그 돈은 고마운 마음으로 되돌려드리고, 그때까지 관례적인 조건으로 이자를 계산해드리겠습니다. 그리고 나중에 여러분들이 만족하실 수 있도록 내가 생각해서 추가로 더 드리겠습니다."

그러나 몇몇 사람은 어깨를 으쓱하고, 지금은 남은 돈이 없다고 양해를 구했다. 그들은 정직한 생각을 지닌 사람들이어서 실은 줄루스 부친의 마음을 상하게 하고 싶지 않은 것이었다. 그러나 다른 사람들은 그를 한번 손아귀에 쥐고 돈을 짜낼 수 있는 방법을 곰곰이 생각했다. 그들은 자기들끼리 말했다. 부친이 얼마나 더 살지 누가 알 수 있겠는가? 그리고 아끼는 사람이 있으면, 다음에는 쓰는 사람이 있기 마련인 게야. 그러나 부친이 그에게 재산을 상속하지 않으려고 해도 모친의 몫을 그에게서 빼앗을 수는 없지. 결국 그들은 줄루스에게 다시 1천 두카텐을 빌려주었다. 그 대가로 줄루스는 담보로 원하는 것을 그들에게 저당 잡혔고, 연리 8퍼센트 이자를 주기로 약속했다. 모든 내용은 서면으로 작성되었다. 그러나 그 돈으로 줄루스는 오랫동안 버티지 못했다.

기존의 빚을 갚고 아바루스의 몫을 제하고 나니 그에게 남은 것은 아무 것도 없어서 곧 다시 돈을 좀 빌려야 했고 새로운 담보를 제공하지 않으면 안 되었다. 그 사실을 다시금 그의 부친이 그 거래에 참가하지 않은 다른 영국 사람들을 통해 곧 알게 되었다. 부친은 그 일에 대하여 대로한 나머지 그의 지시를 어기고 아들에게 돈을 준 사람들에게 경고장을 보냈다. 그 경고장에서 부친은 그들에게 전에 쓴 자신의 편지를 상기시키고, 자신은 그들에게 단돈 한 푼도 갚지 않을 뿐 아니라, 그들이 영국으로 귀국하는 대로 자신의 아들에게 낭비를 종용한 청소년 유혹자로 의회에 고발할 것이라는 점을 암시했다. 줄루스에게는 친필로 이제부터는 더 이상 자신의 아들임을 자칭하는 것을 금하고, 다시는 그의 눈앞에 나타나는 일이 없도록 하라고 썼다.

이 소식이 도착하자마자 줄루스의 형편은 다시 악화되었다. 돈은 약간 있었으나, 낭비성 호화 생활을 더 이어가거나 교만과 낭비가 충동질한 대로 몇 마리 말과 필요한 장비를 사들여서 어디서든 주인을 만나 전쟁에 봉사하기에는 턱없이 부족했다. 그렇다고 이를 위해 그에게 돈을 좀 빌려줄 사람도 아예 없어서 충실한 아바루스에게 습득한 돈에서 필요한 액수만큼 꾸어줄 것을 부탁했다. 그러나 아바루스는 대답했다. "주인어른도 내가 가난한 제자에 불과하고, 최근에 하나님께서 주신 것 외에는 가진 것이 없다는 것을 아시지 않습니까?"

'이 아첨꾼 좀 보게.' 나는 혼자 생각했다. '네가 주인에게서 훔친 것을 하나님께서 주신 것이라니? 너는 그가 어려운 처지에 빠졌을 때 그의 돈으로 그를 도와주어야만 하는 것이 아니냐? 그가 아직 가진 것이 있을 때, 그의 것을 먹고 마시고, 계집질하고, 노름을 하고, 유흥으로 탕진하도록 힘껏 도왔던 때보다도 더 많이 도와야 하는 것 아니냐?

너 이 도둑놈! 영국에서 올 때는 양 같았는데, 프랑스에서 탐욕에 사로잡힌 후로 너는 여우가, 아니 늑대가 되어버렸구나.'

아바루스는 말을 계속했다. "내가 막상 하나님이 주신 이 선물을 조심스럽게 다루지 않고 앞으로의 생활 자금으로 저축하지 않는다면, 내가 아직도 희망을 버리지 않고 있는 나의 행복을 경솔하게 모두 잃을까 두려워하지 않을 수 없습니다. 하나님께 축복을 받는 사람은 하나님께 감사를 해야 합니다. 그와 같이 금전을 습득하는 일은 내 생전에 다시는 일어나지 않을 것입니다. 부유한 영국인들까지 가장 좋은 담보가 사라졌다면서 더 이상 땡전 한 푼도 빌려주지 않으려는 마당에 내가 습득한 것을 하필이면 빌려주어서야 되겠습니까? 그러라고 내게 권할 사람이 누구이겠습니까? 게다가 만약 내가 무엇을 얻거든, 그것을 보유해야 한다고 말한 사람은 바로 주인 나리십니다. 그렇지 않아도 내 돈은 은행에 예금되어 있습니다. 내가 아무 때나 그것을 처분하면 이자 손실이 엄청 크므로 그렇게 할 수는 없는 노릇입니다."

이 말은 줄루스의 입맛에는 전혀 맞지 않았다. 그의 충직한 하인이나 다른 사람이 자신과 대화를 할 때 이런 어조로 말하는 것은 이번이 처음이었기 때문이다. 그러나 교만과 낭비가 그에게 신겨준 구두가 꼭 끼긴 했지만 억지로 참고, 심지어 그들에게 동의하면서, 아바루스에게 간청을 해서 그가 사취하고 도둑질한 돈을 모두 빌려 받는 데 성공했다. 그 대신 그는 아바루스의 급료와 그가 4주 내에 받을 수도 있었을 이자를 총액에 가산해서 이 총액에 대한 이자로 연리 8퍼센트를 지불해야 했다. 빌린 돈과 이자에 대한 담보로 이모 한 분에게서 상속받은 남작령(領)을 저당 잡혔다. 다른 영국인들이 증인으로 임석해 지켜보는 가운데 이 모든 것이 온갖 형식을 갖추어 문서상으로 확정되었다. 그리고 그 액수는 파운드화로 600스털링에 달했는데, 독일 돈으로 치면 엄청난 거액에 해당되었다.

계약이 이루어지고, 차용증이 작성되고, 돈을 세자마자, 줄루스에게는 부친께서 세상을 떴다는 기뻐할 만한 소식이 도착했다. 그는 즉시 요란스럽기 짝이 없는 상복을 차려입고 가능한 한 빨리 영국으로 갈 준비를 했다. 모친을 위로하기보다는 유산을 상속받기 위해서였다. 나는 갑자기 줄루스 주변에 전처럼 한 떼거리의 친구들이 몰려드는 것을 보고 놀랐다. 그리고 그가 얼마나 가식적인 행동을 잘할 수 있는지도 목격했다. 그는 다른 사람들과 함께 있을 때면 깊이 슬픔에 잠긴 모습을 보였지만, 아바루스와 함께 있을 때면 이렇게 말했다. "아버지가 좀더 오래 사셨으면, 나는 집에 도착할 때까지 구걸을 해야만 했을 것이네. 무엇보다도 아바루스, 자네가 돈으로 나를 도와주지 않았다면 말일세."

제8장
줄루스는 귀족답게 작별을 하고 영국으로 가지만,
아바루스의 입지는 하늘과 땅 사이에서 *끄떡없게* 되다

줄루스는 먼저 나머지 머슴과 하인, 사동, 그 밖에 아무 쓸모 없이 양식이나 축내는 군식구들을 명예롭게 물러가게 한 후에 아바루스와 함께 서둘러 여행길에 올랐다. 막상 이 이야기가 어떻게 끝났는가를 보려면, 나도 좋든 나쁘든, 함께 출발하지 않을 수 없었다. 우리의 여행은 물론 모두에게 한결같이 편안한 것만은 아니었다. 지금까지 승마 이외에 더 좋은 것을 배우지 못했던 줄루스는 훌륭한 암말을 타고 갔다. 그

의 뒤에는 마치 신부나 애인인 것처럼 낭비가 앉았다. 아바루스는 뒤에 탐욕을 앉히고 거세한 수말을 탔다. 그 모습은 마치 장돌뱅이나 떠돌이가 원숭이를 데리고 장터로 가는 것 같았다. 교만은 마치 이 여행이 자신과는 별 상관이 없는 듯 공중 높이 날아갔다. 그 밖에 악령의 보조원들은 호위 무사처럼 옆에서 행진했다. 그러나 나는 번갈아 말들의 꼬랑지를 꽉 잡고 가면서 영국을 구경했다. 내가 이미 여러 나라를 여행하고 난 터이긴 하지만, 이 작은 나라가 나에게 무엇인가 볼거리를 제공하리라 생각했기 때문이다. 우리는 곧 항구도시에 이르러 말에서 내린 후 배를 타고 순풍에 실려 삽시간에 무사히 바다를 건넜다.

집에 도착했을 때 줄루스는 어머니도 사경을 헤매는 것을 발견했는데, 기다렸다는 듯이 당일 세상을 떠나고 말았다. 줄루스는 단독 상속자이고 성인이 되었기 때문에 단번에 부모가 남긴 유산의 주인이 되었다. 그러자 그는 최근에 파리에서보다도 더 호화롭게 살았다. 상당한 재산을 현금으로 상속받아 『신약성경』「누가복음」 16장에 나오는 부자처럼 살았다. 그야말로 제왕 부럽지 않은 삶이었다. 끊임없이 손님을 초대해서 지인의 범위가 날마다 넓어졌다. 그는 영국의 관습에 따라 남의 부인들과 딸들을 바다로 육지로 안내해서 산보를 했고, 자신만의 트럼펫 연주자, 곡마사, 시종, 익살꾼, 마구간지기, 마부, 하인 두 명, 시동, 사냥꾼, 요리사 그리고 또 한 명의 머슴을 고용했다. 그는 모두에게 관대하게 대했지만, 그의 집사, 관리인 겸 막일꾼이나 다름없던 충직한 여행 동반자 아바루스를 대하는 태도는 각별했다. 그가 프랑스에서 저당 잡혔던 남작령도 갚아야 할 자신의 채무액, 이자, 급료를 합친 대금을 지급한다는 명목으로 실제가보다 몇 배 낮은 가격으로 아바루스에게 소유권을 넘겨주었다. 간단히 말해 그는 누구에게나 그처럼 후하게 대해서 사람들은 그가 프랑스에서 자주 자랑했던 것처럼 옛 왕가 출신이 아니라, 후덕함 때문에 세상 끝날까지 칭송을 받게 될 아서왕의 자손이라고 믿을 정도였다.

그럼에도 불구하고 아바루스는 이 연못에서 낚시질을 하며 자신의 이익을 극대화하기를 멈추지 않았다. 그는 전보다 더 많이 주인에게서 도둑질을 했고, 쉰 살 먹은 유대인보다도 더 인색하게 돈놀이를 하며 폭리를 취했다. 그러나 그가 줄루스를 상대로 저지른 가장 악질적인 장난은 자신이 명망가의 귀부인과 관계를 맺고 임신까지 시킨 후에 주인에게 중매해서, 9개월 후에 생긴 아이에 대한 책임을 그에게 전가한 것이었다. 줄루스는 그녀와 교제를 한 것은 사실이지만 그렇다고 그녀와 결혼을 결심할 수도 없는 터라 대단히 난처한 입장에 놓이게 되었다. 그런 상황에서 충직한 아바루스가 막상 위기 속의 구원자로 등장하여 자신이 줄루스보다 먼저 많은 재미를 보았고, 신세를 망쳐놓은 한 귀부인의 명예를 줄루스로 하여금 회복시켜주도록 권유했고, 줄루스는 이를 따랐다. 그 과정에서 아바루스는 또다시 줄루스의 소유에서 상당한 재물을 슬쩍했다. 그런데도 이처럼 충실한 그의 업무 처리 능력 때문에 그의 주인의 호감은 배가되었다. 그럼에도 불구하고 아바루스는 줄루스에게서 계속 뜯어냈다. 아직 솜털만 있어도 가만두지 않았고, 마지막으로 그루터기만 남았을 때도 그는 그냥 두지 않았다.

어느 날 줄루스는 그의 가까운 친척들과 함께 유람선을 타고 템스 강에서 물놀이를 한 적이 있다. 함께했던 지혜롭고 분별 있는 집안 어른인 그의 삼촌이 평소와는 달리 정중한 말과 오로지 가벼운 질책으로 그를 더 친밀하게 대하면서 재산을 관리하는 방법에 잘못된 점이 있다는 것을 지적했다. 그가 자신과 자신의 재산에 대해 지금보다 더 조심을 하면 좋을 것이라면서 만일 젊은이가 늙어서 무엇이 필요한지를 안다면, 동전 한 푼이라도 쓰기 전에 한 번 이상 수백 번씩 앞뒤로 뒤집어 볼 것이라고 했다. 줄루스는 그 말에 단지 웃기만 하고 손가락에서 반지를 빼어 템스강에 던지면서 말했다. "아, 삼촌, 이 반지가 다시 내 손에 들어오는 것이 불가능한 것처럼, 내가 나의 재산을 헛되이 낭비한다는 것도 불가능한 일입니다."

노인은 한숨을 쉬면서 대답했다. "조심하게, 조카. 왕의 소유도 헛되이 낭비될 수 있네. 하다못해 샘물도 바닥이 날 수 있는 법이거든. 그러니 자네도 조심하게!"

그러나 줄루스는 그를 외면하고, 좋은 뜻에서 한 그의 충고 때문에 그를 사랑하기는커녕 더욱더 미워했다.

조금 후에는 프랑스에서 상인 여러 명이 왔다. 그들은 파리에서 줄루스에게 지급했던 융자금을 이자를 포함해 되돌려 받을 작정이었다. 그들은 그의 삶의 태도가 어떻다는 것과 그의 부모님이 살아 계실 때 알렉산드리아로 보낸 화물을 잔뜩 실은 배 한 척이 지중해에서 해적에게 나포되었다는 소식을 들었던 것이다. 줄루스는 보석으로 지불했다. 현금이 딸린다는 확실한 증거가 아닐 수 없었다. 곧 그에게는 두번째 배가 브라질 해안에서 침몰했고, 줄루스의 부모가 큰 지분을 보유하던 한 영국 함대가 말루쿠 군도 해안에서 네덜란드 사람들에 의해 일부는 파손당하고 일부는 압류당했다는 소식이 전해졌다. 이 소식은 삽시간에 전국에 퍼졌고, 아직도 줄루스에게 받을 것이 있는 사람들 모두가 즉시 전액을 지급받기를 원하는 바람에 세상 끝날에나 올 법한 불행이 갑자기 동시에 그에게 닥쳐온 것처럼 보였다. 그러나 이 모든 격랑은 그의 요리사만큼 그를 놀라게 하지는 않았다. 그의 요리사는 어느 날

의아심에 가득 차서 그에게 금반지 하나를 보여주었다. 그 반지는 그가 잡아 온 생선에서 발견한 것이었다. 줄루스는 즉시 그것이 자신의 것임을 알아차렸고 그 반지를 템스강에 던지면서 무슨 말을 했는지도 잘 기억하고 있었다.

그는 깊이 상심했지만, 희망은 거의 없었다. 그러나 그의 그런 기분을 사람들이 알아차리는 것을 부끄럽게 생각했다. 그때에 그는 참수당한 왕[7]의 맏아들이 군대를 이끌고 스코틀랜드에 상륙한 후 계속 진격해서 부친의 나라를 다시 정복하기를 희망하고 있다는 소식을 들었다. 줄루스는 이 기회를 이용해서 자신의 명망을 유지하려고 했다. 그는 남은 재산을 들여 자신과 수하들을 무장시켰고, 괄목할 만한 기병 일개 중대도 편성해서 아바루스를 그 중대의 중위로 승진시켰다. 그가 함께 가담하면 금으로 된 산을 주겠노라고 약속했다. 이 모든 일은 겉보기에는 크롬웰 경을 위한 일인 것처럼 이루어졌다. 그러나 출동할 모든 준비가 완료되었을 때 그는 자신의 중대와 함께 서둘러 젊은 스코틀랜드 왕을 향해 진군해서 그의 군대와 합류했다. 왕에게 좀더 행운이 이어졌다면 절묘한 작전이 아닐 수 없었다. 그들은 들짐승들처럼 숲속을 돌파하지 않으면 안 되었고, 강도짓과 도적질을 통해서 먹을 것을 해결했으며, 그러다가 결국엔 잡혀서 처형을 당하고 말았다. 줄루스는 도끼로 목이 잘렸지만, 아바루스는 이미 오래전에 당했어야 할 태형을 당했다.

이런 일을 지켜보다 나는 다시 정신이 들었거나 아니면 적어도 잠에서 깨어났다. 그리고 나의 꿈과 이야기를 다시 한 번 머릿속에 되살

---

7) 처형당한 영국 왕 찰스 1세를 가리킨다.

리면서 만일 선심과 절약도 절제하고 한계를 지키는 지혜가 없으면 결국에 가서는 선심은 낭비로, 절약은 곧 탐욕으로 전락할 수 있다는 결론에 도달했다. 그러나 이 경쟁에서 막상 1등을 차지한 것이 탐욕인지 낭비인지는 내가 말할 수 없지만, 그들이 아직도 날마다 항상 우위를 차지하겠다고 다툴 것이라 믿고 있다.

제9장
발트안더스가 짐플리치시무스에게 와서
변하는 사물 그리고 불변하는 사물과 소통하는 법을 가르쳐주다

한번은 내가 숲속에서 이리저리 산책을 하며 한가한 생각에 매달린 적이 있었다. 그때 나는 산 사람 크기의 돌로 된 형상과 마주쳤다. 그 형상은 바닥에 누워 있었고, 옛 독일의 영웅을 조소한 조각처럼 보였다. 로마 병사처럼 고대의 복장을 했고, 앞에는 커다란 슈바벤의 흉의(胸衣) 차림을 하고 있었으며, 내가 보기에는 대단히 예술적이면서도 사실적으로 제작되어 있었다. 내가 좀더 자세히 살펴보며 어떻게 이 형상이 이 황야에 있게 되었을까 자문했을 때, 아마도 여러 해 전에 이 산 위에는 사원이 서 있었고 이 조각상은 그 안에 있는 신상이었으리라는 생각이 떠올랐다. 그렇기 때문에 두루 살펴 낡은 기초를 찾았지만 발견하지 못했다. 그 대신 지레를 보았는데, 그것은 아마도 어떤 나무꾼이 놓고 간 것일 가능성이 있었다. 나는 그것을 집어 들고 조각상으로 다가가서 다른 방향으로 돌려서 어떻게 생겼는지를 보려고 했다. 그러나 내가 지레를 조각상의 목 밑으로 밀어 넣고 약간 쳐들자마자 조각상은 스스로 움직이기 시작하면서 말했다. "나를 그냥 내버려두게. 나는 발트안더스일세."

나는 깜짝 놀랐으나 곧 다시 마음을 가라앉히고 말했다. "너는 발트안더스가 아니고, 곧 다른 것이 되리라는 것을 나는 안다.[8] 처음에 너는 생명이 없는 돌에 지나지 않았는데, 이제는 움직이는 생명체가 되었기 때문이다. 그러고는 또 무엇이 될 것이냐, 귀신이냐 아니면 귀신 어미냐?"

"아니다." 그가 대답했다. "둘 중의 어느 것도 아니다. 너 자신이 방금 말하고 알아차린 것처럼 **'발트안더스(곧 다르게)'**이다. 그리고 나는 네가 사는 동안 날마다 항상 너와 같이 있었는데, 어떻게 나를 알지 못할 수가 있단 말이냐? 그러나 내가 1534년 7월 마지막 날에 뉘른베르크의 제화공 한스 작스[9]와 어떤 일이 있었는지를 한 번도 너에게 말하지 않은 것은 네가 나를 거들떠본 적이 없었기 때문이다. 나는 너를 다른 사람들보다 크게 했다가 곧 작게도 했고, 부유하게 했다가 곧 가난하게 하고, 고귀하게 했다가 곧 천박하게 하고, 즐겁게 했다가 곧 슬프게 하고, 악하게 했다가 곧 선하게 하는 등 한마디로 말해서 이렇게 했다가 곧 저렇게 했는데도 말이다."

내가 말했다. "만일 네가 그것 말고 달리 할 수 있는 것이 아무것도 없었다면, 이번에도 나에게 다시 나타나지 않았을 것이다."

발트안더스는 대답했다. "나는 세상이 천국일 때부터 있었다. 그리

---

8) 발트안더스Baldanders는 띄어 쓰면 Bald anders가 되는데, 이는 '곧 다르게'라는 뜻이다.

9) Hans Sachs(1494~1576): 독일 뉘른베르크 출신의 장인 가수 겸 시인. 그가 지은 시 「내 이름은 온 세계가 다 아는 곧 다르게(Baldanders)」는 1534년 7월 31일에 쓴 것으로 알려져 있다.

고 세상이 존재하는 한 나는 세상에 있으며 활동을 할 것이다. 그리고 너의 마음에 들건 아니 들건 너를 떠나지 않을 것이다. 네가 태어난 흙으로 다시 돌아갈 때까지."

나는 그가 인간과 인간의 삶을 거듭 변화시키는 것 말고는 달리 인간에게 이로움을 줄 수 있는 것은 없는지 물었다.

"암 있지!" 그가 대답했다. "나는 천성적으로 말을 하지 않는 사물들, 예컨대 의자, 걸상, 냄비, 접시 같은 것들과 대화를 할 수 있는 법을 인간에게 가르칠 수 있네. 이미 나는 한스 작스에게도 그 법을 가르쳐주었네. 그의 책을 읽으면 그가 금화와 말가죽과 나눈 대화에 관해서 보고하는 대목이 있네."

"아, 친애하는 발트안더스." 내가 말했다. "제발 이 기술을 내게도 가르쳐주게! 그러면 나는 평생토록 두고두고 자네에게 고마워할 것일세."

"그러세, 내 기꺼이 가르쳐주지." 그는 대답하고 마침 내게 있던 나의 책을 집어 들고 한 사람의 글 쓰는 사람으로 변신한 후에 다음과 같은 글을 썼다.

나는 알파요 오메가이며, 무소 부재한 존재이다.
한 사물에게 일어나는 일을 너 스스로 상상하라, 그런 다음 그것을 가지고 토론하고, 진실과 비슷한 것을 믿어라. 그러면 바보인 너의 호기심이 알고 싶은 것을 알게 되리라.

이 글을 썼을 때 그는 하나의 큰 참나무가 되었고, 그다음엔 곧 한 마리의 암돼지가 되었다가 구운 소시지가 되고 부지중에─실례지만─커다랗게 싸놓은 농부의 똥이 되고, 그 똥은 하나의 아름다운 클로버 풀밭으로 변했다. 그리고 내가 알아차리기도 전에, 쇠똥으로 변했다가 다시 한 송이 아름다운 꽃 또는 나뭇가지가 되었고, 그다음엔 한 그루의 뽕나무로 변했다가 나중에 아름다운 양탄자 등으로 변했다.[10] 그러다가 결국엔 다시 사람의 형상을 취하는 등 한스 작스가 보고한 것보다도 더 자주 모습을 바꾸었다. 나는 그처럼 비약적이고, 빠른 변신에 관해서는 오비디우스[11]나 그 밖의 다른 사람들에게서 읽어본 적이 없다. 그 당시 나는 앞에서 언급했던 한스 작스를 알지 못했다. 그래서 나는 늙은 프로테우스[12]가 죽은 자 가운데에서 부활하여 나를 그의 요술로 속이거나, 악마 자신이 은자인 나를 유혹하고 나를 상대로 사기를 치려는 줄로 믿었다. 그러나 그는 자신이 터키 황제보다도 더 많은 권리를 가지는 동시에 달을 자신의 문장으로 사용하고, 그의 머무름은 지속성이 없으며 또 지속성은 대부분 어떻게든 그에게서 도망가기 때문에 그가 조금도 귀중하게 여기지 않는 가장 나쁜 적이라고 설명했다. 그런 후에 그는 한 마리의 새로 변신해서 재빨리 날아가버렸고 나로 하여금 멍하니 바라보게 했다.

나는 풀 속에 앉아서 발트안더스가 나에게 남기고 간 말들을 깊이 생각해보았다. 내가 그에게서 배우려고 했던 그 요술을 파악하기 위해서였다. 그러나 나는 감히 이 말들을 발설할 용기가 없다. 그 말들은 내가 보기에 진기하게도 독일어가 아니고, 퇴마사가 악령들을 주문으로

---

10) 참나무의 도토리는 돼지 먹이가 되고, 돼지는 구운 소시지가 되고, 이 소시지를 농부가 먹고 농부의 똥이 되고, 농부의 똥은 암소가 뜯는 클로버 풀밭의 거름이 되고, 쇠똥은 다시금 뽕나무 밭의 거름 구실을 하며 이 뽕나무는 누에의 양식이 되고 누에고치에서 다시 명주로 짠 양탄자가 되는, 이른바 자연의 먹이사슬과 같은 순환 현상을 설명하고 있다.
11) Publius Naso Ovidius(B.C.43~A.D.17): 로마의 시인이며 『변신 이야기』의 저자.
12) 그리스 신화에 나오는 포세이돈의 수하로 예언 능력이 있으며 변신의 명수.

불러내고 다른 요술을 부리는 것처럼 이해할 수가 없었다. 그래서 나는 스스로에게 말했다. "만일 네가 그것을 발설하면 어떤 악령을 네가 끌어낼지 누가 알겠느냐. 아마도 이 발트안더스 자체가 이를 통해 너를 유혹하려는 사탄일지도 모른다. 너는 늙은 은자에게 어떤 일이 있었는지를 알고 있지 않으냐."

그럼에도 불구하고 나는 내 책에 쓰여 있는 이 말들에 대한 순전한 호기심을 떨쳐버릴 수 없고, 도리어 상세히 읽어보기를 거듭했고 이리저리 깊이 생각해보았다. 나는 남들이 말 못 하는 짐승들을 이해했다고 하는 것처럼 말 못 하는 사물들과 이야길 하고 싶었다. 내가 여기서 많은 자랑을 하고 싶지는 않지만, 나는 상당히 닳고 닳은 암호 해독자였기 때문에 시간이 가면서 나는 더욱더 갈급하게 되었다. 간단한 예를 들자면, 그 의미를 어떤 사람도 찾아내거나 알아맞힐 수 없는 편지 한 통을 실 위에, 심지어 머리카락 한 올에 써넣을 수 있고, 그것 말고도 분명 여러 가지 비밀문서, 예컨대 트리테미우스[13]의 암호문도 해독할 수 있었다. 나는 이 문서를 이제 다른 눈으로 살펴보았고, 재빨리 발트안더스가 나에게 그 요술을 생생한 예를 통해서뿐만 아니라 이 문서에서 훌륭한 독일어로 내가 기대했던 것보다 훨씬 이해하기 쉽게 전달했다는 것을 발견해냈다. 이로써 나는 만족했고, 더 이상 나의 새로운 학문에 대한 생각을 많이 하지 않고, 도리어 나의 거처로 가서 옛 성인들의 성담을 읽었다. 좋은 선례에 비추어 나의 외로움 속에서 마음을 달래기 위함일 뿐만 아니라 시간을 보내려는 의도였다.

---

13) Johannes Trithemius(1462~1516): 슈폰하임의 수도원장으로 역사상 파우스트 박사의 대화 상대였다. 암호문인 스테가노그라피Steganographie의 발명자로 통한다.

제10장
숲속에 은둔하던 수도사가 순례하는 수도사로 변신하다

내가 책을 펴자 제일 먼저 눈에 뜨인 것은 성 알렉시우스의 생애였다. 그는 온갖 편안함을 경멸해서 부친의 집을 떠나, 경건한 마음으로 여러 성지를 방문하고 마지막에는 어느 계단 밑에서 자신의 순례 생활과 삶을 마쳤다. 지극한 가난 속에서 비할 데 없는 인내와 감탄할 만한 끈기를 보인 그야말로 인고의 삶이었다. "아, 짐플리치우스." 나는 스스로에게 말했다. "그런데 너는 무엇을 하고 있는 것이냐? 하나님은 물론 사람들도 섬기지를 않으며 여기 누워서 게으름이나 피우다니! 혼자 살다가 쓰러지면, 도울 사람이 누가 있겠는가? 너는 여기에서 이웃들과 친절한 교제 없이 밤 부엉이처럼 외롭게 쪼그리고 앉아 있는 대신에 이웃을 돕고 이웃이 너를 돕는 것이 더 좋지 않겠는가? 이곳에 머물고 있는 한 너는 인간사회의 구성원으로서 죽은 사람이나 마찬가지가 아니겠느냐? 만일 이 산에 눈이 덮이고, 이웃들이 네게 더 이상 아무런 생활용품도 가져다주지 않으면 너는 어떻게 겨울을 견디어낼 것인가? 지금은 마치 네가 신탁이나 되는 양 아직은 이웃 사람들이 너를 존경하고 있지만, 그들의 호기심이 시들해지면, 거들떠보지도 않을 것이고, 지금처럼 무엇을 가져다주는 대신에 '하나님께나 도움을 받아라!' 하면서 문 앞에서 너를 쫓아버릴 것이다. 발트안더스가 나타난 것은 아마도 너로 하여금 늦지 않게 정신을 차리고, 이 세상의 변덕에 대비하게 하기 위해서일 것이다." 그와 그 비슷한 의구심과 상념이 나를 괴롭혀서 나는 마침내 숲의 수도사에서 한 사람의 순례하는 수도사나 순례자로 변신할 결심을 했다.

그때 나는 가위를 들고 발까지 내려오는 긴 법복을 짧게 잘랐다. 그 법복은 내가 은자로 있는 동안은 옷으로뿐만 아니라, 침대 깔개와 이불로도 사용되었던 것이다. 잘라낸 부분들의 안팎을 마주 대고 꿰매서 자루나 주머니로 사용할 수 있고, 내가 구걸한 것을 그 안에 보관할 수도 있었다. 나는 제대로 잘 뒤틀린 대강이가 있는 순례자 지팡이가 없어서 돌사과나무의 가지를 지팡이로 이용했다. 그것은 손에 칼을 쥔 적을 때려눕히는 데도 유용하게 쓸 만했다. 후에 내가 방랑길에서 만난 친절한 철물공이 이 막대기에 단단한 쇠꼬챙이를 박아주어서 설혹 내가 늑대를 만나더라도 그것을 가지고 능히 방어할 수 있었다.

그렇게 무장을 하고 길을 떠나서 험한 샤프바흐 계곡을 통과했고, 그곳 신부에게 내가 그의 교구로부터 멀지 않은 곳에서 은자로 살았고, 이제는 경건한 마음으로 성지를 방문하려고 한다는 증명서 또는 확인서를 청구했다. 그러나 이 신부는 나를 제대로 신뢰하지 않았다.

"이 친구야." 그는 말했다. "내가 추측하기로 자네는 어떤 잘못을 저질러서 살던 곳을 그토록 황망히 떠나려는 것 같군. 아니면 제2의 아그리젠토의 엠페도클레스가 되고 싶은 것이든지. 그는 에트나 화산으로 뛰어들어 사람들로 하여금 그를 찾을 수 없게 하여 천국으로 승천했다고 믿게 하려고 했지. 이와 같은 추측들 중에서 하나라도 맞는다면, 내가 자네에게 도움이 될 만한 보다 좋은 증명서를 써줄 수 있을 터인데, 어떤가?"

그럼에도 불구하고 나는 말재주가 있었기 때문에 신앙심에서 오는 순진함과 정직함을 인정받을 만한 말을 해서 그로 하여금 내가 요구하는 증명서를 발행하게 할 수 있었다. 그 과정에서 나는 그로부터 일종의 거룩한 선망 또는 경건한 시기심 같은 것이 느껴진다고 믿었다. 나의 떠남이 그에게는 아주 잘된 일인 것 같았다. 왜냐하면 단순한 사람들은 나의 지나치게 엄격하고 모범적인 생활 태도 때문에 나를 주변의 성직자들보다 더 높이 평가했기 때문이다. 진정으로 성실한 성직자와 하나님의 종과 비교하면, 실은 내가 오직 한낱 가련한 무뢰한에 지나지 않았음에도 말이다.

그 당시 나는 나중처럼 그렇게 불경스럽지는 않고, 여전히 온유한 마음을 지녔고, 누구에게나 호의적이었다. 그러나 내가 다른 늙은 부랑자들을 만나, 그들과 교제하고 그들과 더 많이 즐거운 일에 어울리자마자 나는 시간이 갈수록 더욱더 나빠졌고, 결국엔 사람들이 나를 생계를 해결하기 위해 동냥을 하며 돌아다니는 패거리의 대표, 회장, 감독관으로 여기게끔 되었다. 나의 복장과 행색은 사람들의 동정심을 불러일으킬 만했다. 내가 어떤 고장에 오거나, 특히 주일이나 공휴일에 어떤 도시에 모습을 드러낼라치면 마치 몇몇 어릿광대, 원숭이, 긴꼬리원숭이를 데리고 나타난 떠버리 장사꾼처럼 즉시 군중이 나의 주위에 모여들었다. 그러면 나의 긴 머리카락과 덥수룩한 수염 때문에, 그리고 날씨가 어떻든 모자를 쓰지 않기 때문에 나를 늙은 선지자 또는 다른 기인으로 여기는 사람들이 있는가 하면, 대부분의 사람들은 최후의 심판의 날까지 세상에서 떠돌아다닐 영원한 유대인으로 여겼다. 나는 동냥으로 현금은 받지를 않았다. 그 이유는 내가 은자 생활을 할 때 이 습관이 얼마나 유익한가를 경험했기 때문이다. 어떤 이가 내게 돈을 받도록 채근할 때 나는 "거지는 돈을 지녀서는 안 됩니다"라고 말했고, 그렇게 함으로써 내가 한두 푼의 돈을 거부하는 대신에 사람들이 그 돈으로 살 수 있는 것보다 더 많은 먹을 것과 마실 것을 가져오도록 하는 효과가 있었다.

그렇게 나는 굿아흐 계곡을 오르고, 슈바르츠발트의 고지를 넘어 필링엔으로 갔고, 거기서 다시 스위스를 향해 갔다. 내가 이미 이야기했던 것 말고는 이 길에서 특별히 이야기할 만하거나 특이한 일은 일어나지 않았다. 나는 은둔 생활을 통해 길을 이미 알고 있어서 누구에게 물을 필요도 없었다. 샤프하우젠에 왔을 때, 나는 환대를 받았을 뿐만 아니라, 주민들이 나와 벌인 여러 가지 장난이 지나간 후에 어떤 점잖고 부유한 시민이 친절하게 나에게 숙소를 제공했다. 저녁이 되자 몇몇 악의적인 젊은이들이 나에게 오물을 던지기 시작했지만 직접 여행을 많이 하면서 타향에서 쓴맛, 단맛을 많이 겪은 젊은 귀공자가 나타나서 나를 받아들인 것은 물론 때마침 잘된 일이 아닐 수 없었다.

제11장
짐플리치우스와 면도칼이 나눈 희한한 대화

내가 묵고 있는 집주인은 나를 자신의 집으로 맞을 때 취기가 있었다. 그래서 그는 내가 어디서 왔는지 직업은 무엇인지 더욱더 자세하게 알고 싶어 했다. 내가 많은 사람이 구경할 수 없는 여러 나라를 돌아다녔고 그 나라들, 즉 러시아, 타타르, 페르시아, 중국, 터키 그리고 지구의 반대편에 사는 사람들의 고향에 관해서 알고 있다는 소리를 들었을 때 그는 몹시 감격한 나머지 내게 펠틀리너 포도주와 아디제 포도주만 따라주었다. 그 자신도 로마, 베네치아, 라구사, 콘스탄티노플, 알렉산드리아는 구경한 적이 있다고 했다. 내가 그에게 이들 장소의 명승지와 관습을 이야기하면서 사무엘 폰 골라우[14]의 격언을 단단히 믿고 최선

---

14) 사무엘 폰 골라우Samuel von Golau는 격언 시집 『3,000개의 독일 격언시』를 펴낸 살로몬 폰 골라우(Salomons von Golaw, 1604~1655)를 가리킨다.

을 다해서 이야기를 했기 때문에 그는 가장 멀리 떨어진 나라들과 도시에 대한 이야기일지라도 곧이곧대로 내 말을 믿었다.

거짓말을 하려는 사람은 먼 나라에 대하여 거짓말을 하라!
실제로 그곳에 가서 확인할 수 있는 사람이 누가 있겠는가?

그리고 그것이 성공적임을 확인했을 때, 나는 거의 전 세계를 안 간 곳 없이 돌아다닌 것처럼 이야기했다. 심지어는 플리니우스의 빽빽한 수풀까지 섭렵했다. 이 빽빽한 수풀은 사람들이 이따금 아쿠아 쿠틸리에라는 섬에서 마주치지만, 나중에 다시 찾으려고 애를 써도 밤에는 말할 것도 없고 낮에도 도무지 다시 찾을 수가 없다는 섬이었다. 타타르에서 나는 심지어 맛있는 신비의 식물인 호박도 먹었다. 그 호박은 실은 내가 생전에 보지도 못해서 나의 집주인에게 훌륭한 그 맛을 충분히 설명할 수가 없었는데도 그는 듣자마자 입에 침이 고였다. 나는 말했다. "그 과육은 게 맛이 났고, 색깔은 루비나 붉은 복숭아 같고, 냄새로 말하면 참외와 오렌지 향이 났습니다." 그 밖에도 살아오면서 내가 참여한 전투, 결투, 포위 작전을 이야기하면서 몇 가지 거짓말을 보태기도 했다. 그러기를 그가 원하는 것으로 생각했기 때문이다. 그는 어린아이들이 동화를 들을 때처럼 이런 이야기를 통해 속아 넘어가기를 좋아했던 것이다. 나중에 그는 이야기를 들으면서 잠이 들었고, 나도 아름답게 꾸며진 방으로 안내되어 부드러운 침대에서 즉시 잠이 들었다. 이렇게 금방 잠들어보기는 오래간만에 있는 일이었다.

나는 집 안의 다른 거주자들보다 훨씬 일찍 잠에서 깨어났다. 그러나 어디에서 용변을 봐야 할지 몰랐기 때문에 나의 방을 떠날 수가 없었다. 큰 것은 아니었지만 시간이 지체될수록 더욱 견디기가 어려웠다. 결국 나는 벽걸이 뒤에 이를 위한 예정된 장소가 있는 것을 발견했다. 그 장소를 흔히들 사무실이라고 불렀다. 그러니까 이런 면에서 내가 변소에 가고 싶을 때 기대했던 것보다 훨씬 더 편안하게 살고 있다는 것을 알게 되었다. 서둘러 자리를 잡고, 나의 소중한 밀림이 이 지극히 정교하게 꾸며놓은 방보다 얼마나 장점이 많은가를 깊이 생각했다. 왜냐하면 밀림에서는 외지인이나 현지인이나 내가 방금 겪은 두려움이나 고민 없이 어디에서나 쪼그리고 앉아서 용무를 해결할 수 있기 때문이다. 그와 같은 상념 끝에 그리고 그러면서 머릿속에 발트안더스의 이론과 요술이 다시 떠올랐을 때 나는 옆에 걸려 있는 공책에서 종이 한 장을 찢어 그것으로 그의 동료들 모두가 그곳에 갇혀서 수행해야 하는 임무를 완수했다.

　"아." 그 종잇장은 말을 했다. "나에게 무리하게 요구했던 충실한 근무와 온갖 고통과 위험, 온갖 수고와 불안 그리고 내가 그처럼 오랫동안 극복해온 재난과 참상에 대해서 의리 없는 세상이 이렇게 고마움을 표시하는 것을 보고 나도 이제 받아들여야만 한단 말인가? 아, 무엇 때문에 내가 어렸을 때 방울새나 피리새에게 먹혀서 즉시 배설물이 되지 못했는가? 그랬다면 나는 즉시 나의 어머니인 땅에게 다시 쓸모 있는 존재가 되었을 것이고, 나의 타고난 비만 때문에 여기서 부랑자의 똥구멍이나 닦고 결국에는 뒷간에서 몰락하는 신세가 되는 대신에 어여쁜 들꽃이나 채소를 생산하는 일을 함께 도왔을 것인데! 무엇 때문에 나는 하다못해 나바라의 왕이 궁둥이를 씻겨주는 프랑스 왕의 변소에서라도 쓰임 받지 못했는가?[15] 그랬다면 적어도 도망친 수도승을 섬기

---

15) 후에 와서 프랑스의 왕 앙리 4세가 된 나바라의 앙리 왕자가 왕이 되기 전에 왕궁에서 몸종 노릇을 했던 것을 빗대어서 표현한 것이다.

는 것보다는 더 명예스러웠을 것인데."

나는 대답했다. "네가 하는 말을 들으니, 너는 점잖지 못한 녀석이고, 내가 이제 너를 처넣을 무덤만도 못한 놈이로구나. 네가 제왕에게서든 걸인에게서든 그처럼 냄새나는 장소에 묻히기는 매한가지인 것이다. 네가 그 장소에 관해서는 마음대로 막말과 무례한 말을 하지만, 나는 그 장소를 발견하고 매우 기뻤느니라. 그러나 네가 인간에게 행한 순수한 행동과 충실한 봉사에 대하여 할 말이 있으면, 해보아라! 집 안에는 아직 모두가 잠을 자고 있기 때문에 나는 네 이야기를 들어줄 용의가 있고, 네가 무슨 말을 하느냐에 따라서 너를 위협하는 몰락과 부패를 막아줄 수도 있느니라."

이 말에 대해 면도칼[16]이 대답했다. "플리니우스가 쓴 책 『자연의 역사』 제20권, 제23장의 증언에 따르면 나의 조상은 처음에는 수풀 속에 살았다. 그들은 그곳 소유지에서 원초적 자유를 누리고 살면서 종족을 번식시켰다. 그들은 인간에게 강제로 들풀로 봉사하게 되었고 모두 대마(大麻)라는 이름을 가지게 되었다. 나는 이 대마로부터 나온 씨앗으로 벤첼 황제[17] 시대에 골드소이어 마을에서 싹이 터서 자라게 되었는데, 이를 두고 그곳 사람들은 세상에서 가장 좋은 대마 씨앗이 자라고 있다고 말했다. 거기서 나를 키워준 농사꾼이 초봄에 나의 부모 줄기에서 나를 꺾어내 어느 장사꾼에게 팔았는데, 그 장사꾼은 나를 어디 다른 곳에서 온 대마 씨앗과 섞어서 온갖 사람들에게 팔아 폭리를 취했다.

---

16) 여기서 면도칼(Schermesser)은 화장지(Klopapier)를 일컫는데 농민들 사이에서 회자되는 "소의 엉덩이를 이따금씩 깨끗이 닦을 때에는 면도질하듯 한다"는 속담에 빗대어 화장지를 면도칼로 표현하고 있다.

17) 독일 황제로 통치 기간은 1376년부터 1400년까지였다.

그 상인은 나를 이웃에 사는 농부에게 세스터[18]당 금화 반 굴덴을 받고 팔아 수익을 올렸다. 왜냐하면 갑자기 우리의 가격이 올랐기 때문이다. 그래서 이 소매상인은 나로 인해 이익을 본 제2의 장사꾼이 되었다. 제1의 장사꾼은 나를 재배하고 처음으로 팔았던 농사꾼이다. 그러나 장사꾼에게서 나를 사들인 농부는 거름이 잘된 비옥한 땅에 나를 뿌려서 그곳에서 나는 말, 돼지, 암소 그 밖의 다른 가축의 분뇨 냄새 속에서 썩어들어 못쓰게 되고 말았다. 그러나 여기서 나 자신으로부터 키가 크고 당당한 대마 줄기가 솟아났고, 나는 점점 변신을 거듭해 어릴 적에 이미 스스로에게 이런 말을 했을 정도였다. '이제 너는 조상처럼 종족을 풍성하게 번식시키고, 이전의 어느 누구보다도 많은 씨앗을 생산할 것이니라.' 그러나 내가 경솔하게 이런 희망이 담긴 환상에 젖어 남몰래 기뻐하자마자, 많은 행인에게 나는 이런 소리를 듣지 않을 수 없었다. '삼밭이 얼마나 큰지 보시오. 결국 저기서 나오는 것은 순전히 교수대 올가미일 것이오!' 그 말은 나와 나의 형제들에게 좋은 징조가 아닌 것 같았다. 그러나 우리는 몇몇 점잖고 늙은 농부들이 '자 보시오, 얼마나 질 좋은 훌륭한 대마가 자랐는지!'라고 말하는 것을 듣고 위로를 받았다. 그러나 유감스럽게도 인간들이 소유욕을 부려 어쩔 수 없이 우리가 더 이상 번성하기를 허락지 않는다는 것이 곧 확인되었다. 왜냐하면 우리도 곧 씨앗을 생산하게 되리라고 믿었을 때, 어떤 힘이 센 녀석들에게 무자비하게 땅에서 뽑혀 포로로 잡힌 범죄자처럼 커다란 뭉치로 묶였기 때문이다. 그렇게 해서 그들은 다시 품삯을 받음으로써, 우리로 인해 수익을 올리는 세번째 소득자들이 되었다.

---

18) 바덴 지역의 15리터들이의 체적 측정용 용기.

그러나 그것으로 우리의 고난과 인간의 강압이 끝이 난 것이 아니라, 오히려 이제 겨우 시작에 불과했다. 맥주 종류에도 좋고 나쁜 맥주가 있듯, 인간들은 기교를 부려서 등급과 이름이 있는 재배식물인 우리를 진짜 '인공적인 명품'으로 만들려고 했다. 그러느라 사람들은 우리를 깊은 구덩이로 끌고 가서 차곡차곡 켜로 쌓은 다음 돌로 눌러놓는 바람에 우리는 압착기 속에 처박혀 있는 것처럼 곤욕을 당했다. 이 작업을 해낸 사람은 이로 인해 네번째로 수익을 올렸다. 그런 다음 사람들은 우리를 익사시키려는 듯 구덩이에 물을 가득 채웠다. 그때 이미 우리는 기운이 거의 다 빠졌다. 사람들은 우리를 무두질 용액 속에 잠기게 해서 나중에는 이미 시든 잎사귀의 마지막 장식까지도 완전히 썩고 우리 자신은 거의 질식해서 죽다시피 했다. 그런 후에 사람들은 비로소 다시 물을 빼내고 우리를 꺼내서 푸른 풀밭에 널어놓았다. 그곳에서는 때로는 햇볕, 때로는 비, 때로는 바람이 우리를 공격하여 정다운 공기까지도 우리의 참상과 고통에 깜짝 놀라 변하는 바람에 주변에 있는 모든 것이 악취가 나서 코를 잡거나 적어도 '푸이, 지독하군!' 하고 소리를 지르지 않고는 어느 누구도 우리 곁을 지나갈 수가 없을 정도였다. 그럼에도 불구하고 우리에게 관여한 사람은 이 일로 다섯번째의 임금 소득을 올렸다. 그러나 이와 같은 상태로 우리는 기다려야 했다. 해와 바람이 우리의 마지막 물기를 빼앗아가고, 또 비를 맞아 우리가 완전히 하얗게 표백될 때까지. 그런 다음 우리의 농부는 여섯번째 소득을 올리기 위해 우리를 베 옷감을 짜는 사람에게 팔았다. 그렇게 우리는 한낱 작은 대마 씨앗이었을 때로부터 네번째 주인을 만났다. 이 사람은 우리를 잠시 동안, 그러니까 다른 사업을 끝내고 시간이 나서 필요한 일용 노동자들을 모아 우리를 계속 괴롭힐 수 있을 때까지 헛간에 넣어놓았다. 그렇게 가을이 지나고 다른 모든 들일이 끝났을 때 그는 우리를 차례대로 꺼내서 각기 두 다스씩 난로 뒤에 있는 작은 방에 넣고 열을 가해 매독에 걸린 사람처럼 땀을 빼도록 했다. 그때 지옥과 같은 고통과 위험을 겪으면서 나는 종종 우리가 곧 집과 함께 불길에 싸여서 천국으로 가겠구나 생각했고, 실제로 그런 일이 자주 일어나기도 했다. 그런 후에 우리가 이와 같은 열기를 거치며 제일 질이 좋은 성냥보다도 가연성이 높아졌을 때 그는 우리를 좀더 엄격한 사형집행인에게 넘겨주었다. 그 사형집행인은 우리를 삼을 훑는 기구에 넣어서 우리의 모든 사지를 지극히 잔인한 살인자가 피해자의 사지를 토막 내는 것보다도 더 잘게 수십만 개로 토막을 냈다. 그런 다음 그는 우리의 부서진 사지들이 깨끗해지도록 막대기를 가지고 있는 힘을 다해 미친 듯 마구 때렸다. 그에게서는 땀뿐만 아니라, 그와 어울리는 보람도 솟아 나왔다. 이렇게 그는 우리의 희생으로 소득을 챙기는 일곱번째 사람이 되었다.

이제 우리는 어느 누구도 우리를 더 이상 괴롭힐 생각은 하지 않을 줄 알았다. 우리는 그동안 서로 떨어져 있었지만 동시에 그토록 서로 함께 묶여 있었고, 잡아 뜯겼기 때문에 각자가 누구이고 어디 있었는지 아무도 몰랐고, 도리어 실 가닥과 속껍질을 보고서 우리가 부서진 대마들이라는 것을 인정할 수밖에 없었다. 그러나 그때 처음으로 사람들은 우리를 대마를 가공하는 시설에 집어넣었다. 그 속에서 우리는 으깨지고, 밀쳐지고, 찢어지고, 학대당했다. 한마디로 말해서 마치 사람들이 우리를 가지고 고급 석면, 목화, 명주 또는 적어도 부드러운 아마(亞麻)를 만들려고 작정한 것처럼 분쇄되어 가루가 된 것이다. 이 작업을 통해 대마 세탁공은 나는 물론 나와 비슷한 것을 통해 창출되는 소득을 올리는 여덟번째 사람이 되었다.

같은 날 나는 잘 세탁되고 잘 다듬어진 대마로서 몇몇 늙은 여인들과 수공업을 익히는 아가씨들에게 넘겨졌다. 그들은 나를 전에 당했던 것보다 더 심하게 고문했다. 그들은 여러 삼을 훑는 기계를 가지고 나를 말로 표현할 수 없을 만큼 잔인하게 쪼개놓아서 처음에는 거친 아마를 빗질을 해서 훑어냈고, 그다음엔 물레질할 아마를, 마지막에는 나로부터 단순한 대마를 훑어냈다. 마침내 나는 부드러운 대마와 좋은 상품으로서 칭찬을 받고, 판매용으로 곧게 펴진 채로 포장이 되어 습기가 도는 지하실에 저장되었다. 이는 나중에 촉감이 더욱더 부드러워지고, 무게가 더 나가게 하기 위해서였다. 그렇게 되어 나에게는 재차 짧은 휴식이 주어졌다. 그리고 나는 마침내 그토록 많은 고난을 이겨내고 너희들 인간에게 필요하고 유익한 물건이 된 것을 기뻐했다. 그사이 앞서 말한 부인들은 나로 인해 아홉번째로 임금 소득을 올렸다. 그것은 나에게 특별한 위안이 되었다. 우리는 이제 이 하늘나라의 수(數)이자, 기적의 수인 아홉이라는 수를 쟁취했기 때문에 모든 고문이 끝났기를 희망하게 되었기 때문이다."

제12장
화제는 심각해지고 판결이 집행되다

"다음 장날에 나의 주인은 통방이라고 불리는 공간에 나를 처넣었다. 그곳에서 나는 검사 끝에 좋은 상품으로 인정받고 무게로 달려서, 중간 상인에게 팔렸고, 세금을 물고, 마차에 실려 스트라스부르로 와서 시장의 건물 안으로 반입되었다. 거기서 다시 한 번 검사 끝에 좋다는 평가를 받고, 세금을 물고 어느 상인에게 팔렸다. 그는 수레꾼들을 시켜 나를 자신의 집으로 옮겨서 어느 깨끗한 방에 저장하도록 했다. 이와 같이 거래되는 모든 과정에서 나의 전 주인인 대마 제조인은 열번째, 대마 검사원은 열한번째, 계량소장은 열두번째, 세리는 열세번째, 중간 상인은 열네번째, 마차꾼은 열다섯번째, 시장의 건물주는 열여섯번째, 수레꾼은 열일곱번째로 소득을 올렸다. 이 수레꾼들은 임금 외에도 열여덟번째로 이익을 챙겼다. 그들은 나를 수레에 싣고 배로 가져왔기 때문이다. 그다음에 나는 배를 타고 즈볼러[19]까지 오게 되었다. 그 과정에서 나는 도중에 누가 관세와 비용을 모두 지불했는지, 그러니까 누가 나 때문에 이익을 챙겼는지 일일이 헤아릴 수가 없었다. 그 이유는 내가 꼭꼭 묶여 있어서 아무것도 알지 못했기 때문이다.

즈볼러에서 나는 다시 휴식을 취했는데, 잠시뿐이었다. 나는 그곳에서 중급 상품 또는 영국 상품과는 헤어졌고, 그다음엔 또다시 쪼개지고 고문을 당했다. 한가운데가 두 동강으로 잘려서, 두들겨 맞고 훑어졌다. 나중에는 내가 정화되고 부드러워져서 사람들이 나를 가지고 수도원에서 꼰 실보다도 더 순수한 옷감을 짤 수 있을 정도였다. 그런 후에 나는 암스테르담으로 운반되어 그곳에서 다시 매매된 후 고운 대마실을 만드는 여인들에게 넘겨졌다. 그 과정에서 여인들은 계속해서 내게 입을 맞추고 훑어서 나는 이제 모든 고통이 끝난 줄로 믿을 수밖에 없었다. 그러나 조금 뒤에 다시 세탁되고, 실패에 감겨져서 직조공에게 넘겨졌고, 얼레에 감겨져 풀이 발렸고, 베틀에 얹혀져, 직조되어 고운 네덜란드 아마포로 둔갑하였다. 그런 다음 곧 표백되어 어떤 상인에게

---

19) 라인강의 지류인 에이설 강변에 위치한 네덜란드의 도시.

매각되었고, 그 상인은 나를 엘렌[20] 치수로 재서 다시 팔았다.

그러나 그렇게 되기까지 나는 얼마간의 손실을 감수해야 했다. 나에게서 첫번째로 떨어져나간 거친 삼은 실로 자아서 심지를 만들고 이를 다시 쇠똥에 삶아서 나중에는 화승총에 불을 댕기는 데 사용했다. 두번째로 떨어져나간 찌꺼기를 가지고는 늙은 여인들이 거친 방사를 자아서 그것으로 굵고 질긴 삼베 옷감을 직조했다. 세번째 찌꺼기는 사람들이 수염 방사라 부르는 아직 거친 방사인데, 대마실로 팔렸다. 네번째 찌꺼기는 고운 실로 자아서 옷감으로 직조되는데, 전혀 나의 모습은 찾아볼 수 없다. 하물며 사람들이 나의 동료들, 즉 붕대용 가제로 가공될 다른 대마 막대로 만드는 굵은 밧줄은 말해서 무엇 하겠는가? 그처럼 실제로 나의 모든 족속은 인간들에게 극도로 유용하고, 내가 일일이 헤아릴 수 없을 정도로 이 사람 저 사람이 거기에서 이익을 챙겼다. 마지막으로 직조공이 나를 도둑질하는 쥐들에게 몇 개의 실뭉치째로 던져줌으로써 나는 마지막 손실을 당했다.

어떤 귀부인이 앞서 언급한 상인에게서 나를 구매했다. 그 귀부인은 통째인 옷감을 절단하여 새해 선물로 머슴에게 주었다. 그렇게 해서 내 몸의 대부분을 이루는 부분은 하녀의 몫이 되었고, 그녀는 그것으로 슈미즈를 만들어서, 입고 나타나기를 좋아했다. 그때 내가 들어서 안 사실은 사람들이 처녀라고 부르는 아가씨들이 모두 처녀는 아니라는 것이었다. 서기뿐만 아니라, 주인 자신도 아가씨를 이용할 줄 알았다. 그녀가 못생기지 않은 까닭이다. 그렇지만 오랫동안 잘나가지는 못했다. 왜냐하면 그 귀부인이 언젠가 하녀가 자신의 자리를 대신하는 것을

---

20) 1엘렌은 약 66센티미터.

똑똑히 목격했기 때문이다. 그렇기에 그녀는 욕을 퍼붓지 않고, 교양이 있는 여인처럼 행동해서 하녀에게 임금을 지급하고, 좋은 말로 해고했다. 물론 하녀가 해고된 것이 남편인 귀족에게는 마음에 들지 않았다. 그래서 부인에게 그처럼 몸놀림이 잽싸고, 능숙하고, 부지런한데 무엇 때문에 해고했느냐고 물었다. 그러자 그 귀부인은 대답했다. '걱정하지 마세요, 낭군. 이제부터는 내가 직접 집안일을 챙길 것입니다.'

그런 후에 나의 아가씨는 자신의 온갖 소유물을 가지고 북부 프랑스에 있는 그녀의 고향인 캉브레로 갔다. 그녀가 가진 것 중에서 가장 좋은 속옷은 바로 나였다. 그녀는 상당히 무거운 짐을 가져갔는데, 그녀의 주인과 귀부인이 급료를 넉넉히 주었고 그녀 자신도 열심히 절약을 한 덕이었다. 그녀는 물론 캉브레에서는 전에 살던 곳에서처럼 흥청망청 살지는 않았다. 그러나 몇몇 숭배자를 만났다. 그들은 그녀에게 반해 미치다시피 했고, 그녀 또한 그들을 위해 몸을 씻고 접근을 했다. 그녀는 이제 이것을 직업 삼아 생활비를 벌어야 했기 때문이다. 그녀와 만나는 사람들 중에는 허풍쟁이가 한 사람 있었는데, 그를 농락해서 그녀는 자신을 처녀로 팔았다. 결혼식이 거행되고 밀월 기간이 지나자마자 이 젊은 부부는 자신들의 재산과 수입을 가지고는 지금까지 주인집에서 길들여진 삶을 살 수 없다는 것을 분명히 깨닫게 되었다. 또한 이때에 룩셈부르크에서 병력이 부족했던 터라 나의 젊은 부인의 남편은 그곳에서 기병 소위[21]가 되었다. 그렇게 된 것은 아마도 다른 사람이 그녀에게서 단물을 다 빨아먹고, 그녀로 하여금 남편을 배신하게 만들었기 때문인지도 몰랐다.

---

21) '기병 소위'를 뜻하는 'Kornett'라는 단어는 '간부(姦婦)의 서방'이라는 뜻도 있어 여기서는 말장난을 하고 있는 것으로 보인다.

그 당시 나는 점점 더 명성을 잃고 악명이 높아졌다. 그러자 나의 주인 여자는 나를 절단해서 기저귀를 만들었다. 그녀는 젊은 후계자가 태어나기를 기다리고 있었기 때문이다. 우리는 이 새로 태어난 사생아에게 매일 더럽혀졌고 똑같이 빈번하게 그녀가 빨아대서 결국 실오라기처럼 닳고 해져 더 이상 쓸모가 없어지자 주인 여자는 우리를 버렸다. 그러나 알뜰한 가정부인이었던 주인 여자는 우리를 다시 거둬서 깨끗하게 빨아 다락방에 있는 다른 낡은 누더기와 함께 보관해두었다. 우리는 그곳에서 죽치고 있었다. 나중에 프랑스 도시 에피날에서 한 남자가 와서 우리를 수집해 고향에 있는 제지 공장으로 가져갔다. 그 공장에서 우리는 몇몇 늙은 부인들에게 넘겨져 순전히 작은 걸레 조각처럼 잘게 썰렸다. 그러는 동안 우리는 비명만 지르며, 참혹한 신세를 한탄했다. 그러나 그것으로 일이 끝난 것이 아니었다. 제지 공장에서 우리는 아기들이 먹는 죽처럼 뒤범벅이 되어 대마인지 아마인지 더 이상 구별조차 할 수 없게 되었다. 그런 다음 우리는 석회와 명반에 담가지고, 심지어 물속에서 용해되기까지 하여 형체가 완전히 소멸되었다는 소리를 들을 수 있을 정도였다. 그러나 나는 갑자기 한 장의 고운 종이로 만들어져서 다른 동료들과 함께 한 첩의 종이로, 끝에 가서는 한 연의 종이로 불어났다. 그다음엔 다시 압착기에 눌려서 한 꾸러미로 포장되어 다음 장날에 스위스의 추르차흐로 운반되었다.[22] 거기에서 취리히 출신 상인 한 사람이 우리를 매입해서 집으로 가져갔고, 내가 들어 있는 꾸러미는 어떤 부유한 양반의 관리인 또는 운전수에게 팔렸으며, 그는 나를 커다란 책이나 잡지로 만들었다. 그러나 나는 누더기였던 때부터 이제 서른

---

22) 옛날 종이의 수량을 나타내는 단위로 전지 24장(Bogen)은 1첩(Buch), 20첩은 1연(Ries), 10연은 1꾸러미(Ballen)가 된다.

여섯 사람의 손을 거쳤다.

　나는 제대로 된 전지 한 장인데 책으로 치면 두 장 구실을 한다. 이렇게 만든 책을 이제 관리인은 알렉산드로스 대왕이 호메로스를 평가하듯 그렇게 높이 평가했다. 그 책은 아우구스투스가 열심히 연구했던 그의 베르길리우스였고, 황제 세베루스의 아들인 안토니우스가 열심히 읽었던 그의 오피안[23]이었으며, 라르기우스 리치니우스가 가치를 높이 평가한 플리니우스 2세의 『해설집』이었다.[24] 키프리아누스가 항상 손에 들고 있었던 테르툴리아누스[25]였고, 스키피오가 그처럼 몰두해서 읽었던 『시루스의 교육*Paedia Cyri*』, 플라톤이 마음에 들어 했던 필롤라오스[26]였다. 아리스토텔레스가 높이 평가한 스페우시포스,[27] 타키투스 황제에게 그처럼 큰 기쁨을 제공한 코르넬리우스 타키투스,[28] 카를 5세가 최대의 작가로 인정했던 코미느[29]였다. 요컨대 그 책은 그가 밤낮으로 연구한 그의 경전이었다. 관리인이 그 책을 밤낮으로 연구한 것은 물론 정직하고 정확한 결산을 위해서가 아니라, 자신의 횡령을 은폐하고 배임과 사기 행각을 감추기 위해서였다. 그리고 모든 것을 능숙하게 처리해서, 질서정연한 것처럼 보이기 위해서였다.

---

23) Oppian: 그리스의 시인으로 180년경에 고기잡이에 대한 격언시를 썼다.

24) 옛 로마의 에스파냐 총독 보좌관이었던 라르기우스 리치니우스Largius Licinius는 플리니우스 시니어가 조카인 플리니우스 주니어에게 남긴 160권에 이르는 『해설집 *electorum commentarii*』을 로마 은화 40만 세스테르티우스를 지불하고 살 것을 제안했다고 한다.

25) Tertullianus(?160~?220): 초기 기독교의 옹호자 겸 교회 작가.

26) Philolaos(?B.C.470~?B.C.399): 그리스 피타고라스학파의 철학자 겸 자연 연구가.

27) Speusippus(?B.C.408~?B.C.339): 그리스의 철학자, 플라톤의 조카.

28) Cornelius Tacitus(?56~?120): 로마의 역사가로서 『게르마니아*Germania*』의 저자.

29) Philippe de Commynes(1447~1511): 프랑스의 정치가 및 역사가.

이 책은 완전히 글로 채워졌을 때 책장 속에 넣어져 주인과 주인여자가 세상을 떠날 때까지 그곳에 머물렀다. 그 결과 나는 비교적 오랫동안 휴식을 즐겼다. 그러나 상속재산이 분배되자 상속자들은 나를 찢어서 포장지를 만들었고, 나를 접어서 단을 장식한 저고리 사이에 끼워놓았다. 겉감과 부속품을 상하지 않게 하기 위함이었을 것이다. 모든 포장이 다 풀려 이 자리에서 불에 태워진 후 나는 이 집으로 오게 되었다. 여기에서 내가 인간들에게 충직하게 봉사한 대가를 수령하기 위해서, 즉 구체적으로는 썩어서 없어지기 위함인 참이다. 그러나 틀림없이 너는 내가 그렇게 되는 것을 막을 수 있느니라!"

나는 대답했다. "네가 재배되고 성장해서 결실을 얻게 된 것은 땅의 덕분이다. 그리고 너는 땅에서 영양을 섭취했고, 그 땅의 비옥함은 가축들의 배설물을 통해 유지되었음이 틀림없다. 그렇지 않아도 너는 이미 이 땅에 익숙해 있으면서도 이에 대한 험담만 늘어놓고 있으니 네 본향으로 네가 되돌아가는 것은 어디까지나 지당한 일이 아닐 수 없다. 너의 본래의 주인도 너에게 그렇게 판결을 내렸느니라." 그러면서 나는 판결을 집행했다. 그러나 그 전에 내게 면도칼은 말했다. "죽음이 흙에서 태어난 너를 다시 흙이 되게 할 때, 네가 지금 나를 다루는 것처럼 그렇게 너를 다룰 것이니라. 그리고 네가 이번에 나를 구해줄 수도 있었지만, 실지로는 그렇게 하지 않은 것처럼, 너도 그렇게 될 운명을 모면하지 못할 것이니라."

제13장
잠자리 제공에 대한 감사 표시로
짐플리치우스가 주인에게 가르쳐준 행동 요령

그 전날 밤에 나는 그동안 내가 체득했던 행동 요령을 열거한 목록을 분실했다. 요령의 전모를 파악하고 아무것도 잊지 않기 위해서 작성한 것이었지만, 사람들이 그 요령을 활용하는 데 필요한 수단과 방법을 덧붙여 적어놓았다. 실례를 보여주기 위해서 이 목록의 처음 부분을 여기에 적어본다.

화승총의 심지 또는 화승은 냄새가 나지 않도록 제조할 것.

그 이유는 냄새를 통하여 화승총으로 무장한 보병들의 위치가 노출되고, 작전에 차질이 생기기 때문이다.

화승총의 심지는 젖더라도 불이 붙게 제조할 것.

화약은 사람들이 달구어진 단검을 꽂았을 때에도 불이 붙지 않게 제조할 것. 이는 이 위험한 손님을 대량으로 저장하지 않으면 안 되는 요새에 대단히 유익할 것이다.

인간이나 조류에게 쏠 때는 오로지 화약으로 발사할 것. 그래야만 목표물들이 오랫동안 죽은 듯이 누워 있다가 나중에 아무런 부상도 입지 않고 다시 일어설 수 있다.

엉겅퀴 뿌리나 그 밖에 다른 금지된 물질을 사용하지 않고도 사람에게 두 배의 힘이 생기도록 할 것.

만일 병력 손실 시에는 적의 무기를 파괴할 수 없겠지만, 상황이 반전될 때에는 다음 사격에서 적의 무기들이 산산조각 나도록 조치할 것.

어떤 사람이 가지고 있는 화승총이 그처럼 낡아서 짐승들을 명중시키지 못했을 때에는 총을 어느 특정한 약품으로 다시 청소를 끝낼 때까지 그 짐승을 쫓아버릴 것.

무기를 어깨에 얹어놓고 과녁에 등을 돌림으로써, 통상적으로 정면에서 목표를 향해 조준해 쏠 때보다도 더 잘 과녁에 명중시킬 것.

어떤 사람을 향해 쏠 때는 탄환이 명중하지 않도록 쏠 것.

고요한 밤, 특히 보초 근무를 위해서나 포위 작전 시 유용하도록 먼 곳에서 울리거나 하는 말을 모두 들을 수 있는 도구를 설치하되, 다른 사람들은 들을 수 없게 할 것.

이렇게 나는 많은 행동 요령을 앞서 말한 목록에 기록해놓았는데, 그것을 막상 나의 집주인이 발견하여 보관해둔 모양이었다. 그는 내 방으로 와 그것을 내밀며 그와 같은 일을 자연스럽게 일어나게끔 하는 것이 도대체 가능하냐고 물었다. 그는 이를 믿기가 어렵다는 것이었다. 그러나 그가 젊어서 이탈리아에서 폰 샤우엔부르크 원수를 모실 때, 여러 사람들에게 사보이의 제후들은 탄환을 맞아도 끄떡없다는 소리를 들었다고 고백했다. 원수님은 이 사실을 그가 어떤 요새 안에 포위되어 있던 사보이의 톰마소 왕자에게 시험해보려고 했었다는 것이다. 언젠가 한번 쌍방이 한 시간 동안 휴전하기로 막 합의하고 전사자들을 매장한 다음 협의를 하려고 했을 때 그는 자기 연대의 분대장 한 명에게 명령을 내려 방금 협의를 위해 보루의 흉벽으로 간 왕자를 눈여겨보았다가 휴전이 끝나는 직후에 총탄 한 방을 쏘라고 했다. 그 분대장은 전군에서 가장 우수한 저격수로 통했고, 50보 떨어진 거리에서 자신의 총으로 타고 있는 촛불을 꺼뜨리지 않고 심지만 청소를 할 수 있는 재주를 지닌 병사였다. 그는 조심스럽게 시간을 살폈고, 휴전하는 동안 눈을 떼지 않은 채 주시했다. 그리고 종을 쳐서 휴전이 끝나고 쌍방의 대표들이 다시 안전한 곳으로 갈 때 톰마소 왕자를 향해 총을 발사했다. 그러나 그의 총은 기대를 저버렸다. 그가 다시 총을 장전하는 사이 왕자는 이미 흉벽 뒤로 사라졌다. 그런 후에 그 분대장은 교통호에서 원수님이 가리킨 왕자의 경호원 출신인 스위스 사람을 겨냥해서 명중시켰다. 그 결과 스위스 사람은 황급히 흉벽 밑으로 굴러떨어졌다. 그것을 보고 분명히 깨달을 수 있었던 것은 사보이의 왕자는 사격을 통해 명중시키거나 부상을 입힐 수 없다는 주장에는 틀림없이 일리가 있다는 것이었다. 이 사실이 이제 나의 요령과 같은 것을 통해서도 일어날 수 있는지 또는 이 지체 높은 왕가의 자손은 그야말로 사람들이 말하는 것처럼, 선지자인 다윗왕의 혈족이기 때문에 특별히 하나님의 가호가 있는 것인지, 그는 알 수가 없다는 것이었다.

그렇다면 나도 알지 못한다고 대답했다. 그러나 나의 목록에 들어 있는 요령들은 자연스러운 것이고 마술과는 전혀 상관이 없으니, 만약 그가 나를 믿지 못한다면, 그 요령들 중에 무엇이 가장 초자연적 요술이고 불가능한 기술인 것처럼 보이는지 그냥 말을 해보라고 했다. 그러면 내가 즉석에서 시범을 보이겠는데, 그 시범이 비교적 오랜 준비가 필요치 않아야 한다는 것을 전제로 했다. 나는 곧 출발해서 여행을 계속할 작정이었기 때문이다. 그는 가장 불가능해 보이는 항목은 만약 사람들이 화약을 물속에 쏟았을 때를 제외하고 불과 접촉을 시키지 않으면 화약에 불이 붙지 않아야 한다는 것이라고 말했다. 내가 이 사실을 자연적인 방법으로 과시할 수 있다면, 수적으로는 적어도 60가지나 되는 다른 요령들을 시범을 통해 보지 않고도 믿겠다는 것이었다. 나는 재빨리 약간의 화약과 그 밖에 내가 필요로 하는 얼마간의 다른 물질들과 불을 가져오면 이 기술에 이상이 없다는 것을 보여주겠노라고 했다.

모든 것이 모였을 때 나는 그에게 처리하는 방법을 일러주고, 그로 하여금 불을 붙이게 했다. 그러나 그는 15분 동안 온갖 짓을 다 해보았는데도 불구하고 몇 가지 부스러기에만 불을 붙였을 뿐이었다. 그 과정에서 그는 불에 달구어진 쇠는 물론 심지와 이글거리는 석탄을 화약 속에서 저절로 꺼지게 한 것밖에는 아무것도 한 일이 없었다.

그는 결국 말했다. "그렇군요. 화약이 이제 제 기능을 못 하게 되었군요."

나는 대답하는 대신 직접 작업에 손을 대서 많은 수고를 하지 않고, 그가 열여섯을 세기 전에 그 화약이 불과 접촉을 하기에 앞서 이미 불이 붙어 타도록 조치를 했다. 그러자 그는 말했다. "아! 사람들이 이 기술을 취리히에서 알았다면, 천둥 번개가 화약고를 쳤을 때 그렇게 큰 피해를 입지 않았을 터인데."

이것이 어디까지나 하나의 자연적인 요령이었다는 것을 보고 확신을 얻은 뒤에 그는 잽싸게 인간이 어떤 수단을 통해서 탄환에 맞는 것을 막을 수 있는지 알고자 했다. 그러나 나에게는 그것을 가르쳐줄 마음이 없었다. 그는 친절한 태도로 약속을 해가면서 나를 졸랐으나 나는 돈도 재산도 필요 없다고 말했다. 그러자 그는 나를 위협하기까지 했지만, 그의 위협에 대하여 나는 대답하기를 은자 생활을 한 끝에 순례를 떠나려고 하는 사람으로 하여금 길을 가게 내버려두는 것이 마땅하다고 했다. 그는 나에게 그처럼 융숭하게 대접을 했는데도 배은망덕하다며 비난했다. 그 점에 대해서 나는 대답하기를 내가 지금까지 그에게 가르쳐준 것만으로도 사례는 할 만큼 했노라고 했다. 그가 물러서려고 하지 않자, 나는 그를 놀려먹기로 마음을 먹었다. 왜냐하면 나에게 이 요령을 순리로든, 강제로든 알아내기 위해서 틀림없이 그보다 더 지위가 높은 사람이 올 것이 뻔했기 때문이다. 나는 그가 탄환에 맞지 않는 방법을 알 수 있다면 수단 방법을 가리지 않을 것임을 알았기에 발트안 더스가 나에게 했던 것처럼 그를 계략에 넘어가게 했다. 그리고 거짓말 쟁이가 되지 않고 그러면서도 그에게 올바른 요령을 폭로하지 않기 위해서 이런 쪽지를 주었다.

다음 글이 당신이 탄환을 맞지 않을 수 있는 부적이 되길 바랍니다.

Asa, vitom, rahoremarhi, ahe, menalem renah, oremi, nasiore ene, nahores, ore, eldit, ita, ardes, inabe, ine, nie nei, alomade, sas, ani, ita, ahe, elime, arnam, asa, locre, rahel, nei, vivet, aroseli, ditan, Veloselas, Herodan, ebi menises, asa elitira, eve, harsari erida, sacer, elachimai, nei, elerisa.

내가 그에게 이 쪽지를 주자 그는 나름대로 쪽지를 믿었다. 그 쪽지의 글이 아무도 해독할 수 없는 암호문이라고 생각했기 때문이다. 그러므로 그는 나에게 자비를 베풀어서 심지어 노자로 은화 한두 푼을 더 주려고 했다. 그러나 나는 그것을 받지 않았다. 내가 작별을 위해 기꺼운 마음으로 들고 싶었던 아침 식사는 예외였다. 그런 다음 나는 라인 강을 따라 에글리자우를 향해 내려왔다. 그러나 라인강이 폭포를 이루고 강물의 일부가 커다란 소리와 거품을 내면서 마치 먼지처럼 부서지는 곳에서 나는 자리를 잡고 앉았다.

나는 분명 내게 친절한 대접을 해준 사람에게 나의 요령을 발설하며 기만한 것에 대해 양심의 가책을 느꼈다. 곰곰 생각해보니 아마도 이 바보 같은 내용을 담고 있는 쪽지를 언젠가는 그가 아이들이나 친구들에게 주어서 그들이 그것을 믿고 불필요하게 위험에 빠져 불의의 죽임을 당할 것 같았다. 그렇다면 그들의 불의의 죽음에 대한 책임은 너 말고 누구에게 있겠느냐? 나는 분명 되돌아가서 이 일을 바로잡고 싶었다. 하지만 내가 마음을 진정했을 때, 그가 나를 다시 떠나도록 놓아주지 않거나 적어도 내가 속인 것을 복수할지도 모른다는 두려움이 생겼기 때문에 나는 계속해서 에글리자우를 향해 가면서 음식과 마실 것, 잠자리를 구걸했다. 그리고 종이 반 장을 구해서 그 위에 이렇게 썼다.

지극히 존경하는 점잖고 신앙심이 깊으신 어른께.
저에게 융숭한 대접을 해주신 것에 대해 한 번 더 감사드리고, 하나님께서 수천 배로 갚아주시기를 기도합니다. 아울러 어른께서 장차 너무나 깊이 위험한 길에 나아가서 하나님을 시험하지 않을까 걱정이 된다는 말씀도 드립니다. 왜냐하면 어른께서는 나를 통해 탄환을 맞지 않는 훌륭한 기술을 들어 알고 계시기 때문입니다. 그렇기에 어른께 경고를 하고 그 기술을 좀더 정확하게 설명하고자 합니다. 그 기술이 어른께 불행과 피해를 끼치지 않게 하기 위해서 말입니다. 나는 "다음 글이 당신이 탄환을 맞지 않을 수 있는 부적이 되길 바랍니다"라고 썼습니다만, 어른께서는 이 글을 올바로 이해하시길 바랍니다.
그 모든 단어가 마력은 물론 달리 어떤 힘도 지니고 있지 않은 것을 아셔야 합니다. 만약 어른께서 어느 나라 말도 아닌 각 단어에서 중간의 글자를 끄집어내어 순서대로 배열하시면 이런 결과가 나옵니다. "Steh an ein Ordt, da niemant hinscheust, so bistu

sicher." 번역하면 "총 쏘는 사람이 없는 곳에 가 있으면 너는 안전할 것이다"입니다. 어른께서는 이 말을 따르십시오. 그리고 나를 좋게 기억해주시고, 나의 속임수를 비난하지 말아주십시오. 그 속임수로 나는 보호하고자 하는 사람만 보호하시는 하나님의 보호에 우리 두 사람을 맡깁니다.

년 월 일

다음 날 내게는 통행세를 낼 돈이 없었기 때문에 사람들은 나를 통과시키지 않으려고 했다. 그리하여 나는 어떤 점잖은 남자가 와서 고맙게도 내가 내야 할 통행세를 지불할 때까지 두 시간을 앉아 있어야만 했다. 그러나 이 돈은 내가 보기에 악마인 것이 틀림없었다. 왜냐하면 세관원이 그에게 이렇게 말했기 때문이다. "기독교인 나리, 어떻게 생각하십니까? 이놈을 멸망의 구렁텅이로 빠뜨릴 수 있다고 믿으십니까?"

"나는 모르겠소." 기독교인 나리가 대답했다. "나는 아직 나의 요술을 순례객에게는 시험해보지 않았소. 당신들 세관원에게는 내 요술이 성공적으로 먹히는 것을 알고 있소만."

막상 그 세관원은 실망한 채 거기 서 있었고, 나는 그동안에 취리히를 향해 갔다. 그곳에 도착해서 비로소 나는 나의 편지를 샤프하우젠으로 보냈다. 나는 이 일로 마음이 완전히 편치 않았기 때문이다.

제14장
순례자가 들려준 온갖 허풍

그 당시 나는 돈을 포기하고 싶어도 생계를 위해서 세상에서는 돈이 없으면 살아나가기가 어렵다는 것을 경험했다. 은둔 생활을 원하던 순례자들 중에 돈을 가진 사람은 모두 배를 타고 호수를 거슬러 올라갔다. 나는 그와 반대로 우회를 해서 도보로 가지 않을 수 없었다. 단순히 뱃삯을 지불할 수 없어서가 아니었다. 그것과는 상관없이 긴 길을 단번에 가지 않고, 짧게 나누어 중간에서 묵으며 갔는데 숙소는 어디든 설혹 그것이 공동묘지에 있는 납골당이더라도 만족했다. 그러나 어떤 호기심 많은 사람이 나의 희한한 차림 때문에 나를 청하고 어떤 진기한 이야기를 듣고자 할 때면, 나는 그들이 원하는 대로 이야기를 들려주었다. 특히 내가 긴 여행에서 보고, 듣고, 체험한 것이라고 사칭해서 들려주었다. 그리고 기발한 발상들과 거짓말들 그리고 나이 든 작가와 시인들의 환상적인 아이디어들을 참다운 진실로 인용하고, 나 자신이 그곳에서 직접 겪은 것처럼 설명하기를 마다하지 않았다.

그렇게 나는 예컨대 티비어라고 불리는 소아시아의 민족들 중의 한 민족을 본 것으로 꾸며댔다. 그 민족의 구성원은 한 눈에 눈동자 두 개가 들어 있고, 다른 눈에는 말 한 마리의 그림이 들어 있다는 것이었다. 그리고 이것을 필라르코스[30]의 증언을 들어 증명했다. 나는 갠지스강의 발원지에 살고 있는 아스토미인(人)에게 간 적이 있는데 그들은 먹지도 않고 심지어 입도 없었고, 플리니우스의 증언에 따르면 오로

---

30) Philarchos: 기원전 2세기 전반에 활동했던 그리스의 역사가.

지 코를 통해서 냄새만 맡고 살았다고 했다. 나는 혹해 북안 스키티아에 사는 비티니아 여인들이 사는 곳에도 갔고, 아폴로니데스[31]와 헤시고누스[32]가 증언하는 것처럼 각 눈에 두 개의 눈동자가 있는 일리리아의 트리발리 사람들에게도 갔었다. 몇 년 전에는 밀라이산에 사는 주민들을 알게 되었는데, 그들은 메가스테네스[33]가 보고하는 것같이 여우처럼 여러 개의 발을 가졌으며 발마다 여덟 개의 발가락이 달렸다. 한동안 나는 서부에 있는 혈거인(穴居人)들과도 함께 지낸 적이 있는데, 그들은 크테시아스[34]의 증언처럼, 머리와 목이 없고, 가슴에 눈, 코, 입을 달고 다닌다. 마찬가지로 단지 외발만 지니고 몸 전체를 비와 햇볕으로부터 가리고, 단 하나의 큰 발로도 사슴보다 더 빨리 달릴 수 있는 외발잡이들에게도 가본 적이 있었다. 나는 인육을 먹는 스키티아의 식인종과 인도의 카피르족도 본 적이 있다. 눈을 붕대로 감고 전쟁터에 나가서 싸우는 안다바타들, 사자와 표범의 고기를 먹고 사는 아그리오판 사람, 나무 밑에서 아무 덮개도 없이 편안하게 잠이 드는 아림퍼 사람, 무절제하게 살고 먹고 마시는 것이 최악의 악덕인 박트리아 사람, 모스크바 너머 눈 속에서 살고 있는 사모예드 사람들, 페르시아만 호르무즈에서 무더위 때문에 물속에서 잠을 자는 섬사람들, 여자들이 바지를 입고 다니는 그린란드 사람들, 사람 나이 50이 넘으면 모두 죽여서 신들에게

---

31) Apollonides: 기원후 1세기경에 활동했던 지리학자. 플리니우스의 『자연의 역사』에 등장한다.
32) Hesigonus: 니케아의 만화가(Paradoxograph) 이시고누스를 지칭하는 듯하다. 그가 쓴 작품들은 플리니우스의 『자연의 역사』의 출전으로 통한다.
33) Megasthenes: 기원전 4세기 후반에 활동했던 그리스의 인종학자.
34) Ctesias: 기원전 4~5세기에 활동했던 그리스의 역사가로서 페르시아 역사서 『페르시카Persica』를 썼다.

바치는 바르바리 사람들, 태평양 연안 마젤란 해협 너머에 살고 있고, 여자들은 짧은 머리를 하고 남자들은 긴 머리를 땋은 인디언들, 뱀을 잡아 먹고 사는 콘데 사람들, 리프란트 깊숙이 살고 있으며, 한 해 중 특정한 시기에 늑대로 둔갑하는 비독일인들, 연령이 70세 이상 된 노인을 아사(餓死)시키는 가피인들, 아이들이 태어날 때부터 치아가 나 있는 검은 피부색 타타르인들, 모든 것을 심지어 여자까지도 나누어 가지는 게테인들, 뱀처럼 땅 위에서 기어 다니는 다족인(多足人)들, 외지에서 낯선 사람이 오면 눈물로 맞이하는 브라질 사람들, 손님들을 영접할 때 매를 때리는 모시 사람들, 그리고 심지어 헤로도토스가 주장하는 것처럼 알을 낳고, 거기에서 유럽인들보다 10배는 더 큰 인간을 부화시키는 달나라 여인들까지 보았다.

또한 나는 신비로운 우물도 많이 보았다. 예컨대 비스와강의 발원지에 있는 샘의 물은 돌이 되는데, 그 돌로 사람들은 집을 짓는다. 또는 헝가리 칩스에 있는 샘을 보았는데, 그 물은 쇠를 잠식하거나, 더 정확히 말하면, 쇠를 하나의 원소로 변질시켜서 그 원소를 불에 달구면 구리가 만들어진다. 반면에 비는 황산염으로 변질된다. 같은 곳에서 독이 있는 우물도 보았는데, 사람들이 그 물로 땅을 적시면, 그 땅 위에서는 독초들만 자라고, 그 풀은 차고 기우는 달처럼 늘었다 줄었다 한다. 마찬가지로 그곳에서 제3의 우물을 보았는데, 그 물은 겨울에는 따뜻하지만 여름에는 통째로 얼음이 되어 사람들은 그것으로 포도주를 식힌다. 아일랜드에서는 두 개의 우물을 보았는데, 그중 한 우물의 물을 마시는 사람은 생기를 잃고 늙어지며, 반대로 다른 우물의 물을 마시면 젊고 예뻐진다. 스위스의 엥스틀렌에 있는 우물은 방목 중인 가축들이 물을 마시러 올 때만 흐른다. 그다음엔 아이슬란드에 있는 여러 우물들을 보았다. 그중 한 우물에서는 더운물이 나오고, 두번째 우물에서는 찬물, 세번째 우물에서는 유황, 네번째 우물에서는 녹은 왁스가 나온다. 그 밖에도 스위스의 자아넨란트에 위치한 성 스테판에 있는 물구덩이를 보았는데, 사람들은 그 물의 색깔을 통해 날씨를 미리 예측할 수 있다. 비가 내릴 것 같으면 물이 뿌옇게 되고, 반면에 날씨가 좋을 징조를 보이면 물은 변함없이 맑기 때문이다. 역시 알자스 오버넨하임에 있는 센틀레 냇물도 보았다. 그 물은 나라에 흉년, 페스트 또는 전쟁같이 불행한 일이 일어났을 때에만 흐른다. 알렉산드로스 대왕의 목숨을 빼앗아간 아르카디의 우물도 보았다. 회색의 머리카락을 다시 검게 하는 그리스 시바리스의 물과 여인들의 불임(不姙)을 고쳐주는 세사아우룬카의 샘물도 보았다. 요석과 신장결석을 쫓아내는 이스키아섬의 물, 목욕을 하면 황소들이 하얗게 되는 클리툼누스의 물, 사랑의 상처를 치료해주는 졸레니오에 있는 물, 사랑의 불꽃을 일으켜주는 알레오스의 우물, 오로지 기름만 나오는 페르시아의 우물과 짐차의 윤활유와 마차 기름만 나오는 크론바이센부르크에서 멀지 않은 곳에 있는 다른 우물도 하나 보았다. 사람들이 마실 수 있는 낙소스섬의 물, 순수한 설탕물이 흐르는 아레투사의 샘을 보았다.

또한 나는 유명한 호수, 늪지 그리고 연못들에 관해서도 모두 이야기할 수 있었다. 예컨대 케른텐에 있는 치르크니츠 호수를 들 수 있는데, 그 호수의 물은 가뭄에는 땅속으로 스며들고 길이 2엘렌 되는 물고기들이 바닥에 남는다. 농부들이 물고기들을 잡고 나서 호수 바닥에 씨를 뿌리고, 김을 매주며 가을에 수확을 하고 난 다음에는, 물이 다시 18엘렌 깊이나 차고 다음 해 봄에는 예전과 똑같이 다량의 물고기가 잡힌다. 유대 땅에 있는 사해, 레녹스 백작령에 있는 로몬드호는 길이가

24마일에다 여러 섬들을 포함하며, 그 섬들 중에는 유동하는 섬이 하나 있는데, 그 섬은 바람이 불면 그 위에 있는 가축과 모든 사물이 함께 이리저리 밀려다닌다. 또한 슈바벤에 있는 페더호(湖), 콘스탄츠에 있는 보덴호, 프락트몽산 위에 있는 필라투스호, 시칠리아섬에 있는 카마리나호, 테살리아의 보이베호, 리디아의 기게스호, 이집트의 마레티스호, 아르카디아의 스팀팔로스호, 비티니아의 라스코니오호, 에티오피아의 이코메데호, 암브라키아의 테스프로티아호, 움브리아의 트라시메노호, 스키티아의 마에오티안 늪지, 그 밖에 다른 호수들을 많이 보았다.

또한 나는 세계의 유명한 강들도 많이 보았다. 독일의 라인과 도나우, 작센의 엘베, 보헤미아의 블타바, 바이에른의 인, 러시아의 볼가, 영국의 템스, 에스파냐의 타호, 테살리아의 암프리줌, 이집트의 나일, 유대의 요르단, 스키티아의 히판, 아프리카의 바그라다스, 인도의 갠지스, 아메리카의 리오 데 라 플라타, 라코니아의 에우로타스, 메소포타미아의 유프라테스, 이탈리아의 테베레, 길리기아의 시드누스, 아이톨리아와 아카르나니아 사이의 아켈로스, 트라키아의 보리스테네스, 엿새 동안 흐르다가 일곱째 날 사라져버린 시리아의 사바트, 시칠리아에 있고, 아리스토텔레스의 증언에 따르면 목 졸라 죽임을 당하고 질식된 새들과 다른 짐승들이 다시 살아나고 또한 오비디우스의 증언에 따르면 그 강물을 마시면 오성을 잃는다는 프리기아의 갈루스강을 보았다. 또한 나는 도도나에 있는 플리니우스의 우물을 보았고, 그 속에서 타고 있는 촛불이 꺼지고 꺼진 초는 다시 불이 붙는 것을 직접 시험해보았다. 또한 나는 아폴로니아 우물에도 가보았다. 테오폼푸스[35]가 보고한

---

35) Theopompus: 기원후 4세기에 활동한 그리스 역사가.

바에 의하면, 그 우물은 앞으로 닥칠 모든 불행을 알려주는 신탁인 님프 성전의 술잔이나 다름없다고 한다.

또한 나는 세상의 다른 신비로운 일들에 대한 이야기들, 예컨대 임의대로 한 장소에서 다른 장소로 움직일 수 있는 갈대숲에 관한 이야기를 할 수 있었다. 또한 에트루리아와 로마의 경계에 있는 키민 수풀에도 가보았다. 그곳에서는 순례자의 지팡이를 땅에 꽂으면 안 되었다. 그곳에서는 땅속에 닿는 것마다 즉시 뿌리를 내려서 더 이상 뽑히지 않고 그냥 자라서 커다란 나무가 되기 때문이다. 또한 나는 플리니우스가 언급했던 두 개의 수풀도 보았다. 그 수풀들은 어떤 때는 삼각형, 어떤 때는 사각형, 어떤 때는 원형의 모습을 한다. 그뿐만 아니라 나는 사람들이 어떤 때는 한 손가락으로도 움직일 수 있지만, 어떤 때는 온갖 큰 힘을 다해도 움직일 수 없는 바위도 보았다.

간단히 말해서, 나는 기억할 만한 것과 신비로운 일들을 꾸며서 이야기할 수 있었을 뿐만 아니라, 그들 모두를 내 눈으로 직접 본 것처럼 이야기했다. 심지어 일곱 가지 세상의 기적, 바벨탑, 그 밖에 이미 수백 년 전에 지상에서 사라진 것 같은 유명한 건축물까지도 보았다. 마찬가지로 나는 조류, 짐승, 물고기, 식물이 화제에 올랐을 때에는 나를 접대하는 주인이 원하는 이야기를 해서 그의 귀를 간지럽게 했다. 그러나 내가 현명한 사람들을 상대했을 때에는 전혀 그렇게 다채롭게 이야기하지 않았다. 그렇게 해서 나는 결국 은자의 암자로 가는 데 성공하여 그곳에서 기도를 했고, 그런 후에는 다시 길을 떠나 베른으로 갔다. 그 도시를 구경하고, 사부아 지역을 지나 계속 이탈리아로 가기 위해서였다.

제15장
몇몇 숙박소에서 짐플리치우스에게 일어난 일

나는 도중에 마음씨 좋은 사람들을 만났기 때문에 여행이 편안했다. 그 사람들은 가지고 있는 것을 기꺼운 마음으로 내게 내주었고, 나를 재워주었으며 먹을 것을 주었다. 그리고 내가 돈을 요구하는 법도 없고, 누가 한두 앙스터[36]를 주려고 해도 받지 않는 것을 보고, 그들은 더욱더 즐거운 마음으로 나에게 적선을 베풀었다. 도시에서는 고상한 차림을 한 대단히 젊은 사람이 서 있는 것을 보았는데, 그에게 아버지라고 부르는 여러 아이들이 그의 곁을 뛰어다녔다. 그 모습을 보고 나는 굉장히 이상하다고 생각했다. 왜냐하면 많은 가정의 자제들이 그처럼 일찍 결혼하는 것을 미처 몰랐기 때문이다. 그들은 좀더 일찍이 상당한 지위에 오르기 위해서 이렇게 일찍 결혼을 하는 것이었다. 그는 내가 여러 문전에서 구걸하는 것을 보았고, 많은 몰염치한 걸인들이 하는 대로 거리에서 그에게 말을 걸지 않고, 모자를 쓰지 않아 모자를 벗는 대신 허리를 굽실거리면서 그를 지나쳐 가려고 했을 때 호주머니에 손을 넣고 말했다. "여보게, 왜 자네는 나에게도 적선할 것인지 묻지를 않나? 여기 한 블루트게르[37) 받게!"

나는 대답했다. "나리, 나리께서는 빵을 갖고 계시지 않은 것으로 생각했습니다. 그래서 여쭈어보지도 않은 것입니다. 그러나 제게는 돈이 필요 없습니다. 걸인은 돈을 지니는 법이 없으니까요."

그사이 많은 사람이 가던 길을 멈추었다. 나는 그런 정황에는 이미

---

36) 스위스 동전으로 독일 돈 2페니히에 상당한다.
37) 작은 스위스 은전.

익숙하다시피 했다. 반면에 그는 내게 대답했다. "이 돈을 하찮게 여기는 것을 보니 자네는 걸인치고는 배가 부른 것 같군!"

"아닙니다. 나리. 믿어주십시오. 제가 배가 불러서가 아닙니다." 나는 말했다.

"만일 자네에게 돈이 없다면, 도대체 어디서 묵을 작정인가?" 그는 나에게 물었다.

"지금 나에게는 휴식이 절실히 필요한데 만약 하나님과 착한 사람들이 비바람을 피할 수 있는 헛간만이라도 내준다면, 나는 좋은 대접을 받은 것으로 여기고 만족할 것입니다."

"자네에게 이(蝨)가 없다면, 자네를 우리 집에 받아들여 편안한 잠자리를 제공하겠는데."

내게는 땡전 한 푼 없는 것이나 마찬가지로 이가 없긴 하지만 침대에서 잠을 자는 것이 내게 바람직한지는 모르겠다고 대답했다. 왜냐하면 침대는 나의 심신을 약하게 하고 나의 거친 생활 방식에서 벗어나게 할 수 있기 때문이라고 이유를 댔다. 그때 또 한 사람의 지체 높은 남자가 나타났다. 나이가 든 양반이었는데 그에게 젊은 남자가 말했다. "여기 좀 보세요. 제2의 디오게네스가 나타났습니다!"

"이보게, 사촌 아우." 나이 든 양반이 말했다. "무슨 말을 하는 건가? 그가 누구에게 개처럼 짖어대거나 물기라도 했단 말인가? 한두 푼 주어서 보내게!"

그러자 젊은이가 말했다. "사촌 형님, 그가 돈은 받지를 않아요! 그리고 다른 것도 받지를 않으려고 합니다." 그런 후에 그는 나이 든 이에게 자신이 한 말과 한 짓을 이야기했다.

"아하!" 나이 든 이가 말했다. "사람이 많으면, 생각도 많은 법!" 그는 나를 음식점으로 안내해서 음식을 들게 하고 모든 비용을 책임지도록 하인에게 일렀다. 게다가 젊은이도 나를 향해 내일 아침에 무조건 그에게 오라고 외쳤다. 그러면 훌륭한 아침밥을 먹여 보내겠다는 것이었다.

그렇게 나는 이 혼잡에서 벗어났다. 그곳에서는 내가 여기서 설명하는 것보다 더 많은 질문을 퍼부어 나를 괴롭혔다. 그러나 나는 단지 연옥에서 지옥으로 왔을 뿐이었다. 음식점에는 술 취한 사람들과 정신 나간 사람들이 득실거렸고, 그들은 나의 순례 여행에서 아직 한 번도 겪어본 적이 없을 만큼 나에게 끈덕지게 들이댔다. 누구나 내가 누군지 알려고 했다. 어떤 이는 내가 스파이이거나 끄나풀이라고 말했고, 어떤 이는 내가 재세례파 교인이라고 했는가 하면, 세번째 사람은 나를 바보로 여겼고, 네번째 사람은 나를 신앙심이 깊은 예언자로 여겼다. 그러나 대다수는 내가 이미 언급한 적이 있는 영원한 유대인이라고 믿었다. 그래서 그들은 폭력을 써서 내가 할례를 했는지 하지 않았는지를 확인하려고 했다. 그러나 결국엔 음식점 주인이 나를 긍휼히 여겨 그들로 하여금 그 짓을 못 하도록 나를 떼어놓고 말했다. "그 사람을 그냥 내버려두시오! 그와 당신들 중 누가 더 바보인지 나는 모르겠소." 그런 다음 그는 나를 잠잘 방으로 안내했다.

다음 날 나는 아침밥을 주기로 약속했던 젊은 양반의 집으로 갔다. 그러나 그는 집에 없었다. 그 대신 그의 부인이 아이들을 데리고 밑으로 내려왔다. 아마도 남편이 그녀에게 들려준 기인을 만나기 위해서였을 것이다. 그녀가 하는 말에서 나는 즉시 그녀의 남편이 이날 당연히 태수나 주지사의 직책을 얻게 되리라는 희망을 안고 의회에 가 있다는 것을 눈치챘다. 그녀도 내가 이미 그것을 알고 있다고 가정하는 눈치였다. 그녀는 나보고 잠시만 기다리면, 그가 곧 돌아올 것이라고 했다.

그녀가 말한 것처럼 역시 그는 어느새 골목길을 걸어왔고, 어제저녁보다 훨씬 활기가 없어 보였다. 그가 문에 도착했을 때 그녀는 그에게 말했다. "여보, 어떻게 되었어요?" 그러나 그가 계단을 올라왔을 때 그녀에게 지나가면서 한 말은 이 한마디뿐이었다. "나는 개털이 되었소!"

그때 나는 오늘 여기서 인심 좋게 아침밥을 기대하기는 어렵겠다고 생각하고 살짝 빠져나왔다. 그러나 아이들은 나에 대한 호기심을 버리지 못해 나를 쫓아왔다. 다른 아이들이 그들과 함께 어울렸고, 그들 앞에서 그의 아이들은 방금 자신들의 아버지가 어떤 영광스러운 직책을 얻었는지를 자랑했다. 그들이 다른 아이들에게 "그렇다. 우리 아버지는 개털이 되었다!"라고 외쳤을 때 나는 그들의 단순함과 어리석음을 보고 웃지 않을 수 없었다.

나는 시골에서보다 도시에서 지내기가 훨씬 어렵다는 것을 알아차린 다음에는, 가급적 도시들은 비켜가기로 마음을 먹었다. 사부아 지역을 지나 국경 근처에 올 때까지 나는 우유, 치즈, 응유, 버터 그리고 시골 사람이 준 약간의 빵에 의지해서 견디었다. 어느 날인가 나는 이 지역에서 온몸이 녹초가 되도록 돌아다니다가 비가 동이로 붓듯 쏟아지는 순간에 어떤 성에 가까워졌다. 운수 좋게도 성주 자신이 내가 오는 모습을 보았는데, 나의 희한한 차림뿐만 아니라 나의 끈질긴 인내심을 보고 놀란 것 같았다. 비가 쏟아지고, 그 집이 충분히 비를 피할 만한 기회를 제공함에도 불구하고 내가 비를 피하려고 하지 않았기 때문에 나를 바보나 다름없게 여겼다. 그러나 동정심에서였는지 호기심에서였는지 그는 하인을 내게 내려보냈다. 하인은 내게 말하기를 자기 주인이 내가 누구인지, 이처럼 끔찍하게 비가 내리는 날씨에 무슨 뜻으로 그의 집을 맴도는지 알기를 원한다고 했다.

나는 대답했다. "친구여, 주인에게 가서 나는 변덕스러운 행운의 여신의 노리갯감, 전형적 방랑자, 무상한 인생의 거울이라고 전하게. 그러나 내가 궂은 날씨에 이처럼 돌아다니는 것은 비가 내리기 시작했을 때부터 나에게 숙소를 제공하겠다는 사람이 아직 아무도 없었다는 것을 뜻할 뿐이라네."

하인이 주인에게 이 사실을 전달했을 때 주인이 말했다. "그런 말을 하는 것을 보니 바보는 아니구나. 그렇지 않아도 곧 밤이 되고 날씨가 이처럼 궂으니 설혹 개가 왔더라도 문전박대는 하지 않을 것이다." 그리하여 그는 나를 성안으로 들였고, 머슴들 방으로 안내했다. 그곳에서 나는 발을 씻고 나의 법복을 말렸다.

이 귀족은 젊은이 한 사람을 고용하고 있었는데, 그는 관리인이자 아이들의 가정교사일 뿐만 아니라, 서기 또는 시쳇말로 비서 등 여러 역할을 했다. 이제 그 젊은이가 나를 보고 어디서 와서, 어디로 가는지, 어느 나라 사람이고, 신분은 어떤지 물었다. 나는 그에게 무슨 일이 있었고, 어디에 살았으며 또한 은자로서 암자에도 거주했고 이제는 성지를 찾아가볼 작정이라고 말했다. 그는 그 모든 것을 주인에게 가서 보고했다. 그다음에 주인은 나를 그의 저녁상에 초대했다. 그 자리에서 나는 소홀치 않은 대접을 받으며 성주의 염원에 따라 그의 서기에게 이야기했던 것을 모두 다시 한 번 반복하지 않으면 안 되었다. 내가 떠나온 지역에 대한 그의 질문은 아주 자세해서 그 자신이 그곳 출신이라고 믿을 정도였다. 그리고 잠잘 시간이 되자, 그는 하인에게 촛불을 들고 앞서게 해서 나를 아름답게 꾸며진 방으로 안내했다. 그 방은 백작 같은 귀족이라도 잠을 자기에 손색이 없었다. 이와 같이 과장된 친절이 나를 어리둥절하게 만들었다. 그가 이런 친절을 베푼 것은 내가 믿기로 그가 나를 신앙심이 깊은 순례자로 보고 경건한 존경심에서 비롯된 처사이리라는 것 말고는 달리 설명할 수가 없었다. 그러나 실은 그 뒤에 다른 뜻이 숨어 있었다. 내가 자리에 눕자 그가 하인과 함께 촛불을 들고 문 곁으로 와서 이렇게 말했다. "자, 그럼 짐플리치우스 씨, 편히 주무시오! 나는 당신이 평소에 유령을 두려워하지 않는다는 것을 잘 알고 있소. 그러나 내가 당신에게 말해두는데, 이 방에서 돌아다니는 유령은 채찍으로는 쫓을 수가 없다오." 그런 다음 그는 문을 닫고 나로 하여금 불안과 걱정에 사로잡히게 하고는 모른 체했다.

나는 이리저리 곰곰이 생각해보았지만, 이 양반이 나를 어디에서 알게 되어 나의 예전 이름까지 부른 것인지 한참 동안이나 도무지 생각이 떠오르지를 않았다. 그러나 오랜 심사숙고 끝에 내가 예전에 나의 친구인 헤르츠브루더가 이미 죽고 난 후 탄산천에서 몇몇 귀족들 및 대학생들과 어울렸고, 그때 우리가 밤 귀신을 화제로 이야기했던 것이 기억났다. 그때 스위스 사람 두 명도 함께 있었다. 그들은 형제간이었는데 자신들의 아버지 집에 밤뿐만이 아니라, 낮에도 종종 소란이 일어나는 불가사의한 사건에 대해 이야기했었다. 그 당시 나는 그들에게 이의를 제기하고, 밤 귀신을 무서워하는 자는 그 밖의 일에도 비겁자라고 지나치게 우쭐대며 주장했었다. 그때 형제 중 한 사람은 흰옷을 입고 있었는데 밤에 나의 방으로 기어 들어와서 덜커덕거리는 소리를 내기 시작했다. 그는 나에게 겁을 줄 작정이었다. 그리고 내가 놀라고 순전히 두려움을 못 이겨 침대 속에 뻣뻣이 누워 있으면, 그는 내게서 이불을 빼앗고 욕설을 퍼부어서 나의 방자함을 복수할 작정이었다. 그러나 그가 법석을 떠는 바람에 나는 잠에서 깨어 즉시 침대에서 뛰어나오면서 우연히 채찍에 걸려 넘어졌고, 그 바람에 귀신의 옷자락도 내 손에 단단히 잡히고 말았다. "어렵쇼." 나는 외쳤다. "귀신들이 흰옷을 입고 돌아다니면, 처녀가 부인이 되는 법이오. 그러나 당신은 여기 번지수를 잘못 찾아 들어오셨소. 귀신 나리!" 이렇게 말하며 그가 나에게서 벗어나 문밖으로 빠져나갈 때까지 되게 후려쳤다.

내게 이 과거사가 다시 떠오르고, 다시 한 번 나의 집주인이 마지막으로 한 말을 돌이켜 생각했을 때 장차 무슨 일이 닥쳐올 것인지 어렴풋이 짐작이 갔다. 나는 스스로에게 밀했다. 만약 그 두 형제가 자기 아버지 집에 있는 무서운 유령들에 대하여 한 말이 진실이라면, 너는 틀림없이 그 유령들이 가장 고약하게 법석을 떨던 그 방에 누워 있는 것이다. 그러나 그 두 사람이 순전히 심심해서 허풍을 친 것이라면 그들은 이제 틀림없이 너를 똑같이 채찍질하여 내쫓아서 너로 하여금 그 일을 쉽게 잊지 않고 기억하도록 할 것이다.

그와 같은 생각 속에서 나는 일어나 창문 밖으로 뛰어나가려고 했다. 그러나 창문엔 창살이 달려 있었고, 최악은 내가 무기를 가지고 있지 않다는 것이었다. 하다못해 순례자의 지팡이조차 가지고 있질 않았다. 그것이라도 있었으면 궁지에 몰렸을 때 나를 방어할 수도 있었을 텐데 말이다. 그러므로 나는 비록 잠을 잘 수는 없었지만, 다시 자리에 누워서 불안과 겁에 질린 채 이 스산한 밤이 내게 무엇을 가져올 것인지 기다렸다.

내가 안에서 굳게 잠갔음에도 불구하고 밤중에 문이 열렸다. 첫번째로 당당한 풍채에 긴 수염까지 달려 품위가 넘치는 한 남자가 들어왔다. 그는 흰 공단으로 지은 고풍의 법복을 입고 있었는데, 그 법복의 안감은 금색의 꽃과 사향고양이의 모피로 이루어져 있었다. 그를 따라 세 명의 장정이 들어오자 촛불이나 그 밖의 어떠한 불빛을 밝히지 않았는데도 마치 횃불을 들고 있는 것처럼 방 안 전체가 환해졌다. 나는 이불을 입과 콧등까지 끌어당겼다. 나는 놀라움과 두려움에 가득 찬 나머지 구멍 속에 앉아서 밖으로 나오지 못하고, 모든 것이 안전한지 살피기만 하는 한 마리의 생쥐 같은 모습을 하고 있었다. 그와 반대로 그들은 나의 침대로 와서 꼼짝 않고 누워 있는 나를 오랫동안 바라보았다. 한동안 그렇게 시간이 흘렀다. 그런 다음 그들은 방구석으로 가서 바닥에 깔려 있는 구들장을 들어 올리고, 그곳에서 이발사가 수염을 가지런히 하는 데 필요한 도구를 모두 꺼냈다. 이 도구들을 가지고 그들은 내게로 와서 의자를 방 한가운데에 놓고, 나보고 일어나서 의자에 앉아 그들로 하여금 머리를 깎게 하라는 시늉을 손짓, 발짓으로 했다. 그러나 내가 꼼짝 않고 누워 있으니까 그들 중에 가장 지체가 높은 사람이 손을 뻗어 나의 이불을 걷어치우고, 강제로 나를 의자 위에 앉히려고 했다. 그때 나의 등줄기가 얼마나 오싹했을지는 누구나 쉽게 상상할 수 있을 것이다. 나는 이불을 잡고 말했다. "나리들, 무슨 짓을 하려고 그러십니까? 무엇 때문에 당신들이 나의 머리를 깎을 필요가 있습니까? 나는 단지 가난한 순례자이고, 비와 바람, 햇볕으로부터 머리를 보호하기 위해서 가진 것이라곤 오로지 머리카락뿐입니다. 그뿐만 아니라 당신은 내가 보기에 이발사 같지도 않습니다. 그러니 내 머리카락을 그대로 내버려두시오."

그러자 가장 지체 높은 사람이 대답했다. "말할 것도 없이 우리는 이발사일세! 아주 훌륭한 이발사지! 그러니 자네가 우리를 도와주어야겠네. 만일 자네의 머리를 깎지 않고 그냥 두려면, 우리가 부탁하는 것을 도와주겠다고 약속을 해야 하네."

나는 대답했다. "당신들을 돕는 것이 내가 할 수 있는 일이고, 당신들이 필요로 하는 일이라면 내가 할 수 있는 모든 일을 다 하겠다고 약속하겠소. 그러니 내가 어떻게 당신들을 도와야 하는지 말씀해보시오."

그러자 노인이 말했다. "나는 지금 성주의 조상인데, X 가문 출신의 나의 사촌과 그가 법적으로 소유하고 있는 Y. Z. 이 두 마을 때문에 불법적인 싸움이 시작되었다네. 온갖 꾀와 궤변으로 여기 있는 이 세 사람이 사로잡혀 우리의 판사로 선임되었네. 그런 다음 나는 온갖 약속과 협박을 통해 이 세 사람으로 하여금 앞서 말한 두 마을을 나의 소유로 인정하게 하는 데 성공했네. 그런 다음 나는 그곳에 있는 농노들의 머리를 깎고, 뜸을 뜨고, 그들의 머리를 씻기기 시작해서 상당한 돈을 모았네. 그 돈은 지금 저기 구석에 보관되어 있고, 그때부터 그것은 나의 골칫거리가 되어 나를 괴롭히고 짜증나게 할 뿐만 아니라, 나의 짜증에 대한 대가까지 치르게 했네. 그 두 마을은 내가 죽자마자 다시 그들의 합법적인 주인에게 돌아갔으니 이제 이 돈만 사람들에게 되돌려진다면 나에게는 대단한 도움이 될 것일세. 그러니 자네가 나의 증손자에게 이 모든 것을 알려줌으로써 나를 도와줄 수 있네. 그가 정말로 자네를 믿게끔 내가 내일 자네를 소위 녹색 홀로 인도하도록 하겠네. 거기에 가면 나의 초상화를 발견할 터인데, 그 앞에서 자네는 나에 관해 들은 이야기를 나의 증손자에게 들려주어야 하네."

그렇게 말한 후에 그는 나에게 손을 내밀었다. 악수를 통해 내가 모든 일을 충실하게 이행하겠다는 것을 다짐하게 하려는 것이었다. 그러나 나는 귀신에게 결코 손을 주어서는 안 된다는 말을 종종 들어왔기 때문에 그에게 내가 덮은 이불의 끝자락을 내밀었다. 그러자 그 이불자락은 실제로 그가 잡자마자 불에 타버렸다. 이제 귀신들은 그들의 이발 도구를 챙겨 아까 있던 장소로 갔고, 그 위에 돌을 덮고, 의자도 아까 있던 그 자리에 놓았다. 그리고 그들은 차례대로 방에서 나갔다. 나는 불 위에 올려놓은 고기처럼 땀을 흘리며 그대로 누워서 온갖 두려움에도 잠이 들 만큼 대담했다.

제16장
순례자는 그 성을 다시 떠나다

성주가 하인들과 함께 다시 내 침대 곁으로 왔을 때는 날이 밝은 지 한참 된 뒤였다. "그런데, 짐플리치우스 씨." 성주가 말했다. "어젯밤에는 어떻게 하셨습니까? 채찍을 사용하셨습니까?"

"아니요, 주인님." 내가 대답했다. "탄산천에서 내게 장난을 치려 했던 사람과는 달리 여기 안에 살고 있는 사람들에게는 채찍이 필요 없었습니다."

"그러면 도대체 무슨 일이 있었습니까?" 그는 묻기를 계속했다. "아직도 귀신들이 무섭지 않으신 겁니까?"

"분명코 귀신들을 상대하는 것이 즐겁다고는 하지 않겠습니다. 그러나 내가 귀신들을 무서워한다고 말하지도 않겠습니다. 어떠했는지는 이 그슬린 침대를 보면 분명히 알 수 있습니다. 그리고 주인 나리께서 나를 지금까지 이 방에 출몰했던 우두머리 귀신의 초상화가 걸려 있는 녹색 홀로 안내하시는 대로 모든 것을 말씀드리겠습니다."

그는 놀란 표정으로 나를 쳐다보았고, 내가 틀림없이 귀신들과 대화를 나눈 것으로 짐작했다. 지금까지 어느 누구도 언급한 적이 없던 녹색 홀을 내가 알고 있을 뿐만 아니라, 그슬린 침대보가 그것을 증언하기 때문이기도 했다.

"그렇다면 그대는 지금 내가 그 당시 탄산천에서 이야기했던 것을 믿고 있는 것입니까?" 그가 물었다.

"나 자신이 그것을 알고 경험했는데 믿음이 무엇 때문에 필요하겠습니까?"

"그렇군요." 그가 말했다. "만약 내가 이 골칫거리를 집에서 퇴치할 수 있으면, 그 대가로 금화 1천 굴덴을 지급하리다."

그에 대해서 나는 대답했다. "주인 나리께서는 걱정하지 마십시오. 단 한 푼도 안 들이고 그 골칫거리를 해결하실 것입니다. 게다가 돈까지 벌게 되실 것입니다."

나는 자리에서 일어나 즉시 그들과 함께 녹색 홀로 건너갔다. 그 홀은 살롱인 동시에 갤러리로 이용되었다. 그사이 성주의 동생도 들어왔다. 그는 탄산천에서 나에게 채찍질을 당한 사람이었다. 그가 살고 있는 성은 약 두 시간 거리에 떨어져 있었는데, 그의 형이 나 때문에 그를 서둘러 오게 한 것이었다. 상당히 무뚝뚝한 표정을 하고 있는 터라 나는 그가 아직도 가능하면 복수를 벼르고 있지 않을까 겁이 났다. 그러나 그는 나에게 아무런 내색도 하지 않았다. 그리고 우리가 녹색 홀에 들어섰을 때 예술성이 뛰어난 다른 그림들과 골동품 사이에서 내가 찾던 초상화도 눈에 뜨였다.

나는 그 두 형제에게 말했다. "여기 있는 이분이 당신들의 증조할아버지셨고, X 가문으로부터 Y.와 Z. 이 두 마을을 불법적으로 빼앗았는데, 그사이 합법적인 주인에게 되돌려졌습니다. 그 밖에 그대들의 증조할아버지는 그 마을 사람들에게서 거액의 돈도 뜯어내어, 그가 살아 있을 당시 깊숙이 감추어두었습니다. 바로 내가 어젯밤 탄산천에서 채찍을 휘두른 대가를 단단히 치른 그 방에다 말입니다. 그렇기 때문에 그는 오늘까지 그 당시 그의 협력자들과 함께 이 집에 귀신으로 출몰하고 있었던 것입니다." 그리고 계속해서 말했다. "그대들이 그가 조용해지고 집 안에 다시 유령이 나타나지 않기를 원한다면, 그 돈을 보관해서 하나님 앞에 떳떳하게 써야 합니다. 그럴 의향이 있으면, 내가 그 돈이 어디에 있는지 그대들에게 보여주고, 그다음엔 내가 가야 할 길을 갈 것입니다."

나는 그들의 증조할아버지와 그 두 마을에 대하여 진실을 말했기 때문에 그들은 내가 감추어진 보물에 대해서 언급한 것도 거짓말이 아니라는 것을 믿었다. 그리하여 우리는 내가 잠을 잤던 방으로 다시 돌아와 유령들이 그 밑에서 이발 도구를 꺼냈다가 다시 감추어두었던 구들장을 들어 올렸다. 그러나 아직도 완전히 새것으로 보이는 항아리 두 개를 발견했을 뿐이었다. 한 항아리에는 붉은 모래가 가득 들어 있었고, 다른 항아리에는 흰 모래가 가득 들어 있었다. 그렇기 때문에 형제는 곧 보물에 대한 희망을 다시 버렸다. 그러나 나는 낙담하지 않고, 도리어 경탄을 금치 못하는 파라셀수스가 그의 『신비 철학 Okkulte Philosophie』 제9권에서 감추어진 보물이 둔갑한 것에 대하여 쓴 것을 마침내 시험해볼 수 있는 기회를 얻은 것을 기쁘게 생각했다. 나는 두 항아리와 거기에 들어 있던 것을 가지고 성의 앞마당에 있는 대장간으로 가서 불 속에 넣고, 금속을 녹이려고 할 때처럼 열을 가했다. 그리고 내가 다시 그것들을 식히고 나니 한 항아리 속에는 커다란 금괴 하나가 들어 있고, 다른 항아리에는 14로트짜리 은괴 하나가 들어 있는 것을 발견했다. 그러므로 우리는 전에 그것이 어떤 종류의 주화였는지를 알아낼 수가 없었다.

이 작업을 하고 나니, 점심때가 되었다. 그러나 우리가 점심상에 앉았을 때 나는 아무것도 먹고 마실 수가 없었다. 나는 몸 상태가 좋지 않아 침대에 누워야 했다. 그 원인이 내가 며칠 전에 비 오는 날씨에 너무나 조심성 없이 몸을 혹사했기 때문인지, 지난밤에 유령 때문에 대단히 놀랐기 때문인지 알 수가 없었다.

나는 무려 12일 동안 침대에 누워 있어야 했고, 아파서 죽을 것만 같았다. 사혈과 정성 어린 간호만이 효험이 있었다. 그사이 그 두 형제는 사기를 당할까 두려웠기 때문에 내가 모르는 사이에 금세공을 오게 해서 금괴와 은괴를 감정하게 했다. 그런 후 진짜임이 밝혀지고 집 안에 귀신도 더 이상 출몰하지 않게 되자, 두 형제는 감사한 마음을 감출 수가 없었다. 그들은 그야말로 나를 모든 비밀을 알고 자신들의 집안일들을 정리하도록 하나님이 보낸 성자라고 보았다. 그렇기 때문에 성주는 한 번도 내 침대 곁을 떠나지 않았다. 나와 담소를 나눌 수 있을 때가 그에게는 최대의 기쁨의 순간이었다. 내가 다시 건강을 회복할 때까지 그렇게 시간이 지나갔다.

이 시기에 성주는 나에게 자청해서 이야기하기를 언젠가 그 자신이 아직 어린 소년이었을 적에 앞뒤 분간 못 하는 떠돌이 남자가 자기 아버지에게 나타나서 귀신과 담판을 벌여 이 집을 유령으로부터 해방시키겠다고 약속을 하는 바람에 바로 내가 첫날밤을 보내야 했던 방 안에 가두도록 했다고 한다. 그러자 그 당시 내가 설명한 것과 똑같은 유령들이 그를 덮쳐서 침대로부터 끌어내 의자에 앉혔다. 그리고 머리를 감기고 깎으면서 몇 시간 동안 괴롭히고 불안하게 만들어, 다음 날 아침 바닥 위에서 반쯤 죽은 채로 발견된 적이 있었다는 것이다. 그가 그 전날 저녁에는 서른 살 먹은 검은 머리의 남자로 침대에 누웠음에도 불구하고 그 밤에 수염과 그의 머리카락이 단번에 회색으로 변해 있었다고 했다. 성주가 나를 이 방에 자게 한 것은 오로지 그의 동생이 나에게 복수를 하고, 그가 몇 년 전에 유령들에 대하여 말을 했으나 내가 믿으려 하지 않았던 것을 확신케 하기 위해서였다고 고백했다. 그런 다음 그는 용서를 빌고 이제부터 평생토록 나의 충실한 친구요 종노릇을 하겠다고 다짐했다.

건강이 완전히 회복되어 내가 길을 떠나려고 했을 때, 그는 말 한 필과 옷가지, 그리고 여행에 필요한 돈을 내게 주겠다고 제안했다. 나는 모든 것을 거절했지만, 그도 역시 녹록지는 않아 나를 그냥 놓아주려고 하지 않았다. 그는 간청하기를 내가 그를 이 세상에서 가장 배은망덕한 사람으로 만들면 안 된다고 했다. 만일 내가 꼭 순례를 무조건 그토록 초라한 차림으로 끝내려고 한다면, 하다못해 돈이라도 몇 푼 받아야 한다고 했다. "수도승께서 그 돈이 어디에 필요할지 누가 알겠소?"

나는 웃지 않을 수 없었다. 그리고 말했다. "성주님, 내가 가난한 걸인으로 지내기를 고집하는 것을 보시고도 줄곧 나를 수도승이라고 부르시니 민망하기 짝이 없습니다."

"그러면 좋습니다." 그가 말했다. "그러면 그대는 여기 내 집에 머무시며, 매일 나의 식탁에서 먹을 것을 구걸하십시오!"

"성주님." 내가 대답했다. "만일 내가 그렇게 했다간 그대 자신보다 내가 더 높은 어른이 되지 않겠습니까? 그렇지만 만약 내가 『신약성경』 비화[38]에 나오는 부자처럼 걱정 없이 무위도식하고 살아간다면, 나의 짐승 같은 몸이 어떻게 되겠습니까? 그 몸은 그런 호강에 겨워 방종

---

[38] 『신약성경』 「누가복음」 16장 19~31절에 나오는 부자와 가난한 나사로의 비화를 지칭한다.

한 생활을 하지 않겠습니까? 만일 성주님께서 내게 선물을 주시려면, 나의 법복에 안감이나 대어주시길 부탁드립니다. 곧 겨울이 닥칠 터이니까요."

"그렇게라도 고마움을 보답할 수 있는 길이 있으니 다행입니다!" 그는 대답하고, 내게 잠옷 한 벌을 가져다주게 하여, 법복에 안감을 댈 때까지 입고 있도록 했다. 내가 다른 안감은 받지 않으려고 했기 때문에 그것은 모직으로 된 안감이었다.

이 일이 끝나자, 그는 나로 하여금 길을 떠나게 했고, 그의 친척들에게 보내는 편지 몇 통을 나에게 주었다. 그들에게 무슨 소식을 전한다기보다는 나를 추천하는 내용이 더 큰 몫을 차지하는 편지였다.

제17장
짐플리치우스가 지중해를 건너
이집트로 가던 중 홍해에서 유괴당하다

그렇게 나는 방랑의 길을 떠났고, 가진 것도 없이 세계에서 가장 성스럽고 유명한 장소들을 방문하기로 마음먹었다. 내가 보기에는 하나님께서 내게 특별히 자비를 베푸시는 것 같았기 때문이다. 하나님께서는 나의 겸손과 내가 자청한 가난을 마음에 흡족해하시고, 이제는 어디를 가나 계속 도와주실 것으로 나는 믿었다. 똑같이 앞에서 이미 이야기한 성에서도 나는 분명히 하나님의 도움과 은혜를 입었다고 느끼고 있었다.

내가 첫날 밤에 묵은 여관에서는 어떤 파발꾼 한 사람이 나와 합류했다. 그는 내세우기를 그도 내가 가는 방향, 즉 로레토로 가는 중이라고 했다. 나는 그리로 가는 길을 몰랐고, 의사소통도 올바로 할 수가 없는 형편인 데다가, 그의 편에서도 역시 특별히 급한 파발꾼이 아니라고 주장해서 우리는 함께 머물면서 서로 길동무 구실을 하기로 합의하였다. 종종 그는 내가 성주의 편지를 전해주어야 하는 똑같은 장소에서 볼일이 있었다. 그곳에서 우리는 자주 제왕처럼 융숭한 대접을 받은 일이 있었다. 그러나 음식점에 들러야 할 때면 나를 초대해서 그가 식대를 대신 내주곤 했다. 그가 계속해서 그러는 것을 나는 용납하고 싶지 않았다. 그렇게 하면 그가 땀 흘려 번 돈을 낭비하도록 내가 방조하는 것이나 다름없었기 때문이다. 그러나 그는 말하기를 내가 편지를 전달해야 하는 집에서 자신이 동행자로 함께 식사를 해서 돈을 절약할 수 있으니 오히려 덕을 보고 있는 사람은 자신이라고 했다.

그렇게 우리는 높은 산맥을 넘어 땅이 비옥한 이탈리아로 함께 갔다. 그곳에서 처음으로 나의 동행인은 성주가 자신에게 나를 동행해서 여행비를 책임질 것을 부탁했노라고 고백했다. 그리고 나에게 간청하기를 그를 계속해서 곁에 있게 해주고, 그의 주인이 나에게 자원해서 보내주는 구휼금을 물리치지 말고, 차라리 온갖 마음 내키지 않는 사람들에게 구걸하는 것보다 잘된 일로 여겨달라고 했다. 나는 성주의 진심 어린 배려에 감동했지만, 그럼에도 불구하고 파발꾼으로 가장한 그가 내 곁에 머물면서 더 이상 나를 위해 비용을 지불하는 것을 원치 않았다. 나는 그에게 다시 갚을 수 있는 것보다 더 많은 영예와 은덕을 이미 그로부터 입었노라고 구실을 댔다. 하지만 실은 마음속으로 일체 다른 사람들의 도움을 포기하고, 최대로 겸손한 가운데 나를 오로지 하나님께만 맡기고 나의 십자가를 지기로 다짐하고 있었다. 또한 원래 이와 같은 목적으로 그가 차출된 것을 알았다면, 나는 이 동행인에게서 길 안내와 여비를 결코 받지 않았을 것이다.

내가 동행을 더 이상 원치 않고 그와 헤어지려고 한다는 것을 그가 알았을 때, 그리고 주인에게 나의 안부를 전하고 베풀어준 후의에 대해 다시 한 번 감사의 뜻을 전해달라고 내가 그에게 부탁했을 때, 그는 어두운 표정으로 작별을 하며 말했다. "그럼 좋습니다. 마음씨 착한 짐플리치우스 씨, 우리 주인이 얼마나 진심으로 당신에게 선행을 베풀고 싶어 했는지 당신이 지금은 믿고 싶지 않겠지만, 만약 법복의 안감이 찢어지거나 당신의 법복을 수선하게 되면, 그것을 알게 될 것입니다." 이 말을 하고 그는 바람에 날아가듯 그곳을 훌쩍 떠나갔다.

나는 나 자신에게 물었다. 그 친구가 한 말이 무슨 뜻일까? 나는 그의 주인이 외투에 안감을 대준 것을 후회할 것이라는 생각은 할 수 없었다. '아니야, 짐플리치우스.' 나는 자신에게 말했다. '그는 너에게 다시 한 번 그가 너의 법복에 안감을 대게 했다는 것을 상기시키려고 비용을 들여 심부름꾼을 여기까지 먼 길을 오게 하지는 않았을 것이다. 거기에는 틀림없이 다른 숨은 의도가 있을 것이다.'

내가 막상 법복을 자세히 검사해보니 그가 솔기에 줄줄이 금화를 기워 넣은 것을 확인했다. 그 결과 나도 모르는 사이 상당한 액수의 돈을 받은 것이었다. 그 생각으로 나는 아주 불안해졌고, 성주가 그러지 않고 자신의 돈을 그냥 지녔더라면 더 좋았을 것이라는 생각이 들었다. 나는 이 돈을 어떻게 투자하거나 소비해야 할까 이리저리 곰곰 생각해보았다. 이 돈을 그에게 되돌려줄 수 있겠다는 생각이 제일 먼저 떠올랐다. 그다음엔 내가 다시 살림을 차리거나 어떤 재단에 가입하는 아이디어가 떠올랐다. 그러나 최후로 나는 이 돈으로 예루살렘을 구경하기로 결심했다. 돈이 없이는 그곳으로 갈 수가 없었기 때문이다.

이제 나는 곧장 로레토로 갔고, 거기서 다시 로마로 갔다. 한동안 그곳에 머무르면서 예배를 드리고, 나와 똑같이 성지를 방문하려는 뜻을 지닌 몇몇 순례자를 사귀었다. 그중의 한 사람인 제노바 사람과 함께 나는 그의 고향으로 방랑했다. 그곳에서 우리는 지중해를 건널 기회를 엿보던 중 곧 배 한 척을 발견했다. 그 배는 알렉산드리아로 가는 상품을 싣고 순풍이 불기를 기다리고 있었다.

세상 사람들에게 돈의 위력은 신비하면서도 무소불위의 신통력 같은 것을 지니고 있다. 나의 신앙이 아무리 금과 같이 빛난다 할지라도 만약 내가 납으로 만든 돈만 가지고 있었다면 선장이나 선주는 분명 남루한 차림 때문에 나를 함께 데리고 가지 않았을 것이다. 그는 나를 처음 보았을 때 나의 무리한 요구를 단호히 거절했다. 그러나 내가 여행에 사용할 예정인 한 줌의 금화를 그에게 보이자, 더 이상 부탁을 하거나 뱃삯을 흥정할 필요도 없이 동의를 했다. 그 대신 그는 나에게 개인적으로 여행용 식량으로 무엇을 가져가야 하고, 그 밖에 여행을 위하여 무엇을 구입해야 할지 유익한 충고도 해주었다. 나는 그가 충고한 대로 준비를 해서 그와 함께 출발을 했다.

항해하는 동안 내내 우리는 단 한 번도 폭풍이나 역풍으로 위험에 빠지지 않았다. 여러 번 나타나서 우리를 공격할 태세를 취했던 해적 앞에서 우리 선장은 자주 배를 안전하게 구한 것은 물론이었고, 그 과정에서 그 배는 속도가 빨랐기 때문에 대항하기보다는 도주를 택해서 우리의 구원을 찾는 것이 바람직한 것으로 보였다. 이같이 우리는 선원들이 기대했던 것보다 일찍 알렉산드리아에 도착했다. 나는 이 점을 앞으로의 여행의 좋은 조짐이라고 보았다. 나는 뱃삯을 지불했고, 프랑스 사람들 집에 숙소를 정했다. 그들 중에는 항시 이 도시에 체류하는 사람들이 늘 있었다. 그들에게서 나는 예루살렘 여행을 당분간 계속할 수 없다는 사실을 알았다. 다마스쿠스의 터키 장교가 방금 전쟁을 일으켰고, 그의 황제에게 모반을 했기 때문에 어떤 순례 여행자들도 이집트에서 유대 땅으로 건너갈 수가 없다는 것이었다. 그들이 강하든 약하든, 경솔한 행동으로 벌을 받는 위험에 빠져 모든 것을 잃을 작정이 아니라면 말이다.

이때 마침 그렇지 않아도 공기가 상당히 불결한 알렉산드리아에 악성 유행병이 발생했다. 많은 사람, 특히 터키인들과 아랍인들보다 더 죽음을 무서워하는 유럽 상인들이 그 도시를 떠나 어디 다른 곳에서 피난처를 찾았다. 나도 그런 한 무리와 함께 시골길을 따라서 나일 강가에 있는 커다란 고장인 로제타로 갔다. 그곳에서 우리는 배 한 척에 올라 돛에 바람을 잔뜩 안고 나일강을 거슬러 대도시 카이로로부터 약 한 시간 거리쯤 떨어져 있는 구 카이로라는 장소까지 타고 갔다. 자정 무렵 우리는 그곳에 닿아 배에서 내려 숙소를 찾았고, 바로 현 수도인 카이로로 가기 전에 낮이 되기를 기다렸다. 카이로에서 나는 다양한 종족들이 모여 있는 것을 발견하였다. 또한 사람들과 마찬가지로 많은 진귀한 식물들도 보였지만, 내게 가장 진귀하게 생각되는 것은 주민들이 특별히 이런 목적으로 만든 난로에서 수백 마리의 병아리를 알에서 부화시키고, 암탉은 자신이 낳은 알을 단 한 순간도 더 이상 보살필 필요가 없이 주로 늙은 여자들이 그 일을 대신한다는 점이었다.

나는 한 번도 여러 민족이 살고 있는 큰 도시치고, 여기보다 싼값에 식사를 할 수 있는 도시는 본 적이 없었다. 그러나 저렴한 생활에도 불구하고 다마스쿠스의 터키 장교가 일으킨 반란이 진정되고 예루살렘으로 가는 길이 다시 안전하게 될 때까지 무턱대고 여기서 기다리고 만 있을 수는 없다는 생각이 들었다. 나의 남은 금화가 점점 녹아서 흘러나갔기 때문이다. 나는 나의 호기심을 끌었던 다른 어떤 일들에 대한 욕망을 억제할 수가 없었다. 나일강의 다른 편에 미라를 발굴하는 한 장소가 있었는데, 나는 그곳을 여러 번 찾아갔다. 마찬가지로 파라오와 창녀 로도페의 두 개의 큰 피라미드가 서 있는 장소도 여러 번 방문했다. 그래서 그리로 가는 길이 아주 익숙해져서 그 길을 모르는 외부 손님들을 혼자서 그곳으로 안내할 수도 있을 정도였다. 그러나 어느 날 나는 운이 나빴다. 내가 다시 약용으로 쓰이는 미라 가루를 가져오고 그곳에 있는 다섯 개의 피라미드를 구경하기 위해 몇몇 사람과 함께 옛 무덤으로 갔을 때, 타조 사냥꾼을 잡으러 나선 몇 사람의 아라비아인 강도들이 우리에게 끈질기게 접근하여 귀찮게 굴었다. 그들은 와락 덤벼들어 우리를 잡아가지고 후미진 길을 골라 사막을 지나서 홍해까지 데리고 갔다. 그리고 그곳에서 한 사람씩 여기저기 팔아넘겼다.

제18장
야생인 짐플리치우스는 요행히 많은 몸값을 지불하고
자유로운 몸이 되다

팔리지 않고 남은 사람은 나 혼자뿐이었다. 그 이유는 어리석은 사람들이 나의 위엄 있어 보이는 스위스 수염 또는 걸인 교단 수염과 나의 긴 머리에 감탄하는 것을 보고 네 명의 강도 두목들이 그 점을 이용해 장사를 해야겠다는 생각을 떠올렸기 때문이다. 원래 그들은 감탄 같은 것은 알지도 못하는 사람들이었다. 그들은 약탈물의 일부로 나만 챙기고 다른 패거리들과는 헤어졌다. 나의 법복을 벗기고, 아랫도리를 아라비아의 비옥한 수풀 속에 있는 많은 나무에서 자라는 보기 좋은 이끼로 싸맸다. 그렇지 않아도 맨발과 맨머리로 돌아다녔던 판에 나의 몰골은 그야말로 희한하고 이국적이었다. 그렇게 그들은 나를 야생인으로 홍해 연안에 있는 마을과 도시로 데리고 다니면서 돈을 받고 구경시키며 주장하기를 나를 아라비아 사막의 인가로부터 멀리 떨어진 곳에서 발견해 잡아 왔다고 했다. 사람들 앞에서 나는 말을 해서는 안 되었다. 강도들은 내가 말을 할 경우 죽여버리겠다고 위협했다. 침묵하는 것이 내게는 쉽질 않았다. 그사이 나는 아라비아어 몇 마디를 더듬거릴 수 있었다. 그러나 내게는 그들과 떨어져 홀로 있을 때에만 입을 여는 것이 허락되었다. 특히 그들은 자신들이 먹고 마시는, 이른바 밥과 양고기를 내게도 제공했으므로 나중에는 이런 유괴라면 나쁠 것도 없겠다는 생각을 하게 되었다. 또한 밤이나 낮에 길을 가고 있을 때나, 날씨가 추울 때면 그들은 아직 금화가 몇 푼 들어 있는 나의 법복을 두르도록 허락했다.

그렇게 해서 우리는 홍해를 건넜다. 네 명의 나의 주인들은 홍해의 양안에 있는 도시들과 장터를 순회하면서 짧은 기간 내에 나를 이용해 상당한 돈을 벌었다. 마침내 우리는 마지막으로 터키 장교 한 사람이 거주하고 전 세계에서 온 사람들이 체류하는 어떤 큰 상업 도시로 오게 되었다. 여기에는 인도에서 온 상품들이 집결했고, 그 상품들은 그다음엔 육로로 알레포와 카이로 그리고 그곳에서 다시 지중해를 건너 계속 운송되었다.

그곳에서 나의 주인 중 두 명이 당국의 허가를 얻은 뒤 구식 오보에를 가지고 도시에서 가장 요지로 통하는 장소로 가서 늘 하던 대로 돌투성이인 아라비아 황야에서 잡아 온 한 야생인을 보고 싶은 사람은 어디 어디로 오라고 전달했다. 그러는 사이에 다른 두 사람은 나와 함께 숙소에 앉아서 나를 씻겼다. 즉 그들은 나의 머리카락과 수염을 가장 맵시 있고 내가 평소에 했던 것보다 더욱 조심해서 빗질을 했다. 그들에게 많은 돈을 벌어주는 머리카락 한 올이라도 잃지 않게 조심하면서 말이다. 조금 뒤에는 사람들이 믿을 수 없을 만큼 떼를 지어 몰려와서, 커다란 혼잡이 일어났고, 그중에는 나의 복장에서 내가 유럽인이라는 것을 알아차린 신사들도 있었다. 그때 나는 '이제 살았구나. 너의 주인들의 사기와 비행이 곧 발각될 것이니!'라고 혼잣말을 했다. 그러나 나는 그들 중의 몇 사람이 독일어와 네덜란드어, 그리고 다른 사람은 프랑스어, 또 다른 사람은 이탈리아어로 말하는 것을 들을 때까지 여전히 신중하게 처신하면서 침묵을 지켰다. 그러던 중 그들이 나에 대해 여러 가지 견해를 교환할 때 나는 더 이상 잠자코 있을 수가 없었다. 나는 유럽의 모든 나라에서 온 사람들에게 나의 정체를 단번에 알리기 위해서 녹이 슬기는 했지만, 그런대로 아직은 쓸 만한 라틴어 실력을 발휘하여 말했다. "여러분, 여러분 모두에게 우리 구세주이신 그리스도의 이름으로 부탁드립니다. 나를 이 강도들의 손에서 구해주십시오. 그들은 사기를 쳐서 나를 여기에 구경거리로 세우고 있습니다."

내가 이 말을 하자마자 나의 주인들 중의 한 사람이 내가 한 말을 이해하지 못했음에도 불구하고 군도를 잽싸게 움직여 나로 하여금 입을 다물게 하려고 했다. 그러나 고지식한 유럽인들은 그것을 막았고, 나는 프랑스어로 덧붙여 말했다. "나는 독일인이고 예루살렘으로 순례를 갈 작정이었습니다. 그러기 위해서 나는 카이로와 알렉산드리아에서 필요한 파샤의 여권을 마련했습니다. 그러나 내가 다마스쿠스의 전쟁 때문에 더 이상 갈 길을 가지 못하고 카이로에 머물면서 나의 여행을 속행할 수 있는 기회를 기다리고 있을 때 도시에서 멀지 않은 곳에서 이 남자들이 나를 다른 점잖은 사람들 몇 명과 함께 유괴했고, 그런 다음에는 나를 이용해 돈을 벌 요량으로 수천 명의 사람들을 속였습니다."

나중에는 독일인들에게 같은 민족인 나를 못 본 체하지 말아달라고 간청했다. 그사이 나의 불법적인 주인은 이의를 제기하려고 했다. 그러나 카이로 당국의 관리 두 명이 군중 속에서 앞으로 나와 반년 전에 그들의 고향에서 내가 옷을 입고 있는 것을 보았노라고 증언을 했다. 이런 일이 있은 후로 유럽인들은 터키 파샤에게 이의를 제기했다. 네 명의 나의 주인들이 파샤 앞에 출두해야 했고, 파샤가 고소인 진술과 피고소인 답변을 듣고, 두 증인들의 증언도 옳다고 간주한 뒤에 나로 하여금 자유로운 몸이 되게 했고, 네 명의 강도들은 지중해에 있는 갤리선으로 보냈다. 그들이 파샤의 여권을 무시했기 때문이다. 그들이 모았던 돈은 반은 국고로 들어가야 했고, 나머지 반은 분배되어 그 일부는 내가 당한 고통에 대한 보상으로 나에게 넘겨져야 했다. 그 나머지 부분은 나와 함께 잡혀서 팔려간 나머지 사람들의 자유를 위해 몸값으로 지불되어야 했다. 이 판결은 공개적으로 선포되었고 즉시 집행되었다. 그 결과 나는 자유와 함께 또한 나의 법복과 거기에 덧붙여 상당한 액수의 돈까지 받았다.

그 무뢰한들이 나를 야생인처럼 결박해서 끌고 다녔던 사슬에서 막상 풀려나고, 다시 나의 법복을 입고 파샤의 판결에 따라 내 차지가 된 돈을 받았을 때 여러 유럽 국가들의 대표자 또는 주재관들은 누구나 나에게 숙소를 제공하려고 했다. 네덜란드 사람들은 나를 자신들과 같은 고향 사람으로 보았고, 다른 사람들은 나를 자신들과 같은 종교를 믿는 믿음의 형제로 보았기 때문이다. 나는 모든 사람에게 터무니없긴 하지만, 틀림없이 위험했던 포로 신세에서 나를 해방시켜준 것에 대해 특별히 있는 힘을 다해서 기독교적으로 감사했다. 그리고 예상과는 달리 그리고 희망했던 바와 반대로 갑자기 많은 돈과 친구들이 동시에 다시 생겼기 때문에 이제부터 내가 무엇을 해야 할지 곰곰 생각했다.

제19장
배가 난파한 후에 짐플리치우스와 목수에게는 소유지가 생기다

나의 동족들은 내게 새 옷을 입으라고 권했다. 나는 별달리 할 일이 없고, 들려주어야 했던 기적 같은 이야기 때문에 기독교적 이웃 사랑에서 나를 집으로 초대했던 모든 유럽 사람들과 친교를 맺었다. 그런 후에 시리아와 유대 땅의 전쟁이 끝날 기미가 보이지 않고, 예루살렘으로의 여행을 곧 속행할 수 있다는 조짐도 사라지자 나는 계획을 변경하여 때마침 선적을 끝내고 고국으로 돌아가려는 커다란 포르투갈 상선을 타고 포르투갈로 가기로 결심했다. 예루살렘으로 순례를 하는 대신 그곳에서 산티아고데콤포스텔라[39]를 방문한 후 조용히 휴식을 취하면서 하나님께서 주신 것으로 연명할 생각이었다.

나는 많은 돈이 생기자 곧 인색하게 굴기 시작했다. 내 형편에 여

---

39) 에스파냐에 있는 도시로 야고보 사도 형제 중 형의 무덤이 있어 순례의 목적지가 되고 있다.

행 경비가 너무 비싸게 들지 않도록 포르투갈 상인 행수와 배 위에서 내가 가진 돈 전액을 그의 목적에 사용하다가 포르투갈에 가서 나머지를 되돌려주도록 합의를 했다. 나에게 이자를 지불하는 대신 그는 항해 중에는 나를 동행시켜 그의 식탁에서 식사를 함께하는 조건이었다. 그 대신 나는 육지에서든 바다에서든 필요한 곳에서는 언제나 기꺼운 마음으로 그의 시중을 들기로 했다. 이렇게 나는 막상 하나님께서 나와 무슨 계획이 있으신지도 예측을 못 한 채 지난번 행복했던 지중해 여행보다 더 멀고 위험한 여행에 뛰어들고 말았다.

선상에 올라 아라비아만(灣), 아니 홍해를 출발해서 대양에 도달했을 때, 우리는 순풍에 희망봉으로 향하는 코스를 접어들어 더 이상 바랄 것이 없는 청명한 날씨에 몇 주간을 순조롭게 항해했다. 그러나 우리가 곧 위도상으로 마다가스카르섬에 있다고 믿었을 때, 갑자기 폭풍이 불어닥치는 바람에 미처 돛을 내릴 시간이 없었다. 폭풍은 시간이 가면서 더욱 세차게 불어서 우리는 침로조차 바꾸고 배를 파도의 의지와 위력에 내맡기지 않으면 안 되었다. 파도는 우리를 한순간에 거의 구름 가까이 높이 들어 올렸다가 다음 순간에는 다시 심연 속으로 곤두박질시켰다. 그런 상황이 약 반 시간 동안 지속되었고 우리로 하여금 대단히 경건한 마음으로 기도하도록 몰아세웠다. 그러나 결국 파도는 모습을 드러내지 않은 암초에 우리를 세차게 던져서 배는 끔찍한 소리를 내며 부서져 산산조각이 났고, 배 위에서는 애처롭고 비참한 소리가 크게 들려왔다. 단번에 주위가 온통 상자들과 짐 꾸러미 그리고 배의 잔해들로 뒤덮였다. 그때에 위로는 파도가 형성하는 아치와 그 아치 사이에 있는 깊은 골짜기에서 가엾은 사람들의 모습이 보였다. 위급한 상황에 처해서 제일 먼저 손에 잡히는 것에 달라붙어 처절한 비명으로 자신들의 몰락을 비통해하면서 영혼을 하나님께 맡기는 모습이었다.

　나는 목수 한 사람과 함께 그 배의 몇 개 횡목에 붙어 있는 잔해 위에 누워 있었다. 우리는 그 잔해를 단단히 잡고 서로 용기를 북돋아주었다. 얼마간 시간이 지나자 끔찍한 바람은 서서히 잦아들었다. 성난 바다의 분노한 파도도 진정되고 낮아졌다. 그러나 이제 캄캄한 밤이 무서운 폭우와 함께 덮쳐와서, 우리는 바다 한가운데에서 하나님께 익사당하는 줄로만 알았다. 그 상황은 자정까지 이어졌고 우리는 그동안 심한 고통을 당하지 않을 수 없었다. 그런 다음 하늘이 개자, 우리는 별들을 볼 수 있었고, 바람이 우리를 아프리카 해안에서 멀리 떨어진 미지의 남쪽 나라 방향으로 표류시킨 것을 깨닫고 아연실색했다.

　아침결에 다시 한 번 날이 어두워져서 우리는 바로 곁에 누워 있었는데도 피차 상대방의 모습이 보이질 않을 정도였다. 이 암흑 속에서 그리고 이 비참한 상황 속에서 우리는 계속 떠내려가다가 급기야 땅바닥에 닿아서 멈추어버린 것을 알아차렸다. 목수는 허리춤에 도끼를 끼우고 있었다. 그가 도끼로 물 깊이를 조사해보니 한쪽은 구두 하나 깊이도 채 안 되는 것을 확인했다. 그 점은 우리를 말로 표현할 수 없이 기쁘게 했고, 하나님께서 도우셔서 우리가 육지에 도착했으리라는 확고한 소망을 주었다. 그 점은 어느 정도 의식이 다시 돌아왔을 때 우리가 맡았던 기분 좋은 향기가 증명해주는 것 같았다. 그러나 이 어둠 속에서 그리고 우리 두 사람은 완전히 탈진해서 날이 밝기를 기다리는 것이 더 좋겠다고 마음먹었기 때문에 감히 물에서 나와 육지를 찾으려는 용기를 내지 못했다. 그때에 우리에게는 멀리서 새들이 우는 소리가 들리는 것 같았는데, 그것 또한 사실임이 밝혀졌다. 동쪽에서 정다운 아침이 밝아오자, 여명 속에서 실제로 수목이 뒤덮인 육지가 우리 앞에 있는 것을 보았던 것이다. 점점 얕아지는 물을 지나 우리는 육지를 향해 걸어갔고, 마침내 마른 땅에 도착하자 형언할 수 없는 기쁨에 사로잡혔다. 그때 무릎을 꿇어 땅에 입을 맞추었고, 하늘에 계신 하나님께 우리를 아버지처럼 보호해주셔서 육지로 데려다주신 것을 감사했다. 그렇게 나는 이 섬에 오게 되었다.

　우리는 지금 있는 곳이 사람이 살고 있는 지역인지 아닌지, 대륙인지 한낱 섬인지 아직 알지 못했다. 그러나 토양은 대단히 비옥한 것이 틀림없다는 것을 즉시 알아차렸다. 우리 주변이 온통 덤불들로 우거지고, 나무들이 삼밭처럼 빽빽이 들어차 있어서 앞으로 나아가기가 힘들 정도였기 때문이다. 그러나 날이 완전히 밝고 해변에서 15분간 수풀을 지나 내륙으로 진출했는데도 우리는 사람이 살고 있다는 흔적은 전혀 발견하지 못했다. 곳곳에서 이국적인 새들만 만났다. 그 새들은 조금도 우리를 두려워하지 않아 맨손으로도 잡을 수 있을 정도였다. 그때 우리는 어떤 미지의 그러나 대단히 비옥한 섬에 와 있는 것이 틀림없다는 것을 예감했다. 우리는 레몬, 오렌지, 야자를 발견했고, 그것들은 우리를 반기며 갈증을 해소해주었다. 그리고 해가 떴을 때 우리는 평원에 도달했는데, 그곳에는 사방에 종려술을 만드는 야자나무가 자라고 있었다. 그 사실이 종려술을 좋아하는 나의 일행인 목수의 기분을 대단히 들뜨게 했다. 그곳에서 우리는 자리를 잡고 앉아 옷을 벗어서 나무에 널어 말렸다. 나중에 각자는 내복 바람으로 혼자 주위를 둘러보았다. 나의 친구인 목수는 도끼로 종려나무 줄기를 쪼개서 종려술이 충분히 들어 있는 것을 확인했다. 그러나 우리에겐 그 술을 담을 그릇이 없었다. 배가 난파되었을 때 분실한 터라 하다못해 모자조차도 없었다.

　좋은 햇볕에 옷이 다 마르자, 우리는 옷을 입고 높은 바위산을 올라갔다. 그 산은 이 평원의 북쪽 오른쪽에 바다와 접해 있었다. 그곳 정상에서 우리는 내륙이 아니라, 한 섬 위에 있는 것을 확인했다. 그 섬의 둘레는 걸어서 한 시간 반 정도 거리를 넘지 않았다. 우리는 주변에 육지가 있는 것을 보지 못해 다시 사람들을 볼 수 있으리라는 희망을 모두 잃고 마음이 슬퍼졌다. 그러나 그다음엔 하나님의 자비가 우리를 척박하거나 식인종들이 살고 있는 곳이 아니라 이와 같이 안전하고 사방이 모두 비옥한 땅으로 인도하셨다는 생각으로 위로를 했다. 우리는 여기서 어떻게 살 준비를 할 수 있을지 곰곰이 생각했다. 그리고 포로처럼 이 섬에서 단둘이 살아야 할 운명에 처했기 때문에 우선 서로 굳게 의리를 지키기로 맹세했다.

바위산에 새들만 북적대는 것이 아니고, 새알들이 가득 든 새 보금자리들이 많이 있는 것을 보고 우리는 놀란 나머지 감히 꺼낼 엄두도 내지를 못했다. 각자가 알 몇 개를 깨어 마시고 더 많은 것을 가지고 밑으로 내려왔다. 산기슭에서 담수가 흐르는 개울의 발원지를 발견했는데, 그 개울은 동쪽으로 흘러 바다로 들어갔고, 물살이 세어서 물방아를 돌릴 수 있을 정도였다. 그것도 우리를 대단히 기쁘게 해서 우리는 샘 곁에 정착하기로 결정했다.

우리의 살림 도구로는 도끼 하나, 숟가락 하나, 칼 셋, 포크 하나, 가위 한 개가 전부였다. 나의 동료는 대략 금화 30두카텐을 지니고 있어, 우리가 살 수만 있다면 기꺼이 그 돈으로 불을 일으키는 부시 도구를 샀을 것이다. 그러나 금화는 이곳에서 아무런 도움이 되지를 못했다. 그것은 하다못해 젖은 화약이라도 채워져 있는 나의 화약통만 한 가치도 없었다. 화약은 물에 젖어서 멀건 죽처럼 되어 있기에 나는 그것을 우선 햇볕에 말리지 않으면 안 되었다. 그런 다음 그중 약간의 양을 돌 위에 뿌려서, 그 위에 그곳에 널려 있고 쉽게 불이 붙을 수 있는 이끼와 목화, 야자나무를 올려놓았다. 그러고 나서 나는 칼을 화약 속에 넣고 마찰을 일으켜 불을 만들었다. 그러자 우리는 바다에서 목숨을 구했을 때와 똑같은 기쁨에 사로잡혔다. 24시간 전만 해도 세상에서 가장 불행한 사람들로 꼽혔었지만, 소금, 빵, 물을 담을 그릇만 가졌다면 우리가 온 세상에서 가장 행복한 사람들이라고 여겼을 것이다. 그처럼 하나님은 신실하시고 자비하신 것이다. 하나님의 영광이 영원할지어다! 아멘.

우리는 두려움 없이 주변을 돌아다니는 수많은 새들 중 몇 마리를 잡아서 털을 뽑고 씻어서 나무 꼬챙이에 끼웠다. 그때 나는 구운 고기를 뒤집고, 나의 동료는 나무들을 끌고 와서 오두막을 지었다. 그 오두막 안에서 우리는 인도에서 아프리카로 건너오는 대단히 건강에 해로운 비가 다시 오더라도 맞지 않고 피할 수가 있었다. 우리는 소금 대용으로 레몬즙을 사용해서 음식에 맛을 냈다.

제20장
아름다운 요리사를 고용했다가 해고한 이야기

그것은 우리가 이 섬에서 함께한 최초의 식사였다. 그 후에 우리는 마른 나무를 모아서 불이 꺼지지 않게 했다. 우리는 금방 섬 전체를 면밀히 둘러보고 싶었지만, 힘든 일을 겪고 난 터라 졸음이 밀어닥쳤다. 다음 날 아침 날이 밝은 지 한참 뒤까지 잠을 자고 일어나서 우리는 개울 또는 강을 따라 물이 바다로 흘러 들어가는 어귀까지 갔다. 그곳에서 엄청난 양의 물고기들, 중간 크기의 연어들 또는 잉어들이 담수를 찾아 개울을 거슬러 올라가는 것을 보고 깜짝 놀랐다. 그 광경은 마치 한 떼의 돼지를 강제로 몰아서 우리 속으로 들여보낸 것 같았다. 그 밖에 파인애플과 고구마까지 발견했기 때문에, 비록 네발 달린 짐승은 없지만, 동화에 나오는 게으름뱅이 천국에 와 있다는 생각이 우리 두 사람에게 같이 들었다. 다만 이 섬에 있는 이 풍족한 과일, 물고기, 새고기 들을 함께 즐길 수 있는 약간의 일행이 없는 것이 아쉬웠다. 그러나 일찍이 이곳에 사람이 살았다는 흔적은 찾아볼 수 없었다.

우리는 앞으로 살림을 어떻게 꾸려가야 할지, 어디에서 그릇을 구해서 요리를 하고, 종려술을 받아서 제대로 즐길 수 있도록 적당히 발효시킬 수 있을지 계속해서 의논했다. 그와 같은 의논을 하면서 해안을 산보하는 동안 저 밖에 바다 위에 떠서 움직이고 있는 물체를 보았다. 그것은 실제 크기보다 더 크게 보였지만, 거리가 멀어서 정확히 무엇인지는 식별할 수가 없었다. 그 물체가 떠내려와서 우리의 섬에 접근했을 때, 우리는 한 여인을 알아보았다. 그 여인은 상자 위에 반은 죽어서 누운 채, 양손으로 상자의 손잡이를 잡고 있었다. 우리는 기독교인의 사랑으로 그녀를 마른 육지로 끌어 올렸다. 그리고 그녀의 옷차림과 그녀의 얼굴에 있는 여러 가지 표적에서 그녀가 아비시니아[40]의 기독교인일 것으로 믿게 되자, 우리는 더욱 힘을 써서 그녀가 다시 정신을 차리도록 도왔다. 우리는—그와 같은 정황에서 정숙한 아녀자에게 갖추어야 할 온갖 예의를 갖추어서—그녀의 몸을 거꾸로 세워 다량의 물을 토하도록 했다. 그때 그녀의 목숨을 살리고 기운을 돋울 수 있을 만한

---

40) 에티오피아의 옛 이름.

것이라고는 겨우 우리가 찾은 레몬 몇 개뿐이었다. 그래서 우리는 레몬의 겉껍질에서 짜낸, 이른바 활력을 돋우는 액체를 그녀의 코 밑에 대주었을 뿐만 아니라, 그녀의 몸을 흔들었다. 마침내 그녀는 몸을 움직이면서 포르투갈어로 말하기 시작했다.

그녀가 말하는 것을 듣고 그녀의 얼굴에 약간의 생기가 돌자 나의 동행자가 내게 말했다. "저 아비시니아 여인은 어떤 귀부인의 시녀로서 우리가 탔던 배에 함께 탔었습니다. 그 두 사람은 내가 잘 아는 사람들입니다. 그들은 마카오에서 승선해서 우리들과 함께 기니만에 있는 안노본섬으로 갈 작정이었습니다."

그 여자는 그가 말하는 것을 듣고 원기가 솟아 그의 이름을 부르고 그녀의 여행에 대해서 모두 이야기했다. 그뿐만 아니라 자신과 그가 아직 목숨을 부지하고 온갖 위험과는 거리가 먼 마른 땅에서 아는 사람으로서 막상 다시 만나게 되어 얼마나 기쁜지 모르겠다는 말도 했다. 목수가 상자 속에는 무슨 물품이 들어 있느냐고 묻자, 그녀는 대답했다. 그 속에는 여러 필의 중국 비단, 여러 가지 무기 그리고 온갖 크고 작은 도자기가 들어 있는데, 그 도자기는 자기 주인이 포르투갈에 있는 지체 높은 제후 한 분에게 보내려던 것이었다고 일러주었다. 그 소리를 듣자 우리는 대단히 기뻤다. 이것들이 순전히 우리가 긴요하게 필요로 하던 물건들이었으니 말이다. 그런 다음 그녀는 우리에게 수고롭겠지만 자신을 거두어달라고 부탁했다. 그녀는 요리도 하고 빨래도 하고 시녀로 해야 할 일들을 해서 우리를 도와주고 싶다고 했다. 만일 우리가 그녀의 신변만 보호해주고 그녀로 하여금 이 지역의 행복과 자연이 허락하는 대로 우리와 같이 살도록 허락만 해준다면, 몸종으로 시키는 대로 복종하겠노라고 했다.

우리는 있는 힘을 다해 우리가 주거지로 선택한 장소로 상자를 끌어왔다. 상자를 열었더니 실제로 그 안에는 순전히 그 당시 우리 처지에서 살아가는 데 더 이상 잘 어울릴 수가 없는 물건들이 들어 있었다. 우리는 모든 것을 풀어서 햇볕에 말렸다. 그러는 과정에서 새로운 요리사는 대단히 부지런하고 능란하게 굴었다. 그런 다음 우리는 조류를 잡아 삶기도 하고 굽기도 했다. 그사이 목수는 종려술을 따르고, 나는 완숙시켜서 빵 대용으로 들어야 할 새알을 가져오기 위해 산으로 올라갔다.

산으로 올라가는 길에 나는 감사한 마음으로 하나님이 자비하신 섭리 속에서 아버지와 같은 부드러운 손길로 우리에게 이미 베풀어주었고, 앞으로 예정해놓은 커다란 선물과 은총을 생각했다. 나는 땅에 엎드려 양팔을 벌리고 들뜬 마음으로 말했다. "아! 아! 지고지선 하신 하늘에 계신 아버지, 지금 저는 당신께서 마음 쓰셔서 우리가 기도로 구할 수 있는 것보다도 더 많은 것을 우리에게 베푸시는 것을 몸소 체험하고 있습니다. 그렇습니다. 지극히 사랑하는 주님, 당신께서는 우리 불쌍한 피조물들이 당신께 간구할 생각을 하기도 전에 이미 넘치도록 많은 것을 우리에게 베풀어주셨습니다. 아, 신실하신 하나님! 당신이 주신 선물과 은총을 우리가 오로지 당신의 거룩한 뜻에 맞게 사용하여 당신의 말로 표현할 수 없는 위대한 이름에 영광이 되게 하기를 원합니다. 또한 우리가 모든 선택된 자들과 함께 예전에 하늘에서처럼 분명이 낮은 곳에서도 당신을 칭송하고 경배하고 찬양하는 것이 당신의 측량할 수 없는 자비심에도 합당하기를 원합니다."

이 말 외에도 전적으로 나의 영혼의 가장 깊은 곳에서 진심으로 우러나오는 경건한 말들을 하면서 이리저리 돌아다니다 보니 필요한 만큼 많은 새알을 주웠는지라 서둘러 우리의 오두막으로 돌아왔다. 그곳에는 벌써 우리가 이날 요리사와 함께 바다에서 건져 올린 상자를 나의 동료가 이제 식탁으로 사용하여 그 위에 저녁밥이 차려져 있었다.

나는 이미 40세가 넘은 반면에, 나의 동행자는 스물 몇 살밖에 되지 않은 젊은이였다. 그와 우리의 요리사 사이에는 내가 새알을 찾는 동안에 합의가 이루어졌는데, 이는 우리 모두에게 멸망을 자초할 내용이었다. 그들은 단둘이 있게 되자 옛날이야기를 하기 시작했다. 또한 이 축복받고 더할 나위 없이 행복한 섬의 비옥함에 관해서 그리고 사람들이 이 섬에서 꺼내 올 수 있는 온갖 것에 대해서도 이야기를 나누었다. 그런 결과 그들 사이에는 신뢰감이 늘어나 결혼에 관해서도 이야기하기 시작했다. 물론 우리가 정체를 오해하고 있는 이 아비시니아 여인은 나를 제거하고 나의 동행인인 목수가 이 섬의 유일한 주인이 되지 않는다면 결혼 이야기는 없던 것으로 하자고 했다. 만일 결혼을 하지 않은 다른 남자가 그들과 함께 거주한다면 그들이 평화로운 부부 생활을 하기는 불가능하다는 것이었다.

그녀는 나의 동료에게 말했다. "만일 당신이 나와 결혼하고 난 후에 그 늙은이가 매일 나와 대화를 하게 되면, 당신이 불신감과 질투심에 시달릴 것을 생각해보십시오. 비록 당신의 눈을 피해 간통을 하지는 않더라도 말입니다. 이 섬은 틀림없이 수천 명 이상의 사람들을 먹여 살릴 수 있습니다. 그래서 나는 지금 결혼을 하고 인종을 늘리려면 무슨 일을 하여야 할 것인지 좋은 생각이 하나 떠올랐습니다. 바로 그 늙은이와 결혼하는 것입니다! 그러면 겨우 12년, 기껏해야 14년을 함께 살 수 있을 것입니다. 그 기간에 그와의 사이에서 내가 딸 하나를 낳을 것이고, 그 딸이 당신과 결혼할 수 있을 것입니다. 그래도 당신은 그 늙은이처럼 늙지는 않을 것입니다. 그리고 그사이에 한 사람이 다른 한 사람의 장인이 되고, 그 다른 사람은 그 한 사람의 사위가 되리라는 확실한 희망은 당신들의 모든 불신감을 제거하고, 내가 온갖 위험에 빠지는 것을 막아줄 것입니다. 나와 같은 젊은 여자는 물론 늙은 남자보다는 젊은 남자를 남편으로 얻는 것이 더 좋지만, 우리가 처한 형편에 따라야 합니다. 그래야만 나와 내가 세상에 낳게 될 아이들이 평화롭게 살 수 있습니다."

내가 여기에 다 옮길 수 없이 장황한 연설과 불빛으로 인해 나의 동료의 눈에 이전보다 더 돋보인 이 자칭 아비시니아 여인의 미모와 활기는 결국 이 고지식한 목수를 바보로 만들고 말았다. 그리하여 그는 그녀와 같은 미녀를 잃느니 차라리 늙은 나를 바다에 던져버리고 섬 전체를 파괴해버리고 말겠다고 소리까지 치게 되었다. 그런 다음 등 뒤에서든 잠자는 중에든 그가 도끼를 가지고 나를 때려죽이기로 그 두 사람은 합의하였다. 그 이유는 그가 나의 힘과 자신이 나에게 만들어준 순례 지팡이를 두려워한 까닭이다.

그들이 이와 같은 결정을 한 뒤로 그녀는 나의 동료에게 우리의 거처 근처에서 아름다운 도토(陶土)를 보여주었다. 그것으로 기니 해안에 살고 있는 여인들의 방식으로 아름다운 도기 그릇을 만들 수 있다는 것이었다. 그리고 어떻게 그녀와 후손들이 이 섬에 정착해서 먹고살고 그들에게 백 대의 후손에 이르기까지 조용하고 만족스러운 삶을 제공할 작정인지 온갖 방안을 제안했다. 그러면서 그녀는 야자나무의 유용성을 지나치게 칭찬했다. 그 나무에서 나는 섬유로 그녀 자신과 모든 아이들 그리고 자자손손 의복을 만들 수 있다는 것이었다.

그때에 불쌍한 존재인 내가 돌아와서 여기서 무슨 일이 벌어지고 있는지 아무런 눈치도 채지 못한 채 앉아서 차려진 음식을 들었다. 그리고 독실한 기독교인의 관습에 따라 감사 기도를 했다. 그러나 내가 음식과 나의 동숙인들에 대하여 성호를 긋고 하나님의 축복이 내려주기를 외쳤을 때 우리의 요리사는 상자와 그 속에 든 모든 물건과 함께 대번에 사라졌고, 단지 끔찍한 냄새만 남겨서 나의 동료는 정신을 잃고 쓰러졌다.

제21장
그 후 두 사람은 주어진 환경에 적응하면서 함께 살다

　나의 동료는 정신을 차리고, 오관이 다시 제구실을 하자 내 앞에 무릎을 꿇고 손을 포개고 10여 분 동안 오직 이 말만 했다. "아, 아버지! 아, 형님! 아, 아버지! 아, 형님!" 이 말만 계속하면서 몹시 울기 시작해서 끝내 흐느꼈기에 나는 더 이상 한 마디도 알아들을 수가 없었다. 그래서 나는 그가 놀라고 냄새 때문에 판단력을 잃은 것이라고 믿었다. 그러나 그가 전혀 울음을 그치려 들지 않고 계속해서 내게 용서만 빌기에 이렇게 말했다. "이 친구야, 자네가 살면서 내게 아무런 고통도 준 것이 없는 마당에 무엇을 용서하란 말인가? 내가 자네를 어떻게 도와야 할지 말 좀 해보게."
　그가 말했다. "내가 하나님께, 당신께 그리고 나 자신에게 죄를 지었으니 용서를 빕니다." 그러고는 또다시 울기 시작해서 그치지 않기에 급기야 나는 그가 어떤 악한 짓을 했는지 모르지만 행여나 나와 관련해서 양심의 가책이 될 만한 일을 저질렀다면, 나는 진심으로 그를 용서할 것이라고 말했다. 그리고 그가 하나님께 죄를 지었다면 나는 그와 더불어 하나님께 긍휼과 자비를 빌겠노라고 했다. 그러자 그는 양팔로 나의 다리를 껴안고 나의 무릎에 입을 맞추며, 슬픈 눈으로 나를 그윽이 바라보았기에 나는 아무 말도 못 했다. 나는 도대체 그에게 무슨 일이 있었는지 알지 못했을 뿐만 아니라 아무런 짐작조차 할 수가 없었다. 나는 정답게 그를 가슴에 껴안고 마음에 맺힌 것이 무엇이고, 내가 어떻게 하면 그를 도와줄 수 있을지 말을 좀 해보라고 간청했다. 그러자 비로소 그는 나에게 그 자칭 아비시니아 여인과 논의했고, 그가 나에게 가하려 했던 천인공노할 악행과 우리가 엄숙하게 서약한 친구의 의리를 저버리려 했던 행동을 상세히 고백했다. 그러는 중에 그가 한 말과 몸짓에서 그가 진심으로 뉘우치고, 그의 마음속 깊이 자책한다는 것을 뚜렷하게 알아차릴 수 있었다.

　나는 할 수 있는 한 그를 잘 위로해주었고, 아마도 하나님께서 앞으로 우리가 더욱더 정신을 차려서 마귀의 함정과 유혹을 조심하고, 끊임없이 하나님을 경외하면서 살도록 하기 위해서 경고하는 뜻으로 이런 일이 일어나게 하셨는지도 모른다고 말했다. 또한 그는 사악한 짓을 저지르려는 의도를 품었었기 때문에 진심으로 하나님께 용서를 빌어야 하지만, 그보다도 그를 사악한 사탄의 계교와 함정에서 구해주셨고, 일시적인 멸망과 영원한 멸망을 막아주심으로써 전화위복이 되게 하신 하나님의 선하심과 긍휼하심에 대하여 더 많이 감사를 해야 한다, 우리 두 사람은 세상에서 사람들과 함께 살 때보다 이 섬에서 더욱더 신중을 기하는 삶을 살아야 한다, 왜냐하면 우리 중의 한 사람 또는 두 사람 다 함정에 빠지면, 우리를 도와줄 분은 하나님밖에 없기 때문이다, 그러므로 우리는 더욱더 하나님을 바라보고 쉬지 않고 도움과 가호를 간구하지 않으면 안 된다는 등의 말도 했다.

　우리의 대화가 그에겐 어느 정도 위로가 되었지만, 그는 이것으로 만족하려고 하지 않고 도리어 그가 저지른 범행에 대한 벌을 나보고 가해달라고 겸손하게 졸랐다. 가능한 한 그를 의기소침에서 약간이라도 벗어나게 하기 위해서 나는 말했다. 그는 목수가 분명하고, 게다가 도끼까지 지니고 있으니, 우리는 물론 우리의 악마 요리사가 표류해서 도착했던 바닷가에 십자가를 세우라고 했다. 그러면 그는 하나님의 뜻에 합당한 참회를 하게 될 뿐만 아니라, 또한 거룩한 십자가의 표지를 싫어하는 악령이 더 이상 우리의 섬으로 쉽게 찾아오지 못하도록 하는 효과가 있을 것이라고 했다.

그는 대답했다. "만일 내가 아버지나 다름없는 당신의 호의와 자비를 다시 얻을 수 있다면 그리고 하나님께서 나를 용서해주시길 바랄 수만 있다면야 그까짓 것 십자가를 평지에만 하나 세울 것이 아니라, 두 개를 더 만들어서 산 위에도 세우렵니다." 그는 즉시 작업에 착수해서 쉬지 않고 열심히 일을 한 나머지 세 개의 십자가를 완성했다. 우리는 그중 하나를 해변에 그리고 나머지 두 개는 두 최고봉에 세웠다. 그 십자가에는 다음과 같은 문구가 새겨져 있었다.

전능하신 하나님께 영광을 돌리고, 인류의 적에게 역정을 불러일으키기 위해서 포르투갈 리스본 출신인 시몬 메론이 신실한 친구인 독일 출신 짐플리치우스 짐플리치시무스의 조언과 도움을 받아 그리스도교의 신앙을 바탕으로 우리 구주의 고난의 표지를 제작해서 여기에 세웠노라.

이제부터 우리는 전보다 더 경건한 생활을 했다. 그리고 달력이 없었기 때문에 안식일을 적절히 알아차리고 지키기 위해 말뚝에 평일은 일자로 눈금을 새겼고, 일요일엔 십자가 표시를 해놓았다. 일요일이 되면 우리는 함께 앉아서 거룩하고 신성한 일에 대하여 대담을 나누었다. 그 밖에 할 수 있는 일이 나에게는 달리 없었다. 나는 종이와 잉크의 대용품을 아직 발견하지 못해 메모를 하거나 우리의 정신 수양을 위해 무엇을 문자로 적을 수가 없었기 때문이다.

　이제 이 장(章)의 마지막에 이르렀다. 이를 계기로 우리가 섬에 도착해서 하루를 보내고 첫날 밤에는 지쳐서 깊은 잠에 빠졌기 때문에 아무것도 몰랐지만, 아리따운 요리사가 떠났던 날 저녁에 우리를 몹시 놀라게 하고 두렵게 했던 특별한 일을 언급하지 않을 수 없다. 내용인즉 이렇다. 악령이 어떤 술수를 써서 아비시니아 여인의 형상을 하고 우리를 멸망시키려 들었는지를 보려고 우리가 오랫동안 눈을 뜨고 누워 있으면서 대부분의 시간을 기도를 하면서 보내는 동안, 날이 약간 어두워지자 우리 주변에서 엄청 많은 빛이 공중에서 부유하는 것을 보았다. 그 빛들이 그토록 밝게 빛을 발해서 우리는 나무에 달린 과일조차 잎사귀와 구분할 수 있었다. 처음에는 이것을 적이 우리에게 고통을 주려고 부리는 새로운 술수라고 믿고, 무서워하면서도 아주 잠잠하게 있었다. 그런 다음에 우리는 이것이 이 섬에서 자라는 특정한 나무들의 썩은 부분에서 발생하는, 독일에서 말하는 일종의 개똥벌레임을 파악했다. 그들의 꽁무니에서 그토록 밝은 빛을 발해서, 내가 나중에 이 책의 대부분을 그 반딧불 덕분에 쓸 수 있었을 만큼 촛불 대용 역할을 톡톡히 했다. 그들이 여기서처럼 유럽, 아시아, 아프리카에 그렇게 퍼져 있었다면, 초를 파는 상인들은 장사가 안되어 쫄딱 망하고야 말았을 것이다.

제22장
앞 이야기의 속편. 시몬 메론은 죽고,
짐플리치우스는 홀로 남아서 그 섬의 주인이 되다

우리는 지금 있는 곳에 계속 머물러야 한다는 것이 분명해졌을 때 앞으로 달리 살아갈 방안을 강구하기 시작했다. 나의 동료는 마르면 거의 쇠처럼 딱딱해지는 검은색 나무로 곡괭이와 삽을 만들더니 제일 먼저 앞서 말한 십자가 세 개를 땅에 묻었다. 두번째로는 바닷물을 웅덩이로 끌어와서, 내가 이집트의 알렉산드리아에서 본 적이 있는 것처럼, 소금을 만들어야 했다. 세번째로 우리는 할 일 없이 가만히 있는 것을 멸망의 시초로 여겼기 때문에 아름다운 정원을 만들었다. 네번째로 개울을 막고 넓게 확장해서 물길을 마음대로 돌려놓고, 오래된 하반을 마르게 할 수 있어서 발을 적시지 않고도 그곳의 물고기와 게를 맨손으로 잡을 수 있었다. 다섯번째로 이 조그만 강 옆에서 우리는 훌륭한 도자기를 빚을 만한 도토를 구할 수 있어서 그것으로 그릇을 만들 방법을 생각해냈다. 비록 고패나 수레바퀴는 물론 그릇을 회전시키기 위한 도구를 만들 제대로 된 천공기나 다른 연장도 없을뿐더러, 기술 또한 배운 적이 없었음에도 말이다. 흙을 이겨서 마음대로 주무를 수 있도록 만든 후에 영국산 여송연의 길이와 두께로 소시지처럼 만들어 나선형으로 감았다. 이렇게 우리는 필요한 대로 끓이고 마실 수 있는 크고 작은 항아리와 냄비 같은 형태를 빚어서 불에 구웠다. 첫번째 도기 굽는 작업이 성공했을 때 우리는 어떤 부족함을 불평할 이유가 없었다. 왜냐하면 우리에게는 빵은 없었지만 대용으로 먹을 수 있는 말린 생선이 충분했고, 시간이 가면서 소금 생산에 성공하여 참으로 더 이상 불평할 것 없이 옛날 황금시대의 인간들처럼 행복하게 살았다.

　우리는 차츰 새알, 말린 고기, 레몬 껍질과 나중에 이름을 밝힐 두 가지 재료를 돌 사이에 넣고 갈아서 도도새 기름에 구워 맛있는 과자를 만들었다. 그때에 나의 동료도 종려술을 커다란 항아리에 받아서 발효될 때까지 하루 이틀 햇볕에 놓아두는 법을 배웠다. 그런 후에 그는 술을 잔뜩 마셔서 나중에는 비틀거리며 겨우 걸어 다닐 정도였다. 나중에는 거의 매일같이 이런 일이 일어나서 나는 그를 절제시키려고 대단히 애를 썼다. 그럴라치면 그는 술은 너무 오래 두면 초가 된다고 말했는데 틀린 말은 아니었다. 그러면 한 번에 그처럼 많이 마시지 말고 정말로 필요로 하는 만큼만 마셔야 한다고 타이를라치면, 하나님의 선물을 멸시하는 것은 죄라고 되받아쳤다. 종려수도 때때로 정맥에서 수액을 뽑아주어야 질식해 죽지 않는다고 했다. 그러므로 그가 공짜로 가질 수 있는 것을 즐기지 못하게 한다는 비난을 듣지 않으려면 나는 그의 욕구가 충족되게 내버려둘 수밖에 없었다.

　이와 같이 우리는 황금시대의 최초의 인간들처럼 살았다. 그때는 인간들이 반드시 일을 해야 할 필요가 없었다. 그들에게 필요한 것은 모두 고마운 하늘이 땅에서 자라나게 섭리했기 때문이다. 그러나 이 세상의 삶이란 이따금 고통의 쓴맛도 없이 마냥 행복하지만은 않은 법인데, 우리의 삶도 결과적으로 예외는 아니었다. 우리의 부엌과 곳간의 사정이 매일 좋아지는 것과는 달리 의복의 상태는 매일 나빠졌다가 급기야 우리 몸에서 부패했다. 지금까지 한 번도 겨울을 당해보지 않아 추위를 조금도 겪어보지 않은 것이 다행이었다. 우리가 알몸이 되기 시작했을 때, 눈금을 새겨놓은 말뚝을 보면 우리는 이미 1년 반 이상 이 섬에서 지냈음에도 불구하고 날씨는 8월이나 그전처럼 심하게 비가 내리고 뇌우가 퍼붓는 것을 제외하고는 유럽의 5월과 6월의 날씨처럼 고르게 따뜻했다. 그리고 이 위도상에서는 낮과 밤이 하지로부터 동지까지 60분 이상 길어지거나 짧아지지 않았다.

막상 우리는 이 섬에서 아무도 없이 단둘이 살았지만, 지각이 없는 짐승처럼 발가벗고 돌아다니고 싶지는 않았고, 점잖은 유럽의 기독교인처럼 옷을 입고 살고 싶었다. 여기에 네발 달린 짐승이 있었다면, 그 가죽으로 옷을 만들 수도 있었겠지만 네발 달린 짐승은 없었다. 그래서 우리는 커다란 새들, 예컨대 도도새와 펭귄의 표피를 벗겨 그것으로 내복을 지었다. 그러나 필요한 도구나 재료가 없어 표피를 적절하게 가공할 수가 없었기 때문에 입으면 딱딱해서 불편했으며, 곧 부스러지기까지 했다. 우리는 야자수에서 솜을 넉넉하게 얻을 수 있었지만, 그것으로 실을 잣거나 직조를 할 수는 없었다. 그러나 수년간 인도에서 살았던 나의 동료가 야자수 잎 앞쪽 끝에 있는 날카로운 가시를 내게 보여주었다. 그 가시를 꺾고 아직도 거기에 매달려 있는 섬유를 잎사귀의 줄기를 따라 뽑으면, 마치 사람들이 강낭콩 깍지의 심줄을 떼어낼 때처럼 첨단 가시에는 실 한 올이 매달려 있게 되는데, 그 실의 길이는 잎사귀 줄기나 잎사귀 자체처럼 길어서 바늘과 실을 한꺼번에 얻을 수 있게 되었다. 그렇게 나는 이런 잎사귀들을 그들 자체에서 나온 실로 함께 꿰매어서 우리의 내복을 만들 수 있었다.

우리가 이처럼 함께 살림을 해서 더 이상 노동, 고난, 결핍 또는 슬픔이 너무 크고 많다고 불평할 수 없을 만치 행복하게 되었을 때도 나의 친구는 여전히 종려술을 퍼마셨다. 그사이 습관화되어 결국엔 폐와 간에 염증이 생겼고 얼마 후에는 나와 종려술을 섬에 남겨두고 일찌감치 세상을 떠났다. 나는 정성을 다해서 그를 매장하고, 인생의 무상함과 그 밖에 다른 상념에 젖어 다음과 같은 비명을 담은 비석을 세웠다.

> 내가 바닷속이나 지옥 속이 아니고 이곳에 묻힌 것은
> 나 때문에 세 가지가 서로 싸웠기 때문이다.
> 첫째는 분노한 바다, 둘째는 잔혹한 적인 지옥의 악마.
> 내가 이 두 가지에서 벗어날 수 있었던 것은
> 하나님께서 나를 도와주셨기 때문이다.
> 그러나 나를 죽게 한 것은 세번째인 종려술 때문이었다.

이렇게 해서 나는 이 섬의 단독 주인이 되었고, 다시 은자의 삶이 시작되었다. 그럴 만한 기회가 충분히 주어졌기 때문일 뿐만 아니라 그러고 싶은 확고한 의지와 계획이 내게 있었기 때문이다. 나는 이 고장의 산물과 선물을 기꺼운 마음으로 그리고 이처럼 나에게 넉넉하게 선물하신 선하시고 전능하신 하나님께 감사한 마음으로 이용했다. 그러면서도 항상 이 풍족함을 악용하지 않도록 신경을 썼다. 나는 종종 염원하기를 다른 곳에서 가난과 결핍으로 고통을 당해야 하는 보다 신실한 기독교인들이 내게로 와서 이곳에 있는 하나님의 선물을 나누어 가졌으면 했다. 만일 전능하신 하나님께는 그럴 의지만 있으시다면, 많은 사람을 나처럼 기적적으로 이곳에 옮겨놓는 일이 얼마든지 가능하다는 것을 나는 알고 있었다. 그 앎이 바로 그분의 섭리에 대하여, 그분이 수천 명의 다른 사람들 앞에서 나를 아버지처럼 보살펴주신 것에 대하여 그리고 이 조용하고, 평화로운 삶을 나에게 선물하신 것에 대하여 겸손한 마음으로 종종 감사하게 되는 동기가 되었다.

제23장
수도승 짐플리치우스는 이야기를 끝내고 마침내
이 여섯 권의 책에 종지부를 찍다

　　나의 오두막집 주위에 유령이 출몰한 것은 나의 친구가 죽은 지 불과 일주일도 안 되었을 때부터였다. 나는 생각했다. '짐플리치우스야, 이제 너는 혼자가 되었다. 그러니 그 악령이 다시 너에게 찾아오려고 할 수도 있지 않겠느냐? 이 아무 쓸모 없는 존재가 너의 삶을 어렵게 하려 들 것이라고 생각하지 않느냐? 그러나 하나님을 친구로 둔 마당에 악마가 너를 어쩌겠느냐? 네가 필요로 하는 것은 단지 유익하게 시간을 보낼 수 있는 일거리를 만드는 것이다. 그러지 않으면 한가한 시간과 풍족한 물질이 너로 하여금 실족하게 할지도 모른다. 그 악령만 제외하면 여기에서 너에게 적이 될 것은 너 자신과 이 섬의 풍성함과 편안함뿐이니라. 그러니 자신을 가장 강한 자라고 여기는 그 악령과 싸울 준비를 하여라. 그리고 만일 네가 하나님의 도움으로 승리를 하면, 너는 그분의 은덕으로 너 자신의 주인으로 남게 될 것이다. 하나님께서도 그것을 원하신다.'

　　며칠 동안 나는 그와 같은 상념에서 벗어나지 못했다. 그 상념은 나에게 힘을 주었고, 신앙심을 돈독하게 만들었다. 나는 악령과의 싸움이 임박했다는 것을 확신하고 있었다. 그렇지만 이번에는 스스로에게 속았다. 나는 어느 날 저녁 밖에서 무엇이 움직이는 소리를 듣고 바위 곁에 자리 잡은 나의 오두막 앞으로 나섰다. 그 바위 밑에는 이 섬을 통과해서 바다로 흐르는 담수의 근원인 샘물이 있었다. 그때 나는 나의 친구가 암벽 앞에 서서 손가락으로 틈새를 긁고 있는 것을 목격했다. 누구나 상상할 수 있듯 나는 깜짝 놀랐지만 재빨리 다시 용기를 내고 하나님의 보우하심에 나를 의탁했다. 나는 성호를 긋고 나에게 말했다. "일어나야 할 일은 반드시 일어나고 마는 법, 내일보다는 오늘이 좋다." 그런 다음 나는 유령에게 다가가서 그럴 때에 사람들이 흔히 하는 말을 했다. 그러고는 곧 그것이 실제로 죽은 나의 친구라는 것을 간파했다. 그가 살았을 때 어느 날 배가 이 섬으로 오면 그것을 다시 꺼내 갈 생각으로 그곳에 금화를 숨겨둔 적이 있었다. 그는 이 몇 푼 안 되는 돈을 하나님보다 더 믿었기 때문에 이제 죽은 뒤에 그 대가로 그 같은 소란을 피워서 자신의 의지에 반해 나를 괴롭히지 않으면 안 되었다고 나의 이해를 촉구하였다. 그가 바라던 대로 나는 그 돈을 꺼냈지만, 그 돈에 아무런 가치를 부여하지 않았다. 사람들은 내가 그 돈을 가져도 할 수 있는 것이 아무것도 없다는 것을 분명히 알게 되면 아무런 의심 없이 그 점을 믿게 될 것이다.

이것이 내가 혼자 된 이래 당한 첫번째 놀람이었다. 나중에 다른 유령들도 가세했지만 여기서 그 점에 대해서 보고하고 싶지 않고 다만 말하고 싶은 것은 하나님의 도움과 은총으로 여기저기를 맴도는 나 자신의 상념 말고는 더 이상 단 한 명의 적도 추적하지 못하게 되었다는 것이다. 상념 자체도 사람들이 흔히 말하는 것처럼 하나님 앞에서는 공짜가 아니고, 그에 대한 해명이 요구되는 때가 온다.

막상 상념 때문에 가능하면 내가 죄로 얼룩지지 않도록 나는 쓸데없는 모든 상념을 머리에서 지워버리려고 시도했고, 매일같이 육체 노동의 형태로 습관화된 기도와 반드시 수행해야 할 과제를 나에게 부과했다. 새가 날도록 태어난 것처럼 인간은 일을 하도록 태어났기 때문에 게으름은 영혼과 육체를 병들게 할 뿐만 아니라, 가장 기대하지 않을 때, 인간을 궁극적으로 멸망의 구렁텅이로 빠뜨린다. 그런 이유로 나는 정원을 가꾸었다. 그 정원은 아직은 사륜마차의 다섯번째 바퀴처럼 내게 별로 요긴하지는 않았다. 결국 섬 전체는 당연히 하나의 유원지라고 부를 수 있게끔 되었다. 많은 사람에게는 식물들이 자연적인 무질서 속에 함께 서 있는 것이 좀더 품위 있게 보일지도 모르지만, 나는 이것저 것을 좀더 잘 정리하려는 것이 목적이었고, 그 밖에도 이미 말한 것처럼 모든 악덕의 시초인 게으름을 피우지 않기 위함이었다.

아아, 나의 육체가 탈진해서 휴식이 절실히 필요할 때에도 얼마나 자주 내가 종교서적을 읽고 싶어 했던가! 그것을 읽고 나를 위로하고, 마음을 기쁘게 하고, 정신을 고양시키기 위해서 말이다. 그러나 내게는 읽을 책들이 하나도 없었다. 나는 예전에 어떤 성인이 온 세상이 자신에게는 하나의 커다란 책이라고 한 말을 읽은 적이 있다. 그는 세상 속에서 하나님의 걸작을 발견하고 항시 하나님을 칭송하고픈 충동을 느낀다는 것이었다. 그래서 나도 비록 이제는 세상을 떠나 있었지만 그 성인처럼 마음을 먹기로 했다. 나에게 이 작은 섬은 온 세상이나 마찬가지여야 했고, 이 섬에 있는 모든 것, 심지어 나무 하나까지도 나의 신앙심을 북돋아주고, 한 사람의 정직한 기독교인이 지녀야 할 상념의 자극제여야 했다.

가시가 달린 식물을 보면 그리스도의 가시면류관을 생각했고, 사과나 석류를 보면 우리 조상의 원죄를 생각하며 탄식하는 마음에 젖었다. 나무에서 종려술을 따를 때면 우리의 구세주가 거룩한 십자가의 기둥에서 나를 죄로부터 해방시켜주기 위해 피를 흘리는 광경을 눈앞에 떠올렸다. 앞에 바다나 산을 보면 우리의 구세주께서 그와 같은 장소에서 행하신 이런저런 기적을 돌이켜 생각했다. 또한 내가 던지기에 적당한 돌을 하나 또는 여러 개를 발견하면, 유대인들이 그리스도에게 돌을 던지려 들었던 것을 상기했다. 나의 정원에 있을 때는 감람산에서 두려움에 찬 기도나 그리스도의 무덤과 그가 부활한 후에 정원에 있는 마리아 막달레나에게 나타나신 것을 생각했다. 나는 매일같이 그런 생각이나 그 비슷한 상념들과 씨름을 했고, 식사를 할 때면 그리스도의 최후의 만찬을 생각했다. 무엇이든 먹을 것을 끓일 때면, 곁에 있는 불이 나에게 지옥의 영원한 고통을 연상케 했다.

마지막으로 나는 이 섬에 자생하는 여러 브라질 소방목(蘇方木)에서 얻을 수 있는 붉은색 염료에 레몬즙을 섞어서 특정한 종류의 커다란 종려나무 잎에 훌륭하게 글씨를 쓸 수 있다는 것을 깨닫고 대단히 기뻤다. 이제 제대로 기도문 초안을 잡아 적을 수가 있었기 때문이다. 결국 깊이 참회하는 가운데 나의 전 생애를 골똘히 생각해볼 때, 내가 젊어서부터 저지른 악행들이 다시 나의 눈앞에 떠올랐고, 자비하신 하나님께서 나의 큰 죄에도 불구하고 지금까지 영원한 저주를 막아주셨을 뿐만 아니라, 개심하고 각성하고 용서를 빌고, 그분의 은혜에 감사할 수 있는 시간과 기회를 주셨다는 것을 깨닫게 되었다. 그리하여 나는 아직도 기억할 수 있는 것을 모두 앞에서 언급했던 종려나무 잎으로 만든 책에 적었다. 그리고 이 책을 나의 친구가 남긴 금화와 함께 이 장소에 두었다. 조만간 세월이 지나 사람들이 이곳에 오게 되면, 그들이 이 모든 것을 발견하고 거기에서 예전에 이 섬에 누가 살았다는 것을 알 수 있게 하기 위함이다.

막상 오늘이든 내일이든, 내가 죽기 전에든 죽은 후에든 누가 이 책을 발견해서 읽게 되면, 내가 그에게 부탁할 것은 개심을 하려고 하는 사람이 해서도 안 되는데, 하물며 글로 쓰면 더욱 안 되는 낱말들이 눈에 뜨일 경우 짜증을 내지 말고, 재미있는 다툼들과 이야기들을 직접 눈으로 보듯 생생하게 묘사하기 위해서는 편안한 어휘들을 사용했다는 것을 고려해달라는 것이다. 그리고 설혹 표현들이 그토록 경박하더라도 꼬리고사리가 비를 맞아도 쉽게 젖지 않는 것처럼, 역시 정직하고 경건한 사람들은 그 표현에 즉각 전염되거나 중독되어 멸망하지는 않을 것이다. 오히려 정직한 기독교인 독자들은 한때 악동이었던 내가 하나님의 자비를 얻어 세상을 포기하고, 복된 종말을 통해서 영원한 영광에 이르고, 구세주의 고난과 더불어 영생복락을 얻기를 소망하는 삶을 영위할 수 있었다는 것을 읽으면, 경탄하고 하나님의 자비를 찬양 할 것이다.

하를럼 출신 네덜란드인 선장 장 코르넬리센이
그의 착한 독일인 친구 슐라이프하임 폰 줄스포르트에게 보낸
짐플리치시무스에 대한 보고서

제24장
네덜란드인 선장 장 코르넬리센의 보고서를
이 책의 부록으로 싣다

선주께서는 아직도 내〔장 코르넬리센〕가 출발할 때 인도에서나 그 밖에 여행 기간 내내 마주치게 될 지극히 진귀한 물품을 가져오겠다고 약속한 것을 틀림없이 기억하실 것입니다. 그동안 내가 선주님의 골동품 진열실을 풍성하게 해줄 바다와 육지에서 나는 몇 가지 진귀한 식물들을 수집한 것은 사실입니다. 그러나 내가 보기에 가장 놀라움과 관심을 불러일으킬 만한 것은 동봉한 책일 것입니다. 그 책은 바다 가운데에 있는 어떤 섬에서 홀로 살았던 독일인이 자신의 전 생애를 종이가 없어서 야자수 잎에 기록한 것입니다. 그 독일인이 직접 자신의 책에서 많은 것을 이야기했지만, 나는 이 책이 어떻게 내 손에 들어왔고, 이 독일인이 어떤 사람이고, 어떻게 살고 있는지 선주님께 상세하게 보고하고자 합니다.

우리가 말루쿠 제도에서 짐을 완전히 배에 싣고 희망봉으로 가는 항로를 접어들었을 때 우리의 귀항 여행이 애당초 희망했던 것처럼 그렇게 빨리 진척되지는 않으리라는 것을 곧 알아차렸습니다. 주로 바람이 역으로 불거나 방향을 자주 바꾸어서 우리는 제대로 전진하지 못하

고 표류하기를 많이 했습니다. 그로 인해 우리의 선단에 속한 모든 배에는 평소보다 더 많은 환자가 생겼습니다. 우리 제독은 대포를 한 방 쏘고 기를 꽂게 해서 모든 선장에게 자신의 배로 오도록 지시를 내렸습니다. 모두 모여 협의한 끝에 우리는 세인트헬레나섬[41]에 도착해서 환자들을 돌보고, 날씨가 호전되기를 기다리기로 결정했습니다. 폭풍의 영향으로 선단이 뿔뿔이 흩어질 경우에는 제일 먼저 그 섬에 도착한 배들이 14일간 나머지 배들을 기다리기로 했습니다. 이 계획과 결정은 옳았습니다. 우리가 걱정했던 일이 실제로 일어났기 때문입니다. 폭풍이 모든 배를 제각각 뿔뿔이 흐트러뜨려서 단 한 척의 배도 다른 배 가까이 머물지 못했습니다. 나중에 내가 몰던 배가 혼자가 된 것을 깨닫고, 역풍과 식수 부족 때문에, 그리고 수많은 환자로 계속 골치를 썩게 되었습니다. 풍향이 바뀌지 않아 추정컨대 아직도 400마일이나 떨어진 세인트헬레나섬에 많이 다가가지도 못하고, 나는 침로를 유지하기 위하여 돛을 반대로 돌려 그런대로 견디지 않으면 안 되었습니다.

우리가 표류해서 전진하지 못하고 우왕좌왕하는 동안 환자들의 상태는 더욱 악화되었고, 그 수도 매일 늘어났습니다. 이와 같이 어려운 상황에서 어느 날 멀리 동쪽에 바위로 보이는 하나의 형체가 눈에 띄었습니다. 우리는 항로를 그 쪽으로 잡고 해도상에 나타나 있지는 않지만 아마도 이 해역에서 육지를 발견할지도 모른다는 희망을 가지고 북쪽으로부터 이 바위에 접근했습니다. 그러는 동안 이 형체는 바다 가운데에 외롭게 우뚝 솟아 있는 오를 수도 착륙할 수도 없는 돌로 된, 불모의 바위산인 것처럼 보였습니다. 다른 한편으로 바람결에 풍기는 냄새

---

41) 원래 이 섬은 대서양에 위치하나, 그리멜스하우젠이 인도양으로 옮겨놓고 있다.

가 틀림없이 우리가 안전한 육지에 가까이 있다는 것을 느끼게 해주었습니다. 또한 무수히 많은 새가 언덕 위에 앉아 있거나 주변을 날아다녔고, 좀더 자세히 살펴본 결과 우리는 바위산의 최고봉에 두 개의 십자가가 서 있는 것을 발견했습니다. 그 십자가는 사람의 손으로 만들어 세운 것이 분명했습니다. 그 점으로 미루어 이 바위산은 사람들이 오를 만하다는 결론을 얻을 수 있었습니다. 그래서 이 바위산의 다른 편으로 배를 몰고 가자 우리는 그곳에서 하나의 좁다란 땅뙈기를 발견했습니다. 그것은 내 생전에 동인도에서나 서인도 어디에서도 아직 본 적이 없는 아담한 땅이었습니다. 고운 모랫바닥 위 열 발 깊이에 배를 정박시키고, 여덟 명의 선원들을 보트에 태워 육지로 보냈습니다. 그들은 그곳에서 우리의 비축 양식에 채워 넣을 만한 것이 없는지 탐색하는 임무를 띠고 있었습니다.

그들은 곧 여러 가지 과일을 가지고 돌아왔습니다. 그중에는 레몬, 오렌지, 야자수 열매, 파인애플, 고구마가 있었고 그 섬에는 대단히 좋은 식수가 있다고 보고를 해서 우리를 가장 기쁘게 했습니다. 그 밖에 독일인 한 사람을 만났는데, 그는 이미 오래전부터 그 섬에 체류하고 있는 것 같다고 했습니다. 새들이 맨손으로도 잡을 수 있을 만큼 여기 저기 뛰어다녀서, 막대기로 때려잡아 배에 가득 싣고 올 수 있을 정도였다고도 했습니다. 그 독일인은 아마도 타고 있던 배에서 무슨 범죄를 저질러서 그 벌로 이 섬에 버려졌으리라는 그들의 말에 우리는 모두 수긍을 했습니다. 그뿐만 아니라 그는 분명 분별 있는 말이라고는 한 마디도 못 했기 때문에 정신이 온전치 않은 바보가 틀림없다는 것이었습니다.

그 소식은 전 선원들, 특히 환자들에게 기운이 나게 했습니다. 그렇기 때문에 다른 사람들도 육지로 가서 갈증을 해소하고 싶어 하므로 나는 보트를 연달아 그곳으로 보냈습니다. 특히 두 가지 사항이 긴급했는데, 환자들이 그곳에서 기운을 차리는 것과 배에 신선한 생수를 공급받는 것이었습니다. 그렇게 해서 우리 대부분이 그 섬으로 갔고, 그곳에서 우리가 발견한 것은 어떤 초라한 황무지가 아니라, 그야말로 지상의 낙원이었습니다.

예의 그 독일인도 처음에 우리 선원들이 말했던 것처럼 바보가 아님은 물론, 나쁜 짓을 했을 사람일 수는 더더욱 없다는 것이 곧 나에게 분명해졌습니다. 그는 본래 껍질이 매끄러운 나무란 나무에는 모두 성경 구절이나 그 밖에 다른 좋은 구절을 적어놓고, 자신의 마음을 고양시키고 하나님을 기억하고 있었기 때문입니다. 잠언들을 완벽하게 적지 못한 곳에는 적어도 그리스도의 십자가가 새겨진 네 글자, 즉 INRI[42] 또는 예수, 마리아 그리고 그리스도에게 고난을 입힌 형구들 중 하나의 이름을 써놓았습니다. 그 점에서 우리는 그가 가톨릭교도임이 틀림없다는 결론을 내렸습니다. 이 모든 것이 대단히 가톨릭식이라고 생각되었기 때문입니다. 어떤 곳에는 라틴어로 memento mori[43]라고 쓰여 있고, 어떤 곳에는 히브리어로 Iescua Hanosrum Melech Haichudim[44]이라고 쓰여 있었으며, 다른 곳에도 그 비슷한 것들이 그리스어, 독일어, 아랍어, 예전 인도의 언어였던 말레이어로 쓰여 있는데, 이 모두가 기독교의 신앙 속에서 천국의 일과 신성한 일들을 기억하기 위한 것임은 물론이었습니다.

---

42) Iesus Nazarenus Rex Iudaeorum의 약자로 '유대 왕 나사렛 예수'라는 뜻이다.
43) "죽음을 잊지 말라!"
44) "유대 왕 나사렛 예수"라는 의미.

우리는 이 독일인이 자신의 자서전에서 언급하고 있는 그의 친구의 무덤도 발견했고, 마찬가지로 그들이 공동으로 해변에 세웠던 제3의 십자가도 발견했습니다. 그렇기에 우리 대원들은 이 섬에 '십자가 섬'이라는 이름을 붙였습니다. 특히 거의 모든 나무에 십자가가 새겨져 있었습니다. 그러나 우리에게는 그 짤막하고, 의미심장한 문구들이 말짱 수수께끼 같고, 뜻이 모호한 신탁 같았습니다. 그렇지만 그 문구들을 쓴 장본인이 바보가 아니라, 독창적인 시인, 특히 많은 시간을 하나님의 일에 대하여 명상하면서 보내는 신앙심이 돈독한 기독교인이라는 것을 짐작할 수 있었습니다.

우리와 똑같이 이리저리 돌아다니면서 자신이 발견한 것을 나름대로 기록하는, 우리 배에 소속된 성직자는 한 나무에 새겨진 다음의 시구를 가장 훌륭한 시구로 여겼습니다. 아마도 그 구절이 그에게는 새롭기 때문일 것이었습니다.

아, 지고의 선이여! 그대가 그토록 어두운 빛 속에 있으면서
밝히시는 빛 앞에는 어떤 위대한 빛도 무색할 따름일세!

이 시에 대해서 학식이 풍부한 우리 부목사는 이렇게 언급했습니다. "하나님 자신이 자비 속에서 지고의 선에 관한 계시를 더 많이 내리시지 않는다면, 어떤 사람도 지상에서 더 이상 그리고 좀더 높은 깨달음에 도달할 수 없습니다."

그동안 나의 건강한 선원들은 섬 전체를 돌아다니면서 자신과 환자들이 원기를 회복할 먹을거리를 수집하기도 했지만, 또한 그 독일인을 찾기도 했습니다. 우리 배의 모든 장교가 기꺼이 그를 보고 말을 건

네고 싶어 했기 때문입니다. 그러던 중 그를 발견하지는 못했으나 물이 가득 찬 섬뜩한 암굴 하나를 발견했습니다. 그 안으로 좁은 길이 하나 나 있던 터라 그 암굴 속에 그가 있을 것으로 추측했습니다. 그러나 그 안에 차 있는 물과 엄청난 어둠 때문에 들어갈 수가 없었습니다. 굴속으로 좀더 깊이 들어가기 위해서 횃불과 조명용 역청 고리에 불을 붙였지만, 선원들이 팔매질한 돌이 도달할 거리의 반쯤 가기도 전에 모두 꺼져버렸습니다. 그 일로 그들은 많은 시간을 허비하기만 했습니다.

제25장
짐플리치우스가 요새에 숨어 있는 동안
네덜란드인들이 체험한 이상한 변신

우리 선원들이 애쓴 노력이 헛수고였음을 보고하고, 나 자신이 그 독일인을 발견할 수 있을지 보려고 직접 그곳으로 갔을 때, 지진이 일어나 그 섬을 크게 동요시켰습니다. 그래서 나의 일행은 곧 섬이 침몰할 것으로 믿었습니다. 거의 같은 시각에 나는 다급하게 육지로 갔던 선원들에게서 돌아오라는 호출을 받았습니다. 선원들 대다수의 정신상태가 대단히 희한하고 염려스러운 지경에 빠져 있다는 것이었습니다. 한 사람은 번쩍이는 칼을 들고 싸우면서 나무 앞에 서서 자신이 가장 거대한 거인과 싸워서 이겨야 한다고 주장하는가 하면, 다른 한 사람은 하늘을 응시하면서 마치 그것이 진실인 양 거기서 하나님과 하늘에 있는 천사들이 회합을 하며 기쁨에 차 있는 것을 보고 있다고 선언했습니다. 세번째 사람은 겁에 질려 떨며 땅바닥을 응시하면서 자기 앞에 있는 끔찍스러운 구덩이에서는 악마가 수하들과 함께 마치 심연 속에서처럼 북적대며 돌아다니는 것이 보인다고 주장했습니다. 그다음 사람은 아무도 접근하지 못하도록 몽둥이를 휘두르며 자신을 갈기갈기 찢으려 드는 늑대들을 모두 상대해서 싸우고 있다면서 도와달라고 소리쳤습니다. 한쪽에는 우리가 청소를 하고 다시 채우려 뭍으로 가져온 물통 위에 앉아서 박차를 가하며 물통을 말인 양 몰고 있는 사람이 있는가 하면, 다른 쪽에는 낚싯대를 가지고 마른 땅 위에 앉아서 다른 사람들에게 곧 미끼를 물게 될 고기들을 보여주는 사람이 있었습니다. 한마디로 말해서 각인각색이었습니다. 왜냐하면 각자는 다른 사람과 비교될 수 없는 자신만의 독특한 기분에 따라 행동했기 때문입니다. 한 사람이 내게 뛰어와서 아주 심각하게 말했습니다. "선장님, 제발 부탁드리는데, 정의감을 발휘하셔서 여기 있는 이 꼴 보기 싫은 놈으로부터 나를 좀 보호해주십시오!" 내가 도대체 누가 그에게 나쁜 짓을 하려고 하느냐고 물었더니, 그는 똑같이 바보 같고 머리가 돈 다른 사람들을 가리키면서 말했습니다. "이 깡패 같은 놈들은 강제로 나에게 청어 두 통, 여섯 개의 베스트팔렌 햄, 열 두 개의 네덜란드 치즈에다 한 통의 버터를 합쳐서 한꺼번에 먹으라고 합니다! 그러나 선장님, 어떻게 그렇게 할 수가 있습니까? 불가능한 일입니다. 그러면 나는 질식하거나 몸이 터지고 말 것입니다!" 그들은 그와 같은 망상을 머릿속에 지니고 돌아다녔는데, 그 광경을 보는 것은 아마도 아주 즐거운 오락이었을 수도 있었을 것입니다. 만약 언젠가는 그 망상이 아무런 뒤탈 없이 다시 끝난다는 것을 알았다면 말입니다. 그러나 나와 아직도 정신이 맑은 다른 사람들은 두렵고 불안했습니다. 우리 선원들은 점점 더 정신이 이상해졌고, 우리 자신도 이런 희한한 정신 상태에 빠지지 않고 얼마나 오랫동안 버틸 수 있을는지 알지 못했습니다.

　온순한 성품에 신앙심이 깊은 우리 배의 부목사와 몇몇 다른 사람들은 우리가 처음에 이 섬에서 만났던 그 독일인이 성자이고, 하나님의 뜻을 따르는 하나님의 친구요 종인 것이 틀림없다고 믿었습니다. 그렇기 때문에 우리 선원들이 나무들을 베고 그가 가꾼 초목들을 짓밟고 새들을 죽임으로써 그의 삶의 본거지를 파괴하기 시작하자 하늘이 우리에게 벌을 주었다고 믿고 있었습니다. 그러나 다른 근무자들은 그가 지진을 일으키고 엉뚱한 짓을 해서 우리를 이 섬으로부터 쫓아내거나 심지어 살해하려는 마술사일 수도 있다고 했습니다. 그러니 우리가 그를 잡아서 선원들에게 제정신을 되돌려주게끔 하는 것이 최선이라는 말이었습니다. 쌍방은 자신들의 의견을 고집했지만 내게는 두 의견 모두 불안했습니다. 그래서 스스로에게 말했습니다. '만일 그가 하나님의 친구이고, 그 때문에 우리에게 이런 형벌이 내려진 것이라면, 하나님께서는 계속해서 우리로부터 그를 보호하실 것이다. 하지만 만일 그가 마술사이고, 우리가 눈으로 직접 보고 몸소 겪었던 이와 같은 재앙을 내릴 능력이 있다면, 그에게는 더욱 많은 꾀가 떠오를 것이고, 그렇게 되면 우리는 그를 잡지도 못할 것이다. 그러니 그가 모습을 드러내지 않은 채 지금 여기 우리 뒤에 서 있을지 누가 알겠는가?'

　결국 우리는 그를 찾아내어서 평화적으로든 강압적으로든 납치하기로 결단을 내렸습니다. 그러고는 다시 한 번 횃불과 역청 고리 그리고 촛불이 타고 있는 등을 들고 동굴로 향했습니다. 그러나 그 결과는 첫번째 시도 때와 같았습니다. 불을 가지고 굴속으로 들어가는 것은 불가능했습니다. 우리가 여러 번 시도를 했지만, 물과 어두움 그리고 날카로운 바위가 계속 전진하는 것을 방해했습니다. 그러자 어떤 사람들은 기도를 하기 시작했고, 다른 사람들은 욕을 하기 시작했습니다. 우리는 모두 두려움 속에서 무엇을 하고 무엇을 하지 말아야 할지 더 이상 알지 못했습니다.

우리가 그처럼 어두운 동굴 속에 서서, 오도 가도 못하고 전원이 비탄해하고 불평할 때, 갑자기 멀리서 그 독일인의 목소리가 들렸습니다. 그는 동굴 깊숙이에서 우리에게 소리쳤습니다. "여러분! 여러분은 내가 있는 이곳으로 들어오려는 이유가 도대체 무엇이오? 그것이 불가능하다는 것을 아시지 않소? 만일 그대들이 원기를 회복할 수 있도록 하나님께서 이 땅뙈기에서 가벼운 먹을거리를 선물하신 것으로 만족하지 않고, 가난하고 맨몸으로 목숨밖에 소유한 것이 없는 나를 통해 더 부자가 되기를 원한다면, 내가 대답할 수 있는 말은 오로지 이 말뿐이오. '그것은 안 된다!' 그러므로 우리 구주이신 그리스도의 이름으로 내가 부탁하는데, 당신들의 계획을 포기하시오. 나는 어제 나의 오두막에서 여러분들의 거의 폭군에 가까운 협박을 들어야 했고, 그 협박이 나를 이 피난처 속으로 내몰았소. 그러니 이 땅의 과일들은 들고 싶은 대로 드시오. 그러나 나로 하여금 평화롭게 이곳 피난처에 머물도록 그냥 내버려두시오. 그러지 않으면, 또 하나의 불행이 당신들에게 덮칠 것이오. 물론 사랑하는 하나님께서 막아주셨으면 좋겠지만."

이 어려운 상황을 해결할 방도를 찾기란 어려웠습니다. 그러나 우리의 부목사는 깊이 생각하고 되받아 소리쳤습니다. "어제 선원들이 당신을 괴롭혔다면, 그것은 진정으로 죄송합니다. 그들은 예의가 뭔지 모르는 단순한 선원들입니다. 우리는 강도질을 하거나 약탈을 하기 위해서 온 것이 아닙니다. 우리 대원들 대부분이 이 섬에서 이성을 잃었는데, 그들을 어떻게 도와주어야 할지 당신에게 조언을 구하고자 합니다.

그 밖에 우리는 다 같은 기독교인으로서 당신과 함께 이야기를 나누고 싶습니다. 우리는 구세주의 마지막 계명에 맞게 사랑, 명예, 의리 그리고 우정을 보이고 당신이 원한다면, 당신을 우리와 함께 당신의 조국으로 데려가고 싶습니다."

그는 우리가 그를 어떻게 생각하는지 어제 분명히 들었다면서 우리 구주의 계명에 따라 악을 선으로 갚고 우리 선원들이 어떻게 미친 행동에서 벗어날 수 있도록 도울 수 있는지 그 방법을 숨기지 않고 알려주겠다고 대답했습니다. 이처럼 미친 사람들은 자두를 먹고 이성을 잃은 것인데, 그들에게 자두 씨를 먹이라는 것이었습니다. 그러면 모든 사람에게 돌연히 이성이 다시 돌아오리라는 말도 더했습니다. 그의 말로는 우리가 그의 조언을 듣지 않았더라도 그런 생각을 할 수 있었으리라는 것이었습니다. 복숭아도 똑같아서 그것을 먹고 나서 그 과일이 지닌 해로운 한기를 없애기 위해서 열이 있는 복숭아의 씨를 먹는다면 효험을 볼 수 있다고 했습니다. 우리가 자두가 열린 나무를 알지 못한다면, 자두에 관해서 낱낱이 기록해놓은 비문을 눈여겨보아야 한다고도 했습니다.

나의 타고난 재주에 대하여 경탄하라!
나는 마술의 창녀 키르케처럼 할 수 있느니라.

이 대답과 그 독일인이 처음에 우리에게 했던 말을 통해 우리가 선발대로 이 섬에 보냈던 선원들이 그를 놀라게 하고 동굴 속으로 피하도록 자극했음이 틀림없다는 것을 알게 되었습니다. 또한 우리 선원들이 그를 괴롭혔음에도 불구하고 그가 선원들이 이성을 잃은 원인과 이성을 되찾을 방안을 우리에게 설명해주었기 때문에 그가 독일인다운 정직성을 지닌 사람임이 틀림없다는 것을 깨달았습니다. 그때 처음으로 우리는 상황을 파악했고, 그에 대해서 그토록 나쁘게 생각했던 것을 잘못으로 알고 후회했습니다. 그리고 이에 대한 벌로 우리가 이 위험하고 어두운 동굴에 빠졌다는 것도 알아차렸습니다. 우리는 겁도 없이 너무나 깊이 들어왔기 때문에 불이 없으면 이 동굴에서 다시 빠져나오기란 불가능하다는 것을 파악했습니다. 그렇기 때문에 우리 부목사는 다시 한 번 목소리를 높여 간청하는 어조로 외쳤습니다. "아, 진정으로 믿을 수 있는 동향 어른! 어제 당신께 못된 말로 모욕을 했던 그 사람들은 철없는 사람들입니다. 우리 배의 가장 못된 무뢰한들이었습니다. 그와 반대로 지금 여기에는 선장님이 고급 장교들과 함께 서서 당신에게 용서를 빌고 친절한 인사도 드리고, 당신을 위해 가능한 모든 도움을 제공하고자 합니다. 그리고 원하신다면 당신을 이 쓸쓸하고 외로운 곳에서 벗어나 우리와 함께 다시 유럽으로 모시고 가겠습니다."

그러나 그는 우리의 친절한 제안이 고맙기는 하지만, 그중 어떤 것도 받아들이고 싶지 않다고 대답했습니다. 그뿐만 아니라 하나님의 은총으로 이제 이미 15년 동안이나 이곳에서 최대한의 안락함을 누리며 인간의 도움과 어울림 없이 지낼 수 있었기 때문에, 다시 유럽으로 돌아가서 지금의 만족한 삶을 그처럼 멀고 위험한 여행으로 빚어지는 편할 날이 없는 비참한 생활로 바꾸고 싶지 않다는 것이었습니다.

제26장

짐플리치우스와 선원들 간에 합의가 이루어지자
선원들에게 제정신이 돌아오다

그 독일인은 이같이 통보한 후에 더 이상 우리에게 마음 쓸 필요가 없었을 것입니다. 만일 우리가 동굴에서 빠져나올 수 있었다면 말입니다. 그러나 그것은 불가능했습니다. 첫째는 우리에게 필요한 불이 없었기 때문이고, 그다음에는 우리가 아직도 섬 위에서 미쳐 날뛰며 돌아다니는 선원들의 도움도 기대할 수 없었기 때문입니다. 그렇기에 우리는 큰 두려움을 느낀 나머지 감언이설로 그 독일인에게 우리가 동굴에서 빠져나오게 도와달라고 설득하려 했습니다. 그러나 우리가 그에게 우리의 형편과 밖에 있는 선원들의 형편을 감동적인 말로 분명히 설명하고, 그의 도움이 없으면 우리들끼리 서로 도울 수조차 없다는 것을 그가 인정할 때까지 그는 아무런 관여를 하지 않았습니다. 우리는 만약 그가 고집을 피워서 우리를 죽게 한다면, 최후의 심판의 날에 그가 책임을 져야 한다고 했고, 덧붙여 전능하신 하나님의 이름으로 말하기를 우리가 살아서 동굴을 빠져나가도록 그가 도와주지 않아 그 안에서 죽으면 바로 그가 우리의 시체를 밖으로 끌어내야 할 것이라고 했습니다. 그 밖에도 몇몇 다른 시체를 섬 위에서 발견할지도 모른다고 했습니다. 행여나 그런 일이 일어날까 두렵지만, 그들은 그가 제때에 도와주지 않아 발광한 상태에서 서로 죽였기 때문에 그의 머리에 영원한 복수가 내려지기를 빌 만한 온갖 이유를 가진 사람들이라고 했습니다. 그와 같이 온갖 말로 설득한 끝에 마침내 그는 우리를 동굴 밖으로 안내하겠다고 약속을 했습니다. 물론 그 전에 우리는 기독교인의 의리와 옛 독일인의 성실성으로 다섯 가지 조건을 확실하고도 지속적으로 어김없이 굳게 지킬 것을 약속해야 했습니다.

첫째로, 우리는 선발대로 섬으로 보냈던 선원들을 그[독일인]에게 가한 폭행 때문에 말로나 행동으로 벌을 주지 않을 것.

둘째로, 반대로 그[독일인]가 우리 앞에서 숨어 그토록 오랫동안 우리의 부탁과 졸라댐을 들어주지 않으려고 했던 것을 용서하고 잊을 것.

셋째로, 우리는 자유롭고 누구에게도 예속되지 않은 사람인 그를 자신의 의지에 반해서 유럽으로 데리고 가지 않을 것.

넷째로, 우리 중 아무도 이 섬에 잔류하게 하지 않을 것.

다섯째로, 우리는 누구에게도 문서로든 구두로든 그리고 그보다도 해도(海圖)상으로도 이 섬이 어디에, 어떤 위도하에 놓여 있는지를 알리거나 발설하지 말 것.

우리가 그에게 이 모든 것을 약속하자마자 그는 많은 불빛을 들고 나타났습니다. 그 불빛들은 별처럼 어둠 속에서 빛을 발했는데, 우리는 곧 그것이 촛불이 아닌 것을 알았습니다. 그 불빛에는 머리카락과 수염이 잔뜩 달려 있어서 촛불이었다면, 그 불에 머리카락과 수염이 타버렸을 것이기 때문이었습니다. 우리는 그것이 어둠 속에서 빛을 발한다고 알려진 순수한 홍옥[45]이라고 믿었습니다. 이제 그는 바위틈에서 서서히 내려와 여러 곳에서 물속을 걸어 꼬불꼬불한 길을 따라 천천히 우리에게 다가왔습니다. 그 길이 하도 꼬불꼬불하게 굽어서 설혹 우리가 촛불을 가졌더라도 결코 찾지 못할 뻔했습니다. 그것은 실제의 상황이 아니라 하나의 꿈속 같았습니다. 그 독일인은 실제 사람이라기보다는 오

---

45) 중세 신학에서 홍옥은 밤과 죄의 어두움을 물리치는 하나님의 말씀, 앎의 빛을 대변하고 있다.

히려 유령과 비슷했습니다. 그래서 우리 중의 몇 사람은 막상 우리도 발광한 채 저 밖에 있는 우리 선원들처럼 정신이 이상해진 것이 아닌가 생각할 정도였습니다.

그가 반 시간 후에—그 이유는 그가 힘든 길을 걸어 나오는 데 그렇게 오랜 시간이 필요했기 때문에—우리가 있는 곳으로 왔을 때 그는 독일인의 관습에 따라 한 사람 한 사람 악수를 했고, 친절하게 환영한다는 말을 했습니다. 그리고 그가 우리로 하여금 다시금 햇볕을 다시 쏘일 수 있게 하는 데 그처럼 오랫동안 지체시켰던 것에 대하여 용서를 구했습니다. 그런 다음 그는 각 사람에게 그가 지녔던 불빛을 하나씩 주었습니다. 그러나 그것은 보석이 아니라 독일의 사슴벌레 크기만 한 검은색 나는 개똥벌레였습니다. 그 벌레들은 목 밑에 동전 크기의 흰 반점을 지니고 있었는데, 그 반점이 어둠 속에서 어떤 촛불보다도 더 밝은 빛을 발해서 우리는 이 신비로운 불빛 덕분에 그 독일인과 함께 무사히 소름 끼치는 동굴을 빠져나왔습니다.

그는 꼿꼿한 자세와 건강한 혈색을 지닌, 그야말로 기골이 장대한 남자였습니다. 입술은 산호초처럼 붉고, 눈은 검고 아름다웠으며, 목소리는 대단히 낭랑했습니다. 긴 머리카락과 수염은 검었고, 여기저기 흰 머리가 섞여 있었습니다. 머리카락은 엉덩이까지 늘어졌고, 수염은 배꼽까지 내려왔습니다. 국부는 종려나무 잎으로 만든 치마를 둘러 가리고 있었고, 머리에는 갈대로 엮은 넓은 모자를 쓰고 있었습니다. 그 모자에는 고무를 덮어서 비나 햇볕에 똑같이 보호받을 수 있었습니다. 그 밖에 그의 모습은 대략 가톨릭 신자들이 그린 성 오누프리우스[46]의 모

---

46) Onuphrius: 5세기경에 터키 땅 카파도키아에 있는 암벽 수도원에서 긴 머리와 수염, 나뭇잎으로 만든 치마를 입고 살았던 초기 기독교 은자.

습 그대로였습니다.

그는 동굴 내에서는 우리와 더 이상 말하려고 하지 않았습니다. 그러나 밖으로 나오자, 그 이유를 설명했습니다. 동굴의 상황이 만일 사람들이 그 안에서 크게 소음을 내면, 섬 전체가 울려서 지진이 발생하고, 그러면 섬이 가라앉는다고 믿게 될 정도라는 것이었습니다. 그의 친구가 아직 살아 있었을 때 그들은 그것을 여러 번 시험해보았다고 했습니다. 우리는 이 점과 관련해서 요하네스 라우에가 그의 『지리학Kosmographie』 제22장에 보고하고 있는 핀란드의 비보르크시 근처에 위치한 커다란 땅굴이 머리에 떠올랐습니다. 그 밖에도 그는 우리가 그토록 경솔하게 동굴 안으로 들어왔던 것을 나무랐고, 그와 그의 친구는 그곳으로 들어가는 길을 탐색하는 데 꼬박 한 해가 걸렸다고 이야기했습니다. 그러나 그 개똥벌레가 없었다면, 그 안에서는 불이란 불은 모두 꺼져버리기 때문에 여러 해가 걸렸더라도 그 일은 성공하지 못했으리라는 것이었습니다.

그러는 사이에 우리는 그의 오두막에 가까이 왔습니다. 우리 선원들이 그 집을 약탈하고 황폐화해 나는 몹시 화가 났으나 그는 담담하게 오두막을 살펴서 이 때문에 마음에 아픔을 겪고 있다는 것을 보이는 낌새는 아무것도 없었습니다. 심지어 그는 이 일은 내 의지나 지시에 반해서 일어난 것이라고 말함으로써 나를 위로하기 시작했습니다. 그는 말하기를 이 모든 일이 무엇에 좋은 구실을 하는지 알 수 있는 사람이 대체 누구이겠는가! 아마도 그가 사람들이 사는 사회에서 멀리 떨어져 있지만 무엇보다도 기독교인들과 그의 유럽 고향 사람들을 보고 얼마나 기뻐할 수 있는지를 분명히 아는 데 좋은 구실을 했을지도 모른다, 그의 초라한 거처를 부순 사람들이 얻은 약탈물은 소리가 나는 주화 30두카텐에 불과하고, 그들이 그것을 가지는 것이 전혀 자신의 마음에 걸리지 않는다, 가장 큰 손실은 물론 많은 노력을 기울여서 전 생애를 기술했고 마지막에는 어떻게 해서 이 섬에 오게 되었는지를 설명한 한 권의 책을 잃은 것인데, 만일 우리가 종려나무를 모두 베어버리지만 않고 그 자신을 살려두기만 한다면, 두번째 책을 완성할 수 있기 때문에 그 아픔도 쉽게 이겨낼 수 있다는 등등의 말을 했습니다. 그러나 그는 이제 자두를 먹고 이성을 잃은 사람들에게 가급적 속히 도움을 베풀기 위해 급하게 서둘렀습니다.

그렇게 우리는 처음에 이미 언급했던 나무들이 서 있고 환자들과 성한 사람들이 야영지를 만든 곳으로 오게 되었는데, 막상 진기한 광경이 벌어졌습니다. 그곳에 있는 사람들은 단 한 사람도 제정신이 아니었습니다. 분별심을 잃지 않고 이성을 유지했던 적은 수의 사람들은 이미 미친 사람들을 피해서 배 위로 도망을 쳤거나 섬 어딘가에 숨었습니다. 최초로 우리와 만난 사람은 총기 제작 책임자였습니다. 그는 네발로 기어 와서 돼지처럼 꿀꿀거리며 계속해서 "엿기름, 엿기름"하고 말했습니다. 그는 자신이 돼지라고 착각하고 있기 때문에 우리가 그에게 엿기름을 사료로 주기를 원했던 것입니다. 독일 사람의 권고로 나는 그에게 그들 모두가 삼켜버린 앞서 말한 자두의 씨를 몇 개 주면서 이것을 들면 곧 건강해질 것이라고 다짐했습니다. 그리고 실지로 그가 그 씨를 복용하고, 몸속이 데워지자마자, 일어서서 다시 분별 있는 말을 하기 시작했습니다. 우리가 똑같이 치료를 해서 다른 사람들도 한 시간도 못 되어 모두 제정신이 들게 되었습니다. 내가 얼마나 기뻤고, 얼마나 절실히 그 독일 사람에게 신세를 졌다고 느꼈는지는 쉽게 상상할 수 있을 것입니다. 왜냐하면 그의 도움과 충고가 아니었다면, 우리는 선원과 배, 화물과 함께 모두 몰락했을 것이 틀림없었기 때문입니다.

제27장
전편(全篇)의 종결과 네덜란드인의 작별

우리의 형편이 대단히 호전된 후에 나는 대원들을 집합시키기 위해 트럼펫을 불었습니다. 제정신을 잃지 않고 섬을 이리저리 돌아다니던 몇 안 되는 건강한 사람들도 불러오기 위해서였습니다. 전원이 모두 다시 모였을 때 확인해보니 온갖 혼란이 일어났는데도 불구하고 단 한 사람도 실종된 대원은 없었습니다. 그렇기에 우리 부목사는 감명 깊은 설교를 통해 하나님의 기적을 찬양했고, 특별히 시큰둥하게 듣고 있던 독일인을 대단히 칭찬하는 바람에 그의 책과 30두카텐을 날치기했던 선원이 자발적으로 이 두 가지를 꺼내서 그의 발밑에 놓았습니다. 그러나 그 독일인은 돈은 더 이상 원치 않으니 도리어 내게 그것을 네덜란드로 가져가서 가난한 사람들에게 나누어주어 세상을 뜬 그의 친구를 기념해달라고 부탁하면서 말했습니다. "비록 내가 많은 양의 금을 가졌더라도 그것을 가지고 할 수 있는 것이 없습니다." 그러나 내가 여기에 주인님께 보내드리는 이 책은 그 독일인이 내게 자신을 좋게 기억해달라고 선물로 준 것입니다.

나는 에스파냐 포도주 아락, 몇 개의 베스트팔렌 햄 그리고 다른 식품들을 배에서 가져오게 해서—그의 명예를 위하고 그를 대접하기 위해서—끓이기도 하고 굽게도 했습니다. 그러나 그는 그와 같은 대접을 하나도 받으려고 하지 않고, 대단히 적은 것, 다시 말해서 지극히 간단한 음식으로 만족했습니다. 그것은 내가 듣기로 독일인의 기질과 독일인의 생활 방식과는 완전히 배치되는 것이었습니다. 우리 선원들은 그가 저장해두었던 종려술을 모두 마셔서 바닥을 냈기 때문에 그는 물로 만족했고, 에스파냐 포도주나 라인 포도주를 마시려 하지 않았습니다. 그럼에도 불구하고 그는 우리가 즐거워하는 것을 보고 기뻐했습니다. 그러나 그의 최상의 기쁨은 환자들을 돌보는 것이어서, 환자 모두에게 그들의 건강이 속히 회복되리라는 전망을 들려주며 위로했습니다. 그는 또한 인간들, 특히 그의 동족인 기독교인들에게 여러 해 동안 상종하지 못한 끝에 이제 한번 봉사할 수 있어서 대단히 기쁘다는 말도 했습니다. 그는 우리들의 요리사였고 또한 의사였습니다. 그는 우리의 의사와 이발사와 함께 각 환자들에게 무엇을 해주고, 무엇을 해주지 말아야 할지 일일이 상세하게 논의했기 때문에 장교들과 선원들은 그를 거의 우상처럼 받들었습니다.

나도 나름대로 어떻게 하면 그에게 도움이 될 수 있을까 곰곰이 생각해보았습니다. 나는 그를 내 숙소에 묵게 했고, 그 몰래 우리 목수로 하여금 그를 위한 새 오두막을 짓도록 했습니다. 네덜란드에 있는 우리의 아름다운 정자 비슷한 오두막이었습니다. 그러면서 내게 분명해진 것은 내가 그를 위해 할 수 있거나 그가 내게서 받으려고 하는 것보다 그가 내게 베풀어준 것이 훨씬 많다는 것이었습니다. 우리의 대화는 대단히 우호적이었으나 유감스럽게도 대단히 짧았습니다. 내가 그 자신과 그의 생애와 관련된 사항을 물을라치면, 그는 여기 동봉한 책을 상기시키면서 그 속에 충분히 상세하게 설명을 해놓아서, 이제 그가 그것을 생각만 해도 신물이 날 정도라고 말했습니다. 그럼에도 불구하고 그가 어느 날 지각없는 짐승처럼 쓸쓸하게 죽지 않기 위해서는 다시 사람들이 있는 곳으로 가야 하고, 바로 지금 우리와 함께 그의 고향으로 돌아갈 좋은 기회가 생겼다고 내가 제안했을 때, 그는 대답했습니다. "하나님 맙소사, 당신은 내게 무슨 짓을 하라고 부추기는 겁니까? 여기는 평화가 있고, 그곳은 전쟁이 있습니다. 이곳에 있으면, 나는 교만, 탐욕, 분노, 질투심과 경쟁심, 허위, 사기 그리고 온갖 음식과 의복에 대한 염려 또는 명예와 명망에 대한 일체의 걱정을 모르고 지냅니다. 이곳에는 노여움, 불화, 다툼이 없는 일종의 고요한 고독이 있습니다. 이곳은 백해무익한 탐욕으로부터 안전하고 온갖 방탕한 쾌락을 막아주는 보루입니다. 세상의 다양한 덫으로부터도 안전하고, 오로지 지고하신 분을 섬기고 그의 기적을 생각하고 그분을 칭송하고 찬양할 수 있는 하나의 고요한 평온이 있습니다. 내가 전에 유럽에 살 때, 그곳에는 전쟁, 방화, 살인, 강탈, 노략질, 부녀자 강간, 처녀 강간 이외에 아무것도 없었습니다. 그와 같은 짓을 기독교인들이 저질렀다고 말해야만 하다니, 아, 이 얼마나 참담한 일입니까? 그러나 하나님의 선하심이 끔찍한 페스트와 참혹한 굶주림과 함께 이 불행을 종식시키시고 가난하고 핍박받는 백성들의 복지를 위해서 다시 고귀한 평화를 보내셨을 때, 잘사는 데서 올 수 있는 온갖 악덕, 구체적으로 말해 진탕 먹고 마시기, 노름, 계집질, 비역질, 간통 등이 새로이 등장하고 말았습니다. 이런 악덕들은 그 밖에 다른 악덕들의 무리를 몰고 와서 나중에는 마침내 각 사람은 내놓고 타인을 억압하고 간계, 사기, 음모 등 온갖 수단과 방법을 가리지 않고 사용해서 자기 자신을 위대하게 만드는 작업에 착수했습니다. 그러나 가장 나쁜 것은 각 사람이 일주일에 한 번 교회에 출석하고, 1년에 한 번 부활절에 형식적으로 하나님과 화해를 하면 신앙이 돈독한 기독교인으로서 의무를 다했다고 여길 뿐만 아니라,

그의 뜨뜻미지근한 신앙에는 하나님께도 약간의 잘못이 있다면서 전혀 회개하는 빛을 보이지 않는다는 것입니다. 내가 무엇 때문에 그와 같은 사람들에게 돌아가고 싶겠습니까? 사랑하는 하나님께서 기적적으로 나를 옮겨놓으신 이 섬을 내가 다시 떠난다면, 바다 위에서 요나에게 일어난 것 같은 일이 내게 일어나지 말라는 법이 있습니까? 물론 있습니다!" 그는 말했다. "하나님께서 내게 그것을 막아주시면 좋겠습니다."

그가 우리와 함께 가고 싶은 마음이 전혀 없는 것을 보았을 때 나는 새로운 시도로써 그에게 도대체 어떻게 혼자서 쓸쓸하게 생계를 이어나가고 어려움을 뚫고 살아갈 수 있는지 물었습니다. 그리고 다른 선량한 기독교인들로부터 그처럼 수백 수천 마일을 떨어져서 홀로 사는 것이 무섭지도 않은지? 그리고 무엇보다도 그의 죽음의 시간에 대한 생각이 그를 불안케 하지는 않는지—그렇게 되면 누가 그에게 위로와 기도를 해주고, 행여나 병이 나면 누가 그를 간호해주고 도와줄 것인지? 그렇게 되면 그가 온 세상으로부터 버림받고, 짐승이나 가축처럼 죽어야만 될 것인지? 나의 질문에 대한 그의 대답은 이랬습니다. 그가 먹고사는 문제는 그 같은 사람 수천 명이 먹을 수 있는 양보다 더 많은 양을 자비하신 하나님께서 공급해주신다, 한 해 내내 담수에서 알을 낳기 위해 그 섬으로 매달마다 오다시피 하는 다른 종류의 물고기를 먹을 수 있다, 그와 비슷한 하나님의 혜택을 그에게 베푸는 것은 또한 온갖 조류들이다, 그 조류들은 일정한 때가 되면 쉬기 위해서든, 먹을 것을 얻기 위해서든, 알을 낳기 위해서든, 새끼를 부화하기 위해서든, 그가 있는 곳에 내려앉는다, 내 눈으로 직접 볼 수 있는 것처럼 이 섬의 비옥함에 대해서는 두말을 하고 싶지 않다. 그가 세상을 뜰 때 도와줄 사람이 없으면 어떻게 하나 하는 생각은 오로지 하나님이 그의 친구로 계시는 한, 조금만치도 걱정이 되지 않는다. 그가 사람들이 있는 세상에 살았던 동안, 친구들이 그에게 기쁨을 제공한 것보다는 항상 적들이 그에게 불쾌한 일을 저지른 경우가 더 많았으며 친구들까지도 우정에 기대할 수 있는 것보다 더 무례한 일을 저지르는 경우가 더 많았다. 여기에 그를 사랑하고, 도와줄 수 있는 친구는 없지만, 반대로 그를 미워하고, 그로 하여금 죄를 짓도록 유혹할 수 있는 적 또한 없다. 여기서는 그에게 그런 일이 일어나지 않기 때문에 더욱더 편안하게 하나님을 섬길 수 있다. 처음에는 일부 유혹이 그 자신에게서 생겨나기도 했고, 모든 사람의 악령에게서 비롯된 많은 유혹을 참고 이겨내야 했지만, 그사이 유일한 피난처가 된 구주의 상처 속에서 도움과 위로와 구원을 언제나 반복해서 찾았고, 또한 발견했노라고 말했습니다.

나는 독일인과 그와 같은 대화를 하면서 시간을 보냈습니다. 그러는 사이 우리 환자들도 시시각각 병세가 호전되어 넷째 날에는 고통을 호소하는 사람이 단 한 사람도 없게 되었습니다. 우리는 배도 필요한 수리를 했고, 생수와 그 밖에 다른 것들을 섬으로부터 배 위로 날라 실었습니다. 6일 동안 섬에서 충분히 휴식을 취하며 기운을 차린 후에 7일째 되는 날 우리는 세인트헬레나섬을 향해서 출발했습니다. 그곳에서 우리는 우리 선단의 배들을 일부 발견했는데, 그 배들도 똑같이 환자들을 치료하면서 나머지 다른 배들을 기다리고 있었습니다. 그런 다음 우리는 그곳을 출발하여 이곳 네덜란드에 무사히 도착했습니다.

나와 독일인은 앞서 언급했던 진정으로 무시무시한 기적의 동굴을 다시 한 번 찾아갔었는데 그때 들고 갔던 불을 밝히는 개똥벌레 몇 마리를 동봉하니 선주님께서 받게 될 것입니다. 그 동굴 속에는 수많은 알들이 있었는데, 독일인이 들려준 바로는, 그 알들은 그곳이 춥다기보다 선선했기 때문에 1년 내내 상하지 않고 그대로 있다고 합니다. 그는 그 동굴의 맨 뒤에 있는 구석에 이 개똥벌레 수백 마리를 보관하고 있었습니다. 그렇기 때문에 그곳은 많은 촛불이 타고 있는 방처럼 밝았습니다. 내게 이야기하기를 그 개똥벌레들은 정해진 계절이 되면 특정한 나무에서 자라다가 4주 안에 낯선 새들 중 한 종류의 새에게 모두 먹히기 때문에 그도 역시 잘 간수했다가 1년 내내 특히 동굴에서 촛불 대신 사용한다는 것이었습니다. 개똥벌레들의 빛을 내는 액체는 공기를 접하면 재빨리 말라서 8일간만 있으면 더 이상 빛을 조금도 발하지 못하지만 동굴에 있으면 1년 내내 효력을 유지한다고 합니다. 그래서 독일인은 혼자서 이 불쌍한 갑충과 이 전체 동굴을 탐색하고 안전한 체류지로 만들었습니다. 그리고 병력이 수십만 명이 되든 세상의 어떤 권력으로 다그치든 아무도 그를 자신의 의지에 반해서 밖으로 나오게 할 수는 없었을 것입니다.

우리는 떠날 때 그에게 확대경 하나를 주었습니다. 그가 태양의 도움으로 불을 일으킬 수 있도록 하기 위해서였습니다. 그것이 그가 우리에게 부탁해서 얻은 유일한 물건이었습니다. 그 밖의 물건으로는 그가 하나도 받지 않으려 했음에도 불구하고, 그에게 도끼, 삽, 곡괭이 하나와 두 조각의 커다란 벵골산(産) 광목천, 반 다스의 칼, 가위 한 개, 구리냄비 두 개, 그 밖에 섬에서 번식할 수 있는지 시험해보기 위해서 한 쌍의 집토끼를 우리는 남겨놓았습니다. 그렇게 우리는 서로 대단히 정답게 작별을 했습니다. 아울러 나는 이 섬을 세상에서 가장 건강한 섬으로 여기고 있습니다. 그 이유는 우리 병자들이 그곳에서 5일 안에 모두 함께 기운을 차리게 되었고, 그 독일인 자신도 그곳에서 사는 동안 한 번도 어떠한 병에 걸렸던 사실을 확인하지 못했기 때문입니다.

결어

대단히 존경하고, 친애하는 독자여! 이 『짐플리치시무스』는 자무엘 그라픈존 폼 히르슈펠트의 작품입니다. 이 작품을 나는 그가 세상을 떠난 후에 그의 유고 가운데에서 발견했습니다. 이 책에서 그는 직접 자신이 집필한 『순결한 요제프 이야기』를 자신과 관련이 있는 것으로 밝히고, 그의 『풍자적 순례자』에서는 다시금 자신이 아직 보병이던 그의 젊은 시절에 일부를 썼던 이 『짐플리치시무스』를 자신과 관련이 있는 것으로 밝히고 있습니다. 그런데 그가 표지에 자신의 올바른 이름 대신 철자의 순서를 바꾸어 게르만 슐라이프하임 폰 줄스포르트라고 올린 이유가 무엇인지 막상 나는 알 수가 없습니다. 이 작품 말고도 그는 더욱 풍자적인 문학작품들을 남겨놓기도 했습니다. 이 작품이 독자들에게 반향을 불러일으킨다면 그 작품들도 똑같이 인쇄되어 햇빛을 볼 수 있으리라는 것을 나는 독자에게 터놓고 말씀드립니다. 그 자신이 처음 쓴 다섯 권을 이미 그의 생존 시에 인쇄하도록 넘겨준 마당에 나는 이 마지막 권도 그냥 처박아두지만은 않을 작정이었습니다. 독자의 평안을 빕니다.

라인네카, 주후 1668년 4월 22일.

한스 야코프 크리스토펠 폰 그리멜스하우젠
체른하인 시장

30년 전쟁 와중에 휩쓸린
한 천둥벌거숭이의 모험과 생애
―독일 바로크 소설 문학의 금자탑

그리멜스하우젠의 생애

『모험적 독일인 짐플리치시무스』의 저자 한스 야코프 크리스토펠 폰 그리멜스하우젠Hans Jacob Christoffel von Grimmelshausen은 그리피우스Gryphius, 로가우Logau, 플레밍Fleming 등과 함께 독일 바로크 문학의 대표적인 시인으로 알려져 있다. 그는 1618년 독일에서 30년 전쟁이 발발한 지 3~4년 뒤인 1621~1622년에 헤센 지방에 있는 제국 직할시 겔른하우젠에서 가난한 귀족 가문의 후예로 태어났으나 정확한 탄생 연대는 알려져 있지 않다. 학교교육은 라틴어 학교를 다닌 것이 전부였고, 30년 전쟁이 한창이던 1635년 초에 약 열두 살의 어린 나이로 황제 군에게 붙잡혀 심부름꾼 노릇을 하면서 전선을 따라 독일 곳곳을 전전하는 신세가 되었다. 당시 유명한 비트슈토크 전투와 브라이자흐 포위전에도 참가한 것으로 보이나, 아직 어렸기 때문에 정규 병사라기보다는 어디까지나 심부름꾼이나 마구간지기 같은 군무 요원의 자격이었음은 물론이다. 1639년 브라이자흐가 함락된 후에는 오펜부르크를 방어하던 한스 라인하르트 폰 샤우엔부르크Hans Reinhart von Schauenburg 남작이 지휘하는 연대에 합류하여 처음에는 보병으로, 1645년부터는 연대 서기병으로 근무했고, 1648년 전쟁이 끝나기 직전에는 연대 부관으로 승진하여 바이에른과 오버팔츠 전투에도 참가하였다. 전쟁이 끝나고, 1649년 7월 소속 연대가 해산하자 오펜부르크로 돌아와 제2의 고향으로 삼아 그곳에 정착했다. 같은 해 8월 30일에는 전에 같은 부대에서 근무한 적이 있고, 후에 차베른시(市)의 시의원이 된 헤닝거 하사의 딸 카타리나 헤닝거Katharina Henninger와 결혼하여 슬하에 열 명의 자녀를 두었다. 그는 원래 루터교 신자였으나 결혼하기 전에 가톨릭으로 개종하여 결혼 예식은 가톨릭식으로 치른 것으로 알려졌다. 1650년부터는 오버키르히 근처에 위치한 가이스바흐에서 옛 상관이던 폰 샤우엔부르크 남작의 농장 관리인 노릇을 했고, 곁들여 가이스바흐에서 잠시 음식점을 경영하기도 했다. 1662년부터 스트라스부르의 의사 요하네스 퀴퍼Johannes Küffer의 농장에서 역시 관리인 노릇을 했고, 3년 후에는 다시 음식점을 경영하다가 1667년 슈바르츠발트에 있는 렌헨의 시장이 되었다. 시장으로서 그의 임무는 하급 재판권 행사, 조세 징수, 공공질서 확립이었다. 그가 섬기던 오버라인의 영주 프란츠 에곤 폰 퓌르스텐베르크Franz Egon von Fürstenberg 주교는 독일의 영주 중에서 프랑스 왕 루이 14세의 가장 가까운 추종자였다. 영주가 자신이 통치하는 오버라인 영방에 프랑스군이 주둔하도록 동의하면서 복잡한 군세(軍稅) 문제가 발생했다. 그리멜스하우젠은 이 문제로 영주와 갈등을 빚고 시장직을 물러났다. 1676년에는 오버라인이 프랑스와 네덜란드 사이에 벌어진 전쟁의 전장이 되자 렌헨을 지키기 위하여 다시 군인이 되기도 했으나, 같은 해 전쟁의 와중에 세상을 뜨고 말았다. 그때 그의 나이 겨우 55세였다.

소설 작가로서의 그리멜스하우젠

그리멜스하우젠이 공교육을 받은 기간은, 앞에서 언급한 것처럼, 겔른하우젠에서 라틴어 학교를 다녔던 7~8년간에 불과했다. 이 도시가 황제군의 습격을 받아 어쩔 수 없이 하나우로 피란을 가야 했으므로 학업이 중단된 것이다. 그 후 그는 군대에서 보병, 연대 서기병, 연대 부관직을 맡고, 제대 후 농장 관리인, 시장 등의 직책을 수행하면서 독학으로 작가적 역량을 쌓았다. 자신의 소설 『짐플리치시무스』의 주인공처럼 그가 이미 베스트팔렌에서 읽고 쓰기를 배웠는지는 불분명하지만, 후년에 와서 그가 틀림없이 책을 많이 읽었다는 것은 여러 정황이 증언해주고 있다. 그는 친분이 있었던 목사에게서 많은 서적을 빌려 읽었고, 관리인으로 일하던 성주의 도서실이나, 또는 가이스바흐에서 동쪽으로 몇 킬로미터 떨어진 만성교단 수도원에서도 읽을 책을 빌렸을 가능성을 배제할 수 없다. 또한 프랑크푸르트의 한 출판업자와 재혼한 어머니와 그가 쓴 글들을 출간한 출판업자들도 그에게 읽을 책을 공급해주었을 수도 있다. 그와는 다르게 문필가나 학자들과의 교제를 통해 글쓰기를 자극받거나 지도받았을 가능성은 거의 없었던 것으로 보인다. 당대의 문학적 사건을 관심 있게 추적하고, 기회 있을 때에는 의견을 피력하기도 했지만, 직접 글을 쓰는 문필가로서는 어디까지나 국외자였던 셈이다.

그리멜스하우젠의 『짐플리치시무스』를 읽은 사람은 저자가 엄청난 양의 문헌에 실려 있는 각종 정보와 이론을 모자이크식으로 작품 속에 삽입한 것을 확인하고 저자의 박학다식함에 놀라지 않을 수 없다. 그리멜스하우젠 연구가인 귄터 바이트Günther Weidt는 『짐플리치시무스』의 저자가 알았거나 이용했다는 확증이 있거나 가능성이 있는 문헌의 목록을 100개 이상 작성한 바 있다. 당시의 사정으로 보아 이는 괄목할 만큼 방대한 양으로 그리멜스하우젠이 대단한 의욕을 가지고 루터Luther가 번역한 성경, 한스 작스Hans Sachs, 파라셀수스Paracelsus 등과 같은 16세기의 민중문학과 알베르티누스Albertinus, 울렌하르트Ulenhart 같은 17세기 초의 구비문학 전통을 계승하는 이들의 서적들과 밀접하게 접촉했음을 보여주고 있다. 그는 16세기 전반기의 구어체로 된 방대한 편람들과 참고서들을 열심히 인용했다. 특히 독일어로 번역된 토마소 가르초니Tomaso Garzoni의 『만물 시장*Piazza Universale*』, 피에르 보에스튀오Pierre Boaistuau의 『세상 극장*Le Théâtre du Monde*』, 하르스되르퍼Harsdörffer와 프란시스치Francisci의 산문 모음집 그리고 전쟁 연대기인 『유럽 극장*Theatrum Europaeum*』과 『독일의 플로루스*Teutscher Florus*』를 열심히 탐독했고, 1662년부터는 더욱더 많은 관심을 쏟으며 문학 신간들을 읽었다. 독일어로 번역된 에스파냐, 프랑스, 영국의 작품들도 그에게 자극을 주었고, 깊은 인상을 주었다. 특히 샤를 소렐Charles Sorel의 『프랑시옹*La Vraie histoire comique de Francion*』, 마테오 알레만Mateo Alemán의 『구스만 데 알파라체*Guzmán de Alfarache*』, 그리고 『짐플리치시무스』 「속편」에 나오는 로빈슨크루소 풍의 모험을 위해서는 방금 출간된 헨리 네빌Henry Neville의 『파인즈섬*The Isle of Pines*』을 읽고, 자신의 작품에 활용한 것으로 보인다.

이처럼 전쟁의 어려운 상황에 정규 학교교육을 받지 못하고, 독학으로 글 쓰는 재주를 연마해야 했던 그리멜스하우젠은 3,000여 인쇄 페이지나 되는 방대한 양의 작품을 써서 자신이 살던 시대, 즉 역사적으로 유명한 독일 30년 전쟁의 파노라마를 그만의 독특한 풍자적이고 반어적인 어법으로 묘사하여 독일 문학사에 그 이름을 길이 남기게 되었다.

그리멜스하우젠의 중요 작품으로는 대표작『모험적 독일인 짐플리치시무스』외에 그의 첫 작품인『풍자적 순례자Der satirische Pilgrim』와『순결한 요제프 이야기Histori vom Keuschen Joseph』, 그 밖에『떠돌이 여인 쿠라셰Die Landstörtzerin Courasche』와『기인 슈프링인스펠트Der seltsame Springinsfeld』등이 있다.

『짐플리치시무스』의 간행 역사

『짐플리치시무스』는 1668년 뉘른베르크 출판업자 볼프강 에버하르트 펠스에커Wolfgang Eberhardt Felsecker에 의해 초판이 발행된 이후에도 저자 생존 시에 여섯 개의 판본이 세상에 선을 보였다. 그 같은 후속판들은 언어의 수정, 텍스트의 첨삭, 머리말과 삽화를 덧붙이는 형식으로 부분적인 변화를 보여주었다. 그러나 저자가 이 같은 후속판 발행에 개입하여 직접 수정 작업에 영향력을 행사했는지는 미지수이다. 1669년에 출간된 제2판은 내용은 그대로 둔 채 분명하게 드러난 오자를 수정하는 데 그쳤고, 쪽수의 표시 없이 「속편」이 첨부되었다. 같은 해 프랑크푸르트의 출판업자 게오르크 뮐러Georg Müller가 세번째 판본을 출간했으나 이는 저자의 승인이 없는 해적판으로 펠스에커가 출간한 기존의 『짐플리치시무스』와 「속편」을 대폭 수정한 것이 특색이다. 이 해적판에서는 중부와 북부 독일의 독자를 고려해서 저자가 원본에서 사용한 남부 독일어 사투리를 대부분 수정하고, 추가로 개별 장(章)마다 텍스트의 내용을 시사하는 제목을 붙였다. 합법적인 출판업자이자 초판 발행자인 볼프강 펠스에커는 1669년 중에 네번째 판본을 제작하면서 그동안 난무했던 해적판 발행을 염두에 두고 추가로 머리말을 써서 실었을 뿐별다른 수정 작업은 하지 않았다. 내용 면에서는 오히려 전보다 많은 부분을 누락시켜 양이 줄어든 것이 확인되고 있다. 1671년에 이르러 비로소 펠스에커는 보다 세심한 주의를 기울여서 준비한 끝에 다섯번째 판본을 발간했다. 그리멜스하우젠 연구가인 얀 헨드릭 숄테Jan Hendrik Scholte가 '바로크 짐플리치시무스'라고 명명한 이 판본은 프랑크푸르트 해적판을 본받아 언어 표현을 수정했을 뿐만 아니라, 원본의 내용도 많은 부분을 확대했다. 20개의 동판화를 새로이 실었고, 전체 장의 제목을 이중운(二重韻)으로 고쳤다. 거기에다 「속편」 외에 그리멜스하우젠이 직접 집필한 것이 아닐 개연성이 높은 다른 '속편' 두 편을 추가했는데, 그것들은 오늘날의 시각에서 보면 결코 보탬이 되지 않고 있다. 저자 생존 시에 간행된 마지막 판본은 1672년에 출간된 것으로 추측되는데 이는 제5판인 '바로크 짐플리치시무스'의 속간에 그치고 있어 마지막으로 저자의 손을 거친 결정판으로 보기는 힘들다. 그러므로 초판이 출간된 이래 후속판들이 연속적으로 나왔음에도 불구하고 그들 사이에 상호 의존 관계가 있음이 밝혀진 후에는 1668년에 최초로 간행된 초판본이 그 후로 출간된 새로운 판본 텍스트의 토대로 선호되는 실정이다.

우리말 번역에는 디터 브로이어Dieter Breuer가 1989년에 도이처 클라시커 페얼라크에서 출간한 세 권으로 된 그리멜스하우젠 작품집에 실린 『짐플리치시무스』와 「속편」이 원본으로 사용되었다. 이 원본은 1권부터 5권까지는 1668년에 펠스에커가 뉘른베르크에서 출간한 초판을 토대로 하고, 1669년에 제2판에 실렸던 속편을 추가하여 싣고 있다.

그러나 이 원본은 17세기 독일어로 되어 있어 심지어 독일인들에게도 접근이 용이치 않아 많은 사람이 이 소중한 바로크 문학 작품의 현대어 번역을 고대하던 차에 2009년에 라인하르트 카이저Reinhard Kaiser가 바로크 시대의 독일어를 현대 독일어로 번역해서 프랑크푸르트에 있는 아이히보른 출판사에서 출간했다. 우리말 번역 작업에도 이 현대어 판본의 도움이 컸다는 것을 밝힌다.

『짐플리치시무스』의 줄거리

제1권에서는 이 소설의 주인공 짐플리치우스Simplicius의 출생과 유년 시절 그리고 그가 받은 기독교 교육을 다루고 있다. '천둥벌거숭이'라는 뜻을 지닌 짐플리치우스는 슈페사르트의 한 농장에서 세상 물정을 모르고 천진난만하게 자라던 중 30년 전쟁의 와중에 양아버지의 농장이 군인들의 습격을 받자 숲속으로 도망친다. 그곳에서 늙은 은자를 만나 2년 동안 함께 지내면서 기독교의 교리를 중점적으로 터득한다. 은자가 세상을 떠난 후에 의지할 곳 없는 고아가 되어 하나우로 가게 되는데, 그곳 요새를 지키던 스웨덴군 사령관이 그를 시동(侍童)으로 받아들이지만, 영내에서 벌어지는 여러 가지 행사에 낯선 반응을 보이며 온갖 우스꽝스러운 실수를 저지른다.

제2권은 짐플리치우스가 스웨덴군 사령관의 궁정에서 심부름을 하면서 어릿광대 노릇을 하던 시기를 다룬다. 소년 짐플리치우스가 순진하다 못해 모든 진실을 거리낌 없이 발설하고 모든 정황을 기독교의 계명에 따라 판단하기 때문에 악마로 가장한 네 명의 부대원이 '지옥 의식'을 치른 끝에 그를 어릿광대로 선정하고, 송아지 가죽을 입혀서 사람들을 웃기는 역할을 도맡아 하게 한다. 어쩌다가 방랑하는 크로아티아 기병들에게 납치되어 계속 어릿광대 노릇을 했으나, 끝내 도망쳐서 황제군에 합류하게 되고 그곳에서 사령관의 집사 늙은 헤르츠브루더 Herzbruder를 만난다. 사람의 본성을 꿰뚫어볼 줄 아는 집사는 짐플리치우스가 실은 바보가 아니라, 머리는 영특하나 역설적으로 바보 행세를 하고 있는 것을 알아차리지만, 전처럼 계속 바보 행세를 하도록 내버려둔다. 짐플리치우스는 한가한 시간에는 스승이나 다름없는 집사와 함께 보내며 은밀한 관계를 유지하고 집사의 아들 울리히 헤르츠브루더 Urlich Herzbruder와도 친구로 지낸다. 이때부터 짐플리치우스의 험난한 군인 시절이 시작된다. 늙은 헤르츠브루더가 살해당하고, 그의 소속 부대가 마그데부르크 시외에 주둔하고 있을 때 그는 자신의 어릿광대 역할을 모면하기 위해서 여자 복장을 하고 도망치려고 한다. 그러나 체포당해 신문을 받게 되고 스파이로 오해받아 심한 고문도 당하지만, 울리히 헤르츠브루더의 도움으로 석방된다. 그 후 한 겨울을 어느 용기병의 마구간지기로 '천국'이라 불리는 수녀원에서 보내며 그곳 도서관에 있는 서적들을 두루 읽고, 검술까지 익히게 된다.

제3권에서는 짐플리치우스가 유명하고도 악명 높은 '조스트의 사냥꾼'으로 저지르게 되는 온갖 부도덕한 만행이 핵심을 이룬다. 그는 거듭 사람답게 살고, 신실한 기독교 신앙생활을 하려고 애쓰지만, 주어진 여건 때문에 어쩔 수 없이 대원들과 함께 많은 선량한 사람들을 괴롭혀서 금품을 강탈하고, 강탈한 금품을 물 쓰듯 하면서 낭비 생활을 한다. 이때에 '유피테르—신'임을 사칭하는 어떤 기인을 만나기도 하지만, 결국 스웨덴군의 포로 신세가 되어 반년간 리프슈타트에서 보내면서 본인의 뜻과는 상관없이 음모에 걸려 강제 결혼까지 하게 된다. 결혼한 지 불과 4주 만에 그는 전에 맡겨두었던 재물을 찾으려고 쾰른으로 갔으나, 그의 재물을 보관하고 있던 은행가는 파산한 것으로 밝혀지고, 우여곡절 끝에 그는 파리로 유학을 가는 두 명의 젊은 귀족과 합류해서 프랑스로 가게 된다.

제4권에서는 주인공이 파리에서 겪은 모험과 일탈 행위가 보고된다. 짐플리치우스는 파리에서 류트 연주자로 이름을 떨치고, 루브르궁에서 희극배우로 출연하다가 '독일 미남'의 칭호를 들으며 많은 여인을 뇌쇄시킨 나머지, 8일간 '비너스 동산'에서 지체가 높은 연인들과 정사를 벌인다. 그 밖에도 그곳에서 많은 여인과 관계를 맺으며 방탕한 생활을 하던 끝에 다시 독일로 돌아가기로 결심한다. 여행 중에 천연두에 걸리고, 돌팔이 의사로 가짜 의약품을 판매하며 근근이 연명하다가 필립스부르크에서 다시 타의에 의해 군인이 된다. 다시금 그의 친구 울리히 헤르츠브루더의 도움으로 군대를 벗어나 아내가 있는 리프슈타트로 가는 도중에 전에 마그데부르크와 조스트 시절에 알고 지냈고, 이제는 노상강도 짓을 하는 올리비어Olivier와 마주쳐서 함께 강도짓을 하게 된다. 올리비어가 죽고, 그의 재산을 모두 차지하여 상당한 부자가 된 후에 짐플리치우스는 다시 리프슈타트로 가려고 하지만, 의외로 그동안 걸인이 되어 나타난 울리히 헤르츠브루더를 다시 만나게 된다.

제5권에서 그 친구와 더불어 짐플리치우스는 마리아 아인지델른으로 순례를 떠날 계획을 세우나 빈에서 다시 황제군 대위가 되면서 이계획은 실현되지 못한다. 그러나 헤르츠브루더가 병이 들어서 요양을 해야만 했기 때문에 그는 함께 말을 타고 슈바르츠발트로 가지만, 친구의 생명을 구하지는 못한다. 짐플리치우스는 또다시 유피테르를 만나고, 자기 아내의 사망 소식을 듣게 되고, 귀부인 행세를 하는 부랑녀 쿠라셰Courasche를 만나 관계를 맺지만 앞으로 살아갈 길이 막막하다. 그러던 중 한 농촌 아가씨와 결혼하여 불행한 부부 생활을 하게 되고, 슈페사르트에서 헤어진 그의 양아버지를 만나 자신의 출생의 비밀을 듣게 된다.

　그는 전쟁의 혼란 속에서 농부들에게 구조되어 아이를 분만한 어떤 귀부인의 아들이고, 산모가 아이를 낳고 즉석에서 세상을 뜨자 그는 농부였던 그의 양아버지에게서 양육되었다는 것이다. 본래 그의 이름은 멜히오 슈테른펠스 폰 푹스하임Melchior Sternfels von Fuchshaim이고, 숲에서 만나 함께 살았던 은자가 친아버지요, 전에 만났던 하나우 요새의 스웨덴군 사령관이 자신의 외삼촌이라는 사실을 알게 된다.

　아내가 술을 마셔 살림이 엉망이 되자, 그는 자신의 양부모를 자기 농장의 관리인으로 삼고, 도깨비 호수의 비밀을 탐색한 후 농장에 온천장을 설치할 계획도 세우지만 수포로 돌아가고, 자신의 농장에 입주한 스웨덴군 대령에게 설득을 당해 모스크바로 여행을 가게 된다. 그러나 그곳에서 또다시 타타르인의 포로가 되어 병자호란이 끝나던 시기에 조선까지 오기에 이른다. 그 후 그는 일본과 마카오를 경유해서 콘스탄티노플로 가는데 그곳에선 갤리선 노예로 팔렸다가 베네치아 선박의 도움으로 석방된다. 석방된 후에는 로마로 순례 여행을 하고, 3년 만에 슈바르츠발트에 다시 정착할 수 있게 된다. 그사이 30년 전쟁은 끝나고, 짐플리치우스는 그의 농장에서 책 읽기에 몰두하다가 끝내 세상살이가 무상하고 허무하다는 의식 속에서 또다시 은자의 삶에 돌입한다.

제6권 「속편」에서는 제5권에서 단지 짧게 인용된 짐플리치우스의 세계 여행이 다시 한 번 다루어진다. 은자가 된 짐플리치우스는 루시퍼Lucifer와 그의 '지옥의 불량배'에 대한 환상에 엄습된 나머지 영국인 귀족 줄루스Julus가 그의 하인 아바루스와 함께 프랑스를 여행하던 중 악령에게 유혹을 받아 가산을 탕진하고 패가망신하는 꿈을 꾼다. 마지막에는 그 자신도 은둔 생활을 떠나서 순례자로 이집트에 이른다. 유럽인 상인들이 그를 포르투갈행 선박에 태우지만 항해 도중에 그 배는 풍랑을 만나 침몰한다. 짐플리치우스는 세인트헬레나섬에서 가까운 한 고도(孤島)에 표류하며 또다시 은자로서 평온한 삶을 누린다. 그에 관한 마지막 소식은 네덜란드인 선장이 전한다. 그는 선주인 게르만 슐라이프하임 폰 줄스포르트German Schleifheim von Sulsfort에게 여행 선물로 한 권의 책을 가져온다. 그 책은 홀로 바다 가운데에 있는 고도에서 살았던 어떤 독일인이 자신의 전 생애를 글로 적은 것인데, 종이가 없어서 야자수 잎에 기록한 것이다. 이 책이 바로 지금까지 독자가 읽은 『모험적 독일인 짐플리치시무스』인 것이다. 이 작품의 「결어」에는 H.I.C.V.G라는 서명이 실려 있는데, 이 서명자의 배후에는 자무엘 그라이픈존 폼 히르슈펠트Samuel Greifnson vom Hirschfeld라는 사람이 있어, 그가 살아 있을 당시 이 소설 제5권까지를 인쇄에 넘겼고, 반면에 제6권인 「속편」은 서명자, 즉 한스 야코프 크리스토펠 폰 그리멜스하우젠에 의해 출간되었다는 것을 밝히고 있다.

서술 상황과 서술 구조

　이 소설은 주인공 짐플리치우스의 시점에서 서술되는 허구적 자서전으로 구상되었다. 그 결과 1인칭 서술자가 자신의 과거를 회고하는 상황으로 설정되어 있다. 서술자 차원에서 본 이 소설의 특징은 서술하는 자아와 체험하는 자아의 시점이 바뀌는 데 따르는 시점의 유희이다. 서술하는 자아는 돌이켜보면서 도덕적이고 교훈적인 시각에서 그의 생애에서 겪은 모험을 보고하는 데 반해, 체험하는 자아는 방랑하는 악동으로 이와 같은 모험과 일탈을 몸소 행동으로 체험한다. 서술자 내지 서술하는 자아는 소설의 행동 차원에서 은자의 가르침을 따르고, 모든 모험과 일탈된 행동을 체험하는 자아와 동일인이다.

　또한 체험하는 자아는 체험을 하면서 떠돌이 악한, 즉 어릿광대, 바보의 시점을 취한다. 이 어릿광대 시점은 한편으로 그에게 전통적인 악덕에 대한 풍자를 개인적인 세상 경험으로 생생하게 눈앞에 펼칠 수 있게 해주고, 다른 한편으로는 서술하는 자아의 모든 판단, 평가, 자체 해석을 원근법적으로, 일시적 망상에 사로잡힌 것으로 깨닫게 만들어준다. 그것이 신학적이든, 점성술적-운명론적이든, 정치적-사회적이든 기존의 질서에 바탕을 두고 있는 것이라면 모두가 문제시되고 있는 것이다.

　또한 서술하는 자아와 체험하는 자아의 시점이 상호 대립함으로써 그리고 저자 자신이 눈에 보이지 않게 개입함으로써 여러 가지 시점의 유희가 펼쳐지고 어우러져 서사적 통합을 이루는 효과를 얻고 있다. 또한 서술자는 회고하는 자아로서 자신의 중요한 모험과 자신의 과거의 태도를 해설할 뿐만 아니라 각가지 체험들 사이의 시간적 간격이나 특정한 서술 대목의 의미를 지시함으로써 내포된 독자를 담론 속에 끌어들이기도 한다.

짐플리치우스는 자신이 겪은 모험을 보고할 때는 체험하는 시점을 벗어나지만, 주인공이 세상을 등진 은자로 발전을 하는 과정에서 서술하는 자아와 체험하는 자아가 점점 접근한다. 다시 말해서 두 자아 사이의 시간적 간격이 좁혀지고 있는 것이다. 그리하여 짐플리치우스가 자신의 삶을 서술한 자전적 이야기가 끝나는 지점에서 3인칭 서술자인 네덜란드인 선장이 등장한다. 즉 서술자가 바뀌어 고도에서 그와 만난 네덜란드인 선장이 선주에게 후속 이야기인 짐플리치우스의 마지막 근황을 보고하고, 짐플리치우스 자신이 쓴 자서전을 전달하는 형식으로 되어 있다. 이 과정에서 1인칭 서술 상황은 3인칭 서술 상황으로 바뀐다. 마치 괴테의 『젊은 베르테르의 슬픔』에서 주인공 베르테르가 1인칭 시점에서 자신의 고뇌를 친구인 빌헬름에게 편지의 형식으로 서술하다가 마지막에는 편집자가 개입해서 3인칭 서술로 이 소설의 대미를 장식하여 서사적 통합을 꾀하는 것과 같은 서술 기법을 이 책의 저자도 이용하고 있음을 확인할 수 있다.

이 소설 속 주인공의 행동은 심리적으로 동기가 부여되거나 인물의 내면적 발전의 흔적을 찾아볼 수 없이 오로지 기독교적 삶에서의 이탈과 귀환의 양가성으로 점철되어 있다. 짐플리치우스가 자신의 삶을 은자로 시작해 은자로 끝낸다는 점에서 그리고 이와 같은 은자의 생존이 부패와 고통으로 점철된 현재와 상반되는 그림으로 설계되었다는 점에서 이 소설은 기본적으로 액자의 원칙을 따른다고 볼 수 있고, 보는 관점에 따라서는 이 소설에서 세상사에의 개입과 도덕적 통합의 호응을 볼 수도 있다.

이 소설의 핵심을 이루는 '조스트의 사냥꾼'으로 활동하는 이른바 세상적인 의미에서 짐플리치우스의 전성기는 기독교의 교리와는 극단적으로 배치되는 반면, 세상과 가장 멀리 떨어진 상태에서 은자로 생활하는 동안 그는 다시 기독교의 교리에 접근하기 때문이다. 삽입된 에피소드를 제외하면, 그 호응은 이 소설이 5권으로 이루어져 있는 것에 상응해서 '무지, 우행, 죄업, 징벌, 속죄'의 다섯 단계로 분류되는 고전적 비극의 공식이 적용된다고 할 수 있다.

최근에 와서는 이 텍스트의 구성에 점성술에서 말하는 일곱 개 유성의 단계가 담겨 있는 것으로 풀이하는 경향도 있다. 이와 같은 해석에 따르면, 짐플리치우스의 어린 시절은 어둠으로 상징되는 토성의 단계에 해당하고, 전쟁 신인 화성의 단계는 군인들의 습격, 만행, 방화, 고문, 살육 등으로 얼룩지는 전쟁 행위의 단계에 해당한다. 세번째 단계인 태양의 단계는 사치와 풍요, 온갖 환락이 지배하는 하나우 요새, 짐플리치우스가 늙은 헤르츠브루더를 만나 교화되고, 천국 수도원에서 무술 연마를 하던 밝고 화려했던 시절을 가리킨다. 목성의 단계는 짐플리치우스의 '조스트 사냥꾼 시절', 금성의 단계는 환락과 한가함, 부도덕을 야기하는 단계이므로 주인공의 리프슈타트 시절과 파리의 애정 모험이 해당한다. 수성의 단계는 주인공이 떠돌이 약장수를 하면서 사기 행각을 벌이는 시절, 달의 단계는 주인공이 끊임없는 변화를 겪으며 순례를 하고 세계 여행을 하는, 이른바 '발트안더스Baldanders'로 상징되는 시절을 가리키는 것으로 풀이된다. 그러나 그것 역시 부수적인 행동과 삽입된 서술을 도외시함으로써만 가능한 것으로 보인다.

그와 반대로 이 장편소설을 개별 에피소드의 노벨레적 접합으로 보고, 이 작품의 통일성의 문제를 바보, 군인, 농부, 순례자, 은자 등 여러 가지 역할로 등장하는 짐플리치우스의 인물로 축소시키는 해석도 있으나 이도 삽입된 에피소드들을 도외시한 부분적인 해석에 지나지 않기는 마찬가지이다.

소설 형식

이 소설은 오늘날까지도 복합적인 서술 구조, 완전히 해명되지 않은 구성 원칙 그리고 내용의 다양성 때문에 논란의 여지가 많은 해석의 대상으로 남아 있고 소설의 형식을 두고도 의견이 분분하다.

주인공 짐플리치우스는 온갖 모험과 일탈된 행동을 통해 다양한 경험을 하면서 성장하지만, 그 과정에서 심한 심리적, 도덕적 비약을 보임으로써 꾸준한 발전과 내면적 성장을 통한 인격 형성이 이루어진다고 볼 수는 없기 때문에, 흔히 이 소설을 두고 볼프람 폰 에셴바흐Wolfram von Eschenbach의 『파르치발Parzival』이나 괴테Goethe의 『빌헬름 마이스터Wilhelm Meister』의 발전 소설의 전통을 이어주는 연결 고리로 보는 견해에는 많은 이의가 제기되고 있다.

이 소설은 짐플리치우스가 30년 전쟁 당시 어린 나이로 군인들에게 끌려가서 황제군과 프로테스탄트군 진영을 번갈아 전전하면서 어릿광대 노릇을 하다가 정규 병사가 되고 끝내 장교까지 되지만, 결국 세상을 등지고 은자가 되는 과정을 줄거리 삼아 주인공이 성년이 되기까지의 체험, 전 세계를 주유하면서 겪는 모험과 일화, 주인공 자신이 저지른 악행에 대한 자기 성찰 등이 주요 내용을 이루고 있다.

이 내용은 세 가지 차원으로 분류될 수 있는데, 이 세 가지 차원의 서술 형식도 각각 다른 성격을 띠고 있는 것으로 파악된다. 그 하나는 일차적으로 재미있는 이야기 구실을 하는 온갖 모험과 일탈된 행동을 묘사하는 차원으로 악한소설의 형식을 취하고 있는 것으로 볼 수 있고, 두 번째는 이 이야기를 틀로 삼아 삽입된 반어적이고 풍자적인 해설과 독립된 에피소드들은 시대 비판적 차원으로 전쟁의 잔혹함을 단호히 고발하는 기능도 지니고 있어 풍자소설의 성격을 띠고 있다. 마지막은 주인공과 그의 행동에 대한 도덕적 해설과 성찰, 종교적-도덕적으로 교훈을 전달하는 차원인데, 이 세 번째 차원은 내용적으로나 언어적으로 다른 서술 차원과 구별되고 저자의 교화적 의도가 분명하게 나타나고 있어 교화 소설의 성격을 띠는 것으로 규정할 수 있다.

『짐플리치시무스』는 그리멜스하우젠의 다른 책들과 마찬가지로 그 당시 독일에서 다양하게 번역되어 많이 읽히던 에스파냐 악한소설의 영향을 받은 것으로 알려지고 있다. 악한소설의 주인공은 대부분 천민 출신으로 어릴 적부터 부모를 잃고 홀로 세상살이의 역경을 헤치며 살아간다. 그들은 대개 자신의 의견을 당당하게 주장하고, 온갖 계략에 능하며, 정의감에 사로잡혀 과감한 행동을 하는 공통점을 지닌다. 때로는 이기심과 방약무인한 태도를 바탕으로 주변 세계, 특히 권력과 재력을 지닌 사람들을 상대로 온갖 짓궂은 장난을 치며 괴롭힌다.

르네상스 후기부터 에스파냐에서 일기 시작하여 유럽 전역으로 불어닥친 악한소설의 돌풍은 익명의 저자가 쓴 『라사리요 데 토르메스 *Lazarillo de Tormes*』에서 비롯된 것으로 알려지고 있다. 이 작품이 발표된 이래 유럽 전역에서 성공을 거둔 악한소설의 주인공이 기본적으로 추구하는 삶의 목표는 즐거운 삶과 무엇에도 구애되지 않는, 이른바 자유였다. 이와 같은 르네상스적 생의 즐거움과 냉소주의적 태도를 바로

크적 정신 자세로 전환을 꾀한 사람은 마테오 알레만으로 그의 소설 『구스만 데 알파라체』는 인간과 현세의 가치에 대한 비관적 견해를 토대로 도덕적 성찰에 무게를 둠으로써 바로크 시대정신이 지니는 특징을 극명히 보여주었다. 『구스만 데 알파라체』를 독일어로 번역한 에기디우스 알베르티누스Ägidius Albertinus는 자신의 번역본에서 이와 같은 도덕적 경향을 의도적으로 확대 강화한 것으로 알려졌는데, 그리멜스하우젠은 이 번역본을 통해 많은 자극을 받은 것으로 알려지고 있다.

다른 한편으로 그리멜스하우젠은 프랑스에서 유래하는 사실적이고 풍자적인 희극 소설의 전통에서도 영향을 받았다. 샤를 소렐의 『프랑시옹』을 읽고 소설의 행위를 언어 예술적으로 생생하고 완벽하게 묘사하고 있는 서술 기법에 감탄한 나머지 자신과 타인의 체험을 새로운 사실적 문체로 형상화하고픈 자극을 받았다. 소렐의 『프랑시옹』은 부도덕한 사랑의 모험과 희극적 익살에서뿐만 아니라, 정확한 풍속도 묘사에서도 직선적 표현으로 일관함으로써 결국 악한의 유형에 프랑스적 뉘앙스를 부여한 것으로 평가받고 있다. 반면에 그리멜스하우젠의 '독일인 짐플리치시무스'는 그 제목부터 '프랑스인 프랑시옹'에 대한 일종의 독일적 대안을 제시한 것으로 이해되고 있다. 즉 '프랑스인 프랑시옹'이라는 제목은 프랑스인의 정직성과 솔직성을 시사하는 데 비해서 '독일인 짐플리치시무스'는 단순함, 어수룩함, 야성 등으로 규정되는 독일인 상(像)을 부각시키고 있기 때문이다. 프랑스 귀족 출신 젊은이의 자유분방한 악행 편력의 대척점에 30년 전쟁을 통해 부상한 독일의 천둥벌거숭이가 한편으로는 슈페사르트와 슈바르츠발트 황무지에서 고행을 하며 하나님의 말씀을 묵상하는가 하면, 다른 한편으로는 조스트 사냥꾼으로서 온갖 무도한 악행을 자행하는 것으로 묘사되어 있다.

이처럼 양가성을 지닌 주인공이 저지른 악행의 죄질로 따지면 그리멜스하우젠의 다른 인물들보다는 덜 극악무도한 것으로 평가된다. 그가 자신의 악행의 원인을 스스로 전쟁에 돌리고 있지는 않더라도, 그의 악행은 자의적이지 않고 전쟁이라는 특수한 상황하에서 어쩔 수 없이 저질러진 면이 강하기 때문이다. 이 소설에서는 주인공이 저지르는 도덕적, 기독교적 규범을 위반하는 행위를 어디까지나 악한 심성의 자유 때문이 아니고, 일종의 정신적 불안과 불만으로 전환함으로써 그의 악행을 상대화시켜주는 면이 없지 않다. 그 점은 그가 기존의 악한의 유형에 못 미치기는 하나, 그의 불만이나 불안은 악의 원인인 자유를 능가하는 내면적 핵심을 지니고 있고, 이 점을 작가는 풍자적으로 묘사하고 있는 것이다.

이처럼 악한소설을 풍자소설로 전환하는 것에 성공하는 데에는 제한된 환경에서의 단순하고 행복한 생활을 동경하는 이른바 목가소설의 모티프를 배제한 것이 커다란 역할을 한 것으로 볼 수 있다. 그리멜스하우젠은 악한의 운명을 반어적으로 단순한 불멸의 삶의 이상과 연관시키고 있고, 타고난 단순성은 악한의 요소를 현실적이고 물질적인 것으로 변질되는 것을 막아주고 있다. 특히 이야기 속에 이야기 형태로 삽입되는 다양한 에피소드들이 부조리의 원칙을 통해서 풍자적 기능을 수행하고 있는 것이다. 유피테르, 도깨비 호수, 재세례파 등의 에피소드와 어릿광대, 발트안더스 모티프 들은 모두 세상과 인간 존재의 끊임없는 변화 속에서 인간 존재의 무상한 생존을 보여주고 그 변화 속에서 인간에 대한 진실을 일그러진 경상 속에서 폭로하는 데 이바지하고 있다. 지체 높은 부모의 자손이 농부와 군인들에게서 성장해야 하는 모티프조차 목가적이고 낭만적으로 이용되지 않고 오히려 이와 같은 부조리도 맹목적인 모티프로 있을 뿐 기껏해야 신분 상승도 대수롭지 않다는 것을 보여주기 위해서 풍자적으로 이용되고 있다.

다른 한편으로 이 소설에서는 세상사가 모두 우의적 놀음으로 나타나는 반면에, 현존하는 상황의 어려움을 참고 버티는 능력을 감안한 개인의 영혼 구원의 문제가 항시 반복해서 제기되는 것을 볼 수 있다. 무엇보다도 「속편」에서는 이와 같은 성격이 강하게 부각되어 있어 이 부분을 바로 소설 『짐플리치시무스』에 대한 저자의 해설로 해석할 수도 있다. 제5권을 끝맺음하고 있는 "너는 높은가 하면 낮고, 큰가 하면 작다"는 세상의 무상함에 대한 구호가 「속편」에서 거듭해서 반복되고, 발트안더스의 복합적인 인물 속에 의인화되고 있다. 그는 변화의 상징인 달을 자신의 문장 속에 그려 넣고 있다. 그에 맞서 짐플리치우스가 마지막으로 떠나는 세상이나 마찬가지인 십자가 섬은 주인공에게 천국으로 나타난다. 또한 이 개념은 어린 시절에 대한 기억 속에 반복해서 사용되고 있다. 그렇게 해서 이 소설은 순환 운동에 돌입하게 되고, 은자 생활은 세상 생활에 대비되는 이상향의 복안으로 나타나고 있다. 『짐플리치시무스』를 교화 소설로 규정하는 것은 바로 이 점에 근거를 둔 것이다.

그 밖에 슈페사르트의 은둔 생활, 신분 분류에 대한 꿈의 알레고리, 하나우의 병영 생활, 조스트의 사냥꾼 삶, 파리의 모험, 도깨비 호수행, 주인공의 태생의 해명, 재세례파에 대한 기억, 이끼 긴 토굴에서의 은둔 생활 등은 종종 충분한 전체 해설의 출발점이 되고, 예컨대 이 소설의 자전적, 전쟁사적, 천문학적, 사회사적, 정치적, 아니면 문학적-풍자적 의미 차원이 중요하다는 것을 증명해주고 있다. 모든 이와 같은 개별적으로 확신을 주는 해석들은 근본적으로 이 텍스트의 의미 차원이 얼마나 조심스럽게 균형을 유지하는가를 확인해주고 있다. 이 텍스트는 다른 소설과 비교가 불가능하고, 시간이 지나도 결코 낡아질 수 없다는 점에서 그의 고전성이 증명되고 있는 것이다.

작품의 수용

낭만주의 시대에 특히 루트비히 티크Ludwig Tieck 덕분에 이 소설 텍스트가 재발견된 이래, 1683~1684년에 펠스에커가 발행한 세 권짜리 그리멜스하우젠 전집에 대해 요한 크리스토프 베어Johann Christoph Beer가 쓴 것으로 추측되는 교화적 해설이 "150년 이상의 세월 동안 그리멜스하우젠의 작품에 대한 최초의 가장 상세한 의견 표명"인 것으로 알려지고 있다. 그 이후로 오늘날까지 이 소설이 분명 바로크 시대의 가장 저명한 산문 텍스트의 위상을 점하고 있다는 데에는 논란의 여지가 없다. 짐플리치시무스가 지닌 독일인 고유의 특성, 즉 '단순함, 어수룩함, 야성'을 총체적으로 지시하는 '짐플리치아니쉬simplicianisch'라는 단어는 일종의 상표가 되다시피 했다. 『짐플리치시무스』이후에 그리멜스하우젠이 발표한 대부분의 다른 작품들도 '짐플리치아니쉬'로서 통할 수 있지만, 이 소설의 성공은 저자에게만 영감을 준 것이 아니라, 많은 사람들로 하여금 모방을 하도록 자극했다. 저자가 실명을 사용하지 않고 가명을 썼으므로 표절 문제에 휘말릴 가능성이 비교적 적다고 여겼기 때문에 모방자들에게는 모방 활동을 용이하게 했고, 자신의 작품에 성공을 약속하는 '짐플리치아니쉬'라는 레테르를 붙이는 데 느낄 수도 있는 약간의 양심의 가책을 경감시켜준 것이었다. 그리하여

요한 베어Johann Beer 같은 진지한 작가까지도『짐플리치시무스』가 얻은 명성에 힘입어 4부로 된『짐플리치시무스처럼 세상을 바라보는 자 *Simplicianischer Welt-Kucke*』를 출간하기를 서슴지 않았다. 1740년까지 대략 20여 개 이상의 그와 같은 짐플리치시무스 모방작이라는 뜻을 가진 '짐플리치아데Simpliziade'가 출간되었던 것으로 알려져 있다.

괴테도 1809년에『짐플리치시무스』를 읽고, 이 작품의 바탕이『질 블라스*Gil Blas*』보다 유용하고 사랑스럽다고 칭찬했고, 클레멘스 브렌타노Clemens Brentano도『짐플리치시무스』를 가장 훌륭한 작품들 중의 하나로 칭찬했다. 특히 루트비히 티크, 카를 에두아르트 폰 뷜로Karl Eduard von Bülow와 같은 민중문학에 대한 감각을 새롭게 한 낭만주의자들은 이『짐플리치시무스』를 문학의 원형(原型)이요 그들이 이상으로 추구하는 민중문학의 표본으로 높이 평가했다. 그 후로 이 작품에 대한 새로운 관심이 증가된 것은 물론이다. 여러 학자들, 예컨대 헤르만 쿠르츠Hermann Kurz, 테오도르 에히터마이어Theodor Echtermeyer 같은 학자들이 동시에 뷜로가 1836년에 출간한『짐플리치시무스의 모험』판본을 가지고 씨름하던 중 1837년과 1838년에 각각 애너그램으로 발표된 저자의 가명 뒤에는 그리멜스하우젠이 실질적인 저자로 숨겨져 있다는 것을 밝혀내고, 그때부터 그의 삶과 작품의 연관성을 입증해내기에 이르렀다.

나치 시대에 독문학자들은 그리멜스하우젠을 제3제국의 이념적 목적을 위해 악용하기를 주저하지 않았다. 그와 같은 시각에서 독일의 영웅이요 예리한 검에 대한 이상주의적인 공상가 유피테르의 어록을 전 작품의 예언적 핵심처럼 보이게 했다. 1939년에 독문학자 율리우스 페터젠Julius Petersen은 이 책의 저자 그리멜스하우젠을, 실제로 우리에게 온 기적을 알고 그 기적이 하나님의 섭리로 그리고 한 독일 영웅의 행동으로 실현될 수 있는 그 길을 예감한 제3제국의 예언자로 칭송하기까지 했다.

20세기의 그리멜스하우젠의 문학적 모방은 그의 작품을 전범으로 삼는 것을 전제로 했다. 다른 고전 작가들과 비교할 때 특히 그의 작품에서 현재의 작품 집필 상황과 유사점을 발견한 것이었다. 이 고전 작가의 작품 및 생애와 관련하여 그들에게 가치가 있었던 것은 대부분 전쟁 경험과 작가로서 이룬 이 경험의 비판적 극복이었다. 에른스트 슈타들러Ernst Stadler의 시 「짐플리치우스는 슈바르츠발트에서 은자가 되고 자신의 생의 역사를 쓰다Simplicius wird Einsiedel im Schwarzwald und schreibt seine Lebensgeschichte」, 베르톨트 브레히트Bertold Brecht의 희곡 「억척 어멈과 그 아이들. 30년 전쟁의 연대기Mutter Courage und ihre Kinder. Eine Chronik aus dem Dreißigjährigen Krieg」, 귄터 그라스Günter Grass의 소설 『텔크테의 만남Das Treffen in Telgte』은 모두 이 감탄할 만한 저자의 작품을 읽고 동일한 동기에서 비롯된 문학적 형상화의 결과인 것이다.

토마스 만Thomas Mann은 1944년 제2차 세계대전 말경에 중립적인 스웨덴에서 최초로 번역된 『짐플리치시무스』 서문에서 그 당시 독일에 만연해 있던 그리멜스하우젠 예찬에 영향을 받아 『짐플리치시무스』에 대한 자신의 판단을 굽히지 않았다. "그것〔『짐플리치시무스』〕은 신선함을 잃지 않은 채 거의 300년을 넘게 지속했고, 아직도 수많은 세월에 걸쳐 빛을 잃지 않을 드문 유의 문학적 기념비요 삶의 기념비요, 자신도 모르게 가장 훌륭함을 지닌 서술 작품이다. 다채롭고, 야성적이고, 날것이지만 재미있고, 사랑에 빠졌다가 파산하고, 삶의 의욕에 불타고,

죽음과 마귀와 너 나 할 수 있는 친숙한 사이이고, 끝에 가서는 뉘우침이 있는, 그리고 피와 약탈과 환락 속에서 자신을 낭비하는 세상에 대하여 철저히 염증을 느낀, 그러나 그의 죄의 비참한 화려함 속에서 불멸하는 소설 작품이다. 오늘날 유럽은 다시금 올바로 이 책을 수용할 만한 정신적 자세를 갖추고 있다. 이 책은 그 점을 위해 위대하고 경험 있는 독자 공동체를 형성할 것이다."

이와 같은 토마스 만의 예언이 바로 제2차 세계대전이 끝난 후에 적중해서 유럽 각 나라에서는 기존에 번역된 작품이 새로이 재출간되거나 새로운 번역 작업이 활발히 진행되어 널리 읽혔고, 유럽 이외의 국가에서도 이 작품이 줄지어 번역되었음을 확인할 수 있다.

최초의 외국어 번역은 1912년 런던에서 출간된 앨프리드 토머스 굿릭Alfred Thomas Goodrick의 영어 번역본(『*The adventurous Simplicissimus*』)이고, 제1차 세계대전이 끝난 후인 1925년에는 러시아어 번역본(『*Simplicissimus*』)이 E. G. 구루E. G. Guru의 번역으로 모스크바/레닌그라드에서 출간되었다. 그 이듬해 1926년에는 프랑스어 번역본(『*Les aventures de Simplicius Simplicissimus*』)이 모리스 콜르빌레 Maurice Colleville의 번역으로 파리에서 빛을 보았고, 이탈리아어 번역본 (『*L'avventoroso Simplicissimus*』)은 안젤로 트레브스Angelo Treves 번역으로 1928년 밀라노에서 출간되었다. 1951년에는 일본어 번역본이 기요노부 가미무라Kiyonobu Kamimura의 번역으로 최초로 출간되었으며, 1984년에는 중국어 번역본이 리슈Li Shu 부인의 번역으로 베이징에서 출간되었다.

이 작품의 주인공이 조선 시대 병자호란 후에 우리나라도 거쳐 간 것으로 서술되어 있어 우리나라가 유럽에 소개된 역사와 관련해서 관심을 끌고 있으나 그동안 부분적으로 발췌되어 번역되었을 뿐 작품 전체가 번역되지는 않아 아쉬움을 금할 수 없었다. 그리하여 만시지탄은 있지만, 대산문화재단의 주선으로 『모험적 독일인 짐플리치시무스』를 문학과지성사에서 출간하게 된 것은 우리 번역 문학의 역사에서 획기적인 사건으로 기억될 것이다.

작가 연보

1657~58 음식점 '은성' 경영.

1662 스트라스부르 의사 요하네스 퀴퍼의 울렌부르크 농장 관리인으로 있으면서 여가를 선용하여 글쓰기를 시작함.

1665 음식점 '은성'을 재개업.

1666 최초의 작품 『풍자적 순례자Der satirische Pilgrim』와 『순결한 요제프 이야기Histori vom Keuschen Joseph』 발간.

1667 렌헨의 시장이 됨.

1668 『모험적 독일인 짐플리치시무스Der abenteuerliche Simplicissimus Teutsch』 발표. 발행 연도는 1669년으로 되어 있음.

1669 『모험적 독일인 짐플리치시무스』 제2판(속편 첨부) 발행.

1670 『떠돌이 여인 쿠라셰Die Landstörtzerin Courasche』, 『기인 슈프링인스 펠트Der seltsame Springinsfeld』, 『모험적 짐플리치시무스의 만세력Des Abenteuerlichen Simplicissimi Ewig-währender Calender』 출간.

1672 『이상한 새 둥지Das wunderbarliche Vogel-Nest』 출간.

1673 『짐플리치시무스의 흰 연꽃Simplicissimi Galgen-Männlein』 출간.

1676 8월 17일 사망.

세계문학과 한국문학 간에 혈맥이 뚫려, 세계-한국문학의 공진화가 개시되기를

21세기 한국에서 '세계문학'을 읽는다는 것은 무엇을 뜻하는가? 자국문학 따로 있고 그 울타리 바깥에 세계문학이 따로 있다는 말인가? 이제 한국문학은 주변문학이 아니며 개별문학만도 아니다. 김윤식·김현의 『한국문학사』(1973)가 두 개의 서문을 통해서 "한국문학은 주변문학을 벗어나야 한다"와 "한국문학은 개별문학이다"라는 두 개의 명제를 내세웠을 때, 한국문학은 아직 주변문학이었다. 한데 그 이후에도 여전히 한국문학은 주변문학이었다. 왜냐하면 "한국문학은 이식문학이다"라는 옛 평론가의 망령이 여전히 우리의 의식을 장악하고 있었기 때문이다. 그렇게 생각하고 그렇게 읽고, 써온 것이었다. 그리고 얼마간 그런 생각에 진실이 포함되어 있는 것도 사실이었다. 그러나 천천히, 그것도 아주 천천히, 경제성장이나 한류보다는 훨씬 느리게, 한국문학은 자신의 '자주성'을 세계에 알리며 그 존재를 세계지도의 표면 위에 부조시키고 있었다. 그런 와중에 반대 방향에서 전혀 다른 기운이 일어나 막 세계의 대양에 돛을 띄운 한국문학에 위협적인 격랑을 밀어붙이고 있었다. 20세기 말부터 본격화된 '세계화'의 바람은 이제 경제적 재화뿐만이 아니라 어떤 나라의 문화물도 국가 단위로만 존재할 수 없게 하였던 것이니, 한국문학 역시 세계문학의 한 단위라는 위상을 요구받게 되었던 것이다.

그러니 21세기 한국에서 세계문학을 읽는다는 것은 진정 무엇을 뜻하는가? 무엇보다도 세계문학이라는 개념을 돌이켜 볼 때가 되었다. 그동안 세계문학은 '보편문학'의 지위를 누려왔다. 즉 세계문학은 따라야 할 모범이고 존중해야 할 권위이며 자국문학이 복종해야 할 상급 문학이었다. 그리고 보편문학으로서의 세계문학의 반열에 올라간 작품들은 18세기 이래 강대국의 지위를 누려온 국가의 범위 안에서 설정되기가 일쑤였다. 이렇게 해서 세계 각국의 저마다의 문학은 몇몇 소수의 힘 있는 문학들의 영향 속에서 후자들을 추종하는 자세로 모가지를 드리워왔던 것이다. 이제 세계문학에게 본래의 이름을 돌려줄 때가 되었다. 즉 세계문학은 보편문학이 아니라 세계인 모두가 향유할 수 있도록 전 세계 방방곡곡에서 씌어져서 지구적 규모의 연락망을 통해 배달되는 지구상의 모든 문학이라고 재정의할 때가 되었다. 이러한 재정의에는 오로지 질적 의미의 삭제와 수량적 중성화만 있는 게 아니다. 모든 현상학적 환원에는 그 안에 진정한 가치를 향해 나아가고자 하는 지향성이 움직이고 있다. 20세기 막바지에 불어닥친 세계화 토네이도가 애초에는 신자유주의적 탐욕 속에서 소수의 대국 기업에 의해 주도되었으나 격심한 우여곡절을 겪으며 국가 간 위계질서를 무너뜨리는 평등한 교류로서의 대안-세계화의 청사진을 세계인의 마음속에 심게 하였듯이, 오늘날 모든 자국문학이 세계문학의 단위로 재편되는 추세가 보편문학의 성채도 덩달아 허물게 되어, 지구상의 모든 문학들이 공평의

체 위에서 토닥거리는 게 마땅하다는 인식이 일상화까지는 아니더라도 최소한 정당화되고 잠재적으로 전망되는 여건을 만들어내게 되었던 것이다.

또한 종래 세계문학의 보편문학적 지위는 공간적 한계만을 야기했던 게 아니다. 그 보편문학이 말 그대로 보편성을 확보했다기보다는 실상 협소한 문학적 기준에 근거한 한정된 작품 집합에 머무르기 일쑤였다. 게다가, 문학의 진정한 교류가 마음의 감동에서 움트는 것일진대, 언어의 상이성은 그런 꿈을 자주 흐려왔으니, 조급한 마음은 그런 어둠 사이에 상업성과 말초적 자극성이라는 아편을 주입하여 교류를 인공적으로 촉진시키곤 하였다. 이제 우리는 그런 편법과 왜곡을 막기 위해서, 활짝 개방된 문학적 관점을 도입하여, 지금까지 외면당하거나 이런저런 이유로 파묻혀 있던 숨은 걸작들을 발굴하여 널리 알리고 저마다의 문학을 저마다의 방식으로 감상할 수 있는 음미의 물관을 제공해야 할 것이다. 실로 그런 취지에서 보자면 우리는 한국에 미만한 수많은 세계문학전집 시리즈들이 과거의 세계문학장을 너무나 큰 어둠으로 가려오고 있었다는 것을 절감한다.

이와 같은 인식하에 '대산세계문학총서'의 방향은 다음으로 모인다. 첫째, '대산세계문학총서'의 기준은 작품의 고전적 가치이다. 그러나 설명이 필요하다. 이 고전은 지금까지 고전으로 인정된 것들에 갇히지 않는다. 우리가 생각하는 고전성은 추상적으로는 '높은 문학성'을 가리킬 터이지만, 이 문학성이란 이미 확정된 규칙들에 근거한 문학성(그런 문학성은 실상 존재하지 않거니와)이 아니라, 오로지 저만의 고유한 구조를 통해 조직되는데 희한하게도 독자들의 저마다의 수용 기관과 연결되는 소통로의 접속 단자가 풍요롭고, 그 전류가 진해서, 세계의 가장 많은 인구의 감성을 열고 지성을 드높일 잠재적 역능이 알차게 채워진 작품의 성질을 가리킨다. 이러한 기준은 결국 작품의 문학성이 작품이나 작가에 의해 혹은 독자에 의해 일방적으로 결정되는 것이 아니라, 세 주체의 협력에 의해 형성되며 동시에 그 형성을 통해서 작품을 개방하고 작가의 다음 운동을 북돋거나 작가를 재인식시키며, 독자의 감수성을 일깨워 그의 내부에 읽기로부터 쓰기로의 순환이 유장하도록 자극하는 운동을 낳는다는 점을 환기시키고 또한 그런 작품에 대한 분별을 요구한다.

이 첫번째 기준으로부터 두 가지 기준이 덧붙여 결정된다.

둘째, '대산세계문학총서'는 발굴하고 발견한다. 모르거나 잊힌 것을 발굴하여 문학의 두께를 두텁게 하고, 당대의 유행을 따라가기보다는 또한 단순히 미래를 예측하기보다는 차라리 인류의 미래를 공진화적으로 개방할 수 있는 작품을 발견하여 문학의 영역을 확장할 것을 목표로 한다. 이는 또한 공동선의 실현과 심미안의 집단적 수준의 진화에 맞추어 작품을 선별한다는 것을 뜻한다.

셋째, '대산세계문학총서'가 지구상의 그리고 고금의 모든 문학작품들에게 열려 있다면, 그리고 이 열림이 지금까지의 기술 그대로 그 고유성을 제대로 활성화시키는 방식으로 진행되는 것이라면, 이는 궁극적으로 '가장 지역적인 문학이 가장 세계적인 문학'이라는 이상적 호환성을 추구한다는 것을 가리킨다. 이는 또한 '대산세계문학총서'의 피드백에도 그대로 적용될 것이다. 즉 '대산세계문학총서'의 개개 작품들은 한국의 독자들에게 가장 고유한 방식으로 향유될 터이고, 그럴 때에 그 작품의 세계성이 가장 활발하게 현상되고 작용할 것이다.

이러한 기준들을 열린 자세와 꼼꼼한 태도로 섬세히 원용함으로써 우리는 '대산세계문학총서'가 그 발굴과 발견을 통해 세계문학의 영역을 두텁고 넓게 하는 과정 그 자체로서 한국 독자들의 문학적 안목과 감수성을 신장시키는 데 기여할 것을 기대하며, 재차 그러한 과정이 한국문학의 체내에 수혈되어 한국문학의 도약이 곧바로 세계문학의 진화로 이어지게끔 하기를 희망한다. 이는 우리가 '대산세계문학총서'를 21세기의 한국사회에서 수행하는 근본적인 소이이다. 독자들의 뜨거운 호응을 바라마지않는다.

'대산세계문학총서' 기획위원회

대 산 세 계 문 학 총 서